白
い
巨
塔

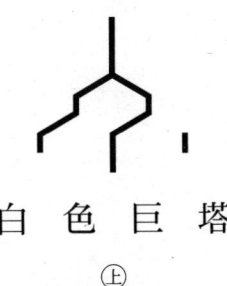

白 色 巨 塔

上

［日］山崎丰子 著　侯为 译

青岛出版社

目 录

山崎丰子和她的作品(代译序)/ 001
第一章 / 1
第二章 / 33
第三章 / 57
第四章 / 126
第五章 / 157
第六章 / 187
第七章 / 225
第八章 / 251
第九章 / 275
第十章 / 311
第十一章 / 356
第十二章 / 371
第十三章 / 405
第十四章 / 449
第十五章 / 489

第十六章 / 523

第十七章 / 547

第十八章 / 567

第十九章 / 583

第二十章 / 656

第二十一章 / 691

第二十二章 / 709

第二十三章 / 736

第二十四章 / 772

第二十五章 / 801

第二十六章 / 847

第二十七章 / 906

第二十八章 / 958

第二十九章 / 1026

第三十章 / 1065

第三十一章 / 1098

第三十二章 / 1142

第三十三章 / 1212

第三十四章 / 1234

后记 / 1266

译后记 / 1269

山崎丰子和她的作品（代译序）

　　山崎丰子原名杉本丰子，日本当代著名女作家，1924年11月3日生于大阪，殁于2013年9月29日，享年88岁。山崎丰子是一位注重写实的批判现实主义作家，创作的题材、主题永远来自真实的事件或社会现实问题。日本称之为"社会派"，也有论者称她为"日本的巴尔扎克"。山崎丰子也是一位颇具传奇色彩的作家。1944年，山崎丰子毕业于旧制京都女子高等专门学校（现京都女子大学）国文学科。毕业后就职于每日新闻社的大阪本社调查部，1945年调至报社学艺部，在时任学艺部副部长的井上靖麾下任职，作为新闻记者受到了采访、调查与写作训练。在报社任职期间，她开始边工作边写小说。1957年发表的处女作《暖帘》，主人公是父子两代商人。翌年刊出的《花暖帘》，描写了一个女老板经营曲艺场的故事，获1958年度第39届直木文学奖。同期重要作品尚有《少爷》(1959)、《女人的勋章》(1960)、《女系家族》(1962—1963)、《花纹》(1962—1964)等。初期作品，多描写大阪船场附近的风土人情。1963年，她开始在《星期天每日》连载长篇小说《白色巨塔》，引起文坛轰动。山崎小说的首要特征在于典型意义下特定人物的塑造以及特定场景、特定行业中极端的现实性或真实性描写。中国文学界对山崎丰子并不陌生。"文革"结束后不久，国内就上映了其同名小说改编的电影译制片《浮华世家》。

此次一并翻译、出版的山崎名作除了《白色巨塔》,还有《浮华世家》和销量超过650万册的《不毛之地》。

长篇小说《白色巨塔》因探讨医患关系的尖锐内容而引起高度关注。为了创作这样一部典型化力作,山崎丰子身体力行,到大阪大学医学部做了长期深入、细致、艰苦的考察调研。作品中的人物给读者以强烈的感染力和冲击力,这与作者的创作理念、写作态度乃至前期做功有着密切的关系。主人公财前五郎是国立浪速大学附属医院第一外科的副教授,他在食道、胃部的吻合手术方面技高一筹,在手术刀的运用上甚至超越了首席主任医师东教授,还备受瞩目地频频露脸于医学刊物。财前五郎因此成为东教授之后继任教授的最佳人选。然而东教授讨厌财前那种锋芒毕露的性格,打算阻止其升任教授。财前五郎和他的岳父财前又一自然不想放过这难得的升职机会。财前五郎早年失怙,有过贫穷生活的痛切经历,靠人资助上了大学医学部,在成为妇产科开业医生财前又一的养子女婿后,才有了日后的地位。财前又一为了帮助女婿,不惜动用自己的关系网——医协会长岩田、岩田的大学同窗、医学院长鹈饲等,总之做足了台下功夫。东教授那边也有种种水下运作——试图将自己的东都大学校友、时任金泽大学教授菊川调至浪速大学。结果,鹈饲与财前的政治手腕略高一筹,财前以微弱票选优势成功当选。故事到此并未完结。相对于追逐声名、自信满满的财前,同期学友内科副教授里见修二是个学究型人物,他欣赏财前的能力,同时对财前的做法持批判态度。财前在出游前接手了里见科室转来的一个患者佐佐木庸平,为之做了贲门癌手术,不料酿成了重大医疗事故。里见曾一再提醒,向他提出忠告,过度自信的财前却置若囿闻。财前忽略了手术之后的肺部转移,事故发生后受到了责任追究——医生的处置不当或不力造成了患者的死亡。愤怒的家属将不负责任的财前告上法庭,通过民事诉讼追究其法律责任。财前竭力否认误诊且向证人施压,企图封杀不利于己的证词,而证人里见却不昧良心做了符合事实的陈述。最后,初审胜诉的财前还是被迫离开了大学。

在《白色巨塔》第五卷卷末,尾崎秀树[①]为山崎丰子写了简短的"解说词"。解说词中提到,山崎丰子1958年因《花暖帘》荣获第39届直木文学大奖时曾有如下一段感怀:

> 我无法也无意创作那种枝繁叶茂的盆栽小说。我喜欢造林,在秃山上一棵一棵地植树,是谓"植林小说"或"造林小说"。我的创作素材永远是大阪的天空、河流和大阪的人。对我而言,在生我养我的风土中观察、凝视人类,乃是最为切实的把握方法。

这段陈述显然发自肺腑,将山崎自身的资质禀赋、文学理念和创作方法揭示得淋漓尽致。从处女作《暖帘》到获奖作《花暖帘》,从《少爷》《女系家族》到《白色巨塔》《白色巨塔续篇》,山崎有她一以贯之的创作方向或风格,其社会性视野逐渐转化为明确的创作意识且大大扩展了素材的领域。尾崎秀树认为,通过《伪装集团》《浮华世家》《不毛之地》等鸿篇巨制的创作和发表,山崎丰子最终确立了在女性作家中甚为罕见的"社会派"小说家的地位。尾崎秀树也强调了著名作家井上靖对山崎丰子无可忽视的启蒙式影响。

---

① 尾崎秀树:日本文学评论家、作家,曾任日本笔会会长。20世纪90年代初率团访华,在北京的中国社会科学院参加了有关大众文学的国际研讨会。

他认为,《白色巨塔》在山崎丰子的文学世界中乃一分水岭,至此她跨入了一个新的纪元。《白色巨塔》以大学医院为舞台,触及的原本应为白衣天使的世界。医生本是神圣职业,面对的是人类生命,然而在山崎丰子的笔下,却显现为一个世俗的、被凡世欲望玷污的肮脏的世界。

《浮华世家》最初连载于《周刊新潮》(1970年3月至1972年10月),1973年新潮社出版全三卷,1980年刊出文库本,2003年又推出新版本。一般人很难触及这部长篇小说表现的领域。小说同样与现实保持着近乎同一的对应关系。——对应的人物、现实关系令人惊异。比如作品中的阪神银行正是现实中的神户银行,现为三井住友银行;财阀万俵家乃是神户的冈崎财阀(山崎本人予以否认);帝国制铁是所谓的八幡制铁,现为新日铁住金;大同银行是协和银行,现为理索纳银行。这些金融机构的关系乃至变化一般人弄不懂,一般人也没必要弄懂金融机构乃至相关权力机构的内部机微。山崎丰子基于自己的文学理念创作此等涉及专业领域或题材的作品,自然躲不过去。她必须了解那些机构的内外关联,诸如国家政策对金融业存续的影响等,她也必须了解机构内外人与人的关系。山崎丰子得心应手。作品的时代背景是日本经济高速成长期,主要关注权力结构中的非正当交易、特殊的人际关系与人性。有观点认为,《浮华世家》为之后的日本经济敲响了警钟。作品涉及的专业领域是银行与大企业,比起《白色巨塔》的医学领域相对易解,加之故事中的人物善恶分明,因此不及《白色巨塔》寓意深刻。但以《浮华世家》为代表的山崎小说最大的魅力,在于大潮一般的"虚构"展现的人间戏剧,源自现实又超越现实。一般认为山崎的小说排斥虚构,但是小说不可能完全地排斥虚构,山崎言及《浮华世家》时则说,这部作品的创作过程非常艰辛,作品的舞台是银行,基本的故事脉络却不是大银行吞并小银行,而是小吞大。《浮华世家》发表至今已有三十余年,日本的银行状况已经发生了很大变化,银行业界由过去规制严厉的时代转化为现在规制宽松的时代。说到底,这部小说并非单纯的经济小说,而是以根源性的人间血脉为背景,描写了以亲子葛藤关系为基础的人间戏剧。小说开篇点明了小说的背景、氛围和人物特征——万俵家在共进晚餐时说法语或英语,然而万俵家既非外交世家亦非外贸世家,就像万俵这个姓氏所表示的,万俵家祖上是大地主,在姬路播磨平原有十个米仓。第一次世界大战爆发时,万俵家第十三代传人、万俵大介的父亲万俵敬介在神户创建万俵船舶与万俵铁工两家企业。在船舶业发展到顶峰时,万俵敬介保留万俵铁工而将万俵船舶的所有船只卖出,用赚来的"第一桶金"创立了万俵银行。

万俵银行逐步吞并了周边的农村小银行,1934年前后已为今日的阪神银行打下了牢固的基础。万俵敬介创建的万俵财团包括万俵铁工、万俵不动产、万俵仓库在内。万俵大介继承先父事业,成为阪神银行行长,并将阪神银行从一家普通的地方银行发展为日本的第十大城市银行。当年的万俵铁工,早已更名为阪神特殊钢公司,发展为一家拥有现代化专业设备的特殊钢制造企业。

说到以亲子葛藤关系为基础的人间戏剧,毫无疑问,作家山崎丰子深谙人物的典型性、特殊性对于小说的凝聚作用。华丽的家族对财界、政界皆有影响。铁平是万俵家的长子、阪神特殊钢铁公司的专务。父亲万俵大介则是阪神银行行长,为实现自己的野心不断地进行联姻,通过自己的子女与政界、财界要人缔结姻亲关系,据说这是万俵家的传统。万俵家的地位在关西财界首屈一指。然而大介却心怀怨恨,疑神疑鬼地认为铁平不是自己的儿子,而是妻子与父亲乱伦所生。铁平计划建设高炉,大介的阪神银行却以种种理由削减贷款。虽有大同银行的鼎力支持,但铁平经营的阪神特殊钢公司还是因行业不景气、热风炉爆炸事故、资金链断裂而破产。在这个过程中,父亲大介非但见死不救,还落井下石,利用阪神特殊钢公司的资金危机,设计吞并由三云担任行长的大同银行。贷款给阪神特殊钢公司的大同银行,最终亦因阪神特殊钢公司不良贷款一事陷入危机,被万俵大介如愿以偿地吞并。以小吃大的吞并计划终获成功。父亲利用自己实现了吞并计划,铁平到最后一刻才彻底明白,被彻底击垮。万俵财团在阪神(大阪和神户)地区盘根错节,实力雄厚。作为万俵财团权力顶峰人物的万俵大介本有能力帮助儿子铁平渡过难关,但他为了自己心中莫须有的怨恨和贪欲,不惜将儿子逼上绝境。

万俵家的主要成员如下:户主万俵大介·妻宁子、长子铁平·妻早苗、次子银平、长女一子·丈夫美马中、次女二子、小女三子以及家庭教师兼管家高须相子(实乃大介的情人)。万俵铁平当然是这部长篇小说中最重要的人物之一,他是一个好男人,性格单纯,对工作、对家庭认真负责,夫妻恩爱。在小说描述的人心莫测、泥沼一般阴谋四伏的世界中,在银行重组、政财界大佬钩心斗角及华丽家族的爱恨交织中,处于核心位置的正是户主大介围绕长子铁平出生秘密的父子间的骨肉相争。有趣的是,唯有铁平一家给人以平和或平民化的感觉,仿佛生活在别样的世界中。作品中的许多描写精细入微,如妻(宁子)妾(相子)对立、二子与一之濑四四彦的恋爱、玩世不恭的银平的生活方式以及美马中的野心等。《浮华世家》中的特殊人物配置别出心裁,高须相子不仅画龙点睛地将万俵大介这个主要人物的典型性格勾画得淋漓尽致,也盘活了家庭内外的整个棋局——相子与宁子的矛盾、相子与铁平的对立乃至铁平与父亲大介间的尖锐对立等等,当然相子的最后结局略显悲凉。

小说中关于相子这个人物的如下描写形象而贴切。

> 万俵家这种强强联姻关系的建立,不是大介的妻子宁子的功劳,完全是大介的情人高须相子努力的结果。
>
> 宁子高贵典雅,出身名门,娘家是公卿贵族嵯峨子爵。相子出身一般,但才华卓越,巾帼不让须眉。她虽然已经四十多岁,但丰满的身材加上雕塑般的五官,其美貌常常让万俵家的女儿们也自愧弗如。
>
> 当晚与大介同床的不是宁子,而是相子。这在外人看来可能有些不可思议,但对于万俵大介来说,这是他十几年来的生活方式,没有丝毫的别扭与不自然。

简短的一段描写,挑明了高须相子的地位和重要性。

铁平在雪原中开枪自杀了。铁平的自杀极尽壮烈,用James Purdey猎枪的枪口抵住下颚,用右脚拇指扣动扳机,当场死亡。万俵大介此时了解的残酷事实却是——铁平的血型不是A型,而是B型。毫无疑问,铁平是万俵大介的亲生儿子!万俵大介精神恍惚地走向覆盖着白布的铁平的遗体,掀开白布,亲手为铁平拭去咽喉处惨不忍睹的血迹。这样的悲剧性结局颇具表现力,《浮华世家》打动了众多读者。

最后,初次翻译出版的《不毛之地》也是一部长达百万余字的皇皇巨著。小说的基本脉络如下:曾任大本营参谋的原陆军中佐壹岐正,1945年赴中国东北处理停战事宜,被苏军俘虏后扣押十一年。在这期间,他忍受着难以想象的饥饿,在天寒地冻的西伯利亚做苦役。1956年,他终于回到了日本。近畿商事的社长大门一三看重壹岐正的这段经历,邀请他到公司工作。壹岐正也决心在新的领域里,开始自己作为公司雇员的第二人生。于是,在地狱般拘押生活的伤痕未愈的情况下,他又投入到新的"商战"中。近畿商事公司在综合商社中实力雄厚,围绕总预算超一万亿日元的二次防① 主力战机选定,几家大商社展开了"血腥厮杀"。壹岐正四下奔走的目的是想选定最优秀的战机。但实际上在那场商战的背后,却有着种种见不得人的明争暗斗——政界与防卫厅的利害关系错综复杂,壹岐正则在那种"黑色的商战"中展示了杰出的才能,当然也付出了很大的代价。壹岐正在第二次战斗机商战中获得了胜利,并抓住中东战争带来的商机,为公司赢得巨大利益。然而,此时壹岐正又提出改换公司的经营方针。首先,他力倡与经营不善的千代田汽车公司加强业务关系。此间,美国汽车业巨头福克公司总裁突然访日,对日本市场虎视眈眈。面对这样的挑战,壹岐正以美国近畿商事社长的身份,推进千代田汽车公司与福克公司的合作谈判。另一方面,他又为国际经济战过于严酷的现实而苦恼。在与福克公司虚虚实实的谈判过程中,壹岐正着眼于资源匮乏的日本的将来,摸索确保原油供给的方法与手段。他派遣心腹部下飞往伊朗和利比亚,克服文化和商业习惯的差异,探究油田开发的可能性。此时与福克公司的谈判、交涉也到了最后的阶段,但是对手东京商事一直私下活动,残酷的商战还在继续。壹岐正最终升任近畿公司的专务,成为公司的第三号人物。他认定油田开发是自己作为公司雇员的最

---

① 二次防:20世纪60年代的日本自卫队军备计划——第二次防卫力整备计划。

后一项工作,不顾公司内部的反对,将赌注押在伊朗的一个矿区。他顶住政界、官界的压力,终于在采掘权的竞标中中标。然而,被晒得灼热的大地丝毫没有喷油的征兆……小说的背景舞台是两处"不毛之地"——西伯利亚和中东。小说描写了彷徨于"不毛之地"的一个日本人的奋斗历程。

《不毛之地》创作于1973年6月至1978年8月,历时五年,连载于《每日周刊》。为了创作这部小说,山崎丰子进行了非常细致的前期调研,去了西伯利亚,也去了伊朗的石油地带。在这部鸿篇巨制的卷尾解说词中,权田万治认为,在山崎丰子诸多富于社会性的长篇小说中,《不毛之地》是最优秀的一部。这部作品的调查取材是非常彻底的,山崎丰子最大限度地活用了自己别具一格的小说创作手法,创造了一个充满现实感的世界。

《不毛之地》一方面塑造了一个有血有肉的典型人物壹岐正,刻画了人物紧密关联于二十世纪特定历史的生命历程,同时也向读者揭示了一个残酷的现实,即支撑二战后日本经济繁荣的国际商战同样是一个污秽不堪的世界——"不毛之地"。小说中描写的综合商社雇员的生活状态,可以说承载了经济大国日本的成长历程,作品从多个角度描写了特定的人物类型。主人公壹岐正是旧军人和战俘,始终背负着"死"的阴影,尽管他在有关飞机的商战中取得了胜利,尽管他曾升任美国近畿商事社长,尽管他当上了总社的专务和副社长,但他的内心深处永远无法拒绝一个伴随着死亡的时代阴影——不毛、荒凉的西伯利亚俘虏收容所。

1999年,《不落的太阳》再度创下近650万册的惊人销量!该作揭露了航空业界鲜为人知的隐秘。令人肃然起敬的是,已届耄耋之年的"才女作家"笔耕不辍,创作中的批判锋芒不减当年,一直到垂暮之年，山崎丰子都在思考备受关注的社会问题。2009年推出的新作《命运之人》，以美国将冲绳行政权归还日本和日美密约为背景，描写、展现了媒体人对真相的追求和对社会正义的坚持。这部山崎丰子的晚年力作同样引发社会各界的热烈讨论，热卖突破百万册，持续高居日本最权威杂志《达文西》与日贩畅销排行榜前十名，并荣获第63届"每日出版文化奖"特别大奖。通过这部作品，山崎丰子再次展现了超人的观察力和预知力。日本前官员2009年底在法庭作证，承认确实存在所谓"冲绳密约"。

山崎丰子去世后，留下的长篇遗作是《约束之海》。此作的时代背景是冷战结束的1989年，主人公是一对父子——父亲是参加过珍珠港海战的旧海军士官，儿子则是海上自卫队队员、二等海尉花卷朔太郎。遗作追问的仍是"战争与和平"的主题。这部未完遗作已正式出版，大为畅销。日本有评论称：遗作体现了"小说鬼才"山崎丰子"壮绝的作家魂"。

魏大海
二〇一四年春于枚方穗谷关西外国语大学

第一章

　　财前五郎用消毒药水洗了手,接过护士递上的毛巾,傲气十足地擦干,然后就叼着烟卷走出了门诊室。

　　时间早已过了正午,但医院走廊里还有上午来的患者窝着腰腹坐在老旧的长椅上等候叫号,一张张面孔流露出疾病困扰带来的不安、焦躁和忐忑的情绪。财前五郎每次从这样的走廊经过时,总是故意做出难以接近的姿态,即便如此,当患者们得知这就是财前五郎时,仍会像事先商量好了似的起身向他致以充满敬畏和信赖的注目礼。

　　"好啊!"

　　财前五郎一边简短地回应一边穿过走廊,他用双眼亲自确认了这样一件事实——国立浪速大学附属医院第一外科与其说是由主任医师东贞藏教授支撑,还不如说是由作为副教授的自己在用真正的本领和患者们给予的高度评价支撑着呢!

　　实际上,昨天的胃癌手术或许就是因为财前五郎主刀才获得了成功。作为主任医师的东贞藏教授虽然在关于癌症发生理论的研究方面是一位著名学者,但或许是因为他执刀技法不够灵巧,所以在众人眼中还是财前五郎运用手术刀的技术略胜一筹。例如昨天接受胃癌手术的患者,癌细胞已经扩散到了贲门(胃的入口)部位,所以此次手术与其他胃部手术不同,必须切除贲门部并把食管与胃体精准地吻合起来。这种食管与胃体的吻合术正是财前五郎的长项,而且在医学刊物上他也被称为"食管外科的财前副教授"。

食管外科的财前副教授——财前五郎嘴里这样念叨着,像是在玩味这个称号所具有的富于个性的华彩意味。身高一米八,肌肉健壮的他,以充满自信的步伐由走廊穿过中庭向正在扩建新楼的建筑工地走去。

占地近三万平方米的浪速大学附属医院拥有一栋矗立着粗壮大理石石柱的气势庄重的旧楼,此楼建于一九二九年。正在旧楼旁扩建的是一栋五层的新楼,总面积约四千五百平方米。此楼于去年九月开工,预定在今年九月完工。这座还有六个月即将竣工的建筑,已经在上下五层的钢结构上绑好钢筋并开始浇筑混凝土了。随着走近被晃眼的春日阳光照射的建筑工地,只见浇筑塔和吊车高高耸立,混凝土搅拌机和卷扬机的喧嚣愈发强烈,头戴黄色安全帽的建筑工人们正在棋盘状的高空脚手架之间紧张作业。

"大夫,我们的人前几天给您添麻烦啦!"

喧嚣中传来了呼喊声。财前五郎回头一看,只见身穿土黄色作业服的工地主任加藤汗流浃背,郑重地向他俯首行礼。一个星期之前的工地作业中发生了小事故,是第一外科给那位劳务工治疗了脚伤。

"哪里,没什么!也就是轻微的划伤和碰伤而已,过十天就能好利索了!"

"幸亏有您及时处置才没有发生破伤风。不过,你们第一外科预定入住新楼的哪个部分呢?"加藤主任抬手指着已经完成百分之六十工程的 U 字形建筑问道。

"就是南边的一角啊!"

说着,财前五郎的目光投向新楼南侧面朝堂岛川的安装了巨大窗框的底层一角。

"这么说来,您的科室将要入住的应该是面积最大且便利性最好的一等地段呀!"

"那是啊!在医院里实力最强、患者最多的科室要求最佳位置和最好设备是理所当然的嘛!"

财前五郎又点上一支烟,望着那个方向吐出白色烟圈。

医院把新楼南侧一层最宽敞的空间和最舒适的位置划分给了第一外科,然后是第二外科,再后是第一内科、第二内科和妇产科等。临床共十六个科室,按如此顺序在新楼里划分了各科的诊室和病房,所以其中某些科室就必须进入终日无阳光照射的昏暗阴面,或者进入阳光强烈的西晒房间。抽到这种倒霉签的,当然就是主管教授权力薄弱且最不具有政治实力的科室了。

这就是大学附属医院中的所谓"表现在楼层划分上的权力主义"。有实例为证,即使在目前各科室所在的总面积约八千平方米的五层旧楼中,也是由浪速大学附属医院的名牌科室第一外科占据着靠近楼门一层且靠近电梯和药房的最方便位置。而像教授政治实力较弱的牙科、眼科、放射科等,就被划分到远离楼门的阴暗不便的房间。脸色难看的护士长一年到头总是用不开心的尖厉嗓音呼叫患者的名字,显得那么沉郁寒酸。

财前五郎再次眺望预定竣工之后入住的新楼,只见那座五层钢筋混凝建筑二层以上的房间都设有朝南的阳台和巨大的窗框,窗下流淌着堂岛川。隔着河水,正对面矗立着大阪市政厅和公会堂的青铜色穹顶大厦。虽说这里是市内,但常常会有长着白色羽毛的鸽子翩翩飞落在穹顶之上。这已经是他在这二十年来天天看惯了的单调景色。

当他作为国立浪速大学医学院学生初次看到这些景色时,感到清新明澈、赏心悦目。但是,当他从医学院毕业后一边在病理学教室研究撰写博士论文一边在第一外科药房做无薪助教开始,再到后来当上有薪助教、讲师、副教授的二十年间,那些看惯的景色就不知从何时起变得单调乏味了。不过,那单调乏味的景色从一年前开始,又突然变成不单调的风景了。

那是因为作为副教授的他,逐步地被推举为第一外科继任教授的有力候选人。

主任医师东贞藏教授明年春天就要退休离职了。虽说如此,却并不意味着东教授离职就等于财前副教授升为继任教授,因为教授要经过临床十六科及基础十五科共三十一位教授组成的医学院教授会投票选定。由于八年来,财前副教授作为忠实的助手在医务工作中尽职尽责,所以东教授本人不太可能把财前副教授撇开,再从其他大学聘用继任教授。问题是东教授以外的那三十位教授的投票意向如何。

当财前五郎脑海中接连浮现出以医学院长鹈饲教授为首的三十位教授的面孔时,就难以安心下来了。第一个原因就是由于自己实力过人,所以总是遭到某些人嫉妒。第二个原因是虽说教授的继任人选将由国立大学教授会投票选定,但选票的流向往往难以捉摸。考虑到这一点,财前五郎认为到东教授退休的明年春天这一年间对自己来说是机不可失的重要时期,制定最为缜密的方案并周全地付诸行动或许就能决定自己一生的命运。

从外部看来,国立大学医学院副教授与教授的地位似乎只隔了一层纸,或者说只是一个级别之差,但在现实当中,副教授与教授的差距之大却相当离谱。八年来,财前五郎就一直屈从于这种离谱的差距之下。

医务部共有五十多人,副教授的职责就是统领这个由两位讲师、十八位有薪助教和其他所有无薪助教及进修生组成的大家庭,并负责解决所有杂七杂八的事务。从解决医务员对工作的不满到为无薪助教联系兼职打工单位,再到指导他们的博士论文选题乃至撰写,这些全都得由副教授负责。除此之外,他还得绞尽脑汁筹措医务部的研究经费。如果做不到的话,他作为副教授的能力就会受到质疑。所以,他还要长期与相关制药公司及医疗器械公司搞好关系,以求得到有限的科研经费。

因此,作为副教授就应该努力成为能够继任教授的副教授。而所谓的"万年副教授"就类似于军队里的事务班班长,属于一手包揽医务部所有杂务、为教授充当幕后助手的吃亏岗位。

在这八年之间,财前五郎之所以不听地方大学教授的劝告,而百般忍耐地坚持在这个吃亏的副教授岗位上,就是为了能够得到东教授退休后的教授宝座。因此,他无论如何都得抓住明年春天这个机会升为教授。否则,他就会错失国立浪速大学医学院教授的职位,或者继续做一名"万年副教授",或者被转调到地方医科大学去当教授。由于浪速大学医学院教授的退休年龄为六十三岁,所以如果放过东教授退休这个机会的话,就必须等到继任教授退休之后了。因此对于四十三岁的财前五郎来说,失去这次机会就等于永远地失去了升职的机会。

真是愚蠢可笑!我这个实力非凡的外科副教授怎么如此懦弱地担忧那种不可能发生的事情——财前五郎把锐利的目光蓄藏在溜圆的双眼中,把叼在嘴角的烟卷轻轻扔在混凝土渣上,迈着与来时同样充满自信的步伐走向副教授办公室。

东教授一边抽着英国的王冠雪茄吞云吐雾,一边从教授办公室窗口观望扩建新楼的工地。

从窗外射入的明媚阳光将他半白的头发照得银辉闪亮,此时他眉下的双眼正目不转睛地盯着前方。东教授的姿态从容而威严,丝毫看不出一年之后就要退休离职的迹象。

从容而威严——这是东贞藏最喜爱的词语。无论在什么样的场合都不能失去作为国立大学教授的从容与威严,这就是他的生活信条。

东贞藏毕业于东京的国立东都大学医学院,三十六岁时在该校医学院当了副教授,四十六岁时升任大阪浪速大学医学院教授。至今为止,他毫不动摇地贯彻了这个信条,因此才获得了今天的地位。

尽管他比常人更加谨小慎微,属于胆小怕事的怯懦性格,但他丝毫不会将其流露于表面,而总是摆出从容不迫且威风凛凛的表情和架势。于是不知何时,这就成了东贞藏特有的风貌,并帮助他成为医学院权势强大的教授之一。即使说到新楼的筹建活动,也是因为医学院长鹈饲教授和他从五年前就开始做文部省的工作,终于在去年获批了年度预算。

在预算款项为两亿五千万元的五层钢筋混凝新楼完成之后,这里就会变成拥有最新病房设备和诊疗器械的附属医院。而第一外科虽然已经确定被分到楼门左侧阳面的诊疗室,但明年春天即将退休离职的东贞藏却只能在那里短暂办公。不过,东贞藏认为为了表彰和纪念扩建新楼的功劳,想必自己的肖像会在医学院某个位置与历代名誉教授排列在一起。而且,他认为更重要的是要确保自己离职后有个更好的去处。

想到离职之后的事情,他觉得以浪速大学教授的职位离职或许比在其他地方离职更加幸运。在从东都大学医学院副教授转调为浪速大学医学院教授之际,他还把没能在母校东都大学当上教授视为终生憾事而久久不能释怀。但三年之后,他觉得从整个漫长的人生来看,转调到地处经济都市大阪的浪速大学医学院当教授绝对没有吃亏。

即使留在东都大学,如果能够保持研究学术的学者生涯倒还说得过去,但在这里既能在学术方面有所建树,又能得到较好的经济收入。由此看来,还是成为以财界大亨级患者居多的浪速大学医学院教授要实惠得多。

在科研经费捐赠、特需诊疗酬金等其他方面,大阪的财界人物也是不同凡响。当然,有关其款项额度的情况从来没有听教授们提到过一个字。但教授的研究室条件和教授的生活水平,却维持着以国立大学那微薄的预算和教授级薪酬无法支撑的高水准。

即使说到昨天的胃癌手术患者也是如此。那位患者是三光纺织公司的老总,以前就曾向第一外科捐赠过巨额经费。在此之上,还给作为教授的自己和副教授财前五郎两人都送了特诊酬金。

但是,考虑到财前五郎代替自己主刀做手术,东贞藏骤然变得很不愉快。因为本来最初的诊断是切除胃体病灶,但在经过精密检查之后发现病灶是在贲门部,于是患者家属提出希望由财前副教授主刀。可财前为什么不极力推托说"有教授在,我一个副教授怎能抢先"呢?这令东贞藏大为恼火。或许财前对他自己的技术已经开始怀有充分的信心,所以根本不想推辞拒绝。想到这里,他感到一种不愉快的震怒,或者莫如说是由嫉妒引发的阴晦厌恶感。

这时,教授办公室的门被敲响,东贞藏应了一声,总务科的女事务员进来了。

"这是您的邮件。放在哪里呢?"

"就放在那里吧!"

他用铜像般刚毅威严的嗓音回答之后，女事务员小心翼翼地把一捆邮件放在大办公桌的一角，恭恭敬敬地鞠了一躬就退出去了。

东贞藏仍如往常一样浏览了《医事新报》《临床外科》《外科学会杂志》等医学专业杂志和制药公司、医疗器械公司寄来的文献，以及熟人寄来的患者介绍信等。当他把渐短的雪茄伸向烟灰碟想要熄灭的时候，旁边一本拆开腰封的周刊杂志映入眼帘。

拆下的腰封上写着"浪速大学附属医院第一外科公启"，好像是刚才的女事务员放在这里的。他不经意地翻开封面，只见卷首华丽地印着偕同漂亮女儿和夫人出游的总理大臣的近照。刚刚翻开下一页，他的视线顿时僵直了。

页面上印着身穿手术衣、正在手术室里做食管癌手术的财前五郎那精致的面部特写照片，还附加了"魔幻般的手术刀、食管外科的年轻权威"这种夸张的宣传语。东贞藏的眼睛突然产生了猛然飞进沙粒时的异物感。因为"魔幻般的手术刀"这种表现方式总与匠人手艺相关，所以倒也没什么不妥，可是像"食管外科的年轻权威"这些词语，他却觉得特别不顺眼。这种行为宛若用泥脚践踏自己这个第一外科教授的权威一般，他对这种粗暴无礼的行为感到怒不可遏。

我怎么会为这种无聊的事情生气呢？这又不是医学专业杂志，顶多不过是周刊杂志的业余记者写的报道而已嘛。他像害怕有损自己的威严似的从杂志照片上挪开视线，但连他自己都能感到花白眉头和细长眼睛里流露出严酷的神色。这恐怕也是即将退休离职、将要告别教授宝座的人都要体会的失落和焦躁吧。他试着做出近似自嘲的笑容，但还是无法平复情绪。他猛地扭动转椅朝窗外望去，正好看到了财前那壮硕的身躯。财前就那样穿着白大褂，双手插在衣兜里，一边抽烟一边像自己一样望着扩建中的新楼。

在东贞藏心中，一种暗影般的东西扩散开来。只凭财前副教授在手下做了八年的助手这点儿理由,就必须把自己耗费十几年岁月建立起来的拥有崇高名望和声誉的浪速大学医院第一外科轻易拱手相让吗?诚然,财前五郎作为副教授相当能干,为了自己而把医务部所有的杂务都承担起来,并且为了提高研究室的业绩而竭尽全力。可是,并不只是财前五郎这样做,其他科室的副教授也都同样在努力工作。这只不过是为了得到教授宝座所必须经过的过程而已。想到这里,东贞藏紧皱的眉头倏然放松,伸手拿起了桌上的电话。

从电话那头传来鹈饲院长的粗犷嗓音。

"哎!什么事儿啊?"

"哦,我想跟你商量个事情!"

"跟我商量?这么突然,想商量什么呀?"

鹈饲似乎已经对东贞藏提出退休离职之后的去路问题有了防备。

"其实,我想跟你商量一下本研究室的事情。哦,不会占你太多时间,还去老地方。好久没聚了,一边喝一边聊吧!"东贞藏轻松地提议道。

"好吧!既然是这样,那就五点半见面,一边喝一边聊!"

对方也很轻松地应允了。东贞藏放下电话,摁下了接通医务部的内线对讲机键。

"您有事吩咐吗?"

"如果财前回办公室了,叫他来我这儿一趟!"

说完,东贞藏叼上一支新雪茄,重新悠然自得地跷起二郎腿,调整好充满威严和从容的姿态。教授办公室的门打开,财前走了进来。

"我刚回到办公室。您有什么急事儿吗?"

"哦,不是什么急事儿。好了,你先坐下吧!"他向财前指了指椅子,"今天的门诊怎么样啊?"

"患者还是太多了,接连不断地到来,让人纳闷他们都是从哪儿聚集到这儿来的。初诊一上午就得看四十个,所以到中午都完不了,不知不觉就拖到两点钟了。"

"你那里也有很多介绍来的患者吧!"

这里指的是带着介绍信的特需患者。

"是啊!本来是要尽量确保完成特诊的,可是患者一多就……"

"因为你是食管外科的新权威,所以特诊患者增多是自然的事情嘛!"东贞藏不无讽刺地说道。

"哪里,像我这样的年轻副教授,怎么敢当权威……"财前五郎用谦虚的态度答道,与刚才在新楼工地前自信满满、目空一切的样子判若两人。

"哦,不管你怎样谦虚,这里已经大肆宣传你是新权威啦!"

东贞藏拿起刚才那本杂志摊开在财前五郎面前。

"这是你的卷首特写照片,还附加了'魔幻般的手术刀、食管外科的新权威'宣传语,你越来越了不起啦!"

说完,东贞藏长长地吐了一口雪茄烟。

"这是杂志社随意夸大炒作,我自己根本没想到会被这样大肆报道。而且,这也不是什么医学专业杂志,所以在教授出差期间就松了口。"

"不管是不是专业杂志,关键是你这个第一外科副教授即便仅仅摆个做手术的姿势,只要穿着手术衣拍照,就得经过我这个教授的同意才行。这是大学附属医院历来的学科规矩。既然是规矩就必须遵守!"

最后这句话就像手术刀一样锋利而冷漠。

"实在抱歉!是我疏忽大意,办事不周!"

财前诚惶诚恐地鞠了一躬,东贞藏脸上浮现出微微冷笑。

"你这么郑重其事地道歉,我也不知道说什么好啦!总而言之,无论什么样的小事儿,只要与第一外科诊疗有关的事情,对外接触都要跟我商量之后再决定。不管怎么说,我个人已经把你定为继任教授人选了,所以你可千万要自重啊!"

"明白!真是十分抱歉!"

财前把身体从椅子上挪开,郑重其事地深鞠一躬。东贞藏目不转睛地盯着财前,像是要准确地推测财前的反应。

财前一米八的魁伟身躯包裹在白大褂中,滚圆的双眼炯炯有神,正襟危坐在东贞藏面前的他充满了与其谦恭的态度和话语不相符的自信,呈现出医术与才干完全成熟的外科医生形象。

"别的,您还有什么告诫吗?"财前躲开东贞藏凝视自己的视线问道。

"没了。等我想到了再说吧!我现在还要去一个地方呢!"

东贞藏拿起侧桌上的黑皮包,从转椅上站起身来。

在东贞藏走出教授办公室之后,财前好像忍了半天似的打了个大哈欠,然后从衣兜里掏出烟卷衔在嘴上,又把刚才放在教授桌上的周刊杂志拿在手中。

身穿手术衣、戴着橡胶手套、握着柳叶刀的外科医生——财前五郎的面部特写照片和"食管外科的新权威"的大标题伴随着如沐春风的快感映入眼帘。忽然,他脸上浮现出嘲弄的笑容,嘟囔着东贞藏刚才说的话——大学附属医院的老规矩吗?他随即把那本周刊杂志塞进衣兜,用脚顶开了教授办公室的门。

东贞藏走出医院正面大门,坐上停在旁边的出租车,经过御堂筋街驶向心斋桥方向。

在清水町街角向东前行二百多米处,他叫司机停车,然后下车推开了四郎酒吧的店门。可能是因为才五点多,总是人满为患的店内空空荡荡,一个客人都没有。

"哎哟,东医生,您最近一直没来呀!今天就一个人吗?"

老板娘热情爽朗地迎接他。

"不,我跟鹈饲教授一起。他一会儿就来!"

说着,东贞藏跟老板娘走到里面的座席并要了纯苏格兰威士忌,然后一边喝一边回忆当年自己跟鹈饲向文部省申请浪速大学附属医院扩建项目时的情景。

那段时期,他跟鹈饲每晚都来这里会合,列出文部省和大藏省的副部长及局长级别中的实力人物,商讨申报活动的幕后运作。在国会召开预算审议会那天,两人提心吊胆地等待预算通过,直到深夜十一点半。

鹈饲与东贞藏虽然不是同学,但东贞藏的父亲东一藏原来是鹈饲父亲的前辈,所以他很关照东都大学出身、动不动就会被看成"旁系诸侯"的东贞藏。在去年坐上医学院长的交椅之后,鹈饲就更加注重提拔东贞藏了。他性情豪爽,在内科医生中十分罕见。在豪饮斗酒中,鹈饲不推辞,而且他喜欢在酒后畅所欲言,经常措辞犀利且直言不讳地提出批评意见。但他毕竟拥有相当强的实力,在浪速大学医学院也具有无形的影响力。而且,由于他研究的领域是近年来备受关注的高血压、心脏病等老年性循环器官疾病,所以在大阪财界长老中拥有很多熟人,在大阪财界中拥有不小的影响力。谨小慎微的东贞藏之所以能够以威严和从容的姿态成为浪速大学医学院的实力派之一,或许全都是托这位鹈饲的福。因此,虽然鹈饲年龄比自己小三岁,但东贞藏在鹈饲当上医学院长之后,还是尽量尊敬地与他相处。

"哎,让你久等啦!"

随着门口传来粗犷的声音,鹈饲那樱红色的脸膛出现了。稀少的头发与樱红光润的脸膛,正是专门研究老年病医学家的特有风貌。

"多谢你百忙之中抽空光临!"东贞藏欠身说道。

"哪里哪里,彼此都忙嘛!又要看门诊又要去住院部查房,既要给医学院学生上课指导,还要研究自己的课题发表论文,咱们国立大学医学院临床教授们必须完成诊疗、教学和科研三项任务,所以都是大忙人啊!而且要是当了院长的话,还要加上行政管理工作呢!这些都是重体力活儿呀!"

说完,鹈饲露出根本不当回事儿的愉快笑容,端起加冰的苏打威士忌一饮而尽。

"你说要商量事儿,到底是什么事儿啊?东教授突然打来电话,郑重其事地说要商量事儿,我就有点儿心里发毛了。别看我这个样子,其实挺胆小怕事儿的呢!哈哈哈!"

鹈饲又豪放地放声大笑,但眼睛里却没有丝毫笑意。

"说实话,有个事儿让我挺为难的,想请你听我讲讲呢!"

东贞藏夸张地做出困惑的表情。

"你担心什么事儿啊?"鹈饲仿佛被对方的表情吸引住似的问道。

"最近,我们研究室出现了很多抱怨的声音,让我实在为难。副教授财前什么事情都想管,其他人很不满意。你也知道,我特别关照他,想把他培养成继任教授,所以实在是不知道该怎么办才好了。如果是你的话,遇到这种情况会怎样处理呢?"

东贞藏巧妙地引出了话题。

"原来如此啊!这种问题吧,实在不好处理呀!不过,财前不是你十分期待的优秀副教授吗?本领高、爱学习,而且长着一副无所畏惧的面孔,人气不是也很旺吗?"

"可是,他时不时地搞些哗众取宠的奇妙举动,研究室内部总是不得安宁呀！"

然后，他漫不经心似的把刚才周刊杂志卷首特写照片作为实例讲了出来。

"哦？你那儿的财前副教授被称为食管外科的年轻权威吗？"鹈饲大声说道，"对医学只是一知半解的记者动不动就打出什么'世界性的发现''新权威'之类不负责任的夸张宣传语，真是添乱啊！我虽然不懂外科专业，但是任由记者拍摄手术现场照片显示自己的本领，这简直就是作秀嘛！他征求过你的同意吗？"

"问题就在这里呀！据说他是在我去东京出席学术会议时让人拍的照，但他本人却说事先没有预料到会这么夸张，于是就疏忽了。以一知万，因为他做什么事情都爱抢风头，所以在研究室内部也会引起某些摩擦，我实在穷于调解了。他虽然业务精湛，但实在可惜呀……"

东贞藏做出困惑的样子，慢慢陷入了沉思。

"你再为难也无济于事嘛！你打算把财前怎么办呢？"

鹈饲采取了第三者式的推诿态度。

"就是因为我难以做出判断，所以才找你商量嘛！如果是你的话，这种情况会怎么处理呢？"

"东啊，那不是你的研究室吗？如果不喜欢财前的话，你自己要保持清醒。到明年春天退休离职的时候从别处领来一个继任者不就行了吗？想接替你这种权威的人是要多少有多少啊！"

"可是，如果突然把财前这种已经得到内外公认的教授继任者取消的话，必定招来各种风言风语和责难，那可就更难办啦！"

东贞藏犹豫不决地说到这里，鹈饲一口喝干了杯中的威士忌酒。

"反正又不是由你来决定和任命继任教授，而是由教授会投票决定，所以你只要巧妙地操纵教授会选票朝着你所希望的方向倾斜不就行了吗？如果做不到这一点的话，那就不管愿意还是不愿意，只管把继任教授的职位让给财前然后离职。就这两种选择嘛！不过，要是财前坐上了教授的位子，那家伙恐怕不会按照你的想法行事吧！"

鹈饲像是看透了东贞藏优柔寡断的心理。东贞藏脸上抽搐了一下。

"哦，多谢你的忠告。我会参考你的意见，好好考虑继任教授人选的事情。不过，鹈饲教授真有福气呀！你们研究室的里见副教授就跟我们的财前不一样，是个低调质朴的学究派。"他十分艳羡地说道。

"但是，无论是研究室内部的协调还是对外公关，常常都得我这个当教授的亲自出马。也罢，每个副教授都各有优缺点嘛！所以，你在选择手下的副教授时就要先想清楚，你是要安排一个继承研究室的副教授呢，还是要安排一个像内务班长似的副教授呢？像你们财前那种两者兼备的人才实不多见。有了这样的副教授，就如同娶到了一个能干的老婆，好用得不得了呀！"鹈饲调侃似的说完，神情忽然严肃起来，"顺便问一下，东，你决定退休后去哪里？关西财界大佬们的重要手术几乎都是你一手包办，你的门路一定很广，已经准备另谋高就了吧？"

豪饮微醺的鹈饲转换了话题。

"哪里，还没有确定去哪里呢！目前只是呼声挺高，因为有些事情还没谈好，所以暂时还不能做出最后的决定。"

财前出了医院正门来到御堂筋大街，然后向大阪站前的中央邮局走去。

晚高峰时段的御堂筋大街上，从淀屋桥走向大阪车站的工薪族人潮犹如黑色缎带般向前延伸。财前五郎也置身于人潮当中，走在阳光渐暗的楼宇峡谷之间。

他推开中央邮局的玻璃门走进大厅，向营业员买了一个现金挂号信封，站在窗边没人的公用桌旁从上衣兜里掏出了钱包。

他取出两张一万元的纸币装进现金信封，随即写上了收件人地址和姓名：

  冈山县和气郡伊里中 黑川绢 女士

财前眼中映出了温馨的光芒。他每个月都会像现在这样写下母亲的姓名，并从五万七千元的副教授月工资中抽出两万元汇给独居在冈山县老家的母亲。这时，财前心里总会想起那段贫寒的岁月。

在财前小学毕业那年，身为小学教员的父亲因为意外事故身亡，从初中、高中直到大学，他都是靠父亲的抚恤金、母亲做家庭副业的工钱和自己的奖学金上学。进入浪速大学医学院之后，财前接受慈善家、个体营业医师村井清惠的援助坚持学业。村井清惠和财前的岳父财前又一是大阪医专的同学，就在财前五郎从医学院毕业担任助教的第五年，看好他前途的财前家招赘他当了上门女婿。

财前的母亲把毕生的指望全都放在了独生儿子身上，不知道她听到财前家提出招赘的要求时是什么想法。不过，她比犹豫不决的儿子五郎更早地做出了决定："与其说让我这个穷寡妇照料儿子的将来，还不如让儿子入赘财前家后继续努力钻研医学，只有这样，儿子将来才会前途广阔。"于是，她同意儿子入赘财前家。

在五郎成了财前家的人之后，母亲除了接收儿子每月寄来的生活费之外，从来没给财前家添过什么麻烦，也不会有事没事地走访财前家。财前五郎深深地感受到母亲对自己的疼爱以及其作为独居寡妇的铮铮骨气，因此曾多次产生过回到母亲身边的念头。但是，从当助教到现在为止，他都不用为钱而劳苦奔波，而能把全部精力投入到学术研究中去。他三十五岁晋升为副教授，其后八年之间也没被派驻到地方医院，并成为众望所归的继任教授人选，这全都是托了终身守寡的老母亲的福。母亲忍受着乡下孤冷的生活，同时对儿子五郎成为出人头地的医学家充满期盼。想到这里，财前心中产生了平凡而强烈的愿望：自己一定要趁母亲健在时当上教授，让她高兴！

财前走出邮局，来到樱桥附近的拉迪盖酒吧，一路上满怀对母亲的热切思念，脸上流露出幸福温馨的神色。不过，一走下通向拉迪盖酒吧的楼梯，他就立刻恢复到先前那个自信满满、精明能干的财前五郎了。

现在正是拉迪盖酒吧里顾客开始增多的时刻，几个男人在入口右侧的吧台前或坐着或站着。老板娘是个文学爱好者，酒吧内统一用雅致的浅驼色墙壁和窗帘营造出较为宁静的氛围，顾客也都是大学教授、报社记者或广播电视节目制作人。

"大夫！大家都等不及啦！"熟识的老板娘招呼道。

财前朝里面的沙发望去，坐在那里的是由他直接指导的十二三名研究室成员。

"你们好！抱歉，我迟到了。先顺便去了别处，所以来迟了。"

他说着向那边走去，研究室的成员们围坐在即将调往和歌山市民医院的织田身边。织田看到财前，立刻礼貌地站起身来。

"老师，您还是来啦！我还想您可能太忙，顾不上过来了呢！"

织田与财前一样由守寡的母亲抚养长大，也是本研究室里经济状况最困苦的学生。他从医学院毕业之后连续当了三年无薪助教，这给家庭带来了沉重的经济负担。正在这时，和歌山某市民医院向浪速大学附属医院提出请求，希望委派一名内脏外科医生。离开国立大学医学院的研究室转调到地方医院去，就意味着失去大学的优越设备条件和研究课题,同时也失去了在大学里晋升的途径,所以谁都不愿意去。但是,织田的境况已经不允许他继续留在大学里当无薪助教了。

财前坐在诚惶诚恐的织田面前。

"织田,那边的正木院长跟我是同学,我已经给他写信详细介绍了你的情况。还有,你的学籍仍然保留在我们研究室。以后再得到回大学的机会,你随时可以继续从事研究。"

"好的。谢谢您!听您这样一说,我感到仿佛从被流放的失落中解救出来了。"

织田穿着肘部快要磨破的西服外套,深深地俯首致谢。他的衬衣领子微微泛黄,与财前当穷学生时相同,装束破破烂烂,时刻为金钱困扰,生活十分窘迫,一副仿佛被幸福生活排除在外的疲于奔命的模样。

如果自己没有入赘财前家,恐怕也会像这个青年一样虽有才能却不得不去和歌山那种地方,继而痛失成为医学家的光明前程。想到这里,财前像要彻底忘却令人厌恶的过往一样,把杯中的苏打威士忌酒一饮而尽并转换了话题。

"对了,织田,听说你有一位相当纯情的小粉丝呢!"

"是,那个……"

织田支支吾吾,瘦削的脸颊泛起红晕。

"嗨!就是那个包扎技术特别好的去年刚进来的小护士嘛!"

虽然不知道姓名,但财前确定她是门诊的年轻护士。

"织田,是真的哟!她听说你领老家来的母亲回大阪的宿舍时,在大阪车站背着母亲走,简直感动得不得了!从那以后她就特别崇拜你,说不定会找上门去当你媳妇呢!"其中一个同学打趣地说道。

织田羞于应答,一声不吭地喝威士忌酒。

财前也有过类似的经历。当助教时,财前只有微薄的助教工资,缴过房租后就只能在站前小餐馆和学校教工食堂解决一日三餐。他常常带着难以满足的性饥渴前往道顿堀的脱衣舞剧场。如果这样仍然不能满足的话,就只好跟护士上床了。不过,自从看到某位前辈因为跟护士勾搭的事曝光被调到地方医院而丧失了研究室的光明前程之后,他就立即跟那个护士断绝了来往。为了摆脱性饥渴的困扰,财前一门心思用功钻研学术,这令家乡的慈善家村井清惠惊叹不已,财前这才得到了被举荐为财前家女婿兼养子的机缘。

这次聚餐本来是为欢送织田而举办的,可话题不知何时变成了酒和女人。不只是今天,以往研究室成员聚餐时聊的也都是这些无关任何人的话题。这是这个世界的常识。如今的世界,人际关系错综复杂,今天的朋友明天或许就变成了敌人。这样的聊天就是明哲保身、巧妙混世的一种方法。

告别了研究室成员们,财前独自走到樱桥的十字路口。他心里犹豫不决,是步行到阪急车站回家,还是……

他在红色信号灯前等待,当绿灯再次亮起时,巨大的红色霓虹广告灯箱浮现在眼前。财前妇产科医院——岳父财前又一的医院。那广告灯箱简直像夜总会的灯箱般华丽,炫耀似的悬浮在夜空之中。财前旋即转身,拦下一辆出租车向南驶去。

他在市营电车阿弥陀池站前下车,向西步行一百多米,来到一座小公园外。穿过公园从南口出来,眼前出现了一座木结构灰墙的三层筒子楼公寓,虽然规模不太大,但由于面朝公园而建,显得明亮而整洁。

财前左右张望了一下,随即快步走进了公寓。这座公寓每层都设有小型露台,他沿着纵向连接露台的楼梯向上走去,每一步都发出了声响。他为了不发出脚步声而踮着脚尖上楼梯,但也许是因为身高一米八的身材太魁梧了,脚步声还是很大。登上三楼的露台,他弓背猫腰、避人眼目地走到最里面的房门前敲了敲。

"谁呀?"里面传出庆子的问话声。

"是我。"他答道。

"请进!"

房门一推就开,原来并没有上锁,连着的三个房间是一个六铺席大的房间、一个四铺半席大的房间和一个厨房。室内凌乱不堪,医学杂志被摊开扔在房间中央,庆子横卧在对面的沙发床上。

"小五啊,你好久没来了,怎么回事儿嘛?突然就不跟人家联系啦!"庆子披着大红睡袍,嘴里叼着烟卷刁蛮地说道。

"你别再叫我小五了,要么叫大夫,要么就叫亲爱的,换个正经点儿的称呼嘛!"

"叫'亲爱的'是你夫人,叫'大夫'的是患者。我既不是小五的夫人,也不是患者,而是在酒吧里和你相识的女招待。只是凑巧你是大夫,我是女子医大的退学生,这就是咱俩和其他普通关系稍有不同的地方。"

庆子一边说着一边把短发刘海不耐烦地撩上去。

"小五,你喝什么?你好像已经喝过酒了,来罐啤酒?"

说完,不等财前应答就麻利地打开冰箱取出啤酒,又打开牛肉芦笋罐头放在凌乱的餐桌上。财前费力地挪动醉醺醺的身体,脱下外套,扯开衬衫领带,重重地坐在庆子身旁。

"你到底怎么啦?突然就来我这儿。要是我去店里上班了,你怎么办呀?"

庆子歪着脑袋盯着财前因醉酒而发红的倔强面孔。

"到时候再说嘛!今天六点多,我们在樱桥附近给调到和歌山医院的那小子开欢送会。我就顺道来你这儿了。"

"是吗？那可真巧了,我今天也向店里请假不上班,太好啦!"

庆子也跟财前一样把啤酒端到嘴边。

"怎么样？有什么趣事儿吗？"庆子百无聊赖地问道。

"趣事儿？这个嘛……"财前停顿了一下,"对了,对了,今天学校里发生了一件特别有趣的事情。"

他把主任教授东贞藏看了周刊杂志上自己的照片之后如何反应以及身为副教授的自己受到怎样的对待讲述了一番。庆子一边喝啤酒一边频频点头。

"所以嘛,我最讨厌大学的医院了,简直就像江户时代的深宫内院,又是老规矩又是惯例的。总而言之,教授就是诸侯大人,副教授就是小队长,平头医务员就是武士,护士长是后宫娘娘,而护士就是奴婢。特别是副教授与教授的身份差距,就像小队长与诸侯大人的差距一样。小五,要是不赶快把那个'副'字拿掉的话,恐怕一辈子都翻不了身。这事儿有把握吗？"

庆子细长的双眼放出锐利的光亮。

"在实力上我有绝对的自信。不过,要想当选不仅要靠实力,还得经过教授会投票决定。票数这种东西不管在哪个行业里都像流水一般,就连医学界也不会例外。"

"既然是这样,那你采取了什么措施吗？"

"这方面我还没有什么具体行动,要看东教授怎样出招,我再见机行事。不过,目前东教授打算让我当教授。而且,今天也以恩人自居对我说过这话。"

"啊？你登了一张卷首特写他就叽叽歪歪的,还会亲口说让你当教授吗？这种口头承诺可不怎么靠谱哦！在酒吧里信誓旦旦的顾客根本不值得信任。小五,你既有本事又有男子汉气概,是个信心十足的人物，不过有时也会过于天真。所以，你还得多留心呀！"

"我过于天真？你瞎说什么？"财前付之一笑道。

"我说正经的呢！你年轻时是个穷学生，因为从黑川五郎变成了财前五郎，也就是入赘到堂岛的财前妇产科医院院长家，当了人家独生女女婿才富裕起来。所以，你已经不像穷学生那样有心计，而是全身都散发着自信满满的活力，这是很危险的呀！"

这倒很像由于家庭经济原因而从女子医大退学的庆子所讲的话。不过，财前一听到"上门女婿"这个词必定表情不悦。

"你别动不动就'上门女婿'嘛！同样是上门女婿，本大爷可是财前家的宝贵勋章啊！财前家虽然财大气粗，但充其量不过是个体营业医师而已。他们还指望我当上国立大学医学院教授呢！"

"所以啊，小五无论如何都要当上继任教授，否则你在财前家的处境可就岌岌可危啦！你每个月五万七千元的副教授工资，财前家全都让你当零花钱用了。不仅如此，你在酒吧里的花费也都可以挂到财前妇产科的账上。这都是因为他们把你当成教授潜力股啦！就连我也一样。你每月只给我两万元，其余的我自己去赚。我之所以跟你保持这样的情人关系，也是因为看准了你会当上国立浪速大学的继任教授啊！"

"你的意思是，我当上教授，你就要讨回本钱吗？"

"开什么玩笑？就凭国立大学教授那点儿死工资，哪里养得起一流酒吧的女招待呀？还是你打算当上教授就利用特诊去大捞特捞呢？"

"你怎么能说出这种损话呢？"财前生气地说道。

"你瞧！说着就生气了吧！我在女子医大的时候，早就领教过魔怪般的医疗界的封建性和充满矛盾的人际关系了。所以，充满封建性的浪速大学医学院才会有好戏上演呀！"庆子说完瞟了一眼财前上个月来时忘在这儿的医学杂志,"就连那本《医学新报》都报道了你所在的食管外科呢!那个食管与胃部吻合术真的很难吗?"

只有在这种时候,庆子那细长的双眼才洋溢出曾经作为医大女学生特有的聪慧光芒。

"是啊!一般发生在胃部的癌症只需把病灶切除就可以了。不过,一旦扩大到了贲门部,就得先把这个部位切除并与食管缝合起来。这个缝合过程要求以秒计算的速度、精湛的手法和绝对的准确性,所以难度极大。能做这种手术的人,恐怕只有千叶大学的小山教授和我了吧!下个星期二还有人从九州专程来找我做大手术呢!"

财前一想到下周二的食管癌手术,旺盛的性欲就被激发出来。

"哎!上床吧!"财前露骨地示意道。

"哎哟,真讨厌!你又要做手术啦!"

庆子一边说着一边为了迎合财前脱掉内衣,搔首弄姿地横躺在床上。

汽车沿着芦屋川向山边开去,穿过深夜里的住宅区停在白瓦红墙的英式楼房前。到达家门口的东贞藏忽然端正仪态,表情庄重地摁了门铃。女佣从旁门小跑过来,为他打开了院门。

"您回来了。"女佣恭敬出迎并接过皮包说道。

东贞藏顺着石板甬道走进门厅,发现妻子政子的房间里没有开灯,家里静悄悄的,于是他就从门厅直接登上通往二楼书房的楼梯。这时,佐枝子迎了出来。

"父亲,您回来啦!"

"我刚到家。你母亲呢?"

"母亲去听音乐会了,所以我等父亲回来。我给您泡杯茶吧!"

女儿的嗓音透出即将三十岁的女性的沉稳。

"嗯，那就麻烦你啦！"

东贞藏打开门厅右边的西式房间门，二十铺席大的房间中央有一座大壁炉台，上方的格架摆着贵重的装饰品，墙上挂着每号十几万元的画作。虽然这些饰物全都价格不菲，却严重缺失了整体的协调感，似乎在表明这都是别人的馈赠品。东贞藏坐在壁炉前的躺椅上望着窗外的景致——茂盛的树木在幽暗的庭院里伸展着枝干。温暖潮湿的夜风吹进微微开启的窗缝，他觉得一小时前在大阪闹市跟鹈饲推杯换盏地谈论财前五郎的情景仿佛梦幻一般，而现在眼前的一切却这样平静而安详。

但是，鹈饲所说的话还冷若冰霜地残留在东贞藏的身体里。用不着鹈饲来说，他自己也知道结论只能二选一。看来自己特意邀请鹈饲去酒吧商讨财前的事情未免太轻率滑稽了。鹈饲会不会因此而藐视自己呢？但鹈饲亲口说过："像东教授这样的人物还怕找不到继任者吗？"他应该不会那么轻易地藐视自己。东贞藏的老毛病又犯了，往好了说是谨小慎微，往坏了说就是优柔寡断。

"父亲，茶泡好了！"

身穿灰蓝色捻丝绸和服的佐枝子把插着柠檬切片的红茶放在桌上，优雅地坐在父亲面前。她的实际年龄已经二十九岁，但因为身材窈窕玲珑，看上去只有二十五六岁的样子。

"佐枝子，你觉得财前这个人怎么样？"

"是啊，那位……"

佐枝子端起红茶杯，开始回忆每年都会来家里拜访两三次的财前五郎。

"他是父亲的左膀右臂呀！这已经是大家公认的嘛！而且，他近来在食管外科方面名气很大，所以大家都在议论第一外科的继任教授非他莫属啦！"

"大家都在议论！这种事情怎么会传到你们的耳朵里？"

"我是听母亲说的。前些天，母亲参加了教授夫人会的聚会。有位夫人在席间悄悄告诉母亲：'最近有些人已经不把浪速大学第一外科称为东外科而是称为财前外科了，要多加小心呢！'"

浪速大学医学院有个号称"红颜会"的联谊会，教授夫人们每两个月聚会一次以求能更加和睦地相处。

"佐枝子，那种流言你会当成真话吗？"

"不，我既不会当成真话也不会当成假话。反正在大学里，那种流言从来都是满天飞。"

自从佐枝子懂事时起，家里聊天的话题就总是父亲在大学里的地位和学术成就，以及与此相关的医学院内部的人事变动，全都充满了权力、名誉和利己主义。成年之后的佐枝子突然在某一天表明，自己不愿意嫁给国立大学医学院的医生。当时，父亲东贞藏和母亲政子都没有觉察到女儿心中发生的复杂变化，只是从最初就表示反对。东贞藏和政子在浪速大学或京都国立洛北大学出现合适人选时，曾经给她安排过几次相亲，可作为主角的佐枝子本人却总是犹豫不决，于是不知不觉就到了二十九岁。

"不过，佐枝子，你也该好好考虑自己的婚事了。反正早晚都得结婚，最好趁我还是现任教授的时候，这样比较好操办。"

东贞藏十分体恤地说完，佐枝子睁大了单眼皮的清秀双眸。

"父亲预定明年春天退休离职吧？就剩下一年的时间，我的婚事能轻易谈成吗？"

她的回答似乎与己无关。

"就是因为你老这么说，所以才拖延到现在还没个结果。不管怎样，原以为还很遥远的退休期限已经迫在眉睫，所以你的婚事也就不能那么不紧不慢地考虑了，我会跟你母亲慎重商量，给你物色合适的对象。你大致喜欢哪种类型呀？"

佐枝子一瞬间伏下眼睛，但立刻又睁大闪亮的双眸。

"就像我先前说的那样，我想跟与祖父和父亲不同行业的人结婚。如果必须是学医的人的话，我就干脆找个营业医师。"

"什么？营业医师？国立大学教授的女儿居然要嫁给街道上的营业医师？"

"难道不可以吗？"

佐枝子平静的目光中包含着对父亲话语的责难。

"我坚决反对！且不说世代相传的名望高远的个体医院或诊所，一般的营业医师多数都是从医学院毕业后想留校而没能如愿的人。他们既不能在大学里按部就班地升职，也不可能去地方的大学医院当正式医师，所以才迫不得已当了营业医师。可你怎么偏偏要嫁给一介……"

东贞藏把从父亲那一代起就当国立大学教授当成了东姓家族不可变更的圣职，他也是坚定不移地沿着这条道路走过来的。在他头脑中所谓的"医生"，只能是国立大学医学院的教授，或者至少是副教授、讲师，而始终对营业医师怀有固执的偏见。

"就是父亲这种可怕的偏见阻碍了我的婚事，也使去世的哥哥生前承受了那样的痛苦。"

佐枝子双眸中充满了悲愤的神色。东贞藏的长子东哲夫不愿意当医生而希望专攻中国文学，却遭到身为医学家的祖父和父亲的极力反对，只好十分勉强地刻苦用功准备理科考试。就在他高中毕业考入新潟医大那年，胸部发生了疾患，再加上战争期间粮食匮乏，二十二岁的他年纪轻轻就病逝了。东贞藏对于长子的死只说了一句话——这小子没有当医学家的天分，真是个笨蛋！即使是现在，他似乎仍未觉察到佐枝子悲愤的表情，也没谈起早逝的长子，却疑惑地向佐枝子发问。

"哦？是我的观念阻碍了你的婚事吗？那又是怎么回事儿呢？"

佐枝子把坚定的目光投向父亲。

"像父亲这样的人恐怕无法理解吧！我之所以对父亲和母亲推荐的大学方面的相亲不感兴趣，就是因为我讨厌大学医学院内部充满矛盾的人际关系，还有只凭业务能力难以发展的医学界的封建性，以及不知不觉被那种封建性驯化的扭曲人格。就连在给我挑选结婚对象的时候，也是不仅要考察对方的人品和能力，还要仔细调查与父亲相关的学术系列、学阀关系和裙带关系。我不想按照那种人工培育的方式结婚！"

"人工培育的方式？"

佐枝子眼睛不眨地点点头。

"祖父和祖母还有父亲和母亲的婚姻就是那种方式。祖父迎娶了恩师的千金，父亲迎娶了祖母娘家亲戚、著名法医学家的女儿。就是凭借这种裙带关系和学阀关系，祖父当上了赐封正四位勋二等官衔的国立洛北大学附属医院院长。父亲虽然没能在母校东都大学当上教授，可也在浪速大学越过老前辈当了教授。东姓家族是通过刻意经营婚姻关系构筑的医生世家。我讨厌那种人工培育的婚姻。"

佐枝子抬头望着墙上挂着的祖父肖像——身穿黑色礼服、胸前佩戴二等勋章的日本外科学界的功臣东一藏威风凛凛。

"佐枝子，你要多少注意点儿说话方式，这种事情并不……"

东贞藏刚刚插话，佐枝子却继续讲下去。

"这种事情并不仅仅发生在东姓家族，每一个学者家庭都会采用这种人工培育的方式构筑优秀的学者家庭——父亲是想这样说吧？所以我才不愿意跟大学里的人谈婚论嫁。如果无论如何都必须与从事医学相关职业的人结婚，就像我刚才说的，那我就干脆嫁给营业医师。只要他是个好医生,就算是营业医师又如何呢?"

东贞藏一时不知如何回答是好,他认为佐枝子的话只不过是从未婚女子特有的清高和感伤中产生的反学究情绪。佐枝子外表看上去内敛而柔顺,但内心却十分要强并具有坚韧的行动能力,或许她真是那样想的并真打算那样做。想到这里,东贞藏就像遭到突然袭击似的有些慌乱。为了消除这种慌乱,他强装镇定,悠然地把脊背靠在安乐椅上。如果能从继任教授的人选中找到与爱女门当户对的人物……这种既唐突却又难以动摇的强烈愿望充满了东贞藏的心胸。

财前杏子抬头看了看时钟,已经过了十点钟,可丈夫连个电话都没来过。两个正在上小学的孩子早就睡下了,女佣也回了自己的房间,宽敞的家里只有杏子一个人还没睡。她对傍晚刚在美容店修整的发型不太满意。

她拿起发刷把刘海撩起,清楚地露出发际,这样更能突显眉眼的华美。她对镜中映出的面容满意之后,才离开梳妆台坐在了套廊的藤椅上。

庭院灯照耀着约有七百平方米的院子,虽然草坪和小花坛尚未整理,但是对于国立大学副教授来说,这已经算是相当奢华的住所了。杏子的父亲财前又一在十四年前招赘黑川五郎当上门女婿,在夙川山麓为他们新建了这座宅院。在大阪堂岛开办妇产科诊所的财前又一靠行医发了大财,这十几年来一直担任医师协会的干部,在营业医师当中拥有无形的力量。可是,面对国立大学医学院的教授,他始终怀有近乎滑稽的自卑感。正因为如此,他才希望通过女婿财前帮他实现自己未竟的梦想。他对财前五郎从副教授晋升为教授怀有异常狂热的执着。

杏子当初对父亲这种孩子气的执着一笑了之,并未当回事,但不知从何时起,她自己也跟父亲一样迫切希望丈夫五郎能够早日当上教授。

大概是从一个月前开始,财前五郎突然一反常态回家很晚,除了星期六之外,连晚饭都不回家吃了。

当杏子说希望他为了孩子早点回家时,财前说:"眼下正是争取继任教授职位的最关键时刻,我哪有闲工夫回家吃晚饭?"听他这样说,一向争强好胜的杏子也只好忍气吞声了。

杏子想到财前今晚回来也会很迟,就百无聊赖地伸手从杂志架上抽出那本刊登着财前照片的周刊杂志打开来看。

丈夫精致的面孔占满了整个版面,还有优美而严酷地握着柳叶刀的手部特写照片。虽然被橡胶手套包裹,但只有杏子了解那双汗毛浓密、骨节粗大、男人味十足的手。

而且,让这样一双手拥抱并感受其激烈的爱抚,是杏子夜晚的娱乐项目。想到这里,三十六岁的杏子忽然感到体内潮热亢奋,在藤椅上闭上了双眼。

外边传来汽车停下的响动,接着是门铃声,她赶快跑出去开门,一身酒气的丈夫抱住了杏子的肩头。

杏子推挡着财前的手,瞪大双眼责备似的盯着丈夫的面孔问道:"这么晚才回来,你去哪儿啦?"

"今天,我们研究室为调往和歌山医院的助教开欢送会了。然后又换别的店喝了两三家,所以回来迟了。"

"哦?给助教开欢送会用不着喝两三家吧?"

"如果只是助教和实习生的话当然无所谓,可是今天难得东教授也参加了,为了陪他我就……"

财前已经掌握了在杏子面前既不失风度又不影响杏子情绪的辩解方式。

"哦？连东老师都参加了吗？就为了给助教开欢送会？"杏子惊讶地问道。

"眼看就要退休离职，连东教授都变得和蔼可亲啦！"

他绝对不会告诉杏子，自己因为周刊杂志卷首的照片被东教授冷嘲热讽地教训了一顿，这种糗事太丢面子了。报喜不报忧，这就是财前五郎在家里的一贯做法。

杏子真的相信了丈夫的话。

"说到东老师离职，今天我给爸爸打电话时他使劲儿喊：'刚刚看过杂志，五郎干得真漂亮！就这么干！就这么干！'连电话都快被他喊爆了。"

财前脑海里立刻浮现出杏子父亲财前又一的形象：油光发亮的大红脸盘、总是粗声大嗓地用大阪方言喋喋不休地神侃、像秃头海怪般"哈哈哈"放声大笑。

"他还像往常那样精力充沛地忙着诊疗以及医协的工作吧？"

财前又一和五郎分别住在大阪市和大阪郊外的夙川，因为忙于工作不能经常来往，只是孩子们每月两三次由女佣领着去大阪市的外公家与外公见见面。

"嗯，他精神头好得有点儿过头啦！他还洋洋得意地对我说：'怎么样？我买进的投资股没错吧？'"

杏子原原本本地转述了父亲的话。

"哦？'我买进的投资股'吗？"

财前一边应答一边心里想：原来如此啊！或许我就是财前又一预计看涨的投资商品。营业医师财前又一希望找个人代替自己满足个人名誉心，于是积攒了巨额聘金买进黑川五郎。而黑川五郎就像动物园里的公猴无条件地接受了许配的母猴，出卖男人的性来换取丰厚的生活费和学究式的生活——其实就是这么回事儿！这也就不错了！想到这里,财前压抑着苦笑走进了起居室。

杏子绕到身后帮他脱掉外套换上了和服,古雅的竖条纹结城茧绸夹衣配上博多独钴纹窄腰带,这身做工十分讲究的和服是财前又一穿过的。

其实,不仅是五郎身上穿的,就连日式客厅里的古杉木大茶几、壁龛里的挂轴和香炉,都是从大阪市的财前家中承领的,要不就是财前又一给他们买的。

面对突然沉默不语的丈夫,杏子嗲声嗲气地撒起娇来。

"我做了夜宵,咱俩一起吃吧！"

财前先是跟即将前往和歌山医院的织田一行在酒吧里喝了酒,又去庆子公寓里喝了啤酒,缠绵一番之后还吃了些三明治,肚子里已经装不下了。

"嗯,那我就再吃点儿吧！虽然我在欢送会和别的店里已经吃饱了,可还是要跟你吃点儿东西！"

财前脸上现出白天看不到的、极易俘虏女人心的温柔而甜蜜的表情。

"哎呀,讨厌！你总是用这种花招勾我的魂儿。不过,老公,你可千万别搞什么婚外情。要是你敢做那种事儿,我可不会睁一只眼闭一只眼,还要找我爸告你的状,绝对不会忍气吞声的。"

杏子主动把脸颊贴在丈夫胸前,垂下大大的双眼,嘟起宛若樱花花瓣般的唇弓。

财前吸住那丰满的红唇并抱住杏子的身体,心中突然产生了想要更多钱的念头。

两人交缠的肢体分开,杏子离开财前五郎的胸前。

财前忽然想起似的向杏子说道:"有件事情想要拜托爸爸。"

"什么事情？哪方面的事情？"

"哦,是工作上的事情,所以还是等我见到爸爸直接跟他说吧!你帮先我打个电话提一下吧!"

财前在说这话的同时就已经在心里盘算好,下周二做完手术要亲自跑一趟堂岛财前妇产科诊所。

第二章

实施手术的上午，医务部里充满了紧张的气氛。手术预定在九点钟开始，而实习生和医学生早在八点钟就到一层的中央手术室集合了。参加手术的四名助手、手术室护士长和两名年轻护士留在室内，其他人都在可以透过玻璃俯瞰手术室内情景的观摩室里等待。

财前副教授要做的是死亡率较高的食管贲门手术，这引起了学员们强烈的关注。

无影灯射出明亮晃眼的光线，冷漠地映照着浅蓝色瓷砖地板。宽阔的地板上冷冰冰地摆着白色手术台。旁边的玻璃盒里，手术刀、手术剪、止血钳、镊子等器械发出瘆人的寒光，就连放在角落里的消毒器的白色都显得那样冰冷刺眼。虽然室内温度被调到二十二三度，但是手术室却笼罩在仿佛一切都被置于冰冷世界般的沉寂之中，只能听到整理手术器械的金属撞击声和护士的脚步声。

忽然，与手术室相连的预备室门被打开，财前五郎出现在门口。他一进来就径直走到洗手消毒器前脱下诊察衣，护士立刻帮他换上消毒过的手术衣。他一边让护士帮着系好背后系带，一边用消毒肥皂洗手。用消毒洗手液仔细地清洗完双手后，财前将双手向前伸出。护士从消毒容器里取出橡胶手套，戴在财前汗毛茂盛的双手上，手套紧贴着皮肤，不起一丝褶皱。之后，护士又帮他戴上手术帽和口罩。

财前轻轻地摇头,试着屈伸十指,确认橡皮手套、手术衣和手术帽全都准确无误地戴好之后,用锐利的目光向周围扫视一圈就进入了手术室。

"把患者推进来!"戴着口罩的他生硬地说道。

两名护士迅速打开与麻醉室相通的门扇,静静地把躺着患者的移送车推进来。

患者躺在推车上,一幅苍白的面孔,他的双眼微微闭着。护士把车推到手术台旁边,随即把患者抬到手术台上。负责麻醉的医师一边检测患者的呼吸和脉搏一边给他做全身麻醉,而助手则给他盖上了手术洞巾。

对准患部的无影灯光霎时变得更加明亮,财前的目光也变得更加锐利,他那握着手术刀的右手伸向患者胸部,随即从胸口划到腹部,从刀口涌出的鲜血画出凸起的粗线向两侧流下去,淡红色的皮肤组织被切开。手术刀避开肋骨,切开胸膜进入了胸腔。两名助手用手术拉钩把切开的肌肉固定住,再用止血钳止住出血部位,以协助手术刀的操作。为了不伤及心、肝、肺等脏器,财前小心翼翼地把它们拨开,终于看到已经从食管长到贲门的凹凸不平的黄白色肿瘤。这就是癌组织,已经转移到淋巴结了。

财前脑海中忽然闪现一年前从九州医院调来的病例报告书。

姓　　名	山田音市 62 岁 海产商
主　　诉	食管吞咽障碍
现在病情	从今年年初开始,患者摄取固体食物有时出现噎嗝样吞咽障碍,饮水或摄取流食即可改善吞咽。不过,患者食欲正常亦无恶心呕吐症状,没有急剧消瘦现象。

入院诊断　　尿检未见异常，大便隐血反应、联苯胺试验和愈创木酯试验结果皆呈阳性，红细胞数 372 万，血红蛋白 75%，白细胞数 8300，肝功能无明显异常，血清蛋白 6.4g/dL，X 光透视检查虽然发现腹部食管有轻微变形，但食管镜检查未见异常。

手握柳叶刀的财前不禁对病历中的诊断发出轻蔑的冷笑。依他看来，早在一年前 X 光片就已经拍到癌变引起的硬化现象，很明显是忽略了食管贲门癌。如果再拖上一两个月，癌组织就会穿透胃浆膜扩散到整个腹腔，那样就会错过手术治疗的时机。

"这是食管贲门手术，务必多加注意！"

财前向助手厉声提醒后就换上了尖头手术剪，他先把已经癌变的淋巴结全部清除掉，然后剥离食管牵出大部分肿瘤，再用食管钳夹住并切除掉，之后站在左右两旁的助手用纱棉块和止血钳进行止血。接下来是胃部。滑溜溜的腹腔内，被切割剥离食管的贲门部已经被肿瘤压瘪。财前留下正常部分，切除病变部分，再把残胃形成管状，一下子提到食管断端并迅速开始缝合。这种食管和胃部的吻合术就是这台手术中最为艰难的步骤。被手术钳夹住的食管很容易就会滑脱并掉在纵隔腔内，那样就会错失缝合的最佳时机。财前额头渗出汗水，感到咽喉一阵燥渴。

财前仰起脸来甩掉汗水，忽然连续眨了几下眼睛，只见二层观摩室里东教授绷着脸透过玻璃窗俯视着手术室。财前的眼中浮现出慌乱的神色，一时犹豫不决，险些停下手头的动作。然而，这是需要分秒必争地做出判断和处置的手术！

财前瞟了一眼正面的时钟，果断地把提起来的胃部与食管相接，为避免发生缝合不全,他先用肠线暂时假缝合,然后再进行全层缝合,最后再用丝线缝合浆膜。他用精湛的缝合手法把食管与胃部吻合在了一起。

"必须尽快完成全部缝合!"

说完,他用剪刀"嚓"地剪断了缝合线。这一声响宣告了生与死的界限。

剩下的只是迅速地把拨开的脏器放回原位,再把剖开的腹部创口缝合起来了。手术十分成功!

完成了艰难的手术,用自己的力量挽救了一个人的性命,财前感到莫大的喜悦。同时从心底奔涌出近乎狂妄的自信,他不禁在口罩下浮现出得意的笑容。他把创口闭合缝好,让助手敷上纱布并招呼他们把胸腹带裹好,随即放下了缝合针,大颗汗珠从额头吧嗒吧嗒落在地板上。

他长长地呼出一口气抬头向观摩室望去,却已看不见东教授的身影,只有实习生和学生们兴奋地挤在玻璃窗前。

"财前医生,可以把患者推出去了吗?"护士长向他问道。

财前一边擦汗一边确认患者的状态,然后下达指令。

"可以了。先别马上送回病房,留在恢复室里等状态稳定下来再送吧!"

说完,他让年轻护士帮他脱掉手术衣和橡胶手套,再用消毒液清洗双手,之后走出了手术室。这时,从身后猛然传来女性激动的声音。

"医生!我丈夫多亏您做手术捡回了一条命。主治医师先前瞒着我丈夫告诉我,这种手术难度极大,需要做好心理准备。但是,托医生的福,我丈夫得救了。我们下决心从九州的医院转到您这儿来是正确的选择。真不知道怎么感谢您才好……"

近六十岁的患者家属说不下去了,她垂下鬓发花白的头致谢。

"不用谢。再拖延下去就更危险了。虽然手术难度很大,但你先生的运气好啊!"

"您这样说,我更是……是医生让我丈夫重获新生啊!"

说完,她已经是老泪纵横了。财前眼前忽然浮现出住在家乡的母亲的身影。

"手术后的康复调养十分重要,请千万要保重。过后我会去病房看他。"

财前说完安慰的话语就离开了老人身边,叼着烟卷径直朝中庭走去。他一边像往常那样走向新楼工地一边想:东贞藏为什么专门跑来看副教授执刀的第一台手术呢?这个疑问在他心中渐渐变成了强烈的担忧。他该不会还对前些天杂志刊登的照片和"食管外科的年轻权威财前五郎"的标题耿耿于怀吧?他心中产生了无法释怀的疑惑和隐约的恐惧感。

东贞藏独自在堂岛川边商厦的六楼餐厅里吃午餐,脑海里回想着刚才财前做手术的情景。

手术刀的运用、下刀的精准、缝合的迅捷,以及财前那双简直像绘画雕刻大师般精巧灵敏的双手,仍然像烙印在视网膜上似的历历在目。

这两三年来,为了促使扩建新楼的项目顺利获得批准,他跟鹈饲东奔西走,为杂务忙得不可开交,根本无暇仔细关注财前的工作。就是在这段时期,财前的实力得到了突飞猛进的提升。前不久女儿佐枝子曾不经意地提到"大家好像都在议论以后就是财前外科了",那句话现在骤然带上了几分真实感。

直到昨天为止,他都把财前当成自己的接班人。可在不知不觉之间,他已经在学术和社会方面成为自己的竞争对手了。东贞藏感到了极度的不安。这是怎么搞的？我这样的人物居然会把自己手下的副教授当回事儿！东贞藏像责备自己似的调整坐姿，再把餐巾拉正，随即拿起了餐叉。

东贞藏喝完了咖啡，时间才过十二点钟。今天上午没有门诊，只有下午的主任查房，只需在午后一点查房开始之前回到医院就可以了。他为了打发闲暇，顺路去了一趟商厦地下的书店，回到医院还不到一点钟。不过，医务部人员已经做好了主任查房的准备。

东贞藏穿上白大褂，朝第一外科专属的三层南侧病房走去，助教、实习生中没出门诊的都跟在后边。三十来个医务员摆出诸侯出巡的阵势，浩浩荡荡地跟着东贞藏来到三层的值班室附近。

"主任查房了！"

护士长一声吆喝，喊声在长长的走廊中回荡，各病房的房门应声左右大开，紧张的气氛霎时间充满了楼道。东贞藏一想到像这样带着浩浩荡荡的"仪仗队"进行主任查房的日子只剩不到一年了，就仿佛体内脱落了什么东西似的，感到无以名状的落寞。

东贞藏刚刚踏入病房门，躺在病床上的一位骨瘦如柴的中年女患者就颔首致意，陪护她的像是她女儿模样的年轻姑娘也鞠躬行礼，迎接主任到来。病房里清扫得一尘不染，就连床头柜和座椅都被放回了原位。在床头柜旁边，该患者的主治医师用笔挺的姿态迎候教授。

东贞藏迈开大步走近患者，浏览了主治医师递上的病历。

"怎么样，今天的情况？"

这名患者做过胃溃疡手术已经三天了。

"是，托您的福……"

患者只说到半截，主治医师就报告了术后康复情况。东贞藏一边聆听一边接过护士长递上的听诊器，随即夹在耳朵上给患者检查全身状况。他叫患者解开胸腹带看了患部，创口清洁干燥，看样子可以顺利拆线，问题只是以后的食物疗法了。

"嗯，状态不错。从今天起，你每天可以摄取六次流食，要多多注意。"随后，他又向主治医师做出指示："你详细说明饮食注意事项，抗生素和点滴保持现在的剂量。"

话音刚落，他已经走出了病房。除非是有特殊交情的患者，一般每人只能得到两三分钟的诊察时间，否则根本不可能把上百张病床的第一外科全都查完。

来到第五间病房门前，东贞藏的眼神忽然变得锐利起来，病房里财前五郎正站立等候，他正好来观察患者术后的情况。

患者尚未从麻醉中醒来，脸上还戴着氧气罩。财前站在患者枕边递上病历。

"这位患者是食道贲门癌。在先前的医院里看了一年都没发现，差点儿延误治疗时机。不过，今天上午总算做手术切除了。"

东教授沉默不语，接过病历仔细地浏览了一遍。

"没错儿！看来就是先前的医院误诊了。不过，发现这个误诊也算不上什么功劳啊！只要采用胃镜或尿素呼气试验细胞学检验，谁都可以诊断出来。只是先前的医院没有这个能力而已。所以，希望你们也不要忘记这一点！"

他刻意忽视财前的诊断与手术的适当性。

"那么，手术结果怎么样？"

"哦，虽然有点儿困难，但因为切除食管并提升胃部，实施代用食管的再造手术，所以结果应该很好。"财前用充满自信的声音答道。

东贞藏眼中掠过严厉的神色。

"贲门癌手术是否成功，必须经过一个星期的观察之后才能下结论。另外，刚才我去看了一下你的手术过程，那种做法太草率了。"

"啊？太草率……"

财前深感诧异地重复了一遍。

"是啊！你没有考虑到患者年事已高,在手术过程中频频看表,一副拼命赶时间的样子。对于高龄患者或身体虚弱的患者,进行手术时不应只考虑手术时间,有时还需要慎重考虑把手术分成两次乃至三次来做。手术又不是体育竞赛,更不是作秀,速度快、手法漂亮并不等于本领高。虽然你的手术一向以时间短受到好评,但是比起那种好评,不如更加慎重仔细地对待治疗本身。"

东贞藏的严厉批评像利剑般刺来。

财前故作镇定地答道:"当然,术前我已经检查过患者的肝脏、肾脏和心脏,在此基础上确定了一次完成手术的方案。此外又考虑到患者年事已高,为了尽量减轻患者的负担,我今天有意识地缩短了手术时间。"

虽然这对财前来说是如实汇报,但对于手术耗时较长的东贞藏来说,这些话听起来就像是批评自己的手术,隐含了讽刺意味。

"你是在批评我说的话吗？你可不能自我陶醉呀！"

说完,东贞藏目光锐利地望着财前的脸。虽然话语不多,却含有一剑封喉般的冷酷。

财前感到怒不可遏,但又把话头转到了治疗方针上。

"您还有别的什么指示吗？"

"这个患者是你主刀手术的,你自己好好考虑吧！如果还有什么不懂的问题,你就去我办公室吧！"

说完,东贞藏拨开身后的医务员走出了病房。在气氛尴尬的病房里,患者家属似乎搞不懂刚才那些混杂了德文术语的对话内容。医务员们对东贞藏一反常态的可怕态度露出疑惑和好奇的表情,然后尾随而去。

被撇下的财前若无其事地向患者家属说明了术后注意事项,然后走出病房。东贞藏率领的由助教和实习生组成的查房队伍,一直延伸到长长的走廊尽头。

财前目送队伍远去,心中这才对东贞藏产生了沉重的疑惑:东贞藏心中对我的看法或许已经发生了很大的变化。那天他说要把继任教授给我的时候,心中其实已经为把我排挤掉开始谋划什么了。今天来观摩我的手术过程,说不定就是为了找出我的什么缺点。忽然,财前脸上浮现出诡异的笑容。他快步走回副教授办公室,脱下白大褂收拾了一下,就离开了医院。

财前来到财前妇产科诊所门前,这里仍如往常一样洋溢着充满活力的气息。

或许是因为妇产科与内科外科不同,患者多为孕产妇,所以占地面积近三百平方米的三层楼的诊所前面总是停满了出租车和私家车,从这种情景就能看出财前妇产科诊所的生意特别兴隆。财前五郎推开楼门来到接待处。

"院长呢?"

他用眼睛示意门诊室方向。

"院长正在门诊。我帮您通报一下吗?还是您先去后边坐会儿?"接待员欠身问道。

"不,我就在候诊室里等着。我怎么能进门诊室呢?"

财前眼前浮现出这样一幅情景:患者在存衣筐前脱光下半身衣物,然后爬上用围帘遮挡的内诊床分开双腿,医师或插入子宫镜或用洗液清洗阴道。虽说如此,他觉得去门诊室后边的住所也很麻烦。岳母早在七年前就去世了,岳母还健在时,家里就有一个老女佣负责照料饮食起居,特别婆婆妈妈,财前不愿意跟那个爱管闲事的老妈子搭话。

他晃晃悠悠地走进候诊室坐下,周围的女人们将狐疑的目光一齐聚集在他身上。他满不在乎地叼着烟卷环视候诊室里的情景:二十几把崭新的座椅上,姿态各异地坐着各种各样的孕妇。一看便知哪些是花柳界的女子,哪些是刚怀孕的年轻主妇。花柳界的女子多露出急不可耐的神色,而怀孕不久的年轻主妇则喜形于色。估计她们都已等候多时,因为她们没有将视线投向室内电视机和妇女杂志,而是注视着叫号的接诊护士,一旦叫到自己的名字就迫不及待地站起身来走进门诊室。

从隔着玻璃门的门诊室里传出年轻医师问诊的话语声,还有消毒、调试内诊器械的忙乱响声,另外还不时地传出财前又一那破锣般的大阪腔,他一忙起来就粗声大嗓地吆喝。

财前实在听不清他是在向患者搭话还是在向两位外聘医师下指令,反正他总是扯着嗓门儿说话并"哈哈哈"地放声大笑。那种洋溢着快乐的笑声底气十足、充满了活力,听上去根本不像已经六十二岁的老人发出的声音。

他总是摇晃着海怪般油光发亮的秃头,像疏通下水道般漫不经心地连续诊察患者的生殖器官,还要抽门诊的空当为医协的事务东奔西走。而且,就连娱乐场所举行的小呗和长呗会演他也必定参加,有时还亲自设宴做东。他这些超凡的精力究竟来自哪里?真是令人百思不得其解。

财前五郎再次环视人满为患的候诊室,在心中盘算:一天五六十名门诊患者,楼上住院用的床位接近三十张,可岳父为什么总是不把它升级为医院却一直维持着诊所的规格呢?真是匪夷所思。根据目前的经营状况,升级为妇产科医院应该十分划算。

这时忽然响起房门被粗蛮地打开的声音,是岳父财前又一进来了。

"啊,你等了很久吗?"他摇晃着油光发亮的秃头问道。

"不,是我比约定的时间提前来了。您忙您的吧!"

"不用了,后边的门诊找人替我。走吧,去家里坐会儿!"

他说完就率先朝隔着庭院的后边的住所走去。

位于市区的四十多平方米的庭院没有阳光照射,略显阴暗,但却摆放着悉心修整的盆栽。面对庭院是一座茶室结构的住所,财前五郎和岳父走进最里面的八铺席大的客厅,发现老女佣已在衣筐里备好和服等候。她绕到又一身后帮他脱下白大褂和外套,换上纯白纺绸长衬衣并套上大岛绸夹衣,再系上博多独钴纹的窄腰带。老女佣轻车熟路、手脚麻利。财前又一换好衣服后,挪动了一下肥胖的躯体,费劲儿地坐在垫子上。

"怎么样?你那儿的生意还好吧?"

这话听起来像是买卖人的风格,却也是财前又一喜欢的口头禅。既然是干医疗行业维持生计,那么行医也可算是一种生意。这是他简单明了的思维逻辑。

"我跟爸爸不同,虽说是副教授也不过是大学医院的聘用医师而已,患者多也好少也好,生意跟我没什么关系。"财前苦笑着答道,"话说回来,爸爸这儿的生意真是好得不得了呀!既然做得这么好,为什么不增加些床位升级为医院呢?"

"医院?哈哈,你还是有点嫩呀!我好不容易靠财前妇产科诊所赚了大钱,要是升格成医院可就要亏损喽!"

"哦?升格为医院就会亏损吗?"财前五郎露出诧异的表情。

"是啊!要想升级为医院,首先,床位超过二十张就得再聘请医师三名以上。而且每十名门诊患者就得有一名有编制的护士负责,住院患者每四人就得有一名有编制的护士负责,还有事务员、清洁工等很多烦琐的编制规定。而诊所的规格在这方面就没那么啰唆了，所以我打着诊所的招牌，实际上却塞进了三十张床位。除我之外再聘用两名门诊医师、十名护士、两个事务员和四名清洁工，就可以搞定一天五六十名门诊患者和三十张床位的住院患者。这是最划算的做法。此外，如果像医院那样摊子过大的话，医保分数的计算就很难巧妙操作了。个体经营的诊所跟大学附属医院不同，即使患者来得再多，如果计算不好的话，月末医保分数就会连本带利赔个精光。自从医疗保险制度推出之后，医术就不是仁术而是算术了。"

"医术是算术？"

财前五郎差点儿扑哧一声笑出来。

"不，这可不是开玩笑。只要实行了医保，这种算术可就成了经营医疗行业的基本功啦！以我的诊所编制为例，每月总收入大概在两百万到两百二三十万之间，其中就有八十万来自医保，不可小看。为了保证拿到这八十万的医保，所有的营业医师在月末那周都得拼命地跟医保分数搏斗。不过，计算这种分数真是太费工夫了。按照一分换算为十元，初诊费六分就是六十元，出诊费十八分就是一百八十元。肌肉注射一次是六点七分，相当于六七十元。没什么了不起，这就像打麻将计算分数。然后，再把算出来的分数填在申请保险的报表中送到地区医协，收齐后送到社保医疗支付基金会，在申报获批后再过一个半月到两个月才能到款。"

他一口气说完这么多话，喉咙里发出咕噜咕噜的响声，于是赶紧喝了口茶水。对于在大学附属医院工作的财前五郎来说，医保分数计算之类的他根本就不感兴趣。不过，他还是点头附和。

"爸爸说得很对，医保诊疗确实像算术啊！那么，如果是这样的话，宫外孕手术大概能赚多少分数呢？"

"宫外孕吗？这是常做的手术，所以不用查速算表我也能马上算出来。首先，手术费是六百零四点八分，所以相当于六千零四十八元。输血是一千毫升到一千五百毫升算一千零五十六点六分，那就是一万零五百六十六元。林格尔溶液五百毫升算四十分相当于四百元。加抗生素的葡萄糖五百毫升算二百零一点一分，也就是两千零一十一元。维生素 BC 复合是四十四点五等于四百四十五元。术后处理、消毒是七十四点二分就是七百四十二元。其他像住院费、单人病房差价等除外，手术本身所占保险分数合计为两千零二十一点二分就是两万零二百一十二元。这种算术够麻烦的吧？"

财前又一还用铅笔在大茶几的记录纸上列出了详细数字。

"原来如此！确实够烦琐的呀！这种事情爸爸不用亲自做，交给医师和事务员不就行了吗？因为爸爸除了诊疗还兼任医协干部呢！"他奉承地说道。

"不，不能交给医师和事务员。支付基金会里的那些人都是石头脑袋，要么说我们做某种手术或注射某种药剂是浪费，要么说我们过度诊疗，有的家伙还压低我们的分数呢！所以，我得叫事务员做一遍，我自己过目一遍。像宫外孕和子宫肌瘤之类的复杂手术和诊疗费都得我亲自计算分数，有些已经实际用过的注射剂都得不到核准，我还得改换成其他价格相等的诊疗项目和药名把账对上。而且，半夜里来个电话把我叫起来，还得急急忙忙开车出诊。可到头来医保支付基金会却只给我六十元初诊费和三百六十元夜间出诊费，还摆出一副理所当然的嘴脸。要是跟那些刚营业的新手医师拿同样的诊疗费的话，那简直是荒唐到欲哭无泪的地步了。所以，这也要适当掺水才能符合实际收益，尽量不要搞得过分荒唐。就算每次掺水一百元，积累下来也是个不小的数目。不过，因为有个所谓全国平均分数，所以如果我掺水手法不高明的话，就会被对方盯上而不能通过审核啦！所以呢，这档子事儿就必须由我来亲自操办。总归就是这么回事儿吧！营业医师为了计算医保分数真是费尽心机、焦头烂额。像你这种在大学附属医院里根本不用考虑计算分数而只管开开刀、缝缝口子的人，根本无法想象我们的辛苦。"

说着他喉咙里又咕噜起来，于是又喝了一口茶水。

"不过呢，因为我这儿是妇产科，所以医保不管的分娩和人流必须全额付款。再加上大主顾中也有很多患者没投保，所以这方面的收入一个月就有一百二十万到一百五十万。但是，近来这方面也玩不转了，孕妇知道医保只管难产不管顺产，所以刚开始阵痛就故意哇哇大叫装出难产的样子，所以医生也不能马虎大意呀！哈哈哈！"

财前五郎也跟着大笑起来。老女佣走进客厅惊讶地望着两人。

"大夫，需要准备晚餐吗？"

"嗯……晚餐吗？晚餐我跟五郎去外边吃，不用准备啦！"

财前又一叫老女佣拿来短外套往肩膀上一披，就要站起身来。

"哦，爸爸，上次我叫杏子先给您打过电话……"

财前五郎急忙提起了此番来意。

"啊，是那个事儿啊！那个事儿，我们去外面一边吃饭一边谈吧！"

财前又一说完就朝门厅走去。

财前五郎还没说出要办的事情就被打断，怀着正事被搁置的忐忑心情跟在岳父身后。财前又一为了不跟患者照面决定从后门出来，之后大步流星地从堂岛中町向梅田新道走去。他脚上穿的是与大岛绸和服配搭的白布袜和蔺草垫牛皮袢拖鞋，双手揣在怀里前行，那模样与散发着消毒水气味的医生相去甚远，看上去倒像擅长寻欢作乐的商家老爷。

他们过了梅田新道十字路口向北走，来到初天神附近的酒家，然后从门帘下钻了进去。这个酒家的门帘上用小字印着"扇屋"，建筑也是小巧玲珑。

"哎,哎!来客人啦!"

财前又一直爽地喊着,也不等店家回应就甩掉拖鞋径直朝里面的包间走去。这个酒家虽然门面只有不到四米,但狭长的院子从前街通到后街,呈现出大阪式的幽邃空间感。

女侍者慌里慌张地出来迎客,财前又一向她点了些酒菜。

"哎,五郎也脱掉那身消毒水味的外衣,冲个澡换上浴衣吧!"

说完,他使劲儿拍了两下手,隔扇从外面被倏然拉开,出现了一个梳着西式发髻的女人面孔。

"欢迎光临!"

"啊,这是扇屋老板娘时江,原先在北新地当艺伎。长相嘛,还算有点儿姿色。不过,根据我的诊察,可算得上是那方面超一流的尤物。我可以保证!"

"喔唷!老不正经!别当着初次见面的人讲怪话嘛!"

老板娘生气地瞪着财前又一,接过端来的酒壶为客人斟酒。

"好啦,这有什么害臊的呀?对了,这是我的女婿财前五郎。现在嘛,还只是浪速大学附属医院的副教授。不过,很快就会成为你们轻易挂不上号的大牌名医了,所以可要趁现在好好服务呀!"

听他介绍完,老板娘立刻正襟危坐。

"初次见面,我是扇屋的时江,一直承蒙……"

老板娘刚说到这里,财前又一在旁边插嘴。

"你是想说一直承蒙关照吧?你这是第几个了呢?"

财前五郎十分惊讶地望着那个女人。她年龄在四十岁上下,不过长得桃腮丰腴、眉眼清秀。

财前又一看到女婿惊讶得目瞪口呆,便乐不可支。

"怎么样?挺意外的吧?这么近就有这么出色的女人,谁还想吃那满脸皱纹的老太婆做的饭菜呀？在老伴儿健在时,我就有了这个秘密,但始终没让她知道。你是不是也金屋藏娇啦？"

财前五郎赶紧摆摆手喝干杯中酒说道:"哪里！我要是这样做的话,首先杏子就……"

"什么？杏子吗？你适当地把她哄舒服就行啦！那丫头跟她死去的母亲差不多,虚荣心太强。比起大阪平民区更喜欢芦屋和夙川山麓的环境,说起话来也是夹着大阪腔的奇怪普通话。虽然是我的独生女却一点儿都不像我。算啦,像她那种装腔作势的任性女子,只要让她过上奢侈的生活,用甜言蜜语哄她高兴就行啦！男人要是不风流怎么能更有出息呢？"

他的话既不像开玩笑也不像是真心流露。

"对了,今天上午杏子打电话说你有事拜托我,是什么事啊？"

"哦,说实话……"

财前五郎松了口气,刚刚开口,却难以启齿似的看看老板娘。

"啊,她在这儿你不好说,是吧？哎,你先出去吧！"

老板娘退出了房间。

"说实话,我是想求爸爸给我些钱……"

此时此刻,他与在医院走廊和手术室里时的财前五郎完全不同,态度恭敬得近乎卑屈。

"要多少呢？两个、三个,还是五个？"

"嗯,说实话,爸爸如果能借给我五十万……"

他本来打算最多要三十万,却趁着对方的兴头说成了五十万。

"好的,我给你！我只给你钱,但我不问你干什么用。如果要花在女人身上,就找个超群出众的女人,如果要用在事业上,五十万这点儿零头不够用。你仔细考虑好,如果还需要更多的钱就再来找我。"

"是。承蒙爸爸如此关照……"

财前五郎惶恐难当地俯首致谢。

"我拿钱给自己的女婿花,还说什么谢啊?话说回来,继任教授的事儿怎么样啦?"

财前又一口若悬河、谈笑风生地说到这里,笑容突然从那张海怪般的大红脸上消失了。

"这个嘛,专业实力方面绝对不成问题,可问题是专业实力之外的人际关系。这个问题相当困难。"财前五郎踌躇不定地答道。

"那是当然的啦!如果任何事都能靠专业实力解决的话,世间万事就太简单明了了。在这个世道上,没什么专业实力的家伙能当总理大臣,也能当大公司老总。所以呢,大学里的人事关系也是一样,高明处理这种关系就是人生存的意义,我也是因为看好你有这方面的才能招你当女婿的。可是,你却说'专业实力方面绝对不成问题,可别的方面相当困难'这种轻飘飘的话。这可不行!为了搞定那些专业实力之外的东西,要多少钱我都给你。实力和金钱都齐了,还会有什么不够吗?"

财前五郎不禁失语了。

"总而言之,我把希望全都寄托在你身上了,虽然我没能当上国立大学的教授,但是你无论如何一定要当上。作为营业医师,不管有多少患者慕名而来,也不管家里有金山银山,都是空的,即使像我这种自认是大阪市民大夫的人也深深地感到自卑。人一旦有了钱就想要名誉,人的终极欲望就是名誉。有了名誉之后,金钱和人自然都会纷至沓来。金钱再多也只能是金钱而已,我的名誉愿望没能得到满足,那就一定要让我的女婿实现。我拼命赚钱就是为了这个目的!"

不知是妖魔般的可怕执念还是像毒气般的热潮爬上了财前五郎的脖颈,然后直接吹入他的体内。我用自己的才能换取财前家的财力,而财前又一想用他的金钱沽名钓誉——财前五郎感到可怕的欲望正在自己周围发出轰鸣、卷起漩涡。

"你怎么啦？怎么突然不说话啦？"滔滔不绝的财前又一像与己无关似的问道。

"不，没有……"

财前五郎含糊其词。其实，他是被岳父毒气般的可怕执念震慑住了。

"那就好。咱们换个心情，让我唱一首地呗吧！就唱我最拿手的《雪》吧！"他立刻击掌两声叫老板娘把三味线拿来。

　　掸落英

　　拂飞雪

　　两袖清净绝凡尘

　　忆往昔

　　我和你

　　花前月下一段情

　　却如今

　　鸳鸯分飞相思苦

　　孤影孑然啼寒衾

财前又一随着老板娘弹奏着粗杆三味线，与本人不符的苍凉嗓音回响在深院客厅里。地呗的曲调旋律虽不像小呗和长呗那样明朗，却似熏银一般具有古色古香的润泽感。财前五郎侧耳倾听初次见识的地呗，心里想道：财前又一作为营业医师不仅把忙碌的诊疗工作安排得有条不紊，而且对吃喝玩乐、古曲弹唱也很精通。他看到了一个只在大阪这样的城市才会有的个性强烈的市民大夫。而生长在穷乡僻的壤孤儿寡母的家庭里的自己无论如何都不可能仿效这种个性。

"怎么样？这就是大阪的传统地呗。你恐怕也学不了。不过，你倒是可以学学小呗。从前自称为'大阪的市民大夫'的医师都是拼命工作、尽情玩乐的达人，从妾宅赶往患者家急诊自不待说，就连长呗、净琉璃和傩乐都堪比一流艺人。有的大夫热衷于曲艺，最后还成了傩乐研究家呢！说起现在的医师啊，不管是营业医师还是大学医院的教授，修养和器量都差得太远了，既庸俗又缺少情趣。你千万别变成那种既庸俗又缺少情趣的医师，所以要培养些兴趣爱好嘛！"

"不，像我这样的人，哪能学会那种风雅玩意儿……"

财前五郎嘴上应答心里却想：要是有那闲工夫我还是去庆子那里消磨吧！

"看来，你这个人真是那种既无才艺又无爱好，只以工作为兴趣的家伙呀！"

财前又一嘲弄地说着，把筷子伸向盘中的菜肴。

"啊，是呀！今天我也是依靠自己的实力，挽救了一个放在别的医师那里绝对没救的患食管贲门癌的患者。"

"哦？你还越说越来劲儿啦！"财前又一笑逐颜开，"你专攻胃部与食管的吻合术确实不错啊！目前只有千叶大学的小山教授是这方面的权威，所以住在名古屋以西的患者们太不方便啦！既不能把身体极度虚弱的人抬到千叶县去，而小山教授也不可能跑到大阪和九州来出诊。所以，只从这一点来看你确实有先见之明呀！不过，你可不能在媒体上扬名啦！因为以前就有句老话，'还没在学会上成名就在媒体上大红大紫，必定会被捧杀'。何况那位东教授又是个心胸狭窄的家伙呢！"

财前五郎眼前浮现出今天上午做手术时，东贞藏像爬虫贴在观摩室玻璃窗上那瘆人的面孔。

"爸爸怎么会对东教授产生那样的看法呢？"

东贞藏与财前又一只是见过面而已，并没有深交。

"对于我这种自称'市民大夫'的诊所大夫来说，那种装腔作势、爱摆学者派头的家伙真是讨厌极了。那种人就是书蛀虫、书呆子吧！没一点儿洒脱感觉。哦，大致属于都市乡巴佬之类的吧！"他好像忽然想起了什么，"怎么样？今晚跟我们区医协的岩田会长喝几杯吧！"

财前五郎不知道他葫芦里卖的什么药，露出诧异的表情。

"你可要重视我们医协啊！好吧，趁这个机会让你跟医协的头儿见个面也不坏。岩田跟我是会长和副会长的关系，不管什么事情都是一唱一和。我们两人掌管本区医协，所以没什么可担心的。你不能只当大学医院的实力派，见见医协的实力派对你也会有帮助嘛！"

说完，他不等财前五郎答应就拿起房间角落的电话拨号。

"啊，是岩田医院吗？叫一下院长岩田医生，我是财前！"

他说话的语气傲慢粗野。岩田来接电话。

"啊，是我是我，财前，秃头海怪。生意怎么样？什么？马马虎虎？那你就找人代诊来扇屋喝几杯怎么样？还想给你介绍一个人呢！啊？你问是谁？好啦，你来了之后再说吧！"

财前又一扯着破锣嗓子说完就"咔嚓"一声放下了电话。

"只要听说跟我玩儿，他什么都会放下赶来的。你瞧着吧！二十分钟后他就会开车赶到。"

财前又一畅快地笑着，叫来老板娘点菜。

"您的客人到了！"

隔扇拉开，岩田重吉走了进来。他体格瘦小干瘪，不像名字那样有派头，是个六十岁上下的老大夫。他从金边眼镜后边瞟了一眼财前五郎,连招呼都不打就坐在财前又一身旁。

"你的电话来得正好,今天净是感冒患者,看得我都要烦死了。所以,我就编了个煞有介事的理由跑出来了。"

"你是想说,感冒患者初诊费、开药加注射费顶多就是二十一分,也就是二百一十元的诊疗费吧!"财前又一调侃道。

"是啊!你说初诊费六十元像话吗?现在理发都得三百元,按摩都得三四百元了。在这个时代,初诊费至少也得提高到四五百元,医保分数也应该按这个标准大幅度地提高。而且,那些刚实习完的小毛孩儿医师跟咱们这些干了近四十年的资深医师居然拿同样的薪酬。别的行业哪儿有这么离谱的事儿啊?像现在这样不问经验和医术一律按人头累计医保分数的算法,让二十七八岁的小毛孩儿医师开着轻便摩托去跑最划算了。患者把生命交给医师,医术高低可以决定生死,而对于这样重要的职业却像夜市上卖香蕉似的好坏一把抓。这样的评估方法太荒唐了!"

岩田语带怒气地说完,把老板娘斟上的酒一饮而尽。

"可是,说到下届理事会例会的议题呢,本来咱们区的内科和小儿科已经过多,却还有内科诊所申请开业。我倒不是因为自己开着内科诊所就想排斥,但这样做不是侵害了原有的经营权吗?人家包子店和海带店都会制定行内规约,规定几个街区最多可以开办几家新店。可是,当医师的却只要通过医协向都道府县的知事提出医师诊疗所开办申请就可以了。而且现在还有医师采取开业之后再通知'我已开业'的做法,越发助长了那些小毛孩儿医师的气焰了。在下届理事会例会上,我一定要想方设法扭转现状,让营业诊所界朝有序竞争的方向发展!"

"原来如此!那当然很好。要是照现状发展下去,将来在财前妇产科诊所隔壁又开一家妇产科诊所,那我就来不及提意见了。"财前又一附和道,"岩田,坐在我面前的就是我的女婿,浪速大学附属医院第一外科的副教授财前五郎。请您今后多多关照!"

财前又一正儿八经地介绍完毕,岩田这才发话。

"噢,你就是财前副教授啊!久仰大名,表现相当出色呀!对了,鹈饲现在怎么样啦?"

"鹈饲?"财前五郎禁不住确认道。

"嗯,就是鹈饲啊!医学院长,跟我同期入职,是不分你我的关系嘛!"

财前五郎脸上掠过惊异的神色。

"你瞧!我说不能小瞧医协嘛!这个头儿跟浪速大学医学院长不分你我哦!"财前又一对五郎说道。

"哪里,哪里,没什么了不起的啦!我们只是同学,都在第一内科研究室里待过。不过,同窗会这个组织具有奇妙的连带感,既有值得庆幸的时候也有可怕的时候。"

"哦?又值得庆幸又可怕?"

出身于大阪医专而不了解浪速大学内幕的财前又一探出身来。岩田重吉抿了一小口杯中的酒。

"哎,这方面就相当微妙了。无论怎样标榜追求真理的大学,没有钱也是玩不转的。鹈饲每次在大阪开学会的场合中都会说,光靠浪速大学的预算资金根本维持不了运作,所以请求医协能在资金方面提供协助。在这个时候,如果正好有校友会员担任医协干部的话,那办起事儿来可就容易多了。他可以马上召开理事会商讨,把承办会费的款项拨出来一部分。而作为交换,人家有权干预医学院教授的职位和选举。比方说,某位教授需要遴选继任者,但他又不想采用本单位出身的人,而是想外聘其他大学的副教授,那么在外聘教授进来之后,我们就会找机会把处置不了的患者抬进去,并且过分地要求安排特需病房，要求进行营业医师做不了的检查，叫他解决各种棘手的问题。所以，只要校友会团结起来搞反对运动，他就什么事情都做不成啦！"

"嗯？有那么大的力量吗？"财前又一疑惑地问道。

"就是海军军歌中唱的那个'同期之樱'嘛！总而言之，校友会对于现任教授来说是个不可轻视的存在。事实上，在鹈饲竞选医学院长的时候，也是由我们校友会会员兼医协干部的老校友团结起来游说手握选票的教授们，硬是把他们差点儿投给现任附属医院院长则内的选票强行转到鹈饲名下，把他扶上了医学院长的宝座。鹈饲当院长后能够对扩建中的新楼那样自信，也是因为有我们校友会做后盾。光靠政府的预算资金很难完成那么大的工程，资金不够就由我们校友会中与财界人士关系好的人去活动，以每笔一百万元募集补足。对于年事已高的财界大佬来说，既要想到指不定哪天就得去大学附属医院治病，还要想到自己公司的医务所也希望能够请到优秀外聘医师坐诊，所以自然会二话不说地拿出一百万。但是，这种事情哪能叫医学院长亲自四处奔波呢？话说回来，国立大学的教授中也找不出哪个家伙能够胜任这种交涉。大阪的财界人士都很精明，你想叫人家掏钱，不低头可是不行呀！但大学教授向金钱低头时会感到耻辱，所以还得靠我们校友会四处奔走呢！"

财前又一对岩田每次喝酒必定发表的个人演说总是洗耳恭听。不过，财前五郎似乎现在才恍然悟到大学实力派与医协实力派在意外之处有着复杂奇怪的联系。他想，自己的将来或许会受到实力之外因素的某种支配。

"好啦，就是这么回事儿！我们校友会员兼医协的实力派也跟国立大学附属医院的实力派联合起来啦！呵呵呵！"

岩田摇晃着瘦小的身体，发出吹笛般的奇怪笑声。财前又一也在旁边跟着笑起来。隔扇被拉开，飘进一阵年轻女性的招呼声。

"晚上好！多谢光临……"

四名年纪大约二十岁的艺伎端坐在门边，纤纤玉手齐伏在榻榻米上。

"哦，是阿万、呈子、春千代和三叶啊！你们几个都来啦！来，这位是大名鼎鼎的岩田诊所的岩田医生，伺候不好他会变得很可怕呢！那位是我的女婿，所以如果你们服务过度，我女儿会埋怨的呀！"

财前又一看到正题谈得差不多了，就招呼艺伎斟酒。

"岩田医生，我为您斟酒好吗？"

"我也要为您斟酒！"

艺伎们争先恐后地围拢在岩田身边，岩田顿时喜笑颜开。

"别闹，别闹！你们这样围住我，正戏还没开演就要被你们吸干精气啦！"

岩田尖声尖气地说着，把艺伎斟在杯中的酒依次喝干。

"总是让你请客，真没办法！我们内科可不像妇产科那样能赚钱呀！"

"哪里！彼此彼此嘛！你位居会长要职，掌管对外事务，我身为副会长负责内务、税务和医疗纠纷，咱俩只能在医协例会上见面。要是不常在这种地方见面，那就很难做到一唱一和啦！总而言之，要是会长和副会长不能一唱一和、心心相印的话，那事情可就不好办喽！"

说完，财前又一露出意味深长的笑容。财前五郎望着那张笑脸忽然想到，今天财前又一说要来外边吃饭，还把岩田重吉叫来跟自己见面，看上去像是偶然，但实际上或许他心里早有谋划。于是，他感到有一根看不见的复杂丝线拴在自己身上了。

第三章

汽车在医学院正门停下，鹈饲院长一边看表一边匆忙下车，直奔二楼的院长办公室。

上午九点刚过五分，房间里每个角落都已清扫干净，桌上高高地堆着等待批阅的公文和邮件。鹈饲坐在皮转椅上透过窗玻璃望着附属医院的宽阔中庭，一边啜饮秘书端来的玉露茶一边抽烟。他把这支烟抽完之后，医学院长忙碌的一天就开始了。

首先，他把堆在桌上的文件浏览了一遍：医学院内的人事变动、各科室的科研经费预算、海外出差或留学的申请……他逐一过目之后盖上批准与否的印章。除此之外，还有从文部省寄来的国立大学医学院长会议通知、文部省次官关于学生运动的通报。每个星期难得几天没有门诊也没有授课，却都被这些杂务弄得疲于奔命。而且，说到医学院长的特权，也只是每月多出一万零六百元的职务津贴和配备专用车而已。不过，只要能够巧妙地发挥行政手腕，就有可能被推举为下届校长的候选人。这对鹈饲来说是一个巨大的诱惑。

敲门声响起，事务长进来了。

"如果您现在有空的话，我想跟您商量一下有关新楼添置医疗设备和器材的事项。"

说完，他把填有附属医院各科将要购置的 X 光机、放射线诊断设备、低温麻醉机等仪器的种类和价格的厚厚材料放在桌上,鹈饲迅速地把资料翻阅了一遍。

"你先送给则内院长送去,等他拍板后再拿来给我。有关医院内部的事务,不管怎么说院长经验比较丰富。"

虽说在国立大学医学院里医学院长的职位高于附属医院院长,但是瞄准了下届校长宝座的鹈饲为了缓和与则内院长的关系,做出了这样的指示。

"那我马上就去医院那边,先请则内院长过目。"

事务长前脚走出房间,秘书后脚就进来了。

"医院那边,大阪钢铁公司的中泽总经理已经到了,等您去做诊察。"

"我马上就去,你叫他们准备好!"

说完,他从椅子上站起身来,穿过宽阔的中庭向附属医院走去。他没去门诊室,而是来到了二楼的教授办公室。打开房门,只见护士长好像已经迫不及待地把中泽总经理领来了。

"你好,让您久等啦!我刚才去大学那边了。马上给您看看吧!"

"哪里,是我打扰您了。在您百忙之中还来添麻烦……"

总经理在鹈饲面前像孩童般乖顺地挪动肥胖的躯体坐下,然后听从指令脱掉了上衣。

鹈饲让护士长帮他穿上白大褂,随即拿起了听诊器。

"我已经听您的秘书在电话中讲了大概的情况。您自己觉得怎么样啊?"

"我也说不上来是哪里不舒服,但总觉得脑袋昏昏沉沉、肩膀僵硬,有时还会发生眩晕……"总经理晃动着虚胖的身体,神情忧郁地说道。

"原来是这样啊!这些都是常见的症状嘛!"

鹈饲观察了患者的面色、眼睛、舌苔和咽喉,接着做了颈部触诊。在叩诊心脏部位时,他发现患者心脏左缘比正常的肥大。他把听诊器对准患者的心脏,仔细聆听有无杂音,果然他听到主动脉第二心音比肺动脉第二心音稍高,而肺部没有异常。

"怎么样?左肩常常感觉僵硬酸痛吧?"

"听你一说,确实有这种感觉。"

"在打高尔夫球之后,有没有心悸比较强烈的现象啊?"

"说实话,特别是在打高尔夫球之后会感到轻微的眩晕和心悸。"

"那,请您躺在这上面吧!"

他叫患者仰卧在长椅上做腹部触诊,检查了肝脏和胃部的情况。然后,他给患者右臂裹上血压计袖带,测量的结果一百八十。

"医生,怎么样?"患者用担心的目光望着鹈饲。

为了让患者放宽心,鹈饲没有直接说出一百八十这个数值。

"差不多一百六十,没什么要紧的啦!不过,为了慎重起见,您还是做一下尿检和血检,再做个心电图检查吧!"

他叫护士长把门诊室里的助教找来,然后向他下达指令。

"你带这位先生去门诊留尿并采血,然后送到检测中心说我叫他们立刻化验检查。心电图检查也要赶快做。"

随后,鹈饲回身轻轻地拍了一下患者的脊背。

"哦,您别担心!高血压这类症状只要放松休养一下立刻就能降下来,我再给您适当地开些降压药,所以不要紧!"

患者以为这下得救了,立刻松了一口气。

"这下我总算可以放心了。说老实话,我还请公司医务所的医生看过呢!不过,除非是身为老年病权威的鹈饲医生给我看,否则我总是无法安心工作。太好啦!托您的福,这下我就能安心工作了。"

他的嗓音中顿时充满了总经理特有的自信和魄力。

"不过,'这方面'还请您多加节制啊!因为您看上去酒量不小吧!"

鹈饲用右手做出举杯的动作。

"哎哟!你这可是戳到我的痛处喽!那你允许我喝多少呢?"患者也做出举杯动作问道。

"这个嘛……好吧,那我为你做出最大的让步,一天一合,就是三两半清酒,怎么样啊?"

患者做出一副可怜相。

"哦,能请到鹈饲医生亲自诊断,还安慰我说目前没什么要紧的。所以,在得到您的批准之前,我绝对不超过一天一合。不管怎么说,改日我一定好好……"

总经理郑重地俯首致谢,后面的话没有明说。在教授没有门诊的日子里,通过强大的门路带着介绍信来教授办公室接受特别诊疗,需要支付超过医院规定的"特诊费",这已经是公开的秘密了。

"不,您别那么费心了。我们也给贵公司添了不少麻烦,所以这是礼尚往来、互相帮忙嘛!我再看个患者就下楼去拿您的检验结果,咱们楼下见吧!都上年纪了,一定要好好保养以求健康长寿。不管怎么说,英年早逝可是最大的损失哦!哈哈哈!"

听到鹈饲豪爽的笑声,患者像是卸掉了心头重负,与来时判若两人。他笑着整理好衣衫,由守候在屏风外边的秘书陪同,跟着协助检验的助教向楼下门诊室走去。

虽然早就过了正午,但楼下第一内科门诊室的走廊椅子上依然坐满了上午挂号的患者。排列在门诊室前的五位新来的医务员正在抓紧进行预诊,把患者的主诉和既往病史填进病历表。写完之后,隔着白色屏风把填好的病历交到一字排开的五位门诊医师手上。拿到病历的医师用机械的表情把填写事项浏览一遍,然后像剥竹笋似的叫患者脱掉衣服,提出最少限度的问询,迅捷地做出诊断并开好处方。虽然这一过程就像在流水作业线的传送带上进行处置一样,具有机械般的迅速和整齐划一的程序,但只有最里边那个独立隔屏里,患者的流动速度特别缓慢,与其他四个隔屏内的速度相比明显慢了两倍以上。

那是副教授里见修二在做诊察。他那干爽的额发随意地撩向后边,苍白而神经质的面孔上只有那双眼睛澄澈而严厉。

护士担心诊察时间拖延太长,就焦躁地催促患者加快行动。同样,实习医师和医务员也希望能够尽快把患者看完。可是,里见似乎对这些毫无觉察,他弯下腰继续为仰卧的四十多岁的患者做诊察。这时,他把刚刚触诊过的腹部按照上腹部、肝脏、胆囊、胰脏、脾脏、肾脏的顺序又触诊一遍并重新审视病历。

姓　　名	小西菊 43 岁 无业
既往病史	胃病
主　　诉	上腹部疼痛
目前病症	从约半年前开始出现饭后上腹部疼痛、鼓胀现象。食欲不振,经常打嗝,有软便。
化验检查	尿检(蛋白、糖)未见异常,便检(隐血反应呈阴性)
胃液检查	胃液酸度低
胃部 X 光检查	疑似胃癌
全面血检	轻微贫血
肝功能检查	轻度障碍

胆囊造影　　　未见异常

　　通过这份病历虽然明显可以诊断为胃癌,但里见副教授还是再次按压患者的胸口下方。

　　"是这儿疼吗?"

　　"是的,就是那儿疼!"患者诉苦似的说道。

　　里见继续用力向下按压,感到指尖触到一颗蚕豆大的肿物。

　　"这里感觉最疼吗?"

　　"是那儿,就是那儿!昨天我也是在半夜被疼醒了。医生,不会是胃癌吧?"患者不安地问道。

　　"哦,现在还不能断定。"

　　"那会是什么呢?到底是啥病呀?这几天我连胃液检查、X光检查都做过了,怎么还不知道是啥病呢?"

　　患者的声音显得更加不安。可是,里见依然寡言少语、面无表情。

　　"准确的病名不是做一两次诊察就能轻易判定的。"

　　"可是,我觉得现在应该能告诉我大概是啥病……"

　　患者这次像是在纠缠。即便如此,里见却依然保持面无表情。

　　"不,还是有点儿疑问,所以今天请你做一下胃镜检查和血清检查。"

　　里见觉得这并不是胃癌,而可能是胰腺癌。因此他决定先要通过做胃镜检查以排除疑诊胃癌,另一方面无论如何都得做血清淀粉酶检查。

　　"那么,医生,下次就能做出明确诊断了吧?"

　　里见默然不答。他看出患者表情有些失望。不过他一贯认为,即使只有很小的疑点,在弄清之前也不能妄断病名。主任鹈饲教授似乎对他这点很不满意,遇事就拉出第一外科的财前副教授跟他比较,说他老是表情阴郁、不言不语,不善于应付患者。然而,里见却认为没有判明的问题就是不明白,必须反复进行所有的检查。这就是他一贯的行医方式,也是他作为临床医师的信念。

患者望着沉默不语的里见问道:"那我下次啥时候再过来呢?"

"这个嘛,因为血清检查需要三四天,所以请你下个星期一来吧!"

里见用沉稳的嗓音回答,刚想叫下一名患者时忽然感到背后有人,回头一看是鹈饲教授。他默不作声地走到里见身旁,拿起桌上的病历扫了几眼填写事项。

"里见,刚才那个患者虽然初诊碰巧是在我门诊上看过的,但因为你的专业领域是胃肠疾病,所以就转给了你。哪里有疑点呀?"

鹈饲为了不让排在后边的患者听到,刻意压低了嗓音,但他脸上已经明显流露出不悦的神色。里见先是瞬间感到困惑而噤口不语,然后才做出回答。

"其实,我通过触诊感到患者胃部后面好像有个疙瘩,所以在看过X光片后觉得阴影缺损部分有点儿可疑,或许应该考虑是被胰腺肿物压迫所致,于是决定进一步做胃镜检查和血清淀粉酶检查。"

他刚说完,鹈饲立刻严厉反驳。

"你这种担心是多余的嘛!既然我诊断疑似胃癌,那就毫无疑问是胃癌。像你这样什么病都检查是不对的,只有经验不足的新手才老是依赖检查。有经验的临床医生要靠长年积累的经验,不是每次都做同样老套的检查,而只做最低限度的必要检查,然后就运用自己的直觉进行诊断。没有这个本领就算不上合格的医师!"

"可是,尽可能做多方面的精确检查是诊断的基础,所以我想无论在什么样的情况下都要尽量细致地检查,在此之上做出不留任何疑问的诊断。"

里见虽然说话时表情阴郁,显得不够痛快,但信念却十分坚定。

鹈饲脸上露出苦笑,说道:"你真是个死心眼的人啊!所谓医师,对于患者来说就等于一种信仰呀!因此就算你不能下定结论,也应该当场讲出差不多的病名,让患者暂时放心嘛!比如我对高血压、心脏病患者也大都运用这种精神疗法。作为内科医师特别需要做到这一点。"

"可是,那位患者到底是胃癌还是胰腺癌非常微妙,很难判断……"

里见还要继续说下去。

"够了!我没闲工夫跟你争论这种幼稚的问题啦!最重要的是,你既有科研成果工作也很出色,欠缺的就是作为临床医师的成熟!我原以为你会逐渐长大,没想到年龄越大反倒越像小孩不听劝告!这怎么能行呢?不过,我倒也不是想叫你跟我一样哦!"

鹈饲说完,赶忙走出屏风,叫助教取来心电图,就去找刚才那位特诊患者了。

里见看完门诊,走近窗边的消毒洗手器,这才发现窗外正在下雨。

"什么时候开始下雨了呢?"他仰望天空喃喃自语道。

"里见老师,您没发现吗?一点多时突然下起大雨,后来就变成小雨了。"年轻医务员站在里见身后应道。

"很久没下过这么安静的雨了,真好!"

里见仰望着无声地垂下雨帘的铅灰色天空,伫立在窗前让眼睛休息片刻,然后环视一圈室内,其他四个门诊医师好像早就结束诊疗了,白色隔屏里不见人影,诊疗床和桌子上也都收拾过了,只有跟着里见的护士在静静地帮他收拾。他看了看时间,已经两点多了。

"实在抱歉!跟着我总是会拖延时间。"

他向年轻医务员和护士说了几句慰劳的话语,随即走出了门诊室。走廊长椅上已经没有了人影，清洁工们正在忙着擦地板。里见为了不妨碍他们，低着脑袋靠着边，慢慢向前走。他身上的白大褂皱皱巴巴的，毫不挺括，从走起路来像被大风吹得步履蹒跚的身影中看不出他是国立大学的副教授。他的身上总有一种被孤身遗弃的黯淡。

里见在走廊里前行，心中不禁想起刚才鹈饲教授对他说的话："你真是个死心眼的人啊！作为临床医师也要成熟，否则可不行呀！我原以为你会逐渐长大，没想到年龄越大反倒越像小孩不听劝告！"鹈饲教授一吐为快地说出这些话来，不只是针对自己刚才为患者做诊断，更像是对自己从病理科转到临床的选择本身加以指责。

从浪速大学医学院毕业后直接进入病理学研究室的里见与同届的财前五郎不同，他们那些人是为了方便拿学位，而里见却是因为爱好病理学甚于临床，所以才进了病理学研究室。因此，以财前五郎为首的同期研究生们一旦取得学位立刻转为临床，而里见却没有离开病理学领域，整天关在研究室里振摇试管、看显微镜，在细胞和分子的领域里探索人体的奥秘。把所有的热情倾注于人类生物学的里见之所以从病理学研究转为临床医学，是因为他隔着中庭看到对面附属医院窗边的患者们病弱不堪的身影。

他们越来越消瘦，在窗边露面的次数越来越少，终于有一天里见再也看不到那些面孔了。里见看着那些身影渐渐消失，心中突然受到一种愿望的驱使——与其振摇试管、观察显微镜，与侵犯人类生命的细胞对抗，还不如直接触及行将死亡的患者身体并通过诊疗保住他们的生命，于是他决定转攻临床医学。当时的里见三十四岁，但已经被公认为病理学的优秀讲师了。因此，他被第一内科教授鹈饲招入门下当了讲师，并在第四年升为副教授。

鹈饲是典型的临床医师，他招进研究领域完全不相关的里见当副教授是为了充实第一内科的阵容。事实上，自从里见来到第一内科之后，研究室的业绩确实有所提升，研究生发表论文的数量也增多了。然而，里见与鹈饲关于患者诊疗方面的观念却从最初就背道而驰。坚持"医师对于患者来说就等于信仰"的鹈饲与认为"医师对于患者来说必须是最为科学的存在"的里见，在对待患者的态度上有着根本的区别。

里见继续缓缓地向前走去，像要把苦涩吞下去般叹了口气。在经过眼科门口的时候，他不经意地听到了热闹的嬉笑声。前方七八米开外，财前五郎带领五六个年轻的医务员谈笑风生地朝这边走来。他那拥有宽厚肩膀的魁梧身躯像要撑满走廊似的移动着，他睁大双眼，咧着厚嘴唇开怀畅笑，被阴雨笼罩的昏暗走廊里仿佛只有财前的周围像忽然照进阳光般亮堂起来。

里见不想跟财前照面，于是转身回到了副教授办公室。匆匆解决了延迟的午餐之后，他立刻进入自己的研究领域。《运用生物学反应诊断癌症的方法》，是他这十年来一以贯之研究的课题。当人类体内出现癌细胞这种异物时，血液里就会产生与其对应的抗体，这是一种从血清学角度证明癌症的早期发现方法。虽然这项研究早在五年之前就已经获得注重学术报道的《每朝新闻》颁发的科学奖，但里见并不满足于这个成果，而是努力研发更简单、诊断准确率更高且能在更早阶段就能发现癌症的诊断法。

这种研究必须经过多次实验获得可靠数据，还必须对不稳定的生物反应进行生物统计学处理，所以是一项极为艰巨的研究。但是，里见为了通过这项研究达到比当前所谓"早期发现"更早、更准确地发现癌细胞的目标，以通过早期治疗挽救众多的癌症患者，他千方百计地从紧张的科研经费中挤出资金购置各种精密化学仪器和分光光度计。另一方面，他还得从少得可怜的科研经费中匀出一些来照顾协助他研究的无薪助教们。

里见一想到这些为研究室工作的无薪助教就心情沉重。即使大学毕业并已完成实习,若想留在国立大学医学院里继续搞研究,在出现有薪助教空缺之前必须当三年乃至四年的无薪助教。虽然大家都知道这是利用学术之美名来掩盖对人权的侵犯,但在现实当中,国立大学医学院的科研以及附属医院的诊疗却全都建立在这些无薪助教的牺牲之上。里见也曾经历过四年无薪助教的艰苦研究生活。除此之外,国立大学医学院还具有众多充满矛盾的机构和惯例,但却从来没有受到任何人批评而延续至今。里见感到有一种难以言喻的矛盾和苦恼。

敲门声响起,传来了他熟悉的声音,来的正是他为之苦恼的无薪助教之一。

"可以进来!"里见回应道。

这位助教好像一直在楼下实验室里进行动物实验,身上还穿着脏兮兮的白大褂,他带来了发红反应的实验记录。

"前些天,我做了癌变反应实验。不过,还是没有出现老师说的那种结果。"

说完,他拿出了用兔子做实验的记录。

里见目光锐利地审阅着这些记录,发现抽取过程中的某个程序做得不准确。不知不觉之间,窗外天色已经变得昏暗了。

"抽取方法好像有点儿问题,你明天去研究室,不光是你,我要向大家好好说明。今天你可以回去了,这些天总是忙到很晚。我也要回家了。"

里见开始整理桌子上散乱的资料。

里见离开医院,从淀屋桥乘上开往阿倍野的市营电车。他提着塞满研究资料和书籍的皮包,任由钻进车窗的晚风抚弄干爽的头发,他的身体随着满员电车摇摇晃晃。只有在这种时候,他才能忘掉科研的事情,把发呆似的澄澈双眸朝向窗外。

他在上本町一丁目站下了车,向西走二百米左右,来到法圆坂的住宅公团公寓楼群。里见向楼群中最东边的公寓楼走去,登上狭窄的楼梯,来到四层,摁响右边那家的门铃。

"你回来啦!"

妻子三知代打开房门,在一瞬间像是确认似的凝视里见的面孔。这是她十年以来不变的习惯。三知代和里见同样沉默寡言,她从丈夫到家时的神色就能了解里见的科研进程是否顺利以及看门诊是否劳累。

"你看上去有点儿疲劳。怎么样?马上吃饭吗?"她若无其事地问道。

三知代很明智,不管里见表情怎样阴沉,她都不会刨根问底地打听发生了什么事情。这可以理解为生长在学者家庭的姑娘所谓的明智,不过三知代有她自己的判断,对于里见这种沉默寡言、力求规避学术之外一切繁复琐事的性格来说,这是最为恰当无误的应对方式。虽然里见对于三知代这种应对方式从未有过"好"或"不好"的反应,但她看到里见一门心思坚持科研的样子就觉得自己的应对方式没错。今天她也是看到里见比平时更加疲惫的面孔,于是即刻断定应该先让他吃饭。

"是啊,先吃饭吧!"里见答道。

他平日在科研和门诊都比较顺利的时候,即使在饭点到家也是一进门就直奔六铺席大的书房继续用功。可今天他却把皮包往书房里一放,脱下外套就坐在餐桌前了。

"好彦怎么样?吃过饭了吗?"

他在问八岁的儿子。

"好彦明天要去远足，可他好像有点儿感冒，我就叫他先吃完饭睡下了。"

"他跟我一样体质有点儿虚弱，这可不行。吃完饭我给他看看吧！"

说完，他朝好彦睡觉的隔壁房间望去。

缺了好彦的餐桌没有谈话声，显得格外安静。三知代给里见舀汤、盛饭，里见只是默不作声地接过去就吃。尽管如此，餐桌上的气氛并不会令人感到有失和谐或冷清。这是因为对于他们两个来说，这种用餐方式没有什么不自然。里见吃完了饭，三知代给他倒了一杯热茶。

"名古屋的爸爸给你寄来一封信，现在拿来看吗？"

"哦？爸爸来的信？真稀罕呀！现在就想看啊！"

里见的父亲早已亡故，母亲也在他大学毕业的前一年去世了。因此，他对三知代的父亲、名古屋大学医学院长羽田融怀有对一般岳父不同的亲切和敬重。

裁开用漂亮钢笔字书写的信封，短信用每行十二三个大字书写着以下内容。

前些天，我偶然遇到你们的鹈饲院长，听他说你正在扎扎实实地继续研究"运用生物学反应诊断癌症的方法"，我深感欣慰。在学术上无所建树的医生与驽马无异。生活方面的杂事尽管推给三知代去做，希望你专心致志地钻研学术！我还严厉教训犬子，叫他多多向你学习，全心全意地从事学术研究。如果有机会的话，请你对他多多指教。

虽然书信很简短，但字里行间却显现出他作为解剖学权威孜孜以求的姿容,而且他叫独生子即三知代的弟弟也走上了医学之路。

"爸爸写的信还是这么语重心长啊!"

里见说完想到鹈饲经常说"对于患者来说医师就等于信仰",而岳父则把医学研究当作毕生事业,如果他两人相遇的话会谈论什么话题呢?他不由得感到有些怪异,回想起鹈饲向自己说要向财前学习,变得更加成熟一些,财前五郎的身影便又出现在眼前。里见像要拂去那些不快似的站起身来,给已经发出熟睡鼻息声的儿子诊脉,脉搏数为每分钟八十下。他又伸手摸摸儿子的额头,用不着拿体温计测量也知道他没有发烧。里见放心地离开了孩子身边。

"我去哥哥那儿一趟。"

他没穿外套,加了件毛衣就走出家门。

从里见的法圆坂公寓到哥哥家,只有步行二十分钟的距离。幸免于战火的内安堂寺町挤满了住宅,其中一角挂着写有"里见内科小儿科诊所"的小招牌,这正是里见唯一的哥哥清一开办的诊所。里见推开房门进去,只见门厅地板上随意放着一双凉拖,好像有患者来就诊。里见静静地坐在候诊室的角落里,但由于诊所狭小,门诊室与外边只隔着一层玻璃门,所以里面的动静听得一清二楚。

"是的,你这是感冒了。我给你开点儿阿司匹林吧!"里面传出哥哥的声音。

"阿司匹林?只有阿司匹林吗?哎,打上一针或吃点儿别的药会好得快些吧?"一个年轻男性说道。

"不,虽然感冒也有很多类型,但你是单纯的感冒,只吃阿司匹林就会好啦!"

"可是,大夫,反正我有医保,又不用担心诊疗费的问题。你开些针剂或别的药,我才能放心啊!"

患者似乎不太满意。

"不管有没有医保，没必要吃的药就不用开。如果你觉得这还不够的话，可以去其他的诊所。只要有医保就可以给你做不必要的诊疗，只要有医保即使是感冒也要开些肠胃药以求增加分数，这样的医师，对于那些真正需要医保的患者真是一种悲哀！"

哥哥略带愤怒的声音敲击着里见的耳膜。这确实是安于清贫、恪守节操的哥哥所讲的话。对于哥哥来说，这种个性既是不幸也是幸运。

患者好像在匆忙穿衣，过了片刻一个男子板着面孔走出来。

"修二，你进来吧！"

大概是护士已经通报过了，哥哥在门诊室里叫他进去。铺了木地板的八铺席大的日式房间里，哥哥正面对边角已经磨平的诊疗床和破旧的办公桌坐着。

"你怎么啦？是不是有什么急事儿呀？正好现在患者不多，咱们就在这儿谈吧！"

说完，他就叫护士去了药房。

清一比修二大十三岁，虽然刚过五十五岁却已经头发花白了。看到哥哥那历尽风霜的严厉而温和的面孔，里见就觉得今天在门诊室发生的不快不说也罢了。

"没、没什么事儿……"他含糊其词地答道。

"不会吧？肯定是有什么事儿。我一看你的眼神就知道。"

清一的语气中包含着父亲般的温馨感。

修二顿时软了下来。

"嗯，是有一件令人不愉快的事情……"

他把今天跟鹈饲之间发生的事情经过告诉了哥哥。清一不动声色，轻轻点着白发斑驳的头听完了他的诉说。

"你还是像以前那样不得要领啊！那种场合你不该那么直截了

当,可以委婉地把对方引向你的观点。如果是你诊断错了又该怎么办呢？那不就无法收场了吗？"

"不过,如果真是我所诊断的胰腺癌的话,那就得争分夺秒抓紧治疗,要是哥哥碰到这种情况肯定会跟我一样,不,你会比我更加直截了当。所以,哥哥……"

里见想说:"你自己不也是已经做到国立洛北大学第二内科的讲师,却因为跟主任教授意见不合而被人家找茬儿撵出大学的吗？"但他还是闭上了嘴。

"咱兄弟俩犯不着都去吃医学界的乏味冷饭吧？冷饭有我一个人吃就行啦！"哥哥笑着敷衍道。

但是,"吃医学界的冷饭"这个具有封建残酷性和魔力的词语,却伴随着瘆人的冷酷传入里见修二的心中。

星期一的门诊格外拥挤,明明是九点钟才开始,但是刚到八点走廊上就已经挤满了患者。在九点之前椅子就不够坐了,于是有人就直接蹲在地板上。

里见拎着永远那样鼓鼓囊囊的皮包走进二楼的副教授办公室,随即向门诊部打了个电话。

"我是里见,有个名叫小西菊的患者,她的血清淀粉酶和胃镜的检查报告应该已经出来了。你帮我看一下！"

年轻护士应了一声,随即响起快速翻阅病历的响声。

"胃镜检查结果已经出来了,但是血清检验报告单还没送来。我马上去检验室问一下吗？"

"不用了。我去门诊之前顺便去一下就行了。"

里见穿好白大褂就向楼下走去。小西菊预定今天来医院,她的血清检验和胃镜检查的结果令里见特别挂心。他走下通往地下层中央检验室的昏暗楼梯。一股潮湿的味道弥漫在走廊里,天花板下和墙边架着好几根裸露的钢管。室外已是春光明媚,而中央检验室所在的地下层却像是被遮挡了太阳的阴森地窖般晦暗,只有荧光灯放出奇异的苍白光亮。

"吱呀"一声,里见拉开了检验室门,只见水泥检验台上排列着采血试管,在它们中央摆着圆筒形的离心沉淀机,一股刺鼻的血腥味蹿进鼻腔。检验员拿着采血试管站在离心沉淀机前,把装有血液的试管放进离心机,盖上沉重的盖子,并按下电源开关。机器立即发出响彻检验室的尖啸声,然后以每分钟三千转的速度开始旋转。里见眼看着从离心机正中央伸出的试管里,被分解出来的清水般澄净的血清沿着刻度向上升。这是把血液中的固体成分向下沉淀,然后分离出透明血清的过程。里见等早已司空见惯的操作结束之后,向检验员打了个招呼。

"四天前接受检查的第一内科患者小西菊的血清检验报告单好像还没送到门诊室,可以帮我找一下吗?"

检验员先是露出不耐烦的表情,但当他抬头看到对方是第一内科的里见副教授时就赶快答话。

"真奇怪啊!应该早就送过去了呀!"

他开始在一摞化验单中查找。与此同时,其他四五个检验员振摇着采血管继续工作。

"啊,在这儿呢!实在抱歉!因为中间隔着星期天,所以已经检验完毕却忘了把化验单送过去。"

他把找到的小西菊的检验结果报告单递给了里见。

血清淀粉酶值 256

因为正常值应该在六十四到一百二十八之间,所以这个数值偏高,很有可能是慢性胰腺炎。不过,在触诊时,里见发现确实有个疙瘩,那会是什么呢？想到这里,他拿着化验单匆匆离开检验室向门诊部走去。

里见走进门诊室,只见其他门诊医师已经开始诊察第一名患者了。他指示一个手头没活儿的年轻医务员把小西菊的病历、胃镜胶片和那张化验单拿到他桌上来。

虽然附加在照片上的化验单写着"胃黏膜正常"的检验结果,但里见还是把从十二个角度拍摄胃内的胶片夹在桌上的放大透视器上观察。从胃部的前壁、后壁、小弯到胃角,里见依次仔细审视,不放过任何细微的异常迹象。由于胶片是彩色的,所以能够根据形状和颜色两方面的变化诊断胃壁是否有异常。不过,胃壁上既看不到肿物也看不到笋状隆起和溃疡。

"医生,这份病历的患者小西菊早就来候诊了。请她先进来可以吗？"护士善解人意地问道。

"嗯,那好吧！"

面色灰暗、皮肤干燥的小西菊一走进门诊室就问道:"大夫,化验结果咋样？"

"哦,这个先等一下,我要再做一次诊察。"

"啊？再做一次……"

小西菊明显地流露出不满的情绪。

里见叫她脱掉衣服仰卧在诊疗床上,然后用手指触摸患者上腹部,慎重地进行触诊。他在剑突下和肚脐之间确实触摸到了肿物,但肿物不是移动性的。

血清检验提供了胰脏没有坏死的确切数据,但是经过胃镜检查也没有发现鹈饲教授怀疑的胃癌症状。这个肿块的实质到底是什么呢？暂时可以考虑到的有胰腺肿瘤、腹膜后肿瘤、大网膜和小网膜的肿瘤、结肠癌、肠系膜肿瘤等，但结肠癌和腹膜后肿瘤通常都是移动性的，而这个肿物经触诊检查完全没有移动性。而且如果是结肠癌的话，还应该伴有便秘、腹泻和血便，但这些症状患者都没有。经过X光检查也没看到结肠癌、肠系膜肿瘤和大网膜小网膜肿瘤的症状。根据感觉来看，他强烈怀疑可能是胰腺的肿瘤或初期癌肿。

"大夫，病名搞清楚了吗？"

仰卧在诊疗床上的患者从下向上望着里见的面孔。

里见默不作声地拿起笔来，在病历表上写了两行字：

V.a.Pankreas Krebs（疑似胰腺癌）

Probe Laparotomie（剖腹探查）

这就意味着患者必须尽快住院，通过剖腹探查来判定病名。

"大夫，到底是啥病呀？"

患者坐起来望着病历表上的德文。

"可以确定是胰腺有异常，但还不清楚是什么东西，所以你必须马上办理住院手续，在外科做开腹手术，那样才能得出准确无误的结论。"

"啊？住院，开刀……"患者顿时变得面色苍白，"大夫，我这阵子做了那么多检查，还叫我把那个胃镜吞进胃里，把我折磨得要死。今天又说不住院做手术就搞不清楚病名，这太过分了……"

患者情绪亢奋、声音发抖，但里见还是静静地望着患者的面孔。

"根据症状，有时必须采取这种措施才能查明病因。我这边也会尽快帮你安排病房，你这就去门厅旁的住院部办理住院手续吧！"

里见从座椅上起身，直接向住院部打了个电话。

"什么？病床满员？那我明白。可这是一位紧急患者,况且是我直接打电话委托嘛！详细情况过后我会说明,请你们务必安排病房！"

里见放下电话,小西菊已经穿好了衣服。她已经听到了刚才那段对话。

"大夫,我的病已经严重到必须设法腾出床位住院的程度吗？如果真是那么严重的话,最好尽早诊断、尽早治疗。可是,万一真是癌症的话……"

说着,她的脸开始扭曲了。

"不,就是因为难以确定病名才要把腹部切开检查呀！"

"如果切开肚子才能确定病名的话,那我也用不着特意……"

她的目光像是想说:"那我也用不着特意跑到大学附属医院来,直接在自家附近的诊所看看就够了。"

"不管怎么说,你最需要的就是在这里做剖腹探查手术。等上午门诊结束,我就去想办法帮你安排好病房。你这就去住院部把家里的电话号和住址登记一下,让我们可以随时跟你联系。"

说完,里见就叫进来了下一位患者。

上午门诊一结束,里见立刻向三层的外科病房护士站走去。

可能是恰逢换班吃午饭的时间,空荡荡的护士站里只看到两名护士,不过其中就有护士长肥胖的背影。里见轻轻推开玻璃门走进室内。

"护士长,我那儿有个患者需要转到外科来做手术,想请你帮我在这边安排一个病房。"

护士长用眯眯眼瞥了一下里见。

"真不凑巧,床位满员,已经没了。刚才楼下住院部也来问过呢！"护士长冷淡地答道。

病房对外是由医务科住院部根据病房分配表，按照紧急患者的病情轻重和申请顺序安排。虽然这是正规程序，但事实上各科年过四十的资深护士长都掌握着安排病房的实权，所以她们比一般医务员、没势力的讲师和副教授更好通融。因此，处世圆滑的医务员们平时就跟各科病房的护士长拉关系，一旦需要就能得到通融。不过，里见在这方面一向缺心眼儿，所以总是按照正规程序开口就要床位，因此会被拒绝。

"可是，这位患者需要紧急剖腹探查胰腺，希望你们尽量调剂。我知道外科都会预留应急病床，请你把床位腾出来吧！"

"应急床位？哦，那个嘛，那是外科为处理急救车送来的车祸伤员或急性阑尾炎患者预留的，不是为内科转来的患者准备的。"

护士长的眯眯眼流露出故意刁难的样子。

"这我知道。不过，如果应急床位空着的话，也可以先借给我嘛！你应该能安排的吧！"

里见单刀直入地正面提出了要求。

"哎哟，那怎么可以呢？我们跟你们医师不同，不管干多少年也只不过是一个护士监工而已呀！呵呵呵！"

护士长发出黏糊糊的阴笑，明显流露出对与己无关的科室的人，特别是对不被看好、没有势力的副教授的轻蔑。

"是吗？好吧，那我就不求你了，我再想办法吧！"

里见倏然转身走出了值班室。

里见走下楼梯，来到位于一层的第一外科门诊室前，向里边张望，上午门诊好像已经结束，他在四五名门诊医师和年轻医务员中找到了财前五郎那挽起白大褂袖口的高大身影。

"财前……"他从财前身后呼唤道。

"这不是里见吗？怎么啦？"

"嗯,我有事儿要拜托你。"里见语气沉重地说道。

"啊？你拜托我？到底是什么事儿啊？"

"哦,咱们去了餐厅再说吧！占你点儿时间。"

里见邀请财前来到员工食堂。这里天花板很低,采光很差,两人在窗边找了个空座。

"很久没跟你一起吃饭啦！当然,原先在病理学研究室的时候,你就不爱应酬。那,你要拜托什么事儿啊？"

"说实话,是外科住院部病房的事儿。"

里见把刚才发生的事情和疑似胰腺癌患者的情况说了,并委托财前帮忙安排病房。

"我还以为是什么事儿呢！原来是病房啊！小事一桩嘛！我跟你不一样,平时就把各科病房护士长都收拾服帖了。即使在我们科室腾不出病房的时候,也能在耳鼻喉科和眼科那种入院出院频繁的科室借到啊！我一定给你安排好。"

财前一句话就解决了里见万般无奈的难题。

"不过,关键问题是那个剖腹探查手术,你会让我来做吧？"财前像理所当然似的问道。

里见只想到要确保病房床位,至于手术由谁来做还没顾得上考虑。财前五郎虽然个性与自己背道而驰,但如果在剖腹探查时诊断为胰腺癌的话,恐怕除了财前之外再也找不到谁能够胜任难度极大的胰腺癌手术了。

"嗯,恐怕也只能由你来做了吧！"

"怎么？你来找我帮你安排病房,可一说到我的事儿你怎么就没劲儿了呢？好啦,不说这个了。不过,如果剖腹探查发现你说的那个肿块真是胰腺癌的话,那患者可就捡了大便宜了。不过,我也算是捡了个漏,胰腺癌手术的机会可是千载难逢呀!"

财前的语气像是已经锁定了可遇不可求的猎物。

"对了,最初诊断为胃癌的是谁呀?"

里见一时犹豫不决,但还是脱口答道:"其实,是我们的鹈饲教授。"

"什么?鹈饲教授!"财前脸上流露出为难的神色,"那就不妙喽!要是有这么段故事的话,我下刀之后可就难以收场啦!"

"怎么会呢?我们的鹈饲教授跟你又不是同一个科室,根本没关系嘛!何况你自己刚才还说过,万一是胰腺癌将是千载难逢的手术,希望自己能够主刀。你不是刚刚燃起了身为外科医师的热情吗?"

"话是这么说……"

财前还是犹豫不决。

"财前,莫非你顾忌我们教授是医学院长而担心自己的前途,所以才犹豫要不要做这台剖腹探查手术吗?"

里见语气十分严峻,不知从哪儿来的冲动。

"我才没那么胆小怕事呢!只是,事后如果引发争议,你们教授再对我们教授说些无聊的话,那我在这个大学医院各方面就都很难展开工作了。"

"怎么会发生那种事儿呢?就算真的有了什么麻烦,那也是在我们科室发生的,由我承担就行了。而且首先,对病患做出准确诊断,即使是教授也不能玩猫腻。作为医师,不管在什么场合都要为守护患者生命竭尽全力,这不是天经地义的事吗?"他逼问道。

"好的,我明白啦!让患者马上住院,由我主刀。不过,在手术结果尚未出来之前,你可别向鹈饲教授报告说是我主刀啊!"

"为什么?"

"倒也没有什么特殊的理由,反正你就这样做行了,这样我也能放开手脚发挥呀!"

"是吗?那就这样吧!反正我想通过这次剖腹探查验证自己的内科诊断是否正确嘛!"

说完之后,两人才开始吃早就送来的已经凉了的咖喱饭。而刚才财前五郎对鹈饲教授十分介意的暧昧态度,在里见心中留下了不太愉快的感觉。

在室温调整到二十二三摄氏度的宽阔手术室里,只有身穿手术衣的五名医师和三名护士仿佛白色幻影般无言地操作着。用洞巾遮盖着只留出手术部位的患者仰卧在无影灯照亮的手术台上。腹膜已被打开的患者由人工呼吸机辅助呼吸,患者肝脏和胃在平静地上下起伏。在胃的后边,横着疑似癌症药灶的胰腺。第一助手看准时机用肌肉拉钩把胃拨开,财前立即对后腹膜进行触诊,他的双眼放射出狙击猎物前的锐利光芒。他用右手指尖触诊黄色的胰腺,摸到了位于胰腺中部蚕豆般大小的肿瘤。

"迅速进行切片!"话刚说完,他立刻把圆刃刀插入肿瘤,切取五厘米见方的切片交给了第二助手。这是要在手术过程中进行的癌组织冷冻切片检查。助手立即进入隔壁的检验室,不到五分钟就用亢奋的语气报告:"果然是癌症!"

"好,立刻进行胰腺尾部切除手术!"

财前的声音响彻天花板。他举起左手向二楼观摩室的玻璃窗做了个手势,里见站在那里,正等着见证自己的诊断是否准确。

手术室内霎时弥漫起异常紧张的气氛,剖腹探查即刻转为胰腺癌手术。因为事先已经怀疑为胰腺癌,所以特地准备了胰腺钳,可以即刻进入胰腺癌手术。要是没有这手准备的话,此时就会手忙脚乱。

"这是罕见的胰腺癌手术!周围有大动脉和大静脉,所以非常困难,动作要特别小心!"

财前小心翼翼地用圆刃刀在无数血管形成的"丛林"中把血管的周围组织剥离,迅速把末端双重结扎并把胰脏的头部交给第二助手用粗丝线绑在一起。

"现在准备切除!"

财前短促地吆喝了一声后,就在左手两根手指上垫好了纱布。他把胰腺放在上面,用十分锋利的圆刃刀一刀切下。此时,他的额头上渗出了大颗的汗珠。

切除完成之后,他用细长的尖刃刀把已有癌症转移的淋巴结一个个小心地廓清,然后把癌变扩散清除干净。之后,他把胃体放回原位,把腹腔内的其他脏器也放回原位,这样就只剩下关腹缝合了。财前用娴熟的手法连续作业,心中不禁涌起对里见近乎嫉妒的钦佩。这种十名内科医师中就有十名会漏诊的早期胰腺癌,只能通过外科剖腹探查才有可能发现。而里见却通过内科诊察做出了疑似胰腺癌的诊断。正是因为他长期从事病理学研究,拥有了雄厚的基础理论积累,所以才拥有了卓越的诊断能力和洞察能力。

财前做完腹壁皮膜缝合之后,"嚓"的一声剪断缝线。他的额头上已沁出了一层薄薄的汗水,其他四名助手更是汗如雨下。单纯的剖腹探查转为正规手术,而且是首次遇到的早期胰腺癌手术。这种突如其来的紧张感和高难度的手术过程,使这四名助手精疲力竭。

"怎么样?今天累瘫了吧?不过,既然当了外科医师,这种强度的手术必须能撑得下来。明白吗?"

说完,财前让护士帮着脱下手术衣和橡胶手套,用消毒药水洗了手后立刻来到里见正在等候的二层观摩室。

"你都看到了。你的诊断与其说是准确,还不如说是完美无缺!"

财前似乎在回味刚才的感动。

"哪里,我特别重视作为诊断基础的各项检查,哪怕检查数据中只出现了细微的疑点,我也要反复检查,直到查明问题的所在。只要切实做到这一点,谁都能做出准确的诊断。"

"不,这是看似谁都能做却做不到的事情。你因为长期钻研病理学基础,做学问特别扎实。你真是了不起的内科医师啊!"

财前显得十分疲劳,叼上了一支烟卷。

"哪里,你的本领才真了不起呢!执刀技术名不虚传啊!能把胰腺癌手术做得那么迅速、那么完美,除了你恐怕再没有第二个人了。不过,你为什么不让更多的医务员来观摩呢?"里见不无遗憾地说道。

"我怕万一剖腹探查结果不是胰腺癌就糟糕了,所以没告诉相关者之外的人。"

财前嘴上这样回答,但真实想法却是不想让鹈饲教授知道,所以对外只说是剖腹探查。

"是吗?那太可惜啦!胰腺癌手术是尚未开拓的领域,素有'癌症手术中的青藏高原'之称。实在太可惜啦!"

里见反复地表示惋惜之情。

财前把叼在嘴上的烟卷扔进了烟灰碟,说道:"怎么样?时隔多日去喝几杯吧!为你我的实力庆贺一番嘛!"

财前做出干杯的动作,双眼中透露出战胜病魔进而挽救了一条宝贵生命的纯真喜悦。

里见用温和的目光望着财前喜不自禁的表情。

"不过,我在研究室叫他们做动物实验,必须每三个小时看一次数据。实在抱歉,今天就失陪了。改天我一定奉陪。"

"是吗?那种实验一旦开始就不能中途停止啊!那我就不再勉强你啦!"说完,财前好像突然想起什么似的漫不经心地问道,"你们科室的鹈饲教授呢？"

"教授说他上午看完门诊后去办些杂务，然后去画展看看。他留下心斋桥画廊的电话号码就出去了。"

"哦？真不可思议啊！鹈饲教授喜欢名画吗？"

"哦，具体情况我不太了解。我先失陪啦！"

里见说完看看腕表，随即像要赶时间似的迅速向研究室走去。

财前在心斋桥画廊门前下了出租车，他没有立刻进去，而是从正面大玻璃门向里边张望。门口立着写有"染井青儿旅欧作品展"的广告牌，财前也知道这位著名的西洋画画家。

财前轻轻推开玻璃门进去，没有去观赏挂在黑色天鹅绒墙壁上的绘画作品，而是环视站在画作前面的观众的身影。两间相通的展室大约一百平方米，十五六个观众各自站在一幅画作前细细品鉴。财前望着那些人影逐一识别，视线在投向第二间展室最里边时停住了。

财前看到了鹈饲院长那樱色的侧脸和花白的头发，他没有立即走上前去，而是站在那里观察了片刻鹈饲的神情。鹈饲并没有觉察到财前在注视自己，他脸上泛出樱色的光泽，继续盯着挂在墙面上的画作。财前轻手轻脚地走近鹈饲的身后。

"鹈饲老师，您在欣赏绘画吗？"财前彬彬有礼地问道。

鹈饲似乎非常惊讶，回过头来。

"哦，我以为是谁呢？原来是财前呀！你这个大忙人居然出现在画廊里！真稀罕呀！"

"老师才是啊！我听说您总是忙得团团转啊！"

"哪里，哪里，真正的大忙人是你呀！在工作中大显身手，在媒体面前也是出尽了风头，干得相当不错嘛！你今天没有手术吗？"

财前心里一惊,不过他看出鹈饲似乎还什么都不知道,于是只字不提那台手术。

"连老师都说我出尽了风头,真叫我难为情。我太容易被误解了。"

"误解?"鹈饲一边看画一边反问道。

"是啊!像我这样的人,总是容易在各方面引起别人的误解。哎,您看我净说些无聊的话。"

财前自己说出带有暗示性的话语,却又不胜惶恐地收住了话头。

"那个,鹈饲教授喜欢染井大师的作品吗?"

"谈不上喜欢,这家画廊的老板是我的患者。因此,他经常寄来邀请函,还对我说名画可以当作财产投资。他给我优惠价,买下来很划算。就在刚才,他还拉着我使劲儿推销呢!可是,国立大学的教授的工资哪儿能轻易买得起一流画家的作品呀?所以嘛,我只是看看而已。这种画一个号就值八万元吗?我实在想不通呀!哈哈哈!"鹈饲发出豪爽而洪亮的笑声,"那,我就失陪啦!我还得顺路去一个地方。好啦,你慢慢欣赏吧!"

话音刚落,鹈饲已经向门口走去。

财前留在原地,走到刚才鹈饲驻足观赏的那幅画前,上面画的是巴黎圣母院,稍微有些抽象,涂着很厚实的褐色油彩。财前在那幅画前伫立片刻,脸上露出犹豫不决的表情,然后转向站在展室角落的店员。

"哎,我要买这幅画儿!"

"啊?是这幅画儿吗?"店员怔怔地望着面前的陌生顾客,"好的,我这就去找老板来,请稍候!"

店员刚刚退回事务室,一个身材瘦小的男子就出来了,他揉搓着双手走到财前面前。

"敝人是这里的老板,多谢您的惠顾。哦?您要这幅画儿吗?真是独具慧眼呀!这幅画是这里展出的作品中最杰出的一幅啦!"他用画商特有的谦卑姿态应对道。

"多少钱啊?"

"染井大师的画作每个号定价八万元,这是公认的行市价。不过,价格还可以商量,可以给你优惠。您里边请。"

老板把财前让进摆着沙发的接待室。

"您看这样好不好?每个号是八万元,三个号的画就是二十四万。我给您打个九五折,实价是二十二万八千。"

财前绷着面孔不动声色地说道:"只给九五折吗?二十万怎么样?"

"二十万!这也压得太狠啦!九折都得二十一万六千元呢!二十万有点儿……"

"如果二十万能成交的话,我马上付现金。送货地址就是刚才来的鹈饲医生家!"

"啊?送到鹈饲医生家……既然是这样,我就不好拒绝啦!那就请您今后多多惠顾,二十万成交吧!"老板拍了一下手说道。

财前从右手拎着的皮包中取出纸袋,满不在乎地抽出十张一万元的纸币。

"今天我手头只有这么多现款,就算是押金,另一半我明天就付清,你在这幅画旁边标明'已售'吧!"

说完,他没留下自己的姓名和位于凤川的住址,而是报上了堂岛财前妇产科诊所的名称和地址。

"哎哟喂,是堂岛的财前妇产科吗?我早就久仰啦!今后还请您垂爱惠顾。鹈饲教授那边,等明天这个展出一结束我就马上替您送过去。"

画商忽然情绪高涨地说起奉承话来。

"那就拜托啦!"

财前派头十足地说着,然后慢慢地站起身来。

他走出画廊,找到一家香烟店,拿起公用电话开始拨号。

"请接三十一号房间。"

他说完,等了一会儿,终于传来了庆子的声音。

"哪一位?"

"是我。怎么回事儿?这么久才来接电话?"他不高兴地说道。

"你真是个随性的人,总是突然打来电话。我差点儿就出门去店里上班了,都走到楼门口了,管理员阿姨追上来叫我接电话。"

"我知道啦!那,你还去店里吗?"

"那,就要看你想怎么办啦!"

"那就请假在家里等我!"

说完,财前"咣当"一声放下了电话。

财前登上公寓的楼梯,来到庆子的房门前,仍如往常那样压低了嗓音。

"是我啊!"

房门从里面打开,庆子还穿着上班的服装。

"你怎么啦?突然死皮赖脸地跑到我这儿来?有急事儿吗?"

"没什么事儿啊,就是想好好睡一觉嘛!"

说完,财前把皮包往门厅的地台上一丢,闯进庆子的卧室,直接躺在了床上。

"要是只想睡觉的话,你回家去美美地睡一觉不就行了嘛!"庆子冷淡地说道。

"我想来这里睡嘛!"

财前仰卧着扯下领带并解开衬衫的纽扣。

"一定是有什么事儿了！到底发生什么事儿啦？"

庆子心里十分清楚，当财前犀利的眼神变得呆滞、皮肉紧致的脸颊浮起油汗时，就表明他虽然身体筋疲力尽，但心中却充满了某种强烈的亢奋。

"你做了一台高难度手术，而且很成功？"

"回答正确！十分精彩！原想只做剖腹探查，可开腹后却发现是胰腺癌。今天的手术简直太完美啦！"

财前陶醉地自夸，却没有提及里见的事情。

"是吗？如果是胰腺癌手术，那自然令人兴奋。胰腺癌和肝癌都被称为'癌中之癌'，而且临时把剖腹探查改为切除手术，只是听听都够惊险刺激的啦！"

庆子也很了解，做胰腺癌切除手术的机会少之又少，而且难度极高。

"你是因为夫人不会理解你兴奋的缘由，才来说给我听的吧？"

"不仅仅是这样，今天我打出了实弹射击的第一弹！"

财前甩出这样一句话。

"实弹射击？"

庆子满脸诧异地坐在床上。

财前伸手搂住她的腰，说道："竞选活动眼看就要开始啦！就是继任教授选举呀！我用上次从岳父那儿得到的'军费'打出了第一弹！"

"第一弹瞄准的是谁呀？"

"鹈饲教授呗！"

"哎呀！你瞄准了那个医学院长鹈饲教授？"庆子万分惊讶地俯望着财前的面孔，不无责备地说道，"你傻呀！怎么把必须放在最后的目标放在第一个啦？你虽然业务能力超强，可是在某些方面太单纯了，总是冒冒失失的。"

"这正是尽人事听天命的时刻呀！虽然照常规应该把他放在最后，但是如果抓住了绝妙的时机，先从他开始不也挺有意思吗？总而言之，无论是怎样想放在最后的大人物，可如果没有绝妙的时机还是无法瞄准嘛！从时机这一点来讲，现在就是绝妙的时机啊！"

"哦？那种绝妙的时机是怎么回事儿呢？"

庆子眼中明显浮现出兴趣盎然的神色。

"这方面的情况，即使对你也是不能轻易讲出来的！因为目前还不能断定可以成功，还处于'试射'阶段嘛！"

财前脸上浮现出无所畏惧的笑容并使劲翻了个身。

"怎么样？好久没那个啦！可以吧？"

他把手伸向庆子背后"吱"的一声拉开拉链，庆子的连衣裙背部被敞开，露出了光滑的肌肤，财前双手像钳子一般搂住了庆子的身体。

庆子在财前粗壮的双臂中说道："你每次做完大手术就情欲亢奋地来找我。我跟你之间就只有做爱啦！"

"也许真是这样。难道这样不好吗？"财前用干巴巴的嗓音问道。

"这样很好啊！我也喜欢跟做完手术之后的野兽般的小五做爱！"

说完，庆子就主动地沉溺在财前的肉体中。

在上临床课的阶梯教室里，浪速大学医学院的大三的学生们身穿白大褂，坐在各自的座位上。

本来下午三点钟才开始上课，但因为是财前副教授讲课，所以几乎所有的学生在十分钟之前就已坐定，等待财前上课。

"哎,今天这堂课可是赚大啦!"坐在前排的学生对邻座说道。

"说得没错儿!虽然是由财前副教授代替东教授讲授癌症临床课,但比起东教授乏味的讲法,还是财前副教授新鲜的授课方式好啊!不管怎么说,人家是那方面的名家嘛!东教授啊,但愿你多多出差,多多停课!"他像演滑稽剧似的说道。

"嗨,你说那种话当心被盯上,即使毕业了也得不到'萝卜坑',到时候你就哭都来不及啦!大学医院的'萝卜坑'可全都是由教授一人决定的呢!"

"一说到'萝卜坑'我就有点儿害怕,因为领头的教授就连本系统的地方大学的人事都能遥控。不过我倒无所谓,继承生意兴隆的老爸当个营业医师就行,让所谓的遥控见鬼去吧!"

这番话说完,周围响起一阵哄堂大笑。

"是啊,是啊,让所谓的遥控见鬼去吧!'萝卜坑'的事儿等到了大四再说吧!烦死了!现在只聊麻将和酒就够啦!"

"聊这些新鲜的话题也只有趁现在啦!"

四处发出起哄的怪声,接着又响起爆笑声。

上课时刻一到,两名助教立刻走进教室,他们将在讲课过程中协助开关幻灯机、升降投影幕布和擦黑板等。学生们继续聊天、抽烟,但当走廊传来财前的脚步声时,谈话声戛然而止,学生们忙不迭地在桌下捻熄烟头并一齐起立迎接。

财前没带任何教科书,双手一直插在白大褂的口袋里,他轻轻点头,接着登上讲台环视了一下四周。

"今天的临床课讲食管癌。"

他面向黑板,拿起粉笔简单地把某位食道癌患者的病历写出,内容为既往病史、现病历、目前病情检查结果等,随即他向助手下达指令:"X光片!"

投影仪打出了 X 光片的画面,财前手指着颈部食管与胸部食管之间的钡剂难以进入的部分。

"像这样在胸部食管上段发现阴影缺损,就可以确定为胸部食管癌。但在食管癌中,又以这种上段和中段的手术难度为最大,直到最近还是公认的死亡率最高的手术。即使是现在,据说还有三成左右的死亡率。之所以会这样,是因为切除食管癌变组织后,在胸腔内进行胃部与食管的吻合术或胃肠吻合术的风险极大,再加上食管癌患者大都是六十岁以上的高龄人群,还有一些患者由于长期食管狭窄导致食物摄取不充分进而造成全身状态较差,所以我自己也是积累了多年的研究经验才研发出这种胃部与食管的吻合术,降低了患者的死亡率。"

财前首先指出上、中段食管癌死亡率居高不下,然后阐述了自己相应的研究成果。

"请患者进来!"

六十多岁的男性患者躺在移送车上,被护士推进教室,然后由护士陪同坐在讲台前的椅子上。

"您正在住院还特意来配合我上课,十分感谢!"财前面向患者恭敬地致意,"这位先生就是刚才我介绍的食管癌术后患者。"

说完开场白,财前开始向患者提问。

"请问您在手术之前怎么样?什么是最大的痛苦?"

"从半年前开始,食物很难通过食管,总觉得咽喉里卡着什么似的。"

"身体是不是越来越瘦了呢?"

"是啊!我瘦了七八斤呢!啊,对了,那时我总感到浑身没力气。"

"尤其是在食物通过食管时唾液很多,很难受吧?"

"是的,确实是这样。到后来我吃了饭就恶心,连喝水都很困难了。"

"现在请您把上衣脱下来。"

护士走到患者身后，麻利地帮他脱掉上衣，只见从患者的颈部到胃部吊着一根橡皮管。看到这种异样的情景，学生们都面面相觑。

"这是连接颈部食管瘘与胃瘘的橡皮管，患者现在通过这根橡皮管摄取食物。"

讲到这里，财前再次转向患者。

"现在您能顺利进食吗？"

"是的。最初还会呛食，但是过了两三天就适应了。现在我都能喝稀饭了。真是托了医生的福。"患者向财前点头致谢道。

"那，现在请您喝一杯牛奶试试看！"

护士拿起事先准备好的牛奶倒进杯子，患者接过去就一口气喝完了。那一瞬间，可以看到牛奶"咕噜咕噜"地流过连接颈部和腹部的橡皮管。

"怎么样？喝下去了吗？"

患者使劲儿地点了一下头。

"那么，请把患者送回去吧！劳驾您了，十分感谢。请多多保重！"

财前向患者点点头，患者躺在移送车上离开了教室。

"接下来请看幻灯片！"

财前向两名助手发出指令，把投影幕布降到黑板前面，又把遮光帘拉上。幻灯片中播放的是财前自己主刀做食管癌手术的画面。他指着一张张幻灯片进行说明。

"正像刚才说过的那样，上段食管癌手术的死亡率极高。而为了让手术尽可能安全地进行，我研发出把手术分为三个阶段进行的方法。第一阶段是开腹造瘘，强制性地给患者进食，帮助患者恢复体力。

第二阶段是切开胸部把癌肿全部摘除,然后在颈部造瘘。就像刚才那位患者,用橡皮管连接食管和胃部,使其能够由口部摄取食物。这样经过半年乃至一年的时间,等待患者全身状态转好,同时确定癌症没有复发,然后再实施胃部与食管的吻合术。在进行这种吻合术时,很容易出现缝合不严的情况。一旦发生这种情况,就可能并发脓胸等危急症状,使患者陷入濒临死亡的最坏境地。因此,如果有可能造成缝合不严的话,还不如最初就不要做手术。这样,患者反倒能够存活更久。所以,在决定实施这种吻合术时,必须具备相当高超的本领。"

财前在授课时充满了自信和霸气。学生们聚精会神地观看幻灯片中财前精湛的吻合手术,发出感叹的声音。幻灯片放映结束、遮光帘拉开时,学生们充满敬意的视线集中在财前身上。学生们身上散发出的描绘自己未来愿景的热情弥漫了整个教室。

"各位同学,今天我所说的绝对不是纸上谈兵。我相信,你们如果加强作为外科医师的修炼,将来也能做到。外科就是这种需要高超本领和巧妙创意的领域,所以如果你们有志成为优秀的外科医师,就必须胸怀这样的理念。"

说完,财前把粉笔轻轻扔在桌上说了声"今天的课就到这里",随即撩起白大褂下摆,大步走下了讲台。

学生们仍然坐在座位上,似乎还没从因财前充实的讲课内容所激起的亢奋中回过神来。可财前却一下讲台就像忘了刚才的讲课内容似的,表情淡漠地离开教室,向副教授办公室走去。

回到办公室,财前总算可以松口气了。他上午看门诊,下午查房,接着又去上课,一整天忙得晕头转向。他把白大褂从身上扒下来,刚刚坐在破旧的椅子上,助教就从斜对面的医务部走过来,探头说道:"老师,刚才医学院长办公室打来电话,请你上完课马上去院长办公室一趟。"

"什么？叫我去医学院长办公室？"

财前立刻想到，医学院长办公室来电话叫自己去，或许会追问从里见那边转来的胰腺癌患者的事情。

"好的，我现在就过去。"

他对助教说完，随即给里见的办公室打了个电话。

"啊？不在办公室？他去哪儿啦？不知道？那就没办法啦！"

财前放下电话，犹豫不决地望着窗外。不过，他还是重新穿上脱在椅子上的白大褂并整理好衣襟，然后快步走下楼梯。他穿过宽阔的中庭向医学院长的办公室走去。

在医学院长的办公室里，鹈饲院长正背对直达天花板的书柜，坐在办公桌前批阅文件。

"我是财前。对不起，我来迟了。"

财前在课堂上充满自信的高傲姿态在此刻突然改变，他毕恭毕敬地俯首行礼。

"嗯，我有点儿事找你。来，坐下吧！"

鹈饲绷着脸转动座椅，面向会客用的桌子。

"财前，昨天你送到我家的那幅画是什么意思？"

鹈饲开口就问这件事，财前一时语塞。

"哦，那幅画是我岳父财前又一奉送给鹈饲院长的。我偶然跟岳父提起那天在画廊遇到教授的事，说您好像特别中意那幅画。他听说后，就叫我赶快把画给您送去。"

"哦？你岳父财前又一就是在堂岛经营财前妇产科诊所的那位吧！他的名字我倒是有所耳闻，但从来没见过面呀！他为什么送我那样的大师画作呢？"

"其实,我岳父早已久仰鹈饲教授的大名。因为他是医协的干部,所以希望能在协会举办的研讨会上请教授做演讲,直接得到您的指导。我岳父也是出于这个目的先表示一下心意,如果教授中意的话,就……"财前做出诚惶诚恐的样子说道。

"这么说来,你岳父送画给我,是因为他作为干部想提升医协的学术水平,先跟我打声招呼,并没有其他意思啦!"

"正是如此,没有其他意思。"

财前此时没有提到岳父与鹈饲的同窗岩田医协会长交情甚密的情况。

"是吗?原来如此啊!"鹈饲摘下老花镜在手中把玩,若有所思地沉默了片刻,突然问道,"对了,从我们科室转到你那边接受开腹探查的患者,手术做得怎么样啊?"

财前的表情稍显僵硬,但马上又恢复了平静。

"是。那个患者果然像教授指出的那样,经剖腹探查后发现是早期胰腺癌,已经切除了胰腺尾部。托您的福,让我有机会学到了很多东西。"

财前严肃认真地一口气说完,好像自己已深信做出疑似胰腺癌诊断的不是里见而是鹈饲教授。

"哦?那台手术既然连你自己都感到获益匪浅,为什么不通知更多医务员去见习一下呢?"鹈饲半信半疑地看着财前五郎。

"说老实话,胰腺癌手术我也是第一次碰到。当时我头都大了,一直在想要是做了剖腹探查发现不是胰腺癌该怎么办。而一旦确诊为胰腺癌,还必须考虑万全的手术方案。再加上忙着查阅各位前辈有关胰腺癌的文献资料和实际病例,根本没顾上想该不该叫医务员观摩。实在抱歉!"

"哦,像你这样的外科医师也会有那种兴奋的情况吗?"鹈饲嘲讽地说道。

"不管怎么说,我不该过于兴奋。但这毕竟不同于一般的手术,是难得一遇的胰腺癌手术。我感到自己碰到了千载难逢的机会,一不小心就兴奋过头了。不过,多亏教授,我才有了难得的学习机会。"

财前再次深深俯首致谢。鹈饲的眼睛一眨不眨地盯着财前的面孔。

"那,千载难逢的机会偏偏降临在你头上,为什么就那么巧呢?"

这话听似轻描淡写,却具有一语中的的尖锐。

"那天恰巧轮到我看门诊,那个患者的病历从内科转到外科接诊台,我无意中瞟了一眼,看到上面写着'剖腹探查,疑似胰腺癌',所以没有多想就接过来了。"

财前说了半天却只字不提里见,但这并非为了保护他而是为了自身着想。他想造成一种假象:当时自己承接这台手术纯粹出于对医学探求的愿望,而且深信做出疑似胰腺癌的超凡诊断的不是里见而是给患者初诊的鹈饲教授。他想通过这种做法跟鹈饲套近乎,说不定还能抓住机会跟鹈饲达成微妙的默契。

"这么说来,你恰巧当天在看门诊,而你出于强烈的求知欲而接过来的那位患者又恰巧是我的初诊患者,对吗?"

鹈饲嘴边浮现出了微妙的笑容。

财前想,鹈饲表面装出被自己的花言巧语蒙骗了,其实说不定他早就看穿了自己的计谋。一阵恐惧使财前心中产生了激烈的动摇,但既然已经走到这个地步就只能自始至终蒙骗到底了。只要蒙骗得十分巧妙,鹈饲这个人也会若无其事地将计就计的。因为鹈饲本人对于这种有失体面的事情很可能会顺水推舟。财前双膝并拢,毕恭毕敬地垂首行礼。

"那么,主任教授东教授也知道你执刀的事儿啦?"鹈饲问道。

"不，那天恰巧东教授要去东京出差，有很多事情要忙。而且，我当时想也有可能只是单纯的剖腹探查，所以就没有特意通知他。"

"那怎么行啊？以前我就听说过，你常常把主任教授撇在一边擅作主张。那可不行呀！首先，说不定东教授也想挑战难得一遇的胰腺癌手术呢！"鹈饲突然面露不快地说道。

财前像突然被使绊儿似的颇受打击。

"唉！算了！反正你也没有什么恶意，刚好今天东教授出差不在，所以呢，这件事儿就到此为止吧！"

这种归纳相当巧妙。即使财前知道鹈饲最初做出的疑似胃癌的诊断被里见推翻的真相，但鹈饲也向东贞藏隐瞒财前擅自做胰腺癌手术的事实，两人在这件事上打了个平手，谁都不亏。

财前发现鹈饲充满狡诈的归纳使其逆转占了上风，便感到被对方钻了空子。可是不管怎样，只要鹈饲把那幅画收下，今天就算是大获成功了。

"您为我操那么多心，真是太感谢了。我这个人总是容易招人误解，今后还请您多多指教。"

"嗯，这一点我很清楚。你本来业务能力很强，剩下的只是品德的问题呀！哈哈哈！"

他发出一阵响彻天花板的大笑。

"那么，我先告辞了。"

财前从椅子上站起身来刚要开门。

"财前，那幅画我可能会收下，也有可能会退回去。不管怎样，今天就暂时由我保管吧！"鹈饲收住笑容说道。

财前走出医学院长办公室，没有立即回到自己的研究室，而是走向第一内科副教授的办公室。

门上虽然挂着"外出"的牌子，但里面好像有人。财前没敲门，直接把门推开,只见一个助手正在整理里见办公桌上的资料。

"里见还没回来吗?"

助手惊诧地转过身来。

"啊,是财前老师呀!我刚刚知道的,里见老师在医学院的图书馆。我帮您联系一下吗?"

"不用了。如果是在图书馆的话,我也正好有事儿过去一下。"

说完他就急忙下楼朝图书馆走去。

六点钟已过,在图书馆的灯光下,有十五六个人悄无声息地坐在书桌前,但其中没有里见的身影。

财前向坐在阅览室一角的管理员打听,对方说里见正在书库里。财前走进书库,一股阴凉潮湿的气味扑鼻而来,只见昏暗的灯光下,书籍资料满满地堆着,马上就要蹭到天花板。财前向前走到第五排书架前,看到了站在那里正沉闷地埋头看书的里见。财前轻手轻脚地走到里见背后,拍了拍他的肩头。

"你在查资料吗?这种事儿交给助教不就行了吗?"

"不,这个资料我必须自己查才能搞清楚。"

"是吗?不好意思,打搅你查阅重要资料了。不过,我有个事儿一定要跟你说一下。"

说完,财前先确认书库里没有别人,然后才像宣告重大突发事件似的压低了嗓音。

"其实吧,刚才你们的鹈饲教授把我叫到他办公室问起那台手术的情况啦!"

"哦,是吗?那你原原本本地向他报告了吧?这样一来,我就省事儿多了嘛!"

里见就像事情已经完结了似的,又把目光投向书本。

"别开玩笑啦!我怎么可能原原本本地全都告诉他呢?我一进

办公室他就追问：'那台胰腺癌手术怎么就轮到你主刀了呢？是不是我们科室的里见转给你的？'要是我稍有不慎，咱俩都得被赶走。真是太危险啦！"财前用谨慎的语气快速说道。

"为什么都得被赶走呢？关于那个病例，如果鹈饲教授因为自己的初诊与剖腹探查的结果不同就生气的话，那才是不正常呢！我只是对教授的初诊患者进行了医师应该做的检查和诊断，认为需要剖腹探查才转给了你，既没有刻意当作问题追究也没有向外宣扬。至于你呢，只是为我转给你的患者做了手术而已。他凭什么把你叫到院长办公室去呢？真是太不正常了。是不是有其他事情非得叫你去办公室不可呢？"

财前顿时心头一惊。

"哪里，没有其他事情。他找我就是为了那件事。由此可见鹈饲院长有多可怕。"

财前只字不提有关送画的事以及两人之间的瓜葛。

"是吗？那完全就是对方毫无道理的无名怒火啦！所以呢，如果你不好说的话，那就由我原原本本地汇报吧！"

"哎，你别做蠢事！"财前压低之前不由得放大了的嗓门，挺身挡在里见面前，"你到多少岁才能长大呢？我特意为你而只字不提'里见'，告诉他是我自己碰巧在门诊时看到了从内科转来的病历，上面写着'疑似胰腺癌，剖腹探查'，心想这是十分珍稀的病例就接过来做了手术。而且，我还假装深信发现胰腺癌的是鹈饲教授而不是你。我好不容易才自圆其说了，可你现在就要坚持推翻吗？"

财前语调中含着怒气。

"为什么不能这样呢？"

"为什么？你想叫我把你这个四十多岁的副教授当成大一新生来教导吗？在大学医院里，即使教授误诊咱们也不能提出批评和纠正。这种忌讳你不知道吗？在这里,就连副教授偶尔比教授表现得优秀都不能让外界知道。可你却想正面纠正鹈饲教授的误诊,那样的话,咱俩都得被赶到地方医院去啊！教授的权力最大——这就是大学医院的现实啊！要是咱们不能对这种现实做出某种程度的妥协,那谁都当不上教授啦！"

他像是在威胁里见似的。

"所谓'教授'这种玩意儿,并不是有意识要当就能当上的,应该是在不断积累研究成果并适时得到认同时才会被选拔出来。如果这样做还当不上的话,那就无可奈何啦！"

"无可奈何……你愿意无可奈何,但是别把我也连累了呀！总而言之,你可别再去招惹鹈饲教授了,否则他会把咱们打入'冷宫'的。就照我刚才说的话做吧！这对你也好……"

财前的话还没说完,就被里见打断了。

"可惜你空有一身好本领,却对学术以外的东西过于热心啦！"里见用严厉的语气说道。

财前被里见的严厉语气震慑住了。

"那是因为我跟你的人生观不一样。关于我的人生观,等我有空再跟你慢慢解释。现在的现实是,就连你所说的重要的学术研究归根结底都得靠教授的绝对权力才得以支撑。光靠文部省每门课程给划拨的一百五十万的科研经费预算,到底能搞出什么研究来呢？顶多能增加实验兔的数量而已。不够的部分只能靠各科室教授的面子和本事去跟制药公司争取委托科研经费,或者从医疗器械公司募款,总之利用各种名目一年才能凑够五六百万的科研经费。这不就是现状吗？如果换成地方大学的医院,每门课的年度科目经费只有区区四五十万。如果再得不到制药公司的委托科研经费,专业研究就根本无从谈起。你把学术研究当作生命,可在这个时候却想为这种小事跟鹈饲教授作对,万一被赶到地方医院去怎么办呢?"

里见的眼前仿佛忽然被蒙上了一层阴影。财前赶紧抓住时机。

"总之,我希望你保持沉默。你只要不为这点儿事卷进麻烦之中,就可以平稳地做你的学问。而我呢,也不会向我们东教授征求任何意见,就当根本没有做过从鹈饲教授那边转过来的手术!过去就过去了。希望你也算是为了我而这样做吧!"

里见沉默了片刻,说道:"那好,就照你说的做吧!不过,这种不合情理的像缩头乌龟一样的做法仅此一次。"

里见面露不快,把视线从财前五郎的脸上挪开。财前松了一口气,觉得自己跟里见之间的纠葛总算摆平了。但是,鹈饲说那幅画先由自己保管的事又沉重地压在了财前的心头。

财前又一暂时停止诊察,伸出散发着消毒药水气味的手,把茶杯送到嘴边听女婿讲述。财前五郎情绪激昂,滔滔不绝地讲述自己被鹈饲院长叫去的经过,他一反常态,显得很不镇静。财前又一瞪着女婿听他把话说完。

"哦?你说要商量的就是这件事儿吗?"

在财前又一刚要开始夜间门诊时,财前五郎事先连电话也不打就突然跑来了,没想到就是为了这点儿事,这令财前又一感到有些扫兴。

"可是,爸爸,我明明装出一副深信正确的诊断是由鹈饲教授做出的一样,而且反复行礼感谢他让我有机会做了罕见的手术,可人家却连个笑脸都不给,还说送给他的画暂时由他保管。我真不知道该怎么办好啦!"

他夸张地说了一通泄气的话。这种时候与其虚张声势,还不如依靠岳父寻求帮助。

财前又一把老女佣端来的煎茶"咕嘟"一口吞下。

"他说暂时保管就让他暂时保管吧！不过，真不愧是当医学院长的人啊！'由我暂时保管'，这话确实意味深长呀！"财前又一觑着油光发亮的大脸笑道。

"爸爸，这可不好玩儿呀！稍不留神，说不定由鹈饲院长暂时保管的那幅画就会要了我的命呢！"

财前五郎感到了仿佛脚底随时都会塌陷般的不安。

"呵呵，看不出来你也有胆小如鼠的时候啊！既然你那么胆小，为什么还要插手鹈饲教授介入的手术呢？说给我听听吧！"财前又一的眼睛闪出光亮。

"关于这一点，我也特别担心，犹豫再三。可不管怎么说，胰腺癌是难得一遇的手术。说老实话，我在外科这么多年还没遇到过胰腺癌手术。正因为这样，我才争取亲自做这台手术，作为以后在适当的时机拿到临床外科学会发表报告的支撑数据。也就是说，我又害怕鹈饲教授，又想做这台千载难逢的手术，左思右想之后陷入了困境。不过，对于外科医师来说，要是放过那台胰腺癌手术确实太可惜了。因为我不能永远依靠'食管外科'这一个卖点嘛！"

"真不愧是我女婿呀！哪怕走危险的独木桥也要强行拿下空前绝后的手术。原来如此！要是连这点儿骨气都没有的话，那就别想当伟大的教授啦！好啦！剩下的事情交给我来办，我会帮你想好下一步棋的。"

"下一步棋？"财前五郎诧异地反问道。

"你瞧，岩田，就是上次在扇屋给你引见的那位岩田会长嘛！正好下月初要召开医协例会，主题是老年医学研讨会，就让岩田请鹈饲当讲师，然后顺理成章地请他演讲。结束之后我和岩田再设宴招待一下，热热闹闹地谈天说地，到最后就让鹈饲把'暂时保管'变成正式收下那幅画啦！"

"可是，事情真能按照咱们设计的方向发展吗？"

"是啊，那就要看岩田和鹈饲这对'同期之樱'的交情如何啦！据说，鹈饲竞选医学院长时，多亏岩田的人脉，才得到了医协的后援，所以这回应该算是礼尚往来吧！看来，我暗中设计的大学实力派与医协实力派的碰撞，由于意外情况而比预期提前啦！哈哈哈！"

财前又一开心地摇摆着双膝。

"不过，五郎，那个爱摆臭架子的老学究东贞藏怎么样啦？他是要把你推上继任教授的席位呢，还是要阻拦你呢？难道他还是摇摆不定吗？对于他心中的意向，现在你也该有所了解了吧？"

"这个嘛，东教授还是跟往常一样，我始终无法捉摸他是想让我当还是另有打算。"

财前一边回答一边想起来，最近这段时间东教授向自己搭话的次数骤然减少，本应向副教授交代的事情也都叫金井讲师去办，实在无法揣测东贞藏心里在想些什么。

"你这样可不行啊！最重要的事情没有进展，却成天担心这个担心那个，这又有什么用呢？不要等到选举教授的时候到了，又突然杀出个程咬金来，打乱了全盘计划。你要是把这个也估算进去的话，现在就要想好对付东贞藏的招数。"说完，财前又一"咕嘟"一声把茶水喝干，"这下你应该就说完了吧？那好，我还得去坐诊呢！今天有三个住院的要分娩，真是忙死啦！"

说着，他从白大褂的口袋里取出了记事本。

"你刚才说那幅画要多少钱来着？"

"一个号是八万，三个号是二十四万。本来只打九五折要二十二万八千，我给他压到二十万成交了。"

财前又一听后似乎想到了什么，在记事本上写下"画三号、二十万、送鹈饲"，随即站起身来。

东贞藏参加的"致癌研究小组会议"正在东京东都大学医学院的第三会议室召开。与大型学术会议不同，这是由三十来个研究致癌的学者聚集召开的会议，所以本次会议采用围坐会议桌的圆桌会议形式进行。在他们身后的是跟着教授来旁听的大学或研究所的助教们，他们把打开的笔记本放在膝头，认真地记录着。

东贞藏从刚才起一直在聆听东都大学的船尾教授关于"幼儿恶性肿瘤的发生"的研究报告。这对于从事"致癌相关理论研究"已经二十年的东贞藏来说不是什么特别重要的内容，但其他组员全部在认认真真地洗耳恭听。

那恐怕都是对这次会议的组长、东都大学第二外科主任教授船尾表示礼貌的姿态吧。依靠文部省下拨的科研经费，研究小组把大学的临床、基础、研究机构等方面的教授横向联系起来，组织他们针对共同课题展开研究。而组长通常都由有实力与文部省交涉、具有政治实力的教授担任，依靠这种实力掌控每年三百万元的科研经费，并负责把资金分配给其他教授。正因如此，小组成员们逮着机会就对组长船尾阿谀奉承，营造出惧怕船尾的氛围。

不过，从东贞藏的立场来看，船尾是一种特别微妙的存在。比自己小十一岁的船尾是以前在东都大学的师兄濑川教授的门徒，可人家现在已经是东都大学的教授，并且担任研究小组的组长。所以，对东贞藏来说，是必须谦让其一步的微妙关系。不过，虽然东贞藏迄今为止一直刻意无视这层微妙的关系，但一想到财前五郎的存在将会威胁退休后的自己，现在他对船尾的态度也不得不逐步改变了。

他朝正在讲话的船尾望去，五十一岁的船尾的面孔透着老成持重，活动家所特有的眼中闪烁着灵光，他上半身微微后仰的讲话姿态,充满了国立东都大学教授傲视天下的自信。

"正如各位所知,幼儿的腹部恶性肿瘤与成年人相比病例较少,而且大部分都与血液、大脑和骨骼等相关。腹部的癌变与之相比少之又少,再加上预后不良,所以一直不被作为重点研究对象。不过,正因为有这种倾向,所以幼儿腹部恶性肿瘤的研究对于医学和社会来说可以说是一个重大问题。因此,在专门研究消化器官癌症的我的指导下,十名研究生从小儿外科的角度出发,持续进行了研究。今后,我们还要跟病理学方面密切联系,针对幼儿时期发生的恶性肿瘤提出更加完整的研究报告。"

他刚说完,大家就开始一起鼓掌。不过,东贞藏一眼便看透了船尾的老谋深算,他之所以选中"幼儿恶性肿瘤的发生"这个事倍功半的课题,就是意在给文部省官员留下好印象以求增加科研经费,另外还可以利用媒体总是追求新奇的心态来获得人气。

不过,其他教授都对船尾那种包含着社会性意义的积极态度表示敬意。三重大学的教授站了起来。

"刚才船尾教授的研究报告确实很有深意。船尾教授虽然在科研和诊疗方面十分繁忙,但还能这样坚持基础性的研究,令我深感佩服。我站在小儿科的立场,希望船尾教授对幼儿真性腹部肿瘤与伴随幼儿期多发的肝脾肿大的初期鉴别方法也进行临床研究!"

这番话与其说是提问不如说是在提出要求。随后,由当天最后的研究报告者、金泽大学的病理学教授以"极少见的幼儿胃癌剖检实例"为题,报告了以五岁女童为对象的研究成果。对于这个发言也有一两个质疑答辩,但由于这本身就是同行研究共同课题的会议,所以不会出现学会中常见的热烈讨论和为了反驳而反驳的针锋相对。最后,质疑答辩在一团和气中结束了。担任会议主席的横滨大学的教授站起身来。

"本届致癌研究小组会议到此闭幕。这次由于各位成员大力协助,会议内容十分充实。我在此深表谢意。接下来,我们将在五点半去筑地的雪亭酒家召开联谊会,请大家务必光临,以进一步加深各位成员之间的交流。"

会议主席说完闭幕词之后,为期两天的小组会议即宣告结束。人们三三两两地离开座位,有的教授独自走出会议室,有的率领助手们一边高谈阔论一边向外走。东贞藏在吵吵嚷嚷的人群中不动声色地走近船尾身边。

"那,我在联谊会结束后去浜町的芝家等你。"

东贞藏今天早上向船尾家里打电话约好了见面,他再次提醒之后就走出了会议室。

东贞藏办完事情后,晚到了三十分钟。他走进雪亭酒家的日式宴会厅,只见宴会厅里组员们已经到齐了。

组长船尾教授坐在壁龛正面的上座,身旁的空位给东贞藏留着。

"东教授,这边请!"刚才担任会议主持人的横滨大学的教授最先向他打招呼。

"不,我就坐这儿吧!总是把麻烦事儿都交给大家,我自己却逍遥自在地没帮什么忙。比起我来,您是今天的会议主持人,您请……"

东贞藏说着走向中间的席位,坐在正面的船尾发话了。

"好啦,快别这么说。请到这边来吧!本来没有特别安排座次,因为东教授是这里辈分最大的,所以无论如何请您到这边来……"

他向旁边挪了挪,腾出更大的空地。

"我迟到已经很失礼了。那,我就恭敬不如从命了。"

东贞藏坐在留给自己的空席上才发现,船尾虽然声称没有特别安排座次,其实座次是精心安排的。排在组长船尾和东贞藏之后的是原帝国大学的国立大学的教授们，接着是原国立单科医科大学的官立大学的教授们，最后才是新建的大学的教授们。遇到同一所大学中有两人出席的情况，就让毕业年份较早的人坐在上座。

酒水和菜肴陆续端了上来，名古屋大学的生理学研究室的教授向船尾问道："在这么豪华的酒家举办如此奢侈的联谊会合适吗？我听说由于组长个性不同，有的小组把珍贵的科研经费中的大半都用作总会经费了，而特别重要的分组研讨会却办得很寒酸嘛！"

这个人看上去具有甘于清贫、长年坚持科研生活的朴实，一副天然去雕饰的风貌。事实上确实有经济状况不好的研究小组在结束小组研讨会之后只能去大学医院的员工餐厅聚餐，每个人来半斤清酒和一份木盒便当就对付了。这位名古屋大学的教授讲的就是这方面的事情。船尾面对这种过于严肃而朴素的提问，露出几分尴尬的笑容。

"多谢你说的这番话，让我感到工作很有价值！我们致癌研究小组的同人每年只有两次集中开会的机会，而我作为组长很想尽可能地款待专程来到东京的各位。幸而得到了多方赞助，才能有今天的宴会。你就稳稳当当地坐下，尽情享受一番吧！"

船尾在话语中暗示，能办得如此排场全靠自己的面子才得到了某家大型制药公司的赞助。餐桌上摆满了关西风味的高级料理，服务员还接连不断地端上清酒和啤酒。东贞藏不露声色地环视了一圈在座的人，虽说都是大学医院的教授，但从事基础医学研究或在研究所任教的教授们穿着都较为朴素，他们勤快而优雅地舞动着筷子，津津有味地畅饮美酒。而那些在临床领域颇有势力的教授则像东贞藏和船尾一样，对这种场面已经习以为常，几乎不太动筷子，只是偶尔喝上几口清酒和啤酒。

当酒劲开始起作用的时候，在这种场合中必定会谈到医学界人事方面的话题。

"总而言之吧,就像刚才也讲过的,这次癌症研究中心的人事调动真是太怪异了!就连那么个小毛孩副教授,还是个乡下土包子,居然都被召到癌症研究中心附属研究所去当了主任!这种人事安排真是滑稽透顶。所长大冈是不是脑子有问题呀?"有人用醉醺醺的嗓音愤愤不平地说道。

"人家从学生时代起就是大冈的随从了嘛!难怪大冈一坐上附属研究所所长的宝座就立刻钦点他去啦!没想到,男人也能靠姿色攀高枝呀!哈哈!"

一个好像了解内情的人揶揄似的做出解释,会场上顿时响起猥琐的笑声。当笑声落定时,群马大学的教授表情认真地发话。

"现在换个话题。为什么每当学术会议委员的选举临近时,就有相当多的教授级人的物神色紧张地四处奔走呢?学术会议委员似乎没什么特别的好处嘛!他们怎么就那么想当呢?真是匪夷所思呀!"

"那是因为一旦当上学术委员,学者就分出了不同等级,而且能对文部省官员施加影响力,容易争取到科研经费的配额,在医学界的发言权就更大了嘛!"横滨大学的教授说道,又像偶然想到什么似的向离得稍远的船尾问道,"船尾教授是不是也该考虑参加这届学术委员的选举啦?"

"不,眼下光是我自己的科研课题和医院的诊疗就忙不过来了,哪儿还顾得上那档子事儿呀?何况我们大学里辈分比我高、名气比我大的教授还有很多,根本轮不到我出马啊!"船尾强烈地否定道。

不过,东贞藏心想:这次船尾作为组长把会议办得如此超规格,如此豪华,而且在联谊会上极尽奢侈,很可能就是为竞选学术会议委员作秀呢!船尾舒舒服服地当上了自己想当而未能如愿的东都大学教授,而且说不定还野心勃勃地打算进一步出马竞选学术会议委员,想到这里,东贞藏心中突然燃起反感和嫉妒的熊熊火焰。但是,考虑到已经跟船尾约好联谊会后单独谈话,他就只能压住激越的情绪,装出与其他教授同样的由衷高兴的样子。

联谊会一结束,东贞藏马上离席先行前往浜町的芝家。他向老板娘说明已经用过晚餐,只点了些饮品和凉菜,并交代在谈话结束之前别让女侍进屋打扰。

他看了看表,八点钟刚过。不过,从上午九点开会直到下午四点钟,结束后就参加联谊会,接着又约见船尾谈事情,这使已经六十二岁的东贞藏感到疲惫不堪。当他深深地呼了一口气时,从走廊上传来了脚步声。

"您的客人到了。"

船尾在女侍的引领下走进包间,看到东贞藏把壁龛前的上座留给了自己。

"哎呀,我坐这个上座实在不妥呀!刚才因为是小组会联谊宴会,我身为组长不得已才坐在上座嘛!"船尾惶惑地说道。

"哪里哪里,是我把你这个大忙人请来的,所以请你坐上座。"

东贞藏和蔼可亲地笑着,把船尾让到上座,随即拿起端上来的酒杯先敬了一杯酒。船尾惶恐不安地接过了酒杯。

"老前辈东教授特意招待我,还说有事儿要跟我这个晚辈商量。到底是什么事儿啊?"

船尾摆出低姿态,与刚才在公开场合的样子完全不同。船尾似乎因为东贞藏与自己曾经的恩师是师兄弟关系,所以对他怀有相当微妙的心理。而东贞藏也从船尾的态度看出了这一点,故意用舒缓的语调说话。

"其实,我是为了自己的继任者诚心诚意地跟你商讨一下。"

"哦?继任者……"

"是啊!明年三月份我就要退休离职了,所以希望有个能够接替我统领第一外科的人物。"

东贞藏一口气说了出来,船尾诧异地望着对方的脸。

"你们那儿不是有个在食管外科得到公认的业务能力超强的财前副教授吗?我们研究室那些人都是'东都大学绝对主义'者,甚至认为除了东都大学以外全都不是大学。但是,就连这些人现在也都对你们那儿的财前有所顾忌,而且在最近的周刊杂志上还刊登了财前的大幅照片。那个人看上去能说会道、眼疾手快,还有健壮的体格和充沛的精力,应该能够统领研究室全体向前发展。你为什么不把他推上继任教授的宝座呢?"

"唉,问题就在这里呀!他确实业务本领超强,可是嘴巧手巧得有点儿出格,处处哗众取宠。因为这一点,研究室被搞得很难拢到一块儿,实在叫人伤脑筋呀!所以呢,怎么样?你心中有没有合适的人才啊?"

"我心中有没有合适的?这可难住我啦!你问得太突然了……"

"你可是东都大学第二外科的领军人物船尾老师啊!身边少说也有三四个拿得出手的顶尖人才吧?"

东贞藏第一次称呼船尾为"老师",恳切而有分寸地步步进逼。

"是啊,倒也不能说完全没有。不过,要是东都大学本系统的大学也就罢了。如果要把东都大学出身的人送到清一色浪速大学出身的贵校,那简直就像把宝贝徒弟孤身一人送到老丈人和小舅子掌权的人家入赘,那真是太可怜啦……"

船尾嘴上这样说着,心里却在想:与其说顾及徒弟的处境,还不如按照自己的步骤巧妙地把事情导向利于自己的方面。

"原来如此啊！你是不想让宝贝徒弟白白受苦,对吗？这一点你不用担心。在研究室里备受"老丈人""小舅子"欺负的经历,我在十六年以前就受够啦！即将接我班的人是来继承我已经开垦好的地盘,所以根本不会受那份苦啦！而且吧,船尾先生,坦率地讲,这对你来说也不是什么坏事儿吧？在你掌权的时代,把出自东都大学你门下的人才送进浪速大学,也等于扩展了你自己的阵营,这不是相应地扩大了船尾先生的势力了吗？"东贞藏把前面的"船尾老师"的称呼改成"船尾先生",像看透了船尾的心思似的如此说道。

船尾泰然自若地说道:"从那个意义上说,确实是个难得的机会。不过,东先生虽然出身于东都大学却在浪速大学当了十六年教授,为什么会有这样的想法呢？我想请你再谈谈这一点。"

船尾更加谨慎地应对,因为他担心东贞藏先向他卖人情,然后再以扩大阵营为由索取回报以谋求某种巨大的利益。

"啊,关于这一点吗？那是因为如果在我退休离职后,不能留下一个在自己的保护伞下值得信赖的继任者的话,我就会很失落的嘛！要是财前值得信赖倒还罢了,但最近由于各种复杂因素我已经很难信任他了。因为在浪速大学出身的人中,除了他又不可能让别人当教授,这样一来,我就想最好能找个跟自己出身同一所大学的人才。"

东贞藏委托船尾帮忙,与其说是想找个德才兼备的人才,莫如说是想找个在自己离职之后也能完全掌控的继任者。

"不过,你的要求真是太难办到了。因为找到比财前技高一筹的人可不是简单的事情啊！何况说到浪速大学,如果推出的人选不能使每个人都心服口服,那么无论是东先生还是我,都会遭到为了扩展东都大学势力而搞不正常交易的指责。那就成了大问题啦！"船尾捧着脑袋说道。

"所以,我才在有数的熟人当中特别找你商量嘛!要是濑川先生健在的话,我当然会请他出面向你提出请求啦!"

东贞藏搬出了自己的师兄,也就是船尾曾经的恩师的名字,让对方不容拒绝。

船尾沉默片刻后说道:"那就由我来物色适当的人选吧!找好之后我会尽早通知你。不过,到了最后关头,无论如何都是浪速大学出身的人势力强大,希望你到时候可不要搞砸了。人事这个游戏,到了最后关头会十分艰难啊!"

船尾疾言厉色地做出了结论。

东政子一边用麻纱手帕轻轻地揾着微汗的额头一边看着大厅里人声鼎沸的景象。

在本町 S 会馆的百花大厅里,聚集了浪速大学医学院的教授夫人们。为了召开被称作"红颜会"的教授夫人会,这里装饰得异常华丽。临床学科组、基础学科组总共三十名教授夫人会全数出席这一年一度的总会。她们个个精心准备,打扮得花枝招展的,正在十分热闹地交谈。其中有四五个穿着朴素的套装,胸前别着不起眼的胸针,她们都是那些研究细菌学、解剖学和法医学等冷门学科的教授的夫人。与那些打扮得花枝招展、四处大声欢笑的夫人们相比,这些夫人们流露出希望尽早从这场聚会中解放出来的表情。

东政子一边观察会场上的情形一边轻松愉快地断定:在今天的总会上,鹈饲院长的夫人还会被选为"红颜会"的干事,并且自己也会得到她的提名,进而被选为副干事。自己那个说起来算是学究派但却缺乏政治实力的老公东贞藏还曾取笑自己:"就算你当上教授夫人会的副干事又能怎样?"但是,东政子认为,教授夫人会里的势力分布本身就代表了医学院教授们的势力分布,借此即可推断各方角力的态势。正因如此,她才甘愿为门第、学识和姿容都比自己差很多的鹈饲夫人当辅佐,两人共同运作"红颜会"。

门口传来如同男声的粗大嗓音,原来是鹈饲夫人来到了会场。

"你们好!我掐点到场,多有失礼。咱们这就开始吧!"

她矮矮胖胖的,身上穿着如同戏装一样的大花和服。她来到正面的座位上坐下,窈窕挺拔的东政子站在她身旁。

"抱歉!让各位久等啦!'红颜会'的春季总会现在开始。首先,我们请本会干事鹈饲医学院长的夫人致开幕词,并对本会的议题做说明。"

鹈饲夫人扬起鱼鳃般外展的下巴,郑重其事地鞠了一躬。

"今天,在各位的热情协助下,'红颜会'的春季总会得以盛大召开。首先,我向各位致以诚挚的谢意。正如各位所知,我们的医学家丈夫们担负着保护患者生命的神圣职责,他们日夜勤奋工作,希望大家站在妻子的立场上尽量为丈夫做好后勤。同时,也希望能够通过我们促进医学院内部的团结和睦。去年春天,我老公有幸被选为医学院长,'红颜会'也从那时开始成立了。在各位的竭诚协助下,无论是隔月举办的外语讲座还是歌舞伎、音乐和绘画等鉴赏会都获得了圆满的成功。这对于提高各位会员的素养和促进会员之间的情感交流起到了良好的作用,作为干事我感到非常高兴。那么,去年因为我是本会的发起人,所以承蒙各位厚爱担任了干事职务。从本年度开始,为了反映全体会员的意愿,干事将以投票的方式选出,副干事就由干事指名决定。各位觉得怎么样啊?"

她的讲话形式上像是在征求参会者的意见,但语调中却包含着下命令般的趾高气扬的意味。会场上没有任何人提出异议,只有一片肃静。

"那好,既然大家都没有异议,那咱们马上进行干事改选吧!"

鹈饲夫人讲话完毕，东政子开始分发事先准备好的选票。她摆动着华丽的衣裙下摆，在餐桌之间翩翩穿梭，向教授夫人们递去选票。她看上去很难叫人相信她已经年过五十，端丽标致的脸庞充满了名媛才有的骄傲。

发完选票之后，面朝餐桌的夫人们的脸上现出了女大学生般的认真神情，她们手中握着铅笔开始写选票。参加投票的会员为三十人，所以要当场收票并进行开票。正前方的餐桌上铺开一大张宣纸，东政子负责开票和唱票，由邻座的妇产科教授叶山的夫人画"正"字计票。

正像所有人预料的那样，开票结果除了鹈饲夫人自己那一票之外，其他所有的选票都投给了鹈饲夫人。东政子率先鼓掌致意。

"根据刚才投票的结果，鹈饲医学院长的夫人再次当选为'红颜会'本年度的干事！"

鹈饲夫人缓缓地从座位上站起身来。

"承蒙各位信任，让我再次担任干事。为了给两年后在大阪举办的国际医学总会做准备，我希望继续提高会员们的修养，并促进会员间的和睦。接下来是指定从事辅佐工作的副干事。"她有点儿结巴似的停顿了一下，"我想委托附属医院院长的夫人则内女士！"

鹈饲夫人此话一出口，东政子差点儿"啊"地惊叫出来。她一直以为鹈饲夫人在当选干事之后理所当然会提名自己担任副干事，却无论如何都没想到则内院长的夫人会被提名。东政子怀疑自己耳朵出了问题，抬头向鹈饲夫人望去，而对方却像是在躲避她的目光似的直视正面。

"前副干事东夫人跟我的合作可以说是圆满而顺利。不过，如果前干事和前副干事都留任的话，似乎稍微欠缺新意，而且我希望尽可能让更多会员来当一当副干事。所以，这次就委托则内夫人来做。东夫人这一年来付出了巨大的努力,我代表全体会员表示深深的感谢!"

她措辞巧妙地说完之后,向东政子恭恭敬敬地鞠了一躬。但是,东政子心中忽然感到了极度的不安。她并不是对自己感到不安,而是为丈夫东贞藏深感不安。去年,当鹈饲夫人提名东政子担任副干事时还曾有人在背后说闲话:"哦,鹈饲医学院长跟东教授毕竟交情非同寻常,所以他们的夫人也是一团和气。"然而,如今形势却发生了逆转,这使她心慌意乱。鹈饲医学院长对明年即将退休离职的东贞藏表露的冷漠无情的态度,似乎从他夫人的态度中就能看出来。同时更令人意外的是,被提名担任副干事的竟然是传言与鹈饲医学院长向来不和的附属医院院长则内的夫人!东政子听丈夫东贞藏说,在国立大学的医学院里,医学院长的地位毫无疑问高于附属医院院长,但由于鹈饲处处滥用医学院长的权势,则内院长变成了影子般稀薄的存在。正是由于这个原因,则内对鹈饲怀有相当大的反感。因此,东政子感到十分震惊。

直到刚才还充满了自信的光明期待被一举粉碎,东政子受到仿佛突然被推下万丈深渊般的沉重打击。她好不容易控制住慌乱的情绪,听着取代自己被提名为副干事的则内夫人的致辞,接着鹈饲夫人又开始阐述本年度议题的长篇大论。东政子大脑里一片空白,就像望着江水东流般望着鹈饲夫人。

总会议程结束时早已过了一点钟,迟到的午餐被送进了会场,周围开始响起阵阵交谈声。

"我一想到两年后的国际医学大会就头疼死啦!在老公开会期间,咱们还得陪着外国夫人们去京都参观,邀请她们欣赏歌舞伎表演吧。这样一来,我为了练习英语会话和准备服装,从现在就已经神经衰弱啦!"某位临床教授的夫人长吁短叹地说道。

"哪里呀！你们只要考虑英语会话就可以了，可我还得从准备服装开始劳心费神呢！我已经跟老公说好，允许我穿深蓝色套装再佩戴一支康乃馨！"

一位基础组教授的夫人说完，同为基础组教授的夫人也随声附和，她的老公刚从副教授升为教授。

"您说得真是太对啦！我家那口子也说，早知道当教授后每次都要为参加这样的教授夫人会操心服装，还不如以前当副教授的时候轻松呢！"

周围响起微弱的笑声，刚才提起服装话题的临床组教授的夫人又接过了话茬。

"对啦！说起副教授，第一外科的财前副教授可真是名气大涨啊！前几天，在我参加的某个妇女团体聚会上，在场的人都说浪速大学的财前副教授是食管癌方面的权威。我还听说他长得身材高大，是个颇有男子汉气概的美男子。简直就像是他一个人在支撑着第一外科似的，人气旺得不得了啊！"说到这里，她像突然想到似的扭头望着东政子，"东医生真是好福气呀！在东医生的卓越指导下，培养出了那么优秀的接班人。想必一定高枕无忧了吧？"

对方似乎想掩饰什么。

东政子绷着脸毫无笑意地用客套话答道："是啊！托您的福，承蒙大家对财前副教授赞赏有加，东教授也说他可以安心离职啦！"

鹈饲夫人赶紧插话道："真是可以放心啦！关于这一点，连我家鹈饲教授也在担心呢！他担心自己不能培养出像财前副教授那样的接班人。不仅如此，我还听说财前副教授的夫人和东教授的夫人一样都会说英语和法语，是相当了不起的社交家。所以呢，要是将来她能加入这个团体，咱们的力量就更大啦！"

"您这样一说，我就更加惶恐不安啦！"东政子冷淡地回应道。

此刻,她已经完全恢复了镇定,用优雅的动作拿起餐叉和餐刀开始享用盘中的烤鸡。其他夫人们还在谈论家长里短。

"您听我说,今年二月退休的第三内科石山教授实在倒霉透啦!先前别说是他自己,就连周围人都以为他铁定能当上铁路医院的院长!结果却不知道被谁做了手脚,事到临头,只因运输大臣佐藤万治一声令下,美事就泡汤了。后来他慌忙去大阪市民医院和研究所找空缺,结果全都落空了。最后,迫不得已去了某家不太出名的公司当顾问医师,工资少得可怜。人家在职期间都当上教授了嘛!看到这种情形我就想到,我家那口子虽然还有四年才退休,但也不能说已经高枕无忧了!"某位临床教授的夫人说道。

这时,临床组的另一位教授夫人也发话了。

"您说得太对啦!不管是在位期间还是离职之后,有很多问题都不是仅凭专业能力强就可以解决的啊!拥有强大的政治实力和关系网的教授,即使专业能力不强也可以做到国立医院的院长或像武丸、平和那样的大药厂的顾问,每月能领取十多万元的顾问费呢!可一旦时运不济又没有门路的话,就会像石山教授那样遭遇料想不到的倒霉事情。这可不是只发生在别人身上的事情哟!"

虽然她缩着脖子窃窃私语似的说话,但内容却还是传进了绷紧着听觉神经的东政子的耳中。运输大臣一声令下、铁路医院、政治实力、不太出名的公司、工资少得可怜……每句话都像钢针般刺痛了东政子的心窝。以前从未有过的沉重不安的感觉汇聚成潮水汹涌而至,她感到规规矩矩地去参加致癌研究小组会议的丈夫——东贞藏的将来突然变得毫无保障了。

东佐枝子在上本町一丁目公交车站下车,向法圆坂的公团公寓楼走去。

在人影稀少的午后街道上，身穿和服的她缓步前行，心中想起今天早上母亲政子说的那番话。

"你还年轻，别那么一天到晚闷在家里，偶尔也像别人家的小姐那样，打扮得漂漂亮亮的，然后出门转转去。老是这样死气沉沉的怎么行呢？"东政子皱着眉头说道。

她还不忘提醒女儿，教授夫人会后还有"未生流"的花道讲座，她叫佐枝子到时去现场露个面。

她先前就是为了这个才出了门，可是当她想到那些围着"未生流"掌门人用喧闹的笑声和故作高雅的腔调享受这种华丽社交的夫人们，她就没心思去花道讲座的会场了。于是她决定去拜访原先就读于圣和女子学院的同学里见三知代了。

里见三知代和东佐枝子都有一位当医学家的父亲。三知代的生父、现任名古屋大学医学院长的羽田融曾任浪速大学医学院的副教授，因此她两人在学校里就很谈得来。两人的社交圈子都不太大，属于喜欢独处的性格。不过，三知代和佐枝子都愿意与对方进行心灵层面的交流。

两个月之前，佐枝子收到了来自三知代的一封简单的短信。三知代在信中报告了自己近况，还提到最近读过的书中有一本西蒙·波伏娃的《第二性》，使她体验到了很久未曾有过的深深感动。佐枝子一直没有回信，但是从对方那简单的短信中，她能了解到喜爱读书的三知代的近况和充实的生活。

沿着铺装的街道向西走约二百米远，就能看到一群结构相同的公寓楼，连窗户和阳台的规格也是一模一样。每座公寓楼都被用呆板的字体标上了号码，周围是稀稀拉拉的羸弱的树木和一些干燥的红土，环境着实太煞风景了。

登上幽暗的楼梯，佐枝子好不容易找到了三知代家的门牌，随即摁下了门铃。

"哪一位啊?"里面传出三知代的声音,猫眼盖被掀了起来。

"哎呀!我还以为是哪一位呢!原来是佐枝子啊!真是稀客呀!"

三知代好像很惊讶似的把门打开。佐枝子在门厅脱了鞋,上了地台。眼前是一间四铺半席大的厨房兼餐厅,接着是一间六铺席大的起居室。好像三知代刚才正在熨烫衣物,屋里摊开了洗好的衣服。

"你都看见啦!房间太小,临时有客人来我都不知道该怎么收拾。况且我们家光线最好的房间给里见当书房了。"她把视线转向隔壁的房间微笑着说道。

朝南的六铺席大的房间里,墙边满满地立着书架,医学书籍层层叠叠一直堆到天花板。不止如此,书架里还摆不下的书,就装进苹果箱堆在房间的角落里,另外还有一张老旧粗陋的书桌摆在窗前。这里感受不到佐枝子父亲东贞藏的书房里那种充满威慑力的森严感,也看不到豪华的书柜和书桌,能感受到得只有甘于清贫、孜孜不倦地做学问的医学家的风范。

"好平静的生活啊!"佐枝子深有感触地说道。

"不过,经济方面可辛苦啦!副教授的工资总共才五万六千元,扣除房租七千元和里见每月必需的购书费两万元,剩下的才能用于家庭生活。所以,我每天都得盯着家庭账本,千方百计地节省开销。幸好我从小就在不太富裕的学者家庭中长大,所以还算勉强过得去。"

身穿素色毛衣的三知代麻利地整理了下凌乱的起居室,随即为客人准备好了茶水。她把丈夫的学术研究放在最优先的位置,并愿意为此做出任何牺牲,俨然一副意志坚强的学者妻子的姿态。

"这就是你的本色呀!你在大学的时候就与众不同,总是胸怀坚定的信念。而且,那种坚定的信念现在好像更加强烈了。想必是因为你过着充实的生活且有一位专注于学术研究的老公吧！"佐枝子真心祝福地说道。

"谢谢你！从这一点来看我还算幸福。不过,里见一年到头都在搞研究,即使下班回到家里也是马上把自己关在书房里,甚至星期天也待在书房里不出门。所以,虽然我们结婚过了这么多年,但一起外出游玩的次数却屈指可数呀！我对那些倒是无所谓,不过孩子常常显得怪可怜的。一到星期天,看到公寓里其他家庭会全家出游,孩子就会说'我也想跟爸爸一起出去玩儿啦'。为了不打扰里见,只好由我自己带着孩子出门。那种时候真是有点儿难过呀！"

"不过,正因为如此里见才会那么优秀嘛！我父亲虽然也不太爱出门,但是访客却特别多,为了应酬而浪费了很多时间。前一阵子说到什么话题的时候,父亲还说'真羡慕鹈饲教授能有里见那样的学术型的接班人啊'。你先生迟早会成为出色的教授的。"

"听你这样说,我真高兴啊！自从嫁给里见时起,我就梦想他能够积累雄厚的优秀成果,成为一名受人敬重的教授。而且,我嫁过来时父亲也这样说过。为了这个目标,只要是我能承担的劳苦,我都愿意为他努力去做。不过,听说一旦丈夫当了教授,夫人们就会累得够呛。最近开了一个叫什么'红颜会'的教授夫人会,是吧？为什么会出现那种玩意儿呢？我连每年一次去鹈饲老师家拜年都嫌麻烦,总是磨磨蹭蹭到最后也不能成行。"三知代露出自己特有的拘谨表情说道。

"是啊！我觉得你和你老公有那样的心情无可厚非,连我都忍受不了那种气氛呢！"佐枝子点点头说道。

她回想起每年都聚集到东家拜年的第一外科研究室成员们的身影。十铺席大的房间和八铺席大的房间连成大客厅,父亲东贞藏背朝壁龛而坐,以财前副教授为首,讲师、助教和副助教们按照科室里的序列坐下,然后一个一个地上前用近乎卑屈的惶恐姿态捧杯斟酒。跟随丈夫前来的妻子们也是一样,在另一个房间里以母亲政子为中心按照丈夫的序列从财前杏子开始落座,一边留意座次顺序一边做出与丈夫相同的卑屈笑脸,向母亲政子说些言不由衷的奉承话。与那些人相比,里见夫妻的生活多么朴实无华啊!

"我今天来找你真是太值得了!看到你过着这么高尚且充实的生活,我很久没有像现在这样高兴了。"

说完她看看表,不觉之间已经过了五点钟。

"哎呀,你别急着走啊!今天碰巧是好彦的生日,里见也会回来早些。你就再坐一会儿吧!"

"可是,我跟里见从未见过面,况且今天又是你家宝宝的生日,所以更不能打扰啦!"

她说完就要站起身来,这时门铃响了。

"啊,正好,是里见回来啦!"

二知代赶快打开房门迎接丈夫。

"你回来啦!真的早回家啦!咱家有稀客光临,是东老师的千金东佐枝子小姐。"

说完她又转向佐枝子介绍道:"这是我老公里见。"

佐枝子从坐垫上移开双膝,郑重地俯首致意。

"初次见面,你好!今天贸然登门,打扰了。"

她说着挺直腰身抬起双眼,顿时浑身一颤,她的视线凝定了。里见蓬乱的头发垂在额前,额发下锐利而澄澈的双眸透出深邃的目光。佐枝子好像被那深邃澄澈的锐利目光强烈地震撼了,她目不转睛地盯着里见的面孔。

"我是里见,初次见面,您好!"里见很随便地点点头,就直接走过佐枝子身边进了书房。

"请你原谅啊！对谁他都是这样。"

三知代忙着为丈夫冷淡的态度打圆场。

"今天是好彦的生日，正好让佐枝子也一起为他庆生，可以吧？"她向里见问道。

"啊，那挺好呀！如果客人不介意的话……"里见仍然背对着妻子答道。

"不，我还是就此告辞啦！"

佐枝子说完就要起身。

"连不爱跟外人一起吃饭的里见都这样说了，今天你一定要一起吃饭。好彦也会很高兴呢！他去邻居家玩，现在该回来了。饭菜我已经做好，只要热一下就可以了。"

三知代匆忙向厨房走去。佐枝子不经意地朝书房望去，不知是忘了关上隔扇还是因为房间太小顾及客人而特意敞着，只见里见连衣服都没换就坐在窗边书桌前端坐着看书。他好像完全忘记了妻子正在厨房里准备饭菜，也忘记了妻子的朋友就坐在隔壁的房间，只管一动不动地埋头看书。他与佐枝子周围的那些以当上教授或副教授为目的而做学问的人不同，佐枝子能够感受到他做学问纯粹是出于热爱，并且他有一种能全身心投入研究的朴实而沉静的特质。这种特质在父亲东贞藏，甚至是已故的外科名医祖父身上都很难看到。

房门被猛地打开，传来了一阵清脆的童声。

"爸爸回来了吗？"

上小学二年级的好彦回来了。

"是啊，爸爸真的提早回来啦！而且，今天妈妈的朋友也来了，可以过个热闹的生日喽！你向客人问个好吧！"

好彦偷偷瞅了一下陌生的佐枝子，随即使劲儿地鞠了一躬，就走向书房去找里见了。

"爸爸,你回来啦!"

好彦只是特别高兴地说了这么一声,却没有爬到父亲背上撒欢儿。里见点点头,瞥了孩子一眼,立刻把视线转回书桌。

晚餐准备停当,三知代在起居室里摆好餐桌并端上了拿手好菜。虽然只有干蒸童子鸡、浓汤和沙拉这些菜品,但一支康乃馨和一个花式蛋糕把餐桌装饰得异常温馨。

来到餐桌旁的里见这才对孩子露出笑脸。

"好彦,生日快乐!这下你长大一岁啦!"

说着就把一本书放在孩子面前。这是一本专门给孩子看的理科图书——《看图学理科·快乐教室》。好彦一边撕下鸡腿吃一边兴致勃勃地翻着书页,想到什么就说什么,看不懂的地方就问父母。这时,里见总是简洁地回答,而三知代就在旁边亲切地做出浅显易懂的讲解。三知代不时地被好彦问住,就会向佐枝子求助。

"哎哟!我这样讲解合适不合适啊?"

"哇!妈妈耍赖啦!还问别人呢!"好彦嘲笑道。

三知代和佐枝子放声大笑,而里见却默不作声地把饭菜送进嘴里。

吃完饭后,佐枝子担心回家太晚就要起身告辞。

"你上大学时是不是特别喜欢理科?"里见突然没头没脑地问道。

佐枝子惊讶地望着里见。里见在刚见面问候时和用餐之间几乎没跟佐枝子交谈,却没想到里见竟会那么用心地聆听自己说话。这种惊讶深深地打动了佐枝子的心。

"我虽然不很擅长,但确实很喜欢理科。因为理科可以用最客观的角度准确地了解事物。"

佐枝子很客气地做出回答,然后就站起身来。

临近夜晚九点钟,芦屋川河畔传来潺潺的流水声,道路两旁的樱花花瓣已经飞落,嫩叶已经开始萌发,树木在路灯的微弱光线中投下暗影。

佐枝子独自朝自家方向走去,心里在重温第一眼看到里见时的感动。为什么心中会突然产生如此强烈的感动呢?那是连她自己也说不清楚的感动。不过,在那一瞬间产生的感动与佐枝子的人生有很大的关联,好像这就是她长期以来茫然寻觅的东西。

不知不觉之间,她已经来到了家门口。在门灯的映照下,由英式的红砖和圆柱构成的墙壁高高矗立。佐枝子没摁门铃,她推开正门旁边的小门,一边沿着石板甬道走向门厅一边往餐厅那边望去。

在教授夫人会结束之后,母亲还要参加花道讲座,所以应该是在外边用餐后回家。而父亲去东京之后还要顺路去一趟名古屋,预定今晚回来。佐枝子想去父亲的书房看看,于是从门厅登上通往二楼书房的楼梯。这时,从书房里传出母亲的声音。

"你说鹈饲夫人没提名我却提名则内院长的夫人当副干事,到底是怎么回事儿?根据你的话来看,则内院长夫人跟鹈饲教授是冤家对头,可为什么偏偏是她当了鹈饲夫人的副手呢?这不是太奇怪了吗?该不会是你最近跟鹈饲院长发生什么事儿了吧!"

母亲激昂的话语声使佐枝子停下了脚步。

"不,什么事儿都没有!还是很平常呀!话说回来,你老是把教授夫人会的事儿都跟医学院内部的人事扯在一起。这种心理未免过于神经质了吧?根本就不是什么大不了的事情嘛!"

佐枝子能够想象到父亲不愿意跟母亲争论的态度。

"不对!事情可没有那么简单。也许是因为你明年就要退休离职了,鹈饲院长才会放弃你转而接近则内院长吧?"

"可能就是这样吧！当上医学院长之后又想接着当校长,为了站稳脚跟甚至已经开始做自己的冤家对头则内的工作了。真是深得要领的家伙呀！"

东贞藏认可了妻子的说法。

"请你别佩服人家啦！你要是不像他那样深得要领地运作一下的话,等到退休离职之后,说不定也会像那个第三内科的石山教授一样,只能去无名的小公司挣点儿微薄的收入啦！"

佐枝子眼前浮现出母亲那张高傲而冷漠的脸庞。

"你们教授夫人会连这种话题都拿出来讨论吗？真是太无聊啦！在男人的世界里,还有很多仅凭实力根本无法解决的问题。用你们女人的尺度去简单地衡量,这对男人来说太残酷了。"

"我是在告诉你,你要是不想承受这种残酷,这种时候就得切实发挥政治实力。就在今天我又听到有人传言,第一外科就是财前副教授在支撑着。我不知道你对财前五郎怀有什么样的看法,可是对于那种凡事都把主任教授撇在一边抢风头的副教授,我可不想把咱们的地位让给他。"

"咱们的地位"这句话强烈地冲击着佐枝子的耳膜。在这里,她看到了把丈夫的地位据为己有的妻子的权力欲极强的嘴脸。佐枝子对母亲政子感到了强烈的厌恶。

书房陷入片刻沉默之后,忽然传来了母亲歇斯底里的声音。

"老公,我没有任何责怪你的意思,只是想到你的将来就感到非常不安。而且想在你退休离职前千方百计地给佐枝子找个门当户对的婆家,所以才想叫你再努一把力。"

她的话语中突然带上了哭腔。

"我知道啦！佐枝子的婚事我比你还操心呢！研究室的接班人也好,退休离职后的出路也好,我都已经把佐枝子的婚事一并考虑进去了。我可不是你想象的那种死心眼儿的学究派！从东京回来时我还顺路去了名古屋，就是要发挥我的政治实力去做各种准备工作嘛！你就别再瞎操心啦！"

佐枝子站在楼梯口听到父亲取悦母亲的话语声，脸上奔腾着愤怒的神色，她的肩头微微颤抖，立即转身轻手轻脚地快步走下了楼梯。

第四章

在医师会馆的小会议室里,由岩田重吉担任会长的医师协会正在召开理事例会。

正面黑板上写着报告事项和议题条目,会长岩田重吉和副会长财前又一坐在黑板前面,其他十三名理事围着桌子坐成U字形,正在对议题进行讨论。房间里烟雾弥漫,茶水也快凉了。这时,议题进行到了"关于新的营业医师的规定",会场上顿时像起死回生般气氛活跃起来。这是今天四个议题中的最后一个,也是大家最为关心的议题。

担任会议主持人的外科医师森山理事似乎有意炒热已经恢复活力的会场气氛。

"接下来,我们要讨论各位最关心的'关于新的营业医师的规定'。现在,请这项议题的提案人、副会长财前医生发言。"

难得穿上西装的财前又一别扭地站起身来。

"正像各位所知,我们这个地区仅在今年就出现了十二家新开的诊所、个体医院和医务所,一些还只是小毛孩儿的营业医师大肆横行,使我们这些从医二三十年、具有丰富经验和强大实力的医师深受其害。尤其是那些非医师新开设的诊所,也就是由不具备医师身份的人出资、雇用刚刚通过国家医师资格考试的年轻医师开办的诊所。

他们简直就像酒吧聘用的'老板娘'一样,在出资人的手下工作,只不过不是拿酒瓶而是拿听诊器。我觉得可以把这些外聘医师叫作浑身消毒水味的酒吧'老板娘'!"

财前又一用大阪口音说出这个辛辣的比喻,会议室里立刻响起爆笑声,他自己那海怪似的脸上也现出了笑容,但他立刻又换成了严肃的表情。

"这个职业与其他行业不同,承托着人的宝贵生命。但是,那些不能在医疗上担负最终责任的非医务人员竟然也能以管理者的名义取得营业资格,因此,现行的新的营业医师的规定简直是太荒谬了!我们医协要立即研讨修订新的营业医师的规定,同时对于那些不管是否有医师资格而一律提供融资的医疗金融合作社也要用相关制度对其进行管控。今后绝对不能为非医务人员开设的诊所融资。关于这一点,我将通过大阪府医协向日本医协提交议案,并向医疗金融合作社提出建议。这就是我提出的紧急议题。"

他话音刚落,周围一齐发出"赞成"的声音。财前又一瞟了瞟邻座的岩田重吉,他正在满意地拍着手。岩田诊所附近新开了一家由非医务人员资助的内科诊所,身为会长的岩田担心如果自己提出这个议题会被怀疑是为了保护自身的利益,所以才委托给了财前又一。

财前又一坐下之后,主持人森山理事立刻发问。

"关于刚才财前副会长的提案,好像全体都表示赞同。还有没有谁要发表意见啊?"

拥有北区规模最大的耳鼻喉科诊所的斋藤院长举手站了起来。

"针对刚才的提案,我想附带地提一下近来特别引人注目的国立医院扩建的问题。我们受到医疗法的相关限制,禁止做夸大的广告,不能像其他行业那样大张旗鼓地宣传,所以为了获得患者的信赖就得在夜晚和清早出诊去看急病。我们这样苦苦经营积累的业绩和客源,却因国立医院扩建受到威胁。这已经成为不容忽视的问题了。所以我希望医协也能提交请愿书,要求对这种现象加以约束。"

掌声响起,接着会长岩田重吉站了起来。

"刚才财前副会长和斋藤理事的发言都十分恰当。我将尽快在近日内完成两项议案的规定试行方案和请愿书,并通过大阪府医协提交日本医协,还要在全国范围内推动这个规定的出台。另外,我听说前几天在大学医协的会议上,大阪市立医科大学的某教授居然说出'现在,那些设备和技术都很薄弱的营业医师大概会由于国立医院扩建而被自然淘汰'这种话。如果那件事情属实的话,我们医协一定要提出严正的抗议,彻底地予以回击。"

他刚一说完,会场上立刻群声鼎沸。

"没有异议!"

"那种目中无人的教授,应该对他彻底施加压力!"

"竟然藐视我们医师协会!"

激烈的咒骂声此起彼伏。

会议主持人森山理事说道:"关于刚才提到的大阪市立医科大学教授的发言,我们会尽快与该医协联系,要求对方寄来发言内容的记录,并在下次理事会上讨论。另外,今天下午三点半开始召开医疗研讨会,将由浪速大学的鹈饲医学院长发表特别演讲。"

他恰当地把握着时间,巧妙地结束了会议。

在一层的报告厅里,聚集了前来聆听医疗研讨会演讲的医协会员。

由于这次研讨会的讲师与以往不同,是国立浪速大学医学院长鹈饲教授,所以听众都在认真地倾听,其中还有人在做笔记。地区医协的医疗研讨会居然请来了国立大学医学院长级的讲师来做演讲,这是前所未有的事情,再加上这次的演讲内容是近来引人注目的"老年病研究——高血压和肥胖症",所以引起了听众的强烈关注。不只是一般会员,以会长岩田重吉和副会长财前又一为首的十三名理事也坐在干部席上洗耳恭听。

站在讲台上发表演讲的鹈饲院长满意地望着十分认真的听众,他那本来就呈现出樱色的脸膛更加红光焕发了。

"接下来,根据我所调查的数据显示,肥胖程度越显著就越容易发生脑中风。例如,脑中风患者的体重与标准体重相比,平均高出一点五到两公斤。而且,正如各位所知,容易由肥胖症引发的疾病不仅仅是高血压和脑中风,由于肥胖的体形给身体造成了过度的负担,所以会对心脏、血管等循环系统带来不良的影响,不仅会引发这些器官的病变,还会给支撑体重的腰部和下肢各处关节增加负荷。所以,从这个角度来看也隐藏着重大的问题,肥胖症容易引发一些外科方面的疾患,如变形性关节炎等。因此,肥胖症在欧美已经被作为重要疾病之一看待。尤其是在美国,医生更是把它看成严重的代谢症之一,可与同为代谢病的糖尿病相提并论。由于战后日本在饮食和生活方式等方面逐渐接近欧美的状态,所以我认为在不久的将来,肥胖症问题将会在医学、社会方面引起强烈的关注。如果今天能够借此机会使各位第一线的临床医疗专家重新认识肥胖症这个问题的话,那对于专攻老年病学的敝人来说将十分荣幸。"

鹈饲特意称呼前来听讲的营业医师为"各位临床医疗专家",最后还用了"敝人"之类的谦辞结束演讲。他之所以采用这种说法,是因为这样能够博取他们的好感,同时丝毫不会损害自己的优越感。

听众们报以热烈的掌声。会长岩田重吉从台下的干部席上站了起来。

"刚才,由老年病学权威、浪速大学医学院长鹈饲教授从临床学角度出发,针对肥胖症和高血压做了意义非常深刻的演讲,而且他列举了欧美的统计数据,还公布了亲自调查所得到的宝贵数据,使我们加深了对于这个课题的认识。在此,本人谨代表全体会员向鹈饲院长致以诚挚的谢意!"

会长致辞完毕,会场上再次响起掌声。鹈饲医学院长鞠了一躬,然后落落大方地走下讲台。

岩田重吉赶紧向他身边凑过去,说:"哎呀!您辛苦啦!先请您去另一个房间休息吧!"

说着,他就陪鹈饲去了另一个房间。

一走进摆着沙发的房间,医协的干部们就挨个儿走近鹈饲并递上名片问候。鹈饲接过名片郑重其事地一张张过目并回礼,这时轮到财前又一递上名片。

"初次见面,您好!敝人是副会长财前又一。"

听到他自报家门的一瞬间,鹈饲眨了一下眼睛,但还是若无其事地回应。

"啊,您好!我是鹈饲。"

财前又一也装出若无其事的样子。

"今天承蒙您百忙中拨冗光临,实在不好意思!其他区的医协听说浪速大学的鹈饲院长将要光临北区做演讲,都纷纷一再请求能跟我们合办这次活动,真让我们感到骄傲啊!"

他郑重其事地鞠躬行礼。其他干部也随声附和。

"您的演讲十分精彩,而且参加的会员也比往常多了很多。往常,会员们都是参加与自己的专业领域有关的演讲,可是今天所有的专业领域的会员都到了。全体会员都十分高兴!"

他在上午的理事会议中还盛气凌人地对那位大阪市立医科大学的教授表示出高压态势,可现在却骤然变成相反的姿态了。

"各位这么郑重地向我道谢,反而使我惶恐不安啦!各位在临床医疗方面都是行家里手,如果能向大家提供参考意见将是我的荣幸啊!"

鹈饲面对医协干部们也没忘记适当地使用社交辞令。

"那好吧,鹈饲教授很忙,以后有机会再跟您仔细探讨吧!这是我们医协的一点儿心意。"

岩田说着把系着礼品丝带的礼金袋摆在礼盒上,随即递给了鹈饲。

"那,我就先收下吧!"

鹈饲对此似乎习以为常,漫不经心似的把红包揣进衣袋,然后顺手接过装着糕点的礼盒。岩田立刻帮他拿住。

"我另外安排了宴席,请您一同前往。不会占用您太多时间。"

岩田率先走出门厅,只有岩田和财前与鹈饲同乘一辆轿车。因为岩田事先已向其他干部打好招呼:"今天的慰劳餐会只需作为鹈饲教授同学的我和财前副会长来办,这样鹈饲教授会感到更加轻松愉快。"

三人到达新町的"鹤之家"。老板娘和女侍立刻出门迎接。两间连通的日式宴会厅已经摆设停当,连庭院里也已洒过水了。

岩田请鹈饲坐在壁龛前,随即郑重其事地说道:"托您的福,让我这个当会长的声望大涨啊!所以呢,今晚我和副会长财前又一两个人可要好好地向您表示感谢。"

岩田煞有介事地向鹈饲俯首行礼,但其实这桌酒席就是财前又一委托他操办的。

财前又一也摆出商人似的谦恭姿态。

"真是托了鹈饲医生的福啊!岩田和我做梦都没想到演讲会能

举办得这么成功。另外,我女婿财前五郎平时也承蒙您多方关照,在此与本医协事务一并向您表示诚挚的谢意。"

他拿起女侍端来的酒壶为鹈饲斟酒。

"哪里,谢谢你。"

鹈饲客套地回应,却对财前五郎以财前又一的名义赠送画作的事情只字不提,看上去好像只是想暂时保管那幅画。而财前又一也装出什么事情都没发生的样子。

"那个,鹈饲医生的爱好是不是长呗呀?"

"爱好?我们这些国立大学的教授,换个说法就是国家公务员,哪像你们还有培养奢侈爱好的闲工夫呢?我就是一个完全没有爱好和才艺的土包子。话说回来,财前医生,你好像很多才多艺呀!"

他反问财前又一的爱好。

"说起来真不好意思,我的业余爱好是地呗、小呗、长呗、俳句、茶道等,但也只是一知半解的程度。哎,对了,书画古董也算是爱好吧!"说完就像突然想起了什么,"前些天我送给您的那个东西,要是不中意的话就给您换一个。请别客气,尽管吩咐好了。"

说完,他又给鹈饲斟酒。

"不,说实话,我打算把它退还给您。可我又想如果立刻退还似乎有点儿不近人情,所以才暂时放在我那儿保管。我也跟财前副教授交代过,这种事情叫我很为难呀!"

鹈饲突然态度生硬起来,说话语调盛气凌人。

"哪里哪里,请您千万别这么说,希望您一定收下。您瞧我这个样子,也到了担心老年病的岁数了,不知什么时候就得麻烦鹈饲先生。何况作为医协干部,将来还得仰仗鹈饲老师这样的大人物帮忙呢!所以吧,我早就向岩田提出,希望他务必帮我引见,却一直得不到机会。前些日子偶然听我女婿提起您很喜欢画廊里的一幅画,所以我就好事快办了。请您不要客气,尽管笑纳!"

他虽然说话谦恭,却含有不容拒绝的意味。

"您的心意我都理解,如果换成其他东西倒也罢了,可是那么贵重的东西我要是毫无理由地收下的话,恐怕会招来奇怪的误解!首先,财前副教授继任教授职位的呼声很高,现在正值教授选举前的敏感时期,这样会招来很大的误解呀!"

"呵呵,我女婿是那么有希望的候选人吗?这可真是太好啦!岩田,你高兴吗?"

他突然用响彻整个房间的大嗓门说话,随即又像噎住了喉咙似的笑起来。鹈饲被吓得目瞪口呆,岩田迅速凑到了鹈饲身边。

"鹈饲,你刚才说的话当真吗?这可不是别人而是医学院长讲出来的话,所以意义重大呀!既然希望财前五郎继任教授的呼声那么高,你就干脆顺水推舟地帮他一把,把他送上教授的宝座吧!"

岩田金边眼镜后面的细小眼睛闪闪发亮,故意抓住鹈饲的话把儿进一步催促。

"哦,那都是下边众人的议论,并不是我想怎么样啊!明白地讲,我对财前副教授完全不了解。正因如此,我才说不想在这种时候做出招致误解的事情嘛!"鹈饲用不愉快的语调说道。

岩田一时说不出话来。

"哦?你大可不必这样急着当局外人嘛!你和我是'同期之樱'的交情,无论什么事情都应相互关照,而我和财前又一在医协里也是惺惺相惜的伙伴。我只是想请求你尽量关照下财前的女婿嘛!你有事找我的时候,我可从来没讲过那种见外的话呀!"他忽然改用朋友之间常用的粗俗的话语说道。

鹈饲骤然面露怒色,刚要放下酒杯,财前又一见状慌忙摆手。

"岩田,鹈饲教授跟咱们不一样,掌管的是整个医学院的人事安排,所以不像咱们这样可以简单地表态。不能像你那样想说什么就说什么嘛!"

财前又一责备了岩田,然后转向鹈饲。

"我不会因为您把那幅画作为结交的信物收下就卑鄙无耻地提出各种要求。说到我女婿的事情,他如果有幸当上教授当然是可喜可贺的十分难得的美事,但即使万一没能当上,好在我们财前妇产科还算生意兴旺,增设外科改成私人医院让他干干也行。所以呢,到时候说不定还得麻烦教授帮忙处理有疑难杂症的患者,所以就请您多多关照啦!"

财前又一嘴上说的与心中想的完全相反,这只不过是引诱鹈饲上钩的说法。听财前又一这样说,岩田也像是领会了他的意图。

"哎哟,抱歉,抱歉,我刚才说话太粗俗啦!就像财前所说,我希望您能把它当作结交的信物收下。财前跟我一样,不但是北区医协干部,还是大阪府医协的代议员呢!即使遇到难事,他也能用雄厚的资金摆平一切。他不会有你所担心的那种卑鄙无耻的想法。岂止如此,他在大阪财界名流的夫人之间面子很广,所以你收下财前的信物对你也没什么坏处啊!"

"真不愧是医协的干部啊!施加压力的手段真是高明!那我就照你们说的,把那个当成财前医生的信物收下啦!"

说完,鹈饲"哈哈"地放声大笑起来。

"您这么说真叫我感激不尽呐!我感到特别光荣啊!哈哈哈!"

财前又一也不愿服输地哈哈大笑起来,同时他在心里判定:眼前这个跟自己长相酷似、顶着国立大学医学院长头衔的鹈饲相当难对付。

午后两点钟一过,第一外科的门诊也几乎临近结束。门诊医师们把自己负责的患者看完之后,陆陆续续地离开了诊疗室。

在最里面的诊疗室里,财前五郎从上午开始已经看了近三十名患者。一到副教授坐诊的星期三和星期五,慕名而来的患者就会急剧增加,在正常规定的挂号截止时间十一点钟之前,患者就已经多达五十名以上。因此,近来财前五郎的初诊患者在十点钟就停止挂号了。即便如此,他一天还是得看将近四十名患者。汗流满面的财前望着桌上高高堆起的病历。

"今天看了多少人?"

"哦,刚看完第三十二个。"站在他身后的实习医师答道。

"是吗?那,今天就看到这儿吧!"

"是。不过,还有六名患者在等着呢!"

实习医师望着护士那边面露难色。

"请他们下个门诊日再来吧!如果不行的话,那就转给腾出手的人看吧!"

他瞥了一眼两个还留在诊疗室的门诊医师,就迅速站起离开了。

财前刚刚走出门诊室,又像想起什么似的转身回到先前的座椅上坐下了。他忽然想起,应该把五天前那个特诊患者的X光片拿出来看一下。

他向正在整理诊察床的护士说道:"五天前看过的那个叫清水敬造的我的患者,他的X光片应该出来了。你把X光片和病历一起拿过来吧!"

所谓"我的患者"就是指特诊患者。护士听到就眼疾手快地从资料架上抽出那个患者的病历,连同X光片一起递了过来。其实财前根本用不着再翻病历,凭自己的诊察和X光透视就能确认患者胃上有溃疡,但是为了慎重起见他还是给患者拍了X光片。

财前打开桌上的观片灯,用金属夹固定好X光片。忽然,他感到身后有人。

"真下功夫呀！那个胶片是怎么回事儿啊？"

那是东教授的声音。

"哦,因为这个患者必须做手术了。"财前从座椅上站起来答道。

东贞藏也走过来,弯腰盯着胶片察看。

"原来如此！胃小弯有一大片溃疡,是典型的消化性溃疡吧！"

"是的。患者说,从半年前开始饭后心口疼,而且粪便中断断续续地出现了隐血反应。此外,胃液的总酸度和游离酸度都非常高,通过胃镜检查确诊为溃疡。"

财前拿出了患者的病历和检验单,说明他为了做出胃溃疡诊断已经把必要的胃液检查、大便隐血试验、胃镜检查和X光检查全都做过了。东贞藏露出理所当然的神情,轻轻地点点头,随即瞟了一眼病历,视线突然停止不动了。

"是不是还有做得不够的地方？"财前问道。

"不,没有,病历和各项检查都做得十分到位,确实是你的风格呀！"

东贞藏嘴上这样说,心里却很介意。患者的名字叫清水敬造,是大阪财界的实力派人物,应该找我这个教授给他看病才对,怎么会去找副教授财前了呢？这是不是意味着财前的名气已经大到这种程度了呢？想到这里,东贞藏勉强忍住了险些流露在脸上的不安情绪。

"那么,你打算对这个患者做什么手术啊？"他强装镇定并用教授特有的语调问道。

"这个患者的溃疡周边已经开始硬化,而且这部分面积较大,即使不至于转化为癌症也很不容易痊愈。所以,我准备实施胃部切除术。"

"这不是理所当然的事情吗？只要看过这张X光片,谁都知道应该实施胃部切除术嘛！我问的是,你准备采用胃部切除术中的哪一种术式？"

"我准备采用毕罗氏第一法。"

东贞藏嘴角露出嘲讽的笑意,说道:"哦？像你这样的新锐外科医师也会做那种古典式的手术吗？"

说完,东贞藏向挂在观片灯上的四开胶片伸出手去。他本想从金属夹上取下片子,但因为金属夹已经老化,胶片被卡住取不下来。他急不可耐地把胶片顶回去,再用力一抽,胶片翘成弧状"哧啦"一声脱落了。东贞藏挥手一把抓住,走到窗边对着阳光从各个角度审视胶片上的影像。东贞藏的这番动作,使年轻的医务员们感到不太对劲儿,刚才他们还以这是教授与副教授之间正常的对话,而此刻他们全都竖起耳朵仔细聆听。东贞藏自己也意识到了这种气氛不对,于是从窗边慢慢地踱回桌前,坐在财前面前的椅子上,从衣袋里掏出雪茄。

"那么,你所说的胃部切除术是指把胃的大部切除吧？"

"是,我是想这样做。"

"这样的话,岂不是更棘手了吗？毕罗氏第一法的最大缺点,就是在做胃的大部切除时会发生吻合困难的情况,并带来缝合不严的风险啊！缝合不严是术后并发症,你不会不知道它的可怕吧？如果因为这种教科书上都会提到的简单问题引发患者腹膜炎的话,不仅会影响患者对你本人的评价,甚至连东外科的权威性都会受到质疑！所以你可要谨慎行事啊！"

东贞藏对"东外科的权威"这句话强调得有些不自然,就连躲在远处假装充耳不闻的医务员们都像吓了一跳似的回过头来。而财前也对东贞藏那种语调惊诧不已。

"哦,我的解释不够充分,多有失礼。我说采用毕罗氏第一法,意思是把它作为基本的术式,也就是说我准备采用毕罗氏第一法的改良法,即所谓'小山氏切除术'。我刚才没有把话说清楚,十分抱歉。"

财前赔罪似的俯首致歉。

"原来如此!你准备采用你所尊敬的千叶大学小山教授发明的术式啊!不过,我要告诉你,他算不上学者,顶多只是个手术匠人而已。"

东贞藏极尽侮辱、轻蔑地做出评论,财前一瞬间说不出话来了。

"对于我这样的晚辈来说,小山老师到底是学者还是匠人,不是我能够说清楚的。不过,如果采用小山氏改良法做手术,就可以完全避免缝合不严的情况。而且,我自己此前也经历过几次成功的病例。在做了胃部切除术之后,要把接近断端的胃后壁与胰腺头部缝合起来加以固定,这样能够消除吻合处的紧绷状态,因此也能避免缝合不严,而且……"

东贞藏打断财前的话,恼火地大声说道:"喂,你说话要谨慎!不用你给我讲课,只要看看学会杂志,那些东西谁都知道嘛!"

说完,他又像要掩饰对副教授大发雷霆的失态和尴尬,把拿在手上的X光片插回观片灯并莫名其妙地反复开灯关灯。在灯光忽亮忽灭时,X光片中的黑色阴影和造影剂显现的白色影像呈现出白与黑微妙的明暗转换,仿佛像是清晰地映现东贞藏和财前五郎的内心世界。财前心想,对于东贞藏这种一反常态的凶险态度,适可而止地全身而退较为明智。但是,当他注意到留在门诊室角落的医务员在旁听两人的对立意见时,又用极为谦恭的姿态发问。

"那么,如果是教授的话,会采用哪种术式呢?"

"我嘛……"东贞藏跷起二郎腿,大口地吐出雪茄烟团,"如果是我的话,当然会采用毕罗氏第二法啦!就是在做完胃部切除之后,把胃部断端与十二指肠断端缝合起来并闭锁,然后在残胃与空肠之间施行胃与空肠的吻合术！"

"虽然我不想反驳您，但恕我冒昧。我听说，采用那个方法的话，食物会直接进入空肠，所以与第一法中食物通过十二指肠再进入空肠的情况不同，会引起患者消化不良，而且之后不利于脂肪的吸收。"

财前为了不惹东贞藏生气，特意使用了"我听说"这样的间接表达方式。

"不过，这总比采用第一法有可能引发缝合不严或吻合部狭窄好多了吧？"东贞藏穷于应对似的说道。

"是啊。可是……"财前似乎欲言又止，"据说，在第一法发表的初期出现过教授所说的各种术后并发症，但现在术式也得到了多方改善，在并发症方面，无论是第一法还是第二法都已经没有太大的差异了吧！"

"呵呵。这么说，你对我所说的第二法的优点还是承认的啦！没想到，你这个人还挺谦虚的嘛！"东贞藏像要堵住财前的喉咙似的说道。

"当然，我十分赞同教授所说的第二法的优点。但是，这话虽然不太好说，但我认为第二法同样也有缺点。例如，我也听说过，采用第二法后，在吻合部发生溃疡的情况比第一法多。从这一点来看，采用第一法可以在短时间内完成手术。此外，现状表明采用生理的，也就是自然吻合的第一法的手术越来越多了。"

财前说到这里，东贞藏忽然扭过脸来面向财前。

"你总是把'在短时间内完成手术'当作自己的骄傲，可我们医学家不是要创造游泳和赛跑纪录的竞技运动选手。心里老想着那些雕虫小技，还自鸣得意地让媒体大肆炒作，那绝不是学者应有的态度，也绝不是原帝国大学的浪速大学副教授该做的事情！"

东贞藏斩钉截铁地说完，像是很在意崭新洁净的白大褂上的折皱似的，他伸手抚平下摆，随即以极不自然的镇定姿态走出门诊室。

东教授登上楼梯，进了二楼的教授办公室。他脱掉白大褂，坐在转椅上，回想起刚才在门诊室发生的事情。

胃部切除术不是什么大不了的手术，对于采用哪种术式这个问题本身也没必要非得分出胜负不可。只是因为财前对于手术的态度与自己从根本上就水火不容，再加上平日积累了很多对财前的不满，于是就通过那样的形式表现出来了。虽说如此，可财前怎么脑子转得那么快，怎么那么工于心计呢？他为了不惹怒教授，不让人抓住话柄，在每条意见前面都加上"我听说"这样的谦恭而间接性的表达方式，硬是滴水不漏地把自己的论点全都说出来了。那种精明乖巧和圆滑老到，是东贞藏这种出生在医生世家、从小到大未曾吃苦受难的公子哥怎么都学不来的。那是吃尽苦头、咸鱼翻身、双脚带泥地踏进权威世界的人才具备的无所畏惧的坚强精神。

财前五郎凭他那无畏坚强的精神和圆滑老到的处事方式走到今天，已经能够独立掌管第一外科这个超过五十人的大家庭，就连筹措科研经费、跟制药公司和医疗器械公司交涉也游刃有余，而东贞藏自己从来没有被那些杂务烦扰过。虽然这是不争的事实，但是财前的无畏坚强和圆滑老到如今反倒有可能变成对自己的巨大威胁。自己现在尚未离职，可像清水敬造那种大阪财界的实力派就已经撇开主任教授，变成了副教授财前的患者，看来财前在外面的名气越来越大了。现在自己还尚未确定离职后的出路，副教授财前的名气迅猛高涨从各方面来讲都对自己不利。对正在谋划离职后职位的东贞藏来说，他想在尽可能掌握权威的状态下离职。可财前开始变得比自己更受瞩目，这将使自己陷入极为不利的境地。

正是因为自己处于这种阶段，所以他认为偶尔在医务员们面前针对术式斥责财前是一个好办法。如果教授与副教授发生了争执，即便是非常小的事情也会产生不可思议的传播力。不出半日就会传遍整个校园，而且肯定早晚都会传到其他教授的耳中，这会让下届教授候选人呼声最高的财前给别人留下负面印象。

想到这里，东贞藏"噗"地吐出雪茄烟团，朝窗外望去。六月中旬的初夏阳光照在堂岛川上，银色河面泛出粼粼波光。他被晃得眯起眼来，把视线转向了新楼扩建的工地，只见头戴黄色安全帽的建筑工人身穿夏季工装，在棋盘网格般的高高的脚手架之间紧张作业。就在前不久，工人们才把钢筋绑在五层金属架构上并开始灌浆，而现在整个工程就已经完成了七成，雄伟气派的新楼已经展露雏形了。

那座新楼预定在今年九月份竣工，届时东贞藏领导的第一外科有望占据南侧一层最舒适的位置，与鹈饲医学院长掌管的第一内科并驾齐驱，名副其实地成为浪速大学附属医院最具代表性的医务部。不过，他也只能短暂停留就必须退休离职了。那自己当初到底为了什么跟着鹈饲东奔西走地申请扩建项目呢？因为当时东贞藏就考虑到了自己离职之后的去向。

敲门声"咚咚"响起，东贞藏把望着窗外的视线转向房门，似有不快地回应道："进来吧！"

事务员开门进来，把邮件放在桌上，鞠了一躬就出去了。放在桌上的依旧是那些医事新报、医学杂志以及制药公司和医疗器械公司的商品目录。东贞藏事务性地哗啦哗啦地翻开浏览。突然，他停下手来，拿起了东都大学船尾教授寄来的厚信封。

他赶紧打开信封，信纸的顶部印着"船尾外科用笺"。信的开头写着几句简短的问候语，随后便立刻进入了正题。

关于上次东教授委托我寻找继任教授候选人之事，迟复为歉。只因此事非同寻常,我也慎之又慎。除了学历、工作经历和研究业绩之外,还要就当事人的性格、统领研究室的能力等品行方面的问题进行考察。筛选结果如附件所示,共有两名候选人:一名是现任新潟大学教授的龟井庆一,另一名是现任金泽大学教授的菊川升。详细情况请垂阅此二人的履历表和推荐信,然后自行判断选择。

东贞藏立刻把两人的履历表浏览了一遍,先是出生年月日、籍贯、现住址,然后是学历和工作经历。从这方面来看与一般的履历表没有什么两样,但履历表背面还有所属学会和获颁学位的年月日、申报学位论文以及提交论文学校等信息,这是与其他履历表的不同之处。

从学历和工作经历来讲两者十分相似,都是从地方名门初中考入旧制第一高等学校的理科,然后进入东都大学医学院就读。毕业后都留在了研究室并历任副助教、助教、讲师等职位,同在一九五七年从东都大学医学院讲师升任至地方国立大学的教授。

他接着看学位栏。龟井庆一于一九五一年三月发表了题为《关于高龄肺结核患者对肺部切除术的适应性考察》一文,在母校东都大学获得了学位。而菊川升则与一九五〇年十月发表了题为《关于并发重症心功能不全的后天性心脏疾患的外科疗法研究》一文,在母校东都大学获得了学位。

不过,最重要的并不是这些本人填写的履历表,而是船尾针对两人的研究经历所写的亲笔推荐信。东贞藏俯身把推荐信展开在桌子上。

以下是关于此二人研究经历的评价。

首先如您所知，新潟大学医学院的龟井庆一教授在胸外科领域已经得到公认。在肺部切除术尤其是肺叶切除术方面展示出十分优越的技法。近来，他十分关注肺脓肿、肺坏疽即肺化脓症的问题。在针对这种疾患运用外科治疗即肺部切除术方面，已经在日本胸部疾病学会中成为中坚力量。前些时候，他与呼吸内科的专家们协作整理了《肺化脓症的统计学观察及其病例的报告》，预测今后肺化脓症将会成为呼吸系统的重要疾患之一。这篇报告引起了热烈的反响，甚至获得了权威报社颁发的学术奖金。

另一方面，金泽大学医学院的菊川升教授专攻心脏冠状动脉功能不全的外科疗法。针对冠状动脉功能不全的手术治疗有心脏内粘连修补术、胸廓内动脉移植术等几种术式。不过，菊川升教授对其中的冠状动脉内膜切除术特别精通，在这方面的技法无人能够与之比肩。而且，他最近在双侧胸廓内动脉切断术方面也研发出创新的技法，大幅度地提升了治疗效果。此外，他的视野具有国际性广度，美国心脏外科学界的一部分人曾施行心肌梗死血管再通术，而在日本能对此手术进行解答的只有菊川升教授一人。当时，他在国际外科学会日本分会上以特别演讲的形式报告了他对长期疗效观察的见解，在医学界备受瞩目。

如上所述，此二人的学识和技法都很优秀，实在难分优劣。而且，此二人作为外科学者既有技术方面的实力，还对解剖学和生理学等基础医学造诣颇深，堪称不可多得的学术奇才。

船尾教授给出了上述结论。如此看来，这两个人确实如船尾教授所讲实力相当、难分伯仲,由此可见船尾用心良苦。其中一个选的是与东贞藏同为肺外科的资深专家,而另一个推举的是专攻外科学中最受瞩目的心脏外科。这样一来,无论选择哪一个,都足以压制财前五郎。推举他们担任下届教授名正言顺,也能够比较容易地得到周围人的认同。

东贞藏脸上露出放心的神色,接下来就是从两者之间选出一个的问题了。他从雪茄烟盒里抽出一支来点着,目光投向关于二者的品行评价栏。

> 关于此二人的品行介绍如下。新潟大学的龟井庆一教授富于积极行动的精神,在召开学会等活动中既致力于自己的研究发表,同时也不遗余力地协助主办单位筹备器材并进行运作,平时也非常乐于帮助别人。他在研究室中的领导能力很强,但是从另一个角度来看,可以说这种强硬的姿态也是缺点。至于金泽大学的菊川升教授则性格内向、社交能力较差,缺乏对人际关系的协调能力。不过,他对于某个事物的耐力也可以说是十分少见的。如上所述,在品行方面二者各有所长、各有所短,或许您还会有不够满意的地方。不过,明确地讲,目前我能够负责任地推荐的人选除此二人之外再无他选。另外,有关在尚未选定之前必须严守人事机密的事项,我对二人都做了严格的交代。所以,关于这一点敬请放心。
>
> 以上是我对您委托的事项提出的书面报告。附带说明,菊川教授在两周前丧偶,而且无儿无女。中年丧妻,孑然一身,再加上他天生性格内向,或许现在心情有些忧郁。请您一并察知。

以上是船尾对两个推荐人选的品行进行的评价。东贞藏读完之后,莫名其妙地把视线移向信中最后补充的"菊川教授在两周前丧偶"那行字了。

正在此时,办公桌上的电话铃响了。他拿起电话。

"东,是我,鹈饲啊!"

电话中传来鹈饲院长的大嗓门。

"有个急事儿,今晚有个应酬想请你作陪。其实呢,是文部省次官原某今天上午来大阪了,现在去了大阪府厅。因为人家此前为咱们新楼扩建帮了很多忙,所以我想宴请他。我给府厅打电话一问,说是已经约定今晚由教育委员长招待,而人家明天就要搭乘下午的航班赶回东京。他说可以安排在今晚府厅的招待宴之后,于是我说想在招待宴结束后去南区酒吧见面问候一下。他又说务必请东教授一起来,所以你一定要抽出时间陪我去呀!"

文部省次官原某与东贞藏是兵库县的同乡,而且虽然原次官比东贞藏晚好几届,却也是东都大学出身的校友。由于有这层关系,原次官在这次浪速大学附属医院新楼扩建项目方面,帮他们圆满顺利地办理了文部省相关的申报和各项手续。东贞藏本来想,原次官来大阪如果时间宽裕的话就单独会面,而不是跟鹈饲一起去,但他不能这样对鹈饲说。

"既然是陪原次官,那就不能推辞了。我跟你一起去吧!"

"那太感谢你啦!因为事情来得突然,我担心你时间不方便呢!这下没问题了。那好,我已经安排专车去接原次官了,所以咱们就约好八点钟在四郎酒吧会合吧!"

鹈饲刚要挂断电话,东贞藏又说:"如果你有空的话能不能早些出发?我好久没跟你聊天了。在八点之前,咱们一边打发时间一边好好喝几杯怎么样?"

鹈饲似乎犹豫了一下,紧接着又说:"那好,我还要去个地方,就七点钟去四郎酒吧见面吧!"

鹈饲说完,挂断了电话。

东贞藏坐上停在医院门口的出租车,叫司机穿过御堂筋街向南开,拐过清水町街角,在东边两百多米的四郎酒吧前停了下来。

他推开店门正要向最里面的雅座走去,身后突然响起鹈饲的声音。

"啊,正好赶上了。临时拉你出来,真是不好意思。校友情谊就是不一样,原次官反复说请东教授也一起来,所以我只好硬把你拉来了。对了,你说想在见原次官之前咱俩先聊聊,是不是有什么特别的事情啊?"

"哪里,没什么特别的事情,我只是想如果你有空的话也可以提前来嘛!"

"啊,是这么回事儿啊!那实在是太……"

鹈饲露出松了口气的表情,坐在了最里边的餐桌旁。

"说实话,东,我是想请你跟原次官暗示一下,帮咱们在扩建新楼项目上追加一千五百万预算资金的申报使使劲。正如前些天有人在校内新楼筹建委员会上反映的那样,因为原有的医疗设备已经不够用了,所以无论如何得申请追加预算呢!"

鹈饲毫不含糊地把求人办事的角色推给了东贞藏。而东贞藏突然想起,在上次教授夫人会上,鹈饲夫人提名则内院长夫人取代自己的妻子政子担任副干事。

"这种角色你请医院院长则内教授去做比较合适吧?"他话中带刺地说道。

"东,你怎么突然说出这么见外的话呀？新楼可以说是咱俩联手打造的吧？事到如今你说那些话……首先,你这样说话就对不起格外支持咱们的原次官！好啦,再努一把力吧！你就权当嫁了个专横的老公,别再计较啦！哈哈哈！"鹈饲敷衍地大笑起来,"对了对了,说到专横的老公,我听说平时轻易不动感情的英国绅士型的你今天难得地在门诊室大发雷霆,而且还是对自己的得力助手财前副教授啊！"

东贞藏心想,果不其然,不出半日自己与财前的争执就已经传遍校园了。

"哦？那件事情已经传开了吗？其实不过是财前设想的术式还有不够成熟之处,我向他提醒了一下而已。最近他越来越狂妄自大,我正担心可别出什么乱子,碰巧今天让我发现他选择错误的术式,所以分外严厉地批评了他一顿。"

"哦？你说的是那个手术技法特别好的财前吗？"

虽然鹈饲并没有向东贞藏提起那台胰腺癌手术的事情,但他已由此了解到财前卓越的业务能力。因此他做出了难以置信的表情。

"是啊,就是这样。我以前对他基本信任,可是今天却有点儿拿不准啦！比起术式的妥当性,他好像更重视缩短手术时间。这可真叫我伤脑筋呀！那样一来,他就不是学者而是匠人了。不,他那样做,就成了时刻在意别人评价的艺人啦！让这样的人当我的接班人实在太……"

"那,你打算把他砍掉吗？"

东贞藏刚想说出收到船尾两封推荐信的事情,但又改了口。

"不,我现在还没考虑到那一步。不过,你以前向我建议过'要是对财前不满意就直接表达出来,另外找其他人就行了'。我也在想,是不是应该抛开以前的关系和人情,考虑选择一个无损于浪速大学第一外科尊严的接班人。"

"原来如此！这才符合你的风格嘛！你的想法确实不错啊！不过，要把财前砍掉，困难程度似乎比想象中更大。眼下校内的气氛你也得放在心上呀！"鹈饲用异常有底气的语调说道。

在此之前，鹈饲对这件事与其说是漠不关心，不如说似乎与东贞藏意见相同。正当东贞藏感到有些奇怪的时候，原次官在老板娘的陪同下出现了。鹈饲和东贞藏站起身来迎接。

"欢迎！我们正在恭候大驾呢！"

"哪里！让你们久等了！好久没见啦！"

原次官坐在鹈饲和东贞藏之间。五十四岁的原次官刮了胡须，他的脸颊透着青色，看上去只有四十五六岁的样子，而且身着整齐的正装，俨然一副精明强干的高级官员的派头。看样子，他在刚才的招待宴上已经喝了不少，呼气中散发出强烈的酒气。但是，他脸上却几乎不显醉意，又端起了送来的威士忌酒杯。

"怎么样，扩建新楼的工程进行得顺利吧？"

"托您的福，总算能在九月份按期完工了。那段时期，我们真是给您添了不少麻烦呀！"

鹈饲用平时少见的谦恭姿态道谢。

"哪里，哪里，那全靠鹈饲先生和东先生非凡的政治实力嘛！这种难题可是无论医学院总务主任怎么拼命都啃不下来的呀！因为每所大学都希望争取政府预算扩建新校舍呢。不过，在那么多大学当中，只有浪速大学医学院能够获得二点五亿的预算经费用于附属医院扩建新楼，这都是因为二位的幕后工作做得漂亮，发挥了功效啊！"原次官像为两人歌功颂德似的说道。

"那也是因为有原次官从中牵线搭桥，我们才能顺利地得到文部省和大藏省的批准。不管怎么说，要是那些门路没有打通的话，无论我和东怎么忙活,也是一筹莫展呀!"

鹈饲再次表示了谢意。

原次官把酒杯放在桌子上,刻意抬举东贞藏说道:"那是因为东先生委托我办的事嘛!东先生既是我同乡的长辈又是同校的大师兄,哪有拒绝的道理呀?"

"哪里,原先生这样说,真叫我不知道该怎么道谢才好啦!"

东贞藏面对比自己小八岁的晚辈,也在称呼中加上了"先生"二字。

鹈饲也附和道:"没错儿!您这样说会让东感到难为情呢!这次真的全都仰仗原次官鼎力相助。所以新楼落成的纪念仪式上谁都可以往后放一放,但一定要请原次官来当特邀嘉宾。"

"当然,我也很期待那一天的到来。对了,你们计划还要请谁来观礼呢?"

他似乎特别在意其他的参加者。

"是啊,为这件事我和东还挺伤脑筋呢!不过,荒川文部大臣有没有可能来参加呢?"

"这个嘛,你也知道,不管怎么说,大臣都是个大忙人,只为这事儿专程跑来大阪一趟恐怕不太可能吧!"

"还希望原次官帮我们转达盛情邀请之意,不会占用他太多时间。"鹈饲继续说道。

"不,那是不太可能的。因为连我们这种次官级的人都不能随意外出嘛!不过,到那时文部大臣倒也不是没有机会出访关西。你们能不能变更新楼落成纪念仪式的日期来配合他的日程呢?如果答应了这个条件,我就可以帮你们去跟文部大臣协商了。"

虽然这番话说得客客气气,但也包含着官僚特有的自高自大和以恩人自居的傲慢。

东贞藏不禁心生不悦,面露难色地说道:"不管怎么说,为了配合文部大臣的日程就变更落成纪念日,未免太……"

鹈饲突然插话道:"那就按原次官说的,变更落成纪念仪式的日期来配合文部大臣的出访日程吧!落成仪式稍微早几天或晚几天都不是什么要紧的事情。比起差这么几天时间,荒川文部大臣和原次官同来做我们的嘉宾才更有重大意义嘛!哈哈哈!"

鹈饲突然愉快地放声大笑,连坐在旁边的老板娘都吓得几乎要站起来了。

"话说回来,浪速大学附属医院的新楼落成之后,就名副其实地成为拥有全国一流医疗设备的医院啦!不过,说实话,关于医疗设备的事情,还需要再使把劲儿才能锦上添花呢!你说是吧,东……"

鹈饲巧妙地把话头儿丢给了东贞藏。东贞藏虽然有些困惑,但还是朝原次官那边凑了凑。

"说实话,这件事我也很伤脑筋。就在四五天前,校内召开新楼筹建委员会,商讨的结果表明,按照目前的预算额度,无论如何都难以购置我们多年来希望得到的一些设备,比如可以把胃部、心脏和双肾等大脏器进行一次性扫描造影的九英寸影像增强仪等。因此,现在必须增加一千五百万的预算才行。所以,我想……"

他话没说完,原次官就避实就虚地说道:"东先生说的事情我很理解,但如果什么设备都要买最高级的话,那就漫无止境了。所以那些新设备以后再逐步添置怎么样啊?"

这回东贞藏就无法接茬再继续说下去了。

"话虽这样说,但这一点还希望靠原次官努力……"鹈饲接过东贞藏的话头儿,还想强硬地说服,但是看到原次官面露不悦,他就赶快改口说道,"好啦,今天就谈到这里吧!本来是我们招待您,这真是太失礼了!只要一说到扩建新楼的事情,我和东就都变得比自己的事情还要较真儿！都成了毛病啦！哈哈哈！"

鹈饲又放声大笑起来。

原次官一边喝第三杯威士忌酒一边说道："这可真是呀！只要一说到扩建新楼的事情，你们俩就像一对和谐美满的夫妻似的，连眼神都变了。对了，东先生，上次你委托我的那件事啊……"

东贞藏狼狈不堪地向对方使眼色进行制止，可是已经微醉的原次官却没能领会。

"说实话，我一直给在厚生省当公共卫生局局长的朋友做工作，他也不辞劳苦地四处奔走。不过，听说国立关西医院有个不成文的规定，那就是历代院长必须由内科医师担任。而且碰巧大阪市立医科大学第二内科的角川教授跟东先生将在同期离职，这个人比东先生抢先一步锁定了国立关西医院，而且他跟大部分厚生省相关局长级的人物都已打好招呼，已经得到相当理想的效果了。"

"啊，是吗？那，这件事我们下次再谈吧！"

东贞藏想赶紧结束这个话题，可是原次官却继续说了下去。

"不过，另一个呢，就是明年春天将要完工的近畿劳保医院。那边办得还算比较顺利。那边是通过一位医师出身的议员活动的，他是一位医师出身、以医协为大本营起家的医疗界议员，居然对铁路医院、邮电医院和劳保医院等机构的最高人事拥有惊人的影响力！说实话，我也是通过办这件事才明白了这一点，与其说去恳求不中用的大臣，还不如去找这种医疗界的议员。他们深谙个中门道，办起事来相当有实力。所以，我委托的是从东京都医协干部中当选众议院议员的池泽先生。我们已经谈到了相当成熟的地步了。他的本家就是战后通过做尼龙、维尼纶等合成纤维生意猛然暴富的日东化纤。幸好东先生在大阪财界的面子很广，只要在这条门路上再使把劲儿，多叮咛几句，那就更加稳操胜券啦！"

原次官真不愧是协助荒川大臣对付日本教员工会的得力干将,说出话来既精明又犀利。

由于鹈饲在场,所以东贞藏不知道该怎样回答。这时,鹈饲开始在旁边开口插话了。

"真不愧是东呀!原来你已经开始谋划退休离职后的去向啦!而且是慎重地双管齐下找人活动。虽说如此,东真不够意思,上次咱俩在这儿喝酒的时候,你不是说什么都还没决定吗?你也是只狡猾的老狐狸呀!"

鹈饲做出一副佩服的样子。

原次官十分吃惊地说道:"哦?鹈饲先生什么都不知道吗?我还以为你对一切都了如指掌了呢!"

原次官以为鹈饲和东贞藏的关系那么密切,所以应该对东贞藏的事情了解得一清二楚。

"这事儿东什么都没跟我说呀!就是换了我,只要东来委托这事儿,我也愿效犬马之劳。不过,既然原次官已经在帮他找门路活动了,那就轮不到我出头露面啦!"

鹈饲倒是说得挺起劲儿,但东贞藏却心里清楚,鹈饲能帮他做的事情,顶多就是为表彰他对筹建新楼的功劳而推举他当名誉教授。而鹈饲心中似乎也有他自己的想法——东都大学出身的东贞藏只是个旁系诸侯,他之所以能够成为校内的主流人物走到今天,全靠跟自己联手结盟。因此,这种规格的犒赏就已经相当不错了。

东贞藏对于心怀鬼胎的鹈饲产生了难以言喻的不满情绪,但他并没有流露在脸上,而是小心谨慎地说道:"唉!这种事情总是吆喝声挺高,但是到了最后关头却会不明不白地落空,所以我连鹈饲先生也没告诉嘛!就像今年二月份退休离职的第三内科的石山教授,已经几乎确定担任铁路医院的院长了,可在最后关头却因为运输大臣一声令下而前功尽弃。迫不得已,他只好屈尊去毫无名气的公司当了顾问医师。眼前就有个活生生的实例嘛!"

原次官抬起终于有了醉意的脸,说道:"只要是我应承下来的事情,就不可能出现那么糟糕的结果。我自己也保不准什么时候会向东先生开口求助呢!所以,我绝对会全力以赴。"

"这么说来,原先生果然有跻身政界的打算啦?"鹈饲满脸兴奋地问道。

"这种事情你是从哪儿听来的呀?我只是接到佐藤万治先生的春山会的邀请而已,自己还什么都没决定呢!"

虽然原次官回答得含糊其词,但东贞藏已经看透他心中的如意盘算。原次官已经决定跻身政界,为此在幕后帮助他们申报扩建新楼的项目,并且为东贞藏谋划退休离职后的出路。作为交换,在他参选众议院议员时就可以利用东贞藏在关西地区建立的医患关系网了。而鹈饲则打算拿扩建新楼的政绩来竞选下届校长。至于东贞藏自己,则可以居功稳获名誉教授的头衔,还可以戴着这个头衔得到条件更好的出路。可以说,他们三个都在为各自的利益精心谋划,共同为扩建新楼操心卖力。

东贞藏把烂醉如泥的身体倒向车座靠背,心里想起刚才送原次官回新大阪宾馆时说的那番话。

"东先生,池泽议员那边我会做我该做的事情。不过,他的亲哥哥、日东化纤的老总却不太好说话。倒是老总夫人相当善于社交,所以人们有什么事情要委托时都会先从夫人那边下手。你也想办法去适当地活动一下吧!哦,这当然是在万一出现状况的时候,并不是非做不可。不过,我们已经养成了习性,往往会多考虑几个备选方案,如果这个方案行不通就换另一个方案。"

原次官那走进电梯的背影还留在东贞藏的心中。他想到,置身于这个世界上,就要知道做任何事都要通过关系网去活动,而且其作用甚至远远超过个人实力,所以即使心有不甘也必须拜托原次官。事已至此,东贞藏明白尽管身为国立大学教授,也只有在任时才真是教授,并深感即将迎来的退休离职的时光将变得如此空虚无力。因为自己好歹也算是个医学家,是国立大学的教授,所以不可能像那些商社退休干部一样跑到旁系公司去推销自己。但虽说如此,与其去那些主动前来聘请的二流的地方大学当校长或地方城市的市民医院当院长,还不如去收入稳定的地方过悠然自适的生活更好。

不知不觉之间,汽车开始沿着芦屋川岸边向山脚驶去。周围的树林越来越茂密,初夏的夜风拂过芦屋川的潺潺流水,吹进车窗。当汽车在自家门口停稳后,东贞藏立刻把西装整理好,又把领带拉直,然后才摁了门铃。门厅的门一如往常地由女佣打开,但是东贞藏刚走进门厅,却见妻子政子十分罕见地迎了出来。

"你回来了。好像喝了不少吧?"她皱着眉头问道。

"帮我倒杯凉水吧!"

东贞藏提着皮包直接走进门厅旁的大客厅,然后就向摇椅上倒去。他用妻子端来的凉水润了嗓子之后,突然没头没脑地问道:"你认识日东化纤的池泽老总的夫人吗?"

"是呀,认识啊!你怎么忽然问起这个来啦?"

"其实吧,今天晚上鹈饲和我做东,请那个你也很熟的文部省次官原先生喝酒,在酒席上……"

这是他第一次向政子讲出自己委托原次官帮忙谋划离职之后出路的事情。政子霎时双眼熠熠生辉,她认真地倾听丈夫的话,紧张得就像把捻线绸和服下包裹的心都提到了嗓子眼。

"喔哟!原来是这么回事儿啊!我总以为你什么事情都还没做

呢！原来那些该做的事儿你都已经稳妥地做好啦！池泽夫人正像原先生说的那样，是个十分活跃的社交名家。每年春秋两季，她都会在御影町山麓的大豪宅里举办晚会。我们未生流花道会的会员自不必说，另外她还会广招茶道、书道、歌谣会的成员以及著名演员参加呢。在晚会上大家都会尽兴玩乐，常常也会有人委托池泽老总的夫人办些什么事情。总而言之，正因为她先生池泽老总比常人更难说话，待人态度特别冷淡，所以那个当太太的社交活动就格外显眼啦！"

"你跟她算是交往比较密切吗？"

"这个嘛，我们都在未生流花道会担任干部，上次晚会结束之后，我们这些干部还专门陪老师共进晚餐。我跟池泽夫人常打交道呀！"

"这么说来，你也是相当资深的社交家了嘛！那，如果有什么需要的话，我就请你帮我找她办点儿事吧！"

东贞藏一反常态地用讨好妻子的言辞说话。

政子用奇异的眼神望着丈夫的面孔，露出争强好胜且坚定自信的表情答道："嗯，当然没有问题啦！不过，最好还是希望能不费那个周折就可以成功。"

"当然啦，我也是这样想的！"东贞藏恢复了威严的本色，"对了，我委托东都大学船尾教授推荐的接班人人选，今天有了答复。"

"喔唷！老公，那些事你也安排啦！"

东贞藏从放在旁边的皮包里取出厚厚的信封说道："你可以看看里面的内容嘛！"

他说完就把信封递给了妻子。政子立刻把信封打开，越是往下读脸上就越来越明显地露出关注的神情，读完信后她首先说道："这两人的学历和研究业绩都相当出色，无论选择哪个都有充分的理由排除财前，不会让人以为你在这方面有徇私舞弊的嫌疑。"

"嗯，这方面是没有什么可说的。不过，这两人的实力也在伯仲之间,要想从中选出一个实在太难啦!其实吧……"

东贞藏表现出难以取舍的样子。

"你根本就没必要这样犹豫不决嘛!"政子坚定地说道。

"为什么我没必要犹豫不决呢?"东贞藏反问道。

"老公,你为什么要欺骗自己的感情呢?你只要真心为佐枝子着想,选择那个既能继承东外科又能继承东家的人不就行了吗?佐枝子的年龄也不小了,对方虽然是再婚,但幸好还没有孩子,只要他具有医学家的高深造诣,其他都不是问题。请你也别再隐瞒自己的感情,也不必再装腔作势地充当正义好汉啦!说真的,比起这两人的研究经历,咱们更应看重的是其中一人'最近丧偶',是个无子女的单身汉这一点。"

政子的嗓音中透出着魔般的异样热情。

"可是,如此重大的国立大学教授的人事安排居然根据这么小的私事来决定……"他犹豫不决地说道。

"那,你为什么还让我看船尾教授的推荐信呢?你既然让我看了,不就说明你心中已经有了明确的意向吗?可你却叫我帮你说出心里所想,把责任推给我,以便减轻自己的良心上的负担。不过,就算是这样也没有关系啦!只要你按照我的建议决定就行了嘛!"

东贞藏沉默了片刻,但还是点头同意了妻子说的话。人事这种东西,归根结底就是由这种无聊的琐事决定的。而且并不只限于这种场合,在其他很多场合中都或多或少地含有这种因素。归根结底,虽然由某人鉴定某人的能力并由此决定他的一生这一所谓的人事安排本身并不见得妥当,但这只不过是一场残酷而滑稽的人间闹剧而已。东贞藏像在为自己辩解一样,然后端起水杯一饮而尽。

第五章

傍晚五点钟一过，医务部就突然热闹起来，忙完门诊和查房的医务员以及从研究室里出来的医务员陆续返回，有的在抽烟，有的在喝茶，还有的人开始收拾准备回家。这是医务员们忙完一天的工作后，得以享受解放感的最轻松愉快的时候。

在三十三平方米的房间中央，摆放着和员工餐厅里一样的那种大餐桌，上面杯盘狼藉，有没吃完的咖喱饭盘子和盖饭大碗，还有茶壶和茶杯。餐桌周围的座椅老旧不堪，椅座的织物几乎已被磨破。屋子被黑板和储物柜挤得满满当当，有些物品甚至延伸到走廊上去了。由于医务部空间狭窄，所以如果再一齐挤进五十多名医务员之后，就几乎没有立锥之地了。不过还好，因为平时他们分成门诊、查房和进研究室的这三个部分，很少有机会齐聚一堂，所以还算勉强够用。虽然医务员们看上去像是在杂乱而拥挤地放松休息，但其中自有某种秩序。占领中央那张桌子、伸开双腿正在抽烟的是入职七八年以上的资深助教，围绕在他们身边的则是入职三四年以上的助教，站在门口附近的就是那些刚入职不久的新医务员。

"佃老师在吗？财前副教授找您！"门口一位年轻医务员喊道。

"哦！我在呢！"

在占领正中央餐桌的资深助教的群体中，那位与嗓音不符的身材细瘦的佃友博站了起来。他是医务部里最资深的首席助教,是统管医务部里杂务的医务长。在医务员们的眼里,他的存在既有便利之处也有令人厌烦的地方。佃友博刚走出医务部,医务员们又开始叽叽喳喳地吵吵起来。说到他们交谈的内容,不外乎当天门诊和病房里发生的事情,或者对新进的护士的相貌进行品评等,都是缓解一天工作压力的轻松话题。

"哎!谁来帮个忙!"

从走廊斜对面的副教授办公室传来佃友博的喊声。聚集在门口附近的年轻医务员中马上有两三人向副教授办公室跑去,片刻之后就勤快地搬进来几箱一打装的啤酒。

"干吗?干吗?要开什么派对吗?竟然有五箱呢!"医务员们吵吵嚷嚷地说道。

"各位,这些是财前副教授慰劳的,他说让大家喝个痛快!"

佃友博话音刚落,室内顿时欢声雷动。

"今天刮的什么风啊?"

"他会不会今天先给咱们灌啤酒,明天就召开紧急临床研讨会给咱们狠狠地加码啊?要是那样的话,咱们就得小心点儿,别喝高啦!"

众人七嘴八舌地打着趣,从木箱里取出啤酒,有人也不冰镇一下就打开喝了起来,还有人叫年轻医务员拿来冰块放进杯子里冰镇后才喝。佃友博在正中央的餐桌上支着臂肘,一口气喝干了杯中的啤酒。

"财前副教授说,这是特诊患者送的中元贺礼,带回家去太费事儿了,所以请大家一起享用!"

听他这样说,邻座正在抽烟、负责病房事务的资深助教安西说道:"哦?这么照顾咱们,真是令人钦佩呀!相比之下,教授们可就显得太贪得无厌啦！前天,我看见东教授叫女事务员帮忙把一堆中元礼品搬到了车上,别说是啤酒啦,就连威士忌和清酒什么的都有呢！你说他每到逢年过节都收那么多,可怎么处理呀？连旁观者都替他发愁呢！"

同样资深的山田助教说:"我听内科那边去过鹈饲院长家的人说,他们家里的中元礼品和岁暮礼品堆得像小山似的,凡是百货店销售的商品应有尽有,就差棺材和灵车啦！我想,大概是因为商魂再壮的百货店都不敢卖这两样东西吧！"

周围爆发出肆无忌惮的哄笑声。医务部角落里突然有人喊道:"为帮咱们搞到啤酒的佃医务长干杯！"

"承蒙大家厚爱让我当了这个光荣的主任,谢谢,由衷地感谢！"佃友博答谢道。

他连着干了两三杯之后,就让年轻医务员们不必拘礼地开怀畅饮,而他自己则把资深助教安西和山田叫到窗边通风的一角说道:"为泷村名誉教授庆贺七十七岁喜寿的事儿还没商量妥当,现在要抓紧办！刚才财前副教授找我去就是为了这个。"

泷村名誉教授是在东教授之前的上届教授,所以并没有直接教过佃友博他们。不过,泷村既是第一外科出身的名誉教授,又是日本外科学界的泰斗,所以第一外科理应牵头为他操办七十七岁喜寿的宴会。

病房主管安西助教叹了口气说:"前几天,东都大学第一外科名誉教授的古稀庆生宴是在帝国大饭店的孔雀厅举办的,政界财界的大人物自不必说,就连演艺界和相扑界的名流都来助兴,真是盛况空前！所以,为了不输给他们,咱们当然也必须大操大办。可是,光是为咱们研究室出身的历代名誉教授办喜寿和古稀庆生会,就一年到头都得为筹款四处奔走。跟学会筹款不同,这种筹款的活儿全都推到名为医务长实为杂务主管的佃主任和咱们资深助教的身上,真是烦透啦!"他开始大吐苦水。

"事到如今再发牢骚能有什么用?首要问题是筹款,让谁来当筹款倡议书的首席发起人呢?"

佃友博刚说完,安西立刻答道:"我觉得应该请鹈饲院长当筹款的首席发起人。这样筹款的数额就会大幅增加。"

"那倒也是。不过,既然是第一外科名誉教授的喜寿庆生宴,还是应该按照惯例请研究室现任主管东教授当首席才对!"佃友博稍显犹豫地说道。

"但是,在筹款这一点上推举鹈饲医学院长当首席发起人更具有压倒性的优势吧,所以还得为东教授另外考虑一个可以照顾其面子捧场方式!"

资深助教山田把佃友博和安西的意见进行了折中。为了考虑最佳的解决方案,三人对年轻医务员们的吵闹充耳不闻。

"怎么啦?已经定好了吗?"

突然冒出财前副教授的声音,三人赶紧起身,只见身穿灰色混麻西装的财前副教授提着皮包站在身后。

"对不起,失礼了。我没看到您进来。"

佃友博说着,就请财前坐下。

"不坐了,我这就回家去。那么,泷村名誉教授的喜寿宴筹划得怎么样啦?"

"是啊,我们正犹豫请谁来当首席发起人呢!"

佃友博告诉财前,他们拿不准该请鹈饲还是东贞藏。

"原来如此!确实不好办啊!不过,泷村名誉教授可是日本外科学界的泰斗,而且是日本学士院的会员。为这种获得过文化勋章的宗师级人物贺寿,不用说他的直系门徒了,就连徒孙曾徒孙都得邀请，还要广招各界名士，因此必须办成规模宏大的盛宴。所以，首先要切实办好筹款活动才行啊！"

佃友博听财前这样一说，担心地问道："如果把会场选在新大阪饭店的大宴会厅，预计招待三百人，大概需要多少钱呢？"

"这个嘛，这种场合按惯例采用会费制，所以每人收两千元会费，而实际上还要加上与会者赠品和其他费用，就得多花一倍，也就是预计为四千元。这样，每人补额为两千元，三百人就是六十万。此外还有庆贺喜寿的赠礼，少说也得要五十万的东西，多则需要一百二十万到一百三十万吧！这笔款都得靠首席发起人的面子来请求财界和药厂赞助才能弄到啊！在鹈饲院长当助教时，泷村名誉教授虽然和他不是同一个研究室，但对他还是相当关照的。所以，以这个名义推举鹈饲院长当首席发起人也是一条思路。不过，说到底这只是我个人的意见，仅供你们参考，最后还是交给你们决定。你们定好了向我报告。就这样吧！我先告辞啦！"

财前说完，马上就离开了，挤在门口的年轻医务员们慌忙让出路来。财前派头十足地点点头来到走廊上，开始在心中盘算：如果推举鹈饲院长担任首席发起人来为如今仍在医学界拥有隐形势力的泷村名誉教授举办喜寿宴，或许会使东教授丢面子，但毫无疑问鹈饲院长会心情愉快。这也算是为下届教授选举先走一步暗棋。

面临道顿堀川的阿拉丁酒吧里，空调冷气调得恰到好处，顾客还不算多，因此酒吧笼罩着轻松而舒适的氛围。经营酒吧的老板娘是大阪财界里著名钢铁公司老板的女人，所以来这儿的顾客都已经过精挑细选。他们大都是从夜店茶屋的归途中进来玩一两个小时就走，看不到那种借酒胡闹的行为下流的醉汉。

在这家酒吧里，像庆子这种从医大退学的高学历女招待十分罕见,而且她生性豪爽、无所畏惧,所以跟那些难以取悦的大老板们很对脾气。他们动不动就指名庆子陪酒,所以虽然她上不上班都是随兴而定,但在店里仍然得到特别待遇,碰到不喜欢的顾客指名,她也可以不去。今天也是这样,尽管证券公司那桌顾客指名叫她好几次,可她一直陪着财前五郎,连头都不回。

侍者端来冷盘,庆子立刻把财前爱吃的东西夹在小碟子里,那份勤快周到跟在公寓里时简直判若两人。

"医生,您喝啤酒还是威士忌苏打?"

为了不让别人知道他俩之间的关系,她很正式地称呼财前为"医生"。

"嗯,就喝威士忌苏打吧!"财前也采取应对外人的方式,等侍者走开又说,"今晚我约了当医务长的首席助教来这儿,他一到你就瞅机会离开,也别让其他小姐过来。"

他刚才把佃友博叫到副教授办公室时就已经说好,让他在他们商讨结束之后立刻来这里。

"我明白啦!你一直只顾做校内上层的工作,现在该对自己身边的医务部出手啦!看来事情越来越紧迫了。真有意思呀!"

酥胸微露的庆子似乎特别期待教授选举的前哨战。

"真有意思?别开玩笑啦!对本人来说,连命都快搭上啦!"

就在喝完第二杯威士忌苏打的时候,佃友博推开店门走进来了。

"老师,不好意思,我来迟了。因为讨论拖了很长时间。"

"在这种地方就不用多礼啦!来,坐吧!"财前亲切地招呼对方。

庆子问佃友博要什么,然后吩咐侍者去拿,随即很自然地起身离去。

佃友博端起威士忌苏打喝了一口,就忧心忡忡地问道:"老师,今天是不是有什么特别的事情?"

"没什么特别的事情。就因为你总是为研究室尽心尽力地工作,为我处理各种杂务做了大量的准备工作。所以,叫你过来纯粹是为了犒劳你。"

"可是,既然财前老师只把我一个人叫来,我就想到是不是有什么话不方便在学校里说。"

果然是恃才好胜的佃友博的说话风格,但这正中财前下怀。

"果不其然,真不愧是感觉敏锐的佃呀!既然你也这样说,那我也就不对你藏着掖着了。平时你也是有什么话都对我说,好啦,今天咱们就边喝边聊吧!"

"得到老师的夸奖我感到很荣幸。有什么我能效劳的事情,请您尽管吩咐!"

"不,倒也没那么夸张!"财前故作轻松地回应道,"你们对最近医务部的气氛怎么看?"

"您问我们怎么看是指……"

恃才好胜的佃友博的表情突然变得谨慎起来。

"也就是说,我觉得东教授最近好像在刻意疏远我,我在想我是不是有了被害妄想症?所以就想听听你们作为旁观者的客观意见。"

佃友博似乎不知该怎样回答,沉默片刻后说道:"如此说来,我确实也有那种感觉啊!就像上次,与其说是碰巧当着我们的面,不如说是意识到我们在场而故意训斥财前老师,因此我们就觉得其中可能有什么感情上的因素。说老实话,最近只要教授和副教授同时在场,我们都会想方设法地回避。"

"是吗?这么说来,你们也跟我一样感觉气氛不太对劲儿啦!照这样下去的话,东教授就不会指定我当接班人了。也就是说,或许他会把我转调到别处去呢!"

"啊?把财前老师调走?"

佃友博好像不相信自己的耳朵。

"嗯,这也是完全有可能的。所以嘛,你要总是跟着我的话,恐怕也要倒霉呢!"

"老师,那怎么可能呢?如果下届教授不是财前老师的话……难道要从其他大学拉人过来吗?"

"是啊!就是所谓外聘教授那一招呗!"

财前一语道破了玄机,惊慌失措的佃友博脸上突然浮现出勇猛斗士的表情。

"原来如此!果然很像东都大学出身的东教授想出来的招数!不过,我们坚决反对外聘的人来当教授!如果真没有合适的继任者倒还说得过去,可是既然有了财前老师这样本校出身的食管外科的权威,我们医务员就要团结起来,无论如何不能容许那种事情发生!"

佃友博慷慨激昂地说完,还拍了桌子。

"好啦,你不要那么激动,冷静点儿嘛!东教授企图外聘教授只是我目前的推测而已,还没有掌握确切的证据。不过,如果真是那样,那我以前的忍耐和努力到底算什么呢?这一点你也明白吧?就说你吧,也为我辛辛苦苦努力到现在,如果我突然向病房主管第二助教安西承诺,让他越过你当讲师的话,你会是什么感受呢?佃,人事这种东西不该是那样!对吧?如果没有正规的程序和人情,那将成何体统呢?"

财前这是在暗示,只要自己当上教授,就肯定要把佃友博提为讲师。这时,佃友博眼中流露出感激之情。

"老师,我要最大限度地运用医务长统领医务员的权限,尽快统一医务部的意见,协助您当上下届教授。"

"不,怎么好意思让你那样做呢?首先,万一给你惹来麻烦可怎么办呢?"

财前似乎想要阻止。

佃友博更加激动地说道:"不会的。当然,我会通过暗中活动了解东教授要推举谁当下届教授并掌握确切的证据。我一定谨慎行事,不让别人抓住把柄。所以,请您不必担心。总而言之,这事儿全都交给我吧!"

佃友博已经开始准备向前猛冲了,财前想拉缰绳都来不及。

"谢谢你!既然你都这样说了,那我就把统一医务部的事情交给你了。"

财前一边回答一边心想:这个急着出人头地、恃才好胜的家伙,只要一点点地给些甜头并加以巧妙操控,就能让其顺利统一医务部。

因昨晚与财前副教授猛喝酒带来的余醉还未消除,佃友博在结束了下午的门诊后,轻轻地摇晃脑袋向医院中庭走去。

夏天的烈日暴晒着草坪,连花朵都枯萎了。不过,只要站在树荫下,从堂岛川吹来的河风就会意外地使人感到凉爽。佃友博再次回想起昨晚与财前副教授的那番谈话。

当时,他借着酒劲夸下海口:"全都交给我吧。"他虽然痛快地应承了,可是当他的头脑恢复清醒之后,才发现自己应承的事情有多么难办。目前东教授还在位子上,如果为了财前副教授而不小心行为失当的话,那么只要东教授一声令下就可以立即把自己赶到地方医院去。这是显而易见的事情。所以,性急冒进、轻率行动只会给自己带来不利的后果。可是,自己得到财前副教授的指名信托,而且财前暗中允诺将来会给自己提升职位,那么对自己来说,现在就是报答他的难得机会,所以自己必须巧妙利用而决不能错过。为了在避免招致不利后果的前提下抓住属于自己的机会,必须拉拢对医务部具有强大影响力的人。想到这里,佃友博脑海中浮现出两个讲师的面孔。

他们是首席讲师南某和次席讲师金井。南某比财前副教授小三岁即四十岁,是第一外科的首席讲师。不过,因为他喜欢大学的研究室,是个一天到晚都待在里面钻研学术的朴实学者,直到如今都没有什么野心,只顾孜孜不倦地坚持研究。但是,问题在于次席讲师金井。他比首席讲师南某小两岁即三十八岁,专攻方向与东教授同样是肺外科,科研成果不少,做手术的技法也很高明,在学术方面被视为东教授的嫡传弟子。不仅如此,他在佃友博之前担任医务长,对年轻医务员也很照顾,所以在医务员中很有声望。由于他还是讲师,所以没有资格竞争教授宝座。但是如果这个金井跟东教授一伙,与财前副教授为敌的话,事情就难办了。

佃友博想到这里,觉得先决问题是打探一下金井讲师的意向。于是,他立刻向三楼的中央手术室走去,因为今天下午有金井讲师主刀的手术。

他登上三楼,来到中央手术室前,门从里面被打开,刚做完手术的患者躺在担架床上被推了出来。年轻的女患者还没从麻醉中醒来,她脸色苍白,双眼紧闭。不过,从跟随的护士的表情中可以看出这次手术很成功。

"金井老师在哪儿呢?"佃友博向护士问道。

"他刚刚做完手术,正在手术室的浴室里。您有什么事儿我可以转告。"

"不,不是什么急事儿。不用了。"

佃友博转身朝与手术室相反方向的病房缓缓走去,心里想象着金井讲师泡在浴缸里的情景:他把瘦高的身体靠在浴缸上冲洗手术时的汗水和溅到身上的血迹,正在品味顺利完成手术的解放感。佃友博觉得应该利用金井洗完澡后神清气爽的解放感,以便顺利进入话题,于是走到去病房的半路上,他又转身来到了手术室附近。这时门被打开了,金井讲师从里边出来了。

"啊,金井老师,您刚做完手术吗?"

佃友博装出偶然相遇的样子。

"嗯,是胸廓成形术,取掉了五根肋骨。不过挺顺利的!"

金井只穿着贴身内衣和七分衬裤,他披着白大褂,一副轻松自在的姿态。

"佃,你怎么啦?站在这里,好像没精神呀!"

"嗯,我在考虑事情。说老实话,为了筹办泷村名誉教授的喜寿宴会,我正犯难呢!那种大人物的寿宴,我真不知道该从哪儿开始着手操办。当个医务长要承受这么沉重的负担呀。当初那么简单就应承下来了,根本没想到会有这么辛苦啊!"

他借着为泷村名誉教授筹办寿宴的事情进入话题。

"哦?这可不像平时的你嘛!没想到你也有这种一筹莫展的时候呀!"

"这次我可真是一筹莫展啦!正想从身为前任医务长的老师这儿借点儿智慧呢!"他用十分为难的语调说道。

金井终于采取了认真对待的态度。

"是吗?那我就给你出出主意吧!我当医务长的时间也够长的,为处理医务部杂七杂八的事情和筹办各种活动吃尽了苦头。碰巧在我当医务长的期间,筹办过泷村名誉教授荣获文化勋章的纪念晚会,所以就把当时的情况提供给你当参考吧!而且今天的手术也很顺利,晚上咱们就去喝几杯吧!我知道梅田新道附近有一家菜馆很不错呢!"

"不,那怎么好意思啊?是我来找您请教的,所以今晚理当由我请您才对呀!"佃友博赶紧说道。

"那怎么行啊？叫晚辈破费我可过意不去呀！好啦,就交给我吧！"

不愧是豪爽大方的金井的风格。

佃友博从刚才起就一边听金井讲师说他为泷村名誉教授筹办纪念晚会的事情一边琢磨。要怎样才能巧妙圆滑地引出医务部人事活动的话题呢？

随着一杯杯啤酒下肚,金井从布置会场到募集赞助费,把所有的细节都详细地讲给佃友博听了。

"好啦,基本上就是那个样子,距离我筹办晚会已经过了五年,所以你把物价涨幅都相应地估算在内,然后再按部就班地进行就可以啦！另外呢,虽然这种事情一旦接手就得负责办好,但也不必过于神经质。你要是还有什么为难的事情,尽管来问我好啦！"

金井在给佃友博鼓劲儿加油。

"承蒙老师详细介绍,对我确实帮助很大。因为我即使去找财前副教授商量,他也只是说：'全都交给你们商量决定,然后把结果报告给我,我再根据你们商定的结果向东教授报告。'"

佃友博顺理成章地提到了财前的名字。

"那是当然的啦！虽说财前副教授是教授的助手,但在校外已经是众所公认的食管外科的权威了,哪有时间为这种事情操心费神呢？"

"说到这个众所公认的食管外科财前副教授,近来跟东教授好像非常不融洽。还有传言说,没准儿东教授退休离职后,要从外边聘用继任教授呢！"

"佃,那是真的吗？"金井不由得放下啤酒杯,惊讶地反问道。

"我也搞不清是真是假,但反正事实上确有这种流言,也不知道是从哪儿传出来的。"

"那这种流言到底是从哪里传出来的呢?"

"这个嘛,既然是流言当然无法追根溯源啦!不过,关于这方面的事情,我觉得还是在第一外科里最接近东教授、被称为'东派'的金井老师更了解呀。"佃友博装出一无所知的样子,试探性地问道。

"你说这种话我可受不了!我只是接受东教授科研方面的指导,根本不是什么'东派'呀!首先,因为东教授是那样的人,所以即使我接受他在科研方面的指导,他也不会向我敞开胸襟说话的,所以我哪里还有可能跟他结成派阀呢?"

从金井有些生气的反应来看,他似乎真的没有跟东教授商讨过什么事情。

"可是,老师,既然会产生这种流言,恐怕就不会是空穴来风吧?当然,像我们这种小当差的助教跟继任教授不会有什么直接关联。可是,万一真的从其他大学外聘教授的话,指导方针和研究课题就可能突然发生变更,我们此前做的功课都会付之东流,难免手忙脚乱。我最担心的就是这一点。"

他夸张地做出忧心忡忡的表情。金井讲师立刻像是上了钩。

"听你这样一说,倒也不是没有令人挂心的情况。"

"令人挂心的情况是怎么回事儿?"

"哦,倒也不一定就是那么回事儿。不过,近来东教授跟东都大学的船尾教授之间好像有书信往来,还跟船尾教授约定在京都举办的日本癌症学会上见面呢!"

"那,果不其然呀!"佃友博用兴奋的语调说道。

"哦,就像我刚才也说过的,未必能够断定这与人事安排有关。我只是觉得,如果东教授考虑外聘教授的话,应该会找东都大学出身的人。"

"那么,如果他真的找了东都大学出身的外聘教授,金井老师能平心静气地接受吗?"

"看你说的,咱们还不了解东教授是什么想法呢,用得着考虑和回答这种问题吗?"

金井对佃友博的急躁情绪予以责备。

"话虽如此,但是因为下届教授呼声很高的副教授也未必能够直接升任教授嘛!就在前几个月,那个第三内科的教授不就是这样吗?把呼声很高的本校出身的副教授撇在一边,却从京都的洛北大学外聘了继任教授。"

佃友博把事实摆在了金井面前。

"原来如此!这样说来,近来浪速大学并非没有从其他大学外聘著名教授的倾向呀!而且如果仔细观察就会发现,外聘教授未必优于本校的实例屡见不鲜。因为离自己越近的人缺点就越是显眼,所以到头来特别吃亏。不过,我并不认为咱们这些本校出身的人就比其他大学的差呀!特别是财前副教授,虽然动不动就受到别人指责,但是从日本外科学界的水平来衡量,他也应该算是优秀而独特的人物嘛!所以说,事到如今根本没有必要考虑外聘教授的事情,不是吗?"

真不愧是金井讲师,给出的推论完全合情合理。

"老师也真的认为是这样吗?那我就放心啦!我们医务员此刻都认为,财前副教授升任教授、金井讲师升任副教授对于研究室来说是最佳选择!"佃友博情绪高涨地说道。

"哪里,我可不是当副教授的料子呀!首先,当副教授应该是首席讲师南老师排在前面比较合适吧?"

金井虽然嘴上这样说,眼神中闪动的笑意却表明他肯定了佃友博的说法。佃友博的眼睛没有放过他的这个细微反应,并且推测到金井并不反对财前当教授,同时还推测到金井自己心中似乎也在打如意算盘:财前升任教授成为现实之后自己也就自动升为副教授了。

"无论老师怎么说,所有的人都会认为财前教授和金井副教授才是未来第一外科最正常、最理想的组合。所以,老师在这个时候也要为财前副教授竞选教授出一把力。如果老师出一把力的话,我们心里就踏实了。"

佃友博说到这里,金井脸上的笑容突然消失了。

"佃,这才是你今天的目的吧?"

佃友博有点儿狼狈地说道:"老师怎么那样说呢?哪儿有什么目的呀!只是因为说到奇怪的流言就扯到这上面来,一时兴起控制不住,就拜托老师协助了嘛!"

他俯首做出恳求协助的姿态。

"不是你要拜托我协助,而是接受了财前副教授的委托吧?"金井突然转变态度质问道。

佃友博一时无言以答。金井把锐利的目光投向佃友博,忽然又把视线移开了。

"好啦,没什么!我既不是受你委托也不是受别的什么人委托,只是按照自己的想法表示财前副教授适合升任下届教授嘛!你可别胡思乱想呀!"

这果然是金井特有的刚直表达方式,同时也隐含着谨慎的态度——万一东教授与财前副教授之间的微妙纠葛真的表面化,还要避免自己被卷入其中。

"好啦,咱们也撤啦!下一家要不要去你最有面子的酒吧呀?"

说完,金井腿脚发软地站了起来。

佃友博和金井去第二家酒吧又喝了一通,来到阪急站前分别时,已经过了晚上十点钟。不过,佃友博还是立即来到站内公用电话前给财前副教授家打了电话。

"喂、喂!请问是财前老师府上吗?我姓佃……"

电话那头传来像是夫人的甜美悦耳的应答声,但立刻就换成了财前副教授接电话。

"啊,是老师吗?我想向您报告,今晚我跟金井讲师一边喝酒一边好好地开怀畅谈了一番。"

"什么?你跟金井?没出什么问题吧?"那声音听上去好像有点儿责怪的意思,但是当佃友博接着得体地讲述了交谈的内容之后,财前又说:"原来如此!这倒确实很像金井说的话呀!他就是那种德行,要是不装腔作势一番就听不进别人的话。所以,既然他那样说了,就表明事情已经成功了。你做得很好啊!"

财前向佃友博表示犒赏。

"可是,老师,有一件事儿叫人挺挂心的。这事儿是从金井讲师那儿听来的。他说东教授最近常跟东都大学的船尾教授通信,还约好要在近期京都举办的日本癌症学会上见面呢!"

"什么?东都大学的船尾教授和东教授……"

听到这里,刚才还很谦和地应答的财前副教授突然缄口不语了。

大概是因为星期天晚上的缘故,六甲山宾馆的餐厅里坐满了用餐的客人,热闹非常。餐厅窗下就是变成了暗影的连绵山峦,六甲山麓下神户市的街灯如同镶嵌的宝石般绚丽多彩。好像有外国轮船进港,耀眼的照明灯柱把漆黑的海面映出一个亮点。

在窗边视野绝佳的餐桌旁,东教授夫妻与日东化纤的池泽总经理夫妻对面而坐。身穿盐泽绸夏和服、腰系罗纱带的东政子看到冷盘端上来了,立刻先请池泽夫妻进餐。

"今晚真是难得的机会呀！如果没有这样的机会,恐怕池泽先生跟我先生就无缘相识啦！前天我们来到宾馆,听前台服务员说池泽先生去了山庄别墅,于是我们赶紧打电话才有幸跟您见面了。"政子满怀感激地说道。

"我们能以此为机缘结识东医生,也感到十分荣幸啊！而且池泽一年到头总是忙个不停,正巧现在需要静养才有了点儿空闲。能在这里共度时光也很令人愉快呀！"

虽然池泽夫人这样讲,但实际上这顿晚餐是东政子与池泽夫人事先商量安排的。东政子去请求池泽夫人,希望她能向池泽总经理引见自己的老公。池泽夫人似乎正闲得发慌,叹着气地说道:"我老公本来不喜欢交际应酬,不过,在进入八月去山庄别墅时,你们夫妻俩也住进六甲山宾馆,然后造成不约而同共进晚餐的结果是最顺理成章了。"因此,池泽夫人和东贞藏夫妻都对这顿晚餐的意义和目的心领神会,只有池泽总经理不明真相,以为是陪同太太应酬朋友,而对方又是浪速大学的东教授不宜拒绝,于是就来到了餐厅。不过,或许是因为离开了繁忙的工作,而且避暑胜地的晚餐使人心情轻松愉快,所以就连号称厌恶社交的池泽都表情轻松地劝酒说:"怎么样,东医生,再来一杯吧？"

"不,我已经喝了不少,因为我酒量不行。"

比起喝酒更喜欢抽烟的东贞藏从上衣袋里掏出雪茄叼在嘴上。

"哦？东医生喜欢抽烟吗？不是说抽烟与肺癌有关,比喝酒害处更大吗？"

"虽然都这样说,不过坦率地讲,肺癌与抽烟的问题必须经过相当长期的研究才能有确切结论。况且还有一说,有人认为雪茄,也就是干燥的烟叶比潮湿的烟叶好。所以我一直抽雪茄。"

"原来如此！真不愧是专家的养生之道啊！对了,刚才说到的那个肺癌,我的公司化学研究室里有个送去美国留过学、前途看好的研究员就得了肺癌,而且以前也有人得肺癌病倒了。这是不是跟从事化纤研究有什么关联呢？花了那么多钱好不容易培养出来的研究员病倒了,对于我们这种日新月异的化纤制造企业来说损失非常大呀！"

池泽面部皮肤紧致,年轻得不像是已经六十岁的人。他从经营者的角度引出了话题。

东贞藏稍加思索似的吸了一口雪茄,说道:"是啊,虽然我还没有看到过把化纤工业与肺癌联系起来统计的数据和分析报告,但我认为随着产业的发展也会追究各种职业癌症的问题。"

"'职业癌症'？哦,这个词儿很有意思嘛！'职业病'这个词儿我倒是经常听说。"

池泽对东贞藏的话表示出强烈的兴趣。

"不,这在医学上并不是什么特别新的词。例如,炼钢和炼油排放的废气会导致肺癌,化学药剂会导致皮肤癌,而放射线则会导致白血病等,把这些从事某种职业引发的癌症就称作职业癌症。不过,碰巧我是研究致癌理论的,所以我历来对职业癌症这个课题很感兴趣。"

东贞藏一边解释一边思忖,怎样才能把这个话题自然而然地引到自己离职后的去向。

"原来如此呀！那就是说,在我们所说的职业病中还有职业癌症这种最为可怕的疾病啊！你的话使我受益匪浅呢！我们对职业病这个东西特别敏感。即使有员工长期缺勤也得支付部分工资,而且还要花一笔慰问金,再加上工会势力逐年增强,作为经营者也很难轻松下来呀！"池泽苦笑着说道。

"得知池泽先生这样有心的经营者对职业病怀有非同寻常的关

注,我也更加坚定了决心,为了日本产业的发展,我要把离职后的余生全都投入职业癌症的研究工作中去。"

东贞藏刻意加重了"离职后的余生"的语气。

"那对我们来说也是求之不得的事情。关于这方面的科研经费,我们关西经营者联合会愿意为您提供方便。不过,东医生已经到离职年龄了吗?"

池泽把深感意外的目光投向衣冠楚楚、看上去外表比实际岁数年轻的东贞藏。

"是啊!我明年春天就要退休离职了。"

"不过,像东医生这样的高人,哪里都会有您满意的交椅。可是,您决定去哪里高就呢?"

"这个嘛,在我们这个世界里也有很多复杂而难以安排的事情。再说,又不是每个教授在离职的时候都会有新医院建成。所以,我委托令弟池泽正宪代议士助我一臂之力。"

"哦?舍弟在为东医生帮忙啊!这真是奇缘呢!"池泽十分惊讶地说道。

对这方面情况心知肚明的池泽夫人说道:"哎哟!这真是令人不可思议的缘分呀!那么,您跟东京的池泽好好谈过了吗?"

她这样说是为了让东贞藏更容易开口谈正题。

"还没有呢!我还没有得到机会跟池泽议员直接沟通。不过,说老实话,关于我离职之后的去向,很久以前就有人提出希望我担任预定明年四月开业的近畿劳保医院院长,与我同校的文部省次官原先生也在帮我多方奔走。前几天原先生来大阪时说事情已经八九不离十了,但还希望我再使把劲儿,再向对铁路医院和劳保医院人事有影响力的池泽议员请求一下,那样就会更有把握了,并且最好再向池泽总经理拜托一下。我知道在这种场合向您拜托有失礼貌,但还是想拜托您在方便的时候帮我向令弟美言几句,我将感激不尽。"

东贞藏把雪茄烟捻灭,恭敬得近乎卑屈地向对方俯首致意。

"喔哟!您那么郑重其事地诚恳拜托……老公,你明天就赶快给东京那边打电话吧!像东医生这样的高人,如果离职之后还能留在关西当近畿劳保医院的院长,对咱们来说不也能解除后顾之忧吗?"

在池泽夫人催促丈夫的表情中,充满了平时疲以打发金钱和空闲,只有此时才找到生存价值并乐待其成的热情。

"如能承蒙总经理关照,我真是太高兴啦!您也知道,他这个人一门心思搞学术研究,把离职之后的事情都交给别人去安排,不是那种主动提出要求的人。所以呢,如果您能给令弟打个电话,那对我们是多大的支持呀!是吧,老公?"政子趁热打铁地说道。

"那是啊!如果能那样做是再好不过了。"从来只跟医务员或患者那些比自己地位低下的人打交道的东贞藏不太习惯地俯首恳求道。

"我也不知道能否实实在在地起作用,总之明天我给东京那边打个电话吧!"

池泽到底是对受人委托习以为常的财界中人,暂先事务性地应承了下来。

"承蒙您欣然应允,我实在诚惶诚恐。"

东贞藏生硬地再三道谢。

"不用客气啦!池泽经常受人之托帮忙说话,这点儿小事真的算不了什么呀!"池泽夫人突然露出孔雀开屏般的骄傲和灿烂的笑容,愉快地回应道。

东贞藏撑着疲劳尚未消失的身体,看完门诊后回到了教授办公室。他用事务员送来的冰镇大麦茶润了润嗓子,喘了口气,然后给第二外科的今津教授打了个电话。

"喂!我是东啊!你现在有空儿吗?"

"嗯,有空儿,什么事儿?"

电话那头传来今津教授的声音。

"因为事务部通知希望尽快敲定新楼中央手术室设计的最终方案,所以想跟你协商一下此前委托你讨论的仪器设备问题。如果你方便的话,我现在就过去⋯⋯"

他还没说完对方赶紧说:"那怎么可以呢?我马上去你那儿吧!"

"是吗?那就辛苦你跑一趟吧!"

东贞藏放下电话之后,就像觉得今津主动过来见自己纯属理所当然似的,悠然跷起二郎腿,还叼上了一支雪茄。今津虽说是第二外科的教授,但在六年前选举教授时多亏东贞藏的强力支持,在最后关头阻止了外聘教授,他才得以从副教授升任教授。正因如此,今津至今仍然对东贞藏感恩戴德。一般来说,大学附属医院的第一外科和第二外科之间竞争意识非常强烈,关系极不和谐已成惯例。但是,东贞藏领导的第一外科与今津领导的第二外科却打破了这种惯例,相互协作非常密切。

今津教授敲门后走了进来,与五十四岁年龄不太相符的额发稀疏的他露出温厚的笑容。

"听说您请了两三天假。六甲怎么样啊?"

东贞藏想起昨晚的事,卑屈的痛苦感觉再次苏醒过来。

"还好,解除疲劳啦!"

说完,东贞藏与今津在会客桌前相对而坐。今津从文件袋里取出了计划书和设计图。

"中央手术室的设备中尚未确定的就是最新的麻醉机和人工心肺机了。前些天我把厂家的技术主管找来,让他再次详细讲解了一遍,而且询问了价格。"

他一边说一边提示仪器说明书和报价单。

东贞藏浏览了一遍资料,说道:"最新型的麻醉机还是想要这种AⅦ型的呀! 有了这个,就跟以前的机器不一样了,能够得到稳定的麻醉深度。那就确定要这个型号吧!"

"可是,我觉得在分配给咱们外科的预算范围内恐怕有点儿勉强。不管怎么说,最新型麻醉机就得二百万,而人工心肺机得七百三十万呢!"

东贞藏沉思了片刻,说道:"应该没有什么问题吧! 外科支撑着整个浪速大学医院呢! 哪怕让其他科室稍微忍耐着点儿,也要给外科置备精良的仪器设备嘛!"

"如果能这样的话就解决大问题了。有了这么好的设备,浪速大学医院就会成为全日本拥有最新外科设备的大学附属医院。多亏东老师操劳费心呀!"今津满怀感激之情地望着东贞藏说道。

"我也是因为耗费了大量心血,所以更加急切地盼望新楼尽快完工啊! 而且,要是我还年轻的话,一定要在这些最新的设备中尽情地施展自己的本领。可惜我没时间了,真遗憾呀! 我太羡慕你啦!"

"这是怎么说的呢? 东老师是高人,千万别说这样失落的话啦!"

"不,我是认真的。岁月如梭呀! 你当上教授也已经六年了吧?"

东贞藏摘下眼镜,从衣袋里掏出麻丝手帕擦了擦。

今津赶快正襟危坐,诚惶诚恐地说道:"那个时候全靠东老师的关照。我能有今天全是托了东老师的福。"

东贞藏就想让他这样说,却还惺惺作态。他用一反常态的诚恳语调说道:"你总是这样千恩万谢的,叫我难以承受呀! 话说回来,时至今日,我对你能当上第二外科教授仍然感到十分高兴。你当上教授之后对我们科室提供多方协助,这可是在其他大学里看不到的美德呀!对于这一点,我必须特别向你道谢呢!"

"那是因为东老师领导得好啊!"

今津一边应答一边发现,话题不知从什么时候开始偏离了最要紧的中央手术室方案,看来东贞藏的真正目的并不在此。

东贞藏只顾盯着桌上的设备计划书,说道:"每当我看到你这样总是一如既往、谦虚谨慎的人,就会为今后的第一外科担忧不已呀!"

"您说的今后是指……"

"我的继任者呀!"

"东老师的继任者?您不是已经有了财前副教授那样完美的继任者了吗?"今津惊讶地问道。

"你真的认为我们科室的那个财前适合当我的继任者吗?如果财前接手第一外科的话,今后还会敬重你这个前辈、继续维持第一外科和第二外科的合作吗?我是在担心,如果今后事情发展并不顺利的话,就对不起你啊!"

"不过,您根本用不着担心今后……"

今津的话才说到半截,东贞藏就像要堵住他的嘴似的说道:"作为我自己,有责任担心今后的事情。财前不愧是我一手带出来的,如果把手术刀交给他,他确实技术实力卓越超群。但是,他在品行方面却有问题,他对名利的欲望过于强烈。我说这话像是在揭自己的丑,我虽然把技术传授给了他,却没能教会他怎样做人啊!正因如此,在我离职之前越发感到痛心疾首。"他故意用沉思的语调说道。

"真不愧是东老师,才会那样负责任地考虑到今后的事情。不过,现实中的问题是,除了财前之外,还有其他合适的继任者吗?"

"是啊,关键问题就在这里呀!从我个人感情来讲,让长期在自己手下辛苦卖力的副教授升任教授是我的夙愿。可是,一旦考虑到浪速大学医学院的将来,我的良心就不允许我为了个人感情轻率地决定人事安排了。在这个问题上,我还是要从大局着想,必须选择无论从哪个方面来看都堪称一流的人才。你怎么看呢?如果你有什么好的想法,不妨告诉我嘛!"东贞藏用商量的语调说道。

今津已经读出了东贞藏的言下之意——他在心中已经把财前排除在下届教授人选之外了。不过,他排除了财前会推举谁却很难猜测。

"老师把话说到这种地步,您的心意令我钦佩不已!只是,像我这样的晚辈哪里能有什么好的想法呢?不过,这回轮到我来为老师助一臂之力了,所以如果有我能做到的事情的话,请您不要客气,尽管吩咐!"

听今津这样一说,东贞藏才把表情松弛下来,他十分巧妙地绕着弯子说道:"谢谢你愿意帮我!其实,促使我产生这种想法是因为最近财前做什么事情都本位主义,喜欢独断专行,这引起了人们的批评。我偶然碰到一个机会,东都大学第二外科的船尾教授对我说,如果方便的话他可以帮我推荐继任者。"

"哦?东都大学的船尾教授吗?"今津惊讶地说道。

"我倒不会因为自己是东都大学出身就执意从那边招聘继任者,我还不至于那么心胸狭窄。船尾教授是日本外科学界的实力派人物,从他的立场来讲能够广招各界人才。而且他跟我相识很久,关系不错,所以我觉得船尾推荐的人基本上不会有什么问题。"

"那,到底是谁呀?"

"就是金泽大学的菊川升教授啊!"

东贞藏考虑到女儿佐枝子的终身大事,已经从船尾推荐的两名候选人中确定了菊川。所以,此时他没有说出另一名候选人即新潟大学的龟井的名字。

"哦,金泽大学的菊川先生吗?那个人我也认识,曾经在学会上见过面。他不但科研成果很多,而且人品也相当不错呀!"

今津回想起与财前相反的近乎忧郁的菊川升,他沉默寡言而且非常低调。如果与菊川升搭档的话,那么今后就轮到自己高居第一外科之上了,而且可以通过支持船尾推荐的人选抓住机会接近日本外科学界实力派人物船尾,为自己将来在外科学界占有一席之地铺路。

"老师的心情我完全明白了。我一定按照您的心思尽我所能,做好推荐菊川先生的工作。"今津像是要报答东贞藏的恩情似的说道。

翌日,第二外科的今津教授十分在意时间地结束了门诊,向等在身后的护士长问道:"疑似患乳腺癌的夏川喜久子的病理检查报告什么时候能出来?"

今津根据视诊和触诊,已经断定患者得了乳腺癌。但是为了慎重起见,他还是做了试验性的切片检查。

"因为是老师直接委托的特别检查,所以结果三点钟就应该出来了。原定由宫田医生去确认。"

护士长提到了助教的名字。

"不用了,我自己去吧!正好我还有别的事情要去病理研究室那边。"

今津说完看了看表,刚刚过了两点半。不过,他还是走出门诊部,穿过附属医院和医学院之间的宽阔中庭向医学院的病理学研究室走去。

与每天几百名患者进进出出、医生和护士忙得团团转的附属医院不同,医学院里的走廊上寂静无声,连走路都得特意放轻脚步。

他来到病理学专业的大河内教授办公室前,门上挂的字牌写着

"现在可以入内",字牌反面写的是"研究中、禁止入内"。当另一面朝外的时候,除非有了十万火急的事情,否则谁都不能会见大河内教授。这位基础医学的著名教授相当难以接近,甚至从挂在门上的字牌也能看出。

今津小心翼翼地敲了敲门,听到应答之后轻轻地推开房门。虽说同在医学院里,但是在六年前才当上教授的今津却绝对不能以对等的姿态面对早在鹈饲之前就当过医学院长的大河内教授。

大河内教授看到今津,摘下老花镜说道:"我以为是谁呢!原来是今津呀!来,坐吧!"

大河内教授拥有又高又瘦形如仙鹤般的身体和尖耸的鹰钩鼻,从相貌看上去就使人感到难以接近。再加上他还有学士院恩赐奖的威望,更使人觉得难以接近。

今津弓着背坐在大河内教授劝让的椅子上。

"总是承蒙您指导我们研究室那些年轻人的病理学检查和学位论文,十分感谢。今天,我又委托您这边对疑似乳腺癌病例做活体组织学检查,真是给您添麻烦了。如果检查结果已经出来的话,我想直接请教大河内老师的意见。"

"啊,就是为了那件事情吗?那你也用不着亲自跑一趟嘛!派个人来,我们的人也会详细说明啦!"

说完,大河内摁了内线分机号码,接进了研究室。

"第二外科的今津教授委托的活检结果出来了吧?如果已经出来的话马上过来报告一下!"

他刚说完,隔壁研究室门就打开了。身穿白大褂的助教拿着检查报告单走进教授办公室。他保持直立的身姿把报告单放在桌上。大河内戴上老花镜看看报告单,点头说"好了",助教就退出了办公室。

"这个患者不是乳腺癌嘛!"

"哦?不是乳腺癌……"今津禁不住反问道。

"嗯!不是乳腺癌,而是一种叫作浆细胞乳腺炎的罕见疾患。"

"但是,在临床观察中完全呈现出乳腺癌的症状,而且摸到乳房内有鸡蛋大的硬瘤,其界限不清而且跟皮肤有粘连,但没有与胸肌粘连,肿瘤部的皮肤有轻度浮肿并伴有反复着色。乳头凹陷,但没有血液及其他的渗出。根据临床观察诊断为乳腺癌,为了慎重起见我想再做活体组织检查。"他歪着脑袋疑惑地说道。

"是啊!对这种浆细胞乳腺炎和乳腺癌进行鉴别,运用病理组织学方法较为容易。但是,由于它的临床症状酷似乳腺癌,所以用平时的方法诊断起来非常困难。但是,浆细胞乳腺炎与癌症根本不同,是一种由化学刺激,也就是由乳腺分泌物的潴留及分解物引发的炎症,所以可以说并不是乳腺癌那样的恶性物体。"

"这么说来,只要把肿瘤摘除就好了吧?"今津确认似的问道。

"不过,还有的学者认为这种肿瘤有癌变的可能,因此在通过病理组织学检查证明为癌瘤时,就必须施行乳房摘除和腋窝廓清术。但是,这名患者并没有确认癌变反应,所以就没有必要那样做了吧!"

大河内十分确信地做了说明,并把记载着详细检查结果的报告单交给了今津。

"多谢您的详细指导。多亏有了您的准确判断,才得以避免因误诊而导致一位女性失去乳房的惨剧。患者也会十分高兴啊!"

今津郑重地俯首致谢。

"哪里,都是因为你态度慎重才避免了误诊。临床医师不这样做绝对不行!必须慎之又慎,仔细地反复进行病理学检查,这样就不会导致误诊。虽说这是我的口头禅,但医学这个东西就是始于病理学,终于病理学嘛!可是,有些人一旦成了老手就习以为常地只凭自己的经验和直觉,忽略了基础性的病理学检查。无法预知的误诊就是在这种时候发生的嘛!从这一点来看,今津果然名不虚传,确实是个慎重的人呀!一说到外科医师,往往都是过分相信自己的本领,见了患者就想下刀切。但是,说到东和你这样的外科医师,确实是既慎重又稳健,看着也能让人很放心啊!"

"像我这样的晚辈,哪儿有资格得到您的夸奖呢!不过,东教授可确实是做任何事情都很慎重,第一外科有那样的人物对我一直是巨大的激励和鞭策。可是,一想到东教授即将退休离职,我就感到心里没底儿呀!"

今津巧妙地把话题转到了东贞藏身上。本来了解病理学检查结果只需打个电话要来报告单就足够了,可他却专程跑来一趟,其实就是为谈论东贞藏的事情找个由头。

大河内并不知道今津的心思,关心地问道:"这么说来,东再过半年多就退休离职了。可是,他离职后要去哪里呀?"

"这个嘛,详细情况我不清楚。不过,听说他委托了东都大学的校友、文部省原次官帮忙找去处,所以应该能有个实至名归的落脚点吧!"

今津把从东贞藏那里听来的话,挑些无关利害的内容讲了讲。

"哦?东也有那方面的本事吗?虽说如此,一旦东离职之后,就该你发愤图强地领导第一外科向前发展啦!"

说完,大河内从衣袋里掏出烟卷,今津眼疾手快地为他点上。

"哪里哪里,我倒是希望能找到出类拔萃的人才继任东教授的职位,让他领导我呢!"

大河内像享受美味似的吸了一口今津为他点着的香烟,说道:"东打算推举财前副教授吧?"

"这个嘛,怎么说呢?我倒没有听说过这方面的消息。不过,东老师真是令人佩服啊!他对我说,比起自己退休之后的发展,他更担心接班人的问题。他打算抛开私情,选一个学术和人品都堪称一流的人物来接班。"

"哦?抛开私情,选一流人物……这么说来,他是不打算推举财前副教授啦?"

"好像就是这样。以东教授的为人,他当然很希望能把长期卖力辅佐自己的副教授推上教授的位子。不过,财前好像一直难以服众,给他带来了不少困扰。不知道大河内老师有什么看法。"

他想试探大河内的心思。

"嗯,这个嘛,财前和里见都是从这个病理学研究室出去的。财前一取得学位立刻转为临床,而里见却留在这里,十年后好像考虑到了什么也转到了临床。从那时起,财前就比常人聪明乖巧,既能说会道又心灵手巧,作为外科医师本领十分高强呀!"

"不过,他就是倚仗高强的本领,近来好像动不动就摆出傲慢的态度啊!我从某家报社的医疗界记者那里听来的,说该报最近计划开辟一个医学咨询专栏,去找财前担任消化外科领域的撰稿人,于是财前就问对方其他领域的撰稿人是谁。那个记者说,在关西还有同为浪速大学出身的第三内科的筑冈教授。于是,财前就说出了一番非常离奇的话:'筑冈教授名气不够大、能力不够高,应该换别人来干!'"

"哦?他连别的撰稿人是谁都要插嘴吗?他什么时候变得那么狂妄自大了呀?"

大河内明显露出不愉快的表情。

"就是因为他有那样的毛病,东教授才会犹豫不决嘛!而我作为第二外科的教授必须担任教授遴选会委员,所以说实话我也苦恼不堪呀！"

"原来如此！既然他有这种高傲自大的毛病，也难怪你们会犹豫不决啦！好吧，既然有关选举的正当性，那我也可以帮你们出出主意。"

"听老师这样说，我就放心多了。那么，我到时候再找机会向您请教吧！请您多多关照！"

今津本想一口气把东贞藏推举的金泽大学的菊川升的名字说出来，但又考虑到今天点到为止地暗示了排除财前的意思就可以了，于是他见好就收地离开了大河内的办公室。

第六章

进入九月，新楼即将竣工，整个医学院开始为迁入新楼做准备工作，笼罩在忙乱的气氛当中。

第一外科要配齐挂在入口的牌子，还要准备更换存放诊疗器具和病历的新储物柜。而另一方面，还要为即将在十月中旬举办的泷村名誉教授的喜寿庆生宴做好准备。负责统管这些事务的财前副教授更是忙得不可开交。

财前五郎从上午九点起就接连做了两台手术，下午两点过后才在副教授办公室里匆匆吃完延迟的午餐。然后，他把佃友博今天上午刚刚送来的有关泷村名誉教授喜寿宴的最终方案摊开在桌子上，其中包括筹款倡议书、发起人名册、会场布置、仪式程序等资料。这个方案按照财前的意图拟定，在与金井讲师商讨之后，佃友博从名册制作到经费计算都做了精细的研讨，几乎不需要财前再过目了。虽说如此，在这种必须全力以赴地为竞选活动做外围准备工作的重要时期，他还要担负为名誉教授筹办喜寿宴的任务，这令财前禁不住叫苦连天。他把资料浏览一遍之后，不胜其烦地站起身来向教授办公室走去。

东教授坐在桌前正写什么东西，看到财前就问道："有什么急事儿吗？"

"哦,有关泷村名誉教授喜寿宴的方案终于整理好了,我想麻烦您过目一下。"

财前把资料放在桌上,东贞藏从筹款倡议书开始依次过目,看完之后说道:"财前,这场喜寿宴的主办单位是医学院吗?"

与严厉的表情相反,他的嗓音出奇平静。

"不,就像这份倡议书上写的,主办单位当然是泷村名誉教授出身的研究室,也就是第一外科。"

"哦?主办单位果然是我们研究室吗?那是不是有点儿奇怪呀?为什么发起人名册上的首席发起人不是我,而是鹈饲医学院长呢?"

"关于这件事,我原先也想请教您。只是因为这次泷村名誉教授喜寿宴与学会之类的不同,完全是私人性质的聚会。而且,听说泷村老师特别喜欢热闹,所以我觉得一定要办得相当有排场。这样一来,在筹款方面就不得不向荒唐的地方发出荒唐的请求。我觉得这种事情不宜麻烦老师,而碰巧鹈饲院长好像比较乐于操办这类活动。所以,我觉得干脆请鹈饲院长担任首席发起人更加方便一些。"

财前态度恭谨地暗示——像这种事情不是您这样的学究型教授应该做的。

"原来如此啊!真不愧是与我相伴多年的好助手啊,你这么做都是因为照顾我的感受吗?不仅如此,最近你可能不只照顾我的感受,而且还要照顾其他各个方面的感受吧!你在这首席发起人上面用的心思对我和鹈饲院长都十分周到,实在令我佩服啊!估计鹈饲院长嘴上说这说那,可心里却非常高兴吧,估计还会把那个里见副教授叫去说要好好向财前学习呢!"东贞藏的每句话都那么阴阳怪气,"还有,财前,这二百名发起人的数字是怎么来的呢?"

"关于这一点,我本来也应该事先跟您商量。其实,我叫医务部长佃对经费做过细致的计算,结果发现会产生一百五十万元的赤字。为了避免产生赤字,就增加了发起人的数量。这是因为,除了发起人之外的参会者每人的会费是两千元,而发起人无论参加与否都必须交纳每笔五千元的维持会费。那么二百人每人五千元,这就能够切实地筹措到一百万元了。所以,我就考虑到让鹈饲院长当首席发起人,能够更大地扩展发起人的范围,还可以避免以第一外科的名义为这种私人性质的庆祝活动从制药公司或医疗器械公司拉赞助的情况发生。"

"但是,像这样把多达二百人的名字排列出来,会十分露骨地给人一种只是为了筹款而滥竽充数的印象。所以,赤字部分就另外想办法吧,最好压缩到一百人左右。你抓紧时间做吧!"东贞藏命令似的说道。

"其实,因为我觉得要委托这二百名发起人最好尽早通知,所以我已经让佃把委托书都寄出去了。"

"那就是说,财前,不管是首席发起人还是其他事项,你口头上说要找我商量,但其实并不是商量,而都是先斩后奏的嘛!如果现在我说要当这个首席发起人的话,你打算怎么办呢?"东贞藏单刀直入地说道。

财前一时无言以对,随即又说:"幸好只寄出了发起人委托书,另外三百封邀请函还没有寄出去,到时候再把鹈饲院长和东老师并列为首席发起人……"

"别再说了!你为什么老是这样自作主张、独断专行呢?连商量都不商量就擅自决定首席发起人,在我提出异议时,你才说什么让东老师也怎么样之类的话!你觉得我能答应吗?你这个毛病令我极不愉快。到现在为止,我应该提醒过你很多次,叫你改掉这个毛病,可是你根本一点儿都没有改。你不是在我离职之后应该升任教授的人选吗？但是，就凭你这样的人品，无论我怎样举荐也会受到各方面的批评！所谓教授，并不是手术本领高超就能当的，还得提高自己见识，完善自己的人品才行啊！"

东贞藏汹汹气势，声音听上去十分刺耳。

财前强压即将爆发的怒火说道："对于老师的提醒，我时刻铭记在心……"

"你根本就没有放在心上嘛！"东贞藏立刻反驳道，"随着我离职的日期越来越近，比起即将离去的人，更令人感兴趣的是谁会成为继任教授。这可谓人之常情，理所当然。正因如此，可以说你已经变成了台风眼般的存在。如果搞些不正常的谋划、偷偷摸摸地做小动作，难免招来误解和反感，进而导致恶果。所以，我希望你务必自重。另外，最近医务部的气氛异常浮躁，是不是对我的继任人选问题出现了荒唐的流言呀？"

财前像是软肋受到攻击一般狼狈不堪，但他仍然保持平静地说道："老师也感觉到那样的气氛了吗？我也是在无意之中感觉到那种氛围，已经提醒佃注意了。但是不管怎么说，多达五十余人的医务部好像真的出现了别有用心之徒和好事之徒，确实传出了奇怪的流言！"

"奇怪的流言？"

"其实，有人在说或许会有外聘教授进来呢！"

"哦？外聘教授……"东贞藏眼中浮现一丝慌乱，但立刻恢复了平静的表情，"那是谁呀？居然说出这种荒唐无稽、没根没底儿的话来。不过，难道你会认为我是连声招呼都不打就对多年的助手做出那种事情的人吗？"他用沉稳得瘆人的语调问道。

财前也用前所未有的谦恭语调说："老师这样说我才能放心。坦率地讲，当我听到那种流言时还在想，自己决不能就此退出！"

"不能就此退出？你的意思是……"

"能够胜任教授才是真正的副教授——我就是这样想的。"

"那,万一突然出现让我想推举你也无法做到的情况,你会怎么办呢？"

"应该不会发生那种情况吧！不过,万一真的到了那种地步,我再考虑决不逆来顺受的对策吧！"

双方那仿佛就要扣响扳机般的言辞在激烈地碰撞。虽说那是看不到、听不到的扳机声,但那言辞却像是面对面瞄准对方胸膛般被冷酷地武装了。

走出大学医院的正门,财前五郎坐上了停在那里的出租车,他叫司机向上本町六丁目的锅岛外科医院驶去。

想起刚才与东教授那番火花四溅的言语交锋,财前本想直接去庆子的公寓或酒吧尽情畅饮一番,但是锅岛外科医院还有一台直肠癌手术在等着他。

锅岛外科医院的院长锅岛贯治是比财前早十届的出身于第一外科的医师,同时还拥有市议会议员的头衔。因为那个职务,他必须东奔西走地忙个不停,所以他在遇到复杂手术时,总是委托财前来做。而对于财前来说,与其说这样做是一种特别有利可图的兼职,不如说是为了角逐下届教授所做的政治考虑。像锅岛这种身为浪速大学医学院校友会头面人物的前辈发出请托,只要在学会或医院手术之间有空当,财前就来者不拒地应承下来。

汽车从上本町六丁目的十字路口向北转,沿着电车轨道前行一百多米远就是三层楼的锅岛外科医院了。对于拥有一百二十张病床的私人医院来说,建筑规模相当大。汽车在医院楼门前停下,财前没有叫前台通报,而是径直走进了院长办公室。

锅岛看到财前,就满面笑容地迎接他说:"你好! 总是麻烦你,真不好意思啊!"

他好像要出门去哪里,身上没穿白大褂,而是整整齐齐地穿着竖条纹的双排扣西装。蓄着胡须的锅岛贯治怎么看都像是年过五十、脑满肠肥的实业家。

锅岛把即将接受手术的患者的病历表和X光片摆在财前面前,用急匆匆的语气说明了患者的全身状态和各项检查的结果。财前把五天前接受过诊察的患者的胶片挂在观片灯上,仔细地审视了起来。

"直肠部位的癌变诊断十分明确,但是只对这部分采用姑息性的切除还不行,必须从离开癌肿足够远的高位进行切除,彻底地廓清周围的淋巴结并置换人造肛门。所以,就像上次说过的,请给我安排三名助手,准备实施手术。"

他准确且果断地发出了指令。

"我们医院托了财前的福,被人们评为'癌症专科外科医院',生意好得不得了! 不过,财前眼看也要坐上教授宝座了吧? 都是因为最近突然威信大涨嘛!"

锅岛说着"砰"地拍了一下财前宽厚的肩膀。

"别开玩笑啦! 别提当教授了,我稍不留神就要被意想不到的对手把教授宝座抢走啦!"

"你说什么? 你有危险? 怎么会发生那种荒唐事儿呀? 那是你想得太多了吧!"

"如果真是那样的话当然好啦! 但不知道为什么,近来做什么事情都跟东教授想不到一处去呀!"

财前向锅岛讲述了刚才在教授办公室里发生的事情。锅岛一边抖动着鼓起的小肚腩,一边"嗯、嗯"地使劲儿点头附和,等财前说完,他就用粗哑的嗓音确认地说道:"是吗? 这样看来就不是你有被害妄想症,而是你用你自己的眼睛和感受真实地确认过了。从别的大学外聘教授的概率很大,对吧?"

"就是这样啊!最初我也是半信半疑,可今天亲眼看到东教授的脸色,才觉得这事儿已经确切无疑了。没想到我也会受到东教授的厌恶,真是令人沮丧呀!或许我来你这儿帮忙做手术的日子也没几天了。外聘教授进来之后,我就要被赶到和歌山大学或奈良大学那种地方当教授啦!"财前露出自嘲的笑容说道。

"你别说那种丧气话!假如科室已经日渐衰落的话,从校外招聘有才干、名气大的人物进来倒也不失为有效的方法。可是,明明已经有了与'东外科'实力相当的'财前外科'的你了,东医生到底打算把什么人招来呢?已经有眉目了吗?"

"这一点我完全不知道,只听说他好像要招个东都大学出身的人。但是,我还没搞清是谁呢!"

"什么?东都大学出身的人……这样一来,不是连着两届教授都被东都大学抢走了吗?绝对不容许这种事情发生!不仅仅是我,第一外科出身去了别的大学的人和当了营业医师的人,都不能对东都大学出身的教授连任两届这种事置若罔闻!说到那个东都大学嘛,在国立大学中也是权力主义的化身,跟浪速大学这种洋溢着在野精神的地方根本水火不相容!"

锅岛情绪激昂,说话也渐渐地带上了演说的语调。对于他来说,东都大学就像社会党一样令人厌恶。同时,如果浪速大学真从别的大学外聘继任教授,一旦自己医院遭遇复杂的手术就很难送进去,想在随时都有一百二三十名患者排队等候的浪速大学附属医院里保留床位也将更加困难。对于锅岛这样既是私人医院院长,同时作为市议员常受选民委托的公务繁忙的人来说,这无异于巨大的打击。而且,从财前的立场来讲这也是可乘之机。

"财前,现在可不是说丧气话的时候。听说可能要从东都大学外聘教授都是无稽之谈,能与他竞争的对手除你之外别无他人。如此说来,这就不只是你个人的问题,也是我们浪速大学医学院校友会的重大问题。这样重大的问题你应该早点儿跟我商量!所谓教授选举就跟我们市议员选举一样,等到选举开始之后就什么都来不及了。在此之前,拉票活动和固票活动都很重要,但医务部的内部活动怎么样啦?"

"关于这一点,上个月我已经交给首席助教佃医务长全权负责了。根据他的说法,连先前认为最难对付的金井讲师都已经被拉拢过来,他说医务部内部的工作就交给他去做。目前就做到了这一步。"

"原来如此!真有你的呀!你嘴上说丧气话,但实际上已经在稳扎稳打地行动了。好啊,既然是这样,我也要赶紧召集校友会的头目们从校外全力保驾护航!与此同时,因为掌握选票的都是在职教授,所以那方面我们也得巧妙游说,并进行固票活动啊!"

锅岛继续滔滔不绝地说着,并一把抓住红茶杯,"咕嘟咕嘟"地猛灌下去,随后他掏出胸前衣袋里的花手帕,擦擦濡湿的胡须,突然压低了嗓音。

"但是,财前,这些都需要钱啊!虽说你有财前妇产科诊所做后盾,倒还不至于手头拮据,不过,说不定要花的钱比我竞选市议员还多呢!"

他露骨地提到了钱的事情,倒让财前不知道该怎样回答了。

"你要是还那样故作清高的话,绝对是赢不了啦!不管是教授选举还是什么选举,凡是带有'选举'名目的事情,都要跟金钱挂钩。日本医协的选举不也是那样吗?候选人的人品和见识并不重要,只有能跟各都道府县医协的头目拉上关系、资金玩儿得转的家伙才能获胜!"

"不过,既然是国立大学的教授选举……"

"国立大学又能怎么样啊?这个世道即使是想当学士院会员和学术会员也一样得有钱才能玩儿得转。你别故作清高啦!我只想知道,你和东先生在资金方面谁占上风?"

面对情绪越来越激昂的锅岛,财前感到有些力不从心,他担心地说道:"东老师本来就出身名门,而且他夫人的娘家也好像是财力雄厚的资本家呢!"

"好啦,那方面的事儿就交给我办吧!因为我这个医师兼市议员,近来感到竞选比玩手术刀更像我的本职工作啦!至于医务部的内部活动就由你负责,你岳父好像跟北区医协会长岩田关系不错,你就通过这条关系把鹈饲院长拉拢过来。但是,拉拢了鹈饲一个人还不够,因为最后结果是由临床组、基础组等三十一位教授的选票决定的,所以这方面就像我刚才对你说的,要依次打探那些关键教授的意向,不太保险的地方就拿钱伺候。这跟市议员选举不同,根本没必要担心违反选举法。所以这难道不是好事儿吗?哈哈哈!"

锅岛开怀大笑,好像自己就是候选人。而财前却感到不堪入耳。

"那好吧,那方面的事儿就拜托锅岛院长啦!我要去做一台漂亮的手术啦!"

说完,他叫护士长去取来手术衣,瞬间就像变了个人似的,他表情严肃地脱下外衣并穿上了手术衣。

财前五郎做完手术之后,便离开了锅岛外科医院,他突然感到疲劳从身体深处涌流出来,于是把整个身体瘫软地倚在车座上。上午他就在大学医院里做了胆结石和十二指肠溃疡的手术,一天三台手术的持续紧张状态,再加上刚才从锅岛贯治嘴里听说教授选举那么残酷,令财前比往常更觉疲惫。

"财前,那可是要花钱啊!说不定比竞选市议员花的钱还多呢!不过,这是选举法管不着的选举,所以难道不是好事儿吗?哈哈……"财前回想起锅岛贯治那粗哑的笑声和泛着油光的面孔。迄今为止一直在脑海中想象的教授选举情景,通过锅岛贯治的话语,越来越具有现实感地迫近自己的眼前了。这与面对医务长佃等人策划内部工作时情况不同,是具有十分激烈的讨价还价和具体的政治性的过程。既然自己去找锅岛贯治商量教授选举的事情,而且锅岛也答应帮忙了,那么这种激烈的过程就已经采取具体的形态开始运行了。财前叹着气向车窗外边望去,汽车经过上本町一丁目来到了法圆坂附近。

财前想起,里见修二居住的公寓就在这附近。每次在锅岛外科医院做完手术的归途中都要经过这里,可今天他忽然想顺便去里见居住的公团公寓了。虽然并不知道房间号码,但只要去管理室应该就能问到。

"司机,抱歉,请送我去法圆坂住宅公团公寓!"

他向司机发出指令,汽车立刻驶入公寓林立的住宅区。

虽然刚刚过了八点钟,可这一带却已经几乎没有行人了,周围完全安静了下来,四层高的楼房就像从道路两旁倾覆下来似的投下漆黑的影子。财前在最近那座楼前下车,找到标明管理室的房间询问里见的住所。

"里见?里见先生嘛……"

一个中年男子开始翻看厚厚的住户名册。

"就是浪速大学医院的医生啊!"

听他这样一说,管理员好像终于想起来了。

"那位医生住在东楼四层的三十二号室!"他指着同一排楼房最里面说道。

财前按照指点登上那座公寓楼的阴暗楼梯,找到里见的房门并摁响门铃。里面传出女子的应答声,房门随即被拉开一条缝。

"里见已经回来了吗?我是第一外科的财前。"

对方好像非常惊讶地说道:"他在家呢!请您稍等。"

身穿和服的里见出来了。

"怎么回事儿?你怎么会来我家……好啦,进来吧!"

他不拘礼节地说着把财前让进了屋里。

在六铺席大的房间里,有个看上去像是小学一二年级的男孩,在用与里见同样澄澈的眼睛望着他。里见的妻子手忙脚乱地收拾了房间的角落。

"我知道您一向很照顾里见。不好意思,家里很不像样子,请您别见怪!"

里见的妻子简短而得体地向财前打招呼。她与财前那个喜欢招摇发嗲的妻子杏子完全相反,言谈举止完全体现出学者夫人的恭谨和聪慧。

"哪里,是我突然打扰。请不用费心了。"

财前不失礼节地回应并想坐下来。

"那边孩子在做功课呢!到这边来吧!就是房间小点儿。"

里见招呼财前进了充当书房的房间。财前在自己家里拥有阳面十铺席大的书房,所以在他看来,这里狭窄得就像堆满了书籍的地窖。不过,这是每月只领五万六七千元的副教授工资、不做特诊不兼职而甘于清贫的学者的真正生活状态。环视这样的房间,财前心中突然浮现出自己曾经租住在榻榻米破旧不堪的寄宿房、在站前食堂填饱空腹的生活,除此之外,他还想到了在故乡独自过着俭朴生活的母亲。两幅画面重叠在了一起。不过,这样的幻影只出现了一瞬间,当他跟里见相对而坐时就又回到了如今的财前。

"上本町六丁目锅岛外科医院的院长是咱们研究室的前辈,叫我去帮他做手术,回家路上正好经过这里,我就想顺道过来看看。没打扰你吧？"

"嗯,我刚才在查资料。不过没关系。对了,你做的是什么手术？"

"直肠癌手术,没什么大不了的。"

"不过,听说直肠癌手术根据癌肿发生部位和是否已有转移,在术式上会产生很大差异。你用的是哪种术式？"

果然不愧是里见,开口就问术式。

"倒也没什么好说的。我不是切除直肠清除癌肿,而是先切开腹部,再切开会阴部,从腹部和会阴部上下两方切除癌肿。采用的是腹部与会阴部的联合切除术嘛！"财前简略地答道。

"原来如此啊！在根治直肠癌的手术中,这种腹部与会阴部的联合切除术好像比直肠癌切除术效果理想多了。现在实施的直肠癌手术几乎都是采用这种术式吧？"

"嗯,就是啊！"

"那么,根据你的临床经验,采用这种术式的远期预后能有多长时间呢？"

"嗯,还算不错吧！"财前含糊其词地答道。

"这话可不像你这样的手术高手说的呀！实在是太不当回事儿了。今天是不是发生什么事儿啦？"里见惊讶地说道。

对于财前来说,他来这里并不是为了聊什么术式,而是希望通过向里见倾诉烦心事,多少能够转换一下心情。因为对方是里见,所以不必担心他会向别人说出去。在这种时候,他才是能以最平和的态度听他倾诉的对象。

财前点上香烟,用疲惫不堪的沉重语调说道:"我很累呀！很累……因为东教授的继任教授问题,这些日子发生了很多事情,叫我全身心都不得安宁,没有喘息的空闲。"

"为了下届教授的问题,为什么你偏要那样疲劳呢?那种事情交给东教授和教授会不就行了吗?"

"要是交给他们的话,那我恐怕就只能当副教授而当不上教授啦!因为是对你,所以我实话实说。直到半年前,我和别人还都确信自己就是下届教授的最佳候选人呢!可是,就从两三个月前开始,东教授的心理似乎突然有了变化,在对待我的态度上表现出微妙的变化。所以,我突然感到自己作为下届教授最佳候选人的地位开始摇摇欲坠了。如果连最关键的人物东教授都不愿意推举我的话,我就会陷入极为不利的境地。为了应对这种情况,校内相关教授的工作当然不用说,就连跟校友会相关的校外人士的工作我也必须步步做到位。我就是为那些事情忙得疲惫不堪啊!"

"那种事儿可太叫人烦心啦!我听说,每当一位教授确定退休离职、选举下届教授的日期临近时,那个研究室就会因为人事问题而流言满天飞,甚至难以专注地工作。如果换了其他人就不说了,像你这样实力雄厚的人为什么也会被卷进那种无聊的运动中去呢?"

"实力雄厚?如果教授选举只凭实力就能解决的话,那我也就用不着耗费这么大的精力搞什么选前运动了。选举这种东西,无论什么样的选举,都得依靠人脉和金钱啊!"财前敷衍搪塞地说道。

里见的脸上眼看着浮现出不悦的神色。

"你不要再说那种话了!选举这种模式本身难道不是最符合民主主义的理想吗?所以,这并不是选举本身的问题,而是举行选举的人的良心问题。何以见得教授会举行的选举就不可能公正呢?我实在感到莫名其妙啊!"

"可是,那种莫名其妙的事情正在现实当中上演,这也是无可奈何的事情嘛!不管你怎样觉得事不关己,也应该知道,所谓的教授选举,其实在教授会投票之前,遴选委员会就已经大致内定了人选,而教授会投票只不过是个形式而已。"

"可是,在其他院系里……"

财前打断他的话头,满不在乎地说道:"你是不是想说,其他院系光明正大地进行了教授选举呀?别开玩笑啦!不管哪个部门都是大同小异。只不过在医学院,特别是临床组教授的选举中金钱起到了举足轻重的作用,所以比较引人耳目而已吧!"

"即便其他院系发生了那样的事情,但医学院的教授选举毕竟是选拔培养承托患者生命的医学家,所以不管是评委还是候选人,难道不应该具备严格的道德标准吗?"里见用责问似的严厉语调说道。

财前把烟头轻轻扔进烟灰碟里,说:"你所说的每一句话都很在理、很高尚。不过,那是因为你是旁观者。就说你吧,在三年以后鹈饲教授退休离职时,你也会被置身于与我相同的处境,到时候,你的想法就会多少发生一些改变啦!"

"不,我既不会勉强自己也不会搞奇妙的谋划运动,更不会为了当教授而做出丧失自己良心的事情。如果能够水到渠成地当上教授无疑是幸运的事情,但如果当不上的话也就是那么回事儿吧!"

说完这番话,里见似乎已经结束了与财前的对话,他开始陷入沉默。

隔壁房间传来正在指导孩子做功课的里见妻子那故意而压低的声音。对面公寓的窗户里映射出明亮的灯光,仿佛映出了一个个家庭平凡的幸福。

"突然来打扰你,真是不好意思。我跟你说这些真是对牛弹琴呀!"

财前说完,便露出苦笑站起身来。

在曾根崎小餐馆的二层,聚集了第一外科的六名资深助教。这是为商讨下届教授人选问题举行的聚会,但首席助教佃友博向众人透露,外聘教授继任的可能性会比较大。

"前些日子以来,我曾跟大家在个别的场合中说过,第一外科的下届教授由外聘东都大学出身的人继任的可能性越来越大。所以,今天请医务部的重要成员来,就是想就下届教授的人选问题尽快统一意见。"

他刚说完,次席助教、掌管第一外科病房实权的安西就小心谨慎地叮咛道:"但是,不管听说过多少次,我都无法相信下届教授不是财前副教授。难道会是佃的信息有误吗?如果咱们贸然行事、行动过激的话,恐怕会让财前副教授处境更加危险呢!"

佃友博用恃才好胜的眼睛望着安西,说道:"你又说这种话了。你对形势的判断过于乐观啦!既然你打死都不愿意相信,那我就干脆实话告诉你吧!东教授已经向财前副教授挑明了,他问'如果我不推荐你当教授的话你打算怎么办'。这可是无法动摇的事实呀!"

接着,他就把昨天听财前副教授讲述的事实摆在了众人面前,席间顿时紧张起来了。

"除此之外,我还听金井讲师说'如果外聘教授的话肯定会找东都大学出身的人'了呢!"

为了增加可信度,佃友博搬出了研究室里跟东教授最亲近、被视为东派的金井讲师。

"哦?金井讲师啊!这样看来,真的像佃说的那样,必须尽快统一医务部内的意见,以阻止其他大学的外聘教授才行啊!如果拖拖拉拉下去,就可能被东教授的外聘教授占得先机了!"先前还小心谨慎的安西说道。

资深助教山田接着说道:"堂堂浪速大学第一外科居然要从其他大学外聘教授,真是有损名誉呀!在这种时刻,咱们必须团结起来,争取实现财前副教授升任教授的目标！"他耸起双肩,高声咆哮道。

其他助教们也群情激昂地赞同道："说得对！完全正确！假设本大学出身的人中缺乏人才另当别论,可是明明有了财前副教授那样实力雄厚的人选,为什么还要从其他大学外聘教授呢？"

"好啦！大家不要这样激动嘛！既然咱们已经决定团结起来支持财前副教授,那么现在要做的就是冷静下来,然后确立最为行之有效的行动方针！"

他拿出医务长的姿态把议题推进了一步。

安西也小心谨慎地附和道："说得对！咱们必须尽快确立具体的行动方针！同时还要注意的是,所有的活动都必须对东教授严守秘密,还要把医务部内的阵营分清楚。我想,虽说都是医务员,但并不是百分之百的人都支持财前副教授。其中既有那种谁当都与我无关的冷漠派,还有现在坐冷板凳、明着支持财前副教授却在暗中为了讨好东教授而打小报告抢功的家伙。所以呢,咱们要是把阵营分错了的话就会倒大霉！"

"不过,那些比咱们辈分低的医务员倒还容易控制,可是南讲师和金井讲师该怎么办呢？刚才医务长说金井讲师是财前拥护派,真的没有问题吗？"一位助教担心地向佃友博问道。

"啊,我前几天跟金井讲师边喝边聊,我说'财前教授加金井副教授的组合'才是咱们医务员们的目标,他马上喜形于色地说'你们自己看着办吧',所以他已经没问题了。而首席讲师南老师年纪已经大了,时至今日也已经没什么野心了,所以也不会有什么问题。不过为了慎重起见,还是请最受南讲师信任的山田去试探一下吧！"

"好的,包在我身上了！这样促使讲师和助教级别达成一致之后,咱们就秘密召开医务部总会表明全体的意见吧！"最受南讲师信任的山田助教非常振奋地说道。

"别开玩笑啦！决定下届教授人选的可是拥有投票权的三十一名基础组和临床组教授呀！即使咱们这种很难直接跟教授说得上话的人抱起团来闹腾，到头来也只不过是虚张声势而已。所以呢，咱们自己要做的是把医务部内部的意见统一起来。而对于那些掌握选票的教授的工作，就要采取迂回战术间接地做工作。"

"那到底怎样解决实际问题呢？"众人屏息凝神地问道。

"那就要巧妙地利用第一外科出身的实力派营业医师和校友会了。对于第一外科出身的营业医师来说，一旦其他大学出身的人当了本校的教授，能做高难度手术的外援就很难找到了，而转送危重患者和安排病房的事儿操作起来也麻烦了。所以，咱们就向他们强调这方面的利害关系。而对于校友会的头目们，所有的事情都要强调出于对本校的拳拳爱心。所以咱们要从这方面入手向掌握选票的教授们做工作。"

"原来如此啊！真不愧是医务长呀！"

众人深感钦佩地点头，房间里洋溢着异样的热情。

"不过，关键问题是有没有能够实际执行这个方案的对象呀？"安西不无疑惑地问道。

"已经有人接受委托了。哎，就是咱们研究室出身的锅岛外科医院院长、兼任市议员的锅岛贯治先生啊！其实，我老爸也在开办外科诊所，所以就通过我老爸去向他随口提了一下。锅岛先生当场答应说'好吧，瓦解教授阵营的工作就交给我吧！'"

虽然佃友博的说法与事实有些出入，但安西接着立刻做出分工决定。

"哦？既然如此，统一医务部内部的工作就交给我、野本和石川三个人吧！至于向校友会和第一外科出身的实力派营业医师做工作的任务就由佃带头，山田和小林协助，怎么样？"

"没有异议!"

佃友博倏然放松表情,说道:"那么,咱们今天暂时商量到这里,接下来要喝个痛快!听说今晚的聚会由财前副教授买单呢!"

"噢——这回又能一醉方休啦!"

"哎!赶快把好酒好菜端上来!"

听佃友博说是财前请客,众人劲头十足地点了酒菜,席间顿时热闹起来。

"希望财前老师不只是喝酒买单,还要保证当上教授那天给咱们升职呀!"

不知是谁说出这么一句,引发了一阵爆笑。

在京都召开的日本癌症学会总会进入了第二天的议程,来自全国各地的近千名会员把第一会场——国立洛北大学的大会堂坐得满满当当。

讲台正面垂下大型银幕,左侧设有大会主持人的席位,右侧设有演讲者的席位。演讲者站在演讲席上,按照每人七分钟之内的时间限定,把幻灯片投影在正面银幕上演示,然后一个接一个地发表有关致癌理论、癌细胞基础研究、治疗癌症的手术、抗癌药物、放射线治疗等临床研究的成果。

当临近七分钟时,就会响铃提醒演讲者。有的人此时会立刻终止演讲,也有人硬是一口气全部讲完。每当一名演讲者发言结束,主持人就会向听众席询问有没有人对刚才的演讲提问。如果有人提问,也必须在两分钟之内完成问答。如果没有人提问的话,主持人就请下一个演讲者登台。用这种流水作业般的速度,平均一天能够完成将近五十个题目的论文演讲。

在听讲席的最前面,并排坐着癌症学会会长、副会长、理事等著名的顶尖医学家。在他们的后边是各大学教授和副教授级的阵容，再往后的座位上坐的都是西装背部皱巴巴、膝头抱着大提包的听众，一看就知道他们是待遇很差的地方大学的讲师和助教级的会员，他们大多是坐夜车赶来只参加当天的学会，然后再坐夜车赶回去的。

东贞藏与东都大学的船尾教授并排坐在理事席上，他的目光落在当天的日程表上。再有七个题目，印在日程表上的研究论文发表内容就全部结束了。在这之后，船尾安排金泽大学的菊川升以特别发言的形式演讲。这次癌症学会的大部分论文都是与根治胃癌的手术相关，为了增加与这次会议主题的关联性，菊川的论文主题是从心脏外科角度论述罹患心脏病的患者接受根治胃癌手术的可能性。船尾的真正目的是想让菊川升给参加此次癌症学会的浪速大学的教授们留下印象，为他竞选第一外科下届教授埋下有力的伏笔。

当东贞藏听船尾说到他的这个目的，并且已跟今天的大会主持人说好让菊川发言时，他对船尾的政治能力惊叹不已，同时他也觉得在此次学会上让菊川在主持人的提名下做特别发言，对于推举菊川竞选下届教授确实是最为强有力而且十分漂亮的准备活动。

坐在邻座的船尾凑到东贞藏耳旁小声说道："这个人讲完就该菊川上台啦！"

这时，讲台侧面显示演讲题目的小银幕打出了《关于根治胃癌手术中的问题点——重度并发症的应对》的字样，演讲者立刻开始一边播放幻灯片一边快速解说起来。在听众连两三行说明文都没有读完时，幻灯片就已经接连不断地跳到了下一张，而且数量多得令人目不暇接。提醒临近七分钟截止时间的铃声响起，演讲者更是要一气呵成似的继续讲解，尽管催促下台的铃声响了两三遍，可演讲者还是固守讲台拼命地说。会场四处响起忍俊不禁的笑声，就连船尾也哧哧地笑着说道："如今的人脸皮够厚呀！咱们年轻的时候，刚刚听到提醒的铃声就一下子乱了方寸,连一半儿都没说完就急急忙忙下台了。"

站在讲台上的主持人急不可耐地发出下台的指令,演讲者这才走下台来。

主持人照例问道:"对于刚才的演讲有没有人提问?"

台下没有人提问。

"那么,到现在为止,今天日程表上排定的研究论文发表就全部结束了。正像刚才群马大学外科的田泽讲师提到的,对于伴有重度心脏疾患的病例,怎样能够使其安全地适应外科的根治手术,已经成为今天的重大课题。从两天前开始,在京都会馆举办了日本胸外科学会,参加胸外科学会的金泽大学的菊川教授碰巧今天也来到了这个会场,所以我想请他从心脏外科的角度,以《通过心脏外科的进步扩大胃癌手术的适应范围》为题做特别发言。我想这具有非同寻常的意义。各位意见如何呀?"

会场上响起一致赞同的掌声。在大会主席的提名下,菊川升站在了话筒前。他先鞠了一躬,然后拢起不太润泽的额发,就言辞生硬地讲了起来。

"直到仅仅十几年前,在患者患有心内膜炎、心脏瓣膜病、心囊炎而导致心力衰竭的情况下,胃癌手术是完全不可能施行的。但是,就在一九五一年,东京第一医科大学的神原教授在开放性动脉导管症手术上获得成功,从而使我国现代心脏外科也进入了创始期。后来随着麻醉技术的进步,这项技术已经发展成熟。如今,即使患有心脏瓣膜病的胃癌患者也能接受手术治疗了。毋庸讳言,罹患心脏病的患者一般都有容易因手术侵袭导致休克的倾向。但是,随着心脏外科技术的进步,术中术后的心肺功能监护也有所进步。即使在心脏停跳的情况下,也可以通过开胸等手术在短时间内实施复苏术。此外,在心脏由于手术中的休克而无法进行兴奋传导时,也可以用铂金线扎在心脏上凭借心脏起搏器给予刺激,这时心脏就会以一定的频率搏动。像这样,心脏外科的长足进步也使迄今为止患有心脏病而不可能施行的胃癌手术扩大了适应范围,而患有心脏瓣膜病等心力衰竭并发症的患者也可以接受胃癌手术了。"

菊川的讲话方式既不那么流畅也没有抑扬顿挫感,但却体现出他专心致志研究学术的热情和挚诚的态度。东贞藏看到菊川那种朴实无华、洋溢着学者气质的姿态,对于自己为女儿佐枝子从船尾推荐的两名候选人中选择了丧妻的菊川一事已经不再感到愧疚了,他更加坚定了推举菊川当继任教授的信心。

东贞藏怀着向光明前景迈进的心情,瞟了一眼斜后方的座位。那里坐着浪速大学参会的教授们,在更后面五六排集中坐着副教授和讲师们,但是他看不到财前副教授的身影。

菊川的特别发言结束了,主持人站起身来,宣布第二天的议程全部结束。他的话还没讲完,会员们就都向出口走去。因为从上午八点到下午五点的学会结束后,会员们就可自行解散了,所以对于来自外地的会员来说,五点钟以后就是可以无所顾忌地游览京都的时光。在正面门厅前,各制药公司和医疗器械公司的轿车排列成行,著名教授们各自坐上不同公司的汽车,去应邀出席招待宴了。而那些毫无名气的穷学者们则召集趣味相投的同伴合乘出租车,前往新京极一带的关东煮菜馆。

船尾和东贞藏来到走廊,拨开拥挤的人群,朝夹着雨衣和皮包的菊川走去。

船尾向东贞藏说道:"这位就是金泽大学的菊川。我本来应该在开会之前向你介绍,但因为菊川专程从胸外科学会的会场赶来,好不容易赶上刚才的特别发言。"

东贞藏也知道这个情况,但船尾还是正式地做了介绍。

"初次见面,您好!我是金泽大学的菊川升。请多多指教!"

菊川面无表情,简短地说了几句初次见面的寒暄语。

"你好,我是东贞藏。你的情况船尾教授已经详细地告诉我啦!"东贞藏像要缓释菊川稍显不适的心态似的说道。

"怎么样,咱们找个富有京都情调的地方共进晚餐吧?"

东贞藏向船尾和菊川提出邀请,正要向大门口走去时,金井突然从身后叫住了他。

"老师,洛北大学的木村教授询问明天的理事会几点、在哪里召开,我怎么说呢?"

由于这次学会的举办地点是在关西,所以金井讲师代为处理东贞藏担负的杂务。东贞藏对菊川在场有所顾忌,一时有点儿踌躇不决。

"这个嘛,你就告诉他,明天是学会的最后一天,晚上还有联谊会,就利用午餐时间十二点半在总部召开吧!另外,接下来就没什么事儿了,你可以回去了。"随即又像突然想到似的向菊川介绍了金井,"菊川先生,这位是我们研究室的金井讲师,跟我一样专攻肺外科。"

"初次见面,您好!我是第一外科的金井。我非常感兴趣地聆听了您刚才的特别发言。今后还请多多指教!"

金井像是在观察菊川,目不转睛地盯着他看。

"哪里,我才应该……"菊川小声而冷淡地应答道。

他们来到东贞藏经常光顾的鸭川河畔的"京美野"宴会厅,这时面朝河边的房间已经准备停当。鸭川的清浅流水淙淙向下淌去,正前方的大文字山描画出黛青色的柔缓棱线,渐渐融化到微暗的薄暮之中。与大文字山相连的东山峰峦在天空中也只剩下依稀亮光,而山麓已经开始染上墨色了。

"毕竟还是京都啊!能够一边聆听这样轻柔的流水声一边用餐……"船尾享受着久违的京都情趣说道。

而菊川却一言不发,只是把沉静的目光投向被暮色笼罩的窗外。

"医生,欢迎光临!我们已经恭候大驾多时啦!"

老板娘进来问候了几句。当酒菜端上来时,东贞藏端起酒壶先给船尾斟满,然后又向菊川敬酒。

"不行,我不能喝酒,完全不行!"

菊川说着就要把酒杯反扣过来。

"菊川,今天就是勉为其难也要把东老师敬的酒喝掉呀!出身于拥有悠久历史和传统的浪速大学的东老师请你喝酒,你怎能不喝呢?况且他还说想招你来当他的接班人呢!"

他责怪菊川不懂礼数。

"那,我就意思一下吧!"

菊川用生硬的动作拿起酒杯,东贞藏只给他倒了少许清酒。

"刚才你的特别发言的内容令我很感兴趣啊!关于普通心脏外科治疗方面的进步,也令人兴趣盎然。不过,那个一九五一年对于心脏外科来说,真是那么有意义的一年吗?"

"是的,那一年对于日本的心脏外科来说确实是值得纪念的重大年份。因为就像我刚才在会上讲的,那是东京第一医科大学的神原教授的开放性动脉导管手术取得成功的年份,同时在那一年我的母校东都大学的木野教授对法洛四联症这种先天性心脏疑难病首次采用布陶二氏手术法并取得了成功,翻开了日本现代心脏外科崭新的一页。"菊川感慨颇深地说道。

"菊川当时是我们研究室的讲师,专攻心脏外科,因此也参与了那次手术方案的规划。后来,也就是三年后的一九五四年,文部省开办了心脏外科综合研究班,菊川也参加了。现在,他不仅是对心脏外科领域,甚至对血管外科领域也怀有雄心壮志。很了不起呀!"

船尾像是要进一步证明自己举荐的菊川在学术方面成就非常卓越。东贞藏感到船尾这番话含有向自己邀功的意味。

"我越听就越是佩服菊川先生的雄心壮志,你这次一定要来我这里担任下届教授。"

菊川用迟疑不决的语调说道:"非常感谢您。不过,浪速大学与金泽不同,是具有大都市传统的大学,而且这次是接替东教授这样的老前辈,对我来说实在是……并且,在东教授的研究室里本来已经有了在食管外科非常有名的财前副教授那样的优秀继任者,为什么还要特意找我呢?关于这一点,我怎么都想不明白。"

"哦,这一点已经得到船尾教授的充分理解了。我们那里的财前确实是优秀的外科医师,但是要是把整个研究室交给他,让他去培养年轻的医学家,却还有很多问题。实际上今天他也是那样,虽然参加了上午的学会,却说下午还有特诊患者的手术就提前回去了嘛!你也知道,作为国立大学医学院的教授,必须是在教学、研究、诊疗三方面都很优秀的医学家。财前在这方面就不太合适。而且,现在我们学校第一外科和第二外科合起来都没有一个心脏外科的专家呀!可是,心脏外科是当前最受时代关注的学科,所以目前我们非常需要这方面的专家!因此,如果能聘请你来做我的继任者,相信浪速大学的外科部门将会更加充实。我不会因为财前长期当我的左右手就让他当自己的继任者。我是为了浪速大学医学院的将来,才站在全国的视野寻求你这样的人才呀!"

东贞藏知道此刻故意贬低财前只会使人感到自己浅薄无能,于是采用了站在全国视野寻求人才的说法。

"菊川,既然话都说到这个份儿上了,那也就没什么不放心的了吧？或者你还有别的什么考虑吗？"船尾从旁边催促道。

"不，没有什么别的考虑。但是，像我这样态度消极的乡下佬，能不能顺利地管好浪速大学第一外科呢？关于这一点……"

菊川升仍然迟疑不决。

"关于这一点，我也已经充分地考虑过了。刚才给你介绍的金井讲师，就是我最器重的研究室骨干。而且，跟十六年前我单枪匹马地从东都大学来到浪速大学不同，如今轨道已经基本上铺好，所以没有什么需要担心的事情了！比起那些无谓的忧虑，倒不如赶紧来到浪速大学。利用比现在更加完善的科研设施和充裕的科研经费，才能取得更加优异的学术成就啊！"

东贞藏力图消除菊川的疑虑。

菊川好像终于下定了决心，抬起头说道："一切就拜托东老师了。"随即俯首行礼。

"哎呀，你这样说我太高兴啦！我也想向你道谢。对于你表示出的接受的姿态，我感到责任非常重大呀！"东贞藏喜形于色地说道。

"这样我也松了一口气。不管怎么说，菊川非同常人，即使是我特意推荐的理想职位，他也有可能出于某种原因给推辞掉，所以我一直很担心。这下我如释重负啦！"

船尾就像自己的事情取得成功一样，脸上掠过欣喜和宽慰的神色，这一切都被东贞藏看在了眼里。对于船尾来说，他可以通过把菊川送进浪速大学来扩大自己统辖的职权范围。而对于东贞藏来说，他的打算是通过推举菊川继任下届教授进而在退休之后还能继续遥控第一外科。所以，如果极端地说，船尾和东贞藏都是为了自己的利益在运作菊川的人事安排。东贞藏忽然想起，自己当年也是以这样的形式为某个特定人物的利益而被送进浪速大学当了教授。从那时到现在已经过了十六年，尽管医学本身已经有了长足的发展，但是其背后的人际关系却没有丝毫改变。他为此感到了一种苦涩的愧疚。他像是要拂去小小的伤感似的向菊川问道:"菊川先生,你这次行程还有什么安排吗?"

"我参加的胸外科学会今天就结束了。接下来还要去洛北大学医学院办点儿事,所以打算再待两天,后天坐夜车赶回去。"

"是吗?那么,后天是星期天,你就顺路去我家一趟吧!共进晚餐之后从大阪乘车回去,怎么样?"东贞藏像刚刚想到似的说道。

菊川露出为难的表情,但船尾却催促他说:"菊川,人家好意招待,你就去一趟吧!我要是有空也想跟你一起去呢!无奈明天有事必须回去处理,所以你就一个人去吧!"

"那,我就打扰啦!"

"好,为了菊川教授,咱们痛快地干一杯吧!"

东贞藏对于招待菊川去自己家怀有很大的期待。他像是已经陶醉于其中似的痛快地干了一杯。

在东贞藏家的餐厅中,四周摆放着英国风格的厚重柚木装饰柜和餐具柜,正中央的餐桌上装饰着盛开的洋兰花,上面还整齐地摆放着瑞典刺绣的餐巾和成套的餐具。

面对这样十分正规的晚餐,菊川升似乎有些不知所措,刚想坐在靠近房门的座位上,立刻被飘散着香水味的政子发现了。

政子用歌唱般的嗓音说道:"哎哟,您可不能坐在门边呀!请您坐到正面的座位吧!"

"哎呀,老公,你的座位在这边呢!"

政子叫东贞藏坐在菊川旁边,把菊川对面的座位给女儿佐枝子空出来。而政子自己则坐在那个座位的旁边。

"佐枝子到底在干什么呢?客人已经就座了。我这个女儿真是太失礼啦！啊,大姐,你赶快把佐枝子叫下来吧！"政子向端来冷盘的女佣吩咐道,"菊川先生,真不好意思！也不知道是害怕见人还是喜欢独处,她总是不愿意在人前抛头露面,真叫人伤脑筋呀！"

"不,我只是来向东老师表示问候,没想到夫人和小姐都在这里。"

菊川的应答生硬而笨拙,与前天在癌症学会上做特别发言时的沉稳大方的状态完全相反。

"哪里,我们家呀,已经形成全家人一起招待客人的习惯啦！可是,我女儿佐枝子每次都这样磨磨蹭蹭的,真没办法！虽说如此,她也很有见识呢！尽管做母亲的说这话不太合适,但是佐枝子看人很有眼光。就连东研究室里的那些人,她都有自己的一套看法。如今的女孩子是不是都这样呀？"

"大概是吧？我对那样的事情不太……"

在菊川回答时,房门被打开,身穿青瓷色西阵织上代纺绸和服的佐枝子进来了。

"哎呀,你怎么才来呀？这位就是金泽大学的菊川教授,赶快向人家打招呼啊！"

佐枝子把视线转向菊川说道:"我是佐枝子。我迟到了,多有失礼。"

说完深深地鞠了一躬。

菊川也站起来,简短问候道:"我姓菊川,多有打扰。"

"佐枝子,去帮菊川先生倒餐前酒,再请人家多吃点儿菜。"

政子接二连三地催促佐枝子招呼菊川。

佐枝子面无表情地遵照母亲说的话做完,然后以稍稍挺起胸脯的端正姿态拿起汤匙,菊川也默默无语地夹菜。刚刚安静下来,政子又开始热闹地滔滔不绝了。

"最近,我从老公那儿听了很多有关菊川先生的情况。我知道您是前途不可限量的年轻教授,还是为数不多的心脏外科权威。对了,上次美国心脏外科学界的人们做过某种特别难的心脏再生手术,听说当时在日本能对此做出解答的只有菊川先生一个人呢!"

政子像是在说给佐枝子听似的,一边说着一边十分夸张地表示惊叹。

东贞藏也随声赞同道:"那可真是太精彩啦!从那以后,菊川先生就在我们外科学会中得到了很高的评价!"

"哪里,那没有什么。因为碰巧当时我正在摸索冠状动脉内膜切除术的新方法,所以主要是我抓住了机遇而已。"菊川困惑地答道。

"不、不,那不是抓住机遇的问题,而是靠你卓越的构思能力和你日积月累的科研成果。此前我也跟船尾教授说过,听说你从东都大学调到金泽大学之后,做出了与在东京时完全相同水平的科研成就。你即使去了地方大学,依然丝毫没有停下科研的脚步。我对这一点深表敬意!"

"那是由心脏外科本身的性质所导致的。医学的发展可以说是日新月异,而其中心脏外科的进步速度更快。在一年之前还不可能做到的事情,到今年就变为可能了。所以,我不敢有丝毫的马虎。正因如此,所以对研究者来说这是连一天都不能松懈对待的严谨的学科。"

菊川说到这里,佐枝子忽然开口说道:"那种严谨本身就应该是对待学术的态度吧?"

菊川这才第一次把视线正对佐枝子。她的脸庞与母亲政子完全相反,带有一种凄清的阴影,只有眼睛闪烁着冰雪聪明的光辉。

"哎呀!汤都快凉啦!来,请赶紧趁热喝吧!"

眼看又要冷场,政子招呼大家喝汤以打破沉静。

"这汤的味道怎么样呀?这是我陪着老公去德国留学时跟当地

的主妇学来的,如果您喜欢的话,我可以教您的夫人做呀!"

政子本来已经知道菊川的妻子过世了,但她为了把话题转向家庭生活方面,所以佯装不知地提到了这件事。

"菊川先生的夫人在四个月前去世了。"

东贞藏似乎在提醒政子注意。

"哎呀,原来是这样啊!我什么都不知道,实在多有失礼!那,她是得了什么病去世的呢?"

"结核。卧病在床四年,但还是不行了。没有孩子倒还算好。"菊川简略地回答道。

"哎哟,卧病在床都四年啦!想必您很辛苦吧!不过,请原谅我说这种不合时宜的话,如果还没有孩子,对于菊川先生这样要做大量研究工作的人来说,也是不幸中的万幸吧!那,往后您有什么样的打算呢?"

"往后的打算?我还根本……没有想过。"菊川用沉重的语调说道。

"那是理所当然的嘛!毕竟您夫人卧病在床四年又去世了,您当然不会有心思马上考虑往后的事情啦!不过,越是埋头于学术研究的人就越是照顾不好自己的生活起居。而且,最近还有国际医学大会等活动,大都是夫妻偕同参加各种招待会。所以,如果您总是单身下去的话,在很多方面都会遇到不便吧。"

政子说出这些露骨的话语,使佐枝子感到浑身的血液都停滞了。对于今晚在家里招待菊川教授的事情,父亲和母亲都没提到什么特别的内容,但是从刚才母亲说的那一番话中,佐枝子已经听出了他们的意图。这时,一阵难以言喻的耻辱感袭上心头。

"是吧,佐枝子?菊川先生要当你父亲的接班人啦!这是不是一件天大的好事呀?"

政子催促佐枝子表示赞同。

佐枝子猛然抬头,只说了一句话:"那是一件很好的事情!"

东贞藏对菊川十分在意地瞟了一眼,随即打圆场似的说道:"能得到你这样的接班人,真是让我松了一口气啊!要是研究室里有胜任的人选当然最好,可就是因为没有,我才强人所难地向你提出了请求。这下我再也没有后顾之忧,可以放心地离职啦!"

佐枝子想起走访里见三知代回来的那天晚上,曾经听到父母争执的声音。当时母亲情绪激动地说:"我是想在你退休离职前千方百计地给佐枝子找个门当户对的婆家,所以才叫你再努一把力嘛!"

父亲答道:"我可不是你所想象的那种死心眼儿的老学究啊!"

她向菊川望去,这个最近丧妻的年轻学者似乎并不知道东贞藏真正的意图,他只考虑接替东贞藏的职位之后认真地搞学术研究呢!佐枝子心中忽然浮现出里见修二的样子,她发现自己不知何时开始在菊川和里见之间做比较了。

在新大阪宾馆三层的大宴会厅里,为祝贺浪速大学名誉教授泷村恭辅的喜寿,各界知名人士正在陆续聚集。大阪邻近县市的国立大学校长和医学院长当然不必说,以知事、市长、工商会议所会长为首,著名的财界人士、大阪出身的众议员和参议员等也几乎都露面了。

身穿深色礼服、系着黑色领结的财前五郎,作为泷村名誉教授出身的研究室的副教授,负责今天大会的各项杂务和运营,指挥接待和引导来宾的工作人员。不过,只要医学界老前辈和财界知名人士一出现,他就支开研究室的年轻医务员亲自引领贵客去正面的餐桌。

坐在主桌旁的泷村名誉教授满头华发、两眼生辉、健壮矍铄,完全不像七十七岁的老人。他一直在谈笑风生,跟主桌就座的知名人士们互致问候。来自浪速大学医学院的有鹈饲医学院长、前医学院长大河内教授、附属医院院长则内教授和东教授,他们四个人坐在主桌旁。鹈饲医学院长和东教授作为发起人代表去向每位来宾问候致意,作为社交家面子很广的鹈饲豪爽大方地又是握手又是拍肩膀,而东贞藏则是一个个郑重刻板地寒暄问候。

到了三点钟,偌大的会场已经完全被烟雾和酒气笼罩。虽然已到了十月,但会场上的温度却使人微微出汗。财前确认三百名参会者基本到齐了,就把话筒摆在主桌的东贞藏面前。如果主角是像泷村名誉教授这样的泰斗级人物,就不能让副教授当司仪,而是要让主角出身的研究室现任教授来主持。这是医学界的惯例。

东贞藏以一如既往的严谨表情面对话筒。

"今天,感谢各位百忙中拨冗,济济一堂参加盛会,我谨代表主办单位向各位致以最诚挚的谢意!在庆祝浪速大学名誉教授泷村恭辅老师喜寿的宴会上,我们要请各位嘉宾致祝词,还要请泷村老师致答词。"

他讲完开场白之后,众所公认的致辞达人——知事首先站在了话筒前。

"首先由我来开头向泷村先生献上祝词。不过,我在这里不会像在鸡尾酒会上那样不知趣地啰啰唆唆。特别是在今天这个祝寿的喜庆宴会上,而且餐桌上摆着这么多豪华的菜品和美酒佳酿,要是再讲那种又臭又长、可有可无的祝词就太土啦!我在这里祝愿生在大阪、养在大阪,让大阪为之骄傲的文化勋章得主、日本外科学界泰斗泷村先生健康长寿,所以为此我们一定要大快朵颐、开怀畅饮。让我们为泷村先生干杯!"

他用在竞选演说中锻炼出来的大嗓门高喊干杯,随着整个大宴会厅里一齐响起"干杯"的喊声,酒杯被众人高高举起。泷村名誉教授也堆起满面的笑容,把酒杯高高地举了起来。接下来是工商会议所会长和日本医学学会的会长致祝词。轮到泷村名誉教授致答词时,场上的掌声更加热烈了。

满头华发的泷村名誉教授红光满面地站在麦克风前,他大声地清了清嗓子。

"从刚才开始各位连续致祝词,我看到遵守礼仪的来宾们认真聆听,都顾不上畅饮美酒,所以我就简短地说几句。今天众多来宾百忙中抽空为我祝寿,我由衷地感谢各位。承蒙大家举办盛宴为我祝寿,那我就要更加健康长寿地活下去。我觍着老脸说句惹人讨厌的话,我还想请大家为我举办八十八岁的'米寿'盛宴,所以大家千万不要以为泷村的寿宴就到此为止了。作为答谢,我也要活到老学到老,凡是医学界的事情和与各位健康相关的事情,我都来者不拒,愿效犬马之劳。请各位让我这把老骨头物尽其用吧!"

他简洁而洒脱地讲完答词,会场上再次响起雷鸣般的掌声。接下来,由代表医学院的鹈饲院长致辞。他挪动肥胖的身躯向话筒靠近。他首先向如约到场的参会者表示了谢意,然后转向泷村名誉教授。

"泷村老师,恭祝您七十七岁生日快乐!这样近距离地仰瞻尊颜,我丝毫感觉不出您已经七十七岁高寿了。老师身体如此硬朗,就连我这个专门研究老年医学的晚辈都想向您讨教养生秘诀了。相信不用我多说,大家也都知道,老师既是日本学士院会员,也是荣获文化勋章的日本医学界的泰斗!不过在另一方面,也没有人像您那样还有很多逸闻趣事。请允许我现在透露其中一二吧!老师在一九四一年当医学院长时,在宣读《教育敕语》时把最后日期的明治二十三年读成了昭和二十三年,使在场学生一片哗然。可是,如果当时口误者不是泷村老师而是别人的话,那可就不会被轻易放过了吧。

我再透露一件事,某届临床学会的最后一天,老师本来必须带头高喊'日本临床学会万岁'却喊成了'浪速大学医学院万岁',而且保持满不在乎的表情。这也是别人无法模仿的事情吧。"

主桌周围响起肆无忌惮的笑声,但围坐在门口附近的副教授们却强忍着想笑的冲动。他们先确认主桌的嘉宾笑了之后,再确认教授们围坐的餐桌旁也响起了笑声,他们才文质彬彬地笑起来。财前也是竭力忍住,才没有发出笑声。

接在鹈饲医学院长之后,大阪府医协会长、《每朝新闻》报社社长、大阪府议会议长也致了祝词,然后寿宴就转为轻松的晚会氛围。不过,财前并没有把现场的事都交给年轻的研究生去做,他自己也离开座位穿梭在各餐桌之间,留意着晚会进行的情况。这时,靠窗那边的餐桌传来了呼唤声。

"财前副教授!"

那是锅岛贯治和岩田重吉的餐桌,他赶紧朝那边走去,十四五名实力强大的营业医师摆出山野武士的面孔凑在一起。他们个个都是年过五十岁的知名个体医院或诊所的院长,也是校友会的干部。

"感谢各位百忙当中抽空光临寿宴。多亏有各位前辈大力协助,让我们这些做幕后工作的研究生都感到脸上有光彩。"

财前特别郑重其事地表示谢意。

已经稍有醉意的锅岛捻着胡须说道:"现在正是一个好机会呀!在这儿先把咱们浪速大学医学院校友会的头头们介绍一下吧!岩田先生,你跟财前副教授的岳父关系也很亲密,你就当个介绍人怎么样?"

他采用了只有自己和岩田明白个中深意的说法。

"那倒也是,机会难得。对我们这些营业医师来说,比起高高在上的泷村先生,一旦急来抱佛脚的时候,还是求助手术刀法高超的食管外科财前副教授更方便。"

岩田说完先向众人介绍了财前,然后再向财前顺次介绍了各位院长。在宴会席间,这样的介绍表面看上去就像普通的问候,但锅岛和岩田很明显是在向每个校友会的头头们推销财前。财前知道在这种时候更应该表现谦卑以使对方得到满足,所以他与平日判若两人,用毕恭毕敬的姿态俯首致敬。在大阪数一数二的大森外科医院院长,因酒劲涨红了面孔,他笑逐颜开地说道:"你的情况我常听锅岛说到!有你这样一位晚辈,我们感到深受鼓舞呀!不管怎么说,以后大家就互相扶持、共同发展吧!"

他说完就特别愉快地哈哈大笑起来,其笑声之大引来邻桌两三名宾客侧目,而第二外科的今津教授竟然也在其中!财前一瞬间不知所措,但他又不能当即离开,于是过后看准时机才说:"那好,请大家慢用,我先离开一下。"

财前刚要离开餐桌时,看到鹈饲院长穿过喧闹的人群,从餐桌的间隙大踏步地朝这边走来。财前赶紧向远处躲去,只有眼睛在追踪着鹈饲。鹈饲向岩田所在的餐桌瞟了一眼,随即去了走廊。然后,岩田做出要上厕所的样子,也急匆匆地向外边走去。

财前五郎的眼中泛起微微笑意。看起来,在这场祝寿宴会结束之后,岩田要跟鹈饲院长商量去新町的酒家亲密交谈的具体时间。他转回身来,把视线投向东贞藏所在的主桌。知事和市长好像早已离席不见了人影,而其他知名人士还围着泷村名誉教授继续畅谈。泷村名誉教授的左领装饰扣眼中别着淡紫色文化勋章略绶,一副功成名就的医学家的派头。和他交谈的人,心中既充满了对他的敬畏之情,又充满了能与值得敬畏的人物欢谈的满足感。东贞藏也置身于其中,他脸上浮现出派头十足的微笑,侃侃而谈。财前心中涌起强烈的欲望:为了在不久的将来坐上那张主桌,与东贞藏一样露出派头十足的微笑来侃侃而谈,自己一定要不择手段地赢得五个月之后的选举,把教授的宝座据为己有。

在鹤之家最里面的日式宴会厅里,鹈饲院长眼睛望着园林灯笼的光亮,心不在焉地听着岩田说话。听完之后,他毫无顾忌地露出不愉快的表情。

"你说有紧急的事情,就是这个吗?"

鹈饲在泷村名誉教授的喜寿盛宴之后七拼八凑了各种理由,好不容易才从二次酒会的席间溜出来,可没想到岩田要说的事情都跟财前副教授有关,所以他心中十分不悦。这种事又不是必须今天谈,完全可以改天再说嘛!

岩田端起酒壶向鹈饲劝酒并说道:"好啦,你别不高兴啦!我也不想在这种日子把你叫出来嘛!但是你也知道,人事方面的谋略可能只隔一天,所有的努力就付之东流了。你忘啦?你在竞选医学院长的时候,不是也因碰到时机稍纵即逝的状况而吓得心惊胆战吗?"

岩田像是在提醒对方,当时是自己为他东奔西走、排忧解难的。

鹈饲一时无语,随即不慌不忙地说道:"不过呢,东是否推荐那个菊川,现在并不清楚,我们还处在推测的阶段。我总不能劈头盖脸地贸然反对外聘教授来当第一外科下届的教授吧?不管怎么样,我希望能等到东确定推举之后再说。"

"这么说,你真的还不知道东教授打算把那个金泽大学的菊川拉到这里来吗?哦?这可太令人意外啦!从你跟东贞藏平日的交情来看,他即使把别人撇开也应该第一个找你商量才对嘛!可他到现在连一句商量的话都没跟你说,把你这个医学院长远远地甩在对岸了。你是不是被东贞藏小瞧了呀?"岩田嘲讽地说道。

鹈饲骤然面露怒色地说道:"岩田,请你别说这种失礼的话。我怎么会被东贞藏小瞧了呢？马上要离职的东根本没有被我放在眼里！"

岩田充分确认了鹈饲恼怒的反应，突然转为十分谦恭的低姿态劝道："哦，是我有所失礼啦！因为咱们都是老朋友了，说话一不留神就没了分寸。好啦，请您不要见怪啊！我跟你说这些都是出于好意嘛！东贞藏到现在还没跟你商量，会不会是因为有不便被你知道的事情呢？"

"东有不便被我知道的事情……那怎么可能？不会有那种事儿！"鹈饲轻松地反驳道。

岩田的细小眼睛在金边眼镜后面闪着光，执拗而煞有介事地说道："不会吗？不过，根据锅岛贯治的说法，东先生也是个相当会演戏的角儿呢！"

"哦？锅岛……就是那个兼任市议员的精明能干的锅岛吗？"鹈饲十分在意似的问道。

"哦，是这么回事儿。其实在刚才的寿宴上跟锅岛同桌聊天的时候，他就用眼神盯着主桌的东贞藏，凑到我耳边说：'你瞧那个颇有学究风度的东贞藏，他跟东都大学的船尾教授联起手来，想推举船尾的裙带师弟、金泽大学的菊川来咱这儿担任下届教授，企图把东都大学的人脉扩展到浪速大学呢。'我笑着说：'那怎么可能呢？'锅岛又说：'哎，这事儿是真的嘛！根据第一外科医务员们打探的消息，也说东贞藏、船尾和菊川搭上线了，跟我得到的消息完全一致，所以这件事情是千真万确的啦！'"

事实上，这些话都是财前五郎对他说的。不过，为了增强可信度，岩田将其变为财前之外的第三者说出来的话。

鹈饲果然惊讶不已地说道："这么说来，第一外科的医务部已经展开支持财前的选前运动，还跟锅岛他们也联起手来啦？"

"你不必那么惊讶嘛！你自己不是也有这样的经历吗？要是等

到遴选委员会开始运作之后再想办法就太迟了,所以财前派即刻统一了医务部,而且跟锅岛联合起来了。"

"那么,他们已经活动到这种地步了,还要委托我做什么呢?"鹈饲十分慎重地问道。

"为了确保从召集遴选委员会开始就让财前处于有利地位,希望你能让支持财前的教授担任遴选委员。因为如果不这样做的话,得不到现任教授支持的财前就会有失败的危险。"

"可是,作为医学院长不可能明目张胆地干那种事情呀!如果是一般教授倒还罢了。"

"这一点我明白。所以,我并不是想叫你明目张胆地干那种事情,而是想请你向对你唯命是从的鹈饲派教授们做做工作,以便把握选情嘛!"

岩田单刀直入地挑明了正题。

鹈饲脸上掠过苦笑,说道:"可是,医学院内部有很多派阀,并不像你所想象的那样容易展开工作。从表面上看,医学院好像是由我一手掌控,但其实并非如此。实际情况是,除了以我为核心的所谓主流派之外,还有以附属医院的则内院长为核心的则内派,以及一手掌控基础医学组领导权的大河内派!无论做什么事情,这些派阀之间都会发生纠葛。"

"原来如此啊!那么,鹈饲主流派、则内派以及大河内派现在的实力对比情况怎么样呢?"岩田也十分慎重地反问道。

鹈饲沉思了片刻,答道:"这个嘛,因为最近我对则内派采取的怀柔政策已经初见成效,所以有些事情可以顺利地联手进行。但问题是基础医学的大河内派的人,那边只要大河内一声令下,就会起到凝聚众人的作用。因此,这次的事情最难对付的也是大河内派的人。何况以前财前曾在那个研究室里待过,他的短处恐怕也被人家捏在手里,而且大河内似乎并不喜欢财前那种类型的人,如果东教授的工作能够延伸到大河内那边的话,那可就更费工夫啦!因为在临床组和基础组加起来总共三十一门课中,基础组就掌握着十五张选票呢!"鹈饲用沉重的语调说道。

他与其说是为了财前着想,倒不如说是为了保护自己而慎重行事。

岩田突然采取低三下四的商人姿态,一本正经地表示歉意:"哦,这实在是……我真不了解还有这么复杂的派阀之争,就劈头盖脸地托您办事儿。十分抱歉!"

岩田说完就端起酒壶为鹈饲斟酒。

"不过,在那样困难的情况下千方百计地争取成功,不也是证明手腕高明的大好时机吗?就说您吧,既然干到这个地步,该不会只当了医学院长就止步不前吧?你好像已经瞄准下届校长选举并开始稳扎稳打地做准备了吧?到时候即使你不来找我,我也不会忘记助你一臂之力的!"岩田像在步步试探鹈饲心思似的说道。

"你真不愧是消息灵通之人啊!"鹈饲肯定地说道。

"我要是连那点儿事儿都不知道的话,根本成不了老江湖成堆的医协和校友会的干部呀!总而言之,到时候就请您尽管叫我跑腿吧!怎么样?所以从这个意义上讲,更应该拥有的,是朋友吧?哈哈!"

岩田意味深长地笑了。

鹈饲也突然爆发出响彻客厅的笑声,说道:"哦,没错儿!应该拥有的不是金钱,而是多年来的老朋友啊!哈哈哈哈!"

鹈饲和岩田都放声大笑,但他们的眼里却没有丝毫笑意。

第七章

在秋高气爽的碧空下,矗立着落成不久的浪速大学附属医院的新楼,新楼仿佛一座白色巨塔般将其雄姿倒映在堂岛川的河面上。新楼在一个月之前完成,刚刚举行过盛大的落成纪念仪式,文部大臣也出席了此次仪式。

鹈饲回想当时的盛况,露出志得意满的神情,他登上擦得锃亮的新楼梯。可是,当他来到三层,想到马上要开始运作下届教授的遴选委员会时,表情骤然变得苦涩不堪。病理学科的大河内教授、第二外科的今津教授、整形外科的野坂教授、妇产科的叶山教授等四人,再加上身为医学院长的自己和东教授总共是六名委员,这个阵容对于鹈饲来说绝对无法满意。

按照鹈饲自己心中的谋算,因为此次遴选委员会是要选拔第一外科的继任教授,所以除了自己和东贞藏之外,由第二外科、整形外科、妇产科以及耳鼻喉科等四个临床科室的教授担任评选委员就可以在短时间内确定人选。他向自己的心腹、妇产科的叶山教授透露了这个想法,叫他事先对那几个人进行拉票工作,至少应确保先跟临床各科的教授进行沟通。尽管如此,但在一星期前例行教授会上投票选出遴选委员时,在基础医学领域中实力雄厚的大河内教授挤掉了耳鼻喉科的教授进入了遴选委员的行列。而且,由于医学院长按照惯例不能兼任遴选委员长,于是通过提名指定大河内为遴选委员长。究竟应该找谁去搭上大河内那号大腕教授的线呢?这是鹈饲最为挂虑的问题。不过,根据妇产科叶山报告的消息,大河内并不是为了支持某个特定对象而出头露面的,而是为了进行严肃公正的教授选举,作为"严正的中立派"而出面的。

"严正中立吗?"

鹈饲的语调中带着微妙的回响,一边念叨一边急急忙忙地走进了会议室。

在六十多平方米的会议室里,其他委员们围绕着大河内教授坐着,都已经到齐了。

"哎呀,实在不好意思。各位来得好早呀!"

鹈饲在确认离会议预定开始的时间三点还差四五分钟之后,在大河内左边的座位上坐了下来。右边邻座是东贞藏,对面依次是第二外科的今津、妇产科的叶山、整形外科的野坂。

鹈饲叫端茶的事务员在门外挂上"非相关人员莫入"的牌子之后,说道:"现在我们召开选拔第一外科继任教授的第一次遴选委员会。大河内委员长,请吧!"

大河内动了动他那仙鹤般细瘦的身躯,站起来,用严峻的语气说道:"毋庸赘言,遴选委员会是以公正的调查和判断为基础,选拔第一外科继任教授候选人的机构。先由这个机构选出最后候选人,然后经过教授会投票表决选出继任教授。因为我们处于担负重大责任的立场上,所以希望各位能够客观无私地进行严肃公正的评选。"

会场上气氛紧张起来,东贞藏脸上掠过一丝即将退出者特有的失落阴影。

"各位,拜托大家慎重评选。"

东贞藏站起来鞠了一躬。

大河内继续讲道:"首先,我们必须确定遴选的基本方针。不过,在讨论这个基本方针之前,我想先请教第一外科现任教授东教授一下,在这个场合如果您有什么特别的希望就请提出来吧!"

大河内不忘关照即将离开教授职位的东贞藏,让其首先发言。

东贞藏表情稍显紧张地说道:"作为我本人,对于继任教授并没有特别希望选拔的人选。只要是通过各位遴选委员严正的选拔能够确定一位精英继续发扬浪速大学医学院的光荣传统,无论是谁都可以。这就是我的想法。"

他对菊川升只字不提,特意用平淡的语调发言。会场上寂静无声。

鹈饲使劲探出肥硕的身躯,说道:"东教授这番话真是名副其实的具有绅士风度的发言呀!通常一旦到了选拔继任教授的时候,有很多现任教授往往会蛮不讲理地附加自己的要求或希望。在这种现状下,东教授却一心只为浪速大学医学院的将来着想,我们都应该好好向他学习呀!"

鹈饲已从岩田口中得知东贞藏好像要推荐菊川升,因而故作感叹地表示钦佩。

"不把教授职位据为己有是理所当然的事嘛!以前没有这样实行才是不正常的状态。"大河内略带责备地说道,"我们马上开始制定具体的选拔标准吧!首先必须考虑一下继任教授的专业领域。关于这一点大家有什么意见?"

大河内说到这里,整形外科的野坂抬起黝黑而棱角分明的脸开始发言。

"首先要对这个问题做出大致的划分。究竟是要选择现在第一外科的专业领域,也就是东教授的呼吸系统外科,还是财前副教授所从事的消化系统外科,又或是现在第一外科所没有的新领域呢?这是先决问题。"

他刚说完,第二外科的今津立刻接着说道:"从负责第二外科的本人来看,现在浪速大学的第一外科在东教授以及财前副教授的领导下,在呼吸系统外科和消化系统外科这两个领域已经是英才辈出了。而第二外科是由我所负责的普通腹部外科来统辖,所以有关这个系统的疾患诊疗和研究并没有任何忧虑。坦率地说,最令人头疼的就是堪称如今最受关注的疾患——心脏疾病,在这个领域我们还没有权威的外科专家。所幸刚才东教授发言说,只要是有利于浪速大学医学院发展的优秀学术精英都可以,所以我认为这次应该下定决心招聘心脏外科的权威担当继任教授。"

今津的话音刚落,所有的目光都集中在他的身上,因为这是第一次与继任教授候选人相关的具体发言。坐在今津邻座、身穿华丽方格纹双排扣西装的妇产科叶山教授的女性般白净的脸上浮起了微笑。

"我倒不这样认为呀!我认为国立大学的附属医院没有必要扩大门面什么都要嘛!虽然在东教授面前这样说多有失礼,但第一外科在消化系统外科方面已经得到了很高的评价,所以今后继续朝这个方向发展有什么不好呢?如果因为心脏外科是医学界的主流就说要聘请心脏外科专家,或者因为脑神经外科在医学界备受瞩目就要聘任脑神经外科专家的话,这简直跟追赶潮流的营业医师的所作所为一模一样嘛!"

从他的这番话可以听得出来,他针对的是今津的发言,而他的意见是倾向于推举消化系统外科的财前副教授。正因为这是被视为鹈饲院长心腹的叶山说的话,所以现场的气氛就变得有些尴尬。而整形外科的野坂却像个大老粗一样毫无顾忌地接着发言。

"刚才叶山教授的发言未免有点儿极端吧!因为国立大学的附

属医院在原则上属于综合医院,所以即使是当今流行的学科,不管是心脏外科也罢,脑神经外科也罢,或是别的什么外科也罢,尽可能广泛地聚集各领域的专家有什么不好呢?所以,第一外科也没必要只局限于现有的呼吸系统外科和消化系统外科,应该从更加广阔的外科领域考虑继任教授的人选嘛!"

野坂持有与今津和叶山都不一样的见解,但从发言中也能听出他已经有了基于个人看法的人选。在座的委员当中还没有发表实质性意见的,只剩下遴选委员长大河内和医学院长鹈饲了。大河内保持着从各方来看都是严正中立的姿态,所以问题就在于鹈饲院长的观点如何了。

今津用他一贯温和的表情,谦恭地问道:"您认为怎么样呢?这方面还想听听鹈饲院长的高见。"

鹈饲慢慢地环视了在座的每个委员之后说道:"各位发表意见都很踊跃呀!简直就像是在选拔你们自己的后任一样。如果让我发表意见的话,我认为继承现在已经十分成熟的东外科,对于第一外科和本医学院,而且最重要的是对于东教授来说都是最佳选择。东先生认为怎么样呢?"

他格外地抬举东贞藏。

"听你说这些话我十分感谢。但是,我对于在自己离职之后还要说东外科如何如何毫不在意。退休离职的老兵就只有解甲归田了,我能想得开。我倒是希望今后的第一外科不只限于呼吸系统外科和消化系统外科,而是能包含更广的领域,成为名副其实的浪速大学的名牌外科。因此,如果能够根据各位委员的意见,从更加自由、更加宽广的视野来选拔继任者,我就很满意了。"

这番应答的话语虽然圆滑而稳妥,但也同时表明了不必局限于现在第一外科专长领域的观点。

"像东教授这样的高人还如此谦虚呀！"鹈饲别有用意地说道。

大河内的眼睛从老花镜后面瞪着鹈饲说道："既然现任的东教授认为继任的人选并不局限于现研究室的专业领域和科研课题，那么我们就可以完全自由地从宽广的视野以学识、业绩、人品为标准选出全面优秀的人才了！所以，对于遴选委员来说，再没有比这更理想的方针了吧。"

大河内刚说完，整形外科的野坂插嘴道："虽然'宽广的视野'这句话说起来简单，不过，实际上大致范围已经基本上确定了吧。也就是说，从以前的惯例来看，或者从我们学校选拔，或者要从其他大学选聘。要是从其他大学选聘的话，是要从奈良大学、和歌山大学和德岛大学这些浪速大学本系统的学校选聘呢，还是从东都大学的系统或洛北大学的系统选聘呢？"

大河内骤然沉下脸来，反驳道："用这种占山为王的心态来决定人事太不正常了吧？既然说了要从宽广的视野选拔，那就要从宽广的视野选拔！根本没有必要限定某某大学系统的范围嘛！"

今津不失时机地说道："我完全赞同遴选委员长的意见。不要限定某某大学系统，就采取全国公开招聘的方式，先从本校向各大学寄发请求推荐信，再从被推荐的众多人才当中选出继任教授。这样才最能令人心情舒畅！也只有这样，才能从全国性的宽广视野选拔优秀的胜任者！"

今津刚说完，鹈饲便用超过对方的音量说道："从刚才各位的意见来看，尽管这是在选拔本校的继任教授，但是除了妇产科的叶山教授之外，其他委员好像从一开始就不考虑从本校选拔。也不知道刮的什么风，眼睛好像全都朝向别的大学。但是，我们是要选拔浪速大学医学院的教授，所以是不是应该先把目光放在本校再向其他学校看呢？哦，我也不是说一定要选本校的人物，只是作为本校医学院长,想提出这个先后顺序而已。"

他的话语既不失恭敬又显示出高压态势。会场上顿时安静下来,弥散着对鹈饲有所顾忌的沉郁气氛。

这时,只有大河内泰然处之地说道:"鹈饲,所谓的全国公开招聘,不用说大家也都知道,指的是以本校为首的全国大学,所以绝对不会忘记本校出身的人。因此,全国公开招聘就是最为公正的方法,能够以宽广的视野聚集人才。鹈饲,你忘啦,你不是总说'我们国立浪速大学要从全国各地招聘优秀人才'吗?"

鹈饲满脸苦涩,一语不发。

"那么,这样就大致确定选拔方法采用全国公开招聘了。至于继任者的专攻领域,我们参照各校所推荐的候选人的学术业绩后再做决定,怎么样啊?"

大河内给出了结论,其他委员也都点头表示同意。

"那么,接下来,候选人的年龄也是选拔标准之一。对于即将退休离职的老先生,我们就婉言谢绝吧。"

大河内说完,妇产科的叶山接着说道:"是呀!还有一些当上教授尚未超过十年的教授,只是徒有虚名而已,也拿不出什么像样的科研成果。所以,我们就选拔年纪在四十岁上下、朝气蓬勃的年轻教授,怎么样啊?"

这番话像是在暗指财前五郎。

整形外科的野坂纠缠不休道:"话虽如此,可是光是年轻有活力又能有什么用呢?还必须在学术业绩和外科技能方面都卓越超群才行,而且品行也能得到所有人的尊敬和认同。"

鹈饲插嘴道:"是呀!就是这么回事儿嘛!不过,像刚才野坂教授所说的三者兼备的标准还是不要说出来为好啊!要是把人吓着就都不敢来啦!哎呀,像标准这种东西还是尽可能宽松一些,不要拒人于千里之外嘛！毕竟我们是向全国公开招聘，所以说不定会挖出意想不到的好东西呢！哈哈哈！"

"这是在商讨决定国立大学教授人事的严肃会议，请尽量避免不慎重的发言和嬉笑！"大河内立刻予以指责，并像要做总结似的问道，"接下来是全国公开招聘的截止日期，各位对这方面有什么意见呀？"

鹈饲立刻发言道："越是临近年末，诸项杂务就越是集中，大家不可能只忙这个遴选委员会的事情，所以应该抓紧时间尽快办。就把截止日期定在十二月十日怎么样？然后在十二月之内确定候选人，可以吧？"

"但是，今天已经是十一月十日，所以就只剩下一个月的时间了，那样行吗？既然是面向全国招聘，我觉得时间好像不太充裕。"

东贞藏已经看出鹈饲在打什么主意，他是想让其他大学推荐候选人赶不上规定的期限，把选拔方向引到有利于本校出身的财前身上。

鹈饲在东贞藏讲完那番话之后说道："哎呀，没问题啦！按照以往选拔教授的经验，公开招聘期限有一个月就足够了嘛！而且从实际情况来看，不需要对方大学在收到委托函之后才开始协商推荐人选吧！按照常识来看，通常都是各校事先商定推荐的人选，就等寄来正式的推荐委托函了，不是吗？所以，一个月的时间就足够啦！"鹈饲好像也看穿了东贞藏的心思，他说完又转向大河内，"第二次遴选委员会要等到全国公开招聘的候选人资料全都到齐后，在十二月十日左右尽快找机会召开，怎么样？"

大河内回答道："嗯，只要全国公开招聘的候选人资料都到齐了，什么时候开会都可以。是啊，就定在十二月的十五六日，怎么样？"

委员们谁都没有提出异议。接下来就是以浪速大学医学院长的名义拟定推荐委托函,说明"因本校第一外科教授即将退休离任而职位空缺,贵校若有适当人选请在规定日期内寄来被推荐人的履历及科研成果目录,望予推荐为盼",并把推荐委托函寄往全国各大学就可以了。

大河内环视一圈在座的遴选委员后,做了总结。

"那么,今天的第一次遴选委员会到此结束。我们将尽快联系事务长,请他以本校医学院长的名义向各大学正式寄发推荐委托函。"

东贞藏从会议室回到二层的教授办公室,把整个上身靠在椅背上。

退休离职这件事早在一年多前就开始每天放在大脑里了,但是在今天参加了选拔继任教授的第一次遴选委员会之后,他才开始意识到退休离职这个词具有了活生生的现实性,并正在向自己迫近。

到离职的日子还有四个半月,但随着遴选委员会选拔继任教授的标准越来越明确,他感到自己这个现任教授的存在感越来越稀薄,他渐渐体验到离职期限日益临近的紧迫感。

东贞藏环视了一圈约一个月前新搬进的明亮整洁的教授办公室,又把目光投向崭新的办公桌和书柜。退休离职——多么残酷的词语啊!不管工作能力如何,一到规定年龄就被迫停止工作,这真是残酷的人间悲剧!他为了尽量减轻这个悲剧的残酷程度,想要排除自己学校的财前五郎而强行推举其他大学的菊川升。从今天第一次遴选委员会的情形来看,未来态势仍然混沌不清,很难判断对哪一方更有利。

他像吞下铅块般沉重地叹了一口气,把阴郁的目光投向暮色苍茫的窗外。突然,桌上的电话铃响了——是谁打来的呢?东贞藏犹豫了一下,果断地拿起了电话。

"喂,东老师吗?是我。"今津压低嗓音说道。

"啊,是今津呀!刚才谢谢你了。"

"哪里,您别客气。我想跟您商量一下刚才的事情。"

今津似乎有急事要说,东贞藏看了一下腕表。

"其实,今晚七点钟我有个很早以前约好的聚会,无论如何不能失约。虽然这次不能好好找地方谈话了,不过咱们在R会馆的前台大厅碰个头怎么样?那里复式二层还有个很安静的会客厅,如果你能去的话,在七点钟之前我还有大概一个小时可以谈话。"东贞藏抱歉地说道。

"哦,在哪里谈都没问题。那我现在就先一步过去,如果走在一起恐怕引起别人注意。"

今津说完就挂上了电话。东贞藏放下电话,从上衣内兜掏出音乐会门票,票上写着:营典子钢琴独奏音乐会、大阪R会馆五层、晚七点开始。这是女儿佐枝子在女子学校时代拜师学艺的女钢琴家营典子的独奏会门票。在第一次遴选委员会召开这天,自己却跟女儿一起去听音乐会,这种从容不迫的事情就连对今津都说不出口,而且东贞藏自己也觉得此刻并非逍遥自在的时候。但是,女儿的邀约十分难得,她说这是自己老师的独奏会,无论如何都要跟父亲一起去!何况因为当时尚未决定正好就在今天召开遴选委员会,所以便应允了。当然,因为是自己的女儿,所以如果告诉她今天不能履约的理由,她肯定会谅解自己。但是,东贞藏对佐枝子不是选择跟母亲政子而是跟自己去听音乐会感到十分开心,所以不想错过跟女儿享受音乐会的难得机会。从浪速大学去R会馆,步行只需十五分钟,东贞藏沿着河岸旁的道路走到R会馆。他推门进去,一到大厅就看见今津坐在角落的沙发上等候。

"不好意思,跟你约在这种地方见面实在失礼。那好,咱们去楼上的会客厅吧！"

东贞藏领着今津登上复式二层的会客厅。在淡淡的光亮下，客厅里摆放着北欧风格的家具和大落地灯，周围有许多正在轻松愉快地交谈的人们。东贞藏在中间位置找到一张餐桌，与今津相对而坐，随即叫来服务生点了饮品。过了片刻，威士忌苏打酒就送来了。

"今津，今天真是太感谢你啦！"

东贞藏向今津碰杯敬酒，慰劳他在今天的遴选委员会上想方设法代替自己巧妙发言。

"怎么好意思让您敬酒呢？事情进展并不如我预期中那么理想，实在问心有愧。不过，您对今天遴选委员会的情形怎么看呢？"

"怎么看……这个嘛……"东贞藏含糊其词地说道，"那么，你怎么看呢？"

东贞藏反问今津，自己则掏出雪茄烟盒取出一支叼上。

"是啊，坦率地讲，今天遴选委员会的情形无论好坏都有些出乎意料啊！"

"那么，是哪一点出乎你的意料呢？"

听到东贞藏谨慎的询问，今津像是为自己的失策道歉般地说道："鹈饲院长和妇产科的叶山教授以继承第一外科传统专业领域的借口打出支持财前的旗幡，这是意料之中的事情。但令人意外的是大河内教授和整形外科的野坂教授啊！尤其是大河内教授，此前我曾委婉地试探过他，并向他暗示过咱们这边的意向。本来以为已经得到他的认同了，可没想到今天大河内教授却表示出坚持严正中立的态度，实在令我感到意外。我如果事先去找大河内教授加力推动一下就好了。现在我感到很懊悔呀！"

"不，大河内教授就是那样的人嘛！那个人不可能从一开始就轻易赞同别人的人事计划，而是本着要求学识、业绩和人品三者兼备的实力主义观点选拔人才。而且,正因为他站在遴选委员长这种以公平为宗旨的立场上,所以更要注重严正中立、公正无私的姿态。即使是那个人,反正早晚都得选定对象投票,所以只看他今天的态度未必毫无支持菊川的希望。不过,如果咱们不够谨慎、过于急躁地给他做工作的话,他反倒可能跟咱们闹起别扭来。所以,咱们还是要相机行事,在我说时机成熟之前,请你绝对不要提出不合时宜的要求。"东贞藏十分谨慎、字斟句酌地说道。

"那么,对于大河内教授那边咱们就静观其变吧!不过,整形外科的野坂教授那边,他只比财前大三岁,也以年轻教授自居,平时对财前没说过什么好话,把财前当作竞争对手。但他是个颇为精明的干将,并得到鹈饲院长的器重,所以我完全以为他会跟着鹈饲派支持财前。可是,从他今天的发言来看,好像他心中的候选人既不是菊川也不是财前,而是另有其人啊!我曾经预测野坂教授会支持财前派,但结果却并不是那么回事儿。这对咱们来说实在是利好消息呀!不过虽说如此,可他究竟想推举谁呢?"

今津歪着脑袋想找到这个问题的答案。东贞藏也一时陷入了沉思。

"是呀!听野坂说话的语气,好像打算推举浪速大学本系统的人选。因为他强烈地主张,即便同样是全国公开招聘,但也应该限定在本校系统的大学范围之内。"

"这样说来,那就是奈良、和歌山和德岛这几所大学了吧?"

今津这样推测,并在记忆中一个个地搜索从浪速大学转调到那几所大学的教授级的人物,但仍然很难捕捉到线索。

"好啦,现在还没有必要急着找到那个人吧!在这个月之内,各大学会回应全国公开招聘的委托,并把候选人推荐书寄来,在召开第二次遴选委员会汇总时就能知道野坂推举的对象是谁了。而且,既然他并不支持财前,那就应该不是令人神经过敏的对手了吧!"东贞藏用满不在乎的语调说道。

"如果是那样的话,从今天第一次遴选委员会来看,票数比例就是支持菊川两票、支持财前两票、支持某者一票、保持中立一票。那么今后应该怎样打破支持菊川与支持财前的这种势均力敌的平衡呢?我就是想跟您探讨这个问题呀!不管怎样,鹈饲和叶山联手的政治势力相当难以对付,所以咱们可不能掉以轻心呐!"

今津的语调略显沉重。

"与鹈饲院长联手的叶山等人的政治势力确实是个威胁,不过,通过咱们因势利导的工作,那种政治势力说不定反倒会使他们自掘坟墓。因为这里毕竟是大学,即便或多或少会有人跟着那种政治势力走,但另一方面必定会有些教授与那种露骨的政治势力背道而驰呢!"

"原来如此啊!反倒会使他们自掘坟墓……那确实很有可能啊!原来如此……"今津恍然大悟似的点了点头,但又忧心忡忡地说道,"不过,现在还有一件事令人担心。一旦遴选工作具体化起来,东老师的处境就会变得非常微妙啊!如果现任教授不支持多年辅佐自己的副教授,那个副教授反倒会因此而得到很多同情票,势头反倒会更猛。因为从很久以前就曾经出现过这种魔咒般的现象,所以我对这一点很担心。"

"这种情形很有可能发生啊!那确实符合日本人同情弱者的心理嘛!不过,我对这一点已经有所准备,也考虑好到时候该怎么做啦!"

"您是说……"

"好啦,那方面的情况你再帮我注意一下吧!我倒是希望你千方百计在一个月之后的第二次遴选委员会上大力推举菊川。因为在那种场合,我也不能把自己手下的财前撇在一边而极力推举菊川,所以除了请你帮忙推荐之外别无良策。而且,请你采用能使菊川得到大河内教授青睐的方式巧妙地推荐一下。"

东贞藏欠身俯首拜托。

"您这样说,我真是诚惶诚恐。在我升任教授的时候承蒙您鼎力相助,如今我是心怀感恩之情在努力工作,请您不要过于挂虑。不过,您跟别人约好的时间……"

听到今津体贴的询问,东贞藏看了看表才发现约定的七点钟早就过去,都已经快八点了。

"啊?都到这个时间了……那,今天我就先告辞啦!改天咱们再坐下来慢慢谈吧!"

东贞藏说着,慌忙站起身来。

东贞藏来到举办钢琴独奏会的五层音乐厅,走廊上已经看不见人影,通往音乐大厅的门已关闭。他翻开节目单,才知道肖邦的《奏鸣曲》已经结束,现在正在演奏巴赫的《意大利协奏曲》。东贞藏坐在走廊的长椅上等待这首曲目演奏结束,然后才在引座员的带领下向第十排的座位走去。

等候多时的佐枝子立即转过白皙的脸庞,担心地问道:"父亲,是不是时间不太方便?"

"没有。临时有点儿急事,已经办完啦!"

东贞藏摘下帽子坐在佐枝子旁边。音乐厅里有许多盛装打扮的年轻女性,看上去十分显眼,她们每个人脸上都洋溢着仍在回味刚才演奏余韵的兴奋神情。

开演的铃声响了,身着银色晚礼服的菅典子出现在舞台上,观众席上顿时响起了掌声。菅典子向听众深鞠一躬,然后坐在三角钢琴前。掌声平息下来后,菅典子调整气息,稍稍挺起丰满的胸脯,深深地吸了一口气,然后开始弹奏贝多芬的《C小调第三十二号奏鸣曲,作品第一百一十一号》。

前奏从庄重的音符开始,渐渐地激越强烈起来,当急起直上且扣人心弦的高音把紧张的情绪推到巅峰的时候,却倏然将听众引入静谧梦幻的世界当中,于是听众的灵魂逐渐地得到了荡涤、净化和升华,而与此同时,优美的旋律也向无尽的深邃展开。东贞藏感觉自己被钢琴的旋律深深吸引,直到刚才还处在玩弄权谋的名利场上的他,感到自己那犹如铅块般沉重、如泥沼般浑浊的心被洗濯得干干净净,自己随之也变得平和而宁静下来。这种心静如水的安宁感觉已经久违了。这几个月来,为了继任教授人选的事,他不仅要跟东都大学的船尾秘密磋商,还得处处当心不让医务员们发现,甚至在面对财前五郎时也得想方设法地伪装自己。思量起来就是这些事情使自己筋疲力尽、神经衰弱,别说是静下心来搞研究了,就连心灵都得不到片刻的安宁。想到这里,他觉得今天佐枝子约自己来听菅典子的钢琴独奏会,大概也是因为看到父亲疲惫不堪的样子,所以以她特有的善解人意来帮助父亲缓解疲惫不堪的心情。东贞藏睁开眼睛,把目光投向佐枝子的侧脸。

佐枝子那几近透明的白皙脖颈微微前倾,她低垂着长长的睫毛听得十分入神。这样的佐枝子荡漾着令人炫目的清丽之美。在那里看不到东贞藏与妻子政子所挂虑的婚期过迟的忧郁和焦躁,而是充满了珍惜自己、坚强生活的女子所特有的勃勃生气。

观众席间爆发出热烈的掌声,菅典子在钢琴前站起身来深鞠一躬,听众随即报以更加热烈的掌声。佐枝子也把双手举在胸前不停地鼓掌致意,直到菅典子走进舞台横侧幕,她才如梦方醒般地从座位上站起身来。上半场的演奏曲目到此结束,下半场是现代曲目的演奏。

东贞藏和佐枝子来到走廊上,他忽然感到浑身特别疲乏。在刚才的聆听中,他感到灵魂得到了休憩,难得地享受到了片刻的宁静。但不知何故,在曲终之后,他却又感到了难以名状的阴郁。他看到门旁的沙发就想坐下来。

"父亲,请等我一会儿。"佐枝子说着,向上探身,朝楼梯方向望去。

"第一内科的里见副教授来了。"

"啊,里见呀!"东贞藏不太在意地应道。

"前些天我去他家还叨扰了一顿晚餐,现在我去打个招呼吧!"

说完,佐枝子就向走下楼梯的里见走去。里见好像也注意到了佐枝子并停下了脚步,接着他看到坐在佐枝子身后沙发上的东贞藏,于是赶紧走了过来。

"东老师也来了,我一点儿都没注意到。刚才的贝多芬的曲目真精彩呀!"

里见向上拢了拢干爽的额发,澄澈的眼睛里洋溢着丰富的光彩,好像刚才的旋律还萦绕在他的耳畔。

"嗯,我也很久没有这样倾心聆听了。演奏家指法强劲,完全不像柔弱的女性,真是意蕴深邃呀!里见常来听这种音乐会吗?"

"没有,碰巧我有一名患者是菅典子女士的门生,我是应邀而来的。"

"哦,我家的佐枝子也是菅女士的门生呢!不管怎么说都是巧遇呀!即使在学校里咱们也很少能见面,居然会在这种地方不期而遇……怎么样?反正下半场是现代音乐了,如果方便的话,咱们就去楼上的天景大厅用些简餐吧?"

里见翻了一下节目单,说道:"好的,那就一起去吧!"

里见跟着东贞藏来到楼上,可能是因为晚餐时间已过,九层的天景大厅里悄无声息。东贞藏挑了靠窗的餐桌,向服务生点了餐,随即把目光投向窗外。在楼宇灯光和霓虹灯的辉映下,堂岛川被装点成一条熠熠的光带,向前流淌。弥散在楼宇深谷之间的静谧使人感到白昼的喧嚣仿佛是一种假象。

服务生送来了热汤,东贞藏苦笑着说道:"今天召开了选拔我的继任教授的遴选委员会。然后也不知道什么原因,我感到疲惫不堪了。"

"哦,是这样啊!"里见不感兴趣似的应道。

"病理学的大河内教授是委员长,讲起话来侃侃而谈,其他几派也各抒己见,互相纠缠不清,而且鹈饲院长也发表各种高论,真是够呛呀!"

"是吗?那真是……"

里见又开始毫无兴趣地应答。东贞藏心中产生了异样的焦虑。

"里见对教授选举是不是毫无兴趣啊?这可是跟你们第一内科密切相关的第一外科的教授选举,而且跟你同期的财前被推到风口浪尖上了。"

里见颇感意外地望着东贞藏,说道:"每到教授选举的时候,校内必定是躁动不安。不仅仅是将要选拔教授的那个科室,连其他科室都在谈论同一件事情,那些想要平心静气地从事诊疗和研究的人都因此而蒙受了不少干扰。但是,教授选举这种事情难道只能采用那种方式进行吗?"

里见表示难以认同。

东贞藏表情不变地问道:"那么,你觉得应该采用怎样的方式呢?"

"我倒还没有考虑过具体应该采用哪种方式。但是,我认为教授必须彻底解决在大学这个领域中如何钻研学术这个问题,并且应该在学术中寻求生命的意义,每当想到这一点,我就觉得现在这样的教授选举形式疑点重重。"

"但是,不管是教授还是医学家,在人的欲望这一点上很难像你说的那样进行严格的要求。"

"真是那样吗?在这个矛盾重重的现代社会中,心有良知的人们至少对大学还应该怀有人性方面的严肃和良心。我不认为现在的大学连这点儿要求都做不到。"

"但是,里见,这种事情不能只是要求大学做到,还应该更加广泛地对整个社会都提出要求嘛!"

当东贞藏反驳里见的说法时,佐枝子插言道:"父亲,我觉得您身边没有像里见副教授这样的人真是一种不幸啊!"

佐枝子既是在体恤父亲也是在赞同里见的说法。

"不幸?我没有不幸嘛!"东贞藏责问似的说道。

"可是,这几个月来,像父亲这样爱好学术研究的人都疲惫不堪、劳心费神,甚至回到家里都没有精力坐在书房里面对书桌了。这又是为什么呢?里见先生说的就是这个问题。"

佐枝子一边说着一边望着里见,眼神比望着菊川升时多了几分温柔的感动。

当妇产科的叶山进来时,鹈饲院长像是急不可待似的离开了办公桌前。

"我虽然接到了您的电话,但因为还有门诊,所以来迟了。"

叶山在接待来客的茶几旁与鹈饲相对而坐。

"怎么样?已经集中了不少吧?"

"啊,事务局那边到现在为止已经收到八份推荐书了。"

"哦?寄来那么多呀!"叶山惊讶地说道。

"这个,不管怎么说,毕竟是具有优良传统的浪速大学医学院的教授职位嘛!本校收到了八份推荐书,就意味着实际推荐预选人数应该接近两倍呀！各大学已在校内自行筛选,刷掉了有可能被淘汰掉的人,留下的就是现在这八个。不过,离截止日期还有两天呢！"

"东教授推荐的金泽大学的菊川,他的推荐书也已经收到了吧？"

"嗯,昨天刚刚收到。大概是担心过早寄来会引人猜疑,所以就在临近截止日期时突然插进来。挺会玩儿花招的嘛！"

鹈饲脸上浮现出嘲讽的笑意。

"那么,整形外科野坂推荐的人选的推荐书也到了吗？"

叶山这样一问,鹈饲顿时面露不悦地责问道:"但是,现在还没看到那样的推荐书。不过,那样的人物用不着我从各大学寄来的推荐书中去找,而应该是你从校内各种信息中去推测吧。"

叶山那女人般白净的面孔现出惶恐的表情,他说道:"关于这一点,我真是非常抱歉。实际上,在第一次遴选委员会之后,我就抓住野坂想问清他的意向,可他却支吾吾,避而不谈。就像上个星期,他明明没有什么重要的事情,却跑到东京出差五天,连人都见不到了。我也不能给他脖子上拴条绳儿拽住他,而且他就是那样一个有怪癖的人物,叫我实在无计可施呀！"

"正是因为无计可施,所以想方设法把他拽住才能体现出你作为鹈饲派参谋的本领嘛！说到上次的遴选委员会,你向我打包票说野坂教授是我们这一派的人,可他却突然搅局,那真叫人伤脑筋啊！托你的福,我的血压从那天开始就升高啦！"

"抱歉抱歉！虽然我已经说过好多次了,尽管野坂教授对财前怀有本能的反感,但那只不过是出于个人感情而已。所以,我觉得他在校内派阀中,他应该站鹈饲派的立场上。可尽管如此,野坂教授为什么会既不支持财前也不支持菊川,却推出了第三名候选人呢？他肚子里到底怀的是什么鬼胎嘛！"

"嗯,问题就在这里呀！如果他只是单纯想把自己中意的人推举为下届教授的话倒也罢了,就怕他先推出第三候选人,等到最后出现财前与菊川对决的局面时再跑到菊川那边去了,那可就来不及挽回了。咱们必须对这一点充分予以警惕呀!"鹈饲略微沉思了一下说道。

叶山也沉默了片刻。

"如果野坂教授推举的候选人是个黑马的话,那么或许真会像鹈饲老师刚才所说,在最后对决时刻选票会流向菊川那边。如果出现那种情况,财前要想当选下届教授可就困难啦!正是因为野坂教授的动向会产生非常微妙的影响,所以是否可以请鹈饲老师直接跟他讲明这方面的利害关系。如果您能这样做的话……"

叶山的话还没说完,鹈饲立刻斩钉截铁地说:"叶山,那我可就太为难啦!我作为医学院长绝对不能公开支持财前呐!所以,如果你不出面帮我做所有的事情可不行呀!况且这跟日本医协选举不一样,是只有三十一张选票的校内选举。所以,无论过程怎样迂回曲折,只要下定决心,稳扎稳打地把选票一张张地吃掉也不是不可能吧?就是为了这个目的,我才委托你助我一臂之力呀!

"那好,我再想办法去跟野坂教授谈谈看吧!不过,大河内教授那边怎么办呢?那可是个不能轻率出招的对手,实在很难摆平。前些天,我特意安排去他家附近办理事务,跟他同乘一辆汽车时不经意地提起了教授选举。可他却一味地坚持严正中立的立场,我根本没有机会跟他深谈啊!"叶山无计可施地说道。

鹈饲突然探身说道:"可是有迹象表明,号称'大河内基础学'的基础医学派近来也好像并非铁板一块啦!所以,一旦有了机会你就要巧妙地瓦解他们呀!那样一来,从某种角度来看,基础医学派那边就是流动的选票聚集的地方了!"

"但问题是现实当中能不能出现那种情况呢?基础医学派的抱

团可不是一天两天了！所以如果稍有一点儿闪失，那咱们不仅在这次教授选举上会出问题，甚至连今后都可能难以和基础医学派合作了。"叶山犹豫不决地说道。

"嗯，你的慎重行事的观点我也不是不能理解。不过，根据具体问题和发展情况有时还必须出其不意、攻其不备。我的意思是说，不只限于这个问题，今后碰到各种问题的时候，如果都得一一顾及那个不可理喻、难以通融的大河内教授的话，那我这个医学院长可就太难当啦！所以我考虑，就趁这个机会瓦解他的势力。虽说基础医学派的抱团不是一天两天了，但是如果用逆向思维的方法来看，现在正是容易出现裂缝的时候嘛！"鹈饲一边揪着鼻毛一边意有所指地说道。

"不过，难道基础医学派……"

"关键问题就在这里嘛！恐怕支持菊川的东派也感到很难瓦解基础医学派，正在静观其变呢！所以咱们就要乘虚而入，抓紧瓦解他们呀！因此我希望你做好随时都能瓦解基础医学派的准备。"

"是啊，那，我会照您说的做好准备工作的。不过，因为对手是大河内教授领导的基础医学派，所以如果不慎之又慎的话……"叶山吞吞吐吐地说道，"为什么院长要下这么大的力气支持财前呢？"

叶山似乎很难理解鹈饲的意图所在，他不明白鹈饲为何为了财前要冒险去瓦解基础医学派。

"难道像你这样有眼力见的人都理解不了吗？如果只是为了财前五郎一介副教授，我是不会做出这样的事情呀！说到底还是为了我自己嘛！每增加一名由我提拔的教授，就能为咱们鹈饲派增加一张选票，教授选举、医学院长选举乃至浪速大学校长选举，无论什么事情，一切都必须按照民主主义原则投票表决，从这个角度来看掌握足够的选票才是最关键的，所以我是为了给鹈饲派增加一张选票才倾力帮助财前啊！"鹈饲漫不经心地说道，"好啦，马上就到我下午查房的时间了,就这样吧!"

鹈饲说完,就叫秘书送来白大褂。

新楼一层朝南的第一外科门诊室,在透过窗户照进来的初冬阳光下,显得既温暖又亮堂。财前五郎在为患者依次做诊察,他发现患者们走进门诊室时都不像以往那样惴惴不安了,而是变得有几分开朗,显得不那么担惊受怕了。这都是由于有了崭新的门诊室,墙壁颜色自不必说,就连诊疗床、诊疗桌和转椅也全都换成了浅黄色。为了消除患者心理上的紧张感,门诊室内的布置也考虑到要尽可能不让患者看到令人生畏的诊察器具。新安装的空气净化器发出悠缓的马达运转声,护士们仿佛滑行般无声地走在擦得锃亮的塑胶地板上,她们看上去都呈现出与在旧楼时完全不同的清秀靓丽。

"老师,看完这位患者,今天的门诊就结束了。"

医务员把最后一名患者的病历递给财前,随即把 X 光片夹在小型观片灯上。财前观察了一遍胶片,就叫患者躺在诊疗床上做腹部触诊。

面容青黑消瘦的患者神色不安地问道:"医生,我家附近诊所的大夫说我是胃溃疡,但是能不能想办法不做手术呢?"

财前触诊完毕再次观察 X 光片,可以看到患者的十二指肠球部已经严重变形,化验单上写着隐血试验阳性、胃酸指数偏高,所以这很明显是十二指肠溃疡。

"这不是胃溃疡而是十二指肠溃疡,有必要做手术。"财前答道。

患者表情骤变哀求道:"医生,难道不做手术就好不了吗?"

财前对这种情况已经习以为常了。

"已经进入慢性化,所以必须做手术啦!这又不是什么大手术。"

他程序化地说完就叫患者去办理入院手续,随即他从座椅上站起来，用消毒液快速洗了手后就走出了门诊室。

三点钟过后的走廊上已经看不到患者的身影，只有擦地板的清洁工正在忙碌地挥动着拖把。财前迈着大步向前走着，看到医务长佃友博迎面匆匆走来。

佃友博煞有介事地凑近财前说道："今晚我们还要去召开恳谈会，老师呢？"

"我有点儿事情要办就失陪了，你们好好谈吧！"

佃友博礼貌地鞠了一躬就从财前身边走开了。任何人看到这样的情景，都会以为这只是副教授跟担任医务长的资深助教偶然相遇并顺便聊上几句。其实，近来为了统一医务部内部的工作，佃友博他们每晚都要在财前的岳父财前又一的女友经营的饭馆里召开恳谈会。虽然声称是为了讨论医务部内部的工作，但他们有时好像并不讨论这个重要的问题，却只是酒足饭饱后就解散了。不过，财前今天实在没心思计较那些，他一走进副教授办公室就瘫坐在椅子上抽起烟来。

在第一次教授遴选委员会上，东贞藏并没有推荐财前五郎，而是表明了要全国公开招聘的态度。财前了解清楚这件事后，就跟岩田还有锅岛见了面并告诉了他们这个情况，另外他还把佃友博等人召集起来，进一步巩固医务部内部的统一战线，因此整天忙得头晕眼花的。而且，其间他还主刀了八台手术，他觉得自己的身体就像被裹上了铅皮一样沉重不堪。就在刚才，尽管佃友博表示希望他也参加今晚的恳谈会，但他还是拒绝了，因为他实在太累了。他休息了片刻之后，看了看表，随即慢慢站起身来，之后他脱下白大褂准备回家。不过，他并不是真的直接回家，而是已经跟庆子约好在K会馆见面。

财前刚走进位于堂岛川河畔的K会馆三层的咖啡厅，就看到庆子举起右手示意。庆子身穿黑色晚礼服、头戴黑色天鹅绒无檐筒帽,她那全身黑色系的优雅服装,一下就映入了财前的眼帘。

财前走到庆子座位旁问道:"要不要去吃晚餐?"

庆子瞟了一眼腕表说:"刚过五点钟嘛!先喝点儿红茶怎么样?"

"喝茶吗……真拿你没办法呀!那就在晚饭前去附近散散步或兜兜风吧!"

他没等庆子答话就离开了座位。

走出 K 会馆,只见夕阳已经垂到楼宇深谷之间,在薄暮的阳光之中,忙完一天工作后踏上归途的人们拥挤地走在人行道上。

财前拦下出租车说道:"请开到能看到河口的地方去!"

"啊?河口?"司机现出诧异的表情反问道。

"嗯,是啊!安治川也行木津川也行,哪儿都可以。反正就是附近能看到河口的地方。"

司机开车朝西驶去。当来到大运桥街一带时,民房骤然变得稀疏,被高高的预制板墙围挡的煞风景的工厂越来越多。司机继续向前开,经过大船桥之后就是木津川河口了。在像是填海造地后露出红土的河岸上,有一道混凝土防波堤,想看到河口的话,只有登上防波堤才行。

财前叫司机把车停在造船厂前,然后默默地下车朝防波堤走去,庆子跟在他身后。两侧都是钢铁厂和造船厂,为数众多的烟囱和吊车高高耸立,在震耳欲聋的轰鸣声中,吊车的巨大黑影直插天空,像要遮天蔽日似的纵横交错。从钢铁厂熔炉里吐出的红色烟尘,把天空一角烧灼得红彤彤的。这里是木津川河口临海工业地带的工厂群,从这里发出的轰鸣声,具有压倒渺小的人类、粉碎生产活动的威慑力。财前快步通过这段区域,站在河口的小沙地上,只见河水时刻不停地激荡着,以超乎想象的速度冲刷着河口的堤岸。夹带着海腥味的初冬凛冽的晚风吹拂着财前的脸颊。他忽然感到以自己为中心的人际关系此刻全都变成了虚幻。

"你怎么啦?跑到这种地方来……"

背后传来庆子的声音。财前立即恢复了以往的神情并叼上一支烟卷。

"怎么样,不错吧?你还不知道大阪有这种地方吧?虽然周围都是轰鸣声和巨大的机械剪影,但只在这河口的一角才有实实在在的宁静。"

他把目光投向黑暗的河口。

"看来,你是真的累坏啦!"

庆子嗓音中含有几分难过。

"哪里,没什么大不了的事儿!"

"可是,你太奇怪了。突然望着河口露出精神恍惚的样子……是不是教授选举出现了什么令人忧虑的事情?"

"没有,我真的只是有点儿累而已。我这种人怎么会精神恍惚呢?那才奇怪呢!今天离开医院的时候,我还交代佃友博他们照常去岳父女友的菜馆里好好开会呢!我已经为下届教授选举采取了妥善的措施,所以对竞选教授一事绝对不会退缩。"

"是吗?那就好啊!不过,上次佃友博他们挂你的账来我店里喝酒的时候,好像说到野坂教授要推举的人物了,大家好像一副严阵以待的样子,还说会因此而陷入苦战。真的不要紧吗?"

听庆子这样一说,财前才想到自己之所以精神疲惫,原因之一就是因为对野坂教授将要推举的那名对手十分在意。

"不要紧的!我都已经走到这一步了,不管采取任何手段都要夺取教授的宝座。毕竟当教授的概率只有二百分之一呀!"

"啊？只有二百分之一？"

庆子对财前没头没脑的话感到莫名其妙。

财前两眼闪光地说道："这是靠我一流的计算方法得出的概率嘛！以我的情况为例，在我当无薪助教第二年的时候，东教授从东都大学调了过来，距今已经有十六个年头了。把原先就在的四十名研究人员加上，平均每年入职十名新人，十六年就有大概二百人。这些人都是怀着将来当教授的梦想留在研究室的，因此可以说，坐上国立大学教授宝座的概率只有二百分之一！而且，这个"宝座"并非一直存在，并非随时都能得到。一旦有人当上了教授，那就必须等到他年满六十三岁退休离职，这个机会才能再出现一次！所以，这次的机会是经过了十六年才等到的！"

财前的语调中充满了挑战的意味。

"真不愧是你独特的神算呀！身怀这种神算绝技的人没必要跑到这儿来像凡夫俗子一样多愁善感嘛！你的魅力就是拥有大学教授和文化人都不会兼备的灵敏实战能力和不屈不挠的坚毅呀！"

在越来越冷的夜风中，庆子的嗓音显得圆润而热切。

"我明白，庆子……"

财前说完，就感到身心的疲惫全都消散了，他的心中充满了勃勃野心，欲望再次膨胀起来。

"你不用为我担心啦！对于野坂教授打算推举的第三候选人，我已经有了大概的了解了。看来是个令人讨厌的家伙，不过我有办法对付他。"

"究竟是谁呢？"

"反正后天召开第二次遴选委员会时就知道了。我还没有惊慌失措到现在就要把他说出来的地步。"

财前说完就把嘴上叼着的香烟"啪"地扔进了流水中。

第八章

在新楼的三层,正在召开第二次遴选委员会。会议室里开着暖气,给人的感觉十分舒适。

会议时间定在两点钟,以鹈饲医学院长为首,东贞藏、今津、叶山、野坂等各位委员都已经到齐,只有委员长大河内迟迟未到。会场上有人在啜饮由事务员端来的茶水,有人在仔细地擦拭眼镜,大家看似轻松自在,却异常地少言寡语。东贞藏和今津打算支持菊川,鹈饲和叶山则打算力挺财前,可野坂却对前两者都不支持,暗暗地支持着第三候选人。因此,大河内的迟到使众委员心中更加焦躁不安。会议室门被打开,又瘦又高的大河内走了进来。

"不好意思,让各位久等啦!刚才在事务局耽搁了一会儿。"

大河内右手抱着盖有"密件"印章的文件袋坐下来,与第一次遴选委员会时相同,他坐在鹈饲和东贞藏之间,今津、叶山和野坂则坐在其正对面。

大河内表情严肃地说道:"现在召开第一外科继任教授第二次遴选委员会。按照第一次会议关于以全国性视野选拔一流人才的结论,我们采取全国公开招聘的形式,以鹈饲医学院长的名义向全国各大学寄发了推荐委托函。我首先报告招聘的结果。"

他从文件袋里取出了名单。

"到十二月十日为止，推荐到本校的候选人是十名。现在公布姓名：名古屋大学的矢田教授、千叶大学的橘副教授、东北大学的三上教授、三重大学的雨宫教授、洛北大学的曲直部副教授、金泽大学的菊川教授、广岛大学的今教授、冈山大学的梶谷教授、德岛大学的葛西教授，以及本校的财前副教授。"

大河内说完，又把记录着这十名候选人学历、工作经历、科研经历的履历表及科研成果目录的复印件，连同各自的推荐书分发给各位委员。

"哦，这些被推荐的人选都相当优秀啊！能收到这么多的优秀候选人的推荐书，多亏有了委员会的努力呀！"

东贞藏目不转睛地盯着资料，用几分带有礼节性的语调向众人致谢。

大河内教授说道："不，这是因为有东教授长期积累的学术业绩和品德嘛！大家都希望能够成为东教授的接班人呢！"

鹈饲接着说道："是啊！这全都是东教授的品德的感召力所致！像我这样率性随意的无德无才之辈，也就是自己手下的副教授肯来接任，实在难以聚集到这么多的人才呀！我实在太羡慕啦！"

在他这番讨好的话语当中，隐含着对东教授不愿推荐自己手下副教授的嘲讽。

大河内像仙鹤般伸长脖子，环视在座的委员后说道："现在马上进入选拔程序。按照第一次遴选委员会确定的选拔标准，从学历、工作经历、科研业绩和人品方面进行全面的考察，从大家的手头材料所示的十名候选人中选出能够胜任本校第一外科教授的三名候选人，作为最终候选人呈报教授会进行投票表决。所以，我们遴选委员责任十分重大。因此，我郑重地请求各位委员，务必摒弃个人感情，要以学识、品德和实力为标准，以彻底的公正无私的态度进行选拔。"

大河内神情庄重地说完之后,各位委员煞有介事地点头表示同意,然后将目光投向了手头的资料。

"那么,现在开始进行选拔。首先,名古屋大学的矢田教授怎么样啊?"

大河内话音刚落,整形外科的野坂教授立刻抬起棱角分明的下巴率先发言。

"矢田教授在甲状腺癌等内分泌外科领域中确实非常有名,但他的年纪是不是偏大了些呀?矢田教授已经五十五岁,离退休年龄六十三岁只剩八年。这实在是有点儿勉强了吧?"

野坂在六名委员当中年纪最轻,所以听上去好像是在炫耀自己的年轻力壮。

妇产科的叶山教授也接着说道:"是啊!短短八年时间做不成什么大事啊!如果担任教授不超过十年以上的话,那教授也只是徒有虚名而已,搞不出什么值得长期保留的业绩,所以虽然令人感到可惜,但从这方面考虑,还是请矢田教授退出吧!这样一来,其他候选人就都是五十岁以下的少壮学者啦!"

"那就决定名古屋大学的矢田教授落选。接下来是千叶大学的橘副教授。橘副教授不愧是小山教授的门生,科研业绩非常优秀。但是,他的研究课题是《肠闭塞的病态生理研究》和《术后的营养管理研究》等,我觉得有些平庸,学术气息不够浓厚。关于这一点,哪位愿意发表一下意见啊?"

大河内提出了基础医学教授特有的评论。

东贞藏也望着桌上的资料说道:"我也有同感啊!看到他的科研成果目录,除了学位论文之外,光是在学会上发表的主要论文就有二十篇,业绩相当优秀。不过,他所选择的课题却有些平庸,感觉就像营业医师的水平,令人不敢恭维呀!"

其他委员也赞成这种看法,于是千叶大学的橘副教授也被排除了。

"接下来是东北大学的三上教授,怎么样啊?"

大河内一提出第三个候选人的名字,叶山就发言了。

"听说他以前曾经因为《慢性胃炎的外科治疗研究》那篇论文出了洋相,学会对他的评价不是很好。关于这一点,我想请教第二外科今津教授的看法。"

他向今津征求意见。

"我记得那是在一九五九年的日本外科学会研讨会上,三上教授的演讲题目是《关于慢性胃炎的胃部切除术的预后情况研究》。他认为百分之八十的患者预后情况良好,但大会主持人却提出疑问:'其他大学也曾针对慢性胃炎进行过胃部切除术,但很多患者在术后症状毫无改善,甚至有的表示比术前还要严重。作为一般性的倾向,很多研究都表明很难期待你报告的那种预后良好的结果。请你对这一点做出说明!'其他提问者更加尖锐地接连提问:'你是不是为了拿出良好的成绩而专选方便利用的病例呀?''你的患者现在还愿意继续找你吗?'三上教授在讲台上进退两难,他语无伦次地坚持答辩,最后甚至不慎说出:'今后我还会大量地筛选病例。'这句话引发全场爆笑。就连我在旁边看着都感到既同情又好笑呢!"

今津说完,以大河内为首的各位委员都忍俊不禁。

"有人为了在学会上引人注目而急功近利,所以专选利于自己研究课题的病例,以求提升科研成果。但是,这是最为可恶的学者类型,无可争辩地要被淘汰。这样一来,范围就缩小到七个人了。咱们继续下一个吧!"

大河内说完,鹈饲开口说道:"我仔细地看了其他七个人的学历、工作经历和科研成果目录,他们都实力相当,难分伯仲,所以在洛北大学系统有两人,九州大学系统有两人这种同系各有两名候选人的情况下,就先按照每个系统一个候选人进行缩减怎么样?哦,我并不是要局限于学阀派别,而是想提出一个选拔方式。"

大河内表情不悦地说道:"那简直就像国会分配预算的方式了嘛!如果候选人足够优秀的话,即使东都大学系统有两个、洛北大学系统有三个又有什么不可以的呢?总而言之,我不赞成在选拔国立大学教授时采用那种分配预算的方式。"

大河内语调冷淡地甩出这番话,现场的气氛开始显得有些尴尬。

"正如大河内教授所说,我们既不能从一开始就拘泥于每个系统分配一名候选人,又要尽可能地不使候选人集中在同一个系统,在这种考虑下从这七名候选人中继续选拔,怎么样呢?"

东贞藏站在大河内和鹈饲之间沉稳地打着圆场。

大河内浏览了手中的资料似乎有所斟酌,片刻之后说道:"那样还可以吧!因为并没有从一开始就那样做,而且现在已经到了难分优劣的阶段,所以就按东教授说的,请各位考虑尽可能不要让候选人集中在同一系统,然继续选拔吧!"

大河内没有采用鹈饲所说的每个系统一个,而是强调了"考虑"的意味。

叶山说道:"这样一来,洛北大学系统就是洛北大学脑神经外科的曲直部副教授和三重大学的雨宫教授了。不过,对这二位进行比较之后,还是应该推选洛北大学的曲直部副教授吧!"

"我也有同感啊!据说,三重大学的雨宫教授在洛北大学担任副教授的时候,说好听点儿是政治手腕高明,说难听点儿就是个野心家。他的个性过于另类,跟教授之间的关系自然不好,因此没有被推荐为教授候选人。像这样的人物即使学术成就十分优秀,但作为引领浪速大学第一外科这个大家庭的教授,从人品上来看恐怕难以胜任。因此,我也跟叶山教授一样,认为洛北大学系统应该留下曲直部副教授。"

今津表情温和地慢慢讲述,表面上显示出赞同叶山的意见,却不忘举出被淘汰者在政治手腕高明和个性另类这方面与财前五郎相同。叶山懊恼地扭开脸去。

大河内不容分说地下了结论:"确实如此,那种政治手腕高明的人物与其说不适合我们浪速大学,不如说他作为医学家品行就有问题,所以也被淘汰了。"

鹈饲若无其事地说道:"好啦,这种争论还是留到以后再说,继续评选吧!接下来是九州大学的系统,要在广岛大学血管外科的今教授和冈山大学研究抗癌药的梶谷教授当中选拔一个。我认为,还是应该留下广岛大学血管外科的今教授!关于这一点,与血管外科相关的整形外科的野坂教授意见如何呀?"

鹈饲一反常态地关照野坂。

"对呀!因为广岛大学的今教授在血管外科方面确实做得很出色嘛!他用雅各布森的手术显微镜进行过外径二点六毫米到四点二毫米的血管缝合,可以说他对微细血管缝合法的研究颇深。当然,他还进行了改良,因此在血管缝合方面的成绩突飞猛进。所以,我认为在学术成就方面,他比研究抗癌药的冈山大学的梶谷教授更加优秀。"

听到野坂的比较说明,各位委员也都赞同他的意见。

大河内拿起手帕擦净眼镜上的雾气,说道:"这样一来,就只剩洛北大学的曲直部副教授、广岛大学的今教授、金泽大学的菊川教授、德岛大学的葛西教授和本校的财前副教授这五名了。关于金泽大学的菊川教授,大家有什么意见啊?"

会场上霎时间充满了紧张感。这是因为在第一次遴选委员会之后,东贞藏不支持财前而推荐金泽大学的菊川的消息早已传遍了全校。

鹈饲大声咳嗽了一下,用充满挖苦意味的语调说道:"哦?东都大学系统只推出金泽大学的菊川教授一个人,这是为了避免愚蠢的同门相争做出的既慎重又有效的选择呀!而且从我们手头的学术研究经历和成果目录来看,详尽完美得简直不像是在一个月的期限之内赶出来的。想必很早就已经做好准备了吧?"

大河内皱起眉头说道:"那跟选拔标准没有任何关联吧?我们只需讨论菊川教授是否适任第一外科的继任教授。关于这一点,我想听听同属外科的今津教授的意见。"

今津听到后,回答道:"金泽大学的菊川教授一直专门研究心脏冠状动脉功能不全的外科疗法,他在冠状动脉内膜切除手术中的手法之高超无人能比,还曾在日本外科学会总会上获得过学会奖。我记得以前在美国心脏外科学会实施心肌梗死血管再通术时,日本能够解答的只有菊川教授一人。菊川教授在国际上也享有盛名,他才四十三岁,可谓年富力强,从他沉稳谨慎的品格来看,我认为也很适合担任我们浪速大学的教授。"

今津像是要加深评委们对菊川的印象,举出了菊川获得学会奖以及国际好评的具体实例,还谈到了菊川的年龄和人品。大河内很认真地倾听。

鹈饲说道:"今津,你这样过度称赞某位特定的候选人,是不是违反选拔规则了呀?"

"不,我这只是从同样专攻外科领域的立场上,根据我所了解的事实进行说明而已。"今津谦恭地应答道。

大河内说道:"心脏病学是目前最具重要意义的学术领域,从今津教授的说明和我们手头的科研成果目录来看,菊川教授也确实是非常优秀的人物。因此,把菊川教授留下怎么样啊?"

大河内这样一说,鹈饲和叶山没有任何可以强烈反对的理由,只能苦着脸表示赞同。

"那么,接下来对本校的财前副教授和德岛大学的葛西教授进行评选。关于这两人,各位有什么意见吗?"

大河内刚说完,叶山就迫不及待地开口说道:"刚才把洛北大学系统和九州大学系统的两名候选人各缩减为了一名。我认为也应该把浪速大学的财前副教授和同一系统的德岛大学的葛西教授这两名候选人缩减为一名。"

叶山说完,整形外科的野坂教授大惊失色,而东贞藏和今津的神情也出现了微妙的变化。刚才鹈饲之所以提议在同一系有两名候选人的情况下最好缩减到一名,或许就是看穿了野坂想推举的候选人就是德岛大学的葛西教授。

野坂把他那黝黑而棱角分明的面孔转向叶山,说道:"叶山教授,选拔浪速大学继任教授的时候,本校副教授自动成为候选人之一可以说是个原则。所以,此外再推举一名浪速大学系统的候选人不是理所当然吗?如果不这样做的话,一旦本校的副教授成为候选人,那么本校系统的奈良、和歌山、德岛等大学就不能推荐候选人了。这样一来,今后本校或许就再也没有优秀的教授和副教授愿意转任到这些学校去了。再说,德岛大学的葛西教授是本校出身,专攻肺外科领域,在以胸膜外充填术治疗肺结核以及通过外科手术治疗肺癌等研究方面业绩非凡,比其他四人相比,实力并不逊色。这一点谁都看得十分清楚吧。"

野坂稍显激动地说完之后,叶山好像看透了他的意图。

"我理解你说这番话的心情,可是吧……"

叶山话没说完,就被大河内制止了。

"财前副教授是本校的候选人,那德岛大学的葛西教授就作为浪速大学系统推荐的候选人个别对待吧!这也正是从鹈饲院长平时所讲的'爱校之心'来考虑嘛!"

鹈饲平时总爱把"爱校之心"挂在嘴边,所以大河内决定以其人之道还治其人之身。

"可是,大河内教授……"

鹈饲刚开口,大河内用不容分说的强烈语调说道:"那就这样吧!在十名候选人当中留下洛北大学的曲直部副教授、广岛大学的今教授、金泽大学的菊川教授、浪速大学的财前副教授以及德岛大学的葛西教授这五名。现在休息三十分钟。五点钟开始继续筛选出三名候选人。"

各位委员喝着事务员端来的红茶,开始抽烟聊天,气氛十分融洽。但是,除了大河内之外的五位评委为了让自己推荐的候选人在接下来的最终候选人选拔中胜出,都在心中谋划着招数。

时钟显示五点钟已到,遴选委员长大河内说:"现在我们要从刚才筛选后留下的五名候选人中再选出三名最终候选人。首先,广岛大学的今教授怎么样啊?"

整形外科的野坂教授开口道:"就像我刚才说的那样,今教授是血管外科学界的顶尖人物,他所进行的微细血管缝合完全是特殊研究,而且本校找不到专攻血管外科的人,所以我认为今教授是适合引进本校的人物之一。"

妇产科叶山教授也接着说道:"是啊!东教授自己也说今教授的微细血管缝合研究十分出色,所以绝对不会有错啦!"

刚才两人虽然都想把今教授淘汰掉,可现在却反过来积极推荐他。无论是支持财前的叶山还是强力推荐葛西的野坂,为了压制被视为有力候选人的菊川,此时又都转而推举广岛大学的今教授。

第二外科的今津教授立刻插嘴道:"根据刚才野坂教授的说明,今教授通过改良雅各布森的外科显微镜手术方法,大幅度地提高了血管缝合的成果。但是,这里所说的改良实际上只是最早引进了雅各布森的技术吧?我也在外科学会上听过那个人的报告,我觉得他现在的名声就是靠那种方式建立起来的。而且我还听说,九州大学第一外科的教授在两年之后就要离任了,到时候他就会被召回去接任呢!"

"哦?这样一来,即使把他引进本校担任了教授,他也有可能在短短两年之后返回母校任职。那么即使选中了他也没什么意义。具有这种可能性的人还是排除了吧!"

既然委员长大河内这样说,野坂和叶山也就无法再坚持下去了。

"那么,洛北大学的曲直部副教授怎么样呢?"

大河内提出下一名候选人的名字,叶山又发言了。

"现在,洛北大学的脑神经外科在日本已经取得了数一数二的业绩,作为那种环境中的副教授,他非常锐意进取,还被美国的大学聘为客座教授,是个活动范围极广的优秀人才。"

叶山说完,野坂也跟着附和:"他的小脑肿瘤切除术技法极为精湛,另外在利用神经节切断术治疗三叉神经痛方面也经验丰富!"

已经无法推荐今教授的野坂和叶山,为了淘汰菊川又在步调一致地强力推荐曲直部副教授了。

今津识破了他们的意图,说道:"我查阅了手头的科研成果目录,发现他的研究论文似乎过于偏颇。"

东贞藏立刻接着说道:"我也正想指出这一点。像《关于三叉神经痛原因的考察》《关于脑脓肿术后生存病例的后遗症》等,这些研究题目确实过于偏向脑神经外科了。我认为这一点就是不宜引进曲直部副教授担任第一外科主任教授的关键。"

鹈饲插言道："你们二位都够严苛的呀！只凭论文题目就做出如此断言是否合适呢？委员长的看法如何呀？"

鹈饲把话头抛向大河内，大河内耸起鹰钩鼻子说道："依我所见，我也觉得论文题目确实有失偏颇。不过，他的科研成果本身确实卓越超群，所以暂且保留下来，讨论下一位候选人吧！关于金泽大学的菊川教授，各位有什么意见啊？"

评选继续进行，今津发言道："在上次的癌症学会上，他应大会主席的提名做了特别发言，我想各位委员也都听过了。从他的演讲进行类推，也能感受到其思路令人耳目一新，另外他还具有其他候选人没有的宏伟气量。"

鹈饲打断了今津的话头："根据我所听到的消息，菊川的性格缺陷过多。他个性孤僻，缺乏协调性，恐怕很难统领有五十多人的第一外科吧！"

"不过，那是学究型人物常有的倾向。作为一名学者，比起热衷于社交和沽名钓誉的人，不爱社交的纯粹学究派难道不是更好吗？像我这样，虽然没有什么社交本领，不还是在努力地工作吗？"

鹈饲听到今津的回答，又说道："那确实很不错呀！不过，除此之外，我还听说菊川候选人原先是东都大学船尾外科的讲师，后来调任金泽大学，是船尾教授关照的人物。在推荐菊川候选人的背后，是不是存在着受到船尾教授操控的可能性呢？哦，如果这只是我自寻烦恼也就算了，可要果真如此的话，那我们浪速大学第一外科就很有可能成为东都大学扩大势力的跳板啦！关于这一点，东教授怎么看呢？"鹈饲盯着东贞藏的面孔。

东贞藏稳重的表情略有变化，但他还是斩钉截铁地说道："这个问题真是莫名其妙呀！因为我从未想过菊川候选人的背后是否有船尾教授在操控的问题,所以没有办法回答你。"

大河内也接着说道:"鹈饲教授刚才的提问显得有些过分了吧!客观来讲,菊川候选人自身的研究业绩确实出类拔萃,所以当然应该留下来。"

各位委员默默地点头表示同意。

"那么,接下来就是关于本校的财前候选人……"

大河内刚开口,叶山就迫不及待地极力推荐:"关于财前候选人的情况,我想用不着专门讨论了。他已经是胃部与食管吻合术方面的行家里手了,同时他发表了多达二十八篇有关癌症外科治疗的论文,而且他精湛的手术技能更是在整个医学界都无人能比。况且他是本校的副教授,从这个立场来看,也理所当然应该将其作为最终候选人予以保留。"

今津面有难色地说道:"是这样吗?从第二外科的立场上来看,我自认在工作方面及人品方面对他相当了解。不过,也再没有像这个人那样毁誉参半的人了。正因为如此,我认为我们有必要在这里仔细地讨论讨论。"

野坂也赞同道:"我没有异议啊!特别是针对他的品格问题,进行下集中讨论怎么样?"

叶山一时不知该怎样回答,鹈饲露出笑容说道:"大家对财前副教授似乎过于严厉啦!不过,本校副教授要作为最终候选人保留,这首先就是个原则嘛!因此,是否把他选拔为教授,我认为留待教授会投票表决较为妥当。"

大河内沉思片刻说道:"从他是本校副教授这个意义上来讲,只要没有决定性的缺点,作为最终候选人保留应该算是个原则。因此我决定把财前候选人保留下来。那么最后请大家讨论下德岛大学的葛西候选人。"

野坂探出身体说道："众所周知,葛西候选人从在本校担任副教授时起,就一直在胸膜外填充术和肺癌外科治疗的领域里坚持不懈地努力奋斗,目前在德岛大学已取得卓越的科研业绩。为了本校的发展,应该让这样的人才早日回到母校。而且从先后顺序来讲,他是财前候选人的前任副教授。特别是从他的人格方面来考量,我认为应该保留葛西候选人。"

"真是那样吗?葛西候选人在本校担任副教授时的评价未必很好吧?他倒确实是那种埋头苦干的类型,不过有些笨手笨脚的,或者说手术刀法不够利落。以我来看,他似乎并不具备优秀外科医师必须具备的丰富想象力。"叶山反驳道。

野坂争辩道:"那是因为你认识不足而产生的偏见嘛!其实,如果仔细阅览最近的学会杂志,就能够看到他这四五年来发表的新论文。"

野坂简直就是在指责叶山孤陋寡闻。叶山恼羞成怒,刚想反驳,却被鹈饲制止了。

"咱们本校的教授之间就不要为本校出身的人争论了,这方面还是请教东教授发表意见吧!葛西副教授也是受东教授指导过的人,为什么那样优秀的副教授会被转调到其他大学去呢?希望东教授对这方面做出说明。"

东贞藏困惑不已地沉默片刻后说道:"我让葛西转调到德岛大学去,是期望他能够离开浪速大学这个温室,可以在学术和人格方面更好地成长。看到现在的葛西,就知道他没有辜负我的这些期望。因此,我希望他和本校的财前副教授都能成为最终候选人,让他得到教授会投票表决的机会。"

东贞藏袒护葛西,并做出对他有利的发言,但其实他保留同样出身于浪速大学的葛西,是为了借以分散因反对外聘教授而集中到财前身上的选票。而且,万一最后必须对财前与菊川进行决选投票的话,届时还必须得到野坂所掌握的选票。因此,这番发言也是为了给野坂留下好印象。

鹈饲好像敏感地看透了东贞藏的意图,说道:"不过,我认为不必等到教授会最终表决,我们就可以……"

鹈饲还没说完,大河内就给出了结论:"我认为葛西候选人和财前候选人应共同作为最终候选人留待教授会投票表决,就是对本校出身的这两位候选人来说最为公平的方法。这样的话,接下来就要从金泽大学的菊川候选人和洛北大学的曲直部副教授这两个人中选出一位了,关于这一点……"

今津立即发言道:"我认为毫无疑问应该选择菊川候选人。曲直部候选人的研究有过于偏颇的缺点,但菊川候选人就没有这个问题。而且,从心脏外科是目前学术领域的主流来看,还是应该选择菊川教授吧!"

"你这种说法有点儿奇怪啊!如果说心脏外科是学术领域的主流的话,那么脑神经外科不也是目前具有重要意义的学术课题吗?"

叶山像是在抓今津的话把子。

"不,我并不是说脑神经外科的重要性比不上心脏外科,而是说因为心脏外科是最年轻的学科,尚未开拓的课题很多,所以从一般的趋势来看具有非常重要的意义。而且,我们第二外科已经有了专攻脑神经外科的渡濑副教授,近来他的科研业绩进步显著,所以没有必要特意从外校引进,只需期待他的成长就足够了。从这点来看,由于第一、第二外科都没有人专攻心脏外科,所以此时需要专攻心脏外科的菊川候选人。"

今津这样说明,大河内也表示同意,说道:"是啊!从综合外科的体制来看,缺乏优秀的心脏外科研究者是很大的不利因素,所以应该选择菊川候选人。怎么样啊?"

东贞藏、今津和野坂都表示赞成,就像在对刚才大河内保留了葛西报以回礼。

"既然五名委员中有三名表示赞成,那最终候选人就定为金泽大学的菊川教授、德岛大学的葛西教授和本校的财前副教授这三名吧。各位没有什么异议吧?"

大河内像仙鹤般扭动细长的脖子环视众人,没有任何人提出异议。经过长达五个多小时的评选,委员们脸上明显地都浮现出疲劳的神色。

"那么,遴选委员会将把以上三名候选人推荐到教授会,尽快由事务长向各位教授通报,以期在预定日期举行决选投票。有劳各位委员协助,我们得以严正、公平地进行了这次评选。我作为遴选委员长向各位表示深深的谢意。"

大河内形式化地做了总结,东贞藏也跟着行礼。

财前五郎用淋浴冲洗掉沾在手腕和额头上的血渍,随即泡进浴缸里。他把全身泡在热水里,感到刚做完十二指肠溃疡手术的紧张感全被释放。手术成功后那种得到解放的感觉渐渐充满全身。但是,他的心底仍沉淀着积郁,因为他深深地挂虑着第二次遴选委员会的结果。

即使是在做手术的时候,他也不时地想到评选结果。不过,从手术刀伸向患部时起,他的注意力就转移到手术刀的动作上了。可是手术一完成,他就又开始担心会议结果,甚至连自己都觉得自己太没出息了。哗啦一声,水花四溅,他从浴缸里站起身来,在体毛浓密、肌肉发达的躯体上涂抹肥皂并用毛巾擦洗。眼看着毛发上沾满了雪白的泡沫,他健壮的身躯被白色包裹得像雪人一般,只有那双犀利的眼睛在镜中炯炯发光。

突然,浴室门口传来敲门声。可是,门口明明还亮着"入浴中"的红灯嘛!财前用不愉快的声音回应。

"老师,我是佃……"

医务长佃友博的声音听上去好像非常顾忌周围似的,浴室的玻璃门被打开了。

"哦,是佃啊!你来这种地方干什么?"

"老师,最终候选人确定啦!是老师、金泽大学的菊川教授和德岛大学的葛西教授。我是想办法从事务局那儿打听到的,不会有错!"

"是吗?除菊川之外的另一个人果然是德岛大学的葛西呀!真是不好对付啊!"财前一字一句地说道。

"有鹈饲院长和叶山教授在场,居然也没能把他敲掉啊!"

佃友博的不满情绪表露无余,财前也差点儿跟着抱怨起来。

"据我估计,应该是东教授跟今津教授联手,为了分散我的票源而伙同野坂教授推荐了葛西候选人。尽管如此,葛西候选人确实比菊川候选人更加麻烦。不管怎么说,他还是我的前任副教授呢!"

财前说完,想起了在自己还是助教时就当了副教授的葛西博司。他在八年前把副教授的位置让给自己,转调到德岛大学去当教授了。针对菊川倒是可以采用反对外聘教授的正面攻击法,但是,对于出身于本校而且是自己前辈的葛西却没有什么决胜的妙招。而且,如果转调到地方院校的教授们为了自己的将来,而与校内同情葛西的人结伙的话,还有可能形成巨大的威胁。财前在蒙蒙蒸汽中感到心底油然涌起了不安的情绪。

财前五郎离开中央手术室的浴室,向佃友博交代如果术后患者情况有变就给财前妇产科诊所打电话,随即走出了附属医院。他拦下一辆出租车,在位于堂岛中町的财前妇产科诊所前下了车。他没像平时那样从正门进去,而是打开了后面住所的门厅。

"我岳父呢?还在坐诊吗?"

财前一边登上门厅的地台一边打招呼,扎着束袖带的老女佣惊讶地出来迎接。

"刚才休息了一会儿,可是有个住院患者突然说不舒服,他就去病房探视了。"

"是吗?那我就过去看看吧!"

财前沿着走廊来到诊所,登上病房所在的二楼时,在走廊中段看到了财前又一。他在和服上套着白大褂,如同潇洒的厨师一般。

"你怎么突然来啦?"

财前又一扭过海怪般油光发亮的秃头问道,随即把妇产科的内诊器具交给护士,又拿起毛巾擦拭了下散发着消毒水气味的双手。

财前轻轻凑近并快速低声地说道:"遴选委员会结束了,结果是前门拒虎,后门进狼!"

"哦?看来我们错估了形势呀!好吧,我马上就下去。"

财前又一向护士交代了患者的注射用药之后,下楼来到住所的里间客厅。

"那么,虎和狼是谁和谁呀?"

"一个是预料之中的金泽大学的菊川教授,另一个是德岛大学的葛西教授。"财前仔细地说明了自己与葛西的关系,然后泄气地说道,"真是碰到麻烦的对手啦!我先前就担心可能出现这种状况,一旦真的跟葛西前辈咬起来,再加上现任教授推荐的菊川候选人这种劲敌,我真有点儿手忙脚乱呀!"

"用不着慌张!肥料应该会发挥作用啦!"

"啊?肥料?"

"是啊！为了你,我从前些日子就开始勤劳地'施肥',通过医协的岩田在鹈饲院长那边该给的都给了。还有那个叫锅岛什么的,就是总是穿着正装像要参加红白喜事的那个人,我也都打点好了。而且据岩田所说,每张选票还要准备五万,所以我连这个都准备好了。你不必担心啦！"

财前又一满不在乎地把拉教授选票说得像买火车票一样轻松。

"可是,爸爸,即便做好了那样的准备……"

财前刚说到一半就被岳父打断了。

"我明白,你是想说,只靠这些活动得不到教授的位置,对吧？但是,不管是虎是狼,只要撒钱就不怕降服不了。好啦,交给我就是了。"

说完,他又像往常那样喉咙里发出"咕噜咕噜"的响声。他喝了口茶,然后突然说道:"话说回来,那个叫什么的酒吧女人,你可不能不小心点儿呀！"

"啊？酒吧的……到底是谁这样胡说八道？"财前立刻开始反驳。

"我这可不是指责你金屋藏娇。不管是市议会议员选举还是医协选举,一旦纠缠不清,到最后就会把男女关系当成攻击对方的把柄,所以我是叫你留心点儿,别因为女人的事情被抓住话柄而陷入困境。金屋藏娇只能带来损失,绝对不会得到半点儿好处啊！"

"可是,我并没有……"

"好啦,那都是无所谓的事情啦！哎,叶山教授要来这儿出诊了,你还是别跟他照面儿为好吧！手术结束之后,我会跟叶山先生好好地谈一谈,你就不必担心啦！"

不知从何时开始,财前又一开始以委托手术为由接近鹈饲派的参谋、妇产科的叶山教授了,他想以手术酬金的形式支付高额的活动资金。财前已经读出岳父的用意了。

"这就叫'海怪派'招法,怎么样,够高明的吧？"

财前又一厚实的嘴唇上沾着唾沫,得意地笑着。但是,财前五郎的心头却掠过一丝疑问:这样做会不会过犹不及呢?

在拉迪盖酒吧最里面的包厢中,整形外科的野坂正在向皮肤科的乾教授和小儿科的河合教授讲述当天召开遴选委员会的经过。

野坂喝光了杯中的加冰苏打威士忌酒,探身说道:"如此这般,葛西可是在千钧一发之际挤进去的呀!"

系着蝴蝶结、装束潇洒的皮肤科的乾教授说道:"那太好啦!其实,都怪野坂出现得太迟了,害得我们都有点儿悲观了。"

"这样一来,喝酒也总算有点儿滋味啦!咱们先为突破遴选委员会这一关干杯吧!"

小儿科的河合教授又要了一杯加冰苏打威士忌酒。乾教授和河合教授都比野坂年长,大概五十二三岁,呈现出壮年教授所特有的风貌。也正因如此,他们对倚仗鹈饲院长谋求教授职位的财前怀有强烈的反感。

野坂喝干了不知是第几杯酒,进一步详细地说道:"不管怎么讲,财前有鹈饲、叶山的支持,而菊川有东和今津两人支持,所以能够作为最终候选人保留下来似乎理所当然。但是,这边只有我一个人,想要在十名杰出的候选人中保住葛西,真是险象环生,令人紧张不已呀!"

"那样的话,原先因为反对外聘教授而集中到财前身上的选票,由于同校出身的葛西的出现,就会被分散。如果搞得好的话,既反对外聘教授又反对财前的选票将直接流向葛西。这下鹈饲先生的血压又该升高了吧!"皮肤科的乾教授无所顾忌地说道。

小儿科的河合教授也接茬儿说道:"果不其然啊!这阵子反对外聘教授派的气势猛然高涨起来,咱们只需搭上反对外聘教授这条已经铺好的轨道,巧妙地行动就可以啦!"

野坂深深地点头同意,并一吐为快地说道:"是呀!咱们就趁这个机会好好地大干一场吧!我虽然也不愿意招惹鹈饲先生反感,但是对于财前那张脸我是看都不想看呀!"

乾教授也说:"财前那个人,稍微有点儿小才就自高自大,年纪轻轻就自以为是,太专横跋扈了!即使在走廊上遇见,他对咱们这些前辈是什么态度呀?总晃着像职业摔跤手一样的大块头,在走廊上横行霸道。难道他走路的时候就不能稍微收敛一点儿吗?我从奈良大学刚被召回母校的时候,最先感到扎眼的就是那家伙骄横傲慢的架势啦!就算是为了彻底敲打下他那盛气凌人的本性,咱们也应该趁这个机会把他整到地方大学去,叫他尝尝坐冷板凳的滋味!"

乾教授原先在浪速大学当副教授,后来转去浪速大学系统的奈良大学担任教授,在时隔七年之后的前年才刚刚回到母校来。他对于财前不经过任何艰难困苦就平步青云地当上本校副教授感到特别不爽。

"不管怎么说最要紧的就是抢先敲定票源。不过,有确切把握的选票能拿到几张呢?"乾教授问道。

野坂表情慎重地答道:"因为临床组十六票加上基础组十五票总计三十一票,所以咱们必须拿到半数十六票以上。不过还要充分考虑到,临床组的选票无论如何都会被鹈饲包揽大半,而东教授也会凭他资深教授的面子收回几票,所以咱们必须首先在临床组拿到九票,另外七八票要从基础组获取。所幸率领基础组的大河内教授态度严正中立,咱们挤进去的可能性还算是比较大吧!"

"但是,想从基础组拿到七八票,是不是太困难啦?反正不管是鹈饲派还是东派,肯定也会盯住基础组的选票,从他们那里挖票可不那么容易呀!"小儿科的河合忧心忡忡地说道。

野坂涨红了微醺的面孔说道:"所以,这方面的工作就要委托乾教授啦!由曾经转调到本系统的地方大学任职而现在回本校当教授的你出面,呼吁调到地方大学的人推荐葛西候选人。这样一来,他们也会把这事儿当成自己将来的切身问题来考虑,进而从外部影响本校的教授们。你要以基础组为重点做工作,因为基础组中很多人都比较朴实,长期坐冷板凳,所以他们对于在地方坐冷板凳的孜孜不倦地搞科研的人容易产生共鸣和理解,因此他们会倾向于支持葛西吧!"

乾教授说道:"原来如此!这真是绝妙的心理战啊!因为基础组那伙人对临床组那些小人得志、恣意张狂的教授和副教授们已经厌恶到意气用事的程度了,而咱们就是要刺激他们的那种心理,对吧?而且,如果葛西候选人当选本校教授,就能让那些去了地方院校的教授们感到还有奔头,而且对积极为他们创造这种机遇的咱们三个也会表示更加强有力的支持,这样咱们将来做起事来就更容易啦!"

野坂拍了一下乾教授的肩膀,语调强烈地说道:"就是这么回事儿嘛!咱们三人瞄准的目标,并不只是为了阻止财前、支持葛西,而是为了改善在鹈饲、大河内那些老年教授统治下渐渐老朽的医学院体制,而作为其中的一个阶段就必须让葛西当上教授。"

乾教授与河合附和道:"完全正确!作为本校的革新派团体,咱们必须趁这个机会推举葛西大显身手。从东教授明年三月离任之后开始的四年之内,像大河内教授、鹈饲院长那些老年教授也会接二连三地下台,以后就是咱们少壮教授的时代了。正是因为这一点,咱们才必须通过阻止财前来争取让葛西当选,然后慢慢把咱们的势力渗透到校内。这就是咱们在这次教授选举中的目的所在。"

不知不觉之间,野坂、乾和河合这三个临床组教授为即将成为校内主流派而兴奋起来,并且为了达到这个目的他们紧密地团结了起来,决定无论如何也要让葛西当选教授。

东贞藏走进门厅,妻子政子十分稀罕地出来迎接。她接过皮包,绕到东贞藏身后,帮他脱下外套。

"今天回来这么晚呀!遴选委员会开得怎么样啦?"

"啊,暂先保留了三名稳妥的最终候选人。"

东贞藏应声走进起居室,政子从茶柜里取出茶具,捏了些绿茶放进古九谷茶壶里。

"当然啦,菊川先生那么优秀,要是不留作最终候选人就有点儿太不可思议了。那么,除了财前之外,还有一个是谁呀?"

"转调到德岛大学的葛西呀!就是在财前之前的副教授。"

正往茶壶里倒开水的政子停下手来。

"哎呀,这可麻烦啦!菊川先生的两个竞争对手偏偏都是你的副教授。不管是财前还是葛西,为了在你之后继任教授职位,每年都带着夫人来拜年,而且每逢节假日都会登门拜访。可惜两人都白忙活啦!呵呵呵!"

政子的笑声中透着残酷的回响。

"那有什么办法呀?我又不是有意识地那样做嘛!只怪他们还不具备胜任教授的学识和资质嘛!"

东贞藏像是要消除自己心中的歉疚似的说道。

"哎呀!那又有什么好在意的呀?只不过是那两人缺乏你所期望的本领而已嘛!话说回来,接下来就该开教授会投票表决了,你预估前景怎么样啊?"政子美丽的双眸紧紧地盯住东贞藏问道。

"嗯,在下午遴选委员会结束之后,晚上我也跟今津谈论过这个问题。从现状来分析,今天遴选委员会上表现出的各派势力对比将会完全反映在票数上,我觉得菊川、财前、葛西应该是二比二比一的比例。但是，葛西是财前的前辈，人格方面也比较成熟，因此财前的票数很有可能会被分散。其实我把这方面的情况也计算到了，所以在葛西险些落选的紧急关头极力举荐，使他得以保留成为最终候选人。不过，我要在利用葛西分散财前票源的同时，通过活动来争取基础组那边的选票。不管怎么样，我觉得临床组和基础组加起来应该能拿到十七票。"

"可是，事情真能按照你所想的那样顺利发展吗？财前还有鹈饲院长撑腰呢！"

"是啊，问题就在这里呀！就算鹈饲是医学院长，但只要大河内教授还在基础组，他就无法轻易对基础组下手。幸好我平时跟大河内教授关系更亲近一些，而且大河内教授也公平地评价了菊川的业绩，看样子非常认同菊川，所以我让今津去拜访大河内教授，请求他支持菊川。只要大河内教授点头，那么基础组的选票就会流向菊川这边啦！"

"听你这样一说，我就放心啦！那么，我也找个机会向大河内教授打声招呼吧！就说到时候请多关照，可以吧？"

政子通过以往的经验深信：在东贞藏陷入困境的时候，凭自己的才华和社交手段往往能使事态转危为安。

"不，对于大河内教授来说，这类做法全都属于禁忌。你要是在这种时候轻举妄动，惹得大河内教授跟咱们故意找别扭的话，菊川可就一点儿希望都没有了。你明白吗？"东贞藏一反常态地严厉叮嘱道，"那好，我要赶紧给菊川打电话。现在已经过了十点钟，菊川再怎么热衷于搞科研也该从研究室回到家里了吧？"

东贞藏离开起居室，拿起走廊尽头的电话拨号，马上就接通了。

"啊，菊川，我是东啊！"

"哦，东老师吗？您好……"

电话中传出菊川语调平板而低沉的声音。

"在今天的遴选委员会上,好不容易确定了三名最终候选人。你当然是其中之一,另一名是财前,还有一名是德岛大学的葛西教授啊!其实,这个葛西也是从我们研究室出去的人,所以我的处境变得非常微妙,但是不管怎样,请你相信我吧!"东贞藏语调亲切地说道。

"是,谢谢东老师对我多方关照。不过,您为我做那么多事情……"

菊川说到这里突然噤口不语了。

"不,我这也不只是为你个人,而是本着公平的原则为了本校的发展。因而我是从全国性的广阔视野来考虑推荐你的。我会光明正大地支持你到最后!那好,我还要向东京的船尾报告这件事情,再见!"

东贞藏放下电话之后,才发现刚才都是自己一个人在说,而菊川几乎没怎么说话。他已经事先通知过菊川今天要举行遴选委员会,可不知菊川是忘了还是对遴选结果并不怎么在意。不管怎么说,东贞藏对菊川过于沉默寡言的表现开始有些挂虑了。不过如果促成菊川继任第一外科教授的话,就可以在离任之后也能有效地遥控第一外科,而且还可以把菊川作为自己女儿佐枝子的配偶进行掌控。想到这里,东贞藏眼睛里露出明快的笑意。他刚要离开电话,发现佐枝子站在自己背后。

"啊,是佐枝子呀!我刚才告诉菊川,他已经成为最终候选人啦!"东贞藏眉开眼笑地说道。

但是,佐枝子却表情冷淡地说:"是这样啊!如果这真是父亲和菊川先生所期望的结果的话,那就太好了……"

佐枝子用略带责备的目光望向东贞藏,说完就转身离开了。

第九章

　　新的一年到来，投票选举下届教授的教授会再过一个星期就要举行了，财前派为了敲定票源而频繁地举行聚会。

　　叶山教授得到鹈饲医学院长的授意，担任了游说校内教授的工作。而岩田重吉和锅岛贯治则利用浪速大学校友会干部的身份，从校外鼓动临床医学组的教授们为支持财前造势。在今晚的聚会上，他们将要根据这些活动的成果预估选票，并研究制定最终对策。不过，鹈饲院长顾忌到直接与岩田、锅岛晤面容易惹人猜疑，因此只让岩田个人跟自己商议之后，再去跟锅岛贯治、财前又一及财前五郎本人报告结果。

　　锅岛贯治身穿昂贵阔气的双排扣西装，胸前衣袋露出一截花花绿绿的手帕，正与财前又一推杯换盏。

　　"岩田先生是怎么回事儿啊？八点钟都过了，怎么还迟迟不来呀？不就是预估三十一票的流向吗？那能用几个小时嘛！在我们这些搞市议会选举的人看来，鹈饲和岩田的做法简直是太外行啦！"

　　锅岛很不耐烦地说完，随即瞄了一眼时钟。正在这时，走廊上传来慌乱的脚步声。

　　"不好意思，让各位久等了。预估选票相当困难，所以耽搁了不少时间。"

岩田急匆匆地进了门。

"预估前景怎么样啊？"财前又一迫不及待地问道。

"毫无疑问会投给财前的票数是十八票。"

"啊？才十八票？太少了吧！三十一票中只能拿到十八票,这到底是怎么回事儿呀？你当初不是保证说,鹈饲先生是临床组的实力派,所以临床组的选票会全部包揽吗？"

财前又一海怪般的秃头油光发亮,满脸都是无法接受的不满情绪。

"好啦好啦,别那么生气嘛！尽管总共是三十一票,但其中基础组有十五票,临床组有十六票。首先,临床组那十六票又分为支持财前候选人的鹈饲派十票和支持菊川候选人的东派四票以及支持葛西候选人的野坂派两票。不管是哪一方,为了取得过半数的选票,无论如何都得拿到基础组的选票才行呀！但是,因为基础组由大河内那个像奈良大佛一样的老顽固掌握着选票,所以能够决定今后教授选举胜负的只有基础组。不管怎么说,因为那边掌握的选票多达十五张,所以咱们要千方百计地从这里挖出八张选票来呀！"

岩田具体说明之后,财前又一露骨地说道:"原来如此啊！听了你的解释,我终于明白为什么只能从临床组十六票中拿到十票了。不过,因为东派和野坂派都瞄准了基础组那十五票,所以咱们也必须好好下功夫从那边挖选票。首先,即便东派只能在临床组拿到四票,但如果他能说动那个顽固的大佛而一手囊括基础组选票的话会怎么样呢？四票加上十五票就是十九票。也就是说,财前五郎败北的可能性不是不存在,所以,即使预估能够拿到十八票,也还是叫人提心吊胆的嘛！我好不容易请到二位赫赫权威帮忙,而且我也尽自己所能给予配合了,所以能不能请二位再想法增加些票数呢？"又一随即转向五郎问道:"你本人的意见怎么样呢？"

"是啊!说老实话,十八票这个数字实在难以让人放心。假如因为葛西前辈这位候选人的出现导致反对外聘教授的选票流向他那边的话,我很有可能遭到他和菊川的两面夹击呀!"财前五郎忧心忡忡地说道。

财前又一说:"这样一来,就更需要想方设法从那个奈良大佛所在的基础组挖到十票以上的选票啦!"

"是啊!最为关键的重点就在这里。刚才我跟鹈饲之所以谈了那么久也是为了这个。我俩商议后,想到了一个妙招。"岩田说到这里突然压低了嗓音,"从表面上看基础组像是以大河内为核心抱团儿,但实际上我听说最近以公共卫生学的助川教授为主的年轻人对大河内所谓的清高精神和刻板陈旧的做法心怀不满,所以叶山正着手从助川教授那儿开始瓦解他们呢!"

"哦,叶山教授啊……那真是太难得啦!"

财前又一从一个月前起叫叶山去自己的诊所出诊做手术,并以委托手术的名义支付巨额酬金。叶山这么快就采取了行动,使财前又一感到十分满意。

财前五郎说道:"被称为'大河内的基础组'团结得相当紧密,他们会因为公共卫生学助川教授等人的反抗而四分五裂吗?"

在基础医学组当中,公共卫生学的助川教授与媒体的联系最为密切,他围绕防止公害等问题经常在电视及电台中露面发声。财前脑海里浮现出他善于社交的身影,开始担心基础组那些脾气别扭的学究型教授不会那么简单就跟着助川走。

锅岛也一直在考虑这个问题,但此时像是想到了什么。

"咱们就来这样一招怎么样?幸好我担任市议会的民生保健委员长,就让我以'咨询下年度设立公害研究所相关事宜'的形式,设宴招待以公共卫生学的助川教授为首的生理、卫生、放射等领域的教授,然后在席间巧妙地推动他们支持财前,怎么样?这样做既顺理成章地向他们做工作,还能暗示他们在财前当上教授之后,就可以介绍他们手下的研究生去当公害研究所的研究员。"

锅岛好像颇有自信地承担了这项任务。

财前又一接着就提到了活动经费的问题:"那我该准备多少呢?"

岩田慌忙摆手制止道:"你动不动就扯到钱上去了,真够呛!好啦,这事儿就交给我和锅岛市议员吧!到了需要的时候我会向你开口的!"

"可是,你看看医协选举,自始至终全都要靠钱,不是吗?我是根据多年来的切身经历这样说的嘛!"

"你说得一点儿都没错。只要是跟选举沾边儿的事情,全都跟金钱和财物紧密相连。即使是日本医协选举,比起候选人的德行和见识,也是谁撒的钱多谁就能胜选。但是,在大学教授选举中撒钱可就需要要一点儿小把戏啦!这是给金钱加上障眼法的高品位小把戏呀!"

"哦?高品位?连那种一文不值的东西都想要吗?"私立医专出身、干了半辈子营业医师的财前又一揶揄地说道。

第二外科的今津教授在国铁高槻站下车之后,出了检票口,沿着柏油路向东走去。这里毕竟是郊区,街道两旁的商店都静悄悄的。走过这些商店,街上的行人就越来越少了。

今津走在行人稀少的街道上,再次回想起昨天跟东教授谈话的情形。第三内科、神经科、麻醉科、泌尿科和中央临床检验科的教授有五张选票,再加上东贞藏和自己的选票可以确保临床组七张选票。但是,为了再争取十张选票,他们绝对需要得到掌控基础组的大河内的协助。不过,怎样运作才能得到大河内的协助呢?他到现在还没有得出确切的结论,于是今津决定好歹先去大河内的住宅拜访一下。

今津从正街拐进小巷,就看到了板墙翘曲、檐瓦似乎就要脱落的大河内的家。这座房舍质朴得一点儿都不像得到学士院恩赐奖的著名学者的家。他摁响了老旧的门铃。

"请问您是哪一位?"

年纪六十五岁上下的老妇人露出面孔问道,她好像是为单身生活的大河内打理家务的阿婆。

"请您转告大河内教授,我是浪速大学的今津,他就知道了。"

老妇人立刻进里屋传话去了。

今津站在土地板上环视门厅。地台上的木板到处是木节并开始翘曲,相连的榻榻米也十分陈旧并且变成了褐色,呈现出一副煞风景的凄凉景象。

刚才那位老妇人回到门厅说道:"先生正在看书,就请到书房来吧!"

"好的,那我就去书房打扰了!"

今津每走一步都会踩得地板吱呀作响。他穿过走廊进入里面的客厅,那就是大河内的书房。在大约十铺席大的日式房间中摆着硕大的书桌,四面墙边不留空隙地摆满了书架,沉重的书本把榻榻米都压出了凹陷。

"突然登门打扰,十分抱歉。"

今津打了声招呼,正在看书的大河内抬起头来。

"啊,今津,你突然来我家有什么事儿吗?"

今津不经意地望去,大河内正在看德文原版的《人体肿瘤学》。他原先估计大河内在星期天下午应该有空闲,可没想到大河内竟然还在埋头钻研原版专著,这使今津感到了威慑力极强的压迫感。

"没想到您连周末都在读书,真不好意思,打搅您了。"今津惶恐不安地说道。

"对我来说,节假日反倒能有大块时间搞研究。一旦去了学校,且不说指导研究生,还有其他杂七杂八的事务。在家里就不用担心那些事儿啦!那么,你今天来是不是有什么特殊的事情啊?"

大河内好像希望今津赶快说完事情,他好继续研究。

"不,倒也谈不上什么特殊事情,其实吧,就是因为东教授为这次教授选举太劳心费神了,我实在不忍心看着他这样下去。"

"哦?东教授为什么事情劳心费神呢?"

"其实,就像您也知道的那样,东教授最初考虑到只要是无愧于第一外科继任教授的一流学者,那么任何人都可以推荐。可是,在第二次遴选委员会评选全国公开招聘的候选人时,东教授注意到了学术业绩和品格都出类拔萃的菊川候选人,并考虑一定要让他成为自己的继任者。"

"因为那位金泽大学的菊川确实非常优秀,所以嘛,当然会有那样的考虑啦!"大河内十分自然地说道。

"可是,这正是让东教授劳心费神的事情。在三名最终候选人中,有他自己手下的门生财前和从他研究室转调到德岛大学的葛西。所以,即使东教授想用公平的眼光选择菊川候选人,但恐怕感情上还是有某种牵挂。总而言之,东教授看上去太劳心费神了。"今津同情地说道。

"东这个人乍一看会使人感到很冷漠,其实他就是那样热心体贴的人呀!不过,在这种重要时期可就不能那样优柔寡断啦!"

"是啊,问题就出在这里。就因为东教授过于热心体贴了,所以特别容易陷入优柔寡断之中。因此我对东教授说过嘛,如果是其他问题倒也罢了,但是在继任教授这样的重大问题上,无论是对于财前还是葛西,都不应该被荒唐的人情所束缚,而应该彻底地以理性去对待。我也鼓励过东教授,虽然自己能力有限,但也可以从第二外科的立场协助他实现让菊川候选人当选教授的愿望。"今津一反常态,用强烈的语调说道。

但是,大河内却只是应了一声"原来如此",表情没有丝毫变化。今津有点儿着急了。

"不过,话虽这样说,可到底该怎样为菊川候选人拉票呢?您也知道东教授和我都缺乏政治实力,而且不擅长社交,所以这个问题叫我们实在是一筹莫展。而且另一方面,我却听到支持财前候选人的鹈饲派正在跟校友会联手,大张旗鼓地进行拉票活动,眼看大河内老师所说的严正选举就无望实现了,我真是坐卧不安呀!"

大河内眉头猛地一抖,勃然大怒地说道:"你说鹈饲派跟校友会联手拉票,是真的吗?为什么这种在校内处理的问题要弄到外边去呢?临床出身的校友会干部中有些人就像是施压集团的老大,这首先就是很不正常的现象!"

"这些都好像不只是传闻而已。正因为如此,我觉得在这个时候应该力图以纯粹的学术观点看问题,让最优秀的菊川候选人成为第一外科的继任者。所以,如果可以的话,希望大河内教授能助我们一臂之力。"

今津一口气把话说完,大河内凹陷的眼睛里闪着锐利的光亮。

"是东叫你来委托我的吧?"

"没有的事儿!东教授听到鹈饲派的很多传言之后说,如果菊川候选人因为对手卑鄙的竞选运动而落选的话,浪速大学就失去了严正公平的教授选举制度,而他将舍弃一切离开大学。正因为如此,像我这样赞同东教授意见的人才无法平心静气,所以我才会这样冒昧地登门拜访您。"

大河内沉默片刻之后说道:"今津,我已经说过很多次了,我的立场是严正中立、公正无私。我不是只要受人之托就会有所行动的人。不管有人委托还是没有人委托，我都会在教授会上公平的立场对优秀的候选人表示赞同。"

"那么，您会赞同菊川候选人啦？"今津情绪高涨地问道。

"不，我只是说我会以严正中立的精神对待选举而已。"大河内严肃地反驳道。

今津脸上露出失望的神色，凝重的沉默降临了。

"话说回来，各派在临床组的预测票数大概是什么比例？"大河内突然问道。

"我想大概支持财前的有八票，支持菊川的有五票，支持葛西的有三票。"

听到今津的回答，大河内不知有何想法，他在桌上的记录本上写下了这几个数字。

房门紧闭的新楼会议室里，正在举行决选第一外科继任教授的教授会。被宽大的玻璃窗和淡黄色墙壁包围的崭新会议室，笼罩在以往教授会上未曾有过的紧张气氛之中。

U字形会议桌的正中央坐着教授会主持人鹈饲医学部长，遴选委员会会长大河内教授坐在他旁边，两侧由临床组与基础组的教授们按照科目表顺序落座。除了一名教授因病缺席之外，三十名教授全都到齐了。不过，在大多数教授心中，最后把选票投给谁，应该已经根据各派事先的拉票活动大致确定了。

鹈饲环视了一下会议桌周围，确定各位教授都已经到场之后，大声地干咳了一下。

"现在开会。本次会议将对第一外科的继任教授进行审议，同时进行投票选举。在此之前，我们请遴选委员长大河内教授向各位说明评选经过。"

大河内站了起来。

"我们受教授会的委托,在遴选委员会上进行了严正的评选。现在,由我向各位报告反复评选的经过和结果。首先说明评选方法,为了站在全国性的视野广招人才,我们采取了全国招聘的形式,委托全国各大学校长或医学院长推荐,最后得到了十名候选人。然后首先从中淘汰了在年龄、业绩和品格方面有缺憾的五名,而留下了五名候选人。虽然这五位都是难分优劣的人物,但是经过我们从学历、工作经历、研究经历和品格等方面进行了全面而严格的考评之后,我们留下了金泽大学的菊川教授、德岛大学的葛西教授以及本校的财前副教授这三名最终候选人,并接受教授会的投票表决。有关这三名候选人的学历、工作经历和研究经历等信息,各位可以参阅手头的履历书复印件了解详情。因此,我作为遴选委员长,在此对三名候选人的学术业绩重点进行说明。"

大河内以他一贯的简洁风格说完之后,各教授就把目光投向了自己手中的候选人履历书。

"现在,我就按照假名五十音的顺序,从德岛大学的葛西候选人开始说明。关于他的经历,正如履历书所记载的一样,他为本校出身,于一九五五年由本校副教授转任德岛大学医学院教授至今,研究领域为肺结核胸膜外充填术及肺癌的外科手术治疗。在一九五八年的肺结核外科研讨会上发表了题为《肺结核胸膜外充填术》的论文。另外,在一九六二年发表了有关《肺部切除术前后的心肺功能》的课题研究报告,在肺外科领域中成绩斐然。至于个人品格方面,也十分优秀。"

积极推荐葛西候选人的整形外科野坂教授的座位周围,响起了窃窃私语的声音。

"接下来是金泽大学的菊川候选人。如履历书中的记载一样,他毕业于东都大学医学院,在该校担任讲师,于一九五七年转任金泽大学医学院教授至今。在科研业绩方面,菊川候选人一贯针对"心脏冠脉功能不全的外科手术疗法"进行研究,总共发表了二十二篇论文。一九五八年在胸外科学会上以《心肌梗死的血管再通术》为题进行了特别演讲,一九六〇年发表了有关《冠状动脉内膜切除术》的课题研究报告,一九六一年获得了日本外科学会总会的学会奖。尤其是在冠状动脉内膜切除术方面,菊川候选人是无与伦比的行家里手。至于个人品德方面,金泽大学的医学院长在推荐书中介绍说,他是一位温和内敛的学者型人物。"

东贞藏与今津不动声色地对视了一下。从大河内平淡简洁的说明当中,似乎也能感受到他对菊川的温暖关怀。

"最后是财前候选人。如各位所知,财前候选人从一九五五年开始担任本校第一外科的副教授,专攻消化系统,尤其擅长胃部与食管的吻合术研究。一九六〇年在日本外科学会总会上做了题为《胃黏膜癌的临床意义》的特别演讲,一九六一年发表了题为《关于胃癌的转移、进展的临床及病理学探讨》的课题研究报告。特别是在胃部与食管的吻合术的领域中,他的成就得到了公认。至于个人品德方面无须我赘言,想必各位都已经非常清楚了。"

大河内说完坐下,鹈饲接着站起来说道:"刚才,遴选委员长公平而且严正地介绍了三名候选人的业绩。如果对各候选人有任何疑问或意见,请各位畅所欲言。尤其是除遴选委员之外的各位教授,请在这次教授会上直言不讳地发表你们的意见。"

从这番话中可以感受到鹈饲摩拳擦掌的劲头,他在遴选委员会上寡不敌众,于是想在教授会上依靠支持财前的多数派一决胜负。

大河内严肃认真地催促东贞藏发言:"在此之前,如果现任教授东教授有什么意见的话,先请您说出来,好吗?"

东贞藏慢慢地站起来说道:"我没有什么特别想说的话。这三名候选人都是由遴选委员会严正评选出来的,所以我殷切希望通过更加严正的投票方式选出最符合本校发展要求的人才。"

"完全正确。我们应该按照东教授说的,本着严正的态度,积极踊跃地对各候选人提出质疑嘛!"鹈饲十分谦恭地说道。

就像在呼应鹈饲的话,支持财前派的第二内科教授、附属医院院长则内教授开口发言。

"我对葛西候选人的业绩提出质疑。关于葛西候选人研发的'胸膜外充填术',我听说术后在填充于胸膜腔内的'乒乓球'中会积存浆液,结核菌会在其中繁殖并造成瘘孔,使病情恶化,而且这样的实例很多。关于这一点应该怎样解释呢?"

则内教授站在结核专家的立场提出了尖锐的质疑。同属财前派的放射科教授也乘势追问道:"这事儿我也听说过。我认为'乒乓球'的临床应用有过于冒进的嫌疑。目前已经出现强烈要求尽早摘除'乒乓球'的意见了。"

财前派为了防止集中在财前身上的选票分散到同校出身的葛西身上,就想先把葛西击败。这种意图已是昭然若揭了。

支持葛西派的整形外科野坂教授显得斗志昂扬。

"真不敢相信这番话会出自专攻结核病的第二内科教授之口呀!葛西候选人的胸膜外填充术在发表当时,很明显地使结核空洞缩小,对肺结核治愈做出了重大贡献。这是不争的事实。学术这种东西,即使是曾经被视为真理的成果,在经过十年之后也很有可能不再是真理了。但是,如果害怕这一点的话,那就将一事无成。事实上葛西候选人后来还多次改良过胸膜外填充术,努力克服刚开始时出现的弊病。难道您不知道吗?"

被野坂指责为孤陋寡闻的则内教授答道:"克服弊病？开什么玩笑？我看你才搞不懂我们结核病专家的评价。再说,葛西候选人是不是真正具备了担任教授的才干呢？我看所谓的品格健全其实就是过于八面玲珑,也是过于缺乏主见。"

则内说到这里,支持葛西派的小儿科河合教授发言道:"担任教授的才干和水平是在当上教授之后逐渐具备的,所以这一点并不构成能否胜任教授的问题。而且葛西候选人应该属于大器晚成型的人才,最近他的科研成绩进步显著,专攻的学术领域也相当于东教授的直系,而且还是财前候选人的前辈。所以,既然同为本校出身,实力也差不到哪儿去的话,那么推荐在地方大学饱尝八年艰辛的葛西候选人才符合办事程序嘛！"

会场上出现了窃窃私语及交换眼神的情况。鹈饲探出富态的身躯敲了敲桌子。

"禁止采用刚才那种拉票式的发言。请各位只针对候选人的履历及业绩继续质疑吧！"

支持财前的眼科教授,弯着瘦小的身躯,用异样低沉的声音说道:"冒昧请教一下,我听说菊川候选人背后有东都大学船尾教授的关系,如果真是这样的话,那就是把最麻烦的人物留下当最终候选人了。说到东都大学的船尾教授,各位都知道,那可是文部省科学研究经费审议会的头儿啊！"

支持财前的参谋级人物叶山立刻点头附和。

"这确实很令人伤脑筋呐！文部省的科研经费竟然被东都大学某教授的一己之见所左右,这才是真正的'癌症'呀！如果教授选举还要顾虑到这种事情的话,那可真是浪速大学的耻辱啊！所以,如果菊川候选人背后确实有东都大学的船尾牵线的话,这确实是个问题呀！"

这番话表面上看似攻击文部省科研经费审议会的现存弊病,实质却是要把菊川候选人逼入不利的境地。

性情温和的今津怒气冲冲地谴责道:"医学院长,刚才的发言才完全是性质恶劣的拉票活动。请禁止做出那种发言!"

"今津教授说得完全正确。此后严格禁止以诽谤中伤特定候选人为目的的发言。"鹈饲敷衍应景地发出禁令,"请各位继续质疑吧!"

然后是基础组研究公共卫生学的助川教授发言。

"从基础组的立场出发,我对菊川候选人的论文提出质疑。对于菊川候选人的《试论高气压手术室在心脏外科的应用》一文,我刚才跟生理学的教授讨论了一下,有关在高气压下的病态生理研究应该还留有很多尚未解决的问题,所以我觉得这篇论文有些轻率。关于这一点各位怎么看呢?"

东贞藏和今津的脸上表现出强烈的不安神情。他们倒不是为了菊川的论文内容感到不安,而是因为这种针对菊川的批评居然来自想要依靠的基础组教授。

东贞藏掩饰不安的神情说道:"关于这个问题由我来回答吧!高气压手术室的设计以及氧气中毒等问题确实尚未得到解决。不过,近年来与此相关的研究,不只是在我国,在海外也相当活跃。学会也十分期待这些研究成果能够带来令人感兴趣的见解,因此我认为'轻率'这个词语并不准确。"

大河内转向生理学教授问道:"林田,怎么样啊?作为生理学教授,你同意东教授刚才的发言吗?还是觉得像助川所说,这篇论文有些轻率呢?"

生理学教授林田答道:"关于这个问题不能轻易定论,而必须留待今后逐步论证解决。因此我不能给出明确的论断。但是,作为一篇试论应该有它的参考价值。"

林田采取了不置可否的模糊回答。

"既然是必须留待今后解决的问题,那么现在对它挑三拣四也就没有什么意义了。我们继续讨论吧!"

大河内说完,支持葛西的皮肤科乾教授发言了。

"据我所知,菊川候选人虽然在学术研究方面十分优秀,但手术技能却并不高明。听说,接受菊川候选人指导的研究生在实施手术时由于人工心肺装置的功能不全,造成患者在术后出血导致死亡的实例不止两三例。如果这是事实的话,那么菊川候选人恐怕并不适合担任本校第一外科的教授。"

今津斩钉截铁地说道:"那不能归责于菊川候选人研发的人工心肺装置,而且也与他指导方法的优劣无关,而是因为为患者主刀的人本身技术尚未成熟。关于这件事情,我们向金泽大学咨询之后也得到了相同的答复。"

支持财前的叶山插嘴道:"不对,你那种说法可是有点儿奇怪呀!根据我后来听到的消息,菊川设计的人工心肺装置就是有问题。所以,这本来就是菊川候选人自己的责任嘛!按理说,那种器械应该在临床试验之前经过猫狗等动物实验以确保完美无缺,可他的态度却那么轻率,实在令人怀疑他作为学者的良心。本来……"

叶山越说越来劲儿,却被大河内的一声"等等"制止了。

"即使在动物实验中进行过充分测试并确认没有问题,但那种状况仍然有可能发生。以麻醉装置为例,即使采用了世界一流的'海德布林克'或'佛列加'等优秀的麻醉机,仍然有可能造成患者死亡的情况。除了主刀医师技术不成熟、指导水平的高低以及装置优劣等因素之外,还有可能出现这种医学上的偶发事故。但是,如果过分谨小慎微的话,那就什么研究都无法进行下去了,而医学也就不会有进步了。因为菊川候选人的那套装置现在已经顺利步入正轨了,所以,叶山,你翻出初期实验阶段的陈年往事来揭短,可不是医学家应该做的事儿啊!"

大河内不留情面地指责,使能言善辩的叶山也沉默不语了。

"那么,关于财前候选人,各位有什么疑点要问吗?"鹈饲像要缓和尴尬的气氛似的说道。

支持葛西的血清学教授迫不及待地说道:"我对财前候选人的业绩提出疑问。财前候选人关于食管癌和胃癌的手术方法得到了社会的高度评价,但是在学会上有很多人提出意见,认为那种所谓'首创新术式'中的'首创'提法过于夸张。而且在对消化器官做手术时,即使进行相同的吻合术式,也会根据术后的愈合程度以及范围不同而不同,所以有些方面并不能按照社会的评价全盘接受。"

支持菊川的神经科教授也附和道:"我听说财前的术式非常精细复杂,并非任何人都能够简单地掌握。关于这一点我想请问,遴选委员会是否请教过外科学会的权威泷村名誉教授的意见呢?"

葛西派与菊川派这两派就像共筑统一战线般,口径完全达成了一致。

遴选委员长大河内答道:"因为对于这个方面我们都不是专家,所以如果各位有这种希望的话,我们可以联系泷村名誉教授请教他的意见。不过,幸好这里有全部加印的候选人论文,请各位根据这些材料讨论一下怎么样啊?"

支持葛西的野坂穷追不舍地说道:"财前候选人在手术方面具备了出色的技能,同时在女性方面也具备相当高的技能。他竟然跟酒吧里的女人搞婚外情,这与国立大学教授的身份极不相符,有关这方面的传闻,我想各位早已有所了解了吧。"

野坂向支持财前的教授们投去嘲讽的笑意,鹈饲勃然大怒。

"野坂,你说话要慎重,不要进行人身攻击。而且据我所知,你刚才说的话有些夸大其词了。就那么点儿事情,连咱们也不是完全没有经历过吧。咯咯咯咯!"鹈饲从喉咙发出笑声,环视了一下在座的众人。临床组那些作风浮华的教授们立刻发出了苦笑声。

鹈饲赶紧说道:"那好吧,看样子讨论进行得差不多了,现在准备进入投票选举程序,有什么异议吗?"

没有任何人提出异议。

鹈饲接着宣布:"那好,我立刻联系事务长,现在开始投票选举第一外科继任教授。"

"请等一下!"东贞藏忽然站了起来,面孔显得有些苍白,他静静地环视在场的教授说道,"我要弃权!"

"啊?弃权?"

教授们禁不住发出了惊讶的声音。

"是的,我要弃权!从刚才开始,我就一直在听各位激烈的争论。但是,我实在不忍心看到财前和葛西这两个由我一手培养的爱徒在接下来的投票当中激烈地争斗。我本人也无法取舍他们当中的任何一位。即使我想从学术业绩方面公平地看待并支持菊川候选人,但我又不能舍弃自己的两名爱徒把票投给其他学校的人。因此,虽然现在的我感到万分遗憾,但我还是决定舍弃能够行使自己正确意志的一票,所以我决定就此退出投票选举。除此之外,我认为自己已经没有任何办法可想了。"

这番话深深地打动了众人的心,凄恻感人的气氛充满了整个会议室。

东贞藏的身影消失在会议室门外之后,很多教授依然笼罩在深深的感动之中。在场的教授们的脸上浮现出感佩的神情,全场静默无声,仿佛已经忘却了先前为各自支持的候选人进行过唇枪舌剑的激烈论战。

"真不愧是东教授,高风亮节呀!"大河内喃喃自语道。

其他教授们也仿佛还在回味余韵尚存的感慨,静静地点头。

"从现在开始,我们将在事务长的见证下,进入继任教授的投票选举环节。"

教授们好像被鹈饲的声音唤醒似的回过神来。鹈饲脸上现出与深受感动的教授们相去甚远的表情,他拿起电话联系事务长。

"在事务长送来选票之后,我们立刻开始进行投票。请各位充分参考葛西、菊川、财前三名候选人的履历、科研成果目录以及刚才的会议审议过程,不要被一时的感情所局限,要根据自己的正确判断,选出最适合拥有光荣传统的第一外科的继任教授。我作为医学院长向各位发出诚恳的请求。"

因刚才离场的东贞藏那动人心弦的发言以及戏剧性退场给教授们心中造成了微妙变化,鹈饲为了避免东贞藏的言行影响选票的流向,故意说出以上那番话。

教授们当中响起窃窃私语的声音,他们由于各自心态不同而交头接耳、议论纷纷。但是,在事务长带着选票进来之后,室内的气氛骤然开始变得紧张起来。

事务长把封口的纸袋放在鹈饲面前。因为有一名教授因病缺席,东贞藏也选择了弃权,所以就把印有浪速大学校徽水印的选票分发给了在场的二十九名教授。

鹈饲用郑重其事的语调说道:"那么,现在进行无记名投票。另外,虽然有一名教授因病缺席,但由于因病缺席的解剖学研究室的畑中教授已经用邮寄的方式进行了不在场投票,所以本次教授会总共有三十张有效投票。"

沉寂无声的室内,只有钢笔填写名字发出的声响格外清晰。过了不久,似乎就有人开始折叠选票,事务长迅速端起投票箱依次回收,收集完毕即把投票箱放在了鹈饲面前。鹈饲马上打开了投票箱。

"那么,现在马上开票!"

他严肃庄重地说完,读出了最先取出的一票。

"菊川升!"

面对黑板的事务长,在菊川的名字下边写了"正"字的第一画。极力推举菊川的今津兴奋得开始脸上发红。

"财前五郎!"

叶山等支持财前的教授们长出了一口气。

"葛西博司……财前五郎……菊川升。"

鹈饲唱票的嗓门渐渐提高,面对黑板的教授们都心怀期待地凝神注视。

"葛西博司……葛西博司……财前五郎……菊川升……菊川升……"

鹈饲唱票的节奏越来越快,嗓音中透出急不可耐的声音。这是因为菊川和葛西在起步时势头较猛,而财前的选票却姗姗来迟。除大河内以外的其他教授们渐渐露出兴奋的神情,甚至通过表情就能够看出他们要选的是哪个候选人。

"菊川升……葛西博司……财前五郎……财前五郎。开票完毕。"

鹈饲唱完票后,事务长立刻开始计票。

　　财前五郎　12票

　　菊　川　升　11票

　　葛西博司　7票

支持财前的叶山等人虽然松了一口气,却仍把难以置信的目光投向黑板。推举菊川升的今津也露出复杂的表情,深深地叹了口气。而野坂则脸色苍白,目不转睛地盯着葛西博司那少得可怜的票数。

鹈饲为了不让情绪外露,装出平静的表情强调道:"投票结果按照从多到少的顺序,分别是财前候选人十二票、菊川候选人十一票、葛西候选人七票。但是,由于无人获得总票数过半数的十六票,所以根据刚才的投票结果没有能够决选出第一外科继任教授。因此,根据本校教授会的规约,在没有得到超过总投票半数的情况下,将对获得票数居前的两名候选人进行决选投票。所以,我们将在一个星期之后的二月五日召开临时教授会,进行决选投票。"

大河内目光锐利地盯着鹈饲说:"用不着改天专门召开临时教授会,现在接着进行决选投票不就行了吗?"

鹈饲笑容满面地说道:"在今天的投票过程中,不仅出现了东教授弃权的情况,还出现了畑中教授因病缺席而进行不在场投票的情况,即使接着进行决选投票,由于必须得到他的委托书,所以也只能改日举行啦!"

"这我明白。如果畑中去外地或海外出差而无法立刻取得联系的话,那则另当别论,可畑中是在自己家里养病,所以只要请事务长从这里打个电话,问他是投财前还是菊川并填好选票不就可以了吗?如果是我的话,我不会专门延期一个星期再次召开临时教授会,那多费事儿呀!"

大河内的发言符合他前任医学院长的身份。

"为决选投票召开临时教授会并不是我一个人的事情,历任医学院长在必要的时候都会这样做。这是惯例。"鹈饲反驳道。

大河内吐出一口烟,说道:"那样做当然可以。但我想说的是,无论是刚才对三名候选人的质疑答辩也好,还是在开票时出现的异样兴奋也好,恕我失礼,这种愚蠢的白热化争论是在历届教授会选举中从未见到过的。正因为这样,如果此事搁置多日的话,不正常的拉票活动将会更加猖獗,恐怕无法进行严正公平的选举。这种情况的发生是不难预见到的。"

"如果大河内教授为此担忧的话,那我作为现任医学院长就一定要负责任地进行公正的选举。所以,让前任医学院长如此担忧,我实在太过意不去了。"鹈饲貌似谦恭地应答道。

"这样我当然就可以放心了。那我就拜托你,务必主持名副其实的公正选举。"大河内也貌似谦恭地答道。

R会馆复式二层最里面的休息室,仍如往常一样平和安静、人影稀疏。今津似乎还没有从教授会的兴奋中平静下来,他喝了一口服务生端来的苏打威士忌酒,把膝头凑近东贞藏,用激动的语调讲述了投票结果。

"当东老师说出要弃权的时候,我真不知道事态会怎样发展,因而方寸大乱。支持财前的拉票活动那么猖獗,在你死我活的紧要关头失去东老师举足轻重的一票很有可能导致败北,所以我简直吓得灵魂出窍。老师怎么会那样突然退场了呢?"

今津的语气中带有责难的意味。

"今津,我绝非是要舍弃自己宝贵的一票!这且不说,刚才听你报告了后来的经过,如果当时我没有那样离席退场的话,菊川的票数最后会怎么样呢?"东贞藏用缓慢的语调继续讲道,"菊川十一票、财前十二票、葛西七票,三名候选人的得票都是完全令人意外的数字。我想,财前派恐怕至少觉得能够得到十七八票,而葛西派为了控制过半数的十六票在这个月里肯定也曾四处奔走过,而连我们也预估应该拿到十七票,所以各方的如意算盘其实都有相互重叠的部分。

但是,不管怎么说,财前派最后只得到十二票,对他们来说应该是个打击吧!今津,问题就在这里。我确实失去了自己宝贵的一票,但我的退场在善良的教授们心中唤起了某种情感,促使原先为反对外聘教授而茫然支持财前的教授们的几张感情票转向了咱们这边,不是吗?"

"那么,老师是在这种谋划之后,才留下那番动人心魄的话语并退场的吗?真不愧是深谋远虑的东老师啊!我估计任何人都无法想象那是精心打造的经典道白吧!"今津十分佩服地说道。

"你要是把我的话解读成'精心打造的经典道白',那我可受不了呀!我只是坦率地讲出了自己的真情实感,或许其结果只是偶然地体现在了菊川的感情票上而已。对于这一点,你千万不要误会啊!"

东贞藏用他特有的瞒天过海的本领否认了今津的看法。

"我真是太失礼了。像东老师这样的人怎么会逢场作戏呢?只是坦率地讲出了自己的真情实感而偶然导致了那样的结果嘛!"

"你这样想就可以了。话说回来,咱们预测菊川应该得到十七票,可为什么竟然降到了十一票呢?幸亏今天财前的得票也出人意料,两者仅仅一票之差,且都没有过半数,总算把局面拖入决选投票。不过,下次决选投票只需一票之差就足以决定胜负了,所以如果预估选票不够牢靠的话,那就非常危险啦!"

东贞藏的话语中带有责备今津过分天真的意味。

"老师说得完全正确,我没什么可说的。根据我的预测,临床组中加上东老师和我应该有七票。而基础组中,虽然大河内教授没有说出口,但是我去找他时看他那样子肯定是允诺支持菊川了,所以我就估计那边会有十票。但是,从菊川所得的这十一票的结果看来,大河内教授是不是没有积极为咱们拉票呀?"今津困惑地说道。

东贞藏摇摇头说道:"我倒是觉得,今天的十一票几乎都是凭借大河内教授的势力得到的基础组的选票。如果有谁因为我的退场感动而给菊川投票的话,那也应该是基础组的教授。但我觉得,先前向咱们保证过的那五位临床组教授的选票才值得怀疑呀!"

"真是这样吗?我去跟他们谈这件事儿的时候,每位教授都表示出相当强烈的共鸣呢!尤其是神经科和泌尿科的教授,都是非常激进的反鹈饲派呀!"

今津露出难以领会的表情。

东贞藏接着说道:"临床组的教授只是在鹈饲瞄准下届校长并有可能实现与这一目标的时候,才会想撇开财前而把选票投给菊川。可一旦到了投票时却又临阵退缩。虽说是无记名投票,但因为唱票的是鹈饲医学院长本人,所以他们会担心自己的笔迹被认出来。"

"听您这样说,我真是越来越为自己过分天真地预估了形势感到羞愧了。不过,那样的话,投票的保密和自由不就无从谈起了吗?这实在太过分了……"

"今津,事到如今再为那种事情生气也没有用了,更重要的是要为一周之后的决选投票要想出相应的对策。"

"关于这一点,我已经仔细考虑过了,但无论如何咱们都必须把葛西派的那七票全都弄到手才行。或许从葛西派看来,那七张选票实在太少了,但是在我们看来,去了德岛大学离开本校长达八年的葛西竟然还能得到七票,真是令人感到意外呀!这正说明他们对财前的反感情绪已经根深蒂固,所以在决选投票时咱们应该能够得到那七张选票。我今晚就去跟他们交涉吧!幸好掌握葛西选票的是外科同行野坂,所以谈起来也比较容易一些。"

"不过,我觉得葛西的选票并不像你所想的那么单纯啊!正是由于他们认为葛西将会险胜当选,所以才能锁定那些选票。可一旦葛西落选,由于同校出身的情谊和校友会的影响,那些选票非常有可能流向财前那边。因此,那七张选票的去向很难预判。"东贞藏十分慎重地说道。

今津走出南海线的诹访之森站检票口,穿过灯火通明的站前商业街,走在寒风瑟瑟的郊外小路上。他脑海里浮想出此后将与野坂谈话的内容。上次在去大河内家为菊川寻求支持的时候,由于大河内是那样的性格,所以他并无良策,只能尝试采用动之以情的方法。但是,对于现在要去走访的野坂,今津直到刚才还跟东贞藏进行慎重的协商,然后才带着具体的对策上路。

从标志性建筑牙科诊所向右转弯之后,走过五六户人家,就看到亮着门灯的野坂家了。在围绕着树篱约的四百五十平方米的院子里,有一座红瓦的西式建筑,与大河内那座狭小老旧的住宅相比简直是天壤之别。今津看到了这种富有讽刺性的反差。临床组精英教授极尽奢华,而获颁学士院恩赐奖的基础组老教授却甘于清贫。今津随即摁响了门铃。

"请问是哪一位?"

身穿和服、年约四十岁的夫人打开了门厅。

"我是第二外科的今津。请问野坂教授回来了吗?"

今津一边问一边向门厅里边望去,只见旁边的西式房间里亮着灯,传出了收音机的声音。

"是的,我先生已经回来了。请稍等一下。"

夫人把今津迎进门厅,然后返回屋里,身穿宽袖棉袍的野坂走了出来。

"哎呀!你怎么突然光临啦?来,请进吧!"

野坂打开了旁边客厅的房门。这里似乎也被当作起居室使用,屋内暖炉的火烧得正旺,烟灰碟里积存了不少烟头。

"晚上突然登门拜访,多有失礼!因为有件事情特别想跟你商量一下,是不是给你添麻烦啦?"

"哪里,你来我家做客没有任何妨碍。不过要看商量什么事情,有的事情也许会比较麻烦呢!"

野坂似乎看透了今津的来意。

"哎呀,你还是那样说话不留情面……这且不说了,今天葛西落选真是令人意外啊!无论是从业绩、人品还是按论资排辈来看,葛西都比财前更应该留下。都是因为以鹈饲医学院长为中心的财前派疯狂地拉票,才会导致葛西落败。实在是太恶劣了。"今津啜饮着端来的热红茶,忿忿不平地说道。

"不过,这就是选举嘛!当然应该留下的人留不下来,而不该留下的人厚着脸皮当选。唉,这也是没办法的事情呀!"

野坂似乎已经彻底死了心,今津深感意外地望着他。

"其实,我今晚突然登门拜访不为别的,就是想代替东教授来跟你商量一件事情。"

"哦?代替东教授?你这话也太奇怪啦!代替在今天选举中弃权的东教授,那又是怎么回事儿呢?"

野坂露出难以理解的表情。

"东教授确实是弃权了,但是这里面包含着非常深刻复杂的原因呀!其实,东教授最初的想法是,如果在葛西与财前两人之间选择的话,那就要推荐早于财前的前任副教授,也就是在德岛大学苦熬了八年的葛西。但是你也知道东教授是个学究型人物,对学术的尺度把握得非常严格,随着越来越多的人支持金津大学的菊川,他也渐渐被学术业绩卓越超群的菊川候选人吸引住了。不过虽然如此,东教授还是难以割舍辛苦了那么多年的葛西,所以他今天投票时才会弃权。因此,他虽然说不能舍弃爱徒葛西和财前两人,但那都是在公开场合的发言。他其实是因为顾虑葛西才弃权的。不过,现在既然葛西已经落选,那么东教授也就没有必要采取弃权的立场了。既然对手是财前,那他就决定公开支持菊川了。因此,东教授希望能够得到你的协助。"

今津一反常态,把跟东贞藏商量好的话和盘托出。

"真是那样吗?虽然我并不认为东教授会那样为葛西着想,但既然本人都那样讲了,我就暂且当成真话听吧!尽管如此,但在葛西落败的当天就叫我把选票转投给菊川是不可能的事情。因为不管怎么说,葛西是我二十年来的老朋友嘛!所以,我准备效仿东教授,在决选投票时弃权,或者即使投票也可能是空白票呢!"

"空白票?怎么会呢?"

"不,就是空白票。因为不想支持任何一方,所投空白票就是最为严正的做法嘛!"

今津脸上浮出狼狈的神情。

"我十分理解你的心情。不过,你能不能通融一下?当然,我们既然有求于你,就不会空手而来。"虽然今津的资历比野坂早八年之多,但现在说起话来却变得异常谦恭,"话说回来,我听说日本整形外科学会的理事目前有个空缺呢!"

今津忽然冒出这样一句话,使刚才泰然自若的野坂表情骤变。

"怎么样,野坂先生?你想不想当学会理事啊?只要能当上理事,因为会长向来都是理事互选轮流执政,所以总有一天能当上整形外科学会的会长。那样的话,据说将来在竞选学术会员的时候就是非常有利的条件啦!我觉得这可是个相当有魅力的职位呀!"

今津的姿态变得有些傲慢起来。

野坂试探性地望着今津说道:"今津先生,你可别开空头支票呀!我可是听说了,整形外科学会理事的缺额,将要让比我年长很多的洛北大学的伊藤教授就任,不是吗?"

"虽然确实有那种议论,不过说实话,这是那个一声令下就能决定整形外科学会人事的大人物跟东教授商量之后,让我带话给你的。所以绝对不是什么空头支票呀!"今津打包票保证道。

"你这是从哪条线上得来的消息?"

"就是东都大学的船尾教授呀!你也知道,那个人物是日本外科学会的大头儿,他的恩师跟东教授是同门师兄弟。因此,东教授跟船尾教授之间的交情也非同寻常,我来跟你谈的这件事情也是东教授跟船尾教授事先谈好的嘛!"

"原来如此啊!既然是船尾教授说出来的话,那就应该是确切无疑了吧!"

"就是呀!我在外科学会也常常能见到船尾教授,他确实是个学术成就和政治实力兼备的大人物啊!因为菊川候选人就是从船尾教授研究室里出来的门生,所以不但得到了东教授的支持,同时也得到了船尾教授强有力的推荐。因此,船尾教授曾经明确地表示过,如果你把手中的七张选票投给菊川候选人的话,他一定推举你担任整形外科学会的理事!"今津加强语气说道。

野坂像是在仔细盘算,他沉默了片刻,然后确认似的问道:"今津先生,你刚才说的整形外科学会理事的事情该不会只是船尾教授的口头约定吧?不会过后就不算数了吧?"

"那当然不会啦!既然能够得到你的七张选票,我们当然应该付出相应的回报嘛!我估计从明天开始,财前派也会来找你提出露骨的政治交涉。不过,他们所能提供的无非就是眼前利益而已。与之相比,野坂先生,得到船尾教授的推举当上理事对你的将来具有不可估量的助益啊!"

今津进一步加强语气催促对方。

野坂放下叼在嘴上的香烟说道:"我是个比起眼前利益更加重视未来发展道路的人啊!"

"那么,你保证要支持菊川啦?"今津确认地问道。

"你是说不从我这里拿到一纸字据就不能放心吗?你们真是过于小心谨慎啦!"野坂说完就从饰物架中取出威士忌酒瓶和玻璃杯,愉快地说道,"今津先生,让咱们先干一杯吧!"

财前五郎在门前"噗"地吐出满嘴酒臭气,在夜晚的寒气中蜷缩着肩膀,伸手按下门铃。门厅里边传来的脚步声不像是女佣的而像是妻子杏子的。门被打开了。

"你回来这么晚呀!老爸都等不及啦!"

财前得知今天教授选举的结果之后,立刻给岳父又一打电话告知了他的得票数以及还要举行决选投票的情况。

"在今天这样的日子还回来这么晚,真是太缺乏常识啦!"

杏子美丽的眼眸露出苛责的神色,冷淡地说完便先折回屋里去了。走廊上传来喧闹的脚步声,又一喜笑颜开地一只胳膊上挂着小学三年级的长外孙,另一只胳膊上挂着一年级的次外孙。

"爸爸,你回来啦!"长子一夫呼唤道。

次子富士夫也天真烂漫地说:"爸爸,教授选举是什么?"

财前用责怪的眼神望着杏子,说道:"这种事情小孩不必知道啦!时间已经很晚了,跟妈妈一起上二楼睡觉去吧!"

孩子们乖乖地跟着杏子上二楼去了。

孩子们离开之后,又一骤然现出不高兴的表情,说道:"明明说好稳拿十八票,结果却只拿到十二票,出现这种意外状况到底是怎么回事呀?鹈饲院长的政治实力以及岩田和锅岛所说的金钱实力都靠不住嘛!"

"不,今天这样的意外是由于发生了任何人都无法预测的事情。东教授突然表演了一场完全出人意料的大戏。"

"东教授演了一场大戏?哦?"又一难以置信地说道。

"就连我在会后从叶山教授那里听到时,也完全不敢相信呢!"

五郎接着把他从叶山那里听来的话详细转述给又一听。刚开始时,五郎的表情还没有变化,但后来五郎渐渐地激动起来了。

"真没想到,那个以稳重清高闻名的榆木疙瘩居然还会玩这种鬼把戏呀!就是因为这样,大多数教授看到东毅然舍弃自己宝贵的一票而退场的身影就被感动了吧!东肯定是考虑到按常规出招难以制胜,所以从刚开始就设下此计并且瞅准机会退场了。就连演戏也摆出他独具的清高派头,真是表面学者风度,而内心阴险至极!爸爸,今天出现这样的结果,并不是鹈饲院长或岩田、锅岛的实力不够,原因全都在于东表演的那场大戏啊!"

又一转了转眼珠说道:"既不是演戏也不是别的什么,反正结果就是前功尽弃了嘛!要想在下周的决选投票中获胜,就得买下你刚才在电话里提到的野坂那家伙手中的七张选票才行啊!"

"可是,野坂就是因为反感我才推举葛西当候选人呀!正是因为出于反感的情绪,所以不可能靠小打小闹一举解决……"

又一打断五郎的话,说道:"就是因为他感情用事,这反倒好办了。如果是由于明确的利害冲突或者被进退两难的情理牵绊,才不好处理呢!此前岩田说过一张选票要五万元,但这次是决选投票所以一张选票就要十万元。那么,七个人总计七十万就能解决了吧?事到如今,咱们就得像老鳖一样紧紧咬定掌握七张选票的野坂毫不放松。要是这次再弄个鸡飞蛋打的话,那可就再没戏唱啦!"又一晃动着海怪般油光发亮的秃头。

他所说的"再没戏唱啦",到底是指财前五郎在大学里一辈子难以翻身,还是财前五郎在财前家里一辈子难以翻身呢?他的话语中回响着令人毛骨悚然的意味。

整形外科的野坂绷着脸,面对着妇产科的叶山。酒家深处的包间里暖气烧得温暖舒适,玻璃拉门外细雪纷纷落下。

"大阪已经多少年没下过雪啦!看到细雪纷飞的庭院景色就令人不禁想诌上一首俳句呢!"叶山像要缓和屋内气氛似的说道。

"是这样吗?我可是不求风雅但求实惠的人呐!俳句那种附庸风雅的玩意儿我最不擅长啦!话说回来,今晚到底为什么特意招待我来这么高级的酒家呢?只听你刚才在电话中说的,我实在不得要领呀!"

"哦,倒也没什么大不了的事情,只是想找你来喝杯安慰酒而已嘛!这样说虽然有些失礼,但昨天葛西的七票对你们来说可能完全出乎意料,而我们所支持的财前的得票也与菊川只差一票,还要另外进行决选投票也使我们感到十分意外。葛西和财前这两人都是本校出身的候选人,他们被其他大学的菊川整惨啦!所以,为了重振精神,我想跟你一边喝酒一边尽情畅谈啊!"

"这种同情没有任何必要。我生性最讨厌那种玩阴招的做法,而且听支持财前的你说出那种话来,我感到就像被倒摸脊背一样毛骨悚然。"

野坂露骨地做出苦涩不堪的嘴型,喝了口清酒。

"哎,你别那么情绪化嘛!不管怎么说,咱们都是同校出身的同事,对吧?而且,其实今晚我是奉鹈饲院长之命而来呀!"

"哦?奉鹈饲院长之命……这倒挺有意思。你找我究竟要谈什么事儿啊?"

"你应该早就知道了嘛!"叶山放下酒杯,单刀直入地说道,"你明白,在决选投票中葛西派选票的流向对于决定胜负起到举足轻重的作用,因此我们希望得到掌握选票的野坂教授的大力协助。"

"你怎么又这样急躁呢?虽说我们支持的葛西被刷下来了,可是第二天就叫我们转过来支持财前,从感情上来说实在难以做到呀!因为我们为葛西投票本来就是针对财前嘛!"野坂断然拒绝道。

"那,你们要把选票投给菊川吗?该不会是支持菊川的今津君昨晚跑来,你已经向他打包票了吧?"

"没有的事儿!我的意思是,即使出身于本校的葛西落败,我们也不能简单地在下次决选中就把票转投给财前嘛!"野坂若无其事地否定道。

叶山松了口气说道:"你别这样逗我玩儿呀!我可是代替鹈饲院长来向你请求协助的,所以当然不会空手而来嘛!因为我们会提供让你能接受的条件,所以采用那种所谓的政治妥协的方式来请求你协助。"

"哦?你所谓的政治妥协是……"

野坂眼中闪烁着锐利的光亮,停下了夹起生鱼片的筷子。

叶山把他那张女人般白净的面孔凑向野坂,说道:"如果这次教授选举能够得到你的协助,那么儿童疾病中心的儿童整形外科的职务分配就全权交给你。这就是我们向你保证的条件。你觉得这个提案怎么样啊?近来,由于服用萨利德迈安眠药导致海豹状畸形儿增多,小儿外科受到了多方关注。因此,掌握儿童疾病中心重要科室的人事权,对于你和你所指导的研究室都会有很大的助益啊!"

虽然叶山如此强调这项提案的价值,但野坂却噤口不语。

"怎么样,野坂先生?现在葛西已经失去了候选人资格,即使推举东都大学系统的菊川,对你来说不也没有任何益处吗?你还不如推举财前,从各种意义上来讲都有很明显的好处呀!"

"话也不能那样说嘛！比起有害的财前,我认为支持无害的菊川更能令我满意啊！"

"财前就那么不好相处吗？"

"别开玩笑了。我就是讨厌他那个人,彻头彻尾……"野坂一吐为快地说道。

"讨厌……就因为这点儿理由吗？"叶山仿佛在确认似的询问,并窃窃私语地说道,"这个理由真是太无聊了。你还是应该再成熟一些呀！比起感情上的好恶,对于财前那种大有利用价值的人倒不如宜施恩时且施恩,以后再细水长流地加以利用嘛！就像针对东教授的今津教授那样。"

"你的推销策略相当高明呀！当然,如果鹈饲院长推举的财前候选人败选了的话,还可能对下届校长的选举产生负面的影响。所以呢,我也不是不能理解他的用心良苦啊！"

野坂采取了语意微妙的措辞。

"你说得没错儿。你的一念之差,不但能够施恩于财前,而且能向可能成为下届校长的医学院长卖个人情。这种稍纵即逝的绝好机会,哪儿有眼睁睁地看着它溜走的道理呢？野坂先生,即使是被称为革新派的你,有时候也必须根据情况去做多数派的工作呀！所以呢,你应该趁这个机会跟鹈饲派达成政治妥协啊！"叶山怂恿道。

"即使你这样说,但叫我现在立刻回答,也真是太强人所难啦！而且,其他人是什么意见,我也无法做主啊！"野坂装模作样地沉思着说道。

"当然,如果能跟其他人在妥善协商的基础上得到协助的话,那是再好不过了。这方面还请你给我这个鹈饲院长的代表留点儿情面！"

叶山特别强调了"鹈饲院长"这几个字。野坂默默地喝干了杯中酒,说道:"那我就再考虑考虑吧!"

"真是感激不尽。本来应该叫财前向各位同意协助他的教授们表示感谢,但现在这样做反倒会带来麻烦。所以,很快就会有财前授意的人去向你当面道谢。"

"不,我只是说我考虑考虑而已。所以,找我来道谢反而会使我为难。那好,我就先失陪啦!"

野坂刚要起身离席,隔扇呼啦一声被打开了。

"叶山医生,真是巧遇啊!"

医协会长岩田重吉在绝妙的时刻出现了,就像他刚才一直站在隔扇那边偷听一样。

叶山转向岩田说道:"啊,岩田先生,你来得正好。这位是……"

叶山刚要介绍,却被岩田打断了。

"不必不必,野坂医生的鼎鼎大名我早就有所耳闻,没想到能在这种地方见到本人,真是不胜荣幸!我是医学院校友会的干部岩田重吉。"

岩田是比野坂年长十三岁的前辈,却以近乎谦卑的姿态坐在野坂面前。对方低三下四的态度使野坂没能来得及起身离席。

岩田立刻拿起酒杯,说道:"为了祝贺咱们的相识,请允许我先干为敬吧!"

野坂听说同校出身的老前辈要向自己敬酒,不好意思断然拒绝,只好在岩田端起的酒杯里倒上酒。岩田恭恭敬敬地喝干之后,便向野坂回敬了一杯。

"我很早就想拜见实力派教授野坂医生,正好听说你今晚要在这里跟叶山医生谈话,也没事先打招呼就擅自闯了进来,恳请原谅我的失礼。话说回来,关于这次第一外科的教授选举,我们校友会坚决反对无端引进东都大学系统的外聘教授,并热切希望由本校出身的财前副教授当选教授。今晚我们校友会的干部们也聚集在某处,再次强调继任教授必须由本校的副教授担任这个基本方针。大家一致希望能得到野坂医生的协助,所以由我代表校友会前来拜访。关于这件事情,我是跟鹈饲,哦,不好意思,因为是同窗校友所以不经意地直呼其名了……我是跟鹈饲院长商量之后,才来请求你的。"

岩田采用这称呼方式,巧妙地强调了自己谦恭的低姿态。

"哦,关于这件事情的答复,我已经向叶山教授表明了,请你过后向他询问详细的情况吧!我就此……"

岩田看到野坂想起身,立刻说道:"那好,你的意见过会儿我就向叶山教授询问。我本来想趁这个机会设宴招待野坂医生团队的各位,以便彼此相识,但因为现在是敏感时期,如果直接见面反倒容易招来误解,所以今天就麻烦老师代我向各位致意吧!"

说完,他突然凑近野坂身边,把鼓鼓囊囊的长方形纸袋放在野坂面前。

"不,你这样会叫我很为难的。"

野坂用力地挥挥手,并想把信封推回去。岩田俯身过来,伸手抓起野坂的皮包,打开锁扣把纸袋塞了进去。

"这太叫我为难了!叶山先生,这样做叫我如何是好啊!"

野坂把矛头转向了叶山。

"野坂医生,这有什么为难的呢?哪有那么夸张呀!这在我们医协选举中是再普通不过的事儿啦!嘿嘿嘿嘿!"

岩田细长的眼睛从金边眼镜后面闪出一道亮光。

在阿拉丁酒吧深处的包厢里,财前五郎左右坐着医务长佃友博和资深助教安西,三人正在默默地喝酒。

佃友博把他那恃才好胜的面孔转向财前,说道:"我们完全没有想到选举会被拖到决选投票的地步。现在不只是我们医务部,还有其他研究室的研究生,甚至就连实习生和护士都会凑在一起谈论教授选举的事情。尤其是副教授级的老师们,都觉得这是跟自己的将来密切相关的问题,所以非常注重这次选举的动向。而且,大家都说这样曲折激荡的教授选举是医学院创立以来从未有过的呢!"佃友博透出不无遗憾的表情。

安西也咬牙切齿地接着说:"真没想到竟会变成这个样子……大家因为受到剧烈打击,都没心思工作了。"

财前满脸苦涩地喝干杯中的苏打威士忌,担心地说道:"医务部因为教授选举而没心思工作可不行呀!要是因为这种事情导致门诊或治疗方面出了疏漏,那可就成了街谈巷议的话题啦!"

"哦,这方面的动荡今天总算是平静下来了,所以请不要担心。大家最感到震惊的还不是要举行决选投票,而是东教授居然采用弃权的方式来舍弃财前老师。医务部全体成员的震惊化为义愤,现在对东教授的不信任感越来越强烈,对财前老师的支持热情反而空前高涨。所以,关于医务部内部是否团结一致的问题请老师不必担心。"

佃友博就像早已准备好似的,一口气说完。这时身后忽然响起了热辣的说话声。

"不管怎样震惊,怎样义愤填膺,怎样力图使医务部内部团结一致,不都对挽回颓势没有任何帮助吗?这个时候最需要的是挽回颓势的有效对策呀!"

刚才离席的庆子,不知何时已经返回,正站在财前身后。

"听庆子小姐这样一说,我们真是无言以对啊!"佃友博仰视着身穿宝石绿色连衣裙的庆子,咕咕哝哝地说道。

在借口举行作战会议且频繁进出阿拉丁酒吧之间,佃友博和安西已经看出庆子是财前五郎的情妇,对待她的态度也变得随意起来了。

"那么,换成庆子小姐会怎样做呢?如果你有什么好主意的话,希望你能告诉我们。"

安西说完,庆子眨着细长的眼睛说道:"是啊……如果换成我的话……因为再过五天就要举行决选投票了,所以就不能在间接的常规手段上耗费时间了。所以,我会采取直接把对手拉下台的措施。"

"直接把对手拉下台?"安西立刻惊讶地反道,"我明白啦!就是打电话威胁对方或散发诽谤对方的匿名信,对吧?去年第三内科举行教授选举的时候,就曾经有人给对手家里打电话威胁:'要是不乖乖退出选举就干掉你!'其实,我们也准备在紧要关头采用这个办法搅乱菊川本人以及菊川派呢!"

庆子摇了摇头,说道:"那种土气卑俗且谁都会用的招数已经太老套了,根本行不通啦!应该想出更加犀利且能够将其技术性击倒的绝招。"

"原来如此!技术性击倒啊!"

佃友博一边说着一边沉思,片刻之后"咚"地捶了一下桌子,洋洋得意地说道:"我明白了!技术性击倒的绝招就是直接开进金泽大学菊川的地盘演一场戏!是吧,庆子小姐?"

"真不愧是统领医务部五十人大家庭的佃先生呀!没错儿!就是要用这个绝招嘛!就连东医生也在紧要关头演了一场大戏呢,所以咱们只要以其人之道还治其人之身就行啦!这次轮到咱们演大戏了。"庆子极力煽动道。

可财前却沉下脸来说道:"佃,你的好意我心领了。可是,假如你们为我做出那种事情,万一我在选举中落败,你们也会变得没有立足之地呀!再给你们添麻烦,我心里实在过意不去。即使你们两人勇闯金泽大学来进行谈判会对我有利……"

"老师,事到如今可不能再说这种泄气的话啦!我们怀着跟老师同生共死的信念才走到这一步。因为有了财前老师才有了我们,所以我们哪儿能只顾自己呢?"佃友博充满斗志地说道。

"是吗?那么,既然你们都这样说了,盛情难却,我就全都交给你们啦!"财前一反常态地用沉痛的语调说道。

"既然已经决定了,就要争分夺秒地行动才能取得立竿见影的效果。那你们什么时候出发呢?"庆子赶紧催促道。

佃友博与安西对视一下,说道:"我们俩不能独断专行地前往金泽大学,等明天去医院一上班我就跟五六个骨干召开秘密医务会,然后跟安西直接出发去金泽。坐特快列车只要四个小时就能到达,所以在明天傍晚前后到达金泽后,就开演大戏。"

"那么,为预祝二位成功,我请各位喝'拿破仑'!愿二位如那位凯旋将军一样旗开得胜。"

庆子说完,叫侍者取来了一瓶"拿破仑",毫不吝惜地打开了瓶盖并将酒注入酒杯。同时她的视线越过安西和佃友博的肩头,向财前送去只有他能心领神会的微妙眼色。

第十章

列车运行的前方就是金泽市了。外面的积雪越来越厚,从车窗可以望见远处层峦叠嶂的白山。白山在积雪的覆盖下巍然耸立,展现着美丽而威严的英姿。

佃友博和安西擦擦雾气模糊的窗玻璃,把身体靠近窗边,出神地望着冬季的雪山。眼前的雪山令人赏心悦目,看上去晶莹剔透。北国的冬日白昼较短,虽然还不到下午四点钟,但峡谷之间已经阴沉下来,只有沐浴着夕阳的峰尖飘着晚霞,把峰顶的白雪染成了淡淡的暗红色。

"真不愧是雪国呀!冰雪的洁白沁人心脾啊!"佃友博感叹地说道。

"我以前参加学会时,曾在新绿叠翠的季节来过,但在冬季来到北陆地区,这还是头一次。真美呀!不过,此行如果不是作为医务部代表肩负重任的话,那就更美啦!"

安西说完,与佃友博对视了一下。

昨晚,在阿拉丁酒吧的包厢里跟财前一起商定了这趟金泽之行。之后,佃友博和安西连夜给医务部的五名资深助教打电话交代了相关事宜,并在今天上午十点钟左右巧妙地溜出医务部,在附近的咖啡馆里召开了医务部秘密会议。五名医务员中有三名认为佃友博两人奔赴金泽之举过于轻率,并对此深表忧虑,但佃友博和安西努力说服他们:"现阶段除了采用这种奇袭战术之外,已没有别的办法可以帮助财前副教授升任教授了。"两人好不容易才在临近正午时分才取得了全体成员的谅解,于是立刻赶乘十二点三十五分从大阪站发车的特快列车。在从大阪出发之后的四个小时中,佃友博跟安西仍在周密地协商与菊川候选人交涉的程序。虽然交涉程序已经大致确定,但是到了离金泽只剩二三十分钟车程的时候,沉重压力带来的不安情绪还是占据了两人的心胸。

列车驶过犀川铁桥进入金泽车站的站台,两人快步下车,穿过地下通道走向检票口。刺骨的寒风吹在脸颊上,刹那之间就把还存留在身上的温暖气息吹走了,使他们不禁打起寒战来。他们赶紧乘上了站前的出租车。

"去上百百女木町!"

他们向司机说出了在学会名册上查到的菊川的住址。装了防滑链的出租车沿着市区的电车轨道慢吞吞地开动了。街道两侧的屋顶堆着厚厚的积雪,行人穿着斗篷、用围巾严严实实地包着脑袋,脚穿橡胶长靴一步一个脚印地向前走,屋顶有人用雪锹铲下积雪,眼前呈现出雪国特有的街景。但是,佃友博和安西却笼罩在即将踏进菊川家的紧张感之中,根本没有余暇从容地观赏眼前的雪国风物。

"菊川在不在家呢?要是不凑巧出差可就惨了。"安西担心地说道。

"没问题!今天上午我给金泽大学事务局打电话确认过了,所以咱们现在去他家,如果不在的话就坐等他回家。如果菊川真像传闻中所说的话,那么他除了学校的办公室和医院之外不会去其他地方。"

佃友博说完,显示出静坐死等的决心。

出租车驶上广坂町的坡道,经过兼六园来到古色古香的豪宅区。在地势稍高的小立野台地上,顶着积雪的金泽大学医学院和附属医院露出洁白的楼顶。

"上百百女木町应该就在这附近吧?"佃友博看着金泽市区的地图向司机问道。

"是的。你们要去几丁目啊?"

"我们要去三丁目的菊川升家,请你帮我们找一下吧!"

出租车立刻从电车大道向左转,在迷宫般曲折蜿蜒的街道上慢慢循序前行。司机透过车窗一边确认住宅门牌一边开车,走了大约二百米之后,司机指着一家门牌说道:"啊,在这儿,就是这家了。"

已到死胡同的尽头。在这里孤零零地伫立着一座土墙围绕的小巧玲珑的平房,仿佛被周围的一切遗忘了似的。土围墙和院里的树上都堆满了积雪,只有通向门厅的石板上的积雪已被扫开。

佃友博和安西蹭掉鞋底的雪以免打滑。刚走到小院门前,里面出现一个年近五十岁、包着头巾的女人。

"你好!请问是哪一位啊?"她用善良的脸庞对着两人问道。

佃友博说是从大阪的大学来的,对方用金泽方言过意不去似的说道:"啊,是吗?是从大阪来的呀!大老远地赶来,欢迎你们。不过,老师还没从学校回来呢!请进屋坐下等等吧!我是做家政的,请别客气!"

家政员领他们走进设有被炉桌的六铺席大的房间。只见壁龛里挂着裱褙已经磨损的廉价画轴,而且连个花瓶都没有,充满了丧偶鳏夫家中特有的煞风景的气氛。

"我这就添火,请把脚伸进被炉里吧!"

家政员正要向被炉里续木炭时,从门厅传来了开门的声响。

"啊,好像回来啦!"

她立刻起身迎了出去，好像在通报有客人来访，随即传来菊川三言两语的嘀咕声。紧接着，身穿黑色西装、手提皮包的菊川就满脸狐疑地走进屋来。佃友博和安西赶快正襟危坐。

"请问您是菊川老师吗？我们是浪速大学第一外科的助教佃和安西。在您外出时间登门打扰，十分抱歉！"

菊川听了介绍，又看了两人的名片，简单地应了一句"我是菊川"，就隔着被炉桌坐在了佃友博和安西的对面。在他那两颊消瘦似乎有几分忧郁的面孔上，只有双眼锐利而明澈。他像个沉默寡言的人一样，紧闭着双唇。佃友博和安西都觉得气氛十分沉闷，甚至有些窘迫。

"其实吧，我们两人是要代表第一外科向菊川老师恳切地提出请求，所以冒昧地登门拜访。"

"请求我？到底请求什么呢？"

佃友博端端正正地跪坐在被炉桌前。

"其实就是这次第一外科继任教授选举的事情。我想菊川老师这边已经接到了通知，在前天的教授会投票中没能选出下届教授，所以将在二月五日的临时教授会上进行决选投票，最终确定继任教授的人选。我们这些接受财前副教授指导的研究室人员，在得知还要进行决选投票的那个瞬间全都茫然若失。而且，医务部内部发生了出人意料的混乱情况，有些人怒气冲冲地要向不支持财前副教授而支持菊川老师的东教授递交抗议书，还有人脸色骤变地准备跟校友会串联，展开支持财前副教授的大规模运动，总之医务部内群情激奋，甚至令人担忧会对诊疗工作带来负面影响。当然，担任医务长的我和同来拜访的安西两人也曾努力安抚医务员们，可是却力不从心。要想平息目前的混乱状态，看样子除了由我们两人代表医务部直接拜访菊川教授之外别无良策，所以今天冒昧地登门拜访。"

佃友博用张力十足的嗓音，一口气说完这番话。菊川把膝头伸进被炉桌下，双手交抱于胸前，用端坐的姿态，面无表情地聆听。

佃友博接着说道："当然啦，我们丝毫没有要对菊川老师狂妄无礼的意思。非但如此，在心脏外科方面成绩斐然的菊川老师，对于我们这些有志于研究外科医学的人来说近乎于是理想的形象，我们对您怀有深深的敬意。不过，在另一方面我们似乎还有很矛盾的心情，那就是迫切地希望直接指导我们的财前副教授能够升任教授。您也知道，由于东教授是个一门心思致力于学术研究的学究，所以诸如指导工作、斡旋就业单位和筹措科研经费等所有杂务都由财前副教授一手包办，他为此耗费的脑力劳动和时间确实非同寻常。财前副教授除了要负责个人的科研、门诊和医学院授课等本职工作之外，还十分负责地打理研究室的所有杂务，就连年轻助教前往地方医院赴任的时候，他也会一一举办欢送会给予鼓励。这种温馨的关怀给予了我们莫大的精神支持，医务员们对于财前老师的感情已经不是尊敬、信赖和景仰这些肤浅的词语能够充分表达的了。因此，对于我们医务员来说，第一外科的教授非财前副教授莫属，大家都对财前老师能够继任教授深信不疑。可是，菊川教授却突然出人意料地……"

佃友博慷慨激昂地说到这里，安西打断了他的话头。

"哦，菊川老师确实很有实力。您的得票与财前副教授之间只有一票之差，由此而被拖入决选投票。在这次教授选举中，支持菊川老师的东派、支持财前老师的鹈饲院长派和支持德岛大学葛西教授的革新派三路人马混战厮杀，使竞争日趋激烈，由此造成在大学里最令人厌恶的严重混乱的状态。另外，在我们第一外科医务部里，那些坚决反对外聘教授的激进派已经下定决心针对菊川老师而展开阻止运动。其实，我们今天上午从大阪出发之前还努力地劝止那些激进派，我说我们会向菊川老师详细报告本校的状况，并尽量做好工作说服菊川老师。我们好不容易劝止了他们,才脱身出来的。"

尽管他们自己就是最激进的分子,但安西和佃友博却大言不惭,而且还不时地偷窥菊川的表情。菊川仍然是无动于衷的表情。他请他们品尝家政员端来的茶水,自己也把茶碗放在掌心。菊川注视着茶杯中升起的白色雾气,然后慢慢地喝完。他的样子极为平静,似乎内心没有任何波动。佃友博和安西开始焦躁不安,连茶杯都没有伸手去碰。这时,佃友博突然向前一步。

"菊川老师,既然我们已经把话说到这个份儿上了,我就开诚布公地向您交个底儿,虽然家丑不可外扬,但之所以会发展到今天这个局面,其实是因为东教授与财前副教授之间从很久以前开始就不太融洽了。东教授专攻的肺外科是不太起眼的领域。而财前副教授则致力于消化系统外科尤其是癌症手术的领域,所以无论他个人意愿如何,目前都已经受到当今社会的极大关注,作为擅长胃部与食管吻合术的年轻权威,他不仅在外科学界,而且在一般媒体上也成为引人注目的存在。东教授对这种倾向感到很不痛快,虽然我这样说不太合适,但每次当学会杂志和媒体报道财前副教授的时候,他都会对财前副教授冷嘲热讽,连我们这些旁观者看着都感到心不忍。如果换成那种忍气吞声、唯唯诺诺的副教授或许不会产生什么问题,但财前副教授是个钢筋铁骨的硬汉,所以在不合情理的时候,即使是东教授说的话,他也勇于表明自己的见解。那些龃龉经过日积月累就在这次教授选举中充分地体现了出来。东教授像丢破鞋一样抛弃了长期以来在他手下历经千辛万苦的财前副教授,改为支持菊川老师了。除此之外,就像我们刚才也向您提到过的,本校内部发生了奇妙的派阀对抗。我估计也与这种动向有关,所以东教授顾及某种个人私利而改为推举菊川老师了。因此可以说,菊川老师被当成了形式化的候选人。哦,请原谅我说话失礼。也就是说,东教授支持菊川老师其实只是他实现某种个人野心的手段而已。正是因为如此,您才带着这些复杂的因素获得了推荐。而另一方面,即使您作为教授来到我校就任,但所谓的教授恐怕也只是徒有虚名而已,您会很难像以前那样继续您所进行的、能够留下伟大学术成就的研究工作。像菊川老师这样优秀的人才,为什么偏偏非去那种地方不可呢?难道您就没有更适合的去处了吗?我是切实为了老师杰出的学术研究着想啊!"

佃友博敬畏有加地俯首致意。

刚才一直保持沉默的菊川终于开口说道:"那么,你们对我的请求到底是什么呢?"

菊川的话语很简短,却具有震慑心灵的威严。佃友博和安西不由得伏下双眼。

"老师,我们深知这种请求实在不合情理,所以我们也为此深感难过。"佃友博吞吞吐吐地说着,并看了菊川一眼,"老师,我们想请求您退出!"

"退出?"

"是的,请您退出选举。"

菊川的表情终于有了变化。

"在启程前来向您提出如此无礼的请求之前,我们不知经历了多少犹豫。但是,教授选举的战况已经到了如此激烈的地步,前景不容乐观,我们除了向您求救之外已经别无良策,所以在此向您恳求!"

佃友博和安西把双手并拢,伏在榻榻米上。

菊川脸上终于现出了错愕的神情,但仍然保持端坐并把视线转向窗外。天色已经完全暗下来了,庭院里似乎已经冻结的积雪反射出熠熠白光,笼罩着深深沉入夜幕之中的宁静。

停了片刻,菊川把视线转到两人脸上,用沉稳的嗓音问道:"你们要说的只有这些吗？"

"是的。只希望您能接受我们提出的劝告。"

佃友博重申了请求。

"我没有必要答复那个请求吧！如果只是这件事情的话,那就请回吧！我还有很多工作要做呢！"

"那就是说,即使我们这样毫无保留地讲明所有的情况并诚恳请求,您还是不能接受吗？我们两人前来拜访的时候,是怀着如果不能说服您就引咎辞职的决心的。菊川老师,请您务必体谅我们全体医务员的恳切真情,拜托您答应退出决选！我们是把自己的前途作为赌注来恳求您的呀！"

佃友博嘶叫般地说着,突然声音哽咽,大颗的泪珠夺眶而出。

菊川目不转睛地盯着佃友博,等他的呜咽声稍稍平息之后,才开口说道:"我本人并没有主动提出要担任浪速大学的教授。不过,至于我要不要退出,也应该等到决选投票结束之后再说吧？而且,假如你们刚才说的那些情况属实的话,财前副教授当然会在决选投票中当选为教授,不是吗？而即使万一是我当选,到时候也还是可以辞退的。不管是哪种情况,在离决选投票只剩下四天的时候就毫无正当理由辞退候选人资格,恐怕于理不通吧？我已经完全理解你们的心情了,所以就此请回吧！"

"那么,老师的意思是,您虽然不会在决选投票之前退选,但是如果投票结果确定您担任东老师的继任教授,您就会宣布辞退,是吗？"

安西试图得到菊川的口头承诺,但菊川脸上立刻露出严厉的神色。

"难道你们不明白我是在怎样抑制住自己的情绪来跟你们谈话吗？你们这样粗暴地闯进我家而且赖着不走,还想叫我说什么吗？你们要是做得太过分的话,难免会使事态更加恶化！"菊川用激越的语调说道。

佃友博和安西脸色骤变。

"老师,我们太失礼了。那好吧,我们就此告辞。万一真的由您来就任我校教授,我们全体医务员将完全不予配合。因此,这件事情也跟老师将来的学者生涯密切相关啊!请您务必慎重考虑。"

撂下这句狠话之后,佃友博和安西用谦恭过度的姿态鞠了一躬,随即起身告辞了。

菊川走进书房,坐在桌前望着窗外,似乎在努力平静自己的心情。

客厅的灯光微微照亮了院落,庭前的南天竹被积雪压弯了枝梢。菊川的视线停在那弯弯的叶尖上,目不转睛。他考虑着浪速大学第一外科继任教授选举的事情。去年六月,这件事通过母校的船尾教授找到他,从开头他就没有产生太大的兴趣。但是,在恩师船尾教授的极力说服下,他终于应允了。在十月去京都参加癌症学术研讨会时被船尾教授引见与东教授相识,隔日又被邀请到东教授的住宅做客并与东教授全家共进晚餐,可以说自己完全是受船尾教授和东教授的摆布,所以事情才发展到今天这个地步。在此期间,他无数次地为自己当初的允诺感到后悔,但不知是因为自己性格懦弱还是对任何事物都消极被动,在这件事情上他一直拖拖拉拉的,并没当回事儿,所以才导致今天这样的状态出现。

即使没有那两个浪速大学的助教粗暴无礼地闯入家门来游说,他也比任何人都清楚,自己根本不适合浪速大学那种大家庭式的研究室。而正因为如此,他才会在七年前主动要求离开母校东都大学,转到这个不受杂务干扰、容易平静地从事科研的金泽大学来。虽说那是船尾教授的建议,可自己为什么没从一开始就明确表示拒绝呢?事到如今,菊川为自己的优柔寡断懊悔不已。

他无意中抬头望着书架上方,只见照片中的妻子正对着自己微笑,就像生前那样。妻子之前总是侧倾略带忧伤的瓜子脸,对他说:"你的缺点就是在学术以外的场合太容易随波逐流,处理事情也优柔寡断。你一定要坚持主见啊!"

在学术以外的场合优柔寡断,如此想来,就是这个缺点导致自己在社会上深陷不利的境地,不仅给自己,而且给身体羸弱的妻子增添了沉重的负担。或许就是这些负担日积月累,才使妻子在患结核病之后过早离世。想到这里,菊川脸上现出沉重苦涩的神情。他终于下定决心站起身来,拨通了东京船尾教授家的电话。

电话刚接通,菊川用一贯低沉而缺少抑扬顿挫的声音说要找船尾教授,随即他听到了熟悉的干咳声,他战战兢兢地说道:"喂,是船尾老师吗?我是金泽的菊川。这么晚打电话十分抱歉,我有一件紧急事项跟您商量。"

"什么事儿呀?你给我打电话很稀罕嘛!"

对方好像在休息,听声音好像心情不错。

"是的。其实,刚才自称浪速大学第一外科医务员代表的佃友博和安西两位助教来我家里,劝告我退出教授候选。"

"什么?劝你退出……"

"是的。他们说,全体医务员团结一致支持财前副教授,并且下定了决心,无论决选投票结果如何,都要阻止我上任。"

菊川报告了事情的大概经过。

"那,你是怎么答复的呢?"

"我已经回避了明确答复。"

"回避明确答复?难道你会接受那种粗暴无理的要求而甘愿退出吗?"

"不,我并不会被那些人的游说所左右,但是我想,即便是去了那种人事关系极为复杂的地方,恐怕也难以静下心来从事研究工作。所以,我……"

菊川的话还没说完,船尾就打断他说道:"住口!这不是你的个人问题!假如你对那些粗暴无礼的家伙屈服会有什么样的结果,你考虑过吗?这个问题还关系到我的体面,因此,你不要说出那种轻率而随意的话!关于这个问题,一切都交给我来处理!"

只听"咔嚓"一声,对方粗暴地挂了电话。

东贞藏家晚餐比平时稍有延迟。东贞藏坐在背对装饰柜的正面椅子上,两旁坐着妻子政子和女儿佐枝子。

熊熊燃烧的暖炉把政子烤得脸红,她用优雅的姿态拿起汤匙,悄然无声地喝完了鲜汤。

"老公,菊川先生真的不会有什么问题吗?一想到这事儿我就心神不定啊!"

"没问题呀!一切都进行得十分顺利,所以你不用担心啦!"

披着对襟羊毛衫的东贞藏切开面包片,脸上露出泰然自若的笑容。

"但是,你说的'没问题'根本不靠谱嘛!在前几天确定进行决选投票时你说什么来着?是吧,佐枝子?"

她似乎想求得频频伏下着双眼正在用餐的女儿的同意。佐枝子用雪白的餐巾擦了擦嘴角。

"不过,那都是教授会决定的,又不是父亲的过错嘛!"

"道理是那样讲,但这可跟一般的事情不同,而是有关你父亲继任人选的问题啊!而且,菊川先生去年秋天还来咱家一起用餐了呢!这关系到菊川先生能不能成为你父亲的继任教授,怎么可以那样事不关己呢?"

她把"事不关己"这个词说得具有了特殊意味。

"哎,老公,你预计菊川先生在这次决选投票中能拿到几票呀?"

"这个嘛,我要跟今津教授做最终讨论之后才能预估准确票数。但不管怎么说,在葛西失去候选资格之后,形势似乎正朝着对菊川较为有利的方向发展呢!"

东贞藏说完,伸手把斟好波尔多葡萄酒的高脚杯端到嘴边。电话铃响起,传来女佣接电话的说话声。

"喂,是、是的。啊?您是东京的船,请问是船什么呀?"

东贞藏慌忙放下酒杯,来到走廊抢过电话。

"喂,我是东贞藏,上次让您担心了。不过,对于这次决选投票已经做好了周全的准备工作,所以请您放心!"

目前的形势似乎变得比三天前向船尾报告教授选举结果时更加明朗,所以东贞藏用爽朗的嗓音报告。

"放心?开什么玩笑!我怎么能放得了心嘛!"

电话中突然传出船尾生硬的抱怨声。

"到底发生了什么事情?"

"发生了什么事情?这简直是令人难以置信!今天,代表你们医务部的佃友博和安西两名助教闯进金泽的菊川的家里,胁迫他辞退教授候选人!"

"啊?我们的医务员?怎么会如此荒唐!"

"但是,那种荒唐的事情就在现实当中发生了!刚才菊川给我打了电话,说他们简直就像街头无赖似的擅自闯进菊川的家,说要反对外聘教授、支持财前副教授,还讲了一大堆不堪入耳的话!临走之前还撂下狠话说,即使菊川走马上任,医务部也会团结一致不予配合。这到底是怎么回事儿?恕我失礼,浪速大学那个地方难道已经丧失了校内秩序,就连那种毛头小助教都敢任意横行且肆意干涉教授选举吗?"

船尾震怒的声音敲击着东贞藏的耳膜,他握着电话无言以答。

"喂,喂!请你给我一个答复吧!你可别告诉我说,身为主任教授的你完全没有注意到自己研究室内部发生的异常现象啊!你也知道,菊川本来就是那种性格,所以他感到自己已经没有必要面对全体医务员的反对而去走马上任了。但是,我可不能就此罢休。当初并不是我要把菊川强行推销给你的,而是接受了你的迫切请求才向你推荐了优秀的菊川。"

船尾说的每个字都锐利刺耳,带着对东贞藏的指责。

"不,我真不知道该怎样向您道歉。近来我过度专注于决选投票的约票活动,而疏忽了医务部内部的动向。我立刻责成担任监督医务员职责的财前副教授,在严格调查事实的基础上承担责任并做出妥善处理。"

"哦?妥善处理?有什么具体措施吗?如果搞不好把事情闹大了,难免导致事情恶化。不过,你是不是有什么高明的神机妙算呀?"船尾冷嘲热讽地反问道。

"不,眼下还难以具体地答复您。但不管怎样,这件事情就交给我来处理吧!"

当东贞藏再次表明态度时,船尾说道:"恕我失礼,既然事态已经发展到这个地步,我就很难放心地交给你处理了。恕我冒昧,明天我亲自去大阪一趟吧!"

"您要来这儿?"

"是的。事到如今,万一我推荐的菊川败选,不仅会使菊川陷于不利的处境,甚至连我的脸面也都会丢尽。所以,我无论如何都得跑一趟。在我赶去亲自收拾乱局之前,请暂时维持现状!"船尾用不容动摇的语调说道。

"那,我去伊丹机场接你吧!"

虽然船尾是东贞藏同窗的门生,但是为了表达最起码的歉意,他还是向船尾做出了低姿态。

"不,你不要亲自来接我啦!如果你有那种空闲的话,还不如去为菊川做点儿什么有益的事情呢!而且,我明天上午要做一个大手术,所以还不知道几点才能出发呢!总而言之,手术一结束我就立刻动身。那就明天见吧!"

说完,船尾立刻挂断了电话。

东贞藏在走廊上茫然呆立了片刻。自己曾经信赖的医务员们竟然做出这种事,他对此感到十分愤慨。由船尾告知此事,亦给他带来了屈辱感。这一切使东贞藏浑身微微颤抖。令人难以置信的事情就这样突如其来地在现实中发生,而且即将把东贞藏顺利推进的计划一举摧毁!虽然他极力避免在妻子和女儿面前露出慌乱的神色,却仍然难以克制心中的激荡情绪。他面色苍白地回到了餐厅。

"老公,刚才船尾教授打来的电话,到底发生了什么事儿呀?"

东贞藏先是缄口不语,但还是开了口。

"佃友博和安西自称医务部代表,去了金泽的菊川的家,劝告他退出教授选举。不,按照船尾教授的说法是胁迫菊川。"

"啊?你说什么?跑到金泽去胁迫菊川先生……"政子顿时大惊失色,"一定是财前副教授干的勾当!毫无疑问是他煽动年轻医务员去的!你竟然毫无察觉,被人知道可真要笑掉大牙了。如果菊川先生因为这种事情落选而激怒了船尾教授,好不容易内定了的近畿劳保医院院长的职位可就保不住了。船尾教授不光在厚生省很吃得开,在劳动省方面也很有人脉呢!要是真有那么一天的话,我实在无法接受啊!是吧?佐枝子,你也一样,对不对?"

政子激昂的话音刚落,佐枝子立刻垂下饱满的额头说道:"都是丢人现眼的事情啊!"

随即就像无法忍耐似的,起身离席而去。

东贞藏驱车穿过御堂筋街向南驶去,同时极力克制着堵心的不快感觉。

船尾从伊丹机场打来电话,只是事务性地交代了两件事情:"一要在避人耳目的酒家会面,二要通知第二外科的今津一起前往陪同。"在他强压着情绪的嗓音,与昨晚电话中激昂的语调完全相反,隐含着瘆人的愤怒。船尾要负责大学医学院的授课、附属医院的坐诊,此外还担任文部省和厚生省相关顾问机构的很多官职。他在百忙之中抽空专程赶到大阪,是要亲自谋划什么样的对策呢?东贞藏在街灯亮起的宗右卫门町向左转,来到位于道顿堀河畔的增田屋酒家。

今津已经早东贞藏先到了一步,看到东贞藏就立刻说道:"真是令人大吃一惊呀!不管怎么说,居然闯进竞争对手家中当面胁迫对方退出候选,简直是岂有此理!这不跟搞政变一样吗?这样一搞,简直就让负责研究室的教授颜面扫地了嘛!"

他用激昂的嗓音表示出对东贞藏处境的同情,而东贞藏却默默地看了看腕表。比起今津的安慰,对于现在的东贞藏来说,他更挂虑的是船尾的到访。

船尾在女侍的引领下走了进来。

"感谢您在百忙之中拨冗光临。"

东贞藏表情沉重地迎接船尾,请他坐在壁龛前的座位上,船尾以理所当然的姿态坐在正面的上座。

今津毕恭毕敬、诚惶诚恐地问候道:"我是第二外科的今津,在外科学会时总是承蒙您关照。没想到会发生这样的意外变故,劳驾您远道而来,我真感到十分汗颜。"

船尾也回礼道："哪里，彼此彼此，菊川的事情让你费了不少心。"

在窘迫的气氛中，菜肴和酒壶端上了桌。三人互敬第一杯酒之后，东贞藏立刻放下酒杯说道："对于昨天发生的事情，真不知道该怎样向您致歉才好。昨天晚上，我已经郑重地向金泽的菊川道歉了。另一方面，我还准备对擅闯菊川家的佃友博、安西以及他们背后的相关人员予以严厉惩处。"

这时，船尾那看上去比实际年龄五十二岁更显老态的面孔上，只有眼睛敏锐地转动了一下。

"尽管你说要严罚、严罚，但这不是只靠处罚就能解决的问题。非但如此，如果不谨慎地考虑处罚的方法和力度，反倒会刺激对方。问题是，在东老师声称决选投票没有问题之后，为什么紧接着就发生了这样的大事件呢？当然，虽然我可以相信你先前那样讲是出于好意，不想叫我担心，但我更希望你们在这种紧急事态发生之前把真实情况告诉我呀！"他用嘲讽的语调说道。

"哦，您这样说真令我不胜羞惭。这都因为我对形势的判断过于天真，实在不知道该怎样解释。"

东贞藏当着今津的面，向他同窗的门生船尾俯首谢罪。今津也不知道该把眼睛看向哪里了。

"船尾老师，那都是因为担任参谋的我对形势判断失误，并不是东老师的责任，全怪我……"

船尾打断了今津的话，说道："不、不，今津先生，你虽然是浪速大学出身，却能够对来自东都大学的菊川做出公平的评价，还为菊川不辞劳苦、尽心尽力，真是十分感谢。"他这是在间接地指责东贞藏。他接着说道："如果全国的大学都知道浪速大学的教授选举不遵守教授会规则，任由医务员擅自妄为来威胁逼退校外的竞争对手的话，即使往后再向全国公开招聘，恐怕也不会有哪个大学响应了吧！"

说完,他从香烟盒里抽出一支烟来叼在嘴上,今津立刻从衣袋里掏出打火机替他点上了火。船尾向今津轻轻点头。

"对了,那位整形外科的野坂教授的工作做得怎么样啦?"

东贞藏立刻像得救了似的答道:"啊,今津已经跟他交涉过了,确定野坂所掌握的七张选票将会投到咱们这边来。"

今津探出矮胖的身体,说道:"是的,没错儿!野坂在葛西落选时先是怒气冲冲地表示要弃权或者投空白票,但在我向他提到日本整形外科学会理事之事后,他立刻发生了动摇。"

今津用充满自信的语调详细讲述了跟野坂交涉的经过。

"是吗?那么,另外六人的选票能否确定拿到,你们以什么为标准来衡量可靠性呢?"

东贞藏和今津一时语塞。

"你们该不会以为把职位交给野坂教授就可以高枕无忧了吧?听刚才今津说的话,那个野坂应该是个相当狡猾的家伙吧。"

"不过,在我提到整形外科学会理事时,他已经明确表示,比起眼前利益更加注重作为医学家的未来发展。所以,我觉得应该可以信任他。"

今津说得十分明确。

"那么,包括野坂本人在内的两三票或许能够确保。不过,他是否能够负责任地搞定葛西派所有的选票却还是有点儿疑问啊!既然他是个狡猾的人物,那就很可能还是把选票分给了财前派,以占尽渔翁之利。那样的话,包括临床和基础两边总共三十一名教授,其中因为东教授已经弃权了,所以总投票数就是三十票。因此,如果能拿到过半数的十六票就可以当选,而如果缺上一票就会落选。所以,对于野坂所掌握的那七票的动向决不能疏忽大意。"

菜肴连续不断地端上来,而船尾却根本动都不动,而是陷入了片刻的沉思。

"今津,请你说明一下那七个人的情况吧!"

"在这七票当中有三票是临床组的,除野坂之外还有皮肤科的乾教授和小儿科的河合教授两位。另外四票是基础组的,分别是药理学、生物化学、血清学和法医学的四位教授。"

"其中确切可靠的都有谁呢?"

"临床的野坂、乾以及河合这三位教授。虽说他们三位都是浪速大学出身,但都是彻头彻尾的反财前派。基础组那四个人原先是流动票,但野坂极力提倡组成革新派团队,硬是说服他们拉到了选票。"

听了今津的说明,船尾像在估算票数似的眨了眨眼睛。

"那么,为了在决选投票中获胜,除了在上次投票中已经拿到的十一票,还要争取五票。也就是说必须把这十六票变成雷打不动的选票。野坂、乾和河合这三位临床组教授的选票看来已经牢牢在握了,所以还得再拉两票啊!那么,如果再从基础组的四人当中锁定两人的话,谁最容易下手呢?"

今津歪着脑袋沉思,东贞藏说道:"应该是血清学的冈教授和生物化学的神谷教授两人吧!他俩都是从其他大学'空降'的教授,喜欢独来独往。如果想要各个击破的话,就从这两个人开始吧!"

"生物化学的神谷教授。说到神谷教授……"船尾立刻把手边的皮包拉过来,开始翻阅笔记本,"啊,原来真是如此啊!生物化学的神谷教授向文部省科研经费审议会申请了个人课题的研究经费,但是他的申请超过了规定额度,所以在审议时被卡住了。幸好个人课题的审议与机构研究不同,比较容易通融。所以,只要他能转为支持菊川,我就想办法把这件事情搞定吧!"

说完,船尾就在笔记本上写了些什么。

"另外一位是血清学的冈教授,这个人的专攻领域是什么呢?"

"他专门搞血清的癌反应研究。"

"那么,这个人就用这种方法对付吧!厚生省每年都会拨出巨额补助金作为癌症研究经费,分配这些补助金的实权掌握在以国立防癌中心所长为委员长的审议会手中。幸好我曾经担任过防癌中心的筹建委员,跟所长很熟悉,在厚生省也有很多至交,只要冈教授提交补助金申请书,我就可以想办法予以核准。就以这个当条件吧!这样一来就可以控制过半数的十六票了。但是,为了再加一张保险票,如果药理学教授也能够投菊川一票,我就在审批新药许可的药事审议会上为他投上清白的一票作为回报,怎么样啊?"

船尾就像是在下象棋,用行云流水般的娴熟套路,而且附带具体的配套措施,完成了切实可行的固票计划。

"真不愧是船尾老师呀!以前就曾听说过您能纵横捭阖地编制出无限的条件组合,没有您达不到的境界。老师真是神通广大,令我佩服得五体投地。这次磋商一结束,今晚我就去做这些工作。"

今津表示了发自心底的感佩之情,可东贞藏却从具有广泛政治实力并赤裸裸地暴露"自己就是权力的化身"的船尾身上,感受到了其与学者身份很不相符的、令人不快的东西。船尾似乎看透了东贞藏的心思。

"我也不想做得如此露骨。但万一菊川在这次决选中失败的话,不仅会伤害优秀的菊川,而且会影响到我此前在学术界的业绩和威信。请原谅我说话冒昧,因为我从来没有栽过跟头,所以既然走到了今天,我这样做也是为了自己。因此,既然对方肆无忌惮地撒银子贿选,那咱们也只能用权力与他们对抗嘛!如果咱们权钱皆无的话,那可就满盘皆输啦!"船尾似笑非笑地望着东贞藏说道。

在中央手术室的三号室内,正在进行由东贞藏主刀、财前副教授担任第一助手的长达四小时以上的肺癌手术。

躺在手术台上的患者由于大量出血和全身麻醉而脸色苍白,陷入深度睡眠之中。东贞藏满脸通红地握着手术刀,额头上沁出大颗汗珠。东贞藏已经摘除了位于右肺上叶的鸡蛋大小的癌瘤,手术好不容易渡过了险关,已经转入廓清周围淋巴结的步骤。

"夹钳……止血钳……手术刀……"

每当东贞藏洪亮的声音响起时,身旁的护士就依次递上夹钳、止血钳、手术刀,帮助清除已经扩散到淋巴结的癌组织,接下来只剩下把胸腔内的脏器放回原位及缝合胸部创口了。东贞藏在第一助手财前的协助下,谨慎地进行每一个步骤。

完成了胸部皮肤的缝合后,东贞藏把针上的缝合线挑起打结,然后由财前迅速伸出剪刀剪断。

"手术结束!"

东贞藏用威严的嗓音宣布长达四个半小时的大手术完成,第二、第三助手揭掉患者身上的洞巾,以检测他的脉搏和呼吸。

"送进恢复室,仔细监测术后全身状态,然后送回病房!"

东贞藏说完后,患者被推出手术室,护士长绕到东贞藏身后帮他脱下了手术衣。

财前也脱下手术衣,随即向东贞藏鞠躬说道:"老师,在今天这台手术中,您的淋巴结廓清手法真是令我获益良多!"

"啊,谢谢你担任我的第一助手,辛苦啦!"

六十三岁的东贞藏脸上透出明显的疲劳神色,但也洋溢着完成长达四个半小时的困难手术之后的满足感。

"好啦,我要去冲个澡。"

东贞藏脱下手术衣,上身赤裸地走进了淋浴室。财前也走进隔壁的淋浴室,用香皂洗去手腕和脖子上的血迹。东贞藏看上去心情不错,不知他是否发现佃友博他们去过金泽,抑或虽已发现却故意佯装不知。

东贞藏走出淋浴室,带着出浴后神清气爽的表情披上了新浆洗的白大褂。

"怎么样?要不要一起喝杯咖啡,休息一下?"他用目光朝休息室示意道。

"好的,那我就陪您一起去吧!"这是从五天前教授选举以来第一次与东贞藏对话,财前虽然感到很不自然,但还是说道,"肺外科手术在处理血管等方面十分需要不同于消化外科的精巧技术啊!老师精湛的手术刀法令我十分佩服。"

"希望能作为你的参考。像这种由你担任第一助手的大手术,今天可能是最后一次了吧!"东贞藏喝了一口护士端来的咖啡润了润嗓子,又说,"不过,财前,最近医务部有什么异常的事情吗?"

"没什么特别的事情。您感觉到什么了吗?"

财前把咖啡端到嘴边,停下不动了。

"是吗?难道没有任何异常吗?"东贞藏盯着财前的面孔,"我没有看到佃和安西,这是怎么回事儿呀?"

"啊,佃和安西请病假了。"

"哦?病人居然会跑到金泽去闯进菊川家,劝他辞退教授候选吗?"东贞藏突然发难地说道。

财前极力抑制开始动摇的表情,否认道:"怎么会发生那种荒唐的事情呢?恐怕是搞错了吧?"

"是吧?你也觉得是搞错了吧?最初有人告诉我的时候,我也以为是搞错了呢!但是,在我打电话问过菊川之后,才了解到确有其事!而且,他们是打着反对外聘教授、支持财前副教授的旗号闯进去的!哦,我倒不认为你跟这件事情有关联,所以并不是那个意思啊!"他黏黏糊糊地说道。

"招来这样的误解,我受到的伤害比谁都大。首先,我自己处在监督医务部工作的立场,而且处在跟菊川候选人对立的境地,怎么可能做出那种事情呢?"他用斩钉截铁的语调说道。

"你说得没错儿!你处在风口浪尖之上,而且处在监督医务部工作的立场上,因此我相信你不可能允许他们做出那种卑劣的举动。但是,这里有一个使我难以理解的问题是,你受到医务员的敬爱和全面的支持,居然对这种不正常的气氛一无所知!这叫我实在难以理解。"

东贞藏向财前投去探询的目光。

"您这样说叫我不知道该怎样回答。事实上,从教授选举的第二天开始,医务部里就显得杀气腾腾。虽然这话我很难说出口,但老师不推荐本校的副教授却推荐其他学校的候选人,致使医务员们集结起来对我表示同情。后来,终于在悲愤慷慨之余意气用事地提出,要直接向教授会提出诉求,要跟校友会联手向医学院长递交抗议书。我为了平抑他们的冲动不知道费了多少心机,每次都会告诫他们,做出那种事情不仅对我而且对菊川候选人也会造成极大的困扰。可是,我根本没有想到,他们居然会跑到金泽去。"

"那就是说,医务员们把我的弃权当成对你的否定,所以闹腾起来了。不过,那是完全不合情理的想法。我并不是全面否定你当教授,只是因为不忍目睹你跟葛西其豆相煎而弃权罢了。对于菊川候选人,我也只是以公平的态度认可他已经得到的学术业绩而已。所以,包括你在内的所有医务员都应该以更加公正的态度接受我的弃权。"

财前瞬间噤口不语,眼中闪烁着锐利的目光。

"即使我个人能够完全接受老师的解释,但医务员们是否能够接受却不得而知。如果在我那样苦口婆心的安抚之后,医务员佃和安西还是做出擅闯金泽的举动的话,那就是因为他们实在无法控制自己的情绪了吧!而且,可以看出佃的情绪就等于现在医务部的情绪,所以即使我把老师说的话照原样转达给他们,我觉得他们也不会完全接受。"

财前的话语中透出无视东贞藏存在的傲慢回响。

东贞藏立刻变脸说道:"你说话要当心点儿!我仍然是第一外科的现任教授。第一外科的医务员没有道理不接受教授说的话。难道他们已经不能执行即将卸任的教授的命令,而要执行你这个副教授的命令了吗?"

"不,我说的并不是那个意思……"

财前异常镇定自若地开始解释。

"行了!你那种做法我无论如何不能认同。我以前也告诫过你,作为教授只有业务本领是不够的,重要的是还要具备足以胜任研究室负责人的品格,并非不顾一切只要当上教授就万事大吉了!在成为浪速大学教授的同时,还必须成为日本外科学界的领军人物才行。因此,如果你对这件事情一无所知倒也罢了。但是,万一你在这方面做了亏心事的话,那么即便你靠那种卑劣的手段当上教授这件事在本校内部可以行得通,在外科学界也是行不通的。我要借此机会特别告诫你。"

由于东贞藏是外科学会的理事之一,所以此话似乎在暗示:根据事态的发展,不排除阻挠财前进入外科学界的可能性。

"谢谢您的忠告。但是,我没有做过任何问心有愧的事情。而且,我希望能够凭自己的实力被选拔为教授。"他的语调看似谦恭,但挑战意味十足。

"是吗?那好,希望你全力以赴、英勇善战。离决选投票只剩两天了,看来我跟你的交情也就到此为止了。"

说完,东贞藏立即站起身来,头也不回地走了。

在拉迪盖酒吧深处的包厢里,整形外科的野坂、皮肤科的乾和小儿科的河合这三位教授像是顾忌周围的耳目似的,正在小声地进行商讨。

皮肤科的乾教授坚决主张,在对财前和菊川进行决选投票时必须投菊川的票。而小儿科的河合教授却表现出支持财前的苗头。但是,野坂有意识地避谈自己的意向。在财前与菊川未能分出胜负的教授选举会当晚,第二外科的今津曾经找他恳求支持菊川。第二天,妇产科的叶山又来请求他支持财前,医协的岩田还当场塞给他贿选的钱款。而且就在昨天,今津又转达了东都大学船尾教授的口信。这些情况他都没有告诉乾和河合。

皮肤科的乾教授打着领结,装束潇洒,他端起威士忌酒杯说道:"我听医务员说第一外科的佃他们杀到金泽的事时,还以为是教授选举中司空见惯的恶意造谣呢!没想到真有其事啊!我刚才在离开医院的时候听今津教授说,金泽大学医学院的人听菊川教授讲了这事儿之后群情激奋。而且,金泽大学的医学院长还准备向浪速大学递交抗议书。事态好像越来越严重啦!"

乾教授对财前特别反感,所以把今津已经夸大的说辞又添油加醋了一番。

野坂虽然已经听说过佃他们去金泽的事实,却故作惊讶地说道:"哦?如果不是简单的流言的话,说明他们也豁出去啦!"

乾教授说道:"毫无疑问,肯定是财前在背后操纵呢!就用'只要我当上教授就保证你们前途无量'之类的话做诱饵嘛!财前那种人难保不玩这套把戏。"

"可是,如果做出这种卑劣的举动,那不是等于自掘坟墓吗?而且就在今天,我还看到大块头的他像平时一样从容不迫地走在过道中央呢!"

小儿科的河合似乎很难相信那是财前在煽动。

乾教授松了松领结,夸大其词地贬损财前道:"那是因为没有证明是他指使佃等二人去金泽的证据,所以他才摆出若无其事的样子嘛!即使有明确的证据证明是他煽动的,教授选举也不像普通选举那样会对违反选举法的行为进行惩罚。所以,厚颜无耻的家伙还是可以放肆地玩弄鬼把戏嘛!而且刚才还听今津教授说,佃和安西都在称病休假,所以说这不明摆着是策划得天衣无缝的事情嘛?能把事情安排得这样巧妙,难怪东教授会舍弃财前而积极地支持他校的菊川候选人呢!我很同情东教授呢!"

"不过,咱们对决选投票的态度到底该怎样把握呢?"野坂问道。

乾教授用责难的语调反问:"野坂,事到如今你怎么还说这种怪话呢?咱们之所以通过支持葛西抱起团儿来,就是考虑到要为校内革新派团队打好基础,这其中不也包括彻底否定财前吗?可是,事到如今你还说些莫名其妙的话,这不是太奇怪了吗?"

乾教授三言两语地说完,野坂抬起带着酒气的黝黑的四方脸。

"你说得虽然没错儿,但咱们先前是以本校出身为原则来推举葛西的。而在葛西落败之后,我们要从财前和菊川两人之中选出一人,关于这一点,基础组的那四位教授会怎样考虑呢?"

野坂把矛头引向基础组的教授,态度暧昧地避实就虚。

"啊,他们已经没有问题了。因为今天上午,血清学的冈教授很稀罕地给我办公室打电话,详细询问了菊川候选人的学术业绩之后,还向我确认反对财前的基本方针是否有了改变。况且,冈教授还是整合基础组四张选票的责任人呢!"

乾教授这样一说,野坂眼中骤然闪出锐利的光亮。

"哦？冈教授向你打听过这些事儿吗？那就是说，基础组的四人都会支持学究型的菊川啦？"他若有所思地说道。

小儿科的河合从旁插嘴说："即便血清学的冈教授支持菊川，但基础组的四票是否都会跟着投给菊川还很难判断。更重要的是，正因为咱们革新派的七张选票是决定这次决选胜负的关键，所以校内的目光全都聚焦在咱们身上。因此我认为，咱们无论打算支持哪一方，都必须慎重地对形势进行判断呀！不仅要预判财前和菊川哪个当选的可能性最大，还要充分地考虑到教授选举结束之后校内的动向。然后咱们应该在此基础上，做出支持哪一方的决定！"

河合提出了符合他作风的慎重而稳妥的意见。

野坂接着煞有介事地说道："那是毋庸赘言的啦！从咱们革新派的根本立场来讲，应该击败跟鹈饲院长联手的财前，而全力支持菊川候选人。不过，即使咱们推选了菊川，但菊川派是否就会加入咱们，现在还是个疑问。那样一来，咱们推选菊川的动机就变成单纯地反对财前了。不仅如此，咱们还会由于支持外聘教授而遭到校内的冷遇。这样来看的话，咱们就必须充分考虑是否有必要冒着在校内陷入困窘处境的危险去支持菊川啦！"

小儿科的河合附和道："问题就在这里嘛！所以，我觉得转为支持财前并与跟鹈饲院长达成政治协议才是更加牢靠的办法。"

乾教授摆手反对河合的意见。

"那才恰恰相反呢！要是咱们转为支持财前的话，那就永远都会被鹈饲派踩在脚下，而成为坐冷板凳的角色啦！咱们还不如转为支持菊川，靠咱们的选票让菊川当选教授，这样做会有相当大的甜头。这是因为，虽然在临床组只有今津教授和第三内科的筑冈教授支持菊川，但是甜头就在于基础组的票数较多。所以，反正临床组已经被鹈饲掌控，如果咱们跟基础组联手，就能以此为落脚点扩大革新派的势力。这种策略不是更有发展前景吗？"

"对呀！这也是个好主意呀！"

野坂赞同似的点了点头。

"野坂！你从刚才就点头说河合的意见有道理,现又说我的意见也很好,一直是模棱两可的态度。可最重要的是你自己到底是怎么考虑的！"乾教授诘问似的说道。

"你问我自己怎么考虑？"野坂用不慌不忙的语调说道,"我的意见跟你俩都不一样嘛！"

"这么说,你是想投废票啦？"

野坂摇了摇头。

"我绝对不会浪费如此宝贵的一票。直到决选投票的前一天,我都要稳坐静观形势到底对哪一方有利,然后再决定投给某一方。这是因为,此次教授选举甚至引发了劝退他校教授候选人的事件,所以两者的胜负完全不可预测。而且,这次选举的胜负恐怕还会重新划定医学院的势力分布图呢！如果财前胜出的话,那么鹈饲派在医学院的地位就占据了绝对优势。但如果是菊川胜出的话,鹈饲派的地位就会发生极大的动摇,而且将会形成大河内与今津联手的新势力呢！形势会向哪一方倾斜,目前还不明晰。在这种时候,没有必要慌里慌张地决定支持某一方嘛！即使财前和菊川两派都来请求咱们合作,目前也都要暂且应承下来,然后到了最后关头再当机立断。这样不好吗？这才是最保险、最明智的做法。这样一来,基础组那四个人也肯定会跟咱们保持一致啦！"

"可是,如果咱们对双方都先应承下来的话,到后来因为形势对某方不利而转投有利的一方,那这种做法在信义上有点儿……"河合犹豫不决地说道。

"这种做法在教授选举中并不新鲜啊！有些人事先约定投对方

的票,可到了投票当天却爽约改投。而且在对方落选时还装出若无其事的样子参加安抚会,跟着落选人一起说'啊,遗憾,遗憾'呢!"野坂理所当然似的说道。

其实,野坂在心中另有打算:如果财前获胜的话,就可以把从财前派那里得来的七十万适当地分一分。而相反如果菊川获胜的话,就把这七十万返还,转而接受今津提议的整形外科学会理事的职位。

财前带着四名助教,结束了新楼特需病房的副教授查房之后,正在朝普通病房的方向走去。

"财前老师……"一个护士从后面追了上来。

"有什么事吗?"

"打扰您查房了,对不起!刚才鹈饲老师打电话到值班室,请您去院长办公室一趟。我怎么回复呢?"护士善解人意地问道。

"鹈饲院长来电话?你就说我立刻去见他。"

财前心中有点犯嘀咕,不知道院长要说什么事情。他交代助教们过后再去普通病房查房,让他们先去整理病历,随即赶紧下楼朝隔着宽阔中庭的医学院楼走去。

财前一边穿过中庭一边想,鹈饲要说的大概是有关两天后教授决选投票的事情。虽说如此,鹈饲院长迄今为止一直十分谨慎,他胆小怕事地把所有选举相关的工作都交给妇产科的叶山教授去处理,而自己却总是躲在幕后发号施令。而今天他却直接找作为候选人的自己,想必此事非同一般。财前加快了脚步。

财前来到医学院长办公室前,整了整白大褂的衣领,敲了门并走进去。

"我是财前。我来了。感谢您在各方面的关照。"

因为场合的关系,他不便多说什么,只好站在把肥胖的身体靠在转椅中的鹈饲院长的面前,恭恭敬敬地鞠了一躬。鹈饲默不作声地望着财前。

"请问您找我是不是有什么急事?"财前郑重其事地问道。

"当然是有事才会找你。你可给我惹了大麻烦啦!"

"请问是什么事?"

"你问我什么事?难道还要我说出来你才明白吗?在我出差的时候,第一外科有两名医务员跑到金泽去了。这到底是怎么回事!"他严厉地呵斥道。

财前一时不知该怎样回答。

"实在对不起,都怪我太疏忽了。昨天,在当事人告诉我之前,我一点儿都不知道。"

财前的态度与被东贞藏追究时完全不同,他坦率地承认了佃友博他们去金泽的事实。

"对不起?疏忽?你别再说那种敷衍应酬的话了!"鹈饲发出当头棒喝,并从椅子上站了起来,"我听传言说,那都是你煽动他们去的!"

他摆着双手在房间里大步地转来转去,眼睛瞪着财前。财前极力控制开始发慌的表情。

"不,他们没有受到任何人的煽动。根据佃和安西所说,他们的行动反映了医务部全体的意见。医务员们得知自己研究室的副教授在毫无理由的情况下遭到现任教授的拒绝,因而群情激奋,一致表示支持副教授升任教授。他俩只是想把现状原原本本地告诉菊川先生,所以才奔赴下着大雪的金泽。菊川先生十分体谅他们的心情,对他们的看法予以理解,还透露当初并不是自己主动希望去浪速大学担任教授的,而且并没有把此事扩大化。"

听了财前的说明,一直在房间里绕圈子的鹈饲猛地停下了脚步。

"哦？那种话你会相信吗？即便那是菊川候选人自己的真心话，周围支持他的人们也不可能善罢甘休！其实今天上午我就接到了东教授的电话，说有急事相商。就在刚才，我们谈了足足两个小时。东教授向我表明，第一外科的医务员竟然做出强行逼退他校候选人的丑事，严重损害了浪速大学严正选举的声誉，他感到十分歉疚。这种事件既然已经发生了，那么当事人佃与安西自不必说，包括研究室负责人的自己和直接监督医务部的财前副教授都应该担负相关责任。你明白吧？他提出这样的要求，目的就是要让支持你的我也陷入困境，并且要置你于不利的境地。就是因为你们做出那种过激的行为，使我至今呕心沥血、慎重打造的计划全都化为泡影了！"

鹈饲越来越激动，就像要把发泄无门的怒气倾泻一空般声嘶力竭。

"无论您怎样斥责我，我都不想解释。只是希望您能理解，佃他们的行动完全是出于纯粹的爱校之心，一门心思坚持由本校教授领导第一外科的执着愿望，而绝不是无视教授会投票表决结果的鲁莽行为。另外，有关此次事件的责任全都在我个人身上，都怪我疏忽了医务员的情绪，而且没有做好安抚工作。"财前俯首致歉道。

"现在的问题并不是去金泽的那两名助教，而是这件事会对决选投票产生的影响。菊川派会反过来抓住擅闯金泽的事件在校内大肆宣扬，要是传到基础组大河内教授的耳朵里，他很可能以这个事件为把柄去游说在上次投票中支持你的基础组教授，也许会使基础组的选票全部流向菊川。你知道这会产生怎样的后果吗？因为我既要当浪速大学的医学院长，同时也必须逐步地在医学界站稳脚跟。所以，如果把事态闹到那种地步的话，恐怕即使我想推举你也爱莫能助了。"

财前的脸色渐渐变得苍白。

"可是,老师,那么……"

"那么又能怎么样!就在决选投票的两天之前,你却把自己置身于困境之中,这不都是因为你的疏忽大意造成的吗?"

鹈饲满脸通红地质问财前。

财前走出院长办公室,打电话告诉还在等他的助教临时有急事,将普通病房的查房改到明天,随即踏上通往旧楼天台的楼梯。

财前沿着昏暗寂静的楼梯来到天台上,迎面吹来了二月初旬的刺骨寒风,而灰色的天空正沉重地笼罩在头顶上方。

财前任由寒风掀动白大褂的下摆,伫立在天台的凸角向下方望去:堂岛川那仿佛冻僵了似的冰冷河面泛起条条波纹,两岸枯叶落尽的树木伸展着钢丝般尖锐的枝梢。财前凝望着冰冷萧索的景象,心中翻卷着与刚才查房时充满自信的坚定完全相反的颓然崩溃的不安情绪。他完全没有想到,佃等人夜闯金泽的事件竟然传到了鹈饲院长的耳中,而且还将自己置于了艰难的处境之中。原先以为可以利用佃他们的血气方刚来推动事情的发展,却没想到这件事情很可能成为自己的败因。为了驱散令自己毛骨悚然的不安情绪,他向周围环视了一圈,正好看到了天台角落里的温室。他走过去推开门,随着"吱呀"的声响,温室的门被打开了。这座温室早已徒有虚名,枯草已被温水泡烂,勉强保留形状的花瓣像尸骸般散落在地上。财前把视线停在尸骸般的花瓣上,心中涌起不祥之兆。忽然,他想起庆子曾几何时说过的话——如果没有连里见副教授那种人都能利用的器量可不行啊——庆子不经意似的说出的话猛然在财前的心中复苏了。

财前离开温室下了楼梯,向第一内科的研究室走去。在下午门诊和住院患者的查房都已结束的现在,里见应该就在研究室里。

财前推开研究室的门进去，只见两侧架子上摆满了化学实验用的试管和试剂瓶，里见正坐在桌前专心地敲打计算器按键。

　　"打搅一下，可以吗？"

　　里见听到招呼声才发现有人进来，立刻扭过头来。

　　"啊，原来是财前呀！我正在计算癌反应阳性的概率，你过后再来找我吧！"

　　"但是，我有紧急的事情想跟你商量呢！"

　　财前露出十分为难的神色。

　　"那，你先在隔壁房间等一下，我这里告一段落就过去。"

　　里见说完把视线挪回计算器，又开始敲打按键。财前无可奈何地走进隔壁的动物实验室，实验的动物饲养箱里装着豚鼠，迎面扑来刺鼻的动物异味。财前把靠背已经破损的椅子靠在墙边，无力地坐了下来。

　　连日来，他为教授选举的事情劳心伤神，刚才鹈饲院长又撂下狠话说，根据形势发展来看，他即使想推选自己也有可能不得不忍痛割爱。自己赌上所有的一切打拼至今，而现在却可能会功亏一篑。看到里见在与世俗隔绝的环境中平静地坚持自己的研究，财前似乎此刻才感到自己与里见的生存方式截然不同。但尽管如此，自己为什么没能早些意识到里见的存在呢？原先自己认为里见与教授选举毫不相干、没有任何利用价值，到了危急关头却觉得里见似乎能够变成可供利用的强力王牌。这一点他自己从来没有考虑过。

　　"不好意思，让你久等啦！"

　　从隔壁传来里见的声音。

　　"做完了吗？"

　　财前客气地问了一句，随即走进了里见的房间。

　　"没有，可能还需要五个小时吧！"

里见把破旧的转椅转向财前，指了指委托浪速大学系统下的各大学医院搜集来的实验数据资料。

"这样的工作量可太大啦！不过，那些计算和统计交给助教做不行吗？又不是你必须亲自做的事情。"

"不行啊！因为如果交给别人做的话，说不定哪里会出现什么差错。而且，这是我持续了多年的个人研究项目，不能委托给任何人呀！对了，你要商量什么事儿啊？"

"其实，就是这次教授选举的事情。"

"不好意思，这种事情不要跟我说。你和我对于教授选举的看法完全不同，从上次在我公寓里聊天之后，你应该已经很清楚了嘛！"里见直截了当地回绝道。

"我当然清楚。不过，我今天来这儿不是为了跟你切磋教授选举论，而是把你当作唯一值得依赖的朋友而来的，所以你不要那样冷酷无情嘛！"财前露出平日少见的懦弱笑容，"我找你商量的事情，也许你已经听到传言了，有人说我煽动医务员佣等人去对立候选人菊川家中劝告对方退出竞选。你，对那种传言怎么看？"

"我不想听这种事情。"

里见把脸扭开了。

"是吗？连你也相信那个传言是真的吗？那是菊川派为了陷害我而故意散播的恶意谣言。"财前似乎难以抑制心中的愤怒，"刚才，鹈饲院长还为这事儿把我叫去，用他一贯的语调劈头盖脸地把我骂得狗血喷头。我抗议说那是菊川派的恶意中伤，在说明各种情况之后总算得到了他的谅解。但是，我不可能去向其他每一位教授都详细解释。如果在污蔑我有那种卑劣行为的谣言尚未澄清时，就进入投票决选的话，那我真会心如刀割。我一定要千方百计地证明我的清白，所以才来找你商量啊！"他面露愁容地请求道。

"如果你说的都是事实的话,完全可以对那些失实的传言置之不理嘛!"

"置之不理?没错儿,那倒也不失为一种论调。可是,难道你认为我应该这样坐以待毙吗?"财前面露怒色地说道。

"不,我并没有那样说。我只是觉得,你自己完全没有必要在这场被丑闻淹没的教授选举中越陷越深。你可以扪心自问,如果问心无愧的话,那就不需要到处奔走来自我辩白,一切照常行动就好了。如果能够胜出自然很好,如果落选也是无可奈何的事情。不管是哪种结果,如此流言横飞的教授选举实为罕见,就连我这样对那种事情毫无兴趣的人都感到各种传闻不绝于耳。而且,每当听到那些小道消息时都使我感到,你有志于成为医学家的志向已经在渐渐地逝去了。我实在不忍目睹。"

"是教授选举的性质把我变成了这个样子。上次我曾在你公寓里说过,教授选举并不是只凭专业实力。无论什么选举都有金钱和私情如影随形。实际上,教授选举的过程比我所说的更加复杂离奇,稍有不慎就会被不明真相的魔力压得粉身碎骨而死无葬身之地。我是置身于这个漩涡中之后才切身地体会到了这一点。我付出了莫大的代价才走到了今天这一步,如果惨遭失败的话真是太残酷了。我无论如何都不愿意因为这种莫须有的误解和中伤而败选。"他用充满挑战的激烈语调说道。

里见用与他的激烈情绪相去甚远的冷漠嗓音说道:"为了那个目的,你想叫我怎么做呢?我先声明,刚才也已经说过,因为我对教授选举毫无兴趣,所以在这件事上不管你陷入怎样的困境,我都不想掺和。"

"是吗?那好,我撤回与教授选举相关的探讨!不过,如果是有关我人品的问题,应该可以跟你商量吧?"财前突然用温和的语调说道。

"啊,那倒是可以呀!"

里见应答之后,财前用郑重其事的语调说道:"其实,我最在意的是病理学的大河内教授是怎样看待这种传言的。当初,我和你一起在病理学研究室的时候,承蒙大河内教授多方关照,提交学位论文时也曾经接受过他的指导。正因为他是我的恩师,所以我无法忍受他相信那些谣言后把我看成卑鄙小人。所以,我希望大河内教授了解我是清白的,不要把这事儿跟教授选举联系起来。不过,如果我去亲口对他解释的话,恐怕他会以为我是在为自己辩解。所幸有你在,你既了解我的人品,又颇得大河内教授信赖。所以,我想请你帮我去向他讲清楚这件事。"

财前表面上是想请里见帮自己解释事实的经过,但真实目的是通过里见的解释来笼络大河内的心。里见眼睛一眨不眨地凝视着财前。

"我拒绝。你自己去不就行了吗?"

"正因为我自己不方便去,所以才来拜托你嘛!里见,拜托你了!"

财前站起身来,彻底抛开了体面和自尊,向里见俯首请求。里见眼睛里透出既同情又轻蔑的神色。

"财前,看到你为了这种事情俯首请求的样子,直到刚才还半信半疑的我反倒觉得那些传言是确有其事啦!无论你怎样拜托和请求,我都拒绝去向大河内教授做解释!"

里见断然拒绝之后,转过身去面对着自己的桌子。

扇屋酒家深处的包间里,充满了凝重的气氛。明天就要举行教授决选投票了,为了进行最后的固票工作,财前又一、岩田重吉、锅岛贯治以及得到鹈饲院长面授机宜的叶山教授四人在此聚首。

酒壶送上餐桌,财前又一首先给代表鹈饲院长坐在正面座位的叶山斟酒。

"哦,对于夜奔金泽那件事,鹈饲教授当然非常气恼。好不容易顺风顺水地运作到今天这个地步,他们怎么会做出那种愚蠢的行动呢?尽管五郎事先并不知情,但是强调不知情恐怕是推托不了责任的嘛!主要是因为他把那些医务员看得太简单了。他本人也为这件事大伤脑筋,昨晚跟我深谈直到天亮。事已至此,虽说除了听天由命再也没有什么好的办法,不过运气这个东西既不能靠天也不能靠别人,而只能靠自己抓住机遇去创造。所以呢,还希望鹈饲老师也调整一下心情,在决定胜负的时刻再出把力呀!"财前又一觍着脸说道。

叶山对他的死皮赖脸惊讶不已。

"鹈饲院长现在的处境十分困窘,已经不能一如既往地积极支持财前了。不过,因为有岩田医协会长出面劝解,所以他觉得既然事情已经发生,再生气也于事无补,于是已经消气了。而且对于年轻人的心情也并非不能理解。虽然教授们的责难之声十分强烈,但我们还是得想方设法排除困难坚持下去,并且要稳妥地应对东教授。所以,要跟岩田会长好好商讨下策略。"

"真不愧是鹈饲院长呀!不会没完没了地生气,而是先拒人于千里之外,过后再委婉地劝诱拉拢。这种待人处事的高明手腕和强大的政治实力果然非同寻常,难怪当选下届校长的呼声那么高呀!不过,这次的调解能够起作用,也是归功于岩田兄和叶山兄啊!"财前又一向两人垂下秃头道谢,"既然已经理解了鹈饲老师的心情,那么接下来就该做最后的固票工作了。怎么样?上次的七十万收效如何呀?"他将头转向岩田重吉。

"虽然他嘴上说很为难、很为难,但是既然到现在还没把钱退回来,看样子野坂派支持财前应该没有问题了吧,叶山兄?"岩田向坐在身旁的叶山问道。

"说实在话,能不能完全相信他,我现在还很犹豫呢!"叶山喝了一口酒,忧心忡忡地说道。

坐在叶山对面的锅岛贯治摸着胡须,露骨地说道:"到了这种时候,我想应该不会有什么问题了。因为已经跟野坂教授交代了,每张选票十万,七张选票就是七十万。那可不是小数目呀!"

"不过,野坂这家伙相当狡诈呀!我总觉得,他跟菊川派好像联系得也很热络啊!"叶山说道。

岩田眨着金边眼镜后边的眯眯眼,问道:"是不是有什么可疑的迹象呀?"

"其实吧,在两天前的傍晚,东都大学的船尾教授到达伊丹机场时,刚巧与某位教授擦肩而过。最近大阪又没举行学术研讨会,所以他此行的目的很可能就是为菊川拉票呀!"

叶山说完,财前又一急切地说道:"哦?这么说来,他们也像咱们一样开始撒钱啦?如果真是那样的话,咱们也不能马虎大意,必须加大投入才行!"

"不会吧!既然船尾教授出现了,恐怕就不是来撒钱的啦!他掌握着学会里的职位,还可以提供报批科研经费的方便,所以他可能是来播撒权利的吧!不管怎么说,他毕竟是学会的现任头目,所以我担心,最先被他用这个招数锁定的就是掌握七张选票的野坂。"叶山惶惑不安地说道。

"如果真是这样的话,野坂会怎样处理那七十万呢?堂堂的大学教授,总不会该拿的钱拿了,该办的事儿却不办,过后还装出若无其事的样子吧?"

被清酒濡湿了胡须的锅岛老惦记着那笔钱,好像那七十万是他掏的腰包似的。

"我觉得无论如何不至于那样吧！不过,鹈饲对野坂是怎样考虑的呢？"岩田忽然担心地向叶山问道。

"鹈饲院长对野坂那种似有隐情的沉默也有点儿挂虑,他估计野坂要么就是至今仍未统一那七人的意见,要么就是在等待菊川派开出更好的条件,然后等双方的实力见了分晓,再投靠更有利的那一方。"

"哦？要是早知道他是这种难缠的家伙,就应该把钱直接交到个人手中。如此采用各个击破的战术不是会更有效吗？"

财前又一说完,锅岛表示赞同。

"咱们也许对野坂过分期待了吧！不过,现在行动也为时不晚。咱们马上各个击破怎么样啊？"

"不,如果一个个地找的话,他们可能会退缩,大都不敢收钱。所以还是要找一个合适的组织者,并把一切事情全权委托给他。这样比较稳妥。不过,这次咱们可能过于相信野坂啦！"经常经历这种情况的岩田歪头深思道。

"如果是这样的话,不好意思,可不可以委托叶山教授散会后再去野坂家跑一趟？麻烦你再去塞个红包把他搞定。"

财前又一自作主张地说完之后,就大模大样地拿出一大包钱放在了桌子上。

"可是,这么多……"叶山望着厚厚的红包,犹豫地说道。

财前又一在嗓子里咕噜咕噜地说道："这点儿投资是应该的嘛！另外,要不要顺便去把基础组的那些教授再叮嘱一下呢？听说上次投票的时候,临床组基本上都把选票投给了咱们,可是从基础组却只拿到三张选票。咱们可是费了不少功夫呀！"

他似乎在责怪负责基础组拉票的锅岛没有把工作做到位。锅岛一时无言以对。

"不,在决选投票中,基础组选票肯定会大幅度增长的。因为我按照前几天的约定,决定把公共卫生学助川教授的研究生安排到新筹建的公害研究所担任主任研究员,所以他心情特别舒畅,对我说要在决选投票中大干一场。"

锅岛介绍了自己巧妙利用市议会议员身份所做的工作。

"不过,这位助川教授能不能拉到三张以上的选票呢?最无可奈何的是,基础组还有个大河内教授那样的权威盯着呐!"叶山忧心忡忡地说道。

"既然是这样,那就请你在去过野坂那儿之后再顺路去拜访一下大河内吧!"

财前又一把貌似讨债公司专用的大皮包拉到身边,开始在里面翻找。

"那怎么行啊?我怎么能去找大河内教授请求这种事情呢?那个人可是像奈良大佛一样的榆木疙瘩呀!"叶山语调坚定地拒绝道。

"无论是怎样像大佛一样的榆木疙瘩,只要不是大佛而是真人肉身的话,就没有不喜欢金钱的!好啦,你不必多虑,就拿上钱过去试试看吧!"

"开什么玩笑啊?财前兄,你根本不了解大河内教授的为人!而且鹈饲院长也绝对不会允许那样搞。请你千万不要这样做。"叶山激烈地反对道。

财前又一看他那么严厉,表情惊讶地说道:"既然你这样说,那就算了吧!不过,这样一来就全押在野坂派那七张选票上了。叶山老师,不好意思,能不能请你尽早去他家呀?"

平时一贯强势的财前又一十分干脆地收了手,叶山终于松了一口气。

"那好,我现在就出发吧!你别嫌我啰唆,千万不要去找大河内教授!"

他再三叮嘱之后,就把厚厚的红包装进皮包,然后站起身来。

叶山的身影消失在隔扇外边,脚步声渐行渐远。

"岩田兄,可不可以请你去'奈良大佛'那儿走一趟?"

"啊?去大河内教授家?你刚才不是说算了吗?"岩田惊讶万分地说道。

"嘿嘿嘿,那是赶走难缠的大学老师的花招嘛!如果换了你,可能用不着说那种抱怨的话也会欣然前往吧。"

"可是,那个榆木疙瘩大河内教授相当不好对付啊!所以必须充分地做好精神准备才行啊!而且,如果稍有闪失就像飞蛾扑火,所以这个事情太艰难啦!"岩田茫然无措地说道。

"好啦、好啦,你也别再说那种死心眼儿的话啦!发挥你平时在医协的本领,热热闹闹地办一桌酒席。至于礼品嘛,你就看着办吧!"

财前又一从皮包里取出一个更厚的红包。

"好吧!既然是这样,那我就跟锅岛两人跑一趟吧!"岩田一边目测红包的厚度一边说道。

岩田跟锅岛在郊区的夜道上驱车行驶了三十分钟,他们正在根据医学院名册上的地址寻找大河内的家。在离正街十米远的一条勉强能通过中型车的小巷深处,他们终于看到了写着"大河内"的门牌。

"啊,停车!就是这家。"

岩田向车窗外伸出脑袋,再次确认昏暗门灯下的门牌,之后便下了车。

锅岛也跟着下了车,他望了望在夜色中仍然清晰可辨的、因风吹雨打翘曲了的板墙。

"看上去比传说中还要荒凉呀!照这个样子,他家门厅前该不会也像研究室那样挂着'禁止会面'的牌子吧？"锅岛把小包夹在腋下说道。

"再怎么样都不至于那样做吧！现在大河内应该是刚吃完晚饭，像普通人一样在放松吧！"

岩田说完，伸手摁下了门柱上陈旧的门铃，马上从旁门传来了脚步声。

"请问是哪位呀？"

"我们是从浪速大学来的。"他们情急之下这样答道。

"辛苦你们啦！我马上开门。"

闭合不严的房门被打开，一位看上去像是在照料大河内生活起居的老妇露出脸来。

"夜晚打扰，多有失礼。请问大河内教授在家吗？我们为学校里的事情登门拜访。"

老妇听到"学校"这个词似乎放下了心。

"哎呀，外面很冷，请先进屋吧！"

老妇请他们进了两铺席大的门厅。

"请问你们是学校的哪两位啊？"

"哦，实在不好意思，我们是浪速大学校友会的干部。"

两人拿出名片，老妇似乎感到不太对劲儿。

"我不太清楚你说的是什么。那我现在就去通报，请你们稍等一下！"

老妇接下名片走进屋里。

昏暗的两铺席大的门厅可能因为地板已经有了缝隙，所以从榻榻米下方窜上一股带着霉味的寒气。

岩田和锅岛把脱下的大衣捂在膝头缩着脖子。

老妇返回并转达了大河内的话。

"让你们久等了。教授说他正在看书,而且时间已经很晚了。如果有事的话,就请你们明天去学校找他吧!"

"哦,教授说的是啊!时间这么晚,而且事先没有预约就突然打扰,确实多有失礼。虽然我们特别想按照教授说的明天去学校拜访,但我们实在有事,无论如何必须今晚面见教授。所以实在不好意思,麻烦你再帮我们转告一下吧!"岩田再次请求道。

"你说的什么我也搞不太清楚,那我就再去问一下吧!"

老妇折回屋去了。

又过了片刻,走廊上传来"咯吱咯吱"的脚步声和响亮的清嗓子声,随即隔扇被打开,身穿和服的大河内出现了。

"哎呀,大河内老师,这么晚突然登门打扰,多有失礼,恳请您多多海涵。我是浪速大学医学院校友会的干部,名叫岩田重吉。"

岩田毕恭毕敬地打过招呼之后,锅岛也郑重地做自我介绍:"我是锅岛外科医院的锅岛贯治,也是校友会的干部。"

大河内说道:"既然是必须晚上面谈的紧急情况,那就长话短说吧!"

大河内不冷不热的态度使两人不知怎样开口才好,岩田和锅岛都像被他的气势震慑住了似的面面相觑。

"倒还不至于像'紧急情况'那么夸张。说实在的,我们最近听说医学院里流传着有损声誉的谣言。如果是在平时,那些胡说八道的传言完全可以当作耳旁风。可是,明天就要举行第一外科继任教授的决选投票了,在这种关键时刻,我们校友会绝不能对那些谣言置若罔闻。所以,我们作为校友会同仁的代表,决定来拜访被称作'浪速大学之良心'的大河内老师。"

大河内双手交抱在怀中,面无表情地听岩田一口气说完。

"那些不能置若罔闻的谣言,就是所谓第一外科的两个医务员受到财前副教授煽动,强行要求金泽大学的菊川退出选举的事。如果此话属实,那简直就是亵渎神圣的教授选举,甚至会破坏浪速大学的崇高名誉。因此,我们校友会对此决不能熟视无睹,于是马上出面调查了这件事情的真相。"

岩田说到这里,锅岛接过了他的话头。

"根据我们校友会的调查结果判明,事实和谣言有很大的出入。第一外科的医务员们是出于平时对财前副教授信赖和尊敬的心情,一致认为财前副教授是下届教授的不二人选,所以委派两个医务部代表去拜访菊川候选人,转达全体医务员迫不得已的心情,而绝不是去强行要求他退出。因此,当校友会判明财前副教授煽动医务员的说法毫无事实依据的时候,也感到很安心。但另一方面,当我们意外得知,那其实是某些人为了在决选投票中陷害财前候选人,而精心策划并撒播的恶意谣言时,感到十分震惊,我们……"

锅岛大肆发挥他在市议会演说时的辩才,而且还要继续发挥。

"你们老把教授选举挂在嘴上,可是校友会跟教授会到底有什么关系呢?"

两人一时语塞。

"这个,实在对不起。我们说话太不小心了。当然,我们校友会丝毫没有干预教授会的狂妄意图,只是因为迫切希望明天的教授选举能在公正严肃的气氛下进行,才……"

岩田嬉皮笑脸地说到这里,大河内厉声呵斥道:"你说这种话本身就是在横加干预!这且不论,先说你们来这儿的结论是什么?"

"倒也没有什么正儿八经的结论,只是想把谣言的真相转达给严正中立的大河内教授。而且,在我们探明事实真相的同时,看到财前副教授因那种谣言而变得憔悴的面容,不禁感叹那种谣言对于立志研究医学的人来说真是无以复加的伤害。"

岩田说完之后,锅岛似乎忘记了房间里的寒冷,他脸上泛起红潮说道:"我也是第一外科出身,对他的人品十分了解。因为他无论做什么事情都很出色,所以很容易遭到谣言中伤。但不管怎么说,他的医术确实无人能够超越,在外科学界也早已得到了公认。近年来他越来越成熟,作为同校出身的我为这样的校友感到骄傲。如果财前在这场本应保持公正的教授选举之前,就由于失实的流言倒下的话,那就太不公平了!"

大河内瞥了两人一眼。

"你们专程来找我,难道就是为了说这些话吗?真是无聊之极!"他仍然双手交抱于怀中,唾弃般地说道,"不管你们专程跑来告诉我的那个流言是事实或不是事实,都毫无意义。因为这太无聊了。无论你们怎样解释,但财前这个人即使遭到流言中伤也不为怪。那么,就这样吧!"

大河内像要逐客似的站起身来。

岩田向前着屈瘦小的身体,说道:"那么,恭敬不如从命,我们就不再耽误您搞科研的宝贵时间了。今天冒昧打扰您了。这是一点儿表示。"

"表示?什么表示啊?"

"初次登门拜访,就用这个代替我们的名片吧!我们听说老师很喜欢喝玉露茶,于是就带了些来表示一点儿心意。"

"那就谢谢了。"

大河内道谢之后伸手接过小包,却突然撕破包装纸说道:"你们这是干什么?"

在茶叶罐上面有个系着礼绳、写着"聊表心意"的红包。

"这只是我们的一点儿心意,请您笑纳。"岩田露出僵硬的笑容。

"用钞票代替名片是怎么回事儿?你们一开口,我就知道你们是来搞选举运动的,我没有戳穿,你们就得寸进尺。你们把教授选举当成什么啦?即使其他教授吃你们这一套,在我这里也行不通!教授会还没有死绝!"

大河内说完,就把礼金袋踩在了脚下。

第十一章

在新楼三层的会议室里,第一外科继任教授的决选投票即将开始进行。

U形会议桌的正面中间坐着主持人鹈饲院长和遴选委员长大河内教授,基础组和临床组的教授们按照科目表顺序分别列座。上次投票时因病缺席的解剖学教授也出席了,三十名教授都已就座,只有弃权的东贞藏的座位空着。

三点钟开会时间一到,鹈饲就从椅子上站起来。

"现在开始进行第一外科继任教授的决选投票。在这一个星期的时间里,想必各位已经参考此前的审议以及手头的资料经过了深思熟虑。今天,相信大家能够基于严格公正的判断,投下圣洁的一票。"

现场的气氛紧张了起来。站在鹈饲身后待命的事务长来到前面准备分发选票。

"我有几句话要说!"

会场上突然响起大河内教授的声音,仙鹤般瘦削的他忽地站了起来。

"刚才,鹈饲医学院长在发言中提到,相信大家能够基于严格公正的判断投下圣洁的一票。但是,据我所见,这次教授选举过程中充满了国立大学所不应该出现的违规和欺瞒现象,实为前所未见。我甚至不屑于在这个场合举出具体事实来向各位公开说明。不过,即使公开做出说明,恐怕那些人也会狡猾地抵赖,而且由于没有相应的问责法规,所以我暂时不说出具体事实。但是,这种乱象与当今保守派政党的总裁选举十分相似,不顾道德操守,毫无秩序可言,作为一名大学人我实在感到可悲可叹。除我之外,心有良知的教授想必都会感到强烈的愤慨。说到底,教授选举应该由既是医学家又是教育家的各位秉持公正严肃的良心来进行。我作为遴选委员长要向各位的良心大声疾呼,在这个时候,即便是为了重树教授会的尊严,也希望各位教授投下严肃公正的一票,表明教授会尚未死绝的姿态。"

大河内教授的每一字每一句都仿佛具有铭刻人心的力量,他的声音在会议室中发出回响。在座的教授中,有些开始动摇并窃窃私语。正在这时,鹈饲满脸笑容,忽地站了起来。

"刚才,遴选委员长大河内教授不同寻常的发言,似乎在说本届教授选举中存在着这样那样的问题。但是,根据敝人鹈饲所察知,丝毫没有这方面的疑虑。我认为那只是在与教授会无关的场合中发生的个别事件,没必要以偏概全。"

"鹈饲,你太放肆了!我可以用千真万确的证据……"

尽管大河内声色俱厉,但鹈饲却依然镇定自若。原来,他昨晚已经听岩田重吉和锅岛贯治报告过,虽然对大河内的收买行动以失败告终,但他们已经把对方拒收的现金乃至礼品全都带了回来。

"好啦、好啦,大河内老师,您别那么激动嘛!请您相信我这个医学院长说的话吧!而且,在没有确切物证的情况下就不分青红皂白地随便使用'违规'和'欺瞒'这类词语,反倒会使教授选举发生混乱,拖延选举程序的推进,而且难免会把家丑暴露到外边去。所以呢,我们就把大河内教授刚才那番严肃的训话作为宗旨,按照既定程序开始进入严肃公正的决选投票吧!"

鹈饲巧妙地避开大河内的矛头,以现任医学院长的身份强行宣布投票开始。事务长麻利地把印有浪速大学校徽水印的选票分发给三十名教授。

鹈饲环视会场并宣布道:"请用单记、无记名的方式,填写菊川升候选人和财前五郎候选人中的一个。"

有的教授早已决定了要投票的候选人,此刻便毫不迟疑地奋笔疾书,还有的教授在思考片刻之后才一笔一画地填写,每个人的姿态各不相同。鹈饲把肥胖的身躯俯在桌面上握笔写完之后,把视线投向掌握着财前与菊川胜败关键的野坂教授。只见野坂单肘支在桌面上,像是陷入了沉思般闭着双眼,他突然草率地挥笔填写,并迅速把选票对折了两下。野坂团队的皮肤科的乾教授和小儿科的河合教授也仿效似的舞动钢笔。室内各处有了折叠选票的动静,事务长端着投票箱收集选票完毕,随即把投票箱放在了鹈饲面前。

"现在立即进行决选投票的开票。"

事务长拿起粉笔面对黑板。

"菊川升——"第一票唱出之后,事务长在菊川的名字下方画上了"正"字的第一画。

"财前五郎——",事务长在财前的名字下面接着记上了一票。

"财前五郎——菊川升——菊川升——财前五郎——"

在仿佛被泼了水一般的沉静之中,只有鹈饲粗声大嗓的唱票声在回荡。黑板上财前五郎和菊川升的"正"字笔画数交互增加,每画一笔都翻腾起一股令人窒息的热浪。

"菊川升——菊川升——财前五郎——菊川升——财前五郎——"

随着唱票声越来越快,即便是局外人也能看出鹈饲渐渐显露出来的亢奋,叶山、今津的额头上也渗出了汗水。而野坂则表情微妙地看着黑板,从表面根本无法判断他把选票投给了财前还是菊川。其他教授们也浑身冒汗般热切地盯着票数交替上升。

"财前五郎——菊川升——菊川升——财前五郎——菊川升——财前五郎。开票完毕。"

最后一张选票唱完之后,从鹈饲额头上滴落了大颗黏稠的汗珠,而财前派的参谋叶山和菊川派的今津也是额头冒汗,只有事务长在冷静而麻利地统计票数。

　　财前五郎　十六票
　　菊　川　升　十四票

在事务长用粉笔写下计票结果的一刹那,刚才屏气凝神地注视着黑板的教授们顿时哗然。在一片哗然当中,今津的脸色变得格外苍白,叶山的双颊上则泛起喜悦的红晕。掌握着这场选战的胜败关键的野坂表情复杂,只有大河内冷漠地扭过脸去。鹈饲抑制住兴奋,缓缓站起身来高声宣布:"根据刚才决选投票的结果决定,第一外科教授由本校的副教授财前五郎继任。"

财前五郎向医学院长的办公室走去。再走十几米,在与鹈饲医学院长面对面的一瞬间,就将知道自己耗费了十六年岁月拼命争取的教授宝座能否落入自己手中了。想到这里,一阵令他窒息的狂乱心跳击打着胸膛,他觉得连自己的手脚都几乎不听使唤了。就在前一刻,他接到了事务长的电话:"第一外科继任教授的决选投票已经结束,请你去医学院长办公室一趟。"从对方事务性的语调中,财前体味不到暗示成败的意味。

站在医学院长的办公室门前,财前耸动着肩膀做深呼吸。他努力使自己心情平静下来,然后推开了门。

"我是财前。"他站在鹈饲的办公桌前鞠了一躬。

鹈饲特地从椅子上站起来,用严肃的语调郑重其事地宣布教授选举的结果。

"第一外科继任教授的决选投票刚才已经结束,我向你传达结果。总投票数三十票,开票结果是,财前候选人十六票,菊川候选人十四票。因此,财前候选人以两票优势被选为教授。你接受这项结果吗?"

在这个瞬间,财前心中升起仿佛要从胸口奔涌而出的喜悦之情,他情不自禁地向前迈出一步,双眼炯炯闪光并用张力十足的嗓音答道:"谨此接受。"说完就深深地鞠了一躬。

"财前,真是太好啦!得到这个结果,老实说我终于松了一口气呀!"

鹈饲这才放下形式化的姿态,说了一句充满感情的话语。对于鹈饲来说,正因为财前当选与自己作为医学院长的实力密切相关,所以与其说他是为财前的当选高兴,莫如说是对自己的成功感到满足。

财前按捺住从身体深处咕嘟咕嘟翻腾起来的喜悦之情,极为感慨地说道:"能够得到如此光荣全靠鹈饲老师鼎力支持。因我监督不力而导致了医务员擅闯金泽的意外事件,所以我曾一时以为会失去这次教授选举的机会,甚至已经快要放弃了。正因如此,我更加体会到,今天的教授选举如果没有鹈饲老师的支持,就根本无法成功。"

"嗯,当时我真是茫然不知所措啦!可我又不能将你弃之不顾嘛!多亏叶山教授及时制定了善后对策啊!虽说如此,这次我可真是为你吃尽了千辛万苦呀!所以,你要是轻易忘掉这件事情可不行啊!"

鹈饲像是在欣赏自己这些对财前说的这番话。

"这一点自然不必老师提醒。对于被自己信赖的现任教授舍弃的我来说,鹈饲老师的深情厚谊是我永生不可忘记的。即使有人强迫我,我也不会忘记。"

对于露骨地以恩人自居的鹈饲,财前也使用演戏般的夸张表现再次郑重致谢。

"嗯,既然你这样说了,那我就觉得自己吃尽千辛万苦也算值啦!"说着,他眯起了双眼,"不过,财前,不,财前教授,因为所谓的教授并非副教授之延续,所以过去作为副教授可以容忍的事情今后就行不通了。这一点你要充分认识清楚,在进一步提升科研成果和诊疗业绩的同时,还要努力陶冶人格情操。像你这样自信过剩的人,如果不多加注意的话,那就不止会受到批评了,而是可能因为某些事情自取灭亡了。如果真的发生了那种事情,恐怕也不只是你一个人的问题,还会极大地影响以支持你的我为首的鹈饲派全体。所以,你千万要当心这一点呐!"

鹈饲在向财前传授当教授的心得的同时,还不忘强调"支持他的鹈饲派"这个词。

"这一点我已经十分注意了。不过,因为我还很不成熟,所以今后还请多多指教。"

财前朝自高自大的鹈饲恭恭敬敬地鞠了一躬之后,转身离去。就在前一刻自己还是作为副教授踏进这个房间,但在十几分钟之后,自己却已经成为国立大学的少壮教授了!他全身心地感受着辉煌的命运转变,迈出了充满自信的一步。

东贞藏颓然瘫坐在教授办公室的椅子上。

菊川升以十四票对十六票落败——原以为菊川虽然难以大胜财

前,但至少能以极小的差距涉险胜出。为了达到这个目的,东贞藏不惜放弃了自己宝贵的一票。他精心策划了防守反击,利用医务员擅闯金泽的行动把财前派逼入绝境。为了进一步给财前派以致命的打击,还忍受了那么大的屈辱迎接东都大学的船尾教授来大阪,切实做好固票工作。可尽管如此,菊川还是败给财前了。

东贞藏无力地从椅子上站起来,把目光投向窗下流淌的堂岛川。在暮色之中,堂岛川的河面闪烁着冰冻般的冷光。缓缓流淌的河水中泛起仿佛要把人的心灵冲走般晦暗冷漠的波浪,正恰如其分地映出东贞藏冷透了的内心世界。他呆呆地凝视着河面,想起妻子政子说过的话:"万一菊川先生落选的话,因为船尾教授的关系,好不容易已经得到内定的近畿劳保医院院长的职位恐怕也会旁落他人手中,就连佐枝子的天赐良缘也会眼睁睁地错过。如果真的到了那种地步咱们到底该怎么办呢?"当时,政子的这番话被自己当成了耳旁风。可是,上次从东京专程赶到大阪力挺菊川的船尾,在听到菊川落败之后能够善罢甘休吗?东贞藏的心已经陷入了无法挽救的深渊,而且由于菊川的落败,还失去了为爱女佐枝子挑选的理想的伴侣。种种现实把东贞藏逼进了更加绝望的黑暗当中。

东贞藏面色苍白地离开了窗前,他无力地拿起桌上的电话,想给东京的船尾报告结果。但他在慢吞吞地拨号的过程中却停下手,决定先先打给金泽的菊川。过了不久,金泽大学的总机接通了。

"请帮我接外科的菊川教授。"

电话立刻接通了。

"我是菊川……"

电话那头传来那个语调没有抑扬顿挫的含混不清的声音。

"我是东贞藏。菊川,对不起……"

东贞藏用情绪低落的声音说完这句话之后,就接不下去了。菊川也没有应答。漫长的沉默在两人之间流淌。

东贞藏无法忍受沉默,终于他用颤抖的声音说道:"两票之差,十四票对十六票,没能让你当上教授。都怪我,真不知道该怎样向你道歉。"

菊川仍然没有应答,令人窒息的沉默持续了片刻。

"让您为我操心了。那么,我先挂掉电话了。"

菊川既没有责难也没有质问东贞藏,说完这句话之后就平静地挂上了电话。这种平静在东贞藏心中变成了不堪忍受的痛楚。在这次教授选举当中,受伤最深的既不是自己也不是东都大学的船尾,而是根本没有意愿竞聘浪速大学教授却被恩师船尾和东贞藏当作实现个人野心工具的菊川。然而他却毫无怨言,一如既往地用平静的声音应答。菊川那既非淡定亦非隐忍的话语,强烈地激荡着东贞藏的内心。

在北区万力酒家深处的包间里,正在热闹地举行庆祝财前当选教授的宴会。鹈饲院长和财前五郎背朝壁龛而坐,两侧是妇产科的叶山教授、校友会干部岩田重吉、锅岛贯治和财前又一,矮桌上摆着一条从眼睛到尾部足有一尺半长的鲷鱼刺身。

鹈饲院长那樱色的脸颊看上去气色很好,他轻松地说道:"财前,当选教授之后的感觉如何呀?"

身穿崭新的深色礼服的财前,双眼中充满了喜悦,他立刻调整好了坐姿。

"全靠鹈饲老师和各位长辈的栽培,我才能有惊无险地赢得这场竞争激烈的教授选举。所以,我现在只是感到如释重负,还没来得及体会喜悦之情呢!"

财前又一坐在末席,他穿着和服正装,夸张地说道:"全靠各位老师多方提携,小婿才得以当上教授,我真不知道该怎样向各位表示感谢了。现在我总算拿到了十几年来梦寐以求的勋章,简直就像我自己当上了教授一样,心情好极了!这样一来,我从早到晚穿着白大褂像给女患者通阴沟似的拼命攒钱总算得到了回报呀!哈哈哈!"

他那肥厚的嘴唇之间唾沫星子四处飞溅。他止不住地放声大笑。鹈饲和叶山看到他说得那么露骨,禁不住面面相觑。

"果然不假,又一兄真是真情流露呀!早知能用这种方法拿到勋章,当初我也不该急着把女儿嫁出去啦!呵呵呵呵!"

医协会长岩田重吉也发出怪笑附和财前又一。

"野坂怎么还没来啊?"

鹈饲苦着脸询问,像要转换话题似的用眼睛示意为整形外科野坂教授留出的座位。

"他说有个必须处理的急诊患者,可能会迟到十五分钟左右。"

叶山转达了野坂的话。

"野坂这个人虽然有点儿怪癖,但不管怎样这次他掌握的七张选票是决定胜负的关键。所以必须肯定他的功劳!"

鹈饲刚说完,叶山立刻不满意地说道:"可是尽管我两次那样找他恳求,但是财前与菊川两名候选人也只是十六票对十四票,只有两票之差。这实在令我难以接受啊!因为在第一轮投票时财前已经得到了十二票,所以加上决选投票中野坂掌握的七张选票的话,必须拿到十九票才对嘛!"

坐在叶山旁边的岩田也闪着金边眼镜后面的细小眼睛,纳闷儿地说道:"说实话,咱们此前已经用每票十万的估价求他帮忙了,而且在决选投票的前一天追加了保险措施。但是尽管如此,财前最后却只得到了十六张选票,确实是太少了嘛!野坂教授到底有没有帮咱们整合那七张选票啊?"

锅岛也说:"嗯,我对这一点也有些想不通啊!但是,我也不可能因此而向每个教授都打听是否按照事先的约定投了票呀!不过,尽管对野坂教授是否真把那七张选票如数整合给咱们还有些疑问,但毕竟还是因为他那几张选票的助力,才得以险胜菊川,这是事实啊!"

"在那么紧要的关头,我简直差点儿被岩田和锅岛吓破胆啦!大河内教授在决选投票前一刻的爆炸性宣言吓得我浑身发冷!"鹈饲责备似的说道。

"哎呀,真不知道该怎样为那件事向您道歉。不过,我们没有留下任何证据,不仅把红包带回来了,而且连作为礼品的茶罐和撕下来的包装纸碎片都没有留下。希望您看在这一点上多多原谅吧!"

正在岩田和锅岛尴尬地用手捂着脑袋道歉时,野坂出现了。财前五郎立刻从上座挪开了身体。

"这次全靠野坂老师鼎力支持,我才有幸得以觍居教授末座。"

"哪里,恭喜你啦!这样一来,我支持你也算值了。"野坂先向财前道了喜,又向在场的人打招呼,"感谢各位邀请。这么晚才来,多有失礼。"

鹈饲露出亲切的笑容说道:"野坂,谢谢你这次的协助。这次教授选举的重要性非同寻常,对我在校内的处境也会产生极大的影响。所以,我不能不重视你的配合。"

跪坐在末席的财前又一向前膝行一步。

"欢迎野坂老师,我是财前又一。按理来说应该尽早去拜访道谢,又担心反倒会给您添麻烦,所以无奈取消了。这次全靠野坂老师的支持,小婿才得以当上教授。我对此表示深切的谢意!"

财前又一丝毫没有提及曾经通过岩田和叶山对野坂进行过两次收买的事实。他做出诚惶诚恐的样子向野坂表示感谢,并膝行向前,凑近为他斟酒。

野坂也表情复杂地说道："哪里,你别这么客气。财前的当选让我们与这些支持他的团队也感到合作非常值得。大家互相关照嘛!说实在的,到现在我才敢说出真情。当初东都大学的船尾教授曾经在私下恳切地委托我支持菊川候选人,而且他还利用他的身份以各种手段向我们团队中的基础组的教授们做了工作。曾经有一段时间,我们这个派系也已经到了将要四分五裂的地步。因为我们被逼进那种严峻的事态当中,所以在我原先以为能够完全统合的这七张选票中,还是有一两票漏掉了。因此,暂存在我这里的剩余部分就如数奉还。"

野坂早已看透鹈饲等人心存疑虑,于是机敏地抢先一步。他从上衣内兜里取出红包样的封袋推到财前又一面前。

财前又一猛地向后膝行几步,双手把信封推回去,说道:"那可不行,野坂老师,既然已经交到您手中了,这可不合情理啊!"

"不,既然我没有完全履行约定,那就没有理由留下。"

"好啦、好啦,请你别再像检票员似的斤斤计较了。"

财前又一再次推了过去,野坂也不肯认输似的又推回来。

这时鹈饲插嘴说道:"野坂,那些钱应该是作为科研经费的一部分交给你的,所以把它跟选票联系在一起反倒不对劲儿了。既然是叫你当作科研经费,那你就当科研经费收下吧!哪天财前妇产科诊所有整形患者委托你的时候,你特别关照一下,也就算是礼尚往来了。而且,难得碰到这样喜庆的场合,推来推去的也太没大人样儿啦!"鹈饲用他特有的妙招给双方找了个台阶下并接着说道,"那好,现在让我们一起为财前教授的将来干杯吧!"

众人一齐举起了酒杯。

"为财前教授和浪速大学干杯!"

众人在鹈饲的倡导下热热闹闹地干了杯,但是每个人在干杯中寄托的愿望却与财前教授以及浪速大学都相去甚远。鹈饲希望借此机会为自己参选下届校长巩固地盘,而叶山企望自己能够在鹈饲主流派中成为核心,野坂在考虑怎样巧妙地搭上鹈饲主流派的便车,岩田和锅岛想的是怎样利用这些现任教授,而财前又一希望能够同时拥有更高的名誉和更大的财富。他们一遍又一遍地为自己的心愿干杯,而财前五郎自己也在俯首感谢众人的同时,在胸中燃起了博得新的名声的欲望之火。

横堀川的水冰冷地拍打着河畔。在酒家包间里,东贞藏和今津表情阴郁地相对而坐。两人从刚才起就有一搭没一搭地闲聊,在气氛沉重的静默中喝闷酒。

"野坂太磨蹭了吧?"今津仍然垂着双眼说道。

东贞藏无言地点点头。虽然野坂来了也已经回天乏术,但只有东贞藏和今津两人推杯换盏,那种失败感会越来越强烈。

走廊上传来一阵急切的脚步声,紧接着野坂跟随女侍走了进来。

"对不起,我有事儿脱不开身,耽搁了。多有失礼。"

在野坂脸上丝毫看不出刚从财前五郎的庆祝宴上溜出来的神色。他做出与刚才在庆祝会上判若两人的沉痛表情,坐在了东贞藏对面。

"这次的结果真令人遗憾。原先我深信只要有我们这一派的协助,菊川候选人就可以稳操胜券了,可没想到却以两票之差败北了。即使是现在我仍然感到难以置信。今津先生,这到底是怎么回事儿呀?"野坂朝向今津问道。

"你问我到底是怎么回事儿?我还正想问你呢!"

今津突然转变了态度,而野坂却还是一副若无其事的表情。

"既然连身为菊川派参谋的今津教授都找不到失败的原因,那我又怎么可能知道呢?你说出那种不负责任的话,不仅东老师难以接受,就连支持菊川的人也不能接受。"

他反唇相讥地质问今津。

"那我郑重其事地问你,野坂派的选票全都按照事先约定的一样投过来了吗?"今津死死地盯住野坂问道。

"哦?你问得好奇怪呀!既然我和你们有过约定,当然已经尽力而为啦!其实,我们这七位教授当中的皮肤科的乾教授和小儿科的河合教授,作为临床科教授在最后关头考虑到支持财前对自己有利,就跑到对方那边去了。但是,我跟基础组的血清学、生化学、药理学和法医学的四位教授还是联手支持菊川,因此我虽然没有完全整合本团队的七张选票,但还是整合到了五票。所以,在第一轮投票中支持菊川的十一票加上这次我整合的五票就是十六票,于是我一直认为决选投票时必定能够压倒财前候选人。"

虽然他解释得条理清晰,但事实上在决选投票的前夜,因为财前派的强大攻势,加上他预测财前获胜可能性较大,于是野坂决定把自己所掌握的选票中的三票用来支持菊川,然后把另外三票连同自己的一票用来支持财前,这样就使财前以两票的优势险胜了菊川。

他之所以没有把自己所掌握的七票全数投给财前或菊川,是为了避免自己决定性的动作会被两派中的任何一派觉察。即使万一最后的结果与自己的谋划相反,也能找到借口抵赖脱身。无论倒向哪一方,自己都不会吃亏。

"那么,野坂先生,你的意思是说,虽然你没能成功地整合七张选票,但至少你转为支持菊川了,对吗?"

今津再次疑心重重地问了一遍。

"那当然啦!我受到东老师的谆谆嘱托,而且东都大学的船尾教授还特意来大阪郑重其事地向我打了招呼,我当然要全力协助啦!今津兄,难道你想说我没有履行约定吗?"

"我并不是那个意思。可是在第一轮投票时已经得到十一票了,那么加上野坂先生带来的五票应该变成十六票。但为什么还以十四票败给了财前候选人呢?这一点仍然是个疑问呐!"

今津目不转睛地望着野坂。交抱着双臂的野坂做出若有所思的样子。

"这个问题嘛,我想,今津先生可能深信在第一轮中投给菊川的十一票都是绝对固定票,所以才发生这种失误吧!虽然在第一轮投票中菊川获得了十一票,但如果以为在决选投票中还能得到那些选票就过于天真了吧!冒昧请教一下,在决选投票之前,你有没有再次向那些在第一轮投票中支持菊川的教授拉票呢?"

今津默默地摇了摇头,野坂一板一眼地说道:"是吗?那可就不好说啦!这样一来,原以为稳固不变的十一张选票中,很可能在决选投票前夕由于财前派的拉票运动而被分化瓦解了。我虽然没能整合到全部七张选票,但即使努力争取到了宝贵的五票,也还是没能胜过对方。所以这是顺理成章的嘛!"

由于选举是无记名投票,再加上昨天决选投票已经结束,事到如今根本没有任何办法再去分析调查得票的情况。野坂正是利用了这一点,试图把菊川落选的责任转嫁到今津头上。

"但是,只要第一轮投票中得到的十一票是固定票的话,那种荒唐的事情就绝对不可能发生!而且,我也对财前派的分化瓦解提高了警惕。"

"那你说是怎么回事儿呢?总而言之,暂且不说菊川候选人的胜败,反正我已经按照约定整合了五张选票投给菊川。这一点请你千万不要视而不见啦!"

野坂厚着脸皮提及船尾教授所承诺的整形外科学会的理事职位，如此理所当然的态度令今津和东贞藏哑口无语。

东贞藏用平静的语调说道："失败的原因就不必再探讨了吧！事到如今，不管谁说什么都于事无补了。菊川在实力方面优于财前，而且还得到了你们的协助，但最后却还是以失败告终，我确实心有不甘。但这并不是任何人的责任，一切只能怪我能力不够。而且，听说在决选投票之前，大河内教授曾经措辞强烈地强调了作为大学人的良心，却仍然无法使菊川当选教授。非常遗憾，可见现在的教授选举只靠正当的力量和方法是无论如何都难以取胜的。然而，我却对此认识不够。我只凭为第一外科的将来着想这一点，就插手自己难以驾驭的选举运动，这真是我最大的失策。教授选举这种活动，根本不是我这种人能玩儿得转的把戏。"东贞藏自嘲般地浮现出无声的笑容。

"我倒是想看看，靠这种方法获胜的财前在今后会用什么样的方式生存下去？"东贞藏像要探明心中的某种疑问似的嘟囔了一句，随即把视线转向了漆黑的窗外。

第十二章

新楼的第一外科的病房部将要迎接新任教授财前的大查房,所以处处笼罩着紧张的气息。

"现在开始大查房!"

走廊上响起病房护士长高亢的喊声,年轻护士们随即像条件反射一样打开了各病房门。

财前教授的身影在护士长之后出现了,护士们在走廊里列队对其表示迎接。

新任教授财前单手插在崭新的白大褂衣袋里,他挺着宽阔的肩膀以魁梧的身躯领先走在查房队伍的前头,身后拉开一步之距的是刚从讲师升职为副教授的金井,再向后拉开一步是从医务长升职为讲师的佃友博,之后拉开一步的是从病房主任升职为医务长的安西。在安西医务长的身后,是没有坐诊任务的四十多名医务员,他们按照入职年限的早晚排成两列纵队。

从排列顺序一眼便可看出每个人在医务部序列中的位置,越是靠后的人,白大褂就越是皱巴巴,甚至有些年轻医务员穿的白大褂太不合身,看上去一副松松垮垮的样子。

队伍来到南区病房前,财前教授仍然面向前方。

"上午的查房就剩这儿了吧?"

站在他身后一步开外的金井副教授没有拉近距离,而只是微屈上半身答道:"是的,其他病房安排在下午了。"

这种应答方式与财前当副教授时应答东教授的方式完全一样。

财前落落大方地点点头,朝着护士长引导的病房大步迈了进去。身后副教授以下的医务员们也鱼贯而入,他们围拢在财前的前后左右,而没能挤进病房的小辈医务员们就堆在走廊里踮着脚向里面观望。

五十二岁的女患者面对眼前这种煞有介事的阵势露出害怕的表情,她从病床上仰望着主治医师。可是,比起患者,主治医师更加在意的是教授。

"病历所记载的就是这样。"

主治医师保持着直立不动的姿势提示了下病历。这位患者因疑似十二指肠溃疡来到医院,经财前教授诊察之后诊断为胆石症,目前正等待实施手术。

财前瞥了一眼主治医师提示的病历,问道:"X光透视检查结果怎么样?"

"X光透视检查的结果正如教授诊断,证明确实是胆石症。"

他随即拿出了X光片。财前伸手拿来胶片对着窗前的光线观察。他一抬手,白大褂的袖口就翻了上去,露出里面金镶翡翠的华丽袖扣。医务员们的目光都集中在那里,而没注意X光片。

"那么,胃液检查结果怎么样啊?"

"酸度正常。"

"那还算不错吧!"

财前把视线转向患者,动作熟练地在患者的右上腹进行了触诊。

"今天不疼了吧?"

他极为形式化地按着胆囊的部位,当患者似乎刚想问什么的时候,他却不屑一顾似的倏然转身走出了病房。医务员们也紧随而去。

外科住院部一号楼有六十张病床,加上二号楼总共是一百二十张。每周一次的大查房必须在上午十点到下午四点之内完成,所以每个患者只能得到两三分钟的诊察时间。因此,这样的大查房与其说是为患者做诊察,倒不如说是教授率领医务员巡视自己所管辖的领地,打个比方就像古代诸侯出巡时的仪仗队。

结束了南区住院部的大查房,已经过了下午一点钟。但是,财前却丝毫不显疲态。

"今天耗时有点儿长啦!"

他表情愉快地刚要取下挂在脖间的听诊器时,守在金井副教授身后的佃讲师立刻挤过金井身侧,他绕到财前身后帮他取下了听诊器。财前理所当然似的让佃友博给自己帮忙。

"好啦!大家辛苦了。上午的查房到此结束,下午的查房从两点半开始。"

他向列队守候的医务员们说完这句话,随即转身朝教授办公室走去。

财前回到教授办公室,马上坐在皮转椅上。他从烟盒里取出当上教授之后开始享用的雪茄点着,然后慢慢地吐出烟团。

前任教授东贞藏在位时,他连敲这间教授办公室的门都得小心翼翼。而如今自己取而代之当上了教授,这张全新的皮转椅、大办公桌和到顶的书柜,都可以随心所欲地使用了。想到东贞藏为了这座新楼跟鹈饲一起四处奔走,却只在崭新的教授办公室坐了半年就离开了大学,财前油然发出一阵冷笑。

就因为他硬要赶走自己,反倒落得那样凄惨的离任方式——财前心中产生了报复的快感。虽然很不可思议,但他觉得对自己伺候了八年的东教授没有任何怀念之情。

这时突然响起了敲门声。

"谁呀？"

"我是总务科的。"

"进来吧！"

总务科的女事务员抱着一摞邮件进来，财前不耐烦地接过成堆的邮件快速翻阅。自从当上教授之后，文部省的相关文件、学会事务局的邮件突然多了起来，有时里面甚至会夹杂一些寄给前任教授东贞藏的信件。每到这种时候，财前必定亲自写好转寄浮签寄往东贞藏的住宅，因为做这件事会使他产生一种无以言表的愉悦感。今天，他也准备先挑出寄给东贞藏的邮件，然而他却发现了一封来自国外的航空信。他看了看发信人，原来是第十届国际外科学会会长寄给自己的。他立刻拆封浏览了用打字机打印的正文，顿时满脸充溢着喜悦的笑容。他为了让那喜悦多停留一会儿而定睛凝视，却忽然像想到了什么似的立刻拨通内线电话叫佃讲师过来。

佃友博走进了教授办公室。

"您找我吗？"

佃友博用机灵的双眼观察财前的脸色。

"嗯，有件事情要告诉你。来，你看看这个！"

他把刚拆开的那封来自国外的信件交给佃友博，对方站在桌前浏览了一遍，然后用兴奋的声音说道："老师，真是太棒啦！这是在德国举行的国际外科学会的邀请函，而且特别邀请您进行食管外科的演讲呢！"

"如果是你的话，这种场合会怎么做呢？"

财前的语调格外冷静。

"怎么做？老师，当然谁都会飞奔而去啦！"

"是吗？我还在犹豫该怎么办呢！"

"怎么会？到底犹豫什么呢？"

佃友博惊讶不已地说道，而财前却仍然保持平静的表情。

"佃，那场经过艰苦奋战才取得胜利的教授选举才过去两个月，现在还是我正式就任教授的第一个月。在研究室内刚刚发生重大人事变动且尚未稳定下来的时期，我怎么能因为接到国际外科学会的邀请函就慌忙丢下一切出国去呢？尤其是有关食管外科方面的学会，不只限于这次国际学会，以后还有很多受到邀请的机会，所以我觉得没有必要勉强出国参会。"

其实，财前根本没有必要跟佃友博商量是否出席国际外科学会，但他刚刚把曾在东外科时代得到东贞藏关照的人、在这次教授选举中没有协助他的人，以及一些讲师、助教甚至护士长都换掉了，所以在断然进行如此极端的人事变动之后，他必须严密监视医务部的动向。如果还残留着不安定因素的话，就要在出国参会之前予以彻底解决。

佃友博想了一下，恳求道："老师，根据我的观察，虽然在您刚上任时，医务部内曾有一些针对人事方面的流言，以至于令人担心会导致诊疗方面的失误。但是，最近大家可能觉得人事方面不会再有变动，所以现在都已经恢复稳定了。老师出国不在的期间，我和安西会在台后助力，协助金井副教授顺利做好各项工作。所以，请您务必参加国际外科学会。"

"是吗？既然是这样，那我就去参加吧！"

财前这才消除了对尚未稳定的医务部的担心。

财前在长堀川畔新建的高级公寓前下车，快步横穿门厅乘上了电梯。他望着显示各楼层数字的黄灯闪灭，回想起不久以前自己还得轻手轻脚去庆子房间的情景。如今，不仅是在大学里，就连私生活方面也达到了前所未有的奢侈水平,他心中产生了愉悦的满足感。

电梯停在了八层。庆子的房间位于从电梯门向前隔着五家的朝南的楼角。财前轻轻地摁响了门上的蜂鸣器,门把手从里面被扭动开了。庆子露出脸来,她撩起短发刘海,微微眯起了丹凤眼。

"今天有点儿早啊!刚把那个'副'字去掉当上了盼望已久的正教授,正是干劲十足的时候,我还以为你会比平时晚来呢!"庆子调侃地说道。

"你这是什么话嘛!可是,我如果不偶尔地早些离开医院的话,研究室的人们就一天到晚紧张兮兮的,太可怜啦!不过,这房子住着感觉怎么样?"

财前从教授选举经费中巧妙地挪用一部分,支付了这套公寓房的租用押金。这套公寓有一间十铺席大的起居室和一间八铺席大的卧室,还有厨房、浴室和厕所。这样的面积虽然算不上宽敞,但是这里有冷暖空调设备,而且虽然位于市中心,步行去新斋桥只需十分钟,但却有长堀川流过,幽静的环境使人难以相信这里处于闹市区。总之,这套公寓十分宜居,而且房间里的豪华装修也使财前感到满意。

庆子从居家便装下露出修长的美腿,说道:"这里很安静,而且去阿拉丁也很方便。不过,最棒的莫过于从这里看到的夜景啦!"

她伸出白皙的手臂,拉开了蕾丝窗帘。只见在八层公寓楼的正下方,长堀川正闪着波光不断流淌,两岸红、蓝、黄、绿的彩灯交织出妖娆的绚烂。

"我也是因为喜欢窗外的景观而选定了这间套房,从这里俯望下去,就会产生君临天下的感觉,这不是很爽吗?"财前像在表述自己的心声似的说道。

"原来你偏偏要选八层楼角的房间就是为了感受君临天下的滋

味啊！你当上了教授,而且还想在医院以外的地方品味那种心情,是吗？呵呵呵！"庆子别有意味地笑道。

"你别一口一个'教授'地调侃我啦！不管是谁,居高临下的时候,感觉都不会差嘛！"

财前好像心思被看透了似的苦笑了一下。接着,庆子把啤酒和下酒冷盘端了过来。

"怎么样？你在财前家的待遇应该大有改变吧？资助人这阵子在做什么呢？"

"资助人？你说的是谁？"

"还不就是你那个人称海怪的岳父吗？海怪先生一定比你本人还要得意忘形吧！"庆子心直口快、毫无顾忌地说道。

"原来如此,财前又一是我的资助人吗？这么说,那个海怪还真是我的大资助人呢！不过,那位资助人超常规的高兴劲儿可真叫我难以招架呀！"

"哦？怎么个高兴劲儿呀？"庆子颇感兴趣地托着腮问道。

"倒也没什么啦！前天,岳父给我打电话说要给我看一样东西,我下班后就顺路去了他那儿一趟。没想到,他竟然把从我手中没收的文部省的教授任命书镶进了特别定做的金边画框里,花里胡哨地挂在了壁龛上。把我吓了一大跳啊！"

"真不愧是海怪呀！不管做什么事情都比常人快活几倍呢！"庆子忍俊不禁地说道。

"这可不是闹着玩儿的事情。我也不是不能理解岳父的心情,但我说无论怎么高兴,也不能这样不成体统,于是我请求他把画框摘下来。可他还是像以往一样打马虎眼地说'这不挺好吗,这不挺好吗',仍旧坚持挂在那里。这件事要是从岩田和锅岛嘴里传到我们学校的人耳朵里,成了八卦新闻,那我不是丢人丢到家了吗？你有没有什么好主意能叫他把画框摘下来呢?"

财前现出彻底无计可施的表情。

"连你这样的人也对海怪岳父无从下手呀!不过,那有什么不好呢?难得为你那样高兴,就让他挂、让他千恩万谢呗!那也算是功德一件嘛!另外,杏子夫人心情怎么样啊?"

"那还用说吗?简直是欢天喜地呀!从我当选教授那天开始就百般恭维,我都不好意思啦!亲戚朋友自然包括在内,就连对上门卖货的推销员,都跟人家说我当教授了。所以,尽管平时说这说那的,但毕竟还是父女嘛!最近要召开教授夫人会了,因为她是首次参加,所以早在一个月前就开始张罗请和服裁缝来做礼服,真能折腾呀!"

"哦?教授夫人会……杏子夫人这回可是要露脸啦!"拿起打火机点烟的庆子的眼中闪过嫉妒的神色,但她立刻用若无其事的表情问道,"那怎么样?财前新教授有没有露脸的机会呀?"

"嗯,我要去德国参加学会。今天,国际外科学会给我寄来了邀请函。"

庆子瞬间两眼发亮。

"是吗?那可真是要大大地露脸啦!虽然你成天说正密切注意医务部的动向,但最近好像太得意忘形,所以趁此机会可以一个人到国外去好好冷静冷静啦!"

虽然庆子说得漫不经心,但这番话在财前耳中却像猛然扣动扳机般发出"咔"的冰冷回响。

在本町S会馆的百花大厅里,正在举行浪速大学医学院的教授夫人会。

财前杏子意识到自己的容貌和豪华的装扮足以吸引众人的目光,所以刻意低调地站在入口附近的窗户旁边。那些资深的教授夫人正在各自的小圈子中大声谈笑,但她们却不时地把视线投向财前杏子。因为新加入的财前教授夫人比想象中更加漂亮,这使那些资深的教授夫人感到心里很不平衡。

当扯着男声般粗声大嗓、身穿舞台戏装般花哨和服的鹈饲医学院长夫人出现时,正在谈笑风生的夫人们一齐扭身回头,郑重其事地点头致意。则内院长夫人和妇产科的叶山教授夫人迅速凑近她身旁报告:"欢迎您大驾光临。大家都已经到齐了。"

鹈饲夫人说道:"哎呀,各位都已经到齐了吗?实在不好意思,我总是掐点儿到场,让大家久等啦!实在抱歉啊!"

她虽然嘴上这样说,但却满不在乎地扬起了鱼鳃般宽阔的下巴。她随即注意到了伫立在入口附近窗边的杏子。

"哎呀,财前夫人,欢迎欢迎。你今天是第一次参会吧?"

鹈饲夫人以不同于往常迎接新成员时的装腔作势的态度,落落大方地打了招呼。这是因为在财前五郎当选教授的第二天,他们夫妻俩就带着昂贵的礼品去鹈饲府上拜访,给鹈饲夫人留下了良好的印象。

鹈饲夫人一坐上正面席位,临床组和基础组的教授夫人们就互相谦让着分别落座了。在她近旁依次坐着则内院长的夫人、妇产科叶山教授的夫人、整形外科野坂教授的夫人,她们的丈夫在此次教授选举中都加入鹈饲派。而加入东派的第二外科今津教授的夫人和基础组教授的夫人们则身着朴素的服装,悄然无声地谨坐末座。由此可见,教授选举中的胜败甚至露骨地反映在了教授夫人会上。

鹈饲夫人环顾四周,似乎在确认座位的排序。

"那么,现在召开红颜会的例会。今天首先要向大家介绍取代前第一外科教授东夫人而新加入红颜会的财前教授夫人。财前副教授,哎呀,对不起,财前教授其实不需要我在此多说,他是本校出身的少壮教授,作为食管外科的权威早就闻名遐迩了。他的卓越表现不仅在医学专门杂志上,就连在周刊杂志和女性杂志上都有介绍呢!所以我在这里就不做更多的介绍了。财前夫人出身于阪神女子大学,正如各位所见,她是一位才貌双全、聪明美丽的女子。"

鹈饲夫人介绍到这里,谨坐末座的财前杏子腮飞红晕地站起身来。

"我是财前杏子,十分荣幸能有机会加入红颜会,谢谢大家!承蒙接纳,我这是第一次加入如此高雅的组织,所以请各位多多指导!"

财前杏子面对众夫人齐刷刷投来的视线毫不胆怯,她睁大双眼,腮边现出了酒窝,落落大方地做完了自我介绍。从她那种从容大方的姿态可以看出,她对丈夫教授选举的详细内幕并没有多么深重的关心,她只是尽情地为丈夫当上教授而感到高兴和满足。

"刚才忘了告诉大家,财前夫人特别擅长英语,在今后日渐频繁的医学家国际交流活动中,我们可以请财前夫人尽情发挥专长,这么优秀的人才参加到我们红颜会,我们都感到十分欢欣鼓舞。"鹈饲夫人望着财前杏子,夸张地奉承道。

"您过奖啦!我在大学时代总是偷懒,当一天和尚撞一天钟,外语能力根本……"

财前杏子虽然嘴上在否认,但她那双睁得圆圆的明眸中却洋溢着自信的神色,这令在场的夫人们露出苦涩的表情。鹈饲夫人装作什么都没有看到。

"除了介绍新会员之外,在今天的例会上干事并没有事先提出别的议题。如果各位有什么话要说,请不必顾虑,尽管发言。"

她环视了一圈在座的众夫人,没有人发言。

"那么,看来各位都没有什么要说的了,那咱们现在就一边用餐一边畅叙友情。接下去从三点钟开始,请各位欣赏德国电影《医学家》,以便对咱们的丈夫们日夜致力的护卫患者生命的工作加深认识。"

会场上霎时间响起随意的交谈声,服务生们开始忙碌地准备餐点。鹈饲夫人也开始跟周围的夫人们高谈阔论起来,突然,她像是想到了什么似的,朝末座的财前夫人喊道:"财前夫人!到这边来,我要向你说明红颜会的有关情况。"

"好的,谢谢。可是……"

杏子似乎对那些资深的教授夫人们心怀顾虑。

坐在鹈饲夫人旁边的叶山教授夫人插嘴道:"哎哟,夫人们对新会员都是既亲切又宽容嘛!既然鹈饲夫人都这样说了,那就麻烦各位夫人挪一挪,让财前夫人来这边坐坐吧!"

坐在鹈饲夫人近旁的夫人们纷纷挪动,腾出一个座位来。

"那我就恭敬不如从命,恕我失礼了。"

财前杏子微屈着上身,走到为她腾出的座位。她向左右两旁的夫人们鞠躬之后坐了下来。鹈饲夫人挺直了微胖的腰身望着她。

"来吧,请坐。放松点儿!其实红颜会也没什么复杂的规定,只是每两个月一次的例会请务必参加。"她强制性地要求道,"另外,财前夫人,我要向你特别介绍本会的主要干部,因为今后你会经常得到她们的关照。"

这时,她抿了一小口服务生端来的鲜汤,随即介绍道:"这位是副干事则内夫人,那位是叶山夫人,她旁边是野坂夫人。"

鹈饲夫人每介绍一位夫人,财前杏子都会面露微笑地说:"久闻高名,如雷贯耳,我丈夫承蒙你们关照了,多谢!"随即,她郑重其事地俯首致意。

"哎呀,别客气啦!不过,年纪轻轻的,可真不容易啊!"

对方也都表现出资深教授夫人的从容大度,对其亲切地响应。

鹈饲夫人看到这种情景,脸上浮现出满意的笑容。她假借说明红颜会的相关事宜,煞有介事地把财前杏子叫到自己身边,其实就是想把丈夫亲信的教授们的夫人介绍给财前杏子,让她们相互熟识。基础组的教授夫人们很敏感地觉察到了这一点,用批判的目光望着鹈饲夫人周围的情景。

"那且不说,前任教授后来怎么样了呢?"

叶山夫人压低声音询问,正聊得起劲儿的夫人们顿时安静下来。这是在场所有人都最感兴趣、最想知道的事情。

"财前夫人应该知道吧?不是听说已经内定要去什么地方了吗?"

虽然野坂夫人这样问,但是由于财前杏子除了对丈夫当上教授感到无比喜悦之外,对其他事情都没有兴趣,所以她只好表情尴尬地答道:"这个,我什么情况都不知道啊!"

"那么,跟东教授关系特别好的今津夫人知道情况吗?"叶山夫人心术不正地问道。

"是啊,我也什么都不知道啊!"

今津夫人表情僵硬地回答之后,鹈饲夫人做出消息灵通的表情,慢慢地说道:"听我老公说,他是内定要去当近畿劳保医院的院长,但是最关键的正式任命书却迟迟未到。现在哪儿都去不了,就在自己家里闷着呢!"

明年即将迎来退休的耳鼻喉科教授的夫人担心地说道:"连东老师那样优秀的教授到头来都落得那种结局,咱们就更不能疏忽大意啦!说不定明天就轮到自己啦!"

鹈饲夫人扬起鱼鳃般的下巴说道:"那就要看本人在退休之前怎样表现啦!要是疏忽大意的话,就会影响退休之后的出路嘛!"

她似乎在暗讽东贞藏,说完就发出男人般的粗声,笑了起来。

东贞藏蹲在院子里有阳光的地方，他笨拙地舞弄园艺剪刀已经有好一会儿了。他在衬衫外套了件毛坎肩，一身轻装，看上去确实很像修整庭院的架势，但他脸上却丝毫没有享受园艺乐趣的迹象。"咔嚓咔嚓"的剪刀声戛然而止，他握着剪刀的手也不由自主地停歇下来。

东贞藏离任之后只获得了浪速大学医学院名誉教授的虚名，既没有去学校的义务也没有教学任务。而另一方面，早在三个月前就已内定的近畿劳保医院院长的正式任命书至今尚未收到，他每天都过着无所事事的日子，简直就像先前每天都在转动的表针突然被停下来，处于极不自然的静止状态中。这种静止状态就是退休离职。当某个规定年龄到来时，不管本人是否愿意，退休离职或届满离任都会随之而来。想到这里，东贞藏像回过神来似的又挥起了剪刀。可是，当他考虑到近畿劳保医院院长的任命书时，心情又不禁消沉下去。由于劳保医院竣工时间延迟，原定四月开业的计划改到了六月，于是他也自然而然地以为院长人事任命就是因此而拖延。

但是，就在正好一个星期之前，来大阪的文部省原次官告诉他说："京都洛北大学第二外科的教授搞定了劳动省相关的重要门路，试图推翻已经内定给你的近畿劳保医院院长的职位，劳动省方面夹在洛北大学和浪速大学之间十分为难，所以迟迟未能做出正式决定。"当然，原次官还附加说明道："既然你已经把这件事托付给我了，就算为了自己的面子也要全力推荐东教授。况且还有医疗系统的池泽议员那条门路，所以不会出问题的！"

但是，原次官还说到在推举洛北大学第二外科教授的团队中看到了东都大学船尾教授的面孔，这句话深深地刺痛了东贞藏的心。在菊川升落选之后，东贞藏不太相信处于绝交状态的船尾会耿耿于怀到推翻已经内定给自己的职位。不过，他心里还是禁不住产生了强烈的不安。他担心船尾由于菊川落选而愤怒地采取行动阻碍自己的出路。

东贞藏不紧不慢地操作园艺剪刀,心中希望在这种时候至少女儿能健康无恙,千万不能卧病在床。佐枝子在大约十天之前患了感冒,她病得不轻,常常卧床休息,一直没有好利索,这使东贞藏的情绪更加低落。

从背后露台上传来一阵脚步声,好像是妻子政子。但是,东贞藏故意装作没有觉察到,还把剪刀声弄得更大了。

"老公,你喝点儿茶吧?喝茶——"

虽然她的措辞与平时没有什么两样,但嗓音中还是隐含着焦躁的情绪。对于近畿劳保医院院长的职位至今尚未确定一事,政子显得比东贞藏更加担忧和焦虑。

"老公、老公!你听不见吗?"她继续急不可耐地呼唤道。

东贞藏故意装出刚刚听见的样子说道:"哦,原来是政子啊!"

"我刚才就喊了好几次,你都不答应。离任以后,连耳朵都突然不好使了吗?要是现在就这个样子,以后就更叫人担心啦!你喝点儿茶吧!"她捧着摆上红茶和水果的托盘,话中带刺地说道。

"是啊!"

东贞藏嘟囔着应了一声,却还是没有站起身来,他继续舞弄剪刀。

"那好吧!你不过来,我就先放在这儿啦!"

她把丈夫的红茶和水果草草地撂在露台的桌子上,随即"咚咚"地登上楼梯,走进了佐枝子的房间。

佐枝子的房间由朝东的八铺席大的日式起居室和摆着寝床的四铺半席大的卧室构成,到处都被收拾得十分整洁,确实是佐枝子的风格。

"感觉怎么样啦?"

政子把端来的茶水和水果放在桌上,随即观望佐枝子的气色。

"嗯,感觉已经好多啦!不过,还是浑身没劲儿……"

佐枝子费劲儿地坐了起来。政子立刻绕到她身后帮她披上睡袍,又在她背后垫了个靠垫。

"这可是你爱吃的玫瑰香葡萄哟!"

政子采取与对待丈夫截然不同的温柔态度,把整串葡萄从大盘分到小碟子里递了过去。

佐枝子接过葡萄说道:"从四月下旬到五月这段时间的绿色真是鲜翠欲滴,实在太养眼啦!"

说完,佐枝子就把身体探向窗前,政子也跟着凑了过去。

"佐枝子啊,你看看你父亲那个样子。"她俯视着蹲在草地上拾掇盆栽的东贞藏说道。

佐枝子两眼湿热地望了望父亲的背影,心中一颤,然后马上挪开了视线。虽然她也早已发现父亲退休之后似乎骤然变得老气横秋,但父亲缩着瘦削的肩头蹲在盆栽前郁闷地舞弄剪刀的身影,残酷地表明了他六十三岁的年龄,也深深地刻印出苍老与凄凉。他那垂头丧气的样子令人很难想象他在两个月之前还是国立大学第一外科的主任教授。

"以前他每天都整整齐齐地穿着西装,即使在家里也绝对不穿没熨烫过的衣服。可如今却变成了那副德行啊!皱巴巴的裤子也照样穿,还套上那么旧的毛坎肩!以前总是说些冠冕堂皇的话,装腔作势地摆出高雅的姿态,最后竟落到那种地步啊!"

政子表情傲慢地侮蔑自己的丈夫。

"母亲,请您不要那样说,父亲非常出色地完成了他的工作,年满离任是大学的规定,又不是他的错误嘛!"

佐枝子在袒护父亲。

"问题是离任之后的出路呀！那可是凭自己的实力决定的呢！因为你父亲根本不去积极地为自己奔走活动，所以就连早已内定的近畿劳保医院院长的宝座都快保不住啦！"政子用激昂严峻的语调说道，"通常说到国立大学教授离任后的出路，A级的就是国立东京医院、大阪附近的国立关西医院、厚生养老金医院、近畿劳保医院的院长职位，而其他的就算是B级啦！以你父亲的条件来讲，如果是这种等级以下的医院，即使对方上门来请求也是不可能去的。所以我就想，近畿劳保医院院长的宝座无论如何都要争取到手。为了这件事我急得不得了，只好去请求那个像狐狸精一样面目骄横的池泽夫人，也就是医疗系统池泽议员的兄嫂。我忍受了多么大的屈辱一次次地登门恳求，连我自己都觉得惨不忍睹啦！可是……"

政子突然紧紧地抿住了嘴唇。佐枝子静静地把视线投向母亲。

"母亲，你把医院分成等级对待本身就不对嘛！最重要的是那家医院的专业领域和特色与院长的专长是否相符。所以，父亲去的地方不应该只限于近畿劳保医院，而是要慎重地选择一个最能发挥他专长的地方。"

"你如果有这种想法的话，今后也会像你父亲那样只能度过消极的人生。首先，这次的事情你最有资格严厉地批评他一番。就是因为你父亲的软弱无能和消极性格，所以连在决定自己继任教授的选举中都会输得那样惨不忍睹，被那个暴发户财前副教授夺走了教授的宝座，还让本来该做你夫婿的菊川先生受到那么大的伤害，进而使你失去了难得的好姻缘。你说，难道不是这样吗？"

政子向床边靠近。

"母亲，我不想连躺在床上的时候都说这种事儿。"

佐枝子说着把头扭了过去。

"确实是这样啊！都怪我不好！不过，佐枝子，你的感冒是不是拖得太久啦？你上女子学院的时候就得过肺病，要不要去大学附属医院好好检查一下？虽然你父亲已经给你诊疗过了，但他毕竟是外科大夫嘛！"

"好的。但是……"

佐枝子一边应答一边突然想到，可以请里见给自己诊疗一下。

第一内科的门诊室内，别人的诊察几乎都已经结束了，只有里见副教授坐诊的白色屏风内还有患者。

跟随里见的年轻医务员和实习生们发现桌上还有厚厚的一叠病历，便不动声色地想要加快速度，可里见却根本无动于衷，他拢了拢干爽的额发继续浏览病历。

姓　　名	佐佐木庸平 54 岁 纤维制品批发商
病　　史	33 岁时曾罹患肺结核
主诉症状	胃部不适
现 病 历	约 3 个月前出现嗳气和恶心，从 1 个月前开始胃部不适感加重
检查结果	尿检无异常　大便隐血试验呈阳性
胃液检查	低酸
胃部 X 光检查	胃炎
全面验血	轻度贫血

里见看着病历，对这位在一星期前经人介绍来自己这里就诊的患者予以特别注意。这倒不是因为对方是经人介绍来的，而是因为这位患者虽然表现出一般性的慢性胃炎的症状，但里见却总觉得有什么地方令人挂虑。

"怎么样？胃部还是不舒服吗？"

听到里见问话，患者抬起了消瘦且略显骨感的面孔。

"是啊，还是经常打嗝，饭后时不时地恶心，实在太难受啦！"

里见默默地点了点头，照例进行了叩诊和听诊之后就叫患者躺在诊疗床上，他仔细地依次在剑突下、肝部、胆囊和胰腺部位进行触诊。

"疼痛感怎么样啊？"

"不疼。虽然偶尔似乎疼那么一下，但是并不严重。"

"是在饭后疼吗？"

"是呀！空腹的时候几乎没疼过嘛！"

"吃东西的时候有没有其他不适感觉？"

"这么说来，好像胃里偶尔会有卡住的感觉呢！"

在听到患者这样回答的瞬间，里见眼中闪出锐利的光亮——果然不是单纯的胃炎！里见再次把手指移向剑突下，仔细地触摸周围，但是并没有摸到类似瘤状的物体。

"怎么样啊？大夫，我老爸就是在我这个年纪得胃癌死的，联系起来一想的话，我觉得自己恐怕也是得了癌症。"

患者说着坐起身来。他从初诊时起就像口头禅似的把"我是不是得了胃癌呀"挂在嘴边。

"目前还没有决定性的检查结果能够证明是胃癌。"

"那就肯定是胃溃疡啦！"患者还是忐忑不安地问道。

里见没有回答，而是拿起胃部 X 光片夹在桌上的观片机金属夹上仔细观察。如果是肿瘤型癌变的话，钡餐造影剂就不能进入该物体，进而显现出所谓阴影缺损，也就是能够看到不含造影剂的阴影。但是，在这张 X 光片上并没有看到阴影缺损。另外，如果是溃疡型癌变的话，造影剂就能够渗入其中，通常会形成突状阴影显现出来。但是,这也没能看到。从胃黏膜皱襞粗大这一点来推测的话,胃炎的可能性相当大。"

里见从观片灯上取下 X 光片说道:"从 X 光片上并没有看到胃癌症状,表现为胃炎的形态。结合上次在胃液检查中发现胃液酸度偏低的情况考虑,目前我认为可能是单纯的慢性胃炎。"

"这样看来,我的病就像附近诊所大夫说的,真的只是普通的胃炎啦!啊,太好了!这一个月来我成天担心自己得了胃癌,连夜晚都很难睡个好觉。不管怎么说,要是我得了胃癌的话,公司立刻就会陷入困境啊!个体经营的公司就是这样,必须靠老板豁出命来干,才能保证几十名员工养家糊口呀!"

这位患者之所以对癌症怀有异常的恐惧心理,似乎不仅仅是因为害怕癌症本身,还是出于作为中小企业经营者特有的责任心。万一自己病倒了,公司也会倒闭,员工就会饿死。所以,这时他感到无比欣慰。

"不,先别急着下结论。我刚才之所以说只是单纯的慢性胃炎,是因为根据此前检查阶段只能得出这样的观察意见,但还不是最终诊断。"里见十分慎重地说道。

"那么,我往后还必须做其他检查吗?"

"是的。因为明天要做胃镜检查,所以请你明天早上不要进食进水,保持不吃不喝的状态来医院做检查。"

"啊?胃镜?大夫,那不是要叫人难受死吗?反正到现在检查结果都没有问题,我看就没有必要受那份儿罪了吧?"

患者紧张得表情僵硬。正如患者所说,做胃镜检查时,要把前端装有微型摄像机、长约九十厘米的无名指粗的软管经过口腔和食管插入胃部,毫无疑问会引起患者极度痛苦。虽然在胃部 X 光检查和胃液检查的结果中都呈示出典型的慢性胃炎的形态,但因为患者刚才说了一句进食时胃部会有卡住的感觉,再加上血液检查结果表明多少有点儿贫血,而且血沉值有轻度增快,所以使里见产生了疑虑,因此他认为必须采取胃镜检查。因为常常有病例被诊断为典型胃炎,而后来却又被诊断为早期胃癌的情况,所以里见慎重地考虑到,或许通过进一步做胃镜检查能够发现用X光片没能查出的早期胃癌。

里见对坚决拒绝做胃镜检查且固执沉默的患者说道:"当然,对于患者来说,胃镜检查确实很痛苦,但是通过忍受痛苦可以明确地诊断是不是胃癌。只凭X光检查可能会由于角度的问题遗漏某些因素,所以如果不做胃镜检查就不能称之为确切的诊断。为了你长久的将来、家庭和事业着想,应该趁这个机会做一次胃镜检查。如果这次检查结果证明没有问题的话,你不是也就可以彻底放心了吗?"

里见晓之以理、循循善诱,患者终于不情愿似的点了头。里见松了一口气,刚要叫下一位患者进来时,门诊护士长转达说:"老师,前第一外科东老师的小姐想请您帮她看一下,所以插个队请她先进来了。"

身穿一袭小碎花青瓷色和服的佐枝子微微伏下双眼走进门诊室。

"突然来找您看病,实在不好意思。"

她鞠了一躬就轻轻地坐在了里见面前。

"你哪里不舒服?"

里见像在做视诊一样凝视着佐枝子白得透明的脸。

"是。其实在大约十天前,我发高烧两三天,后来就一直低烧不退。因为我在大学时代得过肺病,所以想到是不是旧病复发了。因为当时的主治医师已经离任,所以就想找里见医生看看。"

"哦,你肺部有病灶吗?"

"是的。在右锁骨下方,听说肺部有个像小指尖大的空洞状病灶。因为我父亲是外科医生,所以叫我立刻动手术。可我不想开刀,就采用化学疗法控制。后来，因为一直没出过什么问题，所以从大概五年前起就没做过任何治疗。"

真不愧是医学家的女儿，描述得简单而准确。

"那么，后来又做过 X 光检查或痰检吗？"

里见一边继续问诊一边填写病历。

"这段时间一直都没做过。"

"那可不行啊！那，食欲怎么样呢？"

"食欲不太好。"

"最近是不是感觉很容易疲劳？"

"是的，即使躺在床上也感到浑身没有力气。"

"那么，先检查一下吧！"

佐枝子伏下长长的睫毛站起来，露出白皙的脖颈转过身去，她在护士的协助下解开了和服腰带。淡紫色的腰带轻轻松开之后，佐枝子裸露着上半身，表情含羞地坐在里见面前。

里见拿起听诊器贴在佐枝子的胸部和背部听诊，他尤其慎重地把听诊器贴在右肺尖部侧耳倾听，但肺的呼吸音中并没有任何异常。

里见摘下听诊器说道："我想只是单纯的感冒，不过还是得做一下 X 光检查、血沉检查和痰液检查。根据这些检查结果诊断，或许还得改天再做 CT 扫描检查。但是，即使这次只是感冒，今后也最好还是每半年做一次 X 光检查和痰液检查。"

说完他瞟了一眼腕表。

"我马上联系好 X 光室，请你现在就去拍个 X 光胸片吧！"

他似乎在担心 X 光室快要下班了，说完立刻亲自拿起电话拨号。

佐枝子穿好和服深深鞠躬说道："突然来就诊，谢谢您的关照。"

说完，她轻轻地走出了屏风。站在里见身后的年轻医务员们像是被佐枝子那充满清雅气质的美丽所吸引，都目送着她的背影离去。

但是,里见却像是还惦记着剩下的五六位患者,即刻着手继续做诊察了。

结束了上午的门诊,里见摘下听诊器看看表,才发现已经快两点钟了。

"哎呀,今天又是我看得最晚,大家辛苦啦!"

里见对跟随自己的医务员和护士表达了慰劳之意之后,就从椅子上站起身来。

光是上午看完四十几个内科患者就够辛苦了,何况里见做诊疗时总是全神贯注且极其慎重地反复检查,所以结束门诊时,他感到眼皮内侧有一种烧灼般的痛感。他把双手浸在窗边的消毒洗手盆中,闭上双眼休息了片刻,然后仔细地清洗了双手来到走廊上。

他像往常那样微微俯身经过走廊,当来到通往副教授办公室的楼梯口时,他发现佐枝子静静地站在那里。

"怎么了?你做完X光检查了吗?"他满脸诧异地问道。

佐枝子面带微笑地望着他说:"是的,承蒙您帮忙,检查刚才已经做完了。现在刚好是午餐时间,如果您方便的话,我想请您一起用餐。"

佐枝子鼓起连自己也难以置信的勇气邀请里见。

里见露出不知所措的神情,说道:"那好吧!附近有家小餐厅,就一起去那里吧!"

他脱下白大褂穿过中庭,正要走出医院时,身后传来粗犷的呼唤声。

"哎,里见!"

里见转身一看,财前五郎在四五名医务员的簇拥下,正挺着魁梧的身躯向他走来。

"里见,好些天没见到你了。上次为我举行聚会,你作为我最好的朋友却没有参加,我太失落啦!"

财前指的是一个月前同期生们为他升任教授举行的庆祝会。

"啊,抱歉!当时我正忙着写学会报告,抽不出时间来。"

里见表示了歉意。

"不,没关系!不参加那种场合才符合你的个性。没事儿!"

在教授选举的决战前夕,财前曾经恳求里见找基础组的大河内教授斡旋,却遭到里见断然拒绝,再加上里见始终对财前采取批评的态度,所以财前说这话时充满了讽刺意味。这时,他发现了里见身后的佐枝子。

"哦,这不是东教授的小姐吗?我太失礼了。老师后来还好吧?不过,今天你怎么会来医院呢?"

"我身体有点儿不舒服,所以来找里见医生看看。"佐枝子表情僵硬地答道。

"哦?那可要多注意呀!不过,这事儿只要老师打个电话就行了,你根本不用专程来医院,我会派里见副教授那样优秀的内科医生去府上出诊。东老师真是太见外啦!"

财前这番矫揉造作的外交辞令把他升任教授之后的自大傲慢表露无余。

财前离开之后好一阵子,佐枝子仍然难以抑止心中不愉快的情绪。而里见却像是若无其事,平静地沿着堂岛川的岸边慢慢前行。五月上旬明亮的阳光把河面照得波光粼粼,河岸旁的树木已经是绿叶繁茂了。

两人迎着河风走了四五百米远,来到一家位于河畔的小别墅式餐厅。里见推开门走进去,坐在面朝河畔的窗边。

"你想吃什么?"不习惯跟女性单独吃饭的里见粗率地问道。

"我想吃简餐,就要个鲜汤和奶汁烤虾仁吧!"

"那,我也要那个吧!"

他粗率地说完就叫来侍者点了餐。

"三知代还好吧?"

佐枝子问起里见妻子三知代的近况。

"是啊,她还是那么精神。每天干脆麻利地打理家务,抽空看看喜欢的书籍,还帮我辅导孩子的功课呢!"

"那她确实是位很理想的太太呀!你能娶到那样称心如意的太太,真是幸福啊!"

"是的,从这一点来讲,我确实非常幸福啊!因为我只要考虑每天的门诊和科研工作就行了。"

佐枝子看到里见平静而沉稳的表情,感到心底像被蔷薇刺扎了似的隐隐作痛。她噤口不语。

"听说东老师被委任近畿劳保医院院长,已经走马上任了吗?"

里见怀念似的询问东贞藏的消息。

"据说三个月前就内定了,可是不知道为什么,至今还没接到正式的任命书。再加上教授选举的结果变成了那样,所以我父亲最近看上去有点儿落寞呢!"

佐枝子脑海中浮现出父亲失意的样子。里见默默地点了点头。

"说到上次选举,我真为金泽大学的菊川先生感到遗憾。如果像他那样的学究型优秀医学家能来我们学校的话,将会对本校产生多么大的助益呀!虽然我是第一内科的人,但他还是给了我很大的激励。"

虽然里见由衷地为菊川升落选感到惋惜,但佐枝子并不在意菊川升。倒是里见为同样的学究型学者落选而痛心的诚挚形象,更加强烈而深刻地映在她的眼中。

公团公寓的早间在一天当中最具活力。手忙脚乱准备早餐的声音、怀着紧张感准备去上班的声音以及上班上学时的开门关门的声音,每家每户随意发出的声音汇聚成一首交响曲,使小区的早晨充满了勃勃朝气。

里见三知代耳畔听着这些熟悉的声响,把早餐用过的餐具收到洗碗池中。她已经把上小学三年级的好彦送出门去,接下来就是送丈夫上班了。

"你准备好了吗?"

她问房间里的丈夫,却没有听到应声。里见好像仍如往常,正在六铺席大的书房里专心挑选当天研究室里要用的笔记和资料。

这时,门厅的信箱"啪嗒"一声被打开,随即塞进来一封邮件。三知代取出来一看是佐枝子寄来的信,她感到十分亲切,立刻裁开信封站在地板上读了起来。

"老公,是佐枝子寄来的信,为上次看病的事向你郑重道谢呢!她说,多亏得到你的诊疗,她才彻底地放了心。"

"嗯。"

里见含混不清地应了一声,也不知道他听到了没有。

三知代继续往下读。

"哎呀,老公,你还跟她一起吃饭啦!信里还写着要谢谢你呢!"

"嗯。"

里见还是含混不清地应声。

"哎哟,真讨厌!你好像根本就没听见嘛!"

三知代看完信露出嗔怪的表情。

"不,我听见啦!"

里见虽然嘴上这样回答,眼睛却仍然盯着桌上的资料。

"老公,你最近好像很忙啊!是不是又开始搞新研究啦?"

"不,没有。"

"是吗?前天你哥哥到附近出诊,回去时顺便来家里坐了一会儿。他说最近修二没露过面,还问你最近好吗?"

"是吗?那我两三天之内去看看他吧!"

里见终于把笔记和资料塞进皮包并拿起了上衣。三知代立刻绕到身后帮他穿好。

"佐枝子的父亲退休之后怎么样啦?"

"听说已经内定要去近畿劳保医院当院长。"

里见避而不谈东贞藏内定之后的复杂情况,只简短地说了这么一句。

"那样的话,即使退休了也还算不错嘛!我前几天收到名古屋的父亲来信,说他明年也要卸任了。幸好退休后的去向已经大致确定啦!"

"是吗?那太好了!"

"是啊。信上还说,自己已经有了合适的副教授人选继任教授,他可以毫无后顾之忧地离开了。"随即,她又像忽然想起似的问道,"财前当了教授以后情况怎么样?"

里见想起五天前遇到财前五郎时他那令人不快的态度。

"没怎么样?还是那样呗!"

"在教授选举之前,财前突然来家里因为教授选举的问题跟你争论,那时候,我就觉得他太不像当医学家的人了。但是,我后来又觉得,如果财前跟东教授之间很难保持像我父亲跟副教授之间那种关系的话,他或许除了那样再没有别的办法了吧!"

里见这才正面朝向三知代,问道:"那,你的意思是你认同财前的生存方式吗?"

"不，我并不认同那个人当教授的方式。不过，我父亲常说，如果想留在大学里走学者的道路，就必须拿出优秀的科研成果。在科研成果获得认同之后被选为教授领导一个研究室，依靠整个研究室的强大力量做出更伟大的贡献，并培养出众多杰出的接班人，这才是作为学者应该完成的职责。我父亲以身作则地走完了这样的道路，所以我希望你别像财前那样，而是像我父亲说的那样，将来升任教授领导第一内科，做出更加卓越的研究业绩。这就是我最高的生存意义啊！当初我嫁给你的时候，父亲就对我说：'既然嫁给了里见修二，那你这辈子的工作就是家务和杂务，而且要竭尽全力支持里见专心致志地走学术研究的道路，让他早日以卓越的科研成果当上教授，这才是作为学者之妻的责任啊！'"

三知代的父亲羽田融作为名古屋大学医学院长，专心致志地走过了学术研究的人生之路。他年纪轻轻就当上教授还担任了医学院长，就是因为他兼备学者的性格，且具有受人爱戴的人格魅力。正因如此，他也希望里见具备与自己相同的素质。而作为他的女儿，三知代也期待里见修二当上教授。想到妻子正在忍受眼下清贫的生活，里见不禁感到重任在肩。

"像你父亲那样学识和人品都很卓越的人真是凤毛麟角呀！我恐怕很难做到像他那样了。"

里见说完，就提起皮包推开门走了。

里见一进办公室就换上白大褂，随即来到一层门诊室。

门诊室里，年轻医务员和实习生正围在里见的诊察桌周围等候。里见看到最上面是佐佐木庸平的病历。佐佐木庸平就是他在一个星期前苦口婆心说服的那个不愿接受胃镜检查的患者，今天是看检查结果的日期。里见确认病历、各项检查报告单、X光片和胃镜照片都已经齐全。

"那就开始吧!"

护士呼叫佐佐木庸平的名字。他中等个头、不胖不瘦、头发花白,狭窄的额头下那双眼睛能体现出商人特有的灵动机敏。他像往常一样姿态谦恭地走进门诊室,但这回后面还跟着一位四十七八岁的中年妇女。

"大夫,这阵子我老公给您添麻烦了,真的谢谢您。听说诊断难得不得了,上次检查的结果到底怎么样啦?我们很想尽快知道检查结果,为了排上第一号,一大早就让店里的年轻伙计跑来挂号等着啦!"

她用家庭主妇特有的温顺语调诉说着,可脸上却明显地浮现出不安的神色。看样子,佐佐木庸平叫妻子陪同前来,就是因为非常惧怕胃镜检查的结果。

"咱们现在就来看看吧!"

里见拿起桌上的胃镜胶片夹在观片灯的金属夹上,他聚精会神地凝视着从胃前壁、后壁、小弯和胃角部等各种角度拍摄的二十六帧画面,力求不漏过任何细微的异常迹象。如果发生了癌变的话,通过彩色胶片上的色彩变化就能把握。在胃壁上,不仅没有癌变,连息肉或溃疡都没有看到,只是胃黏膜的皱襞略显粗大。如果是正常黏膜的话,会呈现均匀而洁净的橘红色,而胶片所见的黏膜却只是多少带有一些混浊的红色。这是胃炎的症状,而不是胃癌的症状。

"大夫,到底怎么样啊?"佐佐木庸平惴惴不安地问道。

里见没有直接回答他的疑问。

"上次你说吃东西时胃部有卡住的感觉。后来情况怎么样啦?"

"好像还是有点儿卡住的感觉,尤其是在一口咽下较硬的食物的时候就会有这种感觉。"

"是在哪个位置呢?"

"这个,你问我是在哪个位置……好像是这儿吧,不,应该是这儿吧!"

佐佐木敞开和服外套和内衣,露出胸腹部,然后摸索着胃部周围并按住一处。里见的眼睛没有放过他的手频频触摸胃部上方的样子,他随即担心地歪着脑袋沉思片刻。

"从胃镜胶片来看,还应该是慢性胃炎。"

"果然是慢性胃炎!大夫,这可真是帮了我的大忙啦!"

佐佐木庸平突然站起身来,向里见行了个敬礼。

"不过,因为胃镜摄影也难以完全拍到胃部上方,所以即使胃镜检查为未见异常,也还是不能断定百分之百没有问题。"

"啊?还不是百分之百呀!"

里见点了点头。他担心由于胃部上方贲门附近是胃镜的死角和盲点,所以胃镜有时并不能完全发挥功效。此外,从刚才的问诊中得知,患者常常感到食物似乎会在胃上方卡住,这就是说食物通过有障碍,所以里见开始怀疑,虽然表面看上去只是很常见的慢性胃炎的症状,但也极有可能是胃上部癌变所引起的伴随性胃炎。

"如果是那样的话,该怎么办呢?"深信做过胃镜检查就能确诊的患者不满地问道。

"普通内科已经没有其他检查方法了,不过,还可以尝试采用我自己多年来研究的诊断方法再做一次检查。"

里见用平静的语调回答,为的是尽量避免刺激患者。

"上次不是说过,做完那种难受的胃镜检查就全部结束了吗?我告诉你,在四月份和五月份中我们要做三月底前的年度税务决算,对我们来说是决定生死的关键时刻。我必须日日夜夜地跟会计师清理账目,还要为催债筹款东跑西颠,就是有三头六臂都忙不过来。可是,大夫偏偏在这种时候叫我没完没了地做检查,不管什么样的患者都吃不消啊!我是因为听说您是认真看病的好大夫才找人介绍来这儿的呀!"

佐佐木突然蛮横无理地叫嚷起来,陪同的妻子慌忙扯了扯他的衣袖。

里见面不改色地说道:"这次检查不会像胃镜检查那么难受,只是在手臂上注射并观察皮肤反应而已。就像检查结核病时做结核菌皮试一样,所以用不了多少时间。"

患者满脸狐疑地望着里见,像要订协议似的说道:"在此之前我已经跑了三次,先后做过血液检查、胃液检查、X光检查、胃镜检查,加上这次就是第四次了,所以我希望这次真的是最后一次!"

"诊断并不是靠次数多少来决定的呀!在得到自己能够认可的确切检查结果之前不能下结论,这才叫诊断。"

里见用严肃的语调说罢,随即叫医务员做好注射准备。这是里见正在研发的利用生物学反应诊断癌症的方法。当人体内出现了称之为癌的异常组织时,血清中就会产生被认为是与其对应的抗体物质,因此可以从血清学的角度证明这种抗体并用于诊断癌症。基于这种理论,把从癌组织中提取的物质注射在皮下,在二十四小时之后观察皮肤的反应,就可以判断是否得了癌症。

当医务员准备好装有略带黄色的反应剂针管之后,里见亲自把它拿了起来。护士挽起患者左袖并用酒精擦拭过上臂之后,里见开始给患者做皮下注射。患者夸张地把视线躲开并皱起眉头。里见苦笑着拔出针头。

"怎么样?疼吗?这样就完事儿了。不过,从今晚开始,做过皮试的部位会红肿、发热,但你千万不要摸也不要洗澡。然后,每隔二十四小时就要检查一次发红的状态,反复做三次,所以你一定要连续来医院三次！如果不遵守时间就不能观察到准确的反应。请务必严守时间。"

患者露出满不在乎的表情并点点头，妻子在旁边忙不迭地赔不是。

"大夫，我老公太任性了，请您谅解。不管怎么说，我们店里全靠他一人才能运转起来，所以他会忍不住急躁。但是请您千万不要见怪啊！我们明天一定准时过来。"

说完，她立刻走到丈夫身旁，麻利地帮着整理敞开的内衣和外套。佐佐木庸平板着脸伫立不动，任由妻子帮他收拾。整好衣服领口之后，他对里见连招呼都不打就出了门诊室。

结束了门诊之后，里见经过人影寥寥的走廊回到办公室。他还在思考刚才在佐佐木庸平身上尝试的利用生物学反应的癌症诊断法。

虽然这是他持续研究了十年的已经很有自信的诊断方法，但是佐佐木庸平的情况十分特殊。即使做完血液、胃液、粪便、胃部X光、胃镜等所有检查，佐佐木庸平还是只能被诊断为慢性胃炎。可是里见无论如何都还是认为患者有患癌症的可能。对这种既微妙又艰难的病例，采用自己相信的诊断法合适吗？他心中没有十足的把握。里见犹豫不决地缓缓踱步，想到与其去请教顶头上司鹈饲教授，还不如去请教以前的恩师、病理学研究室的大河内教授。于是，他转身穿过宽阔的中庭，走向病理学研究室所在的医学院。

他走进静悄悄的医学院正面门厅，一边登上昏暗的楼梯，一边想起十年前自己曾在病理学研究室里振摇试管、看显微镜、与侵害人类生命的病毒抗争的情景。他充满怀念地回忆起年轻而真诚的自己。

里见来到大河内教授的办公室前，确认门上挂着"现在可以入内"的牌子之后，敲了敲门，听到里面简短的应答后，他便开门走了进去。大河内教授的书桌上摊开了几本厚重的书籍，他好像正在写东西。

"老师,是不是打扰您了？"里见小心翼翼地问道。

"没有。我的工作刚好告一段落。来,你坐下吧！"

大河内扭过仙鹤般细长的脖子,随即摘下了老花镜。

"那我就恭敬不如从命了。"里见坐在大河内示意的椅子上,"我突然来打扰,是为刚才一例疑似胃癌病例的情况向老师请教一下。"

"哦？是什么问题啊？"

大河内说完,向前探身注意地聆听。里见详细地报告了佐佐木庸平的症状和各种检查结果。

"目前只发现胃黏膜皱襞有粗大化现象,从各项检查来看也都像慢性胃炎。但是,我实在无法排除疑虑,总觉得那并不是单纯的胃炎,而可能是由胃癌引起的伴随性胃炎。所以,我决定尝试性地采用内科检查的最终手段,也就是我研究至今的生物学反应诊断法。可是,在对那种具有微妙性质的症状做出诊断的时候,究竟应该以何等程度把重点放在我的诊断法上进行考量呢？老实说我现在十分茫然。而且,即使假定已经发生了癌变,也还是极早期的状态,所以估计对于皮试的反应也会相当微妙。从这一点来讲,是否可以根据我的方法做出决定性的诊断,我也十分茫然。而且,我推测这位患者的病如果是癌症的话,应该是发生在胃上部。这个部位的癌变如果不及时发现的话,手术将会变得非常困难。所以必须尽快做出诊断。"

"原来如此！这确实是个难题啊！"

听完里见的说明,大河内喃喃自语了一句,就噤口不语地陷入了沉思。

"总而言之,这就要看那个利用生物学反应的癌症诊断法的水平怎样鉴定啦！不同的鉴定结果将会带来不同的答案。不过,你对癌症患者的诊断准确率好像是百分之七十几吧？"

"是的，百分之七十七点五。"

"是吗？成绩相当高啊！但是，对于你那种诊断方法，根据大阪市立医科大学长尾教授追加试验的结果显示，确诊率为百分之六十三。而在国立关西医院松山内科主任的追加试验中，确诊率为百分之五十九。这个数字还很低呀！而且问题是，在对非癌症对照组进行的测试中也出现了阳性反应。因此，目前只能将其作为辅助性诊断法来看待。尤其是最早期阶段的癌症，反应形态更是十分微妙。所以，在这一点上还有很大的研究余地啊！"

"是，对于这一点我也十分留意，现在已经委托各大学和医院汇集更多的数据进行统计。对于假阳性的问题，我还准备进一步加强抗原特异性的研究。"

"是吗？这确实像你一贯的学习态度。上次我在学会杂志上看到一篇关于细胞学诊断的文章，如果细胞学诊断的研究进一步得到完善并可以进行临床应用的话，对癌症早期诊断会有很大的帮助。你的研究也一样，通过不断的努力，你一定会取得水平更高的科研成果。"

说完这番激励的话语，像仙鹤般瘦高的大河内从椅子上站起来走向里见。

"现在还有很多人在为上次的教授选举吵吵闹闹，只有你一如既往地静下心来坚持诊疗和科研工作。为了做出一个确切的诊断，如此慎重地以科学的态度进行全面的研究。作为医学家必须这样做。不过，即使如此慎之又慎，仍然难以预料误诊会在何时、以何种形式突然袭来，所以临床医师时刻都暴露在这种危险之中！这一点可不能忘记呀！"

大河内像是在抚慰已然成为临床医师的昔日门生，但他的话语在里见心中却字字千钧且久久地回响。

白い巨塔

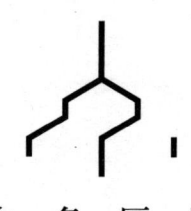

白色巨塔

（中）

［日］山崎丰子 著　侯为 译

青岛出版社

第十三章

佐佐木庸平每天都起得很早,一到六点钟他就离开被窝,比其他店员更早去打开店门,并挂上印有带圈"佐"字的门帘。这是佐佐木庸平每日的功课。虽然号称资本金九百万元的株式会社,但佐佐木商店实质上就是全部由家族持股的个体经营的纤维制品批发商店。

第二次世界大战以后,由于严格推行《劳动基准法》,已经不能再像以往那样在早晨七点钟就开店,而是要从八点半开始营业。所以那二十几名包吃包住的店员不到七点钟就不起床。而庸平自己则六点钟就起来,为乘早班车来进货的外地客商打开店门,然后才开始吃早餐。

因为上大一的长子、上高二的长女和上初二的次子还没起床,所以庸平总是跟妻子两人先吃早餐。他们坐在面向庭前花草的六铺席大的客厅里吃早餐,早餐简朴到只有酱汤、煮海味和腌白萝卜,但是,对于佐佐木庸平来说,粗菜淡饭中隐含着勿忘创业艰辛的训诫。他曾在船场区的棉布批发行当学徒,二十七岁时由老板授权开分号。从城边三尺宽的店面发展到在丼池筋街的纤维批发街中央拥有自己店面,一路走来相当不易。当他喝下酱汤再把蛤蜊肉放在舌尖吞咽下去时,他感到胃部上方有卡住的感觉,胸口堵得慌。他停下了筷子。

"你怎么啦?"妻子良江担心地问道。

"嗯，咽下去的东西好像在胃上面的地方被卡住了，怪难受的。"

"这么说来，恐怕还真不是普通的胃炎。是不是哪儿不好啦？"

"混账！别说不吉利的话！这次注射观察反应的那个什么检查法……前天和昨天的结果不是都没问题吗？如果今天第三次试验也是好结果的话，就证明还是普通胃炎了。"

他看了看左上臂注射过的部位。

"你觉得那位里见大夫怎么样？虽然听说他检查得非常仔细，可是每次回答都不得要领，还一而再、再而三地做检查。原以为大学附属医院的大夫都跟神一般了不起，可看他那样也实在不怎么样嘛！如果真是癌的话，说不定在拉着我没完没了地检查的时候，就越来越重了，没准儿我就……"

"老公，你也不要说那种不吉利的话啦！"

良江像是要赶走瘟神似的摇摇头。

"真是太不吉利啦！我好不容易才把公司搞到中小企业的中等水平，今后还想名列前茅呢！在这个时候我要是有个三长两短的话，那可就成了'中枪雁阵'啦！"

"中枪雁阵？"良江满脸狐疑地问道。

"哎，雁阵高飞你见过吧？如果朝着整齐地列队飞行的雁阵开枪，会怎么样？大雁就会四散逃窜、各奔东西。同样的道理，一旦我倒下了，由我独挑大梁经营的这个商店的其他人肯定都会稀里哗啦地倒下。正是因为这个缘故，所以我才会对这次病情检查格外敏感。在没有得到确切的诊断结果之前，我晚上都睡不好觉啊！今天如果还是不给我明确的说法的话，我绝对不能放过他。"

"可是，我觉得那位大夫并不像你说的那样靠不住，他不能简单地做出诊断是因为你的病很难判明，所以对你的病采取了特别慎重的态度嘛！"

良江表明了对里见副教授的信赖,而庸平的额头却蹙起了皱纹。

"你懂什么呀!我三十三岁的时候,就是因为扩建新店而劳累过度得了肺病。当时大夫说要两年才能好,可我还不是一年就痊愈了吗?我这副身板怎么会得什么难治的病呢?我只是担心会得胃癌嘛!"

说完,他呼噜呼噜地扒完了第二碗茶泡饭。

"差不多该到店员上班的时间啦!"

庸平起身来到店铺里。七点钟已过,店堂里有人做清扫,有人把针织品、布料和成衣摆上陈列架,还有的在准备出货。准备开始营业的忙碌场景使店里店外充满了活力。

"爸,我们上学去啦!"读高中和初中的两个孩子精神饱满地对他说道。

"好,路上当心!"

庸平一改平日的严肃,表情顿时温和慈祥起来——为了年幼的孩子,我绝对不能被癌症击倒……想到这里,他朝屋里拍了两下手。妻子良江走出来,他压低嗓音以免被别人听到,提醒妻子该准备去医院了。

庸平换上外出的衣服,在良江的陪伴下刚要出门时,一位年长的店员关心地问道:"老板,又要去医院吗?"

"混账!哪里是去医院,我是去祭拜门神,祈求驱邪消灾、生意兴隆!我不在家的时候,你们可要好好看店呀!"

说完,他故意装出神清气爽的样子走出了商店。

里见拿出饲养箱里的豚鼠放在手掌上,仔细地观察其腹部癌症反应的红肿状态。他用游标测径尺测量了红肿的大小,把数值记录在笔记本上之后,又向豚鼠腹腔注射了新的反应测试液,然后把它放回了饲养箱。

他从两个月前开始了这项新的研究,把纯度更高的反应测试液注射在豚鼠体内做动物实验。

"老师,我可以帮你测量红肿状态。"旁边的年轻进修生望着饲养箱说道。

"不,测量已经完成,只剩数值计算了。还是我自己来做吧!"

里见正在笔记本上计算癌反应的数值,心里却在想今天是佐佐木庸平第三次来看癌症反应结果的日子,不知道会出现什么样的数值。

这时,桌上的电话响了,他立刻拿起了电话。

"喂,请问是里见老师吗?这里是门诊挂号处,有位佐佐木庸平先生来挂号,可是您今天没有门诊。怎么办?"

电话是门诊挂号处的护士长打来的。

"那位患者必须今天看。我现在就下去。"

里见挂上电话,赶紧走出了研究室。

当他来到一层的门诊室时,只见上午的门诊刚刚开始,里面挤满了预约门诊和候诊的患者。里见在处置室内找到没人的角落,就把佐佐木庸平叫了进来。

"大夫,百忙中打扰,真不好意思。"

陪伴佐佐木庸平的妻子良江一进门就郑重其事地鞠了一躬,可佐佐木庸平却板着脸一言不发地坐在里见面前。

"来,马上让我看看吧!"

妻子绕到丈夫身后为他脱掉外套,并解开了衬衣的袖扣。佐佐木庸平让妻子伺候他,而自己却连一个纽扣都不解。但是,当卷起衣袖碰到左上臂注射过的位置时,他却突然暴跳如雷地大声责骂妻子:"啊!疼!这儿很疼呀!你不能小心点儿吗?"

"是,实在对不起。"

妻子小声地道了歉,为了避免碰到红肿处,她慢慢地把衣袖卷到臂端。

"大夫,这样可以了吗?"

里见拉起庸平的胳膊观察斑状红肿的部位:没有异常浮肿,属于正常的发红状态。接下来要测量发红面积的大小。里见拿起测径尺贴在发红部位测量了最大直径,游标尺上的精密刻度显示为十五点六毫米。

前天第一次测量的红斑直径为十五点五毫米,昨天第二次测量的结果为十五点七毫米,包括今天第三次结果都在十五毫米到十六毫米之间。当发红部分的最大直径低于十五毫米时,就表明为阴性,也就是没有癌变的反应值。如果发红部分的最大直径超过了十六毫米就表明为阳性,也就是有癌变发生。但是,佐佐木庸平三次试验的数值都在十五毫米到十六毫米之间,从这种微妙的反应变化中很难断定是否发生了癌变。

"大夫,结果怎么样?"佐佐木庸平催促道。

里见把测径尺放在桌上说道:"反应状态很微妙,所以很难立刻下判断。不过有一点已经很明确,你的慢性胃炎并不是单纯的胃炎,而很可能是由其他原因引起的伴随性胃炎。"

"那你的意思是说……这是癌吗?"佐佐木庸平脸色骤变地问道。

"不,没有出现证明癌变的反应。"

"那到底是什么呀?"

"内科诊察方面只能做这么多检查,接下来就要去外科做检查了。"

"啊?外科?你上次还说今天这个检查做完就可以结束了,可现在又叫我去外科吗?你到底要把我的身体折腾到什么时候?"

"老公,你怎么能说那样失礼的话?"

陪同的妻子慌忙阻止,却被庸平挡开。

"大夫,是你亲口说的不是癌,可转眼又叫我去外科,到底是什么理由啊?你要是不给我个说法,我就不去!"

庸平的语调中已有几分恼火,而里见却仍然表情不变。

"去外科并不是因为你得了癌。因为即使是慢性胃炎,如果是恶性的话,也可能会转化为癌。所以,为了安全起见,请第一外科对这方面十分了解的人进行进一步检查最为妥当,所以我才建议你去外科。"

里见拿起电话拨通了第一外科,说道:"喂,请找财前教授,我是第一内科的里见。"

财前说道:"里见吗?到底什么事儿啊?"

"其实呢,有一位疑似Magen krefs(胃癌)的患者,希望听听你作为外科医生的意见,我现在就想带这位患者去你那里呢!"

里见说话时故意掺杂了德文词汇,以避免被患者听到。

"现在吗?那有点儿不太方便啦!我已经决定要去德国参加国际外科学会,所以现在为了做准备忙得不可开交啊!"

财前像是在宣扬自己将要参加国际外科学会。

"是吗?那真是太辛苦啦!不过,这位疑似Magen krefs的患者虽然呈现出典型的慢性胃炎症状,但他说贲门部位不太正常。这个病例比较复杂,所以想听听你的意见。"

"真的有那么复杂吗?"

"嗯,我觉得虽然表面症状看似平常,但这个病例确实很复杂。"

财前似乎犹豫了片刻:"那好吧,你马上来我教授办公室,不过办事要快。不管怎么说,当了教授以后,除了诊疗、科研和教学之外,我还得处理教授负责的各种校内杂务呢!"

"嗯,这我明白。那我马上就过去。"

里见一放下电话,立刻叫护士把佐佐木庸平的病历、各项检查结果报告单、X光片、胃镜胶片整理齐全,自己把这些资料夹在了腋下。

"走吧!我陪你一起过去。"他推着佐佐木庸平的背部说道。

"难道不找其他大夫商量就搞不清我的确切病名吗?"

庸平白眼相向。

"诊断这个事情无论怎样慎重都不为过。特别是现在的你,这样做十分必要。"里见催促道。

来到第一外科的教授办公室门前,里见停下脚步指着走廊上的椅子说道:"太太请在外面等候。"

"好吧,但是……"

"别担心,很快就完。"

里见安抚陪伴的患者妻子,以免她产生不必要的担心,随即跟佐佐木庸平一起走进了财前的房间。

"财前,不好意思,打扰你了。这是我在电话里拜托你的患者,名叫佐佐木庸平,现年五十四岁……"

他把夹在腋下的病历、各项检查结果报告单、X光片、胃镜胶片放在了财前的桌上。财前仍然从容不迫地靠在大号的皮转椅上,抬眼瞟了患者一眼——中等身材,头发花白,只有细小的眼睛炯炯有神。财前确定对方不是什么大人物。

"究竟是哪一点需要特别找我诊察呢?"

他说话时妄自尊大的态度,像是在责怪随意来找教授做诊察的患者。佐佐木庸平像被震慑住了似的眨了眨眼睛,而里见却不理会财前的傲慢态度,直截了当地切入了主题。

"其实呢,我根据此前做过的各项检查包括胃部X光、胃镜等,判断这位患者是慢性胃炎,但我仍然无法排除疑似 Magen krefs 的念头,特别是胃上部的疑点。我担心或许会因为自己对胃镜胶片的判读能力不足而看漏了 krebs（癌），我觉得你应该可以判读我看不出来的部位，所以想请你帮我看一下这些照片。"

财前不耐烦地慢慢坐直身体，说道："真不愧是你呀！身为副教授还亲自拿着患者的病历、检查报告单和照片来找我会诊。虽说是同期的同学关系，但其他人可不会像你这样做呀！"

他说完就摁了一下桌上的对讲机指示医务员："帮我准备观片灯！"

观片灯送来之后，财前把二十六帧胃镜胶片夹在观片灯金属夹上并仔细观察起来。看完了一遍财前似乎有点不放心，再次仔细观察了其中的两三帧。

"怎么样？你的意见……"里见向看完胶片的财前问道。

"这哪里是什么罕见病例嘛！只从这些胶片来看的话，除了慢性胃炎症状之外看不到任何异常。虽然稍微有点儿令人不放心的地方，但仍然只是普通的胃黏膜皱襞而已嘛！"

"果然还是这样啊！"里见一瞬间像松了口气似的睁大了眼睛，但随即又说，"不过，因为在 X 光透视和胃镜诊断结果中贲门部的数据最不理想，所以我想请你从外科的角度针对胃上部做进一步检查。因为我采用生物学反应诊断法注射了三次反应液，而三次试验结果都显示出难以断定 krebs 发生的阴阳性反应，所以我的疑问就更大了。"

里见补充说明了这三天来患者注射部位发红的情况。

"啊,是那个呀！那个还处于研究过程中嘛！"财前对里见研发的生物学反应诊断法似乎不以为然，"我并不是不理解你的担心，但是既然做了这么多检查都没有发现任何异常的话，把它作为现阶段的诊断不就行了吗？即使日后发生了什么问题，那也是在你诊断之后才发生的,所以与你无关。你要是这样神经质地对待每一位患者,即使你有三头六臂也不够用啊!况且刚才我也说过,我要去德国参加国际外科学会,为了准备忙得团团转。像你这样的内科医师,没有必要只找我,应该还有很多人嘛!你去找他们吧!"

"不,在做过所有的检查项目并充分研究之后,我仍然难以做出明确的诊断。如果要做进一步诊断的话,除了你之外再没有别人了。况且在 cardia krebs(贲门癌)方面,你是最具权威的专家。"

里见十分坦率地说出了自己的想法。这话引起了财前愉悦的反响,他终于慢慢地露出了笑容。

"既然你这样诚心拜托,我也就不好意思断然拒绝啦!况且你还是关照我的鹈饲院长旗下第一内科的副教授嘛!要是我随意拒绝的话,还会欠第一内科人情呢!"财前奇妙地兜着圈子说道。

里见努力压抑住心中的不快请求道:"我想请你亲自做透视!"

"那就明天吧!"

财前终于点头答应了。

坐在财前和里见之间的佐佐木庸平忐忑不安地向财前问道:"大夫,请问,明天要做什么呀?"

财前瞪了患者一眼训斥道:"医生之间正在交谈,患者不要随便插嘴!明天上午十点钟来透视室,今晚九点钟之后禁止一切饮食!"

财前又翻了翻病历嘟囔道:"这个要走医保!"

透视室内笼罩着非同寻常的紧张气氛,因为这不是普通医务员做透视,即将开始的是由财前教授亲自坐镇的透视。透视室的医务员和 X 光机技师们已经把 X 光机、钡造影剂和其他所有的准备都万无一失地做好,患者佐佐木庸平脱下上衣等待财前教授到来。

带领着助教的财前终于进来了,年轻医务员和实习生们一齐恭敬行礼迎接。坐在冷飕飕的室内角落里的佐佐木庸平也和妻子一起站起来郑重地向他打招呼。

"大夫,昨天谢谢您了。今天请您多多关照!"

财前轻轻点了点头,一声令下:"好,准备!"

"禁止入内"的红灯应声亮起,技师叫佐佐木庸平站在X光机踏板上。

"你按照我昨天说的没有进食进水吧?"财前再次向患者确认道。

"是的。我按照医生的嘱咐,从昨晚开始就不吃不喝,连嗓子眼儿里出来的唾液都没敢咽下去,全吐出来了。"

"很好。那就开始吧!"

护士把装有造影剂的铝杯递给患者。

"先等一下!在喝造影剂之前,先要观察一下空胃的状态。"

财前伸手纠正了患者的姿态。观察空胃是发现贲门癌的重要手段,财前最先把目标定在这里。

当荧光板上打出腹部影像时,财前躬着背首先把慎重的目光凝聚在了胃泡上。在受到贲门癌的侵犯时,胃泡往往会失去正常形状,但在财前眼前映现的胃泡却显示出正常形状。他感到有些意外,但又继续定睛观看。当看到贲门稍微下方的部位时,他忽然注意到胃泡变形的现象!他禁不住把脸部贴近荧光板。

"让患者喝下造影剂!透视贲门!"

财前把荧光板中心推向贲门部位,并进一步聚焦。在漆黑的室内,只有那里受到荧光板的照射映出白光,财前的面孔在那道光环中浮现出瘆人的阴影。

"先在嘴里含上第一口造影剂!"

患者表情难受地把铝杯里像稀释过的水泥般的白色造影剂含了一口在嘴里。财前摁下了X光机的开关。

"好,咽下去!要一口气咽下去!"

他像训斥般地命令快要呕吐的患者,于是患者紧闭双眼咽下了造影剂。财前猛地向前探身,视线像追踪猎物一般盯在荧光板上,造影剂经过咽喉慢慢地通过食管即将到达贲门。如果贲门确有异常的话,只有在第一口造影剂通过的一瞬间才有机会捕捉到。财前双眼发出锐利的光亮。造影剂开始蜿蜒流动通过贲门。当造影剂来到贲门下方时,虽然变化极为细微,但财前仍然看到了造影剂流路的异常和狭窄。通过食管时有异常,果然是癌。财前在心中做出了这样的判断,他立刻指示患者屏住呼吸,伸手摁下了X光机的快门按钮,在胶片上拍下那个异常的瞬间。接着,财前又指示患者改变体位,再喝一口造影剂并摁下了快门按钮。

"透视结束!"

室内灯光霎时亮起,财前像感到炫目似的皱起眉头,向站在身后正在观望的医务员们转过身去。

"怎么样?看到刚才的 cardia krefs 了吗?"

医务员们纷纷惊讶地面面相觑,似乎没有人看清财前捕捉到的造影剂通过的那个异常的瞬间。财前环视着那些难为情地垂下脑袋的医务员,露出洁白的牙齿,微微一笑。

"那就是说,你们没有注意到啦!好吧,那你们就一边看着冲洗好的胶片一边听我讲!马上冲洗胶片,洗好就通知我。我要去办公室准备资料,吃过午饭后看胶片做诊断。"

当他从椅子上站起来时,患者佐佐木庸平担心地问道:"大夫,刚才做透视是什么情况啊?"

"那要等胶片冲洗出来之后再做说明。"

财前冷冷地说完,就带领医务员们走出了透视室。

陪同佐佐木庸平的妻子从刚才就频频抬头望着走廊上的挂钟，她在焦急地等待财前教授出现。X光片应该早已冲洗完毕，却迟迟不见关键人物财前教授现身。当她委婉地催促时，护士却叫他们继续等候，好像等待才是理所当然的事情。

过了一点钟，当坐在走廊椅子上的两个人挺起十分疲倦的身体时，才看到财前教授昂首阔步地走了过来。

两人慌忙站起身来迎接，财前仍如上次那样只点了点头就迅速进了门诊室。

进入门诊室内，财前朝等候已久的医务员们说了句"刚才吃饭拖了点时间，马上开始吧"，随即拿起放在桌上的X光胶片夹在观片灯上。尚未干透的胶片鼓着包耷拉下来，医务员见状马上用夹扣重新固定好，财前用悠然欣赏般的视线望着胶片。

"怎么样？现在不是透视而是冲洗好的X光胶片了，你们应该也应该能看出是贲门癌了吧？"

他扭头询问身旁的医务员："你能找出那个部位在哪儿吧？"

被问到的医务员表情紧张地凝视着夹在观片灯上的两张胶片。

"老师，只看这两张胶片我找不出来。"

说完就战战兢兢地向后退去。

"只看两张找不出来？要是那样的话，还怎么给医保的患者看病呢？现行的医保制度规定，精密检查项目中的胃部X光诊断只能拍两张胶片！"

他用训斥的语调说完，又转向另一名医务员问道："怎么样？你应该能找出来吧？"

财前接连叫了四五名医务员判读胶片，但每个人都露出茫然无知的表情退下了。

"那好，让我来告诉你们吧！你们仔细看这里，是不是有一片浅浅的龛影啊？这就是癌！"

他用长长的食指指示拇指头大的阴影出现的部位。他那汗毛浓密的右手由于进行透视触诊时没有戴防护用的橡胶手套而受到辐射，从手背到手腕部分的汗毛已经变得稀疏，还出现了一些色斑，这一切都表明他在 X 光透视检查方面经验十分丰富。

财前像是炫耀那只右手，他指着另一张拍摄贲门部位的胶片，详细地讲解了癌变发生的部位和形状。

"好啦，即使你们看不出来也无可奈何呀！当然，医学书籍都会煞有介事地介绍贲门癌如何如何，但是作为实际问题，只用有限的两张胶片就判读出这么微妙的贲门癌，往往连教授级的医师也很难做到呢！"

他特别着力地强调了"连教授级"这几个字，似乎在夸耀自己不同凡响的判读能力。事实上，在胃癌的诊断中，X 光片越少，漏判贲门癌的风险就越大，连许多教授都常常会看走眼。而财前只凭两张胶片，就能精确地判读出来这种位于胃后壁的很难发现的癌变部位。这是因为他作为胃部与食管吻合术的权威已经做过大量的食管至贲门部位的手术，每次他都能用裸眼看到贲门的异常并且能亲手触摸患部，于是他在极其丰富的经验的基础上培养了敏锐而精准的直觉。但他并没有把这些都说出来。

"由于这种微妙的病例十分罕见，所以要把这张 X 光片作为贲门癌的宝贵资料收存起来。另外，帮我联系第一内科，请里见副教授过来一下！"

他让医务员打电话，自己叼上一支雪茄，悠然自得地吞云吐雾起来。

正在走廊上焦急等待的佐佐木庸平和陪伴的妻子已是疲惫不堪，他们满腹怨气地盯着走廊上即将指向两点的挂钟。

"怎么回事儿？还没好吗？"

背后传来了里见的声音。

"是啊，财前大夫倒是还在门诊室里……"

里见立刻进入门诊室走到财前面前："谢谢百忙抽空这么快就做完了检查。结果怎么样？"

财前仍然叼着雪茄说道："是贲门癌！位置在贲门后壁，还只有拇指头那么大，好在早期发现了。行啦，你仔细看看吧！"

他直冲冲地把桌上的胶片递到里见面前。

"是吗？原来真是贲门癌呀！"

里见赶紧把胶片夹在观片灯上，透视摄影精准地捕捉到了胃镜没能拍到的贲门癌龛影。里见一动不动地凝眸观察，似乎要把那片阴影深深地铭刻在自己的大脑里。

"你真厉害呀！只靠这两张胶片就能发现这样的早期癌变。我太佩服你高超的诊断能力啦！"

里见坦率地表达了自己的钦佩之情，财前脸上浮起了得意的笑容。

"嗯！还行吧！这也是我值得自豪的地方。说起来，诊断贲门癌的微妙龛影并不是什么科学，而是一种艺术啊！像书上说的哪个部位怎么样啦、什么样的龛影应该怎样判读之类的定义都是似是而非的东西，其实在亲眼反复观察的过程中就能心领神会。当然，这需要具备非凡的直观感觉和敏锐的洞察力。"

说完，他转向还留在门诊室的几个医务员。

"我刚才说过，这种龛影就连教授级的医师都很难判读出来。发现早期贲门癌的难度很大，连本校顶级的内科医师里见副教授都很难判读出来，何况你们呢？就是把两眼瞪得像碟子那么大，也未必就能看出暗影和形状来。所以不必悲观失望嘛！哈哈哈！"

财前目中无人地粗野大笑起来。里见按捺住了心头的怒气。

"这么忙还麻烦你,真不好意思。那,对患者的诊断结果呢?"

"那还没说呢!我刚才一直在给医务员做报告,太费事儿啦!那就叫他们来这儿吧!"

财前这才把佐佐木庸平叫了进来。佐佐木庸平与在里见的门诊室时判若两人,他胆战心惊地坐在了财前面前。财前用高傲的目光瞟了患者一眼。

"你的病名与内科的诊断相同,是慢性胃炎。但是,经过今天的透视和 X 光检查判明是恶性胃炎,如果置之不顾的话就可能发展成胃癌。因此,有必要尽快做手术。只要空出病床来,你就立刻住院治疗。"

财前没有明确告知患者检查出了贲门癌,而是事务性地打了个马虎眼。佐佐木庸平一听脸色骤变。

"大夫,如果是胃炎的话,想点儿办法不动手术或不住院也能治好吧?我们公司虽然名义上是株式会社,但其实就跟个体商店一样,所有的大小事务都得靠我来打理。要是我突然住了院,以后的事情可就难办啦!所以,请想点儿办法别让我住院……"

他还没说完,财前目光严厉地拒绝道:"住院也好不住院也好都由医师决定,如果你想把病治好就必须听从医师的指令!为了慎重起见,我事先提醒你,只要住进第一外科,就不许再说那类随心所欲的话!"

佐佐木庸平被他严厉的态度吓得说不出话来。

里见从旁边循循善诱地说道:"根据财前教授的透视检查已经做出了诊断,如果不趁现在做手术的话,就很容易发展成癌症。所以,一切都听财前教授的安排吧。这样对你的身体是再好不过的啦!而且,如果早点儿空出病床的话,还可以请教授亲自为你主刀。再没有比这更可靠、更幸运的事情啦！来吧，马上跟我一起去办住院手续吧！"

佐佐木庸平既不对着财前,也不对着里见,他小声说道:"那就悉听尊便了。"

里见带佐佐木庸平走出第一外科门诊室并办好住院手续,突然他感到一阵无以言喻的疲惫。他在考虑是再次回到研究室还是先去副教授办公室休息一会儿,正犹豫不决地走在楼道里的时候,身后有人呼唤"里见老师"。

他回身一看,是第一内科的年轻护士。

"东老师的小姐来问上次 X 光检查的结果,刚才就在门诊部候诊室等您了。"

"啊,上次约的就是今天吧？有没有哪个房间还空着？"

"是的,处置室现在还空着呢！"

"那就去处置室看吧！你把病历、检查报告单和 X 光片送过来。"

里见跟着年轻护士走向处置室。佐枝子看到里见立刻郑重其事地俯首致意。

"谢谢您上次的关照。今天不是您门诊的日子还来打扰,实在不好意思。"

"哪里,听说让你久等了,抱歉。上次看过以后怎么样啦？还发烧吗？"里见一边坐在诊察椅上一边问道。

"哦,这两三天已经完全恢复了正常体温,也不像以前那么容易疲劳了。"

佐枝子的脸上变得生气勃勃,出现了九天前看不到的温润气色。

"是吗？那,为了慎重起见,再检查一下吧！"

佐枝子轻轻站起来转过身去,俯下颀长的脖颈解开腰带,然后坐在里见面前。里见拿起听诊器,小心谨慎地诊察她的胸部和背部。

"听诊和叩诊都没有发现异常。不过,还要看看上次拍的X光片和各项检查结果。"

他把护士送来的X光片夹在观片机上并扭动了开关,刹那之间刚才佐佐木庸平的贲门癌胶片浮现在眼前。里见惊诧地眨了眨眼睛,并像要挥去那幅影像似的轻轻摇摇头,然后才把视线投向佐枝子的肺部X光片。

"右侧锁骨下方可以看到旧病灶,但目前处于稳定状态。血沉值为一小时二十二毫米,痰液涂片检查为阴性。痰液如果不做细菌培养检查的话还不能给出确切的结果,不过你得的应该是感冒引起的急性支气管炎。因此,目前肺部不必担心。"

"是吗?听您这样说我就放心了。"

"不过,因为还残留着少量的空洞状阴影,所以为了预防复发,先开点儿药服用吧!"

"谢谢。那就麻烦你啦!"

"你现在就回家吗?"里见问道。

"是的。我打算这就回家……"

"好,我也要去那边,咱们一起走吧!"

里见说完就穿着白大褂,跟佐枝子并排走出了医院大门。

堂岛川沿岸的道路上人影稀疏,只有岸边的树木在风中摇曳着光润的绿意。

"是不是发生了什么事情?"

佐枝子对里见非同寻常的神色感到诧异。里见没有立刻回答,而是沉默了片刻又突然放慢了脚步。

"说实话,发生了一点儿事情,使我意识到自己判读X光片的能力还很不够。"

然后,他详细地讲述了刚才与财前五郎之间关于判读佐佐木庸平贲门癌X光片的对话。佐枝子轻轻按住被河风吹起的和服下摆,一句一点头地认真聆听。

"我很了解财前具有的那方面的专长。不过,我父亲常常提到,因为外科医师经常有机会切开病灶,可以裸眼实际观察病灶的部位和形状,所以与没有机会开刀观察的内科医师并没有可比性,因此不能以同样的标准对两者的X光片判读能力说长道短。而且,这次是你提出疑似贲门癌并决定彻底追究,然后才由财前锁定目标进行透视并拍下了X光片。如果那位患者最初就去找财前的话,他还不一定能发现呢!比起X光片判读能力,我觉得你秉持真诚而严肃的态度对待患者的行为更使我深受感动。"

说着,佐枝子用湿润的双眸仰望里见。里见并没有回应她的目光,而是把视线避开了。但是,他的心中却泛起了细小的涟漪。

佐佐木庸平仍然难以接受自己将要住院的事实。就在两个星期之前,他还在店里发号施令,从进货到销售乃至会计,全都由他亲临一线指挥,拥有超人般的精力。可如今却突然被诊断出恶性慢性胃炎而且必须住院动手术。只要病房有空床就得住院,今天就是他入院的日子。

"恶性慢性胃炎"的病名和长达四周的住院期让他怎么都想不通。考虑到自己做了那么多检查,最后还是由内科和外科两名医师一起做出诊断,他猛然醒悟:莫非自己真的得了癌症?如果真是癌症的话,快则两三个月,而最迟也就半年就到头了……这种不安的情绪袭上庸平心头,他觉得苦心经营了二十七年的店铺、财产和妻子儿女都忽然要被从眼前拉走似,他由此感到了深深的恐惧。他不由自主地抖了抖肩膀,似乎想抖掉蹿上脊背的寒意。"我怎么会想到这种不吉利的丧气事情",他一边喃喃自语一边穿上拖鞋从中屋来到了店堂。

十点钟刚过,店堂里的架上堆满了漂白布、夏季和服、和服内衣和成衣等纤维制品。有的店员正拿着大算盘对着进货的客户算账,有的店员把订货票据送到柜台会计那里统计入账,还有的店员在给寄往外地的货物打包。店里一派繁忙兴旺的景象,店员们连歇口气的空闲都没有。有人注意到了庸平的身影。

"经理,早上好!"

"您身体好吗?"

店员们纷纷向他打招呼。

"嗯,没什么大问题。我身体很好。"

他一边回答一边查看货架上的货垛,发现夏季和服的数量少了。

"哎,今年才到五月就这么热了,看来夏天肯定比往年更热,要多进一些夏季和服啦!"他向兼管进货和会计的专务说道。

"是,我马上跟供货商联系安排进货。"

"另外,销售的情况怎么样啊?"

"虽然市场并不太景气,但销售量还算过得去。"

"是吗?我不在的时候,也必须维持每个月一千五百万的销售额,毛利率一成、净利率五分是底线!"

他下达了强制性命令。

"是,明白。您又不是出远门,只有短短四个星期而已,所以请不要担心!"

虽然专务表情忠诚地承接了重任,但是像庸平这种从底层打拼出头的人自主性极强,即使只交给别人四个星期也不能完全放心。

"自从店面扩大之后,我还是第一次住院,所以总有些不放心啊!"

"好啦,您别再这样说了,请专心保养身体。那是不是要动手术呢？"

"不，不是动手术，只是为了慎重起见而住院。哦，就像做全面体检一样吧！"

庸平心里十分清楚，这种由店主坐镇一线指挥的中小企业一旦店主因重病卧床不起，生意就会像抽掉扇轴的折扇一样，所以他没有提到做手术的事情。交代完住院期间的安排，他回到了后屋的住宅。

孩子们都上学走了，后屋变得悄无声息。庸平走进八铺席大的起居室，只见妻子良江和女佣正忙着准备住院用品。被褥、床单、睡衣、洗漱用具、花瓶、座钟等摊了一地，连下脚的空当都没有了。

"怎么样？都准备好了吗？"

"按照你的吩咐准备，行李太多啦！"

"算盘装上了吗？"

"啊？算盘？"

"是啊！因为商人就是在睡觉的时候也要打算盘，所以千万不能忘记！"

他取下摆在壁龛架上的便携式算盘塞进了铺盖卷。

"行李准备好就差不多该走了吧！"

庸平开始换衣服，身穿短袖衫的长子庸一露面了。

"怎么搞的？你还在家里呀？"

"嗯，今天课少，所以我打算开车送爸爸去医院。"

"是吗？你这孩子偶尔也会说些精神可嘉的话呢！那就让你送送吧！"

庸一率先动手搬行李，年轻店员们也来帮忙，他们把如同搬家一样的大行李包装上了客货两用车。庸平全身放松地坐在前排副驾驶席上，妻子良江和女佣坐在后排座上。

"我不在家的时候，你们可要好好打理生意哦！"

424

庸平像要外出旅行似的用爽朗的嗓音向排列在店门口的店员们喊道。

汽车到达医院，他们立刻把行李卸到三台小推车上，然后来到了位于三层的外科病房护士站。年轻护士领他进了护士站左侧的第六间病房，庸平大摇大摆地走进去并环视一周，只有十平方米大的病房除了一张病床，就是洗脸池和存放被褥的壁橱了。

"怎么搞的？这么小的病房啊！"长子庸一颇感意外地说道。

"就连这间病房，也是欠了好大的人情才安排进来的呢！听说大学附属医院这种地方随时都有一百二三十号人排队等床位，所以能弄到一间单人病房就已经谢天谢地啦！"

庸平叫人把从家里带来的新被褥铺在病床上，然后就盘腿坐在上面絮絮叨叨地指示摆放行李的位置。但是，房间里实在堆不下那么多行李，他们就只好将行李暂时摆在门口附近了。值班室的护士走进来，用不友好的目光望着那些行李。

"你们没看住院须知吗？本院采取完全护理制度，由院方准备清洁的被褥和床单。此外，水桶和脸盆等用具值班室里都有，所以没有必要自带。"

"啊？我们不知道这些规定呀！不过，既然已经带来了，能不能找个地方让我们放东西啊？"

"这里不是公寓，所以没必要的物品请全都带回去吧！这个样子还会影响工作时出入病房。星期五有财前主任医师大查房，所以请把室内收拾整洁。"

护士的话音未落，庸平脑海里就浮现出财前教授那目空一切的傲慢面孔，忽然感到一阵惊恐不安。

佐佐木庸平盘腿坐在病床上，就着自己最喜欢的卤海带吃了一口米饭,但他立刻像胸口堵住了似的放下筷子。

"你怎么啦?感觉不舒服吗?"妻子良江关切地问道。

"今天早上就吃这么多吧!"

他推开了放在床头柜上的小食案。

"老公,你别那么任性。做手术之前必须多摄入营养加强体力。况且,这跟其他手术不一样……"

说到这里,良江突然把后边的话吞了回去。原来,在让财前诊断之后的第二天,里见就瞒着庸平而告诉良江要做贲门癌手术。

"跟其他手术不一样,你说是什么手术啊?"

"不,我是说,跟切阑尾那种小手术不一样,这可是两位了不起的大夫诊断出来的很难治的慢性胃炎手术啊!"良江慌忙打岔道。

"既然是小小的慢性胃炎手术,为什么非得找那个脸色难看的大夫不可呢?我得等那个大夫查完房走了之后,饭才能吃得香啊!"

庸平一下子仰倒在床上,像似乎真的失去食欲似的把面孔朝向病房的白色天花板。他既然说了就怎么劝说都没用了,所以良江只好无可奈何地开始收拾碗筷。

"财前教授大查房开始了!请立刻做好准备!"

比预定时刻提前的查房通知在走廊里响起,庸平反弹般地坐起身来,抢在良江之前慌忙整理摊开在枕边的报纸。

一个护士推开门快速地说道:"佐佐木先生,请你躺在床上。另外,房间已经整理好了吧?"

当夹着病历和X光片的主治医师走进病房时,庸平已经紧张得浑身僵硬了。

护士们在病房前排成一列,护士长刚刚露面,身穿浆洗过的挺括白大褂的财前教授就出现了,他身后还跟着二十几名陪同人员。护士长捧着听诊器,庸平的主治医师以直立不动的姿态迎接教授。财前教授那擦得黑亮的皮鞋发出轻响,他大摇大摆地走近了病床。

"怎么样啊?"

"是,到目前没有什么变化。您指示的术前检查全都做完了。"

主治医师神情紧张地向财前出示了订好的各项检查报告单。

财前一页页地浏览检查报告单,目前没有出现胃病患者容易发生的体内水分不足和电解质失衡的情况,患者状态良好。此外,在营养方面如果蛋白质摄入不足的话就会引起刀口愈合不全。但目前来看血清蛋白量也正常,没有发现幽门狭窄的现象。

财前看完一大摞检查报告单之后,转身望着围在身边的今年新来的年轻医务员。

"所幸这位患者术前各项检查基本正常,但是必须记住,如果有脱水或电解质失衡的迹象,必须根据标准进行输液,以保持患者的身体能够承受住外科手术。"

他做完术前检查说明后吩咐道:"接下来看看 X 光片!"

主治医师立刻递上患者的胸片,财前接过来朝着窗口射入的阳光透视。

"哈哈,左肺有个小指尖大的肺结核旧病灶,不过除此之外看不到任何异常,所以这种程度的病灶完全能够承受 cardia krefs 的手术。"

他指着胸片左肺上出现的小指尖大的阴影,让站在后排的医务员也能看见。

医务员们异口同声地答道:"是,看得很清楚。"

但是,站在财前身旁的主治医师局促不安,有所顾忌似的问道:"老师,那个,为了慎重起见,是不是有必要做一下胸部 CT 扫描呢?"

这时,财前那两道粗眉倏然挑动了一下。

" CT 扫描?为什么有必要做那个呀?通常要做胃部或十二指肠

手术的患者,只需按照我刚才的说明做术前检查就够了。但是我认为,由于这位患者有肺结核的既往病史,所以现在要了解一下旧病灶是否能够承受这次手术,同时还要检查krefs是否转移到了胸部,为此而拍了胸片。而拍片检查结果已经发现左肺结核的旧病灶了,那就没必要再做CT了嘛!"财前用深感不悦的语调断然拒绝了主治医师的建议,"或者你还有什么特别担心的问题吗?如果有的话不妨说出来嘛!"

在他冷嘲热讽的高压态势下,主治医师只好说道:"不,没有,我只是为了慎重起见而已。"

"既然是这样的话,那当初就不要说出来。没有确切的根据而只是一味地为了慎重起见,是那些对自己的诊断缺乏信心的无能医师的做法!"

在财前不容分辩的斥责下,个头瘦小、长相不起眼的主治医师把身体缩得更小并垂下了脑袋。其他医务员们用不知是同情还是责怪抑或嘲笑的目光望着年轻的主治医师,似乎在说:"谁叫你多嘴呢。"财前望着从病房挤到走廊上的年轻医务员们。

"你们往往在诊断时热衷于各种检查,而在术前检查和处置方面却常有疏忽的倾向。但是,术前检查也十分重要。近来消化系统手术治疗成绩得到了大幅度的改善,就是由于术前术后的检查和处置有了改善和进步。你们要牢记这一点,在做术前术后各项检查时也必须特别慎重。"

指导结束之后,财前只是形式化地向患者佐佐木庸平说了句"怎么样,没有异常吧",就迅速走出了病房。注视着庸平的医务员们也跟着教授鱼贯而出,庸平的主治医师跟在行列的末尾。

医务员们离开之后,病房突然变得空荡荡了。佐佐木庸平终于从刚才查房的森严气氛和自己的主治医师被财前教授训斥的可怕紧张感中解放出来,他疲惫不堪地把眼睛闭上了。

突然有人敲门,第一内科的里见副教授走了进来。

"啊,里见大夫,上次给您添了不少麻烦啊!"

良江表情放松地起身迎接里见。

"我要去内科病房,所以顺便过来看看。情况怎么样?"

庸平忽地坐起来说道:"您来得正好。财前大夫刚刚来查完房,那么多大夫把我团团围住,简直就像在看耍猴儿一样盯着我。而且,接下来就在病人枕边争论说既不是那样也不是这样。这样一搞,没毛病的地方都会折腾出毛病来呢!"

"你看上去精神很好。术前检查怎么样?"

"这个吧,我还是有点儿不太放心啊!听说那个叫什么平衡状态的检查结果倒还好,可是关于 X 光检查,主治医师建议再做一次 CT 扫描,却被财前大夫劈头盖脸地骂了一顿,说没那个必要。"

里见拿起还放在床头柜上的 X 光片仔细地观察。

"大夫,怎么样?是不是以前的老毛病又犯啦?"

他似乎在担心二十一年前得的肺结核会复发。

"好像没有那种可能性……"

里见更加专注地凝视着左肺那个微妙的阴影。

"如果不是以前的老毛病的话,那到底是什么问题呢?"

"不,只是有关术前检查的问题。请你不必担心,好好静养吧!"

说完,里见疾步离开病房,走向财前的办公室。

里见推开第一外科教授办公室的门,就看到了财前的背影,他正在年轻医务员的帮助下脱掉白大褂。

"是里见啊!我还以为是谁呢!"

他用愉快的语调迎接里见。

"这些天为患者做治疗,麻烦你了,谢谢。你还帮那位患者安排了单人病房,没想到这么快就找到单人病房了。"

"啊,那个呀,张罗一两间单人病房没什么大问题。对了,你找我有什么事儿?你可不要再委托我做什么事儿啦!"财前态度强硬地说道。

"我可不是要委托你做什么事,而是为那个患者的症状来请教你的意见。"

"哦?你说过要委托我而且已经把患者转到我这边了,现在还这么挂念啊!真没看出来,你这么放不下患者呀!"财前一边点上雪茄一边说道。

"我就是这种性格,只要是自己看过的患者,无论转到外科还是转到泌尿科,在完全治愈之前都会一直记挂在心。我认为医师就应该这样。如果因为这样就被认为是放不下患者的话,那也无所谓。"里见以坦率的态度说道,"刚才我顺路去了那位患者的病房,就在你查完房之后,看到 X 光片放在那里就顺手拿起来看了一下。对于胸片上的阴影你怎么看?"

里见十分平静地询问。

"那个阴影还不至于复杂到让你冥思苦想吧?就像病历上填写的那样,患者的左肺有肺结核病史,所以那毫无疑问就是肺结核的旧病灶嘛!"财前一口认定道。

"也许是那样吧!不过,那个阴影是局限性的,而且呈圆形,与周围肺野的界限也相当鲜明,不是吗?所以……"

里见正要继续接下去,财前就接过去说道:"所以,应该考虑那可能是从贲门癌转移的癌变——你是想这样说吧?这一点不用你说我也明白嘛。我就是因为已经明白了这一点,所以才判断那是肺结核的病灶。当然,从阴影的形状和周围肺野的界限来看与肺癌相当相似,但根据我迄今为止的经验,被判断为早期的贲门癌根本不可能转移到肺部。"

"但是,只凭那张胶片就下结论会不会太冒险了?我觉得在这种时候为了慎重起见,还是要通过 CT 扫描来鉴定一下!"

"没那个必要吧!因为迄今为止我已经看过好几个这样的患者了,所以我的诊断不会错。如果你有意见的话,我可以不做这个手术。我马上就要去参加国际外科学会了,这种烦心事少一个是一个。"财前盛气凌人地板起脸来说道。

"财前,你不要那样说话。咱们现在是对可能关乎患者性命的问题交换意见,即使是极小的疑虑,都应该尽可能地追究真相。这是咱们当医师的职责嘛!"里见严肃地望着财前说道。

财前粗野地把冒烟的雪茄在烟灰碟里捻灭。

"那就是说,只要做了胸部 CT 扫描就算是尽到了你所说的医师职责了吧?好吧,我知道了啦!下午还要接着大查房,如果你说完了就回去吧!"

"是吗?那就不好意思了。那么,CT 扫描的事儿就拜托你了。"

说完,里见就站起身来。

"啊,你等一下。我将要在六月七日启程参加在海德堡举行的国际外科学会,刚才医学院长已经把正式签证发给我了。"财前洋洋得意地说道。

"那太好啦!虽然在国际学会上做报告可能相当不容易,但我还是祝你圆满成功。"

里见发自内心地祝福财前。

在位于河畔的餐厅里,里见修二和佐枝子在靠窗的餐桌旁相对而坐,正在品尝餐后茶。

窗下的堂岛川发出"哗啦哗啦"的响声,河水不停地洗刷着河岸。耀眼的阳光明亮地映照着他们脚下的地板。

佐枝子微微低头,啜了一口茶水,随即把茶杯放回桌上。

"不知不觉之间,来医院已经成为我每周两次的必备课程了。最近,跑医院也不会感到累了。"

她把充满感谢的目光投向里见。

"可是,你从芦屋川的家里跑到这儿来看病,恐怕有点儿吃不消吧?"

"不,自从我跑了几次医院之后,不仅仅是身体好起来了,就连心情也变得开朗起来。像今天这样看完病后能跟您在一起,我就有一种豁然开朗的感觉。"

佐枝子白得透明的腮边泛起微微血色,里见似乎有点儿惶惑不安。

"东老师后来怎么样啦?现在应该可以没有任何干扰地专心致志地开展研究工作了吧?"

虽然东贞藏已经内定担任近畿劳保医院院长,但至今已经过了三个月,他还有没接到正式的通知,因此东贞藏只能继续闷在家里。里见问话时尽量避免对东贞藏造成伤害。

"不过,就在五天前,近畿劳保医院的院长职位已经正式确定了。"

佐枝子的眼睛里闪出一道光亮。

"是吗?那太好啦!新医院的首任院长想必特别辛苦,但好在没有什么遗留下来的无聊惯例和陋习,也不会有过于错综复杂的人际关系。而且最重要的是劳保医院以外科为主,所以东老师工作起来一定会很有成就感吧?"里见满怀喜悦地说道。

"是的,我父亲也很高兴地这样说呢!不过,离医院开业毕竟只剩一个月了,所以准备工作非常繁忙,每天从早到晚忙得不可开交,尤其是人事方面的问题好像最伤脑筋了。"

"应该是吧！听说那家医院的筹备委员会也曾私下来我们内科活动，说想要两三个人。看来，聚集优秀人才是最艰难的工作吧！"

"是的，我父亲也说这就是他最大的烦恼。他还说，当然是开玩笑啦，他特别希望像里见医生这样优秀的内科医师去他们医院，使他们的外科和内科都实力强大起来。"

"能得到东老师这样的学者的如此抬举，真令我感到惶恐不安。我还有很多不足之处需要努力学习呢！"

"不过，我把上次你提到的慢性胃炎患者的情况告诉了我父亲，他说你在尽可能地做过所有内科检查之后还将患者送到外科去做诊查，这种慎重的态度很了不起。有些医师在积累了一些经验之后往往疏于做全面检查，只是依赖自己的经验和直觉做诊断。但是，再没有比那种'自信'或者说'习惯'更可怕的东西了。他还告诉我一个可怕的误诊病例：在第二次世界大战前，大阪某医院的眼科名医在手术治疗视网膜脱落时，像往常一样事先做好了手术准备，当他把手术刀切入患者的眼球时，突然大吃一惊地屏住了呼吸。因为被他当作患部切入的并不是视网膜脱落的眼球，而是正常的眼球。原来是护士在做术前准备时把手术洞巾误盖在正常的眼球上了！可是那位名医竟然也按照以往的习惯，根本没有再次确认病历就毫不迟疑地下刀了。我父亲说，这种成熟的医师发生误诊和误治，往往是在看似微不足道的细节上发生了重大失误。"

"在可以预见失误的环节倒没有失误，却在看似微不足道的细节发生重大失误。"

里见喃喃自语地重复着，突然沉默不语了。

"你怎么啦？"

"哦，我只是对那位慢性胃炎患者放心不下。因为还有难以释怀的疑点,我就委托财前给他做 CT 扫描。所以,你刚才讲的事情使我感受特别深刻。虽然准备出国的财前已经忙得够呛,不好意思再给他添麻烦了,但还是要做 CT 扫描来慎重地检查一下。"

"哎呀,财前要出国吗?"佐枝子惊讶地问道。

"是的,下个月初就出发。他还没告诉东老师吗?"这回是里见惊讶地问道,"可能因为他现在太忙了,所以肯定是打算等告一段落再去向你父亲报告吧!"

里见说完就喝干了已经放凉了的红茶。

里见送佐枝子去了出租车站,他回到医院之后并没有马上去副教授办公室,而是走向外科住院部的佐佐木庸平的病房。

他打开病房门,只见佐佐木庸平盘腿坐在病床上,盖被上放了一个小算盘和账本,正在专心致志地拨算盘珠。他看到里见,赶忙把算盘塞进盖被下面。

"你在干什么呢?还带着算盘什么的……"

"我想到明天就要做手术了,担心万一有个三长两短,所以就想把金库账目整理清楚。这种事情被你撞见啦!"他难为情地说道。

"那你没有必要担心,又不是什么大手术。"

虽然是贲门癌手术,但由于是早期,所以不是生死攸关的大手术。但是,里见还是很在意胸部那片阴影。

"不过,大夫,'天有不测风云、人有旦夕祸福',说的就是即便站在安全地带也可能遭遇车祸。所以呢,考虑到万一的情况,我觉得至少要把银行账目整理清楚。我们做商人的即使不写遗嘱,也要把银行账目交代清楚。"

庸平说话时一反常态地正襟危坐,既不同于在里见面前的逞强也不同于在财前面前的卑微,他摆出了一副胸怀坚定信念的姿态。

里见仿佛深受打动。

"那么，CT扫描做过了吧？"

"没，没做那玩意儿。"

"没做？"

里见感到难以置信。

"真的没做啊！从那次以后，就再没拍过X光片了。是吧，良江？"

旁边的妻子也点了点头。

"主治医师是……"

"是个叫柳原的年轻大夫啊！"

里见立刻走出病房来到护士站值班室，拨通第一外科门诊室的电话找到了柳原。

"啊，你就是柳原吗？我是第一内科的里见，三层病房的佐佐木庸平，那个患者的初诊是我做的，后来把他转到第一外科了。我有件事想向你了解一下，请你来患者病房吧！"

尽管对方是其他科室的医生，但副教授如此对年轻医务员说话还是有点儿过于谦恭了。

里见返回佐佐木庸平的病房交谈了一两句话，主治医师柳原就进来了。

"请问您有什么事？"

柳原皮肤黝黑、身材瘦小、长相平平，只有眼镜后面的双眸闪烁着聪慧的光亮。

"你专攻哪个领域？"

里见先问了下柳原的专攻领域。

"我在研究肺癌。"

"那就跟东老师研究的领域相近。不过，你直接接受过他的指导吗？"

"是的。在东……哦,在前任教授任内我曾经接受过他的指导。"

他似乎顾忌提及东贞藏的名字而改口采用了"前任教授",由此可见目前财前外科的氛围。

"原来如此!你在上次财前教授大查房时大胆地提出最好做胸部 CT 扫描的建议,果然不愧是接受过东老师的指导啊!其实,我也对那张胸片上的阴影有点儿挂虑,所以在上次查房之后直接去拜托财前教授给患者做 CT 扫描检查,可患者却说还没有做过。这是真的吗?"

柳原露出困惑的神情答道:"是,还没有做。"

"为什么?怎么还没做呢?"里见不由得高声问道。

"尽管您问为什么,可一旦教授指示没有必要做,我们医务员就只能听教授的指令。"

"但是,专攻肺癌的你不是实际上也用自己的眼睛判断有必要做 CT 扫描吗?你怎么不为自己分管的患者更积极地争取呢?如果你作为主治医师诚恳地反复提出请求,财前也……"

里见说到这里,柳原眼镜后面的小眼睛转动了一下。

"老师,那些大道理在大学里是行不通的,这一点您自己不也十分了解吗?老师和财前教授是同期入职的关系,所以你可以毫无顾忌地表达那些意见,但是对于我们这些医务员来说,教授就是绝对权威。对于我来说,在教授查房时只是把那些话说出来也是需要鼓起勇气的啊!"

"是吗?那我再去跟财前说一下。如果决定了要做 CT 扫描,请你也要到场见证。拜托了!"里见安抚正在惴惴不安地听两人交谈的庸平和他的妻子,"这件事情你们不必担心,因为只是为了慎重起见而已。"

他说完就立刻走出了病房。

里见猛地推开财前房间的门,身穿衬衫站在镜子前正用电动剃须刀剃胡须的财前惊诧地转回身来。

"像你这样的绅士竟然不敲门就进来了,真令我惊讶。你这么匆匆赶来,到底有什么事儿啊?"

"你这不是没什么事儿吗?你为什么没做我委托你的CT扫描啊?"他目不转睛地盯着财前问道。

"啊,我还以为什么事儿呢!原来是那个呀!那个应该已经做过了嘛!"

"应该已经做过?请你不要说那种敷衍搪塞的话。我刚才在患者那里确认了,到现在还没做过呢!"

"哦?好奇怪啊!可能是患者搞错了吧!"

财前闪烁其词地装起糊涂来。

"不,我还向主治医师柳原确认过了,所以绝对错不了!"

里见不容争辩地证实,财前一时无话可说。

"啊,是吗?这么说来,也许还没做呢!不管怎么说,我平时要看八九个特诊患者,十几个介绍来的患者,以及每月不下二百名普通患者,再加上最近要忙出国前的杂事,也许一不小心就产生了错觉。"

财前那刚刚剃过胡须微微泛青的面颊浮现出难为情的苦笑。

"错觉?尽管你很忙,可是我那样再三请求你,而且你也答应了!你居然会把这件事情忘掉,怎么能说得过去呢?"

里见脸上掠过愤怒的神色。

"好啦!你别那么怒气冲天啦!我又不是出于什么恶意而马虎行事嘛!我除了日常的诊疗之外,还要办理出国手续、向各方打招呼、安排我不在时的各项事务,而且比什么都重要的是,必须准备在国际外科学会上发表论文时使用的幻灯片,并且要把论文翻译成德文,简直忙得快要垮掉了。你瞧我这比普通人浓一倍的胡子,早上都顾不上刮,所以只好趁现在有点儿空就这样刮一刮啦!"

"可是,准备幻灯片和论文翻译那些事情,不是可以像你常常对我说的那样交给年轻医务员去做吗?"

"不,那可不行!这跟你写'生物学的什么什么'不一样,我的论文是要在国际外科学会上发表的,甚至可以说是代表日本的外科学会去发表的东西,怎么可能交给医务员去做呢?"

"在这种时候,咱们先不说你的报告能不能交给医务员去做的问题。我想说的是,在现阶段为了慎重起见应该给那位患者做CT扫描。无论是你还是我,都把注意力放在彻查原发病灶上去了,而对于是否有转移的问题却没有做过充分的研判。正因为如此,我才会对胸片上那个阴影感到有些不安。"

里见再次强调了自己心中的疑虑。

财前忽地扭开脸说道:"你也太爱刨根问底儿啦!就像我上次说过的,那个贲门癌只是局限性的,根本不可能有转移的现象。而且,根据我迄今为止的经验和直觉,已经断定那个阴影只是结核的旧病灶而已,所以没有问题啦!"

"既然你那么自信地下结论,应该是问题不大吧!不过,我曾经在学会杂志上看到过初期贲门癌发生远隔转移的报告。从这个意义上来讲,你的自信也未必能够保证你是百分之百的准确。因为那位患者是由我初诊之后委托给你的,所以我觉得一定要对他负责到底。因此,无论如何希望你在术前给他做一次CT扫描。如果需要的话,我也可以到场陪同。"

里见强行提出要求,财前忽然点了点头。

"好的、好的,我明白啦!这次我一定记着给他做嘛!"

"可是,手术就在明天,不是吗?"

"是啊!就是在明天下午,所以明天上午拍片并安排紧急冲洗,然后在手术之前看胶片。这样总可以了吧?因为我实在太忙啦!"

财前说完,摆出一副"如果没事儿的话就请赶快出去"的姿态。里见默默地站起身来,刚刚走到门口,财前在他身后抛来一句:"我出发的日期是六月七日!"

里见没有回身,点点头就推开房门出去了。

里见刚刚出门,财前立刻粗暴地摁下连接医务部的对讲机,吼道:"马上叫柳原过来!"随即他赶快洗了洗脸,抹上须后水并整好了领带。

门口响起了小心翼翼的敲门声。

"可以进来了!"财前很不愉快地应声道。

柳原战战兢兢地走进来,直立不动地站在财前面前。他那皱巴巴的白大褂下,露出脏兮兮的衬衫领子。他戴着油汗浸透的旧眼镜,一看就是一副小地方出身、刻苦勤奋的穷秀才形象。

虽然他们的长相不同,但财前脑海里瞬间闪现出自己过去的身影,可他旋即便冷言冷语地训斥道:"听说你告诉第一内科的里见副教授,说你负责的患者还没有做CT扫描?你为什么要把这种事情告诉其他科室的副教授呢?"

柳原结结巴巴地答道:"其实,我当时正在门诊,里见老师打来电话,说想问我有关佐佐木庸平的事情,叫我去病房。我去了之后,他就问我是否做过CT扫描,我就……"

"你真蠢!你告诉他做过了不就行了吗?"

"是,不过要是他叫我拿给他看的话,立刻就会……"

"可以到时候再说嘛!你只要巧妙地应付过去就行啦!总而言之,有关第一外科患者的情况,不管第一内科的副教授或者谁来问任何事情,你都没有义务向他报告!或者是因为你在上次查房时也曾提出那个患者需要做 CT 扫描,所以对我的做法还有疑问,是吗?"

他的话语中充满了仿佛秃鹫盯住麻雀般的残酷威吓的意味。

"那怎么可能呢?我只是……"

"你说只是什么啊?"

财前咬牙切齿地追问,吓得柳原噤口不语。财前把双手插在衣袋里,慢慢地调换了一下二郎腿。

"如果你对我的做法有什么不满的话,尽管明确地说出来嘛!因为考虑你的安置问题并不费事儿啊!"他瞥了柳原一眼,"总而言之,我十天之后就要出发了,所以没空儿为一名患者的术前检查一次又一次地做 CT 扫描!手术按照预定时间从明天下午一点钟开始,你作为主治医师担任我的第一助手。因为我要尽量发挥技巧在短时间内完成手术,所以你必须把握好要领,明白吗?"

财前粗野地说完这番话后,心中涌起了外科医师特有的强烈冲动——要尽快用手术刀切开疑问重重的贲门并亲眼确认病灶。

中央手术室的自动门开启,身穿手术衣的财前教授刚一出现,室内立即充满了紧张的气氛。三位手术助手和两位麻醉师已经就位迎接财前教授,六位新进的医务员获得特别批准可以在现场观摩今天这台手术。他们也同样穿着手术衣,与主刀和助手隔开一段距离,站着迎接教授。

财前戴着手术帽和大口罩,只用眼神回应了一下众人便走向手术台旁。已经实施全身麻醉的佐佐木庸平脸色苍白地躺在手术台上,即将实施手术的腹部肌肉已经完全松弛。

"麻醉状态怎么样啊?"财前轻轻伸展戴着橡胶手套的双手问道。

"是,现在已经进入深度麻醉状态了,脉搏七十,紧张度良好,血压一百二十,状态良好。"麻醉师看着表示麻醉量和脉搏血压的指针答道。

"好,那么现在开始做贲门癌手术。但是,由于贲门癌手术病例非常少,所以各位一定要仔细观看并牢牢地记在脑子里。另外,今天特别批准六名专攻消化道外科的新进的医务员观摩这台手术。不用多说各位也知道,手术室是外科医师的圣殿,虽说你们是来观摩,但也必须保持严谨的态度和精神。因此,即使有些微的不谨慎的态度也请立刻离场!明白了吗?"

财前的话像是在炫耀威严。获准观摩的六名医务员俯首表示遵从。

财前转向三名已经就位的助手说道:"这是我出国前最后一台手术,你们将有一段时间看不到我做手术,因此今天务必当好助手!柳原,你是作为主治医师担任第一助手,所以特别要仔细看清楚!准备好了吧?"

手术室内安静下来,仿佛所有的运动都停止了,无影灯把手术台上照得一片通明。三名助手屏住呼吸等待财前的第一刀,站在器械台前熟练地传递器械的护士眼中也流露出令人窒息的紧张神色。财前瞟了一眼墙上的挂钟:一点三十四分十秒。

"好,开始!圆刃手术刀!"

站在财前右侧的护士立刻把手术刀递上,手术刀在无影灯的照射下一闪,立刻在患者胸部的剑突下猛然切入,财前沿着腹前正中线一口气划开至肚脐上方,然后绕过肚脐划至脐下三厘米的位置。殷红的鲜血立刻从划开的正中线刀口向两侧流下,但因为财前的刀法十分精湛,所以出血量很少。他捏起肌膜用裁布般的手法轻快地割开,第一助手柳原和第二助手麻利地托起腹膜,并用腹膜钳和开腹拉钩牵开刀口加以固定。

手术野眼看着被扩展开来,因渗血发出淡红色的胃体部和幽门部(胃的出口)出现了,肝脏、十二指肠、大肠和小肠等脏器也微微渗血呈现出黏滑的暗红色和红褐色。财前把手伸进腹腔内,仔细地检查每个脏器,都没有看到癌变转移,看来癌变似乎还是局限在胃贲门部。

财前把全部神经都集中在右手的食指和中指上,对胃体部和幽门部进行触诊,当他摸到贲门后壁时突然目光一闪,在黏滑的胃体表面中,他的手指尖突然触到了坚硬的癌瘤!财前的指尖用力牵拉后壁并扭转过来,果然看到那里已经长出拇指头大的呈灰白色的癌性溃疡!

"这就是贲门癌!跟我从两张X光片上判读的位置和形状一模一样。你们要仔细看!"

三名助手自不必说,连观摩的年轻医务员们也屏住呼吸把视线投向财前手上,当她们看到那里灰白色的癌变组织时,都发出了惊叹声。

"癌变虽然只局限在贲门部,但已经侵蚀到食管断端了,所以要把腹部食管和胃体全部切除,再实施连接食管断端与肠管的吻合术!"

财前说完抬头瞟了一眼挂钟,一点三十九分四十八秒,从手术开始到现在已经过了五分三十八秒钟。财前心中暗自得意,然后装上开腹器并猛地把脸凑近扩开的手术野。

"尖头手术刀!"

他怒吼着说完,便握住尖头手术刀动作轻巧地剥离了大网膜,然后又用熟练的动作乘风破浪般地剥离横结肠系膜、前叶腹膜和小网膜。在仿佛一切都完全静止的手术室内,只有财前的双眼和双手在纵横驰骋。三名助手、两名麻醉医师和六名现场观摩的医务员的眼睛,仿佛被收紧的蜘蛛网裹住一般被财前的手紧紧地吸引住了。

财前的指尖继续纵横穿梭,他切断了十二指肠的起始部,在把断端进行双重缝合之后又放回了腹腔。胃体只剩下食管连接着,像瘪了的气球一样悬吊在腹腔内。他用双手的指尖把胃体骨碌地翻了过来,然后开始拉出食管。他先对包裹食管的厚横膈膜做环状切开,接着伸进指尖慢慢地拉出食管,由第一助手用食管钳固定之后,他又把尖刃手术刀对准食管下端像玩剃刀般精巧地切断了与胃体的连接。鲜红的血液向周围喷溅,财前用手握住了黏滑的胃体。

"这就是长了癌的胃!大家再仔细看一次贲门部的癌变!"

他把切下来的胃体"啪"地放在白色手术托盘上。两点五十九分九秒——财前抬头望着挂钟心想:这也许是自己做过的贲门癌手术中时间最短的。

"接下来做食管与空肠吻合术!"

财前把戴着橡胶手套的右手再次伸入腹腔,用手指夹住弯曲的空肠提拉到刚才与胃部切开的食管断端,再用手术钳夹住后,便开始缝合。由于食管很容易从钳口滑脱并缩进纵隔腔深处而错失缝合时机,所以财前用力拉住食管,小心翼翼地进行了吻合手术。财前额头上这时才渗出了汗水。吻合术完成之后,就剩下把腹腔的脏器放回原位并关腹缝合了。财前就像在缝合长布料一般,轻快地运针完成了皮肤缝合。

"手术结束!"

他发出粗犷而张力十足的声音宣布手术结束。三点四十四分三十秒——从手术开始用了两小时十分钟!

"手术做得很完美!不但顺利地摘除了胃体,食管与空肠吻合术也很成功。而且,手术时间为两小时十分钟,是贲门癌手术中用时最短的一例。"

三名助手满脸是汗,观摩的医务员们神情兴奋地仰望财前。

"送进恢复室,密切监测术后全身状态,然后再送回病房!柳原,听到了吗?"

身为主治医师、担任第一助手的柳原就像刚泡过澡似的,他满脸通红,向财前深深地鞠了一躬。他被财前极为漂亮而精准的技法感动得不知道该怎样回答了。

汽车沿着海滨国道驶向舞子町。车窗外,辉映着五月下旬灿烂阳光的碧蓝色海面一望无际,在明石海峡的对面,淡路岛在雾霭朦胧中浮现出淡淡的影子。

财前把手术之后疲惫不堪的身体深深地埋在座椅靠背中,开始闭目养神。庆子身穿橘色紧身运动套装,她将左肘支在窗框上,陶醉地望着窗外的景色。须磨海岸的沙滩反射出耀眼的银光,层层碧波像要为银滩镶上一道蓝边似的,轻轻地拍打着海岸线。

"真没想到,从大阪开车出来两小时就能看到这样蔚蓝的海面!"庆子重新戴好墨镜,兴奋地说道,"今天的贲门癌手术怎么样?"

财前忽地坐起来说道:"嗯,特别令人满意啊!我打开一看,癌变跟我只用两张X光片预判的部位和形状毫厘不差,连我自己都不由得惊叹自己判读能力高超了!现在的日本,X光片判读能力在全国得到公认的人屈指可数,而这台手术使我信心倍增,感到自己已经能够跻身其中了。而且,这台手术只用了两小时十分钟,以二十五分钟的优势刷新了以前两小时三十五分钟的纪录!"

他像刷新了运动纪录似的说得痛快淋漓。

"那么,里见说的胸片阴影怎么样啦?"

"那还是像我说的,根本没事儿嘛!我还仔细地检查癌变是否转移到贲门以外的脾脏、肝脏等脏器,但是根本没有看到转移现象。因为癌变只局限在贲门部,所以根本不可能转移到胸部嘛!这种情况,即使不专门做CT扫描检查,我也早就十分清楚了。"

"那,你没照里见说的先做CT扫描检查就直接动手术了吗?"庆子惊讶地问道。

"是呀!上午做了两台手术,下午紧接着就做那台手术,所以根本没时间做CT扫描检查嘛!其实只需打开肚皮确认癌变没有转移到贲门以外的其他脏器,手术也就成功了。这还有什么可说的呢?这样就等于重新证明我对X光片的判读能力比里见高明数倍以上。哈哈!"

财前肆无忌惮地大笑,连司机都吓了一跳。

"不过,既然你平时常说的优秀内科医师里见那样坚持要求你做CT扫描检查,不会没有某种隐情吧?即使手术成功了,还会有眼睛看不到的某种……"

庆子毕竟上过女子医科大学,神经相当敏感。

"算了吧!别为那种无聊的事情劳心费神了。外科医师跟内科医师不同,还可以用裸眼看到病灶嘛!而且我也用自己的肉眼确认过了,手术也成功了。难道还有什么可担心的吗?"

"就是那个肉眼才可怕呢!就因为是人的眼睛,所以往往因为身体状态不同而看走了眼。你在昨天医务部出国欢送会上已经喝了不少酒,顺路去我公寓时又喝了酒,所以今天恐怕会有余醉吧?做手术时真的没事儿吗?"

"余醉?对我这样身经百战的人来说根本算不上什么问题。无论身体状态怎么差,我的手指也会自动做手术。这可是长年累月修炼出来的真本事呀!你就别再为那种无聊的事情担心啦!在我出国参加国际学会之前已经没机会一起出远门了,今晚要美美地享受一番!"

财前这样说是为了打消庆子的顾虑。

不知不觉之间,汽车已经驶过垂水区进入了舞子海滨了,窗外的淡路岛近在咫尺,好像是由于明石海峡在这里突然变窄的缘故。两人的目光被浮在海面上的那勾勒出柔缓曲线的美丽岛影深深吸引。汽车右转离开沿海国道朝山脚驶上坡道,两旁骤然变得林木茂密,经过郁郁葱葱、遮天蔽日的坡道驶上坡顶后,就到达了位于丘陵彼端的被称为"舞子别墅"的宾馆。

汽车轧着小石子路行驶了一阵,最后停在了舞子别墅的门厅前。庆子抢在财前之前下了车,瞠目结舌地望着面前这座庄严肃穆的铺有瓦顶的全柏木两层建筑。

"怎么样?挺有意思的吧?据说,这座建筑所使用的柏木都是从木曾山上的御用木料林中精选的。这座门厅简直就像神宫里的神殿一样吧?不过,值得一看的东西还在里面呢!"

财前率先走了进去。在这座三幢连体的雄壮建筑里,只有日式隔扇和格窗拉门被拆掉了,而且用全铺地毯取代了榻榻米,而其他的却几乎保持了原貌。原先作为皇族居室的大厅被用作宾馆大堂,正面近三米宽的大壁龛和吊柜上的金箔依然保留着古昔的风貌。前面摆放着具有厚重感的沙发和茶几,居室四边通向外屋的过道被当作宽阔的走廊,在那里摆放着柚木摇椅。

"这里简直就像明治时代的'异人馆'啊!在设有壁龛的纯日式建筑中摆上欧式家具。这种日欧混搭的情趣挺有意思的嘛!"

庆子好奇地环视了一圈。

"那咱们去庭院吧!松树的形状很别致呀!"

两人走下楼梯来到了庭院。占地三万多平方米的辽阔庭院被一望无际的柔美绿茵覆盖,其间点缀着据说已有三百多年树龄的松树。那些松树的枝条不是向上延伸而是像俯卧地面般扩展开来,一顶顶树冠描画出绿岛般的柔润半圆形。庭院的背后展现着苍蓝的海面,隔着海峡的正对面可以看到淡路岛的倩影,岛屿、海面和庭院构成了浑然天成的美景。

"哎呀!太棒了!这座庭院肯定是以前方的海面和岛屿为背景设计的吧!眯着眼睛看去,这座庭院仿佛大海中的浮岛……"

庆子张开双臂,就像要拥抱眼前的美景。

"看你这样高兴,我觉得来一趟很值啦!那赶紧去吃晚餐吧!做完手术我已经饿得够呛啦!"

财前叫来侍者吩咐说要在庭院里用餐。工作日时的庭院人影稀疏,只有两三对外国游客一边眺望西沉的斜阳一边开始享受晚餐。

财前与庆子对坐在桌前。侍者端来香槟酒砰的一声启开了瓶塞,白色泡沫随着软木塞一起喷出,侍者为两人斟满了酒杯。

"那,预祝你在国际外科学会上获得成功,干杯!"

"谢谢!我一定会凯旋!"

两人的声音交织回响,酒杯碰在一起发出了清脆的声音。

喝干了香槟酒,新鲜的小虾开胃菜上桌了。

庆子一边吃小虾一边问道:"你在学会上要发表什么呢?"

"我要发表关于日本食管贲门癌术后远期效果的研究报告。日本在这方面比较先进,所以一定会受到欢迎。说不定还会有人邀请我说:'professor 财前,请来我们大学展示您精湛的手术技法吧!'到那个时候,就可以让外国的教授们见识一下我最擅长的食管贲门癌手术了!不管怎么说,外国人的手都不够灵巧,所以听说他们读到外国医学杂志上介绍我手术时间短的报道时还都不相信呢!"

他用右手握着餐叉,像操作手术刀般舞弄起来。

"你还是那么自负啊!不过,你在谈论手术时的表情最有魅力啦!真是活力四射,充满了睥睨一切的强悍。我在女子医大时,曾经听说有位外科医师的太太决意离婚,就去医院告知她的先生。当时恰好看到了丈夫在手术室里的形象,才发现他具有自己所不了解的一面,并就此打消了离婚的念头。我似乎也能理解她的心情啊!"

庆子说完,就用热切的目光注视着财前在微弱庭院的灯光中映出的面孔。

"今天晚上连你都格外感伤起来啦?是不是因为要分开一个半月,你会觉得寂寞呀?"

财前微醺的脸上透出温和的笑容。

"你别说这话!我又不是你那个爱撒娇的太太。你离开一个半月我根本无所谓。不过,我倒是要劝你别太得意!因为你这个人很容易得意忘形而因为小事儿栽跟头。"庆子狠狠地瞪着他叮嘱道。

"没问题啦!尤其是在食管贲门癌方面,我虽然属于少壮派,但毕竟是代表日本的教授嘛!所以即使是去参加国际外科学会,也不会像小地方的医生那样畏畏缩缩。我会在国际舞台上大显身手,把参加这次学会作为走向更高阶段的跳台!"

财前眼前浮现出自己受到全世界注目的英姿,并且已经深深地沉醉于其中。而庆子却遥望着海峡彼岸淡路岛上开始闪烁的灯火,喃喃地说道:"多么漂亮的夜景啊!可我总觉得在那片宝石般璀璨的灯火中似乎有一缕不祥的光亮。为什么会这样呢?"

第十四章

　　财前杏子在客厅里把丈夫的衣物和随身用品摊了一地,正忙着为将在九天之后出发的丈夫做准备。

　　杏子从来不做家务,但是为丈夫参加国际外科学会做准备,使她心中荡起快乐的波澜。杏子虽然未曾体验过准备嫁妆时的快乐,但她觉得这次为丈夫做出国准备的快乐应该跟那种快乐很相近。虽然她对自己这次不能与丈夫偕行感到不满,但丈夫已经向她保证,明年出席在美国举行的国际消化道学会时会把两个孩子托付给父亲又一,那样就能结伴出国了,于是她怀着提前预演般的期待,忙得不亦乐乎。丈夫财前今天取消了上午的门诊,正在书房整理将要在学会上发表的论文。这也使杏子忙活得停不下手来。

　　出席招待会要穿的深色西服正装、藏蓝色的休闲装和替换用的长裤、特别定做的双层袖扣衬衫——每一件都是为这次出国专门准备的。杏子像是在享受这昂贵的触感,把一件件衣服装进了皮箱。这时,隔扇被打开了。

　　"怎么样?东西装得下吗?"身穿和服的丈夫露出脸来问道。

　　此时的财前已经没有了穿西装时的感觉,人高马大的他奇妙地飘逸出温雅男人的性感。

　　杏子仰脸望着丈夫说道:"是的,可以装下。用作礼品的西阵织台心布和珍珠领带夹等都已经装好,所以就剩下你参加学会要用的东西了。那些都准备好了吗?"

"我的东西也准备好啦!还有就是在学会上进行特别演讲时要用的德文译稿和附带的一百五十张幻灯片,明天我去学校做最后的整理,然后装进去就行了。"财前如释重负地说道。

"那,你跟冈山的妈妈联系了吗?"

在冈山老家独居的婆婆来信说,她想来大阪为当上教授且马上要出国的儿子送行,希望告知财前出发的日期,所以杏子在询问丈夫是否已经回信。杏子虽然嘴上说是担心七十六岁的婆婆体力不支,但其实是嫌老家的婆婆来大阪会给自己添麻烦。财前对杏子的想法心知肚明。

"嗯,那我就告诉她'虽说是海外旅行也不过是一个半月,没必要那么夸张地跑到大阪来送行'。与其那样还不如我回国后送礼品时顺便回冈山一趟呢!"

财前说着,眼前就浮现出母亲接到回信时失望的身影。他对把母亲留在老家而自己却过着富足生活这件事感到了几分愧疚。

门厅的门铃响了,女佣出去应门,随即来这边传话。

"有一位平和制药公司叫武井的先生来了……"

这位武井是平和制药公司的总经理,在浪速大学医学院药学系担任兼职讲师。

"武井先生来了,我要去见一下。杏子,准备行李的事儿就交给你啦!"

财前走出起居室打开客厅门,戴着铂金框眼镜的武井谄媚地笑着说道:"我去学校找您,他们说您今天在家,我就突然登门拜访。您家里真不错啊!"

武井环视着对于国立大学少壮教授来说显得过度豪奢的客厅。

财前笑了笑，默默地抽着烟。

"那，出国的准备都做好了吗？"

财前从副教授时代就跟武井打交道了，但自从财前升任教授之后，武井就开始用这种近乎卑屈的姿态对待财前了。

"不，哪有那么简单啊！原想早些结束诊疗工作，可还是有推不掉的诊疗和手术，逼得我到了临出发的时候还得手忙脚乱地整理学会报告论文。"

"有没有什么敝公司能帮上忙的事情啊？"

武井身为平和制药公司的总经理，又比财前年长十几岁，之所以在财前面前如此谄媚，是因为想把财前当作推销自己公司药品的重要客户。

"不，身边的东西我内人会帮着整理，学会报告论文方面也叫研究生分担了，没有什么特别需要帮忙的事情啦。"

"那么，去了那边之后有什么需要帮忙的事情，请务必让我们为您来做！其实，我这次就是带着敝公司希望为您这次出国打理一切杂务的意向而来。不过，也许您跟其他公司已经有约在先……"武井绕着弯子试探道。

"差不多有那么两三家吧！"财前装腔作势地说道。

"因为是您财前老师的事情，所以我想各公司都会有同样的提议。不过，敝公司在德国的驻外员今年已是第七年了，在这种时候不管怎么说，还是通晓那边情况的熟人办事最方便。另外，您在德国逗留期间的日程安排应该就是这上面写的，没错儿吧？"

他拿出一张不知从哪儿弄来的财前旅欧日程表。

"嚯！我真是服了你啦！这么详细的日程安排，我在研究室里也只是告诉了极少的几个研究生……"

财前露出惊讶的神情。

"我担任药学系的兼职讲师只是个幌子而已，最重要的工作还是平时跟大学里各位大教授沟通关系。所以，我要是不了解财前教授的日程的话，那就没法儿完成我的重要工作啦！而且因为我跟财前老师也不是一两天的交情了嘛！"

财前从副教授时代起就受武井之托，帮他向校内的诊疗委员会建议对平和制药公司的新药进行追加试验和采购，还曾指导过平和制药公司附属研究所研究员的申请学位的论文。另一方面，如果财前向武井开口要求赞助学会和科研经费，只要武井能够办到，基本上都会欣然奉送，双方一直相互利用至今。

"而且，财前老师这次出国可不是随便去看看医学现状的考察旅行，而是应国际外科学会之邀出访，所以如果敝公司在这种时候什么忙都帮不上的话，那可真是太丢面子啦！就算是给武井我一个面子，也请财前老师把那边的一切杂务全都交给敝公司来办。"

武井打开公文包，从里边取出系着礼签的大红包放在了桌上。

"这是敝公司为您饯行的绵薄心意，请您笑纳！"

"这怎么可以呢？怎么可以让你这样破费……"

通常在这种事情之后，对方就会巧妙地提出某些附带条件，这是制药公司惯用的手法。

"哪里，您这样说我就太为难啦！这纯粹是对您此次出访聊表心意，请您千万别嫌弃！"

"可是，你平时总是这样关照，现在还这样郑重其事地为我饯行，我可不敢当呀！"

财前似乎犹豫不决。

"真的，请您千万不要多虑，务必笑纳。到了那边也请让敝公司的驻外员为您服务。他熟悉很多相当好玩的地方，所以无论什么事情敬请吩咐。另外，说实话，敝公司研发的抗癌药抢在多年来的竞争对手关西制药公司之前获得了销售许可,还被纳入了健康保险给付项目。所以,正好老师要参加国际外科学会,所以如果听到抗癌药在各国外科领域中的重要性和实际使用情况的话,请您回国之后在相互比较的基础上试用敝公司的抗癌药。"

武井刚才还说纯粹是为了饯行,可一转眼就厚着脸皮出尔反尔。

"真不愧是武井先生,求人办事依旧技巧高明啊!不过,学会日程安排得很紧凑,所以我必须全力以赴地参加自己专业领域分会的活动,可能没空儿去打听抗癌药的相关情况,但我会留意这方面的事情。"

武井听到这样的回答,立刻笑逐颜开。

"您这样回答真是胜过一切呀!那我马上就联系敝公司的驻外员,叫他做好各方面的准备。在您出发前的百忙之中突然登门打扰,多有失礼。"

该谈的事情谈完了,武井匆忙站起身来。

"那好,咱们互相关照吧!我这个样子也没有好好招待你。请代我问候董事长。"

财前一边说着一边把武井送到门厅,然后回到客厅拿起桌上系着礼签的红包,嗤地撕开,只见里面有十张百元美钞总共一千美元,相当于三十六万日元。

佐佐木信平来到外科住院部的三〇六号病房,他站在挂着"谢绝探视"牌子的门前向里面窥探了一下,随即无声地推开了房门。

"昨天手术的情况怎么样啊?"

他压低嗓音询问,生怕吵醒了病人。嫂子良江好像因为彻夜照看病人,一副睡眠不足的样子。

"刚从恢复室送回来,麻醉药效已经消退,时不时会发出痛苦的呻吟,不过听说手术过程还算顺利。"

"那太好了。我本来想早点儿过来,可今天刚好是店里月末盘点的日子。"

信平说完走近哥哥枕边。可能是由于手术和全身麻醉造成的疲劳还没有完全消除,庸平脸色苍白。他的脸朝向天花板,双眼紧闭。信平听说哥哥住了院,第二天就赶来探望,却被主治医师叫去说庸平得的其实不是慢性胃炎而是贲门癌,但信平心想,既然医师说是极早期的癌症,而且不是什么性命攸关的大手术,那么为了避免给病人造成兴师动众的印象,他就故意没在手术当天露面。可是,他今天上午接到嫂子的电话,说庸平说梦话时提到两次"信平、银行账本、银行账本",所以希望他来医院一趟。于是,他今天就过来探望了。

信平朝枕边的架子上看去,只见封面磨损的银行账本和算盘遮掩在报纸下面。即使住院也是银行账本和算盘不离手,这完全符合哥哥一贯的固执个性。不过,连说梦话时都提到银行账本又是怎么回事儿呢?而且,这次只不过是住院三四个星期而已,他到底在担心什么事情呢?信平百思不得其解。

庸平突然发出痛苦的呻吟,随即微微睁开了双眼。他的目光呆滞。

"哥哥,我是信平啊!怎么样啦?"信平立刻招呼道。

"水、水……"

庸平直叫口渴。良江赶快把纱布蘸上水让他噙在嘴唇之间。

庸平像婴儿吸奶般使劲地吸吮纱布上的水分,随即又干渴地叫着"水、水",良江再次给他噙住蘸了水的纱布,但是到了第三次时她却摇了摇头。

"过一会儿再给你吧!不能一次喝那么多。对了,你不是要找信平吗?他来了。"

庸平可能不记得自己喊过信平,瞬间一脸茫然,然后又盯着信平的脸问道:"生……生意,怎么样?"

他问的是信平自己从事的针织品生意。信平顿时愣了一下。

"今天刚好是我店里的月末盘点,营业额有所增长啊!"他安慰哥哥似的答道。

"我的店明天……也要盘点。"庸平喃喃地说道。

"哥,你生病的时候就不要惦记生意的事了。带着算盘和银行账本住院,而且连说梦话都提到银行账本。这到底是怎么回事儿啊?如果有什么不放心的事情就告诉我吧!"

庸平沉默了片刻说道:"银行账本吗?那个就不提了……已经没事儿了……"

庸平说完又突然噤口不语了。听他的语调似乎心里有所挂虑,但却又压着避而不谈。想到哥哥做完手术才过了一个昼夜,身体还很虚弱,信平也就不再追问了。

"不管怎么说,手术后的保养非常重要,所以千万别为其他小事自寻烦恼,要好好注意养病。我这就回去了。如果有什么事儿就说一下,我随时都可以过来。"

庸平一边闭上眼睛一边点了点下巴。

弟弟信平前脚走出病房,主治医师柳原后脚就抱着病历走了进来。

"大夫,水、水,我还想喝水。"庸平向医生哀求道。

"不,现在还不能大量喝水,只能濡湿嘴唇。请你忍耐一下。"

"可是,我嗓子里像在冒火……"他继续哀求道。

"那我给你增加点滴量吧!这样就能稍微缓解一下口渴的感觉。"

说着,柳原把体温计夹在患者腋下,又摸着患者的手腕测量脉搏。脉搏七十八次，体温是三十七点七摄氏度。然后他又给患者量了血压，最高一百四十，最低八十五。无任何异常。

"我再检查一下腹部情况吧！"

他摁住庸平裹着腹带的下腹部，仔细地进行触诊，感觉不到腹腔内有积气现象。

"体温、脉搏、血压和腹部都没有发现任何异常，术后恢复过程顺利。因为现在麻醉已经消退，所以疼痛相当剧烈。请尽量不要活动身体，忍耐一下。我只能在疼痛特别剧烈时给你打止痛针，不过还是尽可能不打为好。"

柳原说完就在病历上填写诊察记录。房门被打开了，是第一内科的里见副教授来了。

"啊，里见大夫，你来得正好。"

虽然手术之后已经过了整整一昼夜，但主刀的财前教授却一次都没出现过。良江对只有一个年轻的主治医师查房感到心里没底，所以看到里见就像看到救星一样。

"情况怎么样？"里见走近病床问道。

庸平咧开干渴的嘴唇，露出手术之后的第一次微笑。

"看来很顺利啊！等刀口愈合后就不要紧啦！"

里见说完转向主治医师柳原，问道："手术后的诊察情况怎么样？"

"是，所幸手术时间很短，而且非常成功，术后情况也很好。昨晚担心术后疼痛会妨碍睡眠，所以加投了吗啡。不过，目前没有出现术后休克和出血的现象，呕吐感也极其轻微，脉搏、血压和体温等未见任何异常。"

"那太好了。还有，腹部检查结果怎么样呢？"

"是，这位患者腹部也没有鼓胀现象，让我松了一口气。"

说完，他让里见看了病历。里见逐一仔细地浏览了体温、脉搏、血压等记录事项。然后,他看了关于手术所见的记录。

病　　名　　胃贲门癌
发生部位　　贲门后壁
形　　状　　博尔曼Ⅲ型　2.0cm×1.5cm
转　　移　　无其他脏器转移、无淋巴转移、无腹水
处　　置　　胃全切术(食管与空肠吻合)
手术时间　　2小时10分钟

里见向上拢拢垂落在额前的干爽头发,视线离开了手术所见记录。

"从手术结果来看,似乎没有此前所担心的胸部转移。不过,术前的CT扫描检查怎么样?"

里见想了解自己所担心的胸片阴影经过财前CT扫描检查之后是什么结果。

"可是……CT扫描没做。"

"什么?没做?"

里见顿时脸色剧变。

"是,说实话,那天财前教授上午就连续做了两台手术,根本没时间做CT扫描检查,所以就直接做手术了。癌变发生的部位及形状跟财前教授根据胃部X光片判读的部位、形状完全相同,属于尚未转移到其他脏器的局限性癌瘤。我作为主治医师担任第一助手,所以仔细地看到了实际状况,确实没有必要做CT扫描检查。我现在仍然惊叹财前教授断定为局限性cardia krefs的高超判读能力,真是佩服得五体投地啊!"

柳原似乎已经完全忘记自己曾经跟里见一样对于财前的诊断提

出过质疑。

"而且,老师完美的手术技法比我此前见过的任何一台手术都精湛。那台手术竟然在令人难以置信的两小时十分钟之内就完成了!"

柳原眼前浮现出财前做手术时的情形,语调中充满了对财前娴熟的手术技法的敬佩之情。里见觉得柳原的话语中有某种怪异的感觉,同时对财前两次保证要在术前做CT扫描检查却都满不在乎地忽略而感到强烈愤慨。不过,从手术实际上已经成功,而且术后恢复过程也很顺利来看,此时也没有什么好说的了。

后天就要出发了,财前叫金井副教授、佃讲师和安西医务长三人来到教授办公室。三人一起走进了办公室。

"来,请坐吧!"

财前叫他们坐在办公桌前的椅子上,自己靠坐在转椅上。

"今天终于把杂务全都处理完了。但是,参加学会的准备工作方面还有要做的事情,所以叫你们过来。首先,我要在国际外科学会发表的论文的德文版,是由金井副教授指导研究生整理的。昨天我读了一下,觉得还差点儿火候。当然没有译错的地方,但表达方式太平淡、太生硬了。如果是在日本的学会上发表的话姑且不说,但是在国际学会上发表就不行了。金井,请你赶快重做一下吧!"

金井副教授好像觉得十分意外,答道:"翻译那篇论文的研究生在东老师前年参加维也纳学会时也担任过翻译,在译文准确度上无懈可击。这是医学论文的翻译,所以只要准确应该就可以了吧!况且我们也已经没有充裕的时间了。"

财前瞪了金井一眼,说道:"就算在前任教授的时候能够通过,但在我这儿却未必也能通过嘛!我这次是作为日本胃部与食管吻合术的代表性人物应邀发表论文,其中自然需要文学性的表达方式。

在德国的著名学者中,有人也会运用德国浪漫派的高格调表现手法呢!总而言之,要火速进行修改!"他不容分说地向金井下了命令。

"佃,我委托你挑选一百五十张幻灯片,但是你筛选的方式不够高明。你要更加仔细地研读我的论文,重新挑选能够更有力地强调论文观点的幻灯片。"

佃不像金井那样固执己见,他战战兢兢地答道:"对不起,我马上就重新挑选。"

财前从衣袋里掏出雪茄叼在嘴上。

"我叫你们来不是听我挑毛病的,而是因为要委托你们在我出国期间做好各项工作。教授查房和学生授课由金井副教授全权代理,研究室正在进行的课题项目由佃讲师指导并安排撰写报告。另外,医务部的杂务和管理当然由医务长安西负责。刚才我路过医务部门口,看见还不到午休时间就有人围着桌子喝着茶水乱哄哄地聊天。那个样子怎么能让我在国外放心呢?"

安西大惊失色。

"说实话,可能是因为今天门诊稍早结束,所以大家就松懈下来,成了那个样子。我马上就严厉地提醒他们!"

"请你务必做到!那个样子要是被其他研究室的人知道的话,就会认为都是由于刚上任的教授丢下研究室工作去国外出差所致。这就被别人抓住了话柄,最终还是要由我这个研究室负责人担责任。不只是研究室的工作,诊疗方面的玩忽职守和意外事故也全得由我来承担责任,所以请你们各自管理好我刚才分配的工作。万一发生了什么事故,就要请你们查清责任,所以你们要尽心尽责,明白吗?"

出差的领导交代工作是理所当然,但是这些话从财前的嘴里说出来,却含有毫不留情地推卸责任的冷酷回响。

金井使劲地抿了一下嘴唇,答道:"明白了。我一定尽心尽责地做好工作。"

但是,佃友博和安西因为深知财前的性格,所以并没有像金井那样把话说死,而只是一言不发地俯首示意。

"那么,我要委托你们的就是这些,你们有没有什么事……"

金井和安西都回答说"没有",而佃友博却一如既往多管闲事地问道:"如果报社询问老师发表论文的内容,我们怎样答复对方呢?"

"问得好!这件事情很重要。不过,绝对不能事先公布。因为我报告的论文是《日本的食管贲门癌术后远期效果》,所以肯定会在那边受到广泛的关注,当地媒体就会报道。那样效果会更加理想。"接着他又像突然想到什么,"金井和安西,没你俩的事儿了,佃等一下再走。"

财前对留下的佃友博说道:"佃依然细心周到啊!因此我可以放心地把出差期间的事务托付给你。我虽然在形式上是交给了副教授、讲师和医务长三个人,但是你也知道,虽然金井原先是东的直系弟子,但因为他在教授选举中没有为东派活动,我才把他从讲师提为副教授,而安西还有些靠不住,所以我出差期间希望你能负主要责任来管好这个摊子!"

财前对佃友博说话时显得语重心长,与刚才在金井和安西面前截然不同。

"老师如此看重我,真不知道该怎样回答。既然老师谆谆嘱托,我一定不辜负老师的希望,一定会全力以赴地管好这个摊子。有什么要求请老师尽管吩咐。"

财前长长地吐出一口雪茄的烟雾。

"佃,从前些天开始,以我为发起人为鹈饲院长策划的银婚纪念仪式,向有关方面分发筹集贺礼的名录后来办得怎么样了?"

"是。我按照您的指示粗略地分了三组:经鹈饲老师主审或复审获得学位的营业医师组、在鹈饲老师安排下获得职位的本系统大学的教授组和与鹈饲老师的老年病学专业相关的制药公司组。我向他们分发了筹集贺礼的名录,基本上已经按照预期摊派筹到了贺礼。"

佃友博从衣袋里掏出笔记本,上面的记录似乎极为详细。

"营业医师组每笔三万元到五万元,系统内大学教授每笔一万元左右,制药公司组是每笔十万元。目前已经筹集到二百万元了。"

"不错嘛!才一个月就筹到了这么多资金,这也都是你勤勤恳恳四处奔忙的结果呀!我还有两天就出发,所以请你继续抓紧办。不过,制药公司那边毕竟跟赞助学会或科研经费不一样,所以范围要限制在跟鹈饲老师关系特别密切的关系户中。至于平和制药公司那边,我已经跟他们说好了。"财前终于疲惫不堪地叹了口气,"另外,我出差的准备工作进行得怎么样了?"

"是,全都已经安排妥当,万无一失。刚才我向东京方面联系过,已经在羽田机场安排了贵宾室,准备在那里举行盛大的欢送仪式。"

"是吗?所有的方面你都帮我考虑周全了,有你协助,我感觉就像乘上巨轮一般稳稳当当啊!"

财前肉麻地对佃友博大加赞赏。

佐佐木良江看到丈夫从刚才起,喉咙就被痰堵得呼哧呼哧直响,她心里开始渐渐地不安起来。迄今为止,丈夫的状态一直没有出现任何异常,但现在却突然情况恶化,她首先担心是不是因为自己照顾不周让他感冒了。如果真是这样的话,不知道主治医师和护士会怎样责怪自己呢!她越是这样想就越是<u>坐立不安</u>。

突然,庸平喉咙里"嘶"地发出笛子般的响声。

"喉、喉咙里有痰……"

良江赶紧扶起丈夫的身体,调整到容易把痰咳出来的体位,并轻轻摩挲着他的脊背。庸平剧烈地咳了一两下,想把痰咳出来。然后,他脸上沁出汗水,痛苦地说道:"大夫,快叫大夫……"

良江立刻按下枕边的对讲机按钮。护士站有了应答,护士赶到了病房。

"佐佐木先生,你怎么啦?"

"痰堵住喉咙了,很难受。请叫柳原大夫来!"

"我马上就去叫,请你仰躺下来别动。"

护士慌忙跑回了护士站。主治医师走进病房一看到庸平的状况,立刻把体温计夹在他腋下,又测量了脉搏。

"脉搏一百二十,体温三十八点二摄氏度……"他把听诊器贴在了庸平的胸口,"从什么时候开始发生呼吸困难的?"

"就在四五十分钟之前。最初只是有点儿喘不过气来,但半个小时前突然有痰堵在喉咙里才开始憋得难受。要紧吗?"良江惊慌失措地说道。

柳原仔细聆听了良江的描述,同时在大脑中思考:手术完成得那么顺利,而且术后到现在也已经过了一个星期,到底发生了什么情况呢?另一方面,他又反省在这一星期里自己的处置是否有不妥之处。但是,无论注射、给药还是换纱布全都执行了主刀医师财前教授的指示。这到底是怎么回事儿呢?这时,柳原脑海中突然闪现出里见所说的胸部阴影。

"大夫,怎么就突然变成这个样子了呢?"

"这个,我也一点儿都搞不清楚啊!因为术后情况一直都很顺利嘛!不管怎么说,我先做处置来缓解症状,并且立刻联系财前教授请教他的意见吧!"他随即转向护士,"立刻注射两毫升维他康复和止咳药!我去跟财前教授联系商定后续处置方案,在我回来之前持续观察患者的症状。"

柳原下达指令之后立刻走出病房赶到教授办公室,但是门上却挂着"外出"的牌子。他又急忙赶往医务部,六点钟已过的医务部里还有十五六名医务员。

"谁知道财前教授去哪里了?"

一位资深助理转过头来问道:"你这是怎么啦?教授去了哪里你怎么能随便打听呢?"

"因为教授主刀的患者情况有点儿不好,我要请教他怎么处置。"

"好吧!那我就告诉你。他在三十分钟之前出去了,可能先顺路去什么地方,然后在七点钟去参加在北区万力酒家举行的壮行会,你得跟那儿联系啦!"

在北区万力酒家深处的大宴会厅里,财前教授赴欧壮行会正在盛大召开。

鹈饲院长和财前五郎坐在 U 字阵的正面,岩田重吉以司仪的身份坐在财前旁边。以这三人为中心,左侧是以妇产科叶山教授为首的在教授选举中支持财前的教授们,右侧是以锅岛贯治为首的浪速大学医学院校友会的重要成员。十名艺伎陪坐斟酒,财前又一坐在末座,喜不自禁地瞟着接连不断地端上来的菜肴和来往穿梭的艺伎。

岩田重吉环视一圈到场的与会者,说道:"那么,现在请浪速大学医学院长鹈饲教授代表全体与会者致辞!"

鹈饲挪动了下肥胖的身体,慢慢地站起来,樱色的脸膛笑逐颜开。

"我今天就不说招人讨厌的话了。我跟各位与会嘉宾一起祝贺财前教授的赴欧之行,请大家在美女的陪伴下开怀畅饮、尽情玩乐,但是还要注意防止血压升高。财前教授此次赴欧是作为日本的食管贲门癌权威受到国际外科学会指名邀请,预定在欧洲举行特别演讲。我相信,因为是财前教授,所以面对世界级的学者也不会怯场,更不会畏缩,一定能够以他与生俱来的自信和实力精彩地发表个人的学说!财前教授的成功毫无疑问就是本校的光荣。所以,作为医学院长,我以鼓掌喝彩祝愿财前教授此行成功。干杯!"

随着鹈饲举起酒杯,席间齐声响起干杯的欢呼声和掌声。

在欢呼声和掌声平息之后,财前站起身来。

"刚才,承蒙院长发表美好的饯别赠言,我实在不敢当。像我这样的晚辈能不能满足各位的期望,我对此确实忐忑不安。不过,在特别演讲中我决不会怯场,决不会畏缩,一定全力以赴地发挥好!"

他措辞虽然谦恭,但也透露出满满的自信。会场上再次响起掌声,然后进入了热闹的欢宴程序。坐在末座的财前又一拿起酒壶,避人耳目地悄悄溜到上座,来到鹈饲面前。

"这次小婿又承蒙您费心关照,实在感激不尽。来,我先敬您一杯!"

他用艺伎般娴熟的手势为鹈饲斟满了酒杯。

鹈饲一边端起酒杯让他斟酒一边说道:"他确实是个总让人操心的人啊!不过,就因为他总是有这种长脸的喜事让我操心,所以我很高兴费心关照嘛!"鹈饲满心欢喜地答道。

坐在旁边的岩田也插话道:"您说得太对啦!仅仅过了三四个月的时间,就又是教授就任庆祝会又是赴欧壮行会,都是喜事啊!"

财前又一不失时机地说道:"这些喜事说到底全仗着鹈饲老师和岩田兄的大力协助嘛!还希望今后继续不断提拔财前五郎呀!"

"还要再提拔吗?一旦沾上又一兄,对女婿的偏爱就封不了顶啦!"

鹈饲颇感惊讶地笑了,财前又一也事不关己似的一起哈哈大笑起来。

与鹈饲等人的欢声笑语截然不同,左边的教授席间没有人放声大笑,他们只是一边喝酒一边聊天。尽管妇产科的叶山教授周围不时地发出笑声,但整形外科的野坂教授、皮肤科的乾教授和小儿科的河合教授这几个直到决选时才投了财前票的人似乎越喝越不痛快了。

野坂干了几杯之后两眼发直地说道:"鹈饲院长是不是开创了奇怪的先例呀?竟然让上任伊始的财前离开研究室一个半月?真是前所未闻。这简直就是自由旅行嘛!"

皮肤科的乾教授也十分恼火地说道:"真是太不像话啦!以前我们就是提出了申请,院长也总是要求在参加学会之后尽快回国。可这次却那么慷慨大方,居然同意他去国外出差一个半月!真是岂有此理!首先财前也真不像话!如果考虑到教授选举的前后经过,就不应该做出这种厚颜无耻的行为嘛!"

小儿科的河合也说:"我也有同感啊!今天,基础组的教授中不光是以大河内教授为中心的那伙人,就连在教授选举中支持财前的公共卫生学的助川教授那些人也没来参加。可见大家都很看不惯院长这次的决定。"他说完又朝鹈饲的心腹人物叶山问道,"叶山兄,你怎么看?"

说到这里,叶山等人似乎也对财前这次获准长期出差颇感不满。

"确实如此!正像你们所说,医学院长这次的决定确实史无前例。不过,我认为与其说医学院长怎么样,还不如说都是因为财前精明强干、本事大呀!"

他闪烁其词地敷衍道,脸上浮出轻蔑的冷笑,周围的教授们也露出嘲讽的冷笑。

教授们对面的校友会成员的席间比正面的鹈饲等人还要热闹,他们连续不断地跟艺伎干杯,特别是锅岛贯治的周围,狂笑声更是不绝于耳。

锅岛凑到开办内科诊所的同届校友樋口的耳边,说道:"为祝贺鹈饲教授银婚要新造一间藏书室,有没有去找你拉赞助呀?"

长相敦厚老实的樋口答道:"啊,已经来找过我啦!我跟你锅岛不一样,因为是开内科的,所以有很多事情都要请鹈饲教授提供方便。而且,他让我儿子的学位论文通过了,我还欠他一份人情呢!所以当然二话不说就捐了嘛!可是,没想到发起人竟是财前五郎!真叫我感到意外啊!想到一个外科教授还要帮内科的鹈饲院长张罗筹款,自然也跟这次海外出差有关吧!他确实是名不虚传的干将呀!"

也不知道他说这话到底是褒奖还是贬损。

这时,在心斋桥开办大型外科医院的大森插话道:"虽说有很多流言,但是对于我们这些营业医师来说可是解决了很多大难题呀!在东教授时代很难插个病床,但现在只要你会来事儿,他就能给你想办法搞到。他医术高明、政治手腕强,而且是个非同一般的英俊男人。一想到我家有六个女儿却没有一个能挑到那样的女婿,真是遗憾极啦!他简直就是一棵摇钱树啊!"

他似乎真心地感到遗憾万分。

"大森,你虽然号称医院经营老手,而且还是一名在大学医务部挖名医的高手,却唯独漏掉了这棵摇钱树啊!"

在锅岛说完话,正肆无忌惮地放声大笑时,一个年轻艺伎不露声色地绕到坐在正面的财前身后说:"财前医生,医院打来电话说想马上跟您联系。"

为了不搅扰酒宴上的兴致,艺伎压低了嗓音。财前不胜其烦地扭过了醺醉发红的脸,问道:"是谁打来的?"

"对方只说是从医院打来的……"

财前费劲儿地起身来到走廊电话间,他拿起电话不悦地问道:"我是财前,你是谁呀?"

"哦,我是医务员柳原。"

"怎么是你啊！到底有什么事儿要在宴会中间打电话呀？"

"实在对不起！一周前做过贲门癌手术的患者佐佐木庸平，突然从两小时前开始出现呼吸困难，体温也升到三十八点二摄氏度，脉搏一百二十，咳嗽，痰也很多。因为看样子像是某种术后并发症，所以打电话向老师请示。"

"你胡说什么？那么完美的手术怎么可能引起术后并发症呢？"财前断然否定道。

"可是，患者现在呼吸困难，体温也超过了三十八摄氏度……"

财前打断柳原的话，说道："那，可能是发生了术后肺炎吧！你加上抗生素压一压看吧！我已经有点儿醉了。"

财前说完"咔嚓"一声挂上了电话，骤然感到酒精麻痹了全身。

柳原从昨晚开始，每隔六小时给佐佐木庸平加用氯霉素并观察患者的病情。今天上午八点钟左右，患者体温曾一度降至三十七点三摄氏度，脉搏也降到了七十六次。但是，中午过后体温再次超过三十八摄氏度，咳嗽频繁，喉咙里的痰仍然很多。

"大夫，要紧不要紧啊？是不是复发了呀？"妻子良江焦急万分地问道。

柳原一言不发地思索：如果照财前教授所说只是单纯的术后肺炎的话，在如此早期就加用了大量氯霉素之后，应该能够看到更显著的效果了。

"大夫，请问，可不可以请财前大夫来看一下呢？"妻子摩挲着口唇干渴、喉咙里发出痛苦声音的丈夫问道。

"当然，我也想这样做。但是，因为财前教授明天就要出国了，所以非常忙碌。他从三天前就已经停止诊疗了。"

"啊？明天出国？那就是说，给我们做了手术的大夫在手术后连一次都不会再来看了吗？"良江用责难的目光望着柳原，"大夫，请原谅我多嘴，如果财前大夫今天还来学校的话，就想办法请他过来看一下吧！我们并不是不相信主治大夫，但还是觉得请亲自做手术的大夫来看一下比较放心，要是万一发生……"

"太太，我所做的处置全都是按照财前教授的指示做的，所以即使教授不亲自来这里也绝不意味着他对患者置之不理。不过，既然你这样说了，我就马上联系财前教授一下。"

说完，柳原匆忙走出了病房。

他沿着走廊快步走向教授办公室，耳边响起昨天晚上财前教授接电话时不高兴的声音。想到自己很可能再次遭到那种火冒三丈的怒斥，柳原不禁心生畏惧，脚步也慢了下来。他胆战心惊地轻敲教授办公室的门，里面传出应答声。柳原轻轻地推开了门。

"我是柳原，抱歉打扰您工作了。"

财前好像刚来到学校，他把一个大皮包丢在侧桌上。他只"啊"地应了一声，根本连身体都没转过来。

"昨晚我在您开壮行会时打电话打扰，多有失礼，其实……"

他话还没说完，财前就猛然转过脸来说道："你简直是太失礼了！比我更资深的教授、校友会干部和鹈饲院长专门为我开壮行会，连我自己都不敢跑出去接电话，你想我能回来吗？而且就那么点儿芝麻绿豆的小事，算什么紧急状况！"

他把抽屉弄得咣当作响，大声呵斥柳原。

"都怪我考虑不周，实在对不起。其实，我正是为这件事来向您报告。昨天晚上，我按照老师的指示立刻为患者佐佐木庸平加用了氯霉素，今天上午八点钟左右曾经降到低热状态。但是到了中午，热度再次升高，并出现了呼吸困难的症状，咳嗽和痰多的情况也更严重了。"

他报告到这里,财前停下手来狠狠地盯着柳原的脸。

"那是因为你加药的方法有问题吧?你是怎么做的呢?"

"是,第一次用药一千毫克,后来每隔六小时用药五百毫克共两次。不过,就像我刚才报告的,体温刚才又开始升高了。所以,我来请示您是否继续原先的处置?请您给出新的指示。"

他不敢说自己对教授所做的术后肺炎的诊断怀有疑问,好不容易才说了这些话。

"你不是刚刚说了在加用氯霉素后曾一度降至低热状态吗?这就说明氯霉素已经充分发挥效果了。而且,体温一度降至低热状态然后再次升高就是肺炎常见的症状。所以,你就继续按照目前的治疗方针进行处置吧,但关键是要更具冲击性地大量使用氯霉素。你继续用先注射一千毫克,然后每隔四小时注射五百毫克的方法处置,这样就会好起来。"财前极不耐烦地说道。

"是,我立刻按您指示的方法去做。不过,能不能请老师亲自去诊察一下?其实,患者家属说希望您能够去看一下。而且,光靠我自己实在没把握,心里没底⋯⋯"他推了推快掉下来的眼镜,结结巴巴地说道。

"你进医务部几年啦?患者状况稍有变化就一次次地找教授去看,你也太没主见了!你这也算分管一个患者的主治医师吗?或者说,你对我的指示怀有什么疑问吗?"

柳原的脸色眼看着越来越惨白了。

"我怎么可能质疑老师的指示呢?只是因为加用抗生素已经过了十二个小时,可体温却再次上升,咳嗽、痰多和食欲不振等一般症状也未见改善,所以我想会不会是发生了其他的肺部并发症。如果可以的话,我想给他拍一张胸部 X 光片,然后请老师鉴别一下。"他急切地恳求道。

"你这个人真是健忘呀！难道你忘记我在透视时就指出那个患者的癌变部位和形状了吗？而且，你在那台担任第一助手的手术中不是刚刚亲眼确认了我的判断有多么正确吗？因此，我即使不亲自诊察或再专门拍X光片，只要听你的报告也能知道自己主刀患者的术后状况。我已经说过很多遍了，那台手术完美无缺，而现在也只不过是发生了术后肺炎而已。所以，只要冲击性地大量使用抗生素就能治好，不用你担心。你还要怎么样呢？"

财前狠狠地甩出了这番话。

柳原走出教授办公室登上楼梯，心里对如何处置患者茫然不知所措。财前教授不肯亲自来做诊断，而且自己请求拍X光片也被否决，教授的新指示就是冲击性地大量使用抗生素。但是从患者的现状看来，那只是一种草率的处置方法。

他虽然也曾想过不顾财前教授的指示自行给患者拍片，但这样的举动可能会影响到自己的将来。从地方高中艰苦奋斗到国立大学医学院毕业，他没有去待遇较为优厚的私立医院就职，而是冒险选择留在大学里当无薪助教，同时他坚持在个体诊所打工值班，在进入医务部第六年才得到了这个有薪助教的职位，所以他没有足够的正义感和勇气为一个患者失去这一切。但虽说如此，他也对维持此前的方法继续治疗感到极度不安。他心情沉重地推开了佐佐木庸平的病房门，看到里见副教授来了。

"是柳原啊！我想过来大概看看，没想到变成了这个样子，让我感到很意外。财前教授是怎么回事儿？"

"是，他因为明天就要出发忙得腾不出手来，我只得到了口头指示。"

"什么？出发前忙得腾不出手来？"里见的语调中充满了愤慨，

"那,他是怎么指示的呢?"

"是,他指示说,因为这只是术后肺炎的症状,所以要继续冲击性地大量使用氯霉素。"

里见目光一闪,说道:"你作为主治医师对这样的指示怎么看?"

柳原没有应答,垂下了头。

"你为什么答不上来?你从昨晚就一直在观察患者的情况,所以应该有你自己的诊断吧!"里见催促道。

柳原犹豫了片刻,然后用胆怯的目光从眼镜后面望着里见。

"其实,我对加用氯霉素的效果产生了疑问。尽管已经从昨晚加用了两千毫克的氯霉素,但体温只是暂时降到低热就再次升高,并且患者发生了呼吸困难,而且咳嗽多痰的症状越发严重,这些都令人感到很不放心。"

"那就要赶紧拍X光片进行鉴别嘛!"

"不,刚才教授说没那个必要,已经被他否决了。"

"什么?否决?怎么会有这种荒唐的事情?你为什么没有再强烈要求呢?"

"是,我已经详细说明了患者的病情,并向教授提出有必要拍X光片。但是,教授断定没有那个必要。如果我继续坚持的话,就等于我在质疑教授的诊断。"

"柳原,以我的诊察来看,患者的症状并不是术后肺炎,而应该跟我在术前发现的胸片阴影有关。"里见用分外严肃的语调说道。

柳原大吃一惊。

"那么,里见老师是说……"

"我先不跟你说,我直接去找财前把我的意见告诉他,现在还来得及。我去要求他立刻给患者拍胸片。"

说完,里见就匆匆走出了病房。

里见刚要敲财前办公室的门，门就被从里面打开并传出事务长的声音。

"那好，与事务相关的事项我都已经联系妥当，祝您旅途愉快。当然，明天我也会去伊丹机场为您送行。"

"哎呀，那就谢谢你了。我出国期间就请多多关照啦！"

财前满心欢喜地应答之后，事务长夹着文件袋走出门来。里见与他擦肩而过，然后走进房间。

"刚把盖章的杂务办完，终于能松口气了。我明天就要出发喽！"财前喜不自禁地微笑道。

"那，看样子我来得正是时候啦！我就直说吧！刚才我去那位贲门癌患者佐佐木庸平的病房看了一下，他的病情很严重啊！"

里见提到了佐佐木庸平的状况。

"你也是为那个患者的事情来找我吗？关于那个患者，刚才主治医师柳原已经来向我报告过了，我已经妥善地给了指示。"财前像要拒绝似的说道。

"不能光给指示，你为什么不亲自去诊察一下呢？术后出现异常症状时，你作为主刀医师当然应该亲自去诊察。只听主治医师的报告就给出诊断是很危险的呀！"

他似乎在指责财前玩忽职守。

"作为局外人的第一内科副教授没有理由对我这样说三道四嘛！在光是住院患者平时就有一百二三十名的医务部里，如果每当主治医师来找的时候教授都得亲自出马去诊察的话，就算我有三头六臂也不够用。即使从锻炼主治医师的观点来看，那样做的话对他们也没有什么助益。还是说因为是你那转来的患者，所以就不能交给主治医师处理，而凡事都必须由教授直接去做呢？"

财前此话不无讽刺,但里见并没有与他针锋相对。

"我听主治医师说,从昨天傍晚开始患者出现了呼吸困难的第一期症状,今天早上出现了相当剧烈的第二期症状。主治医师说财前教授诊断为术后肺炎,可你凭什么就能断定是肺炎呢?"

"你问得好奇怪呀!你好像对我的诊断怀有某种疑问,如果真是这样的话你就明说,我可以听听你的诊断嘛!"财前把转椅转了一圈,态度骤变地说道。

里见正视财前,说道:"术后肺炎通常会在术后两三天内发生,而很少在术后过了一周才发生,这种情况有点儿不正常,况且加用了对治疗肺炎绝对有效的氯霉素,效果也并不显著,因为我难以认同你的诊断。"

"原来如此。你所说的是肺炎的原则论,但是,肺炎也可能会发生改变而在十天后才出现症状。尤其是术后肺炎的症状,会因为患者术后身体状况而千差万别,不能一概而论。你认为不是术后肺炎的理由只有那些吗?"

"并不只是这些。因为没有拍 X 光片所以我还不能给出决定性的诊断,但可以考虑到那位患者可能发生了肺虚脱。虽然并不是典型性症状,但我在术前担心的胸片阴影很有可能就是癌变转移所造成的阴影。由于对原发病灶做过手术,癌细胞急剧增殖而引起支气管内分泌物增多,造成一部分支气管阻塞而导致呼吸困难,因此出现了肺虚脱的症状。"

里见不愧是长期在病理学研究室待过的内科医师,思路十分缜密。

"里见,你真不愧是内科医师,逻辑推理确实严谨细致。但是,你那种思路说到底都是假设贲门部癌细胞转移到肺部而做出的诊断。但我所做出的诊断,是作为外科医师实际切开患部观察,确认除贲门部之外并没有转移到近旁的肝脏、十二指肠、大肠和小肠等所有的脏器,更别说会转移到远隔的肺部了!你所说的胸片阴影,正像我反复说过多次的那样,只不过是肺结核的旧病灶而已。因此,只能认为是术后肺炎。"财前很有把握地断定。

"财前,你那样的断定在这个时候才是最危险的呀!总而言之,现在要立即拍 X 光片。要是拍片结果确实是你所主张的一过性肺泡肺炎,也就是术后肺炎的话,那就万事大吉了。但如果是我所说的癌性肺虚脱的话,那么投用氯霉素非但根本不起作用,癌细胞反倒还会在延误期间急剧增殖,因此必须立刻采取相应的措施。"

里见语调强烈地催促财前,财前脸上瞬间闪现出某种犹疑的神色。

"里见,我在决定自己患者的治疗方针时不接受他人指手画脚。我要根据自己的判断做出决定。"

"但是,财前,如果那样的话,患者……"

里见的话被财前打断。

"你以为那个患者住在哪个科的病房啊?那是三层三〇六号外科病房。如果想会诊必须得到目前正在治疗患者的医师同意,否则不能参与治疗。你还没有经我的同意就想进行会诊,我对此表示拒绝。因此,如果你继续对我的诊疗方针横加干涉的话就是越权行为。而且,我明天下午一点二十分就要从伊丹机场出发,当天晚上就要在羽田机场转机出国。所以,你就把这当成最后一次谈话吧!"

"财前,你这个家伙……"

里见脸上掠过愤怒的神色。

"我还有其他事情。如果你不出去的话我就出去。"

财前从椅子上站起来,他撇下里见,粗野地走出了房间。

"财前到底还是没来啊!"

东贞藏吃完早餐,一边等候近畿劳保医院安排的院长专车来迎接自己,一边喃喃自语。妻子政子端起红茶杯望着庭院修剪整齐的绿油油的草坪,突然瞟了丈夫一眼。

"不管怎么说,他至少应该来门口打声招呼才不失礼吧!听说前些天开了壮行会,先不说这边出席不出席,他至少也该寄一份邀请函,才算尽到曾经是东外科副教授的礼节嘛!没想到那个人……"

政子刚要厉声厉色地继续说下去,就被坐在窗边椅子上的佐枝子打断了。

"还没说够吗?不过,父亲,您要带给慕尼黑大学沃尔夫教授的礼物怎么办呢?"

她望着五天前特意跟父亲一起去京都买好的龙村艺术织锦桌心布。

"虽然遗憾,但也只能作罢了……"

"但是,你前年去德国时不是跟他约定以后有机会一定托人带礼品问候吗?而且,咱们也已经特意买好了……"

听说财前今天下午出发,东贞藏以为财前会在出发前夕或当天早上登门打声招呼。这时,他那满怀期待的脸上掠过一丝苦笑。

"真是的!不懂礼节也该有个分寸。就连金泽大学的菊川先生上次来大阪参加心脏外科学会时,还特意去医院问候过你呢……"

政子仍然没有彻底放弃菊川跟佐枝子的姻缘,话语中包含着对菊川的赞许。而佐枝子并没有理会母亲。

"父亲,我去把东西交给财前吧!"

"可是,你……"东贞藏摇摇头说道。

"父亲,财前是在用他自己的方式做事,但您对沃尔夫教授的心意却不能受那些事情左右啊!"佐枝子为了不让父亲伤心而温顺地说道。

"可是,你又怎样交给财前呢?他甚至没有上门来打个招呼,你总不能跑到他家里去吧?"

"幸好时间还早,我先去学校看看吧!如果财前不在的话,那我就委托研究室的人带给他。这样做就顺理成章了吧?"

"可是,佐枝子,你怎么可以去找财前呢?那太丢人现眼了……"

政子试图阻止佐枝子。

"我觉得父亲和母亲都太在意财前了。即使对方不来上门打招呼,咱们如果有事相托当然要自己去找他。事情不就这么简单吗?"

说完,佐枝子就起身去准备了。

佐枝子搭上父亲的便车在淀屋桥下车后,沿着堂岛川快步走向浪速大学附属医院。在进入六月突然愈发强烈的初夏阳光下,佐枝子夹着装有礼品的包裹急忙前行,压抑在心头那股对财前的愤怒和对父亲的怜恤几乎一起迸发出来。父亲在任期间,财前五郎登门拜访比任何人都勤快。每到新年都是夫妻双双早早地上门拜年,还发起并筹办新年宴会。不管在教授选举时发生过什么事情,但他在出国前竟然连招呼都不打就要离开。佐枝子觉得就像洁白的布袜突然被脏鞋踩了一脚一般,对财前的这种做法感到非常不愉快。虽然她为了不伤害父亲的自尊心而故意装出若无其事的样子,但心里却打算在见到财前时除了委托他给沃尔夫教授带礼品之外,还要点明他的失礼行为。想到这里,佐枝子透明般白皙的额头潮起了亢奋的淡红,同时她感到了轻微的眩晕。她停下脚步等待心情平静下来,然后擦了擦额头的汗水,继续在河畔的路上快步前行。

她从医院正面门厅的楼梯上楼,来到父亲曾经工作过的位于二层的第一外科教授办公室前,只见门上挂着一块崭新的牌子,上面写着"海外出差中"。佐枝子立刻前往医务部,可能是因为医务员全体出动去门诊了,十一点钟过后的医务部里空无一人,只有宽大的桌子和椅子凌乱无序地摆放着,正面黑板上用粉笔写着的大字映入了佐枝子的眼帘。

  财前教授出国启程时间
  大阪——6月7日下午1点20分伊丹机场起飞(金井副教授及门诊以外所有医务员、护士长及5名护士前往欢送。佃讲师、安西医务长负责带队)
  东京——6月7日晚上9点15分羽田机场起飞、泛美航空班机(佃讲师及6名医务员欢送)
  财前教授回国抵达时间
  7月23日晚上8点钟抵达羽田机场(佃讲师及6名医务员迎接)
  7月24日晚上8点30分抵达伊丹机场(金井副教授及全体人员前往迎接)

  黑板上写着财前出发和回国的日程,迎送安排简直就像天皇出巡一般隆重。离财前从伊丹机场出发的时间还有两个多小时。佐枝子一时有些犹豫,但还是迈步走向第一内科副教授的办公室。
  佐枝子来到里见副教授办公室前,轻轻地敲了敲门。
  "请进!"
  室内传出低沉的应答声。佐枝子轻轻推开门,看到里见正在看桌上的显微镜。
  "突然上门打扰……"佐枝子有所顾忌地招呼道。
  里见扭过头来,似乎有些惊讶。
  "哦,原来是你呀!失礼了。我还以为是研究生呢!"他拢起垂落在眼前的额发,"有什么急事儿吗?"

因为今天不是里见门诊的日子,所以他诧异地向佐枝子询问。

"其实,我父亲本来希望托财前去欧洲时带件礼品给慕尼黑大学的沃尔夫教授。刚才我去找财前,看到门上挂着'海外出差中'的牌子,门已经上了锁。所以,我正想找一位去机场送行的医务员代为转交……"

"这么说,财前没去东教授家告别吗?"里见责难似的说道,"因为财前一直到出发之前都很忙。上次我向你提到过,我转给财前那位贲门癌患者术后状况很不理想,他临走前好像还在给患者做诊疗,所以财前没能去向东老师告别的原因可能有一半都是因为我转去的那个患者。"

"但是,不管怎么忙,如果真有心要去的话,他就住在同一条电车线路的附近,所以今天早上应该可以顺路过来一下嘛!"

里见沉默不语了。

"不过,那种事情已经不重要了。"

说着,佐枝子用含蓄的目光环视了第一次造访的里见办公室。墙边满满当当地摆着存放资料夹的文件柜,另一侧的格架上放着很多试剂瓶,虽然看上去简单得有点儿煞风景,但房间里没有丝毫松懈感,充满了坚持学术研究的严谨治学的氛围。

"我跟你一起去机场吧!"里见突然说道。

"哎呀,你要去送财前吗?"

"难得今天既没有门诊也没有查房,闲着也是闲着,去机场为参加国际学会的财前送行不也是应该的吗?要是你没来的话,我一疏忽还赶不上送他启程了呢!"

说罢,他赶紧从桌前站起身来。

在伊丹机场特别接待室的入口,为财前教授赴欧送行的人们接连不断地蜂拥而至。虽然还是六月初,但五名负责接待的医务员和担任主持人的佃讲师、安西医务长已经像在盛夏般满头冒汗了。

他们接过来自各大学、校友会、制药公司、医疗器械公司、医师协会等单位的送行者的名片,遇到著名教授和各界名人则由佃友博和安西亲自引领。室内已经挤满了送行者,几乎没有立足之地了,女服务生侧着身,在令人冒汗的闷热中穿梭,在人潮之间为客人斟上啤酒。

财前身穿藏蓝色双排扣西装,领子上插了一朵红色康乃馨,手里拿着啤酒杯站在正面桌前。妻子杏子身穿一袭新定做的和服正装,带着两个读小学的孩子陪在财前身旁。岳父财前又一身穿印有家徽的和服正装在门口屏风前忙进忙出。

"感谢您在百忙之中抽空来给小婿送行。承蒙光临,场面这样隆重热烈。"

财前又一跑来跑去,毕恭毕敬地向财前五郎顾不上招呼的每一位来宾鞠躬道谢,看到哪里啤酒没有送到就马上叫来女服务生斟酒,兴奋得就像是他自己要出国,他那海怪般的秃顶发出光亮,他不停地来往穿梭,抛撒亲切的笑容,有时甚至对主持活动的佃友博和安西发号施令。

"财前老师,平和制药公司的川上董事长和阪和纺织公司的野村董事长到了。"佃友博报告道。

财前已经听先到的武井董事说过川上董事长要来送行,但阪和纺织的野村董事长来访却让他感到十分意外。

"哎呀,野村先生,承蒙特意来机场送行,我真是不敢当啊!前几天又那么郑重其事地……"

财前这是在为野村送来贵重的饯别礼品道谢。

"哪里哪里,我们总是承蒙你的关照!祝愿你此行一路顺风,早日凯旋。不管怎么说,多亏有了财前医生才有我的胃嘛!"

因为财前给他做了胃癌手术,所以才能让他维持目前的健康状态。他精神焕发地问候完毕就把位置让开,平和制药公司的川上接着恭敬地弯腰行礼。

"恭喜参加国际学会!衷心祝愿您在学会上大获成功!另外,在您到达德国时敝公司的驻外员会去机场迎接。您有什么事请尽管吩咐。"

此前武井董事已向财前详细说明过,所以财前此时郑重地表示了感谢。

"哎呀,谢谢您想得这么周到,实在不好意思啊!"

"真不愧是财前医生啊!除了大学、制药公司、医疗器械公司以外,还能看到医师协会和校友会的人物,此外还有曾经是您的患者的财界实力人物呢!"

他对财前人脉之广表示十分钦佩。浪速大学的教授们以妇产科叶山教授为中心聚集在靠窗的位置,而医师协会则以岩田重吉为中心、校友会以锅岛贯治为中心,他们占据了大厅的中间位置,制药公司和医疗器械公司的相关者低调地站在入口附近。财前的特诊患者即财界人士们随心所欲地高谈阔论,室内被令人窒息的热浪和烟气所笼罩。财前望着超乎预料的盛大欢送场面,朝前来送行的装扮素雅的庆子慢慢地露出微笑。庆子假装用手帕擦嘴角,也从唇边送出彼此心领神会的微笑。而此时,双方的体内还保留着昨夜缠绵过的温存记忆。

突然,人潮好像开始向两边分开,紧接着出现了医学院长鹈饲和夫人的身影。财前的表情立刻像换了个人一般。

"鹈饲老师大驾光临,真是令我感到不胜荣幸。我真不知道该怎样表达谢意了!"

"好啊,恭喜你啦!今天天气也不错,真是个启程的好日子啊!祝你一路顺利!"随即不动声色地说道,"还有,昨天谢谢你了。"

昨天,财前作为发起人,把那笔为纪念鹈饲医学院长银婚而以扩建藏书室的名义筹措到的贺礼亲自送去,鹈饲就是为此向他道谢。

"哪里,该我谢您。我出国期间,还请您多多费心照料。"财前郑重其事地拜托道。

"哦哟,财前,出国期间的事情你就不用担心啦!"鹈饲夫人扬起鱼鳃般宽阔的下巴插嘴道。

财前杏子走到鹈饲夫人面前说:"感谢夫人特意光临,而且,您刚才那番话更使我们感激不尽。"

她说完恭恭敬敬地鞠了一躬。

"今天可是财前教授出访的大喜日子呀!我先生作为教授会的代表、我作为教授夫人会的代表来送行是理所当然的啦!是吧,老公?"

她像是在为鹈饲代言似的说完,然后就发出男人般粗犷的声音,大笑了起来。鹈饲也露出了意味深长的笑容。可是,医学院长夫妻一起为一个新上任的教授送行,确实是史无前例。个中缘由恐怕还是在为昨天财前把奉贺礼单送进鹈饲家门表达谢意。站在远处围观的教授们带着五味杂陈的表情望着正在亲切交谈的鹈饲和财前。

大厅的扬声器里传出飞往东京的航班即将登机的广播,负责主持的佃友博立刻宣布:"现在,请鹈饲医学院长带领大家共同为财前教授启程祝福。请大家齐声应和!"

鹈饲挺起肥胖的上身,喊道:"祝贺浪速大学医学院财前教授启程顺利,万岁!"

他高高地举起了双手。一直挤到大厅门外的众多送行者齐声

481

应和。

"万岁！"

"万岁！"

三呼万岁之后响起了雷鸣般的掌声,财前向众人俯首致答礼。杏子和财前又一也跟着财前五郎俯首致谢。两个上小学的孩子跟送行者一样举手高喊："爸爸,万岁！"

等到掌声平息之后,财前脸上泛着红潮说道："今天,万分感谢各位热情欢送！再见啦！"

他叫佃友博帮他提包,刚要走出一号登机口。

"财前！"

身后有个声音叫住了他。转身一看,里见正拨开人群赶过来。

"是里见！没想到你会来送我……"他满脸诧异地说道。

"东老师的小姐说有事找你。"

里见说着把佐枝子推到前面。

"你好！谢谢你！本想今天早上去拜访,可时间已经来不及了……"财前尴尬地说道。

佐枝子目光锐利地直视着他,说道："我父亲也以为你早上会来并一直在等你,但你最终还是没有出现。所以,我代表父亲过来,虽然可能会给你添麻烦,但我父亲想委托你把礼品代为转交给慕尼黑大学的沃尔夫教授。里面有我父亲给他的一封信。祝你此行大获成功。"

在这番简短的话语当中,回响着对财前失礼的严厉责备。

"请代我问候老师。我一定把礼品交给沃尔夫教授。"

财前只说了这一句话,随即接过佐枝子递过来的包裹。

"财前,期待你取得丰硕的成果。"里见发自内心地祝福财前获得成功,突然又想到了似的说道："对了,那位患者……"

没等他说完,财前立刻说:"好,那我走了。谢谢你来送行!"
说完就转身走进了登机口。

当他走过登机口时,人群中再次响起了"万岁"的欢呼声,财前笑容满面地挥挥手。等待已久的媒体摄影记者的相机快门响个不停,财前的笑容越来越轻松。当他走上舷梯站在飞机舱门前时,为回应摄影记者的要求,他摆出高举右手的姿态。欢送者们向他送去掌声,财前像舞台上的演员那样挺直高大健壮的身体,大幅度地挥动右手,然后在女乘务员的迎接下走进了机舱。

当财前乘坐的日本航空客机消失在云端时,里见转身看着佐枝子。

"已经看不见啦!"

"是啊!完全消失了。"

佐枝子把举在额前遮阳的手放下。

"哎呀!那么多人都走啦!"

刚才还在这里夸张地挥手并三呼"万岁"的送行者们,不知何时已经散去,迎送台这里自不必说,就连候机厅里也像海潮一举退去似的空空荡荡、寥无人影,只能隔着玻璃门看到财前的家人和医务部的五六个资深助教还留在贵宾候机室里。

"走吧!刚才人那么多,你一定累了吧!"

"不,还好。您这就回学校吗?"

"是的。还有不少时间,我想回研究室再做点儿自己的事。"

说着,他就迈步走向门厅。

佐枝子有点儿迟疑不决地说道:"如果您方便的话,从这儿乘车三十分钟的花敷屋区有个加茂桃树林,我想请您陪我一起去散散心!"

里见一时有些困惑，随即说道："好吧！我平时总是待在消毒水味弥漫的医院和不见阳光的昏暗研究室里，所以偶尔也得晾晒一下啦！那就一起去吧！"

他们走出机场门厅，乘上了出租车。

出租车从机场沿着阪急宝冢线向北驶去，穿过池田市区之后车流量骤减，斜前方出现了一片被绿树包围的缓坡台地。

"那里就是花屋敷区的台地。加茂桃树林就在台地的对面。"佐枝子指着窗外的绿色高兴地说道。

不久，汽车向西转了个大弯，挨着国铁福知山线左侧行驶，经过川西池田站前就是缓缓的坡道了。

沿着蜿蜒的坡道向上驶去，汽车来到一片平原状的低矮台地，周围几乎看不到人家，道路两侧是连续不断的杂树林，不时地有盆栽园里杉树苗的新鲜浓烈的气味飘进车窗。穿过杂树林，眼前突然开阔起来，紧接着杂树林自此消失，前方展现出枝繁叶茂如天鹅绒般浓郁鲜艳的桃树林。

里见和佐枝子叫司机停车，刚一下来就似乎忘掉了彼此的存在。他们伫立了片刻，然后才缓缓地走了进去。桃树林里的土地带着些许湿气，明亮的阳光透过桃树茂密交错的枝叶，洒下琴弦般纤细的光线，两人在无人打扰的幽静小路上久久地漫步。里见倾听着自己轻轻踏出的脚步声。

"在离机场三十分钟车程的地方，竟然就有这种隔绝尘世般的桃树林。简直就像是幻觉啊！"

他说完深深地吸了一口气。佐枝子停下脚步露出白皙的脖颈。

"到了桃花盛开的季节，这里就会被淹没在花海之中，俨如桃源乡一般展现出闲适而绚丽的风情。不过，那个时节的桃林太绚丽了，似乎是在自我炫耀，我实在难以接近。"

佐枝子站在绿叶的浓荫下嫣然一笑。

"或许是那样吧！而且，桃花非常厚实，颜色浓艳，似乎与你不太相称啊！你经常来这里吗？"

"是啊！我常常独自漫步在没有花朵的桃树林中，感觉似乎在这里能够找到只属于我自己的人生。"

佐枝子的话语带着回声在桃树林中静静地荡漾。桃树的叶尖在风中微微摇动。

不知不觉之间桃树林已到尽头，两人来到台顶的边缘。右侧远方可以眺望到五月山峰顶柔缓的棱线，正前方花屋敷丘陵微微起伏，迫近眼前。或许是因为高处风劲的缘故，树枝在不停地摇晃。

"要不要在这儿休息一下？"

里见望着正前方的丘陵，坐在台顶边缘的草丛上，佐枝子也在里见身旁坐下，虽然彼此默然无语，却不可思议地毫无沉闷的感觉，他们觉得心中十分宁静而祥和。

"啊！"

佐枝子突然轻轻呼叫了一声，随即歪头侧耳倾听，从出人意料的方向传来了小教堂的钟声，里见也像寻找钟声的方向似的举目远眺。

"啊，是在那边！是从花屋敷丘陵右侧山腰的树木繁茂的地方传来的呀！"说着，佐枝子就朝那个方向凝眸观望，"哦，那是圣和女子学院嘛！刚才的教堂钟声就是从女子学院的钟塔传来的。真没想到能从这里看到女子学院啊！"

未曾来过台顶突角的佐枝子惊讶地指着那个方向，隐约可见丘陵山腰的树林间掩映着一座红顶白墙的典雅建筑。

"那就是你和三知代毕业的圣和女子学院吗？"

里见似乎沉醉在那座欧式学院风格的典雅建筑和周围秀丽的景色构成的优美画面之中了。

"不过,我并不怎么喜欢那所学校。在那所学校里,人们总是在攀比门第和家世。上次我去参加校友会时,大家谈论的话题也都集中在丈夫的门第和社会地位方面。"

"那,三知代迫切希望我当上教授,原因之一或许也是来自那种校风吧?"

"哦?三知代那样的人也会在意你能不能当上教授吗?"佐枝子难以置信似的反问道。

"不,三知代倒不是出于虚荣心或为了名誉而这样说。她父亲是名古屋大学的医学院长,而且亲戚中还有很多大学教授,所以她认为既然留在大学深造当然要努力成为教授。她的想法本来极为顺理成章。"里见用稍显沉重的语调说道。

"我能理解啊!我家里也曾有这种想法。虽然我哥哥有志于文学道路,但父亲还是强制性地叫他考进了医学院。哥哥背着沉重的负担用功学习,后来得了肺病,最终采取了接近自绝生命的死亡方式。因为祖父和父亲都是医学家,所以也想叫孩子和孙子当医生。既然留在大学里深造,就必须当上教授——这是许多医学世家共通的且漠视人的个性的自以为是的观念。但是我认为,像你这样优秀的人物当不当教授并不是问题。"

佐枝子说完就对自己的话感到相当惊讶,她不由得浑身一震,因为她发现自己心底对里见产生了强烈的恋慕之情,而且她已经毫不动摇地想暗自培育这份恋慕之情了。而里见似乎并未觉察佐枝子话语中的深意,他把澄澈得近乎冷漠的目光投向远方。

"财前差不多该到羽田机场了吧!"他看着腕表说道,"他今晚就要出发去德国啦!出席国际学会,跟各国医学家直接交流,真羡慕能够得到如此良机的财前呀!"里见仰望着天空说道。

"羡慕财前?这可不像你的风格呀!看到今天的欢送场面,我感到与其说是医学家启程参加学会,还不如说是政治家或财界大牌人物为了展示自己的权势而举办的海外旅游欢送会呢!当然,那不能全都归咎于财前,或许送行的人也有责任。不过,既然是专注于学术研究的学者启程,就应该具有更高的格调。"佐枝子沉默了片刻,接着说道,"如果今天不是你陪我来的话,我就会把送给沃尔夫教授的重要礼品委托给第一外科医务部的人,根本不可能自己跑到机场来亲手交给财前。"

"可是,既然礼品那么重要,那么不管财前是否去府上问候都是你委托的事情,所以一定要保证送到。"

里见对佐枝子的孩子气感到有些可笑。

"不,我倒并不介意,我父亲和母亲都强烈反对我跑到学校去找财前。因为财前虽然在教授选举中跟我父亲有过那段纠葛,但他在教授选举之后不仅一次都没去过我家,而且还无视长达十六年的师徒之恩,甚至还有彻底抹杀父亲存在的意图。我这样说并不是为了我父亲,而是我不能原谅那种人的所作所为。"

她的语调坚定不移,那纤弱的身体里竟然潜藏着如此激情,令人感到不可思议。

"财前这个人,为了实现自己的野心竟可以把他人完全置之度外,不管对方是师长、朋友还是患者,他都毫不在乎地践踏在脚下,只顾自己冲上医学界的顶点。"

虽然佐枝子的语调很平静,但她那双明眸却放射着坚毅的目光。里见第一次感受到佐枝子要强的个性,就像被她的激情震慑了一般定睛回视她的脸。

"刚才在登机口那儿,你对财前说'期待你取得丰硕的成果'之后,不是还不放心地提到了'那位患者'吗?我想那大概指的是上次说过的贲门癌患者吧!不过,那位患者的事情你别再抓住不放了好不好啊？我非常担心。"

"非常担心？"里见迷惑不解地问道。

"因为这与财前有关，一旦事态发展对自己不利，他就可能怪罪于你呀！所以请你别再抓住不放了。"佐枝子重复道。

"哪儿有那种荒唐事儿？是你过虑了吧！"

"不，你一提到患者的事情他就冷漠地置若罔闻，看到他走进登机口的样子，我不禁感到脊梁发冷，所以……"

"可是，如果真是那样的话，对患者就太残酷了。"

"我能够理解你的心情。但是，因为你作为内科医师已经尽到了十二分的努力，而且已经把患者转到了外科，所以这样不就足够了吗？我总觉得，你会因为这件事受到意想不到的伤害。我不希望你因为财前而受到伤害！"佐枝子像认死理似的说道。

"怎么会发生那种……"

里见还想争辩。

"不，我在父亲的继任教授选举时就有了某种决裂的预感，这次又有相同的预感。"佐枝子说着猛地伸出白皙的手捂住里见的嘴，祷告般地说道，"请你不要拒绝我的关心，好吗？"

第十五章

飞机开始缓缓降低高度。阳光刺眼地闪耀着从云朵缝隙间泻下,云层的下方是德国南部广阔的山野。

高高隆起的葱茏的森林地带绵延无际,在几片草原和村落的彼方,开始出现红色屋顶密集的都市,再过不久就到法兰克福了。

乘坐泛美航空公司的飞机从东京启程飞行了三十一个小时的财前,此时终于体会到即将落地的解放感和踏上德国土地的紧张感。填好女乘务员分发的入境卡后,他开始整理装束。不久,随着机体轻微的震动,飞机准备着陆。接着,飞机发出巨大的引擎轰鸣声。停稳后,舷梯被放了下来。财前提起黑色提包,昂首挺胸地缓步走下舷梯。他做出这种姿态,是因为他意识到鹈饲院长帮他联系的在慕尼黑大学进修循环系统疾病的第一内科助教芦川以及平和制药公司的驻外员会来迎接。通过入境检查站后,财前来到行李提取处。托运的行李被放在传送带上转过来,自动挥舞的铁臂般的机器"咕咚咕咚"地拨下转盘。虽然这是德国式的科学合理的搬运方式,然而把将在学会上发表的论文原稿装在行李箱中的财前却心有不悦。他提起自己的行李,办好入境手续,然后走出门外,突然他听到有人呼唤他的名字。

"财前老师!我是第一内科的芦川。我来接您了。"

芦川先认出了财前,他马上跑了过来。他三十二三岁的样子,有着一副苍白而神经质的面孔。

"你好,芦川,辛苦你啦!"

财前说完就要把行李交给芦川。

"请问是财前医生吗?我是平和制药公司的驻外员市田,接到总公司的指示就来机场接您了。"

一个年近四十、精明俊朗的男子鞠了一躬,接过了财前的行李。走出候机楼门厅把行李装上汽车之后,市田驻外员问道:"我想问一下您今天的行程安排。从法兰克福开车去会址海德堡市大约一小时二十分,您是先游览法兰克福的市容再去海德堡呢,还是直接前往海德堡市呢?您觉得怎样合适?"

他像旅游公司的员工般麻利而机敏。

"我想直接去会址!今天想趁太阳没落山之前大概参观一下,就算预先熟悉会场吧!"

"那就直接去海德堡市吧!"

他请财前和芦川坐在后排的座位上,然后握住了方向盘。穿过法兰克福市区后,汽车开上了炫目而笔直的高速公路。

"这是希特勒留下的高速公路,大家都在用平均时速一百公里的速度在行驶。这台车现在也是时速一百一十公里。"

虽然驾驶席上的市田驻外员这样说明,但可能是因为道路宽阔,而且其他汽车也在高速行驶,所以感觉并不很快。财前坐在飞速奔驰的车里向窗外望去:远处浓绿的丘陵重重叠叠地延伸,广阔田野上的麦子已经染上了金黄色,拥有红褐色屋顶和白墙的农舍点缀其间。财前的眼睛一时被初次看到的外国田园风光紧紧地吸引住了。

"芦川,住在德国的感觉怎么样啊?"财前向坐在旁边的芦川搭话道。

"好得简直无可挑剔。这里不像在日本的时候那样,为了搞杂务而疲于奔命,可以踏踏实实地专心学习。首先,人们对于医师的普遍看法就不一样。在啤酒厅喝啤酒时,如果有人问你从事哪一行,当你回答说当医师时,刚才还拍着你的肩膀夸夸其谈的憨憨的大叔会立刻改变态度并尊敬地说'哦,是医生啊'。如果说自己是教授的话,那对方的态度会更不一样,甚至连说话的声音都会明显不同了。对于医师这种职业,大家觉得既严肃又崇高,这在日本简直难以想象啊!而且在这里能够切身地感受到,当医师的人也总是胸怀崇高的使命感在工作。"

"使命感——原来如此啊!但是,医师本身的使命感也是得到经济和社会的保障才能确立的。像日本那样,本来必须致力于科研的大学医院教授也要被迫在医疗保险制度的束缚下,像营业医师那样按照一分十元的医保分数算账做诊疗。在这种情况下,要求医师胸怀崇高的使命感恐怕就太不现实了吧?"然后财前又问道,"德国的学会跟日本的不同点是什么呢?"

"我在老师面前实在说不出口来。在日本的学会上发表论文,首先要根据该大学研究室内的资历决定顺序,发表的课题也要选择与该研究室教授专攻领域相关的方面,与其说是纯粹从学术角度筛选,还不如说是以论资排辈的原则进行分配。这是日本的普遍做法。但是在德国的学会中,会长自不待说,就连学会的干部们也都很用功,他们随时掌握第一线的科研信息,能够切实感受到努力培养年轻学者的氛围。因此,只要拿出优秀的科研成果在专业杂志上发表,资历浅的人也可能意外地收到来自学会泰斗的信函。之后他可以把论文的详细资料寄去,以此为契机得以在学会上发表并获得学术界的公认。相反,即使是相当资深的学者,如果沉溺于自己已经得到的声誉而发表敷衍了事的文章,也很可能会受到严厉的质疑以致站在讲台上进退两难。总而言之,德国的学会不像日本有那种类似祭祀仪式的做法,而是一个检验个人科研成果的严肃场合。因此,在学会上发表的成果也就可以直接影响大家对该学者水平的评价了。"芦川热情洋溢地说道。

"是吗?这么说来,我明天在国际外科学会上发表的科研成果,也将成为大家对我水平的国际性评价啦!"

财前眼中闪耀着强烈的光芒。

不知不觉之间,汽车已经远远地驶离了广阔绵延的田野,沿路出现了密集的红顶房舍,还有貌似工厂般矗立着烟囱的红砖建筑,看样子已经来到了海德堡市区的外围地带。驾驶席上的市田紧握方向盘,交互地观察着汽车前方和后视镜,仍然保持一百公里以上的时速行驶。

"你这样连续高速行驶没什么问题吧?"财前在他背后问道。

"是,我对开车多少还有些自信,绝对不会有问题。再过二十分钟就到海德堡了。"

他说完就左转驶下匝道,进入了海德堡市区。

海德堡市区十分安静,电车和汽车都像消了音似的行驶。财前等人的汽车进入市区中心地带后就降低了速度。

"老师,您先去宾馆休息一下再去学会事务局吗?"市田驻外员问道。

财前说立刻就去学会事务局,于是汽车直接穿过闹市区,横穿小公园一样的绿色地段,驶上了坡度柔缓的台地。

"老师,那就是海德堡大学医学院的大楼,学会事务局就在里面,明天的学会就在医学院的大会堂里举行。"

财前顺着芦川手指的方向看到了在绿色山冈背景衬托下海德堡大学的雄伟建筑。建筑拥有茶褐色的屋顶和深灰色的墙壁。随着汽车渐渐驶近，财前从那饱受风吹雨打的灰暗墙壁上能够感受到岁月的流逝。财前想到曾有来自世界各地的学者在此深造并完成了学业进而走向了世界，他的心灵被一种虔敬之情所打动。

汽车停在学校的正面门厅后，财前进入了这座德国拥有最悠久历史的大学门。推开了侧面写有学会事务局字样的房门，只见五六个同样前来参加国际外科学会的外国学者正在跟事务局的人员交谈。财前向先到的学者们点头致意，找到有空的事务员表明自己是来自日本大学的财前，然后坐在最里面的五十多岁的男子就起身走了过来。

"我是事务局局长，感谢您应邀来访。您的住宿处安排在弗里德里希·艾伯特街的欧罗巴霍夫宾馆。我立刻叫事务员陪您过去。"

财前表示自己有向导，婉拒了对方周到的安排，并问从日本寄来的自己的论文单行本是否已经到达，对方立刻打开了身后的文件柜。

"财前教授的论文单行本已经寄到，并已准备好在明天的学会上向参会者分发。"

财前亲眼确认了自己的论文单行本已经存放在文件柜里就放下心来。

离开海德堡大学，汽车立刻驶往欧罗巴霍夫宾馆。在这座装有中世纪装饰窗的白墙建筑宾馆内，室内的床铺和椅子都是洛可可样式的奢侈品。财前简单地洗了澡并换了衬衫后，来到大厅与芦川和市田驻外员会合，再次乘上了汽车。

汽车穿过建于十五六世纪的石造房舍林立的"老城"，经过前往凯尼西修德的登山电车站前，然后沿着兜风车道驶上山顶，在这里海德堡市区的全景尽收眼底。登上海拔二百米的山顶后，他们看到那里还保留着一座像废墟般破败的中世纪古城堡。他们下车穿过城门进入城堡内，只见馆舍的屋顶和内部也已经腐朽塌落，只剩下了外围墙壁,雕刻了华丽图案的窗框朝天空描画出空洞的形状。他们来到爬满茂密常春藤的瞭望塔上,从那里眺望海德堡市区的街道。整座城市被浓绿的山冈围绕,内卡河流过市区正中央,勾勒出美丽曲线的桥拱与两岸点缀的白墙房舍为河水镶边,清澈的碧空、浓绿的山冈和翡翠色的河面构成了一幅美丽的画面。

"宁静而又美丽!德国的地方城市都是这样吗?"财前仰望着碧透如洗的晴空问道。

"不,这种宁静清澈只能在海德堡市才能看到吧!因为这里周围山冈环绕,属于历史悠久的大学城。"芦川答道,"老师,您看见对面半山腰有一条白色的路吗?那就是著名的哲学家小道。自古以来,在海德堡大学求学的哲学家们都在那条路上徘徊沉思,锤炼出了自己的思想。您要不要过去看看?"芦川指着内卡河正对面的低矮山冈问道。

"是啊!哲学家小道这个名字很有吸引力,我也去走走吧!说不定会对明天的特别演讲产生奇思妙想呢!"财前笑着转身,向站在身后的市田驻外员说道。

汽车原路折返来到内卡河畔,驶过古桥就是通往哲学家小道的蜿蜒坡道。在坡道的入口处,零星地矗立着爬满常春藤的山庄。经过那里再向前,就是面临内卡河的山腰,一条白色道路向前延伸,这里禁止车辆通行。于是,他们就在这里下车,财前率先缓步登上哲学家小道。

虽然这一天有些热,令人微微出汗,但周围看不到其他游人的身影,满眼都是湛蓝的天空和绿油油的山冈,在毫无遮挡的视野中,平坦而细长的小道向前方延伸,每走一步鞋底就会发出声响。

"老师,继续向前走还是从这条小路下山呢?"

芦川在前面的岔路口停下了脚步。这条勉强只能通过一个人的曲折小径有很多石块,财前望着继续向前延伸的哲学家小道,决定立刻从这里下山。他们沿着陡峻的坡道急匆匆地向下走了十六七分钟,就来到了内卡河畔。不知不觉之间,暮色已经降临,回头仰望河对岸,刚才的凯尼希修德山古城堡映照在夕阳下,城堡的石墙在山脚涌起的暮霭中变成了淡淡的影子,笼罩在朦胧之中。

"还有一座教堂可以去看看……"市田驻外员说道。

但是,财前对教堂毫无兴趣。

"找个地方吃晚餐吧!难得来到因《阿尔特·海德堡》而闻名的城市,所以很想请你带我去这部小说中的海因里希和凯蒂可能出现的学生咖啡馆啊!"

"那我就带你们去出名的'红公牛'吧!"

汽车横穿老城的电车大街来到狭窄的石板路上,在这条保留了传统瓦斯灯的萧索街巷中,只有一座建筑门前热闹非常。

"那家店就是'红公牛',因为特别出名,所以许多游客一半为了参观一半为了用餐聚集到这里尽情欢乐!"

财前推开古老石造建筑的店门,刚踏进店内一步,他便立刻瞠目结舌了。只见在仿佛昏暗洞穴的室内,墙壁上半部装饰着中世纪的击剑、盔甲和徽章,下方挂着没有相机的时代的蚀刻肖像画。抬头仰望,如同日本传统民居般被炭火熏黑的天花板下悬挂着用于盛酒的牛角和皮袋,粗壮的木柱上杂乱无章地贴满了古代各国的邮票和纸币,只做了初步加工的坚固粗糙的桌椅上,满是学生用小刀刻下的涂鸦,仿佛能感受到曾在海德堡求学的学生们畅饮啤酒、讴歌青春的热烈气息。穿过坐满客人餐桌,他们好不容易找到空座坐了下来。

"来点儿什么菜?"

女服务生过来点餐。

"市田,就交给你啦!"财前说道。

"在这种学生酒馆里,只能吃到平民化的德国料理,就点这里的名菜醋焖牛肉和洋葱汤吧!饮料当然是大杯的慕尼黑啤酒啦!"

财前心情愉快地点头赞同,啤酒一上桌他就慰劳芦川和市田驻外员,和他们干了杯。在酒兴渐高之际,财前在心中回忆起自己朝气蓬勃的青春岁月,于是附和那些随着钢琴节奏跺脚打节拍、喝干杯中啤酒的大学生,也把啤酒一饮而尽。当菜端上桌时,一位稍微发福的中年妇女走了过来。

"您是从日本来的医生吗?"她彬彬有礼地问道。

财前回答说:"是的。"

"这是我们酒馆世代相传的纪念册,上面有很多世界各地的学者年轻时代的签名,当然也有日本著名学者的签名,所以请你看看吧!"

她把夹在腋下的厚厚纪念册放在桌上。翻开第一页,上面是十九世纪在此地求学的人们的签名,其中就有日本人的签名,用德文和日文写着:

我在此地学习,发誓实现自己的志向。

一八七三年十月 长冲与一

已有污渍的泛黄的纸张上,已经褪色的钢笔字写着已故日本著名法医学家的名字。

忽然,一阵熟悉的旋律传入财前的耳朵,那是日本音乐的旋律。他向钢琴那边望去,刚才还在弹奏《菩提树》的钢琴师望着财前等人开始弹奏《樱花》了。芦川从餐桌旁站起来,轻车熟路地走到钢琴师身旁,把大杯啤酒放在钢琴上并轻轻说了一两句话。钢琴师朝财前这边抛来讨好的笑容,说了声"日本古典歌曲",就开始弹起《荒城之月》了。虽然弹得不很熟练,但在到达异乡的第一个晚上就听到了故乡的歌曲,一种刻骨铭心的旅愁涌上了财前的心头。

海德堡大学迎来了国际外科学会的第一天,三座大礼堂分别坐满了来自世界各国的消化系统分会、胸外科分会和脑神经分会总共近三百名学者。

消化系统分会在穿过正面穹顶下右侧的外科大礼堂内召开,来自美、英、法、捷克斯洛伐克、南非和阿联酋等在内的三十一个国家的近百位学者齐聚一堂,前排的特别席位上坐着诺贝尔奖获得者等一些著名学者。

正面讲台上,右侧设有发言者席位,左侧设有消化道分会会长和主持人的席位。各国的论文发表者每人限在十五分钟之内,采用德、法、英三者之一的语言并配合正面放映的幻灯片,介绍消化系统疾病的诊断、手术成果和手术方式等科研成果。

财前和同样来自日本的东北大学第一外科教授坐在隔开一段距离的招待席上,戴着同声传译的耳机聆听捷克斯洛伐克的诺沃托尼教授发表题为《伴随黄疸的胆结石外科治疗》的演讲。诺沃托尼教授是四十岁出头的少壮学者,他熟练地运用丰富的幻灯片,充分利用有限的时间快速地讲述。财前想到接下来就该自己登台发言了,突然产生了不安的情绪。虽然他对自己发表的内容充满了自信,但想到要用德语发表并答辩时就有点儿沉不住气了。当他轻声自责时,讲台上诺沃托尼教授的发言已经进入了尾声。

"如上所述,我的临床病例的长期疗效如下:无伴随黄疸的胆结石手术的死亡率为百分之二左右,但伴随黄疸的情况下死亡率就会升至百分之十到百分之十五。造成死亡率上升的原因应该是并发肝功能障碍,因此预后情况也不理想。另外,在手术过程中还发现有肝功能不全和出血的倾向。总而言之,在进行这类手术时,术前术后的监护极为重要。"

他结束演讲后便向主持人点头示意,主持人是哈佛大学的斯坦利教授,他用英语朝听众席问道:"对于发表的内容有没有疑问?"

由于诺沃托尼教授发表的内容很一般而且缺乏令人注目之处,所以并没有引起踊跃的讨论。

"那么接下来,请日本的财前教授发表《食管贲门癌手术成功病例及其长期疗效》的特别演讲。我们都已经了解到,财前教授运用他独创的食管贲门癌手术方式,把死亡率降低到令人难以置信的程度。"

当他介绍完毕并催促财前上台时,场上响起一阵掌声。财前顿时感到情绪高涨且心跳剧烈,他努力地做深呼吸以平复心情,然后缓步登上讲台,站在了发言席前。当掌声停止时,听众们关注的视线都集中在了他的身上。

"我深深地感谢国际外科学会及消化系统分会允许我在如此光荣的场合发表论文。"

财前面对听众用稍显笨拙的德语夸张地表达了谢意,随即打开了德文版的论文,他首先参照图表对日本的各种癌症死亡率做了论述。

"在日本的癌症死亡者中,消化系统的癌症占压倒性多数。根据日本厚生省的调查,在去年的死亡患者中,男性为五万人、女性为四万二千人。其中因食管癌死亡的男性占消化系统癌症死亡总人数的百分之六点三,女性则占百分之二点五。那么问题是,在这十年期间,来我的门诊的患食管疾病患者中,在早期发现的情况下,手术切除率约为百分之三十九点四。但是,如果患者能够更早地及时来医院就诊的话,食管切除的数字还会进一步上升。但是,由于在目前阶段很难做到早期发现,因此可以看到仍有相当多的患者错过了手术切除的最佳时机。目前可以说,癌症的早期发现除了做X光检查、内视镜检查以及最近颇受瞩目的细胞学检查之外,尚无决定性的方法。所以,尽管是掌握手术刀的外科医师,但只要以癌症为专门领域,就必须具备高超卓越的X光片判读能力,还要具备对各项检查结果的综合判断能力。"

他以出国之前刚做过手术的佐佐木庸平为例,参照幻灯片不无得意地讲述了自己仅靠两张X光片就确诊了早期贲门癌的经过。

"接下来介绍食管癌的手术成果,其中还包含下段食管贲门癌在内。目前我所采用的胸壁前胃部与食管吻合术的方式治疗,死亡率只有百分之六点五。这几年来,各国学者每年都对这类死亡率进行统计报告,但是较好的成果为百分之十四点八左右,较差的甚至超过了百分之五十。依此评测,我认为自己的手术成果格外显著并为之感到自豪。在长期疗效方面也是一样,目前我个人手术成功的病例已经达到了八百九十七例,其中有四十三例患者已经存活超过五年。报告显示在全世界范围内,目前这种病例存活超过五年的人数为一百二十九例,而其中的三分之一即四十三例是由我手术治疗的。我对此感到非常欣慰。"

说着他又演示了以图表方式分类统计的食管癌手术成功病例、手术方式和存活超过五年的长期疗效的幻灯片。

"食管癌的早期诊断并不容易,而且需要做大手术,但目前它正在我们坚持不懈的钻研和医学防线面前逐步屈服。今后还会有更加完美的手术方法和治疗方法由专攻消化系统癌症的医学家研发出来,在不久的将来我们一定会把食管癌这种威胁人类生命的疾病彻底征服!"

他用听起来矫揉造作的措辞结束了演讲,会场上爆发出雷鸣般的热烈掌声。

主持人斯坦利教授说道:"刚才财前教授在特别演讲中报告了令人十分震惊的手术成功病例,内容颇具启发性。各位有什么提问吗?"

听众席上有四五个人迫不及待地同时举手,加拿大的马克斯威尔教授得到指名,站起来提问。

"财前教授针对上、中段食管癌施行的胸壁前胃部与食管吻合术在我国也为人知晓,但是,例如在患者全身状态不佳或局部症状也很差等恶劣条件下,导致不能一次性完成手术的时候,又该采取什么样的手术方式呢?"

刚才还因难以预判提问而有些紧张的财前,这时表情完全放松了下来。

"遇到这种情况时可以分三次实施手术。第一次手术首先开腹做胃造瘘术,第二次手术开胸全切胸部食管并做颈部食管造瘘术,然后在第三次手术中进行胃前壁胃部与食管吻合术。这种三阶段手术方式每次对患者的影响程度较弱,所以即使是对于重症患者也比较适用。"

这是财前擅长的专业领域,所以他的回答特别流畅,一气呵成。

"感谢你非常有意义的建议。"

马克斯威尔教授十分满意地坐到了座位上。后方来自共和国南非的医学家举起手来并双眼炯炯有神地提问。

"目前,欧美各国的消化系统癌症正在持续减少,为什么在日本像胃癌等疾病却不断地增加呢?请您解答一下。"

"这个问题或许应该由流行病学家来回答,不过我愿意坦率地表达自己的看法。众所周知,胃癌的发生被认为与饮用水、食物及嗜好等具有密切的联系。在日本可以看到这样的倾向,越是经常摄取高盐分食物以及钙质营养素摄取不足的地域,胃癌死亡率就越高,而牛奶饮用量越高的地域胃癌的病例就会越少。由此看来,日本人如今把米饭作为日常主食的饮食习惯应该是导致胃癌发生的重大原因之一。"

提问者点了点头,坐回座位上。接着又有两三个人举了手,但主持人斯坦利教授看了一下时间,说道:"看来还有好几位想提问,但还是请大家过后私下交流吧!我们进入下一个演讲课题。"

说完,他就离开主持人席位,走到财前面前跟他握手。这是对发言者表达的最高谢意,对发言者来说是一种荣誉。

在宾馆内面向内卡河的洛可可式豪华大厅里,正在隆重地举行国际外科学会的欢迎酒会。水晶灯把淡红色的地毯和以白色、金色装饰物布置的室内映照得金碧辉煌。身穿深色正装的各国学者在身穿晚礼裙的夫人的陪同下,手持香槟或葡萄酒,热烈祝贺学会召开。

财前五郎闪那深色正装袖口的偌大的珍珠袖扣在闪耀着光芒,他手持酒杯与众多学者干杯。虽然都是初次见面的学者,但大家都一手持杯一手伸出与财前握手。

"财前教授,你今天的特别演讲实在太精彩了!这是我参加消化系统分会的巨大收获啊!"

一位学者对他大加赞赏。

"请您在这次旅行期间务必光临我的大学。我们什么时候能够得到这样的机会呢?"

另一位学者急切地催促他答复。

众学者对财前的演讲赞不绝口,并递上印有本国大学或研究所地址的名片。交谈中夹杂着德语、法语和英语,遇到欧洲人分辨不出长相和姓名的财前只能以微笑应对。

"当然,如果时间允许的话我一定拜访。若有机会去日本也请您参观我的大学。"

他对每个人都彬彬有礼,不忘给对方心中留下美好的印象。

大厅中央响起掌声,国际外科学会会长兼任消化系统分会会长的海德堡大学的布赫内教授站在了话筒前。他的五官极具立体感,双眼闪烁着锐利的目光,环视着近四百位参会者。

"第十届国际外科学会终于隆重召开,感谢来自各国的教授们和医生们。期待优秀的各位在学会期间踊跃发言,干杯!"

他说完举杯齐眉,会场上随之响起了干杯声。这场欢迎会不像在日本那样总有冗长的开幕致辞。布赫内教授致辞祝酒之后,晚宴会场再次热闹起来。财前看到布赫内教授身边围着许多著名学者和夫人,担任消化系统分会主持人的哈佛大学教授斯坦利也在其中,于是他就直接走了过去。

"哦,财前教授,请到这边来。"斯坦利教授看到财前就举手示意,并用美国式的豪爽风格说道,"现在人们都在谈论你的演讲,认为你的演讲非常富有激情啊!"

财前恭敬地跟站在周围的那些赫赫有名的学者和夫人们握手致意之后,答道:"承蒙您的赞赏,能够得到学会邀请,我真是无比喜悦。"

站在斯坦利教授旁的布赫内教授说道:"你不受传统手术方式的束缚,凭借自己的创意和精湛的技巧研发出独到的术式并不断地获得成功,我被你的卓越才能和努力感动了。"

世界级癌症学家布赫内教授的这番话令财前一时怀疑自己的耳朵,他用德语谦恭地表示:"能够得到布赫内教授的鼓励对我来说真是无上的光荣。"

"学会结束之后,你预定在德国久留吗?"布赫内教授把葡萄酒杯端到嘴边问道。

"如果可能的话，我也希望多留一段时间，但是因为日本还有患者在等我回去做诊疗，所以很遗憾我不能久留。不过，即使时间短暂，我还是希望从德国学习更多的东西带回日本去。其中之一就是希望有机会参观布赫内教授负责的癌症研究所。"

他十分热切地向布赫内教授提出了请求。

"可以参观。不过，那里目前还在建设当中，完成之后将具备所有与癌症相关的研究部门，并将成为世界级的研究所。"

一向被认为不容易接近的布赫内教授竟欣然应允财前的请求，周围的学者们纷纷露出惊羡的眼神。

财前抑制住心中的激动，说道："我从离开日本时就对此怀有热切的期望，能够这么快就获得您同意，真是不胜荣幸。"

他按照日本式的礼仪深深地鞠了一躬，随即不动声色地从布赫内教授身边离开了。

大厅中弥漫着美酒的芳醇、烟草的气味和夫人们的香水味，宴会进入高潮后，大厅内更加喧闹起来。财前为了寻找慕尼黑大学的沃尔夫教授，在人群缝隙间来往穿行。沃尔夫教授作为德国外科学会会长曾经在各分会开始前的仪式上致辞，所以财前已经有了印象，但此时却很难找到他了。财前茫然无措地靠近窗边，听到从临窗餐桌旁的人群中传来欢快的笑声。他顺着笑声望去，就看到了戴着宽边赛璐珞眼镜的沃尔夫教授，于是赶紧上前打招呼。

"请问您是沃尔夫老师吗？"

沃尔夫教授隔着眼镜望着财前。

"我是日本浪速大学的财前，是东教授的学生。"他用德语自我介绍道。

"哦，原来是财前教授。我们正在称赞你的演讲呢！而且，大家都很羡慕东教授的研究室能有你这样优秀的继承人。"

他紧紧地握住财前的手,并向身旁的夫人介绍。

"东老师委托我给沃尔夫老师带来一封信和礼品。您什么时候方便,我送到您住的宾馆去吧!"

"我真是太高兴了。随时都可以。我和太太都会很高兴地等你去。"他停顿了一下,"财前教授,你今天发表的对体力衰弱的食管癌患者分三阶段手术的方法,我曾在学会杂志上拜读过。坦率地说,当时我还半信半疑呢!但是,今天听到你对提问者回答之后,我终于信服了。如果你的行程允许的话,希望一定要来我们大学做一台观摩手术。"

财前眼中泛起了欣喜的波澜。从日本出发时起,他就野心勃勃地希望能在德国的外科学者面前展示自己的手术。没想到这么快就美梦成真了!

"这是我的荣幸!我很高兴能有机会做观摩手术。"

沃尔夫教授随即举起酒杯,说道:"为财前教授精湛的手术技法,干杯!"

同桌的其他学者们也一起为财前干杯。财前接受着众人祝酒,想到自己的特别演讲获得超乎预料的成功而且还将在慕尼黑大学举行观摩手术,他欣喜地陶醉在接二连三眷顾自己的荣耀之中。他干了好几杯酒,抬眼向窗外望去,夜色中的内卡河闪着幽暗的波光,静静地流淌着,对岸街道的灯火为内卡河岸镶上了璀璨的亮边。他突然想起,在出发前跟庆子在舞子别墅遥望淡路岛灯火璀璨的美丽夜景时,庆子曾经说过一句话:"在那璀璨灯的火中隐藏着不祥之光。"财前霎时从陶醉中清醒过来,感到似乎有一道阴影从眼下的荣耀前闪过,但他立刻摇了摇头。我已经获得了这么大的成功,难道还会发生什么不吉利的事情吗?想到这里,他又觉得对岸仿佛宝石般璀璨的灯光都包含着自己的荣耀。

当女乘务员告知飞机即将抵达柏林时,舷窗下出现了一座巨大的半圆形建筑,就像把穹顶球场分成了两半,巨大天盖般的穹顶在地面画出巨型的半圆。

"老师,您看到滕铂尔霍夫机场了吧?那是目前全世界最大的机场,连大型客机都能完全进入穹顶下面,各国航班都可以在那里起降。"平和制药公司的驻外员从旁边介绍道。

财前一边点头一边赞叹不已,无论是眼下看到的滕铂尔霍夫机场还是今早从波恩驱车前往科隆的高速公路以及前天参观过的海德堡中央癌症研究所,这些建筑及工程都体现了德国人技术构思之宏大及水准之高超。

飞机落地后,他们办完入城手续走出了航站楼,市田立刻拦了一辆出租车。从机场到首都市中心约四公里的距离,汽车在道路上行驶并进入了首都中心地带,大街两侧的商店橱窗里琳琅满目,来往行人的表情似乎也都十分轻松。不久,当汽车驶上繁华的库弗斯坦达姆大街时,车流量骤然大增,大街两侧的商店、咖啡馆和餐厅里,顾客出出进进,柏林的繁华超乎了财前的想象。但是,来到大街中间地带时,财前却看到了一座惨遭破坏、焦黑残破的高塔。

"老师,那就是柏林大空袭时遭到摧毁的威廉皇帝纪念教堂。为了纪念战败,他们就那样一直保留着当时的状态。"

市田司空见惯似的解说,但财前却不得不思考德国人如今依旧坦然地把直接见证轰炸惨状的残骸保留在闹市中心的用意。他想,只要这座高塔继续像骸骨般矗立,德国人即使是在日常的繁华生活中也不会忘记悲惨的战败历史。

在凯宾斯基宾馆用完午餐,市田租了一台车准备带财前去西柏林市内观光。

"老师,我先陪您去哪里呢?"

"既然来到柏林,我想首先要去看'柏林墙'!"

市田驾车沿着库弗斯坦达姆大街向东行驶。在快到大街尽头时,随处可见饱受战争摧残的废墟。即使是在那些免遭毁灭的建筑上,也还残留着机枪扫射过的痕迹,拳头大的弹孔此时已被麻雀们筑起了窝。

进入动物园这座绿色的大公园之后,就能望见勃兰登堡门了。走近一看,曾经是德国光辉象征的"凯旋门"——巨大的勃兰登堡门上红旗飘扬,而大门的另一侧由东德和联合国的哨兵警戒。西侧门旁立着一块牌子,上面写着"注意! 西柏林至此为止"。

汽车在勃兰登堡门前右转,开到了寂静的河边。停下车来一看,河岸上也立着"西柏林到此为止"的牌子。财前下了车,伫立在河畔。

在时近黄昏的淡淡夕阳下,眼前的斯普雷河泛起涟漪静静地流淌,但这种静谧反而令人心寒。

离开斯普雷河边向贝尔瑙尔大街驶去,就看到一道漫长的砖墙绵延无尽,墙边立着一块牌子上写着"阻挡通道,污辱之墙"。

"这就是柏林墙啊!"

财前原以为柏林墙是摩天高墙,所以眼前这道只有两米半高的墙壁令他感到几分扫兴。

"是的。再向前走一段就有能瞭望东柏林的台阶,我把车停在那里!"

市田把车停在十米前方设置了瞭望台阶的前面,财前立刻登上台阶眺望东柏林。

东柏林有一所聚集了社会主义阵营优秀学者的癌症研究所,财前很想走访高墙那边的东柏林癌症研究所。

"市田,请你帮我安排明天去东柏林的癌症研究所。"

"东柏林癌症研究所？那可不好办。除了一般的旅游参观之外，去那里都需要事先登记预约。但目前东柏林和西柏林之间的自由联系完全断绝了，只能通过邮寄交换材料，往返至少需要一个月，所以根本没有办法做到。"

"倒也不是要见某位教授，只是想参观一下而已，所以请你在明天之前想办法提供方便！"财前再次强烈要求道。

"好吧！那我就在明天之前想想办法。"市田满脸困惑地答道。

第二天早上，财前满脸不快地听市田向他报告。

"我从昨晚就开始想办法到处打听、找门路，但目前可以自由来往于东柏林和西柏林之间的只有官方批准的旅游大巴和邮递员，所以实在没有办法。那么，能否请您委屈一下乘坐旅游大巴去呢？如果乘坐旅游大巴的话，只要向宾馆前台交代一声，应该现在就能订两个座位。"市田束手无策地说道。

"你怎么也糊涂起来啦？旅游大巴不是只能按规定路线走吗？我说了好几遍，我想去的是东柏林的癌症研究所嘛！现在都已经到这儿了，不去参观就离开岂不太遗憾了吗？"财前依然不肯放弃，心情不悦地沉默下来。"啊，对了，我跟《每朝新闻》的山川特派员商量一下吧！他曾经去海德堡采访过我，还在波恩见过面，所以或许他有什么好办法。"

财前说完立刻拿起电话要求接波恩。

"喂，请问是《每朝新闻》波恩分社吗？我是上次跟你见过面的浪速大学的财前。突然给你打电话，是因为我想参观东柏林的癌症研究所但没法儿去。啊？有一位日本学者去过了？那我更想去了。能不能想想办法呢？啊？你要帮我联系 UPI 柏林分社？那太感谢你啦！是，明白了。请你一定帮忙！"财前情绪高涨地说完挂断了电话，

"市田,《每朝新闻》的记者答应帮我联系UPI的柏林分社,咱们要马上去UPI找一个名叫理查德·雷恩的记者直接委托他。即使雷恩不在,他也肯定会联系别人。咱们出发吧!"

财前说完立刻拿起了上衣。

他们按照山川特派员所说,从宾馆向库弗斯坦达姆车站走了大约两分钟,很快就看到了UPI柏林分社所在大楼。他们乘电梯上了四层,向接待员说明要找雷恩记者后,来了一位挽起衬衫衣袖、看样子很活跃的记者。

"财前教授,刚才《每朝新闻》的山川记者把你的要求告诉我了。我刚才联系了旅游出租车。要是乘坐旅游出租车的话,就比较容易拿到通行证了。只要是禁区以外,自己想看的地方都能参观。"

他说起话来干脆利索,还详细地说明了癌症研究所的地址。这时,电话铃响了。

"是,我是UPI的雷恩。啊?旅游出租车已经预约到一周之后,不行了?这可麻烦啦!能不能想想办法?拜托你啦!啊?什么?只要有国际驾照也可以自己租车去?嗯,原来如此,我还不知道呢!谢谢你啦!"

雷恩记者放下电话后耸耸肩膀说道:"在柏林这个地方到处都会碰到匪夷所思的事情。我在柏林待了三年都不知道的事情,今天终于知道了。你们二位谁带着国际驾照啊?"

"有,我有。"市田答道。

"那太幸运啦!只要有国际驾照就可以租车自驾前往东柏林检查站办理通行手续,那样就能去东柏林了。祝你们好运!"

雷恩记者爽朗地笑着拍了拍财前和市田的肩膀。

由市田驾车,两人来到了位于弗里德里希大街上的东柏林检查站。来自世界各地的人们在这里排着长龙申请通行许可证。

财前和市田也下了车,排在队列的最后。等了大约五十分钟,他们终于来到第一个窗口并出示了护照,对方递来了入境表格和号码牌。入境表格中需要填写姓名、国籍、职业、通行目的和携带金额等事项,填完之后还得等候叫号,他们必须一个个地站在身穿军装的检查员面前核对填写事项是否准确无误后,才能领到通行许可证。检查员们的态度傲慢而蛮横,等待叫号的人大都不约而同地阴沉着脸默然无语,这种异常提心吊胆的感觉令人不快。

终于轮到了财前,他站在了检查员面前。检查员照本宣科地询问了财前的姓名、国籍、职业和通行目的之后,还特意确认了一句:"你是教授吗?"

当财前回答"是的"之后,对方立刻态度郑重地说"好的,请吧",随即把通行许可证发给了财前。市田接着站在了检查员面前,对方恢复了先前那种傲慢的态度,一边核对市田的护照和驾照,一边进行提问,市田表情僵硬地回答了两三句之后,检查员点点头发放了通行许可证。

他们赶紧上了车,正要启动的时候,后边传来了一声呼喊:"等一下!"

他们吃惊地回过头去,只见两名身穿军装的检查员在压低的帽檐下射出锐利的目光。

"这辆汽车检查过了吗?"

市田回答说还没有,对方连招呼都不打就拉开了两侧车门,一起移开车座并严格地检查了驾驶台的置物箱以及后备厢,看到没有隐藏任何物品之后才说了声"好了"并准许通行。汽车前方的红色栏杆"咣当"一声抬了起来。

通过栏杆后,从此向前就是东柏林了。市田用紧张的姿态握着方向盘,财前坐在副驾驶席上展开了地图。

当他们离开废墟来到亚历山大广场时,面前突然变成了无轨电车和有轨电车行驶的闹市区,虽然可以看到面临广场的商店和咖啡馆有人进出,但行人的装束都很质朴,商店橱窗里也没有多少商品。市田把汽车停在了广场边沿。

"这一带是东柏林最繁华的街道。这条从广场笔直向东延伸的宽阔大街叫斯大林大道,是东柏林引为骄傲、用于宣传的壮丽大道。现在这里被称为卡尔·马克思大道了。"

这条宽及百米、中间夹着绿地的壮丽大道笔直地向东延伸,两侧整齐地排列着十五层高的公寓楼。

汽车从广场进入布莱斯劳大道,按照UPI的雷恩记者画的地图一直向北行驶,但他们却找不到前往癌症研究所所在地布赫的路线。他们好不容易叫住站在十字路口的年轻男子,刚要问路,却不知从哪里冒出一名警官问他们有什么事。

"我们想去位于布赫林登柏格的癌症研究所,怎么走呢?"

"癌症研究所?我不知道。但如果要去布赫的话,沿这条路行驶十分钟左右,在下一个岔路口向右拐。"

汽车继续前行,在岔路口右转之后就变成杳无人迹的乡道。放眼望去,麦田和小山丘连绵不断,只有零星几座露出白墙和褐色木柱支撑的农舍,看不到貌似研究所的建筑。

"市田,咱们会不会走错路了?"财前不安地问道。

"我完全按照警官提示的路线开过来,应该不会错。咱们再向前走走看吧!"

市田继续加速前进,但是走了很久仍然只见麦田和小山丘,财前脸上露出焦急的神色,日渐黄昏的杳无人迹的东德郊外令他忐忑不安,而且他们必须在六点钟之前返回检查站出境。这时,市田突然刹住了车。

"老师！会不会是那里呀？"

他指着右侧被树林围绕的小山丘顶,从绿树丛中隐约可见一座略显灰色的建筑。虽然感觉似乎小得出乎预料,但是参照地图正是林登柏格。

"不管是不是,先去看看吧！"

财前说完,市田就使劲地踩下油门,汽车沿着勉强通过一台车的乡间小路向上驶去,那座灰色建筑渐渐从繁茂密林之间现出全貌。这是一座爬满常春藤的老旧的五层楼房,到了近前,他们就看到楼房正面写着"德国科学院附属医学生物研究所",财前叫市田停下车来。在这座建筑里,应该有个具备了世界级研究设备的癌症研究室。财前克制住油然而生的激动,下了车正要走进大门,门卫放下类似铁路道口栏杆样的东西盘问。

市田答道:"我们是从日本来的,想参观这家研究所。"

听到回答,对方便拉起栏杆放行了。进了大门,在走向楼门的途中,财前叫市田别理会前台接待员直接进去。因为好不容易来到这里,他担心会被前台拒绝参观。不过,寂静的门厅里空无一人,所幸前台也不见人影。财前和市田赶快闪进门厅侧面的电梯并摁了按钮。电梯停下后,两人出来,只见昏暗的走廊上悄无声息,每个房门都紧紧关闭,只有两人的脚步打破了沉寂在咯噔作响。来到走廊尽头,财前停下脚步并屏住了呼吸,他们实在太幸运了——那里挂着"癌症研究室主任 E·黑格教授"的牌子,这是财前久仰大名的世界级癌症学者。财前既没有事先预约也没有携带介绍信,他只好不顾那些而鼓起勇气敲了门。

"哎",有人应声并打开了房门。秘书模样的年轻女子望着不速之客惊讶地问道:"你是谁？来这儿干什么？"

"我是来自日本浪速大学的教授,名叫财前。此前在海德堡参加国际外科学会时参观过中央癌症研究所,但还很想参观这个著名的德国科学院癌症研究室,就来登门拜访了。"

秘书拿起装在墙上的对讲机联系不知现在何处的黑格教授。过了片刻,对讲机那头传来黑格教授的声音:"我就是黑格教授。你们经过德国科学院准许了吗?"

"没有。"

"如果没有德国科学院准许,谁都不能进来参观。"

空荡荡的房间里,只能听到黑格教授的声音而看不到对方的身影,一股瘆人的冷漠感笼罩了财前。

财前鼓起勇气说道:"我听说曾经有个日本学者参观过这里,希望您也能同样向我们提供方便。我们付出了非同寻常的努力,好不容易来到这里找到这座伟大的研究所。"

财前说到这里,对方一时无言以答。

"那位学者是应科学院邀请而来。"

"那就请您告诉我那位学者的名字。"财前不失时机地问道。

财前考虑到只要知道那个人的姓名,自己也能通过某种方法得到科学院的邀请。

黑格教授再次沉默了片刻,说道:"不行。没有科学院的准许我无话可说。希望你立刻离开这座研究所。"

对讲机随即"咔嚓"一声挂断了。

"黑格教授在哪里?"财前向秘书问道。

"我不能告诉你。请回吧!我送你。"

秘书表情生硬地打开房门,领着财前和市田走出来。

就在与这条走廊一门之隔的房间里,聚集了社会主义阵营最有才干的癌症学者。他们应该正在从事杰出的研究,却被政治壁垒阻隔。财前怀着无以名状的愤怒和不信任感走出了研究所。

莱吉夜总会宽敞的大厅里人声鼎沸、热气腾腾，约两三百个客席几乎都被来自世界各国的游客坐满了。

正面的双层舞台上开始表演音乐喷泉秀，几千条水柱随着轻快的乐曲声忽高忽低、忽快忽慢地喷涌，耀眼的聚光灯刚刚照亮舞台，被染成彩虹色的水柱就闪耀着七彩光芒展开了气势宏伟的表演。音乐旋律达到高潮时，双层舞台的下层出现了令人联想到水中精灵的舞女，她们在七彩水柱的映衬下跳起了排舞，音乐、水柱和美女交织成精彩绝伦的舞台画面。

财前入迷地欣赏着美景，感到刚才还残留着的东德之行带来的疲劳感终于渐渐消散。他一边捧着白兰地酒杯一边环视周围，他发现每张餐桌上都有一部电话。酒酣耳热的游客们拿着电话滔滔不绝地神侃，一片欢声笑语，热闹非常。

"老师，咱们也玩一把电话游戏吧！"

市田说完就拿起电话，看着大厅餐桌号码表拨了号。刚刚响起"叽"的铃声，斜前方隔着两张餐桌上的电话灯光就开始闪烁，那边的三个女孩争先恐后地拿起电话，市田用流利的德语说道："这里是126号餐桌的两个日本人。小姐们的美丽令我们看得着迷。"

三人瞟了一眼财前这边，笑着答道："多谢！"

可市田却立刻挂上了电话。

"怎么样，老师？这次你来试试吧。你可以按照这张餐桌号码表给你喜欢的女人所在餐桌打电话，问她是否愿意过来或是否愿跳舞就可以啦！如果换个角度来看的话，电话这种工具，还可以当作爱情快递来使用呢！"

市田指着桌旁安装的圆筒说："这儿有准备好的便笺，写好情书再写上对方的桌号和你的桌号并投进圆筒,便笺就会通过压缩空气装置自动送到事务所,经过分拣之后很快送到对方桌旁的圆筒并飘出来。"

"哦?这倒挺很有意思嘛!真不愧是德国式的实用科学呀!那就试一把吧!"

说完财前就拿起准备好的便笺用德文写上"我们是日本医生。跟我们跳个舞吧!敬候回音——一百二十六号桌",随即把便笺投进了圆筒。

两三分钟之后,坐在二百八十号桌旁的两位年轻女子回头望着财前这边,两人肩膀凑在一起像是在便笺上写着什么。过了片刻,财前他们桌旁的圆筒中"噗"地飞出一张便笺来。

"日本的医生,热烈欢迎!我们马上就过去——二百八十号桌。"
字迹潦草,看上去没什么美感。

"市田,搂着那个女子跳舞不会有事儿吧?"

"没事儿!她们不是寡妇就是老姑娘或应召女郎,刚开始谁都是逢场作戏,只要情投意合,往后就可以随心所欲啦!"

"那太有意思了!你真带我来了个好地方啊!"
财前眼中流露出欢娱的迷醉神色。

"晚上好!日本的医生,欢迎光临!"

随着热辣的招呼声,传递便笺的女子出现在面前。两人不像远看时那样年轻,一个长着金发,另一个长着褐发,看上去大约三十岁。身穿玫瑰色晚礼裙的金发女郎有着丰满而舒展的肢体和性感的厚嘴唇,跟庆子有某种相似之处。

"市田,咱们都玩个尽兴吧!"

说完,财前就搂着金发女郎的肩膀走进了舞池。

舞池以彩虹色的水幕为背景,播放着轻快的华尔兹舞曲,好几对男女在沉醉地相拥起舞。财前搂着女郎丰满的躯体,大脑中忽然闪现出明天就要在慕尼黑大学做观摩手术的事情,霎时间从沉醉中醒了过来。不过,他立刻像要驱散那个闪念般摇了摇头,更加用力地搂紧了女子的躯体。

"我真想整夜跟你跳舞……"他把嘴唇紧贴女子的耳旁说道。

财前到达慕尼黑机场后,此前在海德堡市分别的芦川和沃尔夫教授研究室的人员已经来迎接了。芦川一看到财前就跑过来接下行李。

"老师,因为航班晚点了三十分钟,所以我很担心。这位是沃尔夫老师研究室的学生。"

与芦川年龄相仿的高个子研究生说:"财前教授,欢迎您!我们慕尼黑大学医学院外科研究室的所有成员,都十分感谢能有机会亲自观摩老师的手术。"

他脸上泛着红晕说完,立刻引领财前走向停在机场门厅前的汽车。

财前一上车就把身体重重地瘫倒在座椅上,昨晚在柏林寻欢作乐、贪享声色的疲倦如铅块般积淀在全身。

芦川关心地问道:"老师,您气色不太好,是不是旅途太劳累啦?老师今天的观摩手术已经成了热门话题,承接主刀的科室自不必说,就连内科、小儿科、皮肤科都提出申请希望观摩手术,挤不进观摩室的研究生就只好集中在小礼堂通过电视屏幕观摩了。我作为内科研究生也感到无比骄傲!不过,您好像不太舒服,不要紧吧?"

"没问题啦!我不管身体状况怎么差,一进手术室也会精神抖擞。而且我的手指不受身体状况的影响,它会自动地准确操作呢!"

财前虽然嘴上这样说,但对自己在身体极度疲劳的状态中握手术刀仍有担心,就怕万一……可恶的念头掠过他的心头。他像要打消这种念头似的摇摇头,把视线转向了车窗外。汽车已经进入慕尼黑市区,铺装整齐的石板路纵横交错,车流量也逐渐增加起来,但随处可见绿意盎然的广场,整个城市都呈现出巴伐利亚地方第一都市的沉稳和宁静。不久,汽车进入核桃树成排绵延的大道,从夹道排列着三层楼的古典建筑之间驶过,停在了慕尼黑大学医学院的正面门厅前。三位秘书出来迎接,带他们去了二楼的教授办公室。沃尔夫教授像是已经等候多时了。

"噢,财前教授!终于把你等来啦!刚才从机场来的通知告诉我航班晚点了,我一直很担心啊!手术预定从下午一点半开始,你可能累了,先休息一会儿吧!"他指着摆在房间一角的沙发说道。

"在日本时,我经常连续做两三台手术,所以坐飞机的疲劳根本算不了什么。我现在就开始吧!"

财前此刻不想休息,希望尽快开始做手术的激情掩盖了疲劳感。

"是吗?那就先请你看看患者的病历和 X 光片吧!"

沃尔夫教授把桌上的病历和 X 光片放在了财前的面前。

D·约瑟夫	书籍销售业 男 52 岁
主　　诉	吞咽困难、胃部有膨胀感
目前症状	摄取普通食物困难、现在进流食
既往病史	胃炎

财前仔细地浏览病历,又确认了各项检查报告单,并没有发现需要特别注意的事项。他把目光投向观片灯上的食管和胃部的 X 光片,发现食管下方后壁有个拇指头大的阴影。

"这很明显是食管癌啊!马上实施胃部与食管吻合术吧!"

说完,沃尔夫教授就陪财前去了二层的手术室。推开手术室门,一位护士长模样的护士已在准备室备好财前的手术衣等候了。财前在那里洗手消毒后换上蓝色手术衣并戴上了手术帽、口罩和橡胶手套。沃尔夫教授也同样换上了蓝色手术衣。

"那我们去手术室吧!"

沃尔夫教授刚要率先走进手术室时,护士长小声地向他传达了什么事情。

"噢!这真是机会难得呀!财前教授,现在,汉堡大学的马拉教授正在心脏外科研究室,听说你要做手术,准备在观摩室观看呢!"

汉堡大学的马拉教授是著名的心脏外科专家。

"这真是出乎预料,是我的荣幸。"

财前说完跟沃尔夫教授一起走进了手术室。由高高的天花板和雪白的墙壁合围起来的手术室具有全封闭玻璃房般的透明光线,其中有一面墙壁装设了玻璃隔挡的电视远程操作室,另一侧的夹层二楼玻璃墙内就是观摩室。财前抬眼瞟了一下,马拉教授就坐在第一排的中间位置。为了镇静情绪,财前缓缓地走近中央的手术台。患者已经被送进来了,三名助手、两位麻醉师和四位护士一起恭敬地迎接财前。

沃尔夫教授转身向财前介绍道:"这五位医师和护士是协助你做手术的工作人员。第一助手是我研究室的昆采博士。"

担任第一助手的昆采博士代表工作人员致意道:"非常荣幸担任财前教授的助手。我们向您深表感谢。"

初次见面的说着德语的外科医师将要担任自己的助手,他那蓝色的手术帽下露出一双蓝色的眼睛,这令财前的自信心发生了些微动摇。

护士向财前报告:"术前准备完毕。"

财前朝躺在手术台上的患者望去,实施全身麻醉的患者的白色肌肤上金色的汗毛正在闪着亮光,他已经进入了深度昏睡状态。财前为调整状态做了深呼吸,针对患者麻醉和全身的状态询问了两三句,然后抬头望着无影灯。

"请把灯光调到从右下方照射患者上腹部的角度。"

考虑到无影灯照射角度与手术难易程度密切相关,财前慎重地提出了要求。第三助手向玻璃墙内的操作室示意,无影灯向右稍稍倾斜。

"就停在这个角度,全面照射!"

患者的上腹部被照得十分清晰,财前站到了主刀者的位置上。手术室内安静得仿佛一切都停止了,三位助手屏息等待财前的第一刀,观摩的沃尔夫教授也注视着财前的手。装在无影灯内的电视摄像机发出"吱"的声音并开始运转。财前眼中骤然充满了锐利的目光,先前的疲劳感顿时被赶到了九霄云外了。

这是我在国外的第一台观摩手术,无论怎样都必须成功!

财前屈伸一下指尖发出指令:"手术刀!"

只见圆头手术刀在辉煌的照明中亮晃晃地一闪,财前已把患者的上腹部正中线切开。如此精湛利落的第一刀令周围发出了赞叹声。神经紧张到顶点的财前听到赞叹声就得到了缓解,感到以往的自信又回到了自己身上。因为患者的脂肪层比日本人稍厚,所以他感到手术要比预计得更深、更窄。但他还是直接把双手伸进渗出鲜红血液的腹腔内,仔细地检查腹部脏器或腹膜是否有癌转移。如果相邻脏器或腹膜上已经有了癌转移的话,手术就会变得非常复杂,并且需要耗费格外多的体能。不过,所幸没有看到转移现象,癌变局限在食管下方。

财前把所有的注意力都集中在右手食指和中指上,从胃体向食管方向仔细谨慎地触诊,当手指来到第三狭窄部后壁附近时,他摸到了坚硬的肿瘤。他指尖用力把食管后壁转到前面,立刻看到一个灰色的如拇指头大的肿瘤。

"因为癌肿瘤局限在食管下方,所以要进行胃部与食管吻合术。"

说着财前瞟了一眼时钟:两点四十分。从现在起就是施展自己高超手术技法的时候了,要努力在三小时内完成手术——财前下定了决心。

"先做胃剥离术。尖头手术刀!"

他接过尖头手术刀从胃体上剥离横膈膜,再把包裹食管的厚层横膈膜环状切开,然后伸入指尖开始慢慢地牵出食管。

"用食管钳夹住下部!"

助手握着的食管钳突然从黏滑的食管上滑脱,而助手却只是笨拙地空挥着那双大手。财前的粗眉一挑,要是在日本的话,他早就抬脚踢中助手的小腿迎面骨了,但在这里却不能那样做。他一言不发地夺过助手的食管钳,亲自夹住食管下部,目测肿瘤边缘上下各四厘米的位置,嚓嚓两刀就把癌瘤部分断开了。从常识来讲,即使是技法相当熟练的主刀,也要先用指尖触诊肿瘤并确定切线之后再下刀,而财前大胆的切离手法令三位助手和沃尔夫教授惊讶得瞠目结舌。

"准备开胸,手术刀!"

财前切离病灶部分之后没有停歇,他接着就下刀切开患者胸部并开始牵出食管上段。他为了避免损伤小心翼翼地把大动脉和心脏拨到旁边,然后把手术刀贴在纵隔膜上慎重地剥离食管。食管剥离完毕,就该做这台手术中难度最大的胃部与食管吻合术了。

财前再次做了深呼吸。护士从身后为他擦去额头和脖颈上的汗水。这时需要用拇指和食指捏住腹腔内游离的胃底部一举提至食管断端进行吻合,但如果提拉手法不当就会牵动胃小弯侧而不能提至食管断端。财前用拇指和食指连抓带夹地握住胃底部,划出弧线提拉到食管断端并用手术钳夹住两端,随即迅速开始吻合。他的指尖以活物般的奔放灵巧地舞动,食管与胃体渐渐地被完全吻合了。

财前额头上挂满了大颗汗珠,眼皮上也渗出了汗水。再加把劲完成吻合,就剩下把拨开的脏器放回原位并将剖开的胸部和腹部关闭缝合了。

"手术结束!"

看看时钟,四点二十六分,手术用了两小时五十六分钟。在这个瞬间,沉默无声的静寂被打破了。

"太精彩了!难以置信的速度!"

"简直像魔法般的手术!"

围在财前周围的助手和沃尔夫教授的感叹声像决堤的洪水一般。夹二层的观摩室内也传出赞美财前精湛手术的掌声。大家可以清楚地看到,坐在第一排的汉堡大学的马拉教授也站起身来为财前鼓掌。财前把满是汗水的面孔朝向马拉教授注目致意,还对助手和沃尔夫教授对这台手术的大力协助表示了感谢。初次在外国进行观摩手术就获得了圆满成功,他也不禁对自己的实力感到自豪。

沃尔夫教授和汉堡大学的马拉教授为财前把大杯的慕尼黑啤酒举至齐眉处,说道:"向财前教授精湛的手术表示由衷的敬意,干杯!"

芳醇的啤酒香气和白色泡沫奔涌而出,财前眼中闪烁着喜悦的神色。

"应该是我感谢大家给我提供了实施观摩手术的最佳场地。真不知道该怎样表达心中的谢意。而且,二位教授还举办了这样的晚餐会。实在不胜感激!"

财前望着慕尼黑著名的特盖斯特餐厅古典的室内环境,向两位教授回礼。

沃尔夫教授说:"从我们的常识看来无论怎样熟练的医师都需要四小时才能完成的手术,而你在国外这种只能使用你所不熟悉的助手的不利条件下,还能以两小时五十六分钟完成,实在太令人惊讶了!"

头上夹杂着银发的马拉教授凝眸注视着财前的脸,说道:"如果单纯论速度的话,或许还会有与你比肩的人物。不过,像你那样技法迅捷而精准的手术我完全是第一次见到。"

"那都是因为沃尔夫教授安排的助手都非常优秀,而且接受观摩手术的患者病症也适合我的术式。"财前用近乎外交辞令的措辞答道。

"不,你太谦虚了!全都归功于财前教授高超的手术技法。不过,我在挑选观摩手术病例时确实费了一番功夫。这是因为,在我的研究室里患者分为三类:第一类是由于经济困难或患有罕见疾病而全部免除住院费和医疗费的患者,第二类是医保患者,第三类是自费患者。以前接受观摩手术的患者按照惯例要从免费或医保患者中挑选,但这次因为是财前教授的观摩手术,所以把自费患者也纳入考虑范围了。在我们选出适合的病例并与患者交涉之后,那位自费的患者表示,既然是如此优秀的日本教授就愿意接受观摩手术。"沃尔夫教授用餐叉扎着熏猪肉说道。

"那么,在日本做一台像今天这样的手术,你可以得到多少医疗报酬呢?"马拉教授用外国人的那种方式直截了当地问道。

"连一马克都落不到我手中。"

"那又是为什么呢?"他满脸惊愕地问道。

"因为我是国立大学的教授,所以是作为国家公务员做服务工作,无论做了什么样的手术或做几台手术,也都只能领取国家规定的薪酬。尤其是日本国立大学医学院教授的职务是以教学和科研为主,所以从事诊疗工作被认为是理所当然的事情,也就没有针对每次诊疗行为的报酬了。"

"哦?我们在自己工作的医院中,允许把百分之十五的病床自主用于个人的私费患者,其诊疗费由教授自行酌情裁定。你们日本的教授有这样的权限吗?"

"没有。因为我们国立大学的教授是国家公务员,所以没有您刚才所说的那种特别权限,而且我们禁止开办私人诊所私自为患者做诊疗。"

"那么,如果有专门找你诊治的特殊患者该怎么办呢?"

"他们必须去大学附属医院门诊部支付规定的一马克十芬尼,然后在我有门诊的时候来医院就可以得到我的诊疗。这就是日本正在实行的医疗保险制度。"

沃尔夫教授和马拉教授露出难以置信的神情,面面相觑。

"日本这个国家,真是个借着教学和科研的美好名目廉价使用医学家的国家呀!"马拉教授禁不住生气地说道,"噢,对不起,我的话太失礼了。其实,我今天见识了你的精湛技法之后,产生了推举你为德国外科学会名誉会员的想法。"

"啊?德国外科学会名誉会员?"财前反问道。

"对,是的。为此,我想请你把以前发表的论文摘录译成德文并寄到德国外科学会。"

财前眼中骤然充满感动地说道:"这么高的荣誉!我实在太高兴、太感激了!真不知道该说什么好了……"

说完,财前深深地俯首道谢。

第十六章

财前去德国已经过了两个星期,佐佐木庸平的身体越来越衰弱,反复出现呼吸困难,面如土色。从昨天晚上开始,他再次出现了呼吸困难的症状,虽然注射了镇静剂和强心剂,并在背部垫了靠垫采用坐姿帮助他呼吸,但他仍然显得痛苦不堪。

妻子良江从昨晚起就完全没有合眼,面容憔悴地盯着依靠镇静剂打盹儿的丈夫。虽然据说手术十分成功,但术后已经过了三个星期,丈夫的身体非但没有康复,反倒越来越衰弱了。这使她感到很难理解,更加忧心忡忡——要是万一……只是想想就感到眼前一片漆黑。自己是个没有什么才干的女人家,还要拉扯上大一的长子、上高二的长女和上初二的次子这三个孩子,根本无法管理雇了四十三名员工的纤维制品批发店。

这时,响起了两下轻轻的敲门声,房门随即被无声地慢慢打开,良江从开门的动作知道是小叔子佐佐木信平来了。信平把门推开一条缝进来,站在门口观望病人的状况。当他确认病人已经睡着,就向良江使了个眼色。良江害怕吵醒病人,蹑手蹑脚地走近信平。

"我哥的情况怎么样啦?好点儿没有啊?"最近每天都来探望哥哥的信平语调沉重地问道。

良江摇摇头说:"不仅没好,从昨晚开始,呼吸困难发作的间隔好像越来越短了。虽然每次都靠注射镇静剂控制住了,但身体衰弱得很厉害,现在也是靠三小时前打了镇静剂才睡着。"

"主治医师怎么说的呀?"

"他昨晚也住在医院里观察诊疗,今天早上还来看过,可关于病情却总是不说清楚,我也搞不明白是怎么回事儿。"

"那,关键是做手术的大夫,他到底啥时候回来呀?"

"这个也不清楚。听说要到一个月以后……"

她话还没说完,就听到有人从外面推门。原来是主治医师柳原。

"情况怎么样?"

他看了看庸平枕边的温度计并测量了脉搏。庸平微微睁开凹陷无神的双眼,随即又无力地闭上了。

"体温三十七点二摄氏度,脉搏九十七。脉搏有点儿弱,但呼吸困难似乎得到了缓解。"

"可是像这样反复发生呼吸困难,要紧不要紧啊?"良江不安地问道。

弟弟信平也说:"大夫,病情拖这么长时间到底是啥原因呀?而且,我觉得他身体衰弱得太快了。"

柳原眨着眼镜后面的小眼睛,说道:"不,这不要紧。再继续观察吧!如果还是不能稳定的话,就采取新的处置方法……那好,我还要去其他病房,有什么情况跟我联系。"

柳原落荒而逃般离开了病房。

柳原查完所有由自己分管的患者病房后,走向了第一外科医务部,路上回想着刚才佐佐木庸平的状况。贲门癌手术由财前教授主刀且非常成功,手术后的第一个星期只说有痰卡在喉咙里并无其他异常,但一星期后突然出现发烧和呼吸困难,当时就根据财前教授术后肺炎的诊断连续大剂量使用了氯霉素,可症状却总不见改善。连续使用如此大量的氯霉素都不见效,应该不是术后肺炎。难道……想到这里,柳原心中浮现出第一内科里见副教授的话。

"根据我的诊断,患者的症状应该不是术后肺炎。虽说财前认为胸片上的阴影是患者既往症肺结核的旧病灶,因而将目前的状况诊断为术后肺炎,但我却不那么看。我认为患者呼吸困难的症状绝不会与胸片上的那个阴影无关。"

这番话突然显示出重大的意义并咄咄逼人地压了过来,柳原突然停下了脚步。从中庭T字形走廊向右转,就是通往里见副教授办公室的走廊。他朝那个方向走了两三步随即停下,又想起两星期前在代理主任金井副教授查房时请示过佐佐木庸平的症状。金井副教授虽然似乎犹豫不决,但还是只回答说既然财前教授临走时做了术后处置的指示,那就再多观察一段时间吧!既然连副教授都只能做出这样的处置,而自己不过是一介医务员,当然只能按照财前教授的指示行事了。这是研究室的秩序,所以只要遵守就行了。柳原如此说服了自己,忽地睁大眼镜片后边胆怯的双眼,径自朝医务部走去。

第一外科医务部正沉浸在一天门诊即将结束的轻松气氛中,资深助教们一边喝着从餐厅要来的咖啡一边聊天。

"你最近去参加金井副教授的临床研究会了吗?"其中一个人问道。

"那种会我才不去呢!虽说是副教授,可是也只是顶多过一两年就会被调走的临时副教授,就是拿了学分也没什么用处。我们白天在医院看门诊累得要死,晚上还要去营业医师的诊所值班打工,没日没夜地面对患者看病、看病。要是有那闲工夫,还不如抽空歇会儿呢!"坐在桌子正中央、资历最老的助教大言不惭地说道。

"说实在的,咱们这些助教连个星期天都没有,别说看电影了,就连看电视的空闲都没有。何况每个月只挣两万日元的微薄薪水,三十多岁都不好意思结婚,简直就是痴人说梦啊!"有人抱怨道。

"事到如今再怎么叹气都没用啦!还不如识时务地向安西医务长靠拢,趁'阎王'不在瞅准时机放松放松呢!当然啦,因为还有教授心腹佃讲师这个第一号'小鬼',对他可要提防点儿呀!"

旁边那个人说完之后大家轰然爆笑,柳原站在门口露出茫然不知所措的神情。

"哦,我还以为是谁呢!这不是柳原吗?你怎么啦?苦着个脸……"坐在门旁抽烟的人刚刚发现柳原便问道。

"是啊,因为我这儿有个患者情况不尽如人意……"

"啊,就是教授做手术的那个患者吧?把那种患者推给你确实伤脑筋呀!你真是抽到下下签了。这种患者招呼好了是理所当然,可稍有差错你可就吃不了兜着走啦!哎,你昨晚住这儿了吗?"

"是的。"

"好啦,赶快坐那儿休息会儿吧!"

柳原应声在门口附近的椅子上坐下,立刻感到全身的疲劳一下子涌了上来。昨晚因为佐佐木庸平被叫醒了三次,上午九点钟又去门诊看病,看完门诊紧接着去给自己分管的住院患者查房。而且,今晚还得去营业医师的诊所值班打工呢!

"我把下午的邮件放在这儿啦!"

事务科的女事务员打了声招呼,就把转交给第一外科医务部的学会杂志以及制药公司、医疗器械公司等宣传小册子哗啦地放在门旁桌上了。

一个助教站起来挨个儿翻阅所有的邮件并说道:"哦,财前老师寄来了一张漂亮的彩色明信片!"

那个资历最老的助教立刻接过来说:"这是教授从海德堡寄来的

亲笔信,是写给大家的,我现在就读给你们听吧!"

说完,他就把明信片上用小字写得密密麻麻的内容大声读了出来。

我在海德堡大学国际外科学会上的特别演讲非常成功。演讲刚刚结束,主持人斯坦利教授就亲自跟我握手致意。在当晚的招待酒会席间,国际外科学会会长、世界级的癌症学家布赫内教授对我讲了很多赞赏的话,并且允许我参观由他兼任领导正在兴建的德国中央癌症研究所。另外,在招待酒会席间,慕尼黑大学的沃尔夫教授诚邀我去他们大学做观摩手术。虽然这是我首次参加国际学会,但是能够得到如此多的殊荣,全都归功于我平时努力不懈的钻研。既然我所发明的手术方法得到了国际学界如此高度的评价,回国后我就更能满怀自信地对诸君进行指导了。希望诸君也要在我出国期间日益精进。

财前五郎于海德堡

这封信令人仿佛看到财前教授那自信满满的神态。

"哎,这可是不得了啊!本来应该为教授的成功欢喜喝彩,可是,看他这架势咱们可得准备好,他一回国就要狠狠地整咱们一顿呢!"

资深助教读完信发表感言,引来一阵大家的爆笑,还有人夸张地模仿财前教授的姿态。但柳原却笑不出来,想到财前教授得到国际性的高度评价,罩着荣誉的光环继续在国外旅行,而自己却负责监护教授出发前做过手术的患者,并且他对教授指示的处置方法心怀疑虑,复杂的失衡感觉重重地压在了他的心头。

突然,医务部的电话铃响了,柳原拿起了电话。

"喂,请找柳原老师。啊,是柳原老师吗?这里是三层病房护士站,三〇六号病房的佐佐木庸平先生又发作了,请马上过来!"

柳原感到情况非同一般,放下电话就冲出了医务部。

柳原刚进病房,就看到佐佐木庸平脸色苍白,十分痛苦地扭曲着身体。

"喉……喉咙……"

他痛苦地扭曲着面孔再也说不下去了。柳原抓住患者的手腕测量脉搏,并要求护士量体温。在这个过程中,庸平还是向后挺着身体,他喉咙里发出响声,满脸都是油汗。

"脉搏一百三十,体温三十七点六摄氏度……"

虽然热度并不算高,但是脉搏较快,呼吸也很紧促。柳原把听诊器贴在庸平的胸口,只听呼吸声异常急促而剧烈,经左胸叩诊发现了沉闷的浊音。以目前的状况来看,注射镇静剂已经控制不住了。

"我要做胸膜穿刺,立刻准备注射器!"

护士跑回护士站拿来一个装有十厘米长针头的穿刺用注射器。

"大夫,住手!"良江阻止道。

信平也制止说:"大夫,你要干什么!"

柳原叫护士压住患者的身体,一边用酒精擦拭患者胸部一边叩诊确认穿刺进针的部位,接着他按住一个点扑哧一声扎了进去。庸平牙关紧咬,发出挣扎般的痛苦呻吟。

"好啦,很快就会轻松一些,你再忍耐一会儿……"

柳原向庸平说着鼓励的话,患者痛苦挣扎的身体平静了下来。柳原小心翼翼地抽拉注射器的推杆,他突然双眼僵直了——针管里吸进了带有红色的胸水!柳原支撑住开始发抖的手,拔出针头定睛凝视针管里的液体,这是用裸眼都能鉴别出来的血性胸水,显然已经发生了癌性胸膜炎！想必从昨晚开始发作的呼吸困难，就是由含有癌细胞的胸水聚积在胸膜腔中压迫肺部和心脏引起的。果然就是里见副教授先前所担心的情况！柳原额头滴下了大颗汗珠。

"大夫！我老公怎么啦？"

柳原像反弹般猛地抬起头来。

"这是由胸水聚积引起的呼吸困难。我立刻请代理教授金井副教授过来诊察。"

"里见大夫，快找里见大夫来！"良江发狂似的喊道。

"那不行，因为这是第一外科的住院患者，所以要由代理财前教授的金井医生来诊察。"

柳原为了慎重起见叫护士再拿来一根注射器，重新抽取五毫升胸水叫护士赶紧去做病理学检查。

随着一阵慌乱的脚步声，金井副教授进了病房，看到患者的样子，他立刻问道："胸膜穿刺的结果怎么样？"

"用裸眼能够判断是血性胸水，但为了慎重起见，已经送去做病理学检查了。"

柳原让金井看了抽取胸水的注射器，金井也确认针管里是血性胸水。

"你没有继续做穿刺排液吧？"

"没有，只抽了五毫升用来检查。"

癌性胸膜炎的胸水虽然经过穿刺排液处理能够使病情暂时缓解，但几小时之后还会开始聚积，如果多次穿刺排液就会使体内总蛋白量逐渐减少，最终导致极度衰竭。

"好吧，那就注射强心针，再架起氧气棚补氧！"

病房护士长和三名护士匆匆忙忙地跑进跑出，搬来氧气瓶并迅速地架起了氧气棚。

她们先用透明塑膜从床头到床尾罩住病床,然后把装在氧气瓶上的橡胶管插进塑膜棚内,根据氧气测定仪的刻度向塑膜棚中输送适量氧气。当氧气送入时,透明的塑膜棚微微地晃动。可能是连痛苦挣扎的力气都没有了,佐佐木庸平脸色惨白地喘息着,看上去就像在水中溺毙的尸体一样瘆人。

"大夫,要紧不要紧?"信平压低嗓音问道。

金井副教授和柳原默不作声地继续望着塑膜棚里面,庸平的呼吸变得愈来愈浅、愈来愈长,最初是用嘴呼吸,渐渐变成只有鼻翼翕动。一分钟呼吸次数七到八次……尽管增加了氧气浓度,但呼吸次数依然很少。突然,庸平的手动了一下。

"老公!是我!振作一点!振作……"良江隔着塑膜棚高喊。

庸平睁开呆滞的眼睛,一边舞动手臂一边张嘴,却说不出话来。他已经开始失去意识,呼吸变得更浅、间隔更长,身体不时像倾诉痛苦般抽搐,但也已经不能做出完整的动作了。

"强心针!"

金井副教授的话音未落,柳原立刻把手伸进塑膜棚中,在患者满是针孔的手臂上注射了第二支强心针。患者微微睁开眼睛,动了动嘴唇,但呼吸已经断断续续,脸颊和嘴唇变得苍白,任何人看到都明白,死神的脚步时时刻刻都在向他迫近。

"老公!你不能死,你不能抛下我们先死啊!"良江拨开塑膜棚紧紧地抱住庸平的身体,信平也用双手紧紧地握住哥哥的手。

"银……银……行……"

庸平微弱地说出这几个字就突然停止了呼吸。柳原测量庸平的脉搏,又翻开他的眼睑用手电筒一亮一灭地照射他的眼球,但瞳孔已经放大没有任何反应了。他再次量了脉搏,已经完全停止了搏动。柳原把佐佐木庸平的双手交叠放在他的胸口上,良江和信平号啕大哭,金井副教授和柳原在旁边垂下头。

开门声响起,是里见副教授。他默默地走到病床边,看了看床头柜上放着的抽取胸水的注射器。

趴在病床边的良江抬头望着里见喊道:"大夫,这可怎么办呀!"随即又趴在了丈夫身上。

里见站在闭上眼睛的佐佐木庸平的病床前,深深地低下了头。然后,他转头看着柳原,用强烈而愤怒的声音说道:"柳原,这不是术后肺炎,而是癌性胸膜炎啊!"

面对佐佐木庸平的遗体,相同的话语已经重复了三个小时。

"嫂子,为了安慰哥哥的在天之灵应该进行解剖。哥哥凡事都要搞得明明白白,此前一直说是术后肺炎,到了临死之前才说是癌性胸膜炎!死得这样不明不白,哥哥怎么能够接受呢?"信平催促道。

可良江却说:"但是,他死得那么痛苦,我不想再让他受苦了。"

她把哭肿的脸转向还没送往太平间、仍然保持临终姿态躺在病床上的丈夫。

没能赶上父亲临终的长子庸一悲愤万分地望着父亲的遗体说:"妈妈怎么还在说那种话呀?叔叔说得对,这种时候应该请院方做解剖以了解爸爸的真正死因,才能追究那个做完手术后就不闻不问、跑到国外的财前什么教授的误诊!是吧,里见大夫?"

学生气十足的庸一说话单纯直率。里见坐在遗体枕边的椅子上十分镇静。

"解剖并不是以误诊或误疗为前提而做,而是要从医学的角度来判明,在做完贲门癌手术后的三个星期之内究竟是沿着什么样的轨迹引发了癌性胸膜炎,以及研究癌变是以什么样的形态扩散的,并探明造成死亡的直接原因是什么。通过这样的探究,既可以得到患者遗属的认可,也可以获得学术方面的宝贵资料。我作为初诊医生,也特别希望了解佐佐木庸平先生的死因到底是什么。所以,如果你们同意解剖的话,还是要尽快做出决定。因为时间拖得太久的话,即使做了解剖也可能得不到准确的材料了。"

长子庸一说:"妈妈,爸爸死得不明不白,我作为长子绝对不能接受!请尽快要求院方做解剖,我要知道真相!"

他用力摇晃母亲的肩膀。良江流露出短暂的犹豫神情,但似乎还是被庸一的话打动了。

"那么,大夫,就拜托你了!"

"是吗?你终于下定决心啦!"

里见怜恤地看看良江,立刻按下了护士站的对讲机。

"请叫柳原过来一趟!"

一直在护士站待命的柳原立刻出现在病房。

"患者遗属决定要求解剖遗体,请你火速以第一外科的名义委托病理学的大河内老师主刀,也通知一下病理解剖室。然后,指示护士做好准备。"

柳原眼看着脸色骤变、浑身僵硬,但他还是无语地点点头,走出了病房。柳原刚刚离开,两位护士就进来准备把遗体送往解剖室。

护士把铺在遗体下的厚褥子取掉,让遗体直接躺在床垫上并盖上白布。虽然这样只是为了防止遗体因为褥子保暖而发生变质,但是在遗属的眼中,直接躺在光板床垫上的遗体实在不忍目睹,良江的双眼再次泪如泉涌。

深夜的走廊上响起轻微的推车声,移送车被推进了病房。

"刚才解剖室打来电话通知已经准备就绪,现在可以把遗体送过去了。"

护士说完就用白布盖住遗体并搬到了移送车上。

"请遗属在这边等候,一个半小时就可以结束了。"

里见说完,良江紧接着说道:"不,我们要一起送过去,因为这是最后一次完完整整地送这个人了。"

良江跟着里见站了起来。护士们顾及周围的病房轻轻地推动载放遗体的移送车,里见、柳原和遗属们紧随其后。

乘电梯来到一层,然后穿过中庭正中央的甬道前往与医院隔开的另一座楼里的解剖室。外边一片漆黑,既没有月光也没有星光,雨前的温湿夜风吹得枝叶伸展的树木沙沙作响,同时轻轻地拂动着覆盖着遗体的白布边角。

"大夫,在哪里做解剖啊?"走在里见身旁的信平用嘶哑的嗓音问道。

里见默默地指指甬道尽头,黑暗中有一个写着"紧急出口"的小灯静悄悄地发出光亮,遗属感到那里就像停尸房。

"就在那种地方……"良江屏住了呼吸。

身后突然响起脚步声,一行人停下脚步转身看去,只见是身穿白大褂的大河内教授。虽然已经过了午夜十二点钟,但他仍然保持着坚毅的姿态,没有丝毫松懈。里见和柳原鞠躬行礼,迎接大河内教授。

"老师,深夜请您过来主刀,十分抱歉。"

里见向大河内致意,柳原也深深低头问候。

"哪里,只要有解剖手术,作为病理学教授即使是在深夜也要火速赶来,这是我应该做的事情。那么,患者死亡已经过了几个小时?"

"是。因为遗属做决定用了很长时间,已经过了近四个小时。"

"好的,四个小时,是吧?那么,问题就是想了解从贲门癌发展为癌性胸膜炎的过程以及真正的死亡原因在哪里,对吗?"

大河内已经通过柳原的电话大致了解了事情的经过,所以只向里见确认了关键问题。

"是,是的。这位患者最初是由我做的诊察,虽然在所有的内科检查项目中都没出现癌变反应,但我仍然难以排除对癌症的疑虑,所以我请财前诊察并确诊为贲门癌后,便立刻做了手术。但术后的症状好像有些问题,因此我认为医院有责任查清原因,另外从学术方面来讲也很有必要,并且征得了患者遗属的同意。"

里见一边说一边想着,刚才已经给出访德国的财前发了电报,通知他佐佐木庸平的死讯,最迟在明天傍晚财前就可以收到电报。大河内教授看了看躺在移送车上的遗体。

"那么,他就是你上次找我询问相关症状的那位患者吧?这就是说,我的两个弟子中,先由里见做了内科初诊,又由财前确诊为贲门癌并做了手术,再由我来做解剖。真是堪称奇缘的组合啊!"

大河内说完就引导移送车走向解剖室。来到解剖室前,老旧的大门从里面打开,两位解剖助手迎接大河内教授的到来。

"那就把遗体推进来吧!"

大河内教授发出了指令,遗属们浑身一哆嗦。

"家属到此止步,请各位去太平间等候。"

里见说完,良江提出了作为妻子的最后要求:"大夫,请千万不要动他的脸。"

里见点点头说:"好吧,请留步。"

大门"咣当"一声关闭,载放佐佐木庸平的移送车发出沉重的车轮声,消失在解剖室大门里边。

午夜的解剖室笼罩在异样的光明之中。若在往常,每逢大河内教授做解剖手术,观摩台上就挤满了学生和医务员,可此时却空无一人,依然崭新光亮的瓷砖墙和设置在防潮水泥地板中央的大理石解剖台令人感到毛骨悚然。

当载放佐佐木庸平遗体的移送车推进来时,身穿压胶工作服和长靴的解剖室主管模样的五十多岁的勤杂工一言不发地走过来,他动作熟练地脱下遗体上的衣物,然后跟解剖助手合力把遗体移向解剖台。失去弹性的尸体发出钝响,躺在了解剖台上。

"从头部开始吗?"勤杂工抬眼问道。

"不,遗属要求不在头部和面部开刀,所以只解剖胸部和腹部。"

听到大河内教授的回答,勤杂工弯着矮胖的腰背,把佐佐木庸平的遗体向上拖动,又把他无力下垂的手臂放在两侧,调整成双腿微分的体位。

"准备好啦!"他面无表情地说道。

大河内穿上解剖衣、戴上帽子、橡胶手套和大口罩,用眼神向解剖助手和记录助手示意。隔着解剖台,大河内对面站着解剖助手、右侧站着记录助手,手术见证人里见和柳原为了不妨碍手术站在遗体头部的旁边。

被仰面放在解剖台上的佐佐木庸平虽说是癌症患者,但由于在术后第三周死亡尚未极度消瘦,这是最低限度的有利条件。

"现在开始进行病理学解剖!"

大河内向遗体鞠躬,在场所有的人也跟着深深低头致哀。

首先进行的是遗体体表观察。

"体格中等、营养略显不足的男尸,面部和四肢可见浮肿,上腹部正中线有手术创痕。"

大河内口述遗体表面所见情状,旁边的记录助手迅速做笔记。在毫无声响的肃静的解剖室里,只有大河内口述体表所见的声音震荡着周围的空气。

大河内拿起解剖刀把刀尖抵在甲状软骨上,随即从颈部迅速向下肢方向划去,切口渗出了半凝固的尸血。解剖助手把剖开的体表向左右剥离,露出了肋骨包覆的胸廓。大河内用肋骨刀"咔吧咔吧"地断开全部肋骨之后又断开了胸骨与锁骨的关节,胸腔内部被打开之后,只见心脏和肺脏都浸泡在胸水中,左侧胸水带有血性的状况已经一目了然。

"胸水潴留量比预计的多,可见肺部受到压迫,呼吸困难的症状相当严重。"

大河内叫助手用带刻度的量杯把胸腔内蓄积的胸水盛出来,然后测量胸水的总量。

"左侧胸水量是四百九十毫升,呈血性和浆液性。右侧胸水量是三百毫升,淡黄色,略微浑浊。"

大河内向记录助手叙述之后,随即检查腹腔内有无腹水。在实施贲门癌手术切除腹部食管、胃体和脾脏之后,腹腔内出现了形状奇特的空隙,但并没有腹水潴留。

"没有腹水。接下来解剖腹腔。"

大河内把目光聚焦在空肠与食管连接的部分,这里正是财前主刀切除胃体并把食管与空肠吻合的部分。大河内仔细慎重地观察了吻合部分周围的状态,既看不到浮肿也看不到炎症的现象。

"贲门癌手术本身完全成功,可以说无懈可击。"

在确认手术成功之后,他开始取出腹腔内的脏器。为了防止滑脱,他小心翼翼地用双手把相连的十二指肠、小肠和大肠捧起来并取出腹腔,一股刺鼻的恶臭顿时扑面而来。

接着,大河内又取出了肝脏、胰脏、肾脏放在解剖台邻接的检查台上,随即耸起肩膀深吸了一口气。对于年迈的大河内来说,午夜的解剖手术对体力是极大的考验。但是,他从口罩上方露出的双眼中仍然充满了凛然的气势。

"接下来做胸部解剖。"

大河内再次把视线转向胸腔内,首先他仔细地检查肺部有无粘连现象以及胸壁有无癌细胞浸润,但并没有发现任何异常,接下来检查心脏。当他用圆刃手术刀切开心包时,淡黄色透明的心包液随即流淌出来,解剖助手立刻盛出来并加以计量。

"心包液一百毫升,没有异常。"助手报告道。

大河内用双手小心翼翼地捧起肺脏和心脏拿到胸腔外,然后又取出了食管和气管,接下来要检查是否发生了骨转移。他把电锯抵在脊椎骨上,随着刺耳的金属声,大河内截取了一段骨髓。

"那么,现在开始检查脏器,做记录要准确。"

他一个个地拿起排列在检查台上的腹腔脏器,用指尖夹住仔细地观察。

"腹腔脏器全都没有异常。食管与空肠的吻合部分及周围没有炎症,也没有癌细胞转移现象。"

柳原紧绷的面孔稍稍松弛了下来。

"接下来该解剖有疑问的胸腔脏器了。"

大河内用双手仔细地检查光滑的紫红色左右肺脏,视线停在了左肺下叶红黑色的硬块上。他仔细地用指尖触摸之后发出指令,随即割开左肺下叶并迅速地分开了切面,一块灰白色小指头大的肿瘤剖面出现了,而且周围可以看到许多不规则的凹凸部分。

"左肺下叶有小指头大的肿瘤,剖面为灰白色,确认为癌变组织。此外,周围还有两三颗粟粒样病灶,确认为癌性胸膜炎。"大河内斩钉截铁地说道。

里见屏住呼吸凝视左肺,柳原的脸上顿时失去了血色。正像里见预测的那样,佐佐木庸平的胸片阴影并不是肺结核的旧病灶,而是癌变转移病灶。

"老师,转移的路径是……"柳原喉咙哽咽似的发出嘶哑的声音问道。

"过后告诉你！接下来是心脏！"

大河内阻止柳原发话，用指尖触摸比肺叶稍硬的心脏。当他向左侧触摸时，说道："心脏、右心房心室都有增大现象，确认为因肺虚脱增加心脏负担所造成的结果。"

接下来，他用手术刀剖开心脏确认了各瓣膜的异常之后，向里见和柳原呈示了增大的心脏。

"裸眼观察到此结束。此外，有关各脏器的显微镜检查以及生物化学的检查结果将在数日之内公布。"

说完，他分选出需要送去做显微镜检查和生物化学检查的脏器并发出指令："保存脏器并缝合尸体！"

助手把器官放在秤上称重之后，谨慎地用纱布包起每个脏器放在装有福尔马林溶液的标本瓶里保存。勤杂工把发黑的原棉塞进遗体空洞的胸部和腹部，用从事这个行当二十多年练就的熟练手艺开始缝合遗体表皮。缝合完毕之后再把遗体擦拭干净并用绷带裹住缝合口就要装入棺材了。棺材不知何时已经搬到了解剖室入口处。

大河内看看表，凌晨一点三十五分，解剖时间为一小时二十分钟。他让记录助手帮着从满是汗水的脸上取下了大口罩。

"现在讲一下解剖综合所见。"他望着柳原说道。

柳原像等待宣判一样垂下了脑袋。

"根据解剖可以考虑到，胃贲门后壁的原发癌转移至左肺下叶，然后由于某种作用致使癌细胞急剧增殖并扩散至肺胸膜引发癌性胸膜炎。因此可以推定，胸膜腔潴留含有癌细胞的胸水。而肺部由于受其压迫，导致功能低下引起循环不全并造成心脏衰竭。最后，患者由于心脏功能衰竭而死亡。"大河内斟词酌句地说道，"至于胃贲门部位的原发癌究竟是通过什么途径转移到左肺下叶进而急速增殖，以及术后引起癌性胸膜炎的路径是由于万不得已的情况，还是手术侵袭或其他原因，必须等到显微镜检查和生物化学检查结果出来才能确定。"

他严厉的嗓音中不带丝毫感情色彩。

寂静无声的走廊远处响起咯吱作响的车轮声，过了不久，太平间房门打开，装着庸平遗体的棺材被推了进来。遗属们从椅子上站起来，瞬间凝然不动地迎接移送车上的棺材。

当棺材搬到只摆放着陈旧的佛像和线香炉的冷清祭坛前时，两名护士为遗属取下了棺盖。

良江注视着棺材里身穿白衣、双手交叠在胸前的丈夫遗体，看到他胸口裹住创口的白色绷带时，说道："老公，很疼……很疼吧？"她伸出双手揉搓似的抚摸着丈夫的胸口说道。

信平和庸一也热泪盈眶，但看到里见和柳原跟着移送车走进来时立刻问道："大夫，解剖结果怎么样？"

柳原垂下脑袋，里见平静地望着遗体。

"今天的解剖只限于裸眼观察和用手触摸的检查阶段，接下来还要对脏器做显微镜检查和生物化学检查，所以几天之后才能公布完整的解剖报告。不过，根据今天的解剖判明的是，胃贲门部原发的癌变转移到了左侧肺部，由此并发癌性胸膜炎，导致胸膜腔内胸水潴留，进而引发心脏衰竭，造成了佐佐木先生死亡。"

"原因是肺转移引起的癌性胸膜炎？"信平不禁反问并转向柳原，"这不是太奇怪了吗？做手术的财前大夫在手术前后都说是早期，除了贲门部位之外没有任何转移，可现在却说转移到了肺部……你的意思是说，堂堂的大学医院教授不留神看漏了癌转移吗？"

面对信平严厉的逼问，柳原语无伦次地开始辩解道："不，当时那个……因为考虑到还没有转移……所以财前教授大概……"

"你想说大概什么呀？即使假定术前还没有转移，但是从术后从我哥身体状况变差以来直到昨天你们还说是术后肺炎，每次发作就给我哥打镇静剂，这到底是怎么回事儿呢？"

"那是因为财前教授确诊为术后肺炎，我才这样处置的……"柳原继续辩解道。

长子庸一年轻气盛，毫不客气地质问道："那个大夫做完手术就再也没来看过我爸，他怎么能做出术后肺炎的诊断呢？患者可不是大学医院里实验鼠的代用品。还是说对于财前教授那种有名的教授来说，一两个医保患者只不过是实验鼠而已呢？"

母亲良江也愤怒地瞪着眼睛喊道："那个大夫实在太过分、太不像话了！做完手术就什么都不管了！"

"不，那是因为教授要参加国际学会，情况比较特殊。其实另一方面，他每次都会向主治医师我详细询问患者病情后下达指示，所以并不是做完手术就什么都不管了。你们这是误解。"

"那为什么会变成这个样子呢？我爸被折磨得那样痛苦，我们还是什么都没说，任由你们处置。这是因为我妈、我叔和我都相信柳原大夫所说的，以为是术后肺炎所以觉得只要用抗生素就会逐渐恢复。怎么到临死前几个小时就突然变成癌性胸膜炎了呢？连我们几个孩子还没赶到他就死了，怎么会发生这么残酷的事情呢？这个责任到底在谁身上？"

庸一挡在柳原面前，柳原无言以答。

"犯下这么大的过失，那个大医生还在国外旅行，而主治大夫又像个不能说话的石佛像……你们这样也算是承托患者珍贵生命的国立大学医院的大夫吗？我要告你和财前教授误诊！"

庸一怒气冲冲地说完，一直沉默不语的里见开导似的说道："误诊这个词,在没有拿到决定性的事实依据之前是不能随便说的。今天的解剖只是裸眼观察的结果,所以要等显微镜检查和生物化学检查结果出来之后才能得出完整的解剖报告。而且,还要在担任主刀并直接指示诊疗的财前教授见证的情况下才能彻底判明。在此之前,应该避免说出任何情绪性的话语。"

庸一噤口不语,信平发话了。

"里见大夫给予我们多方关照,听说我哥他也真心信赖你。不过,你刚才那番话根本没有体察到我们亲属的心情。我哥这样令人难以接受地突然死去,我们亲属心中的痛惜和愤怒实在无法平复。主治医师柳原大夫倒还尽心尽力地照顾我哥,但那个叫财前的教授做完手术就再也没来看过我哥,甚至对我们提出的诊治要求不予理会,只是叫年轻的主治大夫做一些敷衍了事的处置,而他自己却跑到国外去了。这种极为不负责任的大夫我们无论如何都不能原谅。我和嫂子、侄儿会一起彻底追究这个问题。否则,住在这所徒有虚名的大学医院却没有得到充分治疗的哥哥也会死不瞑目!"

信平的声音震动了太平间的墙壁,随即消失在外面的夜幕之中。这已经不单单是激昂的声音,而是充满追究真相的坚强意志的话语。里见再也无话可说了。

财前跟芦川一起前往距离慕尼黑市二十分钟车程的达豪镇。他用好奇的语调询问达豪的情况,但芦川却特别介意开车的德国司机,只是简短地应答。司机从他们开始说要去达豪镇时起就流露出厌恶的神情,一直带着愤怒的表情驾驶汽车。这是因为,达豪镇至今仍然按照当年的情景保留着纳粹大肆屠杀犹太人的集中营遗址。

从慕尼黑出发沿着两旁洋槐成排的公路上向前行驶不久,就看到了写着 DACHAU(达豪)的黄色标识牌,汽车随即进入了坐拥辽阔田野和民居的宁静村庄,路旁的洋槐树变成了白桦树。驶上六月灿烂阳光照耀的宽阔大道,就能看见高高的灰色岗楼和绵延的水泥高墙,通往集中营的路上空无一人。

两人让司机把汽车停在锈蚀的铁门前,他们下车走进了院内。杂草丛生的空地颇煞风景,其中有一座用石块垒砌的圆筒形建筑,临时搭建的屋顶上摆放着铁雕人像。建筑内部立着巨大的十字架,祭坛脚下摆着很多美丽的花环。财前在此停下了脚步。

"这是在此被杀害的数万名犹太人的纪念碑,据说是从附近伊萨尔河滩搬来石块筑成的,屋顶上的雕刻象征着那些受难者。当时,纳粹党卫军官每天早晚都会把囚徒们叫到这片空地上点名,然后指尖一勾就挑出送往毒气室的人。被送到这里的二十万名犹太人,就在这片空地上一边凝视着不知何时轮到自己的死亡一边走着,那种情景如今看来完全难以想象。前面那座建筑里就是毒气室和焚尸炉,如今以博物馆的名目保留下来,据说由散居在世界各地的犹太人协会共同管理。"

芦川说着抬手指向从树林中突出的被熏黑的砖砌烟囱,随即默默地走了过去。

穿过瓦砾成堆、杂草丛生的甬道,越过两旁残留着铁丝网的壕沟,两人来到树林围绕的建筑前,只见入口处挂着"博物馆"的牌子。但是,财前只向里面迈进一步就屏住了呼吸。

由厚重水泥墙封闭的毒气室还保留着原貌,天花板上开着无数孔洞,毒气就通过那里送进来。但是,财前并没有被那无数的毒气孔吸引,而是注视着墙壁上方侧面十厘米见方的窥视孔。那些因病不能干活儿的男人、女人、儿童和老人被骗到这里脱得一丝不挂地等待淋浴,但天花板的空洞中却喷出了杀人的毒气,有人就从这个窥视孔冷酷地观察那些人中毒并死去的状态。财前感到此刻仿佛仍有一双玻璃球般纹丝不动的冷酷眼珠就在那里窥视,他立刻不寒而栗地移开了视线。先前参观的三名美国人模样的游客也流露出毛骨悚然的表情,压住脚步声走出了毒气室。

"老师,去看下一个房间吧!"芦川催促道。

财前慢吞吞地走进另一个房间,眼前的景象再次令他震惊驻足:三十平方米左右的昏暗房间里排列着四座砖砌的焚尸炉,曾经抛进尸体的炉门就像张开的血盆大口,炉前不知是谁摆放了吊慰死者亡灵的花环。

"据说,囚徒们在隔壁毒气室里被毒死之后,尸体就在这里焚烧,人数约为三万。焚烧的烟雾呈浓黄色时,就说明是从外边新送进来的牺牲者。如果冒出淡色的烟雾,就说明被焚烧的人已在这里长期囚禁。这是因为长期待在这里的人们大都瘦得像皮包骨头的木乃伊一样了。"芦川神情凝重地说道。

在毒气室里杀害并立即在隔壁焚烧成灰,确实没有比这更简单的大屠杀方法了。财前亲眼看见了以前在书中读到、听别人谈到的纳粹屠杀犹太人的现实证据,简直难以相信这是人类做得出来的行径,他对这种残酷暴行瞠目结舌。隔壁毒气室里仿佛响起受害者们濒死时的哀号,焚尸炉口仿佛散发出尸体的恶臭,这里充满了凄惨的氛围。他忽然把目光投向墙壁,只见上面用英、法、德等语言写着强烈谴责的语句——德国人是全人类的敌人!希特勒是德国人推选的!德国人的罪行永远掩盖不了!这是走访此地的人们情不自禁的呐喊,不这样振笔疾书不足以表达愤慨。财前感到从水泥地蹿上来的冷气令他脊背发凉,他随即悄无声息地走出了房间。

接下来的房间是陈列室,入口旁展示着囚徒当年穿过的、残破不堪的蓝色条纹囚衣和木鞋,接下来是饿得像木乃伊般濒临死亡的囚徒和冻死在集中营里的囚徒的照片,以及用大型铁夹扒出毒气室内杀死的囚徒的照片,所有的记录都惨不忍睹。财前怀着异样的紧张心情巡视着那些资料,来到房间一角的陈列柜前时,他突然驻足不动了。

"芦川,这不是人体实验的记录吗?"他压低嗓音问道。

"是吗?我没注意到。"

芦川望着财前手指的记录。那是一份试图通过把囚徒反复沉入水槽来测定人体循环系统生理极限的实验记录,旁边还附有照片,可能这个人是从囚徒中挑出的体格最强壮的健康青年。那个年轻而尚未消瘦的犹太青年全身都被装上检测器材,然后被放倒在水槽中,他那恐惧痛苦的面孔扭曲变形,资料上详细地记录着他分分秒秒走向死亡时的状态,财前简直无法正眼去看记录上那位青年活生生的痛苦表情。美军踏进此地之后,没收了由纳粹记录和保存的这些资料。

一九四五年四月二十九日,第一个踏进集中营的美国军官在报告书中写道:"用英语描述这座集中营的惨状永远无法做到。"财前觉得眼前惨绝人寰的情景超乎想象。不过,通过这样的人体实验和活体解剖他们也得到了任何人都无法得到的记录,战争期间的德国因此在医学上获得了飞跃式的发展,这也是不可否认的事实。财前伫立在那些资料前,想起不仅是德国,连日本也在战争中去中国大陆留下了黑暗而可憎的记忆。

"芦川,够了,走吧!"

财前像要从黑暗的记忆中逃离般,快步走出了陈列室。

死亡魔窟的外边是正午艳阳高照下开满红色天竺葵的庭院一角,在那里矗立着一尊瘦弱的囚徒仰望天空的雕像,下方刻着"向死者致敬、向生者警示"的语句。这是对忍受饥饿、坚强反抗的人们表示尊敬,也是对活着的人们警示,告诫人们再也不能发生这样的事情。另一块石碑上刻着"他们死了,为了自由、为了正义、为了荣誉"

的字样。这两块石碑都是由散居在世界各地的犹太人亲手树立的，在灿烂炫目的阳光下，碑文带着刺入胸膛般的严肃回响震撼着灵魂。

他们沿着来路折返，越过壕沟时望见右方依旧保留的十五六座集中营曾经使用过的长方形木造平房，透过窗口还能看见晾晒的衣物。财前把惊讶的目光投向那边。

"那是战后来自东普鲁士、西里西亚等其他东欧地区回归的难民整修残留的集中营后入住的房子。由于屋顶与天花板之间过窄，所以冬冷夏热不宜居住。但是因为房租低廉得几乎等于白住，所以他们一旦落户住惯就离不开了。"芦川向财前说明道。

果不其然，在别的窗口还挂着窗帘，其间能看到抱着孩子的母亲。曾经囚禁过数万犹太人并将其迫害致死的建筑变成了难民营，杀人工厂变成了博物馆，昔日党卫军拇指一动就能决定囚徒生死的广场上吹拂着六月的和风。难道这就是所谓的和平吗？一种难以解释清楚而又无法排遣的空虚感袭上财前心头。

"芦川，我觉得好像理解了你为什么要带我来这里啦！这是人类留下的最令人不齿的丑态。如果是日本人做过这种事的话，恐怕会用尽所有的手段掩盖事实真相，然而德国人却把它保留下来了。当然，一方面可能是因为犹太人协会不允许拆除，但如果德国人有意毁掉它的话，应该能够不择手段地加以摧毁。德国人并没有回避这些人类留下的最令人不齿的记录，是要促使人们认真思考今后的人类必须怎样行动吧。"

说完，财前再也没有回头看这座杀人工厂，他催促芦川快步走出了集中营。

坐上等候在门口的出租车，财前和芦川直接赶回了慕尼黑。午餐时间早就过去，已经快到傍晚了，但是财前和芦川心中还残留着刚刚看过的达豪集中营的残酷情景，根本没有食欲。

"老师,咱们暂先回宾馆一趟吧！到了宾馆再决定晚上的行动,好吧？"

财前听了芦川的话,默默地点点头,随即把身体倚在车座上。

回到宾馆,柜台值班员似乎已经等候多时了。

"财前教授,柏林的宾馆把日本发来的电报转送过来了。"

"日本发来的电报？"

财前急忙打开电报信封,只见上面用罗马字母写着:

  佐佐木死亡 里见

财前又看了一遍。电报上只写着出发前做过贲门癌手术的患者的死讯,发报时间是日本时间六月二十日晚上九点钟。

"老师,是不是日本有什么突发状况啦？"芦川担心地探头问道。

"不,没什么大不了的事儿。"

财前把电报揉成一团塞进衣袋,感到里见为了一个患者死亡居然发电报到自己国外出差的住址,这实在太没有常识了。

第十七章

佐佐木良江和信平推开"关口法律事务所"的房门,只见室内书架和资料柜排列得满满当当,四五名工作人员正在桌前整理材料,还忙不迭地接电话。

佐佐木信平对站在门里附近操作复印机的女事务员说:"我们想见关口律师,请你转达一下,佐佐木良江和佐佐木信平带着大阪棉布工会八木顾问律师的介绍信来拜访他。"

女事务员走进玻璃门隔开的房间,旋即出来说:"他正在会客,请你们稍等一下。"

然后,女事务员请良江和信平坐在椅子上。在两人等候之间,电话铃声依然此伏彼起,复印机也不停地运转。良江和信平曾听棉布公会的八木顾问律师说:"关口是个大忙人,所以找他承接这个案子恐怕很难啊!"所以他们看到眼前的情景,就不由得担心起来。

会客室的门打开了,一位看上去像是委托人的中年男子一边连着鞠躬一边走出来,跟在后边出现了一张看上去四十二三岁、精瘦而目光锐利的面孔。

"请进。请抓紧时间谈事儿吧!"他用事务性的语调说道。

信平和良江在关口律师面前正襟危坐,他们立刻呈上八木律师写的介绍信。

"我想,八木律师应该已经跟您谈过了。这是佐佐木庸平的妻子良江,我是佐佐木庸平的胞弟佐佐木信平。佐佐木庸平在浪速大学附属医院接受贲门癌手术,在手术之后第三个星期死亡了。我们无法接受佐佐木庸平的死亡和大夫的处置方法,即使是为了安慰我哥的在天之灵也不能忍气吞声。我们去找哥哥生前担任过干部的大阪棉布工会的八木顾问律师,向他说明了详细情况,他说因为这是先例极少的特殊问题,只能委托关口律师,所以我们今天特意登门拜访。"信平俯首拜托道。

良江也低下头哽咽着说道:"律师先生,请您帮帮我们吧!"

关口律师说:"我得先了解一下事情的来龙去脉,否则不能表达任何见解。"

信平探出身体愤怒地说道:"律师先生,这件事太残酷了!我哥是被当成实验鼠给治死的!"

"请你不要激动,先冷静地说明事情经过,否则我无法准确把握情况。"

关口律师把记录纸放在了面前,信平努力地克制着激愤的情绪。

"我哥第一次去浪速大学附属医院是在今年的四月二十八日,最初接受了内科诊察。那位内科大夫叫里见,确实是个好人。通常可能会被当作胃炎草草了事的病例,他却十分慎重地做了好几次检查,而且安排了外科检查。幸亏这样才查出了早期贲门癌,并请一位据说是这方面专家的财前大夫做了手术。可是,手术之后情况就恶化了。"

信平把手术之后财前教授的态度、主治医师根据他的指示所做的处置、这些处置方法导致佐佐木庸平死亡的过程以及死后遗体解剖的情况都详细地告诉了关口律师。其间,关口律师默默地聆听并做了记录。

"也就是说,原先病情被认定为局限性的贲门癌并做了手术,但在死后解剖时发现是癌变肺转移,对吗?"

关口律师的双眼发出锐利的光芒。

"是的。如果那个兼任国立大学教授的大夫能诚心诚意认真诊疗的话,就不会发生那种误诊了。可他做完手术之后连看都没看过一次,就像刚才说的那样不负责任地出国了。就是因为他那样不负责任,我哥才会被轻率地杀死。如果我哥是在大夫诚心认真治疗之后死去的话,我们也就认了。但是,他们那样敷衍了事,而且我哥死于与最初诊断完全不同的病名,我们无论如何不能善罢甘休。我们要控告那个既不负责任又态度傲慢的大夫,不搞清是非黑白绝不罢休!"

"你说的情况我很明白,但这可是个非常难办的案例啊!"关口律师交抱双臂,沉思着说道。

"律师,这有什么难办的呀?大夫因为轻率对待患者的生命而造成了误诊,这不是已经很清楚了吗?我们听说,关口先生是一位非常热情的律师,即使是没人承接的难办案子,只要对社会有所贡献都会大力协助。所以请您一定帮忙。"信平恳求道。

"正像你所说的那样,只要是具有社会性意义的工作即使不计报酬我也会去做。不过,像这样的医患纠纷官司我还没有经历过,所以我不知道自己能帮到什么地步……而且虽然你刚才简单地说成是误诊,但误诊这个词本身从定义上来讲就极为复杂。通常所说的误诊,是指医学上的诊断及诊疗的错误,称为'诊疗失误'。但是这个诊疗失误也还是要分为三大类呢!第一类是由于不可抗力造成的诊疗失误。例如,甲某使用麻醉剂之后没有任何反应,但乙某却发生了强烈反应并导致死亡。造成这种结果的原因是患者的个体差异,由于以当今的医学还很难查清这种个体差异,所以这种情况就属于因不可抗力导致的诊疗失误。第二类是由于准不可抗力造成的案例。例如，医师采购的药品被贴错标签导致错误用药的情况，以及药品的功效虽然在诊疗当时得到学会和社会的公认，但后来却发生了意外伤害，也就是在医学进程的谷底发生的案例。第三类则是因为医师没有全力以赴而造成诊疗失误，例如因为医师懈怠检查而给患者输入了变质血液，或是在检验设备不完善的情况下未做充分检查而漏诊癌变的情况。因此，虽然都可以称作误诊，但各种案例之间存在着微妙的差异，有些案例恰好处于第一类和第二类的边缘，还有一些难以鉴别究竟属于第二类还是第三类的案例。当然，可以考虑到佐佐木庸平先生死亡的案例应该属于第三类，也就是因为医师没有全力以赴的案例。不过，问题是作为医学的门外汉，你们和我怎样才能明白地证明这一点。"

"关于这方面，因为我嫂子一直在医院陪护我哥，所以对病情发展和大夫所采取的相应处置都很了解。那位年轻主治大夫也向我们坦诚道歉，并且已经做过尸体解剖，因此能够提供明确的误诊证据。"信平把握十足地说道。

"不，即使已经做过解剖，而且我们这一方也提出存在这样那样误诊的可能，但如果遭到对方反驳，从医学理论方面提出这样那样关于实际诊疗过程中不可抗力的专业性狡辩的话，因为对方是专家中的专家，而我们却是医学上的门外汉，再加上法官对医学也是外行，所以根本无法对被告方医师的辩解提出反驳。除此之外，站在证人席上的医师们也会怀有强烈的同行意识，心想这种事也许明天就会发生在自己身上，所以不可能提出对同行医师不利的证词。更何况这次要告的是国立大学医院的著名教授，所以他们即使是为了大学的名誉也不会承认财前教授误诊。所谓医患纠纷官司，除非具备特别有力的证据，否则患者这方根本没有胜诉的可能性啊！"关口律师像要拒绝似的说道。

信平和良江脸色变得煞白。

"律师先生！请您一定要接下这个案子，要是就这样不了了之的话，我那屈死的老公会死不瞑目的。请您一定要协助我们制裁那个把我老公置于死地的人！"

良江继续苦苦哀求。关口律师沉默了好一阵子。

"我十分理解你们不愿放弃的心情，但是作为律师，我不能只听你们的一面之词，还必须客观地调查这个问题并加以研判，否则难以承接这个案子。因此，请你们给我几天时间，经过调查之后再答复你们是否接手。你们也可以再次冷静地思考我刚才说过的话，然后再决定是否提出诉讼。医患纠纷官司需要有非同一般的心理准备。"他再三叮嘱道，"那位财前教授预定什么时候回来？"

"听主治大夫说，好像要到七月二十日以后才回来。"

听到信平的回答，关口律师像在计算日期似的望着桌上的日历。

凯旋门上灯火辉煌，在夜空中映出清晰的剪影，也为夜巴黎拉开了帷幕。对于财前来说，夜晚的巴黎比白天更值得期待。

他靠在车座上望着华灯初上的香榭丽舍大道，两侧排列着贩卖女性服饰、香水、内衣和皮具的高级服装店以及露天咖啡座，商店的橱窗灯火通明，吸引逛街的女士驻足观看。在露天咖啡座里，身穿晚装的巴黎女郎和依然穿着白天服装的游客们尽情地谈笑风生，纵情享受着夜巴黎。

来到隆布万街的时候，商店和咖啡馆林立的闹市已到尽头，周围变成了绿色地带。财前看了一下腕表，离与《每朝新闻》巴黎支局长约好的七点半还有二十分钟。他叫司机把车停在协和广场，戴着贝雷帽的司机就在广场旁边停了车。

围绕在广场周围的街灯发出瓦斯灯般的淡淡光线,广场中央矗立着一座直指天穹的巨大卢克索方尖碑。女神雕像手中的喷泉向夜空高高喷起被照明映射的水柱,周围笼罩在灯光水影之中。财前入迷地望着喷泉交织的美景,脚下咯嗒作响地缓缓走在石板广场上。他急匆匆地走过德国和英国来到巴黎,直到昨天为止他一直忙于参观索邦大学、巴斯德研究所、居里研究所,今天才得闲好好放松休息。他白天参观了卢浮宫,游览了塞纳河等巴黎市的街景,但是对于他来说,夜巴黎比塞纳河的清波和卢浮宫的名画更使他感到获得了解放般的切身愉悦。他从协和广场来到能够看到马德雷诺修道院的皇家大道,向前走了约十米,就看到左侧有一座写着"箴言"的旧式店门,旁边站着一个身穿制服的门童。

他把帽子存在寄存处并说出辻先生预定的餐桌,立刻被引领到了餐厅里面。镶嵌螺钿的中国式天花板和天鹅绒墙面营造出妖娆的华丽感,身穿晚礼服的绅士和身着便装的淑女们围坐在餐桌旁。财前被侍者引领到装束潇洒的辻支局长桌旁,夫人也偕同迎接。

"前几天多谢了。今天感谢你拨冗光临。这是我太太。"

他介绍了身穿便装的夫人。财前向夫人致以外国式的郑重问候,随即坐在他们的对面。蓄着胡须的侍者立刻递上菜单。辻支局长驾轻就熟地点过餐,侍者恭恭敬敬地端上了波尔多葡萄酒和鹅肝馅饼,另外两名侍者开始给他们分菜。

"合你的口味吗?"辻支局长为尽地主之谊,客气地问道。

财前放下餐叉说道:"真不愧是巴黎一流的餐厅啊!不只是菜肴,就连侍者的服务都是一流的。这种服务方式令人感到自己仿佛当了皇帝。"

辻支局长温和的脸上绽出笑容。

"听你这样说,我太高兴了。昨天学会的情况怎么样啊?"

他问的是在索邦大学举行的国际生化学会。

财前一边把葡萄酒杯端向嘴边,一边答道:"大会堂里聚集了两千五百名与会者。在管弦乐团的演奏中,会议拉开了序幕,下午分成三十个部门举行了研讨会。不过,在大会堂里举行特别演讲,又在小会议室里举行论文发表,真是应接不暇。在那么广泛的领域内同时举行研讨会,简直就像奥运会一样乱哄哄的。不过,我是那个专业领域之外的旁听者,所以很快就溜出来啦!"

"你去过巴斯德研究所了吗?"

"从索邦大学回来时顺路去看了一下,只是建筑漂亮但缺乏优秀的研究人员,那种研究所太华而不实了嘛!因为我们的兴趣并不在于巴斯德研究所,而在于研究人员本身啊!要是只看建筑的话,还不如去美术馆呢!"

财前发表他自己特有的感受。

夫人问道:"那,你去参观卢浮宫之后感想如何呀?"

财前流露出稍稍困惑的表情。

"我不具备对美术说长道短的资格,但在卢浮宫里走一圈的感想就是了解到拿破仑对于卢浮宫的伟大作用。如果没有拿破仑的大肆掠夺,就不可能把古希腊、古巴比伦和古埃及的宝物聚集到那里。我对这种奇妙的事情感到很佩服啊!"

"对你那种佩服法,高傲的法国人恐怕会怒目相向啦!"

辻支局长苦笑着说完,开始动手品尝刚端上来的羊背肉。

"不过,今晚的歌剧是《卡门》,这个剧目太通俗了,实在不好意思。而且,咱们还在这儿开晚餐会,所以恐怕只能从第二幕开始看了。"

"不,幸好是《卡门》,因为没有比听一出连剧情都搞不懂的外语歌剧更郁闷的事了。我不是歌剧狂,所以慢慢用完晚餐再从第二幕开始看也无妨嘛!"

财前像是陶醉于豪华的氛围之中,他愉悦地环视室内:奢侈的法国美食接二连三地端上来,里面房间传出柔缓的乐曲声,还有在袒露的胸口装饰着宝石的贵妇身影。

用过晚餐走出"箴言",到歌剧院只有两三分钟的车程。

歌剧院的正面建筑虽然在白天显得灰暗凝重,但是到了夜晚,在炫目灯光的照射下却像皇宫般闪耀着美丽的光辉。进入正门就是大理石铺地的大厅,第二幕就要开始了。财前和辻支局长夫妻并排坐在前边第八排中间的座位上。被洛可可式浮雕和金色装饰的圆顶以及绯红色天鹅绒墙面围裹的场内,呈现出皇宫式的华丽,在同样绯红色的座椅上坐满了身着绚丽盛装的观众。

大幕缓缓升起,舞台上出现了小酒馆的场景。女人和士兵们嬉笑怒骂地喧闹,吉卜赛女郎们热烈地舞蹈。舞蹈结束后,卡门站起身来,唱着《吉卜赛之歌》翩翩起舞。扮演卡门的西班牙歌手罗丝安海斯昂起轮廓鲜明的脸庞、仰挺着丰满的身躯、甩着黑发,热情奔放地歌唱。饱满而优美的女中音响彻剧场,立刻把所有观众的目光吸引到了舞台上。

突然,从舞台后方传来了歌声,斗牛士埃斯卡米洛在众人簇拥下出现在舞台上,用男中音演唱《斗牛士之歌》。这是财前喜欢的歌曲。在副教授时代,他每次做完满意的手术之后,都会一边冲淋浴一边陶醉在征服感中哼唱。这首令人陶醉在激昂斗志和征服感的歌曲令他心潮澎湃,也使他产生了强烈鲜明的冲动——立刻拿起久违的柳叶刀,把躺在手术台上的患者胸部一刀切开并摘出病灶。

舞台上,埃斯卡米洛已经下场,走私团伙的盗贼正在跟卡门表演五重唱,潇洒而精彩的和声在舞台上回荡,五重唱结束之后,唐·何塞在《阿尔卡拉骑兵队》的旋律中出现了。卡门看到何塞立刻打起响板激情狂舞,而何塞也用男高音深切而热情奔放地唱起《花之歌》,表达对卡门的思念之情,女中音与男高音唱出了引诱何塞的卡门的命运和一面抗拒诱惑一面却沉醉于卡门的妖艳美丽之中的何塞的命运。剧情以演员强烈高涨的情绪和壮阔的表演场面继续展开。

剧场内爆发出热烈的掌声,大幕落下之后,观众们一边对舞台上的表演赞叹不已,一边起身去休息。

"财前医生,你觉得怎么样啊?"辻夫人面带潮红地问道。

"太精彩,太震撼了!我完全为罗丝安海斯主演的卡门和盖达主演的何塞倾倒了!"

辻支局长也十分满意地赞许道:"那两个人的组合真是欧洲首屈一指的《卡门》呀!"

当他正要起身时,引座员过来说:"您是辻先生吧?这里有您的留言。"

引座员说完就交给他一个信封。辻支局长赶紧打开信封迅速扫了一眼里面的便笺。

"从日本发来一份电报,要求转给财前医生,是支局员送来的。"

他把信封里的电报交给了财前。财前立刻拆开了信封。

  请速回国 里见

这是里见第二次发来的片假名电报。财前像要握碎般把它揉成一团塞进了衣袋。

在关口法律事务所接待室内,佐佐木良江和信平与关口律师面对而坐。

"我在上次接受了你们的委托之后,调阅了以往的案例集,还找了医学专家从医学的角度进行了探讨,但至今还没得到清楚的头绪。"关口语气沉重地说道。

良江问道:"那就是说,这场官司还是很难打吗?"

"嗯,是的。有关误诊的案例极少,在二战之前有过十二例,而战后只有九例。在追债类的官司中,被告和原告在打官司之前就处于对抗关系之中。但是,医师与患者之间本应是依靠信赖与服务精神相结合的关系,既然要打破这种关系冒险控告医师,那就需要下定相当大的决心。即使是在被误诊的患者中,也只有极少数患者能够下定决心并做好充分的心理准备提出诉讼。"

关口说完,信平立刻向前探身。

"就是这么回事儿!我们就是下定哪怕变得一贫如洗也要把官司打到底的决心而来的。即使万一打输了官司也决不会给律师先生添麻烦,所以就请您接下这个案子,帮帮我们吧!"

"当然,我找你们过来,就说明我已经下定决心接手了。不过,既然要提起诉讼,你们就必须做好相当的心理准备并且要具备相关的专业知识。"

说完,关口叫事务员端来茶水。

"在法律上,诊疗行为是指医师接受患者或家属的委托所进行的诊疗,属于民法中规定的一种契约形式。因此,当患者委托医师诊疗而医师也予以接受,那么从诊疗行为开始时,双方就产生了权利与义务的关系,适用于民法第六百四十四条中关于'受托人有义务按照委托之宗旨秉持善良管理者的注意来处理委托事务'的规定。也就是说,接受委托的医师有义务心怀善管者的注意,为了治疗疾病的目标,处理受委托的事务。'善管者的注意'这句话在有关诊疗行为的场合中,就意味着普通具有一般常识的医师当然有义务在医学方面予以注意。当该医师没有实施给予注意的诊疗时,那就属于怠慢注意义务,必须追究他的法律责任。"

听了关口的说明,信平点点头说道:"原来法律是这样解释诊疗的呀! 我一点儿都不知道。"

"接下来谈谈具体问题吧! 首先要确定谁是被告人。究竟是财前教授的雇用者国立浪速大学医学院附属医院呢,还是财前教授本人,或是这两者,总共有这三种方式。如果控告的是国立大学附属医院的话,那么按照通常来讲被告就是国家了。"

"国家? 那太含混不清了吧! 因为我们的目的就是要惩罚那个叫财前的不负责任的大夫,所以被告就是财前五郎嘛!"信平语调强烈地说道。

"可以! 那么接下来就是损害赔偿了。对于这个问题,你们是怎么考虑的呢?"

"嗯,这个问题嘛,虽说我们是资本金九百万、员工四十三名的股份有限公司,但事实上跟个体商店没什么两样,就是一个我哥一个人打理的商店而已。因为我哥突然死了,赊销账目怎么算和银行账簿对不对都搞不清楚,店里处于完全混乱的状态,连因为我哥突然死去所蒙受的经营损失有多少都很难搞清楚。"

"哦,那就不好办啦! 他在去世之前有没有留下遗嘱之类的东西呢?"

他语调平缓,像是要唤起信平和良江哪怕点滴的记忆。

"没有。因为他的病情急剧恶化,紧接着就意识不清了。虽然有嫂子和我陪侍,但最终也没听到他说过什么。我哥生前称之为银行的账簿,就是记录银行存款余额和股票证券持股的账簿也被他带进医院了。但可能是因为他太痛苦了,连银行存款余额都没有明确记录,这已经给店里的资金周转带来了影响。留下的三个孩子中,大儿子上大一、大女儿上高二、二儿子上初二。考虑到今后的事情,虽说我们打官司的目的不是为了钱,但既然要提出索赔就得狠狠地叫他放血!"

信平语调粗暴地说完,关口摇了摇头。

"因为损害赔偿金额要根据霍夫曼公式来计算,所以不能漫天要价呀!先要估算假如当事人活着还能工作多少年,然后把工作的年数乘以扣除当事人衣食住行相关生活费之后的年度纯收入,计算出当事人生存时应该得到的总金额。如果一次性付清的话,扣除法定的利息之后就是损害赔偿金的基准额度。当然,说到底这也只是大致的基准额度,而实际计算就要根据具体案情进行,所以会非常复杂。"

"那我丈夫这种情况应该怎样计算呢?"良江不安地问道。

"是啊,根据佐佐木庸平先生的情况,因为他是公司老板,并不是把公司的全部收益都当成自己的收入直接获取,而是以股份有限公司股东的身份领取分红。因此,能够作为损害赔偿的项目就只能是已故佐佐木庸平先生的月薪和奖金的部分。那么,包括这些在内,佐佐木庸平先生一年的总收入大概是多少呢?"

"在我丈夫死亡之前的收入中,作为总经理月薪是二十一万元,每年两次奖金共二百一十万元,年收入是四百六十二万元左右。"

关口立刻把这些数字写在了记录纸上。

"咱们先大概地计算一下吧!每年总收入为四百六十二万元,然后扣除估算每年衣食住行的费用一百二十万元,乘上还能以经营者身份继续工作十年,再乘以霍夫曼系数十点九八一约为三千七百五十五万元。这就是已故佐佐木庸平先生损害赔偿的基准额度。除此之外,还可以要求对遗属所受的精神痛苦支付精神损失赔偿。"

信平抬头望着关口立刻说道:"那,我们要求损害赔偿和精神赔偿总共三千九百五十五万元。"

"计算结果确实是这样,但实际上如果要求三千九百五十五万元的话,以对方的支付能力是无法做到的。与其说要求高额赔偿而最终却只能得到几分之一,还不如要求对方认赔有可能得到的全额。这不就能使对方全面承认自己的过失了吗?"

"那样的话,多少合适呢?"

关口律师考虑了片刻,说道:"八百万怎么样呢?如果你们打这场官司的目的不是为了金钱而是要求对方承认自己过失的话,这应该算是比较合理的金额了吧。"

信平与良江对视一下,答道:"律师先生,那就全都交给你处理了。"

"那就确定损害赔偿和精神赔偿总共八百万元,我马上拟定诉状。我在电话里说的那些资料带来了吗?"

良江打开放在膝头的包裹,取出户籍副本、死亡诊断书和委托书等材料,关口律师立刻确认了这些资料。

"那好,我要向委托人询问的事项就是这些了。"

听到他总结性的话语,信平就提出了事先已向大阪棉布工会八木顾问律师咨询过的律师费问题。

"律师先生,还有关于诉讼费用的问题。据说启动资金是要求赔偿金额的百分之七到百分之十五,那就定为百分之八吧!八百万元的百分之八就是六十四万元,还有印花税四万一千三百元,诉讼表格等费用和出租车费等杂费五万元,我们今天就支付。另外,我们还要支付要求赔偿额的百分之十作为酬金。您看怎么样?"

信平用商人的方式用数字说话。

"那我就按这个条件接手吧!因为我被你们的不幸遭遇和坚定的决心打动了嘛!"

"律师先生，谢谢您！您说的这些话，是对我先生在天之灵的最大安慰。"良江眼含热泪地说道。

信平也说："律师先生，谢谢您！幸亏有您，我们终于有救了。"

"哪里，因为对待这个问题本来就应该为了社会正义而把个人得失置之度外，我也是本着这种态度接手这个案子。你们就放心吧！"

关口凭着律师特有的正义感接下了这个案子。

财前眺望着飞机窗下广阔的密林地带和随处可见的圆顶寺院的尖塔，想到从曼谷起飞之后再有七个小时就到日本了，那时就会受到媒体记者群、医学界和制药相关者们的隆重迎接，想到这儿，财前的嘴角浮起了愉快的微笑。

在海德堡国际外科学会上特别演讲的成功，在慕尼黑大学进行观摩手术的成功，还有参观在德国兴建的中央癌症研究所，乃至对瑞典、英国、法国、意大利各大学的医学院和附属研究所的考察，无论哪一件都能成为轰动性的话题而被媒体争相报道。想到各报社负责医药界版面的记者们已经安排了记者会，并且为自己预留了版面，他感到了难以言说的兴奋。但突然想到里见发到巴黎的电报，又变得闷闷不乐起来。

为什么里见要把一个患者的死讯专门用电报发到慕尼黑，还要再发一份"请速回国"的电报追到巴黎呢？其实财前倒也可以理解里见把经自己初诊又转到外科的患者的死讯传给自己这件事，但为什么只为这点儿事就急着催促自己火速回国呢？如果单纯归结于里见的一丝不苟和过度认真，似乎有点儿偏离常识了。他在欧洲旅行期间虽然收到了电报却并没怎么放在心上，但随着离日本愈来愈近却奇妙地开始担心起来。难道是主治医师柳原的处置发生了什么问题吗？财前想到这里不禁心头一惊。因为向柳原做出处置指示的是自己,所以如果柳原的处置发生了问题的话,那就会牵涉到自己。

　　财前感到有些不安,但立刻摇了摇头。癌变并没有转移到贲门以外的其他部位,在那样完美成功的手术之后,根本不可能发生与自己有牵连的诊疗失误问题。这样一想,他紧张的表情才稍稍有所缓解,浑身放松地躺在了座椅上。

　　当从飞机向窗下可以望见羽田机场的灯火时,机舱中因为长时间的空中之旅将在几分钟后结束而开始流动着安心感和躁动感。昏暗的跑道上,航空标志忽亮忽灭,小小的导引灯像眨眼般发出亮光,当聚光灯亮晃晃地照在着陆飞机上时,泛美航空的班机朝着跑道快速降低了高度。

　　飞机进入跑道,当发动机停下之后,财前提起公文包来到舷梯口。日本夏天闷热的气流自下而上吹来,顿时令他汗流浃背,但是顾及迎送台上迎接他的视线,他刻意用从容自在的步调走下了舷梯。

　　这时,一位年轻的摄影记者迎上来说:"财前医生,我是《东日新闻》的记者,请让我拍一张照片!"

　　财前展露出满面笑容,在舷梯上摆出挥手的造型,随即赶来的两三家报社的摄影记者也对着财前亮起了闪光灯。财前走下舷梯,来到了迎送台下。

　　"财前老师,欢迎回国!"

　　他看到许多呼喊财前名字的用力挥手的人影,抬头再看,只见佃讲师和安西医务长也出现在台上,还有见过面的报社杂志记者以及制药公司和医疗器械公司的人们。

　　"谢谢,我回来了!"

　　财前一边挥手回应一边大步流星地快速走向机场主楼,办完入境和通关手续登上正面大厅,迎接的人们从四面八方把他团团围住,纷纷称赞他在德国的出色表现,并祝贺他凯旋。财前对超乎预料的盛大欢迎场面心满意足,他逐一向欢迎的人问候还礼。

"财前医生,我是记者协会的。刚回国就打扰您,十分抱歉。我们在贵宾室为您安排了记者会。请您光临!"记者协会的干事说道。

财前穿过大厅走进贵宾室,就看到正面为自己准备的座位。各家报社记者已经围成一圈坐好了,大学相关者和制药公司、医疗器械公司的人们为避免碍事站在后面的墙边,但却没有看到本应来羽田迎接的财前又一和杏子的身影。他想,或许庆子也会夹在迎接的人群之中,于是就若无其事地巡视了一圈,可是她也没有露面。财前虽然稍感失望,但仍然浮现出微笑,坐在正面座位上与记者见面。

那位干事第一个站起来,问道:"首先,听说在海德堡举行的国际外科学会上,您的特别演讲受到很大的关注,请问是哪一点引起了反响呢?"

"这个嘛,应该是我的手术成功病例的数量和崭新的手术方式吧!关于我手术成功的病例,目前已经有了八百九十七例食管癌的成功病例,其中术后五年存活者达到了四十三例。这一点特别受到关注,是因为目前公布的五年存活者总数为一百二十九例,其中我的手术病例就占了三分之一。在手术方式方面,我所独创的三阶段胃部与食管吻合术是前所未有的新方法,因而也受到了极大的关注。"

财前紧致的面孔洋溢着盎然的自信。

"是这样啊!教授的手术方法在国外还没有人做过吗?"

"我的手术方法需要非常高度的技法,所以目前还没有人做过。尤其是手头不够灵巧的外国人可能更难以做到吧!不过,将来也会有外国医师模仿我的技法。"

"另外还听说,您在慕尼黑大学做的观摩手术引起了巨大反响,连德国的报纸上也有报道了。"一个记者向前探身问道。

"啊,那个吧,因为在对方医师的常识中,食管癌手术需要四个小时,而且当时我必须使用初次见面的外国助手配合手术,在这种不熟悉的条件下仅用短短的两小时五十六分便成功地完成了手术,所以得到了各方面的称赞。令我高兴的是,德国心脏外科的权威——汉堡大学的马拉教授也亲临现场观摩,并与慕尼黑大学的沃尔夫教授一起称赞我的手术既快速又完美。那边的人做手术虽然准确但速度太慢,因而会使患者体力减弱。所以,他们怀着非常惊异的心情评价了我的手术。"

财前的讲述引人入胜,记者们快速地舞动着铅笔。

"那么,您在参加国际外科学会之后走访了欧洲各国的大学和研究所。您认为日本的外科水平怎么样?"

"是啊,从整体上来看,日本的医学水平很高,我确信与美国、德国、英国和法国相比绝不逊色。尤其是在肿瘤外科和心脏外科领域拥有卓越超群的水平,处在世界的前列。有一件事可以证明这一点,也希望大家分享这份快乐。"

财前说完铺垫的话,语调变得稍显郑重其事。

"其实,我接受了刚才提到的汉堡大学的马拉教授和慕尼黑大学的沃尔夫教授推荐我为德国外科学会名誉会员的提议。当然,这要在我把研究论文摘录寄到德国并在总会协商之后才能正式决定。不过,我觉得第一次出席国际外科学会就能得到这种象征荣誉的提议,作为日本的医学家我感到无比光荣。"

财前的话引起记者席间的议论纷纷。

记者会干事说道:"被推荐为德国外科学会的名誉会员,真是个天大的好消息。这样一来,我们的报道也肯定会价值倍增啦!那么,记者会到此结束。感谢您不顾旅途劳顿接受我们的采访!"

他代表列席会见的各家报社记者致谢之后,二十多名记者一起离开了座位，他们为了赶上截稿时间匆匆走出了房间。

在报社记者们离开之后，旁听记者会的大学相关人员和制药公司、医疗器械公司的人们迫不及待地涌向财前。财前也向他们走去，这时一名陌生男子挡在了他的面前。

"我是《每朝新闻》社会部的记者，有件事想请教您一下。"

这位三十岁上下、英俊聪敏的记者的谦恭话语中奇妙地包含着不容拒绝的回响。

"什么事啊？回国感言刚才都已经说完了，没什么新奇的消息啦！"财前态度冷淡地说道。

"不，我不是要请您谈回国感言。我想请您先看一下这张报纸版面，这是明天早报的清样。"

他从口袋里拿出刚印好不久还散发着油墨味的报纸递给财前，财前诧异地接过来打开。

浪速大学财前教授被起诉
追究误诊致死的责任

大号标题文字冲击着财前的眼球。这是社会版的头条新闻。

大阪市东区唐物町九十一号的纤维制品批发商、已故佐佐木庸平先生的妻子佐佐木良江女士（四十八岁）认为，丈夫的死亡系国立浪速大学医学院第一外科财前五郎教授误诊所致，已于七月二十一日委托关口仁律师向大阪地方法院提出诉讼，并要求八百万元损害赔偿和精神赔偿。起诉书中提到，佐佐木良江的丈夫庸平先生因罹患贲门癌于五月二十一日住进国立浪速大学附属医院外科，于五月二十九日接受了由财前教授主刀的手术。但是，在手术之后的第一周出现了呼吸困难，被诊断为术后肺炎持续加用抗生素治疗。但后来症状持续恶化，虽然要求财前教授亲自进行诊察，但财前教授以即将出发参加在德国举行的国际外科学会而忙于准备工作为由，在手术之后没有亲自诊察过一次，只向主治医师柳原指示按照术后肺炎处置，然后就出发前往德国。后来，该患者呼吸困难反复发作，于六月二十日下午病情急剧恶化，陷入病危状态，此时才判明该患者并非术后肺炎而是癌性胸膜炎。虽然立刻采取了相应的处置，但患者不幸于当晚八点多死亡。这很明显是由于财前教授误诊造成的死亡事故，因此要求损害赔偿和精神赔偿。

佐佐木先生的遗属说："如果是医师采取了万全措施却仍然无力回天另当别论，但我们不能接受如此明显的因为医师怠慢造成误诊而导致患者死亡的悲剧。虽说医患纠纷官司很难打赢，但我们却不想忍气吞声，一定要彻底追究财前教授作为医师应该担负的责任。"另外，遭到控告的财前教授在出席国际外科学会之后考察了欧洲各大学和研究所，将于二十三日晚搭乘泛美航空班机回国。

浪速大学医学院的鹈饲院长表示："目前财前教授正在国外出差，所以关于此事在当事人回国询问相关情况之前无可奉告。但无论如何，他对遗属不等财前教授回国就单方面提出误诊起诉深表遗憾。"

财前看完报道神色突变，但他仍然以毫不动摇的姿态直视记者，一言不发地把报纸推还回去。

"教授,请问您对这件事有什么看法?"

记者语气尖锐,握紧了铅笔。

"对这件事的看法?没有什么看法嘛!首先,刚从国外回来的我根本无法理解到底为什么会发生这样的事情。我更无法理解像《每朝新闻》这种大报社为什么会印出连我这个当事人自己都无法理解的报道。这恐怕是搞错了吧!"他强烈地驳斥道。

"不,这是我们报社负责司法方面的记者跑到大阪地方法院看到起诉书后所写的独家报道,绝对不是误报。法院受理诉状的日期是前天,所以起诉书的副本应该在今天早上以您为收件人送达府上了。"

听他这样说,财前这才明白岳父又一和妻子杏子没来接机的原因。直到前一刻还笼罩着自己的成功光环此刻发出轰响一举崩溃,沉重的打击使他感到眼前发黑,但他仍然极力支撑住自己。

"我根本没有任何过错可以起诉。因为不凑巧是在我赴欧期间发生的状况,所以我想是由于双方沟通不够引起遗属单方面误解而导致了这个问题的发生。在当事人外出的情况下没有任何沟通就贸然断定为误诊,这是对医师不负责任的侮蔑。这是损害名誉!"

"不过,请恕我失礼,根据这份起诉书所说,即使撇开对疾病本身的误诊不谈,也还是能够看到老师怠慢了作为医师的注意义务。对于这一点您怎么看?"记者再次问道。

"不管你问我多少次,回答都一样。我根本没有任何过错!"

财前态度强硬地说完,一把推开握着铅笔的记者,若无其事地走近诧异地注视着他和记者的迎接人群。财前在这几乎将他打倒的强烈冲击中想道:无论发生了什么状况,此刻都要若无其事地发表回国致辞。然后,他立即搭乘当晚的日航班机返回大阪,着手善后处理。

第十八章

乘上飞往大阪的航班后,财前此前故作镇静的姿态完全崩溃,他全身瘫软地坐在座椅上。

在《每朝新闻》的记者们离开之后,他笑容可掬地向前来迎接的人们讲了回国感言,却丝毫没有透露自己受到起诉的事情,还把原定第二天去文部省和日本外科学会事务所报告回国等相关事宜全都交给佃讲师代劳。他给家里打了电话之后,立刻转乘飞往大阪的最后一班航班。

此刻要把所有的事情都放在一边,最要紧的就是争分夺秒地赶到鹈饲院长家。可是,面对鹈饲院长自己该怎样申辩呢?财前伸手关掉自己座位上方的阅读灯,闭上了眼睛,疲惫至极的大脑此刻反倒变得敏锐清晰。他一步步地仔细回顾了死亡的佐佐木庸平从术前到术后的经过,尽管手术那么成功却仍然发生这种不测,看起来问题应该不在于术后处置而在于术前检查。想到这里财前猛然心头一惊,眼前浮现出术前拍摄的胸部 X 光片,左肺上那个小指头大的阴影骤然画着灰白色的圆渐渐迫近而来。那果真像里见所怀疑的不是肺结核旧病灶阴影而是肺转移的癌变阴影吗?财前感到了绝望,仿佛正在向无法爬出的幽深裂缝中不停地陷下去。想到自己术前只靠两张 X 光片就判读出连里见都没发现的胃贲门癌阴影时的骄傲,以及手术过程中看到除贲门部以外其他腹部脏器没有癌细胞转移时的安心,他认为是这些因素使自己疏忽了肺转移的情况,甚至在术后患者发生呼吸困难时也没考虑到肺转移。想到自己对里见所说的"万一"置若罔闻,财前不禁懊悔得咬牙切齿。像自己这样医术高明的人竟然疏忽大意漏诊了肺转移,还把术后呼吸困难当成了单纯的术后肺炎,根本没有采取针对癌性胸膜炎的处置。如此一来,自己至今苦心经营的声誉和成就也将一举崩溃,甚至会被剥夺国立浪速大学教授的职位。自己在收到里见第二封催促回国的电报时为什么就没想到这件事呢?如果当时取消去意大利的行程而火速启程回国的话,就能了解到佐佐木那边的态度,或许还可以协商采取调解的方式解决纠纷。然而,事已至此,为时已晚了。

财前在感到自己被彻底击垮的同时,又回想起自己清贫窘迫时期的身影。大学时代的自己寄宿在三铺席大的阴面房间,像菜虫般蜷缩在煎饼一样硬邦邦的棉被里忍饥挨饿,有时还在站前食堂里勉强充饥。大学毕业后苦熬三年从无薪助教爬到有薪助教,再经过讲师到副教授,经过前后十六个年头终于迎来竞聘教授的机会。在那场直到最后一刻都不能松懈的激烈选战中,好不容易涉险获胜才爬到了今天的地位,一旦失去就意味着财前五郎整个人的破灭。财前使劲地摇头,似乎想驱散迎面袭来的后悔和不安。既然事已至此,所幸事故发生在自己出国期间,现在要充分运用自己拥有的一切学识和政治手腕,无论玩弄什么样的手段,都绝对不能承认误诊。财前下定了决心,难以入眠的他翻转了一下渗出汗水的身体。

在大阪伊丹机场下了飞机后,财前避人耳目地压低帽檐快步走出了到达出口,十一点钟过后的机场大厅人影寥寥,只有岳父又一和妻子杏子悄悄赶来接机。杏子一看到财前的身影,立刻眼泪汪汪。

"老公,大事不好了……"

杏子说到一半就哽咽了。财前一言不发地点点头,抚慰地把手搭在杏子的肩头。

"我让汽车等在门口,快上车吧!"

财前又一斥责似的说完,就率先走出了候机楼门厅。

"杏子,你另叫一辆出租车先回家。我和五郎现在马上就去鹈饲先生家。我已经给鹈饲先生打过电话了。"

又一和五郎两人坐上等在门口的汽车,驶向位于宝冢市的鹈饲住宅。

深夜的国道上来往的车辆很少,时速超过八十公里行驶在漆黑道路上的汽车内笼罩着令人窒息的沉默。财前又一并没有怒斥五郎的失败,但他的沉默不语反倒令五郎感到非同寻常的震怒。

"爸爸,这次给您添了很大的麻烦,还劳驾您安排我去见鹈饲院长……"

他说着向财前又一低下了头。

"不,鹈饲先生说不见。"

"啊?不见?"财前泄气地反问道。

"你不用那样泄气。即使他说不见,可到了这种时候就非叫他见不可。"财前又一狠下决心似的说道。

汽车驶上松树夹道的坡顶,向左转就到了鹈饲的住宅。两人在高高的大谷石门柱前下车,财前又一摁了门铃。门厅的电灯亮了,女佣打开了小门。

"我是浪速大学的财前,要见鹈饲老师。"

鹈饲好像已经向女佣交代过了。

"真不好意思,先生说他今天晚上谁都不见。"

女佣说完就要关门。

"哎呀,别说这话,就到门厅……"

财前又一从年轻女佣身旁硬挤进去,大摇大摆地走向门厅。

"鹈饲老师,这么晚打扰真不好意思,财前前来登门拜访啦!"他用响彻屋里屋外的嗓门说道。

屋子里面有了动静,接着鹈饲夫人出现在门厅。

"哎呀,夫人,这么晚打扰实在抱歉,我们想至少要在门厅向鹈饲老师表示问候并向他道歉。"

鹈饲夫人鼓着鱼鳃般的下巴,没有丝毫笑意。

"要是这件事的话,刚才应该在打电话时说过了,今晚不必见面,如果有事,明天去学校谈吧!"

"这就要麻烦夫人想办法通融一下,哪怕只见一面也行。深夜贸然打扰很不礼貌,我们心里也很清楚。请看在我这把老骨头的份儿上,就让我们见鹈饲老师一面吧!"

财前又一乞求般地说完,就用手撑着门厅里的地板坐下不动了。

鹈饲夫人明显地露出困惑的表情,说道:"也不知道我先生会怎么说,我暂先进去转达一下,请在客厅里稍候。"

说完她就进屋去了。

十二三铺席大的西式客厅里摆着组合家具和装饰柜,旁边挂着教授选举前财前赠送的染井大师的画作。财前又一好像也注意到了,表情复杂地望着染井大师那幅题为《巴黎圣母院》的画作。走廊上传来一阵脚步声,鹈饲医学院长露出苦不堪言的表情来到客厅。财前赶紧站了起来。

"你们这种强人所难的见面方式真令人不愉快呀!就是有话也要在明天上午去医学院长办公室说嘛!"鹈饲用生气的语调说道。

"对不起!虽然我很清楚这样肯定会惹老师生气,但我必须在今天晚上见您一面。我在羽田机场看到《每朝新闻》的记者拿来的明天早报的清样,才知道了这件事,于是立刻转乘日本航空班机赶回来了。"

财前五郎说不下去了,财前又一从旁边缩着肩膀,接着说道:"老师,虽然他本人对深夜造访有所顾虑,但我说服他在这种时候必须分秒必争,好不容易才硬把他拉来。无论如何请您先听本人把大致情况讲一下。我也是今天下午才接到女儿通知,说是收到法院寄来的起诉书了。这简直是晴天霹雳呀!而且听说这事儿刚才在羽田就已经变成媒体炒作的话题,所以连我都束手无策啦!"

鹈饲满脸通红地说道:"束手无策的是我!傍晚《每朝新闻》的记者要求见我,突如其来地告知我起诉事件并要求我发表谈话。我当时是什么心情啊?校内所有的人都知道我在教授选举中大力推荐财前,所以反对派很可能就会以这个事件为契机采取行动。这会使我陷入什么样的处境啊?"

"没想到会给您带来意外的麻烦,真不知道该怎样表达我的歉意。实在对不起。"

财前五郎垂头道歉。

"麻烦?对不起?难道说这么两句就没事了吗?都是因为我推荐你当教授,现在连我自己的处境都岌岌可危了。从今往后,我不会私下跟你谈任何问题。如果有事的话可以在学校通过正常程序申请与我会面。请你们赶快走吧!"

"老师!不管您说什么我都无意辩解,不过请您再帮我一次吧!"

财前五郎不顾体面和尊严,在鹈饲面前跪伏下来。

"帮你?你还想叫我怎么帮你呀?"鹈饲用一刀两断的冷漠语调说道。

"您这样生气是理所当然的事情。不过,我只是被对医学一无所知的患者告了状,但我不认为我有过什么误诊。"

财前五郎明确地矢口否认。

"老师,请您再帮他一次吧!您可千万不能在这个时候将五郎弃之不顾呀!希望老师助五郎一臂之力打赢这场官司,那样就不会对老师的处境造成损害了。"

财前又一也跪伏在地板上恳求。

鹈饲交抱双臂站了片刻,终于坐回到了原先的椅子上。

"不管怎样,我就先听你讲讲事情的经过吧!"

财前十分慎重地开始讲述道:"患者遗属告我把癌性胸膜炎误诊为术后肺炎而导致患者死亡,但这种说法与事实不符。我的考虑是,患者在我出发当初还是术后肺炎,但在我出国之后可能经过某种途径或某种体质的原因导致患者死亡。关于这一点,在明天叫来主治医师详细询问情况之前,我还无法给出准确的解答。不过,即使万一真有诊疗事故的因素,那也可能是在我出发之后引起的,是近乎医学上的不可抗力所导致的事故。当然,即使是在我出国期间发生的意外,最终也还是我的责任。但是,那纸起诉书不由分说地告我误诊,我坚决不能接受!"

财前模糊了问题的关键,采取了有利于自己的说法。鹈饲的表情稍稍有所缓和。

"如果真是因为你所说的情况引起了这个事件,那就没什么可说的了。为了本校的名誉,我也要考虑采取什么样的对策。既然已经被捅到报纸上,闹到了这种地步,那就只有打赢官司,并且通过胜诉来主张我们的正当性。除此之外别无良策。财前,你真的没问题吗?"他再三叮嘱道。

"是的,这个事件既是我个人的问题,同时也关乎浪速大学的名誉,甚至与老师的处境密切相关。所以,我会奋不顾身地打赢这场官司。"

财前像要紧抓上方抛下的救命绳索般给出了保证。

"好吧,那我就相信你的话啦!"

"感谢您的宽宏大量!"财前感激涕零地说道。

"这并不是为了你,而是为了我自己和浪速大学的名誉。本校教授被控告误诊,这可是本校有史以来的稀奇事件,身为医学院长我也必须打赢这场官司,以防浪速大学权威扫地。不过,你有没有想好找哪个律师啊?"

"我光想着争分夺秒地赶来见老师,所以还没考虑到找律师的问题。不过,我听说判案取决于律师,而这场官司必须找个特别熟悉医患纠纷案的律师,所以如果老师认识这方面的律师的话,希望您给介绍一下。"

"是啊,如果你还没有理想人选的话,那我就去找战前曾经接手过大型医患纠纷案的大阪律师协会会长河野正德,看能不能委托他当这个案子的律师吧!不过,这个人是大牌律师,还不知道他能不能马上答应。总之,明天上午我先跟他说说看吧!"

财前又一向前膝行几步,说道:"老师,如果有我财前又一能出上力的地方,我什么都愿意做。需要多少钱我都不会吝惜!"财前又一晃着海怪般闪光的秃头,下定决心似的说道。

财前把因昨晚几乎彻夜没睡而极度疲倦的身体靠在转椅上,聆听柳原的报告。

柳原把病历放在财前的办公桌上,保持直立的姿态详细报告了佐佐木庸平死亡前的整个过程。报告完毕之后,柳原表情僵硬地鞠了一躬。

财前死死地盯着柳原说道:"怎么会发生那么愚蠢的死亡方式

呢？就是因为那种死亡方式，才成了今天早上报纸上的新闻材料。现在被告的不是你，而是我！"

柳原脸色煞白地说道："因为老师出国前指示我按照术后肺炎处置，所以我就按照老师的指示使用氯霉素……"

财前打断他的话，说道："你怎么还说这种话呀？那是我出发时的事情，当病情发生变化时就应该采取相应的处置措施，这不是主治医师的职责吗？不管我临走时前怎样指示，如果使用氯霉素效果不理想的话，就要对可能发生其他某种并发症提出疑问！"

"是，所以……"

"所以什么呀？"

柳原想提及自己曾在财前教授临出发时已报告过氯霉素效果不明显的情况，并请求指示新的处置措施，却被财前气势汹汹的语调吓得不敢说话了。

"即使我这个教授不在，不是还有金井副教授代理教授工作吗？你完全没有必要傻乎乎地死守我出发时的指示而一条道跑到黑嘛！你为什么不去找金井副教授请示一下呢？"

"我去找金井副教授请示过，金井老师说：'虽然看作术后肺炎似乎有点儿不太对头，但既然主刀教授认为没有肺转移，那就可以考虑是术后肺炎。尽管都叫肺炎，但是症状却会有千差万别，所以目前就按财前教授的指示处置并继续观察吧！'"

柳原把鼻梁上因油汗就要滑落的赛璐珞框眼镜向上推了推，好不容易鼓足勇气才说出了这番话。

"那就是说，金井副教授也有责任啦！可是，事到如今讨论是谁的责任也已经于事无补了。那为什么还要故意告诉患者家属不是术后肺炎而是癌性胸膜炎导致了死亡呢？这不是更容易招致误解吗？"

"不，不是故意告诉他们的，是因为应遗属的要求将遗体送去做了病理学解剖,所以无论隐瞒或不隐瞒都会被知道。"

"是谁主刀解剖的?"

"是病理学的大河内教授亲自主刀。"

"什么?大河内教授主刀……"财前顿时感到茫然无措了,"你怎么总是做出这种对我不利的事情呢?不管是死心眼儿的术后处置还是病理学解剖,你都完全没有尽到主治医师的责任!"财前咬牙切齿地说道。

"老师,我曾经努力安抚患者遗属,但毕竟患者死得太突然了,所以遗属对死因产生了怀疑,并且责问我方的处置措施,刚好里见副教授去了病房,就建议他们做病理学解剖了。"

"里见?为什么要让其他科室的副教授插手我们科室的事情?你这个家伙到底有多么缺心眼儿啊!如果你采取灵活的处置,我也就不会成为被告了!"

财前忽地从椅子上站起来,抓起桌上的病历向柳原扔去。激烈的愤怒猛地袭上心头,使他几乎站立不住,他险些丧失了理智,好不容易才控制住了激愤的情绪。现在与其说对柳原暴跳如雷,更重要的是把他拉拢在自己手下。

财前缓和语气说道:"已经发生的事情不管怎样都没用了,重要的是今后的对策。在这个时候,不仅是医务部,就连整个医院的视线都集中在你和我的身上,所以你的行动必须特别慎重,明白吗?"

"那我到底该怎么办呢?"柳原犹疑不定地问道。

"我先仔细地考虑考虑,然后再告诉你具体怎样做。因为这个问题可能会根据你和我的想法得出各种不同的结论,所以你只要按照我说的去做就不会有错。明白我的意思吗?"

财前暗示般地说完,随即走到柳原身旁拍了拍他的肩膀。柳原微微点了点头。

"你明白就好办啦!那今天就先这样吧!你可以走了。"

柳原鞠了一躬,迈着仿佛拖曳着铅块般的步履,走出了教授办公室。

柳原刚出去,财前立刻叼上雪茄吸上两三口,努力平复情绪。然后,他迈着沉稳的步伐走出了教授办公室。

刚来到走廊上,只见十米之遥的前方有五六个医务员站着聊天,一看到财前,他们立刻慌慌张张地散开了。如果没有发生这场官司的话,医务员们都会在门厅列队迎接在国际外科学会上轰轰烈烈大显身手的自己。想到这里,财前感到苦不堪言。当他在走廊上遇到各科医务员、护士和患者时,对方都故意装出不知道今天早报新闻的样子恭敬地行礼问候。可是刚刚擦肩而过,他们就投来好奇的目光并窃窃私语起来。财前极力克制心中的不愉快,装出毫不动摇的镇定姿态继续向前走去。

财前来到第一内科副教授办公室门口,没有敲门就推开门进去了。伏案工作的里见吃惊地转过身来,看到是财前就出声招呼。

"你好,回来啦!"

他立刻起身迎接并给财前让座。

"我回来了。昨晚刚回来。听我们科室的柳原说,我出国的时候给你添了很多麻烦。多谢了。你发到慕尼黑和巴黎的电报都收到啦!另外,这是我带给你的礼物。"

他把在德国买的万宝龙钢笔放在里见面前。

"谢谢你!这个比什么都好啊!"还在使用旧钢笔的里见立刻拿起来并道了谢,随即关心地说道,"不过,今天早上的《每朝新闻》怎么会突然变成那个样子?"

"你问我为什么,我也觉得是晴天霹雳,根本搞不清楚是怎么回事儿。所以我想直截了当地问问你,你发电报到巴黎叫我火速回国时,是不是已经知道患者遗属有这种动向了呢?"

"不,如果我知道的话会给你发去更加明确的电文。我给你发电报是因为死因并不是术后肺炎而是癌性胸膜炎,你作为医师应负起责任,所以我觉得你最好可以尽快回国并由你亲自向遗属们解释清楚。现在回想起来,我的电文实在是词不尽意。"

"那就是说,你真的跟遗属提出起诉没有任何关联啦?不过,根据柳原所说,是你热心建议做病理学解剖的。这到底是怎么回事啊?"

"因为我想,在做手术时曾向他们保证是局限性贲门癌,所以做手术可以治愈,但术后却发生了变化,并且不是术后肺炎而是癌性胸膜炎最终导致了患者死亡,所以医师有责任向遗属说明发生这种变化的过程。与此同时,我认为作为医师也应该通过病理学解剖严肃冷静地探讨自己的诊断和处置是否正确。所以我才建议做病理学解剖。"里见用平静的语调说道。

"里见,就是你这种单纯的想法成为我遭到起诉的开端。或许你是出于纯粹的善意,但是根据不同的理解方式,我也可以认为你是想让刚刚当上教授的我陷入困境。事实上,确实也有人认为你是有意识地把从国际外科学会回来准备着手新研究的我推入困境。"财前揶揄地说道。

里见立刻变得表情严肃起来。

"你不要说这种话!难道你不应该更加谦虚严肃地思考那个患者死于癌性胸膜炎的问题吗?事实上,你懈怠了那个患者的胸片阴影的检查,而且……"

里见的话没说完,财前猛地从椅子上站了起来。

"你才应该说话小心!我的处置到底有没有错要由今后的法庭

审判裁定，你没有理由对我横加指责。首先，这次的问题已经不是怎样判读一张 X 光片的问题了。从今往后，关于这件事情你绝对不要随便发言了！"

财前毫不示弱，他像要堵住里见的嘴似的，以盛气凌人的态度撂下这句话，随即怒气冲冲地走出了房间。

在新町鹤之家酒家的包间里，鹈饲院长、财前五郎和财前又一神情紧张地与大阪律师协会会长河野正德律师相对而坐。

财前五郎坐在背对壁龛的河野律师对面，详细地讲述了佐佐木庸平从初诊到做手术、术后以及死亡的过程。河野律师聆听财前的讲述并不时地在笔记本上做记录，等财前说完之后，他再次仔细地浏览了打开在桌上的起诉书。

"归纳起来，原告方是针对医师在术后处理上缺乏注意，也就是怠慢了注意义务，以及把癌性胸膜炎诊断为术后肺炎并予以治疗的诊疗失误提出起诉。这个问题可是有点儿麻烦呀！本来在对方提出起诉并被报纸报道之前就能通过调解的巧妙方式摆平这件事嘛！"

河野肥胖的脸上油光发亮，看上去精明强干。

"但是，就像刚才已经讲过的，因为我当时出差去了国外，所以连患者死亡的消息都不知道，就更不了解患者遗属的动向了！对方完全没有跟我进行事先沟通，就这样突然告上了法庭。正因如此，我只能通过打赢这场官司证明我的正当性。希望律师助我一臂之力！"财前用迥然不同于对待里见和柳原的恭敬态度说道。

财前又一也像要让对方铭记在心似的说道："律师，对方都是连医学的'医'字都不懂的外行，所以即使叫喊什么怠慢注意义务和误诊，可他们又能懂得多少呢？长期以来医患纠纷官司肯定是医方胜诉，这是老规矩了嘛！所以请您就照着这条老规矩，无论如何让我们打赢这场官司吧!"

河野律师颤动着魁梧的躯体笑了。

"一旦搭上你这样的人,所有问题都可以给出简单的结论。不过,近来的医患纠纷官司可没有那么简单呀!战前确实一说到医疗纠纷官司,不管怎么说都会对医方有利。但是在战后,患者得到了医疗知识的普及,对于过去从不问津的诊疗过程也开始怀有疑问了。再加上维权意识得到了迅速加强,所以现在已经很难像战前时期那样轻而易举地胜诉啦!就说这个案例吧,我看过这份起诉书后发现对方好像做了很多功课,十分精准地抓住了医学理论方面的关键问题。首先,对方既然要把国立大学教授告上法庭,那就必须估计到他们也已经有了相当的心理准备和胜诉的把握。"

他说起话来毫不客气。

财前对河野律师反驳道:"无论医学知识怎样广泛普及,但原告毕竟是医学的门外汉,所以只是抓住医师怠慢注意义务和误诊也没有办法加以确切证明。因为判案以证据为重,所以无论怎样强调,患者方不还是站不住脚吗?"

"不,近来法院的思考方式已经开始朝对患者相当有利的方向倾斜了。例如在举证责任的分配这一点上就有所体现。也就是说,以前在发生医疗事故时都是以医学专业理论为基础判断医师是否犯有过失,所以即使患者强调医师犯有过失却很难举证,因此总是对医师方面有利。但是,近来只要有事实能够明确推测医师方面犯有过失,举证的责任就转到了医师方面。也就是说,医师方面必须举证说明自己的诊疗行为没有过失。这对医师来说也不是一件容易的事情啊!例如患者具有特殊体质或是发生了不可抗力的事故,这种举证无论对于什么样的专家来说,恐怕也是非常困难的吧。再加上诊疗记录、病情日志和见证诊疗的护士证言等材料都是由医师自己填写的,而见证诊疗的护士又是医师身边的人,所以还有将第三者的证词降低举证价值的倾向。因此,事情并不像你所想的那么简单啊!"

河野毫无顾虑地说完,一直绷着脸保持沉默的鹈饲终于开口了。

"河野兄,你就别吓唬我们啦!这次的事儿可不是财前教授个人的问题,万一真有败诉的情况发生,不仅本校的名誉和权威会受到损害,对今后医院整体的诊疗工作也会带来极大的困扰。这样患者都会无理取闹地对医师的诊疗提出质疑,即使是由于不可抗力所导致的死亡,也会只凭事实结果追究医师的责任。这种事态恐怕很难避免。正因如此,我希望无论如何都得打赢这场官司,并且要通过争取胜诉证明财前教授的正当性以维护本校的名誉。因此,我会在医学或诊疗的论证方面,安排所有的权威医学家作为证人或鉴定人出庭做证,共同协助论证财前教授没有过失。我从今天上午打电话的时候就认为,这个事件除了曾在战前接手过大型医患纠纷案的河野兄之外,再也找不到可以委托的人了。所以,我诚恳地希望你为我校助一臂之力!"鹈饲怀着强烈的期待请求道。

财前也像走投无路似的说:"河野律师,拜托您了!如果没有您的协助,即使能赢的官司也会输掉。我自己的处境暂且不说,恐怕还会对身为医学院长的鹈饲老师造成极大的困扰。"

"好啦好啦!你这样一说我都不知道该怎样回答啦!我这样说只是为了请各位记住,这个事件肯定不会那样简单,但绝不是一开口就拒绝接手的意思啊!"河野摆出大牌律师的架势,故弄玄虚地说道,他随即触及问题的核心,"不过,财前,对于原告方的起诉书,你能从医学的角度证明医师方面没有过失吗?"

"那当然。不管怎么说,这毕竟与其他领域不同,属于我的专业领域,所以我对任何医学论证都有信心。例如,关于术后处置的问题,刚才已经向您大概说明过了,要是更加详细说明的话……"

他刚想接着继续说明就被河野律师制止了。

"那方面的情况就不必在这种酒席上说明了。请你把支持你的见解的学说和文献等资料备齐,咱们择日再谈,并针对原告的起诉书拟定答辩书。根据通知书所说,要在八月七日之前把答辩书提交到法院,所以在此之前你我还要完成经过严格推敲的答辩书呢!"

河野似乎话中有话。财前立刻正襟危坐。

"您是大阪律师协会会长,而且精通医患纠纷官司,既然您愿意接手这个案子,我就放心地把一切都交给您了。"

财前俯首致谢。财前又一为河野律师递杯斟酒。

"律师先生,这下我们可得救了!您愿意接手这场官司,我们就像坐上了巨轮啊!"

鹈饲也抿了一口酒,说道:"这样我就放心了。如果被河野兄拒绝了的话,说真的,我实在没有别人可以委托,那就没辙啦!请你务必协助财前打一场漂亮官司!"

"那当然啦!对我来说,这是你鹈饲院长从中牵线的案子,既然接受了你的委托,就算是为了大阪律师协会会长的体面,我也会竭尽全力争取胜诉嘛!而且,原告的律师关口虽然在律师协会中算是'在野党'的非主流立场,但毕竟是精锐分子,所以真是'棋逢对手、将遇良才'呀!"

河野流露出自信满满的神情,财前又一"砰"地拍了一下膝头。

"您这话说得真是令人感到心里有底啊!既然您都这样说了,我们当然也要全力以赴,绝对不会吝惜金钱!咱们这就谈一下费用问题吧!启动资金一百万元。如果咱们这边赢了,我再付三百万元。你说怎么样啊?"

鹈饲顿时露出惊讶的神色,但河野律师却轻松地接受了。

"好吧。这样应该差不多了吧!"

"如果这样的话，律师，那就要赶快去找有力的证人啦！"财前又一着急地催促道。

"不，在我们向法院提交针对原告起诉书的答辩书之后，原告和被告的代理人即律师才会被叫到法院确认起诉书和答辩书的内容，此外还要提交相关的书面证据。在一段时间之内全都用书面陈述，这被称作书面审理。在这个阶段中双方都由律师进行辩论，以后才会在此基础上开庭传唤证人和当事人。"

"要是那样的话，当事人和证人在什么时候才会出庭呢？"

"是啊，如果是集中审理的话，在提出答辩书约两个月之后会开庭讯问证人。那么，这些事务就交给我吧！既然我已经接手这个案子，那就事关我的能力，所以我不会稀里糊涂地失败啦！"河野律师满脸油光地说道。

第十九章

　　财前独自坐在庆子房间的窗台旁,眺望着窗下潺潺流淌的长堀川水,想到明天法院就要开庭讯问证人,万千思绪纷纷扰扰地涌上心头。他跟河野律师再三协商之后,已经拟好了从医学理论来看无懈可击的预备资料,整理完备所有的书面证据,在申请证人方面也安排了万无一失的阵容蓄势待发。但尽管如此,他仍然不时地感到有一种贼风暗透似的不安。

　　即使是在跟河野律师仔细协商时、在医院给患者做诊察时、在家跟岳父又一和妻子说话时,甚至是在庆子公寓里的时候,即将坐上被告席的沉重压迫感都一直纠缠不去。但尽管如此,他表面上还必须装出内心没有一丝慌乱的镇定态度。从出国回来那天晚上起,他每天从早到晚都必须有意识地保持这种姿态,持续的神经紧绷使他感到剧烈的疲劳。他瘫软无力地把头仰靠在椅背上,闭住双眼,耸起肩膀,深舒了一口气。这时,门被打开并响起了庆子的声音。

　　"哎呀!原来你先到啦!不好意思,让你久等啦!"

　　庆子身穿一袭绿色套装,把苗条舒展的肢体靠近财前,但财前并没有像往常那样搂住她的腰,只是默默地点上了雪茄。

　　"怎么啦?连你到了这个时候也累得够呛啦!"

　　"那当然也会累的嘛!我连着几天跟律师协商打官司的事情,忙得昏天黑地。可是,在医院里还得做出若无其事的镇定姿态照常看门诊、去住院部查房还有做手术,所以我也快累垮了。我站在手术台上都快晕倒了,所以今天下午只做了一台手术就撤了。"

"这就是说,虽然你那个官司闹得沸沸扬扬,可是找你做手术的患者依然有增无减喽!"庆子惊讶地说道。

"那是当然啦!我只是被毫无医学常识的患者告了黑状,这个事件的是非曲直必须等判决结果宣布之后才能水落石出。况且,来找我的患者大部分都怀着'非食管外科的财前医生不看'这样一种近乎信仰的心态。正因为如此,我就更要打赢这场官司。只要我赢了官司,谁都无话可说了!"

财前使劲地眨着因疲劳而充血的双眼,庆子一直站着俯视财前的面孔。

"你别那样眨着眼睛做出一副穷酸样啦!我认识的财前五郎教授,可是一个拥有机器般的精巧双手和天塌下来都不会眨眼的钢铁意志的外科医生啊!即使不用那样生气,你也肯定是该安排的都安排好了吧!"

"安排是安排好了……"

"因为你已经使出了老辣的招数,所以又放心不下、忐忑不安了,是吧?"

庆子星眸闪光,似乎看透了财前的心思。财前默然无语地扭开了脸。庆子从洋酒柜中取出威士忌酒瓶和酒杯,调了加冰威士忌放在了桌上。

"那,学校里的情况怎么样呢?"

"在我的医务部内,已经仔细叮嘱过佃讲师和安西医务长了,所以情况跟以前一样没什么变化,门诊和其他部门也都在平稳地运行。不过,其他科室的教授们表面上若无其事地装出绅士模样,可是在背地里却好像搞了不少策划。尤其是在教授选举中跟着东派一败涂地的第二外科今津教授那帮人，据说正趁着这个机会带头煽动反对鹈饲派的人劝告我辞职呢，但是都被鹈饲院长压住了，说一切要等判决结果下来再说。这次鹈饲院长不仅帮我找律师，而且在其他所有的方面都帮了忙……"财前一反往常感慨万千地说道。

"那是当然的啦！你是在鹈饲先生的支持下才当上教授的，如果判决结果还没下来就叫你辞职的话，那不等于明年竞选校长的鹈饲派开始败退了吗？所以，已经上了船的鹈饲先生只是为了自己而袒护你而已嘛！所以，这并不是什么值得感恩戴德的事情啊！"庆子说得理直气壮，"明天第一次传唤证人，你这边决定谁出庭啊？"

"明天先由护理死亡患者的护士和金井副教授出庭。"

"金井副教授吗？这个人原先是前教授东先生的嫡系，而你不是为了安抚医务部内东派的人采取权宜之计才让他当副教授的吗？让这样的人出庭做证没问题吗？"庆子担心地问道。

"没问题啦！金井在我出差期间是代理主任，这次事件他也有一半责任，所以他不可能做出对我不利的证词。而且，对于这一点我也仔细叮嘱过了，没必要担心。至于那个护士，根本不需要我去晓以利害，只要护士长打个招呼她就什么都心领神会啦！"

"是吗？这倒是像你做事的风格啊！从主治医师柳原、金井副教授到护士，你都已经采取了措施。那么，有可能做出最重要证词的里见和做病理学解剖的大河内教授也都做好工作了吗？"

"对这两个人目前还没有采取措施，还在静观其变。不管怎么说，这两个人不好对付，所以如果贸然去做工作，恐怕会出乎意料地适得其反呢！"财前语气沉重地说道。

"我觉得吧，对大河内教授那边虽然在这种时候可以暂时静观其变，但是对里见那边就应该强制性地采取某种措施。那个人跟别人不一样,对这件事的每一步都亲眼见证了,而且已经知道是你误诊了。"

"哎!你别瞎说!"财前不禁大吼一声,随即连续地喝了好几口威士忌。庆子也默不作声地喝干了杯中酒。他们面对面地坐在窗边的桌旁,心神不安而又无法排遣的财前与采取第三者的冷静心态旁观形势的庆子之间,流动着前所未有的失和而冷漠的空气。

天色不知何时已经昏暗了下来,刚才还能看到窗下的长堀川河面,现在已经被黑沉沉的夜幕湮没,沿岸的建筑开始亮起灯光。

庆子喝干了不知是第几杯威士忌之后,揣测着说道:"你老家的母亲怎么样啦?她一直希望你能当上教授,好不容易放下心来,可没过多久却发生了这种事情。对你母亲来说,打击恐怕不小吧!"

财前愁眉苦脸地说道:"我早就给母亲写信叫她别担心这件事,在法院判决之前别来大阪,只要相信我并安安稳稳待在老家就好。她回信说'知道了,我相信你'。就算是为了母亲,我也必须打赢这场官司……"

说完,财前就把威士忌酒杯放在了餐桌上。

"那,海怪先生和杏子夫人近况如何呀?"

庆子转换了话题。

"那两个人刚开始惊慌失措,而现在却觉得只要舍得砸银子找到一位有本事的律师就可以高枕无忧了。其实,河野律师真不愧是大阪律师协会的大牌,虽然费用格外昂贵,但本领也确实高强,他还动员了河野法律事务所的年轻律师,倾注整个事务所的力量为我的官司奔波,所以我要借助河野律师和海怪的力量顺利地摆脱目前的困境。尤其是我跟河野律师已经进行了充分的协商,可以保证万无一失。"

财前此时的语调与谈论母亲时完全不同,随即,他别有意味地笑了。

"你就是这样的人,虽然对我说的话像那么回事儿,但是对海怪先生甚至杏子夫人都没说真话吧?依我看来,你甚至对于必须准确告知事件真相的律师也没有说明关键部分,而是巧妙地自圆其说。就连我也不知道你有几分真话呀!因为你是个城府很深的冷酷人物。"

财前没有理会庆子的挖苦,而是若有所思地凝眸注视着前方。

在灯火通明的关口法律事务所接待室内,佐佐木良江和信平正在聆听关口律师说明第二天开庭的相关事项。

"迄今为止,原告和被告的律师们在经过六次书面审理之后,已经归纳出了双方的主张,所以明天就要开始传唤证人了。争论就聚焦在我方当初所追究的、作为医师在术前术后怠慢了应有的注意义务,以及把癌性胸膜炎误诊为术后肺炎这两点上,但问题是实际经历和观察了整个事件过程的第三者怎样对这两点进行举证。因为庭审过程全部需要举证,所以如果没有证人举证的话,无论什么样的主张都不能成立。正因如此,作为原告方第一个被传唤的证人,佐佐木信平先生可千万不能含糊啊!"他谆谆叮嘱道。

"律师,我连法院的大门都没进过一次,更不要说出庭做证了。所以,尽管我坚信正义在我们这一方,但一想到明天就要开庭,心情还是很难镇定下来,不知道该怎么做,特别担心。"

信平眼中流露出惴惴不安的神情,说话都不利索了。

"哦,普通人都会出现这种反应。不过,这根本没有必要担心。你出庭的时候先要面对审判长宣誓,保证提供确切的证词,接下来你就要作为第一个证人接受讯问了。不过,首先要由原告律师我向你讯问佐佐木庸平死亡前后的情况,所以,你对我的讯问只需把自己经历过的事实原原本本地答出来就行了。在我的讯问结束之后,就轮到被告律师对你进行反对讯问了。这才是难度最大的地方。因为被告方律师进行反对讯问的目的是推翻我方的证词,从而把庭审过程引向对他们有利的方向。所以,你对这种讯问一定要平心静气,一定要充分思考对方提问的意思之后再回答。尤其是问到有关医学理论方面的问题时,除了咱们此前多次研讨的内容之外,你绝对不要回答其他任何问题。法官会一言不发地聆听原告和被告的律师对这位证人的讯问和回答,由此判断哪一方正确。如果你中了对方律师诱导讯问的圈套,做出不恰当的回答,而被对方抓住了把柄,会影响法官的想法并对我方不利。所以,你一定要充分注意这个问题。"

信平显得更加惶恐不安了。

"到时候我就在你身旁,所以你不用担心,只要保持镇静就不会有问题。倒不如说难关其实在于医院方面的证人。根据法律规定,我方可以向法院申请医院方面的证人,如果法院予以采纳并传唤证人到庭,对方是不能拒绝的。所以,医院方面的医生也可以作为原告方的证人出庭。不过,他们的证词却有可能并不符合我方的期待。第一内科的里见副教授是原告方所申请的最重要的证人,你们已经直接跟他见面详细谈妥请他当证人的事项了吧?"关口律师问道。

佐佐木良江与信平对视了一下。

"是的。就在前天也就是星期天,我们去法圆坂公团公寓拜访了里见大夫。他虽然对我们提出起诉感到十分惊讶,但在我们详细向他讲述了内心的痛苦,并说明是为了安慰我冤死的丈夫的在天之灵才不得已决定提出起诉之后,他表示完全理解。所以,他答应作为原告方的证人出庭。但是,当我们要求他给出对我方有利的证词时,他说如果接到传唤当证人的话当然会出庭,并会出于个人立场提供他所掌握的所有医学方面的证词。不过,他不会站在某一方的立场上提出证词,作为一名医师,他只证明事实真相。"

"只证明事实真相……这话说得极为在理,但具体地讲究竟是什么意思呢?"

关口律师似乎很难判断个中含义。

"对呀!这里有问题。我也跟嫂子一起去拜访他了,但因为想把这一点再搞清楚些,所以重复问过几次,但他后来一直默不作声,从他的表情上看,恐怕是受到学校高层领导的压力了吧。"

信平满心狐疑地说完,良江摇了摇头。

"唯独里见大夫不会那样。正因为那位大夫是个真正的好人,所以才不会轻率承诺,而只能那样答复我们。里见大夫说他不会偏袒任何一方,只证明事实真相,我相信他说的话毫无疑问就是对咱们好的话。"

良江彻头彻尾地相信里见。关口律师像是在斟酌良江和信平对里见的理解方式,思考了片刻。

"那就按照夫人说的相信里见副教授这个人吧!因为不管怎么说,咱们除了里见副教授再也找不到其他有力的证人了。离他出庭还有一段时间,所以改天再去好好请求他吧!另外,咱们向法院还申请了另一位医院方面的证人,就是做病理学解剖的大河内教授。这件事你们向里见副教授谈过了吗?"

听到关口律师问话,信平流露出几分歉意。

"关于这件事,当我们对里见大夫说'像大河内教授那样的大牌医生,与其说我们自己去还不如请里见大夫去委托'时,他也只说了一句'大河内教授是我原先在病理学研究室时的恩师,无论是做学问还是做人再没有比他更值得尊敬和信赖的人了'。到最后,既没说帮我们委托,也没说不帮。"

"据我调查的信息显示,大河内教授那个人是学士院恩赐奖的获得者,即使在浪速大学里,作为学者也比现任校长和医学院长资格高得多呢!不过,因为我原先认为拥有那种头衔的人未必品格高尚,所以就去找了两三位报社的医疗界记者和医事评论家打听,但他们都异口同声地说,大河内教授是如今少见的严谨刚正、高洁自重的人。因此,尽管这起诊疗事故发生在自己大学的附属医院,他也绝对不会给出歪曲解剖观察所见的证词。不过,这样的人物往往多数都亲和力差,不懂通融。对于剖检所见以外的事情,例如根据解剖记录推论对我方有利或对财前被告方不利的事,他都会避免去做。除了严肃公正的剖检记录之外,估计他不会谈论任何别的事情。正因为如此,假如咱们硬要叫他说出对我方有利的证词,我担心他反倒会跟咱们过不去。所以,咱们要好好地研究怎样对他进行讯问。"关口律师瞥了一眼时钟,再次叮嘱信平,"那好,今天的协商就到这里吧!由于这个事件的社会反响很大,而且采取了民事审判中前所未有的集中审理方式,所以预计明天的法庭会有相当多的旁听者和媒体记者去采访,你绝对不能紧张。对方律师是个相当精明老辣的行家,你一紧张就容易在反对讯问时中了他的圈套,所以在回答时千万要小心谨慎啊!"

"我明白了。当他问到那个叫财前的大夫时,我一定要说得叫他再也当不成大夫。可是,如果他问到医学专业的复杂问题和不好判断的问题时,我就只瞪着他不说话。"

关口律师听了他的回答,一边整理桌上摊开的资料一边说:"明天上午十点钟开庭,请你们九点二十分左右就来我的事务所。既然你们是头一次去法院,就跟我一起去吧!况且对方是个大牌律师,所以我想从容不迫地出庭,从起跑线开始就不能落后嘛!"

这位充满正义感的少壮律师那瘦削精干的脸上洋溢着昂扬的斗志。

大阪地方法院民事六号法庭内的旁听席座无虚席，在佐佐木商店的员工和一般旁听者中间，还混杂着浪速大学医学院相关人员以及医师协会的干部，他们特别引人注目。在媒体方面除了司法方面的记者之外，还可以看到医疗方面的记者，可见这场官司在社会上的反响非同寻常。

面对审判长席的左侧是原告代理人席位，右侧是被告代理人席位，在旁听席前面的原、被告席位上，原告佐佐木良江和被告财前五郎分坐左、右两侧，他们的旁边分别坐着原告的证人佐佐木信平和被告的证人第一外科副教授金井达夫、护士石川千代子。

佐佐木良江忐忑不安地望着脚下的地板，而财前五郎意识到旁听者和报社记者们的视线都集中在自己身上，神情坦然地昂首挺胸而坐。他还意识到了坐在身后那排座位的岳父财前又一和后边四五排座位上与里见坐在同排的庆子。鹈饲院长为了表现出自己对打赢这场官司游刃有余的姿态而故意没有露面。

开庭预定时刻十点钟一到，旁听席上的窃窃私语声立刻停止，法官席后方正面的门被打开。

"起立！"

随着法警的喊声，全体起立迎接法官。身穿法袍的审判长率先坐在正面中央的座位上，两位陪审法官接着分别坐在左右两侧的座位上，起立的人们也都坐了下来，法庭内寂静无声。

头发花白、双眼发出锐利目光的审判长缓缓扫视全场之后，宣布："现在开庭，进行证人讯问。原告、被告双方的证人到庭了吗？"

佐佐木信平、金井达夫副教授、护士石川千代子三人站起来迈步向前，审判长对三人的姓名、年龄、住址、职业等分别进行了身份确认讯问，三人分别予以回答。

"你们将作为证人接受讯问,所以要求在宣读宣誓书后各自签字、盖章。在宣誓之后,如果做了虚伪证词就构成伪证罪并将受到处罚,所以请你们要讲真话。听清楚了吗?"

审判长叮嘱之后,就指定佐佐木信平代表三人宣读了宣誓书。

"我发誓,凭自己的良心讲真话,不隐瞒事实,不添加虚假证词。"

信平低声读完之后,法警要求三人签字、盖章。

审判长接过宣誓书转向代理人席位问道:"先讯问谁?"

原告方的关口律师站起来说道:"请允许先讯问我方的证人佐佐木信平先生。"

"那么,现在先讯问原告方证人佐佐木信平,请被告方证人金井达夫和石川千代子先去走廊里等候。"

金井副教授和护士石川千代子去了走廊,佐佐木信平站在了证人席上。原告方律师开始对原告方证人进行讯问。

"请问证人,你认识原告佐佐木良江、佐佐木庸一、佐佐木芳子、佐佐木勉吗?"

"是的。佐佐木良江是我死亡的哥哥佐佐木庸平的妻子,庸一、芳子、阿勉是我的侄子和侄女。"

"你认识财前被告吗?"

"是的。他是给我哥哥佐佐木庸平做过手术的大夫。"

律师按照规程讯问了证人与原告及被告的关系,证人如实回答。

"佐佐木庸平于一九六四年六月二十日因癌性胸膜炎死于国立浪速大学医学院附属医院,是吗?"

"是的。"

"佐佐木庸平是在什么时候、什么样的情况下去浪速大学医院就诊的?"

"他在去大学医院三个月之前就感到胃部不适,虽然也请附近的大夫看过,但症状一直不见好转,所以就在四月底去浪速大学附属医院接受了诊察。"

"初诊是由谁做的呢?"

"第一内科的里见大夫。"

"他诊断是什么情况?"

"在做过内科精密的检查之后,初步诊断为慢性胃炎。但是,里见大夫建议我们最好再去让外科的财前教授检查一下。"

被告席上的财前眼中闪出亮光。关口律师瞟了一眼财前。

"财前被告诊察的结果是什么?"

"根据透视和拍X光片检查的结果,他认为是极早期的贲门癌,如果放任不管,病情就会持续恶化,并且建议尽早做手术,我哥哥立刻住院并决定接受手术,在手术之后第二十二天就死亡了。"

"做手术时你在场吗?"

"不在场。因为那天恰巧是我针织品杂货商店盘点的前一天,所以手术当天我不在场。不过,第二天我就去探视,他的麻药开始消退,连续喊着要喝水。不过,手术过程好像十分顺利。"

"做完手术之后,财前被告不久就去国外旅行了,是吧?"

"是的,在我哥手术后第九天出国了。"

"丢下手术后病情尚未稳定的患者就出国旅行,我觉得这是不负责任的行为。不过,后续处置是怎样安排的呢?"

"交给了一个叫柳原的年轻助教。"

"这样来看,财前被告在出国前的诊察态度是不是存在着缺乏诚意之处呢?"

被告方的河野律师立刻说道:"审判长!原告代理人刚才的讯问属于诱导询问,所以请予以撤回。此外,在法庭上也不应该有指责被告的言论!请审判长加以提醒。"

审判长向关口律师提醒道:"原告代理人刚才的发言属于诱导讯问,请撤回。"

"明白了,我现在更正。那么,财前被告出国前的态度是什么样呢?"

"他从做手术之前就显得慌里慌张,陪侍病人的家属也可以看到这一点。在做完手术之后一次都没有来看过,即使在病人呼吸困难症状发作,我们要求他来诊察时,他也以忙不过来为由,一次都没有回应过。"

"你们预料到佐佐木庸平手术后会死吗?"

"没有。因为财前教授保证说,这是早期发现的癌变,只要做了手术就没问题,还说手术十分成功,所以我们根本没料到我哥会死。虽然他对我们做出了保证,但还是没有保住我哥的命。我哥并不是因为无法挽救而死,而是被财前教授出国前毫无诚意、心不在焉的诊疗夺走了生命,使他四十八岁的妻子和年龄才十九岁、十六岁和十四岁的孩子们面临不幸的未来,另外还给佐佐木商店的四十三名员工带来了极大的不安。这个大夫的行为给我们造成了这么大的不幸和损失,我们一定要追究他的责任,并请求依法予以制裁。这不仅是为了我们自己,也是为了社会上遭受大夫误诊而忍气吞声的众多患者和遗属!"

信平的声音由于愤怒而颤抖。

"我的讯问到此结束。"

关口律师结束了讯问,审判长望着被告代理人席。

"被告代理人对这位证人有什么要问的吗?"

"是的,请允许我进行反对讯问。"

被告代理人河野律师好像已经迫不及待,他脸上闪着油光站了起来。坐在原告席上的佐佐木良江忐忑不安地望着信平。河野律师从玳瑁镜框后瞟了信平一眼。

"你的职业是针织品杂货商,生意很忙吗?"

"是的。我做的是针织杂货的批发和零售,最近加上人手不够,所以非常忙。"

"那是好事儿。不过,看起来你对佐佐木庸平先生住院后的情况相当了解,你一直都在他身边陪侍吗?"

"没有。我嫂子佐佐木良江在医院陪侍,所以我只是去探视过。"

"你去探视过几次呢?"

"手术之前一次,手术之后就常常去了。"

"那么,在手术之后到财前教授出国之前的一个星期之内你去探视过几次?多长间隔去一次呢?"

"我记得是隔天去一次……"

"你探视的时间是固定的吗?"

"不是。因为我是忙中抽空去的,所以时间不固定。"

"那么,你刚才对财前教授诊疗态度提出的非常详细的证词,并不都是你实际的所见所闻吧?"

"不是。但是,因为我经常问我嫂子……"信平支支吾吾地答道。

"总而言之,你的证词大部分都是传闻,对吗?"河野不失时机地抓住了信平话语中的漏洞,"所谓证词应该是证人讲述他直接所见所闻的事实,可是从别人那里间接听来的传闻作为证词显然缺乏可靠性,这一点你知道吧?"

信平表情渐渐僵硬,不知道该说什么好了。

"我的讯问到此结束。"

河野律师得到了反对讯问的效果,从容不迫地回到了座位上。审判长在调查书上记录了些什么,像是在整理原告、被告代理人的讯问内容。

"本庭没有问题讯问佐佐木证人,请下一位证人出庭。"

审判长向法警发出指令。身材瘦高、身穿朴素藏蓝色西装的金井副教授站在了证人席上。

"被告代理人,请开始讯问。"

审判长朝被告方律师说完之后,河野律师用与刚才对待佐佐木信平时截然不同的温和语调向金井问道:"据说,财前教授不在期间由你代理主任,那么代理主任是做什么工作的呢?"

"就是在主任外出期间代替他负责授课、门诊、住院患者查房以及医务部管理等工作。"

"你作为代理主任给佐佐木庸平做诊察是在什么时候呢?"

"在财前教授去国外出差之后的第二个星期,我作为代理主任做了第一次诊察。后来在查房时还诊察过一次。"

"你最后一次为患者诊察是在什么时候?请描述一下当时的情况。"

"六月二十日下午六点钟左右,我接到主治医师柳原的报告,说患者病情发生了急剧变化,我立刻赶了过去。当时,柳原医师正在做胸膜穿刺,实施胸水排液处置。因为如果多次实施排液的话,就有逐渐减少体内总蛋白量而导致患者极度衰弱的可能,进而还会有加速患者死亡的危险,所以第二次穿刺时只抽了五毫升,然后我指示注射强心针,并指令护士搭起氧气棚,用氧气瓶补充氧气。"

"从病情发生急剧变化到死亡的状态如何?"

"在搭好氧气棚时患者一分钟的呼吸次数为七到八次,所以我们增加了氧气浓度,但患者的呼吸次数仍然很少。三十分钟之后患者的呼吸变得更浅,并不时地像倾诉痛苦一样扭曲身体,所以我指示柳原医师注射了第二支强心针。但是,患者的呼吸渐渐地变得断断续续,在十五分钟之后出现了发绀体征,最后不幸死亡了。"

"你认为柳原医师的能力怎么样呢？"

"柳原医师在一九五八年毕业于国立浪速大学医学院，进入第一外科医务部担任助教已经六年。他的工作业绩优秀、人品诚实勤勉，在遇到重症患者时即使没有主任的指示也会主动住在医院值夜班并进行深夜诊疗，是一位责任心很强的医师。"

"请你谈一下财前教授在出国之前的情况。"

"通常在出国外访之前，教授都需要进行出国准备、安排出国期间的诊疗、交代医务部内事务交接等工作，因而忙得不可开交，所以几乎都会在出发前五天就请假中止日常工作，但财前教授只是在出发之前请假一天。除了针对出国期间第一外科的整体诊疗工作做出指示之外，还对教授主刀患者的术后处置工作做出了细致的指示。其忙碌程度以一般常识很难想象。"

"这么说来，财前教授无法应对佐佐木庸平先生的诊察也是因为实在忙不过来吗？"

"是的。根据当时的情况，不只是对佐佐木庸平先生，对哪个患者都没有时间直接地、充分地进行诊察。在那种情况下，出发前向各主治医师下达指示是理所当然的做法。"

河野律师点了点头，说道："我的讯问到此结束。"

当他回到座位时，关口律师站起来进行反对讯问。

"我想请问金井副教授，柳原主治医师找你商量佐佐木庸平的病情是在什么时候呢？"

"在财前教授出国后的第二个星期。我作为代理主任查房时，以普通查房的形式第一次听取了柳原医师的病情报告。"

"当时你没有产生任何疑问吗？"

"我当时感到对于术后肺炎来说，加用抗生素的效果似乎太不明显，但由于术后肺炎的症状千差万别，况且财前教授临行之前已经对相关处置做了指示,所以我回答说要继续观察。"

"你刚才说,你是在佐佐木庸平先生病情恶化并且正在做胸膜穿刺时赶到的,那么当时抽取的胸水是什么状态呢?"

"略带红色。"

"那么,既然已经潴留了用裸眼就能看出带有红色的胸水,那就表明已经是发展得相当严重的癌性胸膜炎了,对吗?"

金井副教授一时语塞,随即说道:"这个问题在病理学检查报告出来之前,很难在严格意义上百分之百地予以断定。因为胸膜炎中存在着癌性和结核性两个种类,后者也可能会出现带有红色的胸水。"

"是吗?那么金井副教授的专攻领域是什么呢?"关口律师奇怪地用恭敬的语调问道。

"我的专攻领域是胸外科。"

"哦?既然胸腔外科属于您的专攻领域,而且已经给患者做过两次诊察,还看到了刚刚抽取的胸水,却不能断定到底是癌性胸水还是结核性胸水,这不是有点儿奇怪了吗?"

关口律师的讯问十分尖锐,金井副教授歪着嘴角沉默无语。

"在患者陷入危笃状态之前,金井副教授是否接受过柳原医师的咨询或者是你向他做出过指示呢?"

"我刚才已经做了说明,我在第二次诊察时患者病情并不十分严重。而且柳原医师在财前教授出发前已经得到过指示,所以我并没有特别做出什么新的指示。"

"那么,你是否认为由于柳原医师遵照财前被告出发前的指示进行处置而使佐佐木庸平先生死亡,也就是说财前被告的指示中有某种失误呢?"关口律师穷追猛打地问道。

"我不能回答这种问题……"

金井额头上渗出了汗水,被告代理人河野律师忍无可忍地站了起来。

"审判长!原告代理人刚才的讯问明显充满了恶意。"

审判长认可了他的异议。

"那我就改变一下讯问方式。你认为患者为什么会病情突然恶化以致死亡呢?"

"我又不是从最初就一直给这位患者诊察,而且也不是我自己做的手术,所以关于这一点我无可奉告。"

"那我最后再问一个问题,像佐佐木庸平先生那样癌细胞转移到肺部时,是不是以不做手术为好?"

"那要根据肺部转移灶的大小和部位决定,不能一概而论。但是我想,既然教授亲自在术前做过检查并断定以实施手术为宜,那就有他相应的理由。我相信作为食管贲门癌权威的财前教授的判断。而且正像我刚才也已经说过的,我不是癌症专家,所以不能发表专业性更强的见解。"

他似乎在拒绝对方进一步讯问。

关口律师说:"好吧,谢谢你。这样就可以了。"

当关口律师恭敬地结束讯问并回到座位上时,审判长对金井副教授说:"本庭有若干问题要讯问金井证人。证人刚才说,如果专业领域是胸外科而不是癌症领域的话就不能明确阐述直接造成患者死亡的原因,真的是这样吗?"

"是的。现代医学专业分得很细,即使同样是胸外科,专攻癌症的人和专攻结核的人,虽然在诊断时的检查方法上几乎没有差异,但是在治疗过程中经常会看到意见分歧的情况。因此我认为,关于这次被诉诸法庭审判的微妙病例,非相关专业医师对该诊疗病例发表妥当与否的见解是很危险的事情。所以,我想避免做出自己没有把握的发言。"

金井副教授说完,审判长跟左右两位陪审官低声协商之后说道:"明白了。那么,关于造成患者死亡的直接原因,原告方已经申请由浪速大学医学院实施遗体剖检的大河内教授作为证人,所以本庭决定下次将根据大河内证人的解剖所见调查直接死因。"

旁听席上瞬间出现了骚动。因为传唤大河内教授进行讯问将触及事件的核心,而他掌握着这场官司的关键信息。

接着,负责管理病房的护士石川千代子站在证人席上,接受了有关佐佐木庸平术前术后状态和死亡前后情况的讯问。但是,看来被告方已经事先充分讨论过了,所以她的证词与金井副教授的证词如出一辙。虽然原告方关口律师的反对讯问十分严厉,但仍然没能获得有利于原告方的证词。

针对护士石川千代子的讯问结束之后,审判长向原告代理人关口律师和书记员确认已经完成下次开庭传唤证人的手续,就宣布休庭了。

"今天的审理到此结束,下一次将在十月二十二日下午一点钟开庭进行证人讯问。"

浪速大学附属医院的门诊室一反常态地流动着慌乱不安的气氛。这是因为从今天下午一点钟开始,在大阪地方法院对财前教授误诊事件进行开庭审理时,病理学研究室的大河内教授将作为原告方的证人出庭陈述佐佐木庸平遗体剖检所见。当天没有门诊的教授自不必说,就连轮到门诊的教授和副教授都想方设法地在正午以前结束了门诊,准备前往旁听大河内教授的证词。

正在第一外科坐诊的财前从来到医院时起就敏锐地感觉到了这种气氛,虽然觉得很不愉快,但他表面上却做出一如往常的样子,一个接一个地为患者做诊察,并不时地瞟一眼腕表。当他给一名胃溃疡患者做完诊察时,佃讲师善解人意地提醒他说:"老师,时间差不多了……"

"啊,都到这个时间啦!那好,这儿就交给你吧!"随即,他对等在身后的年轻医务员说道,"佃讲师接我的班,你要好好见习。"

说完,财前就站起身来。

当他迈着沉着镇定的步伐走进二楼的教授办公室时,他终于松了一口气似的脱下白大褂,接着,他摁下桌上的对讲机指示送简餐来。当三明治和红茶送来之后,财前一边吃一边考虑再过一个半小时大河内教授将在法庭上发言的内容。

所谓病理学剖检所见,就是通过解剖得到的裸眼观察结果和显微镜检查、生物化学检查和组织学检查等结果的记录。虽然记录本身是固定不变的,但是根据记录归纳临床过程的方法不同,就会产生微妙的差异,进而以复杂的方式左右针对财前的诊断和治疗是否正确的判断。不过,无论在什么样的情况下,大河内教授都会遵守作为医学家的严肃公正的原则,即使以原告方证人的身份出庭,也不会因为同情原告而做出带有感情色彩的证词。但正因为如此,也不能指望他会因为财前是本校医学院最年轻的教授并曾在他的病理学研究室待过而网开一面。

财前剩下了大半块三明治。他看了看时钟指针,发现还没到正午。虽然沿着河边走到法院只需十分钟,但他还是感到时间在分分秒秒地迫近,他开始火烧火燎般地焦躁不安起来。电话铃突然响了,他拿起了电话。

"喂,是我啊!"

电话中突然响起岳父又一的声音。

"啊,是爸爸呀!你好……"

"一点儿都不好。我从刚才起就一直对今天大河内教授的证词担心得不得了。我那样再三恳求鹈饲先生想个妙招去找大河内教授做工作,可他到最后却什么都没做!因为今天就要开庭了,我实在是坐立不安呀!"财前又一咬牙切齿地说道。

"那我也是一样嘛!上次跟鹈饲院长、河野律师一起吃饭时,鹈饲院长认为最好不要找大河内教授做工作。既然他这样决定了,那还能有什么办法呢?"

"没办法……那样四平八稳的怎么能行呢?只凭大河内教授今天的证词,不只是你,就连我的财前妇产科诊所都会声名狼藉啊!趁现在还有点儿时间,我想给鹈饲院长打个电话,请他想办法去向大河内先生说句话。"

财前眼前浮现出岳父晃着海怪般的秃头的焦躁不安的样子。

"那怎么行啊!大河内教授是个什么样的人物,爸爸在上次教授选举时不是已经很了解了吗?您忘啦?在决选投票的前一天晚上,岩田先生和锅岛先生在您的唆使下去大河内教授家请求时,不仅碰了一鼻子灰,而且大河内教授在第二天决选投票时还差点儿把岩田和锅岛贿选的事儿都抖搂出来。这次要是再做出那种莫名其妙的事,就会彻底激怒大河内教授,那可就真的什么都完蛋啦!"

财前五郎压低嗓音说完,又一也无话可说了。

"爸爸,这事儿只能按照鹈饲教授说的做!要是弄巧成拙的话,反倒对我没有任何好处。"他再三叮嘱道。

"那好吧,尽管我还有点儿接受不了,但既然你本人都这样说了,那就这样吧!"

财前又一很不情愿地挂上了电话。

鹈饲拿起桌上的资料匆匆忙忙出了院长办公室,接着他向病理学研究室走去。他在昏暗的走廊里向左转,来到病理学教授办公室门口,虽然挂着"禁止入室"的牌子,但鹈饲还是无所顾忌地敲了门,不等里面应声就推门而入。

大河内像要斥责似的转过身来,看到是鹈饲,他立马现出疑惑的表情。

"抱歉,打扰你搞研究了。我刚好路过这里,此前你申请的病理学研究室设备预算已经结过账了,我就顺便拿来交给你。"

鹈饲说完就把资料放在大河内的桌上。

"谢谢你这么热心。不过,就算是顺路,你也不需要亲自送到我房间来嘛!"大河内毫不客气地说道。

鹈饲拿起大河内桌上放着的病理学杂志,感佩地说道:"这个月的病理学杂志上刊登了你的论文《对最近的致癌学说——细胞呼吸障碍说的考察》,确实很有意义呀!我已经拜读过啦!"

"哦?你会对那种内容感兴趣真是出人意料啊!因为你是专攻老年病学的临床专家嘛!"大河内不无讽刺地说道。

鹈饲像突然想起似的说道:"对了,今天是你去大阪地方法院出庭做证的日子吧?"

"下午一点钟开始,我也差不多该走了。"

大河内拿起病理学解剖的记录。鹈饲瞟了记录一眼。

"临床组的人都十分关心大河内教授会陈述什么样的解剖所见,所以今天应该会有相当多的教授和副教授前往旁听吧!因为今天大河内教授的证词内容,对我们临床医师今后的诊疗行为也会产生某种程度的影响啊!"

他若无其事似的打探大河内的想法。

"啊,是那样吗?"

大河内兴味索然地回应了一句就立刻开始准备出门了。鹈饲不知道该怎样接着说下去。

"这场官司如此受到社会上的关注并且使舆论界沸沸扬扬,这就已经不只是财前教授个人的问题,而是关系到浪速大学医学院名誉和权威的问题了。正因为如此,这场官司无论如何都要让财前教授胜诉呀!"他意味深长地说道。

"所以我要问,无论怎样都要让财前取胜又是为了什么呢?"

大河内蓦地把尖尖的鹰钩鼻朝向了鹈饲。

"如果财前教授不幸败诉并被判定明显犯有误诊误治过失的话,浪速大学医附院用长达四十年树立起来的信誉会怎么样呢?而且,这会给明天还要诊察患者的临床各科的教授带来多大的困扰……"

他的话音未落,大河内教授就说道:"那也是选出这种人当教授的教授会的责任,没有什么好说的嘛!我所说的名誉和权威就是怎样能够准确地追究和判明患者的真正死因。而为了包庇财前做出有违医学常识的不负责任的证词,才是对本校名誉和权威的更大伤害!"

大河内不顾鹈饲还想继续说下去的想法,说了声"那我走了",就提起大皮包推开了教授办公室门。

当满头白发、身躯瘦弱的大河内教授站在证人席上时,旁听席上霎时间掠过一阵紧张的空气。财前坐在被告席上,表情僵硬地望着大河内。坐在原告席上的佐佐木良江和小叔信平,也像受到震慑似的把目光投向毅然挺立在证人席上的大河内教授。

审判长把书面证据摞在桌上,按照规定程序讯问了大河内教授的姓名、年龄、住址、职业等身份信息,在宣誓结束之后,他宣布:"现在由原告方代理人开始主讯问。"

原告方代理人关口律师面向大河内问道:"为什么解剖佐佐木庸平的遗体?"

"因为遗属通过临床主治医师提出了要求。"

"那就是因为对死因怀有疑问,对吗?"

"是的。不过,病理学剖检并不只是以对死因怀有疑问为前提。所谓病理学剖检,简而言之可以说是要为不幸走向死亡的患者做最后一次全面体检,详细地探讨疾病产生的原因、经过和结果,以求从科学的角度确立和完善有关疾病的理论。以外科领域为例,近来由于手术前后的处置得到了突飞猛进的发展,大幅度地降低了术后死亡率。但是,如果仍有在手术过程中或术后不幸死亡的病例,就需要通过病理学剖检来确认死因,彻底判明患者死亡究竟是由于手术过度侵袭还是由于偶然发生了并发症。"

大河内采用在大学课堂上讲课的语调进行了阐述。

"这次剖检把重点放在什么问题上呢?"

"针对临床上产生疑问的事项。第一,胃贲门部位的手术是否成功。第二,癌细胞是否转移到了其他脏器。第三,患者死亡前的胸膜炎是癌性的还是结核性的。"

"请陈述您的剖检所见吧!"

"第一是关于胃贲门部位的手术,主刀医生对患者进行了胃全切术和把空肠与食管吻合的食管空肠吻合术,患部吻合得十分完美,周围既看不到缝合不严也看不到炎症,可以说手术本身完全成功。第二是关于癌细胞是否转移到了其他脏器,虽然在腹部脏器没有看到,但在左肺下叶部看到了小指头大的癌变组织,其周围还有三个粟粒状癌细胞转移病灶。第三是关于患者死亡前的胸膜炎,从胸膜表面看到的凹凸不平的肿瘤和血性胸水中检查出来的癌细胞来推断,我认为是癌性胸膜炎。"

"那么,直接的死因是什么呢?"

"由于并发癌性胸膜炎而使胸膜腔内潴留了血性胸水,心脏因受其压迫而发生衰竭,进而导致患者死亡。"

"那么,左肺的病灶和贲门部癌变哪个是原发病灶呢?"

"胃贲门部被推断为原发病灶。这是因为,本来胃部癌症在病理组织学的分类中大部分属于腺癌。经过对解剖保存的该遗体的胃贲门部手术切除标本进行检查,发现明显是腺癌。而且在肺部发现的癌组织也可以认为是与贲门癌相似的腺癌,这就表明,胃贲门部为原发病灶,肺部癌变为转移灶的概率极高。"

病理学家的说明缜密而严谨。

"那么,您认为癌性胸膜炎是从什么时候发生的呢?"

"从胸膜肿瘤的大小、形态以及胸水量为四百九十毫升的潴留状态来看,应该不是临死前发生的,而是在相当早之前就已经发生了。"

"相当早之前可以考虑是在什么时候呢?"关口律师继续追问道。

"虽然我不能明确无误地推算出具体时间,但我可以断定应该不是死亡前两三天或四五天发生,而是在更早之前。"

"原来如此。那就是说,虽然您不能断定具体是什么时候,但可以断定不是死亡前几天而是更早以前就发生了,对吗?"关口律师为了加深审判长的印象而重复道,"您考虑那种癌性胸膜炎的原因是什么呢?在佐佐木庸平先生的病例中,会不会是对胃贲门部的手术侵袭导致了肺部转移病灶急剧恶化呢?"

"在临床方面,既有针对主病灶的手术侵袭促使肺部转移灶急剧恶化的情况,还有偶然与某种契机相吻合而促使转移灶急剧恶化的情况,关于这一点目前还有各种学说,所以我不能给你确定的解答。"

"既然目前还不能确定针对已有转移灶的主病灶进行手术是否

妥当,那么在佐佐木庸平先生的病例中是否就意味着手术本身是错误的呢?"

关口律师见缝插针地点到了关键问题。

"这必须根据转移灶的大小、数量、部位和患者术前的身体状况而定,不能一刀切。因为外科学者之间对此也有意见分歧,有人认为有转移病灶就不应该实施手术,但也有人认为即使有转移也可以根据具体情况实施手术。至于采取哪一种方式,请征求主刀临床医师的意见。"

"我明白了。我的讯问到此结束。"

关口律师回到座位之后,审判长问道:"被告方代理人有没有讯问证人的事项?"

河野律师缓缓站起来,以恭敬的态度开始对大河内进行反对讯问。

"我兴趣浓厚地聆听了您刚才对病理学剖检的见解,但是我认为,解剖尸体说到底应该以遗属自愿要求为前提。而据我所知,这次解剖的真正原因,是某位对佐佐木庸平先生的死因怀有非同寻常的兴趣的医师向遗属提出的建议,这未免过于以兴趣为中心了吧? 您不认为这是对死者的冒犯吗?"

大河内斜眼瞪着河野说道:"关于这个问题刚才已经陈述过了,我认为没有必要重复回答。但是,如果重申一遍的话,病理学剖检就是借助一个生命的死亡使另一个生命复苏的崇高手段。如果是有良心的临床医师的话,只要对死因有些微的疑问都会建议遗属进行解剖。我还可以补充一点,剖检在欧美国家早已成为医师和患者的常识,甚至达到了以剖检率评定该医院医疗水平的程度。而且我还想说,像你这种轻率无知地指责医师进行病理解剖纯粹出于学术兴趣的人,就是那种对医学一无所知、满脑子都是十九世纪思想的人。"

大河内那义正词严的话语使河野律师都不禁一愣。

"不过,请问剖检是在死亡之后几小时进行的呢?"

"四个小时之后。"

"我听说,剖检的时间越早,获得的数据就越准确……"

"你说得没错儿,确实是越早越好。不过,死后只过了四小时,剖检所见的准确性不至于产生太大的偏差。"

"那么,您可以确定左肺的病灶不是结核而是癌变吗?"

"通过剖检时的裸眼所见以及对该病灶标本进行的组织学检验,都可以确定左肺下叶的病灶明显是癌变。"

"那么,您推断胸膜炎症状是在什么时候发生的呢?"

"刚才我已经回答过了,我只能说根据病理学剖检所见判断并不是临死时发生的,而是在相当早之前。"

"您说的相当早之前,可以解释为财前教授赴欧期间吗?"

河野律师紧咬不放,大河内严厉地瞪着河野。

"我只是说不是临死时发生的,既没有说是在财前教授赴欧之前也没有说是在赴欧之后。"

他语调强硬地顶了回去。

"我明白了。那么,最后想再请教您一个问题,根据您的病理学剖检所见记录,上面写着肺叶可见炎症现象。那么肺叶可见炎症现象是否可以考虑为肺炎症状呢?"河野律师问得十分巧妙。

"根据裸眼所见和组织学检验确实都发现肺叶出现带有红色的炎症现象,所以可以说出现了肺炎症状。"

"那就可以认为是财前教授最初诊断的术后肺炎,对吧?"河野想叫对方铭记在心似的说道。

"不,那种炎症现象并不能区分出到底是术后肺炎还是癌性胸膜炎并发的肺炎。"

大河内的证词严肃公正，英勇奋战的河野律师到了最后关头也没能得逞。

"明白了。我的讯问到此结束。"

当河野回到座位时，审判长说："那么，现在由本庭讯问证人。你刚才的陈述提到，在已有转移病灶的情况下存在两种说法，一种是不应该做手术，另一种是根据转移情况有时也可以做手术。请问你自己的观点是什么呢？"

"我自己认为，由于目前还没有针对转移病灶的绝对措施，所以只能说针对主病灶施加超越必要限度的外科侵袭并不妥当。不过，这只是我一介病理学者的意见，所以就像刚才也说过的那样，请征求主刀临床医师的意见。"

"好吧，我们暂且认为，对于该做手术还是不该做手术的问题应该根据临床医师的鉴定。那么，根据你的病理学剖检所见，你对财前被告采取的处置方法有什么看法呢？"

"既然是在肺部转移灶已经很明显的情况下仍然对胃贲门部主病灶做了手术，应该是具有某种依据，问题在于那种依据是不是存在着超出必要限度的因素。假设疏忽了术前检查而没有发现肺部转移而做了手术的话，那就不能不说是缺失了作为临床医师的注意义务了。"

坐在被告席上的财前脸色突变。审判长打开书面证据，开始跟左右陪审的法官协商。原告代理人关口律师忽地站了起来。

"审判长，为了澄清大河内证人认为应由临床医师鉴定的问题，原告方要申请鉴定人。"

被告方的河野律师也立刻站起来，寸步不让地表示："我方也要申请鉴定人！"

在旁听席列座的医学相关者们不禁面面相觑，现场弥散着非同寻常的气氛。因为原告和被告申请临床医师鉴定人，意味着医师鉴定人将会针对财前五郎是否犯下误诊误治的错误提出重要的见解。

酒宴席间的气氛异常尴尬，鹈饲院长、河野律师、财前五郎和又一四人面对渐渐凉下来的酒杯，围坐在餐桌旁。

"大河内教授今天的证词可不是好兆头啊……"鹈饲苦着脸说道。

财前又一说："我担心的事情果然发生啦！在前些天的第一次证人讯问中金井副教授和护士虽然都遭遇了原告方律师纠缠不休的反对讯问，但还是按照咱们事先协商的口径顺利地摆平了。我刚刚为开了个好头高兴不久，就被大河内教授今天的证词吓得灵魂出窍啦！难道再没什么好办法了吗？"

财前又一的厚嘴唇上沾着唾沫，话中带刺。

财前五郎慌忙打圆场道："爸爸，谁都无法预料到今天会发生那种情况嘛！当然，我们已经有所准备，估计到大河内教授会做出相当严厉的证词。但是，最后当审判长问他对我所采取的处置方法有什么看法时，他竟然回答'不能说没有缺失作为医师的注意义务'！当时我就感到像吃了一记重拳一样深受打击。考虑到他那样的回答今后将对审判长产生影响，我就非常担心。河野律师对这一点怎么看呢？"

财前表情严肃地转向河野律师。

"是啊！如果大河内教授干脆从一开始就做出偏向原告方的证词，那他回答审判长讯问的那些证词还可以看成是偏袒原告方的证词，我们可以断定他掺杂了个人感情。不过，他自始至终都严肃公正地回答，甚至连原告方的律师都难以诱导他说出有利于己方的证词，所以他的表述应该会对审判长产生了不小的影响。"河野担心地说道。

"连河野先生都这么软弱,可不行啊!现在更重要的是怎样在下次鉴定人讯问中挽回劣势嘛!"鹈饲重振士气地说道。

"你说得对,要在下次鉴定人讯问中挽回劣势。不过,下次鉴定事项的争论焦点是对出现转移病灶的癌症患者是否应该做手术,对于这个问题的解答将直接关系到财前教授所采取的处置方法是否正确。财前教授,请你冷静地思考一下,你对这个问题怎样预测呢?"

河野刚说完,财前就做出对此早已深思熟虑的表情,说道:"正像站在医师立场上所考虑的误诊与站在患者立场上所考虑的误诊之间存在很大差异一样,即使是在医师之间,也会由于思路不同而对我的处置方法持有不同意见。主张即使可以看到少许转移仍然应该切除主病灶的人,大概就会认可我的处置方法吧!但是,认为哪怕只有一点儿转移都不应该做手术的人,就可能断定我的处置完全错误。前者的说法一般会得到少壮的新锐外科医师的支持,而后者的说法就会得到比我年长一辈的老教授的支持。因此,只要挑选与我立场相同的临床外科医师当鉴定人就行。因为近年来这方面已经逐渐成为主流了,所以在下次鉴定人讯问中应该会对我方有利。"

"原来如此。这样的话,鉴定人就必须挑选与财前教授立场相同,而且具有足以推翻大河内教授结论的能言善辩的外科医师。你考虑具体选谁比较合适呢?"河野律师向财前问道。

财前又一插嘴道:"我认为,这样的人选与其让五郎考虑,还不如请在医学界人脉广大的鹈饲老师推荐更可靠吧!"

财前又一挡住五郎,不让他抢风头,把露脸的机会让给了鹈饲。

鹈饲夹起菜来送到嘴边,说道:"当然,从资历来说我的交往面当然比较广啊!但不管怎么说,这次情况不同于我的专业领域,属于外科,所以还是先听听财前的意见吧!"

他催促财前发表意见。财前考虑了片刻。

"是啊,我觉得既然要请鉴定人出庭,那就必须是同为消化道外科并专门研究癌症的顶级人物。那么,担任日本外科学会理事的冈山大学的田渊教授、担任日本癌症学会会长的千叶大学的小山教授、担任日本消化系统疾病学会会长的九州大学的星岛教授这三位最合适,他们都对我的科研成果做出过很高的评价。"

河野律师说道:"千叶大学的小山义信教授跟你一样,同为食管贲门癌方面的权威,我很了解。不过,另外二位是专攻哪个领域的教授呢?"

"冈山大学的田渊教授专攻消化性溃疡,九州大学的星岛教授专攻胰腺肿瘤外科。两人都是拥有优秀科研成果的医学家。"财前说明道。

财前又一向前膝行一步。

"在这三个人当中,千叶大学的小山教授最合适吧?他跟五郎一样都是食管贲门癌方面的权威,而且不管怎么说他的名气很大,在社会上无人不晓,所以这个人威信最高,最合适当鉴定人。鹈饲教授的看法怎么样呢?"

"是啊!关于这个人虽然常常发表批评意见,但不管怎么说他作为外科医师的医术很高明,是日本屈指可数的实力派,而且名气也很大。法官毕竟也是人,也有人的弱点,同样是鉴定人说的话,一定会更加看重小山教授的鉴定。"

鹈饲表示了赞成。

河野律师说道:"那就决定委托千叶大学的小山教授吧!如果委托他当我方鉴定人的话,因为再也找不到别的能跟他对抗的名人了,所以会给原告方造成心理上的打击。"

听河野预见此举能够打击原告方的士气,财前又一"啪"地拍了一下膝头。

"这可真是个高招啊！既然这样决定了,那就一定要让小山教授接受委托担当鉴定人。河野律师,请你尽快带些礼品坐飞机去东京跑一趟吧！如果需要的话就叫五郎陪你一起去。"他着急地说道。

河野律师说道:"不,像鉴定人这种必须注重客观性的委托,在方法方面也要按照正常程序去做,否则就会引起对方警觉甚至遭到拒绝呢！这事儿即使有些麻烦,但还是得先请身为浪速大学医学院长的鹈饲教授写一份公文寄给千叶大学的医学院长,说明由于这样那样的原因需要小山教授来做鉴定,所以要请求他批准小山教授当鉴定人。这样按照程序提出申请,对方更容易接受。同时,财前教授和作为代理人律师的我一起向小山教授提出恳求,只要得到对方的允诺,就可以马上向法院申请办理由小山教授担当被告方鉴定人的手续。"

他介绍了事务性的程序之后,鹈饲重重地点了点头。

"那好吧,我抓紧明天就拟定公函提出申请。只要提到国立大学的教授被患者起诉误诊,为了反驳对方而维护大学的权威和名誉,同样作为国立大学的医学院长应该就不会拒绝吧！因为双方立场相同嘛！"

财前又一立刻笑逐颜开。

"虽然不知道原告方会推举什么样的鉴定人,不过,像千叶大学的小山教授那样实力雄厚而且名气大的鉴定人根本不可能再找到第二个啦！打官司这种事儿,只要没有相当充分的证据,那要看实力了嘛！一切都要靠实力呀！哈哈哈！"

这是又一在开庭之后第一次放声大笑。鹈饲和河野律师也被他带着笑了起来。财前五郎也放松了紧绷的嘴角。

身穿和服的东贞藏交抱双臂,面露难色地听着关口律师说话。

关口详细地讲述了从接受佐佐木庸平遗属的委托担当原告方辩护人到现在为止的审理过程，并像揣测东贞藏的心思般盯着他的脸。而东贞藏叼着烟斗保持表情不变。

关口继续说道："实在没有办法。这边以身为律师的我为首，包括遗属在内，都是对医学一窍不通的外行，所以在这种情况下，根本搞不清楚找什么样的鉴定人合适。所以，我就去拜访预定以原告方证人身份出庭的第一内科的里见副教授商量。他说自己是内科医师，对于论述有关癌症手术适用性的专家人选不能给出负责任的回答。然后又说最好去找从浪速大学离职、现在担任近畿劳保医院院长的东老师商量一下，所以我就冒昧在深夜登门打扰了。"

当关口律师为深夜突然造访道歉之后，东贞藏这才把表情缓和下来。

"是吗？原来是问过里见之后来的呀！其实，你刚才突然上门说为了财前的误诊事件想跟我见面时，我还觉得很困扰。如果是这样的话嘛……"

说完，他拿起女儿佐枝子端来的红茶润了润嗓子。关口环视着东宅的这间豪华的客厅，想到里见的公寓房根本无法与之相比。

"说实话，如果能这样直接委托东老师帮我们做鉴定是最好不过的了，但是听说东老师在继任教授选举中曾经与财前教授有过一段复杂的纠葛。因为按照规定，与原告及被告有利害关系或曾经有过利害关系的人不能推举为鉴定人，所以我感到十分遗憾。"

听他这样一说，东贞藏露出惊讶的表情。

"你连这种事都知道吗？是谁……"东贞藏困惑不解地问道。

关口苦笑道："这个嘛，因为我是律师，所以为了推举对己方有利的证人和鉴定人，必须详细调查相关的人际关系。其实，我知道在第一次证人调查中作为被告方证人出庭的金井副教授原先就是东老师的嫡系弟子,最初揣测他即使不会做出对我方有利的证词,至少也应该不会做出不利的证词。但就像我刚才向您讲过的那样,他虽然专攻胸外科,却说难以只凭裸眼观察所见就判断红色的胸水到底是不是癌性细胞,而必须等病理学检查报告出来才能百分之百地断定。所以使我感到十分意外。"关口愤愤不平地说道。

东贞藏把视线转向投下树梢暗影的庭院。

"我刚才听你谈到这件事时也感到惊讶不已。对于财前,我从看到报纸报道时开始就觉得那是很有可能发生的事情。他那个人,肯定会玩弄他所擅长的恶毒的权谋之术来摆平事件。不过我实在难以相信,就连那个学究型的深谙师徒之礼的金井居然也会大言不惭地做出这种泯灭医师良心的证词……"东贞藏十分失望地说道。

"正因为如此,我们原告方无论是推举证人还是推举鉴定人都是两眼一抹黑,根本摸不着头绪,真不知道该找谁当证人、找谁当鉴定人,实在是束手无策。尤其是在这次大河内证人做出如此重要的证词之后,如果临床医学家的鉴定意见可以进一步客观地论证其证词的话,将会在案件审理过程中发挥非常重要的作用。所以我才特意前来恳求东老师推荐合适的人选。"关口求救似的向东贞藏说道。

东贞藏表情困惑地陷入了沉默。

"东老师,拜托您了。除您之外,再也没有人能向我们推荐足以对抗财前被告方的鉴定人了!"关口求救无门似的说道。

东贞藏脸上露出下定了某种决心的神情。

"根据你刚才的说明,问题的关键就是原告方面需要明确主张已有转移病灶时不应实施手术的鉴定人,对吗?"东贞藏问过之后沉思了片刻,"那样的话,东北大学的一丸名誉教授应该是理想的人选。这个人是腹外科专家,一贯坚持有转移病灶时不应做手术。而且,尽管他年事已高,但手术技法仍然很精湛,至今仍被称为'柳叶刀之神'。正因如此，他对自己信奉的学说和临床经验秉持牢固的信念。所以我认为，这个时候委托一丸教授担当原告方鉴定人最为理想。"

"这真是我们求之不得的人选。实在不好意思，可不可以请东老师帮我写一封介绍信？因为我跟他连一面之缘都没有，突然委托他做鉴定，恐怕他不会那么容易接受。拜托您了！"关口向前探身说道。

"那好吧，今天晚上我就写封慎重的委托信寄给一丸教授。他是我在东都大学时的前辈，幸好还互相认识。所以，他应该会答应吧！"

"您不仅向我们推荐了一丸教授，还亲自写委托信，实在不胜感激。里见医生虽然在口头上简短地说作为医师只提供准确的证词，但在话语之外能够感受到他非常同情佐佐木庸平的遗属。现在又得到东老师如此热情的帮助，真不知道遗属们会怎样高兴呢！再次感谢您！"

关口深深地鞠躬道谢。

"哦，我这样做并不是出于对财前的私人恩怨，听你讲述证人在法庭上做证的情形，我虽然不是你，也感到义愤填膺呀！而且以我自己的观点来看，也对在肺部有转移病灶的情况下坚持做手术这一点怀有疑问，觉得不能袖手旁观。如果对手是财前的话，他肯定会使出浑身解数推出相当强有力的鉴定人，所以你可不能因为我向你推荐了一丸教授就以为可以高枕无忧了。你作为原告方的律师，如果没有相当充分的心理准备就很难打赢这场官司。"东贞藏用专业医师特有的谨慎的态度说道。

关口律师恭敬地道谢离去之后，东贞藏仍然坐在沙发上沉思。这时，佐枝子进来，轻轻地坐在了父亲的面前。

"父亲，刚才那个人说是为了财前的官司来找您，到底是什么事儿啊？"先前在门厅迎接关口的佐枝子关心地问道。

"嗯，就是希望我向他推荐原告方鉴定人的事儿啊！他先去找里见商量,里见说自己是搞内科的所以应该来找专攻外科的东老师,于是他就过来了。我向他推荐了东北大学的一丸名誉教授。这个里见真了不起啊!听说他欣然允诺作为原告方的证人出庭做证。身处充满权威主义和封建观念的大学里,却站在起诉鹈饲主流派核心人物财前的原告一方并出庭做证,这不仅需要极大的勇气,还必须赌上自己的将来。这正是那个冷静的学者型的里见特有的举动,所以他不会是因为一时的感伤或同情而心血来潮,而是做好了相当充分的心理准备之后才决定的。真是令人钦佩!我自愧不如啊!"东贞藏佩服地说道。

佐枝子不眨眼地盯着父亲,说道:"父亲是因为事不关己所以才会感佩他很了不起,但是作为实际问题,如果里见做出对患者遗属有利的证词的话,财前输掉官司当然不必说,即使财前赢了,里见不同样会因为对本校教授做了不利证词而被赶出学校吗?"佐枝子十分痛心地说道。

东贞藏不知道该怎样回答。实际上正如佐枝子所说,如果里见做出对患者遗属有利的证词,就意味着他可能失去自己的将来。

"如果是父亲的话,在这种情况下会怎样做呢?您在教授选举时也没有亲自挺身而出阻止财前副教授升任教授,而是把金泽大学的菊川医生推上前台孤军作战,所以你自己总是在做些冠冕堂皇的事情嘛!而且虽然您说在充满权威主义和封建观念的那所大学中,里见站在原告一边的行为很了不起,但是父亲在职期间是否曾经哪怕只有一次力图改变那种权威主义和封建观念呢?莫如说您过去不是也曾随波逐流过吗?"

佐枝子责难父亲的话语接连不断地脱口而出。

"你怎么啦?怎么突然那样生气啊?我就是对里见的态度非常感动,而正因为感动,我才会向经过里见介绍来找我的原告方律师推荐合适的鉴定人选,还准备在今晚抓紧时间写好委托信寄给东北大学的一丸名誉教授。可你到底想叫我怎样呢?"东贞藏困惑地说道。

"我也不清楚啊!我也不清楚该怎样做啊!考虑到里见的将来,我希望他即使当了原告方的证人也不要做出对患者遗属有利的证词。但是同样,不,我更加希望里见保持本色,不管校内怎样施压都要说出真实的证词。我只是对如今的大学中太缺少那样正直的人而感到悲哀啊!"

佐枝子回想起在加茂的桃林中两人静静地谈话时里见那作为医学家的诚挚姿态。当时自己心中的倾慕之情忽然像冲破堤堰般涌上了心头。

"佐枝子,难道你……"

东贞藏说到半截,却被佐枝子的激情所震慑,他赶紧把后边的话吞了回去。

鉴定人一出庭,旁听席上所有的视线就都集中在千叶大学的小山博士和东北大学的名誉教授一丸博士的身上。

原告佐佐木良江和被告财前五郎也用紧张的目光迎接各自的鉴定人出庭。被告方鉴定人小山教授身材修长,他穿着潇洒的深灰色西服套装,年龄刚过五十岁的他作为日本癌症学会会长活跃于医学界,他浑身散发着外科医师特有的自信和活力。而原告方鉴定人一丸名誉教授硬朗矍铄,看上去根本不像六十七岁的高龄,他以身怀四十年外科医师丰富经验的沉稳姿态与小山教授并排站在证人席前。

审判长把鉴定人事先提交的鉴定书材料放在面前并进行了身份确认讯问,之后便要求他们宣誓。

"我发誓凭良心诚实鉴定。鉴定人,一丸直文。"

接着由小山教授宣誓。之后，审判长宣布："现在开始讯问鉴定人。由原告代理人开始主讯问。"

关口律师姿态端正地面对一丸名誉教授。

"原告方的鉴定事项是，在发现肺部已有癌症转移病灶的情况下切除胃贲门部的主病灶，是否有可能引起转移病灶的癌细胞增殖并导致癌性胸膜炎的结果呢？也就是说针对主病灶是否应该实施手术呢？关于这一点请谈谈您的见解。"

一丸名誉教授缓缓地说道："在癌细胞转移到肺部的情况下，如果针对主病灶实施手术，可以说转移病灶可能有相当大的概率会发生恶化。因为根据我做外科医师四十年的临床经验，在术前X光拍片等各项检查以及剖开时裸眼所见都完全没有发现癌细胞转移到其他脏器的情况下，即使对连接主病灶的组织和淋巴结等做过双手可及的处置，但裸眼无法看到的癌细胞仍然会隐藏在某个部位。所以说，一旦切除了主病灶，癌细胞就会以此为契机急剧增殖。这种实例极多。"

"那么，您对在发现癌细胞已经转移到其他脏器的情况下切除主病灶怎么看呢？"

"基于我刚才陈述的理由，即使形态特别微小，只要发现了转移现象，都可以预料到切除主病灶会引起转移病灶的急剧恶变，所以我原则上认为不应该实施手术，而应该通过使用某种镇痛剂或施行辅助吸氧等各种对症疗法减轻患者的痛苦，以千方百计地达到延长生命的效果。"

"那么，在委托您鉴定的本案中，您也认为不应该实施手术吗？"关口律师神情振奋地问道。

"从客观的角度来看，我认为不应该实施手术。这是因为，发生了远隔的肺转移就意味着全身发病，即使只把局部的胃体摘除掉也没有意义。此外,在全身极度衰弱或有高度腹水的情况下,手术侵袭首先就是绝对的禁忌。我认为,本案中的病例也应该以此为准进行处置。"

他虽然语调平稳,却明确地提出了根据佐佐木庸平的情况不应该实施手术的结论。财前的神情开始发生变化,旁听席上的浪速大学相关者和医协干部中间也出现了骚动。关口律师充分地感受到了那种气氛。

"我的讯问到此结束。"

当关口回到座位时,审判长问道:"被告代理人是否要讯问啊?"

河野律师立刻起身开始反对讯问。

"您刚才谈到,在发现已有转移病灶的情况下不实施手术,而是通过对症疗法力求延长患者的生命。但是,目前的手术方式有了显著的改良和进步,手术时间也大为缩短,因而手术对患者的侵袭程度大大降低。您的观点,恕我失礼,是不是太消极、太保守了呢?"河野表面恭敬、内心蔑视地问道。

一丸名誉教授愤然作色。

"当今的手术方式以及麻醉和术后处置等方面确实有了快速的进步,但并不能因此就不管患者是否适合手术而一律让其承受手术的侵袭,而且还认为那是积极的最新疗法。我认为这是最近的少壮学者在癌症问题方面的错误倾向。所谓'积极'这种词语,往往会令人产生取得进步的印象,但是你应该了解,在外科手术方面往往会伴随着夸大性。而尽管表面看似消极却慎重地力求延长患者生命才是医师本来的使命。"

"但是,那样的做法可以说对医学进步的贡献太微乎其微了。哪怕出现了一两位不幸的牺牲者,但如果能够以此拯救成百上千的患者的生命就应该勇于尝试,这种积极性才是医师真正的使命,才能推动医学进步。据我所知,你对癌症这种外科式的态度还停留在二十世纪初的古典观念上。"

一丸名誉教授勃然大怒道:"什么叫哪怕出现一两位不幸的牺牲者也要勇于尝试啊?人可不是做实验用的豚鼠呀!按照你那个论调,被认为是杀人罪之一的安乐死也应该得到认可了。你必须撤回刚才说的话!"

严厉的呵斥声响彻了法庭的每个角落。河野律师被震慑得瞬间无语。

"由于我的表达方式不够恰当,似乎引起了误解,所以我撤回刚才的发言。"

河野就此结束了讯问,审判长宣布:"接下来由被告方鉴定人进行鉴定。请被告代理人开始讯问。"

小山教授有意识地采取了像在学会报告讲台上演讲的姿态,站在了证人席上,河野律师逢迎般站起身来。

"被告方的鉴定事项有两点。第一,在可见肺转移病灶的情况下,切除胃贲门部主病灶的手术对患者来说是否属于必要的处置。第二,主病灶手术与转移病灶恶化之间是否存在着必然的因果关系。首先针对第一点您是怎么考虑的呢?"

"一般来说,除了极为例外的情况,即使多少有些转移病灶也应该积极实施主病灶切除。这是我的观点,而且我也一直在身体力行。这样做的理由是,虽然纯属辅助性的方法,但如今放射疗法和化学疗法已经取得了相当大的进步。通过运用这些疗法,从我做过的九百八十九个病例的经验来看,切除主病灶后,转移病灶的癌细胞依然增殖的情况也已经很少见了。不仅如此,尽管转移的病灶确实是很危险的存在,但是因为主病灶被切除,转移病灶的癌细胞不仅没有增殖,反而停止增殖,有时还能得到永久治愈,这种实例我也经历过十几个。此外,国内外的文献中有报告指出,通过切除主病灶,还可以避免由此带来的癌性恶液质的致命性影响。因此我确信,在原发病灶和转移病灶并存的情况下,如果切除了原发病灶的话,即使无法切除转移病灶,也可以明显地改善患者的状况。"小山教授用充满自信的强烈语调断言道。

河野律师迫不及待地追问道:"您的意思是,本案这种情况也应该实施手术吗?"

"是的。胃贲门癌会令食物通过困难并给患者带来痛苦,还有可能导致营养吸收发生障碍而使患者死期提前。所以,为了消除这些症状,即使肺转移病灶已经相当明显,切除主病灶也还是理所当然的处置。"

"接下来是关于鉴定事项中的第二点,即主病灶手术与转移病灶恶化之间的因果关系,您是怎么考虑的呢?"

"即使假设由于切除主病灶引起了转移病灶的恶化,那也可能是由于其他某种契机所引起增殖与切除时期正好吻合造成的。因为还有经过切除主病灶反而使转移病灶缩小的实例,所以我认为断定两者之间存在必然的因果关系是不够妥当的。这是我从自己所经历过的多达九百八十九个病例数据中得出的结论,当然这也是最近医学界的主流观点。"

财前被告的脸上现出明亮的光彩,坐在旁听席上的财前又一和医协相关者们也露出放心的神情。

"我的讯问到此结束。"

河野律师回到座位上之后,原告代理人关口律师站起来进行反对讯问。

"您刚才多次强调自己有多达九百八十九例的手术经验,我也对此深表敬意。那么,在那些病例中,与本案同样伴有肺转移的贲门癌手术有几例呢？"

"七例。我所做的七例手术都很成功,其中有四例患者已经存活了五年以上。"

小山似乎在夸耀自己高超的医术。

"那很好。不过,迄今为止在日本的学会中报告过的伴有肺转移的贲门癌手术有多少成功病例呢？"

"我可以明确地说,在日本的学会中我的成功病例是最多的。不过,其他大学有多少例我就不清楚了。"

"哦？那就是说,伴有肺转移的贲门癌手术相当稀少,对吗？在发现这种稀少病例时,外科医师们都会表现出非同寻常的浓厚兴趣吧！"

关口律师为了诱导出有利的证词提出了问题。

"那当然啦！如果是相当进展的癌变暂且不说,因为发现这种部位的癌变本身就很困难,所以一旦发现就想分秒必争地开刀确认。这就是外科医师从不伪装的心态嘛！"

"原来如此啊！确实有道理。既然是这样的话,那会不会因为注意力全都集中在贲门部的主病灶上而不知不觉地淡漠了对转移病灶的注意呢？"

小山教授差点儿不由自主地走进对方诱导的圈套。

"不,那只是肤浅的外行人的想法。癌症的可怕多半都在于转移,只要是个医师谁都心知肚明。更何况能够发现早期贲门癌的优秀外科医师,怎么可能陷入那种稀里糊涂的心理误区呢？"

小山教授有惊无险地击退了关口的诱导讯问。

"那么,我最后再问一个问题。您刚才说,除了极为例外的情况,即使已有转移病灶也应该积极地实施手术,那么本案不就是那种极为特殊的情况吗？"

"那就需要根据转移病灶的大小、部位和数量来决定了。根据病理所见以及其他各项记录来看,我并不认为本案属于极为例外的情况。在这种情况下,采取切除主病灶的方法是外科医师理所当然的处置。不过,由于每位患者的全身状态不尽相同,所以很难一概而论。"

小山教授没有给予正面回答。

"我明白了。你是说很难一概而论,对吗?我的讯问到此结束。"

关口律师回到了座位上。

"本庭想讯问小山鉴定人几个问题。根据你的说法,是否可以切除伴有转移病灶的主病灶必须视该患者的症状和全身状态决定,而不能一概而论。那么相反,应该积极实施手术这个观点的依据在哪里呢?"

审判长的讯问十分微妙,小山教授一时慎重地闭口不语。

"在不能预期获得百分之百的确切效果的情况下,切除主病灶或许是一种赌博。不过,从某种意义上来讲,它也表明了目前癌症治疗的困难之大。已经进入二十世纪后半期的现在,即便肺部原发病灶转移到大脑,医师也会积极实施切除主病灶来进行治疗。哪怕只有一个病例得到改善或挽救了患者的生命,医师都不应该坐视不管。对其可能性怀有期待并全力以赴,这就是生存在现代的医师的职责。而且,这几年来外科学界也正在向这种积极的方向发展。"

审判长转向一丸名誉教授。

"关于这一点,请一丸鉴定人发表自己的见解。"

一丸名誉教授瞟了小山教授一眼。

"刚才提到了'一种赌博'这个字眼。但是,这种拿人命当赌注的赌博我是做不出来的。因此,即使说我消极,我也认为切除处于恶化期的癌症主病灶就有导致转移病灶恶化的可能性,所以我坚持认为不应实施手术。"

他用严肃的语调说完之后,审判长就宣布休庭:"一丸、小山二位鉴定人的意见中都有值得认真听取的部分,法院将把二位鉴定人的意见作为今后审理的重要资料。今天的审理到此结束。"

汽车刚停在医师会馆门前,财前就快步走进了正面的自动门。眼尖的前台女事务员看到财前的身影,立刻领他前往二层最里面的接待室,此时岩田重吉和锅岛贯治正在等候他的到来。

岩田和锅岛正坐在皮沙发上喝威士忌酒,看到财前出现,他们立刻迫不及待地站起身来。

"对不起,我来晚了。在鉴定人讯问结束之后,我郑重地款待了小山教授。他说无论如何要坐四点钟的航班赶回东京,所以我又把他送到了伊丹机场。耽搁到这么晚,实在失礼了!"

财前为自己晚到了一个小时向浪速大学校友会干部、老前辈岩田和锅岛道歉。

岩田向他劝酒并说道:"这且不说,今天真是辛苦你啦!我听说上次大河内的证词对你很不利,所以今天跟锅岛一起占了前排的座位去旁听。小山教授真不愧是在国外也深受好评的食管外科权威,他的鉴定意见实在太精彩了!多亏他的鉴定,挽回了上次大河内证词造成的不利局面,我们终于和对方打成了平手,这终于让我们松了一口气啊!来,先干一杯吧!"

财前掩饰着疲倦的神色,端起威士忌酒杯一饮而尽。锅岛已经喝得脸色发红了。

"看来,就连财前也累得够呛啦!我从这个事件登报时开始,就对提出起诉的患者遗属和大肆报道的《每朝新闻》气愤不已。如今的患者们享受着医疗保险,怀着去澡堂般的轻松心情去找好几个医师看病,因而常常发生因有些医师对患者的疾病不能充分诊察而误诊的情况。但是,报社却撇开这些不谈,一旦患者说点儿什么就大肆叫嚣误诊、误诊!写出些偏向法官、与患者为伍的报道!前一阵子,我曾训斥过《每朝新闻》社市议会记者俱乐部的家伙,叫他们再别写那种无聊的报道了。不过,鹈饲院长到底有什么打算呀?"他捻着胡须向财前问道。

"鹈饲院长担心这个问题会闹大,已经要求各家报社的干部在结束审理之前不要写这种低级趣味的报道。而且鹈饲说这次事情的善后最好也由他、河野律师和我们财前父子这些极少数的人尽量避人耳目地在内部解决,所以就没找岩田和锅岛二位前辈商量。"

岩田一边吃开胃菜一边说道:"鹈饲教授的心情倒也不是不能理解,但是这个问题现在已经不仅仅关系到浪速大学附属医院的权威和名誉了,跟我们营业医师也密切相关呀!如果是把止血纱布忘在患者肚子里或是在输血时搞错了血型那种明显的医疗失误另当别论,像这次这样连解剖遗体的病理学教授和大名鼎鼎的临床名医来鉴定都很难分出黑白的微妙病例,要是也被判成误诊的话,那对我们营业医师的诊疗工作都会产生明显的影响。"岩田慷慨激昂地说道。

锅岛也附和道:"我们私人医院又不像你们大学医附院那样拿国家预算购置充实的设备,也没有无薪助教那种可以免费使用的人力资源,所以不可能像大学医附院那样无微不至、面面俱到。因此,如果患者想在我们的设备上或医师阵容上挑毛病的话,那可是想怎么挑就怎么挑呀!正因为这样,要是财前在这次的问题上一败涂地,那就会给患者大脑中留下荒唐的印象——连大学医附院都会误诊,更何况私人医院呢?所以,你绝对非赢不可。"

他对财前提出了强烈要求。

"当然,我也希望是这样嘛!可是,如果这么简单就被说成是误诊还要求赔偿损失的话,那就真该像美国那样建立医师赔偿保险制度了。每次只要被患者起诉,就赶快用保险金支付赔偿,否则根本赶不上趟啊!"财前很不耐烦地说道。

"你说那种话怎么行呢?咱们医协在前年就成立了'医患纠纷处理特别委员会',为的就是在发生医患纠纷时可以出面解决,所以这次判决的结果对咱们今后的医患纠纷处理方式也会造成重大影响。万一出现了对财前方面进行不当问责的苗头,医协将发表支持财前教授的声明书,甚至不惜举行声势浩大的示威活动。"岩田这样说道。他那露出的金牙闪着亮光。

锅岛也用在市议会上演说的语调说道:"总而言之,眼下已经不仅仅是关乎财前教授和浪速大学名誉权威的问题了。即使为了咱们医师协会,也要团结全体医师的强大力量赢得这场官司!"

财前虽然有点儿踌躇不决,但还是表示说:"非常感谢各位的厚爱。一旦有不测发生的时候,也许真的要麻烦你们呢!到时候就请多多帮忙啦!"

财前虽然觉得不能把事情闹大,但心里却在想:万一形势不妙,即使不惜利用医协中最右翼的岩田重吉和锅岛贯治也要打赢官司。

在堂岛川河畔的 K 会馆小餐厅里,财前和柳原正在最里边的餐桌旁享用延迟了的午餐。财前轻松随意地舞弄餐叉,而柳原却几乎没动一下饭菜,他浑身不自在地坐在那里。当侍者端上法式黄油烤牛舌鱼时,财前为了让柳原放松心情,说道:"柳原,咱们就这样一边吃午饭一边聊,所以你用不着紧张嘛!"

"是……"

柳原反倒越发浑身僵硬了。

财前喝了一口啤酒,说道:"后天,你和里见就要作为证人出庭了……"

柳原伏下了双眼。

"不过,关于后天的证人讯问,因为你从第一次开庭就一直参与旁听,所以应该把法庭审理的流程牢牢记在脑子里了。而且前天也跟我谈好了,所有的内容你都领会了吧?"

"是,我想应该领会了……"

"这怎么行啊?事到如今你还说'我想应该'这种漫不经心的话!别说第一次证人讯问时出庭的金井副教授了,就连那位年轻护士都领会得不比你差呀!"

他顾忌周围而压低了嗓音。柳原眼看着神色紧张了起来。

"好啦,这且不说,最重要的是后天证人讯问的焦点。因为在上次鉴定人讯问中,千叶大学的小山教授主张即使有转移病灶也应该积极实施手术切除主病灶。与其相反,东北大学的一丸名誉教授主张已经发生转移就不应该实施手术。两人呈现出甲论乙驳、互不退让的态势。但关键是,问题的焦点已经从是否应该实施手术转到术前转移病灶是什么状态上了。因此,对你和里见的主讯问和反对讯问当然都会集中在这个问题上,所以你要特别记住这一点,只要按照上次反复向你交代的内容回答就行了。特别需要注意的是原告代理人的反对询问,那个律师虽然年纪轻轻,脑袋瓜儿却相当灵光,所以即使有些提问看似与问题焦点完全无关,但其实在某个方面有所关联。所以你要慎重回答,明白了吗?"

"那么,老师,这是不是要把没注意到肺部转移灶说成是注意到了呢?"

柳原说到最后时嗓音微微发颤。

"你这样直截了当地问,叫我真不知道该怎样回答。总而言之,要想方设法地自圆其说嘛!"

"可是,不管怎么说,那也太……"

"柳原,我不希望你说些莫名其妙的话。你想想,这件事在社会上被炒作成误诊甚至闹上了法庭,这到底怪谁呀?归根结底还不是怪你吗?因为你对患者遗属说服力度不够,使他们对死因产生了怀疑,还让第一内科的里见插嘴,甚至发展到送去做病理学解剖的事态!"财前盛气凌人地说道。

"对不起……"

柳原软弱无力地垂下了头。

"你明白就好。只要这场官司顺利结束,对于你的将来我有自己的考虑。我记得你好像最近终于升为有薪助教了。那样的话,如果没有父母的援助还是很艰难吧?我也有过那种经历嘛!不过,这种事情会根据你的想法迎来不同的结果,可以说后天的出庭也关系到你的将来呀!这个意思你应该懂吧……"

财前的话外音意味深长,像是在试探柳原的心思。柳原俯下苍白的脸,许久才推了推赛璐珞框眼镜。

"老师,不管我怎样按照您的要求做证,但里见老师对事情的来龙去脉十分了解,所以如果他按照事实提供证词的话,真相不还是会被公之于众吗?"柳原害怕地说道。

财前眼中闪烁着冷漠的光。

"是啊!你说得没错儿啊!但是如果追根究底的话,那也是因为作为第一外科医务部的你去找第一内科的副教授咨询患者的病情嘛!就是因为你的愚蠢行为,才把事态搞得越来越复杂了!"财前残忍地把柳原一步步逼进了死角,"事已至此,再说那种话也无济于事了。总而言之你要充分地认识到,这件事情闹上法庭有一半责任在于你自己。至于里见,现在鹈饲院长可能正在跟他详细谈话,所以你就不必操那份儿闲心啦!"

"啊?院长找里见副教授谈……"

柳原眼中露出了强烈的恐惧神情。

鹈饲院长把他那肥胖的身躯靠在转椅背上。他非常难得地请里见喝红茶并笑容可掬地主动跟里见聊天,但里见却闷闷不乐地沉默不语。

"好啦,虽然你可能会有自己的想法,但就像我刚才反复多次说过的那样,这次事件是在财前教授出国期间发生的,所以对他本人来说属于所谓的不可抗力的情况。因为这种事情被告上了法庭,同样身为医师我不能不表示同情。而另一方面,从具有优良传统的浪速大学的名誉和权威这一大局来看,也一定要让财前教授在这场官司中获胜。这是教授会的意向,所以希望你也能充分地领会这一点,准备后天出庭做证。"

本来是鹈饲自己强行统一了教授会的意向,他却推托得那么煞有介事。

"即使不了解教授会的意向,我自己看到财前突然被人用那样的形式告上法庭,也感到十分痛心,我迫切希望他能早日从那种旋涡里解脱出来进而专心投入科研工作。况且,我也十分清楚这次的事件与浪速大学的名誉和权威绝非毫无关联。不过,您要我充分领会这一点去做证,到底是什么意思呢?"

里见正面望着鹈饲。

"你问我什么意思吗?你身为本校的副教授追问这个问题太奇怪啦!里见,你早就应该知道的嘛!"

鹈饲一边抽烟一边在嘴角浮现出微妙的笑意。里见目不转睛地盯着鹈饲。

"从您刚才说的那些话推断,您的意思好像是,无论事实如何都不应该做出对财前教授不利的证词。但是,我只能原原本本地陈述作为医师所知道的一切。"

"那么,里见,你刚才还说对处于这个事件旋涡的财前教授感到十分痛心,还说会为大学的名誉着想,难道你真要说出对财前教授不利的,不,使本校名誉扫地的证词吗?"

鹈饲的双眼猛地闪出锐利的目光。

"不,我在后天的法庭上原原本本地陈述我所知道的前后经过,这完全跟大河内教授做证时的态度一样,并不是为了对谁有利、对谁不利,而是从医学的角度陈述严肃公正的事实。医学的进步并非只是发表新的研究成果或改善手术方法,在偶尔发生以不幸结果告终的临床病例中,医师本身必须通过谦虚的思考究明其原因并使其发挥更大的作用。我认为这样做也是医师对患者应尽的义务。"

"把以不幸结果告终的患者情况原原本本地公之于众,这对医学的进步来说当然非常重要。作为一种理想,我对你所说的话也很理解啊!不过,在现实当中如果稍稍出错,就可能断送一位前途无量、才干超群的教授的学术生命。而且,那个人可是曾经跟你一起在病理学研究室从事科研的十几年的好朋友啊!难道即使是这样,你也要做出对他不利的证词吗?我不是以院长的身份,而是作为一个医师向你提出请求,希望你向陷入困境的另一位医师提供援助。"

鹈饲改为动之以情的说服方式。里见噤口不语,向鹈饲投去责难的眼神。但鹈饲却满不在乎地抽烟。双方之间流动着郁闷的沉默。不久,里见抬起双眼。

"即使我的证词对财前不利并因此而确定他是误诊,我也不能原谅财前作为医师对患者采取那样的态度。"

"那好吧,既然我以同为医师的立场跟你掰开揉碎地讲了这么多都不能使你回心转意的话,那我就换成医学院长的身份跟你谈。如果这场官司打输的话,那就不只是财前的个人问题,还会损害创立四十年的浪速大学的名誉，社会上也会对国立大学教授本身的权威性产生怀疑。那样的话，我这个医学院长就会颜面尽失，而且不单单是浪速大学，这件事还会对所有的国立大学医学院造成极大的困扰。上次我委托千叶大学医学院长推举鉴定人的时候，对方也说只要能维护同为国立大学的名誉和权威愿意提供协助，小山教授本人也从百忙之中挤出时间专程从东京赶来。说到这里，就算你不了解人情世故，作为本校的副教授也多少该考虑周全些吧。"

他用带有强迫性的话语施压，随即把烟卷捻灭在烟灰碟里。他突然站起来，走到里见身旁。

"我还有两年就退休离职了。在我离职之后，你也许会接替我掌管第一内科。我可不敢想象你会不顾我的处境和浪速大学的名誉，去做出独断专行的证词啊！"鹈饲几乎要把气息呼到里见脸上，他如此露骨地说道。

里见眼中现出蒙受莫大屈辱的愤怒。

"请原谅我再次反驳，您所说的那种名誉和权威本身就是错误的。正因为是享有荣誉的国立大学教授，所以即使万一发生了误诊，也要基于法庭不只是追究医师过失的场所，还是有助于医学进步的场所这一认识，鼓起勇气站在法庭上。"

"你因为不是当事人，所以才能那样说嘛！"

"不，作为医师，只要对人的生命怀有尊严之念就可以做到！"里见用毅然决然、毫不动摇的语调说道。

"好吧，我明白了。你的想法我已经完全理解啦！你可以按照自己的想法去做，不过我想再补充一句，你的证词万一对浪速大学的名誉有所损害，那么即使你想留在大学恐怕也待不下去了。"

鹈饲的话语透着冷酷的回响。

"那，我告辞了。"

里见紧紧地绷着嘴唇,他俯首行礼并从椅子上站起身来。

走出院长办公室,里见经过昏暗的走廊回到副教授办公室,他推门进去,坐在靠窗的椅子上。

窗外,午后的秋日映照着隔着中庭的新楼的白色墙壁。里见望着阳光回想起鹈饲教授说过的话,心中充满了无以名状的愤怒,他仿佛看到了围堵在自己周围的不合情理的厚墙。他原想不管医学院内部怎样封建,也认为鹈饲教授那种不合情理的说法不可能行得通,但现在却有一阵莫名其妙的不安情绪袭上了他的心头——如果做出对财前不利的证词或许真的会断送自己的将来。里见感到眼前一片黑暗,他抬头环视着房间。十年来坚持研究的课题——"运用生物学反应诊断癌症的方法"的相关资料塞满了整面墙的资料柜,化学实验格架上摆满了试剂瓶,柜子前的桌上放着里见用熟了的显微镜,随手拿起的哪一样都与自己的科研工作具有密不可分的关系。对于里见这样的人来说,失去科研场所就等于失去了自己的人生。

天色不知从什么时候开始暗下来,窗外阳光早已消退。里见发现室内已经昏暗无光,他把摊在桌子上的资料整理好,脱下白大褂准备下班了。

在上本町一丁目电车站下车之后,里见没有直接回家,而是朝相反方向的哥哥的诊所走去。在离车站步行十五分钟路程的内安堂寺町街的一角,那个老旧的诊所就是里见哥哥的家。推开玻璃门,候诊室里磨损的布椅子上没有人影,走进门诊室也不见哥哥的身影,但是诊察桌上摞着内科学会杂志和研究书籍。那就是被赶出京都国立洛北大学第二内科的哥哥,作为街道医师甘于清贫、保持操守、孜孜不倦坚持科研的真实写照。

"啊,是老师啊!大夫在一小时前去法圆坂公团公寓出诊了。不过,晚上的门诊时间快到了,所以他应该很快就回来了。"护士从里面探出头来说道。

里见立刻推门出去,沿着来路折返,因为哥哥去他们小区出诊时,几乎每次都会去家里坐会儿。

当他快步走进家门时,妻子三知代接过他的皮包,说:"你回来啦!哥哥来了!"

他走进六铺席大的房间,哥哥清一好像已经等了一阵。他面对着喝光了的红茶杯,膝头上摊开里见将要上小学三年级的儿子好彦的社会科课本。

"看来我等对啦!有一段时间不见你了,最近还好吧?"

对于父亲早逝的里见来说,哥哥这句话莫如说包含着父亲般的温暖。

"我刚才去了哥哥的诊所,听说你来这边出诊,我就马上赶回来啦!"

"是不是有什么急事儿啊?"

"不,倒也不是什么急事……"

五十多岁的哥哥头发已经花白了。里见不想让哥哥为自己操心费神。

"什么事儿啊?要是我能帮上忙的话就说说看!"哥哥温和地催促他道。

"其实哥哥也知道这事儿,我们那儿的财前惹上了误诊官司,我作为原告方的证人后天就要出庭了。就是关于这事儿……"

他把鹈饲教授以院长身份跟自己的谈话都告诉了哥哥。

"这真是太不可思议啦!我当初被赶出大学也是因为类似的事件,至今已经过了二十年,没想到大学里的封建性毫无改变,而你又要因为与我同样的原因而置身于可能被赶出大学的处境之中。而且我知道,你明明已经下定了决心,但还是希望我对你说些什么,是吧?"

里见默默地深深点头。哥哥清一眼中有几分犹豫和动摇,过了片刻终于开了口。

"修二,你在这个问题上征求我的意见是不可能如愿的。如果只从亲情的角度来讲,我不希望你经历我曾经经历过的医学界的冷酷无情。但是,从同为医师的立场来讲,对患者的生命秉持严肃的良知和敬畏的态度,决不允许有丝毫肮脏的失误是理所当然的事情。然而在现实当中,这种理所当然的事情却未必能够得到施行,坦率承认事实的人反而往往会受到伤害。究竟是不惧伤害敢于秉持医师的良知来坚持真理,还是向封建的医学界权威屈服以求明哲保身?这只有你自己才能决定。"

哥哥的话语掷地有声。里见不眨眼地望着哥哥。

"哥哥,说句心里话,如果能够做到的话,我也不愿意坐冷板凳。不管遇到什么事情,我都要在大学里继续从事我想做的科研工作。但是,这次的事情我无论如何不能原谅!因为一名医师的傲慢之心而断送了一个应能免于死亡的患者的生命,这已经是不可原谅的事情了,现在居然还要以维护大学名誉和权威的堂皇借口来掩盖事实真相。我还是决定,即使自己的将来有可能发生不幸,也要鼓起勇气说出事实真相。"

里见表明了决心,三知代不知何时出现在他的身后。

"修二,你为什么要这样不惜赌上自己的将来也要为只是偶然初诊过的患者遗属做证呢?虽然你也有你的想法,但是目前对你来说,最重要的就是要继续自己现在的科研项目,做出一个优秀的成果来。为了这个目标你不能离开大学,不管发生什么事情你都不要离开。就像以前多次请求过的那样,这并不是为了我。希望你为了你自己和孩子,沿着可以当上教授的道路继续走下去吧!"三知代有几分呜咽地说道,"哥哥,请你也好好劝劝他吧!"

三知代双手并拢跪伏在榻榻米上。清一移开视线,噤口不语。

里见动情地凝视着妻子的身影说道:"继续现在的科研,使科研业绩得到认可,然后再晋升教授,进而完成医学家的伟业,这些也是我的愿望。但是,放弃追究那位患者的准确死因而让他白白死去这种事情,我无论如何都做不出来。"

里见像是在与自己的心灵对话。

旁听席所有的视线都集中在证人席的柳原身上。此前尚未露过面的鹈饲院长,夹在浪速大学和医协相关者中出现在旁听席上。坐在前排的财前被告的脸上浮现出比往常更加紧张的神色,原告佐佐木良江和小叔信平也好像被紧张的气氛所震慑,缩着脖子坐在座位上。

审判长把作为书面证据提交的病历和订好的一摞检查报告单放在桌前。

"证人要按照宣誓中所说的,不隐瞒任何事情,如实陈述真相。现在由被告代理人开始讯问。"

河野律师为了让柳原沉着镇定,缓缓地站了起来。

"你认识佐佐木庸平先生吗?"

"是的。他是我分管的住院患者。"

"据说,在做手术的时候你担任第一助手。请你讲述手术当时的情况。"

"手术由财前教授主刀,首先沿正中线切开腹部并检查了腹腔脏器,在胃贲门部后壁发现了拇指头大的癌变,但没有看到周围腹腔脏器的转移现象。手术方式采取了食管断端与肠管吻合的胃全摘除术。

财前教授用精湛的技法成功地完成了胃全摘除术中最艰难的食管与空肠吻合术,时间仅用了两小时十分钟,把手术侵袭给患者身体带来的负担控制在最轻限度。"

"那么,术后经过怎么样呢?"

"刚做完手术之后一切经过都很顺利,但是在第一周的某个傍晚,患者突然发生了呼吸困难。"

"请你讲一下当时患者的症状和你的处置方法。"

"因为患者喉咙被痰堵塞十分痛苦,所以我采取急救处置注射了维他康复和止咳剂,并面见财前教授请示。教授指示,现在可以考虑到的只有术后肺炎,所以第一步先加用一千毫升氯霉素,而后每隔六小时加用五百毫升。我按照教授指示进行处置,在十二个小时后的第二天早晨八点钟,患者降至低烧状态,但是到了正午前后体温再次升高并发生呼吸困难。于是,我再次去向财前教授报告并请示。"

"当时,财前教授做了什么指示?"

"那天是教授出发参加国际外科学会的前一天,也是最忙的时候。但是,教授在听我详细报告患者症状之后,就指示我加大剂量,每隔四小时加用五百毫升氯霉素。第二天,教授就出国了。"

"财前教授出发之后,患者剧烈发作是在什么时候呢?"

"那是在教授出发后的第十二天,也就是六月十九日。当时的发作不同于以往的情况,患者脸色苍白,喉咙里发出呼哧呼哧的响声,表情异常痛苦。因此,我在连续加用氯霉素的同时,还在患者背后垫了靠垫让其改为端坐呼吸,虽然看上去似乎暂时保持了稳定状态,但是从第二天傍晚开始病情就急剧恶化,患者于当天晚上就死亡了。"

柳原说完低下了头。

"那么,请你陈述患者死亡当天的情况。"

"当天下午三点钟左右患者病情开始发作,在注射镇静剂后曾一度进入半睡眠状态。在临近六点钟时护士来医务部通知我患者病情恶化,我立刻赶到病房,经测量发现患者脉搏超过一百,而且呼吸急促。我用听诊器听胸音,听到左胸有混沌的浊音。于是,我就做了胸膜穿刺抽取胸水。"

"对于抽取的胸水你的所见是什么状态?"

"最初的穿刺液带有黄色,但很快就变成了带有红色的胸水。我以为是穿刺针的插入方式不适当而混入了血液,于是重新穿刺了一次。这次排出的都是血性胸水,我就想到可能是癌性胸膜炎,只抽了五毫升就停止了,并立刻把胸水送去做病理学检查。"

"你为什么会想到可能是癌性胸膜炎呢?"

"因为在大计量使用氯霉素之后症状都没有明显好转,而且虽然确实是局限性胃贲门癌,但我想也可能是癌细胞转移到了肺部。"

"那么,你采取了什么处置方法呢?"

"我跟金井副教授取得联系,在副教授的指导下给患者支起塑膜氧气棚又打了强心针,采取了一切能够做到的急救处置方法,但还是……"

"还是以不幸的结果收场,对吗? 不过,我们完全理解你已经尽力而为了。我的讯问到此结束。"

一切都按照事先充分协商、彻底推敲的方案进行,柳原连一个绊儿都不打地完成了讯问和回答。

审判长确认了病历记录。

"原告代理人有没有要问证人的事项啊?"

关口律师把颧骨突出的消瘦脸颊朝向柳原。

"你排出的胸水的病理学检查结果怎么样?"

"确定是由癌性胸膜炎引起的。"

"那么,证人是在患者临死之前才第一次发现癌性胸膜炎,对吗?"

柳原无言以对。关口目光锐利地盯住柳原。

"既然你不回答,那我就问下一个问题吧!手术之前 X 光片上的阴影是什么样子呢?"

"在左肺下叶部位有个小指头大的阴影。"

"关于那个阴影,你接受过来自财前被告的特别指示吗?"

"特别的指示倒是……不过……教授比平时用了更多的时间来仔细地观察了阴影,并告诉我说在决定实施癌症手术时必须预料到眼睛所看不到的转移和并发症,要做好万全的处置。"

柳原好不容易搪塞了过去。

"那么,对于手术方式有没有跟平时不一样的指示呢?"

"是,这个嘛……倒是没有。但是,教授的手术技法迅捷漂亮,手术时间也比平时更短,很快就结束了。"

"哦?这样说来,事情可就奇怪啦!如果在手术之前注意到肺部转移病灶的话,那就应该特别提醒你注意,财前被告自己主刀时也会更加慎重,那么手术时间应该比平时更长,不是吗?"

"不过,那与主刀医师各自的技法和术式相关,不能一概而论。"

"那么,病历上的记录是没有转移到其他脏器,这到底是怎么回事儿啊?"

柳原答不上来,坐在被告席的财前的额头渗出了汗水。

"那、那是开腹所见记录……"

"但是,即使查看病历的其他项目,虽然记录了对术后肺炎的处置,却看不到任何有关肺转移病灶的处置记录啊!这难道不是漏诊转移病灶而怠慢注意义务的证据吗?"

关口的反对讯问十分尖锐。

"不,那是……即使都叫术后肺炎,但情况却是千差万别,一般要使用抗生素一个星期或两个星期,有时还会出现连续使用一个月都不见好转的特殊病例。所以,我认为佐佐木先生也属于这种病例。"

"那样的话,岂不是更奇怪了吗?既然财前被告指示你必须预料到转移病灶并采取万全的处置,却只把术后呼吸困难当作术后肺炎来处置。这又是为什么呢?看来你的陈述中自相矛盾的地方太多啦!你是不是为了包庇财前被告而隐瞒了什么呀?"

他一针见血地指出矛盾所在。柳原脸色苍白,浑身一哆嗦。

"不,我……什么都没有隐瞒……我没有隐瞒什么!"

"是那样吗?根据我的调查证明,财前教授根本没有注意到肺部转移的病灶,而你虽然对教授的指示心怀疑问,却因为害怕惹怒财前教授只能盲从教授的命令。"

"那完全是胡说八道。我根本不记得有那回事……"柳原声音发颤地说道。

"你非这样说不可,我也无可奈何。不过,只要问问接下来出庭的里见证人,就可以知道真相了。你可能会因此而被控告伪证罪,即使那样你还是要坚持吗?"

他的话就像一剑封喉。被告代理人河野立刻怒气冲冲地站了起来。

"我有异议!原告代理人刚才的话是一种胁迫!"

关口代理人并不理会河野,泰然处之地说道:"我的讯问已经足够了。"

关口回到座位上,柳原满面疲惫地走下证人席,然后换里见上场。

里见身穿朴素的藏蓝色西装,漫不经心地向上拢拢干爽的额发,然后站在证人席上。

"先由原告代理人开始讯问。"

审判长说完,关口把注目礼般的目光投向里见,然后站起身来。

"请你陈述有关佐佐木庸平先生从初诊到转至外科的经过。"

"最初他是因为感到胃部不适、嗳气、呕吐和食欲减退等症状,而且这些症状已经持续了近三个月,所以来找我诊察,经过便检、胃液检查和胃部 X 光等检查之后,只能捕捉到慢性胃炎的线索。在第二次诊察时,因为患者说感到胃上部有通过性障碍,所以为了慎重起见给他做了胃镜检查,但结果还是只发现了胃黏膜皱襞略显粗大,呈现出胃炎的症状。但是,胃镜绝非万能,胃体上部常常成为胃镜的死角和盲区,因此我怀疑胃上部可能发生了连胃镜都捕捉不到的癌变,胃炎可能属于那个癌变的伴随性症状。我用自己持续研究的生物学反应诊断法做了最后的检查,虽然也没能证明有癌变发生,但也不能明确加以否定,结果相当微妙。所以我想,如果请食管贲门癌权威财前教授特别针对胃部上方做检查,应该能得到明确的答案,于是我就带着患者去找财前教授了。"

"原来如此。那就是说,由于你秉持了一丝不苟的态度,终于查明这种通常会被当成普通胃炎的癌变,对吗?不过,听说在患者住进外科病房之后你也常去探视。请问那是在什么时候呢?"

"术前术后各有两次吧!"

"你去病房探视患者之后,有没有跟财前被告讨论过患者的情况?"

"讨论过。我第一次去病房时,财前教授的查房刚刚结束。因为患者告诉我,主治医师为建议拍 X 光片的事情被教授训斥了一顿,我就拿起偶然放在床头柜上的胸片看了一下,发现左肺下叶部有个小指头大的阴影。我认为应该进一步做 CT 扫描,于是就去财前教授的办公室找他了。"

"你为什么会认为有必要做 CT 扫描呢?"

"因为患者左肺有结核既往症,所以姑且可以把它看作旧病灶的阴影。但由于阴影呈圆形,与周围肺野的界限也相当清晰,从形状看来很像肺部转移病灶,所以我认为很有必要做 CT 扫描加以鉴别,于是就去请示财前教授的意见。"

"那么,财前被告是怎么说的呢?"

"他虽然认为阴影的形状以及与周围肺野的界限都跟肺部转移病灶相当相像,但是极为局限性的贲门部早期癌变不可能发生远隔的肺转移,他可以断定为结核病的旧病灶。不过,由于我再次强烈要求做 CT 扫描,所以他就接受了我的意见。"

"那么,财前被告做 CT 扫描了吗?"

"没有做。我本来深信他已经做过了,但是我偶然在手术前一天去了病房,可一问患者却回答说还没有做,我感到很意外就又去找财前教授,他说因为要做出国准备太忙了,所以还没顾上做。于是我告诉他,如果胸部阴影真是转移病灶的话,那问题就相当严重了,连第二天的手术方案本身也必须重新商讨。所以,我再次强烈要求他务必在手术之前做 CT 扫描。他说手术是在第二天下午进行,答应我在上午做 CT 扫描,并在手术之前做鉴别诊断。所以,我就相信了他的话。"

"可尽管如此,他还是在未做 CT 扫描的情况下实施了手术。也就是说,财前被告根本不认为癌症转移到了肺部,是这样吗?"

关口对里见的陈述做出引申推导,被告代理人河野立刻提出异议。

"审判长!刚才的讯问是性质恶劣的诱导讯问。"

审判长同意河野提出的异议。关口惋惜地撤回了刚才的发言。

"那么,你是否知道患者在手术之后呼吸困难发作时的情况呢?"

"是的。当时我偶尔去了病房,患者咳嗽得说不出话来,喉咙被痰堵塞,看上去十分痛苦。我十分惊讶,刚好这时,去请示财前教授意见的柳原返回,我就向他询问情况。他说财前教授诊断为术后肺炎并指示使用抗生素。但是,我很在意术前未做胸部 CT 扫描的事,就马上去了财前教授的房间,告诉他现在还来得及,要求他给患者做胸部 CT 扫描。"

"当时财前被告是怎样回答的呢?"

"他说,因为自己实施开腹亲眼确认患者的胃贲门癌为局限性的,不可能发生肺部转移,所以没有那个必要,因此拒绝与我做进一步会诊。后来他就出国了。"

"患者临终时是什么样的状态?"

"当我赶到病房时患者已经停止了呼吸。但是,放在床头柜上的胸膜穿刺注射器中抽取的胸水凭裸眼就能看出是癌性胸膜炎的血性胸水,因此我所担心的胸部阴影就是胃贲门癌的转移病灶。所以我认为,由于事先没有发现转移病灶而对病灶施加了手术侵袭,所以造成转移病灶急剧恶化,从而引发了癌性胸膜炎,并最终导致了患者死亡。"

他用沉稳的语调清晰地做了陈述。坐在被告席上的财前把憎恨的目光投向里见。

"这样就很明白了。我的讯问到此结束。"

关口回到座位之后,审判长问道:"被告代理人有没有问题啊?"

河野迫不及待地站了起来。

"你反复强调曾经催促财前教授为患者做胸部 CT 扫描,这项检查不是本应由内科来做的吗?"河野藐视地说道。

里见仍然表情平静。

"在患者前来就诊主诉胃部症状的情况下,通常首先要集中检查胃部。在做完胃液检查、胃部 X 光检查和胃镜等精密检查之后,接下来才检查其他脏器。佐佐木先生也做过了同样的检查,并在疑似胃癌的阶段转给了财前教授,所以就没有进入检查其他脏器的阶段。"

"但是,既然患者有结核既往症,不管怎样在内科就应该给他做胸部CT扫描吧?而你自己没做却一味地指责财前教授,这不是在转嫁责任吗?"

"这并不是转嫁责任。因为这是主诉胃部症状的患者,所以当然要先做腹部各项检查,等诊断结果出来之后才能去其他科室做检查。不过,即使在患者转到外科之后,我仍然担心他的胸部阴影,所以我才不止一次地要求财前教授做CT扫描。说我转嫁责任令我十分意外。"

"那我请问你,你刚才说由于财前教授疏忽了胸部CT扫描而导致患者死亡,不过,没做胸部CT扫描怎么就会漏诊肺转移?怎么就会导致错误处置?又怎么会成为患者的直接死因呢?如果其中不存在医学上的因果关系的话,那就不能断定为误诊。你对这一点有什么见解呀?"河野律师用奇妙的恭敬语调说道。

"我不是鉴定人而是证人,所以不能陈述医学上的见解。不过,我对没有以物证证明因果关系就不能断定为误诊的观点怀有很大的疑问。"里见义愤填膺地说道。

"不过,你虽然在财前教授出发之前常去探视患者,但在财前教授出国之后就一次都没去过。这是不是有什么特殊情况呢?"

"没有。那是因为恰逢当时有学术研讨会,我正忙着准备在学会上发表的报告。"

"一旦忙碌起来谁都会这样,更何况财前教授正准备出国参加国际学会呢?难道你不认为他没做胸部CT扫描是因为心有余而力不足吗?"

"这是个愚蠢的问题。"里见不屑一答地拒绝了。

"不过,据说你曾特别热心地建议遗属对遗体做剖检。那么,你为什么要插嘴干预其他科室的患者剖检呢？"

"向患者遗属建议剖检与哪个科室没有任何关系。对与自己哪怕有一点儿关联的患者，只要对其死因心存疑问，那就应该通过剖检查明真相。这是作为医师应该秉持的态度。"

"哦？不过那就要看怎么说啦！像你这样优秀的内科医师没有为患者做胸部CT扫描，却纠缠不休地指责财前教授疏忽了检查。而且，当患者死亡之后又纠缠不休地建议遗属做遗体剖检！从某种角度来看，你这一连串行为也可以解释为针对财前教授的别有用心。这一点你怎么看呢？"

"那类问题我一概拒绝回答。"

里见正气凛然地予以回击。

"我方的讯问也到此结束了。"

河野回到座位上后，关口突然站了起来。

"审判长！原告代理人申请由里见和柳原二位证人当庭对质。"

法庭现场的视线全都集中在关口身上。

"本案重要的争议点在于财前被告有没有确认肺部转移病灶以及是否对其采取了适当的处置措施，但是，里见和柳原二位证人的陈述有相当大的出入。那么，哪方的证词正确、哪方的证词不正确，这可以决定本案的胜败趋势。为了尽早促使法院做出判决，虽然这是极为罕见的例外处置方式，但我还是请求接下来由柳原和里见二位证人当庭对质。"

关口说完，被告代理人河野立刻怒吼着表示强烈反对："审判长！我反对原告代理人刚才提出的申请。因为柳原和里见二位证人刚才都已经宣誓过，理应当庭陈述了自己所确信的真相。究竟哪一方的证词正确，完全应该由法院来裁决，而并非必须由二位证人对质才能证明真相。如果原告代理人认为柳原的证词不正确，那就应该提出其他证据加以推翻,这是举证的常规做法。我坚决反对原告代理人提出的由二位证人对质的申请!"

审判长沉思了片刻,说道:"我决定对是否同意证人对质进行合议。"

说完,审判长和左右两位陪审法官站起身来。财前脸上出现了极度的不安,旁听席上一片哗然。

当法警再次宣布开庭之后,原告、被告及双方代理人自不必说,连旁听者都屏息吞声地等待合议的结果。审判长坐定之后,缓缓地扫视了整个法庭。

"柳原、里见二位证人的证词内容与本案重要争议点相关,而且二位证人此前的证词在某个微妙焦点上有所出入,未能触及本案的核心疑点。所以,为了使法院能够更加准确和慎重地判明本案的事实,本庭认为有必要让里见和柳原二位证人当庭对质。虽然这是极为罕见的例外处置方式,但我们同意采用对质讯问。"

审判长宣告完毕,法庭内立刻弥漫起紧张的气氛。

"那么,现在请里见和柳原二位证人出庭。"

审判长说完,里见和柳原在法警的带领下并排站在了证人席前。里见神态镇定自若,而柳原的嘴唇干燥,面如土色。

审判长对两人说道:"此前大河内证人根据剖检所见确认了患者的直接死因,小山和一丸二位鉴定人针对在已有转移病灶的情况下可否实施主病灶手术表述了意见,但是因为对于财前被告带着什么样的认识处置肺部转移这一点,二位证人的分歧相当巨大。所以,为了使法院判明,本庭决定当庭同时讯问二位证人。希望你们就像开头宣誓的那样,都要凭自己的良心陈述真实情况。如果陈述了虚假证词,就有可能被检举为伪证罪,所以希望你们慎重做证。那么,现在由原告代理人开始讯问。"

关口律师凝视着柳原。

"柳原证人,你在刚才的证词中说,财前被告在手术前曾经提醒过你,在决定实施癌症手术时必须预料到裸眼看不到的癌细胞转移和并发症,以做好万全的处置。这就是说,财前被告在手术之前已经说过发觉癌细胞转移的话语。你现在仍然坚持这样的证词吗?"

"是的,我坚持。"

"那么,你自己又怎么样呢?进入医务部已经具有六年经验的你,难道完全没有注意到癌细胞转移到肺部了吗?"

"这我注意到过。"

"所以,你才会在教授大查房时提出要求进行CT扫描,是这样吧?"

关口巧妙地乘虚而入,柳原惊讶地茫然无措。

"不……我没有提出过要求。"

"那又是为什么呢?只要对患者的症状稍有疑问,主治医师就应该向教授提出建议并接受指示,不是吗?"

"但我只是模糊地感到有些疑惑,想等那种疑惑进一步明确之后再提出来。"

"可是,根据里见证人的证词,你对患者的胸部阴影怀有不少疑问,虽然曾向财前被告提出建议做CT扫描却被否决了,不是吗?"

"但是,我真的没有向教授提出过任何建议。"

"那么,里见证人怎么看呢?"

里见平静地转向柳原。

"我不明白柳原为什么会那样否定,不过,在患者住院的第四天也就是我第一次去病房时,大查房刚刚结束,我听说主治医师被教授训斥了一顿,所以就看了看放在床头柜上的胸片,发现左肺上有个微妙的阴影,于是就仔细询问了。患者回答说主治医师建议做CT扫描,但却被训斥了一顿。"

"柳原证人,里见证人是这样陈述的,那么你怎么样呢?"

"那是不是患者搞错了呢?我不记得在大查房时被教授训斥过。"

"那么,你在手术的前一天曾在佐佐木庸平的病房跟里见证人谈过话吧?当时的谈话内容是什么呢?"

"因为那是很久以前的事情,我记不太清楚了,大概是谈论第二天就要接受手术的患者的全身状态吧?"

"哦?这一点也和里见证人的证词有出入嘛!里见证人,你还记得当时的谈话内容吗?"

"是的,我记得。手术前一天我去病房时问患者有没有做CT扫描,患者说还没有,我就马上给第一外科医务部打电话,请主治医师柳原来病房确认,结果还是没有做过。于是我质问柳原,他回答说既然教授决定没有必要做,那么主治医师就只能听命行事,还十分困惑地回答说教授的命令是绝对的,所以我就直接去找财前教授提出要求了。"

"柳原证人,你认同里见证人刚才的证词吗?"

"因为我不记得有这回事儿,所以没办法认同。"

"那我就问一些能够帮助你唤起记忆的事情吧!首先,教授大查房时通常会有几位医务员随行呢?"

"多的时候四十人,少的时候有二十人,平均二十七八名医务员随行。"

"在查房到佐佐木庸平先生时有几位医务员随行呢?"

"确切的人数我说不出来,但因为那天有一台紧急手术,所以我想人数较少,应该是二十多个吧!"

"你的记忆相当准确嘛！根据我方的调查,那天的随行人员是二十二名。根据那些医务员中值得信赖的消息来源,我们证明柳原证人的证词中有明显的伪证。"

柳原眼看着沉不住气了。

"审判长！刚才的讯问是对证人的胁迫,这与刑警讯问犯罪嫌疑人的态度没什么两样。可这里是讲求公平的法庭,我要求原告代理人撤回刚才的讯问！"

河野气势汹汹地拍起了桌子。

"我认为没必要撤回！"关口也拍着桌子反驳道。

"肃静！同意被告代理人的异议,原告代理人往后要注意措辞。你继续讯问吧！"

审判长认同了异议。

"明白了。那么,我随机挑选了十位参加过大查房的医务员询问之后,十个人都一致说柳原医师在向财前教授建议做 CT 扫描时确实遭到了教授的训斥。"

关口换了一种措辞乘胜追击。

河野立刻要求道:"请你在此公布那些医务员的姓名。"

"因为我是向他们保证绝对不公布姓名之后才得到的证词,所以我不能公布。"

"你把不能公布姓名的调查结果拿到法庭上来,这算什么做法？应该撤回！"河野怒吼着说道。

关口说:"虽然我不能公布姓名,但是我的调查以事实为依据,所以我认为没有必要撤回！"

法庭里又是一阵骚动。审判长制止了两位代理人。

"希望双方代理人保持冷静。重要的是虽然无法公布那十名医务员的姓名,但根据他们的证词来看,柳原证人曾经为了 CT 扫描的事情遭到财前被告的严厉斥责。柳原证人,这是事实吗?"

柳原一瞬间说不出话来。

"我完全不记得有那回事儿。"

关口直视柳原说道:"那么,你在手术之后患者发生呼吸困难时,曾向财前被告建议拍胸片检查却被否决是离现在较近的事情,所以这个你应该记得吧?"

"是谁说那种不负责任的话?"

"那并不是不负责任呀!那不是你自己告诉里见证人的吗?里见证人,是这样吧?"

"正是这样。在手术后过了一个星期左右我去病房时,看到患者病情发作十分痛苦,我十分惊讶,就问柳原是怎么回事儿。他说,患者的病情发作从昨夜开始一直持续到现在,他向财前教授报告后,得到指示说这是术后肺炎,所以要加用抗生素。于是我反问他,这是不是在拍过 X 光片之后的指示,柳原明确地回答说他曾经建议过但教授否决说没有必要。对吧,柳原?"里见向柳原问道。

"我不记得有那回事儿。恕我失礼,那是里见老师记错了。"柳原两眼发红地摇头答道。

"什么?我记错了?柳原,你怎么可以说出这么卑鄙的话!"

里见气愤得说不出话来。

关口接着问道:"柳原证人,你刚才断定是里见证人记错了,那你这样断定的依据是什么呢?"

"……"

"你不回答,那就表明里见证人的证词没错儿吧?"

"……"

柳原额头渗出油汗,但仍然顽固地沉默不语。令人精神崩溃的沉默在久久地持续。

"柳原证人,请你转过身去。"关口律师突然说道。

柳原讶异地转过身去,看到佐佐木良江缩着肩膀绝望地瞪着眼睛坐在那里。

"柳原证人,你的一句话既可以让失去丈夫、饱受悲痛折磨的佐佐木良江女士获得救助,也可以让佐佐木庸平先生的死不会失去意义。如果你还没有泯灭作为医师的良心的话,就请为患者的遗属说出真相吧!"

柳原像被猛然打动似的,态度有了转变。

"你能鼓起勇气认同里见证人的证词吧?"关口再次催促道。

柳原眼中露出痛苦的神色,似乎在恐惧什么,他颤抖着肩膀。

"你认同吧?"

"不,我不认同。"他用拼命挤出来的嗓音拒绝道。

"是吗?那就无可奈何了。我的讯问到此结束。"

虽然没能得到足以证明财前过失的证词,但柳原极不自然的动摇神情已经产生了使审判长对柳原的证词产生了负面的印象。

审判长注视了柳原片刻,说道:"接下来,由被告代理人开始讯问。"

审判长刚说完,河野就迫不及待地说道:"柳原证人,你好像被不太适应的法庭气氛吓着了。不过,在我讯问的时候请你保持镇定,仔细考虑之后再回答我。手术前后你都在佐佐木庸平先生的病房遇到过里见医生,当时除了你们两人之外还有谁在场呢?"

河野袒护惊慌失措的柳原。柳原像得救了一般恢复了镇定。

"除了患者佐佐木先生之外,就只有陪侍的太太了。"

"原来如此。那么,你跟里见医师在病房里都谈了些什么事情呢?"

"谈的是有关患者的一般病情。在手术之前那次谈的是术前各项检查的结果,做完手术那次谈的只是患者的体温、脉搏和血压等术后情况。"

"那就是说,你们根本没有提到过刚才一直在讨论的 CT 扫描,是吗?"

"是的。"

"那么我来问问里见证人。柳原证人说不记得曾经跟你谈过 CT 扫描的问题。即使如此,你仍然坚持自己的证词吗?"

"当然。"

"那么,当时病房里还有谁在场呢?"

"患者的太太佐佐木良江女士。"

"因为佐佐木良江女士是原告,所以为你的证词做证并不具有客观性啊!"

"那我凭医师的良心证明。"

"这样的回答可是不能算数啊?我继续问下一个问题。我要向柳原证人提问,你在财前教授出发的时候针对患者得到了什么样的指示呢?"

"虽然从开腹所见来推断,患者的呼吸困难应该是由于术后肺炎,但考虑到可能有裸眼看不到的癌变转移,所以要密切注意不能疏忽。"

"你得到了那么详细周到的指示,但结果还是使患者死亡了。虽然这样讲对还是个年轻医师的你不免有点儿残酷,但你的处置是不是有所缺失啊?"

柳原猛然一哆嗦。原来,被逼入当庭对质的财前阵营企图把财前教授的过失推到自己身上。柳原瞟了财前一眼,可财前却像是无关痛痒,满不在乎地只给了他一个侧脸。

"怎么样呢,关于这一点?"

河野催促柳原回答。

"是,我虽然尽了自己的最大努力,但是因为我不够成熟而导致了这样不幸的结果……"

柳原话音未落,里见突然大叫起来:"根本不是这样!柳原注意到肺部转移了。你不是还提醒过财前教授吗?你……"

里见还要继续说下去,河野打断了他的话。

"里见证人!我并不是在问你!你不能擅自发言破坏法庭的秩序。审判长,请提醒证人注意!"

"里见证人的发言并非含有恶意。请被告代理人请继续讯问。"

审判长驳回了河野的异议。

河野说:"我本来就反对当庭对质,所以我的讯问到此结束。"

"那么,最后由本庭讯问柳原证人,你作为主治医师,是否认为如果术前做过CT扫描或在术后拍了X光片,就可以在术前或术后更早地确认转移病灶呢?"

柳原深思了片刻,说道:"是的,我认为是这样。但是,我并不能断定因为手术前后没做检查、没有确认转移病灶就与处置失误有直接联系。"

审判长和左右两位陪审法官协商了片刻。

"这个问题是医学方面的难题。由于上次开庭时原告和被告各自申请的一丸、小山二位鉴定人的意见相左,而今天里见和柳原二位证人的证词也完全对立,所以法院有必要了解财前被告手术前后的处置是否妥当。根据法院方面的意见,还要另外传唤鉴定人进行讯问。至于选择谁作为鉴定人,过后会通知原告、被告双方代理人。"

审判长说完就宣布休庭了。

当里见从法庭来到走廊上时,以财前为中心的医协和大学相关者们聚集在走廊正中央,他们一齐把恶狠狠的目光聚集在他身上。

其中,鹈饲院长的双眼充满了怒火。

里见点头示意后从人群前经过,迈着坚定的步伐走下法院正面门厅的台阶来到外边,秋意深浓的午后阳光照射在眼前淌过的堂岛川的河面上,河水静静地泛着涟漪。

里见沿着河边的道路向学校走去,边走边回忆刚才法庭上发生的事情,这简直丑恶到了令人难以置信的地步,真是令人百思不解的言行。像柳原那么老实而拥有超高水平的年轻医师为什么会做出那样违背事实的证词呢?就像自己准备作为原告方证人出庭时鹈饲院长施加的卑劣压力一样,柳原恐怕也承受了来自财前的极大压力。从他做证时惶恐不安的态度就能充分觉察到这一点。但即便如此,柳原今天的证词也丧失了他作为医师的良心。里见眼中流动着无可挽救的暗光,一阵令他脚下沉重陷落的感觉袭上心头。

"里见医生……"

后面响起呼唤声,回头一看,是身穿藏蓝色大岛绸和服套装的佐枝子。

"哦,原来是你呀!你怎么又……"里见惊讶地问道。

佐枝子歪着白皙透明的脖颈。

"我坐在旁听席的最后一排,从最初开庭起就一直在旁听啊!"

"不过,你怎么知道今天开庭呢?"

"前几天,关口律师为原告鉴定人的事去了我家,我父亲向他推荐了东北大学的一丸名誉教授,从那儿也就知道了今天开庭的消息。"

佐枝子一边回答一边跟里见并肩走在沿河的路上。河风在佐枝子和里见的脚下穿过。

"你真了不起啊!"佐枝子像在吐露心中的感动似的喃喃自语道。

里见并没有应答,默不作声地走着。河风抚弄着他的额发,他紧闭双唇,注视着前方某一点,向前走去,严峻的姿态表明他在忍受着莫大的痛苦。

佐枝子凝视着里见,继续说道:"误诊与其他问题不同,向来是医学界的禁语,你能在法庭上而且是以患者方的证人身份做证,需要非凡的勇气啊!刚才坐在旁听席上,我的周围几乎都是浪速大学和医师协会的人们,即使你是如实说出事实真相,但只要对财前不利,那些人就毫不掩饰地对你横加指责。最初我还觉得自己能够客观地看待那些人,但是随着他们指责的措辞越来越强烈,我不禁开始担心这会对你的将来造成不利的影响。"

佐枝子抬头直视着里见。

里见的表情为之一动,随即他低声地说道:"万一财前败诉自不必说,即使他胜诉我也可能会因为做出对本校教授不利的证词而难以继续留在大学里了。昨天,鹈饲教授已经向我说过意思相近的话了。"

"那你知道了会这样,还……"

佐枝子的脸上骤然失去了血色,她的双眸充满了不知是愤懑还是哀伤的神情。

第二十章

柳原被让在酒席的上座,他一声不吭,显得十分拘谨。佃讲师和安西医务长接连不断地点菜要酒,同席的五名资深助教正兴高采烈地吃牛肉火锅。

"柳原,今晚是特别为你上次在法庭上的勇敢表现举行的慰劳会,你别那么拘束,高高兴兴地多喝几杯嘛!"佃讲师豪爽地拍着柳原的肩膀犒劳道。

"你真是劳苦功高呀!多亏你顽强奋战,财前外科才得以平安无事。本来医务部应该全体出动好好地慰劳你,但现在官司还处在庭审辩论阶段,所以先由我们这几个人为赞扬你而干杯。来,干杯!"在座的人端起啤酒杯异口同声地喊道。

"谢谢……实在不好意思。"

柳原只喝了一口就放下了酒杯。

"怎么啦?你要开怀畅饮嘛!听说,尽管原告代理人恐吓你说要告你伪证罪,但你仍然顶住压力泰然处之,保护财前教授不受伤害呀!"资历最老的助教佩服地说道。

另一个人接着说:"听说,在你跟里见副教授对质的过程中,里见提出财前教授应该没有注意到癌变已经转移到了肺部,而原告代理人抓住这一点对你讯问的样子,简直就像检察官审理刑事案时审问嫌犯一样凶猛严厉,但你从头到尾一口咬定毫不知情,规避了被控伪证罪的危险,直到被追逼得快要坚持不住了,在最后关头仍然说出'全都怪我不够成熟'的话,以勇于承担责任的精神漂亮地遏阻了原告代理人的穷追猛打!"

经过口耳相传中的添枝加叶,柳原不知何时变成了英雄,而且受到这般礼遇。

"我哪里勇于承担责任……我只是陈述了事情的经过而已……"他极力否认道。

"不,那可不是轻易能够做到的事情呀!无论什么人,在庄重森严的法庭上被反复讯问同样的问题时,都会进入被施以催眠术般的状态,稍不留神就会落入对方律师诱导讯问的圈套。你真是人不可貌相,意志还挺坚强呢!"佃讲师刮目相看似的说道。

"虽说如此,柳原,这样一来,你的前途不是就有保障了吗?像我这样不得不一辈子甘当万年助教的人,实在羡慕你这个抓住了机遇的家伙呀!"那个资历最老的助教醉醺醺地说道。

一个胡子拉碴的资深助教也说:"说得对呀!柳原,你运气真好啊!我们就算是想对教授表示勇于献身和牺牲的精神,没有机会也是白搭呀!"

"是啊!柳原进医务部才六年就碰到这个千载难逢的机遇啦!"

众人七嘴八舌地边说边放声大笑,可柳原却笑不出来,众人说出的每个字都深深地刺痛了他的心,他只觉得众人像是在揶揄自己极尽卑劣和虚伪迎合财前教授,因此他感到了无以名状的痛苦,良心受到了呵责。如果能够做到的话,他真想站起来高声呐喊:"我的证词是谎言!我是被逼迫的!"

"柳原,你怎么啦?"

一阵带着酒味的呼气扑面而来,柳原抬眼一看,是那个资历最老的助教醉眼蒙眬地瞪着自己。

"听说,原告代理人得到了教授大查房时随行二十二名医务员中十个人的证词,说财前教授曾经因为CT扫描的事情训斥过你,那你觉得这十个人是谁呢?"

柳原脑海里浮现出当时在场的五六个医务员的面孔,但他摇摇头答道:"我想不起来了。"

安西医务长怒不可遏地说道:"医务部还真有些混账玩意儿!上次,财前教授就为这事训了我一顿,说我身为医务长却没有管好医务部,真是丢尽了面子。我从前几天开始核对医务员的出勤记录和医务日志,正在查找那十个人!我找出来就把他们全都开除!"

"混账的并不只是医务员,就连咱们医学院的那些教授也都是混账透顶!鹈饲院长已经以维护本校名誉和权威的名义统一了教授会的意向,可是在背地里,上次教授选举中投靠反对财前教授派的第二外科的今津、整形外科的野坂、皮肤科的乾教授那伙人却在信口雌黄,说什么'如果财前教授输掉这场官司的话,现在作为浪速大学医院招牌的财前外科就会轰然垮塌,岂非乐事?'"佃讲师郁闷地说道。

安西医务长接着说道:"这事儿我也听说过,第二外科的今津教授跟官司毫不沾边,可每次公开审理时他都特别勤快地去旁听,到了晚上就把自己科室的副教授、讲师和自己中意的医务员叫到家里详细讲述庭审的经过,到最后一口咬定财前教授误诊,还极力赞扬做证的里见副教授勇气可嘉呢!"

那个已经酩酊大醉的年资最深助教突然大笑起来。

"里见副教授的勇气……那哪里叫勇气嘛!只不过是天真的人道主义,不,只不过是浪漫主义而已。如果考虑到现实当中我们所栖身的医疗界封建的厚墙,那里见副教授的行为不就等于断送自己学术生命和前途的自杀行为吗?何必为了一个偶然初诊过的患者,就赌上自己的前途呢？而且无论财前教授在这场官司中是输是赢，里见副教授不都会被赶出学校吗？真是太愚蠢了！"他舌头发硬地甩出这番话之后，突然转向柳原，他两眼发直地问道："这场官司今后的发展趋势怎么样啊？"

"因为大河内老师的证词、小山和一丸两位教授的鉴定以及前几天里见副教授和我的对质都没有触及事件的核心，所以下次开庭将要传唤根据法院方面的意见选择的鉴定人来做鉴定，所以我觉得下次鉴定人讯问可能是这场官司的关键。"

柳原一边回答一边想到自己在财前教授强迫下说出的证词恐怕会在下次开庭时被推翻，心里掠过一丝不安。

"那么，鉴定人会在什么时候选定呢？"佃讲师担心地问道。

"上次开庭时决定在十天之后，所以明天就应该确定了吧！"

"是吗？只要人选一确定，官司输赢的趋势就会大致明朗化啦！这么说来，根据那位不知何方神圣的鉴定，咱们跟财前教授就要同生共死啦！"

他的话刚说完，喧闹的席间霎时静默下来。

里见回到家里刚把皮包放在榻榻米上，连衣服都没换就在六铺席大的书房里与关口律师相对而坐。听完关口的介绍，他慢慢地点了点头。

"是吗？选择洛北大学的唐木名誉教授当鉴定人，法院也真是下了一番功夫啊！"

"那么，唐木名誉教授是专攻哪个领域、是个什么样的人物啊？我来登门拜访就是想请教你一下。"

"这个嘛，他在消化系统外科领域是个有名的专家。不仅对临床外科方面很擅长，对医学概论也有极大的兴趣，是在临床领域中十分罕见的学者型人物。去年从洛北大学第二外科教授职位退下来之后又受聘成为该校的名誉教授。听说他目前在京都的山城医大当教授。"

"这么说来,法院之所以选择他来当鉴定人,就是因为他跟财前教授一样是消化外科学界的专家并且研究医学概论,对医学本身的问题秉持着深广的见解。"

里见补充说明道:"还有一点,一年前唐木名誉教授曾在'误诊研讨会'上担任主持人,这在报纸上被大肆报道过,可能这给法官留下了深刻的印象,所以就选定唐木名誉教授当鉴定人了吧!"

"那个'误诊研讨会'是什么样的会议呢?"

"就是从医疗行政、医学教育、临床各科、基础医学,尤其是病理学和法医学等专业领域研讨和探明近来颇受诟病的误诊原因和解决对策的会议啊!"

关口听到这样的说明,紧绷的表情终于放松下来。

"听你这样说我就放心了。毕竟这不是由原告和被告的代理人提出申请选定的鉴定人,而是由法院根据自己的意见选定的鉴定人,所以他的鉴定将成为判决时相当重要的参考意见。而且佐佐木良江女士和信平先生从此前开庭时就已陷入对法院和医师的不信任感之中,对于这次将要进行鉴定的唐木名誉教授也怀有极大的不信任感和戒心,并且看上去忧心忡忡,所以我要赶快把里见医生的说明告诉他们。"

"佐佐木良江女士当初那样坦诚地相信医生,竭尽全力陪侍她先生,没想到现在却对医生产生了那样强烈的不信任感。"

里见好像在揣测良江的心情。

"我也是一样啊!我开办律师事务所已经是第十三年了,这个案子令我切身地体会到办理医患纠纷案困难重重。我虽然是个律师,但是对医学一窍不通,而对方却全都是内行,为打赢官司采取了所有的手段,用巧妙的狡辩证明不是诊疗事故,从证人到鉴定人都安排了一套完整的布局。坦率地讲,想要证实财前被告是误诊非常困难,目前只有里见医生的证词是原告方唯一的依据。"关口郑重其事地接着说道,"对于里见医生,佐佐木先生的遗属当然不必说,作为律师的我也不知道该怎样感谢你。不,我甚至感到很对不起你。"

"哪里谈得上对不起……"

里见想消除关口的担忧。

"多亏里见医生以原告方证人的身份陈述事实,于危难之中救助了原告方,但我一考虑到这会给里见医生的前途带来不好的影响,就感到实在对不起你。"

关口向里见俯首致谢。

"哪里。对于医师来说,最为重要的职责就是拯救患者的生命嘛!关口律师,你不也是为佐佐木先生的遗属着想才接手这宗被认为胜算很小的医患纠纷案吗?这是因为你也认为对于律师来说最重要的职责就是维持社会正义吧!所以说其实咱们都一样嘛!"里见说着眼中露出一丝微笑,"因为下次是由洛北大学唐木名誉教授担任鉴定人,所以应该能够得到令人接受的鉴定结果吧!"

"不过,因为对手是财前,所以既然这次鉴定对庭审的发展影响重大,所以他很有可能会采取相应的某种措施啊!"关口十分谨慎地说道。

"不。他对唐木名誉教授恐怕拿不出什么妙招吧!"里见满怀信心地说道。

洛北大学的唐木名誉教授刚一现身法庭,以鹈饲院长为首的医学相关者们就一齐把视线投向了他。唐木名誉教授把满头白发剃光,以双眼炯炯有神的非凡风貌站在了证人席前。原告佐佐木良江和被告财前也用混杂着期待与不安的目光望着他。

在审判长形式化地进行了身份讯问并要求宣誓之后,就把唐木名誉教授预先提交的鉴定书放在面前。

"本庭委托鉴定人鉴定的事项,就是从医学的角度判断财前被告对本案的患者所采取的术前术后一系列处置是否恰当。虽然鉴定人已经提交了鉴定报告,但仍有若干问题需要直接补充讯问,因此今天请鉴定人出庭。现在开始讯问。"

由于是法院方面基于自己的见解委托鉴定并传唤的鉴定人,所以由审判长直接开始讯问。

"首先,请你从专业医师的角度谈谈对本案的观点。"

唐木名誉教授慢慢地抬起头来,望着审判长。

"在癌症诊断学和手术技法尚未像当今这样进步的时代,在发生转移病灶的情况下原则上不会对主病灶实施手术,因此不可能出现本案中所涉及的问题。但是,由于近年来癌症诊断方法有了进步,手术技法得到了大幅提高,所以即使多少有些转移也主张积极地实施主病灶切除手术,这已经逐渐成为学界的主流倾向。本案的情况就是恰好处于医学发展起伏谷底中的罕见病例,因此可以说对整个外科学界都包含着极大的启示作用。"

他的语调与大河内教授一样坚定。

"在本案中,手术之前未做 CT 扫描成为重要的争议点之一,你对这一点有什么看法呢?"

"从法院向我出示的胸部 X 光片来看,胸部所见阴影极为微小,在那种情况下即使用 CT 扫描拍几张胶片,也未必能够呈现出更清楚的影像。因此可以认为,以此鉴别究竟是患者既往症的结核旧病灶还是胃贲门癌的转移病灶极为困难。"

"但是,这毕竟与其他事情不同,是人命关天的大事,所以即使在难以得到预期结果的情况下也应该尝试一下,这不正是术前检查的目的所在吗?"

"作为理论确实如此,但是作为实际问题,医师每天必须诊察几十名患者,而另一方面对于患者来说,大量检查往往也会造成身体和经济上的巨大负担,所以通常只对被认为是该疾病必要的项目进行重点检查。这就是现状。"

"那么,接下来是本案的第二项争议点,本来肺部已经有了转移病灶却仍然针对贲门部主病灶实施手术,这样做是否会造成转移病灶急剧恶化并导致死亡的结果呢?请问您是什么意见呢?"

唐木名誉教授把双手背在身后,摆出一副轻松自如的姿态。

"癌症的问题不可能如此一概而论。在转移病灶尚小而主病灶进一步增殖且对整体产生较大影响时,就应该毫不迟疑地切除主病灶。根据我长年的从医经验,如果慎重地实施手术就很少会导致转移病灶恶化。目前对于癌细胞增殖的机理尚未确立相关理论。一部分病理学家的见解是,癌症的发展过程中有恶变期和缓解期,如果在恶变期手术切除主病灶的话,转移病灶就会急剧恶化。而相反,如果在缓和期进行手术切除的话,转移病灶的恶化程度就极为轻微,有时甚至会因此受到抑制并萎缩。不过,这毕竟是理论上的见解,而且研究工作也刚刚起步,还不可能在临床上判明处于恶变期还是缓解期。此外,关于癌细胞增殖尚有各种不同的学说,都还没有定论,虽然对主病灶的外科侵袭可能造成转移病灶恶化,但这通常是指因为经验不足的主刀医师施加了不够谨慎的外科侵袭造成出血等使患者全身状态变差的情况。而像财前教授这样手术技法已经得到外科学界公认的主刀者实施手术,很难想象会出现那种幼稚的错误。事实上,正如病理学检查报告上所写,这台手术本身精彩而完美。"

被告席上的财前放松了紧绷的肩膀。

"这样说来,您认为并不是因为手术导致患者死亡,对吗?"审判长再次确认道。

"我刚才也讲过了,只要在学术上还不能判明癌变增殖的机理,那就不能认为切除主病灶的手术与转移病灶的恶化甚至与患者的死亡之间存在明确的因果关系,因此也不能断定患者是因为做手术而死的。"

"那么,本案的第三个争议点是,尽管病理学剖检结果发现患者的死因是癌性胸膜炎,但财前被告却将其诊断为术后肺炎,直到患者临死之前主治医师做过胸膜穿刺后才知道是癌性胸膜炎,这不很明显是财前被告的误诊吗?"

审判长的讯问话锋尖锐,法庭上紧张的气氛令人窒息。唐木名誉教授表情慎重地开口答问。

"一般来说,但凡提到术后肺部并发症就是指术后肺炎,而同样叫作术后肺炎却有各种不同的症状。只从初期症状来看,很难考虑到有可能是癌性胸膜炎。何况是在切除原发病灶的手术中,当该原发病灶属于极为局限性的情况时,医生当然会考虑到术后肺炎而不是转移病灶恶化。不过,从实际结果来看确实发现癌性胸膜炎过迟,因此就不可否认是误诊了。当然,这种病例属于万分之一的罕见病例,可以说它的发生已经超越了目前的医学理论水平。因此,即使是换了我处在这个立场上,也不能保证绝对不会误诊。"

他既指出了财前的缺失,同时也不忘对自己进行严格的反省。审判长沉默不语,似乎在回味唐木名誉教授说的话。

"您曾在去年的'误诊研讨会'上担任主持人,您对误诊是怎么看的呢?"

唐木名誉教授左右扫视了一下审判官席。

"误诊,即所谓的'诊疗过失'是个非常复杂而困难的问题。尽管统称为误诊,但实际案例却是多种多样。法国著名的医学家马丁内曾经这样分析过误诊的类型:第一种是因为无知,也就是由专业知识不足导致的误诊。第二种是因为检查不充分导致的误诊,其中还可以细分为医师怠慢检查、检查条件差以及因得不到患者理解和协助而不能进行充分检查等情况。举例来讲,像疑似胃癌的患者拒绝插入胃镜就是这方面的实例。第三种是由于医师疏忽大意导致的误诊。例如,有必要重新进行研判的诊断却由于医师疏忽遗忘而导致误诊。马丁内指出,第三种误诊的案例相当多。那么,作为解决这些误诊的对策,对于第一种因无知导致的误诊,医师必须紧跟医学发展的步伐,与时俱进地充实自己。对于第二种因检查不充分导致的误诊,在力求充实检验设备和提升检验技术的同时,还要向患者普及医学知识。对于第三种因医师疏忽导致的误诊,为了帮助调控医师的心理状态,要运用外部刺激加以确认。例如电车司机发出口令确认信号,运用某些外部刺激来确认自己已经做出的诊断。如果能够避免疏忽大意的话,就能在相当程度上有效地防止这类误诊。以上是马丁内对于误诊的分析,但这些都是在医师个人层面发生的误诊。除此之外,还有由社会因素导致的误诊。举例来讲,在现行的医疗保险制度,也就是低医药费的环境下,由于医师每天必须完成诊疗定额,所以不可能对每个患者都给予充分的诊疗时间。另一方面,由于不在医保规定范围内进行诊疗就会被视为过度诊疗,因此也很容易因为不能进行充分检查而引起诊疗过失。这也是不容忽视的事实。由此来看,误诊的重要因素包含了很多复杂问题。那么说到医师的误诊率到底有多少,根据去年东都大学著名教授冲川博士发表的统计结果,他自己的误诊率为百分之十四。普通民众会对其误诊率如此之高惊愕不已,但我们医师却会感叹其误诊率竟然如此之低,这使我们不能不切身地感到医患双方对误诊的认识差别如此之大。当然，这百分之十四是把病理学剖检的记录与临床记录加以对比并设定严格的标准计算出来的数字。就连作为现代医学最高权威之一的冲川教授尚且有百分之十四的误诊率！这个事实也证明了医学绝对尚未形成完善的知识技术体系，同时也使我们认识到要把握如此繁杂的疾病实态有多么困难！可以说这就是当今临床医学的真相。"

他像是在回顾自己从事临床医师四十年的经验体会。

审判长重重地点头问道："在您刚才引用的法国医学家对误诊的分析中，您认为本案属于哪种情况呢？"

他触及了问题的核心。

"这个嘛，从本案的情况来看，因为该医师在相当早期就发现了胃贲门癌，并且完成了复杂而艰难的手术，所以在专业知识方面应该非常优秀，因而不适用第一种类型即无知的类型。至于是否属于第二种类型即检查不充分，正像我刚才已经谈到的，在这个病例中无论做不做CT扫描结果可能都一样，所以也不属于检查不充分的病例。如果勉强地讲的话，没能预测到癌性胸膜炎这一点也可以说是注意不够。但这也像我刚才所讲，由于它属于万分之一的罕见病例，在我长期的临床经验中都从来没有遇到过，所以医生将其诊断为术后肺炎也是无可厚非的事情。因此，与其说是因为医师注意不够导致的误诊，倒不如说是因为从固有经验上认为不可能出现那种情况所导致的判断失误。因此，虽然看似符合马丁内所分析的第三种误诊类型，但我认为以此认定误诊有失妥当。"

"那么，您作为严肃公正的鉴定人，是否能够断定财前完全没有医学上的过失呢？"

审判长的嗓音增加了几分严厉感。唐木名誉教授抬头望着天花板沉思了片刻。

"只要医师笃信自己的医疗方法,并且根据已被医学界大部分公认的医学理论进行了诊断和处置,那么不管治疗的结果好与坏,都不能以此判断医师是否有过失。如果财前被告也是运用自己所笃信的方法和理论进行了诊断和处置的话,那么把偶然发生的不幸结果判定为误诊在医学上就有失妥当了。医学的进步日新月异,如果要求一名医师具备复杂而全面的新知识并担负起对每个病例都做出完美解答的义务和责任的话,那么可以说对医师这个职业所要求的责任就过分苛刻了。不过,我并不认为财前被告在所有的方面都没有过错。根据我的观察推测,与其说问题在于他医学上的过失,倒不如说是由于缺失了正常的医患关系和医师的伦理观而导致问题扩大化。"

"既然您搬出了医患关系和医师的伦理的问题,那么作为法院在这方面也有话想问。财前被告因为出席国际学议而忙于准备,在手术之后连一次都没有去给患者做过诊察。您对这一点是怎样考虑的呢?"

审判长眼中闪出锐利的目光。

"如果此事属实的话,我觉得那确实是令人遗憾的事情。用平实的话语来讲,无论多么繁忙,即使是在深夜,只要听到诊疗的请求就必须在第一时间赶到现场。我认为这是作为医师的基本道德。如果医师强烈地意识到生命的珍贵并以彻底的人道主义精神竭尽全力的话,即使患者的死亡难以令遗属接受,医师诚挚的态度也自然会打动遗属,或许这样,就不会直接被告上法庭。遗属甚至会主动同意解剖遗体,这对于医师来说最为难得,因为陷入悲痛深渊的遗属主动要求解剖遗体,表明了其对医师的信赖。当然这从另一个侧面也表明了医师对于学术的诚挚态度。尤其对于医师来说,即使兼具全面的经验、知识和医术,但在做出艰难诊断的一瞬间都会受到无限的孤独感和不安心理的困扰。所以,只有能够承受这种作为医师的孤独感,并与危害患者生命和尊严的病魔斗争到最后一刻,才是医师的使命!因此,如果在本案中财前教授与死亡的患者之间不存在这种医患关系和伦理的话,那就属于与财前教授的品格相关的问题,财前教授必须严格反省。"

唐木名誉教授用毫不留情的强烈措辞结束了陈述,在肃静的法庭中激起了强烈的反响。

审判长也沉默了片刻,然后向代理人席问道:"本庭从唐木鉴定人的意见中获得了很多宝贵的参考意见,原告及被告代理人有没有要讯问的事项啊?"

原告代理人关口和被告代理人河野都说没有特别需要补充的问题了。

"那么,今天的庭审到此结束。另外,对当事人的讯问将在十二月七日上午十点钟开始进行。"

审判长结束了当天的庭审。

潮水哗啦啦地涨满了木津川河口,激流以比想象更快的速度洗刷着堤岸,含着海腥味的初冬的寒风吹打着财前的脸颊。

财前走在没有人影的河堤上,回想着三小时前结束的法庭上唐木名誉教授的话语。对于一直专注于用医学理论自圆其说的财前来讲,唐木名誉教授搬出医师对患者应有的伦理道德来追究问题的所在不啻晴天霹雳般的打击。审判长会怎样理解唐木教授的意见并怎样与法律责任相关联呢?财前心中像河口的流水般暗涌翻滚。

"你怎么搞的?把人家叫来,却只顾自己走那么快……"

背后响起了庆子的声音。

"嗯,我在考虑今天庭审的事儿呢!"

财前和庆子并排站在暮色笼罩的河堤上,他们在教授选举之前也曾来过这里。今天庭审结束之后,两人谁都没有提议,就乘车来到了距法庭三十分钟车程的河口。庆子望着堤下涨潮的水面。

"唐木博士的鉴定真是太精彩啦!我旁听的时候都感动得心潮澎湃呀!"

"你怎么可以感动呢?我还以为他会陈述对我更有利的见解呢!"

财前似乎感到十分意外。

"不过,他的鉴定对你来说绝对不会不利吧?总而言之,他不是说不能从医学的角度指责你的处置方法吗?"

"那是因为唐木名誉教授的学说基本上与千叶大学的小山教授以及我的理论学说接近,所以很难提出反对或不利的意见。不过,我原先还期待他能更积极地援助我,明确地断定我无论在医学上和道义上都找不到可以认定的过失。可他却搬出莫名其妙的医师伦理观,说了些拐弯抹角的话。我很担心他的话会对法官的判断产生什么影响。"

"如此说来,唐木教授讲的话整体上确实有一种过于复杂微妙的感觉啊!你们没对唐木先生事先采取什么措施吗?"

"当然采取措施啦!唐木名誉教授和鹈饲院长都是学术振兴会近畿分会的成员,他们经常见面打交道。鹈饲教授郑重其事地拜托他,讲明了受这场官司左右的浪速大学的名誉和我的处境,请求他务必做出应有的鉴定。"

财前把九天前跟鹈饲、河野和岳父又一在酒家出谋划策的情况告诉了庆子。

"是吗?那就是说,你们都做到那一步了,他还没有做出使你们满意的鉴定报告啊!"庆子稍稍停顿了一下,"要是官司打输了的话,你准备怎么办呢?"

"打输了……"财前眼中闪出锐利的目光,"本来就是为了打赢有败诉风险的官司才想尽一切办法,有尽所有的手段嘛!所以绝对不可能败诉!"

他语调激昂地迎头予以否定。庆子为了镇定财前的情绪,抽出一支香烟送到财前嘴边并为他点着。

"不过,无论在证人和鉴定人方面怎样采取措施,做出最终判决的还是无法下手做工作的审判长,所以怎么可能断定绝对不败诉呢?万一败诉,而你被剥夺了教授头衔的话,财前父女会采取什么样的态度呢?肯定会有好戏看啦!首先,自从开始打官司,杏子夫人就从未在旁听席上露过脸。她怎么样啦?"

庆子话语中包含着讽刺的回响。

"怎么样?还不是老样子吗?她从就小娇生惯养、任性刁蛮,好胜心和虚荣心比常人强过一倍。所以总觉得自己的丈夫就像被强制坐在刑事案件的被告席上,说什么'太丢面子了、信誉怎么怎么啦',好像只有她独自一人在承受这种伤害似的,因此她觉得去旁听简直就是当众丢人现眼。"

财前闷闷不乐地说完,猛地踢开了脚边的石块。

"这倒也像是杏子的做派嘛!不过,这次事件的最大受害者可是里见呀!无论你胜诉还是败诉,里见都会被赶出学校,他才是最大的受害者呢!"

"他真是个蠢家伙呀!本来他除了继续搞科研之外没有其他能耐,却还要跟鹈饲院长和我作对。所以,搞不好就难免遭到被发配到地方二三流大学的下场。他这是自讨苦吃嘛!"财前用憎恨的声音唾弃般地说道,"你从第一次开庭起就一直参与旁听,你怎么看呢?你刚才还问我万一败诉怎么办,难道你真是那样想的吗?"

财前的嗓音中透出焦急的情绪。庆子凝望着河口对面临海工业区的造船厂和钢铁厂的大烟囱,过了片刻,她突然回头直视财前。

"从医学的角度来讲,这场官司的争论点聚焦在你的手术是否造成转移到肺部的癌变恶化并导致死亡。但是,在学术理论尚未判明癌细胞增殖的机理到底是什么的现在,很难明确地证实你所采取的处置是错误的。所以,关于你是否误诊属于模棱两可的微妙问题。不过,就像今天唐木名誉教授所说的,还有医师的人格问题,也就是说无论你在出国前有多么忙碌,在手术后完全没有亲自诊察过患者,只听取主治医师的报告就做出形式化的指示,这一点恐怕将会是争论到最后的问题吧!我觉得,法院对这个问题怎么看和怎样与法律责任相关联,将影响这场官司的胜败。"

真不愧是从女子医大退学的庆子的观察结果。财前脸上瞬间露出不安的神色。

"离讯问原告和被告的当事人还有一个星期,我要全力以赴地构思在医学和道义方面都无懈可击的逻辑程序,设计毫无偏差和矛盾的答辩方案。因此,从某种意义上来讲,今天唐木名誉教授的意见具有相当大的价值啊!"

不知财前想到了什么,他用充满挑战意味的锐利目光望着连接海面的广阔河口。

开庭前五分钟,在空荡荡的走廊上,原告佐佐木良江畏畏缩缩地不敢迈进法庭。

关口律师鼓励道:"虽说是当事人讯问,其实既不复杂也没什么可怕的。作为原告,你只要把自己在医院里的所见所闻如实讲出来就可以了。而且,今天连三个孩子也向学校请假专门陪你来了嘛!"

良江回头望着后边的孩子们说道:"可这是我第一次在法庭上说话,还不知道能不能说清楚……"

良江结结巴巴地说完,上大一的长子庸一也鼓励母亲说:"妈妈,你要坚强,不能让爸爸白白死去。店里的人们今天也来旁听了。"

小叔子佐佐木信平也说:"嫂子,事到如今你怎么还怕这怕那呢?有关口律师在你身边嘛!哎,别耽误时间了,赶快进去吧!"

他推着嫂子的肩膀,带着孩子们一同走进了法庭,旁听席上的视线都集中在了良江和孩子们身上。良江坐在已经就座的财前被告旁边,孩子们和叔叔信平坐在良江的身后。

"起立!"

在场人全体随着法警的口令站起身来,正面门扇打开,身穿法袍的审判长和左右两位陪审法官出庭就座。审判长把厚厚的一摞笔录放在面前。

"现在开始讯问当事人。请原告和被告双方到前面来!"

佐佐木良江和财前五郎离开座位并排站在证人席上。财前五郎身穿浅驼色西装,昂首挺胸、威风八面。而佐佐木良江却身着朴实无华的衣装缩着双肩,好像她是被告一样。

审判长走过场地讯问了姓名、年龄、住址和职业等身份内容之后,要求两人宣誓。

"我发誓凭良心陈述真实情况,不隐瞒任何事实,不添加任何不实之词。"

良江和财前宣誓完毕,审判长宣布:"现在由原告代理人开始讯问。"

关口代理人站起来说道:"佐佐木庸平先生为什么要去浪速大学就医呢?"

为使良江缓解紧张的情绪,关口讯问时语调很温和。

"是。从去大学医院的三个月前我先生就胃口不好,最初只是打嗝,但吃饭越来越差,饭后还会恶心,去附近诊所看时说像是胃炎,但又不能确定,就建议去大学医院做精密的检查,医生介绍我们去找里见大夫看看。"

"里见副教授的诊察结果怎么样呢?"

"里见大夫在诊察时确实很认真细致,给我先生做了好几次详细检查之后说,虽然检查结果表明是慢性胃炎,但从某些因素看又不像是单纯的慢性胃炎,于是又做了胃镜检查。在此基础上,为了慎重起见又建议我们去外科检查。虽然我先生不想去,但里见大夫还是带他去找了财前大夫。我就在走廊上等,听我先生说,财前大夫很嫌碍事似的粗略看了看里见大夫拿去的胃镜照片,就说既然是慢性胃炎就没必要再检查了,还说自己正忙着准备出国的事情,拒绝给我先生做检查。但里见大夫坚持要做,财前大夫才以恩人自居似的答应了。所以,虽然后来由财前大夫确诊了贲门癌,但说到根本原因,还是多亏了里见大夫慎重仔细的诊察。"

"那么,请你谈一下从接受财前被告的诊察到住院之间的情况吧!"

"在里见大夫介绍转诊的第二天上午十点钟,我先生开始做透视检查。我先生说在检查过程中财前大夫说话总像是在训人。我先生在家里很专横,而在医院里却自始至终胆战心惊,特别可怜。检查结束之后,财前大夫叫我们去门诊部听结果,我们就按照指定时间去了,却只听到他在里边跟年轻大夫们有说有笑,叫我们在走廊上等了一个多小时。后来,还是多亏来看透视检查结果的里见大夫关照,才终于把我们叫进去了。财前大夫说,透视结果是恶性的慢性胃炎,如果任其发展就有可能发展成癌症,所以只要病床有空就安排我先生住院做手术。我先生听到要做手术就吓了一跳,想开口询问详细情况却被财前大夫劈头盖脸地训斥了一顿,说患者只要听医生安排就行了。说实话,我们是在不明真相的情况下住进医院的,住院之后财前大夫还是那种以一知万的态度,根本没有我们说话的余地。他真是个很可怕的大夫。"良江缩着肩膀说道。

"这太过分了!这种冷漠傲慢的诊疗态度缺失了作为医师的人格!"关口用满含愤怒的声音说道。

河野立刻提出异议:"审判长!原告代理人的发言属于责难被告的粗暴言辞。请让他撤回!"

"原告代理人,请撤回刚才的发言……"审判长认可了他的异议。

"如果指令撤回的话,那我就撤回吧!不过,你是在什么时候得知你先生要做贲门癌手术的呢?"

"在请财前大夫诊察之后,里见大夫只告诉了我一个人。在住院那天,主治医师柳原大夫叫我们签署手术同意书时,才详细地说明了有关贲门癌的情况。当然还要求我不要告诉本人。"

"据说,那位柳原医师在大查房中受到财前被告严厉训斥时,你也在场,到底是为了什么原因呢?"

"当时那阵势简直就像古代诸侯出巡的仪仗队一样,作陪侍的我被挤到后墙边,不太清楚到底发生了什么事情。但是,我确实记得柳原大夫说了什么 CT 扫描,财前大夫就突然大发雷霆。"

"那么,在手术之前医生是否告诉过你,癌变不只是在胃贲门部,或许已经转移到了肺部呢?"

"没有,连一次都没有告诉过我。岂止如此,财前大夫还说因为是早期贲门癌,所以做手术没有任何危险。而且,手术是在短时间内成功完成的,所以我就彻底放心了。"

"那么,手术后佐佐木先生呼吸困难发作时的处置情况怎么样呢?"

"手术后第一个星期,在最初发生呼吸困难的时候和第二天再次发作的时候,财前大夫都没有出现过,他只听取了主治医师柳原大夫的报告就诊断为术后肺炎并指示打了针,但病情一直没有得到缓解。我实在看不下去了,就要求财前大夫过来诊察一下。但是,他以忙着准备出国为由一直没有回应。虽然我不知道他到底有多忙,但是对自己主刀手术的患者连一次都不看就完全交给年轻的主治医师出国去了,这实在太过分了!如果当时他能抽出两三分钟来看一下的话,我先生可能就不会死了。"

她的声音突然哽咽起来,法庭上的视线全都集中在良江身上。

"从你刚才的证词中,我们对财前被告出国前的诊疗态度有了充分的了解。那么,请你讲一下佐佐木先生死亡时的情况和医院方面的处置吧!"

良江仿佛在回忆当时的经过。

"我先生在六月二十日下午三点钟病情开始发作,柳原大夫很快赶来给他打了镇静剂。发作稍有缓解,他开始迷糊起来,我也就松了口气。但是,快到六点钟时又剧烈发作起来,我立刻通知护士站,柳原大夫赶过来用粗针头刺进我先生的胸部抽取蓄积在肺部的液体。当时我先生由于痛苦,身体蜷缩得像对虾一样,他沁出油汗并不停地挣扎。我觉得这样太残酷了,不由得叫大夫住手。这时金井大夫赶来,让柳原医生停止抽取胸水,并指示架起氧气棚。我先生吸氧之后痛苦有所缓解,但过了三十分钟就又痛苦地扭动身体。大夫给他打了第二针强心剂,过了十分钟或十五分钟,他枯瘦如柴的双手划动了几下,就在塑膜棚中痛苦地断了气……"

良江的声音戛然而止。

"那么,家属们为什么坚决要求剖检遗体呢?"

"因为大夫原先一直当作术后肺炎治疗,但是到临终时抽取了胸水才说是癌性胸膜炎,我们遗属对此无法接受。当我们向柳原大夫求证这个问题时,他总是支支吾吾、闪烁其词,怎么问都不给我们明白话。我们又去问了里见大夫,他说对于为什么会在贲门癌手术三周后引起癌性胸膜炎,自己也无法明确解答,而剖检是查明真相的唯一方法。如果能做剖检的话,就可以从医学的角度确定直接死因,值得一做。虽然我不想让我先生那样痛苦地死去还要再次受罪,但我儿子庸一说不能让父亲死得不明不白,希望通过剖检判明真相。同时,我们也被里见大夫那认真且亲如家人的态度所打动。所以,我们就下定决心同意解剖遗体,查明我先生的死因。"

可能是由于做出同意剖检的决定十分痛苦,良江那扭曲的面孔就像疼在自己身上一般。

"我完全明白了。那么,你先生过世之后店里的情况怎么样呢?"

"虽然我们店形式上是股份有限公司,但其实跟个体商店没什么两样,所有的事务都由我先生一个人打理。无论是我先生本人还是我都根本没想到他会这样迅速死亡,所以虽然我先生生前把声称是记录银行存款和股票持股的账簿带进了医院,但可能是因为太痛苦了,就连银行存款余额都没能写清楚。因此,现在店里的资金周转出现了问题,也使四十三名店员感到不安。尽管店铺还在、商品还在,但如果没有人来经营运作也是难以维持下去的。我一个人带着还在上大一的大儿子、高二的大女儿和初二的二儿子,今后怎么维持生意呢?想到这里我就几乎要绝望崩溃了。可是,给我先生做完手术就跑到国外的财前大夫即使在回国之后,也没对我们遗属说过一句哀悼的话。虽然是被称作大学医院的了不起的大夫,但至少应该对留下的三个孩子说几句抚慰的话吧……"

良江回头望着孩子们。孩子们靠在一起,上高二的长女双手掩面啜泣。法庭里静默无声,目光都集中在孩子们的身上。

"我的讯问到此结束。"

关口回到了座位上。

审判长望着佐佐木良江,安慰似的说道:"接下来要由被告代理人进行反对讯问,原告不要紧吧?"

良江点了点头。

"那么,现在由被告代理人开始讯问。"

河野律师那玳瑁镜框后边的细眼中闪着光,他站了起来。

"听说,佐佐木庸平先生年轻时得过肺结核,没有错吧?"

"是的。一九四三年春天,就在他三十三岁时得过浸润型肺结核,持续做了一年气胸治疗。"

"这么说来,佐佐木先生本来就不是身强力壮的人,店里应该有个能干的帮手在协助打理店铺吧?"

"不。我先生虽然得过一次肺病,但体质本来很强壮。当年他得了肺病,也是因为那个时期扩大店面劳累过度造成的。在肺病痊愈之后,他又像原来那样一个人承担进货、销售和会计工作。多亏了他,我们店才能从远郊的三尺柜台发展到如今的规模。"

"不过,就算是中小企业,既然具备了股份公司的形态,那么即使总经理去世了,应该也不至于立即造成店铺经营的混乱和停滞吧!尤其是你先生并不是因为发生交通事故意外过世,既然住进医院接受癌症手术治疗,暂且不说本人没有被告知是什么病,但身为太太的你和店里的骨干之间难道不应该事先协商采取某种措施吗?"河野不由分说地指责道。

"那是不了解中小企业的人说的话。我先生说,像我们这种只有四十几名员工的中小企业,所谓公司只是徒有其名,哪怕店主只是在家里久病卧床,店里的生意也会像脱了轴的折扇一样全都乱了套。所以,一直深信只是要做慢性胃炎手术的他,在临出门时怕影响店员的情绪,甚至对担任专务董事的总管都没提手术的事情,只说要去医院做全面体检。"

"那不是说明你们太不谨慎了吗?"河野冷冷地反驳道。

"不,那是因为我们相信了财前大夫的话。如果他事先告诉我们手术之后还可能有危险的话,我们就会事先做好安排。但是,因为他说是术后肺炎用不着担心,我们就根本没有想到我先生会死,可最终却突然死了,所以我们没有任何心理准备,也没来得及采取相应的措施。"

"不过,八百万元的损害赔偿和精神赔偿在这类案例中额度过高。这是根据谁的提示决定的呢?"

良江抬起严厉的双眼,说道:"没有任何人提示。我们的主要目的并不是索取损害赔偿和精神赔偿这些金钱,而是代表那些跟我们有相同遭遇却只能忍气吞声的人们提出控诉,要让那些不负责任的大夫知道,即使是对医学一无所知的患者和家属,也不会永远听任大夫摆布而忍气吞声!"

良江的嗓音像潮水奔涌般汹涌澎湃。

"哦?这么说来,你是想以惩戒社会名医的借口敲竹杠,对吗?"河野强加于人地说道,"不过,我想请问原告,里见医师在手术之前告诉过你癌变转移到肺部的情况吗?"

"没有。我没有直接听到过任何情况。但是,在财前大夫大查房之后,里见大夫来到病房看了放在床头柜上的X光片就立刻去找财前大夫。而且,在做手术的前一天,里见大夫还来病房问我先生是否做过CT扫描。当我先生告诉他还没做时,他就叫来柳原大夫不停地谈论什么,好像又去找财前大夫交涉过什么,大概是为了癌变转移到肺部的事吧!"

河野再次紧紧地盯住了良江。

"你总是说'谈论什么、交涉什么',可是这种措辞不能当作确切的证词呀!那么,在手术之后第一次发生呼吸困难时,里见医师是什么样子呢?"

"当时里见大夫也还是神情紧迫地跟柳原大夫讨论了些什么,叫我们不要担心,然后就去找财前大夫了。"

"你这样的回答还是不靠谱嘛!如果里见医师真的发现癌变已经转移到肺部的话,他跟财前教授不一样,依着里见医师的性格当然应该告诉你啦!从他并没有告诉你这一点来看,里见医师直到你先生去世为止都没有发现癌变已经转移到肺部吧?"

"肺部转移这样、那样等专业上的事情我搞不明白,但里见大夫就是一位设身处地为患者着想的好大夫。里见大夫说的话绝对错不了,全都是真话。如果你想怀疑的话,就应该去怀疑那个因为没有充分救治而造成患者死亡、还让主治大夫说假话千方百计地掩饰自己过错的财前!"

她用愤怒得颤抖的嗓音驳斥对方。

河野勃然大怒,厉声呵斥道:"你有什么根据说柳原医师的证词是假话!无论怎样情绪激动,你的回答都有可能构成诬告罪!"

良江双眼瞪着河野,大声疾呼道:"我不知道什么根据不根据,也搞不清什么诬告罪。但是,那个叫财前的大夫不负责任的诊断使我丈夫意外死亡就是事实。从前几次开庭的时候就有那么多了不起的大学的著名大夫们来鉴定,搬出外行人听不明白的复杂医学理论问来问去,为什么老是说那些复杂难懂的东西呢?只要审判那个叫财前的大夫有没有热心且正确地看病治病不就行了吗?为什么不审判呢?老是要什么证据、根据,这种审判方法就是错误的!"

"住嘴!你刚才说的话是在侮辱法庭。你必须保持冷静!"河野火冒三丈地说道。

良江突然回头盯住了财前。

"你还我老公!还我老公的命!还我孩子的父亲!"

她嘶哑地喊着,就要伸手去抓财前,法警冲过来要从身后抱住她,她挡开法警的手臂,披散着头发高声哭喊着,紧紧地抓住财前的胸口。旁听者们一阵骚动,纷纷站了起来,被良江抓住胸口的财前向后退了两三步。

"原告,不许破坏法庭秩序!肃静!"

审判长拍着桌子喝止。法警用双手架住良江的手臂,使劲地把她从财前的胸前拉开。

"原告情绪太激动了,被告代理人暂停讯问。"

审判长发出指令,由于良江行为过激而茫然呆立的河野立刻说道:"明白了。我再没有讯问事项了。我的反对讯问到此结束。"

河野说完就回到了座位上。

审判长宣布休息:"现在休庭十五分钟。十一点二十分开始讯问财前被告。"

休息结束之后,躁动的法庭再次肃静下来。审判长和左右两位陪审法官分别就座。

"现在开始讯问财前被告。财前被告,请到前边来。"

财前整理好被良江扯乱的衬衫,若无其事地站在证人席上,但表情毕竟有些紧张。

"现在先由被告代理人开始主讯问。"

河野律师站了起来。

"请你谈谈最初给佐佐木先生诊察时的情况。"

"第一内科的里见医师找到我恳求说,虽然根据内科各项检查的结果只发现了慢性胃炎的症状,但他还是觉得不太对头,难以做出确切的诊断,让我务必再看一下。所以,虽然我因为马上要参加国际外科学会忙得不可开交,但作为医师当然不能拒绝。那是我第一次给那位患者做诊断。"财前用沉稳的语调答道。

"你诊察的患者有什么症状呢？"

"里见医师带来了患者的胃镜胶片，我用投影放大器观察了那二十六帧胶片。不知道是拍摄技术差还是胃镜功能不够充分，除了胃炎症状之外并没有发现任何异常。但我突然灵机一动，可能是胃贲门部发生了癌变，而那个部位是胃镜难以照到的死角，所以就在第二天上午由我亲自做了X光透视检查。"

"请你谈谈从做了X光透视检查到患者住院之间的经过。"

"透视检查结果真像我所担心的那样。首先，我在观察空胃时发现了变形的胃泡，于是立即叫患者喝下造影剂进行透视，并在贲门部发现造影剂流路变窄，可见通过性障碍，所以我诊断为贲门癌，并且我把那个部位拍了两张胶片，然后立刻冲洗定影并进行判读，发现贲门后壁有个拇指头大的局限性癌变。不过，当时我只对患者说是恶性胃炎，如果不及时做手术就可能发展成癌症，并且叫患者住院了。"

"原来如此。那么，你在做手术时是否碰到过什么问题呢？"

"我在手术前查房时，曾经看过所有的术前检查报告，患者除了有轻度贫血之外没有任何影响手术的症状。只是在胸部X光片上看到左肺有个小指头大的阴影，但由于患者有肺结核既往症，所以我就考虑到那是肺结核的旧病灶，同时也没有放弃对癌变转移到肺部的怀疑。"

"这么说来，你在做手术时也特别留意了这个问题吗？"

"当然。因此我认为必须把外科侵袭控制在最小范围，尽可能缩短手术时间，并提醒担任第一助手的柳原医师仔细地注意手术技法。"

"那台手术的开腹所见是什么情况呢？"

"正如我通过那两张X光片判读的那样，经过开腹裸眼所见也发现贲门后壁有个拇指头大的癌变。"财前提高了嗓门,像是在夸示自己超高的判读能力,"癌变只是侵蚀到食管断端,完全没有转移到腹腔内其他脏器的迹象。"

"那么,在手术后患者发生呼吸困难时,柳原医师向你报告的内容是什么?你指示他采取什么样的处置措施呢?"

"在做完手术之后第一周的晚上,我参加了医学院长和其他各科室教授列席的出国欢送会。不过,我严格指示各主治医师,一旦患者症状出现变化务必随时向我报告。所以,柳原医师当时也打电话到会场来,报告内容是说患者喉部突然被痰堵塞,引起了轻度的呼吸困难,还有发烧和脉搏加速的现象。于是我诊断为术后肺炎症状,指示他每隔六小时注射五百毫升氯霉素。第二天,我要求他报告患者的症状,他说在使用氯霉素后十二小时患者热度有所下降。但是,从中午开始再次出现呼吸困难和高烧。不过,既然此前使用氯霉素的处置措施曾使症状有所缓解,所以我判断第二次发作也是术后肺炎的一过性症状,就指示他进一步加大氯霉素使用量,同时提醒他在我出国期间务必做好万全的处置。第二天,我就出发参加国际外科学会去了。"

"那就是说,你连在参加欢送会时都要求主治医师随时跟你保持联系并逐一下达指示,要求做好万全的处置,对吗?"

"是的,没错。虽然我忙着准备在国际外科学会上的特别演讲,但仍然始终跟主治医师保持联系,绝没有对患者照顾不周。"

"明白了。我的讯问到此结束。"

一切都按照事先协商和整理的内容进行,他们配合得天衣无缝。

"那么,现在由原告代理人开始反对讯问吧!"

审判长说完,关口律师站起来,他那瘦削的脸颊和瘦弱的身躯都燃烧着熊熊斗志。

"首先,我要请教一下大查房的意义。"

不知道他心里打的什么主意,居然从大查房的意义开始了讯问。财前刻意表现出一副游刃有余的神态。

"大查房就是各科负责人或领导者掌握住院患者的整体情况、给予各主治医师适当的指示,同时从教育的角度向全体医务员提示诊疗方针的例行活动。随行医务员还可以由此学到针对自己分管以外患者的病症的治疗方法。"

"原来如此。那么,你在诊察佐佐木庸平先生的大查房时却只说明了胸片阴影是既往症肺结核的旧病灶,而没有说明是癌变转移病灶,这是为什么呢?"

财前像被人乘虚而入了似的心头一惊。

"虽然我看到胸片阴影之后立刻考虑到可能是患者既往症肺结核的旧病灶和肺部转移病灶两种情况,但因为此例胃贲门部的原发病灶属于局限性早期,所以根据我以往的经验判断,这种程度的癌变通常不可能转移到肺部。而且,在两座病房楼一百二十位患者的大查房中,每位患者的诊察时间只有两三分钟,所以我就暂且说明那是肺结核的旧病灶。不过,因为我仍然怀疑那是转移病灶,所以在查房之后叫来柳原医师交代了这件事,并指示他要充分注意。"

"但是,既然大查房是教育医务员的场合,那就不应该只告诉主治医师,而应该在多数医务员集中的大查房时说明肺部转移的情况,不是吗?可尽管如此,你却没有在那种场合进行说明,那就表明你其实根本没有注意到肺转移的情况。这才是真相吧?"他一剑封喉似的问道。

"不,这种情况通常不会在时间有限的大查房时说明,按照惯例要在手术讨论会上进行讨论。当时因为我实在忙不过来,没有参加手术讨论会,所以暂且直接向柳原主治医师一个人做了指示。如果你还是不相信我曾经怀疑过肺部阴影,那你可以再次向柳原医师确认,应该能够澄清吧!"财前不失礼貌地反击道。

"谢谢你的建议。不过,因为再讯问柳原医师也只能是浪费时间而已,姑且作罢。但是,既然你对胸片阴影已经心存疑问,我觉得就更应该在手术之前做CT扫描了。但是,根据里见副教授的证词,你曾两次拒绝里见副教授关于做CT扫描的要求,还毫无顾忌地公开说根本不可能有转移,不是吗?"关口斩钉截铁地指责道。

财前的眼中闪出锐利的目光。

"那可能是里见医师的误解,若非如此,那就只能是为了中伤我而故意歪曲事实。内科的人一有点儿事就吵着要做CT扫描,好像认为CT扫描绝对可靠,但那完全是内科式的偏颇观点。我们外科的人经常做开腹手术观察,所以根据阴影的大小就能确切判明做CT扫描是否能够加以鉴别。就像上次作为鉴定人出庭的唐木名誉教授也说过的那样,像本案这种直径只有五毫米的极小阴影,即使做过CT扫描也不可能鉴别出到底是癌变转移病灶还是肺结核的旧病灶,所以我就没有勉强做CT扫描。"

财前巧妙地引用唐木名誉教授的话阐述自己没做CT扫描的理由。

"那么,除了CT扫描之外还有其他的检查方法,例如支气管镜和痰液检查等,可你为什么都没做呢?"

"我不知道关口律师对于支气管镜这种检查方法了解多少,不过,支气管镜检查有其自身的局限性,像本病例这种位于肺部末梢的阴影用支气管镜是不可能确认到的。而且,使用支气管镜所进行的细胞学检查,要在前端装上尼龙刷子深入病灶刷取病变组织,所以这种刺激很有可能导致病灶恶化。此外,痰液细胞检查非常不准确,而且需要耗费相当长的时间,所以当时根本没有充分的时间进行。"

"尽管当时你准备出发参加国际学会,但无论怎样忙碌,如果确实打算做检查的话,你作为教授也应该能够挤出那点儿时间来吧?"

"你说得对,那点儿时间我确实能够挤出来。不过,我所说的没有充分的时间指的是,从佐佐木先生的病情来看,比起把时间白白耗费在那些检查上,先决问题是要在我出发之前实施手术。"财前说到这里像要陈述重要内容似的改换了语调,"这是因为,佐佐木先生得的是进展速度很快的胃贲门癌,而且已经出现了食物通过障碍症状,必须考虑到体力减退的问题,所以我决定在出发前先切除主病灶,间隔一到两个月等患者体力恢复之后再进一步做胸腔检查,并针对转移病灶进行手术。事实上,在我迄今经手的临床病例中,先切除主病灶再针对转移病灶进行检查后加以切除的两阶段手术方法十分成功,达到永久治愈的病例也不在少数。而且,我这次去国外出差的时长刚好相当于患者恢复体力所需的一个半月,所以我对佐佐木先生也准备采用这种两阶段手术方法。"

财前阐述了完美无缺的癌症治疗构思,用这种逻辑来推论,他就可以巧妙地逃避因为术前没做胸部CT扫描而漏诊肺部转移进而导致患者死亡的误诊责任。

关口一时无话可说了。

"你这样的说法我是第一次听到啊!这些内容在上次讯问柳原主治医师时只字未提,而且刚才原告佐佐木良江女士也证实过,你完全没有向她提到过任何有关癌细胞转移到肺部的问题。你这种过于突兀的说明实在令人难以接受。"

关口直截了当地质疑财前阐述内容的可信性。

"我之所以没向佐佐木良江女士提到肺部转移,是因为我担心这会给她带来非常大的精神打击,而且我已经做出了可以在回国之后再做一次胸腔检查的判断。另一方面,我把这个打算告诉了柳原医师。所以,柳原医师在上次的证词中也提到过,我曾经指示他做好万全的处置措施以防万一。"

财前依然神情自若地力图消除关口的疑念。

"真不愧是医学专家,医学逻辑展开得十分精彩。不过,如果你真的对肺部转移心存疑问并准备实施两阶段手术的话,就应该采取某些相应的术前治疗方法。然而,在病历中却看不到任何术前疗法的迹象。我想请你说明这个问题。"

关口的讯问十分尖锐,法庭内流动着令人窒息的气氛。财前一时语塞,身体似乎微微哆嗦了一下。他从胸前的衣袋里掏出白色手帕,擦了一下嘴角。

"作为术前疗法虽然也可以考虑使用抗癌剂、放射线照射等,但有时会引起患者食欲减退和全身虚弱的状况,也有相当多的医师避免采用这些疗法。尤其是针对本案这种极其微小的转移病灶,几乎无法期待产生效果,而且还有可能导致相反的结果。这是在当今的医学界里也被认同的事实,我就是因为担心这一点而没有采取术前疗法。"

"那么,在术后患者发生呼吸困难时你诊断为术后肺炎,并且漫不经心地只是叫主治医师用抗生素,即使内科的里见副教授质疑你的诊断并要求你做胸部 X 光检查你却仍然没有做。请问理由是什么?"

关口的语调更加严厉了。

"这个问题只有主刀者明白。本病例的贲门癌正像刚才也说明过的,属于局限性的早期癌变,并且手术也在短短的两小时十分钟内成功做完。而另一方面,即使胸片阴影确实是转移病灶也只是极为微小,根据我的经验完全不考虑实施手术会导致转移病灶恶化。因为如果说到可能会发生什么的话,根据主治医师向我报告的患者症状只能考虑是术后肺炎。除此之外,在现行的医疗保险制度下胸片只能拍一张,如果拍了两张就会被社保诊疗报酬支付基金认定为过度诊疗,因而有可能遭到拒绝支付。你们只是根据偶然导致不幸结果的病例追究医师的责任,但我们医师却总是不得不在这些制约下从事诊疗工作。希望你们对现代医疗保险制度的现实更多一些理解。"

"你说的话多少有些道理。不过,如果你是营业医师倒还情有可原,但是在精密检查第一主义的大学医院,怎么可能只考虑在医保制度框架内进行诊疗呢?"

"你用医疗门外汉的主观印象做判断怎么行啊?本来大学医学院除了属于通常意义上的诊疗机构之外,刚才谈到教授大查房时也曾提到过,它还是向全体医务员施教的场所。而且,那些医务员中有多数人毕业之后都会成为营业医师。所以,指导他们在现行医保制度下进行正确的诊疗工作就是我作为教授的职责。"

对于能言善辩、巧妙逃避追责的财前,关口感到有点儿无从下手。

"但是,你从刚才起就频繁使用'根据我的经验'这种措辞。那么,你针对已有转移病灶的癌变所实施的主病灶手术成功病例到底有多少呢?"

"迄今为止,我所实施的约七百五十例已有转移病灶的主病灶手术中,得到永久治愈的病例为五十二例。这个成绩由我自己说出来似乎有点儿狂妄自大,但确实不落人后,日本学会统计的永久治愈病例约为一百例,所以我的五十二例占据其中的二分之一。"

他在夸耀自己的高超医术。

"就是你那种强烈的自信和傲慢使你驳回了里见副教授的多次慎重请求,进而忽略了要做的术前检查,所以才会引发这次事件,不是吗?无论你怎样狡辩企图逃避,从里见和柳原二位证人的对质以及原告证词中都可以推断,你因为疏忽了术前胸部检查而没能注意到癌细胞转移到了肺部,而且还把术后呼吸困难诊断为术后肺炎,直到患者临死之前才判明为癌性胸膜炎,你显然犯下了重大的误诊过失。希望你作为医师严格反省自己的良心,并且怀着对坐在那里的患者遗属的深切慰问承认事实真相。"

关口力图打动财前的心,而财前却冷冷地反看他一眼。

"尽管你对医学很外行,但你刚才说的话对医学家是十分严重的侮辱。我无法理解你究竟凭什么断定我误诊。你说我是因为疏忽了胸部CT扫描而导致患者死亡,但我已经告诉过你,我之所以没做胸部CT扫描是因为没那个必要。而且我一直明确地回答过你,没做CT扫描并不是导致患者死亡的原因。"

"你的回答其实是巧妙运用医学逻辑推论来模糊证明误诊的因果关系,试图逃脱法律责任。但是,你认为只要没有证据来证明医学上的因果关系就不是误诊,对吗?你这也算是国立大学医学院的教授吗?"

关口用强烈的语调厉声追问。

"审判长!原告代理人刚才的发言是对被告不适当的侮辱和胁迫。强烈要求撤回!"

河野律师语调粗暴地提出异议。

"原告代理人,请撤回刚才的发言,并注意以后的讯问。"

审判长提醒后,关口代理人愤怒地说了句"我没有要问的事项了",就坐下了。

"那么,现在由本法院讯问财前被告。"

审判长把视线投向财前,财前的表情略有变化。

"刚才被告对本案陈述说,本来打算采用在切除胃贲门部主病灶之后再检查肺部转移,进而切除转移病灶的手术方式。不过,这种方式却很少听说。这是在学术界也得到了公认的方式吗?"

"我们外科医师并没有日复一日地模仿陈旧的术式,而是从坚持不懈的练习和实际经验中创发出独自的术式。从这种创新性来看,或许可以说手术是艺术创作。而且,这些新的术式通过丰富的成功病例,在理论和临床上都获得了学术界的公认。迄今为止的优秀术式都是从这种过程中诞生的,并且挽救了很多生命。我的分两阶段实施手术的方法也产生于长年累月的经验和不懈的努力,采用这种方法可以显著地减少对患者的外科侵袭并防止患者体力减退。就像刚才我也讲过的,迄今为止已经有了五十二例永久治愈的病例。而且,这种术式在学会上也已经得到了公认,最近甚至逐渐被看作正统的手术方法。"财前伶牙俐齿地回答道。

"尽管你在参加国际学会之前十分忙碌,但是据说当患者家属请求你去诊察时,你作为主刀医师却没有接受。请你对这一点做出说明。"

审判长沉稳的话语中包含着追究责任的意味。财前眨了眨眼睛。

"关于这一点,我在看到起诉书之前,对于佐佐木先生的家属曾经要求我去诊察的情况毫不知情。这是因为,当时我为了准备在国际外科学会上发表的特别演讲论文忙得无法脱身,所以不仅是佐佐木先生,所有的患者除了重症患者之外,他们的诊察都是在听取主治医师的报告后逐一做出指示。无论怎么忙,都要接受患者的要求去做诊察,这是作为医师的义务。如果不是遗属记错而真是像起诉书中所说的一样的话,那就可能是因为某种差错使家属的要求没有传达到我这里。但无论如何,我对医患之间缺乏沟通这一点深表遗憾!"

他振振有词地刚刚说完,佐佐木良江就站起来喊道:"他在撒谎！他肯定知道！不可能不知道！"

"肃静！请原告回到自己的座位上。"

审判长发出训诫。法警请良江回座。审判长再次转向财前。

"虽说你在准备出席国际学会时指示主治医师柳原做好万全的处置，但实际上你的指示他一项都没有做到，这到底是怎么回事呢？"

"那是因为柳原医师在证词里也提到过的，自己还年轻不成熟，对诊察缺乏深刻的洞察力和应变能力，没能随机应变地采取适当的判断和处置。把疑似癌症转移的患者交给这种不成熟的医师，我作为研究室的负责人确实有所疏失。我对这一点深刻反省。"

"不只是对这一点反省。且不说医学理论怎样证明因果关系，你对于患者死亡这种结果是怎么考虑的呢？"

审判长提出了严峻的讯问。财前瞬间受到了强烈的震慑，他沉默了片刻。

"从医学界整体来看，本案也是万分之一的罕见病例。医疗本来就是建立在最大公约数的基础之上，所以多少出现些例外，虽然很遗憾，但那也是超越现代医学水平的问题，除了所谓不可抗力之外没有别的解释方法。"

他用严肃的语调做了精彩的归纳。审判长瞬间凝眸注视着财前。

"那么，今天的当事人讯问到此结束。双方如有其他证据可以提交。如果没有的话，本案审理到此结束。十二月十七日上午十点钟宣布判决结果。"

第二十一章

里见坐在书房桌前阅读德文原版的《内科诊断学》。

这几个月来,他忙着接待关口律师来访,并作为证人出庭和旁听庭审,根本没有空静下心来读书。在原告和被告当事人讯问告一段落之后,他又找回了静坐读书的时光。直到刚才还充斥着说话声和脚步声的公寓楼走廊,过了晚上九点钟,终于恢复了平静。在厨房里发出声响忙活的妻子也收拾停当,里见更容易集中精力用功了。

这时,背后似乎有人进来,回头一看只见妻子三知代端着托盘站在门口。

"啊,现在可以进来啦!"

三知代像往常一样把沏好煎茶的瓷碗放在书桌一角。

"谢谢。好彦已经睡下了吗?"

"嗯,刚才做完功课,已经睡下了。"

三知代回答完,里见把茶碗放在掌心呷了一口细细品味。

"哎,法院判决好像就在明天吧?"

"嗯,是明天。"里见平静地答道。

"那你还能这样沉得住气啊?判决的结果会对你的未来有影响,你不知道吗?"三知代神情不安地说道。

"可那又能怎么样呢?现在我只希望判决结果能够反映出真相,

让人易于接受。仅此而已嘛！"

"能够反映真相且让人易于接受的判决结果……那会是什么样的结果呢？"

"其他就不是该我回答的问题了。"

里见说完就把视线转回原版书上。

"我明白了啦！可是，判决之后你到底会怎样呢？这个问题请你明确地回答我。"

谦恭端坐的三知代把锐利的目光射向里见。

"尽管在我作为原告方证人出庭的两天前，鹈饲教授曾把我叫去警告说如果做出对原告有利的证词就可能无法继续留在学校里了，但我还是坚持做出了对原告有利的证词，所以事到如今我对结果没有任何顾虑，早已做好了心理准备。"

"可是，那种事情真的……他那是为了阻止你说出对财前不利证词而放出的狠话，但实际上他真会做出那种不合理的人事调动吗？"

三知代想消除自己心中的不安。

"那我不知道。不过，自从以原告方证人身份出庭那天以来，我周围的气氛就日渐险恶。比如说，我在三个月前就向鹈饲教授提交了向厚生省癌症研究基金会申请长年持续研究的《生物学反应癌症诊断法》课题研究经费的报告，可他现在还扣着没报。另一方面，有些自称校友会干事或医协干部的人也打来电话骚扰或威胁我，还寄来了匿名信。说实在话，这甚至会常常妨碍我的科研工作。"

里见语调中饱含着愤怒的情绪。

三知代十分惊讶地说道："所以我反复请求你不要当原告方证人出庭嘛！"

"那，你现在仍然责怪我所采取的态度吗？"

"不，不是责怪。不过，虽然你的行动本身很了不起、很有勇气，但你太不顾现实了。我觉得你简直就是为了葬送自己的前途去出庭做证的。如果你真的被赶到地方上的大学,可怎么办呢?如果去了地方上没有名气的大学,你好不容易建立起来的学者生涯不就到此终结了吗?"

三知代的嗓音在微微颤抖。

"虽然地方上的大学在科研设备和科研经费方面与现在差距很大,但是认为去了地方大学就不是学者倒有些奇怪了。只要有坚持科研的决心,即使不能像现在这样有所进展,但也还能搞科研嘛!只要我继续坚持现在着手的研究工作并拿出了成果,不还是有机会得到学术界的认同吗?"

里见纠正了三知代的看法。三知代没有应答,她沉默了片刻,突然抬起头来。

"我父亲经常对我说,只要有志于成为医学家就应该留在大学里做出优秀的科研成果,凭着优秀的科研成果得到认同并被选为教授,然后发挥全研究室的力量留下闻名于世的成就。这就是必须完成的学者之道。他在我嫁给你的时候也说过,'你一旦嫁给里见修二,那么你这辈子的工作就是家务和杂务,你要尽心尽力,让里见刻苦钻研学术,早日获得优秀成果当上教授'。倒也不都是因为父亲这样对我说,而是我从少女时代起就把当学者的妻子作为自己的理想。所以直到现在,为了支持你专心于学术研究,我不辞劳苦地拼命为这个家里干活儿,可想不到你却会因为学术以外的事情栽了跟头,丧失了作为学者的未来。像你这样的人怎么会这样轻率地对待学术生命,而因为学术以外的事情栽跟头呢?"

三知代希望里见做出她能够接受的解释。里见无言以答,只好把视线投向漆黑的窗外。黑暗中仿佛袭来一阵白色的浪涛把他推向被坚冰封闭的荒凉世界,他感到了自己像掉入无底深渊一般,周围又黑暗又寒冷。他一瞬间闭上了双眼，然后转向三知代说道："确实像你所说的，对于医学家来说，学术研究是无可替代的重要事业。但是，患者的生命比学术更加重要。我一想到由于不合理的原因死去的患者，我宁可不做那种埋在学术成果中的医学家，而是选择当一名即使默默无闻也要以患者生命为重的医生。这才是真正的医生吧！"

里见的语调平静而安详，仿佛在向自己的心灵诉说。

佐佐木商店的大拉门已经放下，因为已经打烊了，大堂的灯光已熄灭，商店里空空荡荡的，而在里面摆着佛坛的客厅里却灯火通明，佐佐木良江、长子庸一和小叔信平围坐在关口律师身旁相对无语。

"律师，眼看明天就要判决啦！"

良江抬头望着佛灯映照的丈夫的牌位，像是在回顾这六个月来打官司的辛劳。

"是啊。这么长时间，你们大家都很努力啊！"

关口向他们表示慰问。

长子庸一担心地问道："明天的判决不会有问题吧？"

"我认为应该对原告方有利，因为法院采纳了里见与柳原二位证人当庭对质的申请，这是我十三年来的律师生涯中第一次经历的例外举措。既然法院予以采纳，那就说明法院的判决应该会对原告方有利。"

"可是我听说，在上次对质的时候，不是没能决定性地证实被告方有过失吗？"学生气十足的庸一认死理地说道。

"确实没能从医学的角度完全证实财前被告的过失和误诊，但是因为已经证明了财前被告术前没有做过胸部检查以及没有应患者要求去做诊察，所以无论财前被告怎样强调佐佐木先生的病例是万分之一的罕见病例、是超越现代医学水平的不可抗力的病例，法院也不会全盘接受他的主张吧!"

听了关口律师的解释,庸一这才露出放心的神色。但是,小叔信平却心怀疑问。

"是那么回事儿吗?在对财前方的证人、鉴定人和上次当事人的讯问中,每到辩论医学方面问题的时候,他们就会搬出一大堆复杂的理论。那个审判长抓不住证明对方误诊的决定性证据,看上去好像束手无策的样子。"

"不管怎么说,对方毕竟是医学方面的专家,所以无论审判长和我怎样从医学的角度追究,对方都会巧妙地狡辩抵赖。不过,近来像误诊这类的问题,只能按照历来的做法根据医学理论进行判断,因此无论如何都会形成医学理论上的论争,而这样往往对医师方面较为有利。因此,如今在司法人员之间开始出现了不同的呼声,认为判案不能一味地受到医学理论的摆布,而必须把重点放在实际情况究竟如何的客观事实方面,从而做出判决。所以,这次判决从开创解决医患纠纷案新局面的意义上来讲,原告方也肯定能够胜诉啊!"

关口在鼓舞大家的士气,长子庸一不禁向前探出身来。

"那么,从这个意义上来讲,我妈在上次当事人讯问时的证词应该很有力啦?"

"是的。你母亲真了不起啊!她当时向审判长说,总是翻来覆去地讨论深奥难懂的医学理论和证据的庭审是错误的,只要审判被告是否热心而正确地为患者做诊察就可以了。这些话是很多对医师误诊忍气吞声的人们的共同呼声,我觉得已经对法院的判断产生了巨大的影响了。"

"对啊!那些自命不凡的教授接二连三地出庭,讲起理论来好像头头是道,可我总觉得不对劲儿,不应该是那样。听了嫂子的那番话我才恍然大悟,本来我也是想那样说的。不过,平时温和低调的嫂子能说出那么强有力的话语,真是让我感到意外呀!"

小叔信平说完,便目不转睛地注视着良江。

"哪里的话!我当时什么都顾不得了。不过,那个叫财前的大夫到最后还恬不知耻地狡辩抵赖,说根本不知道我曾经要求他来诊察,在做胃部手术之前没做胸部 CT 扫描是因为打算出国回来后再检查做手术。这些话他也能说得出口啊!律师,有没有办法可以证明他在撒谎呢?"

良江心有不甘地咬住嘴唇。

"为了证明这一点我在法庭上也向他追问过,例如病历上根本没有那方面的记录,而且既然打算分阶段做手术当然要实施某些术前疗法等,却都被他用完整的医学理论反驳回来,说得煞有介事。不过,从审判长讯问财前被告时的表情和尖锐的话锋来看,虽然没能以医学论据反驳财前被告的证词,但审判长的想法绝对不会对他有利。"

"是吗?听你这样一说,我对明天的判决就放心多了。不过,那位里见大夫会不会因为站在我们这一边而在大学里处境不利呢?"良江担心地问道。

"是的。不管判决结果怎样,里见医生都可能因为做出对原告有利的证词而在大学里处于不利的境地。不过,他说他从最初就做好了相应的心理准备,而且决定作为医师查明患者的真正死因,并没有把以后的事情放在心上。"关口坐正了姿势说道。

"真不知道该怎样感谢里见大夫了。我们之所以能够毫不屈服地坚持到今天,全都是因为有那位大夫的热情鼓励。像里见大夫这样对死去患者的生命怀有如此强烈的责任感和爱心的优秀大夫,为什么就不能高升、不能更幸福呢?我们患者就是信赖里见这样的大夫,愿意把自己的生命托付给他……"

良江心头涌起万千思绪,再也说不下去了。

财前又一在女儿家里显得轻松愉快,他像往常那样一边高谈阔论一边喝干了杯中酒。

"这样一来,总算能把这几个月的郁闷抛到九霄云外去了。真想早点儿听到明天的判决结果呀!"

打从开始就深信财前五郎能赢的财前又一说完就愉快地笑了起来。财前五郎也附和着笑了笑。

妻子杏子在旁边不放心地问道:"老公,真的没问题吗?"

"没问题。就像爸爸说的那样,明天宣判完毕就什么事儿都没有了。"

"那就好啊!不过,自从你被人告了状以后,我就一直觉得很丢脸。别说是教授夫人会和插花协会了,就连孩子的家长会我都没去参加。所以,万一你输了官司,我真不知道该怎么办……真的没问题吧?"杏子再三叮问道。

"杏子,你别没完没了地唠叨了。就因为你一次都不去旁听,所以才会自寻烦恼地担心嘛!幸亏我花了大把的银子请来了大阪数一数二的河野律师,而且还因为事先协商编排好了证人的证词,总算是统一了口径。除此之外,还借鹈饲院长的面子请来最合适的著名教授出庭当鉴定人,已经证明我们没有医学上的过失了。所以,你还有什么好担心的呢?"

"可是我听说,在上次讯问当事人时,你不是受到审判长的严厉讯问吗?那你怎么能说前景乐观呢?"

杏子继续追问丈夫。财前五郎把又一递过来的酒一饮而尽。

"你不用担心啦!虽然原告方起诉我没在术前做胸部 CT 扫描属于怠慢注意的义务,但是对于这一点,我利用洛北大学唐木名誉教授的观点回答说是因为没有必要,而且回答说预定在出发参加国际学会之前只对胃贲门部主病灶做手术,肺部的转移病灶要在回国后慎重检查再做手术。所以,对于这一点我没有任何过失可以指责。懂了吗?"

酥胸微露的杏子点了点下巴。

"另外还有一点,他们还告我没有发现肺部的转移,因切除主病灶的手术侵袭造成肺部转移病灶恶化而导致患者死亡。但是,关于这一点由于目前尚未判明癌细胞增殖的机理,所以无论反复争论多少遍,都不能证明是由于手术导致患者死亡的。因此,在这个案子里应该没有任何证据可以证明我犯有过失。"

财前五郎面对杏子说明了谁都无法证实自己犯有过失的理由,像在法庭上答辩时一样展开了完整的逻辑推论。财前又一眼中浮起满意的微笑,杏子仰望丈夫的眼中也洋溢着充满信赖的乐观神色。财前心中突然浮现出独自待在老家、相信自己清白的母亲,即使是为了母亲,也要相信明天必定能胜诉。所有的一切都会在明天到来之际迎刃而解——财前满怀期待地喝干了杯中酒。可是他心底某个角落却突然产生了不安的思绪。

在自以为无懈可击的逻辑链条中,会不会露出什么破绽而导致对自己不利的结果呢?想到这里,他突然回忆起庭审时里见和柳原二位证人当庭对质的场景,以及在当事人讯问中审判长对自己的严峻表情和尖锐的话语。

"老公,你怎么突然不说话啦?"

"哦,没什么。我的医学理论答辩那么完美,再加上爸爸慷慨解囊、鼎力支援,我怎么可能输掉官司呢?"

他极力地压抑住心底的不安。财前又一使劲点着海怪般油光发亮的秃头。

"那当然啦!咱们已经做得面面俱到了,怎么可能输呢?咱们打赢这种医患纠纷官司是理所应当的嘛！万一输了才是岂有此理的蠢事儿呢！如果耗费那么多的金钱和时间还是输掉官司的话，那你以后可别再叫我为这种蠢事儿砸钱啦！我最讨厌把钱撒在没用的地方啦！哈哈哈！"

财前又一放声大笑，眼中却闪出凶狠的目光。

大阪地方法院民事六号法庭内座无虚席，除了大学医学院相关人员、医协干部和佐佐木商店的员工之外，还混杂着一些普通的旁听者。报社记者席上不只是司法方面的记者，还可以看到医药方面记者的身影。

原告佐佐木良江、长子庸一和小叔信平似乎被这种森严的气氛震慑住了，而财前五郎意识到旁听者和报社记者们的视线集中在自己身上，于是他以镇定自若的姿态面向正面而坐。他的旁边就是探出上身的岳父又一，在他后边的五六排座位上还能看到庆子、里见、佐枝子和柳原等人的身影。但是，鹈饲院长顾虑到万一出现的意外而并未现身。

上午十点钟一到，刚才还有干咳声和窃窃私语声的旁听席立刻肃静下来，原告、被告自不必说，就连代理人席上的关口和河野二位律师的脸上也都充满了紧张的神情。

"起立！"

随着法警的口令，审判长席正面的门打开了。身穿法袍的审判长先走了出来，接着是两位陪审法官在左右就座。在全体起立人员都就座之后，审判长扫视了一遍整个法庭。

"现在，将对原告佐佐木良江等三人和被告财前五郎之间的损害赔偿一案宣布判决结果。"

审判长嗓音中充满了威严，佐佐木良江和财前五郎低下了头。

法庭内寂静无声,所有的目光都注视着宣读判决书的审判长。

"驳回原告等人的请求,诉讼费用由原告等人负担。"

刹那间,法庭内屏息以待的寂静被打破。佐佐木良江茫然呆立,而财前眼中充满了喜悦的神色,旁听席和报社记者席上立刻出现了骚动。

审判长继续宣读。

"考虑到本判决社会影响极大,特陈述以下判决理由要点。"

法庭再次恢复了寂静。

"原告等主张被告财前疏忽术前应做的检查,因此没有发现肺部转移病灶就实施手术切除胃贲门部的主病灶,从而导致佐佐木庸平死亡。但是,被告方对此加以反驳,认为财前被告已经预测到转移病灶的存在,并指示主治医师柳原做好万全的处置,所以并未违反注意义务。对于这一点,虽然原告方证人里见修二与被告方证人柳原弘的证词完全对立,但本法院在这个问题上对柳原证人的讯问结果完全不予采信。参照二位证人的讯问结果以及辩论的全部内容可以明确判定,虽然里见医师再三要求,但被告财前仍未在术前做CT扫描,并在术后对患者佐佐木庸平的呼吸困难只诊断为术后肺炎而没有产生过其他疑问。但是,根据本案中的鉴定报告和书面证据以及目前的医学水平判定,即使做了CT扫描也很难鉴别像本案这样极其微小的肺部转移病灶,因此,被告财前因忙于准备出国参加国际学会而未做CT扫描的行为虽然难免受到怠慢医师义务的指责,但不能断定这种行为必须由该被告担负法律责任。"

佐佐木良江的眼泪夺眶而出,在她身后的长子庸一和小叔信平也泪流满面。

"其次,原告等人主张被告财前手术切除主病灶的外科侵袭致使肺部转移病灶急剧恶化而导致患者死亡,但根据本庭所选鉴定人唐木丰一的鉴定结果,目前对于癌细胞增殖问题尚无确定学说,虽然对主病灶的外科侵袭可能导致转移病灶恶化,但那只是诸多可能原因之一。在现阶段,转移病灶恶化的机理尚未得到医学理论的阐明。因此,在本案中也可以考虑到肺部转移的癌变恶化时期与主病灶手术时期只是偶然相合,尤其是对于主病灶的外科侵袭致使转移病灶恶化的情况只是在经验不足的主刀医师实施手术不谨慎时才能造成的例外现象。对于财前被告的手术操作是否妥当的问题,根据大河内证人的剖检所见和唐木鉴定人的鉴定意见,一致认为该被告的手术没有失误,因此难以证明转移病灶的恶化是由于切除主病灶的手术所致,在转移灶恶化与切除主病灶的手术之间不存在法律上的因果关系。"

关口律师的眼中充满了愤怒的神色,河野律师与财前又一满意地对视了一下。

"第三,尽管病理学剖检结果显示佐佐木庸平的死因是癌性胸膜炎,而被告财前却将其诊断为术后肺炎并存在处置失误。但是,根据本庭所选唐木鉴定人的见解,术后肺部并发症可以呈现复杂多样的症状,尤其是在被告财前出发前往国外之际只呈现出早期症状,因此鉴别是术后肺炎还是癌性胸膜炎极为困难。而且像本案这种主病灶属于局限性的情况下,这种鉴别的难度超越了当前的医学水平。因此,从以普通医师的通常能力为基准的法律立场来看,本庭认为不能以此追究财前被告的法律责任。"

佐佐木良江抬起因深受打击而茫然无神的双眼,望着审判长。

"根据以上判断,尽管本法院从很多方面对原告的处境极为同情,但是由于难以从法律上的因果关系判定被告财前对佐佐木庸平之死负有责任,所以驳回了原告的诉讼请求。但是,无论在参加国际学会之前怎样忙碌,被告财前无视里见医师再三提出做胸部检查的要求,而且在术后一次都没有查房,作为必须回应患者和家属的信赖的医师明显缺失了责任感。在这一点上,财前被告必须深刻反省作为医师的道义责任!"

审判长严厉的嗓音响彻了法庭,大家像深受震撼似的保持沉默,静谧笼罩了整个法庭。旁听席的目光全都集中在财前身上,财前浑身一颤,然后伏下了视线。

"起立!"

法警一声令下,所有的人都站了起来。审判长的身影刚刚消失在门外,报社记者席上的各家记者便一起跑到财前身边。

"教授,请问你对判决有什么感想?"记者们为了赶上晚报截稿时间急切地问道。

财前虽然还对审判长最后那段话耿耿于怀,却仍然装出镇定自若的样子。

"因为这都是基于我的医学信念所做的事情,所以我确信自己无论是手术还是其他的处置都没有失误。而且法庭认为我在法律方面也没有过失,这不仅维护了我的个人名誉,而且维护了浪速大学医学院的名誉和权威。我对此感到十分高兴。同时,我对审判长明智地解决如此复杂多样的医学问题深表敬意。"

财前发挥自己能言善辩的特长巧妙地应答。这时,一名年轻记者以充满正义感的语调问道:"不过,审判长虽然没有追究你的法律责任,却严厉地指出你作为医师的道义上的责任。教授对此有什么感受呢?"

财前一时无言以答。

"我认为没有必要回答那种问题。"

他把对方顶了回去,随即拨开人墙向河野律师、财前又一、浪速大学相关人员、岩田重吉和锅岛贯治等候的走廊迈开了脚步,报社记者们也紧随而去。

在已经没有人影法庭里,佐佐木良江哭干了眼泪,她无力地蜷缩着身体,长子庸一和小叔信平也静静地走近她身边,关口律师苍白的脸上依然显现出愤愤不平的神情,里见孤零零地坐在远处的座位上一动不动,任谁都无法接受那样出人意料的判决。突然,良江摇摇晃晃地站了起来。

"律师先生,这就是法律吗?法律就是这么冷酷无情的东西吗?这样的判决不能告慰我丈夫的在天之灵。请你帮我们上诉!"她大声呼喊道。

关口像是被猛然触动,他用强烈的语调回应道:"当然应该上诉。这样不公平的判决我们不服!我马上办理上诉手续。我也不能就这样罢休!"

长子庸一也说:"律师先生,这就是医患纠纷案的裁决吗?不管真相如何,只要找不到医学证据就不能追究法律责任吗?真是忍无可忍!无论耗费多少年,我也要打赢这场官司,请帮我们上诉到最高法院!"

"当然,既然要打就要打到胜诉为止。为了这个目标,我要准备更周全的新证据和医学论证方法,证明财前被告犯下了误诊的过失。下次绝对不能败诉!"他意志坚定地说完走近了里见,"里见医生,恐怕又要给你添麻烦了。希望你在上诉时也能作为原告方证人出庭。虽然不知道这场官司会拖几年,但希望你协助我们,直到最后胜诉。"

关口深深垂首请求,里见平静地抬起了眼睛。

"无论这场官司打多少年,只要你跟我联系,我一定作为原告方的证人出庭。所以,我也希望你们不要因为今天的判决结果而气馁。"

里见简短地应答之后就起身走了出去。走廊上早已不见财前和旁听者们的身影,佐枝子悄悄地站在柱子后边,看到里见的身影,她立刻压低脚步声走近前来。

"我今天代替父亲来听判决结果,真是太令人意外了。"

里见默默地点了点头。

"这个判决结果令人无法接受,但是请你对自己今后的去留问题一定要慎重考虑。"

佐枝子说完就转身离去,她善解人意地让里见独自清静一会儿。

里见走出法院,沿着堂岛川直接走向学校。混沌的冬日的阳光在河面上泛出冷光,河岸上枯叶落尽的裸树伸展着尖尖的枝梢。里见拖着沉重的步履,一边走一边回想刚才的判决。

驳回原告的请求——多么不近人情的法律判决啊!原告方根据那么多的不争事实提出诉求,却因为缺乏医学证据的支持就完全得不到认可。难道在医患纠纷案中,比起事实的经过更看重医学逻辑论证的法律因果关系吗?在里见的心中,一种难以言喻的不信任感和空虚感就像深渊一般延展开来。

他经过医学院楼前走进医院正面门厅,看见财前掌管的第一外科门诊室前有很多对今天的判决一无所知的患者。他们对医师充满了信赖,为了寻求医师的救治而耐心地排队等候诊察。里见感到一阵钻心的痛楚,在经过第一外科时,他看到了柳原的身影。柳原在法庭时就坐在里见斜前方的座位上,他面色苍白地聆听了法官宣布判决结果。而此刻他已经换上了白大褂,正准备为患者诊察。他看到里见后,立刻惊讶地停下脚步,露出惊慌的神情。里见不禁怒火中烧,不由自主地向柳原走去。柳原倒退了两三步,随即落荒而逃般消失在门诊室里。

"里见老师!"身后传来了呼唤声,"鹈饲教授叫你去医学院长办公室。"

护士长神色慌张地转达了通知,里见默默地走向院长办公室,然后敲了敲门,里面立刻传出应答声。

鹈饲红光满面地迎接里见。

"我从刚才就一直在等你呢!来,先坐下吧!"

鹈饲应该已经听说了财前胜诉的消息,但他却对此事只字不提。里见坐下之后,鹈饲一反常态地露出了微笑。

"其实呢,山阴大学医学院增设第二内科需要人手,此前我就向他们推荐过你。今天对方有了答复,说十分高兴地欢迎你去。所以我希望你去那里。或许那所大学的等级不能令人满意,但毕竟可以升任教授嘛!"

虽然鹈饲说得轻松爽快,但是像山阴大学这种地方二流大学的教授只是徒有虚名,手下的副教授空缺,甚至连讲师都没有,而只有两名助教,而且研究室也只是个没有任何科研设备的研究室。虽说里见早有心理准备,但如此卑鄙的人事安排还是令他哑然无语。

"我觉得,你对这项人事安排应该没有任何不满意吧!"

鹈饲此话另有弦外之音——里见从拒绝鹈饲的要求、坚持做出对原告方有利的证词时起,就应该为今天做好了心理准备。

"我明白了。"

里见只说了这句话,正要站起时,背后的门被猛然推开了。

"鹈饲教授,我是财前……"

财前神采奕奕地迈着大步走了进来,看到里见,他吃惊地停下了脚步。

"啊,是财前呀!判决的结果怎么样啊?"鹈饲故作不知地问道。

"我的医学信念得到了回报,法院判我胜诉。我给老师带来了不必要的担心。"财前恭敬地俯首致谢。"里见,虽然你那不顾友情的证词把官司拖入当庭对质的地步,一度让我陷入困境,但今天的判决结果总算证明了我根本没有误诊的事实。"

财前在夸示自己的胜利。

"财前,你用这种方法打赢了官司,就算逃避了法律责任,但你扪心自问,作为医师,难道你不觉得可耻吗?"里见怜悯财前似的说道。

"那你想让我怎样打赢官司呢?"

财前两眼闪出锐利的目光,脸色骤变。

"你作为医师应该更加严格要求自己。有人甚至说,医疗是人类的祈愿。如果没有以敬畏神明、祈愿神明的虔诚尊重患者的生命,就不能从事医疗工作。"里见用平静而坚定的嗓音说道。

房间瞬间陷入静寂之中,鹈饲和财前都没有应声。

过了片刻,鹈饲说道:"好啦,官司的事情就到此为止吧!不过,财前,你来得正是时候,里见就要去山阴大学内科当教授啦!"

听到山阴大学的名字,连财前都忍不住露出错愕的神色。

"那就恭喜你啦!我打赢了官司,你当上了教授,为了庆祝你我新的出发握个手吧!"

财前向前伸出了汗毛浓密的大手,里见低头盯着他的手,拒绝说:"财前,失陪了。"

他说完就转身离去。

里见沿着昏暗的走廊向副教授办公室走去,心中想起曾经造访过一次的山阴大学医学院的研究室。在杂草丛生的荒凉之地,还保留着当年陆军连队驻地遗址那久经风雨的木造建筑,那就是医学院的研究室。天花板和墙壁沾满了雨水的污渍,许多打破的窗玻璃旧态依然,每走一步地板都会咯吱作响。别说是计算机和实验试剂等设备了,就连动物实验室都没有。这对于一直依靠动物实验进行"生物学反应癌症诊断法"研究的里见来说，简直无异于致命的缺陷。而且，那里的科研经费预算也少得几乎等于没有。

里见以为即使去了地方大学，只要能继续搞科研也无妨，但眼前这个超乎想象的残酷的人事安排意味着断绝了自己的科研道路，同时也断绝了自己作为医学家的生命。

他推开副教授办公室门走了进去，然后环视了一下室内，桌上堆满了与自己研究的"生物学反应癌症诊断法"和"癌症早期诊断"相关的文献资料。他又把视线转向侧面，整理好的研究资料夹掩盖了整个墙面，另一面墙边的格架上堆满了实验用的试剂瓶和试管。

这是他六年以来孜孜不倦地积累研究和创造成果的研究室。想到自己不得不离开这间研究室，一直努力克制情绪的里见终于崩溃了。

我到底做错了什么？为初诊患者的死亡过程如实做证的人竟然被赶出大学，而事实上误诊的人却以维护大学名誉和权威的堂皇名义逃避了法律追责，而且还可以继续留在大学里。真是天理不容啊！

可这就是当今的白色巨塔！从表面看上去貌似学问高深象征着进步，但在那厚重坚固的围墙内部，却是由封建的人际关系和特殊的组织构筑而成。无论里见个人怎样力求真实，这座无情的白色巨塔依然纹丝不动。

里见眼中泛起既非强烈愤怒亦非绝望的波光。

里见拉开抽屉取出浪速大学用笺，打开了平时不用的砚台盖。

辞职书

鹈饲医学院长：

　　本人因此番心有所感，决定辞去本校职务，同时拒绝前往山阴大学医学院赴任。

里见修二
一九六四年十二月十七日

里见写完之后放下了毛笔。虽然不知道自己今后何去何从,但他心中已经做出了主动离开这座白色巨塔的决定。

第二十二章

清晨的大峰山脉,陡峭的崇山峻岭之间升起了乳白色的朝雾,早晨的阳光从巨大杉树覆盖的山顶透射下来,山峦笼罩在咄咄逼人的沉寂之中。

六点钟,体检车载着六名体检小组成员从奈良县西吉野村村务所出发,前往位于奈良县与和歌山县交界处被称为"奈良僻壤"的十津川村。汽车已经沿着劈开山体修筑的险峻的山路向上行驶了一个多小时。除了偶尔在杉林夹道间与满载木材的卡车交错之外,一路上几乎没有遇到过其他车辆。

里见修二望着体检车的窗外,想起前年十二月决心辞去国立浪速大学副教授职位时的情景。他写好"本人因此番心有所感,决定辞去本校职务,同时拒绝前往山阴大学医学院赴任"的辞职书,交给了鹈饲院长,但辞职请求并没有立刻得到受理,他的职位被保留了将近半年之久。

那是因为校内校外的明眼人都知道,这与第一外科的财前五郎被告上法庭的医患纠纷案直接相关,里见之所以被发配到山阴大学,就是因为他作为患者遗属方的证人出庭做证。因此,鹈饲院长惧怕舆论压力,就以副教授级别以上的辞职书必须由教授会讨论决定为由,并没有受理里见的辞职书。里见保留着第一内科副教授的头衔,每周只在门诊给患者诊察一次,处于既不算辞职也不算在职的中间状态。

在此期间,虽然里见曾多次要求鹈饲院长受理辞职书,但鹈饲每次都闪烁其词、避实就虚,甚至提议把里见调到比山阴大学更高等级的地方大学任教授,试图将此事稳妥收场。不过,里见当初拒绝前往鹈饲提议的山阴大学并非因为那里科研设备不完善。对患者的死亡经过做出正确证词的人得不到认同,而对没有竭尽全力治疗患者的财前却在维护大学名誉和权威的堂皇名义下集结了大学所有的势力逃避了法律责任并得以留在大学里。这种不合理现象本身就是现代的白色巨塔。所以,无论去哪所大学,这种不合理和冷酷无情都是共通的弊病。这才是里见最无法忍受的。

汽车引擎突然发出巨大的轰鸣,山路变成了险峻的坡道,汽车加大油门喘着粗气开始爬坡。遥望前方,陡峭的山峰重重叠叠,那就是古代"平家"逃亡者和"南朝"逃亡者拖着沉重步履翻越过的天过岭。

"里见老师,那里可以看见猿谷水库啦!"一位年轻医师指着左方说道。

里见向那边望去,只见远方山谷中有一泓蓄水池,湛蓝清澈的水面倒映着周围群山的翠绿。对于这些穿梭在深山村落之间为村民做胃病检查的人们来说,在陌生的土地上出乎意料地遇见美丽的风景而停车片刻,就是放松心情的惬意时光。

里见凝望着在幽深峡谷中犹如镜面般沉静闪亮的猿谷湖,回忆起在自己提交辞职书半年之后,终于在病理学研究室大河内教授的安排下,调进了近畿癌症研究中心第一诊断部,得以在担任诊断消化系统疾病职务的同时继续自己的早期胃癌诊断的科研工作。如果没有大河内教授的斡旋,真不知道自己还能不能继续忍受那种既非离职亦非在职的生不如死的处境。当时,他已经做好了再也无法进入研究机构的心理准备，或许会像哥哥清一那样也成为营业医师。如果真是那样的话，就没有机会像今天这样同乘体检车巡回在据说是癌症高发区的"奈良僻壤"，也无法实地了解从事胃癌体检基层人员的工作状态并搜集自己正在着手研究的早期胃癌诊断资料了。

汽车终于翻越天辻岭，驶下猿谷湖的所在地大塔村阪本。虽然湖周围原先曾是铺装的道路，但不久就又变成尘土飞扬的路了。继续前行一段时间，终于来到了十津川主流河畔。曾经被称为"泛滥之河"的十津川也经过拦河筑坝，变成了流量较小的平淡无奇的河川。沿岸路旁可见稀稀落落地绽放的山樱花，到十津川的村务所已经不远了。

汽车刚停在村务所前，村长就带领所有的工作人员出门迎接，前院里已经聚集了二十几名候诊者。因为集体体检以四十岁以上的男女公民为对象，所以不仅有身穿农活装的皮肤黝黑的壮年男女，就连邻村的老人也走过谷濑大吊桥来到这里。他们坐在老旧的椅子上不安地排队等候检查。

"弥作家的老头子瘦得厉害，恐怕是癌症吧！"

"这么说来，上次出殡的太郎吉家的阿婆好像也是癌症啊！"

他们压低嗓音谈论着传闻。

体检小组一行人下车后，立即在村务所人员的协助下，依照报到的先后顺序给体检者测量体重，并把姓名、住址和年龄等信息填写在体检表上交给坐诊的医师。

"你饭后有没有打嗝和恶心的情况啊？"

"你最近是不是突然瘦了很多啊？"

医师们就在村务所会议室里的几张桌旁开始了问诊。由于体检小组的预算经费和人手不够充裕，所以不光是医师，就连护士也得帮忙坐诊。当然，跟随体检小组同来的里见也跟年轻医师们并排坐诊。

这一年来,里见的脸庞略有消瘦,在随意拢起干爽头发的额头下,那双眼睛比以前更加澄澈。考虑到第一次接受胃部检查的人们站在 X 光透视台前会局促不安,为了缓解他们的紧张感,里见先从日常生活的细节开始问起。

"平时吃饭情况怎么样啊?比如说,每顿都吃得很饱还是有所节制呢?"

"那要是不吃饱的话怎么干活儿呀?"

"那,平时的饭菜吃什么比较多呢?"

"早上嘛,那就是茶粥啦!中午在田间吃盒饭,晚上就吃普通的米饭。菜呢,住在这大山里就是蔬菜,顶多还有河鱼。大夫,奈良茶粥真的能致癌吗?"

里见摇了摇头。每当提到奈良的时候,人们就会把茶粥跟胃癌联系起来。但是,茶粥为什么会引起胃癌,其机理尚未在学术上明确判定。

就在这样的问答或给主诉异常症状的受检者做触诊的过程中,两位 X 线技师已经把电源电缆从卷轴上拉出来并插上电源接好了地线。他们动作麻利,就像消防队员赶到火灾现场把水管接在消防栓上一样迅速。接好电源之后,他们就开始调试 X 光摄影机的快门,汽车司机和事务助理也来帮着在狭窄的体检车里调整好 X 光透视台,体检小组全体齐心协力地工作。

一切准备就绪之后,他们就请问诊完毕的受检者三人一组地依次进入体检车内。检查人员让他们把上身衣物脱在存衣筐里,并把装有钡餐的杯子递给他们。

"这东西喝了没事儿吧?"

受检者看着水泥糊般黏稠的白色溶液犹豫了片刻,但在医师的催促下还是苦着脸喝了下去,随即他们进入 X 光透视室并站在透视台前,然后接受立位透视。

"好了。接下来机台倾斜,请保持现在的姿势。"

医师在暗室里发出指令,X光透视台就旋转到各个角度,技师在医师的指示下动作迅速地连续拍下五张X光片。虽然每个人的检查时间只有四分钟左右,但一天检查五六十名就达到极限了,这是强度相当大的体力劳动,而且很耗费精力。

体检结束通常是在下午两点钟左右,但X线技师要把当天拍好的胶片冲洗出来。他们在旅店的房间里拉起绳索,把潮湿的胶片挂在上面晾着,然后洗个澡就可以吃晚饭了。这是体检小组一天中最愉快的时光。这里的旅店极为简陋,近似于古代由店家提供薪火、宿客带米自炊的"木贳宿"。大家放松地坐在朝十津川岸边石壁突出的小客厅里,就着从溪谷中捕来的河鱼,品尝当地产的清酒。年轻的医师交流垂钓的乐趣,X线技师、护士和汽车司机们就聊起相机和汽车的话题。消除了忙碌一天的疲劳之后,大家本来应该睡下了,但两位年轻的医师却还不能休息。想起那些神色不安的受检者,为了不耽误手术治疗,他们必须争分夺秒地筛查当天拍摄的X光片。

担任体检小组主管的年轻医师像是要驱散睡魔。

"那,咱们去把今天的胶片看完再睡吧!"

如果是在离市中心较近的区域,体检小组就可以把冲洗好的胶片送回医院,再请几位医师判读。但是,在偏僻山区进行体检时,考虑到有些人可能需要复检,所以体检小组就要在当地判读筛查。两位年轻医师脱下宽松的浴衣,再次换上长裤和运动衫,他们把桌子搬到挂着半干胶片的绳索前坐下。里见也加入其中,他把每卷一百毫米的胶片挂在观片灯上,一帧一帧地观察。胶片上映出各种不同形状的影像。

"未见异常!"

里见十分仔细地观察接连不断送来的胶片,在看到不知是第几张胶片时,他把视线凝聚在了影像中的一点上。

"那个恐怕是息肉(棘状突起)吧? 前庭部大弯侧有透亮的影像嘛!"

"不过,老师,我觉得这只是单纯的皱襞影像啊!"

"不,这个阴影稍微大了点儿,而且边缘不规则,因此可以怀疑为息肉。所以,最好请这位受检者明天再来复检。"

说完,里见长长地舒了一口气。胃癌集体检查是一项需要毅力的扎扎实实的工作,胃癌患者出现的概率只有五百分之一,而发现息肉的概率也是同样。但是,如果能在癌芽尚未达到胃肌层的早期阶段发现并实施手术的话,就能够百分之百地治愈。可是,由于去医院就诊的胃癌患者有半数以上都已经到了晚期,所以胃癌集体排查的意义就在于此。为了这五百分之一的发现率,在各地巡回体检的工作必须是由具备强烈的使命感和毅力的医师才能胜任。里见持续进行的早期胃癌诊断法的研究,正是以这种脚踏实地的体检数据积累为基础进行的。

到了夜晚,山里的气温骤然下降,两位年轻医师赶紧披上了毛衣。明天早晨也要五点钟起床进行体检工作,但此刻他们仍在继续判读胶片。望着年轻医师们诚挚的身影,里见被深深地打动了。

看完胶片回到自己的房间,里见拿出今天早晨离开西吉野村时就塞进衣袋的快递信件。这两个星期以来,由于他一直跟着体检车亲临胃检现场,所以如果有了紧急联络就得把信件暂时寄到奈良县五条市的临时调度中心。五条市的调度中心十分热心地帮他把信件转送到了西吉野村务所。寄件人是已故佐佐木庸平的妻子佐佐木良江,上面写着"快件亲展"。

请原谅我冒昧地把快件寄到您出差的奈良。关口律师经过努力,已经提交了上诉书。在第一次口头辩论之后,上诉人与被上诉人双方的律师已经进行过多次书面交涉,原以为即将进行期待已久的证人讯问,可今天听关口律师说,至今仍然没有在医学方面掌握决定性的证据,下一步只能等里见医生回来后商讨相关事宜。看来,就连关口律师都别无良策了。我们等待您在结束奈良的工作之后早日回到大阪。里见大夫曾经说过,无论发生什么样的情况都会跟我们一起把这场官司打到最后一刻。您这句话给了我们母子生存下去的勇气。

虽然字迹潦草难辨,但遗属们焦急等待上诉审证人讯问的殷切期望已经传达到里见心中,这使他不禁再次回忆起两年前把初诊患者佐佐木庸平交给财前五郎实施手术的前后经过。

时刻早已过了正午,国立浪速大学附属医院的走廊里,上午挂号的患者仍然在耐心地候诊。

财前教授主管的第一外科门诊室外,长长的患者等候行列比其他科室更加显眼,每当护士呼唤候诊者的名字时,就会涌动起一阵紧张的氛围。今天是财前教授每周一次坐诊的日子。

曾经在社会上闹得沸沸扬扬的佐佐木庸平的医患纠纷案已经结束,距今已经过了一年零四个月。每到星期三上午教授门诊的日子,第一外科门诊室前的走廊里那些慕名而来的患者就排起了长龙,好像一个星期的患者都集中在这一天成群结队而来。对于患者来说,佐佐木庸平事件只不过是偶然发生在别人身上的例外,他们深信要想治好正在折磨自己的疾病,除了医术高超的财前教授之外别无选择。

在用白色屏风隔开的五间门诊室中,最里面的那间就是教授门诊室。财前肩宽背厚的强壮身躯裹着崭新的白大褂,他轻松自在地坐在大转椅上,脸上带着充满自信的表情斜视着患者,却仍然不失要领地给患者诊察。在触诊做过胆石症手术患者的腹部创痕并确认术后恢复良好之后,他就像催促眼前还在整理衣衫的女患者似的,说道:"下一位!"

正在帮助患者穿衣的护士立刻觉察到财前心情不好,她赶紧把开始正在系腰带的患者推到一边,然后叫下一位患者进来。

"让您久等了。请准备一下吧!"

护士请一位五十五六岁、个头不高的男患者脱下衣服,并迅速地把预诊处转来的病历以及前一家医院送来的病情摘要和 X 光片放在财前教授面前。这是大阪府议会议长介绍来的食品公司的老板。

"我叫江马,久仰财前医生的大名。不好意思,麻烦你了!"

患者恭敬地俯首致意。

"哪里。听说您跟森田议长关系不错啊!"财前让患者坐在诊察椅上,他拿起桌上的病历一看,立刻双眼闪光地说道,"是谁?刚才是谁问诊的?主诉症状只需写出一项最主要的就行了嘛!什么呕吐感、全身倦怠、食欲不振……啰啰唆唆地写了三四项。这简直就是瞎猫碰死耗子的做法!"

他扭过头去训斥排成一行的医务员,然后面带微笑地询问患者:"您从一年前就开始感到胃部不适了,是吗?"

"是的。最初到附近常去的诊所看过,医生说是胃炎,但看了一段时间还是不见好转,于是又去肠胃专科 K 医院诊疗,他们说我这是胃溃疡,后来就一直采用内科方法治疗,可还是没好利索。最近,我早晨刷牙时常常莫名其妙地恶心,所以就怀疑是不是得了胃癌。如果真是那样的话,因为不管怎么说财前医生也是这方面的权威,所以……"

患者对财前点头哈腰,显得过分谦卑,而财前早已习惯了这种态度,他轻松地扫了一眼从 K 医院转来的病情摘要,随即把三张 X 光片夹在观片灯上。

在 K 医院第一次诊察的 X 光片上,胃前庭部小弯侧有一片小圆形胃溃疡阴影,边缘轮廓还很圆滑。但是,在第二次、第三次的 X 光片上,边缘不规则的影像就逐渐增大,圆形阴影开始出现突起,轮廓也凹凸不平,很明显是慢性化的胼胝性溃疡。但是,问题在于胃黏膜皱襞的前端有断裂影像,看来很可能是进一步恶化为癌变。

"医生,怎么样啊?没事儿吧?"患者不安地问道。

财前没有直接应答。

"你没有吃早餐吧?"

"是的。我想可能还要做检查,所以就没吃。"

听到患者的回答,财前立刻指令医务员:"马上重拍 X 光片。胃溃疡的诊断关键在于片子的优劣,可是 K 医院却拍出这种片子,简直不成体统!你就说是教授指令加急冲洗,现在去拍也能办好。"然后他扭头对患者说,"我叫他们加急冲洗,你马上去放射科重拍一张吧!"

说完他就霍地从椅子上站了起来。今天财前自己的门诊到此结束,只要再等半小时左右,刚才去重拍 X 光片的患者的胶片就冲洗出来了,之后他就可以下班了。

财前叼着香烟走近窗边,四月上旬的明媚阳光洒满了新建的阳面门诊室。在医患纠纷案刚刚结束时,那种沉重的郁闷感觉久久挥之不去。但是,当他想到在那场官司之后患者仍然纷至沓来,且校内外对自己在曾经轰动一时的官司中胜诉的高度评价,那种无关痛痒的郁闷和懊恼就显得微不足道了。他吐出一大口烟雾,视线在投向住院部那边的时候停住了。医务员柳原站在树荫下,好像独自在沉思着什么。财前想到柳原可能是在担心佐佐木庸平上诉后的证人讯问,他也感到忽然有个暗影钻进了心中。不过,无论佐佐木庸平的遗属怎样提出上诉,从此前的书面审理经过来看,患者方根本不可能具备任何胜诉的因素。

正午过后,医务员们结束门诊返回第一外科医务部,房间里顿时热闹起来。

六十多平方米的医务部里摆着崭新的不锈钢书桌,以前排到走廊上的老旧木制置物柜也改成了铁皮柜,比旧楼时代的医务部明亮洁净多了。可是,书桌上却旧态依然,散乱地扔着吃剩下的咖喱米饭盘子、盖饭大碗和茶杯。看样子,医务员们的饮食依然简朴,用餐时间也没有规律。

"哎,你们听说了吗?近畿医大有个无薪医务员在打工的医院里猝死了!"

那个进医务部第六年却依然没有薪酬的中河一进来就情绪激动地嚷嚷起来。众人刚才还在一边抽烟一边谈论着今天门诊发生的事情、对新来的护士评头论足之类的轻松话题,这时他们都扭头望着中河。

"原因恐怕是打工引起的过度劳累吧!"坐在中河对面正在吃乌冬面的同事语调惨然地说道。

"对啊!死因就是持续发生在咱们这些无薪医务员身上的半永久性过劳嘛!但是,近畿医大这次的事件也太惨了。他在大学医院负责看护一名术后状态危重的患者,几乎等于连续熬夜三天,接着就去堺市的T医院打工值夜班。这也是三十出头还在做无薪医务员的艰苦生活啊！要是不去打工的话,那就连房租也交不起了。再加上他打工的那家T医院虽然有二百张病床,可值班医师却几乎都是各大学的实习生,只有这个近畿医大的无薪医务员具有医师资格。所以,值班诊疗的责任自然都落在了他的头上。据说,那天天亮时分送去了一名急救患者,急救处置告一段落之后他就因为突发心脏功能衰竭死了。而且,直到第二天上午护士去值班室叫他的时候,才发现他已经死亡,就躺在脏兮兮的值班室床上,累得精疲力竭,像块破布似的死了。"

医务部里静默无声,每个人眼中都鲜明地浮现出无薪医务员因白天工作和夜晚兼职而精力耗尽像破布般死去的惨状。这就是必须把生命尊严放在第一位的医师！这种悲惨的结果变成无以名状的愤懑和矛盾刺痛了医务员们的心。

"而且T医院的做法更加恶劣！尽管具有多达二百张病床,却没有一个本院医师值夜班,全靠各大学打工的实习生或无薪医务员兼职。该医院的院长害怕这个事实被公开,就告诉了近畿医大的校长。虽然大学医院的无薪医务员都在打工早已是公开的秘密,但近畿医大也害怕此事会通过猝死事件被报纸曝光,就采取了很多措施。但是,剖检结果发现,他的死因就是极度疲劳所引起的急性心脏功能衰竭。因为他属于无薪医务员并没有在近畿医大注册,所以没有任何身份保障。对于T医院来说,他只不过是个打工值夜班的医师而已,所以院方给了五千元抚恤金。一个无薪医务员死亡的价值只有五千元、五千元吗？"他抑制不住心中愤怒地说道。

只因为院方提供学习实践的机会,这些医务员就不得不与潮水般涌来的患者奋战,在外科还得当手术助手,晚上还要巡视住院患者,每十天要值一次夜班。但完成如此繁重的劳动却没有薪酬,所以为了吃饱饭就必须去其他医院打工。无论白天上班多么辛苦,每周至少要去值两次夜班赚取一夜三千元的值班费。如果每个月挣不够两万四千元的话，那就无法支付房租和伙食费，也就无法维持生活。

"如今世上居然还有不给报酬的工作！三十岁过后还得瞪着血红的眼睛四处寻找能多赚三四百元的工作。看到自己这个样子，真想不通当初怎么会选择了医师这个行业！"

一位无薪医务员发泄着心中无法排遣的不满情绪。

"咱们无薪医务员要是这样一直拼命干下去的话，牺牲者恐怕就不只是一两个了，还会有更大的牺牲。事实上，根据最近关东医大无薪医务员协会的调查发现，无薪医务员罹患肺结核的人数在逐渐增加。怎么可以让这种事儿发生呢？得了肺结核的医务员一边'吭吭'地咳嗽一边给患者看病，而且连医疗保险都没有，就那么一直坚持到快不行了，才以'教学患者'的名义住进医院接受免费治疗。这种现状必须早日改变！"

话题已经从近畿医大一名无薪医务员的过劳死发展到对自己身处的无薪医务员体制的不满，越来越多的年轻无薪医务员加入了讨论。虽然在六十多名医务员中只有十八名有薪助教，但他们此前也曾有过同样的悲惨经历，所以他们没有对此加以指责，而是在离开无薪医务员的一角若无其事地谈论其他话题。不过，只有柳原不属于其中任何一伙，他孤零零地坐在靠窗的椅子上。

从那里可以望见佐佐木庸平住院时的病房楼，只要能够看到那座病房楼，柳原的心就一直封闭在没有晴天的阴沉昏暗之中。从那以后，柳原就变得极度沉默寡言，除了工作需要的事情之外几乎不跟同事说话。刚才结束门诊之后，他也是离开了邀他一起去喝咖啡的同事们，独自来到庭院，站在树下沉思。而且，最近他感到格外疲劳，不仅是因为佐佐木庸平死亡的医患纠纷案带来了极大的精神压力，他确实每到傍晚就有发烧似的疲劳感。每当门诊像今天这样特别忙的时候,那种疲劳感就更加严重。他想让身体放松一下,于是就斜靠在椅背上并轻轻地连续咳嗽了几下。

"柳原,你没事儿吧?最近气色很不好啊!"

年轻无薪医务员们因担心柳原向他投来了关注的目光,柳原有点儿惊讶似的坐直了身体,推了推差点儿滑落的眼镜。

"没事儿呀!只是有点儿季节性感冒,一直没好利索。"

他一边咳嗽一边解释,想打消众人的忧虑。

刚才传达近畿医大无薪医务员死讯的中河用挖苦和自嘲的语调说道:"是吗?不过,柳原已经当了有薪助教,所以跟我们这样的无薪医务员不一样啊!"

这时,医务部的门被粗暴地推开。

"你们在干什么?业务学习会快开始了,桌上怎么搞的?我当医务长的时候可没这么乱七八糟啊!"佃友博趾高气扬地吼道。

他在两年前还是医务长,因为在教授选举时舍身忘我地为财前奔走,所以论功行赏升了讲师。跟他一起进来的医务长安西也因为教授选举时立下汗马功劳,从首席助教升为医务长。虽然他们因此而对上司过度逢迎,却很少体恤年轻的医务员们。

"我从上午就反复强调,因为会议室被第二内科占用,所以下午三点钟的业务学习会改在医务部召开。我通知大家把这里收拾整洁,可你们却一直在闲聊天,所以才乱成这个样子。赶快收拾一下!教授坐的座位要仔仔细细地擦干净!"

他凶神恶煞般地训斥完,刚才还在讨论无薪医务员问题的年轻医务员说:"我们才没有闲聊天呢!"

"那你们在干什么?"

"那是我们的……"

他绷着脸愤怒地说到半截,就被资深无薪医务员中河阻止了。

"来吧,赶快准备开会吧!"

于是,众人一齐动手整理房间。这时,一种前所未有的凝重气氛在默默收拾桌上杯盘的年轻无薪医务员中流动。

走廊上响起脚步声,财前教授进来了,全体医务员起立迎接。财前呼啦地翻起白大褂下摆,坐在正面椅子上环视医务部。房间里已经清理得整洁干净,桌旁除了出差参加学术会议的金井副教授和临时调往相关医院的医务员之外,所有的人都仪表端正地到场了。财前满意地确认自己的指令已经充分地得到了执行,就翻开了放在桌上的外国文献。

"今天,在宣读各自分担的学会杂志抄录内容和讨论之前,由我向大家介绍最近在外国文献中看到的、很感兴趣的论文,题目是《血型与胃癌》,作者就是两年前特别邀请我参加在海德堡举行的国际外科学会的海德堡大学的布赫内教授。"

财前一边讲一边注意到坐在摆放成 U 字形排桌左侧中间位置的柳原,他看上去面色苍白、疲惫不堪。自从发生了佐佐木庸平那个事件以来,柳原就总是在躲避自己。即使财前常常主动地亲切搭话,柳原也只是表面顺从接受,但内心深处却像是严严实实地封闭着什么,使财前感到难以释怀。看情形必须对柳原采取某些措施了。财前目光锐利地盯了柳原一眼,开始介绍桌上打开的外国文献资料。与此同时,负责记录的人开始记录。

"十二年前亚德博士就已经指出,A 型血的人罹患胃癌的概率要比其他血型的人高。当时有很多报告讨论了这个现象,持肯定意见和否定意见的各占一半,但尚未给出最后定论。这个分析否定了血型与胃癌有关的考察报告,可以发现他们的统计方法存在缺失,那么只要使用切合目标的统计方法,就能证明胃癌患者中 A 型血的患者确实较多。即使比较过去几十年的多份报告,也可知道柏林居民的血型结构较为稳定。在以柏林居民为对象与我们临床中胃癌患者的血型分布进行比较之后发现，虽然 A 型血所占比例高于对照组，但并没有得出具有统计学意义的差异。不过，根据癌变发生的不同部位进行血型分布的比较之后发现，贲门癌患者的血型分布虽然与对照组之间并无差异，但是胃体部和前庭部癌症患者的血型以 A 型血占多数，O 型血较少……"

财前介绍到这里时，电话铃突然响起，他的眉头不愉快地挑动了一下，担任记录的江川将瘦高的身体刚向电话机倾斜过去，医务长安西就抢先接了电话。

"现在开会呢！"

他盛气凌人地说完，刚要挂掉电话，嗓音却立刻改变了。

"啊？是院长办公室打来的？是、哦、没有、没有，我们正在召开业务学习会。是，明白，我马上转告教授！"

他诚惶诚恐地挂上了电话。

"老师，鹈饲院长好像有急事找您，正在院长办公室里等您。"

"是吗？既然有急事儿就不能不去了。今天金井副教授出差了，所以佃，你是讲师，就由你继续向大家介绍吧！"

财前说完，用红笔标明必要的章节之后，用不失自己威严的姿态快速走出第一外科医务部，然后前往院长办公室。

来到院长办公室前，财前轻轻地敲敲门进去。

鹈饲院长坐在全新的皮制转椅上，身后是高达天花板的书柜，他正在匆匆过目堆在大办公桌上的文件。看到财前，他那樱色红润的脸上便闪起亮光。

"听说你们正在召开业务学习会啊！来，你坐下吧！"

他指着待客沙发示意财前坐下，自己也一边摘下老花镜一边把最近越来越胖的身体挪向沙发。

"今天有没有带着森田议长的介绍信的患者去找你啊?"

"啊,是大阪食品公司的老板,名叫江马宗三郎,对吧?"

这是财前自己上午诊查过的患者。

"是啊。其实,森田府议会议长三天前就给我打了电话,说叫患者带着自己的介绍信去找财前教授,希望医学院长帮他打声招呼。但是,今天上午我还参加了院长会议、附属医院诊疗委员会,好不容易结束了,众议院的文教委员又来找我,刚刚歇了口气又想起森田议长委托的事情,可是早就过了门诊时间。不过毕竟是你嘛,所以应该招呼得很周到吧?"

"因为恰好我跟议长也很熟……"

"那么,这位江马先生的症状怎么样啊?"

"从 K 医院转来的病情摘要和 X 光片所见来看,诊断为慢性胼胀性溃疡。不过,为了慎重起见,我采取加急方式给他拍了 X 光片。刚才仔细观察之后发现已经相当恶化了,所以我准备尽快做手术。"

"是吗?如果做手术的话更是非你莫属了。那就拜托你吧!"说完鹈饲点着了一支烟,"不过,财前,还有一件事你也明白,不过呢,我想跟你打个招呼。"

鹈饲说话莫名其妙地断断续续。

"跟我打招呼,是什么事情?"

财前对鹈饲只为一个介绍来的患者就打断医务部业务学习会的做法心有不悦。

"其实,前些日子奈良、和歌山、大阪医大等浪速大学系统院校的医学院长有机会聚在一起,偶然谈起将在今年十一月底举行的日本学术会议会员选举。"

财前猜不出鹈饲到底想对自己说什么。

日本学术会议是政府咨询机构,专门审议有关日本科学发展的重要事项,以谋求日本科学的进步,从人文科学到自然科学分为七个部门。每隔三年各部门就要举行全国选区和地方选区的会员选举,胜选的学者可以说相当于学者中的国会议员。因此,候选人都是各大学赫赫有名的教授和医学院长级人物。

鹈饲盯着摸不着头脑的财前,说道:"全国选区方面已经在去年确定推举我们的系统院校奈良大学的医学院长作为候选人,选举活动也已经准备就绪,应该不会有什么问题。但是,地方选区的候选人还有问题啊!近畿选区的一个定员指标已经连续两届被京都洛北大学系统掌握,在科研经费预算、学会筹办经费以及争取各研究机构和医院的职位等方面都叫我们吃尽了苦头。因此,大家都希望在今年十一月的改选中能够由浪速大学系统院校取得这一席位。那么,这就等于把连续两届当选的洛北大学当成了竞争对手,所以必须推举一个相当强有力的候选人。这样,本系统院校的医学院长们就要求由咱们浪速大学推举一名实力强大的候选人。"他长长地吐出一口烟,"怎么样,财前?你想不想试试?"

"我?尽管这是地方选区的候选人,但像我这样资历尚浅的教授参选学术会员……"财前觉得鹈饲的提议太唐突而犹豫不决,"况且还有那宗上诉案……"

"哦,那个官司吗?那个官司不是已经在一审判决中黑白分明了吗?尽管那些不懂医学的人嚷嚷要上诉,但是站在咱们医师的立场从医患纠纷案的惯例来看,那个官司再也没有更改的可能啦!何况因为那是民事诉讼案件,还没有规定被上诉人就不能当学术会员候选人!要不就是你在那个问题上还有什么放不下心的地方?"

鹈饲樱色的脸上浮现出深深的疑惑神情,他望着财前。

"哪有的事儿啊!在一审判决中已经证明我的诊断完全正确,那样轰动一时的医患纠纷案最后以医方胜诉告终。依我看来,媒体给那些动不动就嚷嚷误诊的无知患者好好地上了一堂启蒙课,让他们知道了真正的医患纠纷案是怎么回事儿!"财前镇定自若地说道。

"是吗?那我想,就算是为了恢复你的威信,也要当一回下届学术会员选举的候选人啊!今后在大阪举行国际学会的次数将逐年增加,所以应该是相当值得一试啊!"

鹈饲目不转睛地盯着财前的双眼,射出既复杂又微妙的锐利目光。学术会员选举虽然宗旨是对参选学者的科研业绩和品行等进行考察,但事实上是利用政府咨询部门的名分围绕科研补助金的预算和分配捞取各种特权和利益。尤其是第七部门的医科、牙科、药科和第五部门工学科中这种倾向较为强烈,选战总是发展到白热化的地步。财前实在想不通,在浪速大学众多教授中自己升职才只过了两年,鹈饲教授就推举自己参加比校内教授选举规模大得多的学术会员选举,这到底是什么原因呢?

"对于承蒙您关照的我来说,实在是不胜荣幸。由于事关重大,所以请允许我稍稍考虑再给您答复吧!"

财前虽然嘴上这样回答,心中却另有盘算:虽然自己在官司中胜诉,但当初被告上法庭时鹈饲曾经大发雷霆,甚至要跟自己一刀两断,可为什么现在突然要推举自己当学术会员地方选区的候选人呢?其中必定有相当微妙的理由,所以要仔细考虑之后再给出答复。

失去佐佐木庸平之后过了近两年的股份有限公司——佐佐木商店表面上仍与以往同样挂着带圈"佐"字的门帘继续营业,但店内已经看不到丝毫生气了。

若是在以前,布料、漂白布、布衬衣、夏和服及成衣等商品总是堆满了货架,放不下的就堆在堂屋的土地板上。可如今商品却少了许多，只能勉强能够填满货架，店员人数也从原先的四十名左右减少到十几名。在庸平活着的时候，每天早上七点钟一开店门，从外地乘夜车赶来进货的商户就迫不及待地冲进店里，可如今却因为佐佐木商店货源不足而多数都过门而不入了。

佐佐木良江坐在庸平以前常坐的账台前，望着九点钟过后仍然顾客寥寥无几的店堂，不禁叹了口气。在纤维批发商店生意兴隆的时期，每天上午八点到九点是地方和市内零售商争先恐后地来进货的时段，所以如今九点已过却仍然门可罗雀，这表明生意已经一落千丈了。良江望着坐在账台里记账的由总管升任专务的杉田，他在佐佐木庸平死后，力劝悲痛欲绝想要关张停业的良江继续经营下去。

佐佐木商店是资本金达九百万元的股份有限公司，这一点没错，但实质上却是由自家亲戚持股的个体商店，由于老板佐佐木庸平一手揽下与银行交易相关的所有工作，所以在他突然死去之后，谁都搞不清楚从银行贷了多少款、相应的担保物和存款余额是什么情况、客户未付账款有多少。尤其是对于那些以支票交易的客户，一旦对方赖账就无法解决，因此良江一时茫然不知所措，才想关张停业。当时杉田对她说："太太，您不能为老板的死一直这样伤心下去，不如您亲自当老板继续撑到后年大少爷大学毕业。我们虽然能力有限，但也愿意继续效劳。"

在丈夫庸平还活着的时候，良江只管打理内务，从来没有进过店堂。但现在听杉田那样一说，她就下决心靠这双女人的手继续维持生意直到两年后长子庸一大学毕业，同时她也希望上诉审理能够在丈夫一手创建的佐佐木商店继续经营的状态下获得胜诉。

不过，所谓女老板不过是徒有虚名，从总管升任专务的六十多岁的杉田虽然包办了从进货到销售的所有业务，但是去银行和客户那里就不灵了。首先是银行方面的资金周转发生了困难，接着是供货商开始控制放货,再加上地方客户拖延付账,无论怎样竭尽全力、算盘打得再精,也难以达到庸平生前每月营销一千五百万、毛利一成、纯利五分的程度了。

"杉田先生!"良江向正在账台里记账的杉田喊道。

杉田抬起了皱纹密布的细长的双眼。

"哎,有什么事儿吗?"

杉田离开座位,向良江这边走来。

"杉田先生,不管咱们怎样拼命,顶多也只能做到毛利八分、纯利二分,无论如何都周转不开呀!"良江泄气地说道。

杉田说:"因为老板生前很懂得巧抓商机,所以现在就不太好办了。而且,现在还有一件伤脑筋的事情,店员又吵着要加薪呢!"

服丧期已满,良江刚当上老板,可能是没把女老板放在眼里,店员们就强烈要求加薪,想一举把长期忍受的低工资亏损捞回来。当他们得知店里目前的状况无论如何都难以满足他们提出的要求时,有远见的人就干脆辞职走人了。原以为留下的这十几名店员靠得住,可此时他们却提出了加薪要求。良江绷着脸想道,这里毕竟是大阪船场生意人的世界,女人不仅在银行和客户那里玩不转,甚至会受到店员的蔑视。她感到特别懊恼,连自己都想质问店员:"现在货源不足,生意冷清,哪里有加薪的道理?"

良江忽然想起亡夫说起"中枪雁阵"那个陌生俗语时的情景。那时刚好是在丈夫住进浪速大学医学院之前,为了不忘昔日打拼的辛劳,他只吃酱汤卤菜这种简朴的早餐,他一边吃一边说道:"万一我发生了意外会怎么样呢?必定会出现'中枪雁阵'的局面啊!整齐列阵群飞的大雁遭到枪击就会四散逃命。同样的道理,只靠老板独撑大梁的中小企业,一旦老板倒下,整个店铺就稀里哗啦全都散架了。我真不希望出现'中枪雁阵'的局面啊!"

没想到丈夫的担忧变成了现实,独撑大梁的丈夫在接受了那个傲慢的财前教授的手术之后,病情日渐恶化,可那个财前教授却以忙于准备出国为借口一次都没来诊察,而是完全交给年轻的主治医师处置。正是由于这个原因,丈夫在术后第二十二天,还来不及对生意和家事留下一句遗嘱,就命归西天了。

"妈,我回来啦!"

门口响起孩子的呼唤声,是上高一的次子回来了。

"今天没参加社团活动就提前回来啦?"

"啊?妈妈不是说今天是爸爸的祥月忌辰,叫我早点儿回来吗?"

妈妈说过当天是父亲的祥月忌辰,所以孩子一下课就直接回家了。这孩子真懂事啊!

"对了,在住持师傅来家之前,把里面房间收拾一下吧!到时候你哥也会回来的。"

良江把店堂交代给杉田,自己进了后屋。

面朝前院的后屋客厅里,佛坛上佛灯长明、香雾缭绕,佛坛前摆放着经卷桌。高中毕业后放弃高考升学的女儿芳子已经替母亲擦净佛坛,并摆好了祥月忌辰的供品。

"阿芳,叫你也跟着辛苦啦!"

良江说着坐在了佛坛前,心里还在挂虑刚才杉田所说的店员提出的加薪要求,她难过得真想抱着丈夫的牌位痛哭一场,她觉得不如干脆趁现在把这个店铺清点一下,或许还能留下母子四人生活和上诉所需的费用。

长子庸一和在谷町六丁目开针织品商店的小叔信平进了客厅。在丈夫死后,信平每到祥月忌辰都会过来祭拜哥哥并安慰良江母子。但是,由于他打理自己的生意都忙不过来,所以无暇关照兄嫂店里的生意。信平给佛坛上了香。

"嫂子,最近生意怎么样啊?"

"我已经没有办法继续撑下去了,甚至想干脆关张停业。以前靠你哥的信用行得通的支票现在也不好使了,而且店里的人……"

良江把银行和客户的事以及店员要求加薪的事全都告诉了信平。信平像是忽然想起了什么。

"我哥住院时把算盘和银行账簿都带去了,所以他会不会是做了两本账,然后在某家银行以虚假名义开户存款了呢?"

"我也是这样想的,所以把他压在病床枕头下面的银行账簿拿出来一看,却只记着连杉田都知道的账目。也许他曾经想详细记录以防万一,可是因为后来走得那么匆忙,所以连银行账簿和遗嘱都没来得及写就走了。照这样下去,店里的生意只会越来越差,倒不如干脆趁现在……"

良江有点儿结结巴巴,她说不下去了。一直在佛坛前听大人们交谈的长子庸一望着弟弟妹妹,一副不肯善罢甘休的表情。

"事到如今还能怎么样呢?想趁现在关张停业,然后用剩下的钱搬到郊外去开个小杂货铺或香烟店,这样细水长流地过日子吗?那样怎么能对得起不计得失为我爸的上诉审理四处奔波的关口律师呢?还不如把十二米宽的店面租出去一半,我们即使每天只吃茶泡饭也要继续把现在的生意维持下去,争取上诉审理的胜诉。这是我们最大的心愿!"

关口律师拖着沉重的步履走在京都街头,回想起刚才走访国立京都第一医院院长时受到的冷遇。

他带着院长的同乡议员写有介绍短信的名片,拜访作为呼吸系统外科权威的院长,虽然很快被领进了院长办公室,但听说是有关浪速大学财前教授医患纠纷案的上诉审理,而关口又是上诉人方的律师时,他就突然冷冷地说道:"太令人不愉快了!关于那件事我没有什么想说的。我的职务是为患者诊治疾病,所以不要委托我做诊疗以外的事情。"

说完,他就不再理睬关口并把他赶了出来。

不仅是国立京都第一医院的院长,只要关口一说自己是控告财前教授的医患纠纷案上诉人方的律师,对方就拒绝见面。某家医院的事务局局长甚至出面表明:"经过协商已经决定,关于那件事无论咨询任何问题都不予答复。"他甚至使眼色制止女事务员把沏好的红茶端出来。关口虽然事先已有心理准备,却未料到医学界那道无形的厚墙竟然如此牢固。

前年的十二月十七日,在一审判决中以原告方败诉的惨痛结局收场时,他因为判决结果出乎意料而在法庭里呆立了很久。佐佐木庸平的遗属自不必说,关口本人也怀着赌上律师生涯的决心向法院提出了上诉。由于上诉书必须在大阪地方法院的判决书原件送达十四天内提出,所以在与遗属协商之后他立刻去大阪高等法院诉讼部办理了上诉手续。当时,报纸还大张旗鼓地报道了在一审中败诉的患者方不屈从于医疗界压力提出上诉的新闻。关口自己也在为调查医学理论问题而连日奔走,同时他还安排了一名专任助理搜集相关资料,为在上诉审理中胜诉干劲十足地展开了工作。

但是,在第一次口头辩论之后,经过三四次上诉人方与被上诉人方的书面审理,补充了法院指出的尚存不足的书面资料后,争议点也逐渐地明确了。而在必须提出足以推翻一审判决结果的医学资料证据上,关口感到正在逐步地被被上诉人方律师河野步步紧逼,没有了退路。由于关口是上诉人一方,所以从形式上来讲当然可以提出任何主张。但是,当法院方面要求上诉人提出能够客观地证明那些医学理论依据时,关口就立刻感到束手无策了,因此他每次都不得不申请延长调查期限,然后跑到哪怕只有少许关系的大学和医院去搜集对上诉人有利的资料。

关口消瘦的脸颊淌着汗水,他正向国立洛北大学医学院走去。这次他带着东都大学法学院进步派的民法学家、十分关心医患纠纷案的泷野教授的介绍信去找肺癌专家村山教授。

踏进大学校园,只见身穿白大褂的年轻医务员和学生们穿梭往来。关口直接前往事务局,请求会见第二外科的村山教授。

"请问您有没有事先预约或带介绍信来?"事务员十分呆板地问道。

"有的。我有东都大学法学院泷野教授的介绍信。"

"啊,是吗?那请您稍候。"

事务员打电话通报之后,指引关口去位于二层的教授办公室。推开房门是一间小型休息室,一位像是秘书的女子出来迎接。隔壁那间二十五六平方米、古色古香的高天花板房间就是教授办公室。整个墙面全是书架,上面摆满了医学书籍和学会杂志。大大的书桌和转椅也有了不少年头,全都呈现出以深厚传统为荣的国立大学厚重的氛围。村山教授身穿衬衫迎接关口。

"在您百忙之中突然打扰,实在抱歉。我是泷野教授介绍来的关口。"

关口寒暄几句并递上泷野教授写了介绍短信的名片。

"泷野教授是我高中时代的前辈。他好像还跟以前一样在法学杂志上大张旗鼓地展开进步的论战啊!"

他一边说一边让关口坐在椅子上。

"那么,你找我有什么事啊?"

"我来其实是为了国立浪速大学财前教授受到起诉的医患纠纷

案,想请教您专业领域方面的意见。我是上诉方的律师。"

村山教授看了看泷野教授写了"请予接见关口律师"的名片。

"那么,你想问我什么样的问题呢?"

村山教授没有像此前走访过的人那样一听是官司的事情就态度突变,而是用平静的语调反问,这让关口松了一口气。

"我听说您是肺癌方面的专家,尤其是胸部X光片诊断的权威,所以想请您多多指教。"

"哦?关于我的研究领域……恕我冒昧,你向我咨询X光片诊断方面的研究,准备做什么呢?"

"其实,原告方在一审中主张,如果在手术之前做了CT扫描就应该知道癌变已经转移到了肺部,但是因为没有做才会在没有注意到肺部转移病灶的情况下切除了胃贲门部主病灶而导致患者死亡。但是,被告方认为即使在手术前做了CT扫描也很难鉴别只有小指头大的阴影,以此否定了原告方的主张。这一点对一审判决产生了关键性的影响。而正因如此,如果在二审时找到医学根据证明当初做了CT扫描应该能够鉴别癌症转移病灶的话,就能推翻一审判决的结果。所以,我希望教授能够提供这方面的资料。"

"你为什么偏偏来找我呢?不是还有很多研究肺癌的人吗?"

"因为我去请教泷野教授时,他说您既是肺癌方面的权威,也是一位没有医学界那种奇怪的同行意识和封建性的开明学者,应该会向我提供援助。而且,听说您最近在学会上发表了关于末梢性肺癌X光影像的报告,所以如果您能接受我对这方面的咨询,一定会对上诉方有很大的帮助。"关口十分恳切地请求道。

村山教授沉默了片刻后说道:"我的科研工作是为了学术进步,如果用于学术以外的方面会给我带来困扰。"

"但是,如果能够得到您的协助,也许能够判明一位患者死亡的真正原因,从而拯救死者的遗属。而且,判明误诊的原因本身不就是对医学进步的贡献吗?"

关口进一步晓以大义。

"但是,如果过度追究误诊的话,不作为的消极性和惧怕误诊的心理就有可能阻碍医学进步呀!无论怎么讲,请你不要打破我研究学术的平静。"

关口凝视着断然拒绝的村山教授。

"据我所知,您是一位开明的医学家。难道您作为开明的医学家也会说这样的话吗?"

"我是国立洛北大学的教授。本校的唐木名誉教授已经在一审时发表了见解,所以我不可能再说什么了。"

从他身上可以看到坐在教授职位上的人的自我防卫本能。尽管他被誉为开明的学者,但他的开明却只局限于医学界之内,而不是社会性的开明。

"是吗?像您这样的教授也只能采取这样的态度吗?我着实深刻领教了。"

说完,关口起身走出了教授办公室。

夕阳透过走廊的窗口直射进来,他脸颊和脖颈都已沁出汗水了。

这次上诉到底有没有胜诉的希望呢?

在这一年之间,为了推翻一审中左右胜败的关键争议点,自己毫不计较律师的个人得失而废寝忘食地东奔西走。妻子和其他律师同行都提醒他:"难道你想跟即将倾家荡产的佐佐木庸平的遗属同归于尽吗?"而且正如周围亲友所担心的那样,佐佐木遗属也常常拖延上诉所必需的资料调查费。

关口停下脚步,擦掉脖颈上的汗水抬眼望着钟塔,两旁古色古香的巨大建筑在夕阳余晖中放射着庄严的光辉。与这个像被又高又厚的万里长城围堵般的医学界为敌，真能打赢官司吗？关口在感到希望渺茫的同时，眼前又浮现出把所有希望都寄托在自己身上的佐佐木良江和她的三个孩子。

第二十三章

里见修二从上午开始,就在检验室中的内镜室里做胃镜检查。

结束了两个星期的奈良偏远山区的集体筛查回到近畿癌症中心之后,也许是出差期间堆积如山的工作和门诊叠加起来,使里见感到有些疲劳,在给第十个也就是最后一个患者检查完毕时,他感到眼睛深处隐隐作痛。为了让眼睛得到休息,他走出拉着黑窗帘的内镜室,从隔壁房间的窗口眺望千里丘陵的方向。

从建在千里新城高地上的近畿癌症中心,可以一眼望尽沐浴着四月中旬清新阳光的覆盖着青翠绿荫的广阔丘陵。里见像感到眩目似的眯着眼睛,把视线慢慢地移向东方,那里的景观与周围迥然不同,绿色的丘陵被劈开,露出了红土,十几台推土机和起重机纵横穿梭,正在平整地面。那里是即将在大阪举行的万国博览会会场的工地,现在已经开始打地基了。里见像被吸引住了似的出神地望着人类无所不能地猛烈改造大自然的工地现场,他感受到那与近畿癌症中心所蕴藏的挑战癌症的巨大能量具有相通之处。

近畿癌症中心成立于四年前,是专门针对癌症的医疗科研机构。在占地四万五千平方米的宽阔园区内,整齐地排列着具备五百张病床的医院和癌症研究所,内部的医疗设备也全都是最新的。而且比这些设备更重要的是,近畿癌症中心的特色在于各部门研究人员都是排除了学阀影响而从全国各地聚集而来的基础和临床方面的年轻优秀科研人员。正因如此，科研人员不会受到国立大学中那种封建性人际关系的烦扰，可以全神贯注地把个人的能量全都投入癌症的诊疗和研究工作中去。

里见所属的消化系统第一诊断部专门研究胃癌，主任是洛北大学的原副教授，里见是副主任，在里见手下还有六名工作人员，主任、副主任和年轻工作人员之间没有封建的上下级关系，可以形成强大的团队力量推动工作进行，与其他部门的横向联系也十分密切。在浪速大学时期对于各科自成一统的宗派主义持批评观点的里见，直到来到近畿癌症中心之后，才有了适得其所的感觉。

在浪速大学的旧同事当中也曾有过同情里见的呼声，他们认为里见既然是国立大学的副教授当然应该担任主任级职务，但里见自己却不以为然，能在这种名副其实的科研与诊疗一体化的机构中，不受繁杂的人际关系妨碍而全力以赴地从事早期胃癌的诊断研究工作，让里见感到无比欣喜。

背后响起了护士的声音。

"老师，有位患者来得太迟，因为已经过了检查挂号的时间所以我想叫她回去，但患者说是从奈良的十津川村来的……"年轻护士不知所措地解释道。

虽然时间已经过了一点钟，但奈良十津川村就是里见此前跟年轻医师们同乘体检车一起去诊察过胃癌的地方。

"我可以看。你抓紧帮我准备一下吧！"

里见用眼神向检查室示意一下，护士立即呼叫了在走廊里等候的患者名字，可是患者却怎么都不肯进来，因为她不愿意接受检查。听到一阵陪同家属的劝导声之后，房门终于被推开，一位年纪约六十五岁、皮肤晒得黝黑的阿婆畏畏缩缩地走了进来。

"啊,大夫,你就是上次来我们村那个大夫吧!"患者大声地说道。

里见也觉得有点儿印象,原来她就是自己通过判读体检胶片发现疑似息肉的患者。

"啊,原来是上次参加体检的山田梅阿婆呀!"

里见看了检查单上的姓名,为了使患者放松紧张的情绪,就直接叫出了患者的名字。

"大夫,我的胃一点儿毛病都没有,可儿媳还是硬把我拉来了。"

她生气地瞪着战战兢兢的儿媳,固执地拒绝检查。里见脸上浮现出了微笑。

"阿婆,看了上次给你拍的 X 光片发现有的地方令人担心,所以今天只是想再详细地做些检查。"

"可是,既然要做胃镜检查,那就可能是得了癌症吧?"

山田梅像是看到了什么可怕的东西,躲开了视线。

"不,那倒不一定。其实吧,阿婆,要是通过这次检查表明没有问题的话,你明天不就可以开始精神十足地干活儿了吗?那就什么都不用担心啦!"

在里见的谆谆劝导下,山田梅终于躺在了检查室的诊疗床上。里见找来当时有空的助手,立刻为她注射了紧张抑制剂和分泌抑制剂,等安静片刻之后再让她把果冻状的麻醉剂含在咽喉深处做局部麻醉,五分钟后又用体外喷雾法增强了麻醉效果。这些都是减轻胃镜插入痛苦的处置。

在做麻醉之间,里见把山田梅的 X 光片放在观片灯上,确认幽门前庭部大弯侧有透亮带影像,边缘不规则。里见又慎重地检查了装在胃镜前端照明灯的发光状态。以前的胃镜只能盲目地进行拍摄,而新型的胃镜前端还装有可以随意调整角度的光纤摄像头,不仅能够直接观察胃内的状况,还可以拍下彩色照片。

检查调试过胃镜之后,里见叫山田梅采取左卧位,下颌稍稍向前伸出,并用手触摸她的颈部。患者似乎仍然有点儿紧张,颈部稍微有点儿僵硬。

"来,用轻松的姿势,不要使劲儿。"

里见叫患者放松之后,把胃镜前端的软管伸向患者嘴边。山田梅不由自主地闭紧双眼,还想合拢嘴巴,里见立即打开她的嘴,把直径十二毫米的胃镜管慢慢地插入患者的口腔。因为麻醉剂已经起效,所以患者只眨了两三下眼睛,胃镜就沿着后咽壁向食管入口推进去,他感到手上有了堵塞般的阻力,于是他叫患者做吞咽动作,胃镜前端就顺势滑入了食管。当胃镜到达贲门部位时,里见打开了前端安装的照明灯并挤压手上的橡皮球把空气注入胃内,胃部立刻膨胀起来,视野变得开阔了许多,通过目镜可以看到,水亮的浅红色胃内壁正在像波浪拍岸般微微翕动,仿佛是不同于山田梅的另一个生物,在活生生地运动。

里见把胃镜前端直接探入胃内寻找胃角部,那是观察胃内时测定方位的参照物。不久,在灯光的反射下,泛着白光的胃角浮现出来,左侧空洞深处有个圆圆的小孔,那是幽门环。里见为了不疏漏整体观察而对各个部位按下快门,并把胃镜推进到 X 光片上看到透亮影像的前庭部大弯侧。果然不出所料,那里有个直径一厘米左右的红色半球状隆起病变,而且表面可见少量出血现象。

里见为了进一步仔细观察那个隆起病变,等待蠕动收缩环通过病变部位。随着蠕动慢慢产生,无蒂息肉状隆起的轮廓清晰地鼓了起来。里见不失时机地摁下了快门,并在大弯侧之后接着观察小弯侧。不过,在那里只发现了即将消失前的瘢痕化溃疡,胃角和胃体都看不到任何异常。里见慢慢地抽出了胃镜。

"阿婆,已经做完啦!"

紧闭双眼的山田梅微微地睁开了眼睛,确认检查真的结束之后就坐了起来。

"大夫,怎么样?不是癌吧?"

"那要等刚才胃镜拍的胶片洗出来才能知道。不过,你不必太担心。"

里见虽然觉得像是恶性肿瘤,但他故意含糊其词。

"大夫,你别瞒我。如果是癌的话就告诉我是癌……"患者积了眼眵的双眼闪着光,哀求般地问道。

里见拍了拍阿婆的肩头说道:"阿婆,检查结果一出来马上就通知你,所以请你一定要跟儿媳一起来,好吗?"他亲切地说道。

山田梅目不转睛地盯着里见的脸。

"那么,我下次来的时候你也会在吗?"

"那当然啦!到时候我会把今天的检查结果详细地告诉你。"

这时阿婆才终于放心地下了诊疗床,在儿媳的陪同下走出检查室。里见凝视着阿婆的背影心想,决不能辜负这位患者的信赖,必须尽早做出准确的检查结果。同时,他脑海中又浮现出佐佐木庸平的身影。当初他正是因为信赖自己才接受了财前主刀的手术,但却由于术后病情急剧恶化而死去。虽然非出己愿,但他仍为近来一再拖延与佐佐木遗属和关口律师见面而感到愧疚。

北区酒家扇屋里面的客厅里,中间坐着财前五郎,财前又一和区医协会长岩田重吉正在推杯换盏。因为其他来客都被支走了,所以扇屋的女主人即财前又一的情妇时江亲自为客人端酒、斟酒。

财前又一只穿着大岛绸和服便装,用布汗巾抹了一把喝得通红的脸。

"我就是这样一个彻头彻尾的街道大夫,跟日本学术会议根本不沾边儿,也搞不清其中有什么文章。但不管怎么说,学术会员可是了不起的头衔,其他人想当还当不上呢!我觉得这是好事儿一桩。你就别再婆婆妈妈的啦!去参选就行了嘛!"

他催促着犹豫不决的财前五郎。

"爸爸,我当然也很想参选呀!但是,我当教授刚刚两年,而且还有官司正在进行当中,而鹈饲院长为什么会把这种打着灯笼都找不到的好事儿给了我呢?这让我实在心里没底儿啊!"财前五郎冥思苦想地说道。

岩田重吉向前探着瘦小的身体。

"我也一直觉得不太对劲儿。倒是也能考虑到最近有很多开销大的活动,例如开讲几十周年的纪念酒会,还有刊发纪念业绩论文和鹈饲纪念丛书等。不过,这些事儿相对而言还是微不足道呀!是不是还会有其他别的原因呢?"

"以我的看法,鹈饲院长在提出这件事时说的是今后在大阪举行国际性大型学会的机会应该越来越多,所以当学术会员应该很有价值。不过,他推举我当学术会员候选人只是为了叫我筹措经费和召集人手吗?为慎重起见我去查了一下前年在东京举办的国际癌症学会投入的经费,在总共七千万元中有四千万是从政府预算中拨款,剩下的三千万都是由东道主东都大学医学院长担任财务委员长面向社会从财界、制药公司和医疗器械公司募集的捐款。不过,在募捐方面,鹈饲院长的面子比我强过数倍,他可不会简单到只为这种区区小事就推举我呀!"

"真不愧是财前教授啊!看到了问题的关键所在。鹈饲确实不会那么简单,所以必定会对跟自己有直接利害关系的事情考虑更大的布局。"

岩田那穷酸脸上的金边眼镜闪着亮光,他喝干了杯中酒。

"如此说来,我觉得他可能是在为明年的校长选举布局。会不会是这样呢?"

"不,虽然竞选校长的对手不太好对付,但鹈饲院长的政治手腕却相当强啊!"

"是呀!筹备多年的新楼也是在那家伙主持下完成的,而且不管怎么说,眼下在靠医学院维持声誉的浪速大学,医学院长鹈饲的分量要比其他人重得多啊!"

岩田对财前说完这番话之后,似乎不愿再想下去了,于是他陷入了沉默。

财前又一不胜其烦地摇着油光锃亮的秃头说:"你们到底想说什么呀?从刚才起就像猜谜语似的说了两个小时!两个人这也不是、那也不是地兜圈子。这事儿哪儿有那么难呀?"

"那当然难啦!爸爸,要是不搞清楚鹈饲院长在打什么主意的话,我可不能轻易接受啊!要是用钱能解决的事情倒也简单了,万一是用钱也解决不了的事情该怎么办呢?"

"不过,既然鹈饲教授向你提出了这件事,就应该已经充分了解你财前五郎的实力了。也就是说,虽然我经营的只不过是个街道妇产科诊所而已,但他已经把岳父我的财力和你的政治手腕能够办到的事情考虑好了。所以你们根本用不着那样争来争去啦!"

财前又一还是他那一套。

岩田也接着说道:"照这样下去,咱们再怎么想也只能是雾里看花,要不我使点儿花招探探鹈饲的心思吧?"

"不过,我跟鹈饲教授说过让我考虑一下再答复他,所以恐怕时间不能拖得太久啊!"

就连财前也茫然不知所措了。

"那你就回复鹈饲说你接受,然后再探出他的心思。如果这事儿不划算的话,到了跟前再推辞掉不就行了吗?"财前又一满不在乎地说道。

"爸爸,不管怎么说……"

"那有什么不行啊?候选人因为自身的原因辞退参选的例子俯拾皆是。而且现在是能不能再给财前家添一枚勋章的紧要关头,要是没有这种精神准备的话,怎么应付得了那只老狐狸呀?哈哈哈!"财前又一藐视地放声大笑。

"怎么样?现在换个地方去宗右卫门町,撒点儿银子振兴一下经济吧!"

岩田立刻表示赞同,但财前五郎说另有约会,就先行告辞了。

财前来到梅田新道交叉路口,拦了一辆出租车前往位于帝冢山的庆子的公寓。

财前刚当教授时让庆子搬进了大阪的长堀川河畔公寓里,在今年年初又搬进了帝冢山这座新建的高级公寓。虽然庆子说长堀川河畔的公寓位于心斋桥附近,离阿拉丁酒吧不远,上下班更方便些,但财前却嫌在市内容易引人耳目,所以选择了大阪南郊附近比较清静的帝冢山。

出租车在帝冢山四丁目车站向右转,停在了五层楼的高级公寓门前。财前迅速地闪进电梯来到五层,他一边顾忌周围一边轻轻地敲了敲庆子的房门,里面没有人应答。他又稍稍用力敲门,这时门把手从里面转动,庆子轻轻拢起短发,露出脸来。

"哎呀?你今天不是来不了吗?"

"我不该来吗?"

财前看到庆子不像以前那样兴高采烈地等待自己到来,就有点儿不高兴,他重重地坐在了窗边的沙发里。在十二铺席大的起居室里,北欧式的柚木桌、装饰架和巧妙使用原木材料的沙发,都是财前在两个月之前刚刚购置的。财前身为国立大学教授的工资虽然只有十万四千元,但另外还有三万元的特诊费以及每台手术五万元到十万元的红包,每月的总收入不下五六十万元,所以也能拿出十万元给庆子。

"你喝威士忌,还是白兰地?"

玫瑰色的针织薄睡袍下,庆子苗条舒展的身段勾勒出曼妙的曲线。

"我已经吃过饭了,喝点儿白兰地吧!"

庆子从洋酒柜里取出轩尼诗白兰地倒进酒杯,随即跷起了美腿。

"住在这儿感觉怎么样啊?"

"那还用说?感觉当然好啦!不过,你这么突然地来找我,是不是发生什么事情啦?"

庆子瞪大了细长的眼睛望着财前。

"倒也不是什么大不了的事儿,鹈饲院长向我提出一件好得不得了的事情,刚才跟我岳父他们聊了一会儿。"

财前把刚才跟岩田医协会长他们协商的事情告诉了庆子。

"哦?那种事情还得三个大男人商量吗?"

"但是不管怎么说,那可是学术会员选举呀!虽然还只是地方选区,但如果当选的话,学术会员的荣誉就到手啦!"

"那你就是既想得到那份荣誉又惧怕回报鹈饲先生的人情了吧?当上教授的你变得特没劲儿!"

从庆子的话语中能够听出轻侮的意味,财前把白兰地酒杯放在了桌上。

"什么特没劲儿?面对我这样的名医,你就是开玩笑也不能说这种失礼的话嘛!"财前很不高兴地说道。

"所谓名医应该是指医术和人品二者兼具的人吧?"

庆子脸上浮现出复杂的笑容。财前用锐利的目光瞪着庆子,随即伸出汗毛浓密的大手,猛地把她拉过来。庆子虽然嘴上那样说,却还是一如既往地接受了财前强壮的身体,她向后挺着扭来扭去。财前更加用力地箍紧庆子的身体,却没有忘掉刚才她脸上闪现出的复杂笑容。这个从女子医大退学的聪明美貌、身材曼妙的女子对于已经得到名誉和财富的自己还想追求什么呢?财前沉迷在女人的温香软玉之中,脑袋里却还在思索庆子刚才说的那番话。

柳原蜷缩在公寓二楼房间的潮湿被褥里,呆呆地望着被漏雨渍染的天花板。他刚从大学医院下班回来,近来一到傍晚就感到特别疲倦,为了让有点儿低烧的身体得到休息,本来今天是每周一次去私人医院值夜班的日子,他也请了假,一回到家就躺下了。六铺席大的房间里摆着桌子、椅子和书架,铺好被褥之后就全都占满了,书架上塞不下的书和方便面纸箱就直接堆在变色的榻榻米上,旧西装和风衣用衣架挂在墙边,使阴面的房间显得更加阴森森的。

他刚打了个盹儿,就被走廊上嘈杂的脚步声和咣当作响的开门声吵醒了。看看时钟,六点钟刚过,正是这座老旧而简陋的两层木结构公寓中最喧闹的一个小时。外边传来下班回家的住客们的脚步声和准备晚餐的主妇们忙乱的响动声,烤鱼的烟味和煮菜的味道也从门缝爬了进来。柳原用汗巾擦了擦汗涔涔的脖子想继续睡觉,但隔壁却传来了婴儿的哭声。

"又来啦!"他生气地说道。

最近,隔壁房间搬来了一对年轻夫妻,那位二十岁出头的太太总是任由孩子哭哭啼啼直到自然停止。柳原虽然能够忍受一般的噪声,但唯独婴儿的哭声会使他神经焦躁。柳原放弃了继续睡觉，他走到房间角落的厨房，拧开龙头接了杯水，然后喝下了在医院药房调配的退烧药。退烧药从两三天前就开始服用了，但如果再不退烧的话就必须做 X 光透视检查了。近来医院的工作过于繁重，而且正值学会活动的旺季，教授、副教授、讲师和资深医务员为了参加学会常常不在医院，于是堆积的工作就都落在柳原等骨干医务员的肩上了。不仅如此，他还要每周为两台手术当助手，加上照管自己负责的住院患者，再去打工值夜班就很难承受下来了。

今年是柳原成为有薪助教的第二个年头，大学支付的工资为两万六千元，再加上打工挣的一万二千元，总共收入为三万八千元。只看金额数量似乎绰绰有余，但是扣去每月房租六千元、伙食费一万两千元、每年参加两次学会的会费和医务部会费八千元，还有自己搞研究所需的费用每月至少一万元，最后就连零用钱和交通费都紧巴巴的了。

啊，真想早点儿拿到学位——柳原把下好方便面的锅放在生锈的煤气灶上喃喃自语。只要拿到学位就可以独立看门诊并且挂出自己的名牌，收入也能增加。而且，在九州老家当邮局局长的老父亲不知会有多么高兴呢！包括作为长子的自己在内共有五个孩子的家庭根本不可能有什么积蓄，仅有的些许农地也为了资助自己上大学而出让给了别人。想到这里，柳原更想早日取得父亲也很期待的学位，成为一名正式的医师。

但是……柳原一边把煮好的方便面倒进大碗一边考虑，自己以《从呼吸循环功能看高龄手术患者的管理》为题的论文，在金井副教授的指导下已经完成了相当数量的副论文。但是，考虑到正在审理的佐佐木庸平的上诉案，他心中就涌起沉重的不安情绪，难以静下心来投入研究。自从那次医患纠纷案判决之后，柳原日日夜夜感到难以言喻的良心谴责,在医务部内也变得孤立起来,学位论文的研究也依旧停留在某个阶段。

"柳原先生,你在家吗?"管理员大声嚷道。

柳原心想,反正又是来催收滞纳房租的,于是就没有应声。

"有客人找你,是个叫关口的先生。"

"啊?关、关口……就说我不在,还没回来。"柳原急忙应答道。

"柳原先生,好久没见啦!"门被从外面推开,瘦削的关口律师想挤进房间,"不好意思,这个时间登门拜访。我猜想你这个时间应该回来了,所以想见见你。"

柳原克制不住心中的惊慌。

"你怎么知道这个公寓的?医务部一般不会把医务员的住址告诉外人。"

"因为我是律师,所以经过多方调查,就知道你搬到这座公寓来啦!"

"你找我有什么事啊?"

柳原不想让关口进门,故意用硬邦邦的语调问道。

"你知道佐佐木庸平遗属后来的情况吗?"

关口坐在低矮的地台边上转入了正题。

"我不知道啊!我认为我没有必要知道佐佐木遗属的情况。"

"令人同情的是,佐佐木太太在一审判决之后因为过度操劳而衰老了很多。而且生意方面一落千丈,原先四十多名员工减少到了十二三名,银行方面当然不愿意向他们融资,而供货商也不愿意供货,店铺已经到了破产的边缘。"

关口面面俱到地讲述了佐佐木商店的惨状。其间,柳原固执地躲开视线,但面部肌肉却不时地抽搐。

"那么,我今天来拜访你是受佐佐木太太之托,因为她说一定要跟柳原医生见上一面,所以我就来请求你。你应该可以见她吧?"关口单刀直入地问道。

"她见我有什么事儿啊?"

柳原这才开始正视关口的面孔。

"柳原先生,请你见她一面吧!而且请你告诉她,你要在这次上诉审理时说出真实情况。"

关口深深地鞠了一躬。

"什么要在这次?我以前说的都是真实情况。你莫名其妙地找茬儿会使我很为难!"柳原一口回绝道。

"你恐怕确实会很为难吧!可是,里见医生不顾失去浪速大学副教授的职位当了原告方的证人,因为说出真实情况最后不得不辞职离开大学去了近畿癌症中心,跟着体检车去奈良偏远的山区巡回检查。你知道里见医生内心有多么痛苦吗?但尽管如此,里见医生自己却说,医师就是为了患者而存在,所以他只是在协助查明患者死亡的原因,如果是因此而被赶出大学,那太令人失望了。"

狭小的房间里充满了寂静。

"当然,我很清楚,因为柳原医生身为第一外科的医务员,所以会比里见医生更为难,如果你说出真实证词就很可能会被赶出大学。正因为考虑到这一点,即使我身为原告方律师也没有来打扰过你。在这一年之间,我用尽了所有的方法,也拜访了特别选定的教授,虽然自己对医学一窍不通却也学到了相当多的东西。可是,时至今日我仍然找不到足以推翻一审判决结果的医学论据。事已至此,除了依靠柳原医生鼓起勇气说出真实证词之外别无良策。当然,既然我提出了这种强人所难的要求,关于万一发生意外情况时柳原先生的出路,我会委托里见医生和担任近畿劳保医院院长的东教授提供最大限度的帮助。恳求你了,请说出真实情况吧!"关口诚恳地请求道。

柳原心中产生了激烈的动摇和斗争,身体僵硬得动弹不得。

"你从刚才起就一个劲儿地说真实情况、真实情况,那你到底叫我说什么真实情况啊?"

"手术之前财前教授没有注意到癌变转移到了肺部,尽管柳原医生心怀疑虑建议做CT扫描,但他最后还是没有做。你只要原原本本地说出实话就可以了。"

"虽然你好意提醒,但我不记得有那么回事儿了。"柳原面无表情地回答道。

"这么说来,尽管我如此恳求,你还是要包庇那个虽然医术高明却为了追求个人名声和财富而撒谎的财前教授,却对一位患者的死坐视不管吗?"

"撒谎的财前教授"这句话尖锐地刺进了柳原的心中,但他脑海里又浮现出学位论文的事情,还想起了故乡的父亲。

"不管你说什么,我的答案都跟一审时没有两样。请你回去吧!"

"是吗?那我今天就此告辞了。不过,请你好好考虑我说过的话吧!"

关口仍然不肯放弃,说完留有一线希望的话,他就起身离开了。

财前向鹈饲院长询问了方便见面的时间之后,站在了自己办公室的镜子前面。他确认自己脸上没有留下昨晚与妻子以外的女人交欢和酗酒的痕迹之后,又整理一下装束,才走出了办公室。他脱下白大褂换上西装,是为了表明结束了下午查房以及其他杂务之后整洁庄重的仪态。

他敲了敲院长办公室门,里面立刻传出应答声。他推门进去,只见红光满面的鹈饲把肥胖的身体仰靠在皮制转椅上,像是早已预见到财前的答复似的,摆出了高傲的姿态。

财前站在鹈饲面前说道:"我恭谨地接受您关于参选地方选区学术会员的提议。"

他只字不提曾与岳父及岩田进行过商议,反倒像不胜荣幸似的郑重表态。鹈饲樱色的面孔立刻绽开了得意的笑容。

"哦?那就是说你决定当候选人啦?既然你已经决定了,那就得抓紧确定选举参谋的人选,你自己觉得谁比较合适呢?"

"这个,我还没有想到那一步呢!而且,我当候选人还没有在教授会上通过。"

财前困惑地回答鹈饲性急的提议。

"学术会员选举管理委员会条例规定候选人并非必须在教授会上通过。不过,为了让浪速大学医学院教授会一致推举你,我将在下次例行教授会上征询大家的意见。会前我叫叶山教授去做好各方面的工作,不会有问题的啦!"鹈饲满不在乎地说着,挪到了待客的沙发上,"那么,这次的学术会员选举就由叶山教授当选举参谋吧!他经常为校内教授夫人们看病及接生,所以面子很广。而且在上次教授选举中,他也为这边拉选票而四处奔走,手段高明,值得信赖。此外,他还接收你岳父财前妇产科诊所的重症患者,也去你那边出诊做手术,做起工作来不是挺方便吗?"

"不过,我在教授选举时就给叶山教授添了不少麻烦,这次还要劳烦他,实在不好意思,而且他毕竟是比我资深的前辈。"财前犹豫不决地说道。

"你不用对叶山有什么顾虑,因为不管是上次教授选举还是这次竞选学术会员,他都不是为你卖力,而是为我这个院长卖力嘛!相应的回报我都已经给过了,而且今后还会关照他的。"

财前浮想起叶山那张女人般白净的面孔和无可挑剔的潇洒装束,了解到了他心中那种权势欲望。

"而且,虽说由叶山担任选举参谋,也只不过是对外公开的形式而已,实际上还是由我来出谋划策嘛!学术会员选举不同于校内的教授选举,大学与大学之间的交涉极为重要。所以,一切都交给我吧!"

"是。老师这样关照我,真不知道该怎样感谢您才好。"

财前像特别钦佩似的鞠躬致谢。鹈饲观察着毫无戒心地以为自己发了横财而接受学术会员候选人身份的财前,暗想:这小子究竟是个特别忘乎所以的家伙还是个特别阴险毒辣的家伙呢?

"一旦确定你当候选人,那么最首要的问题就是近畿地区只有一个名额,目前的动向表明,国立洛北大学第一内科的神纳教授和私立近畿医科大学神经科的重藤教授准备参选。"

财前听到洛北大学神纳教授的名字,不禁心头一惊,那是一位拥有卓越科研成果、被视为"内科学会进步派"的少壮教授。

"就像财前教授也知道的那样,神纳教授是循环系统,尤其是心肌梗死方面的大专家,仅凭'学会进步派'的响亮口号,也会有相当多的选票集中在他身上。另一方面,近畿医科大学的重藤教授则可能会掌握近畿地方私立医科大学的选票,所以这两人都是你的劲敌。那么,你以这两人为对手竞选,你觉得有没有胜算呀?"

鹈饲明明是自己主动拉财前出来参选,但此刻他却突然用撒手不管的冷漠态度反问财前。财前脸色一变,露出了困惑的神情。

"今天我只是来向您答复我愿意接受推举来当候选人,您突然这样问我……"

"那倒也是。而且我提议你参加学术会员选举,却还问你有没有胜算,确实有点儿强人所难啦!好啦,一切都交给我吧!既然你已经接受了提议,那我就不会亏待你的。"

鹈饲主动拉拢财前却突然撒手不管,而当财前陷入困惑时又及时相救,财前看出鹈饲想让他感恩戴德的狡猾伎俩。

"既然是鹈饲老师特别关照,推举我当候选人,那就一切都听老师的安排。"

鹈饲晃着肥胖的身体,说道:"嗯,尽管我能力有限。不过,希望你自己也小心一点儿,不要在这个时候搞出什么莫名其妙的糗事来。"

"是。关于那个案子的上诉审理,不光有上次帮我打赢官司的河野律师,我还另外请了一位大牌律师,已经做好了周全的准备。"

"不,我不是在说上诉审理的事情,那个案子已经不会再有什么进展了,所以我并不担心。我说的是如果在竞选时不把自己身边清理干净,就有可能被匿名信整倒,因此你要特别注意这方面的问题。"

"这一点即使没有老师提醒,我也时时刻刻铭记在心里。"

财前像被浇了冷水般感到浑身发凉,但仍然恭谨地俯首致谢。

财前走出院长办公室,在回自己办公室的路上琢磨刚才鹈饲所说的"把自己身边清理干净"的话。因为昨晚刚刚与庆子有过一夜缠绵,所以他感到像被浇了冷水般浑身发凉。昨夜庆子确实表现得与平时不一样,还轻蔑地说'那你就是既想得到那份荣誉又惧怕回报鹈饲先生的人情了吧?当上教授的你变得特没劲儿'。但是,考虑到后来相拥时的浓情蜜意,财前又觉得那并不是什么需要采取措施的事情,而只不过是庆子的聪明使当上教授且志得意满的自己感到有点儿厌倦了。

如果说到身边其他需要清理的事情,那就是特诊患者方面,但那都已经是医院里公开的秘密了。除此之外,还能有什么事情呢?想到这里,财前脑海里浮现出了柳原。对了,柳原好像正在为佐佐木庸平的上诉案苦恼不已,如果他在学术会员选举时做出什么奇妙的举动,确实有可能搞出鹈饲教授所说的糗事。想到这里,财前骤然加快了脚步。现在时间已到五点钟,但几乎所有的医务员应该还留在医务部里。他回到办公室立即摁下对讲机呼叫医务员,指令柳原过来一趟。

外面轻轻响起战战兢兢的敲门声。

"是柳原吗?进来吧!"

财前亲切地招呼提心吊胆的柳原,但由于关口律师昨晚刚刚找过他,所以他面色苍白地走了进来。

"您找我有什么事吗?"

"不,没有什么特别的事情。你最近是不是有什么心事啊?"

"不,没有。"

"那你在门诊和会诊时总是精神异常萎靡,到底是怎么啦?"

"那只是因为身体有点儿累而已。"

"那怎么行啊?我听说你还要去私人医院打工值夜班。因为打工值夜班最伤身体了,还不如我帮你安排去一家公司的诊疗所打工吧!那家公司的老板是我的患者。那样会轻松很多。"

"是。不过,因为我在这家医院兼职很长时间了,要是辞掉会给他们添麻烦的。"

柳原拒绝了财前。

"那有什么呀?叫其他年轻医务员去就行了嘛!如果可以的话,我叫医务长安西安排一下也行啊!"

"不,这只是暂时性的疲劳,所以不要紧的。"

"是吗?你工作总是勤勤恳恳,这点儿小忙我还是能帮得上的嘛!"财前再次劝说道。

"不,真的不要紧。"

柳原就像海螺般紧紧地合上了盖,固执地拒绝向财前敞开心扉。财前瞪着柳原,心里涌起不愉快的情绪,但是考虑到上诉审理的事情,就决定此时要采取彻底的怀柔策略。

"你的学位论文还没提交吧？"

"是的。"

"你不是已经写好五六篇副论文了吗？那就赶快撰写主论文吧！"

"……"

柳原推了推险些滑落的眼镜,凝眸盯住了财前。教授叫他写主论文,那毫无疑问就是在暗示只要提交了论文就准许他通过。

在拉上黑窗帘的检查室内,里见正在为奈良县十津川村的山田梅做细胞学检查。

这是继上次胃镜检查之后的复查,山田梅害怕得浑身僵硬,紧紧地闭住双眼躺在诊察床上。里见为了缓解她紧张不安的心情,不时地向她说几句亲切的话语,同时把直径十二毫米的细胞学检查专用的直视光纤胃镜检查仪经口腔插入胃中。

在十天前的胃镜检查中,里见在她幽门前庭部大弯侧发现了直径一厘米左右的渗血的无蒂息肉状隆起病变。根据当时拍下的彩色胶片发现,病变整体比周围淡红色胃壁的颜色更红,里见怀疑那是恶性病变。但是为了做出确切的鉴别诊断,还必须从病变部位采集组织细胞,并在显微镜下检验是否为癌变的细胞。里见首先仔细观察是否有十天前检查时漏诊的病变,以及胃壁是否发生了新的变化。检查仪前端胃镜捕捉到的胃内状况,经过光纤检查仪电缆传输到彩色显示器上,并映出了扩大的影像。

里见凝视着显示器上映出的胃内影像,把胃镜向下伸进幽门前庭部。与目镜所见实际颜色的浅红色有些不同,显示器上映出的胃壁呈现鲜艳的红色,从胃体向十二指肠方向产生出波浪翻滚般的蠕动。

胃镜从正面捕捉到前庭部大弯侧隆起的病变,与上次一样,表面很顺滑,头部微微渗出血迹,那里正在出血。里见立刻把胃镜停在这个位置说:"好!清洗!"

听到里见的指令,他身旁担任助手的年轻医师把洗涤液装进光纤检查仪连接的一百毫升粗筒注射器中,随即用力推压注射器推杆,洗涤液立刻从观察仪前端约四毫米的小孔中猛地喷向息肉状病变部位。隆起的病变部位立刻像充了血一般变得鲜红,随后开始向周围出血。在采用直视下洗涤法进行细胞学检查时,就是这样把洗涤液喷向病变部位以使组织细胞剥离。

在全面洗涤隆起病变部位和周围前庭部时,因出血染成红色的洗涤液就积存在大幅度凹陷的胃体部和穹隆部。山田梅痛苦地扭动身体,额头上冒出了汗珠。

里见确认已经充分洗涤之后,拍下照片并抽出了光纤胃镜检查仪。
"阿婆,马上就好了,再忍耐一下!"

他一边鼓励患者一边插入极细的橡胶列文管,并抽取了胃内的洗涤液。过后还要把这些胃洗涤液放入离心分离器处理,再把底部沉渣放在载玻片上制成涂抹标本,这样就可以检验是不是癌细胞了。

助手拿着装入胃洗涤液的离心管前往细胞学检查室,里见凑近紧闭双眼的山田梅耳边轻声说"阿婆,检查结束啦",随即把陪同前来的儿媳叫了进来。

山田梅战战兢兢地微微睁眼,在确认已经不见了连着光纤检查仪的黑色电缆后,才终于像逃离恐怖似的松了一口气,里见让护士和儿媳抱着她干瘦的身体坐了起来。

"大夫,这回该有明确的答案了吧?"她抬起眼来问道。

"是的。只要检查刚才抽取的胃内细胞,就差不多可以知道决定性的结果了。"

"那就是说,现在还不能马上知道结果吗?"她那沾着眼眵的细长双眼闪着疑惑的目光,"大夫总是说检查、检查,莫非是……把我……当成了……鼹鼠,不,豚鼠?我们村里人都说,大阪的大医院都在干这种事情呢!"

山田梅紧抓不放地追问里见,陪同的儿媳慌忙制止并扭扭捏捏地难以启齿似的说道:"大夫,那个……如果需要再检查才知道有没有问题,就说明病情不是很严重吧,那可不可以等搞清楚之后再来一次呢?"

"不,如果贻误了发现阿婆病因的最佳时机,也许就来不及治疗了。"

由于不宜向陪同阿婆的儿媳透露患癌的可能性,里见虽然很难说服对方,但还得暂且让对方接受自己的做法。这正是癌症专业的医师在面对患者及家属时的为难之处。

"阿婆,我也希望尽早为您做出毫无偏差的确切诊断呀!但是,如果搞不清楚到底哪儿有问题,而只是大致做几项检查就下诊断,万一出了差错该怎么办呢?这可是关乎阿婆生命的问题啊!"

山田梅忽然扭曲了面孔,泪水扑簌簌地流了下来。

"但是,我可不能再来医院了。本来没有什么大病却这样三番五次地跑到大阪的医院来做检查,我们家可不能这样奢侈。要是有那么多钱的话,我还想添置一把新锄头、新铁锹呢!反正我都一把老骨头了,不管怎样都无所谓了……"

"妈妈,您怎么这样说呢?我们不是都希望你长寿才来医院检查了两次吗?"儿媳有点儿哽咽地说道。

"阿婆,人的生命不分老少都同样珍贵呀!就是因为这个,我们才会反复慎重地检查嘛!"

"但是,如果真的查清楚了的话,那不是还得花更多的钱吗?我想还是不要查清楚为好。"

里见被深深地触动了。他想起大峰山脉溪谷旁的十津川村是个深山穷村,在第二次世界大战之前,为了看病要把患者放在轿笼里抬下山去,但是走到山下病人却已经没救了。山田梅觉得这样的精密检查是一种奢侈,这使里见深切地感受到山村农家的贫困境况。

"阿婆,那就这样办吧!包括今天的检查在内,如果今后还必须做其他检查的话,我争取让医院特殊对待并承担费用,所以你就不用担心花钱了。如果接到了医院的通知,请务必来这儿检查好吗?"

他望着山田梅和她那脸庞晒得黝黑的儿媳劝说,两人都低头不语。

"好吗?咱们就这样约定啦!阿婆的儿媳,拜托你啦!"

里见用严肃的语调叮嘱后,两人这才点点头,然后垂头丧气地走出了检查室。

山田梅是最后一位做细胞学检查的患者,助手和护士都已经离开了,但里见仍在检查室里伫立良久。

胃癌集体筛查的话题轰动一时,今年政府也规划了二点四亿元的预算,除了抗癌协会的补助费及癌症中心的研究费之外,为了抗癌治疗的推进,还添置了近五十台体检车。不过,无论增加多少体检车,如果缺少从事透视检查的 X 光技师和具有高超判读能力的医师,也还是徒劳无益。而另一方面,检查费用的问题也是抗癌治疗的一大障碍,农村中不愿接受检查的人几乎都是觉得七百五十五元的体检费太高。虽然奈良县某些农村可以从每年二百万的保健卫生费中拨出一百二十万来补助胃癌筛查,但谁都不知道这种举措能够维持多久。

但是,在此之前也还有遗留问题。在去年一年当中,日本全国接受体检的人数约为一百万,而其中有二十万人需要做精密检查,但其中有百分之五十的人因为不能以国民保险支付两千八百元的 X 光片精密检查费、一千三百五十元的胃镜检查费和四百二十八元的细胞学检查费,抑或因为无暇和没有自觉症状而放弃难得的精密检查机会,等到送进医院时已经发展为无可救药的晚期癌症了。

里见对于这种抗癌对策和医疗行政资源的匮乏感到难以言喻的愤慨。虽然年轻医师们对抗癌运动热情高涨,他们乘上体检车用极大的忍耐力以平均每天五十名的缓慢速度坚持工作,但好不容易筛查出来的癌症患者仍有可能无法接受治疗。即使是在已经采取了各种对策的当下,癌症患者仍然以每五分钟一名的速度死去。

一阵力不从心的无力感向他袭来,但他还是决定,对于刚才离去的山田梅,即使自掏腰包也要鼓励她继续做检查,直到做出确切的诊断为止。想到这里,里见沉重的心情才有所缓释,他记挂着山田梅的细胞学检查结果,然后走出了检查室。

法圆坂的住宅公团公寓建成已将近十年,钢筋水泥墙上开始出现裂纹,墙壁上也脏兮兮的,许多重新刷过的部分就像色块斑驳的地图,已经开始失去当初的清洁感。里见抬头望着这幢熟悉的楼房,每到像今天这样上午做了极其耗费精力的细胞学检查、下午又要给住院患者查房的日子,周围缺乏绿意的楼房看上去就会显得很煞风景。

他沿着狭窄的楼梯上到四楼,推开了右侧的房门。

"你回来了。"

妻子三知代身穿毛衣在门口迎接。

"关口先生他们还没到吗?"

关口律师和佐佐木良江约定来家里见面。

"是啊,还没有呢!"

三知代用生硬的语调回答,并从丈夫手上接过皮包,然后绕到身后为他脱下上衣。

"你是为了关口先生他们才回来这么早吗？"

"嗯,是啊！关口先生很忙,实在不好意思让他久等。"

说完,里见换上休闲长裤和毛衣,走进六铺席大的书房坐在桌前。三知代把里见脱下的衣裤收进衣柜。

"老公,请你不要再介入佐佐木家的事了。如果这次再被近畿癌症中心赶出来的话,你可怎么办呀？"她满心忧虑地问道。

"不要紧啦！近畿癌症中心是个聚集了全国各大学年轻研究员的富于在野精神的地方,不会因为我参与有关国立大学教授的医疗官司就把我扫地出门,他们反倒会特别关注在佐佐木先生死亡过程中体现出的各种医学问题呢！"

"不过,那不过是你自己一贯从善意的角度解释一切的看法吧？可是,你要好好地想一想,像你这样的人,离开研究场所就连一天都过不下去。所以,你真的不要再深入干预了。从今天起,也别再跟关口律师他们见面了。"

正在她向丈夫恳求之际,房门被用力推开了。

"爸爸,你回来啦！今天好早呀！"

原来是上小学五年级的好彦。他好像刚才在公寓附近的空地上玩棒球,还戴着棒球帽和棒球手套。

"怎么样？投球练得好吗？"

"嗯,我已经是有名的投手啦！我还想让爸爸看我投球呢！"

他热情地邀请难得早回家的父亲。

"那就下次吧！今天晚餐前有客人来,你再去玩会儿吧！"

好彦虽然有点儿失望,但还是活蹦乱跳地跑出去了。

"即使是考虑到孩子,我也能理解你的担忧。不过,佐佐木庸平先生是我初诊的患者……"

里见说到这里戛然而止。门铃响了,是关口律师和佐佐木良江。

在提出上诉后,曾经多次走访里见的关口立刻打招呼:"里见太太,上次打扰您了,实在不好意思。今天,佐佐木良江女士也一起来拜访了。"

良江在一审判决之后曾来登门道谢。

"一直没来问候,十分抱歉。这次又要麻烦里见大夫帮忙了,真不知道该怎样表达感谢之情。我想,里见太太一定会感到很困扰。但是,对于我们来说,除了依靠里见大夫之外再也找不到其他人帮忙了。恳请你千万谅解。"她把礼品放在木地板上,满脸歉意地说道。

三知代只是默默地点了点头,随即转身去准备茶水,气氛变得有些尴尬,里见请关口和良江进了书房。书架上塞满了书,放不下的就直接堆在榻榻米上,三个人一坐下来,六铺席大的书房里就连下脚的地方都没有了。三知代端茶进来,放下之后又一言不发地走了出去。里见对妻子的状态并不介意。

"我最近经常去奈良出差,搁置的工作堆积如山,所以没时间去问候你们。关口律师,后来进行得怎么样了?"

"进行得很不顺利,我真是无法可想啦!"

关口语调沉重地说着,把自己到处受冷遇和遭到对方拒绝的情况详细地告诉了里见。

"哦?别的地方倒也罢了,连洛北大学那个被称为学界进步派的村山教授也那样吗?"里见难以置信似的说道。

"是啊。他说自己不可能对本校唐木名誉教授在一审中发表的见解再说什么,然后就冷酷无情地拒绝了我。"

里见陷入了沉默。那里也俨然存在着与浪速大学同样的封建人际关系和特殊的组织架构,如同大山一般挡在面前。里见眼中浮现出昏暗的光波。

"不过,我走访柳原医师的公寓倒很成功啊!"

"啊？你去找柳原啦？"里见惊讶地反问道。

"是的。我是去了之后才知道的,柳原在一审判决之后立刻搬到另一座公寓里了。我觉得他新搬的公寓跟以前也差不了多少,但是从他不必要的搬家这个举动来看,恐怕心里还是有什么问题。"

"那他怎么样啦？"

"我告诉他,没有了佐佐木庸平先生的商店,生意一落千丈,已经不得不把原先宽十几米的店面租出去一半,并恳请他说出真实的证词,可是他拒不接受。我想,只要他跟佐佐木良江女士见了面,或许还能回心转意,于是要求他只跟佐佐木太太见个面,但他还是坚决不答应。"

佐佐木良江紧紧地抿着嘴唇,低下了头。关口继续讲述。

"不过我认为,那番话确实已经使柳原医师心中产生了微妙的动摇。我们所能依靠的就是柳原医师,他应该并非生来就是坏人,地方出身的他本来是个充满善意的人,如果保持正直心态的话,应该说跟里见医生是同一类型的人。他完全是因为偶然的因素被卷入了这场官司,现在他就被猫盯上的老鼠一般。正因为如此,所以根据上诉审理的进程,我觉得到了最后关键时刻也许能够得到柳原医师的真实证词。因此,我想请里见医生再帮着说服柳原一次。如果您去说服他的话,或许他会回心转意。"

里见想起在一审判决的法庭上,柳原以被告方证人身份与自己对质时硬要给财前教授做证的情景。他作为无薪助教奋斗了多年,好不容易才爬上有薪助教的位置,现在为了获得学位,而不得不对掌握自己生杀予夺大权的教授盲目服从——这就是当今医务部制度催生出来的。

"因为还要照顾到柳原的处境,所以这件事情我要在仔细考虑之后再决定是否去找他商量。那么,上次提到的以往医的患纠纷案例怎么样啦？找到什么值得参考的案例了吗？"

"可是，说到患者方胜诉的案例，几乎都是把剪刀忘在患者腹中或是在输血时搞错血型这类很幼稚的失误，没有找到像佐佐木先生这种涉及高深医学理论的案例。不过，我听一位前辈律师说起一宗挺有意思的往事。那是发生在第二次世界大战以前的事。国营铁路的火车司机看到有人要过道口，就在规定的距离鸣响汽笛继续行驶，可那人却没有停下脚步继续走过道口，于是被火车撞了。但是，由于被撞者是听障人士，于是遗属就将国营铁路告上了法庭。当时的法院认为，既然是人当然也包括听障人士，所以平时国铁当局也应该对司机进行遇到听障人士通行道口时的特殊训练，最终判决国铁方败诉。这真是非常严格的判决啊！"

"可能性……"里见喃喃自语道，不知是想到了什么，他像忘记关口律师和佐佐木良江仍在眼前似的，双肘支在桌面上陷入了沉思。片刻之后他抬起了眼睛。

"东京K大学有位专攻胸外科的正木副教授，他去美国待了一段时间，应该是在一个月左右之前回国的，要不就找他谈谈这件事，怎么样？正木副教授四十岁刚出头，对临床所见的癌细胞转移进行了独特的研究，特别对胃癌的肺部转移发表了新的研究资料，如果能够见到正木副教授，或许可以为一审中有争议的肺部转移问题打开一条思路。"

"这个办法不错！那我马上带着您的介绍信去拜访他吧！"

关口立刻现出了活力。

"非常遗憾，我是内科医生，与他专业不同而且从未晤面，所以，你还是去找在近畿劳保医院当院长的东老师，请他写封介绍信吧！东老师同样是胸外科，应该跟他很熟。要不明天我也跟你一起去拜托东老师吧！"

里见的话终于打破了屋内一直挥之不去的沉闷气氛。

浪速大学医学院的例行教授会在新楼会议室召开。五月的阳光透过宽大的玻璃窗洒进室内，崭新的淡黄色墙壁给人以明亮舒适的感觉。

鹈饲院长坐在U字形会议桌正面，环视左右两侧按科目顺序排列的临床组和基础组的共三十名教授。他拿着事先印好并分发给各位教授的讨论提纲，针对新设中央病历室、审定副教授和讲师出国留学者及决定下届学位审查会日期等事项进行补充说明，熟练顺畅地推进着议程。

"最后的议题是关于组建今年暑期大学生巡回医疗小组事宜。各位手头的资料上有说明，每十名大四学生组成一组，总共组成三组，像往年一样前往香川县的小豆岛、滋贺县的坚田町及和歌山县的日高郡进行研修兼诊疗的活动。另外，各组的领队由内科、外科、耳鼻喉科、皮肤科和眼科的老师们讨论决定并呈报上来。"

第一外科的财前、第二外科的今津等临床组教授纷纷点头。

鹈饲朝列坐在左侧的基础组教授问道："如果基础组教授对这项学生诊疗活动有什么意见的话，就请不要顾虑地提出来吧……病理学的大河内教授有什么意见吗？"

鹈饲把红润发光的面孔转向坐在自己左侧的大河内教授。大河内教授是前任院长，又是学士院恩赐奖获得者，同时还是唯一令鹈饲感到不快的存在，是常使鹈饲心有忌惮的对手。大河内教授坐在椅子上，挺起纤瘦的上身。

"从病理学专业领域的角度倒是没有什么特别的意见。不过，是不是应该大幅度延长巡回诊疗的时间呢？因为目前日本的医学教育还在沿用十九世纪七十年代从德国照搬的那套以课堂教学为主的教育课程,而重要的临床教育却严重落后,学生们也不能令人满意地给患者看病,眼睛只盯着学位。为了消除这种弊端,应该在利用暑假的诊疗教育方面多花些时间以加强教学。"他扬起尖尖的鹰钩鼻子,严肃地说道。

"您的意见很有道理。不过,毕竟预算有限,恐怕不能如愿以偿啊!所以今年,只能按照往年的期限进行啦!"

鹈饲以预算有限为借口,体面地驳回了大河内的提案。

"你动不动就拿预算说事儿。可是,院长的任务不就是调整预算、修补当今医学教育的缺失吗?如果今年不行的话,那就希望明年安排充分的时间来认认真真地做好这项工作。"大河内很不痛快地说道。

会场上流动着尴尬的气氛,但是鹈饲并不在意这个,他更挂虑的是,离五点钟会议结束已经没多少时间了。

"那么,今天例行教授会的议题到此都已进行完毕,接下来还有一件事要征询各位的意见。"

鹈饲轻松而平淡地提出那项议题,可财前脸上却浮现出紧张的神色。

"这件事是关于今年十一月即将举行的日本学术会议会员的选举。相信大家都已经知道,在全国选区方面,浪速大学已经推举同系统的奈良大学的竹谷医学院长为候选人。而在此前连续两届都被国立洛北大学占据的地方选区方面,这次也一定要争取参选。这是本系统兄弟院校的强烈呼声。日前我偶然跟奈良、和歌山以及大阪医科大学等本系统兄弟院校的医学院长聚会,虽然还是非正式性的,但大家都希望由本校推举强有力的候选人。"

教授们的视线一齐盯住了鹈饲,其中有的教授的目光中充满了讶异的神色。

但是,妇产科的叶山教授立刻表示赞同。

"关于这一点我也有同感。这六年来,因为地方选区的学术会员连续两届都被洛北大学系统的人占据,在学会经费、科研经费预算、科研机构和医院职位方面叫咱们吃尽了苦头。所以,下届地方选区的候选人一定要由本校推举!"

胸前衣袋露出丝织手帕的叶山说完,第二内科、放射科、眼科、耳鼻喉科的教授们也纷纷表示赞同。那些都是在两年前第一外科教授选举中在叶山统领下支持财前的鹈饲派教授们,可以很明显地看出,叶山已经在会前做好了游说工作。

大河内教授瞪着叶山等人,说道:"我反对。暂且不说学术会议设立初期的情况,最近不仅是科研经费的分配,更有甚者还把日本学术会议翻译成了日本科学院印在自己的名片上,在对科学院会员怀有极大敬意的国外充分利用这个头衔向那边的医学杂志推销自己的论文,还有的家伙为了成为外国学会会员就先参选国内学术会员,学术会议本身也堕落到像国会那样极为荒唐的地步。而仅为科研、教学和诊疗工作就已经忙不过来的国立大学教授为什么非要参选学术会员不可呢?"

大河内教授一如既往,发言尖锐而有理有据。

"我同意大河内教授的意见。不管本系统的兄弟院校怎样要求,学术会员的选举本来应该根据科研成果和学者的人品进行。但是,既然有闲工夫参选每次都会出现黑色流言的学术会员,还不如认真解决最近出现革新动向的医学院学生的教育问题。"

第二外科的今津教授提出了反对鹈饲派的意见。他在此前的教授选举中曾经作为第一外科前任教授东贞藏的左膀右臂四处奔走,却在鹈饲和财前的恶毒谋略下落败。基础生理学和公共卫生学的教授们也纷纷首肯。整形外科的野坂教授探出他那张浅黑色的方脸。

"今津教授的意见十分有道理啊！不过,学术会议的问题也不能等闲视之嘛！现在的学术会议已经不如以前那样具有监督科学行政的权威和权限啦！但实际问题是,一旦当选学术会员,就可以在申请政府分配预算和补助金时处于非常有利的地位。对于全力以赴地争取科研经费的学者来说,无论如何都具有巨大的吸引力嘛！"

"哦？野坂,你也那样想吗？"鹈饲笑容满面地问道。

叶山跟财前神情微妙地对视了一下。他们早已料到大河内和今津会彻底否定学者搞政治活动,但在上次教授选举中野坂虽然最后承诺投靠鹈饲派,却未能搞清他究竟具体履行了多少承诺。在后来教授会讨论重要事项时,最担心的还是动不动就提出不同意见的野坂派会有什么样的反应。但现在听了领头的野坂的那番话,原先担忧的难关竟如此出乎意料地过了。

"不过,问题是要推举本校的谁来当候选人呢？"野坂瞥了一眼鹈饲和叶山的笑脸说道。

"这当然是最重要的啦！院长是不是心中已经有了中意的人选呀？"

野坂派成员之一、皮肤科的乾教授像在试探鹈饲的心思。

鹈饲故意装出沉思的表情,说道:"这个问题嘛,其实本系各兄弟院校的院长都热心推举第一外科的财前教授呢！"

会议室里顿时哗然,财前故意装出一副诚惶诚恐的样子,野坂眼看着就变了脸。

"推举财前,这可真是太令人意外了！其实,整形外科学会正准备推荐我去参选,所以我想冒昧地请教一下,兄弟院校的医学院长为什么偏偏提名本教授会中最年轻的财前教授呢？"

在野坂毫不掩饰的反感话语中,可以感受到他自己想当候选人的意图。鹈饲似乎对这种质疑早已有所准备。

"刚才对于学术会议有两三种批评意见,但是那种弊病的出现是因为功成名就的教授们把学术会员当成名誉职务去参选。如果推举充满活力、精明强干的年轻教授参选的话,就可以消除这种存在多年的弊病嘛!为了恢复学术会议的本来面目,不让学术会议继续成为挖空心思瓜分科研经费和科研机构预算的场所,最重要的就是必须使会员年轻化。因此多数意见认为,无论是在年龄上还是在学术成就上来讲,在消化道外科领域中成就卓越的财前最为称职。我个人也对这种意见持赞成态度。各位意见如何呀?"

鹈饲这才表明了自己的见解。

"哦?那就是说,目前正官司缠身的财前就是为恢复学术会议本来面目的适当候选人吗?"大河内一针见血地断言道。

他的严厉态度令此前对学术会议漠不关心、不予理睬的基础组教授们纷纷抬眼,他们露出完全同意的神色。

"怎么样,鹈饲?还有财前,你自己有什么看法啊?"

鹈饲一时答不上来,很不自然地干咳了几声。财前把身体朝向大河内。

"您是问我的看法吗?关于目前正在上诉的医患纠纷案,正像一审判决已经明确判定的那样,没有任何误诊误治行为,所以我没有丝毫的愧疚感。只是当时给本校和各位教授带来了极大的困扰,我对此深表歉意。正因如此,如果承蒙本校及本系统兄弟院校推举,像我这样资历尚浅的人能够作为候选人参选的话,我愿意贡献绵薄之力。"他态度谦恭而又高傲地断言道。

在座的教授们目瞪口呆地望着充满自信以至于目中无人的财前。

妇产科的叶山不失时机地说道:"怎么样啊?不管怎么说,学术会员选举必须在本系统的大学、本系统的医院和营业医师校友会等方方面面都有号召力并得到支持,才能聚集选票,而在这个方面,所幸财前教授已经得到本系统大学各医学院长的一致推举,所以就决定财前教授参选吧!"

叶山做了总结,鹈饲紧接着做了补充说明。

"而且,本来学术会员选举管理会规定候选人可以不必获得教授会的认可,而我只是为了采取由教授会推举这种圆满的形式,所以才征询了各位的意见。这一点还请各位多多谅解。"

"既然是这样的话,那还不如最初就不要征询意见呢!"

大河内教授撂下这句话,就起身离席退场了,基础组的教授们也跟着纷纷离去。

鹈饲嘴角露出微微笑意,因为他觉得仅此足矣,这样就算是征询过教授会的意见了。他看了看财前,对方的眼上也浮现出冷笑。

里见和关口来到位于芦屋川畔山脚的东家宅邸时,已是晚上八点多了。他们在这座英式建筑前摁下了门铃,女佣一路小跑地出来迎接并领着他们走进客厅。

二十铺席大的客厅中央安放着巨大的壁炉,墙上挂着名家绘制的外国风景画。随着走廊上响起一阵脚步声,身穿睡袍的东贞藏进来了。

"老师,很久没向您问候。在您百忙之中登门打扰,实在抱歉。"

里见从椅子上站起身来鞠了一躬。

关口也说:"这么晚来打扰您,真不好意思。"

"哪里哪里。如果不在医院而是在家里见面的话,那就只能是星期天或工作日的这个时间段啦。不过,里见,真的很久没见你啦!"

东贞藏倍感亲切地说着,叫他们坐在沙发上。在他的脸上,已经看不到在自己的继任教授选举中被支持财前的鹈饲派击败并黯然离职时的落寞神态,而是洋溢着就任近畿劳保医院院长之后重新活跃在第一线的勃勃生气。但从他明显增加的白发中,也能看出学者型的东贞藏在新建的大医院里心力交瘁的状态。女佣端来了茶水,东贞藏叼着雪茄以一贯的慎重表情问道:"你们二位一起来,是不是为了那宗医患纠纷案呀?"

关口立即向前挪挪双膝。

"是的。其实,在这三四个月期间,我为了得到'只要在术前做CT扫描就能够鉴别小指头大的胸部阴影'的论据而东奔西走,但遗憾的是至今仍然没有成果。"

关口首先讲述了这三四个月之间的调查经过和结果。

东贞藏点点头说道:"是吗?果然是这样……从纯学术的角度来看,要鉴别小指头大的阴影为癌变确实很困难。而且,在判断阴影的大小和形状方面,正面胸片比CT扫描更加容易的情况也比较多。"

东贞藏从胸外科专业的立场陈述了自己的见解。

里见说道:"那种情况说到底都是一般的学术事实,但是在那种学术事实的基础上仍然存在着疑问。我认为这次佐佐木庸平的案例就是这样。我一直带着这个疑问观察这场官司的发展,偶然听说此前去美国、在一个月前刚回国的东京K大学的正木副教授掌握着有关胃癌的肺部转移的最新资料。所以我想,或许他的资料可以成为对这宗案例的有利论据。"

"原来是这样。真不愧是里见呀!虽然不是自己的专业领域,却了解得那么清楚。确实如此,东京K大学的正木副教授在年轻的肺癌专家中是顶尖人物,他从临床角度观察癌症转移的理论堪称优秀。这次关于胃癌的肺部转移的资料虽然还没有在学术会议上发表,但据说见解十分独到。"

东贞藏点头表示认同。

关口顿时沉下脸来,问道:"既然您了解那么多情况,为什么上次我来请教时没告诉我呢?"

"哦,我当时正忙于处理医院管理方面的问题,所以疏忽了这一点。看来我让不同领域的里见抢先一步啦!"

虽然东贞藏苦笑着解释,但关口心中还是掠过了一缕疑念:东贞藏恐怕并不是忙中疏忽,而是故意隐瞒不讲。迄今为止,只要关口寻求协助,东贞藏从没拒绝过。不过可以看出,由于他作为浪速大学系统的医院——近畿劳保医院的院长,微妙的处境使他常常不得不采取较为消极的态度。

敲门声响起,夫人政子踢起和服下摆进来,说道:"老公,今津先生打电话找你呢!"

"我是里见。多有打扰。"

里见向只见过一两次面的东夫人简短地打了招呼。关口也为晚间造访表示歉意。

政子望着丈夫去走廊接电话的背影,说道:"里见,真是好久不见啦!三知代近来还好吧?"

"是的,托您的福……"

"那太好啦!佐枝子也托你的福,近来身体一直很不错。今天说是要为女子学院的校友会做准备出去了,到现在还没回来呢!"她亲切地说到这里,突然压低了嗓音,"今晚你们一起来有什么事啊?如果是上次那个医患纠纷案的话,可千万别把他卷进去。你们也知道,他好不容易才当上了近畿劳保医院的院长,而且并不是那么十分顺利,所以请你们多多体谅。我老公可不像里见医生这么年轻,而且也不是特别的正义派嘛!"

政子的话语冷漠带刺,似乎把里见为了查明一个患者的死因而不惜舍弃国立浪速大学副教授的职位看作是愚蠢的正义。

里见沉默不语,他把目光转向夜色中的庭院。

关口立刻出面应对:"东老师是个谨慎得不能再谨慎的人,所以您不必担心。"

这时,东贞藏进来了。

"你不要在这儿搅和啦!"东贞藏一反常态,用严厉的语调对妻子说道。

政子离开了客厅。

"听说,在今天的例行教授会上,已经决定推举财前作为下届学术会员选举的候选人了。"

"学术会员候选人?怎么可能……"里见百思不解地说道。

"不,是今津教授打电话告诉我的,所以绝对错不了。虽然大河内教授和今津等人表示反对,但鹈饲派故伎重演叫叶山事先做了工作,所以强行决定由财前担任候选人。"

里见仍然露出难以置信的表情。

"上诉审理即将开始,可浪速大学还要推举他当学术会员候选人,恐怕是因为他们对上诉审理相当有自信,不,应该说有百分之百的自信。我听说除了河野律师之外,他们还增加了一名医协的顾问律师,搞了一个类似律师团的组织。可他们为什么要叫财前那样充满自信呢?对于这一点,我也必须做好充分的心理准备,付出比以前更大的努力迎战。"

关口加强了语气,东贞藏交抱双臂,默默不语。

"人的野心真能让人不知天高地厚啊!但是仔细想想,我实在羞惭不已,当了十八年教授,居然只培养出像财前这样的副教授!"

说罢,他努力压制心中的愤怒,端起已经凉了的红茶。

"那好吧,我立刻帮你写封介绍信给正木副教授。不是简单地在名片上写几句话,而是用信纸郑重其事地写一封正式委托函。关口律师也加把劲儿做做功课,一定要找出可以推翻一审判决结果的论据。"

第二十四章

佐枝子用麻纱手帕遮挡阳光,四处寻找三知代。

圣和女子学院的校园节暨校友总会从上午开始就热闹非常,校园里到处都是身着华丽服装的女子。

佐枝子虽然并不喜欢参与校友会组织的活动,但因为这份差事是轮流承担的,所以无法推托。这一个月来,她一直忙着到处搜集义卖会的手工艺品,今天也是一大早就来学校处理各项杂务。佐枝子旁边五六位同窗之间谈论的话题只有丈夫和孩子。

"哎呀,你先生那么年轻就当上分店店长啦?好羡慕你呀!我老公现在还垫底儿呢!"其中一人尖着嗓子说道。

"可你家的孩子们都进了名校,还有什么不满足的呢?"

分店长夫人特别强调了"名校"这个词,话题已经从丈夫转到了孩子学校方面,聊天毫无停歇的迹象。佐枝子对那些话题感到有些厌烦,于是向人群中望去,只见身穿藏蓝色套装的三知代正朝她走来。

"哎呀,三知代,我一直在等你呢!"身穿淡紫色碎花涸纹和服、腰间系着胭脂红仿织锦腰带的佐枝子瞪大眼睛说道。

三知代望着佐枝子优美的和服,出了神。

"真是好久不见啦!张罗义卖的事儿一定很辛苦吧?"

三知代望着桌布、绢花、靠枕和拖鞋等手工艺品,以自己特有的慎重从中挑了一束绢花。佐枝子用包装纸不太熟练地帮她包了起来。
　　"我跟她们打个招呼,咱俩说会儿话吧!"
　　佐枝子转身朝一个还在喋喋不休地聊天的干事交代了几句,就跟三知代一起穿过校园来到了学校后面的山丘上。杂树林刚到尽头,脚下就是山崖,从这里能远眺到六甲山脉柔缓的峰峦,这是两人在大学时代常来的地方。三知代抬眼望着满眼的新绿和晴朗的天空。
　　"真是好久没来这么幽静的地方呼吸清新的空气了。整天待在市内公团公寓里,常常特别渴望绿色和清新空气啊!但是,看到里见近十年来在那种环境中孜孜不倦、无怨无悔地刻苦钻研,我就什么都说不出口了。"
　　"是啊!里见先生就是那样的人啊!离开大学去了近畿癌症中心之后,他好像对科研更加专注和投入了。前天晚上他来找我父亲的时候,我父亲看到他那么刻苦用功,还表示十分感佩呢!"
　　"哎呀!里见前天晚上去你家啦?"
　　三知代根本没听里见提到过此事。
　　"他好长时间没去过了,很遗憾当时我不在家,所以没见到他。他跟关口律师一起,一去就针对佐佐木先生官司的问题提出了自己的建议,连我父亲这个胸外科专家都对他刮目相看呢!在里见先生的请求下,我父亲要向他们介绍东京K大学的一位副教授,很有可能得到对佐佐木女士他们有利的资料。"
　　"哎呀,原来里见介入得这么深……"三知代满面愁容地说道。
　　"怎么啦?"
　　脸色白皙的佐枝子纳闷地望着三知代。
　　"前几天我刚刚阻止过他,叫他别再管佐佐木案的事儿了……"
　　"你为什么要阻止他呢?即使是在被迫离开大学之后,他对判决的态度仍然没有改变。这可是需要非同寻常的坚定信念和勇气啊！"

佐枝子用锐利的目光注视着三知代。

"因为你是局外人，所以才这样说嘛！里见这个人专心致志地搞科研，从来不过问其他事务。我之所以能任劳任怨地跟他一路走来，就是为了他能做出优异的科研成就并当上教授。可那个人却为了偶然由他初诊的患者，主动抛弃了副教授的职位。在后来的半年时间里，尽管他已经提交了辞呈，却被置身于既非离职亦非在职的半死不活的境地，根本无处可去，后来好不容易才在大河内教授的帮助下进了近畿癌症中心，可那半年的痛苦经历绝不是常人能够承受得了的。他在水泥墙包围的狭小公寓里，每天就像被关进禁闭室一样坐在六铺席大的书房里。为了不给里见心里增加负担，我跟好彦多少年来整天连大气都不敢出！所以，虽然里见的行为从某个方面看来很了不起，但是从另一方面来看，他完全没有顾及家人的感受，只考虑自己的事情，可以说是个很任性的人呀！"

三知代的脸庞因苦涩而扭曲。这是对丈夫寄托一线希望并为此甘于忍受多年清贫生活的妻子的苦涩。

"不过，那是不是因为你对教授的职位过于执着了呢？像里见先生那样的人，即使不当大学教授，也都能创造出卓越的科研成果啊！"

佐枝子的眼中流露出温情的目光。三知代静静地摇了摇头。

"那只是大道理而已。没错儿，即使不当大学教授也可以继续搞科研。可比起在地方上独自搞研究，还是在大学里当教授更能得到必要的科研经费和设备，而且能在众多工作人员的协助下进行无法独立完成的大课题研究。佐枝子，这一点从你父亲的例子，你就应该十分清楚了吧？我不是出于满足庸俗的虚荣心或追求名利才希望里见当教授，而是不愿意看着他失去好不容易得到的近畿癌症中心这个诊疗和科研的场所,因此才不想让他过深地介入佐佐木先生的官司。"

"你的想法我能理解。就连我也曾经这样劝说过里见先生呢!"

佐枝子突然噤口不语,她想起了上次跟里见去伊丹机场为参加国际外科学会的财前送行时,两人在归途中正好就在这座山丘对面的加茂桃林里散步谈话。里见那对待患者生命虔敬的姿态浮现在眼前。

"作为学者,留下伟大的科研业绩固然重要。不过,只有里见先生才能使佐佐木先生这位患者不会白白死去啊!"

佐枝子的双眸透出深邃的目光,白皙的肌肤仿佛融入了淡紫色的和服中,使她显得更加风姿绰约,她那明亮的双眸灵动生辉。三知代不由得为她的美丽瞪大了双眼并转换了话题。

"佐枝子,你今天真的好漂亮呀!像你这样的美丽女子为什么还不结婚呢?"

"因为再没有像里见先生那样的人了嘛!"

佐枝子爽快地笑着应答,但只有眼睛没有笑。三知代大吃一惊,凝眸注视着佐枝子。

"佐枝子,咱们该回去了吧!"

三知代催促着,两人沿着来路折返,默默地走在杂树林间的小路上。佐枝子刚才那句"因为再没有像里见先生那样的人了",使两人之间产生了微妙的芥蒂。当她们返回时,宽阔的校园里已经站满了身穿华丽盛装的人,义卖货摊前比刚才更加热闹了。

"哎呀!这不是里见夫人吗?还有东小姐呢!"

背后突然传来男人般粗哑的声音。回身一看,原来是鹈饲院长的夫人。矮胖的她穿着戏装般的大花和服,她把鱼鳃般宽阔的下巴向前扬起。鹈饲夫人是圣和女子学院的老前辈,三知代和佐枝子赶紧向她简短地寒暄。

"好久没有问候您了。"

"彼此彼此啦！不过,里见后来怎么样啦？"

她明明知道里见去近畿癌症中心的前后经过,却若无其事地问道。

三知代回想起里见向鹈饲院长提交辞呈后回到家里的情形,心中不禁涌起懊恼的情绪。

"哦,对了,第一外科的财前教授要参选地方选区的学术会员,拥有投票权的东教授和里见也一定要给财前教授投一票,请二位务必转告一下吧！"鹈饲夫人强加于人地说道,"另外,我们家鹈饲还很担心里见呢,他好不容易进了近畿癌症中心,所以希望他能够专心投入科研工作。如果再发生什么事情,那可就真的很难办啦！"

她就像江户幕府大内娘娘般,说话阴损而刻薄。

位于高丽桥N大厦的河野法律事务所的接待室内摆放着厚重的皮沙发和紫檀茶几,其豪华程度就像是星级宾馆。财前五郎和岳父又一坐在靠窗的椅子上,河野律师和新聘任的医协顾问律师国平坐在对面。河野律师请财前他们饮用秘书端来的饮料。

"国平虽然还年轻,但在医协中发生医患纠纷案时,即使是相当不利的案子经过他的手也能叫双方达成和解。所以,那些因误诊被告上法庭的医师同行都对他感恩不尽。你们可能知道那个案子,有位怀孕四个月的孕妇流产了,医师处置之后注射了青霉素,结果导致孕妇休克死亡。这起医疗事故闹上了法庭,还成了热门话题。那个案子就是国平接手并促使医院方面胜诉的。"

河野把魁梧的身体沉在沙发里,介绍由自己推荐的国平律师的非凡实力。当时,财前也从报纸和专业杂志上看到过那宗诉讼案并颇感兴趣。以那个事件为契机,青霉素导致休克死亡的情况曾受到社会的广泛关注。

厚嘴唇上沾着唾沫的财前又一说道:"哎呀,久仰国平律师的大名,今天能够直接见到您,我的信心就更强啦!"

说完,他就像估价似的望着坐在斜对面的国平律师。他那胡须刮得发青的脸上架着无框眼镜,虽然看上去年龄只有四十二三岁,但从表面上看是个恃才好胜的人物。财前又一向前探身说道:"律师,我们可不愿意接受和解,而是要完全彻底地胜诉,要叫提出上诉的佐佐木那伙人一败涂地。"

国平的眼镜闪出亮光。

"这宗医患纠纷案我从一审时起就怀着非常强烈的兴趣持续关注。争论的内容是极为高难的医学内容,也就是癌细胞的转移理论、手术的适当性以及术前术后的处置措施等重要问题。据推测,此案的判决结果将对今后的医患纠纷案产生巨大的影响。医学界当然不必说,还引起了法学界人士的广泛关注。既然我和河野律师一起接手了二审,当然决心争取毫不逊色于一审判决结果的完美胜诉。"

国平伶牙俐齿地说着,显得信心十足。财前五郎注视着精明强干的国平。

"那么,国平律师,既然你从最初就开始关注这场官司的经过,那您觉得前景怎么样啊?"

财前好像在试探国平的实力。国平从眼镜后闪出锐利的目光。

"我看过佐佐木方的上诉书,控告的理由有三项:第一,由于在术前疏忽了必要的CT扫描以致未能发现肺部的转移病灶。第二,由于在完全没有注意到肺部转移病灶的情况下对胃贲门部主病灶实施了手术,所以因手术的外科侵袭引起肺部转移病灶急剧恶化而导致了佐佐木庸平死亡。第三,尽管根据病理学剖检结果显示患者的死因是癌性胸膜炎,却一直被误诊为术后肺炎而采取了错误的治疗方法,致使患者在术后仅仅二十二天就死亡了。这几乎跟一审的起诉书内容差不多,并没有什么新的主张。这是因为能够支持上诉理由的论据并没有超出一审的范围吧!在后来的书面审理过程中尤其突出的是,对方对术前未做充分检查尤其未做 CT 扫描这一点紧咬不放,反复主张只要做了 CT 扫描就能在术前发现肺部转移病灶。所以,看样子上诉人很可能想以此为突破口一举推翻一审判决的结果。"国平律师一边翻阅摆在桌上的一审和二审的相关诉讼材料,一边答道。

"只要对方坚持紧咬术前 CT 扫描不放的话,那这场官司的发展就可能与一审的发展相同。咱们只要了解对方会出什么招数,就能步步领先地采取防御措施,使形势朝着利于我们的方向发展。"河野律师像在判读对方棋谱似的,游刃有余地说道。

财前又一脸上浮现出满意的笑容。

财前五郎谨慎地问道:"但是我知道,作为被上诉方必须事先预测到各种可能发生的情况,所以,如果在二审中遭到对方的质询的话,那么可能会是其他哪些问题呢?国平律师是新加入进来的,所以应该不会受到一审既成概念的束缚,而且您曾在医协里接手过几宗医患纠纷案,所以我想请教一下,如果您是上诉人佐佐木方的律师,会采取什么方法追究被上诉人的责任呢?"

财前虽然在鹈饲院长和其他教授面前显示出对上诉审理根本不屑一顾的自信态度,但此刻却判若两人般小心翼翼。

国平交抱臂肘沉思了片刻,说道:"有一点我想请教财前教授。"

"哦?什么事啊?"

"其实,我在看过一审记录并听过河野律师的说明之后,还有一点放心不下,就是你在实施手术之前是否真的注意到癌细胞的肺部转移?当然应该是已经注意到了,不过因为所谓'注意到'本身也有各种程度之分,而作为律师如果不清楚这一点的话,就可能无法预料对方会在什么时候、从哪一点攻击我们。所以我想请教真正的事实。"

国平律师语调温和,但问题却具有抓住问题核心的尖锐性。

财前锐利的双眼微微动了一下。事实上,他在实施手术之前并没有注意到肺部的转移,所以才没做 CT 扫描。但是,他在一审证词中却坚称自己已经注意到了肺部转移,只是认为没必要做 CT 扫描而已。

"我完全没有预料到会被自己新聘任的律师问到这个问题啊!"他不屑一答似的拒绝道。

"哦,国平提出这个问题是因为,站在律师的立场上不管遇到什么事情,了解事实真相越多就越是有利于掌握主动权。所以他只是从这个意义上问你而已嘛!"河野律师想缓解财前激动的情绪,"另外,柳原医师近来的情况怎么样啊?不管怎么说,对我方最重要的证人就是柳原,在一审中他虽然在法庭上有些狼狈不堪,但还算表现不错呀!"

国平律师也说:"如果我处在关口律师的立场,撇开别的不管,首先就要着手从柳原医师口中套出对佐佐木方有利的证词,所以今后还要充分注意柳原医师的举动。"

财前点了点头。

"这一点没有问题啦!所幸的是,因为柳原还没有拿到学位,所以上次我把他叫到办公室去,不露声色地暗示他只要提交申请学位的论文就让他通过。"

财前眼前浮现出对自己紧闭心扉的柳原在上次提到学位论文时眼睛忽然发亮的神情。

"原来如此。那确实是再好不过的怀柔政策啦!那就是说,财前教授在术前就注意到了癌细胞的肺部转移,柳原医师作为我方的证人绝对可以信赖。如果是这样的话,我就完全放心了。目前暂时没有其他要问的情况了。"

国平律师说完,就收起了笔记本。

财前又一迫不及待地插言道:"其实吧,二位律师,别的不多说了,五郎在教授会的推举下即将成为地方选区的学术会员候选人,所以今后为了商讨竞选对策会非常忙碌,诉讼方面的事情就拜托二位了。这是调查费用的支票。"

他把一张三十万元的支票放在了桌上。一审胜诉时,本来应该支付三百万元的报酬,但是由于对方继续上诉,所以暂先支付了一百万元。并且他们跟两个律师约定,如果这次上诉审理胜诉的话,就把余款二百万中的一百五十万支付给河野,而把剩下的五十万加至约一百万付给国平。深信只要舍得撒银子就能保证胜诉的财前又一,在心中拨动算盘珠子:只要财前打赢了官司,这点儿钱根本算不了什么。

"好吧,那我就先收下了。"河野不紧不慢地收起了支票,"其实,连一审判决也绝不只是微微取胜,而是二比零的绝对胜诉。这次又有曾经接手医患纠纷案的国平加入,我们胜诉的把握就更大啦!"

听河野这样一说,财前又一"啪"地拍了一下膝头。而财前五郎则野心膨胀,他要像玩跷跷板一样操纵上诉审理和学术会员选举,全力以赴地争取双胜利。

里见结束了上午的门诊之后,回到了位于二层的第一诊断部的研究室。

他跟另外两个年轻研究员共用这间研究室。室内开有一扇朝东的大窗户,因为房间近二十平方米,所以即使紧凑地摆放了三个人的办公桌、书架和资料架等也不会感到憋屈。

"老师,刚才细胞学检查科把上星期的涂抹标本和化验单送回来了,我大概看了一下就放在老师的桌子上了。"正在书架前查找文献资料的熊谷指着桌子说道。

熊谷在做胃镜和细胞学检查时总是为里见当助手。

"谢谢。有什么疑点吗?"里见一边走向最里边靠窗的自己的座位一边问道。

"没有什么特别的疑点。"

里见马上拿起桌上的一叠化验单并开始翻看。细胞学检查是用光纤检查仪洗涤胃内,再把脱落的细胞染色后放在显微镜下进行观察,检查的结果用Ⅰ到Ⅴ这五个等级分别表示良性和恶性的程度。其中Ⅰ和Ⅱ为阴性,即没有癌细胞的疑点。而Ⅲ是假阳性,即有癌细胞疑点。Ⅳ和Ⅴ则为阳性,即有明显的癌细胞。

里见一张张地仔细翻看,目光停在最后一张化验单上。这是奈良县十津川村那位阿婆山田梅的化验单,结果显示为Ⅱ级。里见回想起山田梅扭曲着被阳光晒得黝黑、布满皱纹的脸说的话——"我不能再做检查了。我可享受不了这种明明没有什么大毛病还要做检查的奢侈啊!"他虽然对Ⅱ级阴性、没有癌症疑点的化验结果暂时松了口气,但想到做胃镜检查和细胞学检查时通过内镜所见的情形,还是觉得这个化验结果难以理解。在内镜所见中,胃前庭大弯侧的病灶为直径一厘米的微小病变,虽然从体积大小来看恶性的疑点较少,但病灶呈无蒂息肉状且有部分出血的现象,所以他总是放心不下。里见取出涂抹着山田梅脱落细胞的载玻片并凑近了边桌上的双目显微镜。

他插上电源,把载玻片放在显微镜载物台上放大十倍之后向镜中观察。在明亮透彻的圆形视野中,被吉氏染液染成青紫色的十一二个上皮细胞、深紫色的白细胞和无数个被染成淡橘色的红细胞小颗粒呈现出或浓或淡的美丽轮廓,它们重叠交错,色彩鲜明地呈现出一个微观世界。里见凝眸定睛进一步观察每个细胞。判定是否为癌细胞的主要鉴别点是细胞核与位于核内的核小体的大小和形状,越是恶性的,体积就越大,形状也越不规则。

在这一点上看,从山田梅胃内采样的细胞核几乎都呈圆形或椭圆形,而且形状比较规则,核小体也不是特别大。看来果然是Ⅱ级!当他刚要把眼睛从显微镜挪开时,视线停在左端三个结合在一起的细胞上。正中央的细胞核比较大,核小体带有像是填入了蛋白石般的透明白色。里见立刻把十倍的物镜换成了一百倍的油浸物镜向那个细胞聚焦。那个前一刻还呈现出不可思议的美感的细胞在放大一百倍之后,立即变得像青蛙卵般令人毛骨悚然,并能很明显地看到放大十倍时难以发现的不规则的细胞核和染色的不均匀,由此可以看出与正常细胞相比存在些许异常。里见从显微镜上抬起头来,似乎不愿意继续思索下去。他向窗外眺望了片刻柔缓起伏的千里丘陵,关掉显微镜电源后便拿起山田梅的涂抹标本前往同楼层的临床病理学检验室,他想请病理检验室的主任都留检查一下。

里见推开临床病理学检验室的房门,一股福尔马林溶液的气味扑鼻而来,只见两名医师和三名技师正在把摘出的胃脏制成病理标本,其中那个身穿白大褂的高个子、肤色微黑、目光敏锐的就是病理学检验室的主任都留。他看到里见,就露出洁白的牙齿,微笑着打招呼。

"我本来想麻烦你帮我诊断一下,要不过会儿再来吧……"

里见不想打搅他们工作。

"可以呀!我这儿也快做完了。"

都留说完向旁边的年轻医师交代了两三句,就在水龙头下仔细地洗了手。

"你要找我诊断什么啊？你一来,恐怕又是带来了高难度的课题。你可别老是捉弄我呀！"

他说起话来毫不见外,似乎对高难度的课题乐在其中。都留平日就毫无顾忌地夸耀说"临床病理学是做出最终确诊的最高法院",因此他总是竭尽全力从事研究工作,做出了很多优秀的科研成果,在近畿癌症中心也是个表现突出的人物。虽然他跟里见性格完全相反,但两人在对学术专注而纯真的姿态上仍有相通之处。里见把手中的载玻片放了都留的桌子上。

"这个涂抹标本的细胞学检查室报告结果为Ⅱ级,但我在做X光检查和直视下胃镜检查时,总觉得不能排除对恶性肿瘤的怀疑,所以想请你用精准的眼光帮我鉴定一下。"

听里见说完,都留又露出洁白的牙齿说道:"要是被你咬住不放,那就摆脱不了啦！还不如从一开始就乖乖从命呢！"

都留边开玩笑边从里见手中接过载玻片,随即走进显微镜检查室,坐在摆着一排显微镜的桌前。都留一坐下,刚才嬉笑调侃的眼神立即变得严肃而锐利,他以冷静严谨的病理学家的姿态面对显微镜开始仔细地检验。

都留检验完毕后,抬起眼来说:"左侧那三个相互结合的细胞中,虽然不能断定为癌细胞,但确实有一个细胞具有相当的异型性。"

"果然如此。其实,这个患者是我去奈良十津川村做胃癌集体筛查时发现的,在后续的交往中不由自主地就站在患者的立场上去了。所以,我担心自己慎重起见之余会不会做出过度判断。"

"哪里,真不愧是里见,你的判断没错儿。那接下来的检查怎么办？"

"我看得再做一次细胞学检查或是活检。不过,我想做一次活检。"

"我赞成！息肉从其构造来讲,很有可能产生了异型细胞。但是,细胞学检查往往难以鉴别到底是良性还是恶性。而从这一点来讲,活检可以直接采取组织样本进行检查,所以鉴别的结果较为可靠。我自己也希望对这个活检的组织标本进行诊断呢！"

都留提出了病理学家特有的意见。

"对于像这位患者的隆起病变,活检已经有了相当高的诊断成绩,所以我会采到让你满意的活检组织的。百忙中打扰,谢谢你啦！"

里见点头道谢并站起身来准备离开。

"如果你还没吃午饭的话,那就一起去餐厅吧！"

都留邀里见共进午餐。

已过一点半钟的餐厅里人影稀疏,里见和都留在窗边餐桌旁对坐,要了咖喱米饭和咖啡。

"哎呀,这不是都留和里见吗？"

背后传来粗声大嗓的招呼声,他们扭头一看,原来是外科的槙主任和放射科的立石。他两人和都留、里见是近畿癌症中心早期胃癌研究小组的核心成员,四人都是在研究会上展开激烈争论的对手关系。

"你们也这么晚才吃午饭吗？就坐这儿吧！"

听到都留的招呼,槙主任说道:"不用啦！我们抓紧时间刚刚吃完,马上要做胃癌手术。因为这是一台报告手术,所以手术结果要在下次病例研讨会上报告呢！"

说完,他就跟立石一起匆忙离开了。里见凝望着两人的背影出了神,向他们送去恬静的微笑。那是在国立浪速大学里所看不到的飒爽英姿。

"你来这儿也快一年了吧？在这里感觉怎么样啊？"

都留像是体察到了里见的心思。

里见一边吃服务生端来的咖喱米饭一边说道:"最初我只觉得在这儿可以摆脱在大学里的那些烦琐杂事进而专心地做研究,所以感觉特别愉快。但是,近来我对能够跟各科的研究人员畅所欲言地交换意见也感到非常开心。我觉得真是来对地方了。"

里见眼中闪着澄澈的目光。

"你这样说,我很高兴啊!不过,因为此前我听别人说过你离开大学前后的情况,所以会常常揣测你心中的想法。虽然有些家伙对你说些闲言碎语,但我觉得你在那种处境中仍然励节守志选择了离开,实在很了不起呀!有些人为了当上国立大学的教授,或者过着常人难以想象的忍气吞声的屈辱生活,或者为了获取教授的宝座不惜玩弄阴谋诡计。而你在那样的环境当中,毅然决然地放弃了离教授宝座不远的副教授职位。我想,这绝不是单凭廉价的人道主义或多愁善感就能做到的。"都留感慨万千地说道。

"不,现在回想起来我仍然非常悔恨,既然在患者死后我能那样坚持自己的信念,为什么在患者活着的时候却没能坚持呢?"

说到这里,里见又想起财前不等佐佐木案的判决结果出来就迫不及待地参选学术会员了,想到这里,里见便觉得怒不可遏。

财前望着园灯映照下的自家院落,时隔多日再次与家人团聚在餐桌旁。小学六年级和四年级的两个孩子为能与父亲共进晚餐而开心极了,他们一边吃着汉堡和牛排一边谈论着当天发生的事情。长子一夫说起即将到来的远足,次子富士夫则说起在学校里颇受好评的漫画。在远足和漫画掺杂其中的童趣十足的谈论声中,团聚的餐桌越来越热闹起来。

"我最厉害啦!今天在学校也玩了怪兽游戏,我还当怪兽王从高高的单杠上跳下来了呢!"次子富士夫挥舞着餐叉说道。

"哎呀,万一摔断了腿可怎么办呀?下次绝对不许再那样啦!"母亲杏子不由得停下手来,担心地训斥道。

"那有什么呀? 就是掉下来了,反正有爸爸在,很快就能给我治好嘛!"

富士夫长得很像财前,皮肤稍黑,炯炯有神的眼中透着顽皮的目光。他在长相和性格上都比长子一夫更像财前,而且在学校的功课也很好。而长子却很像妻子杏子,圆嘟嘟的脸蛋十分白净,性情也像女孩子般温和。

"爸爸,富士夫真的老玩危险的游戏,听说老师们对他的淘气也没有一点儿办法。"

"那有什么关系呀? 上次大阪的外公不是说过吗? 不管是什么样的淘气包,只要学习第一就好。"

"哎哟,外公说那种话了吗? 不过,因为你们是附属小学的学生,要是不乖乖守规矩的话,会叫妈妈很没面子呀!"杏子皱着眉头说道。

财前说道:"外公说的话没错儿! 不过,把别人弄伤可不行啊! 听见了吗?"

"嗯,那我当然知道啦!"富士夫老成地点点头说道。

"那好,现在该说说哥哥远足的事情了。这次要去哪里呀?"

"要去爬摩耶山。我想在途中画摩耶山的各种植物的素描。现在是五月,所以山杜鹃应该开了吧!"

"我也想去摩耶山啦! 爸爸,你带我去嘛!"

"爸爸最近除了医院的事情,还有很多工作要忙。所以,这阵子不行啦! 就叫妈妈带你们去吧!"

"可以呀! 摩耶山倒是挺近的,那我就星期天开车兜兜风,带你们去山上的宾馆吃烤肉吧!"

杏子一口答应下来。

"真的吗？那就下个星期天去吧！一言为定啦！"

富士夫和一夫都兴奋地拍起手来。这些都是财前在少年时代不曾享受过的乐趣。在他上小学时，当小学教师的父亲就去世了。母亲一手把他带大，他靠母亲做家庭副业的微薄收入和奖学金上了大学，但母亲最后为了儿子将来的幸福着想，放手让他入赘了财前家。母亲在得知财前一审判决胜诉后的第二个月，就像是卸下了心头重负，因为高血压而溘然长逝了。与此同时，财前也失去了每月瞒着妻子杏子去中央邮局给母亲汇款的乐趣。

"爸爸，吃完饭咱们一起玩外公送的塑料拼接玩具吧？"

孩子们向父亲撒娇请求，但是今晚佃友博和安西要来家里。

"爸爸今天做了三台大手术，所以有点儿累了。而且，过会儿医院的医生要来咱家。爸爸下次再陪你们玩吧！今晚把学校的功课做完之后，你们就早点儿上床睡觉去吧！"财前满怀父亲的慈爱说道。

孩子们虽然像是有点儿失望，但吃完了餐后水果，他们就回二楼自己的房间去了。孩子们上楼之后，刚刚出浴的飘散着浓郁香水味的杏子过来了。

"老公，难得今晚放松一下，怎么还要叫佃他们过来呢？是不是有什么急事儿啦？"

"为了学术会员选举，我叫他们去办很重要的事情了。可是，他们怎么这么晚还不来呢？"

虽然目前尚未发布财前参选学术会员的公示，但他要求心腹佃讲师和安西医务长用这周的时间去侦察竞选对手洛北大学神纳教授那边的情况，预定今晚回来报告侦察结果。

"那他们肯定是拼尽全力地为你奔波，所以才拖延了时间嘛！哎，这种香水怎么样啊？这可是娇兰的'午夜飞行'呀！"

孩子们不在跟前,杏子娇态毕露地把身体倚在财前的胸膛上。

"这可不行啊！等会儿佣他们就要来了。你把酒都准备好了吗？威士忌就拿瓶'尊尼获加'吧！今天可要好好地招待他们哦！"财前轻轻搂住杏子的娇躯哄劝道。

"好吧！你前年刚刚当上教授,要是这回又当选学术会员的话,那可真要锦上添花啦！我爸也一直说,他选中你这个成长股,涨起来就不会封顶,所以心情特别好啊！"

杏子说完就起身去厨房叫女佣做准备了。

财前望着杏子离去的背影暗自思忖：如果没有想为财前家增添勋章的岳父舍得为自己撒银子换来的名誉和为此而纵情欢乐的妻子,曾为一介穷学生的黑川五郎怎么可能成为国立大学的教授财前五郎呢？又怎么可能成为学术会员的候选人呢？

门铃响起,是佃友博和安西来了。

"这么晚,真是辛苦你们啦！他从刚才就一直在等你们呢！"

从门厅传来杏子热情的招呼声。财前马上走进了客厅。

"老师,我们来得太迟。这次幸亏充分侦察了敌情,终于得到了有价值的情报！"财前刚进去,佃友博就兴奋地说道。

"是吗？那真是太辛苦你们了。来,咱们边喝边聊吧！"

财前抑制住兴奋的心情,叫佃友博和安西坐在摆好下酒菜的桌旁,并给他们斟上了威士忌酒。

"是什么有价值的情报啊？"

佃友博先啜了一口酒,说道："果然不出老师所料,鹈饲院长推举您当候选人其实另有目的。这是因为,据说对方候选人洛北大学的神纳教授跟鹈饲院长在继任内科学会理事长的问题上处于对立的关系。"

财前听佃友博一口气说完,便歪着脑袋纳闷儿。

"鹈饲院长是年过六十岁的内科学界的老前辈,而对方无论怎样业绩卓越也就刚过五十岁,在学术界只不过是崭露头角啊!"

"正因为是在学术界崭露头角,所以才会成为鹈饲院长的强劲对手。这七八年来,在作为内科学会理事长的东都大学的田沼名誉教授去世之后,学会内部围绕继任理事长的人选出现了新的意见,有人呼吁为了谋求学会的年轻化不应受到学阀的束缚,要推选能给学会带来新气象的人选。其中,呼吁推举崭露头角的神纳教授的进步派势力非常强大。于是,有意角逐内科学会理事长的鹈饲院长就想通过财前老师,在学术会员选举中把神纳教授打败而令对方尽失颜面,并在挫败神纳教授角逐下届理事长宝座意愿的同时,再给积极为神纳教授摇旗呐喊的进步派泼一盆冷水。"

"原来是这样啊!鹈饲院长推举我当候选人的意图,是想叫我帮他击败自己的敌手吗?"

财前眼中闪着亮光,考虑到下一步的发展形势。既然鹈饲想到了这一步,那么他的目标似乎就不单单是内科学会理事长了。只要他当上了内科学会理事长,那么在两年后进一步升任日本医学总会会长的可能性就更大了。而一旦当上了会长,迈向学士院会员的路途就更平坦了。倘若当上学士院会员的话,在七十岁以后就能自动获颁文化勋章或当选为"日本文化功臣"。毫无疑问,他已经算好了这一步。原来他是企图利用自己打败眼前的竞争对手啊!这个老狐狸!财前把差点儿脱口而出的话语咽了回去,端起酒杯一饮而尽。

"老师,内科学会理事长的头衔为什么会有那么大的魅力呀?对于我们来说,他们就像是云顶之上的人物,根本猜不透他们到底是怎么想的。"安西百思不解地问道。

"你们当然猜不透啦!从某种意义上来讲,内科学会的理事长掌握着全国内科医师的人事大权,特别是在国立大学内科确定继任教授人选时,可以从各个方面提出意见,进而对人事安排施加巨大的影响。而且虽然学会会长每年都要轮换,但是只要理事长本人不主动辞职,就几乎等于半终身制。所以,对于鹈饲这种没有显著的学术成就、只靠政治手腕在学术界打拼的人来说,当然具有很大的魅力啦!"财前一吐为快似的说道,"不过,这件事严禁外传。即使我知道这些情况,也得在鹈饲面前装出一无所知的样子,还得像以前那样按照'多谢厚爱、我愿意当候选人'的姿态行事。所以,你们也要保持这种心态。"

"但是,老师,既然这次选举有这么多复杂的内幕,那么洛北大学在选举时恐怕也会做好相应的准备严阵以待吧!而另一方面,私立近畿医科大学的重藤教授也一手包揽了近畿地方各私立医科大学的选票。再加上私立大学本来就擅长于筹措资金,可以预料到必定会有相当猛烈的钞票轰炸。万一发生了意外情况,那么为了鹈饲院长的个人目的而被推出参选的老师未必不会受到伤害。幸好目前还处于尚未正式表明参选的阶段,所以不如暂且放弃这届选举,下届再出马怎么样啊?"

佃友博在两年前的激烈选战中奋勇拼搏,此时仍然顾及好不容易当上教授的财前的体面。

安西也像钻了牛角尖似的说道:"我也有同感。听说,在教授会上也不是医学院全体一致的状态,我听说还产生了相当强烈的反对意见呢。基础组的教授已经表示拒绝说'叫各科室委派一名选举对策委员为财前教授辅选真是太愚蠢了'。更不利的是,好像还有一些教授在鹈饲院长面前满口答应,可实际上却什么事情都不干,就是故意叫您落选。所以,请您放弃这次参选的打算吧!"

"你们能为我着想,我很高兴。在人的一生当中,难免会有不能以自己意志决定放弃和退出的时候。不过这没什么要紧的,我既然决定出马,就会用尽一切手段谋求当选。虽然这次选举表面上是由妇产科的叶山教授担任参谋,但实际上掌握选举事务的参谋就是你们两人。你们抓紧从医务员当中挑选出十名能够协助你们的人作为专职辅选人员,并且设立选举对策总部以做好万全的准备工作。这是目前的活动资金!"

财前表明他决心已下,他"砰"地把存有一百万元的存折交给了佃友博。

佃友博惊愕地望着存折说道:"既然老师的决心这样坚定,那我们也就不多说什么了。我和安西尽快在医务部里设立选举对策总部,全力展开竞选活动!"

"嗯,就这样办吧!既然我已经决定出马,就无论如何都要当选。即使万一出现了落选的苗头,我也有办法在最后关头把对手推下台去。为此,咱们必须注意掌握对手的选前活动和其他违反选举法的事实。虽然学术会员选举被称为'学者的圣洁选举',但总而言之还是'智能犯'的对决嘛!"

财前脸上浮起高傲的微笑。

财前叫护士帮着穿戴了手术衣帽之后,表情不悦地走到消毒洗手器前。因为现在要做的是稀松平常的胼胝性溃疡手术,所以他心中不爽。

用消毒洗手液洗完手之后,财前一声不吭地戴上手术口罩并把汗毛浓密的大手伸向前方。护士迅速拿起薄型橡胶手套,不留一丝皱纹地贴着皮肤给财前戴上。

"患者的病历!"

锐利的指令声从他的口罩下发出。从刚才起就战战兢兢地察言观色的主治医师表情紧张地把病历捧到财前眼前。

姓　　名　　江马宗三郎、56岁、食品公司总经理

主　　诉　　恶心、食欲不振

现病历　　约一年前开始出现打嗝、恶心现象。接受胃
　　　　　　溃疡内科治疗后胃部不适感仍未改善

检　　查　　便验（隐血反应）呈阴性、尿检无异常
　　　　　　胃液检查酸度高
　　　　　　胃部X光检查未见异常
　　　　　　心电图未见异常

　　财前迅速地扫了一眼病历，又转身看看夹在观片灯上的胃部正面、第一斜位及俯卧的共三张X光片。这是在一个月前带着大阪府议会议长的介绍信来就诊的患者的胶片，当时财前给他加急拍了X光片并进行判读，发现胃前庭小弯侧有边缘不规则的慢性溃疡，黏膜皱襞前端有疑似恶性的断裂影像。财前瞟了一眼确认了溃疡的位置就把视线从X光片上移开，并忍不住在口罩下轻轻咋舌。就算是大阪府议长介绍来的患者，但区区一个胼胝性溃疡还必须由自己这个大教授专门为他主刀！真是令人气不打一处来。要不是鹈饲院长做了特别交代叫他关照，即便是府议会议长介绍来的患者，他也会推托出差或随便找个借口叫金井副教授代劳。

　　"那就开始吧！"

　　财前仍然绷着脸，大步走向隔壁的手术室。

　　中央手术室自动开闭装置的门扇打开，身穿手术衣的财前刚迈进手术室，两名手术助手和麻醉师已经各就各位迎接教授。财前轻轻点点下巴并走向手术台。他突然停下了脚步。

　　"是谁允许今天观摩手术的？"

他抬头望着可以俯视手术室的夹二层的观摩室。在玻璃隔开的观摩室内,十名年轻医师正摊开笔记本目光专注地望着手术室。

"那些是今年刚刚毕业的实习生,希望有机会观摩教授所有的手术。"第一助手答道。

"不行!看了这种谁都能做的手术就算是观摩过我的手术了吗?真是太小瞧我了!本来这种胼胝性溃疡就不是我来做的手术。马上叫他们出去!"财前唾弃般地说道。

第一助手慌忙向观摩室做了个手势,实习生们仓皇退出。

观摩者们离开之后,财前低头俯视手术台上的患者。全身麻醉的患者面色苍白地仰卧着,腹部手术区已经松弛。

"麻醉状态怎么样?"

"是,已经进入深度麻醉期,脉搏七十,血压一百二十,状态良好。"

听完麻醉师的报告,财前环视了一圈手术人员,说道:"那么,现在采用毕罗氏第一术式实施胼胝性溃疡手术。这台手术的术式本身很简单,所以我要尝试尽可能在短时间内完成。大家也要做相应的配合。准备好了吧?"

然后,他扭头向传递手术器械的护士,问道:"我专用的圆头手术刀和尖头手术刀已经做好送来了吗?"

"是的。此前请厂家特别赶制,已经准备齐全了。"

器械台上放着崭新的圆头手术刀和尖头手术刀。近来,财前对自己本领的自信与日俱增,甚至特别订制了个人专用的手术刀以夸耀自己的存在。

"好啦!那就开始吧!"

他伸展了一下戴着橡胶手套的手指。寂静的手术室内充满了紧张的空气。财前抬眼看了一下墙上的挂钟:下午一点三十八分。

"手术刀!"

财前的第一声指令发出,护士递上了手术刀。崭新的手术刀在无影灯下闪出一道冷光,随即落在患者腹部剑突部位并一刀划至脐部,鲜红色的血液在切开的正中线两侧画出凸起的线条,但因为财前刀法利落所以出血量很少。他接着剖开了肌膜并捏起腹膜,像剪纸一般刷地划开之后,两名助手立即用腹膜钳固定了剖开的部位,并用开腹钩拉开。

眼看着手术野被撑开,渗着血发出浅红色光亮的胃体和幽门出现了,肝脏、十二指肠、大肠、小肠等脏器也都渗着血,露出光润的红褐色。

财前使劲把手伸进在 X 光片上看到溃疡影像的前庭部小弯侧,凝聚视线进行触诊。虽然外观与正常胃壁几乎没有什么不同,但财前还是隔着橡胶手套摸到了厚厚的、稍有弹性的疙瘩。如果是癌变的话就应该是坚硬的瘤子,所以与财前在 X 光片上判读的完全相同,是胼胝性溃疡。财前确认了病灶之后,立即用迅捷的动作检查了其他部位,接着检查了肝脏和胰腺,都没有发现异常,胆囊里也没有发现结石。

"其他脏器没有变化,立刻实施胃切除。胃液的酸度很高,是吧?"

"是的,呈高酸度。"第一助手答道。

"那样的话,切除范围就是三分之二。尖头刀!"

他一把握住护士递来的尖头刀,轻巧地剥离了连接胃部的大网膜,把横结肠拉出腹腔外使胃体处于游离状态。财前动作迅速,没有喘息的间隙,两名助手为了跟上他的速度忙得大汗淋漓,就像在做大手术时一样。

过了不久,在食管与十二指肠之间出现了扁平状的胃体。

"不要磨蹭!时间过去了!"

第二助手用手术钳夹住幽门环的动作慢了半拍,财前就从手术台下朝他的小腿迎面骨猛踢一脚。这是他双手忙于手术又无暇动嘴时的斥责方式。第二助手疼得禁不住面部扭曲,但财前甚至没有抬眼看他一下,就抓紧时间把尖头刀对准幽门环下一厘米的位置,在像用刮胡刀般利落地切断之后,他抬头看了一眼时钟:一点五十五分三十秒。从手术开始到现在只过了十七分三十秒,这是超乎预计的速度。按照这样的进度,也许能打破千叶大学小山教授一台手术用时三十三分钟的纪录。想到这里,财前手术帽下的双眼闪出更加锐利的目光。

"接下来切断贲门侧。圆头刀!"

财前手握圆头刀,并用手术钳紧紧地固定住贲门侧缘,目测好贲门三分之一的位置就伸出圆头刀"嚓"的一声切断了胃体。另外三分之二的胃体血淋淋地抓在财前手中。

财前手术衣下厚实的胸膛渗出了汗水,额头上也渗出了汗珠。他把血淋淋的胃"咚"地一下放在助手递出的托盘里,立刻着手吻合残胃断端和十二指肠断端。他把动不动就要从手术钳滑脱的十二指肠断端向上提起到残胃的断端,并用缝合线熟练地吻合起来。

吻合结束之后,手术就过了危险阶段,接下来只剩下把拨开的内脏放回原位并关腹缝合了。财前捏着缝合针的手像机械一般精准而迅速地舞动。

"手术结束!"

财前抬头看着时钟,表针指向两点六分二十秒。

"老师,您实在太厉害啦!这台手术所用时间仅仅是二十八分二十秒!"第一助手兴奋地说道。

第二助手、麻醉师和护士们也激动得涨红了脸望着财前。连眼皮都出了汗的财前的眼中充满了坚毅,普通的外科医师需要两小时、即使熟练的外科医师也需要一小时才能做完的手术,他只用了二十八分二十秒就全部完成,把千叶大学小山教授保持的三十三分钟的纪录缩短了四分四十秒!

财前好像已把手术之前的不爽和手术中踢了助手一脚的事忘得一干二净,他摘下手术口罩的脸上露出了得意的微笑。

"各位辛苦了。这是刷新了手术时间纪录的患者,所以先送进恢复室做好充分的术后处置再送回病房。"

说完,他就昂首挺胸、傲气十足地走出了手术室。

财前离开医院后没有朝回家的阪急方向去,而是迈步走向淀屋桥,想去那里打出租车赶往庆子的公寓。他虽然感到手术之后有轻度疲劳,但今天创下了胼胝性胃溃疡手术二十八分二十秒的新纪录,于是想在愉快的陶醉感中享受庆子放荡的肢体。

除此之外,原定做完手术之后要去跟鹈饲院长和叶山教授商讨学术会员选举的事宜,却因鹈饲脱不开身而延至明天,这也使财前得以放松心情。在这一个月之间,鹈饲突如其来地推举他为学术会员候选人,随之而来,他要为参选做相关准备工作,另外他还要应付佐佐木的上诉审理,短期内堆积如山的杂务使财前感到有些疲惫。因此,当他离开医院走在河畔的道路上时,忽然发现就连司空见惯的堂岛川那泛着涟漪的河面也令人心旷神怡。他迈开豪放的步伐来到淀屋桥,可突然又停下了脚步。

上次庆子曾说"当上教授之后的你变得特没劲",她的这句话和当时脸上露出的轻蔑笑容变成不愉快的芥蒂留在心中。校内自不必说,就连校外都对他这位刀术高超、屈指可数的外科教授尊敬有加、不敢放肆,却没想到自己花钱包养的女人会用那种话奚落自己,看来庆子内心好像已经发生了某种看不见的微妙变化。想到这里他就觉得,在今天这样仅用二十八分二十秒就完成了一台手术的心旷神怡的时候,去找庆子实在没劲。

虽说如此,到底去还是不去庆子那里呢?财前犹豫不决。手术顺利完成之后的他十分渴求与妻子以外的女性欢爱一场。财前迈着踌躇的步履走过淀屋桥,眼前忽然浮现出曾经去过两三次的丽都夜总会的加奈子的身影。

第一次是财前为一名纺织公司老板做了胆结石手术之后庆贺出院时招待他去的,当时加奈子紧贴着财前纠缠道:"你就是大名鼎鼎的财前医生吗?一定要让我看看你做手术的样子哦!"当财前问她为什么想看时,她却漫不经心地反问财前:"因为你就像切甜瓜一样咔嚓咔嚓地切开人的身体呀!哎,胃是怎么切开的呢?"

第二次是应某制药公司的招待跟几名外科医师同行前往。当时加奈子也坐在财前身旁问他:"今天做了什么手术啊?"随即把脸贴近财前又大又长的手指像小狗一样耸着鼻子闻,逗得财前等人直笑。在喝了几杯加冰威士忌苏打之后,加奈子毫不掩饰自己对财前的好奇,说道:"医生,我的信条是绝不放走自己锁定的猎物!"她的语调热辣尖锐,令人对这个二十一二岁的小姑娘不敢小觑。财前回想起这句话,觉得在今天这样心旷神怡的时候加奈子才是合适的对象。

财前转身走向位于北新地的丽都夜总会,门童领他进入里面的包厢。

"哎呀,医生,今天你一个人来啦?"

加奈子招呼财前,随即甩开垂肩长发坐在财前身旁。

"嗯。今天刚做完手术就出来溜达,所以没有别人一起来呀!"

他刚要把雪茄叼在嘴上,加奈子突然把脸凑近他的手。

"好像还有血腥味呢!今天切什么啦?"

"也就是切掉三分之二的胃而已。"财前漫不经心地答道。

加奈子扭动着松鼠般的娇小身躯,抬起微微凹陷的下巴,嘟着像捏起般反翘的嘴唇。

"我也好想让你做手术呢!就等我得了盲肠炎吧!"

"那可不行啊!切盲肠这种小手术是进医务部半年的医务员做的。"

"哦?医生还会耍大牌呀!怪不得会被患者告上法庭哦!"

财前差点儿翻了脸。

"你把我的情况了解得很详细嘛!"

"那个时候,店里的顾客都在议论这个话题。不过,我最喜欢你这种强势冷酷的人啦!"

"像冷酷这种难听的词儿还是别说为好啊!"

"可是,大部分医生一旦被患者告上法庭并上了报纸都会承受不了,可你被报纸大肆炒作却满不在乎,听说反倒在法庭上把患者狠狠地整了一顿。"

"我可没有整他们呀!只是判我正确而已嘛!"财前一边喝威士忌一边苦笑着答道。

"怎么说都没关系啦!反正即使在打完官司之后,找你看病的患者还是蜂拥而至、大排长龙,可见你的医术有多么高超啊!如果叫我在人格高尚但医术却很差的医生和虽然冷酷但医术却很高超的医生之间选择的话,我当然会选虽然冷酷却医术高超的能治好病的医生。所以呢,你的人气不管是在官司之前还是之后都没有任何变化。听说,要找你看病必须要有大人物的介绍信才行,这是真的吗?"

财前虽然没有回答,但在酒酣耳热之际,加奈子的每句话都像那些来找他看病的患者说的话一样,使他心情舒畅。

"怎么样?今天要不要对猎物下手啊?"

财前隔着酒杯含笑望着加奈子。

"嗯,好啊!但是我一旦下手就绝不会放开哦!"

加奈子把松鼠般小巧玲珑的娇躯紧紧地粘在了财前身上。

汽车在夜幕下沿着第二阪神国道向六甲山疾驰而去。天空开始下雨,橘色的车灯光柱照射着湿漉漉的国道。财前感受着靠在自己肩头的加奈子暖暖的体温,同时想起了庆子。自己已经拥有了从女子医大退学的聪明貌美、身材曼妙的庆子,如果再跟这个不明来历、热情奔放的加奈子浓情蜜意的话,确实会加重自己的负担。然而,当他感受到加奈子充满青春活力的身体时,就再也无法抑制熊熊燃烧的欲火了。

不知不觉之间,汽车已经驶离国道转向六甲山口。驶入兜风车道之后,雨势稍有停歇,但却转而升起了夜雾。司机打开黄色雾灯并降低车速,沿着夜雾迷蒙的山道向上驶去。虽然这里离大阪只有一个小时车程,但路上几乎没有车辆的影子。偶尔遇到对面来车时,只能观察雾灯错车而行。

他们终于抵达了山上的宾馆。旅游淡季的宾馆冷冷清清,没有人气,两人跟着服务员进入客房,站在阳台上向外眺望。刚才的浓雾就像被夜风吹走般散去,神户市区的万家灯火尽收眼底。从山脚一直延伸到神户港海岸线,红、绿、蓝等各色灯光成排成行,使整个城市看上去就像彩色玻璃般璀璨绚烂。那片灯海的前方是漆黑的海面,远处洋面上还有一艘灯火通明的轮船,宛如不夜城一般漂浮着。

"哇,好漂亮啊!那些灯光就像珠宝盒被打翻了一样,有红宝石、蓝宝石、绿宝石……"

加奈子惊叹不已地观赏着窗外的夜景,过了片刻突然转身面对财前出其不意地问道:"你没有情妇吗?"

"很遗憾,我没有啊!"

财前丝毫没有流露出与庆子的关系。

"那太奇怪啦！像你这样穿着西装还穿着手术衣握着手术刀的魅力四射的男人……"加奈子歪着脑袋说道，"不过，反正怎样都无所谓啦！只要我成功地抓住你就行呀！"

说完，她就把年轻的身躯像圆球似的弹进了财前的怀抱。

熄灭了灯光的房间里飘溢着裸露肌肤的迷香。财前粗野地把嘴唇压上去，用强大的力量紧紧箍住那柔软的身体，沉溺在年轻女子的娇躯之中，他脑海里倏然掠过鹈饲说的话——要注意清理自己的身边！因为学术会员选举时往往会有那种匿名信啊！

财前瞬间感到大脑似乎清醒过来，但完成手术之日的熊熊欲火立刻打消了不安的感觉，他又沉醉在年轻女子的娇躯之中。

第二十五章

关口律师乘坐新干线列车抵达东京车站后,迅速拦了出租车从八重洲出站口直奔位于信浓町的东京 K 大学。

关口遍访了大阪、京都及名古屋各大学里对官司可能有所助益的教授,却屡遭拒绝,他迫切希望此行能为上诉审理中的重要争议点即"只要术前做过 CT 扫描就能发现肺部转移"找到医学论据。

刚刚走进东京 K 大学附属医院的大门,关口就把视线停留在中央的绚丽花坛上。花坛四周围绕着白墙病房楼,各层阳台上也可以看到五颜六色的鲜花,楼下停车场排列着很多高级轿车。这里与其说是医院,莫如说如同特大型的高级公寓,其鲜亮和豪华的氛围与本该古色苍然的国立大学附属医院相去甚远。

关口来到事务处报上正木副教授的名字之后,事务员立即拨通了副教授办公室的电话,并请他前往位于三层的办公室。这里没有像去国立洛北大学找村山教授时被刻板地询问有无预约或介绍信之类的程序,打个电话就干脆利落地办完了事务性的手续。

推开副教授办公室门,只见在奶油色墙壁围绕的明亮房间里,正木副教授隔着办公桌在和前一位来客谈话。关口行过注目礼之后就坐在了门旁的椅子上。正木副教授把一部校样摊开在办公桌上。

"我还要在这部分添加德国的统计资料,但还有些地方需要再做推敲,所以在二校时我再修改一下吧!"

"我明白了。对于您这样不断更新准确资料一直修改到底的作者,就是叫印刷厂多费些时间,我们也要多次修改排版直到定稿付印为止。"

那位医疗杂志记者模样的男子在正木副教授指出的位置做了记号。

"那我现在就去印刷厂修改校样,就此告辞了。"

记者匆匆起身走出了办公室。

"不好意思,让你久等了。我去美国半年,刚刚回国就来了一大堆工作,论文眼看就到截稿日期了。虽然在那边也相当忙碌,但在日本还有很多杂务,所以比在美国的时候有过之而无不及呀!"

正木副教授苦笑着在待客沙发上与关口对坐。他穿着法兰绒长裤和两侧打褶的条纹上衣,袖口缀着皮制袖扣,他那潇洒的装束一丝不苟,说话干脆利落而生动,是关口至今为止从未见过的类型。

"我是近畿劳保医院东院长介绍来的关口律师。"

关口向正木副教授做了自我介绍,并递上东贞藏的介绍信和自己的名片。

"我已经事先收到你寄来的有关此事的信件,而且昨晚东教授也郑重其事地向我家打电话委托我协助你。"

关口事先已经把佐佐木医患纠纷案从发端到上诉审理的原委、一审起诉书、判决书以及上诉书的复印件都寄给了正木副教授,然后约定今天面谈。

"在您百忙之中打扰,十分抱歉。前些天寄来的资料,您是不是已经过目了呢?"

"我已经拜读过了。恰逢最近美国医患纠纷案大幅度增加而且判决之严厉令人惊讶,所以我十分感兴趣地看了你寄来的资料。"

"是吗？美国的医患纠纷案真有那么多吗？"关口探身问道。

"是的。据说,美国一年就有九千件医患纠纷案,而平均每宗案件的赔偿金额就有五十万美元(一亿八千万日元)。其中针对胜诉案件的赔偿金去年一年的支付总额就有五百万美元(十八亿日元),所以虽然每宗案件的实际赔偿金额都比索赔金额少很多,但即便如此,与日本相比还是高出几位数呢！例如其中有件官司,是在切除左肺下叶时因出血量过多放入棉塞压迫脊椎而引起了下半身瘫痪,最后法院判决赔偿的金额居然高达六十五万美元。因此可以说,美国医患纠纷案的判决对医师过于严苛了。而且,随着医学的进步,医师的注意义务范围和程度不断地扩大,医患纠纷的内容也日益深刻了。听说,有的医师在被判要支付一辈子都难以还清的赔偿金额之后选择了自杀！"

正木和关口陷入了沉默。医师自杀这样的情况,使身为医师的正木和正在控告医师的关口都感到不寒而栗。

"虽说如此,可是在美国,患者的主张为什么会那样有优势呢？"

"可能是因为美国的审案制度与日本不同吧！在日本,即使有了可以被认为是误诊误治的事实,仍然必须从医学理论方面证明事实的因果关系,所以医学专家的证词及鉴定自然具有优势。但是,美国由于实行陪审员制度,所以并不一定重视医师的证词和鉴定。他们一方面信赖专家的证词,而另一方面还要重视陪审员的常识,法院这种审案制度最终更能反映患者的主张吧！"

"在日本,如果不对医事审判设立特殊的制度并改变目前这种只重视医师的证词和鉴定的现状的话,由于外行人很难从医学理论的角度进行论证和反驳,所以处于极为不利的境地。"关口用含着愤怒的声音说道,"不过,就像我在资料上所写的,我方上诉人主张只要在术前做了CT扫描就应该能够发现肺部转移病灶。为了从医学理论的角度支持上诉人的主张,我想向老师请教您最近发表的关于胃癌的肺部转移的新资料。"

此前在与国立洛北大学村山教授等多名医师交涉中吃尽苦头的关口做出十分恳切的表情。

"那份资料只在肺癌研究会内部做过介绍,还没有正式公开发表,就是我刚才交给记者的那篇论文。不过,既然已经交给了杂志社,那也就等同于公开发表了,所以就向你介绍一下吧!"

正木说完,从沙发上起身,把办公桌上的资料取来放在面前,他那富有朝气的面孔骤然严肃起来。

"关于胃癌的肺部转移的病例从五六年前开始就有过很多研究报告,但大部分都是根据胃癌剖检实例进行的统计。我这次发表的论文,是以我们医院发现的三百四十例肺部转移性癌瘤为对象统计的资料。我把这些病例按照原发病灶的不同加以分类,结果在临床发现最多的是从乳腺癌转移到肺部,约占百分之二十三。第二位是原发灶本身就是肺癌的病例,约占百分之十四点五。第三位是从胃癌转移到肺部的病例,约占百分之十一点三。比起第四位的从子宫癌转移到肺部的百分之五点五多了一倍。"

"哦?原来胃癌的肺部转移仅次于乳腺癌和肺癌,居第三位。这么说,在临床上发现每十例中就有一例以上是肺部转移吗?"关口像是找到了可以依赖的论据,不由得停下了做记录的手,"老师,照此说来,是不是像这宗案例这样,只要发现胸片上有阴影就可以怀疑是转移病灶啦?"

"可问题是要看 X 光片上阴影的具体情况啊!根据你寄给我的情况来看,阴影像小指头那么大,而且局限在左肺下叶且只有一个。但是,通常胃癌的肺部转移病灶的 X 光影像被称作淋巴管炎型,以沿着支气管血管延伸的索状阴影为主。而像佐佐木先生这种结节型的孤立性阴影却比较少见啊！"

"那就是说，即使是正木老师这样的学者也难以怀疑本案所涉及的阴影为癌症吗？"关口继续追问道。

"哎，你先别急着下结论嘛！虽然胃癌的肺部转移病灶的X光阴影本身很少呈现佐佐木先生那样的结节型，但是从整体上来看，转移性肺癌中最多的就是这种结节型，占全体的百分之五十。尤其是在肺部下方看到孤立性阴影的情况下，就应该怀疑是转移性癌瘤，确实有必要进一步做CT扫描啊！更何况在佐佐木先生这个病例中，主病灶已经得到了确认，做胸部检查的主要目的就是为了检查是否有转移病灶。所以，无论出现多么小的阴影都应该做CT扫描。"

"那么，只要做了CT扫描就可以确定癌细胞转移吗？"

关口的嗓音中透出几分兴奋。

"不，那也要在实际观察了X光片之后才能做出判断。不过，因为已有转移病灶的癌症与没有转移病灶的癌症在治疗方面有很大的不同，所以既然是大学的医院，可以说CT扫描首先应该是常规的检查项目吧！"

"原来如此！原来是常规检查项目啊！这个信息太重要啦！另外，您说根据CT扫描所见治疗方法也会有所不同，是不是指化学疗法呢？"

"正是如此！你真不愧是接手医患纠纷案的律师，看来做了相当多的功课呀！"正木钦佩地说道。

关口好像在思索什么，沉默了片刻，他突然正襟危坐地面对正木。

"老师！我可以请您作为上诉方的鉴定人在法庭上陈述您刚才说的话吗？"

"什么？当鉴定人？你先前只是说希望我从纯学术的立场介绍胃癌的肺部转移的情况，我还以为仅此而已呢！"

"在我来请教您的时候确实是只有这样的打算。不过,老师刚才那番话可以确切地证明上诉书中的第一个争论点:由于财前被上诉人未做CT扫描,所以未能在术前注意到转移灶。老师,请您当我方的鉴定人。拜托您了!"关口抱着最后一线希望恳求道。

正木犹豫地噤口不语。

"我的胃癌的肺部转移理论不知道在实际的法庭审理中受到怎样程度的重视,但不管怎样我也可以陈述自己的学术见解嘛!我是个没有什么感情色彩的人,我的性格决定了我为阐述自己的学术见解不考虑任何阴晦的东西。所幸我是私立大学的副教授,处境比国立大学的教授和副教授更自由些,所以我就当鉴定人出庭吧!"

关口向正木深深地俯首致谢。多亏了正木副教授,上诉审理才找到了一线生机。从这里开始,第二和第三个争议点好像也有望打开突破口了。

财前对昨晚跟加奈子一夜风流感到有些后悔和沉滞般的疲惫,此刻正在"扇屋"里面的包间跟鹈饲院长和妇产科的叶山教授策划参选学术会员的相关事宜。

鹈饲红润的面孔一反常态变得愁眉苦脸。

"不管怎么说,因为对手非同寻常,我就不方便站在台前为财前的竞选运动摇旗呐喊啦!"

脸皮白净得像女人的叶山点了点头。

"那是当然的啦!对立候选人跟鹈饲老师同属内科领域,又是专攻循环系统的神纳教授,所以对于老师来说,没有比这更棘手的麻烦事儿啦!"

"说的就是这个问题嘛!我们经常在同一个内科学会上照面,所以这方面的事情实在难办。因此,这次要让叶山好好地表现表现。

当然,我会在幕后不惜余力地援助。"

财前觉察到鹈饲与叶山早就串通一气了,而且他通过佣友博他们的情报已经得知鹈饲推举自己当学术会员候选人是谋求在学术会员选举中打败政敌——有意角逐下届内科学会理事长的神纳教授,可他现在却必须装出对此一无所知的样子试探鹈饲的反应。

"听说神纳教授是内科学会进步派的中心人物,在内科领域网罗选票的能量极大,看来是个相当难以对付的劲敌啊!"

"不,那种人没什么了不起的。最重要的是为了确保财前当选,咱们要仔细商讨一下具体的竞选对策。"鹈饲说完一口喝干了杯中酒,"竞选活动的首要任务就是掌握具有投票资格的选举人名册,然后根据这份名册把票源分为本系统的大学和医院、有实力的学会、校友会和医师协会这四个票区,并针对各个票区做好竞选工作。"

叶山马上接过了话头。

"在这些票区拉票需要强有力的途径,首先要把学阀作为纵轴,委托他们向本系统的大学、医院和校友会的实力派拉票。而横向关系就要跟有实力的学会和各地区医协的头目协商并确保票源。不过,对于本系统各大学的校长、医学院长和医院院长就得由鹈饲老师亲自出马协商,这事儿我可是拿不下来。要想委托那方面的实力派帮着拉票,由于选票比较集中,所以必然伴随着某些职位的交换条件。对于各学会的会长和评委,就请鹈饲老师直接发出呼吁。在此基础上,以我为首的鹈饲派的教授们也四处奔走聚票。至于校友会和医协方面,就利用财前平时的交情拉票,怎么样啊?"

叶山俨然一副得意扬扬的竞选参谋的模样。

鹈饲说道:"财前嘛,想必早就对校友会和医协那边采取措施了吧?"

"是的。在上次教授会之后,我就立即拜访了校友会干事锅岛先生和医协的岩田先生,请求他们协助并已经得到了他们的承诺。另一方面,我在医务部内也抓紧叫下边的人成立了竞选总部,同时叫那些自家就是营业医师而父亲又是当地干部的医务员专门负责跑医协方面,细致扎实地做好聚票工作。对于校友会的干部,我会亲自去走访。"

听到财前这样说,鹈饲使劲地点了点头。

"因为校友会中有不少人特别嫉妒你,所以跟校友会打交道千万要小心谨慎。毕竟你前年刚刚当上教授,如果这次又参加学术会员选举的话,招来嫉恨也不足为怪呀!"叶山似乎在说别人,但黏黏糊糊的话语听上去就像是他自己有情绪一样,"总而言之,估计今年近畿地区具有选举权的人数为一万八千人,如果财前跟洛北大学的神纳教授还有私立近畿医科大学的重藤教授三位候选人瓜分选票并想成功当选的话,第一个问题就是要知道必须拿到多少票,第二个问题就是决定各票区的目标票数。关于第一个问题,从历年的投票率来看在百分之八十五左右,但这次是三名候选人的争夺战,所以投票率可能达到百分之九十,也就是将有一万六千人投票,现在就要委托各票区的负责人开始聚票,一个月之后汇总大致的票数加以研判,分析哪些票区还有哪些薄弱环节,并进一步制定相应的对策。或者如果财前有什么好主意的话……"

叶山把自己的参谋手腕强加于人,财前听了心生不悦。

"谢谢你为我考虑得这么周全。我也打算在外出聚票的同时,还要把以前的论文整理成集抓紧付梓出版,找人大量发布出版介绍的小册子,并大张旗鼓地为论文集做宣传,趁着出版论文集的机会声势浩大地展开竞选运动。"

"真不愧是财前呀!对于学者来说,没有比趁着出版个人著作的机会展开竞选运动更巧妙的手段了。而且这样做也不会违反在公示之前禁止在报纸杂志上刊登广告做宣传的选举规定,实在是高明呀!"

鹈饲喝干了杯中酒,使劲地吸了一口烟问道:"不过,选举经费你准备了多少呀?"

财前不知该怎样回答。虽然岳父又一说过要不惜任何代价,但考虑到在佐佐木庸平医患纠纷案中要给律师支付的费用,他又不好说得太多。

"虽然法定费用只有明信片的费用和印刷费,但医务员的交通费、津贴以及固票的费用等,我准备花二百万左右。"

叶山听到他的回答,白净的脸上浮现出一丝微笑,他颇为意味深长地说道:"除此之外,只要你财前教授向制药公司开口,他们一百万应该乐意出吧?像你这样的著名教授一旦成为药事审议会的成员,那可就不是这个价钱了。我作为竞选参谋虽然有经费,不过还是钱多好办事儿嘛!"

在黑色窗帘遮挡的检查室内,山田梅躺在诊疗床上,口中已经插入光纤活检仪的黑色软管。

由于咽喉部已经实施了麻醉,因此不会有局部性的痛苦。不过,继上次胃镜和细胞学检查之后这已经是第三次检查,所以她在精神上好像已经难以承受,刻满皱纹的黝黑脸庞缩得更加窄小,她只好浑身无力地躺着。

"阿婆,今天就是最后一次检查了,请再忍耐一下吧!"

里见安抚着阿婆,把双眼对准目镜并小心地把活检仪前端推进到幽门前庭部。

光纤活检仪前端的镜头捕捉到胃前庭部大弯处直径一厘米左右的无茎息肉状隆起的病变,与胃镜检查和细胞学检查所见几乎没有不同，病变表面相当圆滑，比周围的浅红色胃壁颜色更深一些，息肉顶部的微量出血也已经止住了。

里见继续盯着目镜，指令旁边握着活检仪操纵柄的助手："病变的大小和形状都跟前两次观察到的相同，所以活检部位还是预定的那五个。胃内部再注入一些空气！"

助手挤压连接活检仪底部的送气皮球并注入空气，眼看着收缩的黏膜皱襞被渐渐撑开，活检仪与病变部位之间打开了五厘米的间隔。

"送气量够了！"

里见把活检钳慢慢地推进活检仪底部的插入口，当前端与照明灯和摄像镜头表面之间出现沟槽时，他就把活检钳向隆起病变的顶部伸了出去。与胃角部相比，幽门前庭部由于光纤活检仪与胃壁之间容易拉开距离，所以不太容易把活检钳准确伸到病变部位。但是，由于里见的操作技巧十分娴熟，所以活检钳准确地到达了病变顶部，活检钳前端夹子形的杯口呈 V 字形张开扎入病变黏膜，鲜红色的血液瞬间渗出，顺着胃壁画出的红线流下。里见把夹住黏膜的活检钳向后拉，黏膜被提起三角形帐篷的形状，随即撕下一块直径三毫米的黏膜组织。里见抓住时机把采样部位拍好照片，并把活检钳从光纤活检仪的软管中拉了出来。

"这就是隆起病变顶部的活体组织切片。应该是把黏膜的全层都采集到了。"

里见把钳子杯中采到的组织切片放进助手递来的装有福尔马林溶液的容器中，淡红色的小块组织切片上渗着细微的血丝像麸皮般悠悠荡荡沉到容器底部。

里见再次把活检钳插入活检仪软管中，着手进行隆起病变侧面部位的活体组织采样。

当侧面两个部位的活体组织采样结束之后,从胃体向幽门就开始了波形蠕动。每当蠕动收缩环像波浪般通过时,病变部位就会上下波动使手术钳的操作难度加大,所以必须具备迅速而精准的活检技术。里见冷静地观察收缩环的动向,抓住蠕动的间歇瞬间像狙击猎物般采到了五个位置的组织切片。旁边的助手把里见采到的活体组织样本分别装入容器里,送到了病理学检验室。

"阿婆,已经做完了。你坚持得不错呀!"

里见把光纤活检仪从山田梅口中拔出并盯着她的面孔,做了三次检查感到十分气恼的山田梅只是眯着眼睛仰望着里见,却一声不吭。

"阿婆,你今天好像很累了,不要马上回去,在隔壁床上休息两小时后再走,好吗?"里见体贴地说道。

可是,山田梅却把脸扭向侧面。

"大夫,那个……"陪同的儿媳忐忑不安地向里见使了个眼色,就先行走进了隔壁房间,"大夫,我婆婆得的是癌症吗?"

由于对方是患者的儿媳而不是儿子,所以里见一时不知道该怎样回答。

"我老公担心得都没心思干活儿了,他说如果是癌症的话现在不妨明确地告诉我们。看我婆婆那个样子,恐怕绝对不愿意再做检查了。"

她再次提出了要求,由于担心,嗓音有些嘶哑。

"不,请你们再等十天左右,到时候就会有基本上明确的答复。"

里见十分体谅患者家属的心情,他指示护士让阿婆休息两个小时,如果阿婆感到不舒服的话就随时来叫自己。然后他抬眼看了一下时钟,已经差五分两点了。

今天下午一点钟,预定在会议室召开针对近畿癌症中心编撰的早期胃癌书籍的编审碰头会。由于山田梅对检查有抵触情绪需要安抚,而且为老年患者进行活检需要特别谨慎,所以里见已经耽搁了一个小时。

里见快步走向三楼会议室,敲了敲门走进去。里见的上司即第一诊断部的主任有马、外科的槙主任、放射科的立石主任、集体筛查部的杉村主任、临床病理室的都留主任等近畿癌症中心胃癌小组的成员都已经到齐,正面座位上是长着个性粗眉、双眼锐利的时国所长。里见向大家解释因为给患者做检查而迟到了,然后坐在了空座位上。

"关于书名大家提出了各种意见,就暂定为《早期胃癌诊断汇编》,重点就放在介绍早期胃癌病例实际诊断和治疗的情况。出版社希望能在明年三月份出版,我也觉得从时间上来讲不至于太紧张。不过,由于毕竟内容是第一位的,所以希望直接执笔的各位要研讨一下。另外,因为已经基本上决定还要把这本书翻译成英文版和德文版在欧美发行,所以也请各位考虑到这一点拿出佳作来。"时国所长向全体说完之后,补充道:"已经决定由里见负责解说胃活检法的诊断病例,详细情况可以过后向大家咨询。"

所长说完就像有什么急事,叫秘书备车并匆匆走出了会议室。

所长离开之后,以病理室主任都留为中心继续进行讨论。

"三个月前,在京都举行的国际消化系统疾病学会上,日本有关早期胃癌诊疗取得的非凡进步令世界各地的学者极为惊讶。虽然我们在这一点上远远超过了他们,但在这本《早期胃癌诊断汇编》中必须收集比上次更加丰富的资料和病例,让外国人再次认识到日本在早期胃癌诊断方面的实力。"

槙主任也接着说道:"确实如此。在那次学会上,尤其是关于早期胃癌的研究完全是日本学者独占鳌头啊!在此之前,即使咱们发表了论文也还是得不到认可,而如今全世界的学者们都已经亲眼看到,并终于接受了咱们的研究成果。"

"不过,美国的哈克斯雷教授等在欧美学术界处于领导地位的学者们,至今尚未百分之百地认可咱们的研究啊!相比之下,罗马尼亚和瑞典等国的学者倒是很坦率地表达了他们的敬佩之情。不过,他们是因为在研究水平上跟我们差距太大而产生的敬佩之情,所以我怀疑他们是否真正了解了咱们的研究内容。不管怎么说,我觉得可能是他们与咱们对于早期癌症的认知存在着很大的差异。他们认定直径一两厘米以下的癌变根本不可能发现。"集体筛查部主任杉村苦笑着说道。

放射科的立石主任也说:"就是那么回事啊!他们似乎很难理解我在 X 光诊断中研究的以毫米为单位的癌变。他们还主张他们所说的三四厘米以上的癌与咱们所说的以毫米为单位的癌不是一回事儿。因为他们只能把早期癌症和进展期癌症作二元式的理解,所以叫人实在不敢恭维。里见,你有什么感想啊?"

一直默默聆听众人讨论的里见这才开口说话。

"令我印象最深刻的是,在提到为什么日本能够那样成功地发现早期胃癌的议题时,美国的学者们就会说是因为日本胃癌发病率高的缘故。但是,从胃癌发病率来讲,美国的比例是日本的五分之一,所以,他们发现早期胃癌的比例也应该是日本的五分之一或六分之一,至少也应该是十分之一,可实际结果却几乎接近于零。那边的专科医师制度过于发达,与不同专业领域的人几乎不进行讨论。而且,他们没有像咱们这样在内镜、放射线、外科和临床病理四科的团队协作下共同研究的体系,所以才会在早期胃癌研究方面落后。"

里见语调平稳地说完之后,第一诊断部主任有马发言道:"那种落后状况并非只发生在美国,即使是在国内,咱们身边不是也有吗?

在上次学会上,当咱们轮番向欧美学者提问时,担任主持人的东都大学的山本教授就一个劲儿地使眼色制止。尤其是在质疑内容十分尖锐时,他们甚至还会出言中止讨论。或许他是想照顾外国的一流学者,免得让对方出丑。但是,那种权威主义却会阻碍新学术的进步啊!"

"完全正确!就是那种热衷于旧制帝国大学式的权威主义的教授,在咱们一提到集体筛查、内视镜和细胞学检查时就蔑视咱们是'追新技术帮'!当咱们认真质问他们'那你应该用什么方法最大限度地拯救癌症患者时',他们却哑口无言了。对于早期胃癌诊断这种年轻的学术研究,必须运用前所未有的综合研究体制和年轻的能量去应对,才能成功。"病理室主任都留说道。

"年轻的学术研究"这个说法在里见耳中留下了鲜明的印象。他们正在通过团队协作向早期胃癌诊断这个尚未开拓的年轻学术领域一步步地扎实迈进,一种沉甸甸的喜悦传入他的心里。

近畿劳保医院的院长办公室装有日光浴室式的巨大玻璃窗,五月下旬的阳光把跃动的光明洒满了室内。

院长东贞藏结束了上午的院长门诊之后,叼着雪茄烟摆出放松的姿态坐在转椅上,望着来到医院的女儿。

"佐枝子,你来医院可是真稀罕啊!找我有什么急事儿吗?还是为了上次松仓先生提到的那件事情……"

佐枝子身穿青瓷色的碎花纹单和服,系着铁锈红仿织锦腰带。东贞藏在一个月前曾经向她说过大阪一个大型私人医院的松仓院长的长子提亲的事情。站在窗边的佐枝子在灿烂阳光中眨了眨眼睛。

"不是。今天是在大阪举办茶道聚会的日子。另外,我来是要告诉您,早上您刚刚出门,关口律师就去咱家了。他昨晚坐夜车一大早到达大阪车站,然后就直接赶到咱家,说是要感谢您向他介绍了东京 K 大学的正木副教授,还要向您报告正木副教授已经答应当鉴定人了。"

"哦?当鉴定人?"东贞藏惊愕地反问道。

"是的。关口律师拿着您的介绍信找到正木副教授,本来只想请教学术方面的见解,但是根据谈话的内容他又殷切地恳求他当鉴定人,正木副教授就接受了。"

"正木副教授会答应当患者方的鉴定人吗?"

虽说私立大学比较自由,但东贞藏还是难以相信前途远大的少壮副教授会在其他学校的医患纠纷案中充当患者方的鉴定人。

"正木副教授真是太了不起啦!关口律师说他终于感到打开了突破口,还说要立刻通知里见,把从正木副教授那里听到的信息告诉他。他还精神振奋地说,要从这里找出解决第二和第三争议点的途径呢!"

东贞藏默默地抽着雪茄烟。

"父亲为什么只采取被动的姿态提供协助呢?我觉得这件事是从决定您继任人选的那场教授选举开始的。就因为您没有培养出名副其实的优秀继任教授,才会上演那场令人难以想象的发生在国立大学的丑态百出的教授选举。到最后还让财前那样的人当了教授。这场医疗事故不就是他的骄傲自大所导致的吗?而且父亲一直都站在袖手旁观的立场上,即使是在里见因为这个事件被迫离开大学走投无路的时候,父亲也没有为他做过任何事情。"

佐枝子的美丽双眸露出比话语更加强烈的责备的目光。

"我跟你说,那也是因为我经过很多波折刚刚当上这里的院长,所以我确实是力不从心呀!"

"真是那样吗?如果您当时真的有心帮助里见的话,也不是非得安排他来这家医院不可,父亲应该可以把他推荐到您以前在国立浪速大学当教授时有关系的医院或研究所呀!在自己力所能及的范围内提供帮助是任何人都能做到的事情,而在自己力不从心时还能千方百计地伸出援手,难道这不是真正的尽心尽力吗?我觉得跟里见的高风亮节相比,父亲这种明哲保身、自私自利的做法使我感到羞愧。"

"佐枝子,你说话要谨慎!你怎么可以对我说出这种话呢?难道你……"

他好像要避开里见的名字似的欲言又止,他的自尊心不允许他在已经提了亲的女儿面前说出已有妻儿的里见的名字。父女之间流动着相互抵触却又相互体恤的微妙沉默。

佐枝子突然把白皙的脸庞凑近父亲说道:"我的心思也许正像父亲所担心的那样。而且对于我来说,那或许是一种无可奈何的不幸。但是,我不能对美好的存在视而不见、任其错过,却对不美好的东西勉强将就。"

她的话暗指目前提亲的事情。

"时间不早了,我还要去参加茶道聚会,那我先走了。"

说完,佐枝子就拉开门,走出了父亲的办公室。

虽然离三点钟茶会开始还有一段时间,但佐枝子觉得,继续跟父亲谈下去会是一种痛苦。她经过走廊,乘电梯下楼,朝门厅走去。

"哎呀,是东老师的千金啊!"

佐枝子转身一看,是父亲在浪速大学任教授时的病房护士长龟山君子。

"好久没见啦!老师的夫人也好吧?"

"很好,谢谢。不过,你这是怎么啦?"

佐枝子看到龟山君子身穿并非她所熟悉的白衣而是和服,于是疑惑地问道。

"我在东老师退休、财前老师当上教授之后不久就辞职了。"

"那你是结婚辞职了吧？"佐枝子贺喜道。

"是的。虽然也有结婚的原因，但另一方面是因为财前教授领导的第一外科的气氛令人非常不愉快。"

看样子，龟山君子似乎想找人听她诉说心中的郁结。

"要不咱们去附近喝杯茶吧！"

她们走出医院，进了离医院五十多米处的一家小茶馆。在桌旁相对而坐之后，龟山君子就像要把心中的郁结一吐为快。

"说真的，我本来打算结了婚也不辞掉护士工作，希望跟在工厂工作的丈夫两人一起挣钱。"

"那你为什么要辞职呢？"佐枝子端起服务生送来的咖啡杯问道。

龟山君子也喝了口咖啡，说道："那是因为在财前教授领导的第一外科医务部里，那个狗仗人势的医务长耀武扬威不可一世，护士们只要财前教授打声招呼，别说是自己科室的病房了，甚至连其他科室的病房都要想办法加塞儿。能搞到病房的护士长受到重用，而像我这种不识时务的死心眼儿的护士长根本吃不开。再加上财前教授对待特诊住院患者与普通住院患者的态度简直是天壤之别，所以大家的抱怨都冲着我这个病房护士长来了。可是，我又不能因为这个向教授反应，这太痛苦了。对啦！就连给那个叫佐佐木庸平的患者看病也是……"

"什么？给那个患者看病也是什么？"

佐枝子心中激起了汹涌的波涛。

"财前教授大查房时，我因为照顾隔壁病房的患者去迟了，一进佐佐木先生的病房就听到财前教授在训斥柳原老师。他用凶狠的语调说根本用不着做 CT 扫描,还问柳原老师是不是怀疑教授的诊断。柳原老师回答说:'不是,我只是为了慎重起见。'可财前教授却说:'无论什么,做事情都以为只要慎重起见就好,是那些无能医师的做法。'但是,如果当初佐佐木先生也是特诊患者的话,财前教授一定会亲自做更加精密的检查,或许就不会发生闹上法庭了。"

"龟山女士,请把你刚才的话在法庭上说……"

"啊?我上法庭说?"

龟山君子十分惊讶地盯着佐枝子,从佐枝子认真的眼神中,她领悟到事态的严重性,就突然噤口不语了。

"龟山女士,希望你为那位患者的遗属说出刚才的证词。"佐枝子再次请求道。

"说实在话,我是因为可能怀孕了来医院做检查的。不管怎么说我算是个高龄孕妇了,所以为了维护自己的家庭,我不想卷入官司。"

她刚才还在批评对财前阿谀诌媚的医务员和护士们,然而此时却判若两人,变得态度消极起来。

"要耽误预约的检查时间了,我先失陪了。谢谢你的咖啡。"

龟山君子道谢之后,就转身匆匆离去了。

龟山君子离开之后,佐枝子立刻拦了出租车前往位于千里丘的近畿癌症中心。

她觉得此刻与其去参加什么茶道聚会,还不如把刚才龟山君子说的话转告给里见,这样的话,陷入困境的佐佐木庸平医患纠纷案必定能打开新的局面。根据关口律师所说,他已经得到了东京 K 大学正木副教授提供的相关医学论据,证明只要在手术之前做了 CT 扫描就有可能发现癌变的肺部转移而不会导致患者死亡。在这个时候,只要能够进一步证明财前在大查房时曾经说过不需要做 CT 扫描的话,那就意味着他作为医师怠慢了重大的注意义务。虽然按道理来说,这或许是应该向关口律师报告的情况,但佐枝子还是想当面告诉里见。

从吹田市区边缘向左转,就是千里新城高低错落的住宅小区了。穿过住宅小区中部向右转,一片绿意盎然的小高地展现在面前,近畿癌症中心露出洁白的墙壁矗立其上。

佐枝子在正门厅前下了车,但过了五点钟,门厅已经关闭,于是她来到便门的接待台前,报上里见的名字之后,事务员立刻拨通了内线电话,随即告诉她里见正在开会,请她稍等一会儿。

佐枝子经过空无一人的走廊,来到尽头的大玻璃窗前向外眺望,据说有四万五千平方米的癌症中心的园区内铺满了绿茵。而且在宽阔的园区内,拥有五百张病床的医院和拥有最新科研设备的研究所整齐排列,笼罩在远离城市中心的万籁俱寂之中。想到里见修二就在这座建筑中的某个地方以他那特有的澄澈目光专注地进行早期胃癌的研究,佐枝子感到一阵浑身发紧的激动。

佐枝子在一审判决的两三个月之后去找三知代时,见过因既不在职也未离职而郁郁寡欢的里见,从那以后虽然一年没见过面,但由于常常听三知代说起里见的情况,所以在她心中总有常常见面的亲近感。

她觉得身后好像有人,扭头一看是身穿白大褂的里见。

"好久没见面了。"

佐枝子深深地鞠了一躬,抬起饱含怀念神情的双眸仰望着里见。

里见的表情中也混杂着对佐枝子突然造访的意外感和亲切感。

"上次去府上拜访时你外出了,真是好久没见面啦!刚好有个研究会,让你久等了。你来这里确实令我感到意外。"

"因为我想告诉你有关佐佐木庸平医患纠纷案方面的情况。"

"那宗纠纷案的情况?"里见再次感到意外。

"那好,研究会也已经开完了,我跟你一起走吧!你等我一下!"

里见说完就去自己的办公室了。

走出医院,只见绿油油的山冈上夕阳晚照,深红色的阳光与翠绿的树林交相辉映出美丽的景色。

"啊,好漂亮呀!"佐枝子情不自禁地凝眸赞叹道。

里见也抬头望着被夕阳染成火红的树林说道:"那咱们就在这里散会儿步再走吧!"

里见干爽的头发在额前散乱着,他微微前屈高高的身体,迈出了脚步。

"刚才你说要告诉我关于纠纷案的情况。是什么情况啊?"

"其实今天我去了一趟父亲所在的近畿劳保医院,意外地碰到了以前父亲在学校时我就认识的第一外科病房护士长龟山女士。我得知了有关佐佐木庸平先生的意外情况。"

随后,佐枝子把龟山君子说的情况告诉了里见。里见脸上露出松了一口气的神情。

"果然是这么回事儿啊!那么,龟山护士长愿意出庭做证吗?"

"我也请求过她了。但是,她说她结了婚而且已经到了要生孩子的时候,不愿意打破家庭生活的平静,所以并没有答应。不过,我准备改天再去她家提出请求。"

"可是,就连医务员柳原都没有说出真实的证词,所以恐怕龟山护士长也未必愿意做证了。"

"不,我会反复劝说龟山女士接受请求出庭做证。"

里见一瞬间惊讶地转身望着佐枝子,放慢了脚步,但过了片刻又向前走去。

"这次上诉审理虽然得到正木副教授的助力,解决争议点算是有了点儿头绪。但是,至今仍然没有得到把上诉人方引向胜诉的决定性论据,而且如果缺少相当强有力的证据的话,可以预测到上诉人还会败诉。所以,涉入这宗纠纷案需要有非同寻常的心理准备。"里见用平静而严肃的语调说道。

"这么说来,你是在做好了上诉人方败诉的心理准备之后还要为患者方尽力的吗?这样一来,你失去的东西不是太多了吗……"

佐枝子说不下去了。

"也许是这样吧!我失去的东西太多了,感到很对不起三知代。但是,考虑到这次上诉审理的判决结果可能对今后医患纠纷案的判决产生重大影响,那么只要患者的遗属继续上诉,我也会继续维持最初的证词。这与我坚持只要患者还有一口气就必须千方百计地挽救他的心情完全一样。"

说完,里见把视线投向遥远的一点。不知不觉之间,他们已经来到台地的尽头。从这里可以把日暮黄昏中的吹田市街道尽收眼底,而里见的视线却投向了东方的一角,只有那里与周围的景观截然不同:绿色丘陵被开膛破肚,露出的红土层变成了国际博览会的建设工地,十几台推土机和起重机沐浴着夕阳,马力十足地纵横驰骋。

里见凝望着在夕照中马力十足地开动的推土机,似乎忘记了佐枝子的存在。但是,他的侧脸却流露出与推土机相去甚远的孤独感。佐枝子也跟里见并排伫立,过了片刻突然转向里见。

"我以前向你说过希望你不要过度介入这场官司,但是这次只要有我能帮忙的地方,请你尽管吩咐。你刚才说需要做好非同寻常的心理准备,我也已经做好了这种心理准备。所以,龟山女士的事情就交给我去办吧!无论碰到什么困难,我都要说服她出庭做证。"

"你为什么这样……"里见有些疑惑地问道。

佐枝子白皙的脸庞微微颤抖了一下。

"因为，我把你……"

佐枝子的话还没说完，里见的身体也摇晃着向佐枝子倾斜过来。佐枝子闭上眼睛，想把脸庞依偎在里见的胸前。

"佐枝子，你是三知代的好朋友。"

里见用克制的目光望着佐枝子，按捺住荡漾的心潮，轻轻地离开了佐枝子的身体。

第一外科医务部里，医务员们从上午就开始忙进忙出。在半个月前，医务部内成立了学术会员竞选总部，指派了十名医务员专门协助竞选事务。在装配了竞选专线电话之后，这些专职辅选医务员就骤然忙碌起来了。

若是在往常的这个时段，这些医务员都会跟大家一起看门诊或查房，但今天却忙着把近畿选区具有投票权的选举人分为本系统大学、学会、校友会、医协四个票区制作名册。他们都是进医务部七八年以上的资深助教，要么是家人或亲戚开着大医院的医协实力派，要么就是在年轻医务员之间很吃得开的。

"各位，选举人名册的分类还要很长时间吗？"统领这十名专职辅选医务员的医务长安西环视全体后问道。

"是的，我负责的学会方面到明天上午才能做完啊！"

"我这儿的校友会方面还需要两天呢！"

他们等不及八月下旬出炉的新选举人名册，早在前天就叫学术会员选举管理事务局寄来一份上届选举人的名册。但是，要把一万七八千名选举人按票区一个个地进行分类，无疑是极为繁重的工作。

"照这样的进度，就会比预定期限晚两天。财前教授要求无论如何要在明天之内完成，以便展开聚票运动。你们要想办法加快进度呀！"医务长安西语气强硬地督促道。

"可是,明天之内根本完不了嘛！虽然我们是专职辅选成员,不需要参加门诊和查房,但是当我们分管的患者病情恶化时,总不能交给那帮小年轻就不管了吧？再说,我们的兼职也不能完全停止呀！"昨晚刚在外边值完夜班的医务员满脸疲倦地说道。

"怎么搞的？你还在做兼职吗？我上次不是说过了吗？在教授竞选学术会员结束之前暂缓外出兼职,作为补偿,教授至少会给你们买盒饭的钱。而且按你家里的经济情况来看,即使半年不兼职也应该不至于那么困难吧！"

他似乎在暗示：正是因为这样才选你当专职辅选成员的嘛！

"那倒也是！不过,我都三十好几了还觍着脸'啃老',那怎么好意思呢？"

"你说什么呢？在财前教授将要出马参选学术会员的重要时刻,哪有闲工夫管你什么面子不面子啊！"安西强人所难地说道。

在医务部里地位仅次于安西的山田也巴结医务长。

"说得对啊！在教授竞选学术会员这种关键时刻,你别说那些小里小气的话！咱们也要把这场选举当作毕生奋斗的事情来做嘛！"

这时,竞选专线的电话铃声响起,旁边的医务员立刻拿起电话。

"喂,这里是竞选总部。啊,您是锅岛医院的院长吗？"

听到这里,安西立刻把电话抢过去说："喂,是锅岛院长吗？我是安西……啊？近畿医科大学的重藤教授上电视了？不,财前教授正在家里整理近期出版的论文,今天要到下午才能来医院。明白了。既然对方那样大张旗鼓地搞运动,我们也不会服输的！"安西激动地说完放下了电话,"哎,听说,近畿医科大学的重藤教授将要上电视台连续做两期交通事故伤害报道节目,宣讲他专门研究的交通事故后遗症。"

"哦？搭电视节目的便车做宣传够高明的嘛！咱们先前一直盯着洛北大学的神纳教授，可是现在看来，重藤教授毕竟是私立大学的候选人，可以采用大胆的宣传方式，这可就相当不好对付啦！"一位资深助理说道。

"关于这方面的对抗措施，财前教授一来我就向他报告并进行商讨。你们在这个节骨眼儿上就是熬夜也得把分票区名册制作出来。明天之内一定要交！"安西说完了看看时钟，"现在正好是午餐时间，大家一起去上次那家餐馆吃饭。下午再加油干吧！"

安西邀请众人去医院附近能用财前教授名字挂账的餐馆，不忘对这些医务员采取刚柔并济的激励策略。从上午就开始持续整理选举人名册的医务员们长舒一口气，纷纷放下手中的钢笔准备离开。这时，走廊上传来了嘈杂声，原来是年轻医务员结束了上午的门诊和查房回医务部来了。

安西立即对那些医务员们说："你们回来得正好。我们这些辅选专职成员今晚要加班熬夜完成竞选学术会员的相关工作，所以今晚的夜班和紧急手术的助手就尽量由你们担任。还有，上次我已经要求你们，每个医务员至少要完成五张选票的定额。请大家严格执行。明白了吗？"

"柳原，你过来一下！"

安西身后的山田向站在门口角落的柳原招了招手。柳原表情谨慎地走近山田。

"柳原，原先由我准备的明天教授上课要用的内容，就是那个关于肝癌的病例，你代替我准备一下吧！"

山田在第一外科里科研业绩很优秀，他负责准备教授上课的讲义。

"那怎么能行啊？我哪儿能帮教授准备讲义……"

"哦,你没必要想得太复杂嘛!现在,包括我让你分管的那个,总共已经有了三名肝癌患者,所以你就以这三名患者的病例为基础,适当地整理出便于教授使用的资料,当天把患者的病历贴在黑板上就行了嘛!好啦,拜托你啦!"

他"砰"地拍了一下柳原的肩膀,就追随安西走出了医务部。柳原表情困惑地坐在椅子上。年轻医务员们看到资深助教全走光了,就轻松自在地点了外卖咖喱饭和大碗盖饭,无所顾忌地高谈阔论起来。

"成天搞什么学术会员选举,教授从半年前就不坐门诊,也不搞科研了,咱们还得给那些资深助教补缺干杂务,忙得简直就像在应付两个学会。"

"那要真是学会的话倒还能学点儿东西,可忙着准备学术会员选举却根本一无所得嘛!"

进医务部第六年仍然无薪的中河是无薪医务员的核心人物,他也深感不满。

"说得对!而且根据学术会员选举的规定,候选人在投票日一个月前才发布选举公示,在此之前不能进行任何竞选造势活动,而且在发布公示之后也只能寄送数量有限的明信片,绝对不能上门拜票或写信催票也不能聚票,禁止任何方式的辅选运动。可是,他们却大张旗鼓地在医务部里设置竞选对策总部,一会儿商讨汇集本系统大学的选票,一会儿又商讨汇集学会的选票,还给每个医务员规定拉五张选票的定额,甚至加重咱们的工作负担,简直太过分了!自从抽走十名资深助教专职搞辅选之后,每天门诊都得拖到一点半或两点以后才能结束。原先是十天值一次夜班,而现在变成了两次。原先一名医师分管五名患者,现在也增加到了十二三名,咱们对患者承担治疗已经到达极限了吧。"

一位眼珠上布满血丝的医务员说道:"原先一周只承担两台手术的助手工作,而现在已经变成了三四台。这也太残酷了吧?我前天和昨天连续两天当手术助手,尤其是昨天简直把我累散架了。上午门诊结束后紧接着就进手术室,所以在当金井副教授的手术助手时,我脑袋昏昏沉沉的,差点儿把小止血钳留在患者肚子里就关腹缝合了。可真把我吓得够呛啊!教授应该再多为患者设身处地地着想一下,要是下次再发生什么意外被患者告上法庭的话,那就真的要了第一外科的命啦!"他瞟了柳原一眼讽刺道。

医务部里掠过一阵冷峻的空气,中河敏感地觉察到了这种氛围。

"这样光是唠唠叨叨地发牢骚,咱们这些无薪医师的处境永远都不会有任何改善。但虽说如此,即使想从正面直接打破医务部的封建制度也是白费劲,所以当前还是要靠咱们无薪医务员协会从力所能及的事情开始行动。"

他从领导者的立场把讨论引向深入。

"但是,问题实在过多,真不知道该从哪里下手啊!"一个刚进医务部不久的医务员说道。

"比什么都重要的是医务长公开选举。因为现在的医务长都是由教授指定对自己唯命是从的家伙担任,就像在酒吧指定陪酒小姐一样。此前的佃和现在的安西都是只会拍马屁的黑魔,还做出一副医务长的嘴脸来耀武扬威地晃来晃去。"他咬牙切齿地说道。

其他医务员也表示赞同:"没错儿!趁那些资深助教只顾忙学术会员选举,咱们来推动医务长公开选举吧!"

年轻医务员们表情认真地商讨起来,柳原孤零零地坐在窗边的椅子上望着他们。

佐佐木良江坐在账台近旁的待客桌旁,向对面坐着的供货商丸高纤维的营业主任多次重复相同的请求。

"对不起。我们当初确实承诺月底付款,不过,希望您还是等到下月五号吧!"

他们从供货商采购了九十二万四千元的货品,但无论如何都难以筹齐货款。她虽然也很想开具支票,但自从丈夫庸平死后不过一年多时间,佐佐木商店的生意就步步衰退,供货商们都不愿意采用支票交易,而只采用以每月二十日为期限的月底现金交易了。

丸高纤维营业部的野村主任约五十多岁,坐在椅子上跷着二郎腿,说话粗鲁。

"太太,都到现在了你还说要把月底付现拖到下个月啊?这就有点儿荒唐了吧?上个月我们公司提出因为你们店的支票不好使了所以不再采用支票交易,是因为你们请求采用月底付现我们才发货的。可是月底付现才开始就这样怎么行呢?"

在丈夫庸平身体健壮、店里生意兴隆的时候,野村谦恭得近乎卑屈,对良江也以"尊夫人"的称呼奉承。可如今他粗鲁地称良江为"太太",嘴上叼着烟卷,眼睛环视着货品稀少的店内。上个月底又有七名店员辞职了,仅剩六名店员站在店门口做出等候客户上门的样子,但耳朵却竖起来听着资金周转困难的消息。

良江请野村喝女儿芳子端来的茶水并恳求道:"野村先生,请您在这方面通融一下,等到下月五日吧!那样就帮我们大忙了。"

她的头低得快要碰到桌子了,可野村连茶杯都没碰。

"你老是叫我等怎么行啊?你得讲清楚从什么地方能回收多少款,又能给我们支付多少钱才行啊!"

良江不知道该怎样回答。由于几家地方批发店有些赊账的款项尚未收回,而良江一个女人家去催款可能会受对方欺负,所以就交由总管升任专务董事的杉田在六天前出发去收账,本来最晚应该在昨天晚上返回大阪,可到现在仍然没有联系,人也不回来了。由于这次出去回收的货款主要来自地方上的大宗交易客户,所以只要杉田回来就能马上支付催债凶狠的丸高纤维的货款。

"真的恳求您等到下月五日,我一定分文不差地把货款付清。"

她再次明确地做出了保证。

"既然你说得那么明确,就请开具一张五日到期的延付支票。我也算是丸高纤维营业部的主任嘛!既然做了保证,我就不会在五日以前把支票放进银行。"

野村把话说得这么死,良江突然沉默不语了。万一开了支票而杉田收款却出了差池,那就形成了空头支票,恐怕会遭到银行的拒绝。预计说到底也还是预计,考虑到可能会发生收款落空的风险,良江不敢轻易开支票。

"怎么搞的呀?我一说要你开延付支票,你马上就不说话了。看来,你根本没有筹钱的办法嘛!"

"不,杉田已经去冈山站前樱井商店等中国地方的大宗货款客户那里收账了,他很快就会回来的。"

"是吗?那我就在这儿慢慢等他回来吧!"

野村做出赖着不走的架势说完,账台的电话铃响了。

"是冈山的樱井商店打来的。"

店员向良江转达,良江立刻笑逐颜开。

"野村先生,我去接一下从冈山打来的电话,请您稍等一下。"

她说完就急急忙忙地去账台接电话了。

"喂,这里是佐佐木商店。哦,是老板啊!您一直对我们特别关照,十分感谢。这次也多谢您关照。啊?杉田四天前去过您店里,你已经把账款支付给他了!是真的吗?"

良江压低嗓音怕被野村听见,险些把电话滑落。刚才为了打听杉田的情况,她已经向樱井商店打过电话了,但当时老板不在,所以不知道情况到底怎样。此刻良江感到眼前发黑,她重新握好电话,郑重地感谢对方如期付款之后,便挂上了电话。如果是在四天前的话,那就是在离开大阪的第三天,杉田就已经催缴到九十万元的货款,可如果他至今既未回家也没回到店里的话……不祥的预感掠过良江心头。难道从学徒升任总管又当上专务董事的杉田会做出那种事吗?虽然良江难以置信地摇头,但杉田收款至今已经过了四天却没有任何联系,令人不能不考虑到发生了可怕的状况。她勉强支撑住差点儿瘫痪坐在电话前的身体,返回到野村面前双手触地低头恳求。

"实在对不起,请您等到下月十日吧!"

"哦?刚才承诺下月五日付款的话音还没落呢,转眼就变成下月十日啦?"

"因为刚才冈山那边打来电话……"良江说到半截戛然而止,她不能告诉对方去冈山收账的杉田恐怕已经卷款逃走了,所以她只能低着头一声不吭。

"冈山那边怎么啦?催款到底还是落空了吧?既然是这样,那你就痛快地服软得了嘛!既然拿不到货款,那我就把货搬回去啦!"

野村扭转颧骨突出的面孔像估货似的望着货架。提心吊胆的店员们表情紧张。良江突然抬头望着野村。

"我没有说交不了货款,只是因为原先指望杉田去收账款,却发生了意外状况,所以想请你等到下月十日而已!"

"啊?收账款发生了意外状况?恕我失礼,从你刚才接电话的样子看,该不会是从总管升任专务董事的杉田把那些钱当作退职金卷款逃走了吧?"

野村一语道破,良江不知该怎样回答。

野村抽着烟说道:"就算那个专务董事卷款逃走也与我们没有任

何关系呀！因为当初买货的是你这个佐佐木商店的女老板,所以如果拿货不付款的话,这不是赊货赖账吗？"

"赖账？不管怎样你也不能说这种话嘛！"良江嗓音嘶哑地继续说道,"我先生还活着的时候也让你们赚了不少钱。虽然我在后边很少来店堂,但是看看账本我也能明白。而且我丈夫死的时候你们也来帮忙送葬,不是还鼓励我们说以后继续照应我们吗？可是现在只不过晚几天付款你就大呼小叫什么赖账,这太过分了……"

良江颤抖着肩膀说完,连野村也有点儿招架不住了。

"那好吧,我就等到下月十日。但是,如果你到时候还交不了货款的话,我们就只好请你痛快服软儿啦！"

"服软……"

"没错儿！在付不了货款的时候就把货收回,难道这不是商家的规矩吗？"

野村撂下这句话就马上起身离去了。

野村走了之后,良江浑身瘫软无力地坐在账台前。再过十一天就要向丸高纤维交付九十二万四千元,再加上其他几家也在坐等的小笔货款,要是不设法筹集二百万元的话,就过不了下月五日和十日交款的关。而且,万一店里唯一指望的货款真被杉田卷走,那就万事皆休了。商店落到这步田地,只有把十一二米宽的店面租出去一半,靠押金和房租渡过眼前的难关。她想到如果丈夫庸平不是那样突然死去的话,情况也不至于这样糟糕,她又像突然想起似的忆起丈夫因呼吸困难而不治身亡的临终情景。使丈夫以这种方式死去却在法庭上大言不惭的财前五郎与帮着财前做伪证的主治医师柳原两人的身影重叠出现,良江眼中充满了懊悔的泪水。

突然,有个人影走进店里问道:"怎么这么清闲啊？"

那人双手插在夹克衫衣袋里,说话一点儿都不客气。

"啊,你是上次那个房产中介商吧?"

考虑到最坏的结果,良江在半个月前去梅田新道找了这家房产中介商。

"你要出租的是哪半边店面呢?"

良江还没有决定租哪半边。

"哪半边比较好些呢?"

"那是你自己定的事情。不过,从租金来讲,靠东侧那半边在拐角上,车辆出入也比较方便,所以东半边可以租个好价钱。"

"好价钱是多少钱呢?"

"这个嘛,价钱贵的东西卖得不可能像从左手倒到右手那样快,不过,你打算出什么价呀?"

房产中介商把贪婪的双眼朝向良江。

"我听附近的人说,这一带的行情是押金九百万,房租三十万。"

"真是胡说八道!哪儿能值那么高的价钱呀?那是明码虚价的行情,一到实际交易的时候,搞得好的话押金七百万、房租二十万。要是急着招租的话押金就上不了七百万,最后可能会压价到六百五十万吧!"他似乎想趁良江急着招租乘虚而入,"那你打算从什么时候开始出租啊?"

"如果可能的话,越快越好。不过,要是价钱像你说的那么便宜的话还是……"

良江想跟小叔子信平商议一下再做决定,所以开始含糊其词。可是,房产中介商像估价般地环视了空荡荡的店内,用手指在蒙了灰尘的货架上轻擦一下并"噗"地吹了口气。

"那样的话,就不知道要半年还是一年之后才能租出去。不过,我会帮你留意的啦!"

他冷冷地说完就转身向店外走去。

"请等一下。我希望能尽快找到租家,到时候我会考虑答谢你的。"

"是吗?那我就多下些功夫帮你找个理想的承租人吧!不过,这家店面租价太贵,我可不知道能不能顺利地找到合适的承租人啊!"

野村说话的语调像是在蔑视对方是个女人。良江强忍心中的不快,低头向房产中介商请求道:"那就拜托你了。"

大学图书馆昏暗的书库里,柳原正在查找撰写学位论文需要的外国文献资料。星期六的五点钟已过,书库中几乎没有人影,水泥地板窜起阴湿的寒气,窗外淅淅沥沥的梅雨使书库里更加阴森。

柳原在书库里来往巡回,找到美国外科学会出版的专业杂志《外科治疗》后,立即从这套过期的杂志中挑出四本刊登了有关手术患者呼吸循环功能管理的论文。

柳原的学位论文题目是《从呼吸循环功能看高龄手术患者的管理》,内容是术前仔细检查患者的呼吸功能、心电图、脉搏、血压、心输出量等变化,进而确定是否适合手术以及术式和麻醉方式,而且在手术过程中也要随时注意呼吸循环功能的变化,在术中术后提出适合患者全身状态的处置建议。这些都是对肺部、心脏和胸腔手术不可或缺的工作。在消化道手术,尤其是胃癌手术中高龄患者居多,由于这些高龄患者往往患有高血压和心肌病等并发症,所以呼吸循环功能管理可以起到决定手术成败的关键作用。事实上,柳原在以往的经历中,使难以接受手术的患者变为可能接受手术,甚至成功地拯救了几例术后陷入危急的患者。

可是,一旦到了实际写成论文的阶段,就变成了罗列病例的报告,难以确立贯穿论文的论点。而且,尽管这一方法在实际当中起到了非常关键的作用,但他却拿不出令人感到耳目一新的事实依据。

柳原一边浏览美国文献上登载的相关论文一边重重地叹了口气。学位论文的撰写一直没有重大进展,而在医务部资深助教被调去担任学术会员选举的专职辅选成员之后,像柳原这种个性刻板、不够机灵的助教就得去补他们门诊和查房的空缺,而且还被强加了帮教授准备讲义的任务,所以能够踏踏实实撰写论文的时间就只有星期六下午和星期日了。撰写学位论文的重要时期与财前教授的学术会员选举时期相冲突,使柳原感到非常不安。但是,当他想起两个月前被财前叫到办公室时,财前说过"既然已经写好了副论文就赶快写主论文吧"的话,他心中立刻产生了光明的希望。教授亲口指示他撰写主论文,只能是暗示他只要提交论文就会让他通过评审。

突然,传来一声书本"啪啦"掉落的响声。他朝响声传来的方向望去,只见在书山峡谷之间的昏暗中,病理学研究室的大河内教授正要弯下仙鹤般的瘦弱身躯去拾起掉在地板上的书。柳原马上跑过去替他捡起书来,这是一本厚厚的原版医学索引。

"啊,谢谢你。我正在查阅德国魏尔啸晚年的研究成果。你应该知道魏尔啸吧?他被称为创立近代细胞病理学的鼻祖,而且在社会医学和公共卫生学方面也有卓越的成就。所以不能不说他太伟大啦!"

大河内说完,透过老花眼镜瞟了一眼柳原。

"你是第一外科的柳原吧?这么晚了还在查什么资料啊?"

"是,我在查找学位论文的参考文献。"柳原浑身僵直地答道。

"哦,学位论文啊!不过,那件上诉审理的证人讯问是什么时候开始啊?"

柳原伏下双眼,支支吾吾。

"我忙着写学位论文,没去注意上诉审理的事……"

他刚说到半截,大河内教授眼中闪出锐利的目光。

"写学位论文固然是好事,但做出无愧于医师良心的证词也很重要。如果一个医师对患者的死亡做出有悖良心的证词,将在医师生涯中留下深深的悔恨,也可能终身为此苦恼不已。我听里见说过,你跟财前教授不一样,还是个年轻而真诚的医师。"

大河内说完就像什么事都没有发生过似的,开始翻阅柳原替他拾起的那本医学索引。

柳原鞠了一躬,就从大河内教授身边走开,他办好四册文献借阅手续,然后离开了图书馆。外面仍然下着绵绵细雨,穿过中庭走向医务部时,他的肩头被淋湿了。大河内教授刚才的严厉话语扎在他的心上,直到刚才还想为拿学位而努力忘掉佐佐木庸平上诉审理的事情,而现在却感到一阵刺痛。

柳原走到医院正面门厅时慌了手脚,他抬头看看钟塔,时刻已经过了六点钟。他必须在今天七点钟以前把为这次学术会员选举出版的著作校稿送到财前教授家。

柳原快步走向医务部,把保管在储物柜里的校稿装进包里,冒着细雨疾步朝梅田走去。回想起大河内教授说过的话,他的脚步越来越沉重。但是,想到在九州老家当邮局局长的老父亲,从自己读大学开始到升任有薪助教的十三年间持续寄钱供自己上学,现在还在家中翘首企盼自己拿到学位并成为胜任工作的医师,在这种时候,他又想要博得财前教授的信任并尽早拿到学位。

他在阪急沿线的夙川站下车,到达山脚下的财前宅邸已是七点二十分了。他一摁门铃,年轻的女佣就来开门了,柳原说在门厅放下东西就走,但女佣说财前交代过并领他去了客厅。

他坐在客厅角落的椅子上等了大约半个小时,身穿和服的财前出现了。

"嗨,下雨天还麻烦你跑一趟,辛苦啦!坐这边吧!"

柳原别别扭扭地坐在了财前面前。

"老师的《消化系统疾病诊疗集》中收录的论文校稿我已经做好了,所以赶快送了过来。您看这样可以吗?"

说着,他拿出名为《关于食管癌根治扩大手术的新见解》的论文校稿。这是在三年前召开的日本外科学会上发表的指定课题报告,也是财前论文中的优秀成果之一。财前迅速地浏览了一遍。

"我想附注发表这篇论文之后经手的根治扩大手术的病例,你抓紧帮我收集这三年以来的资料。因为我打算请洼村名誉教授给我写卷首寄语,所以可不能搞出马马虎虎的东西来呀!"

"那是不是要从您为《消化系统外科》杂志执笔撰写的论文中收集病例呢?"

"没错儿!另外,我还想加写若干对于食管癌手术未来的展望,你去找佃讲师了解一下近来术前术后结合放疗成功的病例,收集四五个备用。"

"是,明白。那我就告辞了。"

柳原想立刻离开,客厅门打开,响起了杏子的声音。

"哎呀,你难得来家里,就再坐会儿吧!"

"谢谢,可我……"

柳原说着就从椅子上站起身来,却见财前又一猛然挡在面前。

"哇,真是稀客呀!柳原老师,几天没见了,你看上去威严了许多嘛!"他夸张地说着,"砰"地拍了一下柳原的肩头。

"晚上打扰真是不好意思,我想抓紧把校稿送来请老师过目。"柳原寒暄道。

"真不愧是柳原老师啊!这么年轻就能帮着校对教授的书啦!据说,学会论文的草稿和论文集校样可不是什么人都能代劳的,看来柳原老师目前已经成为财前教授的'近卫兵'了吧?既然是这样,不喝一杯可就说不过去啦！喂，杏子，拿酒、拿酒来！"

财前又一吩咐杏子备酒。

"不了，我一点儿酒都不能喝。"

柳原慌忙摇头拒绝。

杏子说道："别那么说啦！你第一次来我家，怎么能只喝杯茶就走人呢？刚好我爸也在呢！"

"不过，我真的不会喝酒，而且医院里还有患者离不开人。今晚我就先告辞了。"

柳原担心待得时间长了，说不定会谈到佐佐木案上诉审理的事情，于是坚决地拒绝。

"是吗？那就少喝点儿吧！"财前又一拿起端来的酒，只斟了一杯，"不过，给你找个媳妇怎么样啊？你也该娶妻成家了吧？我帮你找个好对象吧！"

财前又一突然提起了结婚的事情。

"是啊！你已经三十三岁了，正是结婚的年龄。怎么样？这事儿就交给我岳父张罗吧！"

财前五郎也在旁边帮腔，语调一反常态，非常亲切。

"不，在拿到学位之前，我还不敢考虑结婚的事。"

柳原刷地红了脸。

"这你就不用担心啦！学位的事就交给五郎考虑，找媳妇的事呢，你就交给我吧！这样一来就两全其美啦！"

财前又一用圆滑世故的语调大包大揽，财前五郎也一边喝酒一边露出微妙的笑容。两人一唱一和地巧妙配合，一切都像事先商议编排好的一样。柳原就这样不管是否愿意地被拉向了财前阵营。

第二天虽然是星期天，但财前五郎一大早就正儿八经地穿上深色西装、系着领带,从御影车站沿着坡道朝山麓方向走去。他要去拜访外科学界的泰斗、日本医学会副会长泷村恭辅,为的是向他报告自己将要参选地方选区学术会员的事情。

泷村是在东贞藏之前的第一外科教授,也是浪速大学的名誉教授,曾经荣获文化勋章。从泷村来看,财前就像是他的徒孙或曾徒孙。但是,要想争取外科学会方面的选票,就必须拜托和第一外科有渊源的泷村,委托他整合学会的选票。

走到坡道尽头,只见松林之间白墙环绕中有一座京都瓦覆盖的茶屋式房舍,那就是泷村宅邸。财前摁了门铃,院门侧面的便门打开,一位老妇露出脸来。

"我是浪速大学的财前,想在门厅向泷村教授问候一下。教授在家吗?"

老妇立即去里面通报并回来说道:"教授正在茶室里,他说请你去那里。"

财前嘴角露出一丝微笑。他事先已经打听清楚了,泷村教授虽然在八十岁时从第一线退下来,但在外科学界仍然具有隐形的影响力,泷村宅邸虽然平时访客也很多,但每个星期天的早上他都在茶室里沏茶品茶。财前在老妇引导下穿过铺着踏脚石的中庭,在茶室门前的净手石钵洗手漱口之后,从矮门伏身进入茶室并行过默礼。这时,泷村沏茶已渐入佳境,他没有停手,而是继续以精湛的技法用茶筅搅好抹茶,并把茶碗放在跪坐的财前面前,这才开了口。

"你来得正是时候,今天内人去参加能乐谣曲集会,我一个人在家,你刚好可以陪陪我。"

然后,他又开始沏茶。

财前诚惶诚恐地说道:"老师,我对茶道一窍不通,岂敢为老师作陪。我今天来只是想在门厅向您报告一声而已。"

"哦？向我报告？报告什么呀？"

在三年前，整个医学界为泷村的七十七岁喜寿庆生，对于功成名就的他来说，学术会员选举简直是微不足道的俗事。

财前略显僵硬地说道："其实，这次在鹈饲院长和本校系统大学的推举下，我将成为参选地方选区学术会员的候选人。我已经决定借此机会把我以前不成体统的论文汇集成册出版，想请老师惠赐卷首寄语，所以特意上门拜托。"

财前没敢唐突地委托泷村协助聚集外科学会的选票，而是郑重其事地恳求他撰写卷首寄语。泷村没有应声，默默地端坐沏茶，甚至搞不清他是否听到了财前说的话。财前十分担心泷村会提起那宗医患纠纷案，几乎产生了恐惧心理，就快沉不住气了。

"来，先喝杯茶吧！"

说完，泷村自己也用"织部窑"茶碗喝了茶。

"为什么不委托东给你写呢？"

财前一时穷于应答。

"说实话，在东老师离职时的继任教授选举中，想必您也听说了，曾经发生过一些复杂的状况。东都大学出身的东教授想外聘东都大学系统的人当继任教授。对此，校内人士、浪速大学的系统大学和校友会都推荐我继任，所以发生了很多纠葛，我也就不好去委托他了。"

"嗯，这件事我也多少有所耳闻。因为东虽然是个笃学之人，但他毕竟缺乏政治能力嘛！"

财前听泷村没提官司的事情，心中便有所释然了。

"老师，我在三年前您的喜寿庆生会上只是一介跑腿的副教授，今天这样冒昧登门拜访，搅扰您享受难得的宁静时光，我感到十分抱歉。不过，就请您权当听到孙儿或曾孙在撒娇，接受我死皮赖脸的请求吧！"

财前与平时的姿态截然不同,他故意采用了撒娇般的说话方式。财前考虑到,在向泷村这种泰斗级人物提出委托时,比起一本正经地恳求莫如不失礼节地撒娇效果更佳。他与直接打交道的徒儿之间伴随着利害关系,有时甚至可能是工作上的竞争对手。但是,面对徒孙或曾徒孙就不会有那种担心了。财前听说,如果自己的徒孙中有人取得了出类拔萃的成就他就会疼爱有加,于是突然采取了撒娇战术。

"哦?是撒娇吗?这事儿作为撒娇好像有点儿太贪心了吧?"泷村的表情微微松缓下来,"那么,篇幅太长恐怕不行,两三百字的话还是可以帮你写写的。"

"太感谢您了。有了老师的推荐文章,我在外科学界中的评价会更加稳固,也许会有助于争取与老师相关的、具有权威性的学会选票呢!"

财前说完,甚至忘记了身处茶室需要遵守的规矩,跪伏在榻榻米上低下了头。

泷村顿时忍俊不禁。

"我也不是没听别人说过,你这个人年纪轻轻却手术技法高超,但另一方面却很骄傲自大。不过,你这不是也有挺可爱的一面嘛!"

对于泷村这种平步青云一路登上医学界顶点的人来说,根本想象不到财前这种为了飞黄腾达可以满不在乎地在人前五体投地的人怀有什么样的心思。

财前出了泷村家,沿着前往车站的坡道一边向下走一边粗声叹气,从此往后几乎每个星期天,作为国立浪速大学教授的自己都必须去拜访本系统的大学教授和医院院长级人物,向他们报告自己参选学术会员并请求给予支持。他那天生的傲慢蓦然冒出来,于是他觉得这样低三下四简直是愚蠢透顶。但是,想到当选学术会员之后的荣耀,这种愚蠢透顶的事情也就能够忍耐了。

当财前从衣袋里掏出笔记本看到接下来要拜访的是东贞藏宅邸时,他就带着挑战的表情从御影车站前往第二个目的地芦屋。在芦屋川车站下车,再次沿着河边道路朝山麓前行三百米左右就是东宅了。

在砖墙圆柱的英式住宅中充满了沉稳厚重的氛围,那是财前无论花多少钱都难以构筑的庄重感。这不是一代人就能够完成的东西,而是只有在历经数代的学者世家中才能感受到的具有威严震慑力的高雅格调。财前被告知在连接门厅的宽敞游廊上等候,他局促不安地想到自己就任第一外科教授以来还从未拜访过东宅。

游廊尽头的门被打开,随即出现了东贞藏的身影。

"这可真是太稀罕啦!你来找我,是不是有什么急事啊?"东贞藏就站在门厅前问道。

"平时一直没来向您问候,十分抱歉。今天我想一定要拜访泷村老师和东老师,向您二位致意。刚才,我已经去过泷村老师府上了。"

"哦?那你见到他了吗?"

"刚好他在沏茶,所以我有幸作陪。"

东贞藏原想就在门厅说事走人,但听他这样一说,就招呼道:"如果时间不长倒还可以,那你就进来吧!"

财前来到客厅与东贞藏相对而坐。

"老师,今天登门拜访是有个大言不惭的请求,想必您已经听说了,我被推举为这届地方选区学术会员的候选人,所以想委托老师呼吁您有关系的医院选举人推举我。刚才,泷村教授已经答应给我趁此机会出版的论文集写卷首寄语并呼吁学会方面推荐我了。"

财前虽然说得很谦恭,但话语中却带有夸耀的意味。

东贞藏抽着雪茄烟,说道:"果然是你的做法。你的面子那么大,却为什么还要专程来我这里来委托呢?即使不用找我,靠你自己的政治能力也应该能找到很多人帮忙呀!"

"不过,无论怎么说,东老师毕竟是我副教授时代的恩师,既然被推举为候选人,那我当然要向教授报告一声。"

财前这次专程来东宅问候,与其说是上门拜票,倒不如说是两年前刚当上教授的他为这次参选学术会员来向东贞藏示威。东贞藏努力克制住心中的不快。

"财前,你还把我当作恩师吗?那我倒有话想对你说,当选学术会员并为医学界尽力也是一件好事。不过,目前上诉中的那件官司你打算怎么办呢?如果你在那宗医患纠纷案中确实有什么过失的话,那就应该勇敢地担当起自己的责任嘛!我对你的希望就是不要为了推卸作为医师应该担负的责任而伤害了浪速大学第一外科的名誉。这种名誉是包括泷村名誉教授在内的历代杰出教授们构建起来的。正因如此,如果你诚心叫我恩师的话,希望你作为我的继任者务必把这一点记在心里。"东贞藏语调严厉地说道。

"我正是为了维护第一外科的传统名誉而做出了正确的证词,而且其结果就是一审中看到的判决。我这次能被推举为学术会员候选人,也是因为我在这场引起舆论沸腾的医患纠纷案中成功地使医方胜诉,维护了医师的立场。请求老师也能对这些情况加以斟酌并投我一票。"

财前神情自若地说完,深深地垂下头来。

"财前,我会考虑按照自己的观点有意义地使用我所拥有的选票。"东贞藏努力克制着怒火说道。

财前随即起身告辞。

走出门厅来到院门旁的树丛时,财前停下了脚步,因为像是上完才艺课回家来的佐枝子身穿和服的姣美身姿映入了他的眼帘。

"好久没见了。我为报告参选学术会员的事情刚刚拜访过东老师。"

财前面带微笑地向她打招呼。

"哦？我还以为是为了官司来谈什么事儿呢！"

说完，佐枝子就表情严峻地从财前身旁走了过去。

近畿癌症中心的会议室里正在召开胃癌病例讨论会。每周一从下午一点钟开始，内科、外科、放射科、临床病理科的胃癌小组成员聚集在这里，汇总胃癌手术患者的病例和术前疑似胃癌患者的病例，共同探讨诊断和治疗的方法。

在拉上黑窗帘的室内正面摆着 X 光观片灯、银幕和黑板，以临床病理室主任都留、第一诊断部主任有马、里见，外科槙主任及放射科主任立石为中心，二十几位年轻成员把病历和笔记本摊开在桌上，针对术后病例诊断是否准确展开讨论，如果发现不准确的地方就共同探讨原因何在。

议题转到术前病例时，讨论变得更加活跃了。小组成员们从各自的专业领域对每个病例展开畅所欲言的质疑答辩，会场上充满了穷究癌症本来面目的热烈气息。

"那么，最后咱们来讨论六十七岁的山田梅女士的病例。在两周前的讨论会中已经报告过，这名患者的细胞学检查结果是Ⅱ级阴性乃至Ⅲ级假阳性，并决定在活检之后做出最终诊断。现在，请实施活检采样的里见老师进行说明。"担任会议主持人的年轻医师说道。

里见拿起山田梅的病历和检验结果站在正面黑板前，用粉笔迅速画出隆起病变所在的前庭部大弯侧的简图和活检的位置。

"如图所示，活检采样的组织切片为病变部顶部一块、侧面两块、底部两块总共为五块。采样手术过程本身按照预定方案进行。不过，病理学检查的结果怎么样啊？"他转身向病理学成员问道。

病理学检查室的医师把组织切片标本夹在显微投影仪上，整个银幕立刻映出使用 HE 染色之后呈现紫红色的组织影像。

病理室主任都留指着标本说道："这是顶部的组织。各位可以看到与前些天细胞学检查时观察到的相同，细胞核较大细胞所产生的腺体已经以浸润的形态增殖了，病理学诊断为分化型腺癌。"

里见望着银幕上映出的一幅幅组织影像，想到正因为说服山田梅做了切片检查，才得以确诊为癌变，这就等于避免了对早期癌症的漏诊。

这时，都留接下来的话语冲击着他的耳膜。

"但是，病变部位不仅仅局限在这里，还可以推测到幽门侧也有某种程度的扩散。这是因为，在从病变底部采样的两个组织切片中，从贲门侧采样的组织切片没有异常，但从幽门侧采样的组织切片呈现出环细胞癌的类型。由于这类癌症的扩散范围往往超乎想象，所以我想再问一下里见，这例隆起病变周围的内镜检查所见怎么样呢？"

作为里见本人，由于根据以前的内镜所见判断，病变只局限于表面隆起的类型，所以都留的话对他产生了冲击。他不由得走近银幕前，定睛细看放大了的组织影像。他确实看到了许多戒指状的印环细胞，却难以立刻肯定都留的见解。里见的下属熊谷立刻把胃镜和光纤检查仪的胶片投影在另一块银幕上。

里见比较两块银幕说道："在胃镜和光纤检查仪所见中，虽然像这样可以看到隆起病变周围的黏膜有部分血管隆起并严重萎缩，但并没有任何颜色的变化和糜烂现象。所以，我不能怀疑为癌症。恕我冒昧，那些幽门侧的组织真是印环细胞癌吗？在上次的细胞学检查中也完全没有发现印环细胞，而且根据我以往的经验，在卡他性胃炎中化生上皮杯状细胞会发生剥离现象,看上去就会像这种印环细胞的集群。难道不是这种情况吗?"

里见的论述更加尖锐,都留也毫不顾忌走到了银幕旁边。

"不,没有说错。不过,值得庆幸的是这部分组织也对黏膜全层进行了采样,只能考虑到对黏膜固有层间质的浸润。而且,上次你自己在细胞学检查中并没有出现这些印环细胞,也是因为这种癌细胞通常很不容易证明,这也难怪。"他用斩钉截铁的语调说道。

里见和都留的上半身浮现在银幕上,中间夹着被染成紫红色的癌组织。双方出现了互不相让的对立意见,气氛顿时紧张起来。但是,里见望着银幕的视线有所动摇。

"原来如此。都留先生指出的完全正确。我只注意到初诊时就发现的病变,差点儿看漏了周围的癌变。"

里见再次痛切地体会到,即使尽一切方法进行了如此彻底的检查却仍然可能漏检,癌症诊断确实极为困难。

第一诊断部主任、里见的上司有马接着说道:"但是,像这种表面几乎没有任何变化的癌症,无论使用X光片还是内镜检查,以现在的诊断水平是很难发现的。即使在近畿癌症中心近三年间的二百二十例早期胃癌中,确实也只有六个病例。而且,全都是在偶然的情况下发现的嘛!"

"你说得对呀!即使这么多专家聚集起来进行所有的检查,却仍然日暮道远,只能碰到这种偶然发现的癌症。这更令人深刻地体会到,咱们真是一天都不能松懈啊!"外科的槙主任交抱肘感叹道,"关于这位患者的手术问题,由于癌变的界限不很清晰,所以确定切除范围就成问题了。因此,要再做一次X光检查和活检进行扩散范围的诊断。"

放射科的立石主任也说:"那就采用双重造影法吧!用这种方法

确定目标就能基本上判明扩散的范围了。"

但是，里见却无言以对了。虽然此时采用再次做 X 光双重造影和活检无疑是最理想的检查方法，但他此前已瞒哄山田梅上周的活检就是最后一次，好不容易才强拉硬拽地走到了这一步，所以再说服她接受活检和 X 光双重造影检查绝非易事，况且从经济方面来讲对山田梅来说也是困难。如果再提出这种要求的话，山田梅再也不会来近畿癌症中心了。这是显而易见的事情。

"作为我自己，也很想做进一步的检查。但是，既要对患者隐瞒癌症的诊断结果还要求患者接受检查，恐怕会使患者产生抵触情绪。所以，我担心反而会造成更加不良的后果。那么，采用在手术过程中做快速活检诊断扩散情况的方式，对这位患者来说是不是有些勉强呢？"里见向外科的槙主任问道。

"那倒不会。即使假如发生了这种癌症，通常也不会大面积扩散，所以切除范围就在手术过程中通过活检诊断决定吧！"

"如果在手术过程中做活检诊断的话，那我也到场吧！"病理科主任都留说道。

里见也接着说："我当然也要到场。但是，手术会不会有危险呢？"他为山田梅着想而慎重地确认。

"嗯，没问题！可以治好。"槙主任直视里见说道。

耗时三小时的病例讨论会结束了。

年轻医师们一边拉开窗帘一边说道："这位患者真幸运啊！恰巧体检车巡回到村里她就接受了检查，而且在毫无自觉症状的情况下发现了早期癌症，甚至还由此发现了二百二十例中只有六例的表面平坦型癌症。要是咱们中心的体检车没去奈良的偏远山区的话，那个阿婆说不定会拖到晚期，到那时可就无法挽救了。"

"完全正确！开创胃癌集体筛查先河的癌症研究所黑田所长曾

说:'坐在医院里呼叫患者是不会来的。'他说得真是太对啦!"

大家七嘴八舌地热烈讨论。里见好像这才深切地认识到,尤其是在癌症的诊断和治疗方面,依靠某个名医的时代已经一去不返,必须由各个领域的癌症专家组成医疗团队才能做出毫无差错的确切诊断。不过,怎样才能说服山田梅同意接受手术呢?他不无担忧地从椅子上站起身来。

白
い
巨
塔

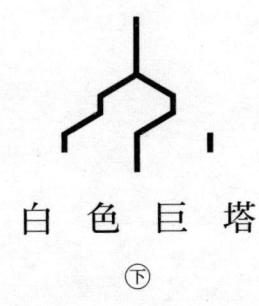

白 色 巨 塔

下

[日] 山崎丰子 著　侯为 译

青岛出版社

第二十六章

佐枝子乘坐阪神电车在尼崎站下了车,随即顶着六月下旬强烈暴晒的午后阳光走向海边尘土飞扬的厂区。一个月前她去近畿劳保医院时,在门厅偶遇浪速大学医学院附属医院第一外科病房的前护士长龟山君子。今天,佐枝子要去走访她的家。

佐枝子在站前香烟店问了路,刚来到河边街道就忍不住用遮在额头上的手帕捂住了鼻子。那条河只是徒有其名,充其量不过是宽两米半的河沟,好像附近工厂排放的废液都流进去,散发出阵阵刺鼻的恶臭。河沟旁是未经铺装的土路,每当翻斗车和大卡车经过就扬起尘埃。

佐枝子顺着河边街道向南走了两百米左右,在标志性的自行车修理店前过了小桥,就看到狭窄街道两侧拥挤不堪地排列着被煤烟熏黑了的铁皮屋顶和预制板围起来的小型街道工厂。对面有一排老旧的木造住宅,那就是龟山君子居住的三光机械厂宿舍。佐枝子心想终于找到了,随即快步走向第一户人家正在收取晾晒衣物的主妇打招呼。

"请问,龟山女士家是哪一户啊?"

"啊?龟山?我不知道有那么个人!"

"哦,不,是叫冢口的那家。"

佐枝子赶紧报上龟山君子丈夫的姓氏。

"啊,是冢口家呀!就在这排的第五户。"

双手抱着衣物的家庭主妇用白眼瞟着佐枝子身上那与厂区住宅很不搭调的装束,用粗鲁的语调答话。佐枝子向她道谢之后来到第五家的门口。

"家里有人吗?"

佐枝子叫门却没人应答。

"冢口太太,你在家吗?"她干脆高声喊道。

里面好像有人走过来。

"啊!东小姐……你怎么知道我住在这里呀?"

可能是因为太出乎意料了,龟山君子呆立在门口惊愕不已。

"突然登门拜访,请多原谅。我是在近畿劳保医院打听到你的住址找来的,会不会给你添麻烦呀?"

"哪里,不过,我家里又脏又乱,实在不好意思。请进来吧!"

她让佐枝子进了门厅侧面的四铺半席大的房间。看样子,她刚才是在为丈夫缝补衣物,一进来她就慌忙把针线盒旁摊开的灰色工作服和洗得发白的长裤、内衣等塞进了壁橱。

"我老公是做车工的,总要洗洗涮涮、缝缝补补,比照管医院里的患者还费事儿呢!"

她一边给佐枝子递上坐垫一边解释,但她并不是在抱怨生活,话语中充满了夫妻享受日常短暂团聚的甜蜜爱情。

"你先生多大年龄啊?"

"他跟我同龄。可能因为我们是在四十岁前相亲结婚的,虽然结婚快一年半了,却没有通常所说的新婚家庭的感觉。"

她一边泡茶一边耸了耸肩头。

"这正是你们生活安定的真实证明啊!而且听说你有喜了,请吃些点心吧!"

佐枝子递上一盒西式糕点。她上次在医院时听龟山君子说她怀孕了。

"谢谢你。因为我是晚婚,所以有点儿担心。不过,我老公倒是非常高兴,说这下子工作更有干劲儿了。"龟山君子羞赧地红着脸说道,"没想到东小姐还会来我这儿,到底有什么事啊?"

君子嘴上这样问,却好像已经揣测到了佐枝子来访的目的,可以看出她虽然面带微笑却存有戒心。

"倒也不是别的事情,就是上次谈到的佐佐木庸平先生医患纠纷案的事情啊!我想请你作为上诉人方的证人在法庭上做证,就说财前教授在大查房时否决了柳原医师的建议,指示没有必要做CT扫描。"

君子顿时表情僵硬,沉默不语了。

佐枝子为了缓和尴尬的气氛,用十分平静的嗓音说道:"其实呢,佐佐木庸平先生的遗属现在陷入了非常悲惨的困境之中。根据前几天关口律师去我家说的话,佐佐木庸平先生去世之后,先前一直协助佐佐木太太的那个专务,把最后指望救命的地方批发商支付的大笔货款卷走,他们已经被逼到倒闭的边缘。佐佐木太太受到打击卧床不起了,她上大三的儿子、十九岁的女儿和上高一的二儿子不知道该怎么办才好。真是惨不忍睹啊!"

身怀六甲的龟山君子听到佐佐木良江三个孩子的情况,好像有点儿被打动了。

"那病倒的佐佐木太太情况怎么样啊?该不会找不到医生看病吧?"

"不,里见医生很快赶过去了。后来,他在近畿癌症中心下班后也常过去给她看病呢!"

"啊,里见医生……里见医生为那位患者的遗属付出那么多……"君子的话戛然而止。

"是啊!里见医生说,正因为佐佐木先生这个案子的判决结果将成为今后医患纠纷案的重要判例,所以他要把真实的证词贯彻到最后。无论是在公开场合还是在私下,他都要尽心竭力地协助佐佐木先生的遗属和关口律师。对这场官司的第一个争论点即术前检查的问题进行鉴定的人选,也是由里见医生最先建议而终于确定的。但是不管怎么说,对判决起到最大的决定性作用的是证明财前教授说过柳原医师建议做 CT 扫描是没有必要的。因为断案必须有确切的证据,而目前恰恰缺少决定性的举证。所以,我希望你在法庭上说出上次告诉过我的证词。如果你愿意做证的话,就能给予众多因不幸的误诊而失去丈夫、妻子和孩子却对目前的医患纠纷判决感到绝望的遗属巨大的力量。龟山女士,拜托你了,请你为患者的遗属在法庭上做证。"佐枝子跪伏在榻榻米上恳求道。

"我也是一想到那位患者的遗属和孩子就……"君子虽然很难过,但说到半截还是摇了摇头,"可是,这场官司受到社会这样广泛的关注,如果我以证人身份出庭做证的话,报纸杂志就会登出浪速大学医院护士的名字。而且,由于我老公又是在很容易受伤的车间做车工,所以我说不定哪天还得当护士出去工作。最重要的是我现在怀孕了,需要常去医院看医生。到了这个年纪才好不容易得到了常人的幸福,请不要打扰我吧!"

"我确实能够充分理解你说的话。不过,你生孩子的事情,以及万一你不得不继续当护士工作的时候,我会请求我父亲,负责任地帮你找到工作。所以,龟山女士……"

佐枝子还想继续说下去。

"东小姐,你为什么要为那件官司做那么多呢?"

"因为我看到里见医生奋不顾身的样子不能无动于衷。对于为了判明一位患者的真正死因不惜主动离开大学的里见医生,我必须做些什么……"

佐枝子说不下去了。君子恍然大悟地抬头望着佐枝子。

"东小姐的心情,作为女人我完全能够理解啊!"

她似乎体察到佐枝子的心思,沉默了片刻。

"不过,还是请你原谅,我不能在法庭上做证。"君子用坚定不移的语调说道。

"那,今天我就不多打扰了。不过,我改天还会来,希望你能改变主意。"

佐枝子的言外之意是,她还要多次登门拜访,直到说服龟山君子愿意当证人为止。

在北区的酒家里,鹈饲院长、洛北大学的神纳教授、近畿医大的增富教授围坐在宴会矮桌周围。他们作为讲师,刚刚结束了平和制药公司为普通营业医师举办的循环系统疾病的演讲,然后来此赴宴。平和制药公司分管学术部门的干部武井坐在末座,学术部的主任和科长指使店员忙着招待。

"今天有幸请到三位循环系统学会的顶级人物来担任主讲人,听众比往常多出了一倍,大大地提升了本公司的企业形象,真是不胜荣幸啊!"

武井一年前在浪速大学和洛北大学的药学系当兼任讲师,但那只是表面的幌子,实际工作却是跟大学里的实力派教授拉关系、走后门。他戴着一副白金边眼镜,满脸浮起谄笑,从最上座的鹈饲开始,接着为神纳和增富斟酒。鹈饲心情愉快地喝干了武井斟满的清酒。

"近来,你们这些大型制药公司经常举办像今天这种演讲会,还发行医学方面的专业杂志，积极为营业医师提供学习机会，所以不但大大缩短了大学研究人员与营业医师之间的距离，还普遍提高了医学水平，我们也觉得这是令人无比欣喜的事情啊！是吧，神纳？"

鹈饲把因喝酒发红的面孔转向身旁的洛北大学的神纳教授。他俩一个是内科学会的长老级人物，一个是学会进步派的中心人物。虽然两人在学术和学会运营方面总是意见相左的对手，但神纳十分清楚这是在酒席上。

"是啊！举办这样的演讲会，咱们自己也会有所获益呀！营业医师会找咱们咨询令人意想不到的病例。鹈饲老师、增富老师，即使说到由咱们承担主编、平和制药公司出版的《循环系统疾患》，虽然以前都是临床诸家的论文，但内容却往往涉足基础领域过广，多数都像是为了科研而撰写的研究性论文。但这本杂志却正好相反，由于采取了明确以营业医师为对象有意识地论述临床方面各种问题的编辑方针，所以能够接连不断地挖掘出临床方面的迫切问题，所以正在逐步成为独具特色的专业杂志啊！"

神纳教授用爽快热情的语调说完，近畿医大的增富教授也点了点头。

"近来，我周围购阅《循环系统疾患》这本杂志的医师也越来越多了。武井先生，现在的发行量是多少啊？"

"托各位的福，平时印数是三万册。"

"哦？三万册！据说，日本的医师总数约为十一万人，其中营业医师约为五万几千人。所以，三万册的发行量确实很了不起呀！"

"这也多亏各位老师平时的大力协助。不过，关于从今年夏天到明年春天在全国各地举办的演讲会，因为劳驾各位长途跋涉却只做演讲恐怕不太合适，所以在日程中还安排了像德岛阿波舞巡游和札幌冰雪节等观光活动。所以到时候再请各位多多关照吧！"

武井面面俱到地说完之后,学术部主任和科长也俯首拜托。制药公司这两三年来忽然热衷于邀请著名教授当讲师,或者出版医学专业杂志。这是因为民众对于药品的知识有了提高,已经不再轻易相信药品广告的宣传,使得大众药品销售额有所下降,制药公司因此开始致力于推销面向营业医师的药品。邀请著名学者举办演讲会和出版发行医学专业杂志,可以说是吸引营业医师的一个手段。于是,著名学者也随之越来越受到重视,享受着优厚的待遇。

鹈饲把他肥胖的上身歪在靠肘上说:"营业医师的启蒙和教育说起来跟国民的启蒙教育直接联系,所以我们也会尽力相助。不过,近年来总是过于偏重于癌症知识的启蒙,成天叫喊什么每五分钟一人的死亡率,还有什么用体检车筛查早期癌症,甚至还倡导'征服癌症月'并在报纸上搞宣传活动,完全是癌症一边倒。但是,在日本国民的死亡疾病排序中,心脏疾患引起的死亡率并不亚于癌症。关于这一点很有必要进行启蒙啊!"

洛北大学的神纳也说道:"确实是那么回事儿啊!在日本国民各种疾病死亡率的排序中,第一位是脑卒中,第二位是癌症,第三位是心脏疾患。从我们循环系统专家的角度来说,在第一位的脑卒中之中,包含了因为心脏疾患而死亡的患者。我觉得营业医师中恐怕有人尚未注意到这一点。这样一来,实际上因心脏疾患的死亡人数估计已经超过了癌症死亡的人数。以前在死亡诊断书上写的是脑卒中,其实也许就是由心脏疾患所导致的死亡。因此,在厚生省发布的《厚生省白皮书》中也写入了这种意见并要求进行国民启蒙。前些天我在某医学杂志上发表了这篇文章,引起令我意外的巨大反响。"神纳眨着宽额头下的锐利的眼睛说道。

正在享用菜肴的鹈饲放下了筷子。

"嗯,这倒是相当有意思的意见嘛!着眼点也很好,不仅向营业医师发出呼吁,还向厚生省发出了呼吁,具有启蒙性的要素,确实符合你的文风,想必反响一定很大吧!来,干一杯吧!"鹈饲说着举杯向神纳敬酒,"不过,神纳先生,听说你还是要参选学术会员啊!"

鹈饲用极普通的闲聊语调,将话说得十分轻松,但由于他是在难得地称赞神纳的论文之后紧接着说到了这件事情,所以听起来有一种真正目的在于学术会员选举的讽刺意味。神纳骤然现出不高兴的神情。

"教授会上指名叫我参选,我实在为难极啦!作为我个人,因为还有没做完的科研项目和自己想做的课题,虽然这样说不合适,但现在根本不是参选学术会员的时候,所以我已经极力推辞了。"

他巧妙地搪塞了这个话题。

"哦?真是那样吗?我原先还不太相信学者型的神纳教授也会参选,但是当我听本校的财前说'竞选对手是洛北大学的神纳教授,一定会陷入苦战'的时候,我真是又惊讶又伤脑筋。哎哟,我的处境实在是太微妙啦!"

鹈饲说完,平和制药公司的武井从旁插嘴了。

"确实如此啊!鹈饲老师是顾得了这边顾不了那边,真是太为难啦!"

"就是嘛!当然啦,如果把内科学会当作主体的话,那不管怎么说肯定是要推举神纳教授啦!但虽说如此,考虑到本校的财前教授是由本系统各大学强力推举的人选,那我作为浪速大学的医学院长也不能坐视不管嘛!这次我真的左右为难啦!"

鹈饲虽然说得那样无可奈何,而事实上当他得知可能会与自己争夺下届内科学会理事长宝座的神纳参选近畿地区学术会员时,他就急忙推出财前作为对立候选人,力图通过财前挤掉神纳,叫神纳丢尽面子,以谋求自己顺利当选理事长。

"好啦！咱们的处境都很尴尬呀！不过,既然要竞选的话,那就'费厄泼赖'地竞选好啦！因为近畿医科大学也推出了重藤教授嘛！"神纳说得十分爽快。

近畿医科大学的增富教授似乎非常感慨地说道:"本校的重藤教授最近也终于着手准备竞选了。不过,学术会员选举比旁观者看到的要复杂激烈得多呀！"

"不过,你们那里谁担任选举参谋呀？"鹈饲问道。

"这个嘛,就是由我担任啊！如此说来,今天的宴席应该是'吴越同舟'啦！"他故意装傻似的说道,根本不理会张口结舌的鹈饲和神纳,"哎呀,已经九点多啦！那咱们就到这儿吧！"

武井恭恭敬敬地把各装着五万元的水印礼金袋放在了三位教授面前。

汽车来接的时候,回京都的神纳、去宝塚方向的鹈饲和回滨寺町的增富分乘三辆车。鹈饲像是突然想起了什么。

"武井,你好像是去阪急沿线的石桥吧？那就一起坐这辆车回去吧！"

"不用了,我坐后边的车回去。老师请一个人轻轻松松地回家吧！"

"这有什么关系啊？反正都是顺路,再说我一个人坐车也很无聊呀！"

鹈饲叫武井同坐一辆车,行驶到阪神国道上时说道:"我说武井啊,你曾经在多所大学的药学系担任过兼任讲师,所以想必跟各大学的实力派教授关系相当好,对学术会员选举的内幕也了解得很详细,说不定洛北大学的神纳教授也已经委托过你了吧！不过,我也要为本校的财前拜托你啦！"鹈饲在顶灯熄灭的车厢里说道。

武井脸色微微一变,又立刻用满不在乎的语调说道:"我本来就受到浪速大学的特别关照,所以只要有我能帮得上忙的地方,不管什么事情都请尽管吩咐。幸好本公司的学术部和研究所也有选举人,我会去跟他们协商拉票事宜,还要动员经常走访大学、医院和营业医师的相关人员开展细致入微的活动。"

"嗯,如果你不接受的话就不像你啦!哦,这样一来就让今天见面的意义更大啦!"

鹈饲说完"砰"地拍了一下武井的肩头。

在近畿癌症中心的六人病房里,山田梅蹲坐在病床上吃晚餐。

这两个月以来,在连续做过 X 光精密检查、胃镜、细胞学诊断和活检等多次检查之后诊断结果为恶性息肉,她在一个星期前入院并将于明天做手术。

"不要了,我不想吃。"

山田梅只吃了一口就把脸扭开,像是胸口堵得难受似的放下了筷子。

"这不等于什么都没吃吗?好不容易从咱家菜地摘了妈妈爱吃的南瓜煮好带来,你就再吃一点儿吧!"陪侍她的儿媳怕打扰邻床病友,小声地说道。

刚从奈良十津川村赶来的跛脚的大儿子也说:"真是这样啊!妈,手术前一定要摄入大量的营养,好好增强体力。特别是因为妈妈的手术跟其他不同……"

他说到半截就停住了,因为里见瞒着山田梅,只向她大儿子一个人说明这是胃癌手术。

"跟其他不同是怎么回事儿呀?"

山田梅沾着眼屎的细眼睛里充满了疑惑。

"不,我的意思是说,你跟普通年轻人不同,像妈妈这样的老年人本来就体力虚弱,要是不多吃点儿东西补充体力怎么行呢?"他赶紧自圆其说。

"我不想吃的东西不管谁说什么都不吃嘛!你别啰唆啦!赶快把饭菜收起来吧!"

梅阿婆像是要宣泄手术前的不安情绪,性格怯懦的儿媳担心打扰同室病友,小心翼翼地把饭菜移到床头柜上。正在这时,山田梅的主治医师和护士走了进来。

"阿婆,今天感觉怎么样啊?"

"挺好的,托你们的福啦!"

山田梅顿时变得温和起来,与刚才对儿媳发脾气时判若两人,她在病床上重新坐端正,长子夫妻也向医师鞠躬示意。

主治医师把视线投向放在床头柜上的饭菜,说道:"看样子你食欲不太好嘛!是不是有恶心或疼痛的感觉呀?"

"不,根本没有那种情况。只是一想到要做手术,心情就不舒服了。"

主治医师拿起听诊器,拉开山田梅洗得发白的睡衣胸襟,把听诊器贴在阿婆肋骨突出的胸部听诊,心音和脉搏都没有异常。

"那就再注射一支干燥血浆吧!"

他说着就要拉起梅阿婆的右手。

"注射?今天上午已经注射过了嘛!你不是说那是最后一次了吗?"害怕打针的山田梅拨开主治医师的手说道。

"可是,我听护士说你早餐和午餐都吃得不多,而晚餐又是这种状态,所以还是再打一支为好,而且里见医生也交代过好多次了。"

他说着就拉起山田梅的手臂,叫护士帮着注射了干燥血浆。在奈良县深山十津川村的贫穷农家里,早餐吃茶粥,午餐在田间吃腌梅和白米饭,晚餐虽然有鱼也几乎都是鱼干,这样的饮食生活使山田梅营养状态很差,甚至有贫血的倾向。为此担忧的里见从自己的工资中拿出一部分为她买了每支两千元的干燥血浆,五天来每天注射一支。

当主治医师小心翼翼地把一百毫升干燥血浆溶解液注入山田梅干巴的手臂时,里见进病房来了。

"阿婆的全身状态怎么样?"里见向主治医师问道。

"我按照里见老师的指示注射了干燥血浆之后,患者的全身状态有了相当大的改善。这样的话就可以放心实施手术了。这就是入院第七天的检验单。"

主治医师说完把一摞检验单递给了里见。

里见翻阅检验单并与以前的数值进行了比较。入院第二天的各项检查报告中显示:血清蛋白量为每分升六点四克、血色素量为百分之七十三、红细胞为三百六十五万。这样的数值足以承受胃体部分切除手术。

"虽然阿婆不愿意打针叫我很伤脑筋,不过,你现在气色也好多了,做手术也不用担心啦!"里见像关心家人般地说道。

山田梅钻牛角尖似的仰望着里见。

"大夫,请你把真实情况告诉我,其实是癌症手术吧?那我会死的吧?我会死的吧?"

她说完就紧紧地抓住里见的白大褂,像小孩一样摇晃。虽然这个问题她已经向里见问过很多次,但今天的话语中包含着强烈的求生愿望。旁边的长子夫妻脸色骤变。

里见平静地微笑着说道:"阿婆的病就像我上次说过的那样,只是胃里长了一颗像疣的小瘊子一样的东西,如果放任不管的话就有癌变危险。所以要趁早做手术切除呀!"

"如果是那样的话,就没有必要做手术了嘛!"

这话阿婆在两个星期以前也对里见重复过多次。里见隐瞒活检诊断结果是胃癌的情况,只告诉她现在做手术就不会有任何问题。可山田梅固执地拒绝做手术,强调十四万元的住院手术费太贵,即使国民保险负担一半医药费,由于家里唯一的劳动力大儿子上山被木材压伤之后,全家就过着最低生活保障的日子,所以根本拿不出那么多钱来。山田梅之所以能住院治疗,是因为里见向近畿癌症中心的医疗福利咨询员打听,是否可以想办法减免山田梅的手术费,对方说大阪府癌症预防协会有向贫困癌症患者提供手术费的项目,只要提出申请详细说明患者目前的症状、手术必要性和生活状况通过协会审议之后,就可以负担患者的住院手术费用。里见立即为山田梅填写申请并办理了手续,而且亲自奔波交涉,获得了批准,因此山田梅才得以住院接受手术治疗。但山田梅并不了解里见付出的辛劳,还在拒绝做手术。

"好啦,阿婆,今晚可要早点儿睡觉呀!明天的手术由外科主任槙医生亲自主刀,第一助手是主治医师,而且我也会到场,所以你什么都不用担心啦!"

里见安抚山田梅,帮她消除手术前夜的恐惧感,他把后边的处置交给主治医师,又为另一名同室患者诊察之后,才走出了病房。

"大夫,里见大夫……"

背后有人呼唤,里见转身看到山田梅的长子拖着跛脚追了过来。

"大夫,我真不知道该怎样感谢你才好。我们连来做检查的路费和检查费都快负担不起了,大夫还为我妈补充营养自掏腰包买了那么贵的注射剂,而且连住院手术的费用都解决了。那么大一笔钱我们根本连想都不敢想,多亏你帮我们办了申请手续还亲自去交涉,让我妈能免费住院治疗。实在太感谢你了。"

他哽咽着说完,便鞠躬致谢。

"哪里,如果要谢的话也不是谢我,要感谢癌症预防协会的工作人员,多亏他们推行了为贫困癌症患者提供手术费用的运动。"

里见亲切地安抚跛脚长子的心。

仅仅是大阪府,每年因癌症死亡的就有七千人。其中更有三百名患者由于无力支付手术费而眼睁睁地等死。面对如此悲惨的现实,由大阪府癌症预防协会倡导,以关西财界人士为中心,展开了普通市民的抗癌互助运动。但实际情况却是,由于捐款本身有限,手术补助费只能适用于那些治愈希望较大的患者。

里见走在已经昏暗下来的走廊上思绪万千,由于癌症的本来面目尚未探明,许多癌症患者处在未知能否治愈的评定标准线边缘饱受折磨却得不到切实的医疗补助。而且像山田梅这种贫困癌症患者,只能依靠民间倡导设立的机构进行救助。里见清楚地认识到国家医疗行政资源极度匮乏的现实。

在医师会馆的二层会议室里,正在召开大阪府医协例行理事会,已经进行到了"关于指定急救医院"的议题。最近,为了应对急剧增加的交通事故,十九位理事围绕大阪府管辖下的公立医院以外的急救医院审查标准进行了讨论。设备齐全、经验丰富、由理事会指定的病床数一百张以上的私人医院想要取消急救医院的指定,而中型医院却希望被指定为急救医院,审议工作因此而难以推进。病床数一百张以上的私人医院对涉及交通事故赔偿或卷入其他烦琐纠纷敬而远之,而中型医院却因为伤害保险的分数为健康保险的一倍,所以即使可能发生烦琐纠纷也希望被指定为急救医院。

十九位理事把希望被指定为急救医院的名单放在面前,站在各自的立场交换意见。但是,北区医协会长岩田重吉和锅岛外科医院院长锅岛贯治却策划在理事会结束之后,巧妙地把这个会场用作财前五郎为学术会员选举一事与理事们见面的场所。

他们已经事先请示了坐在正面的大阪府医协会长大原民藏并取得了同意,想以不损害财前体面的较为自然的形式进行有效的竞选活动。

有关指定急救医院的议题终于讨论结束了,理事们最后对会员的人事变动做了说明,然后对时间很在意的理事们就准备起身离场了。

会长大原用极为自然的方式说道:"有件事要向大家传达一下。虽然目前还没有发出公示,但将在今年十一月底举行的下届学术会员选举,浪速大学的财前教授已被推举为近畿地区的候选人。我们以前有什么事情也曾得到过财前教授的关照,今天,财前教授希望借理事会的场合向各位理事问候一下。"

锅岛立刻接着说道:"我们此前委托过财前教授,希望他指派优秀医师来我们医协会馆的体检中心协助工作,即使是兼职打工的形式也可以。恰好今天他为这件事来到这里,刚才就在楼下的接待室。我马上请他过来吧!"

他说完就亲自离席迎接财前。财前脸上浮现出和气的微笑,他走进了会议室,一位理事请他在正面座位就座。

"不,今天我是来向各位表示问候和拜托参选事宜的,所以坐在上座太失礼了。我之所以占用各位的宝贵时间,想必各位已经有所耳闻,地方选区已经推举我成为下届学术会员选举的候选人了。这是因为近期两届会员都被洛北大学占据,所以很多人呼吁这届地方选区的学术会员应该由浪速大学担任。在前些日子的教授会上,承蒙鹈饲院长提议,医学院全体教授一致推举我为候选人。关于此事,因为如果得不到大阪府医协的推动就很难大量聚集近畿选区医协方面的选票,所以我今天特意来拜托各位理事支持我。"

他适度地提到教授会、医学院长、医学院一致推举等词语,借以展示自己作为现任教授的权威,并用平时少有的低姿态向众理事拜票。医协是营业医师的团体,理事们看到浪速大学的现任教授亲临现场请求,心里得到了极大的满足,现场洋溢起善意相待的气氛。

一位曾与财前同窗的理事说道:"既然财前教授亲自来医协拜票,我们当然要大力支持啦!"

他奉承财前带头表示赞同。而一位私立大学出身的理事却泼了冷水。

"但是,我们营业医师跟学术会员选举好像没什么关系吧?"

会长大原民藏说:"那关系可大啦!近来,最令咱们头疼的医疗事故问题、低廉的医保诊疗再加物价上涨,使咱们做诊疗越来越艰难了。而且近来患者动不动就告咱们误诊误治,想借此获得额外的损害赔偿。这种倾向越来越严重,很多医师因此而不愿意继续行医了。大阪平均每月就有二十位营业医师闭门关张,京都每个月有五六人,而东京则有四五十人。在这种现状中,如果咱们支持为医患纠纷案战斗的财前教授当选学术会员的话,就能在学术会议中商讨以前未受重视的医疗事故和医患纠纷等问题。我认为这是具有极大意义的事情!"

他刚说完,各处响起了赞同的声音。

"那么,大阪府医协理事会就决定在学术会议地方选区的选举中支持财前教授了。在下个月的会刊中发出通报的同时,还要向京都、神户、奈良等近畿一带的医协会员发出呼吁。此外,本医协的竞选对策推进工作就委托具有同校前辈情谊的岩田重吉和锅岛贯治两位理事,大家看怎么样啊?"

会长大原民藏按照事先与岩田和锅岛协商的步骤推进议事程序,由于营业医师都很忙,于是当场一致表示同意,理事会就结束了。

在会长大原和理事们都离开之后,岩田和锅岛带领财前来到二层会客室,用事务员端来的红茶润润嗓子,总算松了口气。

岩田用细小而闪亮的眼睛看着财前,说道:"达成一致支持财前的决议比事先预测得更顺利呀!不过,医协可不会像本系统的大学和医院或校友会那样。因为其中掺杂着不同学校出身的人,很多都是赤手空拳靠本事营业行医的老江湖。所以,虽然他们嘴上痛快地表示支持,但如果因此而高枕无忧的话可就要吃大亏啦!刚才那一步充其量只能算是双方交换名片而已,实际上还得深入展开相当强有力的攻势呢!"

"我就是想跟岩田、锅岛二位前辈商讨怎样展开强有力的攻势啊!"

财前首先向锅岛讨教。锅岛总是衣冠楚楚的,他穿着双排扣西装、蓄着胡须,看上去不像医生,倒像是年过五十的脑满肠肥的企业家。

锅岛坐在沙发上跷着二郎腿说道:"委托医协的头面人物或者说是实力派人物聚票确实不容易。首先在金钱方面就无法相比,因为他们轻轻松松就能赚到大学教授级的十二三万的工资,所以用钱是绝对行不通的。要想动员医协的实力派,说什么也得利用名誉啊!"

"名誉?营业医师的名誉是什么呢?"

财前脑海里浮现出岳父又一的形象,反问锅岛。

"当然是官方和民办大学的讲师头衔啦!"岩田直截了当地答道。

"但是,如果没有科研成果和教学经历的话,不可能一下子就当上讲师啊!"

"不,这方面还有这样的办法。例如,把医协中的某些实力派人物送进财前教授有影响力的浪速大学系统的大学当兼任讲师。当然,要当兼任讲师还必须由教授会讨论通过。但是,从大学的教授会来看,补任一名兼任讲师职位根本算不了什么,所以大都可以通过政治手段安插进去。而且,如果这个人物在大阪府厅的卫生部门和报社方面都很吃得开,有门路可以轻而易举地在报纸上登载该大学医学的报道的话,教授会绝对不可能否决这样的人选。对于作为营业医师的医协干部来说,即使是浪速大学系统大学的讲师头衔,也是具有巨大吸引力的荣誉呀!不管怎么说,就连不起眼儿的公立医院的主任医师,很多人都会在名片上赫然印上某某大学讲师的头衔。所以,对医协干部采用这种方法聚票是最可靠的。"

"原来如此啊!但是,如果突然把那种兼任讲师安插到浪速大学系统大学的话,很快就会被看出这是为学术会员选举拉票的活动,会招来很大的麻烦呀!"财前面露难色地说道。

锅岛打包票说道:"倒也不是说非得去大阪府下辖的本系统大学不可,也可以安插到奈良或和歌山那些大阪邻近城市的系统大学里嘛!而且不能是暂时性的措施,可以事先跟对方达成协议,稍微拉开间隔巧妙地把兼任讲师的头衔安排给三四位医协的实力派人物。不管怎么说,采用这种方式是最为高明的做法。只要采用这种方法,就能拿到相当多的医协选票啦!"

岩田也点了点头。

"对医协实力派那帮人要发动名誉攻势,对普通营业医师要采用解决他们最伤脑筋的'护士荒'的实利主义。我听说浪速大学附属高等护理学院每天的课程是四点钟结束,宿舍关门时间是十一点钟。所以,如果能安排学生去营业医师那里当护士打工的话,他们一定会对你感激不尽。另外还有一点,近来不管看什么病都要做各种各样的检查。但是,普通营业医师很难置备那些器具设备,因而感到非常为难。所以我刚才也提到过,咱们医师会馆里设立了临床检查中心,可关键是没有能力强的检查技师。所以,如果大学方面能派优秀的检查技师过来的话,那就解决了我们的燃眉之急,毫无疑问会投你一票。"

不知该称作阅历丰富还是该称作老谋深算,岩田的计策相当周密。

"真不愧是岩田老师呀!如果能做得那样细致的话,我看医协方面的选票就应该没什么问题了。接下来,我想请教作为校友会首席干事的锅岛前辈,校友会方面有什么高明的对策啊?"

财前一改在学校教授办公室和医务部时的傲慢,以低姿态向锅岛询问。

锅岛那双排扣西装的胸前衣袋里隐约露出彩色手帕。

"说到校友会方面,那就有点儿微妙的难度啦!这是因为,像我们这种常把疑难杂症患者送进第一外科和经常麻烦你安排病房的人都属于'财前万岁组'。而与此相反,有些人因为你四十四岁就当上教授并在第二年就出马竞选学术会员,只要一听到你的名字就反感。所以如果咱们做得太过火的话,反倒会被作为违反选举法的行为遭到抵制。因此,你自己顶多只能采取以低姿态向校友会干事级人物拜票的应酬战术。而另一方面,你可以指派医务员挨个儿去巡访分散在近畿地区各地的浪速大学校友。在此基础上,因为刚好今年秋天将要举行一年一度的校友会总会,所以你就在这个时候先不露声色地赞助大笔款项,搞一场比以往任何时候都盛大的宴会。虽说都叫校友,但其中有的人坐拥一百张病床而腰缠万贯,也有人靠医保诊疗每月只有十二三万的流水额,再从中扣除药品材料费、器具设备折旧费以及护士的工资等,纯利润就只剩下三万元了。大阪府医协中有百分之十二三的低收入医师连每年一万两三千元的日本医协、大阪府医协和区医协的会费都交不起。如果搞一次盛大宴会,不会有人不高兴的。搞完之后再告诉他们是财前教授赞助的，这一招肯定相当有效。"

"可是，营业医师怎么会连医协会费都交不起呢？虽然这话是你锅岛前辈说的，但也太夸张了吧！"财前难以置信地问道。

"不，这可是真事儿啊！跟社会上一样，医师也有天壤之别呢！毕竟医保诊疗必须靠患者人数赚钱，过了六十岁就不能像'神风医生'那样四处奔波，其中有些人甚至雇不起护士，只好让上了年纪的老伴儿充当，处在吃低保边缘的老年医师在给年轻力壮的小哥治疗感冒，这种笑不出来的事实就在眼前啊！跟他们相比，财前教授简直就是发射成功的人造卫星，而且这次又要参加学术会员选举了。一旦你成功当选，咱们的势力也就越来越壮大啦！"

当财前看出岩田和锅岛是想通过自己当选学术会员获得利益，便感到双方这次关于固票的协商结果是平分秋色，或者说其实就是在做交易。不过，他并没有流露在脸上。

"医协和校友会方面的基本对策就按照二位说的去做吧！关于具体的活动细节以及招待医协实力派的办法，我改天再跟岳父一起向你们请教。我还有些工作没做完，先告辞了。"

财前打过招呼就起身离去了。

虽然财前推托还有些工作没做完，但是当他走出医师会馆时却并没有立刻叫车，而是慢慢地走向上本町二丁目的电车站。他一边走一边犹豫不决，是去庆子的阿拉丁酒吧还是去加奈子的丽都夜总会？

从跟加奈子发生第一次肉体关系那天开始，可以说几乎每次在去丽都夜总会玩乐的晚上都要去大阪近郊的宾馆里男欢女爱一番。与香鱼般欢蹦乱跳的加奈子的欢爱使他抛开一切烦恼，能尽情享受快乐的时光，但是与庆子之间却纠缠着在教授选举之后产生的心理负担或曰亏欠感，所以很难体味到跟加奈子在一起时的解放感。但即便如此，今天的财前拦了出租车后还是叫司机开到了庆子的阿拉丁酒吧。

面临道顿堀河的阿拉丁酒吧里，柔和的间接照明和奶油色皮沙发使店内笼罩在品位高雅的气氛当中。与往常一样，今晚也可以看到大阪财界有名的大老板们的面孔，热闹而不拥挤。老板娘的靠山是被称为大阪财界的大人物、钢铁公司的老板，所以来这里消费的顾客也经过了精挑细选，其中还能看到曾经由财前做过胃部与食管吻合术的财界人士。不过，财前今天不想跟他们照面，所以故意坐在了吧台的远端。眼尖的侍者发现了财前就问他要不要叫庆子过来，但财前瞅了一眼里面包厢陪伴顾客的庆子的背影，回答说："不用了，过后再说吧！我想一个人在这儿喝酒，就先别叫她了。"

财前点了冰镇威士忌苏打，随即诧异地把视线停在里面包厢的一角，原来是近畿医科大学的重藤教授坐在那里。重藤教授年龄与自己相仿，专门研究交通事故伤害问题，他常在媒体上出现，风度翩翩。今天他穿着像是量身新做的西装，正跟一位企业家模样的男子谈笑风生，不知道他们在说什么，他一手端着白兰地酒杯动作夸张地侃侃而谈，还对着陪酒小姐们手舞足蹈。财前虽然觉得他不像当医生的，是个装腔作势的讨厌家伙，但又想到他那个样子还能得到私立大学的联手推举成为自己的对立候选人，于是感到了不同于洛北大学神纳教授的威胁。正在他轻轻咋舌想到自己特意来这儿散心却不能如意时，就飘来了庆子的香水味。

"你怎么啦？一个人在这种地方喝闷酒……"

财前默默地用眼神示意重藤那边，问道："那个，是近畿医科大学的重藤教授吧？他常来这里吗？"

"嗯，是啊！不过，他是从两三个月前才开始来这儿的。他对面是新日本电视台的专务。他说上次是重藤教授应邀做客，今晚轮到自己捞回来了。"

"原来如此，对方是电视公司的专务啊！这家伙还挺能折腾呀！看来他是一门心思打算用美式电视宣传的路子搞选战啦！如果他走那个路子的话，我去医协东奔西走应酬拜票简直是太土气了嘛！"

财前苦涩不堪地说着，喝了一口冰镇威士忌苏打酒。

庆子探头看着财前问道："你真的打算去医协巡回拉票吗？"

"不是打算啊！我刚刚去过，都回来啦！我就像议员竞选一样，利用医协召开理事会的场合鞠躬说，请各位惠赐圣洁的一票。"

财前咕嘟地喝干了杯中酒。

"你可真够笨的呀！好不容易当上了国立大学教授，不好好地充分运用教授的地位和权力致力于高端课题的研究，却去取悦医协和校友会那些人聚集人气。不仅如此，也不知道你是不是为了学术会员选举，好像还经常出入那种无聊的夜总会。近来你真的不太对劲儿啦！"

庆子细长的双眼闪出一道光芒。她已经知道自己跟加奈子的事情了吗？还是已经知道却不想说破呢？

在近畿癌症中心的中央手术室内，正在为山田梅实施胃癌手术。她又瘪又瘦的腹部已被剖开，身穿蓝色手术衣的五名医师围拢在手术台周围，有主刀的外科槙主任、担任第一助手的主治医师、第二助手以及为在术中做活检到场的临床病理科主任都留和里见。

剖开部位用腹膜钳和开腹拉钩固定之后，手术野被展开，槙主任把手伸进下腹腔确认是否存在腹膜转移，随即逐一触诊肝脏和其他内脏器官。

"其他脏器都没有疑似转移的硬块。现在开始检查胃部。"

槙主任说完，担心影响手术一直站在后边的里见和都留靠近手术台，探出上身注视着手术野。槙主任把拇指抵在胃部前壁，把其他四根手指伸进胃后壁，仔细地从胃上部朝胃体和幽门方向触诊。他忽然在前庭大弯侧停下手来，镜片后边的双眼闪出亮光，这是外科医生在捕捉到病灶的瞬间表现出的特有反应。

"前庭部大弯侧有轻度隆起病变造成的抵触感，与胃镜所见结果一致。但是，在幽门侧的触诊中没有发现预测的癌扩散，所以现在直接切开胃部。"

槙主任对都留和里见说完之后发出指令："电动手术刀！"

槙主任握住连着电线的电动手术刀，沿着与小弯平行的方向切开了胃前壁，切口立时"哧哧"地散发出肉被烤焦的气味。当胃黏膜出现时，槙主任、里见、都留和第一助手同时探头观察胃内部，只在切口右下阴影中出现了与胃镜所见相同的半球状病变，而且连这个病变都很小，小到如果不做活检就很难判断为癌症。里见定睛寻找出现印环细胞的表面平坦型癌变的扩散位置，然后把目光停在隆起病变后边幽门侧略有红色变化部分。

"这个部位虽然还没有达到糜烂的程度，但是不是有点儿充血状态的感觉啊？"

里见指着那个部位征求主刀槙主任和临床病理室都留主任的意见。几乎把脑袋跟里见挨在一起仔细观察胃内状况的都留也好像有点儿担心。

"虽然界限不是很明显，但确实有点儿发红的扩散面啊！"

槙主任也点点头说道："那现在就要通过活检确定切除范围，都留对活检采样的位置是什么意见？"

"在以隆起病变部位为中心两厘米的同心圆上，贲门侧和幽门侧各采样一个。然后,在幽门侧加两厘米的位置再采样一个。"

都留回答之后,槙主任用前端尖锐的尖头手术刀小心翼翼地像抚摸胃壁般割取了三毫米到五毫米的组织切片。每当胃壁出血、鲜红的血液顺着胃壁流下时,第二助手就跟着用止血纱布仔细地摁住。

当三块组织切片采样完毕之后,都留就迫不及待地走进隔壁的活检室,准备采用冷冻切片做病理组织学检查。槙主任在此期间廓清附近的淋巴结,不久都留就返回报告检验结果了。

"冷冻切片的检验结果判明,贲门侧没有发现癌细胞,而幽门侧两厘米处的组织中有印环癌细胞,但四厘米的位置没有癌细胞。"

隆起病变幽门侧的情况果然像两周前病例讨论会上都留所指出的那样,在浅表蔓延的表面平坦型癌变已经扩散了两三厘米。手术室内顿时飘荡起紧张的气氛,里见以遭到当头棒喝的心情把检验结果铭刻在大脑之中。

"这样的话,切除范围上方从胃体开始,为了慎重起见下方要超过幽门环,覆盖十二指肠两厘米。术式采用毕罗氏Ⅱ式。患者的全身状态没问题吧?"槙主任望着站在山田梅头侧的麻醉师问道。

麻醉师对手术中高龄患者的脉搏、血压和麻醉状态等循环呼吸功能慎重地进行监控,并且随时做了记录。他立刻回答道:"现在脉搏七十八,血压一百二十、八十三。状态良好。"

槙主任立刻开始做胃游离手术,剥离了大网膜、横结肠系膜和小网膜之后,在靠近幽门两厘米处切断了十二指肠。其间助手们仍然密切注视出血情况,用带齿止血钳和纱布仔细地止血。"哪怕是一毫升的血都要尽量止住"是外科槙主任经常重复的谆谆告诫,特别是山田梅这种情况,不仅是高龄,而且有贫血现象。因此,他在手术前就更加严厉了。

"贝式钳!"

槙主任用胃切除术专用的订书机形宽头贝式钳夹住胃部，插入切除线的附近拧紧螺丝，淡红色的胃壁上就嵌入两行订书钉般的银色固定扣，然后他用电动手术刀从两行固定扣之间迅速地切断了胃体。槙主任把切下的部分放在不锈钢小推车上，临床病理室主任都留就用手术剪剪开切下的胃部。经过仔细观察，仍然难以用裸眼看到能够清楚证明扩散到隆起病变幽门侧的表面平坦型癌变的异常现象。

"这部分切除胃的病理学检查放在术后进行，现在立刻检查上下两断端是否有癌组织。因为还不知道裸眼难以鉴别的表面平坦型癌变扩散到哪个部位了。"

都留说完就把十二指肠和胃上部断端分别切下五毫米左右，并再次走进隔壁的检验室。如果确认两断端没有癌细胞的话，就可以判断没有残留癌变组织，手术即告结束。

对讲机铃声响起，都留的声音传遍了整个手术室。

"两断端都没有癌细胞。"

"好！那就进行胃空肠吻合。"

为了避免日后发生缝合不全，槙主任用比以前更加谨慎的动作进行了双层缝合，把腹腔内脏器放回原位，再次确认没有出血之后就完成了腹部皮肤缝合。

"患者全身状态怎么样？"槙主任向麻醉师问道。

"麻醉状态、血压和脉搏都没有异常。"

"手术时间呢？"

"整整两个小时。"

"那就把患者送进恢复室，充分进行术后管理！"槙主任对麻醉医师和主治医师说道。

在五名癌症专科医师的共同努力下，侵害山田梅身体的癌变被成功地清除掉了。主刀者槙主任目送山田梅被送进恢复室后，汗涔涔的脸上浮现出笑容。

"谢谢你们的参与！"

"哪里，我获益匪浅，应该道谢的是我。"里见俯首谦虚地说道，"切除胃体的病理学检查结果什么时候能出来呢？"

里见一定要了解表面平坦型癌症的扩散情况。

"你瞧，手术刚做完你就接着给我派活儿了。跟你一起工作可是会缩短寿命的哟！"

都留露出洁白的牙齿，微笑着回答里见一个星期之内就能完成，随即向消毒器走去。里见也跟槙主任、都留并排把手泡在消毒水中，终于为山田梅放心地舒了一口气。如果让财前做这台手术的话，或许一个小时左右就能完成。但是，在癌症手术过程中必须随时考虑到复发的可能性，手术之后至少要经过一年的观察，否则不能确定手术是否完全成功。像财前那样在短时间内完成手术，虽然使人感到能够减少对患者的手术侵袭，但从长远眼光来看，却有可能由于勉强地缩短手术时间而使患者的存活期缩短。也就是说，癌症手术本身成功与否并不能当场判定，而必须看日后的远期疗效才能下结论。里见不禁想起了佐佐木庸平的病例，如果自己当初也能让槙主任这样态度谨慎的医师主刀做手术就好了。

来到坂本旧城一带，琵琶湖也就没有了滨大津站一带的喧嚣。这里有一家年代久远的小旅馆，从洛北大学神纳教授等人聚集的旅馆二楼客厅里，可以眺望到比良山地绵延的峰峦，掠过湖面吹来了初夏舒爽的凉风。

"我真不知道京都附近还有这么幽静的地方。在这种地方讨论学术会员竞选对策，效率肯定能大大提高啦！"

两个月前关口律师曾为庭审事宜造访过的第二外科村山教授，以校内竞选对策委员长的身份出席了本次协商会。

"这里是我以前写论文做最后加工时常住的旅馆，实在没有想到这里会成为协商学术会员选举对策的场所啊！不过，为了我的事情在休息日请你们来，真是太不好意思啦！"

神纳恭敬地向村山教授、现任学术会员的神经科丸山教授、基础生物化学的栗本教授以及洛北大学系统的滋贺大学石桥医学院长四人致意。

担任选举对策委员长的村山教授首先开口说道："这次浪速大学的行径真是太龌龊了！以前我们就有过协定，地方选区由洛北大学推举候选人，全国性选区由浪速大学推举候选人。可这次他们突然破坏了这个协定，而且有迹象表明，他们大概已经意识到咱们会推举神纳教授当候选人了，就故意推出财前教授当对立候选人。"

神纳教授也把苍白的额头朝向众人说道："这一点我也有所感觉。其实，上次我在平和药制药公司主办的演讲会上碰到浪速大学的鹈饲医学院长时，他还说'神纳先生，我听本校的财前教授说对立候选人是你，一定会陷入苦战时，真是吓了一跳'。明明所有行动都是他自己一手策划运作的，可他却故意装糊涂。真是个了不起的演员呀！跟有这种老奸巨猾的后台老板的对手竞选，我心里真不舒服。况且，我从一开始就不想参加什么学术会员选举，都是大家……"

他还没有说完，现任学术会员的丸山教授就打断他说："好了，别说那些啦！既然你得到校内一致推举成了候选人，那就只有争取胜选。为了能够胜选，你可以参考我的经验制定对策，一定要争取胜选。本来不光是在校内，就连广大的年轻研究人员都知道你是'学界进步派'，所以具有一定的优势嘛！"

丸山教授极力为神纳鼓劲加油，而基础生物化学教授栗本也提出了少壮教授式的正面进攻战术。

"是啊！对于神纳教授，大家都强烈期待你能向政府咨询机构、学术会议反映，以增加年轻研究人员的科研经费和设备。近来，不只是物理和数学领域，就连医学领域的学者也开始向海外大量流出。所以，为了防止这种倾向，咱们还可以提出'创造年轻科研人员轻松工作的环境'，作为竞选公约，这样的话，就能聚集各学会相当多的选票啦！"

洛北大学系统的院校滋贺大学的医学院长、内科学会理事石桥向前探出矮小而结实的身体。

"不，过于乐观地看待学会选票可是大忌呀！因为即使以我担任理事的神纳教授所属的内科学会为例，这方面的动向也相当微妙。眼下正面临选举继任理事长的问题，由于此前持续了七八年长期的长老式独裁，所以学会内部希望选举神纳教授以谋求学会年轻化的进步氛围十分浓厚。但另一方面，由于在传统上说到日本内科学会的会长或理事长，都相当于将被确定为天皇御医的职位。因此，他们认为这个职位不能交给神纳教授这样的年轻人，还是要选举浪速大学鹈饲医学院长级的、资深而政治能力强的人。这种保守的氛围也相当根深蒂固呀！"

他接着还谈到，鹈饲趁这种氛围浓厚的时机在内科学会长老级人物之间奔走游说，散布流言说什么为了压制学会内部的进步派必须阻止其核心人物神纳教授当选学术会员。

竞选对策委员长村山说道："石桥教授真不愧是内科学会的理事，你的深谋远虑给我们提供了极为宝贵的参考意见。正因为如此，看来咱们也不能简单地依赖神纳教授的'学界进步派'形象啦！"

现任学术会员的神经科教授丸山穿着短袖开襟衬衫和宽腿长裤，他身着一身不太讲究的装束，盘腿而坐。

"那我就抓紧谈谈自己当候选人时的选战情况吧！原先浪速大学里有些从东都大学和金泽大学等院校进来的外聘教授，较为容易在全国选区中胜选，因此总是推举全国选区的候选人。而洛北大学则几乎都是由本校出身的教授组成，原则上接受外聘教授，所以缔结了只参加地方选区选举的协定，为的是避免发生徒劳的过度竞争。所以在我参选的三年前，总投票数好像是一万一千票，我拿到了七千七百票，而近畿的私立大学联盟所推荐的大和医科大学的候选人拿到了三千三百票，我得以轻松取胜。但是，这次国立大学有两名候选人，所以问题就在于，我所获得的七千七百张洛北大学的选票中会有多少被浪速大学吃掉。因此，第一条对策就是怎样阻止选票流向浪速大学。第二条对策是怎样巧妙地做好那些对学术会员选举漠不关心、惯于弃权的人的工作。第三条是怎样深入到本届学术会员选举的新选举人当中去。"

滋贺大学医学院长石桥说道："首先第一条，阻止选票流向浪速大学恐怕是最困难的啦！我和浪速大学整形外科的野坂教授是同乡，所以上次参加同乡会时我不动声色地向那家伙探听了敌情。据说，财前教授的据点终究是要放在本系统的大学和医院以及医协方面。因为他是食管外科的高手，所以系统内的医院在那方面常常需要他帮忙，看样子会聚集相当多的选票。即使是在医协方面，由于他岳父是相当大的头面人物，据说竞选活动全面渗透，并且掌握了医协相关的几乎所有选票。但是，在校友会方面，据说正在兴起抵制投财前票的运动。"

"这是真的吗？会不会是毫无顾忌地声称最厌恶财前的野坂任意编造的谎言呢？"同属外科领域的村山难以置信似的说道。

石桥医学院长抿嘴一笑。

"他那个家伙说不定又在故技重演呢！不过，在编造谎言煞有介事地到处散布之际,在现实中也假戏真做地兴风作浪,野坂在这方面的本领可是堪称一绝呀!而且,实际上据说在两年前财前当选的那场教授选举时的战火余烬未消,所以恐怕在这次学术会员选举中只要野坂有意兴风作浪的话,基本条件还是很充分的呀!"

当时的激烈对抗情形也传到了洛北大学,神纳教授等人都很了解。

"原来是这样啊!既然是这样,那就拜托石桥院长巧妙地控制住野坂这条线,做好挖取财前选票的活动。关于第二条,也就是漠不关心派的弃权票,往往是基础组最多,所以这条对策就拜托基础组的栗本教授去实施吧!"

村山以竞选对策委员长的身份推进议题。事实上,即使是在洛北大学,基础组的教授们都怀有学术会员选举俗不可耐的既成观念,不予理睬的倾向较为强烈。

学术会员丸山教授一口气喝干了杯中啤酒。

"基础组那帮人漠不关心的表现真是太恶劣了!我上次当候选人时去向他们拜票,那些人竟说'那种票你想要就随时给你',然后就把选票折成纸飞机扔给我,刚好砸在我脑门儿上。我从来没有遭受过那样的屈辱。还有,我去京都医学研究所拜票时也倒霉透顶。"

他去委托所长协助收集医学研究所的选票时,与即将退休的所长谈好帮他找个制药公司学术顾问的职位。当丸山到处找关系帮他张罗到级别稍低却有五百万签约金、每月三十万顾问费的职位时,那位所长竟然大发雷霆地说:"让我去二流制药公司像什么话!即使没有签约金、每月顾问费十万元,也要找个一流公司!"这件事叫丸山差点儿流失掉医学研究所的选票。

"当时我真是吓得魂飞魄散啊!基础组和研究所那帮人对待咱们临床组的人是不是过于骄横啦?"

如今回忆起来,丸山教授仍然感到很不愉快。

基础组的栗本教授苦笑着说道:"哎呀,这一点还请你多多见谅啦!即使同样是基础组,我们的观点也不尽相同。我认为学术会议本身是个权威性机构,只是目前的运营方式有问题。所以,如果由神纳教授这样清廉的学界进步派当候选人的话,这次不仅是本校的范围,我还要积极地向基础组相关各学会和研究所做工作呢!所幸的是,浪速大学病理学研究室有个也很讨厌财前的大河内教授,所以我要把手伸到对手的主城浪速大学基础组和附属研究所以及近畿癌症中心去。待在那种地方的人很少只做口头保证,也不会倒戈反投,只要谈妥就完全可靠啦!"

他像是在极力弥补基础组以前的不合作态度。

"这样的话,接下来就是对本届新选举人做工作了。根据丸山教授的经验,这方面应该怎样做比较好呢?"村山问道。

丸山进行了说明:"在拿到学术会员选举管理委员会发布的选举人名册后,先要确认新的选举人,而且要比以前更加细致而积极地进行聚票活动,除此之外别无良策。为此必须决定本校和本系统各校聚票的目标责任定额。"

"那么,接下来就是针对私立近畿医科大学的重藤候选人的对策了。如果只是近畿医科大学的话,那就不会太难对付。不过,要是他打着私立大学联盟的旗号团结一致,无论如何势在必夺的话,那可就成为不能轻视的对手了。在关东选区,东都大学每次都输给私立大学,其原因就在于私立大学联盟的凝聚力很强。所以,咱们对此也必须制定相当强有力的对策。"

村山说完陷入了沉思。

"依我看来,因为那所大学是战后从医专升格为医大的,而医专毕业的人和医大毕业的人之间水火不容,好像总是在明争暗斗。所以,咱们就要利用他们中间的裂痕,叫咱们的年轻医务员实施分散对方选票的战术。不过,还必须预料到浪速大学恐怕也会考虑到这一点,所以咱们还得想出其他的妙招儿呢!"

滋贺大学的石桥医学院长交抱臂肘陷入了沉思。神纳和丸山也像是一筹莫展地歪头思索。

村山好像突然想到什么似的,说道:"咱们可不能听任浪速大学随便插手。对付浪速大学的财前,我有最后的王牌。"

"最后的王牌?"

几个人的视线都集中在了村山的脸上。

"就是那宗医患纠纷案。其实,上诉人方的律师曾经找过我,针对财前教授在术前未做CT扫描检查的做法征询我的意见。虽然我刚刚向他拒绝了当鉴定人的委托,但我可以根据财前候选人出招的情况随时担当鉴定人,在法庭上驳斥他。"

村山随即详细地把关口律师走访他时的情况讲了出来。

"原来还有这么一段儿呀!但是,这件事情非同小可,彼此都是同行,这张王牌恐怕不能轻易使用。不过,这样一来咱们就游刃有余啦!"神纳压低嗓音说道。

在座的所有人都松了一口气,他们相互敬酒并继续仔细地讨论选战策略。

飞机飞越津轻海峡上空后,北海道广阔的绿色原野就在眼下展现开来。没过多久,飞机就抵达了千岁机场。

机舱里大都是游览初夏北海道的游客,但是关口律师却把北海道大学长谷部教授的论文摊开在膝头,从大阪出发起他就持续研读。这是长谷部教授关于胃癌化学疗法的论文。关口要让疲劳的双眼休息一下,于是把视线转向舷窗外,回想起这两个月来努力探求用抗癌药进行化学疗法的过程。

关于上诉审理的第一个争议点,也就是术前为佐佐木庸平做 CT 扫描检查的必要性。虽然此前用了很长时间都未能找到医学论据,但是在跟东京 K 大学的正木副教授见面之后才得到证明第一个争议点的论据——因为已有转移病灶的癌症与没有转移病灶的癌症在治疗方法上具有很大差异,所以在发现胸部有难以鉴别的阴影时,用 CT 扫描进行确认就是大学医院要做的常规检查项目。以这个头绪可以引出一个论点,即在胸部已有转移病灶的情况下应该考虑采取哪种治疗方法。于是,术中术后的化疗问题就作为第二个争议点浮现出来了。

关口在里见的协助下,立刻着手搜集有关化疗的文献资料。另一方面,他还去咨询了几位实际采用化学疗法的专家。但是,在具体到佐佐木庸平的上诉审理探讨未采用化疗方法如何导致患者死亡的医学因果关系时,由于化疗本身还处在临床方面尚未出现存活五年记录的阶段,所以比第一个争议点即未在术前检查胸部阴影的问题更加复杂,仍然缺少决定性的论据。关口感到了越是深究化学疗法就越是如深陷泥沼般不安和忧虑。

在这种迷茫之中向他介绍北海道大学的长谷部教授并建议他一定去拜访的还是里见修二。尽管关口给长谷部寄去两封信,详细写明了委托事项和会面的请求,但至今仍未收到长谷部教授任何答复。于是,关口做好可能白跑一趟的心理准备,今天上午就从大阪乘飞机出发了。

机体传来"噔噔噔"的轻微震动,飞机在停机坪停下之后,关口夹着黑色皮包快步走下舷梯,乘上开往札幌总站的大巴车。

札幌的街道划分得如同棋盘般井然有序,洋槐、丁香等路旁的树木枝繁叶茂,给人以五月天的清爽感觉。关口在札幌大巴总站换乘出租车,来到北海道大学前下了车,穿过正门,被大榆树围绕的绿色校园就展现在眼前。关口穿过铺满绿茵的校园向附属医院走去,想起学生时代读过的有岛武郎的文章——榆树伫立,孤独而安静地、巨大而寂寞地……心中油然产生了与自己此刻处境相仿的感伤。

他在附属医院接待室询问了第二外科长谷部教授的办公室,就按照所指位置来到二层西侧敲了敲门。

"请进!"

里面传出低沉的回应声。关口推门进去就闻到了动物的腥味,隔壁好像就是动物实验室。面朝办公桌的长谷部教授诧异地望着这位不速之客。

"突然冒昧打扰,十分抱歉。我是此前给你写过两封信的大阪律师关口。"

关口为自己未经事先约定就贸然造访道歉,并像感谢能够如此幸运地见到长谷部教授似的递上了名片。

长谷部表情惊讶地说道:"啊,原来就是你啊!关于那件事的答复,我一直在心里记挂着呢!可是,因为最近学会等方面的事情实在忙不过来。那你是专程从大阪过来的吗?"

"是的。我知道这样突然造访很不礼貌,但是有关我信上谈到的事情,特别希望听听长谷部老师的高见。"关口深深俯首请求道。

"我刚刚做完上午的手术,所以现在倒也不是没有时间。不过,关于那件事情,我本来想写信拒绝你的呀!"长谷部毫不客气地说道。

关口虽然感到自己千里迢迢来北海道的心劲一泄而空,但还是再次恳求道:"老师!我拜读了您关于对胃癌患者使用化疗,尤其是与手术结合的术中化疗法的论文。虽然我对医学是外行,难以透彻地理解论文,但我是在多次仔细研读之后期待老师能够不吝赐教而前来拜访。"

说完,关口从皮包里取出长谷部的论文复印件,打开了用红色和蓝色铅笔划线并写下很多注脚的页面。长谷部有些意外地盯着那些页面。

"哦?你连那样的内容都读过啦!因为目前连专家们对化疗的评价也都是肯定和否定两个极端,所以我觉得跟外行谈论这个难题恐怕极易招致误解啊!"

长谷部似乎想探测关口对于化疗的理解程度。关口听说这位年龄还不到五十岁的少壮教授是癌症化疗方面的第一人,还曾经想象他应该是像东京K大学正木副教授那样开朗豁达的人,但现在看来,他是个神经质而难以接近的慎重派人物。

"老师的想法我十分理解,但就像刚才您说的那样,目前专家之间也有肯定或否定两极化的评价。而且长谷部教授,您作为外科医师坚持化疗与手术并用的医术,这是什么原因呢?我想请您说明一下这个问题。"

关口巧妙地挑明了问题的切入点,而长谷部却一言不发地把水壶放在房间角落的电炉上。

"哦,请您不要张罗了。"关口有些困惑地说道。

即使如此,长谷部仍然等水烧开之后才开了口。

"在我们外科医师中间,事实上确实有一部分人认为,采用化疗是那些对自己的手术刀缺乏自信的外科医师的做法。但是,在做胃癌手术时,无论实施怎样完美的根治手术,五年的存活率也不会超过百分之四十。换句话说,五年之内会有百分之六十的患者因癌症复发而死亡。在考虑到这种现状时,不能不感到只用手术治疗胃癌的局限性。在现阶段,能够弥补这种局限性的只能是结合化疗进行手术治疗。事实上,拿只限于外科手术的治疗成果与手术并用化疗相比,其效果是显而易见的。"长谷部明确地答道。

"这就相当于老师论文中所说的'关于术中并用大剂量丝裂霉素的方法'吧?"关口翻阅着长谷部的论文说道。

"是的!虽然用于化疗的抗癌药多种多样,但丝裂霉素是日本研发的抗癌性抗生素,目前使用最为普遍。不过,因为这是能够杀灭癌细胞的强烈药物,所以如果长期使用的话,副作用就会超过正面效果。因此,我通过动物实验进行了多种研究,研发出在术中摘除主肿瘤后立即一次性投入人体可承受的剂量以高浓度把残留癌细胞一举杀灭的方法。可在最初阶段却遭到了批评和攻击,说这是'核爆疗法''神风疗法'。"

长谷部这才露出了笑容,他在已经有了裂纹的红茶杯里放入袋茶亲手倒上水壶里的开水,并请关口加入装在瓶里的砂糖。关口诚惶诚恐地润了润喉咙。

"那么,老师对所有的胃癌患者都采用了这种术中投入大剂量丝裂霉素的方法吗?"

"局限性的早期癌症暂且除外,对于已有转移病灶的癌症和某种程度的进展期癌症几乎都采用了这种方法。"

"那么,本案中的病例应该在术中采用化疗方法吧?"关口不失时机地问道。

"如果换了我的话当然会采用啦!但是,不采用这种方法的人也会有他不采用的论据,我对此不好做评论。"

"但是,假设老师负责治疗本案这样的患者并采用了术中化疗法的话,您推测结果会是什么样的呢?"

关口单刀直入的追问令长谷部不由得有点儿退缩了。

"至少应该能够阻止你信上所写的转移病灶急速恶化吧!"

"是吗?但是在本案当中,即使在患者陷入呼吸剧烈困难时,财前教授也诊断为单纯的术后肺炎,只指示主治医师使用氯霉素,关于采用抗癌药进行化疗没有下达过任何指示。老师对于这一点怎么看呢?"

"其实我对这一点也搞不明白。财前教授对这一点是怎么说的呢?"

"他说根据实际开腹所见,不可能考虑到那么小的局限性早期癌变会远隔转移到肺部。所以,他毫不怀疑地相信术后呼吸困难是由术后肺炎引起的,而且采用抗癌药进行化疗尚处试验性阶段,其副作用倒是更加令人担心。"

关口露出热切的目光。

"副作用确实会有,但就像我刚才提到的那样,抗癌药与手术并用时发挥了确切的效果。而另一方面,即使对于严重转移无法实施手术的病例,我们也积极进行化疗,这样的做法在一定程度上延长了患者术后的存活时间。我们还经历过一个具有相当戏剧化效果的病例:患者除了有个拳头大的胃癌肿瘤之外,大腿部和躯干部等处也有从拇指头大到鸽蛋大的十处皮肤癌瘤。我们为这个已经绝望的患者尝试使用了丝裂霉素化疗,一个月之后皮肤癌完全消失,拳头大的胃癌在开腹时也缩小到鸽蛋那么大了。在实施摘除手术已经过去三年的现在,患者仍然精力旺盛地坚持工作。所以说,既然这个病例已经在学会上报告过了,那么作为能够拯救患者的最后方法,即使化疗成功的可能性微乎其微,但只要有可能就应该相信并大胆尝试。我相信这才是临床医师应有的姿态。"

长谷部的语调十分淡定,但他的话语背后跃动着对于患者的人道主义情怀。

"老师,能不能请您把刚才说的话作为鉴定意见在法庭上陈述出来呢?"

"啊？在法庭上？"

"是的。我想请您作为上诉人方的鉴定人在法庭上陈述证词。"关口向长谷部恳求道。

"但是，我刚才说的那些话，毕竟都是根据我个人经验总结的论点。如果对你提出的那个患者的案例进行严密论述的话，由于化疗中所使用的药剂种类、方法和剂量百人百样，还存在很多的争议，所以非常微妙啊！"长谷部十分慎重地说道。

"所以，老师只要按照自己以往的经验论述一下就可以了。就算是为了驳斥那些彻底否定化疗效果的医师、为了那些不该急剧死亡的癌症患者，我恳求您出庭做证。"

关口再次恳求。长谷部考虑了一会儿。

"要叫我出庭做证，你先得把佐佐木庸平这位患者从住院到死亡经过的详细记录和一审的审理记录寄给我，等我充分研究之后再回复你吧！这是因为，如果这位患者确实适合采用化疗的话，也许就意味着与我相同作为国立大学医学院的教授将被追究作为医师的重大法律责任。"

他突然目光锐利地看着关口，然后就沉默不语了。

如果这位患者确实适合采用化疗的话，也许就意味着与我相同作为国立大学医学院的教授将被追究作为医师的重大法律责任——这句话像敲击关口的耳膜般回荡。

佐枝子身穿藏蓝色连衣裙，戴着白手套，右手提着水果篮，在阪神线尼崎站下车后，走在沿河路上。

两米半宽的河中由于附近工厂流出的废液而变得乌黑，扑哧扑哧地冒着气泡并发出阵阵刺鼻的异味和热气。

佐枝子向南走了二百米，狭窄的道路两旁拥挤不堪地排列着被煤烟熏黑的铁皮屋顶和预制板围墙的街道工厂。上个月底走访龟山君子时,对方表示不愿意破坏好不容易拥有的平常人的幸福,希望不要再打扰自己并拒绝出庭当上诉人方的证人。想到这里,佐枝子的脚步开始有些畏缩不前。但是,她又想到此刻正前往北海道大学走访长谷部教授搜集对上诉人方有利的医学论据的关口律师,还有一直坚持不懈地努力找出线索的里见,于是她再次充满了力量。

在五户一栋的老旧宿舍中,第五户就是龟山君子的家。

"冢口太太,你在家吗?"

她呼唤龟山君子结婚之后的夫姓,正面玻璃门被打开,忽地露出颧骨突出的男子面孔。

"请问,是冢口家吗?"

"是的。我就是冢口啊!"

佐枝子原以为君子的丈夫去工厂上班了,没想到他白天都在家里。

"我姓东,请问君子女士在家吗?"

她刚说完,男子的眼神就变得严厉起来。

"原来你就是东佐枝子啊!听说你前些天也来过,今天还来干啥呀?"

他裸露着车工特有的壮实的上半身,只穿着一条半长衬裤,佐枝子不知该往哪里看才好了。

"那个,我想直接跟君子女士谈这件事……"

她说到半截,似乎有人从里边走出来了。

"哎呀,原来是东小姐啊!那里太热了,你先进来吧!"

君子好像正在洗衣服,她一边用围裙擦手一边把佐枝子领进里面通风稍好些的六铺席大的房间,并马上端来了冷饮。已经怀孕五个月的君子身体变化还不明显,但可以看出苦夏带来的憔悴。

"我那口子刚好上完夜班,今天公休。但是,因为白天热得睡不着,他有些烦躁,所以说话不太礼貌。实在不好意思。"她为丈夫的粗鲁道了歉,"那个……你是为上次那件事情来的吗?"

君子虽然猜到了佐枝子的来意,但仍然用客气的语调询问。

"是的……龟山女士,请你为佐佐木庸平案的上诉人方当证人。拜托你了。"

说完,她轻轻地把水果篮放在了房间角落里。君子十分困惑地低下了头。她丈夫冢口盘腿坐在旁边。

"如果是那件事的话,那我替君子明确地拒绝啦!我俩快四十了才结的婚,而且很高兴怀上了第一胎。高龄初产必须特别小心,你是医生家的小姐所以应该比普通人更清楚。可你为啥还总是缠着我家君子叫她去当证人呢?浪速大学的护士又不只是君子一个,不是还有那么多护士吗?"他板起面孔严厉地拒绝道。

"我十分理解你的心情。不过,其他护士不能当证人,因为只有亲眼看到当时事情经过的君子才能当证人出庭,所以我是在已经了解到她有孕在身,在保证不影响她身体的条件下请她当证人的。"

君子仍然低着头。佐枝子向君子的丈夫再次请求。

冢口脸色骤变,粗暴地说道:"你为啥要谈这种跟我们丝毫无关的死人的官司?为啥偏偏要强迫我怀孕的老婆当证人呢!首先,这个官司在我们公司医务所里也成了谈论的话题,打那种官司真是傻得够呛!大家都说跟医生作对肯定会吃亏。你想叫我们吃这种亏吗?"他大声地斥责道。

君子赶紧制止他说:"老公,你怎么能对东老师家的小姐说这种话呢?东小姐的意思是说,我作为病房护士长偶然地见证了财前教授的误诊。状告财前教授误诊的患者遗属在一审中败诉了,虽然失去一家之主之后生活过得很悲惨,但他们仍然提出上诉。要是二审也败诉的话,那可真要陷入家破人亡的绝境了。所以,东小姐希望我为救助患者遗属给他们做证。"

君子开始说明事情的原委,可冢口却不让她继续说下去。

"有多悲惨我不知道,可是如果你挺着大肚子去法院出庭做证,万一流产了咋办呢?就算顺利地生下了孩子,却因为跟医生作对,以后孩子生病了医生不给咱好好看病又该咋办呢?那才悲惨呢!"

在冢口固执拒绝的话语中,可以感受到他呵护怀孕妻子和坚决捍卫简朴市民生活的心情。

"关于君子女士的身体,我父亲医院的妇产科会采取万全措施避免意外情况发生。所以,请你一定要出庭为患者的遗属做证。"佐枝子再次俯首请求道。

冢口立即说道:"虽然你是这样说的,可万一我老婆身体发生了意外你咋办呢?那可就该把你和你当院长的父亲告上法庭了。但是,万一真的发生了意外就是打官司也没用了。所以,我绝对不会让我老婆去当证人。首先,我们跟你那种身份地位高的人不一样,我们只能靠自己拼尽全力地生活下去。所以,你就别再没事找事地来给我们添麻烦了!"

冢口说话气势汹汹,就像要把身着不合时宜的美丽服装的佐枝子赶出家门。

"东小姐,请你不要介意。因为他下夜班回来,情绪不太好,所以……"

君子向佐枝子表示歉意。

"你说什么呀?这跟下夜班没有任何关系,我是认真的。哎,这种礼物可不能接受啊!"

冢口把佐枝子放在房间角落的水果篮猛地扔向门厅的土地板。

纺织品批发街在星期天早上出奇宁静,平日的喧嚣嘈杂仿佛幻觉般消失,家家户户的卷闸门紧闭,八点钟过后仍然鸦雀无声。

佐佐木商店也是一样,仅剩的四名店员还在店堂二楼酣睡。一楼里面的房间里,佐佐木良江在承受不了杉田卷款而逃的打击而卧床不起一段时间之后,终于在前几天起来了。这时,她正在清扫丈夫的牌位并点上佛灯。杉田出乎意料地卷款而逃,自己又为报警和配合警察做笔录而积劳成疾病卧在床,想到这里她心生悲愤,又感到一阵像要发作的心悸。但是,她又想到当自己受到打击病倒时,在近畿癌症中心下班顺路来为自己看病的里见那亲切的身影,还有三个孩子即使被逼入倒闭边缘仍然不屈不挠的坚强身影,心里得到了很大的慰藉。

长子庸一前天向学校请假去外地催缴账款了。在辞去女佣之后一直帮忙做家务的长女芳子再过半个小时就会起床,她要为出去练习棒球的弟弟和店员们准备早餐。但是,良江觉得至少应该在星期天早上让她多睡一会儿,自己哪怕只做些酱汤也行,于是便撑起大病初愈的身体进了厨房。

她煮好了鲣鱼清汤,刚要打开味噌酱桶盖时,就听到店门外有汽车停下的响动,接着就是一阵敲门声。星期天一大早不会有客户来采购货物吧。良江没有叫醒店员,自己出去开了店门,只见丸高纤维公司的轻卡停在门口,营业部主任野村忽地钻进店内。

"野村先生,你是来催账吗?如果是的话我想你也知道,因为我突然意外地病倒了,所以前几天刚刚请求你再等上一个月。而且今天是星期天,让店员们至少在星期天能好好休息一下吧。不管怎样,有什么事情请明天再说吧!"大病初愈的良江恳切地请求道。

"太太,我很了解你生病的情况啊!所以我不是都等了两个月了吗?在五月底,因为你们店的支票不好使了,所以改为二十号结账、月底付现金。可是你叫我等到月初五号,可等到五号你又叫我等到十号,到了十号又拖到十五号!我这样拖拖拉拉地等到现在,是因为看在你这个老客户的份儿上。可要是继续等下去的话,万一哪天你们开出一张拒付票据的话,那不就全完蛋了吗?所以,我得趁现在把我们店的货都带回去。"

他的话音刚落,从轻卡上就下来四五个年轻店员冲进店内。良江撑着大病初愈的身体挡在野村面前。

"野村先生!你这是在干什么?这不成了破门而入的强盗了吗?"

"破门而入的强盗?你别说这种莫名其妙的话啦!我们交了货却收不到货款,来这儿把货收回去难道不是理所当然的事吗?"

"你这样做,让我们明天怎么做生意呀?店里没货就不能开门做生意,难道你是明明知道还要做出这种残酷的事情吗?"

"太太,卖货收款是我的工作,我要靠这个领工资。可万一你们完蛋了我收不到货款,公司就会说原来你把货都卖给那种店啦!那我可就要被公司炒鱿鱼了,所以今天我无论如何都得把我们公司的货撤回去!"

"那也没必要偏偏在星期天一大早就……"

良江还没说完,野村就皱着鼻子说道:"就是因为星期天一大早我才来搬货。要想跟你们这种到处拖欠货款的店要钱,如果不避开大供货商虎视眈眈的工作日趁星期天来撤货,像我们这种中小型供货商就拿不到货啦!我们是来'突袭珍珠港'的呀!"

"突袭珍珠港……"

良江大病初愈的脸顿时变得苍白。这是本业界中的行话,指的是债权人像当年日军突袭珍珠港那样,在星期天一大早趁对方毫无戒备时开着卡车或轻卡来把货物全部搬走。听到吵嚷声起床下楼的店员们也闻之色变。

"野村先生,你搞'突袭珍珠港'太过分了吧?要是男人跟男人做生意倒也罢了,我是个妇道人家,而且你也知道前不久因为专务卷款逃走我卧病在床的艰难状况,你这样做未免太无情了吧!"良江带着哭腔说道。

女儿芳子担心母亲的身体,也赶紧来到身边,眼中满是泪水。

"事到如今,女人的眼泪也不管用啦!要是换了大供货商的话,还会带着精通法律的律师上门,那可真的是心狠手辣、毫不留情呀!相比之下,我们也就开了一台轻卡,简直太可爱啦!"

他随即转向自己公司的店员们发出指令:"好啦!赶紧搬货吧!"

佐佐木商店的店员们怒容相向,挡在门口并大声呵斥。

"你们动一下试试!我们要报警,告你们私闯民宅!"

"哦?那就有意思啦!想叫警车就叫吧!不管你叫来多少警车,我是带了写着几月几日卖了什么东西的货单来撤货的。因为你买了东西却不付款,所以我们才来撤回自己的货。就是警车来了、警察来了,都没什么可说的。赶快躲开!"

他们一齐冲向货架并开始往外搬货。佐佐木商店的店员们也都不含糊。

"哎!那不是你们店的东西嘛!那是京都市村织物公司的货呀!你们要是敢拿其他货就是小偷!"

他们说着就要上前去抓丸高纤维公司店员的胸襟,野村立刻训斥了那个搬错货的店员。

"混蛋!哪儿有你这种乱搬别人东西的蠢货?拿错东西是要闯大祸的,要按咱们出货单上的货号搬,千万不能搞错!"

说完,其中四五个资深店员就开始核对出货单和货号,一件件地挑出丸高纤维公司的货品,并叫年轻店员装上轻卡。在他们对照货单和货号搬东西的时候,佐佐木商店的人们却束手无策,只能默默地咬牙,眼睁睁地看着对方搬走东西了。当大概丸高纤维装完了化纤和服衣料准备搬毛料的时候,响起了野村的喊声。

"哎!这匹毛料尺码不够,先拿下来看看!要真是尺码不够可就亏啦!"

他从衣袋里掏出卷尺,把搬下来的毛料啪啦啪啦地打开,从头把卷尺紧紧地贴了上去。

"果然少了十码呀!差点儿没看出来一匹料子就亏了十码。现在还要注意有没有短码的情况!"

这回野村又紧紧地盯住店员们搬出来的每一匹毛料,搬完之后,他便取出事先准备好的退货单,写上搬走的布匹数量和短缺的尺码,连零头都写得一清二楚。

"你看,我们已经把退货单准备好了,你盖个章我们就走啦!"

野村做好了细致周到的准备,把事情做得无懈可击。

不知什么时候,附近商家的店员们聚拢过来围观,他们一边张望被搬走货品的店内一边交头接耳。不用等到明天,在今天之内,附近一带就都会知道供货商对佐佐木商店发动了"珍珠港突袭"。这样一来,那些以往慷慨大方的大供货商也会突然抓紧催款了。佐佐木良江想到这些和即将开始的上诉审理,只能黯然悲伤,她的双眼紧紧地盯着野村递来的丸高纤维公司退货单。

"野村先生,我老公在世的时候你总是低声下气地跨进我家的门槛,真没想到你居然会用行内最苛刻的'突袭珍珠港'对付我们。而且就在我死去老公的上诉审理即将进行证人讯问的时候,还对我们做出这种残酷的事情啊!你还要叫我在退货单上盖章吗?"

"对啊!没错儿呀!要是我不这样做的话,你过后再说我是偷的抢的,打起官司来可怎么办呢?"

野村满不在乎地说完,就从衣袋里掏出印泥盒放在了良江面前。良江皱起眉头凝眸瞪着退货单,终于取出佐佐木商店的印章并咬紧嘴唇饮恨砰然按下。

在扇屋深处的包间里,河野律师、国平律师及财前五郎、财前又一正在商讨日渐迫近的上诉审理的证人讯问相关事宜。身材魁梧的河野律师背对壁龛,坐在上座。

"经过书面审理,上诉人和被上诉人的主张终于在昨天都提出来了,接下来进入整理争议点、商讨向法院申请哪些证人和鉴定人的阶段。财前教授,你对至今为止的发展有什么看法呀?"

河野喝干了杯中酒,露出信心十足的表情望着财前五郎和财前又一。财前又一垂下海怪般的秃头表示谢意。

"哎呀,真不愧是大阪律师协会会长和医协顾问律师,二位的手段确实非同一般,在书面审理阶段的运作就比一审更加顺利。我真是太高兴啦!"

财前又一心情愉快地为河野斟酒。财前五郎也向河野和国平道谢。

"多亏二位大力协助,让我也能全盘托付官司事宜,专心投入学术会员选举。你们真是帮了我的大忙啦!不过,佐佐木那边今后是否有可能提出什么意外的争议点呢?"

他在话语中暗示,如果佐佐木方提出什么新的争议点,就不能这样轻松自在了。国平律师刮净胡须的脸颊泛着青光,显得十分精明强干。

"与我此前向你说明的争议点没有什么太大的变化。不过,他们新提出了化疗的问题,很有可能追究术中和术后没有实施化疗的责任。关于这一点你怎么看呢?"

"什么？化疗？看来对方还真是动了不少心思呀！"财前的脸色似乎出现了微妙的变化，停顿了片刻又镇定自若地说道，"但是，关于化疗至今甚至还没有五年存活期的统计资料，可以说还是处在试验阶段的方法。到目前为止，实际实施化学疗法的患者几乎都是病情严重到无法做手术的。所以，在佐佐木庸平这宗案例当中，即使提出化疗也不会成问题的。"

国平律师喝了口酒，说道："那么，既然争议点的问题不必担心的话，接下来就是佐佐木方推出的证人和鉴定人的问题了。因为有时会出现在一审中好不容易胜诉，在二审中却因为出现预料不到的证人而意外败诉的案例，所以我们也最担心这一点。凡是对佐佐木庸平从住院到死亡期间的情况有所见闻的人，当然包括参与诊疗的医务员和护士在内，目前还在医院工作的人可能不会有什么问题，但是那些去了外地医院或当了营业医师的人以及中转到其他医院或辞职的护士，只要能够查到，就要列出名单来，以采取万全的措施，以防这些人成为佐佐木方的证人。"

"这一点我已经安排医务长安西去调查了，万一发生情况可以随时采取应对措施。"

财前叫安西把当时在场的医务员以及护士都列出名单，对离开医务部的人，尤其是针前任教授东派中的人展开了周密的调查。

"真不愧是财前教授，采取应对措施的速度跟做手术一样快。但是不管怎么说，因为你现在忙于学术会员选举，所以未必不会没有漏网之鱼。我也会亲自再次慎重调查一遍，请你明天把名单给我一份吧！另外，财前教授曾在万力酒家举行过国际外科学会壮行会吧？当时主治医师柳原给你打电话报告过患者术后病情变化，财前教授对此做了指示。但是，你还记得当时是在哪儿接的电话，周围还有谁吗？"

少壮律师国平的语调渐渐表露出精明强干的检察官式的尖锐。财前开始有点儿不高兴了,但是考虑到若非如此精明强干也就失去聘用他的意义了,于是他开始回忆当时的情景。

"当时好像是艺伎悄悄在我耳边转达的,所以我没有惊动任何人就离开了宴席。放电话的地方嘛……对了,是在包间前面走廊的角落里,好像一个人都没有。"

"不过,酒家服务员也有可能偶然从你背后经过,听到了你接电话的内容。这方面有什么情况吗?"

"这个嘛,我记不清楚了……"财前五郎歪着脑袋答道。

岳父又一承担任务似的说道:"万力酒家的话我明天就可以去玩一趟,到那儿不动声色地详细打听一下那天的情况。要是有对咱们不利的招待员或服务员,我就采取适当的封口措施。这件事就包在我身上了。"

河野点点头说道:"那好,万力酒家的事儿就交给你了。接下来是鉴定人的问题。佐佐木方提出了三个争议点:第一,由于术前未做 CT 扫描而漏诊癌细胞的肺部转移;第二,由于未发现癌细胞的肺部转移就对主病灶实施手术因而导致患者死亡;第三,把癌性胸膜炎误诊为术后肺炎加快了患者死亡的速度。关口律师找医学院的实习生帮他搜集了必要的医学论文和资料,而且四处走访各大学的著名专家并委托他们做鉴定,终于找到了东京 K 大学的……"

河野还没说完,财前就抢先说道:"找到了胸外科专家、最近发表过关于胃癌肺部转移率的正木副教授,让他陈述那个转移率并以其作为佐佐木方强有力的鉴定意见,是这样吧?"

"你怎么知道得那么详细呀?连我们要想事先了解鉴定人的情况都非常困难呢!"河野十分惊讶地反问道。

"我们研究室的金井副教授是搞胸外科的,他上次去参加在名古屋举行的肺癌研究会时,探听到正木副教授研究室的人正在格外热心地搜集胃癌的肺部转移病例胸片的消息,于是不动声色地向东京K大学事务局打听了一下,果然探明了关口律师曾经走访过正木副教授。"

"绝对不能让正木副教授在法庭上做证!"医协顾问律师、精通医学界情况的国平立刻说道。

"那当然。于是,我们马上开始探讨通过与正木副教授相关的师生关系、交际关系和学会关系等所有的途径进行阻止的方法。"

这时,财前又一插嘴道:"何必那样费事儿呢?既然他只是个副教授,那就让教授一声令下不就行了吗?"

"但是,维持他们那个研究室运作的不是教授而是正木副教授,他是金字招牌式的人物,所以不能轻举妄动啊。因此,我跟鹈饲院长仔细商讨,考虑通过闺阀路线阻止正木充当鉴定人。因为他夫人是K大学附属医院院长兼理事重光先生的次女,正木能以延长参加学会时间的形式轻易地去美国,也多半是因为有这种优越的背景。所幸鹈饲院长跟重光院长在内科学会里早就熟悉,所以我就委托给鹈饲院长了。"

"这倒不错啊!走闺阀路线的着眼点确实很好。我也常常听说有些学术成就卓越、信心十足的学者却不可思议地在夫人面前抬不起头来,性格比较懦弱,所以我很乐见其成。不过,关于我方在第一争议点上的鉴定就决定委托奈良大学的竹谷医学院长,你认为怎么样啊?他的专业好像是胸外科吧?"

国平主动地提出了人选。

"竹谷医学院长嘛,因为学术业绩很优秀,确实不错!不过,他这次好像也要参加学术会员全国选区的选举呢!"财前仔细盘算着说道。

"就是这个问题嘛！财前教授参加的是地方选区，而竹谷医学院长参加的是全国选区，因为可以巧妙地区分开来，所以就在全国选区的投票中靠财前教授的力量整合浪速大学及本系统大学的选票投给他，而对方相应地拿出部分地方选票给财前教授，缔结所谓的'情侣斗争'的协定，并利用这份情谊委托他当鉴定人。这不是一举两得吗？"

国平话语中带有微妙的意味：只要在学术会员选举中采取"情侣斗争"的战术，对方应该会在相当险要的时机做出对财前有利的证词。

"好吧，那就把我整合的选票当见面礼给竹谷医学院长吧！"

财前嘴角露出笑意，他也认为这正是用跷跷板游戏巧妙撬动学术会员选举和上诉的良策。

里见结束了内科住院部查房之后，来到山田梅住院的外科病房。他听主治医师说，山田梅术后情况良好，腹部缝合的十针已经拆线一半了。

他走进三层的六人病房恰时逢晚餐时间，患者们相互交换自己家属探视时带来的食品和水果，热热闹闹地聊天，只有山田梅孤零零地面对小餐桌。因为今天奈良十津川村的儿媳没来陪侍，所以她显得特别孤寂。

"阿婆，胃口好些了吗？"

"啊，大夫，托你的福，从前天开始已经能吃下这么多白米粥和菜了。"梅阿婆指着由粥、比目鱼、炖南瓜和酱汤组成的晚餐说道。

"那太好啦！那么，饭后也完全没有疼痛和恶心吧？"里见一边对山田梅微微透出血色的脸庞做视诊，一边问道。

"在最初喝米汤时好像很快就感到饱胀、不舒服，但是现在已经没事儿了。所以,我看根本不需要再住一个星期了。"

梅阿婆不知道自己做的是癌症手术,觉得再不能这样奢侈地住下去了。

"那可不行!现在正是术后的重要时期,稍一疏忽就会引起预想不到的并发症。所以,阿婆一定要遵守主治医师和护士的指示呀!"

里见谆谆叮嘱之后,又看了看另一位同室患者,就离开了。

走出病房,里见下楼去了二层的临床病理学检验室。山田梅切除胃的病理学检验结果应该是在明天出来,但现在或许已经完成了。在看到检验结果之前,他绝对不能完全放下心来。

里见走进病理学检验室,只见四五位年轻医师和检验师还在工作,却不见都留主任的身影。检验师坐在组织切片机前,熟练地把石蜡包埋的像烛芯的组织块切成一至二微米厚的薄片。

里见走过去问道:"主任已经下班了吗?"

"没有。他刚才好像去标本固定室了。"

检验师抬起沾了发黄石蜡的手指向隔着走廊正对面的房间。里见进了走廊对过半开着房门的固定室。

沿着裸露着水泥的墙壁,立着一排用来固定手术摘除器官的福尔马林水箱,都留正背对门口站在最里面的福尔马林水箱前。

"我是里见,可以进去吗?"里见心有顾忌地问道。

"没关系,进来吧!"

都留好像在观察什么,依然背着身回应道。

里见走近一看,只见都留正在仔细观察的是用大头钉固定在软木板上的女性单侧乳房。浸泡在福尔马林水箱里的乳房已经变成了浑浊的浅茶色,发黑凹陷的乳头呈现异样的形态。

都留瞟了里见一眼,说道:"这就快完了,你等我一下吧!"

他用脏器刀把发黑肉块般的乳房切开,拨开切口就看到灰白色的扩展癌组织已经挤开了厚厚的脂肪。

"里见,你看,这块癌组织已经长得像鸡蛋大了,上方已经浸润到皮肤,下方也已经浸润到肌肉了。早期肿瘤必须通过组织学检查才能判定是不是癌症,虽然这种难以判定的早期肿瘤被不断地发现确实令人可喜,但是有些患者竟然把这种只需从外部触诊就应该能够立即发现的乳腺癌拖到这个地步,所以不能不说癌症启蒙教育的基础还十分薄弱呀!"都留神情严肃地说道。

里见也是在前天痛失一位发现过迟的直肠癌患者,所以听到都留的话之后,他使劲地点了点头。

"那,你找我是什么事儿来着?"

"就是关于一星期前做过手术的患者山田梅,要是她的切除胃的病理学检查结果已经出来的话,请告诉我一下。"

"啊,就是那位阿婆啊!刚才全部检查结果都出齐了,所以给你打过电话,可你好像去查房了。刚好我的工作也告一段落了,咱们去检验室说吧!"

都留说着推开福尔马林水箱的不锈钢盖,把拿在手上的乳腺癌组织标本放进浸泡子宫和胃等脏器的液体中,摘掉橡胶手套走向对面的检验室。

都留从资料柜抽屉里取出厚厚的一摞检验单摊在里见面前。

"这就是山田梅阿婆病理学检查的结果,你看看各项数值就明白了。胃前庭部大弯侧隆起病变的组织学检查发现腺癌轻度扩散到黏膜下层,但无疑是早期癌。"他指着病变部分的组织剖面图说道,"另外,关于位于幽门侧的疑似病变,在观察用福尔马林溶液固定的标本时发现,只出现了约三厘米呈半月状的少许凹陷,组织学诊断的结果为印环细胞癌,局限于黏膜层。"

里见凝视着福尔马林溶液固定标本的彩色照片,聆听都留的说明。

"那就是说,这位患者的癌症最终在病理学组织检验中也诊断为早期癌,根治手术成功了,对吧?"他再次确认道。

"就是这么回事儿!所以,关于术后治疗,并没有什么必须特别考虑的,包括化疗等其他的治疗处置方法,而且估计出院以后也应该不会复发。那个老太太肯定会健康长寿呢!"

里见怀着终于得救般的心情,像要铭刻在大脑中似的把都留给他看的各项检查结果又从头看了一遍。

刚才都留所说的最终的组织学诊断,首先要从裸眼检查手术切除的胃开始,然后像刚才的乳癌标本那样浸泡在福尔马林水箱里加以固定,再观察整体的黏膜变化。另一方面,还要把病变部分切成三毫米厚的切片并从剖面检查癌变扩散和浸润的程度,再把包埋于石蜡中的组织切片进一步切成薄片并染色,做成多达五十多片的组织标本放在显微镜下进行检查。由于必须经过以上过程才能做出最终诊断,所以一位患者所需作业量及时间非同寻常。但是,从这些作业得出的科学数据资料有时还可以把凭裸眼只能做出局限性早期癌的诊断推翻,确诊为深度浸润的进展期癌变,还可以作为转移性较高癌症的预警。在决定术后治疗方针方面,这种病理学所见是极其重要的数据资料。

"不过,我以前就想问你,在你关联的那件医患纠纷案中,那位患者的病理学检查结果怎么样啊?"都留点着一支烟问道。

里见虽然跟都留经常打交道,但还没有谈论过打官司的事情。

"没有做过像这样详细的病理学检查。"

"没有做过?既然在术前就认为癌细胞可能已经转移到了肺部,却没有对切除胃进行病理学检查,这未免太不正常了吧?"都留十分惊讶地说道。

"我也是这样想的。但是,因为当时大学医院尚未普及这种把切除胃病变部分切成三毫米厚进行彻底的病理学检查的项目,所以我也没有把握断定没做这种病理学检查就是怠慢了医师的注意义务。"

"即使尚未普及,但当时确实已经开始实行对切除胃进行病理学检查了,只要是癌症专家就应该充分熟知这种做法的意义。况且这方面的设备也已经完全备齐,即使从国立大学本身的科研角度来看,没有对切除胃做详细而彻底的病理学检查不是很不正常吗?"

里见听到都留这番话感到顿开茅塞,想到财前没有对佐佐木庸平的切除胃进行病理学检查可以在上诉审理中作为新的争议点,他心中充满了信心。

财前又一从刚才起就只管自己高谈阔论,为女婿财前五郎手下的医务员柳原安排的相亲宴席使他感到乐不可支。

一个月前,他在五郎家里巧遇柳原送交用于学术会员选举的论文集校样,并按照自己对柳原说的"你也该成家了,我帮你张罗一个好对象"的承诺,安排他跟心斋桥野田药店老板的二女儿相亲。虽然柳原说在拿到学位前不敢考虑结婚并坚决拒绝了,但又一却说学位的事情交给五郎、娶媳妇的事自己全包了,于是就生拉硬拽地叫两人见了面。

正因如此,他们避开了酒家或宾馆那种太正式的场所,选择在媒人财前又一诊所旁住宅里间的客厅中相亲。隔着矮桌左侧坐着柳原、财前又一和杏子,右侧坐着野田药店老板的二女儿华子、她的父亲文藏和母亲安子。坐在上座的柳原只在今天穿了件刚在洗衣店洗烫过的衬衫,他因不太适应显得拘谨而僵硬。野田华子也像是因为和服腰带系得太高,连特意从料理店订好送来的菜肴都没动一筷子。只有财前又一自顾自地开心喝酒,滔滔不绝地神侃。

"反正吧,这位柳原医生呢,因为科研成果优秀、为人诚实而受到我女婿五郎的关照,博士论文在今年之内就差不多有着落了,将来会成为浪速大学医学院第一外科最有前途的人才,所以我要帮他找个好媳妇。我女婿实在太忙,就由我来替他帮柳原医生找媳妇。就像刚才也介绍过的,他父亲在九州的宫崎县当邮局局长,他是家中老大,还有三个弟妹。不过,因为他家里有农田,所以就送长子来大阪读大学,毕业后还叫他留在医务部继续学习呢!"

"不,我家的农田已经……"

柳原慌忙想解释,家里仅有的些许农田也已经为供他从大学毕业到升任有薪助教而转让给了别人。

财前又一打断他,说道:"那些事我也向野田药店家详细讲过啦!他们家即使在大阪市内也是门路很广的药店,所以比起金钱更希望给小姐找个搞医学的高学历女婿啊!"

野田药店老板文藏也说:"说得没错儿!其实,我那个老大、唯一的男孩学业不太好,勉强从私立药科大学毕业,现在帮我打理自家药店。大女儿自由恋爱结婚,嫁给了在东京商社工作的职员,然后就剩下这个二女儿了,我正要想办法帮她找个好人家,就遇到了这个机会。我儿媳妇和大女儿生孩子时,前前后后都是财前医生帮的忙,所以他对我家情况十分了解。而且相亲对象又是浪速大学财前教授的弟子,我们就更放心了。"野田兴致勃勃地说道。

"不过,我只是一介乡下出身的穷医师,哪里配得上贵府的千金啊?再说,我是家里的长子……"

诚实认真的柳原还想继续解释。

"那些情况我也听财前医生详细讲过了。恕我说话不恭,经济方面的事你不用担心。为帮你成为了不起的大学老师,我们倒是希望提供援助呢!不过虽说如此,我们没有让你当上门女婿的意思,我已经有儿子了嘛！反正如果野田家也能出现一位了不起的国立大学老师的话，我们就特有面子，咱家药店的门第也就提高啦！"身体瘦小的野田文藏极力说服道。

母亲安子也向前凑了凑身体。

"确实是这样啊！我们并不在意钱的问题，倒是国立大学毕业生这块金字招牌更珍贵呀！是吧，华子？"

华子比柳原小七岁，看上去比实际年龄二十六岁更年轻的脸上潮起红晕，她点点头俯下双眼。母亲看看女儿的神态，又转向对面的财前杏子。

"我们虽然比不上你们财前诊所，但只要这桩亲事能成的话，我们一定会尽力而为，让我们家华子也能像小姐，哦，对不起，我以前这样叫惯了，因为你总是那么年轻漂亮，一不小心就顺嘴叫你小姐了，就是想让我们家华子能像太太那样当上教授夫人。因为药店这种生意无论做得怎样大，反正也只是赚钱多点儿而已嘛！"

她似乎特别艳羡名利兼得的财前杏子。

"我去参加同学会时，大家也都这样说。托大家的福，我真的很幸福呀！"

杏子十分爽快地表达发自内心的幸福感。

"杏子，你都多大啦！怎么还在人家面前自夸呢？"财前又一责备道。

"哎呀！要是说到见人就夸我那口子的话，爸爸才真叫人难为情呢！"

杏子不甘示弱地反唇相讥。财前又一"啪"地拍了一下自己的秃头。

"这可真是说出了我最大的弱点。俗话说丈人看女婿，越看越喜欢嘛！哈哈哈！"

说完他就发出爆笑声,野田华子和她父母也跟着笑了,席间气氛变得轻松愉快起来。柳原刚才还在为自己想拿到学位而听任财前教授摆布甚至接受教授岳父安排的相亲感到愧疚,而此时他的心情也放松下来了。他一边吃菜一边偷看坐在正对面的野田华子,虽然她称不上美女,但白净圆润的脸庞和丰厚的双唇颇具肉感,他忽然被情欲驱使,开始产生急于结婚的冲动。

这时,已有几分酩酊的华子父亲问道:"不过,财前医生,那件官司怎么样啦?"

"啊,那个官司啊!虽然不通情理的患者提出了上诉,但他们不可能赢嘛!"财前又一根据上次与河野及国平律师见面的情形,满不在乎地答道。

"果然是这样啊!其实,从我们药店沿着新斋桥一直向本町方向走,不远就是那家佐佐木商店,所以常常听到他们的消息。听说店老板死后,商店生意衰落却还要上诉,终于搞得就快破产了。"

虽然言者无心,可柳原却感到像被当头浇了冷水般不寒而栗。虽然被告是财前教授,但他还是感到心慌意乱,不知野田华子的父亲他们是否了解自己就是那位患者的主治医师,他禁不住看了看财前又一。

财前又一镇定自若地说道:"当初就是我家五郎指示柳原医生分管那个患者的嘛!但尽管如此,他还是看好柳原医生的将来,还帮着张罗相亲的事儿。所以,这次判决的结果应该能预料到吧!"

财前又一真是老奸巨猾,他是为了叫柳原在上诉审理的证词中也把财前未在术前注意到癌变的肺部转移说成是已经发现,才抓住柳原的弱点安排他相亲。

"原来是这样啊!听你这样一说,我就更了解受到财前教授赏识的柳原医生多么前途远大啦!这样我就放心了。来,柳原医生,干一杯吧！"

野田给年轻的柳原斟酒，可柳原却已经没有了享受相亲宴席的轻松心情。"佐佐木庸平的遗属就快破产了"这句话就像楔子钉在了他的胸口。

相亲宴席结束之后，柳原浑浑噩噩地走过御堂筋街，从堂大厦前直接朝南走向本町。

他根据佐佐木病历上所写地址的模糊记忆来到丼池筋街附近，忽然抬头一看，只见佐佐木商店的招牌就在斜前方。佐佐木商店的正门紧紧关闭，旁边只开着一扇供家人进出的边门。他从门缝向店里张望，没有一个人影，寂静无声。他躲在电线杆后面继续观望，看到两三个附近商店的店员正向佐佐木商店探头探脑。

"好可怜啊！听说这家店前几天遭到了'突袭珍珠港'，因为是趁着星期天一大早店员还在睡觉时闯进去的，所以无可奈何地被搬走了大部分存货。今后的生意也没法做了。"

"尽管大病刚好的寡妇苦苦哀求，可那些人还是做出了冷酷无情的事情。据说，如果遭到一次'突袭珍珠港'的话，其他厂家也会接踵而至呢！"

"真惨啊！那还不是因为店老板突然撒手归西吗？无可奈何呀！恐怕是撑不下去啦！"

柳原感到胸口堵得慌。当自己为了今天相亲去理发和洗熨衣服的时候，佐佐木商店却发生了"突袭珍珠港"这种对于商人来说致命的事件。而且，这也许会决定即将破产的佐佐木商店的命运。柳原凝神注视着店内。突然，旁边的小门被打开了，曾在法庭上见过面的长子庸一走出来，两人的视线碰在了一起。

"啊，你是……柳原……"

庸一喊了起来,柳原转身拔腿就跑。

"哎！站住！"

背后传来庸一追赶的喊声。柳原拼命地奔跑,强行闯过即将变成红灯的本町二丁目路口并混进了人群。庸一可能是因为不能及时穿过人行横道,所以没有继续追赶上来。但是,柳原想到自己像盗贼一样在行人之间逃窜的惨状,泪水禁不住夺眶而出。

第二十七章

时过正午，国立浪速大学医学院附属医院的宽敞走廊里，上午来的患者仍在忍耐着焦急情绪等候就诊。其中，第一外科门诊室前的候诊患者更加显眼，护士用话筒呼叫患者名字的尖利嗓音也带上了几分疲倦。

统一为奶油色墙壁的门诊室用隔板隔成五小间，在最里边的诊察室中，佃讲师从刚才起就努力劝说一位患者。这位名叫安田太一、年纪在五十四五岁的患者在诊察结束之后仍然光着上身，他一动不动地坐在那里，佃友博脸上现出非常为难的表情。

"我当然理解你希望请财前教授看病的心情呀！可是，我作为第一外科讲师给你做了胃液检查、X光片检查和胃镜检查，已经诊断为胃溃疡。而且为了慎重起见，决定明天再做一次X光透视，所以请你就按照我说的做吧！况且，今天也不是教授坐诊的日子呀！"

安田太一从两个星期前初诊以来做过了所有的检查，因为已经诊断为疑似贲门癌，所以根本没有必要请求教授复诊。

可是，安田太一抬起黑瘦的脸望着佃友博，执意要求再让教授来诊察一次。

"当然，我也知道讲师与一般医生不同，本事更大。但我希望请这里最了不起的财前教授给我看看，哪怕只看一下也行。而且，我刚才在走廊上候诊时,亲眼看到财前医生走进另一间诊察室了。"

"那你一定是看错了吧。今天门诊医师的名牌都挂在走廊里,你看一下就知道了嘛!"

佃友博有点儿恼火,但又害怕惹怒这个固执的患者,要是他闯进可能正在给特诊患者看病的教授诊察室就更麻烦了,所以继续努力说服对方。可是,安田太一却还是不肯穿上衬衣。

"我没有看错!那张浓眉大眼、充满男子汉气概的面孔,肯定就是常常出现在杂志和报纸上的财前医生!跟我一起来的员工也这样说,哎,是吧?"经营中小型涂料公司的安田太一转向帮他拎包的一起进诊察室的年轻职员问道。

"是的。刚才他从我们面前走过去,进了里边那间诊察室,确实就是财前教授!"那个职员明确地答道。

"即使真是财前教授,今天也不是正规的教授坐诊日啊!"

只有特诊患者才能例外,否则在教授坐诊日之外的时间不可能得到诊疗。

"是吗?其实吧,我也带了一封这样的介绍信。"

安田太一好像看透了佃友博的心思,从站在他身后的职员手中抢过来皮包,取出一张大阪工商会议所专务理事的名片。像这样有人带着介绍信来找财前教授时,佃友博就得把介绍信分成 A、B、C 的不同等级。可是,究竟把哪个等级以上的患者转给财前教授诊疗却很难斟酌确定,甚至比给患者看病还要费神。佃友博十分清楚,尤其是像最近这阵子财前教授忙于学术会员选举,神经处于焦躁的状态,所以他很难做出判断,露出了困惑的神情。

"财前教授真的在教授诊察室吗?"

他漫不经心似的问旁边的护士,谁知那位新手护士不识相地答道:"是的,确实在那儿!"

"你瞧！我说得没错儿吧？"

安田太一立刻弹跳般地从椅子上站起来穿上了衬衣。

"那我不知道教授是否能给你看。总之你先跟我过去吧！"

佃友博想到这名患者得的正好是财前教授专长的贲门癌，于是就叫年轻医务员继续看后边的患者，自己领着安田太一带上X光片、胃镜胶片和一摞检验单走向最里边的教授诊察室。

"我是佃友博，可以打扰一下吗？"

"啊，可以。"财前语调傲慢地答道。

佃友博走进去，只见刚给特诊患者看完病的财前正在用消毒液洗手。

"有什么事儿啊？"

"是这样，有个患者拿着工商会专务理事的名片说一定要请教授给他诊断。"

在财前的关照下当了讲师的佃友博，像年轻医务员一样心有顾忌地解释之后，拿出了安田太一交给他的名片。财前用护士长递来的毛巾擦过手，瞪了一眼佃友博。

"佃，你可是讲师呀！你作为讲师应该能够拿出这点儿气魄做出判断，即便是患者拿出给教授的介绍信，但在教授坐诊日之外的时间，除了情况相当特殊，否则都该由讲师做诊察嘛！"

"实在抱歉！我也是这样劝说患者的，可他带了名片介绍信，我就……"

佃友博一边道歉一边向外退去，可安田太一突然出现了。

"哎呀，请问您是财前医生吗？我知道特别有名的医生都很忙，不过，我既然来了浪速大学医院就想请您给我看一下。只要您给我看了，哪怕说我得了癌症我也能接受。"

安田太一低声下气地说着，就向财前跟前凑了过去，财前不禁大惊一下并向后退去。这个患者看上去五十四五岁的年龄,他那梳成中分的花白头发以及中等身材,简直就跟两年前做完贲门癌手术死亡的佐佐木庸平一模一样,财前脊背上窜起冰冻般瘆人的寒气。但是,对佐佐木庸平生前面孔并不熟悉的佃友博却无从了解财前心中的恐惧。安田太一特别能说会道,完全不像个病人。

"我并不是不相信这位佃医生的诊断。不过,这是中小企业经营者的悲哀,公司的一切事务都得由当老板的我一肩挑,所以,万一我有个三长两短的话,家里人和公司员工就全都无依无靠了。就是因为这个,所以我在担心自己可能得癌症的时候,如果不能请大阪第一,不,全日本第一的医生看一下的话,就实在难以放心。于是就这样,我在前不久找工商会议所的专务理事再三恳求帮着写了介绍信。虽然我听说今天不是您坐诊的日子,但您刚才好像看过一个患者,所以就让我也分享一份恩泽吧。"

他细小的双眼闪烁着亮光,甚至连总是低三下四地把"中小企业"挂在嘴边这一点,也跟生前的佐佐木庸平如出一辙。他趁财前沉默不语,抓紧时机呶呶不休地恳求。

他居然连中小企业老板的身份都跟佐佐木庸平相同!财前心中涌起更加复杂的不安情绪。为了掩藏这种不安情绪,他对佃友博说道:"那我就看一下 X 光片吧!你马上给我准备。"

在佃友博做准备之间,财前把目光投向了窗外。他想只看一下 X 光片就尽快把这个患者打发走,以拂去这种无以名状的不快感。

他听到佃友博和护士在自己背后打开了观片机电源,并把 X 光片夹在了扣环上。

"老师,准备好了。"

财前转过身去,双手仍然插在白大褂衣袋里。他走近观片机一看,顿时大惊失色。佃友博以为自己做错了什么。

"老师,我诊察的结果……当然没做透视还不能最后断定……从这个部位的阴影来看,我想会不会是……"

佃友博话没说完,财前就反驳道:"没有必要做 X 光透视了。"

根本用不着做 X 光透视就能看到贲门小弯侧有个核桃大的阴影,很明显是贲门癌。

财前条件反射般地大声喝道:"胸部 X 光片!"

"那个,还没有拍……"

听到佃友博诧异的声音,财前心头一惊:已经到了现在这个阶段,自己不可能再要求拍胸片。但尽管如此,自己却联想到了佐佐木庸平,所以不由自主地脱口说出胸部 X 光片,于是感到几分狼狈。

"不,我只是说,为了慎重起见,过后还要拍胸片!"

财前极力掩饰自己的失态,并再次观察观片机上的胃部 X 光片。

"没必要再做透视了,这是较为早期的 cardia krebs 嘛!"

"卡、卡……这是什么意思?"安田太一反问道。

"哦,就是胃溃疡的意思嘛!要立即住院做手术。"

财前极力掩饰胸中激烈的悸动,却不敢正视患者安田太一的面孔。

"原来不是癌只是胃溃疡呀!那就不用做手术啦!这段时间吃药就能完全治好吧?"

"不行。即使是胃溃疡,用内科治疗也已经有点儿迟了,还是做手术为好。如果不抓紧治疗的话就可能发展成癌症,所以要尽快住院做手术!"

财前说完,安田太一突然紧紧抓住他的手说道:"财前医生,拜托你了。要是非做手术不可的话,就请您给我做吧!如果是其他医生来的话,我宁可不做手术只吃药治疗。"他态度十分坚决地说道。

"哦,胃溃疡手术没什么大不了的,谁都能做。"财前像逃避似的说道。

"要是您不给我做手术的话,我还不如任其发展成癌症,写份遗嘱死了算了!"

安田太一仍然异常固执地紧抓财前不放,简直就像佐佐木庸平的亡灵一样,他挡在财前面前,令财前感到毛骨悚然。财前一方面想从这种毛骨悚然的感觉中逃脱,另一方面又产生了挑战的欲望:面临即将开始的上诉审理证人讯问,怎么能被偶然相似的患者吓倒呢?他的心在剧烈地动摇。

在悬挂着历代校长肖像画的近畿医科大学的校长办公室里,理事长冈野、学术会员地方选区候选人重藤教授和竞选参谋增富教授三人正在商讨推敲竞选策略。

近畿医科大学目前由一位七十多岁、来自东都大学早已退休离职的教授担任校长,而经营大学的实权都掌握在理事长手中。而且,由于校长因糖尿病从半年前就开始长期疗养,所以这次选举就由冈野理事长全盘指挥。他虽然个头很矮,看上去很不起眼,但鼻翼宽阔的大鼻子和厚厚的嘴唇却给人以精明强干的印象。

"这次学术会员选举越来越有意思啦!咱们的重藤教授在有关交通事故伤害的电视节目中一出现,对手就好像慌了神,在今天的早报上大张旗鼓地刊登了浪速大学财前教授的出版广告,摆出一副战斗的架势。不过,增富教授上次跟浪速大学的鹈饲院长和洛北大学的神纳教授三人出席演讲会时的情况怎么样啊?"

增富教授一听冈野理事长问到平和制药公司主办的"循环系统疾患"演讲会,就把瘦削的身体向桌面前倾。

"在演讲会后的宴席上,简直就是狐与狸相互欺骗呢!一个是把财前教授推到前台而自己当影子参谋的鹈饲院长,一个是洛北大学推举的候选人神纳教授。可是,鹈饲却像第一次听到似的说:'神纳先生,听说你要参加学术会员选举啊!'而神纳也说:'其实我哪里顾得上参加学术会员选举呀,因为还有一大堆课题要做所以就极力推辞了嘛!'双方就这样虚虚实实、真真假假地相互欺骗,我也就乐得作壁上观啦!据我看来,神纳教授可能会以'学界进步派'的形象,不显山不露水而又强有力地向以内科学会为中心的,当然包括各个有实力的临床学会和缺乏科研经费的基础医学相关学会施加影响,采取剑道中所谓'于无声中取胜'的招法。而财前教授则会充分利用'食管外科专家财前'的广泛知名度以媒体为工具展开活跃的竞选运动。今天早上报纸广告宣传的《消化系统疾病诊疗集》也是其中之一。他虽然大张旗鼓地宣传那是'外科学界泰斗泷村名誉教授绝赞之作',但其内容肯定只是搜罗以前在学会杂志上发表过的论文,只是在体裁上稍做加工而已。不过,对于学者来说,趁出版个人著作开展竞选运动确实是最巧妙的招数啊!因此,咱们也必须采取强有力而收效快的对策。"

增富教授提出了与在平和制药公司宴席上完全相反的积极意见。重藤教授身穿新定做的英国造西装,胸前隐约露出蛋白石领带夹,一副衣冠楚楚的少壮企业家模样。

"这一点我也考虑过啦!对此咱们也要进一步强有力地利用有门路的电视台,只要是商业电视台就可以找赞助商购买时段制作系列节目。我打算动员跟咱们有关系的制药公司和医疗器械制造商,此外还要动员向医院供应桌椅、病床、照明器具的各家厂商当赞助商,借此推动有关交通事故伤害,尤其是后遗症的启蒙教育。这跟医生在无聊的娱乐节目中出场不同,只要是堂堂正正的教育节目,应该不会受到无端的指责和批评吧!"

他脸上浮现出微妙的笑容。

冈野理事长鼓起大鼻子说道："嗯，如果今后还能利用电视的话，没有比这更好的手段了，所以一定要大力宣传。不管怎么说，既然推举本校的招牌教授重藤教授当候选人，理事会也将以不惜投入高额竞选经费的方针应战。所以，钱的方面你就不用担心啦！"冈野理事长用已经考虑到资金问题的语调说道。

"这样真的可以吗？据说最近咱们学校开销也很大，而我在这种时候还要因为竞选给学校添麻烦……"

重藤看似过意不去，实则想让理事长做出承诺。冈野用厚嘴唇叼住烟使劲嘬了一口并"噗"地吐出来。

"其实呢，因为最近要在东大阪市新建一座大型分院，所以正是筹措资金的艰难时期。不过，如果你能当选的话，投入三百万、五百万竞选经费并不算多嘛！这是因为，在募集五万元一张的医院债券或去厚生省相关部门申领设立许可证时，如果有学术会员头衔的话就具备了学者教授加议员一样贴了金的政治实力，在跟文部省大学学术局和厚生省等相关厅局交涉时就比较顺利了。因为那些当官的家伙都有个坏毛病，根本瞧不起没有头衔、什么都不是的人。还有，只要在入学招生简章上漂漂亮亮地印上'本校有担任学术会员的教授'，在招生方面也能起到很大的作用啊！"

确实不愧为私立大学的理事长，从经营学校方面也能找出学术会员的价值。

"可是，大和医大的织田校长怎么迟迟不来呀？"

聚会原定于五点钟开始，可现在已经过了将近一个小时。惦记着时间的冈野理事长看了看表，这时，织田校长在事务局人员的陪同下进来了。冈野立刻起身迎接。

"本来应该我们去拜访您，可还让您专程赶来，实在不好意思。"

他谦逊地向对方问候，并请织田校长坐在正面沙发上。

"哪里,都是因为我自作主张拒绝了去别的场所嘛!我们学校的理事会刚刚结束,我这是在赶往下一个会场的途中,而且你们也知道我很忙,所以安排在这里我比较顺路。那么,你们谈到哪儿啦?你们三人都聚齐了,一定商议出好对策了吧?"

大和医大的织田校长看上去比实际年龄年轻五六岁,就像五十五六岁的样子,他皮肤呈浅黑色,显得精力旺盛。他在担任校长的同时兼任理事长,而且在经营方面也是实力派人物,在私立大学校长中是较为罕见的人才,一贯致力于促进私立大学的团结。

"哎呀,织田校长不在场的时候,我们几个商议也不会有什么太大的进展嘛!既然要跟传统深厚的国立洛北大学和浪速大学竞争,咱们如果不以私立大学联合体迎战的话,根本不可能取胜。所以不管怎么说,如果作为私立大学联合体会长的织田校长不到场的话,根本商议不出什么结果来呀!"

冈野只字不提刚才从利于自己学校经营方面谈论学术会员选举的内容,却打出了私立大学联合体的旗号。

织田校长把双肘放在沙发扶手上,说道:"如果像最近这样新设立国立、公立医大的话,私立医大的招生人数会持续减少,好学生都被公立大学抢走,大学生的素质也会大大降低,甚至连教授、副教授级中的佼佼者也被公立医大挖走了。说实在话,像我们学校目前基础学科某些部门的教授职位都有空缺,实在令人伤透了脑筋。况且,私立大学的医学科研经费平均只有国立大学的一成左右。即使从科研方面来看,要是照这样继续下去的话,私立医大和私立大学医学院就岌岌可危了。因此,咱们在这种时候必须认真商讨振兴私立大学的方策。上届本校推举的候选人在竞选中落败,这次就更要团结私立大学联合体的力量打败国立大学。"

他环视在座的其他三人,语调强烈地说道:"为了这个目的,首先必须反省上届地方选区竞选落败的原因。以我来看，在上届选举中私立医大最薄弱的一点，那就是在战后由医专升格为医大之后，尽管都是同校的毕业生，但医专毕业派与医大毕业派水火不容，从校友会捐款到极为琐碎的问题都不能统一意见。洛北大学就是瞄准了两派诡异暗斗的裂痕分散了咱们的选票。因此，在这次选战中咱们应该跟每所大学的医专派和医大派充分沟通，以求统一双方的意见，我也会不辞劳苦地参与各校的相关聚会。我还发现另外一点，有资格投票选举学术会员却没有注册登记的人多得出乎意料。解决这个问题的对策是，各校必须指定一名固票负责人，并通过教授会、副教授会、讲师会、医务员会以及校友会报刊等大力呼吁。"

竞选参谋增富说道："我对这个问题也很伤脑筋呀！我向各校教授咨询过，了解这到底是怎么回事儿。他们说，选举人在注册登记时必须在登记卡上逐一填写在学会杂志上刊登的论文题目、日期等资料，而且每隔三年还要重新填写一次，所以大家都嫌麻烦就干脆不去注册了。所以我考虑，因为候选人是咱们学校推举的，那就把各校有选举资格的名册全都要来，然后多雇用一些打工学生，由本校统一代理注册登记事务。"

"这倒是个好主意啊！那我就抓紧派我们的医务员去走访各校啦！"

重藤向前凑了凑膝头，增富也点了点头并笑着继续说道："另外还有从洛北大学系统院校独立出来加盟咱们私立大学联合体的关西医科牙科大学呢！因为它的前身是女子医专，所以我打算去那里的女医协发动强大攻势，说服对方协助整合近畿一带女医师的选票。恰巧我内人是女子医专时期的毕业生，目前仍留校担任讲师并管理女医协的事务。因为女人大都跟男人不一样，比较守信用，所以经过恳求得到承诺就会照章办事啦！"

冈野张开厚嘴唇说道:"对啊!你夫人是那儿的头儿嘛!听说,女医协在大学募捐时虽然金额不大,但几乎全体都规规矩矩地捐了款。所以,她们应该会以妇女社团的行动力协助咱们。你这个主意真不错啊!"

"女医协的着眼点确实很不错呀!因为洛北大学和浪速大学都无法向女医协下手,所以这方面就交给冈野理事长和增富教授办吧!我就打出私立大学联合体的旗号,不光要向关西的私立大学做工作,还要向东京 K 大学和 G 大学医学院出身、在近畿地区医院工作或营业的人做工作,一起商讨聚票的对策呢!"大和医大的织田校长勇挑重担地说道。

"既然承蒙医学界老前辈,而且是私立大学联合体会长织田校长如此鼎力相助,我决不能疏忽大意而输掉选战。"

重藤装腔作势地正襟危坐并乖顺地俯首行礼。织田"砰"地拍了一下重藤的肩膀。

"你是公认的'交通伤害权威重藤',所以绝对没有问题啦!我声援你也是很有意义的嘛!"

"不过,对手毕竟是浪速大学的财前教授和洛北大学的神纳教授,所以那可是两大劲敌呀!"

"根据你的感觉,他们哪一方实力比较强大呢?"

"我们刚才也聊到了这个问题,不过两者应该实力相当吧!"

"这样说来,财前教授那宗官司并没有对他产生太大的负面影响嘛!"

"是啊!这跟其他案件不同,毕竟是不知哪天就会发生在自己身上的医患纠纷案,所以,在一审判决中胜诉的财前教授强势上扬。而且,尽管本案上诉还在审理当中,但他还是敢于参选学术会员,这对医师同行来说真是无比大快人心的事情。他们希望财前教授当选学术会员,并且赢得这场今后可能对医师方面有利的判例。特别是医协那帮人,更是一跃而起全力声援。正因为这样,咱们就不更能冒失地把那宗官司当作工具攻击财前了。而神纳一方则有可能专打'医学界进步派'的旗号来挑战医学界的禁忌,把这宗官司用于选战。这样一来,双方必定会相互泼脏水,那咱们就可以在中间坐收渔翁之利啦!"

重藤显示出自信的神情。

"那就这样办吧!这次,就算是为了私立大学联合体的面子,咱们也不能输掉。因此,私立大学以我为首还有其他干部们也会全力以赴。"

织田的语调中充满了昂扬的斗志,看样子他要为本校候选人在上届选举中的失败展开雪耻之战。

财前坐在教授办公室的转椅上,用焦躁不安的目光望着墙上的挂钟——十二点五十分。想到过一会儿就不得不给长相酷似佐佐木庸平的安田太一做贲门癌手术了,第一眼看到安田太一时那种脊背上窜起冰冻般瘆人寒气的感觉再次清晰地复苏了。

既然那个患者使自己如此毛骨悚然,那为什么还会接下这台手术呢?这一点连财前自己都百思不得其解。难道会是因为对方紧紧抓住自己的手臂跪伏在地苦苦哀求说非财前医生不治而心软所致吗?并非如此。倒不如说,那是财前最讨厌的懦弱者的丑态。如果不是的话,难道是因为想要消除对那个只不过长相酷似某人所产生的怯懦而故作姿态吗?

桌上的电话铃响了。

"啊,我是财前。"

"这里是中央手术室,患者即将进入可以接受手术的麻醉状态。

请教授做好准备。"

"好的,我这就下去。"

财前咔嚓一声挂上电话,就从转椅上站起身来。

可能是因为教授亲自主刀,而且是罕见的贲门癌手术,所以中央手术室里飘荡着紧张的气氛。当财前走进准备室时,护士长就拿着手术衣和手术帽绕到他身后,为他系好手术衣上的系带并戴上口罩,之后帮他给消毒过的双手戴上薄型橡胶手套。其间财前板着面孔,一言不发。准备就绪之后,财前向两侧抬起戴着橡胶手套的双手,在口罩下深吸一口气之后,他便站在了通往手术室的自动门前。

带有自动开关装置的门打开,穿着手术衣的财前走进手术室。总是在学习会上做记录的江川担任第一助手,其他两名助手和麻醉师都已就位,四人一齐行礼迎接财前。财前走近手术台,却突然停下脚步,他抬头望着夹层二楼玻璃围挡的观摩室。因为是财前教授亲自主刀做贲门癌手术,观摩室里站满了观摩手术的医务员。在财前的眼中,观摩室里站得满满的人影仿佛佐佐木庸平案判决时法庭旁听席上的人影。财前好不容易才压制住想把那些观摩者赶走的冲动。

财前再次做深呼吸调整自己的情绪,随即走到仰卧在手术台上的患者左侧的主刀者的位置,他低头望着患者在麻醉作用下松弛的腹部,露出一反常态的慎重表情,然后用手指按住了患者肚脐上方的肌肉。

"腹部肌肉还这么僵硬!负责麻醉的干什么来着?"

他突然呵斥站在患者头部方向的麻醉师。

"可是,我充分地使用了肌肉松弛剂,我觉得已经够松弛的了。"

麻醉师看到财前情绪不好,说话也有点儿结巴了。

"你觉得够松弛就行了吗?如果松弛度不够,剖开部位就不能顺利扩张,手术野缩小就会妨碍手术,手术中肠子还有可能被挤出来,主刀医生怎么受得了呢！"

他平时因为对自己的手术刀法极为自负而从未在意过肌肉松弛的状态，但此时却似乎有些神经过敏了。

"事已至此也无可奈何了。那就开始做手术吧！圆头刀！"

他向身旁传递手术器械的护士发出指令。在雪白明亮的无影灯下，财前专用的定制手术刀闪出冷冽的亮光，然后被递到他的手中。刹那之间，财前脑海中浮现出两年前给佐佐木庸平而做手术时的情景，他突然产生了错觉，安田太一的面孔看上去就像是佐佐木庸平，而盖布下仰卧的身体好像忽地坐了起来。财前霎时像要后退似的摇晃了一下，但与此同时，他的手却像挑战般伸向手术台上患者的胸部，然后他把手术刀向剑突下方切了下去。

当财前回过神来发现下刀过深的时候，鲜红的血液已经喷涌般地向两侧流下，这比平时的出血量多。财前努力不去在意出血量，开始向腹部切下去。可是，由于第一刀的手感传到了手术刀上，患者腹部正中线被切得有深有浅，出血较为严重。三名助手惊讶地面面相觑，赶忙用止血钳止血并固定好开腹拉钩。

财前感到自己浑身早已渗出汗来，同时他开始对出现在拉开的手术野中的肝脏、十二指肠、大肠和小肠等腹部脏器进行触诊，确认癌变没有转移之后就开始触诊胃部。但是，他已经没有了以前那样追踪猎物般的锐利目光和气魄，他的脑海中再次袭来佐佐木庸平的幻觉，一种仿佛正在摆弄他的遗骸的惊悚感觉在不断地加强。

当他触诊到贲门部时，右手食指摸到了肿瘤。他用力牵拉并翻转小弯侧，果然正如 X 光片所见，那里长了个核桃大的肿瘤。虽然长了肿瘤的部位、大小和形状都与佐佐木庸平略有差异，但手术本身则与当时一模一样。

"老师，您身体不舒服了吗？"

第一助手江川抬头望着财前汗珠从脖颈滴在胸前的异常状态。

"不，没事儿！癌症虽然只局限在贲门部位，但已经侵入紧挨食管的下方，所以要实施胃全切术并把食管下端与肠管连接起来。"

他说完，才第一次抬头看手术室墙上的挂钟：一点二十分。刚才进入手术室时是一点十一分，所以只过了约十分钟而已，但他却已经感到像是执刀近一个小时般疲惫不堪，嗓子眼里也干得直冒火。

"尖头刀！"

他努力说这几个字来后，便握住尖头刀就着手游离胃体。他先切断十二指肠的前端，把断端双重缝合之后埋入腹腔，接下来就要把食管拉出来了。他把包裹食管的厚横膈膜环状切开，随即把手指伸进去，却没能顺利地把食管拉出来。

"开腹拉钩挂得不好！要牢牢地挂住！"

财前大声训斥并再次伸进指尖拉出食管，在指令第一助手用食管钳固定后，接下来就要把食管与胃体之间切断了。当财前握着尖头刀抵在食管下方刚要一刀切断时，尖头刀却哧溜地从他手中滑落了。刹那之间，手术台上的患者身体仿佛忽地向远处退去，一阵死亡迫近的恐惧感向他袭来。技术熟练的传递器械的护士立刻把备份尖头刀递到财前手中，但手术室内已经开始流动令人窒息的空气。像财前教授这样的主刀医师竟然把手术刀从手中滑落！这种状况甚至影响到了第一助手江川等三名助手的心态。

财前双眼布满了血丝，他再次握住尖头刀慎重地把刀尖抵在食管下端，切断了与胃体的连接，鲜红色的血液立时迸溅到周围。财前在口罩下长长地舒了一口气，手中抓住摘除的胃体。但是，那种温热的触感又唤起了他抓着佐佐木庸平的胃体的感觉。他像摔东西般把摘除的胃体扔进处置台上的托盘里。

"接下来吻合食管和空肠！"

财前把戴着橡胶手套的右手再次伸进腹腔,用手指捏住空肠前端提拉到刚才与胃体切开的食管断端,他用手术钳夹住后就开始缝合了。用手术钳夹住的食管很容易滑落并缩进纵隔腔深处,从而失去缝合的时机。财前用力拉住食管进行缝合,他十分谨慎地吻合,力求避免发生缝合不严。在他打最后一个结时,他"啪"地把缝线拉断了。

"啊!"

财前忍不住喊出声来。在即将完成缝合打结时拉断缝线,往往是因为打结时用力不当。三名助手已经感到今天的财前不是往常的财前了,从最初前正中线切开时的出血过量,到切断食管与胃体时滑落尖头刀,再加上缝合食管与空肠时拉断缝线,作为财前教授这样的手术名家来说,失误未免过多。想到这里,三名助手感到了不安,好像无影灯照射下的手术室突然降下了黑幕,他们抬起头来望着财前教授。财前脸上的汗水像瀑布般流下,虽然护士从身后不停地为他擦汗,但他手术衣胸前被汗水浸透得非同寻常。财前重新进行缝合,但已不再像平时那样果敢,反倒像初学者般小心谨慎,采取了细致的缝合方式。他满脸大汗地终于完成了缝合,接下来只剩把腹腔内其他脏器放回原位和关腹缝合皮肤了。

"手术完成了!"

财前用嘶哑的嗓音说完看了一眼时钟:下午四点十六分。从手术开始已经过了三小时五分,比往常多用了一个小时以上。但即便如此,对于他来说却像是经历了四五个小时的激烈而漫长的苦战。

"老师,可以把患者送进恢复室吗?"

"嗯。今天可能是因为连日忙活学术会员选举有些疲劳,好像让大家担心了吧?说实话,我刚才在手术过程中出现过短暂的头晕。"

他抬眼瞟了一下夹二层的玻璃墙观摩室,似乎想把这番话也传达给观摩者们,然后就像终于死里逃生般走出了手术室。

财前回到办公室后,仍然难以抹去给山田太一做手术时袭来的那种毛骨悚然的感觉。他在手术室隔壁的浴室里冲了淋浴,连内衣也换掉,按理来说应该感到神清气爽了。可是,回到办公室喝了杯咖啡、抽了雪茄之后,那种难以名状的不快感仍然挥之不去。

财前曾经感到,在那明亮炫目的手术室内有一片暗影瞬间掠过眼前,在切断食管与胃体时他竟然没有握住尖头刀。难道这是一星期后将要进行上诉审理证人讯问前的不祥之兆吗?想到这里,他立刻拿起桌上的外线直通电话拨了号。

"是我。"

他只简短地说了一句,电话那头就传来庆子慵懒的声音。

"哎呀,你怎么啦?在这种时间给我打电话!"

"虽然时间还有点儿早,我现在就过去。"

"是吗?我还打算今天去店里呢!那就不去了。"

庆子似乎从财前的语调中听出他是从办公室打来的电话,于是也很快就挂断了。

财前叫来隔壁的秘书,说有个商讨学术会员选举的聚会,然后就刻意做出很不高兴的样子走出了办公室。

财前叫司机把汽车停在帝冢山的高级公寓前,为了不让别人看到,他快步闪进电梯上了五楼,然后轻轻地敲了敲庆子的房门。门立刻打开了,庆子身穿胸前开着大V字形的橘黄色连衣裙迎接财前。

"哎呀,你脸色不好啊!怎么啦?"

凭着女子医大退学生的敏感,庆子看出财前脸色有些不对劲。

"没有。"财前摇头说道。

"可是,你看上去很累,所以还是休息一下吧!"

庆子开始给财前铺床了。

"给我倒杯威士忌酒吧!我要喝酒。"

财前说完咕咚一声倒在沙发上,庆子狐疑地盯住财前的脸。

"学校里有什么事儿了吧?是不是学术会员竞选活动不太顺利呀?"

财前一边喝威士忌酒一边摇摇头。

"不,是手术、今天的手术!"他一吐为快似的说道。

这是他第一次向别人说起今天在给酷似佐佐木庸平的患者做手术时发生的内心动摇。

"我感到一种无法表述的恐惧,好像手术台周围全都是尸体,只有我一个人握着手术刀。太瘆人了!我第一次感受到那种恐惧。"

"那,手术顺利吗?"

"嗯。虽然很惊险,但最后总算是顺利完成啦!"他长长地叹了口气说道。

"那就没有必要如此在意了嘛!你这个人虽然是个坏家伙,但也有懦弱的一面呀!只是碰到个长相酷似的患者就吓得这么心神不定。首先,既然那么讨厌这个患者,你别接这台手术就行了呗!你为什么还要答应呢?"

"这个原因连我自己都搞不明白。我原先很不愿意,但是稀里糊涂地就被他说动了心,结果就应承下来了。"

"不过,那个柳原医师知道今天手术的事儿吗?"

"不,那家伙胆儿小。连我都被那种感觉吓得够呛,所以就没告诉他。"

"是吗?那太好啦!既然与佐佐木庸平先生同样的贲门癌手术获得了成功,说不定还能在上诉审理中巧妙利用一下呢!那就要充分做好术后管理,这次可别让他死掉啦!"

庆子瞪大了母豹般闪亮的眼睛，说话语调比财前还要镇定而冷漠。

"庆子，你这个女人也许比我更冷漠、更强势呢！我开始佩服你了……"

财前说着把威士忌酒一饮而尽。

"你说什么呀？我所喜欢的财前五郎可是具有机械般精密的手臂和临危不惧的钢铁般强韧意志的外科医生啊！怎么到了上诉审理的证人讯问阶段却说起泄气话来了呢？"庆子轻轻地顶了回去，"官司的事情已经采取周密的对策了吧？"

"嗯。在这方面不光有上次的河野律师，又增补了一位名叫国平的医协顾问律师。他们仔细地侦察了佐佐木方的动向，警惕出现对我方不利的证人和鉴定人。"

"那么，你对这边最重要的证人柳原也已经采取措施了吧？"

庆子在沙发上跷起线条优美的二郎腿，喝干了第二杯冰镇威士忌酒。

"那当然啦！因为我忙不过来，所以就拜托我岳父，在前些天让他跟心斋桥一家大药店老板的女儿相了亲。"

"真不愧是大海怪财前又一先生啊！你的高压威胁、学位论文诱饵再加上找媳妇，真是软硬兼施的妙招呀！既然已经做到这一步了，你在手术中还产生那种莫名其妙的心理状态，那不是太可笑了吗？"庆子提醒道。

财前心中回忆起前任教授东贞藏的话——做医师这个职业，如果发生了即使竭尽全力却还是因误诊导致患者死亡的结果，就会萦绕心头，一辈子都忘不掉。所以，握手术刀的外科医师更要特别注意。虽然财前在心中强烈地说服自己那并不是自己的误诊，一切都只不过是在自己出发参加国际外科学会之后发生的意外事故而已。但是，他仍然感到了仿佛从某个缝隙漏进贼风般的脆弱。这种脆弱感就表现在今天做手术时发生了那种状况。财前怔怔地瞪着双眼，一言不发地喝冰镇威士忌酒。

"你这个样子怎么行啊？上诉审理刚刚开始，可是你好像已经在心理上输掉了。既然你这么心虚，我看干脆达成和解，用钱来解决官司怎么样？"庆子露出轻蔑的神色说道。

经庆子这样一说，财前心中立刻腾起要用尽所有手段取得二审胜诉的挑战性心理。他放下威士忌酒杯，伸出汗毛浓密的大手，猛地把庆子拉了过来。

"你等一下，我把窗帘拉上嘛！"

庆子拉上卧室的窗帘，遮住外面还很明亮的光线，然后用放浪的姿态迎合财前。

"你可要把丽都夜总会那个尿骚味未消的小妞收拾利索，别把她惹恼了。你现在既要打官司又要参选学术会员，还要招惹装嫩的小妞，你真是傻透顶了！"

庆子淡然地交代了加奈子的事后，就主动地缠住了财前的身体。

东贞藏家的英式房间里，冷气调得强弱适度。透过玻璃门向外望去，美人蕉和天竺葵的黄与红在夏日清晨的庭院里燃烧般地交相辉映，而室内却只有十七八摄氏度，凉爽宜人。

东贞藏身上裹着薄睡袍打开了报纸，佐枝子把餐后冰红茶注入水晶玻璃杯。母亲政子十分珍视地用双手捧起了放在桌上的照片。

"为什么这么好的亲事你都不如意呢？对象是著名私人医院院长的长子，还去美国留学过。他三十六岁，在年龄方面也跟三十二岁的你挺般配。而且在上次相亲的时候，不也是挑不出什么毛病来吗？他对女性相当尊重，无论是穿着打扮还是言谈举止都没什么可说的嘛!"政子喋喋不休地说道。

佐枝子用白净的双手优雅地剥掉麝香葡萄的薄皮,每剥一下都对露出的青翠欲滴的果肉表现出迷醉的神情。

"如果硬要挑毛病的话,那就是听说他的母亲聪明、有主意、威望高,而且祖母健在。可也已经答应让你们搬新居另立门户了嘛!"

政子说到这里,佐枝子还不应声。东贞藏一边抽雪茄一边看报纸。政子自顾自地继续唠叨。

"你到底是哪里不满意嘛?别不说话,快回答我!没有任何理由,只是不说话怎么行呢?"

政子很不耐烦地提高了嗓门,佐枝子这才开了口。

"可我就是不感兴趣嘛!"

"到底是哪里不合你的心思呀?"

"从过于衣冠楚楚的装腔作势到美国式尊重女性的态度,我全都看不顺眼!"

"哎哟,你在说什么啊?你都是三十出头的人了,对方无论在门第财产还是人品方面都很难得呀!"

"母亲,到底什么难得呀?在决定婚姻大事的时候,应该以什么标准来判断难得不难得呢?我可不希望你用那种简单的方式考虑这个问题。都是因为你整天絮絮叨叨没完没了,还说不是正式相亲只是一起听听卡拉扬指挥的柏林交响乐团演奏,我才按照母亲说的去了嘛!如果那样就能做出决定的话,我早就做出决定了。"

佐枝子说着,脑海中浮现出那个与里见修二相差甚远的相亲对象:翡翠纽扣在他白条纹暗色西装的袖口若隐若现,他那演员般端庄俊秀的脸上始终带着微笑,虽然去美国留过学却喜欢欧洲古典音乐。这位迎合佐枝子谈话的三十六岁男子绝对不是当医生的类型,而只是因为作为长子又偏偏出生在祖辈开办医院的家庭里,才不得已当了医生。这就是佐枝子对他的印象。承托患者生命的医师必须像里见修二那样,要真诚地尊重生命,想到这里,佐枝子像是刚刚发现一般,心中更深地铭刻了里见的身影。

政子像要把女儿丢开不管似的望着东贞藏。

"老公,你也别总是一声不吭地看报纸,你也该说说她呀!就是因为你在当教授的时候没把这件事情定下来嘛!"

"我也不是没有留意这件事。"

东贞藏虽然嘴上没说,其实上次在推举金泽大学的菊川作为自己的继任教授时,就考虑到让他跟佐枝子结婚了。

"你老是那样说'我并不是没有那样做、我并不是没有那样想',可你为什么做事总是那么摇摆不定、优柔寡断呢?"

"我不是优柔寡断。我不是像你那样的急性子,而是要在深思熟虑之后再果断行动的类型。说起来,佐枝子也属于我这种性格嘛!"

佐枝子望着父亲莞尔一笑。

政子好像突然想起什么似的说道:"对了,佐枝子,前些天连续有两封信寄给你,字写得歪歪扭扭,像女人的字体。那到底是谁呀?"

佐枝子没有应答。

"好像名字叫龟山君子。她是什么人啊?"

"什么?龟山君子……"东贞藏惊讶地反问道。

"佐枝子,你该不会是跟那个病房护士长龟山……"

"没错儿啊!上次我不是去父亲的医院了吗?我回家走出电梯门时,偶然碰到了龟山女士。因为我听说她知道在财前大查房时发生的事情,这跟那件医患纠纷案有重大关联,所以我就委托她当证人在上诉审理中出庭做证。我甚至去她家请求过,她本人暂且不说,她丈夫首先坚决反对。即使那样我还是竭尽全力地恳求,而那个人还是竭尽全力地拒绝我。现在我跟龟山女士相互寄信联系。"

政子表情骤变。

"佐枝子,你为什么要那样做?为什么要在给你提亲的重要时期,去掺和一个跟咱们毫无关联的人的医患纠纷官司。你怎么会做这种无聊的事情?"她说完又扭头望着东贞藏,"老公,你是什么想法?"

政子突然的责问使东贞藏也惊愕不已。

"佐枝子,我能理解你的心情。不过,你也大可不必那样做嘛!谁都不会愿意去当打官司的证人,尤其是龟山在财前当教授之后不久就辞职了。而且她好不容易结婚成家,这种事情会给人家带来困扰的。所以,既然你上门拜托都遭到了拒绝,那就适可而止吧!关口律师和里见来找我咨询过佐佐木方鉴定人选的事,我也算是间接地协助了他们。我觉得你母亲说得对,你没必要跟这件官司扯上关系。"

东贞藏也在为女儿的事情担心。

"那么,父亲难道可以满不在乎地说那个事件跟您完全无关吗?我可不这样认为。恕我冒昧,父亲确实培养出了财前这位医术优秀的接班人,但您教过他作为医学家的道德吗?我还在上学时祖父就曾经告诉过我,真正的医学家就像三叶草一样,医学、医术和医道三者缺一不可,缺少哪一项都不能称之为杰出的医学家。"

佐枝子说完抬头望着挂在墙上的祖父肖像。祖父身穿礼服,胸前佩戴着二等勋章,威风凛凛,他生前是日本外科学界的功臣。东贞藏一时也无话可说了。

佐枝子继续平静地说道:"医生当然也是凡人嘛!但是,考虑到医生是拯救生命的特殊职业,所以我觉得当然应该具备更加崇高的职业道德。如果父亲对财前和其他研究生都进行过严格的职业道德教育的话,财前就不会成为第一外科教授,这次事件也就不会发生了。"

东贞藏一言不发地听佐枝子说完,又看了看时钟,随即起身准备去医院上班。正在这时,房门被打开了。

"教授的快递邮件到了。"

年轻女佣把寄给东贞藏的快递邮件放在桌上。东贞藏立刻拿起信封看了看背面——正木彻——这封信是东京 K 大学的正木副教授寄来的,东贞藏诧异地赶紧拆封读完了信件。

"佐枝子,正木副教授准备担当佐佐木方的鉴定人。但财前利用 K 大学是私立大学这一点,策动 K 大学的首席理事、法律界的大牌人物向他施压,暗示正木副教授如果不拒绝担当鉴定人的话,将来大有希望的教授宝座就会变得岌岌可危,也许还会被赶到旁系医院或研究所去。财前这个人怎么会如此卑鄙啊!"

东贞藏眼中充满了怒色。

"佐枝子,你就按照自己的想法做吧!爸爸也有自己的考虑,也许会对财前采取不同于以往的态度。"

看样子东贞藏下定了强烈的决心。

医协顾问律师国平驱车缓慢地行驶在尼崎市沿河那条密集地林立着街道工厂的小路上,他一边前行一边寻找门牌号。

在卡车和翻斗车川流不息的工业区里,这台带空调的高级轿车非常引人注目,家庭主妇和孩子们纷纷从木造房屋里露出脸来好奇地看热闹。国平正在寻找曾在浪速大学医学院附属医院担任病房护士长的龟山君子家。汽车沿着河边道路向南开了两百多米向右转,终于找到了三光机械厂的宿舍,但再向前汽车却开不进去了。国平拎着一盒点心下了车,用麻纱手帕不停地拍打胸前的尘土,然后站在从边上数第五家挂着冢口名牌的门厅前。玻璃门大大地敞开着。

"有人在家吗?冢口太太在家吗?"

"在。请问是哪位呀?"

屋里好像正在准备晚餐,飘出炒菜的味道,一位身穿休闲连衣裙的女子探出头来。

"请问,你以前是不是叫龟山君子啊?"国平彬彬有礼地问道。

"是,是我。你有什么事儿吗?"

君子诧异地望着面前这位过分衣冠楚楚、与自己家极不相称的访客。

"那么,你就是曾在浪速大学附属医院病房担任护士长的龟山君子啊!突然登门拜访实在抱歉!有些事情想问问你,多有打扰。"

国平不等君子答话,就径直走进了门厅旁开着电扇的四铺席大的房间。

"你辞去病房护士长之后,护士们和年轻医务员们都很怀念你,因为你的名望相当高啊!"国平面带笑容地说道。

"对不起,请问你是哪位啊?"

"啊,失礼了。我是财前教授委派的律师,名叫国平。"

君子听到此话表情骤然僵硬起来。

"其实,我就是因为你也知道的那件官司才来的。在你担任病房护士长期间,有个叫佐佐木庸平的患者住院,听说在这个患者术前的教授查房时你也在场啊!"

"嗯……不,我不在场。"

"哦?那就奇怪啦!安西医务长把那名患者从入院到死亡之间参与诊疗护理的医务员和护士名单都列出来了,我查看了那份名单发现当时你担任病房护士长,而且那次教授大查房时你也在场,所以应该听到财前教授向柳原医师做出了什么指示。"

国平凝视着对方,细心地观察她的反应。

"没有,我什么都不记得了。"

虽然君子矢口否认,但国平并没有看漏她脸上的细微变化。

"可是,既然你当时在场,就算是没有全部记住,一件事儿总该记得吧?你作为病房护士长,难道什么都不知道吗?"

君子用力地吞了一口唾沫。

"不,我真的什么都不知道。而且,因为我离开那家医院快两年了,女人一旦进入家庭,就会把以前工作上的事情忘得一干二净……"

说完,她就像海螺一样紧紧地闭上了嘴。这时,门外传来了脚步声。

"哎,我回来啦!肚子饿了!吃饭、吃饭!"

君子的丈夫冢口雄吉大吼大叫地走了进来。君子狼狈地刚想起身,国平立即站起身来走到了门厅。

"您是冢口先生吧?您不在时冒昧打扰,这是我的名片。"

他说完就递上了名片。

冢口雄吉把散发着汗味的工作服一扔说道:"哦?上次是姓东的医生女儿,今天是律师啊……为啥老跟俺们纠缠不休呢?不管你们来几次结果都一样。"

君子慌忙从旁边戳戳丈夫的胳膊,却已经迟了,雄吉把国平律师当成了佐佐木方的律师。

"哦?东佐枝子小姐真的来过吗?"国平半惊讶半难以置信地问道。

"当然是真的啦!来过两次呢!第二次还带了水果篮,被我扔回去了。不管你们咋样说,俺们都不会去为一个跟自己毫无关系的死人出庭做证。俺们才不会做那种跟医生作对的吃亏事儿呢!"

他狠狠地甩出这句话后,国平突然堆起了笑脸。

"哦,我不是控告医生的患者遗属的律师,而是财前教授委派的律师。您太太在当护士长的时候参与了财前教授的大查房,所以我今天来是想提醒你太太,万一她对当时的情况有什么误解并做出对佐佐木方有利的证词的话,不仅会影响到当事人财前医生,而且对你们今后也不会有什么好处啊!"他的言辞过于恭敬,像是在暗示可能发生对雄吉夫妻不利的后果,"就像刚才冢口先生自己也说过的那样,不管是什么事情,没有比跟医生作对更愚蠢的啦!因为不管怎么说,一旦生病的话,到最后医患之间可不是对等的关系,而会变成治疗者与被治疗者的上下关系嘛!"

说完之后他抿嘴一笑,冢口雄吉脸上顿时浮起了复杂的表情。那是平民百姓在极力维护自身的生活,而另一面又对那些仗势欺人者怀有的本能厌恶感。

"俺们不会站在任何人一边!不管谁说什么,俺们都不会当任何一方的证人。你就别在这里磨磨蹭蹭了,赶快走吧!"

"可是,冢口先生……"

国平还想继续说,就被打断了。

"而且我老婆怀孕了,你说什么都没用。要是再磨蹭的话,俺就把你打出去!"

他耸起了车工特有的肌肉发达的肩膀。这时国平也不禁有些心慌了。

"不能使用暴力!不管有什么样的理由都是动武的一方败诉。那我就此告辞了!"

他用律师式的言辞说完,照原样拎着点心盒走出了门厅。他来到第二三户人家的昏暗角落处,突然停下脚步,从上衣内袋里掏出一个白色长方形信封迅速夹进点心盒包装纸之间,随即再次来到冢口家。

"怎么搞的?你又来啦?这次想干吗?"

"不,我特意带来的礼物,忘记给你们放下啦!"

"俺们不要这种东西,你拿走吧!"

"好啦好啦,请你不要那么凶嘛!只是一盒点心聊表心意而已,请你别客气……"

他强加于人地说完,就像害怕遭到对方拒收似的快速走出了门厅。

国平快步走到汽车等候的地方,这才满脸是汗地松了一口气,他立即吩咐司机前往堂岛町的财前妇产科诊所。

汽车一到财前妇产科诊所旁的住宅前,老女佣就立刻出门迎接,并领他穿过走廊来到冷气很足的里间客厅。

财前又一看到国平,连白大褂都顾不上脱就问道:"龟山君子那里情况怎么样啊?"

跟财前又一并排坐着的财前五郎也担忧地望着国平。

国平坐下说道:"真的好险啊!东佐枝子居然去找过龟山君子,说服她当佐佐木方的证人呢!"

"啊?东佐枝子……"

财前五郎脸上浮起惊愕的神色。

"那,结果怎么样?"

"不过,可能因为龟山君子的老公是那种所谓的匠人脾气,不管怎么说就是转不过弯来呀!"

他把刚才在君子家里碰到的事情讲述了一遍,财前又一晃着海怪般的秃头。

"哦?那可真是千钧一发呀!后天就是上诉审理的证人讯问了,幸亏你发现了龟山君子的情况,在紧要关头阻止了她。你把一万元的红包和五万元的红包分别装在两个衣袋里,如果情况不妙就拿出五万元的红包,而且白纸封上不写名字和任何字样。这一招实在太高明啦!她老公虽然净说些硬话,但现在打开点心盒看到夹着五万元,态度也会发生改变吧!"

"不,那家伙脾气相当古怪,说不定会把钱退回来呢!不过,到那时我还可以去找他们公司的董事谈谈,采取高压措施。"

"你认识他们公司的董事吗?"

"是的。这也是由于偶然的机会,我在四年前接手过三光机械厂有关专利申请的诉讼案呀!"

"那可太好啦!真不愧是国平律师,高招妙招接连不断啊!"

财前又一有些得意忘形,而财前五郎却更想了解龟山君子到底知道多少情况。

"你觉得龟山到底知道多少情况呢?"

"问题就在这儿嘛!这个问题我问过她好几次了,但她都推说不知道、全忘了,最后还说什么'女人一旦进入家庭就会把以前工作的事情忘得一干二净',然后就像海螺似的闭嘴不语了。不过,财前教授有什么看法呢?"国平反问财前道。

"不,那时龟山当病房护士长倒是事实,但那次大查房时她是否在场,我的记忆也有点儿模糊了。病房护士长即使是在教授大查房时,如果有别的患者病情出现急剧变化就必须马上赶去处理而延迟参与查房,所以即使她进过病房,我也不知道她是否就在我身边仔细地看到了我的诊疗过程。"

财前说到这里突然想到,龟山君子因性格温顺而颇受前任教授东贞藏的赏识,但是她在自己当上教授之后不久就离开了医院。他对此有些放心不下。

"反正龟山君子目前说她不会站在任何一方那边。而且,她也不可能马上就出庭当证人。倒是上次北区万力酒家那个服务员已经确保不出问题了吧?"国平向又一确认道。

"当然不会有问题啦!就像上次也说过的,我又去万力游玩了两三次,地毯式查问了在五郎举行国际外科学会壮行会那天到过现场的艺伎和服务员,探听到五郎在走廊打电话时有个叫阿绢的服务员从他身后走过,我就巧妙地给了她点儿甜头封住她的口,所以不会出问题。"

当时,财前五郎在壮行会最热闹的时候接到柳原报告患者病情急剧恶化的电话,当时他带着醉意回应说:"可能是发生了术后肺炎,所以你用抗生素压一压,我已经有点儿醉了。"岳父又一已经十分谨慎地为他掩盖了这个事实。

"这样的话,接下来就是医学方面的证人和鉴定人的相关问题了。这方面财前教授已经采取万全的措施了吧?"

听到国平的询问,财前露出锐利的目光,点了点头。

"首先是奈良大学的竹谷医学院长,所幸他恰好参选这届全国选区的学术会员,前些天我带着为他统合的全国性选区选票当见面礼去了一趟奈良,拜托他当我的鉴定人,所以不会出现不利状况。另一方面,对于要当佐佐木方鉴定人的东京K大学正木副教授,已经动员他的岳父K大学附属医院院长和首席理事实力派人物,把继任教授的宝座在他眼前晃了晃,所以也应该不必担心了吧!"

"那么在学校内部,作为财前这方面重要证人的柳原医师和金井副教授也没问题吧?"

"当然没问题。柳原医师是死亡患者的主治医师,金井副教授在我赴欧期间掌管第一外科医务部,是监督医务员的主任代理,从他们该负的责任来讲不会不注意说话。因为上诉审理即将开庭,所以我平时就很注意这两个人。尤其是在证人讯问第一轮出庭的金井副教授,我已经跟他商讨得非常仔细了。"

当财前脸上浮起泰然自若的微妙笑意时,走廊上传来脚步声,一位护士拉开了隔扇门。

"医生,加岛屋家的媳妇已经开始阵痛了,请您过去看一下吧!"

护士报告了大阪一家老店夫人的临产情况,但是又一并没有立刻起身。

"用不着慌张,那家的媳妇就是毛病多,总是夸张地大喊大叫。"

"可是,她说希望给她打点儿什么针,根本不听我们劝啊!"

"那家的媳妇真拿她没办法。阵痛的时候有什么针好打呀?她那么喜欢打针就先打一针维生素安抚一下吧!"他向护士指示完又朝国平扭过头来,"实在失礼。那咱们就继续商议官司的事情吧!证人当然包括在内,而且连鉴定人方面也已经采取了万全措施,再加上有国平先生这样精明强干的律师,看来二审也肯定能胜诉啦!来,我敬你一杯!等一会儿,最近只顾忙于处理那宗贪污案的河野律师也该过来了吧?"

财前又一说完,就兴高采烈地给国平律师斟上了酒。

在位于芦屋川山麓的东宅二楼书房里,身穿夏和服的东贞藏已经整理好桌上的书籍。到了晚上,他就把空调关掉了,自然凉爽的夜风恰好可以吹进室内。

"金井,欢迎你呀!好久没来我家啦!"

以前堆满有关肺癌和致癌理论书籍的桌上,如今摊开了有关医疗行政和医院管理方面的书籍。金井瞟了一眼桌上,鞠了一躬就拘谨地坐在椅子上。

"你特意来我家里,就别那么拘谨啦!轻松点儿嘛!"

金井虽然师从东贞藏专攻胸外科并颇受东贞藏赏识,但在决定第一外科继任教授的选举之际,他却追随财前一方并得以论功行赏地当上了副教授,所以心中的愧疚令他浑身僵硬。而且,在东贞藏担任教授的时代,出入东宅的客人络绎不绝,而如今却这样门庭冷清,也使金井心情十分沉重。

"最近医务部怎么样啦?"

东贞藏想缓解金井的紧张情绪。

"是啊,医务部毕竟太大了,人多嘴杂总会出现各种不满意见。虽然我常常提出一些建议,但是……"

"是财前不予采纳吧?"

"倒也不至于那样。不过,因为佃讲师和安西医务长那帮人总是围着他转,所以在这方面,我也有点儿难以开展工作啊!"他忽然一吐为快地说道。

"说到佃,他现在怎么样啊?他性格机灵圆滑,善于跟人打交道。不过,他好像不太爱用功啊!他那样能胜任讲师职务吗?"

"这方面好歹有财前教授罩着他,所以干得还可以。不过就是因为这个,只要教授一声令下,他什么事情都做得很过分。今天也是……"

金井说到半截,就陷入了沉默。佃友博这个星期以来为学术会员选举拉票,带着竞选总部的三名专职成员潜入奈良、和歌山等地本系统的大学和医院,预定今晚为了吃掉洛北大学系统院校的选票而只身潜入三重大学。不过,金井到底没把后边的话说出来。正在他含糊其词的时候,门被推开了。

"金井先生,好久没见了。"

身穿的蓝色夏和服的楚楚动人佐枝子端着饮料走了进来。

"彼此彼此,后来一直没有上门问候。请你别张罗……"金井立即起身说道。

瘦高的金井显得有些局促,佐枝子的腮边绽开了微笑。

"也没什么好招待的。你很久没来过了,请多坐会儿吧!我父亲会很高兴的。"

她为金井和父亲倒好啤酒,随即轻轻地走出了房间,留下宛如清风吹过般的余韵,房间里飘散着清爽柔美的氛围。金井似乎终于从沉闷中解放了出来。

"您今晚叫我来有什么事情啊?"

东贞藏喝干了杯中啤酒,说道:"倒也不为别的事情,你对后天开庭进行财前那件官司的证人讯问是怎么想的呢?"

金井刚刚开始放松的表情又变得僵硬起来。

"我在财前教授出国期间被任命为代理主任,代替教授监管门诊、查房和医务员的工作。所以我觉得,这次事件既是财前教授的事件,也是我个人的事件。"

"嗯,这一点我很理解。不过,这跟财前也许犯下误诊过失是不同的问题。万一他真是误诊的话,最重要的就是以医学观点陈述真实情况。作为医师不发生误诊当然最好,但既然医师不是神而是凡人,那就不可能绝对避免误诊。所以,当误诊发生时用什么态度对待就是医师伦理的问题,而且是思考医学正确进步之道。尤其是你专攻胸外科,如果对在这次上诉审理的是第一个争议点即胸片阴影诊断做了伪证或误证,就可能因此而否定你自己十几年来持续研究的成果。"

金井低着头沉默不语。

"金井,你担心的可能是如果说出实话就会失去副教授职位吧?但是,在这次上诉审理中,财前未必真能胜诉啊!"

金井惊讶地抬起头来说道:"可是,老师,财前教授有鹈饲院长出谋划策,用尽一切手段做好了万全的准备,医学鉴定人安排了一流大学的著名教授,所以很难想象他会有败诉的可能。"金井难以置信地答道。

东贞藏放下啤酒杯,说道:"在一审时还是医学门外汉的原告律师在这一年半里走访了很多专家,还曾来我家里讨教。不仅出现了一审时根本想象不到的问题,还有纯粹出于促进医学进步的立场接受患者方委托而担当鉴定人的医学家。在研究胃癌的肺部转移方面成就卓著的东京K大学正木副教授也是其中一位呀!"

"正木副教授要当鉴定人吗?果然是……"金井似乎心有所动地反问道。

"这是真的!我应关口律师的委托向他介绍了正木副教授。但是,财前却利用对方是私立大学的医生,动员该校首席理事、法律界大牌人物向正木副教授施压。我是从正木的来信中得知的。但是,正木副教授本人说,他是纯粹站在医学立场上毅然决然地担当鉴定人。而且据说大河内教授也要再次担当上诉人方的鉴定人来陈述病理学剖检所见。所以,你也不要主观认定财前肯定还会在上诉审理中胜诉。而且在今后采取行动时,也要考虑到财前败诉的可能性。"

金井的表情眼看着发生了变化。

"老师,这种事情真有可能发生吗?"

"当然,判决结果只有到了宣判那一刻才能知道。不过,作为曾经手把手地教过你的我,只是出于对你将来的担心,才在证人讯问之前向你提醒一下啊!"

东贞藏一边说一边想,自己因为在教授选举中与财前有过复杂的利害关系,而不能在一审中当原告方鉴定人,他自己还曾为能够袖手旁观而感到庆幸。但是,自己现在已经不再是旁观者,而是要跟女儿佐枝子站在同一立场上了。

晚上十点钟过后,佃友博走进了三重大学校门,他来到医学院楼前四处张望了一下,确认周围没人就登上了楼梯。虽然他尽量轻手轻脚地压低脚步声,但每走一步,老旧楼房的木地板就咯吱作响。佃友博索性脱掉皮鞋,只穿袜子便一路小跑来到外科三宅副教授的办公室。把门推开,只见在消化系统疾病学会上已经熟识的三宅正在等他。

"没有被别人看到吧?"

"当然。你瞧我这个样子。"

佃友博边说边让对方看一只手上拎着的皮鞋,三宅这才放心地关上房门并反锁起来。这间所谓副教授办公室只是徒有虚名,在十平方米左右的空间里满满登登地摆着桌椅、书架和资料柜。另外,低矮的天花板上浸染了漏雨的水渍,玻璃窗木框也变了形,含着雨汽的夜风从木框缝隙钻了进来。

"这座破烂不堪的楼房让你感到很意外吧?百闻不如一见嘛!战后建立的大学几乎都是利用旧时军队的兵营或学校,所以这里没有英灵的幽魂出没就算不错啦!跟浪速大学那些新楼相比,简直是地狱与天堂之差呀!"

三宅阴森的声音跟这个老朽而阴森的房间十分搭调。

"哪里,看到这样的研究场所,真令我们不胜惭愧。您在这么破旧的楼房里,而且设备也很不齐全,还在学会上发表了优秀的科研成果,所以令人敬佩不已啊!"

佃友博一边夸张地大加赞赏一边把见面礼"尊尼获加"威士忌酒放在桌上。三宅对这个高级舶来品忽地瞪大了眼睛,但在浪速大学的医务部里,随时都会随意地扔着五六瓶患者赠送的"尊尼获加"。三宅马上拿来了酒杯。

"佃先生,比起地方小镇的餐馆或酒吧,还是在夜深人静的校园里见面安全吧!"

三宅说完就把视线转向漆黑的窗外。透过被晒褪色的窗帘缝隙,能够看到被雨水淋湿的病房楼的灯光。佃友博产生了被赶到地方大学医学院的落魄错觉,不禁有些感伤起来。但是,转念想到自己是为了给学术会员选举拉票潜入其他系统的大学,就突然变得振奋起来。

"真不愧是三宅副教授呀!在这儿就不必在意服务员和女招待,可以秘密地谈话啦!那么,上次的事儿怎么样啦?"

佃友博说起从一个月前通过写信和打电话暗中与三宅联系并委托他协助在三重大学拉票的事情。美滋滋地品尝威士忌酒的三宅皱起了眉头。

"说实话,这事儿真有点儿难办呀!就在我辛辛苦苦向有投票权的医务员拉票时,前天我们教授突然来到医务部指示医务长说:'我们是洛北大学系统的大学,所以大家都要投神纳教授的票。'"

"这种情况不是从最初就估计到了吗?那后来怎么样啦?"佃友博迫不及待地问道。

"我们教授明年二月就要退休离职了,所以近来那些势利眼的医务员只是先口头答应下来了,到现在为止已经答应我的那部分不会有变动,今后也会协助我们给财前教授拉票。"

"是吗?看来我们委托三宅副教授是完全正确的选择,所以我才会纠缠不休地恳求你嘛!"

佃友博说完就给三宅斟上威士忌酒。

"不过,佃先生,在我们学校那么多教授、副教授中,你为什么偏偏选中我了呢?"三宅用似乎后悔应允了佃友博的语调问道。

佃友博盯着怯懦而阴郁的三宅,说道:"那是因为三宅老师自己刚才说的,你们的教授退休离职是在明年二月,关于继任教授的职位是由副教授你升任还是由洛北大学的讲师空降至此,目前来看还十分微妙呀!"

"不过,这说到底也只是我们校内的问题,怎么会跟学术会员选举……"

三宅开始有些纳闷。佃友博把自己坐的椅子猛地向三宅跟前一挪。

"像副教授这样的人,难道会不知道我们的用意吗?"佃友博意味深长地说道,"你也知道,财前教授在外科学会很吃得开,可以给你在学会和学会杂志上发表论文提供方便,继而让你在学会中引人注目。这样就可以阻止来自洛北大学的空降教授,协助你顺利地继任教授,以此作为交换,想请你尽可能多地聚拢三重大学的学术会员的选票啊!"

如果财前在外科学会中发挥自己的影响力,他就可以易如反掌地让他所赏识的人优先发表论文或延长发表的时间。通过这样的手段可以突显三宅副教授在学会中的存在,也有利于为三宅升任继任教授铺平道路。而三宅却对这种直奔主题式的重大交易犹疑不决,沉默了片刻,他才谨慎地发问。

"你从哪里听到消息说洛北大学的讲师可能会空降到我们学校呢?"

佃友博露出了盯住即将进网之鱼的眼神。

"就是从跟你们同为洛北大学系统的滋贺大学听说的呀!今年七月,我跟往年一样带着学生去琵琶湖畔的坚田町进行暑期实习,偶然遇到了滋贺大学的进修班,就是从那儿听说的嘛!"

佃友博做好了铺垫,就继续讲道:"最近有一位洛北大学的讲师突然空降到滋贺大学当生物化学教授,可那是为了帮助洛北大学推举的候选人神纳教授固票所做的布局。滋贺大学的年轻副教授和讲师们都义愤填膺地说:'洛北大学的手段太龌龊了!洛北大学恐怕还会用这种伎俩接连不断地占据本系统各大学的教授职位,下一个就轮到三重大学了。'"

佃友博眼看着三宅因喝酒而发红的面孔渐渐激愤起来,便一鼓作气。

"不过,因为滋贺大学的石桥院长本人就是洛北大学毕业的,跟洛北大学关系十分密切,所以浪速大学也不便于插手干预。但是,你们的医学院长出身于名古屋大学,也就是说他出身于中部学术会员选区的大学,所以被认为还是有机可乘。而且,听说你作为继任教授候选人,还不得不跟洛北大学的空降人事安排斗争,所以如果你能向浪速大学送选票的话,财前教授就可以在外科学会里巧妙地推升你的排位顺序,为你在教授选举中处于有利地位创造条件。"

这时,走廊上突然传来了脚步声。佃友博和三宅醉意顿消并面面相觑。

"哪一位啊?"三宅极力用平静的语调问道。

"老师,您还在办公室吗?我是保安,看到灯还亮着就过来了。"

"哦,原来是保安呀!你辛苦啦!我还有工作没完,过一会儿就走。"三宅松了一口气答道。

等保安离开之后,佃友博又给两人酒杯中斟满威士忌酒,接着喝起来。三宅一边喝酒一边回想佃友博刚才说的话。

"是吗?我也实在对滋贺大学那件人事安排难以理解,原来目的是为学术会员选举固票啊!所幸的是我们这边在十一月底学术会员选举之前没有教授退休,所以他们才没能采取像对滋贺大学那样露骨的手段呀!"三宅似乎已经很难抑制情绪了,嗓音中充满了愤怒,"佃先生,既然已经打开天窗说亮话了,那我就不管我们教授的意向,采取隐蔽行动的方式,尽我最大的努力去做吧!但是,虽说外科学会的实力派财前教授能在外科学会抬举我,但本校毕竟是洛北大学旗下的学校,所以只要我迈错了一步就会跌进万丈深渊。请你们务必多多关照啊!"三宅再三叮咛道。

"这方面你我的处境都一样。虽然我潜入洛北大学系统的敌阵得到了你的承诺,但如果到了最后关头却得不到选票而流向洛北方面的话,不仅我们预估的票数会减少,还会由于选票流向的问题而与对方相差悬殊呀!"

"我明白了。选举投票日是十一月三十日,所以在投票日前十天左右,我至少给你整合二百张选票吧!"

"那我这趟潜入行动就太值啦!这是财前教授犒劳各位医务员的。"

佃友博把昨天从财前存折里取出的十万元现金装在信封里放在桌上,随即举起斟满威士忌的酒杯,三宅也同样举起了酒杯。这是在破旧校舍里只有两个人的干杯,是为学术会员选举的胜选而进行的选票放水的干杯。

财前五郎躺在办公室窗边崭新的躺椅上,他把双脚搭在托架上休息,以消除做完肝癌手术后的疲惫。

躺椅的柔软真皮面料内充填了水鸟羽绒,十分松软,身体陷进去感觉特别舒适,椅背和扶手使用了木纹优美的巴西黑黄檀,体现出赫曼米勒牌躺椅在造型与功能上的完美协调。想到这是美国和欧洲大医院教授级医师做完手术之后为了休息身体而享用的椅子,财前感到这把由关西财界实力派特诊患者赠送的价值二十多万元的椅子令他十分舒坦。可是,当他考虑到明天即将开始的上诉审理的证人讯问,难得愉悦的心情又变得沉重了。

这时,响起了小心翼翼的敲门声,应该是此前约好五点钟来办公室的柳原。

"进来!"

柳原战战兢兢地打开了房门。

"请问您有什么事儿吗?"

柳原态度十分恭敬,但视线却避开财前,看样子还像以前那样怯懦。

"上次相亲的事儿怎么样啦?"

财前用轻松的语调首先提起相亲的事情,想让柳原消除拘谨的心理。柳原涨红着脸,蠕动了几下嘴唇却低着脑袋说不出话来。

"怎么啦?你不喜欢吗?"

"不,不是那样……只是,他们野田药店好像太大了,像我这样的乡下穷……"

财前没有让他把话说完。

"那对你来说不是更合适了吗?我虽然不知道你对婚姻是怎么考虑的,但是,在六十名医务员拥挤不堪的医务部中,如果你有志于当讲师和副教授的话,光靠头脑是不行的。其实这用不着我说,你看看前辈们也能明白吧?如果过双职工住在简易公寓里的生活的话,就算你能当上医师也当不了医学家呀!"

事实上确有很多医务员虽然头脑很聪明,但是为了维持生计却还是不得不拼命打工赚钱,因而渐渐地脱离了做学问的场所。

"而且听我岳父说,对方虽然不是相貌出众的美女,但还是相当有魅力的嘛!"

柳原顿时脸红到了耳根。他回想起在相亲席间看到野田华子丰厚双唇时被情欲驱使的感觉。

"怎么?你叫别人费尽心思猜来猜去,可看你那样子好像早就神魂颠倒了嘛!这我就放心啦!"财前说着,从躺椅上坐了起来,"不过,你的学位论文后来进展得顺利吗?"

"还好。可是,因为庞大的数据资料叫我无从下手,所以很难归纳出既具有创新性又贯穿始终的主旨。"

"嗯。你论述的《从呼吸循环功能看高龄手术患者的管理》确实是个很平实的课题,所以稍有差错恐怕就很难写下去了。正因为这样,目前这段时间你要把精力集中在论文上,没必要为明天开始的上诉审理的证人讯问之类的事情分心啦!因为你作为那名患者的主治医师,只要陈述跟一审相同的证词就行了嘛!"

虽然财前说得似乎漫不经心,但柳原这才领会到财前把自己叫到办公室的真正用意。他是借着学位论文的话题,采用在马鼻子前挂胡萝卜的方式命令他保证按照一审陈述相同的证词。他差点儿把眼镜弄掉了。

"你怎么突然不吭声啦?是不是对我刚才的指示有什么疑问啊?"

在财前的话语中,含有掌管学位论文生杀予夺大权者的威吓意味。

"不,老师指示的内容我完全明白了。"

柳原面色有些惨白,鞠了一躬就离开了教授办公室。

柳原走后财前看了看腕表,穿上外套走出办公室,他坐上停在医院楼门前的出租车前往北区新地的丽都夜总会。他叫金井副教授和佃讲师在那里等他。

财前在丽都夜总会前下了车,侍者陪同常来玩乐的财前进入里面的包厢。

"老师,你来迟啦!"

耳边传来嗲声嗲气的招呼声,加奈子马上凑了过来。

"我刚才给你打电话说的客人来了没有?"

"来啦!就在那边的座位。赶快谈完事情好好玩儿吧!"

财前看了看里面的包厢,只见金井副教授不合时宜地端坐着,身旁是今天早上刚从三重县赶回来的佃讲师,正在滔滔不绝地说着什么。

"你们好像已经等了一会儿吧!"

财前坐在两人面前,金井和佃友博赶快端正了姿态。

"不用啦!在这种场所文质彬彬就太不知趣儿啦!自从我当了学术会员候选人之后,在诊疗工作上给金井增加了负担,而佃全权代理了我的一切选举事务,所以今晚叫你俩来这儿是要表示慰劳之意。你们就尽管放松吧!金井君喝纯的,我和佃喝加冰的,对吧?"

财前说完就叫加奈子坐在自己身旁,又叫两名陪酒小姐分别坐在金井和佃友博旁边。

当威士忌酒端上桌时,佃友博向财前讨好地说道:"老师,刚才我老爸打来电话说,西宫市医协拉到的选票估计要比预期的多。今天早上向您报告的三重大学那件事和我父亲的电话,让我今天晚上特别高兴。"

佃友博家在西宫市开办了一所大型外科医院,他父亲是西宫市医协的实力派人物。

"这样一来,医协方面的选票大阪市当然不用说,奈良跟和歌山也掌握了相当一大部分,而且还会比预计的增加更多。不过,关键的系统内大学和医院方面感觉行动得不够快呀!"财前歪着脑袋说道。

"关于这个问题,恐怕是在教授选举中结下的疙瘩还留着尾巴,德岛大学的葛西教授还有如今担任近畿劳保医院院长的前任东教授,这些人恐怕会煽风点火吧!"

佃友博眼中闪着敏锐的目光。

"这倒是能够考虑到的事情啊!金井在学术方面是东老师的直系弟子,我想你们可能在学会或其他场合碰面。你觉得这方面是什么情况呢?"财前隔着酒杯望着对方说道。

昨晚刚被叫去东宅的金井脸色开始发生变化,但他还是说道:

"最近很少有机会看到他,所以这方面的情况一点儿都不了解。"

他说完就端起酒杯一饮而尽,以掩饰住心中的慌乱。

财前虽然感到金井一口气干掉威士忌酒的样子不太对劲,但想到今晚的目的是商议明天上诉审理的证人讯问的事情,就继续向他劝酒。

"好吧,算了,今晚就不谈学术会员选举的事儿了。来,金井,再喝一杯吧!"

"但是,我明天必须作为第一个证人出庭,所以今晚不能超限。"向来酒量很大的金井一反常态地推辞道。

佃友博是因为财前觉得单独邀请金井显得不自然而叫来的,这时他不失时机地说道:"对了,金井老师明天是首发证人啊!不过,那顶多就是个身为医学门外汉的律师的讯问嘛!没什么大不了的吧!"

佃友博故意轻描淡写,财前则若无其事地巧妙叮嘱。

"不过,疏忽大意可是禁忌呀!既然对方走出了上诉这一步,那就表明他们也有相应的充分准备。所以,金井作为第一个出庭的证人,拜托你千万不要偏离咱们前些天商定的要点。"

"不过,老师,这次真的能胜诉吗?"

昨晚在东宅时东贞藏刚刚告诉他财前未必能够胜诉,所以他十分谨慎地询问财前。

"那当然啦!我们拥有以奈良大学竹谷医学院长为首的坚固的鉴定人阵容,再加上打官司通常是一审判决最为严格,而越是向上打到上诉审理甚至最高法院,法院方面就越是要顾及社会反响,判决结果也就越是趋于注重常识性和稳妥性。所以你就不必担心啦!哎,来快活快活,跳个舞吧!"

财前刻意用满怀自信的语调说完,硬是把推辞说不会跳舞的金井推给一个身材高挑的小姐,而自己则拉着加奈子进了舞池。

乐队开始演奏《圣路易斯布鲁斯》乐曲,次中音萨克斯管的轰鸣响彻了舞池。

"我明天也要去看开庭!"加奈子把小猫般的曼妙娇躯紧紧贴住财前,调皮地说道。

"你别说得像去看电影、看戏一样简单,那可是法院开庭呀!"

"可是,凡是没见过的事情我都想见识一下。我从来没有见过开庭是什么样嘛!"

"我说不行就是不行!"

财前说着抬起头来,他突然看到流动的灯光反射球上浮现出酷似佐佐木庸平的男子面孔。财前不由自主地停下脚步定睛细看,可那张脸却转瞬间消失在灯光流动之中。虽然这只是一种错觉,但他却感到无以名状的不祥之兆。为了驱散那种不吉利的感觉,财前猛地搂紧加奈子的娇小身躯走进舞者们的圈子中间。

两人走到舞者们的圈子中间,加奈子把娇躯贴紧财前,撒娇地问道:"我还是想明天去看开庭,没关系吧?"

"你别说傻话啦!就像我跟金井和佃说的,打官司和学术会员选举赶在一起,现在是非常时期,哪怕有半点儿引人注目的事情都会使我陷入困境。所以你明天绝对不能去!"

"那你就今天晚上带我出去吧!"

"那太离谱啦!明天就要开庭讯问证人了……"

他话还没说完,加奈子突然停下了脚步。

"要是你今晚不带我出去玩的话,我明天就去看开庭,还要接连不断地给你学校打电话。"

她说完就把凹陷的下巴向前一翘。虽然那是两片轮廓可爱的迷人嘴唇,但如果稍有疏忽,恐怕就会不负责任地说出惊世骇俗的话来。

"那好吧！但我不能在外边过夜,时间短的话还可以。你想去哪里呢？"

"那我就凑合一下,去滨甲子园附近吧！开车去那里只要四十分钟就到啦！"

加奈子喜不自胜地撒着欢儿,而财前却恍然想起鹈饲院长的话——你要把身边清理干净,因为每逢选举时都有被匿名信整垮的人啊！也许自己确实早该听取庆子的告诫,想办法巧妙地摆平这个不知会干出什么糗事的二十一岁的小妞。为此今晚要暂先哄哄她,至少必须在学术会员选举结束之前叫她安分些。

滨甲子园的宾馆房间的窗外不断地传来波浪声,室内只有床头柜上的台灯亮着。在昏暗的灯光下,财前仍残留着泄欲后慵懒虚脱的感觉,他把犹如回潮般留有情欲余温的身体仰倒在床上,一只手臂搂着加奈子小猫般的曼妙娇躯。加奈子把她那花瓣轮廓的双唇贴在了财前胸上。

"哎,在官司和学术会员选举结束之前暂时不能见面了吗？"

"我从刚才起就说过好几次了,竞选学术会员如果不把身边清理利索的话,常常会被人用匿名信的方式揭发男女关系问题。所以我说至少在学术会员选举结束之前不能再见面了嘛！"

"可是,我跟你的事情谁都没有发觉呀！今晚我也是好好地陪着金井先生和佃先生他们两人直到最后,然后才分头来这里会合的嘛！以后也注意点儿就没什么可担心的啦！"加奈子扭动着身体抗拒道。

"可是,丽都夜总会有很多制药公司的人出入,而且说到我和你初识也是在跟他们应酬的席间开始的。此外还有很多医学院的人经常出入,所以最好还是当心点儿。"

"没问题,这些方面我会好好注意,所以咱们照以前那样不就行了吗?我喜欢财前医生这种好像掺杂着消毒水味和血腥味的身体,财前医生在睡觉时也是外科医生呀!"

她说着就拿起财前的大手凑在鼻子前仔细地闻。看样子今晚的交欢不仅没有摆平加奈子,反倒像是让她越陷越深了。财前感到实在没办法对付了。

"拜托了,你要明白我说的话。在十一月三十日学术会员选举结束之前,只要你乖乖地听我的话,叫我做什么都行啊!"财前爱抚地说道。

加奈子瞪大圆眼睛仰视了财前片刻,像是忽然想到了什么。

"那样的话,你就跟我签合同吧!"

"什么合同?"

财前一时反应不过来。加奈子那两片像捏起来的翘唇突然向前一嘟,这是她在洋洋得意时爱做的表情。

"是这样,如果财前医生的官司和选举双双获胜的话就签二十万包月的合同,如果只胜了一边就签减半的合同。"

"签合同?你……"

财前实在不胜困惑。

"签了包月合同我就是财前医生一个人的啦!"加奈子满不在乎地说道。

"可是,这种事情可不是这样简单说说就能签的呀!尤其是像加奈子这样年轻的女孩。"

看样子事情确实发展到难以收拾的地步了。

"这倒不是问题,我喜欢财前医生嘛!或者你觉得我不是那种高学历小姐所以才不愿意呢?"

财前心中猛然一惊,可表面上却做出若无其事的样子。

"可是,加奈子不是才二十一岁吗?"

"二十一岁和三十一岁都一样嘛!你要是不跟我签合同的话,我就要叫你不得安宁啦!"

"你这不是威胁吗?"

"你说是威胁也行什么都行,你要是跟我签合同的话,我就老老实实地等到官司和选举都结束。你要是不跟我签合同的话,那我也就什么都保证不了啦!"

加奈子一边说着一边把柔顺的长发绕在财前脖子上,散发出年轻女子特有的酸甜气味。财前把她的头发握在手里想到二十万包月虽然贵得出格,但只要加奈子顺从接受的话,就能免除自己身边的担心。于是决定目前暂且答应加奈子的条件。

"好吧!那就照你说的签合同吧!但是,在官司和学术会员选举结束之前,你可要老老实实地待着呀!"

"那当然啦!万一财前医生出了什么问题,那我也是鸡飞蛋打一场空嘛!这段时间,我找个年轻男孩玩一玩吧!还有四个月时间。"

加奈子扳着手指似乎十分期待,而对于财前来说,这四个月正是肩负上诉审理官司和学术会员选举两副重担的艰苦卓绝的时期。为了把这些全都忘掉,财前再次粗野地把加奈子的身体压在毛茸茸的胸脯下面。

关口法律事务所的接待室里灯火通明,佐佐木良江和小叔子佐佐木信平露出难以压抑的紧张兴奋的表情,他们正在聆听关口律师讲解。漫长的书面审理已经结束,明天就要开始进行上诉审理的证人讯问了。关口律师一边简要地讲述此前十几次书面审理的经过一边担心地望着佐佐木良江。

丸高纤维公司瞅准星期天佐佐木商店人手不够,突然撤回了货物,实施了名为"突袭珍珠港"的残酷催债行动。从那以后,良江比以前更加憔悴,缠绕在瘦削脖颈间的头发陡然增添了更多银丝,看了令人心生怜悯之情。

"佐佐木太太,你能行吗? 要是累的话就躺在长椅上歇会儿吧!"关口指着前面的长椅说道。

"嫂子,虽然这样对律师先生不太礼貌,但这两三天你脸色很不好,还常常喘不上气来。所以,你就躺会儿吧!"

庸平的胞弟信平自己经营针织品生意,而且从一审以来就跟良江等遗属们齐心协力地为这场官司不懈地斗争。他很担心嫂子的身体,可是良江却摇了摇头。

"不要紧的。关口律师,请你继续讲吧!"

"那好,你要是觉得不舒服的话,请别客气,可以马上躺下休息。"关口亲切地抚慰道。

"那我接下来就说明一下上诉审理的争议点吧! 基本主张跟一审没有太大的不同,但有些在一审时由于我方医学知识不足而没有注意到的问题和未能追究的问题,经过后来的调查获得了可以证明对方作为医师怠慢了注意义务的医学论据。"

关口点着了一支烟,像是在考虑用什么方式说明才能让佐佐木良江他们更容易理解。

"首先,第一个争议点就是术前胸部检查的问题。胸片上出现的阴影没有得到明确的鉴别,财前被告疏忽了CT扫描检查,因而导致看漏了癌细胞的肺部转移。第二点是化学疗法的问题。如果在术前做过CT扫描检查并发现了转移病灶的话,就有可能在术中实施化疗以抑制转移病灶的恶化。但是由于对方疏忽了这个问题,因而导致手术引起转移病灶恶化,加速了患者的死亡。第三点,尽管针对已有转移病灶的胃癌实施了手术,却由于疏忽了术后对切除胃体做病理学检查,导致未能确认转移病灶并疏忽了相应的处置。第四点,患者在术后第一周发生呼吸困难时,按理来说应该立刻进行X光检查,他却由于对此疏忽怠慢而把癌性胸膜炎误诊为术后肺炎,缺乏对呼吸困难症状的适当处置,进一步加速了佐佐木先生的死亡。这些就是此次上诉审的争议点。"

虽然关口说话的语调十分平静,但其中包含着坚韧不拔的热情。他呕心沥血地努力,终于攀登上医学界厚重的高墙,通过撬开了医学家们贝壳般紧闭的嘴,才终于走到了这一步。

良江听了关口的说明,像是回味关口的话似的沉默了片刻,然后抬起头来。

"律师先生,那个叫财前的大夫是因为疏忽了这么多该做的事叫我丈夫死掉的吗?"

她像呐喊般地说着,肩膀不停地颤抖。

"是的。我在上诉审理中跟财前方对决的关键点,就在于本来有三次机会即术前CT扫描检查、术后病理学检查和呼吸困难时做X光检查,就可以发现癌细胞的肺部转移,但尽管如此,财前教授在每个阶段都疏忽了应该做的检查。因此,他没有对转移病灶采取相应的处置措施,继而导致佐佐木先生的死亡。对于这一点要彻底追究。"他用强烈的语调说道,"接下来是在上诉审理中向对方索赔金额的问题。在一审过程中咱们曾经计算过:佐佐木先生死亡前的收入,按照他作为商店老板的月薪二十一万元和每年两次奖金二百一十万元计算,年度总收入合计为四百六十二万。采用霍夫曼系数算出假如他活下来的预计收入为三千七百五十五万元,再加上针对遗属所受精神痛苦的精神损害赔偿费,总计为三千九百五十五万元。但现实问题是,考虑到一个国立大学教授的收入,三千九百五十五万元的赔偿要求恐怕难以兑现,与其说要求高额赔偿而结果却只能拿到几分之一,还不如提出有可能拿到的金额来要求对方全额认赔,这就等于对方全面承认了自己的过失。因此,包含精神损害赔偿在内总计提出了八百万元的索赔要求。而这次该怎样处理呢?后来你们的想法统一了吗?"

关口为搜集推翻一审判决的医学资料和证据四处奔走,现在就剩下跟良江他们最终商定索赔金额的事项了。

信平回头望着良江说道:"关于这个问题我也跟嫂子商量决定了,考虑到我哥死后商店经营惨淡的现状,而且就像前不久报纸上报道的那样,如今已经是交通事故索赔一亿元的时代了,所以这次我们特别希望增加索赔金额。可是,您为我们飞往东京和北海道的津贴、住宿费等旅费以及搜集医学资料的相关费用都还没有付清,还有将来委托鉴定人也需要向每位专家支付五万元。这样一来,即使提出八百万元以上的索赔金额,却可能连印花税都付不起啊!"

迄今为止,关口已经为他们垫付了近二十万元的差旅费和资料搜集等费用。按照这种状态,即使向对方要求高额赔偿,考虑到印花税也会随之增高,以佐佐木商店目前的状况来看也根本无力承担。

"是啊!我也基本上赞成提高索赔金额。但是,因为八百万元的索赔金额需要支付六万元的印花税,所以假定索赔三千万元的话,印花税就要超过二十万元呢!因此,目前最好暂时不要确定金额,以后根据官司的进展以及筹款的情况再具体考虑吧!因为增加索赔金额的要求还可以在官司结束之前提出。"

"承蒙律师先生总是设身处地地为我们着想,还让您为钱的事情操心费神。我们实在过意不去呀!"

良江含着眼泪表示歉意,信平也低下了脑袋。

"不,眼下这方面的事情并不重要。在明天的第一次证人讯问中,信平先生要作为上诉人方的证人出庭了。为了论证佐佐木先生的死亡给佐佐木商店带来了巨大损失,我在主讯问中会问得相当深入,所以请你切实回答。"

"好的,这一点我心里有数。我要毫不保留地讲出来,中小企业的老板一旦突然死亡,企业会变得多么凄惨。不过,想到对方这次甚至增加了一名医协的顾问律师,两名律师在反对讯问中可能发起猛烈攻击,把我方逼入不利的境地,我就心里没底、忐忑不安啊!"信平忧心忡忡地说道。

"确实能够充分预料到那两名精明强干的律师会做出陷我方于不利境地的反对讯问。想到这种情况,难免会有点儿沉不住气。不过,咱们要相信自己的主张毫无虚假、完全正确,而不像财前他们那样。只要注意别被对方牵着走就不会心里没底儿啦!"

关口为信平鼓劲加油。

信平说:"我明白了。我一定会满怀自信地去做。不过,除了我以外,其他证人和鉴定人都没问题吧?"

"里见医生当然没有问题。浪速大学的大河内教授也欣然同意再次出庭陈述病理学解剖所见。而见证了财前教授在大查房并掌握着这场官司关键的龟山君子虽然目前还没有答复,但东医生家的千金说她会极力说服直到最后。另一方面,东京 K 大学的正木副教授昨晚也给我打电话说,他虽然承受了来自 K 大学高层的压力,但既然他已经答应当鉴定人了,就会从纯医学理论的立场进行鉴定。而且,北海道大学研究化疗的长谷部教授也好像有希望出庭。"

关口说到这里,良江突然向前探身。

"律师先生,那样的话,这次一定、这次一定能证明那个倚仗国立大学教授权力的冷酷大夫误诊,咱们能胜诉吧?不会这次也输掉吧?万一出现那种结果的话,那我也要去死……"

良江再也说不下去了,她那憔悴深陷的双眼中燃烧着蓝色火焰般的亮光。

如果这次也输掉的话——关口同样也有这种担忧。尽管自己已经尽所有可能做好了万全的准备,但内心深处却仍然反复地出现这种不安。关口不知道该怎样回答,看到两人眼巴巴地望着自己,他几乎忍不住想把视线躲开。

"不,上诉审理是咱们为了伸张正义、争取胜诉的最后手段了。而且,这次的判决结果很可能会成为今后医患纠纷案的范例。考虑到这一点,咱们无论遇到什么困难都不能输,绝对不可以输!"

关口的语调十分强烈,既是在激励佐佐木良江和信平,也是在激励自己。

第二十八章

大阪高等法院三十四号法庭,旁听者座无虚席,不仅有大学医学院相关人员和营业医师,普通旁听者也占了相当数量,这表明本案上诉审的社会反响非常巨大。而且,各报社除了司法方面的记者之外,还有很多医药方面的记者也前来旁听。

正面审判长席左侧是上诉人代理人席,右侧是被上诉人代理人席。旁听席前排坐着上诉人佐佐木良江和被上诉人财前五郎,两侧分别坐着双方的证人佐佐木信平和浪速大学第一外科副教授金井达夫。

佐佐木良江在长子等三个孩子的陪同下,虽然比一审时稍微平静了一些,但好像还是慑于法庭森严的气氛而不能完全放松。当她与财前直面相对时,立刻横眉怒目而视。财前五郎意识到旁听者和报社记者的视线都集中在自己身上,就摆出游刃有余的姿态。但是,岳父又一就坐在他的身后,岳父斜后方两三排坐着庆子,后边就是里见和佐枝子,而且在一审时从未露面的东教授也来了,这些都让他难以放松心情。

十点钟一到,正面的门扇被打开。

"起立!"

全体起立迎接法官入庭。身穿法袍的审判长首先坐在正面中央的座位上,然后两位陪审法官就座,全体起立的人们也都坐下,法庭内连清嗓子的声音都没有,十分肃静。

风度温雅紧绷嘴角的审判长慢慢地开口宣布:"现在开始对上诉人佐佐木良江等三人与被上诉人财前五郎之间的损害赔偿请求上诉案进行庭审。今天进行证人讯问,上诉人和被上诉人双方的证人到庭了吗?"

佐佐木信平、金井达夫向前迈步。审判长向两人进行了姓名、年龄、住址和职业等身份讯问之后,指示他们宣读誓言书。

"我宣誓凭良心陈述事实,不隐瞒任何情况,不添加任何不实之词。"

两人宣誓之后签字盖章。

"如果你们作了伪证,将被追究伪证罪并受到处罚。所以,你们必须如实地陈述自己所知道的一切。"审判长转向上诉人和被上诉人的代理人席,"先对谁进行讯问啊?"

上诉人方的关口律师立即站了起来。

"请允许我先讯问我方证人佐佐木信平。"

"那就先讯问上诉人方的证人佐佐木信平先生。讯问以及证词都要尽量避免与一审内容重复。金井证人请到法庭外面等候。"

金井去了走廊之后,佐佐木信平站在证人席上,由上诉人方的律师对上诉人方的证人进行主讯问。虽然昨天晚上关口律师告诉他说,只要证明佐佐木庸平突然死亡导致佐佐木商店陷入极其悲惨的状态就可以了。可是一旦站在证人席上,上诉审理的森严气氛就让佐佐木信平表情僵硬起来。关口律师脸上浮现出微笑,想缓解他的紧张心理,以帮助他放松心情。

"已故佐佐木庸平先生是佐佐木商店股份有限公司的总经理吗?"

"是的,没错。"

"资本金是多少?大股东是谁呢?"

"资本金是九百万元,大股东是已故总经理佐佐木庸平,股份金额为七百五十万元,其次是我嫂子八十万元,我三十万元。还有就是三名老客户,各持约十万元。"

"这样的话,虽然名义上是股份有限公司,但其实就像是佐佐木庸平的个体商店吧?"关口特别强调了"就像是"这个词。

"正是这样。一切都靠我哥庸平的信用和才干维持下来。"

"那就是说,庸平先生在一九六四年六月二十一日突然死去是个巨大的打击。请你谈谈佐佐木商店的现状吧!"

关口巧妙地引出了话题。

"那简直就是惨不忍睹啊!虽然我们向长年交易的银行申请放宽贴现票据限制,但都被对方婉拒了。就连在我哥生前曾经上门请求我们进货的供货商也突然翻脸,不愿意继续供货,而且支付货款时也不允许采用汇票交易,所以资金周转遇到了困难。另一方面,地方零售商也在我哥死后把赊账票据的付账期限延长,月末支付的账款也只有一半或三分之一了。"

"听说供货商丸高纤维公司对你们店实施了'突袭珍珠港',撤回了他们的货品。你知道当时的情况吗?"

"我当时不在场。不过,那天上午十点半左右,我嫂子良江打来电话说大事不好,叫我马上过去。我迅速赶过去一看,店里已经变得空空荡荡,货架凌乱不堪,原先存货的里屋门口地板上踩上了脚印,连我这个大男人也对传说中残酷无情的'突袭珍珠港'感到不寒而栗。当我走进店堂后边的里屋时,嫂子已经耗尽了气力,哭着说往后该怎么办呀!孩子们也跟着母亲哭成了一团。"

"孩子们现在在干什么呢?"

"长子庸一说要暂时退学。可是他后年就要大学毕业了,所以我们叫他继续学业,只是在寒暑假帮店里去地方向客户催收账款。长女芳子原先准备复习考大学,可是当商店因为她父亲死去而生意惨淡时,她也放弃了升学的打算,毫无怨言地在家里帮着搞清扫和给店员们做饭,仍在坚强地生活。"

"现在还给庸平先生做月忌日吗?"

"是的。虽然只是在遗属和亲属范围之内,但每个月都要请住持来家里做法事。二儿子正是贪玩的年龄,但每到这天一放学就跑回家来。看到他坐在住持身后的样子,实在让人感到心酸。我哥的死完全是不应该发生的事情,都是因为在出国前不把患者放在心里的名叫财前的大夫毫无诚意,才夺走了我哥的生命,致使佐佐木商店一蹶不振,把遗属们逼到了眼看就要流落街头的境地。我们要求追究这种大夫的责任并依法进行制裁,并不只是为了我们自己,还要为社会上更多因为大夫误诊而忍气吞声的患者和遗属。正是为了这个目的,我们才在濒临破产的困境中咬紧牙关筹措费用提出上诉的!"

信平满含愤怒地一口气说完。

"我的讯问到此结束。"

关口结束了讯问,审判长望着被上诉人代理人席。

"被上诉人代理人有问题讯问这位证人吗?"

与国平并排而坐的河野脸上泛着油光,站起身来。

"佐佐木先生在世时,会计记账是由哪个会计专业人员担任的吗?"

"不是。当时是由掌柜升任专务的杉田填写票据。"

"那就是说,只是记些所谓的流水账而已嘛!用那样粗放的方式居然还能经营雇用了四十多名员工的股份有限公司呀!"河野一开口就冷嘲热讽地说道。

"哪里粗放啦？他们会把每天的票据集中捆好,提交税务局的账目都委托会计师进行审核。这就是三四十名员工的中小企业的常情嘛！你要是不相信的话,可以去丼池筋街打听一圈。"信平怒气冲冲地答道。

但是,河野并没有理会他。

"那你对佐佐木商店自己培养的杉田专务卷款逃走的事实怎么看呢？如果不是平时会计记账粗放的话,按常识来看很难想象在自己培养的管家专务卷款逃走之前什么都不知道呀！"

"自己培养的管家如何这种看法太奇怪了！如今大家都明白事情是怎么回事儿,所以即使正规记账,卷款逃走的人还是会那样,轮到这种倒霉事也没办法。关键是因为我哥突然死亡,商店一蹶不振,他才那样做的。"

"那么,你为什么不帮着照料庸平先生过世后的佐佐木商店呢？"

"我当然特别想帮忙。但是,我自己的商店经营状况也很不好,竭尽全力才能勉强维持。而且我有四个孩子,所以根本无力照顾我哥的商店。不过,我一直在尽力而为地帮他们出主意并提供协助。不管怎么说,你们这些人不会理解经营中小企业的艰辛！"

"那么,既然你们知道中小企业的专权老板死了会那么难以维持,为什么不找别人替换经营或者把商店整个出让呢？为什么没有早做这方面的咨询呢？如果在庸平先生死后立刻把商店出让的话,能值多少钱呢？"

"我哥家的店面宽十一二米、进深十二三米,面积总计一百三十平方米左右。不过,那是租来的地皮,所以按照地上权每平方米十七万元来估算,共值约两千万元。但是,因为房子已经很旧了,所以估价差不多三百万元吧！"

"如果把店铺出让的话,就可以在郊外盖一座简易公寓楼,靠房租母子四人应该足够过轻松日子。你们为什么不把店铺出让呢?"

"我嫂子和孩子们希望无论如何要在我哥创办的'佐'字招牌下打赢这场官司。这是聊以告慰不明不白死去的我哥在天之灵的方式。我也同意他们的做法。"

"不过,良江女士有没有记账和进货这些生意上的知识呢?"

"虽然没有,但是因为当时杉田还在,所以就学样子做,耳濡目染、无师自通了。我嫂子作为老板也在竭尽全力地经营生意。"

"但是,在战后世事瞬息万变的船场商圈中心,一个连记账和进货都不熟悉的佐佐木太太却装模作样地当女老板,导致佐佐木商店陷入今天的困境,所以这跟老板庸平先生的死没什么关联。总而言之,佐佐木庸平先生的死跟佐佐木商店经营状况下滑没有任何关系。"

河野不容分说地下了结论。

"不对!原因就在于独撑中小企业的老板死得太突然了!"信平怒吼道。

关口霍地站起来说道:"审判长,我有个问题想补充讯问证人。"

关口提出再讯问的要求获得许可后,他取代河野面向信平。

"你刚才一直说是因为庸平先生突然死亡而导致佐佐木商店一蹶不振,但如果庸平先生死得不是那么突然,假设能多活一年半载的话,你认为情况会怎样呢?"

"假如死得不是那么突然的话,至少不会像现在这样被大供货商撤回七成库存货物而只剩下三成次货,连顾客都不愿意上门了。假如他能多活六个月的话,至少可以利用这段时间跟客户沟通做好善后处置,就不会发展到这么悲惨的境地了。"

河野的反对讯问险些推翻佐佐木之死与佐佐木商店一蹶不振之

间的因果关系,关口通过补充讯问明确了两者之间的因果关系后就坐下了。

"本法院没有讯问佐佐木证人的事项,现在进行下一位证人的讯问。"

审判长宣布之后,金井副教授走进法庭站在证人席上。

"现在由被上诉人代理人开始讯问。"

河野跟国平小声商量着什么,然后好像决定由国平分担讯问医学相关问题,国平随即站了起来。

"根据一审判决记录中你的陈述,你在财前教授出国参加国际外科学会的一九六四年六月七日到同年七月二十四日约一个半月之间代理主任职务,其间给佐佐木庸平先生做过诊察,是这样吗?"

"我确实作为代理主任给佐佐木先生做过诊察。"

"你第一次诊察是在什么时候啊?"

"财前教授出国是在六月七日,第二周的星期一就是大查房,所以是在六月十日。"

"当时患者的病情怎么样呢?"

瘦高身材穿着藏蓝色西装的金井像是在慎重地回忆两年前的情形。

"当时的情况嘛……体温和脉搏都正常,拆线完毕的创口也没有渗出,术后经过良好。"

"呼吸困难的症状怎么样呢?"

"虽然主治医师柳原向我报告术后第一个星期发生了呼吸困难症状,但在我查房时没有感到任何异常。"

"你第二次诊察患者是在什么时候啊?"

"因为是作为代理主任第二次大查房,所以应该是六月十七日。"

"患者当时的病情跟上次查房相比有什么异常所见吗?"

"虽然衰弱状态多少有些加重,但由于佐佐木先生做的是胃全切除术,就是把整个胃体全都拿掉,所以当然会发生消化系统功能不全的症状。柳原医师的报告中也判断为经口营养的摄取不够充分,所以我指示他给患者补充热量。"

"原来是这样啊!那么,第三次,也就是最后一次诊察是在六月二十日下午六点钟左右,你是接到柳原医师报告说患者病情急剧恶化而前往病房的吧!当时患者的状态以及到死亡之间约两小时的情况,在一审中已经详细说明过了,所以可以省略。不过,患者直接的死因是什么呢?"

国平一边翻阅判决记录一边用沉着镇定的语调讯问,因为这是十分重要的问题,所以三位法官和旁听者们的目光都集中在金井副教授身上。

"柳原医师实施胸膜穿刺之后发现胸腔内有胸水潴留,我考虑是发生了急性肺虚脱以及心脏功能不全。"金井表情僵硬地答道。

"在发生胸水潴留的情况时,临床上可以考虑到哪些疾病呢?"

"通常首先会怀疑是结核性胸膜炎,其次是全身性水肿的局部症状、化脓性胸膜炎、癌性胸膜炎、过敏性或风湿性胸膜炎等。"

"本案病例虽然根据剖检结果判明为癌性胸膜炎,但从临床角度来看当时患者的死因,有没有引起你产生疑问的情况呢?"

国平意识到现场越来越紧张的气氛,就用更加镇定的语调继续讯问。

"坦率地讲,我对患者过于急剧死亡感到十分惊讶。"

"哦?过于急剧死亡……那么,癌性胸膜炎通常是怎样的发展过程呢?"

"通常在初期大都没有症状,过不久会先出现咳嗽和血痰等症状,同时伴有胸水潴留并发癌性胸膜炎。像佐佐木先生那样刚开始潴留胸水或者说仅仅潴留四百九十毫升胸水就引起肺虚脱并急剧死亡的病例极为罕见。"

金井的证词比一审时具有更加浓厚的偏袒财前的色彩，旁听席上的东贞藏和里见面面相觑。

"这么说来，患者在发生心脏功能不全导致死亡之前，除了癌性胸膜炎之外，当然还可以考虑到其他原因，是吧？"

国平探出身体讯问，审判长也在仔细聆听金井的回答。

"可以考虑到术后肺炎。实际上患者在术后一周到十天左右曾经有过发烧和呼吸困难的症状，我认为这跟患者急剧死亡不是完全没有关系。"

金井把患者术后第一周发烧和呼吸困难症状认定为财前诊断的术后肺炎，巧妙地将之与患者急剧死亡联系起来表述了自己的观点。

"我的讯问到此结束。"

国平向身旁的河野律师递了个眼色，满意地坐了下来。

"那么，现在由上诉人方进行反对讯问。"

关口律师站了起来。

"在已故佐佐木庸平先生做手术两天前的财前教授大查房时，金井副教授在场吗？"

"是的，我随行了。"

"随行……原来如此，被称为诸侯出巡仪仗队式的教授大查房你也随行了，是吧？那么，在佐佐木庸平先生的病房里，各位随行医师是怎样排列的呢？"

"这个嘛，你突然这么问，我也……"

金井一开口就不经意地说出"随行"这个词，然后立刻被关口抓住了话把儿，于是他显得有些慌乱。

"以病床为中心，从右侧开始数，柳原医师站在床头柜旁边，中间是财前教授,紧挨着是我,病床左侧是佃讲师和安西医务长,我只记得这些,至于其他医务员是怎样排列的,就……"

"不,只要明确你站在财前教授身旁就可以了。当时,财前教授曾经接过主治医师柳原递上的患者X光胸片,对着窗口光线看了,是吧?那么站在教授身旁的你自己的诊断结果是怎么样的呢?"

"跟财前教授的诊断结果完全相同。"

"我是想请你陈述你个人的诊断结果。"

关口紧抓不放地追问,金井瞬间陷入了沉默。

"左肺下叶有个小指头大的阴影,由于患者有肺结核既往症,所以理所当然地认为那是肺结核瘢痕。"

"你既然强调理所当然,那就是说除了肺结核瘢痕之外不可能考虑到其他的可能性,对吧?刚才你说你跟财前教授的诊断结果完全相同,那就是说,财前教授也没有考虑到除肺结核瘢痕之外的其他可能性,是吧?"

法庭内一片哗然,金井像落入圈套的猎物一样惊慌失措。

"不,不是那样。教授是说,虽然他认为是结核瘢痕,但也并没有否定有癌变转移病灶的可能性。"

"对谁说的呢?"

"对谁……对包括柳原在内的所有人。"

金井顿时变得与主询问时截然不同,显得有些失态,审判长的目光一直注视着金井。

"那么,金井副教授在财前教授出国之后曾两次查房看到患者持续衰弱,就没想到那片阴影也许是癌变的转移病灶吗?"

"虽然并不是完全没有考虑过,但在我查房的时候,就像刚才说过的那样未见到任何异常。另一方面,我听取了柳原医师的报告,说在术后第一周和以后也有时发烧达到三十八九摄氏度。癌性胸膜炎的症状虽然会有呼吸困难，但首先不会有那种高烧的初发症状，所以我诊断为术后肺炎。"

金井断然驳回了关口的追究。

"但是，你能够断定癌性胸膜炎不会伴有发烧症状吗？根据这部内科学权威专著《内科学大系》的记载，胃癌也会伴有相当的高烧热度呢！"

关口伸手摁住那本厚书穷追不舍，表现出与一审时判若两人的自信姿态。坐在被上诉人席上的财前深感意外地凝视着关口。金井穷于应答，开始支支吾吾。

"这我知道。不过，因为我不是癌症专科的医生，所以不能发表超出基本概论的见解。"

金井好不容易搪塞逃脱，但至此一直主张术后肺炎的强硬姿态却因此而有所减弱。

"那么我的讯问到此结束。"

关口比国平更加从容自若地坐回座位上。

"财前教授大查房开始了！"

病房护士长的声音通过扩音喇叭回响在走廊里，此前忙乱的病房顿时平静下来，护士们都伫立在打开的病房门口等候。本应在昨天上午进行的大查房由于大阪高等法院开庭进行上诉审理而延迟到了今天下午。

擦拭得一尘不染的走廊对面出现了大查房的队列。在病房护士长的先导下，财前一只手插在白大褂衣袋里，他稍稍挺起宽厚的肩膀走在队伍先头，金井副教授、佃讲师、安西医务长拉开一步间隔跟在后边，除了坐门诊的医务员之外，三十多名医务员按照入职先后顺序排成两行长长的队列。在昨天的法庭上，佐佐木方的关口律师在讯问财前方的证人金井副教授时，刚刚指出教授大查房就像诸侯出巡仪仗队列的问题，但是带领队伍的财前教授的脸上却丝毫没有将其当回事儿的迹象，而金井副教授也像是忘掉自己无意识地使用"随行"这个词语而被关口律师抓住话把儿的狼狈不堪，他继续随行在财前身后。只有位于队列中间位置的柳原好像心事重重，在似乎就要滑落的眼镜后面，他的双眼低低垂下。

　　大查房从南楼单人病房依次进行，当财前抬脚迈向第五间病房时，佃讲师上前一步从金井副教授身旁向财前说道："老师，接下来是您主刀做手术的安田太一先生的病房。"

　　对于佃友博来说，这是由自己初诊、带着工商会议所专务理事介绍名片的财前教授的特诊患者，所以他觉得这样提醒一下是明智之举，但财前听到后却抽动了一下面部肌肉。偏偏是在第一次证人讯问刚刚结束、好不容易松口气的第二天，就不得不为长相酷似佐佐木庸平的安田太一诊疗，这令他心中十分不快。

　　财前走进病房，主治医师立即站好姿势恭敬地迎接。财前教授站在病床右侧的中间，医务员们前后左右把他团团围住。陪侍的家属像是被这种森严的阵势吓着了，不由自主地向后退去。

　　"怎么样啊？"

　　不知财前是在问患者还是在问主治医师。

　　"哦，患者的病历在这里。"

　　主治医师毕恭毕敬地递上病历。这名患者的主治医师是在医务部召开业务学习会时担任记录、手术时担任第一助手的江川。患者做了贲门癌胃全切术之后所幸没有出现任何并发症，术后恢复过程顺利。财前把眼睛从病历上移开，取掉纱布观察暴露出来的手术创口。拆线不久的手术创口只留下了很少结痂，治疗效果良好。

　　"饮食方面恢复得顺利吗？"

主治医师江川意识到这是财前的特诊患者,所以绷紧了神经。

"是的,没有吞咽障碍,两天前开始进食七分粥。"

"是吗?那很好。"

财前说完就想转身尽快离开安田太一的病房。

"医生,财前医生……"

安田太一在病床上呼叫并伸手抓住了财前白大褂的袖口。财前下意识地拨开了患者的手,因为他感到了像被佐佐木庸平抓住手臂的惊悚。对于他的粗暴动作,安田太一自不必说,就连医务员们都十分惊诧地望着他。

财前赶紧做出笑脸,勉强地用温和的嗓音说道:"你这样猛地抓住我的手臂,吓了我一大跳。你怎么啦?"

"医生,我吃过午饭之后肚子疼得很厉害呀!"安田太一夸张地扭曲着面孔倾诉道。

"那你为什么不马上告诉主治医师呢?"

"我本来是想告诉他,但主治医师上午来过病房一次就再不来了。护士说要准备大查房忙不过来,所以我想说也没机会啊!"

"哎,是这样吗?"财前瞪着站在床头柜旁的江川问道。

"实在对不起。我是在协助学术会员选举的事务……"

"你不要辩解!作为医师,诊治患者是超过一切的头等大事!作为主治医师,对于患者的病情变化不容许有丝毫疏忽大意!我不是时时刻刻都在告诫你们吗?"

财前劈头盖脸地呵斥江川,随即从护士长手上接过听诊器,问道:"是哪里疼啊?"

"就在肚脐上方部位。"安田太一摩挲着肚脐上方说道。

财前脑海里突然闪过疑念:会不会是癌变转移引起急性癌性腹膜炎了呢?他握着听诊器的手掌满是汗水。

"医生,要紧不要紧啊?"

财前没有回答,把听诊器贴在他的腹部集中听觉。

"医生,你说手术成功了,可是真的不要紧吗?"

"患者不要说话,保持安静!"财前呵斥道。

然后,他更加仔细地侧耳倾听。他能听到微弱的"咕噜咕噜"的肠鸣音,这是肠蠕动亢进的征兆。到底是单纯的肠蠕动亢进还是术后肠梗阻?抑或是癌性腹膜炎呢?但是,在做贲门癌手术时并没有发现向其他脏器的转移,从这种症状来看不可能在术后第八天发生癌性腹膜炎,最需要警惕的就是肠梗阻。

"有肠鸣音,可以考虑是术后肠梗阻,所以要密切注意患者的状态。明白了吗?"

他用混杂着德文专业术语的表述方式叮嘱江川,然后转向安田太一。

"手术效果良好。因为体质不同,有的患者在术后会发生腹部积气,身体状况变差,所以到时候请马上告诉主治医师。"

财前说完就摘下了听诊器,在那一瞬间,他的视线与病床斜对面站在安西医务长身后目不转睛地注视自己的柳原相遇,那视线好像看透了自己以为没被任何人发觉蒙混过关的心理活动。财前十分厌恶地避开视线,快步走向下一间病房。

第一外科两座住院楼共有一百二十张病床,但即使平均每个患者诊察两三分钟,下午的大查房也顶多只能看完一座住院楼,当他查完最后一间病房时已经快到六点钟了。

"今天的大查房就到这里,剩下的东楼病房从明天上午十点钟开始。"财前向列队的医务员们说完后,又命令道,"佃和安西来我办公室一趟。"

然后,他就在医务员们的鞠躬目送之中走向教授办公室。

财前一进办公室,便立刻倒在窗边的躺椅上。

"老师,您今天好像相当疲劳啊!"

紧跟财前进来的佃友博和安西担心地观察他的脸色。

"嗯,因为最近又要委托出庭鉴定人又要商讨学术会员选举的事情,实在太忙啦!"

财前重重地叹着气回答,并猛地坐直了身体。

"你们不能这样搞嘛!怎么能叫指定专职成员以外的医务员帮忙搞竞选事务呢?到底成何体统啊?"

刚才安田太一抱怨主治医师的事情令他十分恼火。

"实在抱歉。因为现在为学术会员选举,要把老师紧急出版的《消化系统疾病诊疗集》寄给每个投票人,包装和填写地址只靠我们十个人进展太慢了,所以……"安西惶恐不安地解释道。

"那就要提醒医务员不要在患者面前说什么学术会员选举这些拖我后腿的话!因为到了最后不堪困扰的还是我这个主管研究室的候选人嘛!"

"实在对不起。我也没能尽到自己的责任。我现在就提醒全体医务员注意。"

佃友博也赶紧道了歉。

"那就去办吧!我现在要出去商讨学术会员选举的事宜,后边的事情就交给你们了。"

财前从躺椅上起身,开始做出门的准备。

佃友博和安西返回医务部,只见除了学术会员竞选专职成员之外,只剩下七八个医务员正在整理研究资料和翻阅专业杂志。

"怎么回事儿?小年轻们都走了吗?"安西颇感意外地问道。

一个正在填写投票人地址的医务员抬起头来,说道:"大家都惦记着打工时间,一个劲儿地抱怨说四点钟之前就该结束查房,连续两天查房受不了,所以就一溜烟儿地走人了。"

"现在的新医务员简直是太不像样了,不好好尽义务却总是强调自己的权利。明天大查房开始之前叫全体医务员到医务部集合,我要狠狠地教训他们!"

佃友博气愤地说完,命令值夜班的医务员也帮着包书,自己则开始仔细核对寄发邮件的姓名和地址。

走廊上传来慌乱的脚步声,医务部房门被打开。

"财前老师去哪里啦?"安田太一的主治医师江川上气不接下气地问道。

"怎么啦?那个患者病情恶化了吗?"佃友博感到事态非同小可。

"是的。患者在十五分钟前发生腹绞痛,连续两次呕吐胆汁。我立即赶到教授办公室报告,可是教授不在。再给教授家里打电话,家里人说他还没回去……"

主治医师已是惊慌失措了。

"刚才说是要去商讨学术会员选举事宜,所以再给扇屋或他岳父的财前妇产科诊所打电话问问吧!"

佃友博用竞选专用外线给扇屋打电话,但财前没有去那里。他再次给财前妇产科诊所打电话,财前教授也不在那里。

"对了,也许是跟竞选参谋叶山教授在一起,所以我再给妇产科医务部打电话问问吧!"

安西拨通了妇产科医务部的电话。

"啊?叶山教授去东京出差了?没搞错吧?是吗?实在抱歉。"

佃友博跟安西对视了一下,在场的医务员们也露出了紧张的表情。昨天刚刚进行过第一次证人讯问,万一财前教授去向不明可真是大事不好了。佃友博和安西也惊慌失措了。

在位于帝冢山的庆子的高级公寓里,财前仰躺在床上,他那充血的双眼望着天花板。

"最近你好像变得特别脆弱啊!既然那么担心官司的事情,倒不如干脆和解了吧!"

庆子横卧在沙发上,瞪着母豹般闪亮的眼睛。

"你别胡说!官司一定能赢。我只是太累了。要是没有学术会员选举就不会这样啦!"财前用疲惫至极的嗓音说道。

"学术会员选举本来是你新的野心,可现在反倒成了你的累赘,不是吗?不过,我看昨天庭审的情形,尽管对方的关口律师也相当厉害,但国平律师也真不愧是医协顾问律师,对金井副教授进行的主讯问相当精彩呀!如果这样你还是不放心官司的话,干脆趁现在学术会员选举候选人公示还没出来,辞退不就行了吗?"庆子漫不经心地说道。

"事到如今哪能说退就退呢?而且,我从最初就想好要像玩跷跷板游戏那样,巧妙地操纵学术会员选举和官司,以争取双赢。你就别再说那种无聊的话了!"

财前极不耐烦地说完,便响起了电话铃声。

"真讨厌!会不会是我们店里打来的?"

庆子拿起电话,听到了男子的声音。

"喂!我是浪速大学的佃友博,抱歉打扰你们开会了。麻烦您请财前教授接电话!"

佃友博故意装出公事公办的腔调,看来他是从庆子工作的阿拉丁酒吧打听到了她家里的电话号码。

"哎,是佃打来的电话!"

"什么?佃打来的?"

财前像弹簧般从床上蹦起来,抓过电话。

"是我,什么事儿?"

"老师,打搅您了。下午看的那个患者出现了腹绞痛,像是发生了老师担心的肠梗阻。"

"果然是这样!那就注意腹部保暖,注射东莨菪碱。在我赶过去之前做好再次手术的准备!"

财前挂上电话之后赶紧整理装束。

"连肠梗阻手术也得教授亲自出马吗?财前教授也是变化相当大呀!"庆子冷嘲热讽地说道。

但财前认为,安田太一要是再有个三长两短而不幸死亡的话,那就会造成自己在佐佐木案中败诉。所以尽管只是肠梗阻手术,他也还是马上让庆子给他叫了出租车。

财前在驶向医院的同时,被急剧的不安情绪所袭扰:佃友博向他报告的安田太一的肠梗阻会不会是癌转移呢?但是,在八天前做贲门癌手术时,自己是那么慎重地检查过是否有转移到其他脏器的迹象。今天上午大查房时,听诊器中也只有单纯的蠕动亢进的肠鸣音,所以应该不会是那种情况。然而,凡事都有万一。万一真是癌转移的话,就会引起癌性腹膜炎,导致危险事态的发生。这个患者跟佐佐木庸平同样做了贲门癌手术,佐佐木庸平在术后发生了癌性胸膜炎,如果安田太一是癌性腹膜炎的话,那会是多么不可思议的巧合啊!不过,绝对不可能发生这么荒唐的巧合!财前打消心中的强烈不安,在医院门口下了车就快步跑上楼梯。

他看到走廊上的时钟指向八点四十六分。从佃友博向庆子公寓打电话之后已经过了四十分钟。在这段时间内,千万不能发生那种令人遗憾的事情——财前一边祈祷一边快步走向中央手术室。

"财前老师!"

佃友博仓皇失措地跑了过来。财前惊讶地不由得停下了脚步。

"老师,我找了你好久。在给帝冢山打电话找到你之前,我真不知道会发生什么状况。"佃友博为自己千方百计地打电话最后成功联系到去了庆子公寓的财前而谄媚地说道。

"你先别说那个,患者病情怎么样啦?"

"是。我已经按照老师的指示,立刻从鼻腔插入吸引管,抽取胃内食物,在腹部保温的同时注射了镇痛剂,呕吐和腹部疼痛症状很快缓解。目前已经做好了紧急手术的准备。"

财前表现出前所未见的严厉态度,佃友博走在前面,并且迅速地打开了中央手术室门。

夜晚的医院已经熄灯并完全安静下来,只有中央手术室内灯火通明,护士、手术助手和麻醉师们急急忙忙地来往穿梭,充满了紧急手术时的紧张气氛。当财前走进手术室时,主治医师等人像是松了一口气迎接他的到来,两名护士动作麻利地协助财前教授做手术准备。财前穿上手术衣并戴上帽子和口罩之后,比平时更加神经质地屈伸戴着橡胶手套的手指,然后进入了手术室。

照亮夜晚手术室的无影灯比白天更加雪白而冰冷,躺在手术台上的安田太一口含麻醉管,面色苍白。器械台上摆放的手术刀、剪刀、止血钳和镊子等器械散发出瘆人的亮光。

"麻醉情况还顺利吧?"财前走近手术台向麻醉师招呼道。

"是的。刚才已经进入了深麻醉期,脉搏七十、血压一百到六十。已经用胃插管充分抽空了胃内食物,可以承受一个小时左右的手术。"

"好,那么现在开始实施二次手术。从患者腹绞痛、呕吐胆汁和肚脐上方疼痛等症状来看是肠梗阻,与此前的贲门癌手术没有关联。但是为了防备万一,必须慎重而冷静地协助我做好手术。明白了吧?"

财前用锐利的眼神扫视担任第一助手的佃讲师、第二助手主治医师江川和第三助手的值班医师和麻醉师,然后发出指令:"手术刀!"

夜晚的手术室内,所有的动作和响声都像被吸入无影灯之中,财前的声音在手术室内回荡,手术刀递到了财前手上。对于连术后出现并发症都酷似佐佐木庸平的安田太一,财前感到无以名状的厌恶,他以一鼓作气制服对方的势头正要下刀,手术刀却突然停在了半空。

作为公认的"手术名家",自己在八天前贲门癌手术中的创口缝合绝不能说十分完美,因为腹部正中线的创口就像勉强拽上的拉锁一样。财前再次回想起贲门癌手术时的动摇和不安,他突然觉得自己刚才在庆子那里纵情畅饮威士忌酒已是无法挽回的失策之举。

"老师,有什么问题……"

担任第一助手的佃友博注视着财前的脸色,以为手术准备出了什么差错。

"无影灯照射角度太偏左了,调到从右下方朝上腹部照射的角度!"财前这才回过神来突然大声训斥道。

佃友博赶紧向玻璃墙内的操作室里发出信号,无影灯开始向右倾斜了。

"好,就停在这个角度!"

其实无影灯还没怎么调整角度就被财前叫停了。他在口罩下深深地吸了口气,紧接着他就用手术刀沿着上次贲门癌手术时的正中线划开了腹部,这是为了避免手术创口显得凌乱不堪。手术创口就像拉链一样渐渐张开,第一助手佃友博和第二助手江川迅速用腹膜拉钳扩展切开部位。但是,没有放置开腹拉钩的手术野呈现细长形状,胃全切之后的食管与空肠吻合的部分形成袋状,渗着血丝暴露出来。财前把手伸进腹腔,为查明导致肠梗阻的原因,他用双手抓住腹腔内最上层的横结肠,小心翼翼地向上捯去。直径六七厘米的肠管闪着湿黏的光亮曲曲弯弯地延伸,看上去就像巨大的蚯蚓。财前抓住肠管前端哧溜哧溜地提到齐嘴的高度,内脏的腥臭味扑鼻而来,戴着口罩的他开始恶心了。

财前捯出来的肠管立刻被站在身旁的第二助手接过去,并放在消过毒的盖布上。财前接着捯出小肠,他敏锐地发现连接十二指肠的十二指肠悬肌约两米的空肠附近,肠管的颜色由鲜红色变成了暗褐色。这是明显的淤血状态,而且在向前十厘米的位置,肠管产生了"l"形扭结。

"你们看!果然是肠扭结引起的肠梗阻!"

财前看到实际所见与自己的预判相吻合时,长长地舒了一口气,并恢复了以往的镇定。他用双手灵巧地倒换很容易从手掌滑落的黏滑的肠管,像拆解打结丝线般精彩地把肠管恢复了原状。

肠管的淤血状态不久就消退了,渐渐地现出血色,血管也恢复了搏动。财前确认之后克制住阵阵焦躁的情绪,仔细地把肠管放回了腹腔。发生肠扭结时只要及时做手术恢复原状就不会发生问题,但如果长时间处于肠扭结状态的话,肠管就会因缺血而变得乌黑,而且该部分坏死常常会导致患者急剧死亡。

财前把肠管全部放回腹腔,并再次确认八天前所做的食管空肠吻合的状态完整之后,就接着缝合皮肤。他用缝布料般的敏捷动作飞针走线,最后剪断缝线并大声宣告二次手术完成。

"手术结束!"

手术虽然只进行了短短二十一分钟,但可能是因为神经过于紧绷,财前的额头上冒出了大颗汗珠。

"这位患者的肠梗阻正像刚才手术所见,与贲门癌手术本身没有任何关联,单纯是由于肠扭结引起的。这种类型的肠梗阻往往容易在术后发生,但由于在实施胃癌或贲门癌手术时为了廓清淋巴结而暂时把肠管全部拿出腹腔,所以在完成手术、放回腹腔时,即使主刀者给予了充分注意,肠管也会由于某种偶然的作用扭结并被放回腹腔,于是就成为后来发生肠梗阻的原因。所以,这种情况并不是主刀者的失误,而是属于不可抗力。而对于患者来说,也只能说他运气不好。今后如果发生了这样的情况,就要像我刚才那样做出迅速处置。手术本身很简单,所以没必要慌张。"

财前向佃友博等人说完,对躺在手术台上的安田太一连看都没看就走出了手术室,他叫护士脱掉橡胶手套和手术衣,然后迅速用消毒水洗手。他似乎想消除通过橡胶手套触摸到的安田太一的感觉,于是反复仔细地对双手至上臂进行消毒。正在这时,电话铃响了。

护士拿起电话应答了一两句,就转给了财前。

"老师,是您太太从家里打来的电话。"

"从我家里?"

财前诧异地擦擦手,接过电话。

"手术结果怎么样?"

原来不是家里而是庆子打来的电话。

"嗯,只是单纯的肠扭结引起的肠梗阻。"

"那你还要到这边来吗?"

财前眼前浮现出庆子嗤笑自己为了区区肠梗阻手术就慌里慌张地赶到医院去的面孔。他没有回答庆子,一言不发地挂上了电话。

"老师,叫人送杯咖啡来吧?"佃友博乖巧地问道。

"不,不用了。我去办公室休息,你先去帮我开灯吧!"

如果能像外国医院那样,在手术室隔壁的豪华躺椅上把身体陷在软垫中喝咖啡,倒还算是一种享受,可坐在这里的硬椅子上真是大煞风景。财前抽了一支香烟之后向办公室走去。

先到的佃友博已经打开了教授办公室的电灯,并从堆放着患者所送礼物的架子上取下一瓶老伯威威士忌酒放在窗边躺椅旁的桌子上。

"老师,如果早知道是单纯肠扭结引起的肠梗阻,我就不用特意劳烦教授,完全可以自行处理了。实在抱歉。"

佃友博为自己的判断能力差表示歉意。

"要是从最初就知道是这么回事儿的话,我也就不会赶过来做这种小手术啦!"财前很不痛快地低声说道,"算了,后边的事儿就交给主治医师处理,今晚你就回去吧!我稍微休息一下再走。"

财前在佃友博走出房间之后躺在躺椅上。从窗口向外看到的病房楼已经熄灯,像黑影一样隐没在夜幕之中。财前在万籁俱寂中感到自己疲惫不堪。究竟是什么使自己这样疲累呢?如果是因为安田太一的话,目前已经不会再有担心了。而学术会员选举正在鹈饲院长的出谋划策中扎扎实实地向前推进。庭审方面,在昨天第一次证人讯问中金井副教授做出了十分巧妙的证词,并没有出现任何对自己不利的内容。然而,自己心中对这个无形物十分伤神的不安到底是什么呢?财前坐起身来,把桌上的威士忌酒倒进杯中,他一边喝纯威士忌酒一边望着隔着中庭对面的大楼。有几处还亮着灯光的房间,那是基础医学研究室。他想,基础组那帮人还像往常那样刻苦研究到很晚啊!就在这个瞬间,将要作为佐佐木方鉴定人出庭的大河内教授的存在开始沉重地压迫财前的心,他感受到一种莫名其妙的威胁感。虽说大河内教授的威胁很大,但剖检所见是患者死后的解剖记录,是不可动摇的客观数据。但尽管如此,财前仍然对大河内的出庭深感压力。

柳原从大学附属医院下班之后，正在兼职打工的私人医院值班室里整理病历。虽然这个医院从外表看上去也是钢筋混凝土的三层楼房，拥有一百张病床，但里面的设备却旧态依然，即使是做 X 光透视也还用着老式的 CT 扫描仪，两名值班医师要承担从盲肠急诊到小儿科、妇产科的诊疗工作。但是，今天柳原上的是午后六点钟到九点钟的班，所以只需给一周前值夜班时的手术患者做预后并诊察两名交通事故外伤患者就可以了。那两名挫伤和骨折的患者本来应该进整形外科，但柳原还是把骨折部位的 X 光片夹在观片灯上，并把自己的诊断和处置方法写进了病历。他一边写一边看了看表，因为他已经约好下班之后跟野田华子见面。

从医院前往约会地点新斋桥的咖啡馆需要二十分钟，他虽然已经请对方谅解自己大概九点半才能到，但是考虑到两人在这么晚的时间单独在咖啡馆见面，柳原突然有点儿魂不守舍了。他填写完病历向护士道了别，就走出值班室来到洗手间，站在昏暗灯光照射的洗手池镜前，他看到镜子里面自己毫不起眼的平凡面孔，当然最显眼的还是过长的头发。由于华子约见的电话太突然，所以他根本挤不出时间去理发。他把乱蓬蓬的头发用水打湿，再用手掌抚平之后，便走出了医院。

柳原推开约见的咖啡馆门，店内播放着欧美民谣音乐，野田华子的身影立刻映入他的眼帘。华子也立刻注意到柳原进来并笑脸相迎。

"不好意思，突然给你打电话。不过恰好今晚有我朋友的音乐会，我去礼节性地露一下面之后就想见见你。"

华子身穿一袭奶白色蕾丝连衣裙，罩着短袖上衣，华丽的装束与开着冷气、荡漾着别致氛围的音乐咖啡馆十分搭调。而相比之下，穿着短袖开襟衬衫和陈旧长裤的柳原就显得特别寒酸，这令他感到在华子面前相形见绌。

"怎么啦？是不是哪里不舒服啊？"

华子担心地望着没有应答的柳原。

"不，没什么。因为近来门诊太多，而且还要兼职打工，所以只是有点儿累而已。"

"哎呀！我爸说过，你不要兼职打工，只要专心撰写学位论文就行啦！"

华子纯真地提起父亲说过的话，而柳原心中却涌起近乎屈辱的感觉。但华子并没有体察到柳原的这种心情。

"我爸只要一提到你就像走火入魔了似的。我哥上的是二流私立药学大学，我姐自由恋爱结婚嫁到了东京，姐夫也是私立大学毕业的平凡工薪族，所以我爸一见到街坊邻居和制药公司的人就说，华子的女婿是国立浪速大学毕业的前途无量的医生。"华子绽开丰厚的双唇说道。

"可是，我上次也说过了，我父亲只是九州乡下一介邮局局长而已，我也只是个在医院上班的平头医师而已，所以我已经跟老家的父亲仔细商量过了。"

"那你父亲怎么说的呀？"

柳原不知该怎样回答。老家的父亲答复说："既然是财前教授的岳父提亲，那就应该错不了。而且对于我们家来说，因为必须考虑到四个弟妹升学和结婚费用等情况，所以对象家那么相信你的将来，又愿意给你经济援助还不用当上门女婿，那是再好不过的事情。就看你自己怎样决定了。"待在九州宫崎县偏远乡下的父亲即使知道财前教授被患者遗属控告，仍然相信在一审中胜诉的财前教授是清白的，而且他也深信作为该患者主治医师的儿子柳原是清白的。

"哎，你父亲怎么说的呀？我希望你告诉我你老家父亲的答复。

而且,我爸妈也想在近期跟你一起吃顿饭,还叫我问你什么时候方便呢!"

从上次相亲后已经过了近两个月,但柳原还没有明确答复,所以华子像是在催他赶快表态。

"好的,那当然可以。但是,我的学位论文正在抓紧最后加工。而且,下周还有上诉审理的第二次证人讯问……"

"官司的复杂情况我虽然不太懂,但那是财前老师被控告的案子,跟你没什么太大的关系吧?"

"那当然没有直接关系。但不管这么说,因为是我分管的患者……"

"可是,上次财前老师的岳父一开始就说,那只是稀里糊涂的患者遗属打的不可能胜诉的官司,所以根本没必要担心,他们绝对能胜诉嘛!"华子像是迷惑不解地问道。

正因为财前又一夸下了海口,所以昨天第一次证人讯问中金井副教授的证词比一审中更加强烈地袒护财前教授。但是,那都是依靠财前又一的财力和财前教授的权力巧妙安排的做法。想到自己作为患者的主治医师站在证人席上也不得不受到财前教授的意志操控来陈述证词,柳原在冷气很足的室内也开始渗出微汗。当他从华子脸上垂下视线时,他看到了华子餐桌下那两条圆鼓鼓的大腿,感受到她卷起的短裙下面从大腿到下腹部似乎喘息着青春的丰满气息,于是暗自想象到华子放浪的肢体。

"华子小姐,我……"

柳原红着脸正想向华子表示结婚的意愿,却忽然想起今天教授大查房时的情形。在自己负责诊治医保患者佐佐木庸平时,财前教授只听取了自己的病情报告却没有认真地进行诊察,甚至对患者术后病情急剧恶化也没有亲自去病房诊察。然而,对于特诊患者安田太一,却只因为他说肚子有点疼,财前就亲自慎重诊察并向主治医师仔细交代注意事项。考虑到这些,他就觉得此时此地一旦跟财前教授的岳父介绍的野田华子订了婚,就会把自己逼入比现在更加难以自拔的境地。

"华子小姐,我今晚必须整理一部分学位论文,所以就此失陪了。关于跟你父母见面的日期,改天我再跟你联系吧!"

柳原好不容易恢复了理智。

里见在上本町一丁目车站下车时已经过了九点钟,但他没有走向法圆坂公团公寓的自己家,而是朝相反方向去找在内安堂寺町营业的哥哥里见清一。

对于年幼丧父的他来说,比他大十三岁的哥哥就像父亲一样,所以他遇到什么事情就会不由自主地走向哥哥家。从车站向前走一百多米,就是挤满了免遭战祸老屋的狭窄小巷。在其中一角,挂着写有"内科·小儿科·里见诊所"的小招牌。夜间门诊早已结束,可门诊室的灯还亮着。里见推开老旧的门扇,只见狭窄的门厅土地板上摆着两双男式皮鞋,门诊室里传出说话声。

"你们做这种事难道就没有任何疑问吗?"

哥哥清一的语调一反常态,充满了责难的意味。

"没有什么疑问不疑问啦!洛北大学第二内科的我们俩都这样专程从京都赶来拜访您这位老前辈,所以您就答应了吧!神纳教授也叫我们向您转告,里见清一老师在母校担任讲师时曾给予他多方指导,他如今仍然常常想念您呢!"年轻医务员套近乎似的说道。

"那就是说,你们还没有认识到学术会员选举是什么性质的事情就这样四处拉票吗?"

"考虑那么多也还是无可奈何呀!我们只是根据上面给的名单

在地图上查到有选举权医师们的诊所地址，按照定额平均每天要跑十五家呢！但是，几乎所有的医师在看到我们带着母校现任教授的名片专程登门拜访时，都会放下诊疗工作热情招待我们，而且向我们保证说到时候就把空白选票交给我们，让我们自行带回学校填写候选人名字啊！"另一个医务员有些放肆地说道。

"那你们干的不就是性质最恶劣的违反选举法的行为吗？你们是想公然践踏选票'须知栏'里明确说明的'交给他人投票一律无效'的规定吗？"

清一的嗓音中充满了愤怒。

"好啦，老师，您别那么生气嘛！我们也不愿意做这种违反规定的事情呀！浪速大学的财前教授他们在用更加卑劣的手段四处拉票，有消息说他们甚至潜入咱们系统的滋贺大学和三重大学来侵犯咱们的地盘，那我们为了维护洛北大学的名誉就丝毫不能示弱。所以，在这次第一外科神纳教授当候选人时，不光是我们临床组，而且基础组各研究室都给予大力协助，准备向对方发起猛烈反攻，而且已经相当接近近畿癌症中心和浪速大学系统各校甚至大本营啦！因为那边的基础组中从病理学大河内教授到下边的人都特别厌恶财前那个人嘛！"

"是吗？洛北大学连基础医学组的人都开始干那种事了吗？真是可悲可叹呀！不过，无论怎么说我都不会把空白选票交给你们。我要按照自己的意志投票。与其说把空白选票交给你们，还不如把它撕了扔掉呢！这就是我的答复。无论你们耗多久都是白费时间，我绝对不会改变主意。早点儿回去搞搞自己的学术研究吧！"

清一语调严厉地说完就站起身来，门诊室门随即被打开，两个看上去进医务部大概六七年的医务员匆匆忙忙出来并穿上了鞋，身后跟着表情不悦的哥哥。

"啊,修二,你来啦!我怎么不知道呀!你什么时候来的?"

"刚才……他们说的话我都听见了。他们好像也去过近畿癌症中心了。我们那儿跟他们同龄的年轻研究员,不管节假日,从早到晚穿梭在研究室和病房之间,这么看来,这些人和他们简直就不像是同一个人种啊!"

"完全正确!我的诊察已经结束了,咱们去里边喝茶吧!"

他把里见修二让进门诊室后面的起居室。十年前丧妻后一直单身的哥哥叫护士拿来热水瓶,然后把煎茶放进茶壶泡好给修二倒上。

"我刚才没跟那两人说,今天早上我恰巧收到了洛北大学的老同学寄来的有关学术会员选举的信。写得不错,你读读看!"

清一从信插中取出一封信递给修二。哥哥从未让他看过别人寄来的信,所以里见默默地接过来,打开了里面的信笺。

　　恕免客套。愚弟仍在三重县地方大学进行研究和诊疗。从洛北大学讲师转任至此已过整整十七个年头,愚弟似乎亦将埋骨于此。虽然久疏问候,今日却忽然想给仁兄写信。

　　此信不为他事,前日有洛北大学副教授及资深医务员二人来我处,希望务必为本校候选下届学术会员的神纳教授投上一票。而且为了确切估算票数,请求我收到学术会员选举管理委员会寄来的选票就把空白票交给他们。我最初当然拒绝说这是违反选举法的行为,但他们说大家都这样做且无罚则而强求我答应。另一方面,我想到学术会议是政府关于分配科研经费的咨询机构,渴望得到科研经费的我不得不非出己愿地答应了对方。

　　在每月十三万元的工资当中,除了支付书店赊账、参加学会差旅费之后仅剩八万元左右。对于不得不靠这些钱维持包括上大三的长子在内全家六口人生活的我来说,如果连微薄的科研经费也被断绝的话,往后的生活光景洞若观火。即使是现在,也因负债近五十万元而苦不堪言。

尽管如此,其后却心生懊悔郁闷,我也堕落成那种没出息之人了。想起当年在那种际遇中正气凛然地主动离开大学、至今好像仍在持续营业医师生活的仁兄,便提笔拟信一封。信笔涂鸦,聊博仁兄一笑。

里见修二读完信之后,觉得那位医学家的身影仿佛浮现在了自己眼前。他在小地方的大学里孜孜不倦地坚持科研,清贫而孤高。这封信确实是充满了温馨情感的书信。尽管如此,他同时也感到这届学术会员的选战异常激烈。而财前五郎既要在这种异常激烈的竞选中拼搏,还要在佐佐木庸平上诉审理中奋战,这个人的心究竟是怎么长的呢?

"不过,昨天上诉审理的第一次证人讯问情况怎么样啊?"

哥哥清一望着弟弟修二,他那几乎全白的头发下面饱经风霜的双眼发出锐利的光芒,仿佛已经看出修二想来说什么了。

修二仰视着哥哥说道:"金井副教授的证词太出人意料了!看样子他执意要像在一审中那样庇护财前。而财前那边甚至动员了医协的顾问律师,似乎决心在二审中夺得比一审更彻底的胜诉!"

"这么说来,财前再次胜诉还是有可能的吧?"

"不,佐佐木这边的关口律师怀着超越职业意识的执着正义感,他仔细地进行了调查,并且四处奔走委托医学鉴定人。而且,东老师虽然此前由于被认为在教授选举中与财前有利害关系而不能担当鉴定人,但这次他果断地决定,即使不能公开地进行协助也要在医学问题和论证方面不遗余力地给予协助,而事实上他确实直接向关口律师提出了各种指导和建议。除此之外,大河内老师的态度也不会改变,所以我认为佐佐木这边不会轻易败诉。"

里见语调稍显激昂,与平时文静的姿态判若两人。

哥哥清一点了支香烟,说道:"是吗? 其实,昨天三知代来我这儿了,她说非常担心你,而且从名古屋大学医学院长退休离职后担任名誉教授的她的父亲也很担心。三知代跪伏着请求我,希望我说服你不要出庭做证。"

里见默默地低下了头。

"我十分理解你的心情,一旦决定的事情就要坚持贯彻自己的信念,对吧? 不过,近畿癌症中心的风头怎么样啊?"

"不用担心。大家都纯粹从学术的立场注视着那宗医患纠纷案的发展,认为如果其中有值得借鉴的医学问题就要适当地从中汲取经验。"

里见澄澈的双眼目光炯炯地回望哥哥。

"那样就好。但不管怎么说,近畿癌症中心跟国立浪速大学一样也属于国立机构,要是你这次再因为什么怪事遭到冷遇的话,那就跟我一样,只有营业医师这一条路了。我倒不是说当了营业医师就怎么样,而是认为像你我这种喜欢搞研究的人还是适合待在大学或研究机构里嘛!"

哥哥清一在京都国立洛北大学第二内科担任讲师时,由于跟主任教授见解不合就为某个事件离开了大学。哥哥脸上流露出每天忙于应付门诊而不能搞科研的失落感。

在北区万力酒家里,鹈饲院长、财前五郎和奈良大学的竹谷医学院长正在热烈地交谈。财前为竹谷斟上清酒。竹谷身材矮小,但耳朵却异常地大。他微笑着说道:"上次财前教授专程前往奈良,时隔多日我们再次畅谈。你真不愧是浪速大学的招牌教授呀！年纪轻轻成就斐然，难怪备受鹈饲院长的器重啊！"

竹谷奉承在浪速大学比自己高三届的前辈鹈饲。

鹈饲把肥胖的上身倚在靠肘上，苦笑道："哪里，我并没有对财前特别关照，都是因为像财前这样年轻有为的人才实在不多啊！不过，财前虽然医术确实高明，但是因为有特别强烈的个性，所以就会惹来麻烦啊！"

"你是指这次官司吗？那件事……"

竹谷说到半截，开着冷气的日式餐厅的门被打开了，两个女侍进来把碗菜摆在桌上，都是精致漂亮的金莳绘漆碗，美食家竹谷和鹈饲便聊了一阵儿美食。财前对那种话题不感兴趣，而是希望听听今天聚会的正题即委托竹谷在上诉审理中的鉴定意见。

"阿绢，再拿一壶酒来……"年长女侍说道。

阿娟……财前心头一惊，眼睛朝那个叫阿绢的女侍望去。在他参加国际外科学会前的壮行会席间，柳原打来电话报告佐佐木庸平病情恶化时，自己对着电话怒斥说"我已经有点儿醉了"而没有给予适当的指示，而这一切偶然被这个叫阿绢的女侍听到了。财前又一打听到这件事后立即拿钱封了口。财前不动声色地看看阿绢，她的年龄大概有三十七八岁，瓜子脸，腮边到脖颈散发出成熟的妩媚，当女侍真是有点儿可惜了。当阿绢与财前视线相遇时，露出一切了然于心的眼神。由于鹈饲等人就在身边，所以财前立刻移开了视线。

竹谷拿筷子夹起碗中的菜说道："关于财前上诉审理的事情嘛，前些天他已经把详细经过告诉我了，我感到情况似乎比我间接听到的更加有利呀！"

"哦？听担当鉴定人的竹谷先生这样说，我确实很受鼓舞啊！不过，财前是不是只说了对自己有利的情况啊？"

鹈饲把目光投向财前。

"绝对不会。既然委托竹谷医学院长做鉴定,那就要报告毫无保留的实际情况,而且我也详细地说明了佐佐木那边的主张。我尽可能地站在客观的立场上,请教了竹谷老师的意见。"

财前似乎有点儿委屈地回答,竹谷脸上浮起通达人情世故的微笑。

"这儿又没有外人,你就不要那么正儿八经地解释啦!使我更加深信对财前有利的最主要根据就是那个患者的 X 光胸片。鉴别那么小的胸部阴影是癌细胞转移,即使通过在这一两年中有了突飞猛进发展的癌症诊断学,除了极少数专家之外,普通医师也是很难做到的。特别是在肺部,哪怕同样是小指头那么大,但肺部比胃部更加难以鉴别。所以,这一点是对财前方有利的因素。"

作为在胸部 X 光诊断方面成就卓著的学者,竹谷一开口就做出了断定。

"这样说来,竹谷先生认为没有必要对上诉审理的四个争议点全部进行辩论,只需在第一个争议点上就可以决定财前胜诉了。这可真是令人感到宽慰呀!"鹈饲向前挪动膝头,用奉承学弟竹谷的语调说道。

"既然竹谷老师这样说,那我就更有主心骨了。不过,佐佐木那边也是从最初就把重点放在第一个争议点上,还把东京 K 大学的正木副教授拉来当鉴定人。这一点我有些顾虑。而且,尽管已经通过鹈饲老师找 K 大学的高层尝试说服正木副教授放弃担当鉴定人,但他表示只是单纯地站在医学立场上进行鉴定,因此没有理由辞退。既然他坚持要出庭做鉴定,估计是有某种相当程度的把握。不过,专攻胸内科的竹谷老师是怎样考虑的呢?"

财前放下酒杯,流露出担心的表情。竹谷考虑了片刻。

"通常对于相同的事物,也会由于该学者的专业领域和医学概论不同而产生不同的见解。但是,无论正木打算说什么,根据那么小的胸部阴影鉴别癌症,即使进一步做CT扫描也是相当困难的。这是基于目前医学水平的客观事实,所以你不必太在意。因为正木可能也是怀着参加学术会议的心态出庭做鉴定嘛!"他嘲讽了一下年轻的正木,"我倒是更重视大河内教授作为佐佐木方的鉴定人再次陈述剖检所见。时间是在什么时候啊?"

"本周的星期五。"

因为自己给安田太一做完肠梗阻手术之后独自在办公室里担忧的事情被竹谷说了出来,财前心里五味杂陈。

"星期五,真是个讨厌的日子啊!他不会讲出什么预料之外的鉴定意见吧?"

"剖检所见的内容是无法改变的,所以倒也不太要紧。不过,我虽然一直想去问候并顺便打探大河内教授的意向,但总是没有机会……"财前有些泄气地说道。

"怎么?你还没去呀?一审时是我帮你去的,这次你得自己去啦!"

鹈饲立刻推了回去。

"看来,就连财前也对大河内教授束手无策啦!照这个样子推测,在学术会员选举中大河内教授所掌握的基础医学组的选票恐怕也不能太期待了吧?"竹谷问道。

由于参选地方选区学术委员的财前想用自己能够聚集的票数作为见面礼委托参选全国选区学术委员的竹谷医学院长出庭做鉴定,所以竹谷就把话题从官司转到了学术会员选举方面。对于参选全国选区学术委员的竹谷来说,如果自己接受了出庭当鉴定人的委托,对方就必须保证以整批票数作为交换。财前立刻从竹谷的表情读出了他的心思。

"竹谷老师,后来预估票数怎么样啦?"

"这个嘛,因为我参加的是全国选区专业部门的选举,所以竞争格外激烈,预估票数也最难。就在我为这事儿伤脑筋的时候,财前来找我提议,反正都是浪速大学系统,不如搞一场全国选区与地方选区的'情侣斗争',这使我增强了信心。你能掌握的确切票数是多少呢?"

竹谷反倒先问财前能够掌握的票数。财前与鹈饲对视了一下。

"是啊!按照目前情况粗略估算,本校和校友会方面有两千票,本系统各大学和医院有四千票,学会方面能掌握两千票,医协有一千五百票。但是,实际情况并不能像预估的那样顺利实现。就以校内动向为例,基础医学组中漠不关心派较多,而临床医学组中像皮肤科和眼科等不受重视科室的家伙们也总是别别扭扭,他们脱离统一战线的可能性很大呀!"

"这是普遍倾向,不只限于浪速大学。不管怎么说,在我们临床学领域的选举母体中,内科、外科和妇产科是三大支柱。从这个意义上来讲,我十分期待财前教授把你所掌握的外科选票投给参选全国选区学会委员的我。不过,另外还有一个拉票的大冷门呢!"

"哦?大冷门?竹谷先生,哪里是大冷门呀?"鹈饲从靠肘上直起身来问道。

"这件事情就不能不请鹈饲院长亲自出马啦!就是最近从洛北大学系统脱离出来的打着独立旗号的私立关西医科牙科大学呀!虽然这所大学已经独立出去,但由于几届学术会员都是连续从洛北大学选出,所以在分配科研经费等方面总是遭到冷遇。医科牙科大学系统在舞鹤的医院得不到派遣医师,已经因为人手不够而被逼到濒临关门的境地了。这个情况鹈饲院长也知道吧?"

"嗯,这件事情我已经跟他们谈妥啦!因为前些天关西医科牙科大学校长请求见面,希望浪速大学给他们派遣内科、外科和妇产科各四五名年轻优秀医师。作为交换条件,他将整合关西医科牙科大学和大阪市系统内医院的一千五百张选票。"喝得满脸通红的鹈饲意味深长地答道。

"到底还是鹈饲先生呀!我真服啦!那我们学校也抓紧派些人手吧!"

竹谷立刻表示配合。

"那么,在外科方面,我的第一外科就干脆派出三名医师吧!另外一两名由我委托本系统的德岛大学或和歌山大学派遣。"

财前就像挪动将棋的棋子般简单地应允了。鹈饲露出了得意的微笑。

"唉,这种事情在平时倒没有什么。但是,近来各个医务部革新的氛围越来越浓厚,人们可能会吵吵说派遣医务员是为了交换学术会员选票,所以咱们都要做得巧妙一些。尤其是财前,从各种意义上来讲这个时期你特别引人注目,所以一定要慎重行事。"

在掌握研究生的生杀予夺大权的教授的会谈中,派遣医务员的人数就这样像劳务中介调派临时工一样被决定了。

第二天,结束了上午门诊的第一外科医务部里,吃完午餐的年轻医务员们抽着烟,交谈自己分管的患者和学会方面的话题。

"哎!新闻!新闻!"

脖子上还挂着听诊器的中河慌慌张张地跑进了医务部,年轻医务员们一齐扭头望着他。

"什么事儿?得到什么秘密情报了吗?"

"难道是咱们那件事情露馅儿了吗?"

先前在以中河为核心谈论无薪医务员问题的过程中,大家暗地里决定作为促进医务部民主化的开端,要先推动医务长的公选运动,所以这时他们都对中河喊出的"新闻"这个词流露出不安和好奇的神色。

"不,不是那件事儿!是咱们医院神经科实习生呼应东都大学实习生的'废除实习制度'的倡议,策划关西地区的统一行动呢!"

中河难以抑制心中的兴奋。

"统一行动是在哪一天呀?"

"预定在八天之后。"

"是吗?咱们想做而做不到的事情,终于要付诸实际行动了吗?"一位医务员深深地感慨道。

"可是,咱们医院神经科那帮人能够顺利实施计划吗?要是不被鹈饲院长封杀倒还有希望。"另一个医务员担心地说道。

"嘘!黑魔医务长来啦!"

坐在门边椅子上与中河同期的濑户口迅速发出预警信号,所有的人都闭上嘴,做出没有发生任何事情的样子。

安西医务长先观察了一下中河等无薪医务员的状态,就高声喊道:"江川在吗?"

安田太一的主治医师江川毫不理会周围的嘈杂,跟柳原面对桌子正在翻阅专业杂志做记录。

"在,我在这儿呢!"身材瘦高的江川站起来答道。

"教授叫你,马上去教授办公室!"安西医务长用严重的语调命令道,"还有中河和濑户口两人也去!"

中河和濑户口周围的无薪医务员们不安地面面相觑。

"教授叫我去有什么事儿啊?"中河紧张地反问道。

"去了教授办公室就知道了嘛!"安西态度傲慢地答道。

中河、濑户口和江川三人在医务员们屏息吞声的目送之下,跟在安西医务长身后出去了。

进了教授办公室,只见财前教授坐在转椅上抽雪茄烟,佃讲师站在他身旁。

"我把江川、中河和濑户口叫来了。"

安西说完之后,第一次进教授办公室的三个人被森严的气氛所震慑,他们动作僵硬地鞠了一躬。财前傲慢地点点头,首先望着安田太一的主治医师江川。

"那位患者在贲门癌手术之后又做了肠梗阻手术,预后情况顺利吧?"

因为跟中河、濑户口两个革新派一起被叫来而无法预料会受到什么训斥的江川松了一口气。

"今天是术后第四天,刚才我去看过,二次手术创口愈合状态良好,超过预期,听诊、叩诊以及患者主诉也没有异常。"

"你辛苦了。不过,从明天开始就由黑田前辈分管那位患者,你要做好交接工作!"

江川脸色骤变地说道:"老师,我是不是有什么失误……"

"不,你倒也没有什么失误。不过,我先前就想把那位患者交给专攻贲门癌的黑田了,但因为他当了学术会员竞选总部专职成员忙不过来。现在我的《消化系统疾病诊疗集》的出版寄发工作也告一段落了,所以决定让他分管那位患者。"财前不由分说地答道。

静候在财前身旁的佃友博说:"江川,你好像从很早以前就对财前教授心怀不满吧?"

佃友博的说法令人十分厌恶。

"哪儿有……是谁这样随便乱说?"江川惊诧不已地问道。

"是随便乱说吗? 在财前教授大查房时,你当着安田太一的面说什么在忙学术会员选举的事,那些话都对教授十分不利。不光如此,听说你还向那个患者讲了有关大阪高等法院庭审的事情。虽然我们早就知道你曾经是东派的人,但我们认为那毕竟是前任教授时代的事情,所以不计前嫌,因而仍然叫你分管财前教授主刀的特诊患者。可你到底怀着什么样的企图,竟敢一而再地搬弄对教授不利的言辞啊?"

"不,那是安田先生拿着报道官司的周刊杂志叫我看,还问我他是不是也会重蹈覆辙。虽然报道登有前任东教授发表的谈话,但他还是纠缠不休地问我这是什么样的人。怎么就变成我对他说了对教授不利的话呢?这完全是误解呀!"

江川极力为自己辩解,被指责为东派的人好像给了他巨大的打击。

财前瞥了一眼江川,说道:"如果是误解的话,过后你可以跟佃讲师慢慢解释。我可不是为了追问那种无聊的事情把你们叫到教授办公室来的。"

他装出漠不关心样子,说着把雪茄丢进烟灰碟里,然后他忽然换成了严肃的语调。

"我叫你们来是要告诉你们,这次关西医科牙科大学系统的医院——舞鹤综合医院请求本校和本系统的院校向那边派遣医师。尤其是因为我主管的第一外科集结了很多优秀人才而且好评如潮,所以对方希望派三名医师作为外援。因此,经过慎重挑选之后,我决定让诊疗成绩优异的你们三个人去。"

财前不容分说地宣布了人事变动的决定。江川、中河和濑户口顿时呆立不动了。

江川脸色苍白,他颤抖着嘴唇说道:"老师,那里是洛北大学系统的医院,让我们去那里……"

"哦,这个问题你就不必担心啦!关西医科牙科大学这次由于某种原因已经脱离洛北大学独立出来,并且表明了加入浪速大学系统的意向。当然,作为本校从扩增新职位的意义上来讲应该大力欢迎。挑选你们几个优秀人才也是基于这种扩增本校职位第一桥头堡的观点,我们打算以后还要接连不断地派人过去,所以绝对不会让你们感到无依无靠,而且还保证指导你们撰写学位论文。"

财前闭口不谈派这三人去是为了交换学术会员选举的一千五百张选票,只是夸夸其谈地讲了些大道理。

"但是,老师,我还想留在第一外科继续学习呢!"

中河全力表示抵制,濑户口也随声附和。

佃友博代替财前说道:"学习?财前外科已经没有任何东西可以教给你们这些像红卫兵一样的医务员啦!"

"红卫兵?你这是什么意思?你把话说清楚,不要拐弯抹角!"

性格刚烈的中河极力反驳。安西医务长在旁边插言。

"你们煽动无薪医务员准备发起医务长公选运动的事情已被查明。依照财前外科的'宪法',对于你们这种做出严重扰乱医务部秩序行为的人,我作为医务长应该立即对你们'勒令辞退'。但是,因为财前教授不予计较,所以你们才捡回了一条命。你们要感到庆幸!"

按照社会常理来讲,受到勒令辞退就等于在报纸广告栏中宣布:"以下人员自某月某日起与本公司脱离关系,今后即使手持本公司名片也与本公司毫无关联,本公司概不负责。"对于一个医师来说,这就意味着断绝了今后在一流大学医务部工作的前途,彻底失去了科研场所和未来的发展机会。考虑到这一点,就连中河和濑户口也都无话反驳了。

"那么,你们三个人就都接受这个决定啦!去舞鹤赴任以十月一日为期发布调令,你们都要做好心理准备。"

财前冷漠地发出命令,脸上露骨地现出掌握绝对人事权力者的冷酷无情。中河、濑户口和江川三人默默地鞠躬行礼,随即走出了教授办公室。

回到医务部,年轻医务员们立即跑过来围住了中河和濑户口,江川茫然自失地在柳原身旁坐下。

"你怎么啦?教授对你说什么啦?"

柳原合上笔记本,望着比他晚一年进医务部的江川。

"只因为我以前是东派的人,就要被发配到舞鹤综合医院去。"

"什么?去舞鹤?"

"嗯!我的前途已经没指望了。只说我以前是东派,可我做过什么啦?"

江川咬住嘴唇,握紧拳头使劲砸向桌面。这时,围着中河和濑户口的年轻无薪医务员们发出了愤怒的声音。

"这是黑幕!没有明确理由就把我们卖到医师不够用的地方,简直就是贩卖人口!"

"说得对!咱们坚决不能允许医学界的黑中介继续横行霸道。"

柳原怀着愧疚的心情聆听他们愤怒的心声。

在三名医务员退出教授办公室后,佃友博和安西也离开了,财前抽着雪茄沉思了片刻,然后突然从转椅上站起来走向与新住院楼隔着中庭的医学院旧楼。他要去病理学的大河内教授的办公室。

他登上昏暗的楼梯,确认办公室门牌上是"在室内"之后,就轻轻地敲了门。里面传出应答声,他推门进去立刻闻到强烈的福尔马林气味。大河内教授正面对房间角落里的白瓷砖清洗台检查脏器标本。在相当于两倍切菜板大的标本切片台上,放着用福尔马林固定的、拳头大的暗褐色左肺标本。大河内正在用病理刀进行切割。

"老师,我是财前,有些问题想请求您指教……"财前心存忌惮地说道。

"怎么,是财前?"大河内显得很意外,但并没有转回身来,"我正在检查肺部肿瘤,再有十五分钟就完了。你等我一会儿吧!"

肺下叶发现了小型肺肿瘤,但为了查明究竟是从其他脏器经由血管的转移癌症还是肺部原发癌症,大河内正在用病理刀割开标本并沿着支气管伸进探针做检查。大河内是病理学检查的权威,他诊断为癌症就是癌症,诊断不是就不是。因此,他身边笼罩着令人难以靠近的威严气场。

财前慑于大河内的威严气场,站在房间角落等待大河内做完病理学检查。虽然这个房间很宽敞,但是除了窗户和房门之外,墙边都摆满了书架,上面堆满了病理学相关的原版书籍、学会杂志和病理组织标本载玻片,即使这样还有放不下的书籍,就直接摆在了地板上。虽然大河内叫财前等候,但这里却不会像财前办公室里有成套的待客家具,只摆着大河内教授自己用的座椅,这种阵势令人感到他简直就是在坚守自己的城堡,拒绝与进房间的外来者长谈。财前百无聊赖地呆立在书架前等候之间,想起自己曾经跟同级的里见修二在这间病理学研究室里检查脏器和对着显微镜观察的日子。自己之所以把学籍落在病理学研究室是因为容易拿到学位,所以在获得学位之后立即转到了临床医学组,而里见却在病理学研究室做了很久之后才转到了临床。不过,在病理学研究室时期大河内教授的指导十分严格。

大河内教授曾经教导他们:"医学始于病理止于病理。因此,充分进行基础病理学检查就能避免误诊。但是,有些人在成为资深临床医师之后就会过度相信自己的能力而常常疏忽了基础病理学检查,由此引起难以预料的事故。"大河内向研究生们进行了完全彻底的病理学检查方法的指导。

大河内终于做完了肺部肿瘤的病理学检查,随即在室内角落的洗手盆里洗了手。

"财前,你找我有什么事啊?"

"有个问题一定要请老师赐教。"

"什么问题啊?我很忙,你就简明扼要地说吧!"大河内态度冷淡地说道。

"我想请老师赐教的问题是,虽然实际上学会上还没有定论,但我在总结我所经手的贲门癌中三十四例已有转移的病例之后注意到,根据发生部位不同,癌变成长的方向和扩散的路径也不尽相同。"

"哦?这倒很有意思嘛!你详细说明一下是怎么回事儿啊!"大河内催促道。

"例如,发生在贲门部大弯侧的癌变会向胃体方向扩散,而发生在小弯侧的癌变则会向食管下方扩散。而且扩散路径也会根据部位不同,分为血道转移和淋巴道转移。但是,因为我们是临床医师,所以不太明白其中的规律。这个问题只能依靠病理学家,尤其是请您这样的人体肿瘤学权威协助才能解决。因此,我希望得到老师的协助,用病理学加以分类。"

财前不失时机地做了说明,一直站在大河内的办公桌前表现出与往常不同的真诚姿态。

"哦?根据发生的部位不同,癌变的成长方向及路径可能有一定的规律吗?这倒是个很有意思的问题呀!"大河内突然表示出积极的关注,"财前,那就抓紧研究吧!既然你手头已经有了三十四个病例,那就从你的研究室抽调三名优秀人员,我这边也派出两名组成研究小组就可以马上开始了。"

大河内双目生辉。这样一来,财前就向拜访大河内的真正目的迈进了一步。

"老师，我们临床医师只是根据 X 光片呈现的某种形态判断病情，如果能够进一步做出根据病理学体系论证的形态诊断的话，就可以做出更加确切的判断。即使从这个意义上来讲，我也深切地感受到，病理科与外科今后必须保持更加紧密的合作关系。"

财前为的是加深与大河内的接触。

"那么，目前你掌握的资料都有哪些啊？"

"从贲门部大弯侧向胃部方向扩散的情况占百分之五十五，从贲门部小弯侧向食管下方扩散的情况占百分之六十三。从贲门部经由淋巴道转移和经由血道转移的比例为七比三。但是，只有一个出乎意料的病例，就是出现在贲门后壁上的原发癌，经由血道转移到了肺下叶。像这种极其罕见的转移路径到底是怎么回事呢？因为毕竟没有其他病例可以参照。"

听到这里，大河内眼中立刻射出锐利的光芒。

"财前，你刚才说的病例不是跟目前上诉审的佐佐木庸平相同吗？你来这里难道是为了暗示我那个病例只是凤毛麟角，是极为局限的病例，属于临床上的不可抗力吗？"

大河内把质疑的目光投向财前。财前努力掩饰有点儿心虚的表情。

"哪里有这种事情！老师，我来您这儿纯粹是从学术角度向您请教。"

"是吗？那好吧！我可以把你带来的问题与官司彻底分开来听嘛！"

大河内说完就把财前撇在一边，然后他把脸转向办公桌。财前本想不动声色地试探大河内当佐佐木方鉴定人将会陈述什么内容，却没能找到丝毫缝隙可钻。

因为大河内教授要出庭,所以大阪高等法院民事三十四号法庭内坐满了医学相关的旁听者。柳原助教、金井副教授、佃讲师和财前又一等财前方相关者自不待说,连里见、东贞藏以及他女儿佐枝子也坐在旁听席的角落里。

满头白发而身材瘦高的大河内教授一站在证人席上,法庭内就掠过一阵紧张的空气,坐在被上诉人席的财前也表情僵硬,而坐在上诉人席的佐佐木良江、小叔信平以祈盼的目光仰望着坚毅地挺立在证人席上的大河内。

审判长按照程序讯问了大河内的姓名、年龄、住址和职业等身份信息并让其宣誓。待宣誓完毕之后,审判长宣布:"现在由上诉人代理人开始主讯问。"

关口律师站起来向大河内鞠躬行礼。

"关于已故佐佐木庸平的死因,已经在一审中请教了病理学剖检主刀者大河内教授的详细所见。但是,我在本次上诉审理中首先要从死因出发,从当时应该采取哪种处置方式、采取这种处置方式能否避免死亡等展开论点,因此即使重复与一审相同的讯问也希望您能够理解本代理人的意图,请予谅解。"他向审判官席也做了解释之后便转向大河内教授问道,"首先请问,患者的直接死因是什么?"

"肺虚脱以及右心室功能不全,原因是由癌性胸膜炎导致左胸腔血性胸水潴留,阻碍肺部伸缩,对心脏造成了负担。"

"那么由此可以认为直接死因就是癌性胸膜炎吧?"

"是的。"

"那么这种癌性胸膜炎与贲门癌手术有关联吗?"

"有很大的关联。也就是说,贲门后壁的原发癌转移到了左肺下叶,并由于某种契机急剧增殖扩散到胸膜面而引起了癌性胸膜炎。"

"这么说来,在考虑发生癌性胸膜炎的途径时,首要问题就是胸部的转移病灶吗?"

"正是如此!"

"那么,请您再次陈述剖检所见左肺下叶和胸膜面各个转移病灶的大小、形态以及两者的位置关系!"

大河内从上衣胸袋里掏出老花镜,拿起剖检记录。

"首先是左肺下叶或者说相当靠近横膈膜的末梢位置,可以看到有个小指头大的转移病灶,而且周围还有三个粟粒转移病灶群,胸膜面密集地分布着凹凸的大小不均的肿瘤。"

"那么,每个癌细胞大概有多大呢?"

大河内对关口突然提出奇异的讯问内容表示疑惑,他歪了歪仙鹤般的细长脖颈。

"这要根据癌症种类来看,不能一概而论。大的有五十微米,小的有十微米左右。因为一微米等于千分之一毫米,由此可知一个癌细胞有多微小。但是,这么小的癌细胞一旦开始分裂增殖,一天就可以从十个变成二十个,从一百个变成二百个,会按照几何级数无限制地持续增加,最终毁灭人的生命。"

"哦?您的解释使我们清楚地了解到癌症的可怕性。那么,您认为本案病例中癌细胞是以什么样的方式转移到胸膜并增殖的呢?"

"肺野的转移病灶首先向胸膜浸润,附着在胸膜上的癌细胞就在那里增殖逐渐扩大形成瘤块。即使称之为瘤块也并不大,只有芝麻粒般大小。但是,它会与日俱增地长大,变成肉眼也能看到的大肿瘤。"

"这样说来,应该能够从肿瘤的大小推断发生癌性胸膜炎的时间吧?"关口着重强调地问道。

大河内"嗯"了一声并点点头。

"原来如此！外行人的思路真是令人生畏呀！确实越是转移早的肿瘤也就越会与日俱增地长大，所以在某种程度上可以从肿瘤大小推断发生癌性胸膜炎的时期。"

听到大河内的回答，关口就像嗅到猎物的气味般眼睛发亮。

"是吗？可以推断出来吗？在本案中，癌性胸膜炎是什么时候发生的非常重要，从一审以来就根据各种观点讨论过这个问题。那么，如果从胸膜面肿瘤的大小推断发生癌性胸膜炎的时期的话，可以考虑是在什么时候呢？"

由于出现了意外的进展，旁听席上所有的人都屏住了呼吸，审判长也在凝眸注视——上诉审理的讯问或许会根据大河内的见解提出新的论点。大河内缓缓地开口陈述。

"关于本案，就像我刚才也说过的那样，从左肺下叶小指头大的转移病灶和三个粟粒大转移病灶群的一部分中，癌细胞发生了进一步的转移。从这个病例的形态上来看，肿瘤还只像分散的芝麻粒大。这种程度说明转移的时间较短。但是，当胸膜面出现了类似棋盘上摆满棋子的状态、肿瘤呈板状排列的时候，就可以考虑到癌性胸膜炎是在相当早前发生的。在看到这种状态的时候，作为病理学者的我也产生了难以言喻的异样感觉。因此，像本案这样在胸膜面上看到凹凸的大小不均的肿瘤时，很难想象病灶是在患者死亡两三天前或四五天前出现的，无论怎样剧烈增殖的恶性肿瘤，都应该考虑已经过了一个月。"

癌症病理学权威大河内的严正话语声响彻了法庭，坐在被上诉人席上的财前的神色渐渐地发生了变化。

"已经过了一个月！那就是说，虽然患者在六月二十日死亡的前一个月做过术前X光检查，但当时不仅是在左肺下叶，就连胸膜面也已经有肿瘤了！"

关口的嗓音变得非常高亢。

"当时肿瘤究竟有多大呢？或许还没有发展成为裸眼能够看到的肿瘤，或许虽然已经发生了裸眼也能看到的肿瘤却因为术前胸部 X 光检查不够充分而未能注意到。这些说到底都是临床方面的问题，在剖检当时无法得到相关情况的线索。这就是病理学的境界。"

大河内虽然表现出对患者方的关怀，但也始终贯彻了医学家严肃公正的立场。刚才情绪高涨的关口顿时像被泼了冷水。

"是吗？可是，从发生癌性胸膜炎的时期可以追溯到手术时期，这是本次上诉审理中甚为重要的见解，不对这一点进行预测就对主病灶采取手术，会对转移病灶造成相当大的影响。您对此怎么看呢？"

"从结论来看，术前不仅左肺下叶有转移病灶，而且胸膜面也有转移的主病灶，在这样的情况下实施手术是否会导致癌细胞增殖恶变，即使在外科学家之间也有不同的观点。不过，说到底这是只从结果来看问题，而在本案中，先决问题是术前胸部检查能在何种程度发现肺部和胸膜面的癌转移。"

大河内严肃地做出了结论。

"原来如此。您是说'问题在于术前胸部检查'，对吧？我的讯问到此结束。"

在主讯问获得成功的关口涨红着脸回到座位上，财前律师团的河野和国平好像在商量什么。

"被上诉人代理人有没有要问鉴定人的问题呀？"

审判长发问，国平律师站起来言辞恭谨地开始反对讯问。

"在一审记录以及刚才上诉人代理人的讯问中，大河内教授都认为患者的死因是由于血性胸水潴留压迫肺部带来肺虚脱和心力衰竭。没有错吧？"

"是的,没错!"

"那么,左胸腔内潴留的胸水量是四百九十毫升,有没有错呢?"国平有些絮叨地问道。

大河内猛地皱起了眉头。

"啰唆!不要重复同样的问题!"

大河内的当头断喝令旁听者都为之震惊,连佐佐木良江也畏怯地望着大河内,但国平律师却若无其事。

"俗话中有个词叫'单肺飞行',是吧?也就是说,即使失去了一半肺功能,那么假设成年男子的肺活量是三千毫升的话,依靠剩下的一千五百毫升也足以维持呼吸继续存活。但是,根据佐佐木庸平先生的情况来看,胸腔潴留的胸水量是四百九十毫升,哦,即使算作五百毫升,那也还剩两千五百毫升肺活量。这种状态带来呼吸功能衰竭和肺虚脱,实在令人费解。是否可以考虑到其他某种原因呢?"

"你好好看过剖检记录吗?"

大河内表情愤怒地责问,而国平却丝毫不为所动。

"不用您提醒,我早已经仔细研读过了。但是,只凭有疑问的癌性胸膜炎恐怕不会使患者在那样短促的时间内死亡吧?佐佐木先生临终时在场的胸外科专家金井副教授在上次庭审中也陈述过,他对患者的急剧死亡感到疑惑,强烈主张死因应该是术后第一周发生的肺炎。在主刀剖检的大河内教授的记录中也记载着肺炎吧?"

"确实如此。无论是裸眼观察还是组织学检查,都可以看到肺叶有发红的炎症现象,可以考虑到发生了肺炎的症状。但是,我并没有确切断定是单纯的术后肺炎还是由癌转移引发的所谓伴随性肺炎。"

"那么,您认为是其中的哪一种呢?"

"这我还没有判明。但是,从肺叶的炎症状态来看,我不认为肺炎就是单一的死亡原因,所以应该在并发癌性胸膜炎这一点寻找致死性的因素。"大河内教授斩钉截铁地答道。

国平觉得继续进行反对讯问将对财前方造成不利，便说："我的讯问到此结束。"

他采取医协顾问律师惯用的逃避战术，迅疾地结束了反对讯问。

审判长望着大河内教授说道："本法院要向大河内证人讯问。在本案中关于患者的直接死因，上诉人主张术后第一周发生的呼吸困难和发烧等症状是癌性胸膜炎，而被上诉人方主张是术后肺炎。虽然双方的主张完全对立，但是从胸腔潴留的四百九十毫升血性胸水量能否推算出癌性胸膜炎症状开始出现的时期呢？"

"胸水潴留量根据癌症的症状和患者的全身状况而有所不同，所以胸水潴留量不能成为推算胸水开始潴留时期的计量依据。不过，就像刚才关口律师这位非医学专业人士用意料之外的方式提到的那样，根据胸膜面肿瘤的大小和状态断定胸水潴留从相当早期就开始也并不见得不合理。"

"那么，假定术前进行过彻底的胸部检查并鉴定左肺下叶阴影为癌变的话，或许就有可能发现胸膜面转移了，对吗？"

"我认为可以考虑到这种可能性。"

审判长抓住上诉审理中的问题点亲自讯问，大河内回答的话音刚落，旁听席上便一片哗然。河野和国平赶紧跑向坐在被上诉人席的财前，慌慌张张地商量了几句，国平随即发言。

"审判长，为了查明刚才大河内鉴定人陈述的胸部检查的相关问题，被上诉人方申请证人出庭。"

关口律师也站起来，他语调强烈地回应道："我方也要申请证人。"

"那么，下次证人讯问将在九月九日下午一点钟开庭，双方代理人没有异议吧？"

由于本案是集中审理，所以审判长宣布一周后开庭。

关口赶紧说道:"审判长,考虑到我方证人的时间安排,希望定在半个月后的九月十七日开庭。"

"如果白白拖延半个月就失去了本案集中审理的意义。希望按照审判长指定的日期开庭。"

国平立刻表示反对,试图阻止关口的拖延战术。

审判长望着关口问道:"如果你方委托的证人时间不好安排的话,能不能改换其他证人呢?"

"恕我冒昧,为了按照程序证明财前被上诉人的过失事实,我方一定要请那位证人出庭。但是,因为那位证人目前卧病在床,所以希望准许延缓半个月时间。"关口用毫不退让的语调答道。

虽然国平再次表示反对,但审判长仍然宣布:"明白了。那么,下次证人讯问就定在半个月后的九月十七日下午一点钟。"

扇屋酒家最里面的包间笼罩在窘迫的气氛中,河野律师、国平律师和财前五郎、财前又一四人相对而坐,从刚才起他们就沉默不语。财前又一请了两位名律师,却仍然由于大河内教授的证词而使财前陷于不利境地,他的不满情绪露骨地表现在脸上。

"一直这样不说话也无济于事嘛!在今天的庭审中,审判长讯问大河内鉴定人:'如果术前更仔细地检查左肺阴影并注意到是癌症转移病灶的话,是不是就有可能在某种程度上判明胸膜面的肿瘤?'当大河内回答说'有可能'时,吓得我血压忽地就上去了。虽然河野、国平二位律师紧急磋商之后提出申请证人的要求,但是能不能赶快采取对策一举挽回今天大河内证词对我方造成的不利呀?"财前又一不无挖苦地催促道。

国平律师板着脸,答道:"所以我们才为了在下次证人讯问中扳回劣势紧急申请佃讲师当证人嘛!"

他扭头望着刚才跟女侍进来的拘谨地坐在末座的佃友博。

财前又一点了点油亮的秃头向国平问道:"哎,佃从教授选举以来一直是五郎的得力助手,对所有的情况都很了解,我觉得他十分可靠。不过,你到底要叫他证明什么呢?"

"也就是说,既然审判长亲自讯问假设预先更仔细地检查过左肺下叶阴影的话结果会怎样,那就表明他并不是单纯地假设。我认为这是因为审判长已经倾向于财前教授可能疏忽了术前检查,也就是说可能没有在术前注意到癌变已从贲门转移到了肺部。因此,我方必须证明,财前教授在术前已经怀疑胸部阴影可能就是癌症转移病灶了。所以我们必须通过佃讲师强烈主张——财前教授在大查房中诊察佐佐木庸平时就是那样说的。我听说佃讲师口才相当好,而且在做任何事情时都跟财前教授同心同德。财前教授说个一,他就能领会到十。也正因为这样,我才觉得佃讲师是不可多得的人选呀!"

国平极力抬举佃友博,而佃友博虽然嘴上说"过奖了",但表情却显得十分得意。

"但是,佐佐木那边推出的证人会是谁呢?还会是原病房护士长龟山君子吗?"财前五郎不安地问道。

"从关口律师所说目前证人卧病在床这一点来看,毫无疑问是指怀孕的龟山君子啦!不过,他们真的已经得到龟山君子出庭的承诺了吗?还是只想碰碰运气而盲目地提出申请证人的要求呢?到底是哪种情况呢?"国平一时难下结论。

河野说道:"我估计关口还没有得到龟山君子的承诺。"

"哦?你怎么知道呢?关口律师提出申请证人要求的语调,听起来相当强硬啊!"财前五郎从旁边担心地说道。

"这个问题怎么说呢?其实就是我们律师从长年的经验中养成的第六感嘛!因为虽然当时关口律师说得很强硬,可他又极力要求延缓下次庭审。所以我认为,所谓证人卧病在床只不过是个借口而已,其实是为了争取更多的时间去说服对方。"

河野似乎在调动他在四十年律师生涯中养成的敏锐的第六感。财前觉得这与医术老练的医师感觉不无相通之处。

国平也说:"河野律师的第六感在我们同行中也是众所公认的啦!咱们就暂先当作他尚未得到承诺吧!不过,正因为如此,关口律师肯定会马上跑到龟山君子那里去,所以咱们也不能干坐傻等啦!"

"不过,上次国平律师不是把装了五万元的红包跟点心盒一起放在龟山家了吗?从对方至今没有退还那笔钱来看,可以断定龟山不愿意出庭做证。"财前又一不当回事儿地说道。

"不过,我明天就尽快去龟山家再次搞定她,顺便侦查一下关口那边的敌情。我上次也说过,龟山君子丈夫工作的三光机械厂因为申请专利的问题委托我办过事,所以我可以通过这层关系叫他们公司高层向他施压,不管她那个工匠脾气的丈夫怎么乖僻,大概都不会傻到让老婆去当佐佐木方的证人。"

听国平这样一说,河野翻阅着庭审记录复印件,说道:"因为是国平接手,所以我相信这件事能够办好。不过,还有佃讲师证词内容的问题呢!因为佃讲师隶属于财前外科,所以我担心审判长在听他的证词时会心存顾忌。所以,最好能够提出某种具有客观性的材料。"

国平也探头看看材料,随机面向财前说道:"河野律师说的确实没错儿!如果再有一个能够支持佃讲师证词的证人或证据的话,说服力就更强啦!财前教授,你有没有想到什么线索啊?"

"这个嘛,你突然问我……"财前困惑地支吾道。

"哪怕不是全新的材料也行。比如说,只要能够客观地支持佃讲师的证词内容就可以嘛!"

"说到支持佃的证词,那就是要证明我在术前就对肺部转移病灶有所怀疑。佃,你回忆起什么线索了吗?"

财前有些怪异地强调了"回忆起"这个词。

"是啊,这方面的情况我什么都……"佃友博十分歉疚地答道。

"是吗?当时你刚刚如愿当上讲师不久,记忆是不是也应该不同往常,会格外鲜明呀?你镇静下来好好回忆一下!"

财前像刚刚想起似的用以恩人自居的语调暗示佃友博:是我让你从医务长升任讲师的。佃友博似乎恍然领悟到财前这番话背后的用意。

"这样说的话……不,可是,那个也不对……"佃友博惶惑地思索了片刻,"啊,对了对了,我想起来了。"

佃友博故意提高嗓门大叫起来。

"哦?你想起什么啦?"国平紧抓不放地问道。

"在这种时候我居然把这么重要的事情都给忘记了。我实在不知道该怎样表示歉意。财前老师,也许您当时因为忙于准备参加国际外科学会而忘记了,您不是曾经指示我'如果在出发前有时间的话就给佐佐木做CT扫描,你帮我办好预约手续'吗?"

"嗯,是啊!这么说来,那件事是交代给你啦!我也全都忘记了。那么后来怎么样了呢?"

"后来我就按照老师的指示给放射科打电话预约,要求做完CT扫描马上安排加急冲洗。可对方好像是新来的护士,说什么各科教授、副教授的急件大量积压,不能立即受理什么的。我就训斥她:'难道你不知道财前外科吗?你别干护士啦!'那个护士突然哇哇大哭起来。因为那是我第一次听到护士哭得那么夸张,所以我记得很清楚。"

财前又一无法断定财前五郎跟佃友博的对话哪段是做戏哪段是真事儿,目瞪口呆地看着他们你一句我一句,而国平却露出微妙的笑容听得出神。

佃友博继续说道:"那次好不容易预约好的 CT 扫描后来被取消了。原因是财前教授在国际外科学会上发表的论文译稿需要修改,还有直到出发前都得给其他患者做手术,所以就没时间做 CT 扫描了。而且我记得当时教授自己也判断没有必要做了。"

"嗯,我也一点点地想起来了。因为当时时间非常紧迫,而且我认为没有必要做 CT 扫描。"

"所以,我又给放射科那个哭了的护士打电话取消了预约。"

一直在默默聆听两人对话的国平急切地问道:"除了给那个护士打电话预约之外,还有没有什么物证能证明你们曾经预约 CT 扫描,后来又取消了呢?"

"当然有啦!在我们医院,拍 X 光片的预约都记在登记本上。所以,应该登记着某月某日第一外科预约 CT 扫描,如果取消了就会登记取消。这是两年前的事情,所以记录应该还保留着呢!"佃友博向上翻眼望着财前说道。

财前立刻领会到佃友博的意图,因为他碰巧有过为自己的某个患者预约做 CT 扫描的事实,于是想把那次预约巧妙地偷梁换柱改为佐佐木庸平。但是,不知河野和国平是否有所觉察,在认真听完之后河野说道:"既然曾经预约做 CT 扫描后来却没做,这就不太有利了。不过即便如此,也可以当做证明财前教授曾经怀疑过癌症的肺部转移的重要证据了。"

国平也兴致勃勃地说道:"这样的话,我明天上午就去龟山君子丈夫的公司,坚决阻止她作为佐佐木方的证人出庭。如果顺利的话,还可以拉她当我方的证人呢!"

河野、财前又一、财前五郎、佃讲师的脸上各自交织着微妙的表情。

关口律师和佐枝子乘坐阪神电车前往尼崎市的龟山君子家。佐枝子脸色稍显苍白。

"关口律师为什么要申请那么没有把握的证人呢？这些天来不管我怎么请求都毫无结果，那个人丝毫没有愿意出庭做证的希望，可你却说得那么坚决……"

佐枝子像是在埋怨关口在法庭上言之过早。

"不过，我们应该看到财前那边也会考虑把龟山君子拉去当证人啊！所以，我就考虑到要先下手为强地申请龟山女士当我方的证人。从今天大河内教授的鉴定意见中看到了问题在于术前胸部检查，所以在这个时候就要请龟山女士出庭证明财前疏忽了术前胸部检查的事实。你今天无论如何一定要说服她。"

虽然关口俯首拜托，但龟山君子到底会不会接受自己的请求，佐枝子毫无信心。她已经在夏日酷暑中走访过两次，第二次君子的丈夫还把自己带去的水果篮扔了出来。尽管她后来又多次写信恳求，而君子的答复与前几次完全相同。现在刚刚过了五点钟，想到君子的丈夫可能已经下班回家，佐枝子就有点儿畏缩不前。但是，当她想起在大阪高等法院庭审结束后，大河内教授、里见、父亲在走廊上爽朗微笑的情景，佐枝子又重新鼓起了勇气。

两人在尼崎车站下了车，随即向三光机械厂宿舍走去。他们在第五户龟山君子家门口敲门打招呼，玻璃门从里面哗啦打开，君子走了出来。

"哎呀，小姐……"

龟山君子虽然打了招呼，但表情却显得十分困惑。怀孕六个月的她脸庞有些憔悴，腹部的隆起也已经很明显了。

"十分抱歉。你在以前的来信中说我的拜访给你带来了很大困扰,我十分理解你的心情。不过,今天我想最后一次,真的只是最后一次向你请求,就跟佐佐木方的关口律师一起来了。"

佐枝子这样一说,君子也就不好再拒绝了。况且,站在门厅里说话,隔壁邻居会听得一清二楚。

"不管怎样,你们先进来说吧!刚好今天我老公加班会迟些回来。"

君子表情僵硬地招呼他们进了里面的六铺席大的房间。

佐枝子刚刚坐下就立即说道:"君子女士,你的决心我十分明白,而且又有孕在身。不过,今天大河内教授的鉴定谈到了重大情况,认为佐佐木庸平先生术前胸部检查是问题所在,如果做好充分检查不仅能注意到肺部转移病灶,也许还能发现转移到胸膜的肿瘤。所以,请你在法庭上证明财前教授在大查房时不听柳原医师的建议,还说过'没有胸部转移,术前CT扫描没有必要'。因为,你这句话将会对此案审理起到决定性的作用。"

"可是,我上次已经写信告诉过你,对方的律师也……"

"国平律师也来这儿找你,请求你不要当佐佐木方的证人,是吧?"

"是的。而且我一直没告诉你,他当作礼物放下的点心盒包装纸里还夹着五万元巨款呢!"

"啊?你是说他留下钱了吗?"关口惊讶地问道。

"那么,你们是怎么处理那些钱的?"

"我老公说这种钱明天就扔还给他们,然后就抓起钱来塞进他一年到头系着的裹肚里了。"

"他什么时候去还的呢?"

"这个……我没问那么多。反正不知道是所谓工匠脾气还是没上年纪就那么古怪顽固,只要是我一一追问的话,他就着急。不过我了解我老公,他应该已经归还了。"

"财前那边的人居然干出如此卑鄙的勾当……所有的事情都想用权力和金钱解决。不过尽管如此,你还是没有向财前他们的威逼利诱屈服,真了不起呀!"关口向龟山君子俯首致谢,"既然已经到了这种地步,我也不好意思再反复烦扰你了。不过,在下次证人讯问时,对方肯定会玩弄所有的手段证明财前教授曾经留意术前检查,说不定还会增加证人。那样的话,坦率地讲,我方能跟他们抗衡的证人就只有你一个人了。如果没有你先生的同意就不能出庭做证的话,那么我现在就去他的公司找他,或是在这里等他回家。事到如今,除了请你用一句话证明事实之外,作为律师的我也无计可施了。"关口再次深深地垂下头。

君子痛苦地俯下脸说道:"因为我当时是做护士的,所以你说的话我再明白不过。可是,叫我拖着六个月的身孕站在高等法院的法庭上做证,精神上和身体上的负担都会过于沉重,实在难以承受。"

龟山君子说到了有孕在身的理由,连关口和佐枝子也无话可说,气氛变得沉闷凝重起来。

"有人在家吗?"门厅外传来女人的招呼声。

"哪位啊?"君子吃力地起身走向门厅。

"哎呀,护士长,果然是龟山护士长家呀!"站在门厅的女人大声说道。

君子好像一时想不起对方是谁,打量了对方片刻。

"啊,佐佐木太太,这不是佐佐木庸平先生的太太吗?"

在短短的时间里,佐佐木良江的白发增加了许多,人瘦得完全变了样。

君子于心不忍地望着她说:"刚好东老师家的小姐和关口律师在我家呢!"

佐佐木良江有点儿惊慌失措,因为关口律师曾经向她交代过:"你大病初愈,就在家里好好休息,一切事情都交给我去办。"

"先进来再说吧!我家实在太小啦!"

良江十分尴尬地走进关口和佐枝子所在的房间。

"关口律师,请您原谅!虽然您很担心我的身体,可我一想到下次证人讯问的事就再也待不住了。在我先生住院期间龟山护士长就热心照顾我们,所以无论如何我都要亲自来提出请求。"说完,她就在君子面前伏下瘦弱的身体并将双手并拢,"护士长!拜托你了!请你在下次证人讯问时出庭证明财前教授说过没有必要做CT扫描的话。只要你的一句证词,佐佐木庸平的遗属就得救了。我们的生意一蹶不振,还欠下了打官司的费用,全靠关口律师无偿地热情相助。只要护士长说上一句话,判决就会对我们有利。如果能胜诉的话,大家该会多么高兴啊!"

佐佐木良江溃堤般呜咽着伏在榻榻米上。君子眼中闪过一丝动摇的神色。

"佐佐木太太,再过四个月我也要当母亲了,所以听你这样说我也十分难过……但是,为了快要降生的孩子,我不想卷进官司里,只想身心平静地过安稳日子。"

听她这样一说,良江一时哑口无言,但又突然凑近了君子。

"护士长,你生孩子的时候我来当保姆,所有照顾孩子的事情我都可以做。其实我今天来到你这里,是因为家里三个孩子央求我来拜托你,希望你不要坐视不管!请你救救那三个孩子吧!"

良江两眼发直,抓住君子的手臂不放。君子热泪盈眶,佐枝子的眼泪已夺眶而出。

只有关口平静地说道:"怎么样?可以请你当证人吗?"

君子刚要点头却突然想到了什么似的,说道:"请原谅我的固执,还是等我老公晚上回来跟他好好商量之后再给你们答复吧！"

她虽然表示了深切的同情，但最后的回答依然与以前相同。

在三光机械的车工厂房里，马达的低吼声和车床全速切削钢质工具的金属声震耳欲聋，一大早就亮起的荧光灯下，五十名车工正在忙碌地工作。

君子的丈夫冢口雄吉昨晚跟君子为是否给佐佐木方当证人反复争吵到很晚，此时仍然满脸倦意。他在众多车工中也算是技术高超的熟练工，他正开动车床，埋头试制交货期迫近的汽车零件。

"阿雄的技术到底跟咱们这些人大不相同啊！"

雄吉旁边正在做螺丝的年轻工人从厕所返回，正入迷地望着雄吉操作机床的样子佩服地称赞。雄吉绷着脸一声不吭，灵活地前后进刀退刀，精密地把工具切削出设计所需的角度，切削下来的钢屑变成铅色粉末四处飞溅。

"原来如此啊！那里的角度要这样切削呀！这太难啦！"年轻工人再次叹服地说道。

"你在旁边瞎吵吵什么呀？真是烦死了。撒完尿就赶快干活儿吧！"雄吉大声吼道。

"我在夸奖你呢！怎么还生气呀？上次工长还说，像阿雄这样技术高超的车工十分少见，还担心你被别的工厂挖走呢！"

"胡说八道！我十七岁的时候连车床的'车'字都不认识，都是现在的工长手把手地教出来的，我怎么能做出那种忘恩负义的事来呢？如今的小年轻们稍微学了点儿车工技巧，马上就被鼻子尖前的日薪引诱而到处跳槽，我怎么能跟他们一样呢？"

他抽动着鼻子，痛快淋漓地训斥那个年轻人。

"冢口雄吉先生，厂长叫你呢！"保安一路小跑过来说道。

"厂长？你是不是把工长错记成厂长啦？"他像责怪对方年老昏聩似的反问道。

"不，就是厂长嘛！叫你马上去厂长办公室。"

"嗯？怎么回事儿？厂长居然会叫我去……"

他百思不解地歪歪脑袋，随即脱下沾满油污的线手套，朝厂长办公室走去。

雄吉来到另一座楼里的厂长办公室门前，心情难免有些紧张，他扣好松开的工作服纽扣敲了敲门。

"可以进来！"

雄吉听到厂长的应答，用很不习惯的动作推开门，立刻像被钉住双脚似的呆立不动了，待客椅子上坐着曾经擅闯自己家的国平律师。厂长扭头望着呆立在门口的雄吉。

"别客气啦！到这边儿来，你也坐下吧！"

雄吉跟厂长一年当中也就说一两次话，可此时厂长的态度却奇怪地变得非常亲切。

"好的。不过，厂长找我有什么事儿？如果是为了正在试制的汽车零件，就叫工长来讲，另外……"雄吉直立不动地快速答道。

"不，今天叫你来跟那件事没关系。这位是咱们公司经常委托办事的国平律师，你好像早就认识了吧？"

国平迫不及待地说道："上次突然上门打扰实在失礼。你太太的身体后来也很好吧？听说离预产期还有四个月，这是你们的第一个孩子，所以一定很高兴吧。不过，另一方面也会很担心吧？"

他像是要利用雄吉即将为人父的心理展开攻势，但雄吉根本不为所动。

"厂长，您叫我来就是为了这个人的事儿吗？"

厂长点了点头。

"你跑到厂里来,哎,就为了那件官司的事儿吧?你们这些人到底想把别人的生活破坏成什么样子啊?"雄吉咬牙切齿地说道。

"你对国平律师怎么能这样说话呢?国平律师曾经成功地解决过咱们公司的诉讼案,你却对国平律师说出那样失礼的话!赶快道歉!"

厂长慌忙抢先表示歉意,国平落落大方地笑了笑。

"没关系啦!我倒是挺欣赏冢口先生这种工匠脾性或者说是淳朴的个性。"他一边抽烟一边说道,"不过,冢口先生,你刚才说'你们这些人',对吧?是不是佐枝子最近又去说服你太太当佐佐木方的证人啦?"

国平的无框眼镜闪出一道亮光,雄吉也用白眼反瞪着国平。

"最近,就是昨天,趁我加班回家很晚,佐枝子和关口律师还有死亡患者的媳妇也跑到我家哭天抹泪去啦!"

"啊?连佐佐木良江也去你家啦?那你太太该不会被她哭得心软就答应她去当那边的证人吧?"

"听说,那个死者的媳妇跪在榻榻米上哀求说'护士长,请你救救那三个死了爹的孩子吧',我老婆差点儿就答应了他们的请求。但她还是觉得必须听她老公我的意见,所以就没有当场答复。昨天晚上我回家之后,她就跟我商量了这件事儿。"

"那你们最后怎么决定的呢?"国平急切地问道。

"那还用说吗?我告诉她那是别人的事情,断不可去当什么证人。"

他毫不掩饰自己的大男子主义。

国平松了口气说道:"是吗?那你们两人的决定太妥当了,真是帮了我的大忙。要是社会上的患者和普通民众都像你和你太太这样通情达理该有多好啊!像这次的上诉审理,那些人根本不了解治疗癌症有多么难,还以为是街道诊所的庸医把手术剪或纱布忘在患者肚子里的低级事故,居然打起官司并狮子大开口提出巨额索赔。所以说,没有比无知的大众更可怕的啦!即使从这个意义上来讲,莫如说想请国立大学医院病房原护士长出庭做证的,倒是财前教授这边呀!"

说完,他偷偷窥探雄吉的脸色。厂长也从公司的立场帮着施加压力。

"冢口君,怎么样啊?国平律师说了那么多,如果你太太能接受国平律师的委托出庭做证的话,对于咱们公司来说就等于为申请专利的项目做出回报呀!其实,咱们公司负责劳务管理的董事也要一起来向你说明此事的利害关系,但国平律师表示想跟你单独谈谈,所以就把你叫到这里来了。希望你从受到律师关照的公司一员的角度好好考虑啊!"

雄吉突然双手叉腰地站在国平面前。

"原来如此啊!我终于明白你这家伙没去我家而是闯到公司来的目的啦!你这个卑鄙的家伙!"

雄吉伸出粗壮的手臂猛地一把揪住国平的胸口。

"干什么?你搞错了,误会呀!"国平向后仰着身体,"你小子!好处都拿了,还说那种自以为了不起的大话?"

"你说什么?啊,你是说那个五万元的红包吧?我塞在裹肚里随时都可以退还给你!"

他解开工作服的纽扣,把手伸进沾满汗味的裹肚里掏出了那个皱巴巴的红包。

"我之所以一直没去退还,是因为我每天都要加班没有空闲。今天正好,哎,五万元我一分不差地如数退还给你啦!"

雄吉把五张皱巴巴的万元大钞摔在了国平面前的桌子上。

国平整了整被揪歪的领带说道:"冢口先生,好啦,你镇定点儿……你好像以为我向公司高层施压想叫你太太当财前教授方的证人,那真是大错特错呀!我可没有想过叫怀孕六个月的孕妇站在法庭上啊!不过,要是你太太被佐佐木方的哭求战术打败而当了那边的证人,先不用说我是什么意见,劳务管理董事恐怕都不会坐视不管。我只是担心你在太太即将分娩之前也会遇上麻烦呀!"国平眼神冷漠地说道。

雄吉听对方说到妻子分娩前的事情,脸上就流露出几分不安的神色,但他随即说道:"要是公司因为这事儿做出开除我的残酷决定,我就告到工会去!你要是做出什么过分的举动,那我可就不能再放过你啦!"

说完,他就气冲冲地走出了厂长办公室。

里见穿过近畿癌症中心的宽阔绿地,望着突然造访的佐枝子。

"是不是有什么急事啊?"

里见望着脸色不太好的佐知子。

"是的,是为了官司的事情。"佐枝子语气沉重地答道。

"那咱们就不直接去车站,在台地沿河路上边走边谈吧!"

里见朝着与径直向下的坡道相反的方向走去。那边延伸着灌木茂密的柔缓坡道,他们不久就来到了沿河路上。从树林缝隙间可以看到矗立在台地上的白色近畿癌症中心,还能看到千里丘巨型住宅区的楼群,住宅区附近会有这条不见行人的道路令人感到意外。里见和佐枝子都没有开口说话,只是默默地信步前行。

佐枝子虽然觉得必须把昨天造访龟山君子家的结果告诉里见,可是一旦说出口来,那就等于至今的一切努力全都以徒劳告终。想到这里,佐枝子悲伤的情绪几乎就要迸发出来。里见肯定对昨天佐枝子和关口的龟山君子家之行充满了期待,来到沿河路途中时,他停下了脚步。

"龟山君子那件事儿怎么样啦?"

"我就是为这事儿来的。不光是我和关口律师,连佐佐木良江也去了,她甚至恳求龟山看在三个孩子的面子上出庭做证,可还是无功而返……"

"是吗?龟山已经离开医院,要是你们这样请求都没有结果的话,那就再没有其他人能证明财前未做术前检查了吧!而且,在第一次证人讯问中,金井副教授给出了比一审时更加庇护财前教授的证词,所以在第一外科的医务员和护士中寻求其他证人恐怕是不可能的了。好不容易凭借大河内教授的鉴定意见,进展到调查财前在术前是否做过充分检查的阶段……"

里见的说话声中断了。佐枝子从他的沉默中能够感受到他坚定不移的严肃信念——即使被赶出了大学,作为医师仍然要对患者的死亡给出正确的证词,并且判明真正的死因。佐枝子的心头涌起近乎呜咽的暖流,她垂下白皙的脖颈突然把脸庞贴在里见胸前。在暮色初降的昏暗中,佐枝子白皙的脸庞因喘息而抽动,里见把手贴在佐枝子腮边。然后,里见好不容易保持住快要失衡的姿态,把手从佐枝子身上挪开。佐枝子也觉察到自己的失态,羞涩地整理了一下和服领口。

里见再次迈出脚步并说道:"佐枝子,我现在就去龟山家一趟吧!"

"啊?里见……"佐枝子诧异地望着里见,"不行呀!你不要去管那些事情,你只要考虑在上诉审理中怎样从医学理论方面进行论证就可以了。而且,君子女士的丈夫现在很敏感,他最不愿意看到医师和律师出现。所以,就请把这件事交给我去办吧!既然你都要去的话,那我就今晚稍迟些再去一趟。这次我不是向君子女士,而是向一直坚持阻止的君子女士的丈夫提出请求。"

"不过,听说龟山君子的丈夫是个性格粗野的男人,还把你带去的水果篮都扔回来了呢!"

"即使是这样,我也要鼓起勇气做最后的尝试。上次只是被她丈夫大发雷霆地吼了一顿,还没有和他好好地谈过嘛!"

"可是,你独自一人去那种男人的家里……"

佐枝子突然伸手捂住了里见的嘴。这时的佐枝子已经不是刚才把脸贴在里见胸前的佐枝子,而是精神振作、意志坚强的佐枝子了。

佐枝子与里见在阪急线梅田站分别后,并没有立即前往龟山君子家,而是决定先回家吃过饭再去。考虑到君子的丈夫可能又要加班,七点钟刚过就去恐怕为时过早。而且,与其说穿一身正装和服,还不如穿朴素的套装去更好。

佐枝子回到芦屋川的家中,幸好母亲政子参加茶会之后又去了别处,还没回家。父亲也还没有回来。

佐枝子换上外出的套装,坐在了餐桌旁。

女佣惊讶地问道:"您不等先生和夫人回来就先用晚餐吗?"

"是的。我有急事必须出去一趟,所以自己先吃晚饭。"

女佣赶紧进厨房准备,这时电话铃声响起。女佣简单地应答了一两句,就对佐枝子说道:"小姐,是您的电话,一个叫龟山的女士……"

佐枝子立即去走廊拿起了电话。

"喂,我是佐枝子,昨天晚上突然打扰,没有引起你身体不适吧?啊?你说什么?我听不清楚啊……"

君子像是在站前打公用电话,旁边传来一阵电车驶过车站的嘈杂声,听不清楚她说的话。等到电车终于驶过之后,君子的声音才清晰起来。

"东小姐,这次的事情给你添了很多麻烦,实在抱歉。本来今天上午我刚打电话回复过你,说我老公无论如何不让我出庭做证。可不知道他是怎么想的,刚才下班回家后又说让我出庭做证了,所以我就想尽早告诉你……"

"啊?你愿意出庭做证?真的吗?你说的是真的吗?"

"是的,当然是真的。我从最初就十分深切地理解你对佐佐木先生遗属的热心关怀,而且理解你对里见老师的关心。所以,我并不愿意像此前那样强烈拒绝出庭做证。但是你也看到了,由于我老公那样固执地反对……不过,我现在已经下定决心了,虽然我做不了什么大事,还是要以浪速大学医院病房前任护士长的身份出庭做证。"

从君子明确的语调中,佐枝子能够感受到她已经做好了充分的心理准备。

"龟山女士,谢谢你……我真不知道该怎么感谢你了。佐佐木太太当然不必说,关口律师也一定会非常高兴。那我现在就给关口律师打电话,请他马上赶到你家。"

佐枝子颤抖着说完并挂上电话,又拨通了关口法律事务所。

"喂,我姓东,请问关口律师在吗?"

关口来接电话了。

"刚才我接到龟山君子的电话,她说愿意出庭做证!"

"这话准确无误吗?"

"是的。她先生已经答应了,所以她明确地向我表示出庭做证的决心。我现在也要去她家!"

说到这里,电话中传出关口振奋的气息。

"太感谢你了!事情进展到这一步,与你的不懈努力分不开。多亏了你的大力协助,我也不必取消证人申请了。趁龟山女士还没有改变主意,我现在马上赶到她家详细询问当时的情况,同时向她说明出庭做证的程序要领,以免她第一次出庭紧张害怕。"

关口也显得情绪十分高涨。

关口挂上电话立即把相关资料塞进皮包,拦了一辆出租车赶往尼崎市的龟山君子家。

昨天,虽然佐枝子、佐佐木良江都到场百般恳求,却仍然遭到龟山君子的坚决拒绝。但是,她在跟丈夫商量之后却终于愿意出庭做证。这中间到底发生了什么事情呢？关口在沿着夜幕中的阪神国道驶向龟山家的途中深深地思索。龟山君子虽然有孕在身却仍然决定担当佐佐木方的证人,这种平民百姓身上的正义感像暖流般涌上关口的心头。但是,考虑到即使事先好不容易与证人协商妥当,但是到了最后的紧要关头,有时证人也会声称突然生病而不愿出庭,或者慑于法庭的森严气氛而落入对方律师的圈套而以失败告终,他脑海里掠过一丝不安。不过,因为佐枝子也会赶到龟山君子家,所以要两人动之以情晓之以理地加以说明,另外还要推敲严谨细致的证词内容以求万无一失。

不知不觉之间,汽车已经来到了尼崎市的工厂街区。

第二十九章

在大阪高等法院的走廊上,河野、国平两名律师和财前五郎、财前又一以及身后的佃友博正步履轻松地走向民事三十四号法庭。就在刚才,国平顺便去书记官室确认,上诉人方的关口律师至今尚未提出龟山君子的证人申请,而与其相反,财前这边已经申请让佃友博以及放射科的护士当证人了。

"关口律师居然也会因操之过急而意外失误呀!"河野律师洋洋得意地笑着说道。

国平想,自己去龟山君子丈夫的公司真没白跑一趟,正像他当时说的,他们不会站在任何一方。想到这里,他加快了走向法庭的步伐。

法庭内书记官和法警早已各就各位,旁听席上坐满了旁听者。今天也能看到里见的面孔,他附近坐着佐佐木良江的三个孩子,而柳原依旧避人眼目地坐在旁听席后方的角落里。

下午一点钟的开庭时刻到了,审判长与两位陪审法官就座并宣布开庭,与河野并排就座的国平立刻站起身来发言。

"我方要求允许讯问被上诉人方的证人、浪速大学的讲师佃友博先生。"

审判长征询上诉人方代理人关口的意见之后宣布:"那么就从被上诉人方的证人讯问开始。"

对辩论颇有自信的佃讲师站在了证人席上。

"你在一九六四年五月担任第一外科的什么职务啊?"

"当时是讲师。"

"那么,你认识本案的患者、已故的佐佐木庸平先生吗?"

"是的,认识。"

"你是怎么认识他的呢?"

"因为当时我跟随财前教授大查房去过佐佐木先生的病房,所以我认识他。"

"在去给佐佐木先生查房中你现在印象依然最深刻的是什么呢?"

"依然是财前教授只凭两张 X 光片就发现了那么早期的贲门癌。我再次对财前教授堪称艺术的判读能力感到敬服,同时感到致力于对抗癌症的医师责任之重大。因为如果由我为佐佐木先生诊疗的话,未必能够只凭两张 X 光片就诊断出那种贲门癌。当我想到不仅是我,即使是大学医院的消化系统专业的医师多半都可能漏诊时,就切身地感到那位患者太幸运了。"

佃友博伶牙俐齿地答辩,简直就像演员在法庭戏里朗诵台词般流畅无阻。

"原来如此。财前教授的 X 光片判读能力真是出类拔萃啊!那么,你还记得当时财前教授看了术前 X 光胸片之后说过什么话吗?"

"我记得。教授一看到 X 光片就说左肺有个阴影,但是大多数医务员却连那个阴影的确切位置在哪里都搞不清楚,只是伸着脖子观望或窃窃私语。这时教授说,由于患者有结核既往症,所以这个阴影可能是旧病灶,但也未必没有癌症转移的可能性。"

他的证词与在第一次证人讯问中出庭的金井副教授完全一致。

"那么,教授有没有指示你们为了查清癌症转移病灶要进行 CT

扫描呢？"

"没有。当时没有任何指示。"

"那么，主治医师柳原有没有提出过关于CT扫描的建议呢？"

国平律师巧妙地触及问题的核心。

"我可以断言，完全没有那样的事实。不过，好像是在三天之后，当我去教授办公室送交财前教授将在国际外科学会上发表的论文译稿时，财前教授对我说：'如果有空要给那例胸部阴影做CT扫描，你帮我预约一下。'我记得当时心里感到有点儿奇怪，那片阴影无疑是结核瘢痕，教授为什么还要专门指示做CT扫描呢？"佃友博厚着脸皮说道。

"那就是说，财前教授当时确实怀疑癌症的肺部转移并准备做进一步检查，对吗？"国平立刻顺水推舟地确认道。

"是的。"

"可实际上并没有进行CT扫描，这到底是怎么回事儿呢？冒昧请问，你是不是忘了教授关于预约的指示呢？"

"那不可能！我当时立刻给放射科打电话，向一位叫冈田的护士预约，请她安排随时冲洗胶片。但是，后来财前教授又说，因为马上就要出发参加国际外科学会，工作堆积如山。而另一方面，根据他自己的经验，像那么小的阴影即使做了CT扫描也难以得到超过平面照片效果的影像，所以决定取消CT扫描。于是，我就给放射科打电话转达了教授的指示。"

"原来如此，还有这么一回事儿啊！"

国平为了使审判长对于这段事实的印象更加深刻，便在此结束了对佃友博的讯问并转向审判长。

"事实证明财前教授曾经指示过预约CT扫描，这是本次上诉审理的要点。为了证明佃讲师刚才的证词，我已经申请让当时接到佃讲师电话的护士冈田道子当我方的证人,所以请允许我继续讯问证人。"

国平提出请求,法庭似乎成了他任意发挥的舞台。

"上诉人代理人同意吗?"审判长向关口问道。

关口没有理由反对,只好无奈地回答:"同意。"

审判长命令证人到庭。

身穿淡蓝色套装、戴着红色眼镜的年轻护士进来站在证人台前,审判长按照程序确认证人身份并指示证人宣誓。

国平为了舒缓护士极为紧张的心情,用柔和的语调问道:"你还记得一九六四年五月二十三日佃讲师打来的电话吗?"

"是的。那天我在预约登记台接到了佃讲师打来的电话。"

"你还记得当时电话的内容吗?"

"我说不准原话是什么,不过我记得当时他说:'今天或明天要做胸部 CT 扫描并加急冲洗,你安排一下。'"

"那么,取消预约是在什么时候呢?"

"因为已经过了很久,我记得不太清楚,不过我想应该是两天以后吧!"

"是吗?那就是说,佃讲师预约 CT 扫描和取消预约都是确切的事实啦?"

国平故意加重语气强调结论并结束了讯问,但关口对出乎预料的护士证词惊愕不已。不仅如此,他更担心现在还没露面的龟山君子。考虑到万一发生意外,他已经委托佐枝子去迎接了,所以应该没有问题。但尽管如此,她们却迟迟未到,关口心中渐渐产生了不安。

"上诉人方的代理人,你有没有要讯问佃友博和冈田二位证人的事项呀?"审判长向关口问道。

"是的。我想向两位证人提出两三个问题。"

关口从代理人席位上站起身来,先向佃友博提出反对讯问。

"刚才你说,在教授大查房时,佐佐木先生的主治医师柳原对CT扫描没有提出任何建议,这是事实吗?"关口盯着佃友博的眼睛问道。

"当然是事实。柳原真的没有提出任何请求。"

佃友博用强硬的语调予以反击。

"真是这样吗?是不是你记错了呢?"

"不,我绝对不可能记错。柳原对CT扫描绝对没有提出任何建议。"

"绝对没有,是吗?你说是'绝对',我要把这句话牢牢地记住!"

关口像要紧紧地抓住佃友博说的话,随即结束了对他的讯问。他的目的是敲实佃友博的假证词。

"接下来,我要讯问冈田道子证人。"关口转向戴着红色眼镜的圆脸护士,"刚才听了你的证词,虽然已经是两年前的事了,可你却记得一清二楚,记忆力相当强啊!那么我想请问,佃讲师给你打电话的一九六四年五月二十三日那天,预约CT扫描的还有哪些医生呢?"

"那就有点儿……不过,那天的预约比往常多,这是事实。"

"那你为什么只记得佃讲师的电话呢?"

冈田道子表情困惑地说道:"那天碰巧是我二十岁的生日,当时我发誓要从今天起作为成年人好好工作,可佃老师却批评我说:'不要磨磨蹭蹭,你别干护士了。'我就忍不住哭了出来,后来就被起了'哭虫护士'的绰号,还常常被人嘲笑,所以我记得特别清楚。"

从护士率真的语调听上去,事情本身并不虚假,而关口仍然感到在没有护士参与的部分可能另有猫腻。尽管如此,早就应该出现在法庭的龟山君子还没有来,这到底是怎么回事儿呢?难道是在最后的紧要关头拒绝出庭做证了吗?关口想到这里有点儿沉不住气了,但他必须拖延讯问时间直到龟山君子出现。

"可是,你只说佃讲师打电话预约 CT 扫描而你接了电话,但还是缺乏可信性啊!有没有什么物证呢?"

"在放射科,所有的预约都记在登记本上。"

国平不失时机地说道:"审判长,我提交登记本作为书面证据,请予确认。"

他翻开厚厚的登记本递给审判长,可以看出他没在一开始就提交书面证据有所谋算。审判长立刻过目并且让关口也看了。

  预约日期 一九六四年五月二十三日
  预约者 第一外科佃讲师
  类 别 胸部 CT 扫描

可能是因为当时非常忙乱,所以记录的字迹很潦草,而且记录上面划了两条横线,标明取消 CT 扫描。从墨迹的颜色和页码的连续性来判断,应该不是新修改的记录。关口一时慌了神。

"可是,在预约者那一栏并没有注明最重要的佐佐木庸平的名字啊!这究竟是怎么回事呢?"

关口用尖锐的语调提出了质疑。

冈田道子露出要哭的表情辩解道:"这是常有的事。在紧急情况下,我们暂先只登记哪个科室、哪位老师的预约,等患者和病历送来之后才正式填写。这样做确实有些草率,但因为每天都有五十多名患者,所以在预约加急冲洗的时候,我们就采取这种方法。"

但是,没有标明患者姓名的登记簿,其作为证据的价值几乎得不到认可,关口对这一点暂时宽心了许多。不过,除此之外对护士也没什么继续讯问的事项了,关口腋下渗出冷汗来。忽然,旁听席的入口门被打开,由佐枝子和丈夫雄吉陪同的龟山君子终于出现了。关口面向审判长席发话。

"审判长!现在上诉人代理人临时申请证人出庭!"

临时证人是指未经事先提出申请而在法庭上紧急申请的证人,这是十分少见的情况。审判长脸上露出疑惑的神情。

"审判长,佃讲师和冈田护士证明财前教授曾经有过做 CT 扫描意向的证词是在进入上诉审理之后才突然提出的,本人完全不能相信。况且在书面证明的预约者栏中并没有标明佐佐木庸平的姓名,所以不能作为确凿的证据。根据解读方式的不同,这也可以推测为当天偶然有另外一名患者预约加急冲洗而没有登记姓名,而这个漏洞就被巧妙地利用了。事实上,我们通过自己的努力终于找到了一位重要证人,能够证明财前教授在术前并未注意到癌细胞肺部转移。现在这位证人准备出庭,她就是浪速大学医学院附属医院第一外科病房的前护士长龟山君子女士。我在这里申请该女士为临时证人!"

法庭里顿时发生了巨大的骚动。国平律师站起身来想要阻止。

"审判长!我反对上诉人方的临时证人申请!今天的庭审已经进行了很长时间,而且我方还没有完全做好对临时证人进行讯问的准备。"

国平律师开始行使防御权,关口向前探出身体。

"我方没有事先提出申请,是因为被上诉人方对该证人出庭做证进行了纠缠不休的妨碍举动。而且,证人本身也已怀孕七个月,她担心今后会招来医师的冷遇,所以我们迟迟未能得到应允。但是,在终于得到了应允的现在,我希望在证人主意未变之时,请其做证。如果错失此次机会,今后就不能再次请到该证人出庭做证了。审判长!请您采纳临时证人的申请!"关口一鼓作气地催促道。

"撤回!没必要!",旁听席的一角发出了抗议声。

"肃静！证人已经到达现场了吧？"

"是的,她就坐在旁听席后方。"

"那么,本庭采纳当庭证人的申请。证人到台前来。"

审判长话音刚落,旁听席上的所有目光都投向了龟山君子。身穿和服、腹部明显隆起的龟山君子走向证人席。可能是因为身体不适,她姗姗来迟,脸色苍白且身体浮肿。经过固定程序的身份讯问和宣誓之后,可能是因为审判长顾及证人怀有身孕,允许她坐在椅子上应讯。

"那么,请申请临时证人的上诉人代理人开始讯问吧！"

关口向出庭做证的龟山君子投去感谢的目光并开始讯问。

"你在浪速大学医学院附属医院的任职起止时间是什么时候？"

"是从一九五八年四月一日到一九六五年七月十日,最后因为结婚辞去了第一外科病房护士长的职位。"

"那么,你认识由财前教授主刀实施贲门癌手术、后来因癌性胸膜炎死亡的佐佐木庸平先生吗？"

"认识。"

"你在五月二十七日财前教授大查房时也在佐佐木庸平先生的病房里吗？"

"是的。因为当时我是病房护士长,所以我就在那里。"

"财前教授看过术前 X 光片后是怎么说的、主治医师做过哪些请示、财前教授是怎样回应的,这些都是本案的关键问题。那么,你当时是在哪个位置呢？"

"我正好就在财前教授身后的位置。"

"那就是说,你处在能够清楚地听到财前教授说话的位置,是吗？"

"是的,我听得很清楚。"

"那么,关于 X 光胸片上的阴影,财前教授说过有转移到肺部的可能性吗?"

"不,他没有说过。"

"但是,刚才佃讲师在证词中讲过财前教授曾经说过有转移到肺部的可能性,可你真的没有听他这样说过吗?"

"是的,我记得财前教授说那是肺结核旧病灶。"

"那么,柳原主治医师对此是怎样回答的呢?"

"他心有顾虑地小声说:'是不是有必要做CT扫描?'"

"哦?他是这样说的吗?可是,刚才佃证人证明说绝无此事,那就是说,佃证人的证词是错误的,对吗?"

"是的。因为柳原医师提出了这个建议,所以遭到财前教授的斥责。在我身旁的年轻老师们都交头接耳地说他太傻了,居然敢对教授的诊断说三道四。我为柳原老师感到不平。"

"你刚才所有的证词都是真的吗?"

"是的,当然!"坐在椅子上的龟山君子明确地答道。

这时,河野律师和国平律师慌忙围住财前开始商议起来,司法记者席间发生了骚动。

审判长无视骚动,开口问道:"被上诉人代理人有没有讯问的事项啊?"

国平立即站起身来,朝龟山君子隆起的腹部瞪了一眼。

"身怀六甲还得出庭做证,真是不容易啊!不过,作为病房护士长在教授大查房时总是要随行的,那么,当时一周有几次大查房呢?"

"通常是一次。"

"那就是说一个月四次吧?"

"是的。"

"那么,在一个月的大查房中诊察的患者人数是多少呢?"

"两座住院楼总共一百二十名患者,大概有四百八十人次。"

"哦？数量真不少啊！但尽管如此,你刚才对佐佐木先生的查房情况讲得极为详细。那你是不是能够把教授大查房对每位患者的说明全都记住呢？"

"不,不能全部记住……"

"那就是说,在庞大数量的患者当中你只对佐佐木先生的情况记得格外清楚吗？"国平冷言冷语地揶揄道。

"刚才我也说过了,由于柳原老师受到斥责,而且佐佐木先生死得非常突然,所以我印象非常深刻。"

"不过,你在下决心当证人之前,是不是接受过第一外科前任教授的千金佐枝子小姐的访问啊？"

"是的。"

"她为什么访问你呢？"

"她希望我在本案中作为佐佐木方的证人,如实地陈述教授大查房时的情况。"

"哦？如实地陈述啊！不过,我想贸然请问,你在东教授时期非常受到信赖。在财前教授上任之后,你是不是因为他非常信赖自己在副教授时期的护士而怀恨在心,并因此而被迫辞而职了呢？"

国平想要降低龟山君子证词的可信性。

龟山正面直视国平,语调犀利地说道:"我确实不能苟同财前教授如此明显地区别对待特诊患者和普通医保患者的做法,而且我难以违心地对他表示尊敬。但是,我今天出庭与个人感情毫无关联。"

关口听到龟山的陈述再次站起身来。

"龟山证人曾经受到过国平律师的访问吗？"

"是的。"

"可以请你说明当时的情况吗？"

"国平律师先生说,即使有人来委托我当佐佐木方的证人也绝对不要答应,如果想当就当他们那边的证人。"

"除此之外,还有没有其他什么不正常的情况呢?"

"有。在他作为礼品放下的点心盒包装纸之间塞着装有五万元的纸袋。"

"啊?塞着钱吗?如果这是事实的话,那就属于绝不容许的妨碍出庭的舞弊行为呀!"关口指着国平喊道。

旁听席上发出了惊叹声,国平面不改色地站起身来。

"那是不是你的错觉呀?因为据说妊娠期的女性中有人往往容易陷入奇怪的妄想或者患上神经衰弱症呢!"

"亏你说得出口!那笔钱不是在你跑到我先生的公司试图妨碍我出庭做证时我先生摔还给你的吗?"

龟山脸色苍白地表示抗议,坐在旁听席上的雄吉也要站起来。

"你不要信口胡言!要是没有确凿证据而说出侮辱律师的话,我就以诬告罪起诉你!"

河野激烈的语调使龟山张口结舌。关口心想,此时争论是否送过钱就必须证明红包上写有财前那边的名字,否则只能是一场口水大战。由于现金收受的事实证据最不容易掌握,于是他决定把问题的焦点转回医患纠纷庭审的正题上。

"关于那笔钱的问题我们会等将来再另行追究。我最后请问龟山证人,你既然对真相这么了解,为什么此前一直没能出庭做证呢?"

"我刚才已经说过,因为被上诉人方的妨碍举动非常严重。"

"那么,你今天决心当证人的理由是什么呢?"

"因为我不忍心继续看到佐佐木先生的遗属那困窘悲惨的状态了。而且我想通过陈述事实真相让同样既无权力也无财力的佐佐木太太得到救助!"

她的话语铿锵有,力震撼全场,令人难以想象她已有孕在身。

佐佐木良江双手掩面,哽咽啜泣。三位法官静静地凝视着龟山君子。因误诊失去过亲人而前来旁听的遗属们也为龟山的话语感动落泪。

审判长缓慢地开口说道:"财前被上诉人是否在术前注意到癌细胞的肺部转移、在出发参加国际外科学会之前是否有过做CT扫描的意向、在大查房时驳回柳原主治医师关于做CT扫描的建议是否属实,关于这些问题,上诉人与被上诉人的证词都有很大出入,孰是孰非尚无确切证据,因此难以当场做出断定。不过,关于患者术前胸片上的阴影能否鉴别为癌细胞转移病灶的问题,将于九月三十日上午十点钟由上诉人和被上诉人各自申请的鉴定人进行鉴定。"

庭审终于越来越触及医学理论问题的核心了。

龟山君子由于第一次出庭做证而过度紧张和疲劳,继而引起恶心的症状,她暂时躺在佐佐木家里休息。佐佐木良江和佐枝子担心地守望着君子,而君子的丈夫从刚才起就独自不停地骂骂咧咧。

"果然像我说的,出庭做证没错儿!那些强词夺理的家伙净搬弄些似是而非的歪理,以为那样就能堵住患者这边的嘴。简直是岂有此理!什么X光片这样啦、那样啦,我虽然搞不懂那些高深的玩意儿,可那边的国平律师明明为堵我们的嘴留下了五万元却死不认账,居然恬不知耻地胡扯什么大肚子女人容易得妄想症、神经衰弱!咱们绝对不能输给那种卑鄙下流的家伙们!"

穿着旧西装和衬衫却没打领带的雄吉把自己当初强行阻止君子当证人的事搁在一边,此刻的他龇牙咧嘴,唾沫星子横飞,滔滔不绝地说着这些话。

"可是,当初不管怎么请求,你不是都坚决反对我当证人吗?"君子仰望着枕边的丈夫说道。

"那是因为你的说明不够充分嘛！要是早知如此，我就是打你的屁股也会从一开始就叫你出庭。你都当过护士了，连这点儿事都说不清！"

雄吉倒打一耙地斥责，然后扭头望着正在祭拜佐佐木庸平的牌位、点灯烧香的佐佐木良江和三个孩子。

"太太，我只不过是个车工，既没钱也没身份地位。不过，如果我老婆能为你那抱憾死去的老公帮上忙的话，不管做什么事情都要叫她坚持到底。如果有必要的话，即使临产也可以再让她出庭做证。所以你们绝对不能输掉！小伙子和姑娘也要帮妈妈努力坚持到胜利！"然后他扭头朝坐在佐枝子身旁的关口不甘心地责问道，"律师先生，你为什么不彻底追究那笔钱呢？这样一来，我老婆出庭做证不是白搭了吗？要是说那些医学上的高深玩意儿我不懂，可是财前那边的律师明明找上门来为了阻止我们提供正确的证词而放下了五万元，可到头来却说没有确凿证据就是侮辱律师，还要起诉我诬告罪。简直是贼胆包天！你怎么不对那五万元紧抓不放呢？"

"只要你看到社会上的行贿受贿案到最后几乎都因为抓不住确切证据而不了了之就能明白，现金收受的确证是最不容易掌握的。首先，钱币上没有记号。如果当初你用现金寄还的话，邮局的现金寄送存根也许还可以作为证据。但是，因为你已经轻率地把现金直接摔还给国平律师了呀！即使没有写着财前他们的名字，但如果红包上写有'聊表寸心'，就可以进行笔迹鉴定。但是，因为连这个都没有，所以在那种场合是没有办法追究法律责任的呀！"

"那么，我们厂长看到我把钱摔还给国平了，叫他来当证人不就行了吗？"

"不行。他反正也是财前那边的人，可能已经被封口了。所以，虽然十分遗憾,但咱们已经没有办法继续追究这个问题了。不过,咱们倒也不用争论那笔钱。财前那边拉出佃讲师和放射科的护士力图证明自己已经注意到癌细胞的肺部转移,而咱们这边有教授大查房时在场见证的病房护士长你太太证明财前教授并未注意到肺部转移,从正面推翻了财前方的证词,其作用已经很巨大了。"关口像是在品味请龟山君子当临时证人获得的成功,"多亏你太太出庭做证,就像刚才审判长最后宣布的那样,'关于患者术前胸片阴影能否鉴别为癌细胞转移病灶的问题,将于九月三十日上午十点钟开始对上诉人和被上诉人各自申请的鉴定人的鉴定进行审理'。咱们已经努力争取到了这一步,根据我的判断,审判长已经向我方倾斜。而且,既然这是医患纠纷案,终究还是应该在医学这条主线上获得胜利嘛!"

"这么说来,只要那位鉴定人出庭就可以把那帮家伙一举打倒了吧!"雄吉大大咧咧地盘起腿来说道。

"不,医患纠纷案可不会那么简单啊!即使发生了疑似误诊的事实,也必须用医学理论证明该事实与患者死亡存在着因果关系,否则就不能追究被上诉人的法律责任。所以,要想下次追究财前被上诉人的误诊,还有重重困难和道道障碍。不过总而言之,今天你太太的证词总算打开了突破口。"

听了关口的详细说明之后,雄吉总算能够理解了,可他又像忽然想起似的向良江说道:"请原谅我冒昧多嘴,你店里几乎没什么货,空空荡荡的。生意怎么样啦?"

雄吉平时总在车床马达的吼声中工作,对于店门大开却生意冷清的状态感到十分费解。

"其实,你们也看到了,店面租给内衣店一半,虽然我家店还开着却面临倒闭,已经到了债主随时都可能闯进门来的窘迫境地。"良江语调低沉地说道。

"啊？大阪船场商人的生意也会在战后走下坡路呀！你们的生意交往关系那么多，难道连一个鼓励老板娘重建的硬气家伙都没有吗？如果有的话，虽然我跟你们不同行，但我可以尽全力帮你们把他拉过来，所以你尽管告诉我。"

现在的雄吉心中燃烧着比君子更加强烈的正义感，他已经摩拳擦掌、跃跃欲试了。然后，他又朝佐枝子难为情地低下了头。

"以前都怪我不了解内情，对你实在太失礼了，还拿水果篮砸你。真是对不起了！"

"哪里，你那是因为担心太太怀孕的身体。倒是我要感谢你今天让君子女士出庭呢！而且你自己也亲眼见证了这次庭审，所以我真的很感谢您。"

佐枝子一边道谢一边想，自己之所以会积极行动走到今天这个地步，完全是因为被宁可抛弃国立大学副教授职位也要谨守医师诚实原则的里见那真挚的姿态深深打动了。

比往常晚起的财前五郎正在自家洗脸间里刮胡须，他望着镜中自己的面孔。由于睡眠不足而充血的眼睛、因疲劳而缺乏生气的皮肤、眉间刻印的两道神情不悦的皱纹，这些都是在昨天庭审证人讯问中受到打击导致的。原以为龟山君子不会为佐佐木出庭做证，所以他彻底放了心。哪知道她突然以"临时证人"这种出乎意料的身份出庭陈述证词——财前教授断定术前胸片阴影是既往症结核病灶，而且驳回了主治医师关于做CT扫描的建议。这就彻底推翻了财前方至今坚持的主张。昨晚他跟河野、国平律师和岳父又一会合商议善后对策到很晚，回到凤川家中也只迷糊了四五个小时。

"老公，你磨蹭什么呢？国平律师在客厅里等你好久啦！"

那边传来妻子杏子尖利的呼叫声。他虽然明白国平律师为了挽回劣势而从昨晚一直四处奔忙,但一想到他昨天的失利就又心头火起。

"叫他多等会儿有什么不可以呢?昨天搞得那么狼狈就都怪那个律师自信过剩嘛!"财前打开电动剃须刀,一吐为快地说道。

"可是,对方明明是病房前护士长,可你却全权交给国平律师去办,自己不去摆平,根本没把对方当回事儿。所以都怪你做得不好,还害得我这段时间都不好意思出席孩子的家长会,甚至连大学教授夫人的红颜会都不好意思露面了。"

杏子毫不掩饰地暴露出招赘女子的骄横任性和强烈的虚荣心,她不停地责怪丈夫,还想继续抱怨。这时,财前突然感到恶心,随即他把脸伏在洗脸池上,却只吐出少许唾液来。

"老公,没事儿吧?你怎么啦?"

杏子担心地摩挲着丈夫的背部。

"没事儿!最近又是打官司又是商议学术会员选举,每天都得喝酒,再加上睡眠不足,只是有些疲劳而已。"

财前若无其事地回答,随即又吐了一口唾液,然后他便穿着睡袍走向了客厅。

"抱歉!让你久等了!"

财前机械地向国平寒暄,国平迫不及待地站起身来。

"昨晚一直商讨到深夜,而且今早又在您去学校上班之前叨扰,真给你添麻烦了。不过,我现在要去走访下次出庭的鉴定人、奈良大学的竹谷医学院长,所以想在临走前再跟财前教授商量一下。"

连平时把脸颊刮得铁青的国平也露出了疲劳的神色,但他仍然振作精神,力图挽回劣势。

"是吗?但是,龟山君子不仅做出了我并未注意到癌变肺部转移的证词,甚至明确指出我方在送去的点心盒包装纸里塞进五万元以试图阻止她出庭做证。这样一来,无论竹谷院长做出怎样利于我方的鉴定,恐怕也难以挽回劣势了吧?"财前说道。

"您说得没错儿!对龟山君子的工作失败导致我方陷入不利境地,昨晚我也已经深表歉意,事已至此我无意再做辩解。不过,关于现金收受那件事儿,因为当初考虑到万一可能发生的意外而没有留下任何物证,而且稳妥地封住了三光机械厂长的嘴。所以,即使龟山,不,冢口夫妻今后再说什么也都无法继续追究了。"

国平的无框眼镜闪出亮光。

"恕我冒昧,在拜访竹谷院长之前,我还想再次向财前教授确认一件事情。"

国平似乎有些难以说出口来。

"我在第一次见面时就曾问过您,财前教授在术前是否真的注意到了癌变的肺部转移?当然,在上个月和昨天的证人讯问中,金井副教授和佃讲师各自明确地陈述了财前教授注意到癌变的肺部转移的证词。不过,关于注意的程度却会出现各种差异,所以,作为律师必须准确地问清这方面的情况。否则的话,恐怕又会从某个方面遭到无法预知的攻击,因此,我想事先问清实情。"

财前看出了国平的心思,他想趁今早河野律师和岳父又一都不在场时当面问清实情。事实上,财前在术前确实没有注意到贲门癌的肺部转移,所以房间里霎时间被沉重的静默笼罩了,但财前仍然表情严厉地望着国平。

"关于这一点就是以前答复的那样嘛!对于反复受到你的质询,我只能感到遗憾啦!与其疑神疑鬼地重复质询同样的问题,我真希望你今后别再被人家弄出什么'临时证人'啦!首先,我可是头一次听到'临时证人'这样的说法啊!"财前对国平把作为律师的失败说成自己本身存在问题深感不满并出言反驳,"那么,我该去学校了。

请你去竹谷院长那里跑一趟,把鉴定内容与法律解释紧密联系起来,好好探讨探讨。"

财前的言外之意是说——这是我花大价钱雇来的律师该做的事情。

后来在从自家前往大阪的车中,财前也没再跟国平说过一句话。自己在进入上诉审理之后撇开河野律师、遇事就交给医协顾问律师、此前多次经手医患纠纷案的国平全权处理——他越想越为自己的愚蠢感到苦涩不堪。自己把全部注意力都放在医学论证方面,却没有预料到佐佐木方会玩出"临时证人"这一招,当然这也是因为精明老辣的河野律师另外接下了一宗贪污案而脱不开身,想到这里他心中更加气愤不已。不知道国平此时在想些什么,他一边抽烟一边默默地望着窗外。

国平在大阪车站前下车时,财前也只说了声"再见",连微笑都没有。然后他便驱车前往学校。他早上已经打电话通知了学校,说自己因为有点儿感冒会迟些到达。但尽管如此,在午后一点上班却未免太迟了。

财前顾虑时间叫汽车停在正面楼门前,这时他猛然一惊:安田太一在护士、家属及员工们的簇拥下站在那里,身旁停着一台奶油色的轿车。今天好像是他出院的日子。财前赶快装出没看到的样子,想要从人群旁边走过。

"啊!财前医生,那不是财前医生吗?"

人群中响起呼喊声。

前来欢送的护士也说道:"财前老师,今天安田先生出院。他说一定要向您道谢,从上午一直等到现在。"

听到这话,财前迫不得已地停下脚步,无奈地回头望着安田——这位异乎寻常地酷似佐佐木庸平的男子,正在以与公司老板极不相称的低三下四的姿态搓着手谄笑。他这一笑更加酷似佐佐木庸平了，财前身不由己地向后退去，而安田太一又向财前靠近了一些。

"啊，太好啦！财前医生救了我，我觉得不当面道谢就走，太过意不去啦！刚才还去教授办公室拜访，当时您不在，我正遗憾呢！医生，真是太谢谢您啦！我在做完手术之后才听说我得的是贲门癌，而且在我突发肠梗阻时您还特意从家里赶来给我做手术治疗，财前医生果然是位名医呀！不，您就是神啊！可我听说还有患者遗属控告您呢！那明明是因为寿数已尽而死，真是个不知道感恩、该遭报应的家伙呀！"

安田太一愤愤不平地说着，好像上诉人就在他身边。

"真是多亏医生救治，我丈夫总算捡回一条命。真是太感谢您啦！我们改天再登门拜访道谢吧！"

身旁陪伴的妻子用哽咽的嗓音说着，深深鞠躬道谢，四名员工也在他身后排成一行向财前点头哈腰。听到这些话，财前从昨夜起就糟透了的情绪终于有所缓和，他这才正眼望着总是一看就毛骨悚然的安田太一的面孔。

"通过我的手术能使你健健康康地回到社会，这是作为一名医师最高兴的事情。请你多多保重！"财前用平时难得见到的和善态度说道。

安田太一等人再次向财前致以敬礼，然后坐上了等在旁边的奶油色私家车，后边跟着载有出院行李的标有公司名字的轻卡。当财前漫不经心地目送安田太一离去时，背后有人"砰"地拍了一下他的肩膀，回头一看，是长着颧骨高耸的国字脸的整形外科的野坂教授。他好像要去医学院那边，他双手插在白大褂衣袋里调侃财前。

"财前，特诊患者真不得了啊！还得教授亲自送行呢！"

"没那事儿！在楼门口巧遇而已啦！"

"虽说如此,这位患者跟那位佐佐木庸平病名相同,而且据说从长相到年纪甚至体形都像是一模一样呢!"

财前感到脊背窜起寒意般的冰冷。究竟是谁居然把这种事情传到整形外科的野坂耳朵里去了呢?或者说那种流言已经扩散到自己耳目未及的范围,甚至传到野坂的耳朵里了?财前想到这里,一阵无以名状的厌恶感涌上心头。但是,考虑到学术会员选举拉票的需要,他必须避免与野坂发生正面冲突。

"真不愧是在院里门路广的野坂教授,对别的科室你都了解得那么详细呀!"

财前只说了一句话,就带着压抑情绪的表情从野坂身旁走过。

离学术会员选举还有两个月,候选人财前五郎、选战参谋妇产科的叶山教授、财前又一、本区医协会长岩田重吉、市议员兼锅岛外科医院院长锅岛贯治五人齐聚在扇屋酒家的包间内,他们要开会研判选票的流向,如临大敌的氛围令人想起三年前教授选举时的对策会议。

岩田重吉把与其名字不相符的瘦小身体靠在矮桌上说道:"看到在座的成员,我就想起教授选举时的固票活动。不过,那个时候是商讨怎样各个击破医学院全部教授的三十一张选票,而这次学术会员选举的拉票对象可是近畿地区一万八千名有投票权的人,换句话说就像是学者中的参议员选举。所以,咱们必须严阵以待。"

岩田自称跟鹈饲院长同期毕业、不分你我,所以坐在叶山教授的上座,他那金边眼镜后的细眼闪出亮光。面孔像女人般白净的竞选参谋叶山点了点头。

"那就赶快估算一下目前已经落实的选票吧!首先就从最有把握的校内选票开始,请财前教授做个说明吧!"

财前在桌上摊开了由佃讲师领头的医务部竞选对策总部汇集的资料。

"经过多方分析之后,被看作校内选举活动'核心'的群体都是毕业五到十年的选手啊!毕业未满五年的人几乎都没拿到博士学位,所以就没有学术会员选举权啦!而毕业十一年到十五年的选手地位已经大体确定,因此利害关系稍稍淡漠了一些。不管怎样,可以说毕业五到十年这个群体是选举的基础。"

正如财前所说,这个群体的功名心非常旺盛,十分希望尽可能在更多场合发表科研成果得到学界认可,以便将来登上更高的职位。所以,如果学术会员出自母校的话,就能掌握运作各种研究会的主导权,在发表时间、顺序或主题等任何事项都可以得到比没有学术会员的大学更加有利的条件。因此,他们也会热心地投入学术会员的选举当中。

"那么,你估计校内选票总数能有多少呢?"

叶山特别在意总票数。

"五到十年这个群体的总数为一千二百人,但是如果以为这些都是支持我的铁票就太天真了。因为还有校内派阀的问题,所以预估为一千票较为妥当吧!接下来是十一年到十五年的选手群体,他们半数以上都离开了校内。就像刚才说过的,他们的职位有了一定程度的稳定性,而且来自校内派阀的反财前派也相当多,所以估计会有百分之三十的选票流失,实际可获约四百票吧!最后是副教授、教授级的票源,如果只从数量上看没有太大的问题,所以校内票数估计可以有近一千五百张吧!"

"那么,同系统的大学和医院的票源怎么样呢?"岩田问道。

"共有奈良大学等五所大学,因此如果每所大学一千票的话总计就是五千票。医院有八所共一千五百票,合计应该有六千五百票。

但出乎意料的是这方面的进展比较迟缓,目前预估确切票数只能拿到两千张左右吧! 但取而代之可以从洛北大学系统的三重大学拿到三百张左右。"财前语气沉重地说道。

"另外,前不久关西医科牙科大学校长跟鹈饲教授谈妥了政治协定,商定从本校和奈良大学派遣内科、外科、妇产科等各三四名医师去舞鹤市的相关医院,而作为交换,对方很有把握整合关西医科牙科大学及该校系统的一千五百张选票,所以总计大概有五千三百票吧!"叶山望着桌上的估算表说明之后,转向岩田重吉,"不过,上次把向医师会馆临床检查中心派遣兼职护士和体检技师作为交换条件委托岩田会长和锅岛先生整合选票,估计能拿到多少票呢?"

岩田放下酒杯,说道:"在医协会员六千人中,有三分之一即约两千名投票人,其中浪速大学毕业的有一千名左右。大阪府医协会长本人就是浪速大学的毕业生,也是比鹈饲和我高两届的前辈。他不仅积极行动为我们拉票,而且作为回报承诺让医协的理事去浪速大学系统的医大担任兼职讲师,所以这一千票中的百分之九十已经确切无疑了。即使在洛北大学和私立大学系统中,在同样为了医协共同利益的锦旗下,估计能拿到百分之三十的选票。此外,在奈良县、和歌山县之外再加上兵库县的选票的话,医协方面就可以保证拿到一千五百票呢!"岩田用自信的语调说道。

"这么说来,刚才的五千三百票再加上一千五百票总共是六千八百票。还有叶山教授和我自己拉到的学会票五百票,合计是七千三百票。"

财前统计出了全部票数。

岳父又一插言道:"这届选举近畿地区的投票人数约一万八千人,因为候选人有三名,所以不拿到一万票很难确保当选。可是按照现在的估算,这不是要落选了吗?"他摇摆着海怪般油光锃亮的秃头惊慌失措地说道。

"是呀！这种形势看来很危险啊！"胡须被酒沾湿的锅岛贯治也说道。

"是不是正在上诉的官司在作祟呀？"财前又一不安地问道。

"不,那场官司在我们医协方面反倒产生了正面效应啊！这是因为,连那种高层次的医疗事故都被告上了法庭,而且告到了上诉审理,万一财前教授败诉的话,对于那些体检设备不够完备的营业医师又会怎样判决呢？今后必定受到非常巨大的影响。所以,他们甚至会全力支持财前教授,反倒更容易聚集选票了。问题是本系统的大学和医院的六千张选票居然只能拿到两千票！这也太少了吧？"岩田歪着脑袋疑惑地说道。

锅岛也说:"确实如此！是不是在教授选举中怀恨在心的第二外科的今津做了什么手脚呢？"

"不,今津先生本来就是个心眼儿小的人,在东先生走了之后更不会积极行动了。我倒是觉得野坂教授比较可疑呢！"

财前五郎想起安田太一出院那天在楼门口碰到野坂时那令人不快的话语和态度。

"哈哈,这么说来,一个星期之前,我曾经看到野坂跟滋贺大学的石桥院长一起从南区的酒家里出来了呢！"

"真的吗？那么……实际上,石桥院长就是洛北大学神纳教授的参谋呀！"财前五郎不由自主地挪动了一下双膝。

"我虽然只看到他俩上车的身影,不过确实是他们,我没有看错。"锅岛断言道。

"怪不得本系统大学的拉票成效那么差呢！"财前五郎苦不堪言地说道。

财前又一说:"那就是说,六千票当中就有四千票流向洛北大学啦！岩田兄,这可怎么办呢？"

"什么怎么办？这跟教授选举可是不一样啊！"

岩田也束手无策了,席间笼罩在沉闷的气氛当中。

"事态很严重啊！我马上跟鹈饲教授联系一下吧！"

选战参谋叶山手忙脚乱地拿起房间里的电话拨通了鹈饲家。

"喂,我是叶山,打扰您休息,不好意思啦！我正跟财前、医协的岩田、锅岛二位前辈估算选票呢！是,不过……我们发现本系统大学拉票进展非常缓慢,经过初步分析估计是整形外科的野坂串通洛北大学暗中分流选票。"

"什么？野坂？那目前的确切票数是多少呢？"

"七千票左右。"

"不过,如果这些也只是口头承诺的话,到实际投票时还得减少大约两成,所以最终也就是五六千票吧！你这个选战参谋到底是怎么当的呀？而且财前也太不像话了！叫他过来听电话！"鹈饲很不高兴地说道。

"喂,我是财前……"

财前刚从叶山手中接过电话,鹈饲就说:"财前,虽然官司也很重要,但学术会员选举也同样重要嘛！我为了浪速大学而极力提议你参选,你不是也痛痛快快地答应了吗？可是你却只顾忙着打官司,疏忽了学术会员选举而交给别人处理。你是不是太不顾我的面子,不,太不顾浪速大学的面子啦！"

"非常抱歉！我丝毫没有只顾打官司而疏忽学术会员选举的意思……"

"你不要啰啰唆唆地辩解啦！总而言之你……"

鹈饲在电话那头还要继续大声斥责,岩田从旁边拿过电话来。

"鹈饲,我是岩田啊！好啦,你别那样唠唠叨叨发火啦！财前教授为了官司和学术会员选举两件事情,不管怎么说也是重担双肩挑嘛!可是事到如今两边都不能输,所以现在只好求助于你的实力,无论如何请你出谋划策务必让财前当选呀!"

"这我明白!"鹈饲停顿了片刻又说,"那你再叫财前听电话!"

岩田默默地把电话递给了财前。

"财前,事情发展到这个地步,能让你当选的办法只有一个,那就是叫近畿医大的重藤退选。"

"叫重藤教授退选?可是,离选举只剩两个月了,而且对方也打着私立大学联盟的旗号表现出势在必夺的决心,再说身为交通事故伤害医疗的权威的重藤名望极高,恐怕不会那么简单地……"

这时连财前都开始退缩了。

"不,既然现在只剩下最后这招,那就必须出招。没有别的选择了。"鹈饲压低嗓音说道。

在大阪车站西侧地下商业街里,密集排列着小酌酒馆,其中一家酒馆只进五位顾客就坐满了。在烤鸡肉串的味道和烟雾弥漫之中,柳原和即将被发配到舞鹤市医院的江川一边吃串烧一边畅饮。柳原只喝了两三杯清酒就已经满脸通红了,可江川却意外地能喝,把酒盅换成了酒杯。

"像中河和濑户口这些医务部改革的急先锋被放到舞鹤去倒还能够理解,可连我这种胆小怕事、即使去舞鹤赴任也不会跟中河他们一起行动的人,为什么也会被发配呢?"

"你说得没错儿!为什么连你这样既认真又优秀的医务员也要被发配到外地,我也搞不明白呀!"

江川和柳原从刚才起就一直反复提出同样的疑问。

江川醉醺醺地说道:"如果说因为我是东派人物的话,那么早在刚进入财前教授时期时就该把我发配到地方去了,所以总不会到这会儿还说我这样的小人物是东派吧?"

"那当然啦!难道他们现在还会搞什么清理东派残余吗?"

柳原也点头附和并想道:财前残酷无情,可能是在学术会员选举到来之际要彻底扫荡医务部内的革新派和东派残余。

江川趴在柜台上,向早他一年的前辈柳原倾诉道:"我并不是在说地方医院就怎样怎样。就在前几天,被发配到德岛县的松平给我来信,说去了地方医院最痛苦的就是离开了科研环境,被专业学会和病例研讨会远远地甩开。即使心中怀有对学术研究的渴望,却因为医师人手不足而不得不独自分管二三十名患者。尽管有很多事情想做,晚上也想研读专著并更加仔细地研究患者的症状,可身体却累得像棉花套子一样,倒下就睡着了,因此每天都在焦虑不安的心情折磨中度日。问题就在这里呀!"

"嗯,你这种心情我也能理解。那不只是德岛的松平,所有被发配到地方医院的人都会有这种感慨吧!"柳原拍拍江川的肩膀安慰道。

"不,柳原前辈才不会理解呢!你不会理解离开学术研究环境的失落感。即便说到医务部的业务学习会,在地方医院也从来不会举办。前天的学习会是我在浪速大学的最后一次了,不过,虽然财前教授因为官司和选举忙得有些疲惫不堪,可他讲的'关于胃全切后的代胃再造'的内容我还是十分感兴趣。目前外科界热衷于研讨脏器移植的课题,可胃和心脏、肾脏一样不能进行移植,所以我原先觉得绝对不行。但手术权威财前教授却说可以切除部分大肠再造代胃,这个敏锐的创意确实令人惊叹不已。担任记录的我不由得停下手来仰视教授。像这样的业务学习会,一旦被发配到地方就再也没有机会参加了。想到这些我就更加难以忍受那种失落感。财前教授虽然是个人品缺陷太多的讨厌家伙,但他的医学实力却无可挑剔。因为我一直被指定做会议记录,所以最了解这一点。"江川对财前冷酷的人事安排心怀怨恨却又十分佩服,流露出复杂的表情,"不过,作为医师他缺乏温暖的人情味,这一点我无论如何不能苟同。那个诉讼事件就是很好的实例。在一审中,遗属方的律师说有十名医务员承认在术前大查房时柳原医师建议做 CT 扫描却遭到财前教授斥责。于是,佃讲师和安西医务长就紧抓不放开始追查,被他怀疑的人都陆续被发配到四国或山阴那边去了。可能就是因为这一点,进入上诉审理之后,他对于是否注意到癌转移和 CT 扫描的争议就变得态度格外强硬,完全感觉不到有什么伦理道德上的反省。因为我当时偶然留在门诊没有随行大查房,不过,可能就像一部分人说的,财前教授真的没有注意到肺转移而驳回了柳原前辈的建议,是吧?"

柳原惊讶地眨了眨眼睛。

"没影儿的事儿嘛!你为什么这样问呢?"

江川醉眼迷离地说道:"连我都知道教授没注意到癌转移呢!"

"连你都知道?你怎么知道?"

柳原惊讶不已地盯着江川的脸。江川欲言又止,把杯中酒一饮而尽并突然转换了话题。

"那个黑魔医务长!这次人事安排肯定是那家伙跟教授说了什么。肯定是那个虽有实力却做人失败的教授盲目相信了他的话。"他横眉竖眼地说道,"好吧!我现在就给黑魔家里打电话恶心恶心他!"

江川说完就把酒壶摔在地板上站了起来。对面缠着头带的老板一边烤鸡肉串一边抱怨:"客人别这样啊!"邻桌的工薪族模样男子不堪烦扰地咋舌。江川酒德不好,喝多了就闹事,所以柳原赶紧把他抱住。

"江川,快到发车时间了,咱们赶快去站台吧!"

江川摇晃着瘦高的身体说:"什么时间不时间啊?他这样陷害我,还管什么狗屁时间?"

"好啦好啦,你别再絮叨了。既然人事安排已定,你打电话又有什么用呢?你这样一闹,本来也许能早些回来,恐怕也真的回不来了。"

"早些?早些是什么时候啊?你莫名其妙地受到了财前教授赏识,所以才会觉得事不关己吧?你换位思考一下!我好无奈呀!要是去了地方医院,恐怕连学位都拿不到啦!"

江川大吵大嚷,醉眼迷蒙地盯着柳原。柳原不由得心头一惊,感到财前教授保证自己拿到学位的事情似乎已被江川看透。

"江川,那是你的偏见啦!即使是在舞鹤市的医院里,也能继续完成优秀的科研成果,只要把论文提交给本校还是能拿到学位嘛!"

柳原安抚着江川,用一只手臂揽住他,另一只手提起旅行包,登上大阪站的月台,好不容易来到开往舞鹤的列车的站台,只见对面有一群打扮得花枝招展的人,那是欢送新婚旅行的人们,站在中间的是身穿粉红色裙装、新娘模样的年轻女子和身穿全新深色西装的年轻男子。江川醉眼迷蒙地朝那边望了一会儿。

"柳原前辈,听说你最近经常约会啊!有人看见你在某家咖啡馆跟一个圆脸美女约会。婚期定在什么时候啊?"

"不,我、我怎么可能结婚呢?什么婚期,还没定呢!"

因为这件事还没有向任何人说过,所以柳原慌忙否认。

"这事儿有什么好隐瞒的呢?结婚,噢,结婚!闪耀着玫瑰色的人生啊!我也想赶快拿到学位然后风风光光地结婚呢!"

踏上人生新旅途并受到热烈祝福的即将开始新婚旅行的男女,为出差买了夜宵盒饭急急忙忙登上列车的人们,在充满活力和喧嚣的夜晚站台上,只有柳原和江川两人各自怀着悲愁。江川进了车厢,柳原站在车窗旁。

发车铃声响起,江川一改刚才兴奋激动的态度,骤然露出软弱的表情。

"柳原前辈,你可千万别忘了我呀!到了那边我就给你写信,你一定要回信啊!"

江川说完,便不顾众目睽睽,热泪夺眶而出。柳原想到这就是被发配的人的模样,心中也忽地涌起一阵热浪。

江川把上身探出车窗说道:"对了,后天就是东京K大学正木副教授和奈良大学竹谷院长出庭的日期了吧!他们会陈述什么样的鉴定意见呢?这是医学上非常令人感兴趣的问题,所以请你一定告诉我结果。拜托你啦!"

"嗯嗯,我知道了。那你多多保重啊……"

柳原一边说一边感到仿佛陷入黑暗中,他目送江川离去。

在安静肃穆的法庭里回荡着正气凛然的宣誓声:"我发誓,要秉持良心诚实鉴定。鉴定人,正木彻。"

接着由竹谷鉴定人进行了宣誓。

审判长严肃地说道:"现在进行鉴定人讯问。由上诉人代理人开始主讯问。"

关口律师神情紧张地站了起来。

"上诉人委托东京K大学正木副教授鉴定的事项有三个,我想首先请问,本案中在胃贲门癌术前胸片上发现左肺有小指头大的阴影,这有没有可能鉴别出是癌症的转移病灶呢?"

身穿潇洒的竖纹西装的正木副教授洋溢着四十岁少壮学者的勃勃朝气。

"如果先直接从结论来讲的话,即使不能断定本案胸片上的阴影绝对为癌变转移病灶,但仍然可以说,对于一位癌症专家来讲鉴定出来也基本上是可能的。"

他开门见山地说出了结论。

旁听席上响起了讨论声,大家说:"证据是什么?不要轻率下结论!"

"旁听者请肃静!"

审判长厉声告诫,法庭恢复了安静。正木副教授继续陈述。

"我认为能够鉴别的第一个理由是阴影的大小。如果出现五毫米以上的阴影,我们癌症专业的医师就能大概鉴别是否为癌变转移病灶,如果是七毫米以上就毫无疑问能够确定了。关于本案中的阴影,我用游标尺测量的结果是长径七点二毫米、短径六点九毫米,因此可以说具有充分的鉴别可能性。第二个理由是阴影的形状。转移性肺癌的胸片影像一般称之为硬币形阴影,其特征是呈现出轮廓清晰的硬币形阴影。像本案这种呈现圆形、与周围肺野界线分明、浓度均匀的阴影近似于癌变转移病灶的典型影像,所以应该容易鉴别。第三个理由是阴影的位置。转移到肺部的癌变可以分为淋巴道转移和血道转移两种类型,淋巴道转移的癌变从肺门呈树枝状急剧扩大,而血道转移的特征是孤立在肺部末梢。像本案这种在肺部末梢孤立出现一个阴影,可以推测是从主病灶胃贲门经由血液转移到肺部的阴影。"正木副教授直视审判长席方向,加强了语气,"胸部 X 光摄影在肺癌诊断中是最为重要的第一关,哪怕只有一张平面照片的肺癌影像被看漏,对于那个患者就是致命性的失误。因此,即使只是稍有疑问的阴影也应该考虑到肺癌的可能性并进行慎重的检查。只要进行了慎重的检查,就有充分的可能把本案这种阴影鉴别为癌症转移病灶,因而这个阴影可以引起怀疑就更是理所当然了。以上就是我的结论。"

旁听席上再次一片哗然,好像还有人站了起来。但是,正木副教授却置之不理。于是,关口律师进入了后续讯问。

"第二个鉴定事项是 X 光平面照片。在疑似癌症转移病灶的情况下,为了对其进行确认,还应该进行什么样的检查呢? 请谈谈你的意见!"

"立即进行 CT 扫描以进一步明确阴影的形状。如果阴影位于前胸壁附近的话,平面照片就能够清晰地显现阴影的形状,而如果位于远离的部位就不能清晰地显现出来了。但是,使用 CT 扫描可以先拍摄侧面影像,从背面用游标尺测量被认为有阴影的部位长度是几公分,然后把焦距调整到这个部位,每隔一厘米拍摄四五张 CT 照片,所以用平面照片难以判读的边缘状态和浓度也就更加清晰,鉴别也就更具可靠性了。在我们那里还要进一步进行侧面扫描和支气管造影,发现异常就进行细胞学诊断,完成所有的术前检查。"正木副教授用干脆利落的语调应答道。

"那么,这种 CT 扫描和支气管造影需要多长时间呢? 我这样问是因为,在一审中财前被上诉人表示,当时他正忙于准备参加国际外科学会,没有充足的时间做那些检查。"

"对于准备出席国际学术会议十分忙碌这一点,我自己也有体验。尤其是对于主管研究室工作的教授来说,想必更是忙得分身无术吧! 不过,只要怀有做检查的意向,时间并不是问题。CT 扫描如果加急冲洗的话,从摄影到冲洗有三十分钟就可以完成。支气管造影也是这样,如果设备正常的话,熟练技师用五到十分钟即可完成。"

"那么,这些检查并不只限于非常特殊的病例,也就是说,并不是医保患者不能做的检查,对吧?"

"非但不限于特殊病例,我刚才所说的 CT 扫描、支气管造影以及细胞学诊断,也都是大学附属医院中的常规基础检查项目。既然是常规检查项目就可以适用于医保。"

"现在请你对第三个鉴定事项陈述鉴定意见,在本案这种阴影被确认为癌症转移病灶的情况下,是否能够预料到癌性胸膜炎呢？为此,我首先想请正木副教授在本庭当场判读,证明用本案的术前胸片能否鉴别胸膜面的肿瘤。我请求审判长准许把观片灯带进本法庭。"关口向审判长请求道。

"我准许。不过,你已经准备好了吗？"

"事先已经放在律师休息室里了。"

关口回答之后,法警立即把观片灯搬进了法庭。关口把佐佐木庸平的胸片夹在观片灯上并"咔"地打开了电源,佐佐木庸平生前的胸部照片在观片灯上映出粗大的肋骨,似乎仍在呼吸。

"老公！"

突然,佐佐木良江从上诉人席像呼唤生前的丈夫般高声喊道。大家像是被打动了,霎时间寂静无声,所有的人都屏住了呼吸。正木副教授用锐利的目光凝视着X光片,一分钟、两分钟……紧张得令人窒息的沉默笼罩了法庭。

"怎么样？能判读出胸膜面的肿瘤吗？"关口急不可耐地问道。

正木副教授使劲地摇摇头。

"我仔细观察过了,但无法判读疑似肿瘤的阴影。"

旁听席间发出松了一口气的声音。

"不过,左肺下方隐约可见疑似胸水潴留的变化。"

"啊？胸水潴留……"

关口屏住了呼吸。财前也不由得欠起身来。

正木指着X光片说道:"如果不是专业医师的话恐怕很难辨别。但是,仔细比较左右肺下叶就可以看到肋骨与横膈膜之间呈三角形。右边看得比较清楚,而左边虽然十分微妙,但稍稍有些发白模糊,这就是疑似左肺胸水潴留的变化。如果胸水增加到五十毫升的话,那就更容易判别了。"

"从X光片上的变化推测,胸水量有多少呢?"

"这个嘛,大概有三四十毫升吧!不过,或许因为我在做这项鉴定之前已经知道这位患者死于癌性胸膜炎了,所以才能注意到如此微妙的变化。但坦率地说,实际上胸部积水不到五十毫升是判读不出来的。"

"但是,如果进行CT扫描会怎么样呢?"

关口间不容发地追究关键问题。

"一般来说,在产生胸水的情况下用平面照片很容易辨别。不过,从这里开始才是真正重要的阶段。即使用一张平面照片难以预测到癌性胸膜炎,但如果通过CT扫描和支气管造影等方法加深对左肺下叶阴影的检查,而它又相当接近末梢的胸膜面,就能够在某种程度上预测到容易的发生的胸膜面转移,这样就不会有以后的判断失误了。"

"原来如此。那就是说,如果进行了CT扫描并进一步仔细检查的话,就能够在某种程度上预估到可能发生癌性胸膜炎。但尽管如此,由于这一点被疏忽了,所以导致了此后的根本性误判,是吧?我的讯问到此结束。"

关口抓住要点着重确认之后,回到了座位上。

"被上诉人代理人有没有讯问的事项啊?"

跟河野律师并排坐着的国平律师迫不及待地站了起来。

"刚才,正木副教授判读了观片灯上的X光片,表示并未发现怀疑的胸膜面肿瘤的阴影。那么,剖检时发现的凹凸不均的肿瘤在拍摄X光片时还没有发展到裸眼能够看到的那么大,是吗?"

国平采取了对财前有利的问法。

"不，如果从剖检时所见肿瘤的大小反推的话，正像大河内教授所说，肿瘤的存在确实是以月为单位来估算。即使从胸水已经开始潴留来看，当时已经发展到用裸眼能够辨别那么大了。"

"这么说来，如果是像您这样具备连直径五毫米的小阴影都能鉴别是否为癌变的判读能力的医师，当然应该能够辨别出来啦！可你却说难以辨别，这不就是在现实当中根本无法鉴别五毫米小阴影的证据吗？"

国平尖锐地单刀直入。正木副教授顿时沉下脸来。

"肺部阴影的判读不能与胸壁胸膜面肿瘤的判读混为一谈。胸膜由于连接肌肉层和脂肪层，所以不容易显现出阴影来。而且，胸膜本身发生的癌变即便称之为肿瘤，但并非所谓'包块'，而是在胸膜面蒙上薄膜的类型，因此用X光片难以捕捉。即使在我此前的经验当中，也从来没有过一例在胸水潴留之前就能发现的胸膜肿瘤。"正木强烈地反驳道。

国平结束了讯问，审判长开口发言。

"本法院有问题要问正木鉴定人。刚才你说到，在大学附属医院里CT扫描和支气管造影检查都是常规检查项目，那么与普通医院和诊所相比，常规检查的概念存在相当大的差异吗？"

"是的。日本的医疗水平在大学附属医院与普通医院之间的落差非常大。用大学附属医院的水平去评论普通医院的常规检查不合情理，反过来看可以说也是不合情理的。大学附属医院本来的目的在于医学教育，即使针对单一的检查结果也要探索所有的可能性，然后把探索的过程以及相应的处置用于教学。因此要求大学附属医院具备和实施最高水平的诊断和治疗是理所当然的。这是我的看法。"

旁听席第三次响起指责正木意见的声音。

审判长说："明白了。那么，接下来由被上诉人方的鉴定人进行鉴定。"

身材矮胖、耳朵出奇硕大、颇有福相的奈良大学竹谷教授慢慢地站上了证人席。

国平起身相迎并开始讯问。

"竹谷教授在胸部X光诊断方面拥有卓越的成就,我方委托鉴定的项目有三个。第一,能够用平面X光片鉴定癌变的阴影大小的界限是多少呢?"

竹谷教授以沉稳的姿态答道:"如果以我个人的鉴别能力为基准回答的话,那么这个问题极为简单,可以说有七毫米以上就能够鉴别出来。不过,这是因为我的研究领域就是胸部X光诊断学。即使是我,平均地来讲,如果没有一厘米以上就不能说能够准确地判读。不过,在本案中却不能以我个人的鉴别能力为基准,而必须以普遍的医学水平进行衡量。这样一来,坦率地讲,我实在不好断定。这是因为,如果有相当大的阴影或明显的症状暂且不说,只要胸片上有阴影,不管大小如何,医师首先考虑到的就是结核。这是因为日本过去曾经有过大量的结核患者,甚至被称为'结核王国',所以当然会有那种先入之见。如果有人撇开结核怀疑是癌症的话,那恐怕都是力求更多地发现肺癌的肺癌专科医师。这样说并不为过。在对一张胸片上的阴影大小进行评论之前,先要请各位理解上述这些问题,在这个基础上再考虑鉴别癌变的阴影大小,不管是普通营业医师还是大学医学院的医师,至少需要两厘米以上的阴影才能鉴别出来。我相信这是目前普遍具有的能力。那么对于两厘米以下的所谓早期癌症,我们专业医师已经陆续开始能够发现了。这就是肺癌诊断的整体现状。"

年过六十的古典派学者竹谷教授提出了以现实为依据的见解。

国平趁机问道:"但是,刚才上诉人方鉴定人正木副教授陈述的意见是,只需五毫米就可以鉴别。对于这一点竹谷教授是什么意见呢?"

"正木副教授所说的五毫米鉴别堪称神技。而O大学肺癌研究所所长南原教授说三毫米也能鉴别出来,但我个人和多数专家都不相信。三毫米在肺癌诊断中是艺术上的数字而并非数学上的数字。我自己偶遇条件极好的X光片时也能对五毫米的阴影做出鉴别,但坦率地讲,那些都是特例而已。"

国平格外恭敬地说道:"无论是从经验还是从成就来讲,听到我国顶尖水平的竹谷教授如此谦逊的见解,我感到十分钦佩。不过,既然在大学附属医院里,非专业医师没有两厘米以上就不能鉴别癌变的话,那么本案中对小指头大的阴影进行鉴别就完全是过分的要求了,对吗?"

"完全正确。这个阴影的形状基本上是圆形,而且与周围肺野界限相当明确,如果剖检结果诊断为癌症转移病灶的话,人们都会赞同说果然如此。但是,本案患者具有结核既往症,结核中的病灶呈圆形,边缘清晰而且阴影有局限性,因此很难与癌变区别。现场恰好有观片灯,所以请大家看一看两者的形状有多么酷似。"

竹谷说完,就昂首阔步地走近观片灯,他在佐佐木庸平的X光片旁夹上一张同样在左肺下叶只有一个阴影的胶片。外行的眼睛自不必说,就连在旁听席上的医师们好像也完全不能区分。

"怎么样?仔细比较两者,或许能够看出结核X光片阴影的中心部位浓度稍大,这只是相当高水平的专业医师都难以鉴别的差异。而本案的患者还有结核既往症,又有早期贲门癌,因此财前教授不认为这是癌症转移病灶而判断为结核旧病灶是理所当然的。即使是我们专业医师大概也会那样考虑。"竹谷教授以作为X光诊断权威的姿态断言道。

"那么,第二个鉴定事项是,像本案这种小指头大的阴影如果做了 CT 扫描能否鉴别出癌变。请谈谈你的见解。"

"一般来说,只要做了 CT 扫描,阴影的形状确实会比平面照片清楚。不过,只有对两厘米乃至更大的阴影才能这样说。而对于只有小指头大的阴影,准确调焦本身就很困难,所以即使多张拍摄,实际上也几乎无法期待能够比平面照片更清晰地掌握阴影的形状。因此,仅就本案来说,我认为做不做 CT 扫描结果都一样。"

"有关 CT 扫描我还想问个问题。在患者手术已经确定之后,又根据对当时情况的判断取消 CT 扫描,这在现实中是否发生过?你怎样认为呢?"

国平刻意地强调了这个问题。

"这种情况很多。例如,对于已经出现食管狭窄症状的患者延迟一天手术,就会对患者的全身状态造成相应的影响,还会使患者产生心理不安,所以要立即做手术。如果加上我刚才所说的判断,本案的情况也是如此,既然贲门癌已经导致食管通过性障碍,那么是否做 CT 扫描检查与患者的死亡也就完全没有因果关系了。"

"明白了。我的讯问到此已经足够了。"

国平带着正合吾意的表情回到了座位上。

"上诉人代理人要提出反对讯问吗?"

关口听到审判长的询问立刻站了起来。

"刚才竹谷教授说到,即使是医学院的医师,肺癌专业以外的医师要用平面照片鉴别癌变的阴影,也需要两厘米以上。恕我冒昧请教,你是不是把一厘米搞错成两厘米了呢?"

"不,我没有搞错,是两厘米。在我们专家之间所说的早期肺癌,就像刚才所说指的是两厘米以下的阴影。即使是原发性肺癌,如果低于两厘米的话,在一百名医师当中就会有八十名像我开头说的那样诊断为肺结核,更别说只有一厘米的阴影,百名医师中只会有两三名会怀疑是癌症。事实上来我们医院的患者大多数都是回天乏术、已被耽误了的癌症患者,两厘米以下的早期肺癌在这一年来的一百二十个病例中只有五六例。因此,用平面摄影能够鉴别癌变的最小限度毫无疑问是两厘米以上!"

竹谷用高压态势做出了结论。

"我的讯问到此结束。"

继续问下去也是白费劲,关口也只好结束了讯问。审判长开口发言。

"本法院有问题要问竹谷教授。刚才正木副教授针对本案中的胸片指出,左肺横膈膜与肋骨之间存在着能够推测有少许胸水的'变化'。你个人对此有什么见解呀?"

竹谷凝视着观片灯上夹着的佐佐木庸平的胸片。

"比较左右两肺,可见胸膜与横膈膜之间的三角形确实有微小的模糊点。不过,这种变化除了胸水潴留之外,还可以考虑到胸膜粘连的原因,不能一概而论。"

"那么,假设左肺下叶阴影已经被确认是癌变的话,你认为能够预测到发生了癌性胸膜炎吗?"

"即使已经得到了确认,但可以说在临床上也不可能预测到那样微小的癌变已经发生了胸膜转移。而且我在这里想提出一个疑问,这是因为,像本案患者这样的早期贲门癌得以发现,只有依靠财前教授的实力才能做到,而在通常情况下都可能被漏诊。那样的话,更不用说什么漏诊肺部转移、误诊癌性胸膜炎那类问题了。但是,对于其他人根本注意不到的早期癌症,财前教授只靠两张胸片就发现了,并且努力争取挽救患者的生命,却由于以当今的医学常识难以考虑到的早期胃癌的肺部转移这种近于不可抗力的问题而被追究诊疗责任。可以说,再没有比这更残酷而矛盾的事情了。那么,如果医师漏诊了贲门癌本身的话又该担负什么样的责任呢？我知道大家对大学附属医院的诊疗以及大学教授有严格的要求，可是，如果仅仅因为检查不充分而没能把那么微小的胸部阴影诊断出癌症并且没能事先预测到可能发生癌性胸膜炎，就被追究责任的话，那么我们在所有早期癌变的情况下就都必须考虑到是否有转移而进行检查。如此一来，大学附属医院的诊疗必然立即陷入瘫痪状态！这就是我想说的话。"

竹谷的发言颇具说服力。旁听席中响起掌声。

"请肃静！请勿在法庭内鼓掌！"审判长严厉地说道，"正木和竹谷二位鉴定人的见解虽然正面对立，但都具有很多应该听取的内容，将被作为今后庭审的重要资料。今天的庭审到此结束！"

审判长宣布休庭。

第三十章

里见修二独自坐在颠簸摇晃着开往十津川村的公共汽车里,这趟从奈良市五条开往和歌山县新宫市的定期公共汽车里空空荡荡的,没几个乘客,汽车驶过西吉野村之后渐渐进入深山,前方漫山红叶映入眼帘,一派宜人秋色。公共汽车继续行驶在狭窄的山路上,忽而向左忽而向右地拐过大弯穿过杂树林和杉柏林向前行驶。

奈良大学举办了早期胃癌病例研讨会,近畿癌症中心委派以病理学研究室主任都留为首的胃癌研究小组前往参加。在研讨会结束之后,只有里见与其他组员们分别,他要去十津川村走访山田梅。

穿过天辻岭隧道之后视野豁然开朗,猿谷水库仍像半年前春天看到的那样,碧透的水面映射出周围的树影。里见凝视着平如镜面的池水,想起了佐佐木庸平上诉审理的证人讯问的过程。在第三次证人讯问时,佐枝子说服龟山君子作为临时证人出庭应讯,为佐佐木方打开了一条生路。里见就像突然想起似的开始回味:总是含蓄而文静的佐枝子表现得十分积极而活跃,那样的激情究竟潜藏在哪里呢?里见忽然闪出一个念头,正是因为这样,她肯定也非常疲劳。如果可能的话,真想跟她一起观赏这寂静深山的秋色。但里见还是立刻闭上眼睛打消了这个念头。

汽车在不知不觉之间已经驶过大塔村来到了十津川村的村务所

门前，里见看到这里停着一辆奈良县厅的胃癌筛查体检车。直到半年前，这座偏僻山村还由近畿癌症中心进行集体筛查，而现在已经由县厅派出体检车了。

看样子诊察工作已经接近尾声，村务所前的椅子上只能看到三四个人。这座深山里偏僻的村庄以前交通非常不便，直到十年以前还用轿笼抬病人下山治疗，送到医生那里的都是已经无药可救的病人。所以，据说在这种无医村里，如果谁家有了结核病人就会发展到全村无一幸免，而如今都已经有胃癌筛查体检车巡回医疗了。在近畿癌症中心体检车第一次进入十津川村时，村长说十津川村以前的死者中有百分之四十都是癌症病人。而在那天体检中也确实发现，五十多名受检者中就有二十三名由于癌症失去了亲人。但尽管如此，仍然有人拒绝接受胃癌筛查，所以必须对村民采取强制性的措施，否则他们绝对不来。日本全国四十岁以上的癌症高发人口为两千四百万，而每年都有十三万癌症患者，其中十万人不治身亡。根据厚生省的测算，一台体检车每年能够筛查七千人。即使体检组成员由于强行军累趴下了，一年也顶多能筛查两万人。然而，目前运转的体检车却不到二百台。另外，如果考虑到判读X光片的医师和体检技师的人数，筛查工作的进程就像蚂蚁堆石山一般极为缓慢。尽管相关行政部门也出现了绝望的声音，但即便如此，致力于早期胃癌研究的医师们仍然心怀用自己的双手更多地挽救患者的热情，投入到胃癌筛查活动中去，希望及时发现早期癌症患者。

里见走过村务所前爬上漫长的缓坡来到山腰开出梯田的地方，他看到了见过面的山田梅的儿子儿媳和在他们身后正在干农活的山田梅。虽然出院才过了三个半月，贫苦农家的阿婆已经下田干活了。

"阿婆！梅阿婆！"里见大声地喊道。

山田梅直起几乎趴在田里的身体，疑惑地凝眸细看。

"啊,是大夫啊!里见大夫来啦!"山田梅扭头向儿子儿媳说道。

阿婆的儿子儿媳惊讶地抬起头来,跛脚的儿子立刻解下系在脖间的汗巾拖着右脚来到里见身旁。

"大夫,上次我妈给你添了很多麻烦!要是没有你帮忙,我们真是不知道该怎么办啦!"

山田梅的长子俯下晒黑的脸膛向里见拜谢。前些年他作为全家的主要劳动力在山林里伐树时被木材压在下面右脚受伤,一直过着近于低保的生活。山田梅家虽然由医保负担了住院手术费十四万元的一半,但剩下的七万元巨款却仍然无力偿还。于是,里见亲自填写了关于山田梅生活状态和手术必要性的申请书,向大阪府癌症预防协会提出申请,好不容易争取到了住院手术费。如果没有里见的帮助,以山田梅的经济能力根本不可能负担手术费用。

不过,因为山田梅一直被隐瞒实情,所以她看到里见过来就说:"大夫净骗我哦!后来听儿子说我得的是癌症啊!不过,幸好及时做手术捡了一条命。"她用精神饱满的声音道了谢,"大夫,你来这儿干什么呀?"

"我去奈良大学开会回来,就想顺路看看阿婆情况怎么样?"

"那就去我家里坐坐吧!虽然房子又小又旧,不过没关系,大夫会去的。"

阿婆抓住里见的胳膊,使劲地把他拉到一座稻草顶倾斜的农舍前。

打开变形的木板门一进去就是炉灶,被烟火熏黑的昏暗屋内,破旧的榻榻米格外显眼。梅阿婆的儿媳拿出像煎饼似的薄坐垫,又端出了烤红薯和粗茶。

"没什么东西好招待,真不好意思。"儿媳红着脸说道。

梅阿婆接着儿媳的话说道:"哪里呀?里见大夫不会在意那些

的！我住院时他那样照顾我,我都没向他道谢,可他还是惦记着我跑到深山里来看我呢！"

她说完就抢先拿起烤红薯放在豁牙的嘴里嚼了起来。里见欣慰地望着精神饱满的阿婆说道:"既然来一趟,我就给您检查一下吧！"

梅阿婆停下嘴来解开散发着汗味的棉布作业服前襟,手术之前瘦得肋骨突出的身体已经长了肉,腹部手术创口只剩下一条细线,两侧的肌肉也变软了。

"饭后有没有恶心、肚子疼或者痉挛等情况啊?"

"没有,完全没有！"

"那么,刚吃完饭时有没有全身没劲儿、冒冷汗等现象呢?"

里见针对胃切除后常常出现的消化障碍等进行了询问。

"没有的事儿！我的食欲好得不得了,一日三餐顿顿都等不及呀！"

里见给她量了血压,高压一百三十,低压七十,没有发现异常。

"阿婆,你已经完全没事儿了,可以放心下田干活儿啦！"

里见轻轻地拍拍阿婆的肩膀,梅阿婆眯起了粘着眼屎的细长眼睛。

"那当然喽！大夫给我治好了病,当然就没事儿啦！因为我全都按照大夫说的做,所以就算得了癌症也还能捡回老命并恢复得这么好。不过,我们村最顽固认死理儿的米老头,体检车都来了,但不管怎么劝他就是不肯接受检查,结果在我住院的时候死了,连丧事都办完了。跟他比起来,我就是因为早期……"

阿婆说不出后边的术语来,儿子补充道:"多亏做了集体筛查,发现了早期胃癌并及时做手术,现在都能下田干活儿啦！为了这件事,奈良市的报社还来给我母亲拍照,她一夜之间就成了村里的名人啦！"

里见听到"村里的名人"这个称号,会心一笑。

"那太让人高兴啦!阿婆,只要在集体筛查时早早发现胃癌并及时做手术就能保住性命。你可别只把这当成自己的经验,体检车再来的时候还要劝说更多的村民接受筛查,告诉大家癌症只要早期发现就能治好。这样的话,我真不知道会多高兴呢!"

里见一边说一边想,今天跑到十津川村来回访山田梅真是不虚此行。他同时深切地感到,作为医师不能只是等着患者上门,自己也必须积极地走出去。

里见从奈良乘坐近铁电车到达上六车站时已是七点多,天色完全黑了。他快步穿过下班高峰客流拥挤的站内走向站前的公共汽车站,顺便在车站入口旁的小卖店买了一份《每朝新闻》晚报。因为其中的文化版块有他尊敬的内科老学究的随笔连载。那位老学究的从医哲学吸引了里见,所以他每期都要拜读。

"《每朝新闻》吗?好的,十元。"

店员熟练地招呼着接踵而至的顾客,接过里见的十元硬币递给他一份还散发着油墨味的《每朝新闻》晚报。里见把报纸夹在腋下正要走向市营公共汽车站时,忽然停下了脚步。

从报亭近旁的公共电话亭传来了熟悉的声音,原来是财前五郎。里见听不清他在说什么,但见他极不耐烦地说了几句就怒气冲冲地"咔嚓"一声放下了电话。

"财前!"

里见从身后叫住了他。财前回过头来,可能是因为非常惊讶,差点儿没拿住电话机旁的记事本。自从里见离开浪速大学之后,这是两人第一次单独相遇。一种无以名状的沉默顿时把两人隔开。

"告辞了!"

财前不想搭理里见,就要从他身边走过。

"财前,好长时间才见一回面,咱俩聊会儿嘛!"

里见说着跟财前并肩前行。

财前不高兴地面向前方冷冷地说道:"好长时间没见吗?你还是那样热衷于佐佐木庸平的官司,每次开庭都来旁听,每次都能看到我。怎么能说好长时间没见呢?"

里见并没有反驳他。

"不过,自从我辞掉大学工作之后,这是咱们第一次单独交谈,而且我有话想跟你说,去那边喝杯茶吧?"里见用与学生时代毫无变化的坦率语调说道。

"有话想跟我说……既然是这样,我倒也不是没有想跟你说的话,那我就奉陪啦!不过,我可不想去咖啡馆,就去我熟悉的酒吧好啦!"

财前不由分说地用健壮的肩头挤开人群向前走去,随即拦了出租车。

财前叫司机把车停在道顿堀桥上,沿着心斋桥向东横穿了五十多米,推开了阿拉丁酒吧的店门。面熟的侍者领着两人进了最里面的包厢,问过所要的饮品之后就退下了。这时,身穿袒露胸口的晚礼裙的庆子飘散着浓烈的香水味出现了。

"欢迎光临!财前医生,好久没见你啦!"

庆子顾及财前的同伴,所以故意拉开距离打招呼。当她注意到财前的同伴竟是里见时,惊讶得眨了几下眼睛。

"里见,这位女士应该在哪里见过吧?"财前一边端起威士忌酒杯一边问道。

里见表情认真地望着坐在身旁的庆子,却没有想起来。

"哎呀!好失望哦!我每次坐在那个法庭上都会兴趣盎然地看

着里见医生呢！"

庆子那母豹般闪闪发光的大眼睛仿佛紧紧地吸住了里见。

"那个法庭，财前的吗？"里见疑惑地反问道。

"这位招待小姐可是上过女子医大呢！所以，她对这场官司特别感兴趣，据说从一审的时候就常来旁听，所以早就认识你啦！"财前意味深长地笑着说道。

里见把只抿了一口的啤酒杯放在餐桌上，再次看了看庆子深眼窝、高鼻梁的极富立体感的面孔，但并没有表示出更大的兴趣。

"不过，财前，我想说的是你这次参加的学术会员竞选。"

"哦？这倒是巧啦！我刚才说不是没有想跟你说的话就是这件事情。不知怎么搞的，本系统的大学和医院的拉票活动迟迟没有进展，真叫我伤透了脑筋。你能不能看在咱俩老交情的份儿上帮我争取一些近畿癌症中心的选票啊？其实，我刚才就是给医务部打电话说这事儿呢！"财前喝干杯中的威士忌酒厚着脸皮说道。

里见用澄澈的双眼凝视着财前。

"虽然难得你开口委托我，但是，财前，我倒是想劝你退出那个学术会员竞选呢！"

"什么？你劝我退出？你到底是什么意思吗？"财前沉下脸来说道。

"倒也没什么特别的意思，就是这句话。近来你的身体和精神损耗巨大，看上去疲惫不堪，我从法庭的旁听席上也看得很清楚。如果这件事值得牺牲身心健康的话那我也无话可说，但是学术会员这种选举，即使是当选了，对于年轻医学家又能有多少益处呢？恐怕只是徒增更多繁杂事务罢了。你何必为了那些事情消耗医学家宝贵的时间和体力呢？"

里见由衷地为这位同学担心。两人曾在病理学研究室大河内教授的指导下并肩学习,即使后来分别去了内科和外科,但十几年来仍然相互启发,坚持学术研究。财前的表情在微暗的灯光下发生了短暂的痛苦动摇,但还是立刻用傲慢的目光反瞪着里见。

"当选学术会员对学者有益无益取决于我自己的人生观,正因为我认定这是有益的事情才决定出马参选。而且,既然我已经参选,那么即使把对手拉下马来也要争取当选。"

半个月前在扇屋酒家举行的固票会上,由于本系统的大学和医院拉票数量仍然偏低,所以根据鹈饲教授的判断决定把对立候选人之一的近畿大学的重藤教授拉下马来。这个对策正在切实稳步地推进,所以财前的语调十分强硬。

"是吗?我近来看到你在法庭上疲惫不堪的样子,觉得不管怎样你应该先退出学术会员竞选。而且,官司方面也是,如果有不对的地方就坦率地认错,解决得越早越好。"

"哦?既然你这么关心我,那就别像患者那边的医学顾问似的东奔西走、出谋划策了嘛!这才是真正的老交情吧?"财前无理取闹地说道。

"不,你倚仗教授的权威,像摆布将棋棋子一样驱使医务员,宣扬虚伪证词企图掩盖真相。只要你不愿意纠正这种态度,不管你说什么,我还是要用自己的方式把你隐瞒的事实暴露在阳光之下。我认为,这就是承托患者生命的医师的使命。"里见斩钉截铁地说道。

财前顿时愤怒地耸起了肩膀,正要对里见的话语进行反驳时,在旁边一直用双手焐着白兰地酒杯津津有味地聆听两人对话的庆子巧妙地插言道:"今天二位医生的争论就到此为止吧!这样重大的辩题一次就决出胜负岂不是太可惜了吗?"

庆子巧妙地制止了两人的争论,财前幡然醒悟似的露出笑容。

"那好吧,今天就服从这位高学历招待小姐的裁决,第二回合就换个辩题在即将举行的癌症学会上对决吧！"财前把第二杯威士忌酒端到嘴边挑衅地说道，"刚才，你在出租车里提到奈良集体胃癌筛查活动，那种做法叫我说就像用笊篱舀水，投入大量的人力和财力却收效甚微。另一方面，让读片能力很差的人判读胶片，还可能会漏诊癌症，即使患者出现了癌症症状，也会在集体筛查时觉得并不严重而置之不理，以至于有不少患者送到医院时已经形成无法救治的进展期癌症了。我个人并不认同你所说的集体筛查活动的价值。而且与此相同，我对于你们近畿癌症中心早期胃癌研究小组所研究的细胞学诊断和活检诊断法也怀有某种疑问。关于这个问题，近畿癌症中心的你和我就在金泽的学会上好好地较量一番吧！我现在已经是斗志昂扬啦！"

"那很好啊！不过，学术上的问题跟刚才说的事情根本就是两码事儿嘛！而且，你还是别用什么'第二回合'和'裁决'这些轻率地把学术比喻成竞技的说法吧！"里见责怪道。

财前满脸酒气地说道："好啦！那种词语上的问题不管怎么说都没关系啦！不过，高学历招待小姐，今天可要好好为里见老师服务哟！"

庆子立即把身体凑近里见为他倒上啤酒。

"不，我要谈的事情已经说完了，就此告辞。你千万记住要好好保重身体。"

里见说完就起身离席了。

在宝冢市鹈饲宅邸的客厅里，财前五郎从刚才起已经等了半个多小时。今天是星期六，时隔多日财前想晚上早些回家休息一下，却接到鹈饲院长的电话说要商谈学术会员选举事宜，叫他火速赶到他家。财前赶紧再次换上西装乘坐出租车疾驰而来，却被迫等了半个

1073

多小时。他对鹈饲的傲慢无礼愤怒不已。

在十二三铺席大的客厅里,挂着价格昂贵的古董美术品和每号几十万元画家的作品,其豪奢程度远远超过了财前家。财前把目光停留在装饰柜上方挂着的《巴黎圣母院》上,这是财前在三年前教授选举时送给鹈饲的,当时每号八万元的染井青儿画师的画作在他当上艺术院会员的现在已经飙升到近二十万元了。财前心想,自己当上学术会员之后学者地位也会比现在更高,随即向那幅画投去从嗓子眼儿里膨胀起来的笑意。

"财前,敬请原谅啊!让你等了这么久。我老公说请你再等一会儿呢!"

门口响起与女性极不相称的男人似的粗嗓音,矮胖的鹈饲夫人身穿艳丽的大花和服走进了客厅。

"夫人您好!这么晚来打扰,该道歉的是我啊!"

财前向她打过招呼。鹈饲夫人坐在财前斜对面的沙发上,抬起鱼鳃般宽大的下巴。

"我想你也相当辛苦啊!不过,这都是为了飞黄腾达呀!你总得多多忍耐嘛!"

"飞黄腾达不敢当……"财前丝毫不提刚才心里的那些想法,"这且不说,前天我在上六车站偶然碰到了里见!"

财前为了打发等候鹈饲的无聊说起了碰到里见的事情。

"哎呀!碰到里见……那人说什么了吗?"

"他说,学术会员选举对医学家没有任何益处,劝我退出竞选,还叫我对那件官司坦诚认错。他还像从前那样净说些幼稚可笑的话呀!"财前苦笑着说道。

"他都被浪速大学赶出去了,竟然还不接受教训,而且还说出那种话来?真拿他没办法呀!作为一个社会人,他还不够格嘛!"鹈饲夫人歪着嘴角继续说道，"他太太三知代跟我是校友，也是圣和女子学院毕业的，在今年春天的校友会上我就委婉地向她提出了忠告。不过，下次再有机会的话，我就得严厉批评她了。"

当她做出允诺的时候，只随意地穿着大岛绸和服的鹈饲出现了。没想到，区医协会长岩田重吉也跟他在一起，两人的表情都显得很不愉快。

财前向鹈饲问候道："这段时间承蒙您关照。"

鹈饲仍然交抱臂肘坐下，连一句"让你久等"都没说。

"财前，其实呢，刚才我在书房跟岩田君商议了很多事情，把近畿医科大学的重藤教授拉下马恐怕不太可能。"

鹈饲突然开口并戛然而止。

"不太可能……可是，我刚听叶山教授说，已经在各方面采取了措施，正在稳扎稳打地推进把重藤教授拉下马的计划。可为什么又……"

"稳扎稳打地推进是叶山乐观的预测，但在现实当中却并不那么简单。"鹈饲强行压制地说道，"这些天来，我们探讨了各种把重藤教授拉下马的交换条件。昨天，我带着两个方案去见了近畿医大的冈野理事长。第一个方案是，目前近畿医大的外科正在调整编制结构，把外科按照疾病种类分为呼吸外科、消化外科、脑神经外科等。碰巧近来提出了萨利德迈患儿和癌症患儿的问题，社会迫切希望设立小儿外科，所以我提出了一个条件，通过小儿外科讲座向关西财界呼吁争取捐款，帮助对方实现这个目标，却遭到了拒绝。"

鹈饲的话再次戛然而止，岩田也不发表意见保持沉默。

"那么，您说的另一个条件呢？"财前心惊肉跳地问道。

鹈饲先是不高兴地"嗯"了一声，随即愁容满面地答道："另一个交换条件，利用也是如今成为热门话题的成人病专科诊疗机构的捐款,把它从内科独立出来,搞成专门治疗高血压、心脏病、癌症、糖尿病的设施。这样的话,那些担心成人病的财界人士肯定会更加积极地捐款,所以我提出协助他们建立这种设施的条件。但是,两个方案都被近畿医大拒绝了。"

坐在旁边的岩田还是板着面孔不说话。

"这么好的条件他们居然会拒绝,难道是想抓住咱们的弱点要求更高的交换条件吗?还是为了振兴私立大学而坚持参选学术会员呢?其中的真相到底是什么呢?"

财前感到仿佛嗓子里冒烟一样,十分焦躁。

"关于这一点,我也仔细地进行了研判,真实的情况是,他们一旦大张旗鼓地抬出本校的招牌教授重藤,如果没有相当好的条件,也就是能够左右医院经营的大好条件的话,恐怕很难把重藤教授拉下马来。当然,我也不愿意再去向各方低三下四地哀求,只好欠下莫名其妙的人情啦!"

鹈饲当初亲自把财前推上前台,可现在却如此冷淡地对待。财前顿时产生了全身失去力量般的虚脱感,开始有了干脆放弃的念头,也不知是因为疲劳过度,还是因为前天里见的话语在不经意间深深地刺进了心中某处。虽然这个念头只在一瞬间闪现,但他却对自己产生这种念头的微妙心理变化惊愕不已。

"财前,你怎么忽然不说话啦?我既然推举你当了候选人,要是不能当选那可不行。所以,你可不能轻易放弃把重藤拉下马的计划呀!"鹈饲好像看透了财前心中所想,交抱双臂沉默了片刻,"事已至此,只有最后一招了。近畿医大想在东大阪市新设分院却遭到当地医协猛烈反对进而陷入困境,看来我们只能利用这个机会了。近畿医大的冈野理事长之所以拒绝了刚才那两个方案,我考虑也许就是因为这方面的情况,所以我才找来岩田商量。可是,不管我怎么请求岩田,他都不肯接受这件事情啊!"

鹈饲长长地叹了一口气,望着一直板着脸缄默不语的岩田。财前心想,真不愧是鹈饲院长,着眼范围非常广大。他立刻忘掉了刚才的意志动摇,低声下气地恳求岩田。

"岩田老师,能不能靠您的力量说服当地医协的人们呢?"

"因为我就是为了你这个候选人而在医协拉票,所以此前从来没有拒绝过嘛!不过,关于这件事我实在爱莫能助!你还是考虑其他办法吧!"

岩田与平时判若两人,冷淡地拒绝了财前。

"不过,这件事还请想办法……"

财前紧抓不放,继续哀求,岩田金边眼镜后面的眼睛闪出亮光。

"只有在大学里拿着院长、教授的工资,对一切都满不在乎的人,才会简单地说出这种话。但是对于营业医师来说,在本地区内新设大学医院分院就是有关生活权益的问题。东大阪市的医师人口已经相当密集却还要新设近畿医大分院,本地医协当然会猛烈反对。大阪府、市医协也刚刚做出决议支持反对运动呢!"

即使是把"为母校浪速大学发展"挂在嘴边的岩田,一旦碰到与营业医师利害相关的事情也会站在医协干部的立场上说话。

"不过,岩田,因为公共医疗机构的指标是每一万人对应五十八张病床,所以,如果按照这个指标来看,我觉得区区三百张病床在东大阪市也还能容纳得下吧?"

鹈饲从正面提出了论据。

"就因为你们把事情说得那么简单,所以我实在无法接受。在新设医院时先要提交给各都道府县的医疗机构设置审议会,由他们决定是否稳妥可行。以大阪府来讲,医协的干部占了医疗机构设置审议会成员的半数以上,所以我们的裁决具有很大的影响力。"

岩田像是在显示医协团体的强大阵容。

"那就更希望你再次向大阪府医协发出呼吁,请他们协商帮助设立近畿医大分院啦!况且今后东大阪市的人口还会不断地增加,根本无法避免其他的医院进占。既然如此,还不如趁财前出马参选学术会员之际请医协提供方便,这对双方都不知会产生多么大的效应呢!"

鹈饲的话语中透出微妙的深意,岩田虽然表情稍有所动,但还是做出了难以下定决心的回答。

"不管怎么说,这对医协都是一个非常深刻的问题,所以我无法当场做出明确保证。我得再次跟大阪府医协会长大原先生和市议员兼审议会委员锅岛商量一下。再努把力试试看吧!"

东大阪市住宅楼林立的一角,孤零零地空着四千五百多平方米的地皮,近畿医大附属医院的分院将在这里兴建,此时正在举行盛大的动工典礼。

空地中央围挡了红白条帷幕,以理事、教授、校友会干部为首,来宾和施工单位的相关人员列坐于钢管椅上,等待挥锄破土仪式的开始。在周围绕着稻草绳的祭坛前,主祭念完冗长的祈祷词之后便挥动符纸祓禊地基,身穿晨礼服的冈野理事长起身走到祭坛旁,作为业主用锄头在祭坛右侧的沙堆上刨了两下,来宾们跟在后边恭恭敬敬地献上桐枝符纸做成的"玉串"。破土仪式结束之后,庄重的典礼现场就变成了热闹的聚会宴席,桌面摆上了七两装的清酒和盒装糕点,冈野理事长在来宾之间穿梭,亲切地向大家致意。

"今天承蒙各位在百忙之中拨冗光临,十分感谢。托大家的福,破土典礼顺利完成了。"

来宾们也向他祝贺:"恭喜恭喜!真不愧是冈野理事长,举办了这么盛大的破土典礼！"

"哪里哪里！往后还要更辛苦呢！不管怎么说，要建造地下两层、地上六层的具有最新设备的医院嘛！尤其是因为我们有交通事故伤害专家重藤教授，所以打算要领先于其他大学，新设立一个交通事故伤害医疗中心呢！"

冈野得意地鼓动着硕大的鼻子，不失时机地四处宣扬。会场上响起热闹的谈笑声，当聚会达到高潮时，接待处事务员躲躲闪闪地快步走到冈野身边耳语了几句。

"什么？大阪医协的岩田重吉和锅岛贯治来啦？"

冈野有点儿慌张地赶到接待处。刚刚乘车到场的岩田重吉和锅岛贯治站在接待处前，一看到冈野就说："冈野先生，本来我应该向你祝贺，可是你还没跟医协谈妥就强行举办破土典礼，未免太过分了吧？其实刚才当地的医师给我打电话，委托身为医协干部和市议员的我务必查明实情，所以我就赶过来啦！"锅岛亮出市议员的头衔说道。

"我们曾经多次表示要讲明情况以得到他们的谅解，可当地医协却根本不听，从一开始就发起了反对运动，所以根本无法协商。而且连大阪府医协的大人物们都跟他们站在一起，这简直是太令人难以理解了！"

冈野用亢奋的语调开始争辩。

"好啦，在这种地方站着说话不好，聚会席间也不能讲。对了，咱们去街道对面的市民会馆里谈吧！在那儿跟冈野先生联系起来也方便嘛！"

岩田间不容发地说完就向隔着街道斜对面的市民会馆走去。可能是因为没有什么活动，市民会馆的一楼大厅里空空荡荡没有人影，三人就在角落里的椅子上坐下了。锅岛和岩田叼上烟卷点着火，身穿晨礼服的冈野表情急躁地催促道:"我请了人正在开庆祝会,就请长话短说吧!"

留着八字胡的锅岛冷漠地说道:"那好,我就直言不讳地说吧!关于贵校新设分院的问题,从前几天开始,大阪府医协多次进行了慎重的研讨,最后归纳出的意见是反对新设分院。这是因为,东大阪市的人口为四十五万,而除了东大阪市民医院之外,还有法人和私人的普通医院十七家、诊所二百八十家,总共有七百五十张床位,密集程度已经相当高了。在这个时候,如果再加上你们三百张床位的分院的话,我虽然不是为当地医协抱怨,但新设分院对营业医师确实造成了不合理的压迫。结论就是大阪府医协不能予以默认。"

锅岛就像是在宣读判决结果。

冈野说道:"你讲的话倒是有点儿奇怪啦!如果私人新设大型医院的话,为了尽早还清建筑费和设备费,难免不会像旅馆那样推出'全年无休、二十四小时诊疗'的服务项目,那才会对当地营业医师造成冲击。然而,这可是大学附属医院的分院,属于医疗教学机构,所以应该是不成问题的嘛!"

"不,所谓医疗教学机构只不过是个冠冕堂皇的幌子罢了,贵校经营有方,这在私立医大中已有定评。这所分院地下两层、地上六层、三百张床位,而且配备最新的医疗器材,其中还安装了一台价值一千五百万元的电视X光机。这样一来,当地的患者就会被你们医院吸收殆尽啦!而且最重要的是,在当地医师如此强烈反对中,你们却在还没有了解协商结果时就强行召开动工典礼,无视大阪府医协的存在,无视医协地域监管委员会的存在,这也太过分啦!"锅岛不由分说地指责道。

冈野的厚嘴唇上沾着唾沫,说道:"你总是把医协挂在嘴边,可是新设医院是由都道府县的'医疗机构设置审议会'决定批准的吧?"

"不过,大阪府的情况是,医疗机构设置审议会的成员由府市医协干部、府市议员、府卫生部部长等十六人组成,其中半数以上都是医协干部,所以不会按照冈野先生的意志行事。当然,既然是冈野先生,想必会在背后大张旗鼓地搞活动吧!"

"当然,我们既然投入建设用地费一亿五千万元和建筑设备费两亿元共计三亿五千万元的资金并决定明年九月竣工,那就不会轻易撤回,无论如何都要建成!"冈野夸张造势似的说道。

岩田用细长的双眼盯着冈野。

"你说得倒是挺热闹,不过恕我说话冒昧,其实那里面六成是从医疗金融金库贷的款,剩下的一亿四千万元怎么筹措呢!根据我偶然听说的消息,贵校扩大经营的范围过宽,银行已经不愿意再向你们贷款了。除此之外,如果我们医协强烈反对,就像锅岛议员刚才说的,在医疗机构设置审议会上也以多数否决新设分院的话,你打算怎么办呢?"

这下连冈野也瞬间陷入了沉默。

"如果是那样的话,即使是提起行政诉讼也绝对要建成分院给你们看!"

"原来如此!行政诉讼,这倒也是个办法呀!不过,要是搞行政诉讼那种马拉松式的玩意儿,你刚才说的明年九月份可是无法完工啦!"

岩田说完,把目光投向斜对面的建设用地。红白条帷幕在十月上旬的秋日下不停地翻卷,来宾们正在举杯共饮庆祝的喜酒,在场众人谁都不会预料到这家分院会延迟竣工。冈野十分苦涩地歪着厚嘴唇。

"那么,我怎么做才能如期完工呢?"

"叫参选学术会员的重藤教授退出竞选。"

"什么？叫重藤退选？这么说来，都是鹈饲先生……"

冈野惊得目瞪口呆，说不出话来。

岩田说："明确地讲，这届学术会员选举的形势对重藤教授相当不利呀！实际上从洛北大学系统独立出来的加入私立大学联合体的关西医科牙科大学在夏季之前还推举重藤教授，可现在却纷纷把选票送到了浪速大学。"

"那怎么可能……"

"不过，有确切无疑的证据表明，浪速大学和本系统的奈良大学、德岛大学向关西医科牙科大学的舞鹤分院以十月一日为期送去了总共十一名医务员。也就是说，浪速大学以不含糊地提供医务员达成了换取若干选票的交易。这就叫'只有本尊不知情'啊！"

岩田随即把鹈饲与关西医科牙科大学校长之间协商的内容说了出来，冈野脸色骤变。

岩田穷追不放地凑近冈野耳边说道："大和医大的校长、私立大学联盟的会长净说大话，可是在上届选举中推出的本校候选人却一败涂地。他说这届一定要加强团结，话音刚落就把关西医科牙科大学放跑了。照这个样子下去，重藤先生想当选可就希望渺茫啦！俗话说办事要多商量，如果在这个时候你愿意叫重藤教授退选并把选票送给浪速大学的话，我就压住当地医协的反对呼声，还可以想方设法把医疗机构设置审议会那边的事情好好斡旋一下呢！"

冈野的脸颊猛地抽动一下，说道："这不只是你两人，也是大原医协会长的意思吗？"

"那当然啦！这样的交易得不到会长的同意怎么行呢？这也是因为大阪府医协已经决定支持财前教授参选这届学术会员了，所以在这个时候即使做点儿交易也要争取战胜洛北大学嘛！怎么样？你没有必要为了重藤教授的面子把新设分院的项目付之东流吧？"

岩田向冈野步步进逼。

"这并不是重藤的面子问题。如果只是一个教授的面子,我想点儿办法就能解决。最要紧的是学校经营方面是否划算,所以等我考虑成熟之后再给你们答复吧!"

冈野虽然摆出理事权限大于教授的私立大学理事长的傲慢态度,却难以掩藏心中的不安情绪。

下午四点过后的坐摩神社院内寂静无声,令人难以想象这里是大阪市中心,地面已经洒水清洁了神界。

钻过"鸟居"牌坊,只见左侧社务所门厅贴着写有"佐佐木商店会场"的小纸片。不过,这并不是近来流行新款产品的展销会场,而是被逼入倒闭绝境的佐佐木商店债权人的会场。如果去小餐馆宴会厅里召开债权人会议的话,有可能有人会因为喝酒而发表激烈的宣泄话语或做出失去理智的举动,而在神社的社务所里开会不需要支付场地费,而且一进"鸟居"牌坊就被身穿神社号衣的存鞋员脱了鞋,大家进门之后的行为就会规矩起来。决定在神社召开债权人会议的既不是佐佐木良江也不是小叔信平,而是泉佐野市的纺织品供货商大村传助。年过七十的大村传助是已故佐佐木庸平从最初三尺柜台起家以来的合作伙伴,他对佐佐木商店欠自己的两百万元债务一次都没有催缴过。到了终于不得不召开债权人会议的地步,他才造访佐佐木商店并主动承担债权人会议召集人,并且说服了最初不愿出借会场的坐摩神社长老。

离债权人会议开始还有不到一个小时,佐佐木良江和长子庸一、亡夫的弟弟信平在社务所的宴会厅里迎接今天主持会议的大村传助,并向他郑重道谢。

"大村先生,今天真是太感谢您啦!要是没有您帮忙,我们根本想不到在氏族神的殿堂召开债权人会议。想必我去世的老公也会向您合掌道谢呢！"

良江对无计可施、不得不召开债权人会议的结局垂头丧气。大村传助眨了眨白眉下大象般柔和的双眼。

"哪里哪里！大家做生意，免不了有磕磕绊绊的时候。咱们今天好好商量商量，努力渡过难关，以后从头再来吧！"

信平忧心忡忡地说："可是，我们有自己的特殊情况，所以也不知道商量的结果能不能让大家接受。想到这些，连我这个男人都心里没底，而作为债务人的我嫂子又是个妇道人家，到底怎么办……"

"我也考虑到这个问题，其实事先已经拜托了泉大津市的绵谷先生和加岛先生，所以，今天的场面应该不至于乱到一塌糊涂的地步吧！你们要振作精神。好啦，大家差不多都该到了，最好去门口迎接一下。"

大村说着环视了二十铺席大的宴会厅里摆放的桌子，并催促良江他们赶快去门厅。

坚持留在佐佐木商店的两名员工站在鸟居牌坊前迎候来客，外边传来很大的说话声，四名债权人走向社务所门厅。

良江、庸一和信平端正跪坐姿态，说道："今天承蒙各位在百忙之中拨冗光临，不胜感激！"

"岂止是百忙呀？给我们造成了多么大的亏损，而且……"

一个来自和歌山的制造商开始发难了。这时，身穿神社号衣的存鞋员说"欢迎参拜！我帮您收好鞋子"，并拿走了他的鞋。供货商们听到"欢迎参拜"也就失去了斗志，苦着脸向里边走去。陆续到场的债权人看到跪伏在门厅地台上迎接的良江他们，连一声应答都没有就闪了过去。每到这时，身穿学生服跪坐在母亲身旁的大学生庸一就低下头咬住嘴唇。

开会时刻五点半已到,来自浜松、岐阜、和歌山、泉州和河内等处的共十八名债权人分排列坐。坐在正面的大村传助开口讲话了。

"恕我冒昧,由我担任主持人,现在召开佐佐木商店债权人会议。我们在这样的神社里举行会议,听说只能招待粗茶和盖饭,不过,恳请各位念及与故人之间的交情,妥善商讨了结交易关系的办法。"

大村传助讲完了细心周到的开场白。

"大家都是忙人,所以就不要再说那些诉苦的话或进行辩解啦!现在债务额总共有多少?能还多少?你先把数字说清楚吧!"

搞"突袭珍珠港"撤回自己货物的丸高纤维公司的野村抢先发言。

大村传助盯着野村说道:"你们公司背着我们抢先撤回了自家货物,债务应该是最少的,还敢这样抢着要债吗?佐佐木庸平先生在世时你都是点头哈腰地进进出出,他太太一个妇道人家苦苦撑到今天,你难道连先听听她怎么说的意愿都没有吗?"

大村传助申斥了野村,随即催促良江发言。良江被剑拔弩张的气氛吓得一时说不出话来,当她把债权表放在桌上时才用微弱的声音开了口。

"这次的债权人共十八家,债务总额为四千八百万元。另一方面,我们手头剩下的库存货品的销售价格约为二百万元,未收赊销账款为一百七十万元,银行兑换支票所存定期款额为二百万元,总共约五百七十万元。从四千八百万中扣除五百七十万,剩下的四千二百三十万就是佐佐木商店的债务总额。"

"库存只剩下二百万,这么大的商店真令人难以相信啊!是不是把东西藏起来啦?"岐阜县的债权人怀疑地说道。

"怎么可能藏起来……库存这么少,就是因为遭到丸高纤维的'突袭珍珠港'行动,布料货品几乎都没有了,只剩下少量的成衣和内衣制品。这些货满打满算采购价格也就是四百八十万元。各位也都知道,因为积压库存都是些不好卖的东西,所以实际上整理之后换成现金,像刚才说的也就值二百万元了。"

"好啦!明白啦!那你打算怎么办吧?"

债权人中响起了杀气腾腾的喊声。

信平看到良江说不下去,就替她接着说道:"老实说,店里剩下的就是刚才说的那些东西了。就算是卖掉店面,因为那是租用的地皮,租地权按照一平方米十七万来算的话,一百三十平方米就是两千一百多万,加上房子三百万总共值两千四百万,能偿还大约五成的债务。不过,非常抱歉的是,因为目前已把店面的一半租给了内衣店,所以目前不可能只出售一半店面。我们必须先叫内衣店退出,然后才能处理店面。"

"那你们打算还多少呀?别啰啰唆唆啦!先拿出你们能吐出来的数字吧!"

"是啊!能还多少啊?"

会场上响起凶狠的喊声,信平也几乎说不出话来了。

"我们想方设法也要筹措总额四千二百三十万的三成,也就是一千二百六十九万偿还债务。"

"才三成吗?开什么玩笑啊!哎!佐佐木太太,你忘了你老公一命呜呼时说的话吗?我说独撑公司的老板不在的佐佐木商店危在旦夕,所以不想跟你们做生意了,可是你店里那个卷款逃走的臭专务杉田还跑来哭求说绝对不会给我添麻烦,要求我帮忙,而现在又说只还两三成这么一点点,那怎么行啊?搞不好我也会垮掉啦!"河内市的债主言辞激烈地说道。

"那我就更是倒霉透顶啦!我又不是从过去就做交易的赚钱多的老客户,在一个多月前你保证绝对不会给我添麻烦,我才跟你们做生意的,可是我连一文钱都没得到你们就宣告倒闭了,这简直就是欺诈嘛!你要是不把这事儿处理好的话,我可要找个地方说理去啦!"另一名债主红了眼像要扑上去抓住良江,会场上的气氛变得更加紧张了。

坐在末座的良江嘶喊般地说道:"实在对不起!请你原谅吧!"

"什么?原谅?在船场这块地面上做生意,用那么简单的辩解就想蒙混过去吗?你如果打的是那种主意的话,从一开始就不要做生意嘛!而且,你当初为什么不早点儿放手呢?"

"对呀对呀,你放手的时机太晚了嘛!"

四面响起了逼问的喊声,良江脸色苍白、嘴唇颤抖。

"都怪我没什么本事,把丈夫呕心沥血经营的店铺搞成了这个样子。面对丈夫生前有生意往来的各位客户,我真不知道该怎样赔罪才好。我在这里跟丈夫一起向各位表示深深的歉意。"

良江说完从放在膝头的布包袱里取出丈夫的灵牌放在桌上,自己把双手和额头伏在了榻榻米上。还在上大学的长子也跟母亲一起把额头和双手伏在榻榻米上。

"别给我们演这种老掉牙的煽情浪花调啦!我可不是那么容易糊弄的啊!"从浜松市来的供货商泼冷水似的说道。

双手撑在榻榻米上的良江把双肩更向前倾。

"要是我们这样请求还不能原谅我们的话,我们母子只好以死谢罪了。"

长子庸一痛苦地扭曲着面孔。

"哦?要死吗?那我帮帮你吧?"

丸高纤维公司的野村冷笑着说完,一直保持沉默的大村传助严肃地开口讲话了。

"丸高先生,就算是开玩笑,也不能说出帮别人去死这种话嘛!

而且大家都知道,目前佐佐木家还在为死去的佐佐木先生打官司,处境十分艰难。战前的生意人总该有生意人的同情心吧?"

大村传助想调解一下。

"那件事情我在报纸上看到后也很同情,可这跟做生意是两码事儿!所以说商场如战场嘛!好啦,你到底想怎么办呀?"野村更加声色俱厉地逼迫道。

良江对着丈夫的灵牌呜咽着说道:"老公啊,你为什么走得那么急呀?虽然债主们生气是理所当然的事情,可我已经束手无策啦!老公啊,你也一起向各位赔罪吧!"

良江声泪俱下的哀求使席间顿时沉静下来。

大村传助说:"好啦!大家把想说的话都说完了,那么现在就商议一下了结交易关系的办法吧!"

大村传助这样一说,事先已经沟通过的泉大津市绵谷商店的老板也附和道:"说得对啊!即使再怎么责难佐佐木太太也解决不了问题,只会浪费时间嘛!不如为了尽快且尽量多要回些债款,成立一个债权人委员会,把相关事务交给委员会去处理吧!"

这个提案一说出来,众人可能都认为这是解决问题的上策,他们表示同意并选出了五名委员,由大村传助担任委员长。满头白发的大村传助环视一圈在座的人。

"那么,就由我们五人对佐佐木商店的财产状况进行调查并收回债权,尽量争取更多的偿还金额。目前先把已经签订两年租约租出去的一半店面收回来,然后卖掉佐佐木商店的店面和租地权,至少还清债权的三成吧!俗话说雪中送炭、雨中送伞,大家想想债权还有只能偿还一成的时候,所以我们是不是就可以按这个条件了结了?"

在大村传助的话语中,还包含着想方设法为佐佐木家留下诉讼费的意思。众人似乎还在考虑,泉大津市的加岛毛织品老板发话了。

"是啊！目前就算是立下'搁置几年,保证在重建之后全额还清债务'的字据,她一个不会做生意的妇道人家和身为大学生的儿子也无能为力呀！好啦,咱们就适可而止,把善后问题交给委员会去办吧！"

这时,其他债权人也表示了赞成的意愿:"在祖神面前也不能说些太刻薄的话嘛！"

佐佐木良江、长子庸一和小叔信平三人脸色苍白、虚弱无力地垂下了脑袋。

债权人会议召开之后的第一个星期,佐佐木商店宣布倒闭。分租半边店面的内衣店在佐佐木商店倒闭之后收回押金,另找替代的店面搬了出去,店铺拉下了卷帘门,这之后将由债权人经手出售。不过,纤维制品批发店密集的船场区丼池筋街的清晨没有人会注意一两家倒闭的商铺,乘夜班列车赶来的地方采购客商和大阪近郊的零售商陆陆续续地出现,即将开始新的一天的交易。

佐佐木良江和长子庸一避人耳目地站在附近,凝眸注视着原佐佐木商店紧紧关闭的卷帘门。佐佐木庸平在世时,四十几名店员有的拿着大算盘面对采购客算账,有的把订单传给账台合计总额,还有人把发往地方的货物打包,众人忙忙碌碌,商店生意兴隆,还算是布料批发商中的主力军。可是,在佐佐木庸平死后连短短两年都没有维持下来,就遭遇倒闭的命运。正门屋檐下还清晰地保留着一块痕迹,那是直到前几天还挂着印有"佐"字商号门帘的位置。凝视着那块痕迹,良江和庸一心中的悲伤像潮水般涌来。

"妈,再怎么看都无法挽回了,咱们走吧！"

庸一因为商店倒闭而退了学,他推着母亲瘦削的肩膀朝店铺西边不到两里路的人称"共贩所"的纤维制品大卖场走去。

来到大卖场近前,虽然时间刚过八点钟,但见二百平方米左右的大棚里已经在两侧和中间排满了三行货摊。这些商贩没有自己的店铺,就在这里隔开每家两三张桌子的空间把货物堆在台子上。每天只能赚取微薄收入的小本生意人们正严阵以待。

位于入口处的日出纤维公司的老板看到良江和庸一就说:"来吧,赶快开张吧!越是新店就越得比别人早出摊呀!否则就抓不住坐第一趟列车来的客户啦!要是因为路数不同搞不明白的话,尽管来问我吧!"

他是大卖场的老面孔,看样子已经了解到佐佐木商店倒闭的情况。良江和庸一站在左侧中间两张桌子大的台前揭下了盖布。一张桌子大的摊位月租费是三万元,两张就是六万元。因为摊位名称不能再用佐佐木商店了,于是借用在操办债权人会议时始终热心帮忙的泉佐野市供货商大村传助中的"村"字,取名为"村木商店",只经营宽幅棉布、窄幅棉布、被褥布料、纯藏青色布料和化纤布料等。对于曾经在宽十二米、进深十三米的店铺里做生意的良江来说,来到大卖场里摆货摊就像利刃割肉般痛苦。

良江倒是也想过,同样是在船场区的纤维街上,曾经拥有自家店铺的佐佐木商店与其说进大卖场把货堆在两张桌子上做生意,还不如去郊外或市区外围开个杂货店。但是,她怀着哪怕只剩丈夫灵牌和一根棍子也要在亡夫曾经打拼过的船场坚持到打完官司为止的信念,进了大卖场。虽然已经做好了充分的心理准备,但在现实中大卖场生意的艰辛还是令她不堪重负。

"大婶,你发什么呆呀?"

面前响起了粗野的嗓音。

"哦,欢迎光临!您要点儿什么?"

一个头戴鸭舌帽的中年男子巡视着桌上堆着的货物问道:"四十

支的平纹布多少钱一码呀?"

"哦,八十五元一码。"

"降到八十元一码吧!"男子扬了扬下巴说道。

"可是,本店已经比别的店便宜了,再压价就亏本啦!"

平纹布一码连十元钱都赚不到。

"那就取个中间价算八十三元吧!我买三十码。"

在佐佐木商店时代,做生意根本不曾如此精打细算过。良江从台子上取出一卷平纹布开始用尺子量。

"你别量那么细呀!再松一点儿嘛!既然不给让价,那就在尺码上让点儿吧!"

对方在每个环节上都十分苛刻地杀价。

"是啊。不过,就像刚才我也说过的,价钱已经让到底了,如果再让尺码就没赚头儿啦!"

良江极力坚持自己的主张。

"大婶的店是新开的吧?我以后还会来买你的货,所以今天就尽量便宜点儿嘛!"

那男子的语调十分傲慢。据说这类人俗称"破坏者",好像是专门购买廉价平纹布去叫做家庭副业的主妇缝制短裤、围裙和儿童连身衣的裁缝匠。

"好吧。那么,因为今后还要请您多多光顾,所以今天我就多让些尺码吧!"

"好啊!那我就再买些人造丝绸边角料吧!"

边角料就是纺织厂或印染厂把成品卷好时多出来的布料,用它可以做成裁缝桌布和被炉桌布,这是那些雇用家庭主妇用五六台缝纫机做工的裁缝匠看中的商机。那男子挑出一卷最便宜的人造丝绸边角料。

"今天就买这些啦！我再去别的摊买些毛料,你先帮我把这些捆好吧!"然后他扭头望着庸一说道,"哎,小哥,你像是新来的吧？你可得给我把绳子捆紧点儿,别在电车里突然滑脱了。"

"是。谢谢惠顾!"

庸一好不容易说出这句话,他忍住涌上心头的情绪把母亲量好的布料包好,蹲在只能容下一个人的空地上一边斜视两旁摊位伙计们怎样打包一边捆布料。在这种时候,母子俩刻意不看对方,心中只有一个念头：无论遭遇什么样的事情都要坚持到打赢官司。

"哎!来啦!当心啊!"

忽然,周围传来提醒的声音,大卖场里出现了异样的骚动,连正在买货的客商都慌忙地结束购物并迅速离开了。一个身材矮小、长相平平、身穿西装的男子走进大卖场,他若无其事地巡视每一个摊贩。原来他是税务官。在这里只需租一两张桌子当天就可以开张做生意,但也可以很轻松地趁夜逃走,所以按规定每天都要向纳税储蓄公会交税,税务员也会不时地巡视各个摊贩当天的营业额。

良江和庸一默默地对视了一下。在拥有独立店铺时,他们从未体验过这种不寒而栗的感觉。

"佐佐木太太!"

良江回头一看,原来是泉佐野市的大村传助,白发苍苍的他绽开了满是皱纹的笑脸。

"生意怎么样啊？"

"是啊,多亏从您那里采购了商品,还让我们月底结账,所以好歹先试试看吧!"

事实上,以商店倒闭后的佐佐木良江的财力,即使能用预付租金租到大卖场的摊位,但如果没有大村传助出于友情让他们先拿货再月底结账的话,根本无法做生意。尽管这里被称为大卖场,但因为地处船场区的边缘,所以两张桌子的小摊一天营业额是八万元,一个月进账二百四十万,百分之八的赚头就是十九万二千元。从这里面扣除摊位费六万和利润税等杂费,一个月能赚十万元以上。再从这里面拿出位于东住吉的两间六铺席大的房间的公寓租金和母子四人的生活费,这样省吃俭用、细水长流,也还能凑上每月的诉讼费。

"那么,官司的进展怎么样啦?"

大村传助跟佐佐木庸平交往的时间很长,所以他特别关心官司的进展。

"听关口律师说,最近遇到一点儿棘手的问题,好像进展得很不顺利啊!"

"是这样啊!你们原先在这船场开自己的店铺,生意兴隆,如今强忍悲痛进大卖场摆摊做生意,这也是为了打赢官司。所以,如果你们想方设法能打赢这场官司的话我也会深受鼓舞。虽然我能帮的忙很有限,但我愿意尽力协助到最后。"

良江顿时热泪盈眶。自从丈夫去世、店铺生意急剧滑坡以来,丸高纤维公司的老板突然闯入撤回库存货物,每天都有人毫不留情地上门讨债,在最后的债权人会议上,更有供货商怒骂:"要是不还债就上吊以死谢罪!"在那些人中只有一位商人愿意向佐佐木良江母子伸出援手。

节日里的公团公寓从一大早就传出电视机声和人们外出兜风的汽车声,外边一片嘈杂。里见没有为妻子三知代和独生儿子好彦做那些事情,在节假日里他躲开所有人的打扰关在书房里。他今天要整理在癌症学会上发表的论文,于是开始准备东西去癌症中心。

"哎呀,你要出去吗?"

"嗯,我得去癌症中心研究室整理资料。"

里见像往常一样穿上外套。

"你该不会约好跟关口律师在癌症中心见面吧？"

虽然要去整理论文是事实，但是关口律师将在下午两点钟走访癌症中心也是事实。

"老公，我这样苦苦哀求你，可你还是执意要帮关口先生为佐佐木家打官司吗？"然后她突然郑重其事地问道，"听说你最近跟财前见过面，是真的吗？"

"你怎么会知道这件事？"里见惊讶地反问道。

"前些天，有位孩子妈妈来找我，说她女儿无论如何要进我的母校上学，我就去女子学院找了我的恩师，在那里偶然遇到鹈饲夫人，我本来想点个头就离开，却被她叫住说起了你的事情。"

里见一言不发地拿起装好资料的皮包，三知代表情严肃地挡住了他的手。

"鹈饲夫人对你规劝财前退出学术会员选举非常气愤。她说，既然是同窗同学，就应该积极帮他拉来近畿癌症中心的选票，可你却叫人家退选，真是有悖常理！而且，你还不吸取教训，对那场官司多嘴多舌。这样一来，你就会毁掉说不定还能回校复职的可能性。所以，她叫我务必把这一点向你说清楚。"

里见毫不在意地拿起皮包并穿上了鞋。

"老公，你等一下，听我说完再走嘛！"

里见拎着皮包来到了门厅。

"你会按照鹈饲夫人的忠告行事，对吧？"

三知代声嘶力竭的喊声在背后响起，但里见没有应答。且不说财前参选学术会员的事情，有关佐佐木庸平诉讼案的事情他也决心将初衷贯彻到底。而且，现在的他丝毫没有返回浪速大学复职的意愿，即便那真是可望而又可即的事情，但是对于里见来说，比起回到由封建式人际关系和不合理组织体系构筑的大学，留在近畿癌症中心这种没有那些烦扰、能够专心投入早期胃癌研究的诊疗机构才是最为重要的。在每五分钟就有一名癌症患者死亡的现实当中，全力以赴地救治患者的热情和使命感远远比国立浪速大学的副教授的地位重要。

三知代看出了丈夫的心思，她哀伤地低下了头。里见默默地推开房门走了。

假日里的近畿癌症中心空空荡荡的，没有人影，门诊自不必说，连住院部也很少有人进出，格外安静。但是，胃癌研究小组的医师们都来到了单位，他们为了准备癌症学会，或制作发表论文的幻灯片或继续整理论文。

在里见所属的第一诊断部里，主任有马和学会相关的年轻研究员们已经到了。里见坐在第一诊断部研究室的桌前，开始整理题为《早期胃癌的综合诊断——关于胃活检的意义》的论文。在这篇论文中，他整理总结了进入近畿癌症中心以来持续研究的数据资料，他一边记述活检诊断法最奏效的病例一边想起在上六车站偶遇财前并被邀去酒吧里的谈话。当时，财前不怀好意地用挑衅的语调说道："我对你们近畿癌症中心早期胃癌研究小组所进行的细胞学诊断和活检诊断法怀有某种疑问。关于这个问题，你我就在金泽的癌症学会上好好地较量一番吧！"以财前的个性来看，既然说出这种话来，即使是动员浪速大学第一外科的所有力量，他也要针对自己关于通过活检法进行鉴别诊断的观点搜集整理出反驳的病例和论据予以对抗。想到这里，里见虽然对自己的论文充满了自信，但还是隐约感到了几分不安。

里见暂时放下笔，朝隔着中庭的对面的病理学检查室望去，他发现都留主任也来了。里见对都留已经逐一详尽地讲述了佐佐木庸平诉讼案的情况,今天也约好等关口律师到来后去向他请教。

里见发现房门被打开,只见同研究室的熊谷进来了。

"老师,走廊里有人要见您。可以吗?"

来人肯定是关口。

"请他进来吧!"

话刚说完,关口就进来了。

"连假日里都上门打扰你搞研究,实在不好意思。我前些天在电话里提到过,有件事情必须紧急商讨对策。"

说完,面露疲惫神色的关口就在里见面前坐下了。里见立即给都留打了电话,并说明要去对方办公室,但都留回答说还是里见这边安静些。过了不久,都留身穿散发着福尔马林味道的白大褂出现了。

关口起身向初次见面的都留表示问候。

"你好!你就是关口律师呀!听说你表现得特别棒!那么,今天要商量的事儿……"都留爽快地回应道。

"是这样的,针对'如果术前做过 CT 扫描并发现癌细胞的肺部转移就应该在术中术后实施化疗以抑制转移病灶恶化'这项争议点,我请教了以北海道大学长谷部教授为首的多位化疗专家的意见。但是,前几天里见医生问我:'在此时提出化疗问题是否为上策?'我就是为了这件事情找你商量一下。"

里见接着关口的话头说道:"我认为不如说,由于在术前疏忽了 CT 扫描而漏诊转移病灶,而且术后也未充分进行切除胃标本的病理学检查,再次贻误了发现转移病灶的时机。在用这样的陈述加深对方的印象之后再提出化疗问题,应该更能强调关口律师的主张。都留,你认为怎么样呢?"

都留浅黑色的脸膛骤然紧绷,沉思了片刻之后说道:"是啊!如果术前就已经怀疑有转移病灶的话,那就应该对手术切除的胃标本进行仔细的病理学检查。如果当初做了这些检查的话,就能查明这例贲门癌是不是转移性很高的癌变。而疏忽了这一点的财前教授根本没有注意到转移病灶——以此作为证据应该不会遭到反驳吧?"

"那么,都留医生,能不能拜托您进行切除胃标本的病理学检查呢?"关口恳切地请求道。

"叫我做?我可真是摊上大事儿啦!"都留苦笑道。

"都留,我也拜托你了。准备对切除胃标本进行详细的病理学检查好像是在术后第十天,我在中央检验室碰到柳原的时候问他结果怎么样,可他说没有做,令我十分惊讶。但是,因为财前刚刚出发参加国际学会,所以就那样不了了之了。"

"不过,关键是那个切除胃的标本是不是还保存着呢?"都留向里见问道。

"根据柳原当时说的话,财前下命令要作为早期最小贲门癌保存好,还要在给学生上课的时候使用。"

"那就好办啦!我一直十分敬佩你对这场诉讼案的真诚态度,所以如果有能帮上忙的地方我愿意出力。如果仔细地进行检查,虽然那例贲门癌一直被当作早期癌症,但也许会意外地出现不同的结果呢!"

听到都留这番话,关口不由得屏住呼吸回头望着里见。

第三十一章

在金泽市 S 会馆召开的癌症学会已经进入第三天。今天是本届学会的最后一天。

午休时间即将结束，用过午餐的医师们开始进入第一会场，并在各自座位上就座。但是，学会干部知名教授们的前排座位上却空无一人。这是依照暗中形成的医学界论资排辈的规矩，年轻研究员必须先把后边的座位坐满，如果大部分座位没有坐满的话，干部们就不会现身。

在这样的会场中，里见选了靠窗的座位，从刚才起他就独自伫立窗边观望兼具京都的沉稳和东北的冷冽宁静的金泽的市容，品味着再次得到发表研究成果机会的喜悦。对于里见这样的人来说，如果不给他从事科研和讨论研究成果的场所，他就会感到像是住在没有光明的荒漠空间里。

"里见，你还在那儿呢？"

里见回头一看是病理研究室的都留主任，随即看看表说道："啊，再过五分钟，下午的议程就要开始了吧？"

都留露出雪白的牙齿，鼓励里见说："你的发言排在下午第六个吧？胃活检的研究还不太广泛，所以你肯定会受到大家的瞩目！"

这时，从后方入口，走进来以癌症学会会长、千叶大学的小山教授为首的赫赫有名的教授群体,其中还能看到财前五郎的身影。他们边走边向对他们鞠躬的医师们点头致意,并无所顾忌地谈论下个月底的学术会员选举。

"反正我统统交给担任竞选参谋的教授了。虽然有点儿过意不去,可我实在忙啊!"

"哪里呀!你就是什么都不管也毫无疑问能当选,所以就放心好啦!"

"不过,财前,你真是相当精力充沛啊!这次近畿地区出现了别处看不到的激战,可是你的研究室居然有三项研究论文发表……"

"哪里,学术会员选举跟学会是两码事儿嘛!"

尽管财前督促研究生发表论文的目的就在于为学术会员选举造势,可他周到圆滑的回答却特别响亮,在走过里见面前时他故意投去挑衅的笑容。

以学会会长为首的教授群体在第一排就座后,能容纳近五百人的会场几乎座无虚席了。开会时刻一到,坐在中央讲台右侧主持人座位的东京癌症中心外科的主任站了起来。

"现在开始进入下午议程。今天是三天会期的最后一天,所以此前未能得到充分讨论的议题也可以一并进行热烈的讨论。首先由九州大学的井本副教授发表题为《关于隆起性早期胃癌》的研究论文。"

主持人说完,论文发表接着上午继续进行。里见与以都留为首的近畿癌症中心的胃癌研究小组并排而坐,聆听台上发言者介绍关于隆起性癌变的形成、息肉癌化的研究成果,并凝眸观看银幕上投影的幻灯片。

论文发表进程中没有出现特别值得一提的争论,论文发表也依次连续进行。在第五个发言者上台之后,里见就悄悄地走到发言者准备席确认事先提交的幻灯片。

"接下来,由近畿癌症中心第一诊断部的里见博士发表题为《早期胃癌综合诊断——关于胃活检的意义》的论文。"

主持人宣布之后,坐在第一排的财前的眼中闪现出挑战的亮光。但是,里见十分镇定,似乎对财前的存在毫无意识,他走上台去打开了写好论文概要的稿纸,用稍低而平静的嗓音开始发言。

"这几年来,早期胃癌的发现率快速上升,给胃癌治疗带来了光明。这是由于X光诊断法有了显著的进步,还有以胃镜为中心的内视镜研发的进步,使我们得以直接观察胃腔内部,再加上与此同时开发的细胞学诊断方法,使辨别肿瘤是否为恶性变得更加容易了。胃癌诊断的三大支柱是X光检查、内视镜检查和细胞学诊断。通过巧妙取长补短地组合三大支柱,早期胃癌的确诊率在我们近畿癌症中心也获得了大幅度的提升。我现在用幻灯片进行说明。"

台上银幕映出了以X光、内视镜和细胞学诊断三种检查法组合的诊断成果图表,里见离开讲台走到银幕前面。

"这是在本中心进行过检查的一百零八例早期癌症的数据。正如各位所见,最初进行的X光检查确诊率为约百分之五十,而参照这个结果所做的胃镜检查确诊率为约百分之六十。再把两者进行相互对照并进行直视下的细胞学诊断,最终得到的确诊率为百分之八十八点五。"

里见对每项数据加以说明,并且强调三大支柱缺一不可,此外他还强调了综合诊断的重要性。然后,他回到了讲台上。

"然而,即使我们多次重复这样的综合检查,也还是会遇到难以判断良性还是恶性的疑难病例。这绝不是罕见的情况。此外,本来是癌变却由于被判断为良性而漏诊的危险病例也并非完全没有。于是,本中心为解决这类问题提出了一个方法,那就是直接在病灶组织上采样并积极地进行胃活检诊断。接下来向各位介绍通过直视下胃活检才得到确诊的十五个癌症病例,并对胃活检的意义进行论述。"

里见说完,银幕上就映出了胃部X光片和使用胃镜拍摄的胃内照片。

"这个病例是一位四十八岁的男性患者,他在约半年前因剑突下疼痛来医院就诊。在X光片上发现胃角已经变形,这个部分有皱襞集中的现象。但是,集中的皱襞感觉较为柔软,看不到中断和急剧的息肉变化这些早期癌变的特征,而且胃镜检查所见也像是良性溃疡的瘢痕。虽然我们做过两次细胞学诊断,但结果都呈阴性反应。不过,为慎重起见我们又对该部位做了活检,在三个组织切片中有一个被发现癌细胞,立即实施了手术。第二例是……"

里见连续地介绍了在采用活检后才诊断为癌症的病例。那个曾经令他感到特别棘手的奈良县十津川村山田梅的胃部和癌变组织的影像也被放大在银幕上。近五百名医师十分专注地盯着银幕,还有不少医师记下了数据或用长焦镜头相机拍照。里见对各个病例简洁地陈述了检查过程和术后病理学检查的结果。

"像这样在直视下进行活检就可以用裸眼观察胃内状况,同时可以从疑似癌变的部分选择性地进行组织采样并进行组织学检查,因而能够得到极为可靠的癌变诊断结果。由此可以证明,它是查明息肉与溃疡是否为恶性的有效检查方法。因此,本中心的最终诊断确诊率已从采用细胞学诊断之前的百分之八十八点五进一步提升到了百分之九十五点二。我相信,作为补充X光检查、内视镜检查和细胞学诊断检查的癌症诊断的最后一关,胃活检的意义可以充分得到认定。"

里见的语调虽然很平淡,可他对癌症确诊方法研究的执着热情抓住了听众们的心,听众们都被他紧紧地吸引住了。里见结束论文发表之后,主持人扫视了会场一下。

1101

"刚才关于胃活检的报告说明,很多病例虽然做过 X 光、内视镜和细胞学诊断,却仍然没能查出癌变而造成漏诊,这使我痛感今后为了查清早期的微小病变是否为癌症,有必要借助胃活检方法。不过,除了近畿癌症中心之外,近来各大学和医院也开始采用活检法了,我想各位会有许多问题探讨吧!怎么样呢?"

主持人问完,立刻有五六个人举手,其中财前的手臂特别粗壮。由于坐在最前排的知名教授除了特别指名之外一般不会亲自举手提问,所以主持人一时有些困惑。

"那么,请财前教授提问吧!"主持人指着财前说道。

财前站在左前方附近提问者专用的话筒前,与台上的里见斜向面对,两人之间只有三米左右的距离。

"刚才我十分感兴趣地聆听了里见博士的发言。我作为一名外科医师,此前给很多早期癌症患者做过手术,对切除的胃体以裸眼或组织学的角度详细观察过,并用这种眼光对 X 光诊断和内视镜诊断进行了评估和反省。所以,根据我的这些经验我想简单地陈述对刚才的发言产生的疑问。"

财前顾及会场上的医师们,所以采用特别谦恭的措辞做了开场白,但眼中却蓄积了准备敲打里见的残酷目光。

"里见博士介绍说,在 X 光、内视镜和细胞学检查后判断为良性或难以判断的病例中,有十五例是在胃活检后确诊为癌症的病例并对其进行了展示。不过,恕我冒昧,我只根据银幕上的 X 光片就能鉴别出三例癌症。如果能想办法把细微部分显示得更清楚一些的话,另外的四五例也大概能够确诊。当然,我说这些并不是想炫耀自己的判读能力,更不是为了中伤里见博士的判读能力。我想说的是,我承认 X 光、内视镜、细胞学检查、胃活检等综合检查具有其本身的重大意义,但 X 光检查是关键的最基础性的检查,为什么不更加细致地进行这项检查,更努力地去挑战其可能性的极限呢?如果在摄影技术方面下些功夫并提高熟练判读能力的话,两厘米左右的癌变只用X光检查就几乎都能发现。然而,近来出现了一种盲目追求新检查法的风潮。那么,尽可能地多做一项检查是不是就能代表医师的慎重态度呢?殊不知就在盲目检查耗费更多时日的时候,发展快速的癌细胞就会加速增殖,甚至有转移的危险,而且我们也不能忽视患者在精神上和经济上的负担。如果总把检查挂在嘴边就能治好癌症倒也罢了,但我还是希望以现实性的思考面对癌症诊断。"

财前暗含险恶利刺的批评性的意见直指里见的研究报告,与其说他是站在纯粹学术立场的发言,倒不如说其中包含的某种微妙的感情色彩更为强烈。由于多数医师了解两人在医患纠纷案中的对立关系,所以会场上充满了微妙的气氛。但站在台上的里见那澄澈的目光丝毫没有动摇,他正面直视财前。

"确实像财前教授所说,对于X光检查这种诊断癌症的基本方法,我时时刻刻都在反省并在进行不懈的努力。关于我们技术尚未成熟的问题,过后还请教授多多指导。不过,无论是X光检查还是内视镜检查,都是查明由胃癌发生所引起的胃内形态变化的方法,严格地讲,它并不等于对癌变本身进行诊断,因此需要采用细胞学检查予以确诊。然而,即使做了细胞学检查也未必能够保证每次都有癌细胞脱落,在这种情况下,我认为应该以直接瞄准病灶采集组织切片并进行活检作为最终的诊断手段。当然,我们也不能不考虑到这种多项目综合检查所带来的弊害,但是在考虑到因为一度被误判为良性而导致的生命悲剧,我确信,综合诊断才是当今医学应该具有的理念,活检在其中体现的意义今后还会变得更加重要……"

"里见博士愿意怎样确信都可以,但是用我的眼光来看还有问题。"财前不等里见继续阐述就发起连番攻击,"问题就是你们过于轻率地采用胃活检法了。从外科角度来讲，一般认为对癌变施加侵袭很容易引起转移。用尖嘴钳掐取病变部位组织的活检伴有使癌细胞侵入血液或淋巴的极高危险性。这是非常严重的问题。"

财前已经开始露骨地感情用事并妄加指责了。

里见仍然保持平静地说道："不，我们对于可以用其他检查方法判定为癌症的病例，从来不用活检法。另一方面，由于进行活检导致癌细胞进入血液或淋巴而促使转移发生的问题，以及对于虽未判为癌症但又不是良性即所谓介于良性与恶性之间的病变进行反复活检就会引发癌变的问题，由于目前既没有否定的研究资料也没有肯定的研究资料，因此我们对于确诊癌症的病例都会尽早地安排手术。"

"但是，如果不能明确否定转移的话，那就不应该采用那种危险的检查方法吧？"财前眼中闪烁着锐利的目光，他穷追不舍地逼问里见。

会场的气氛异常紧张，各处响起议论声。主持人无法保持沉默，便开始插嘴了。

"二位已经充分地进行了讨论，所以关于这个问题其他人还有什么意见吗？"

"我有！"

会场中间有位医师迫不及待地举手示意，并取代财前站在话筒前。

"我是千叶大学小山外科的太田。我们研究室曾经做过一例食管上皮癌活检，结果在十天后实施手术时发现了少量所属淋巴结转移。从这个病例来看，我认为不能否定活检引起癌细胞转移的可能性。"

太田副教授好像是得到了小山教授的指令，他做了支持财前观点的发言。坐在另外一侧的近畿癌症中心的病理研究室都留主任间不容发地举手示意并站在了话筒前。

"对于转移的可能性确实不能全面否定。但是,关于淋巴结转移却很难想象会在短期内发生两三次远隔转移。只要尽早实施手术,我认为活检不会带来不可挽救的癌细胞转移。美国癌症研究所的吉隆博士不是也在日前出版的《癌症》杂志上发表了乳腺癌活检的成就,并否定活检导致转移的说法了吗?"

都留站在临床病理学的立场强烈进行了反驳,此前一直不太踊跃的医师们也终于热烈讨论起来。里见对于财前充满恶意的反驳始终保持着学者的平静而真挚的姿态,使学术会议回归到纯学术辩论的氛围中,会场上洋溢着学会最后一天应有的热烈气氛。

从宾馆餐厅的窗口,可以眺望到北阿尔卑斯山的层峦叠嶂,锐利的山巅把万里无云的碧空划出一道明晰的棱线。

财前面对窗边的餐桌,享用早餐果盘里的甜瓜,产生了强烈的食欲。他最近总是感到疲惫,另外还觉得胸口发堵、胃部不适。可是,今天早上食欲这么好,居然吃了麦片粥和半熟鸡蛋,还吃了餐后水果甜瓜。他以为这些天来的胃部不适到底还是因为连日宴会所导致的,于是放下心来,他觉得在金泽的学术会议结束后利用星期天来到向往已久的黑部大坝放松身心是个正确的选择。

财前吃完了甜瓜,望着窗外的白桦林,想到独自静享早餐已是时隔多年的事情。自己住宾馆的时候大都是跟庆子或加奈子在一起,要不就是与参加学会的医界同行一起,几乎没有单独过夜的机会。

"冒昧打扰一下,有访客在一楼大厅等您。"

服务生通知有客人来访,那是昨晚去信浓大町车站迎接财前的关西电力公司黑部大坝事务所的小野。财前从金泽顺路去了一趟名古屋,并向关西电力公司大阪总公司打电话委托安排了这名导游。

财前赶紧结束早餐来到了一楼大厅。

"早上好！您昨晚休息得好吗？"

五十五岁左右的小野毕竟是在大坝库区度过了半生的人，在他晒得黝黑的满是皱纹的脸上，浮现出只有清心寡欲的人才拥有的恬淡而练达的笑容。

"托你的福，才时隔多日睡了个安稳觉呀！星期天还请你出来，实在抱歉。"

"哪里。住在山上，除了雪天和雨天之外既没有星期天也没有节假日啊！所幸的是天气不错，所以您要是已经准备好了的话，我马上陪您去黑部大坝吧！"

小野不说多余的话，规规矩矩地遵照总公司的指令行事。

财前做好准备走出宾馆，看到外边等着的不是昨晚的轿车而是吉普车，身穿工装的年轻司机也像山里汉子那样大大咧咧地点点头，然后就握住了方向盘。汽车向前行驶了一阵就开始爬坡，山路左侧的溪流溅起白色飞沫，右侧的杂树林已经秋叶尽染，宛如刷了金黄绯红的颜料一般。

来到扇泽时，后立山已经迫在眼前。财前下了吉普车就感到山中空气的冷冽，这里是赤泽岳的半山腰，通往黑部大坝的关电隧道贯穿了山体的正下方，也是电动列车的起点。隧道内只有电动列车可以通行，所以财前等人转乘电动列车。

电动列车的六节车厢里几乎坐满了赏秋的游客。虽然这座用水泥覆盖固定岩体的隧道看上去没有任何奇特之处，但是来到中段可以看到明亮的灯光下有块写着"破碎带"的木牌，财前的目光被这个地段吸引住了。据说这里就是决定黑部大坝成败的破碎带，这里的岩体像散沙般松脆，地下水像瀑布般喷涌，这段通常用不了十天就能掘进的八十米的距离却耗费了七个月时间才建成，并且花费了八亿元的巨资。在见不到阳光的隧道里,工人们与瀑布般倾泻的零下四摄氏度的冰冷地下水搏斗,他们要历经数月才能完成此段工程——只是想象一下他们的身影都感到凄绝悲壮。财前产生了想要下车用手触摸那片破碎带岩体的冲动,可是列车却径直驶过破碎带,最后停在了荧光灯照亮的黑部大坝车站。财前从那里向二百米外的隧道出口步行,在走出隧道的瞬间,他不由得发出了惊叹声。

　　面前的立山尖峰像刺破碧空般矗立,在它的正下方,宏伟的混凝土拱形坝体划出巨大的弧线拦住了黑部峡谷的溪流。被两岸绝壁和大坝围挡的水面展开着,澄澈的水面倒映出周围树林的斑斓秋色,呈现出一泓盈盈荡荡的汪洋深潭。财前屏住呼吸凝望大坝的景观,在日本的阿尔卑斯山中竟以人力筑起如此巨大的水坝!财前被人类挑战大自然的超绝勇气和睿智彻底震撼了。

　　"这太令人震惊了!超乎想象的规模……"

　　财前一时说不下去了。

　　"从规模来讲,这是世界第四大拱形水坝。不过,从峡谷形状和地质结构来讲,这是最艰难的工程,当时的艰辛实在难以用语言描述。耗费七年岁月和一千万人次的劳力,而且牺牲了一百七十一人。究竟是大自然战胜了人类还是人类战胜了大自然?当时真是艰苦卓绝的殊死搏斗啊!"

　　小野表情平淡地讲述了这番话,但他那比实际年龄显老的面部皱纹中铭刻着当时的辛劳。财前对小野的讲述点点头,随即抬头仰望矗立在眼前的立山峰巅。宛如布帛般展开的碧空中没有一片云朵,像白色牙齿一样的尖峰高高崛起,道道陡峻的峰峦皱褶重叠着向峡谷延伸。在财前眼里,雄伟的山景仿佛自己一路走来的历程。沿着狭窄的山路向上攀登,越过峡谷终于爬到了人生的山梁。今后还要坚定决心踏破一座座陡峻的山峰,攀登医学界的顶点!为此,他必须付出与大自然搏斗的努力,要打赢正在争讼的官司,还要争取当选学术会员!

耳边忽然响起嘈杂声,只见刚才同乘列车的游客一行走过身旁前往眺望台上的休息厅。看样子他们像是农协的旅游团体,每个人都体魄健壮并晒得面孔黝黑。其中有个有些驼背的白发高个的阿婆,她的长相与财前的母亲相似。财前虽然追求飞黄腾达并为此而努力奋斗,但只有母亲是温暖他身心的存在。他每月从大学工资中拿出两万元亲手装在信封里去中央邮局寄给母亲,这种乐趣与他清贫时代的心绪息息相通,使他感到仿佛回到了母亲身边。但是,母亲却在去年得知财前在一审中胜诉之后便安下心来驾鹤西去了。虽然现在的财前登上了国立大学教授的职位、拥有富裕美满的家庭,并且正在竞选学术会员,可是他一旦想起母亲已溘然离世,心中就充满了无以言喻的失落感和孤独感。

"老师,如果可以的话,进大坝里面看看怎么样?"稍稍拉开距离伫立静候的小野毫不张扬地问道。

"谢谢你。多亏了你,我才能观赏到大坝的美景。"

财前回过头来,脸上恢复了平时的表情。

"大坝里面怎么进去呢?"

"在山里打通了一条纵向隧道,那里有电梯上下,我们要乘电梯。实在抱歉,请您戴上安全帽。"

小野把黄色安全帽递给财前,并领着他返回刚才走过的隧道中,然后他们便来到大坝专用电梯前。财前戴上安全帽,乘上电梯降到了大坝底部。

位于地下一百多米的坝底笼罩在漆黑当中,有好几条隧道像迷宫般纵横交错,到处安装着各种测量仪和观测仪。在财前眼中,那就像大坝的健康管理仪器。他在每个仪器前停下脚步,聆听小野的解说。

"坝体根据季节不同,会承受五六千吨到一亿几千万吨的水,所以会产生物理性的变化,导致岩体变形或断层移位。岩体变形测定仪就连微小的变动也能敏感地捕捉到。另外,那边的岩体震动观测仪还能捕捉到大坝由于震动发生的微弱变化。这些数据都会被自动记录在事务所的记录装置中。"

"原来如此。大坝也跟人一样是活着的物体啊!"

财前说完便侧耳倾听,他感到在没有人影的寂静隧道底部传来了微弱的搏动声。迈步向前,脚步声就响彻了整个隧道,在昏暗的灯光中,财前他们变成了黑影在移动。财前突然觉得建设大坝时牺牲的工人从地底下站起并正向他走来,他顿时感到毛骨悚然。他伸手触摸隧道的岩壁,对于并非土木建筑师的财前来说,他无法辨别那是什么种类的岩体,但他感到自己就站在破碎带上。此次的判决或许将会是自己的人生中的一大挫折,想到这,一阵不安感掠过心头。这种不安感到底来自何处呢?难道是因为在自己所无法预料的某处正在发生某种不测的事态吗?还是因为打官司和竞选学术委员叠加而导致的过度劳累呢?自己到底是怎么了呢?

"医生,还要继续向前走吗?"

财前像是被小野的声音唤醒般停下了脚步。他刚才就像着魔似的抢先向大坝隧道深处走去。

"不了,辛苦你啦!大坝内部就看这么多吧!"

财前说完,小野就转身原路返回,他们再次乘电梯返回。

"接下来想陪您去黑部大坝的地下发电厂看看。因为要穿过十公里的黑部隧道去坡道缆车站,所以请您乘坐吉普车。"

他们乘坐准备好的吉普车进入了宽敞的隧道,很难想象此时他们正在黑部峡谷的地下行驶。车头灯照亮了粗大的岩体,因为这里不像刚才的隧道那样用混凝土加固,所以他们眼前忽而出现白色干燥的岩体,忽而出现被地下水浸湿的乌黑发亮的岩体,还不时会有地下水像雨滴般落在车窗玻璃上。黑部峡谷的激流应该就在身边奔涌,可在这条既听不到流水声也没有交错行驶的汽车更没有人影的地底黑带般的隧道中,只有依靠汽车的车头灯了。财前为了排解烦闷的情绪,向小野询问现在要去的地下电厂的情况。

坐在前排的小野回过头来说道:"地下电厂位于黑部峡谷地下一百五十米到二百米处,通过挖掘相当于两座东京丸之内大厦的大洞穴建造而成。之所以建在地下是为了防止雪崩破坏厂房,也是为了不损害崇山峻岭的自然美。这是每个冬天由两千多名工人住在地下宿舍通过大规模冬季宿营完成的工程史上前所未有的成果。"

财前想象到两千多人在与外界隔绝的地下进行冬季宿营的严苛景象。

"要是有人受伤或需要急诊时怎么办呢?"

"用超短波呼叫直升机送到山下的医生那里去。不过,因为直升机不能依靠仪表飞行,所以在发生暴风雪时就由同伴们用担架抬下山去。工人们为救助同伴而表现出的伟大的团结精神真是令人肃然起敬,因此我们也竭诚相待,排除万难地尽快把患者送到医生那里去。"

财前想象着在被大雪封堵的阿尔卑斯冬营地上为救助受伤同伴与大自然搏斗的建筑工人的身影,他被那种执着的淳朴打动了心灵。当他用荡涤了灵魂的心情向前方观望时,发现在笔直的隧道中有多条向侧面拐出去的小径。

"小野先生,那是什么?"财前用眼神示意道。

"那是在挖掘这条隧道时倾倒岩渣的横向坑道。外面景色很美,咱们出去看看吧!"

小野说完就叫司机把车开到樽泽的坑道去。汽车转弯离开主隧道，行驶了一百五十米左右后停了下来，财前像寻求光明似的走出横坑，这片崖头宽约几步犹如阳台，他出乎意料地望见了剑岳。覆盖着新雪的剑岳峰顶与天空融汇，银光闪闪，刺破苍穹般峭立的英姿呈现出不容靠近的冷峻。脚下的峡谷深不可测，令人眩晕，被茂密树林覆盖的山野已是层林尽染。曾经被大爆破震得地动山摇并出现过很多牺牲者的峡谷，如今已经把累累爪痕隐藏在雪溪和红叶之中，并且恢复了静谧。这是近于无情的静谧，是财前从未体验过的、贯穿了胸膛般的静谧。

　　在浪速大学医学院的阶梯教室里，正在上三年级和四年级的合并课。面朝讲台右侧是三年级学生，左侧是四年级学生，正在等待授课开始。

　　教室门打开，首先由三名助教准备好了上课所需的教材和观片灯等器材，接着由主治医师陪同，用移送车推进来一名男性患者，在患者后方出现财前教授缓步走来的身影。学生们停止了交谈并起立迎接教授。

　　财前仍把双手插在白大褂的衣兜里，登上了讲台。

　　"今天的临床课要一边实际观察吞咽障碍的患者一边讲解。"

　　护士把移送车推到学生容易看到的讲台前。财前哗啦啦地翻阅了四年级学生名单，然后按照姓氏字母顺序叫五名学生来到讲台前。

　　"你们听好，现在由主治医师说明这位患者的现病历、家族病史和检查结果，同时把患者的X光片夹在观片灯上。台前的五位同学要好好为患者做诊察，并在观察X光片的基础上各自发表诊断结果。"

　　财前说完，站在患者身旁的主治医师就讲述了患者的病历和家族病史。

"患者为四十九岁的男性。家族病史如下：父亲在六十五岁时因胃病死亡，母亲在六十二岁时因高血压死亡。三个兄弟和两个孩子全都健在。既往病历如下：患者生来健康状况良好，只是在十年前得过胃炎。不过，他在两年前苦于事业失败而喝过盐酸。现病历如下：从两个月前开始，患者在摄取固体食物时常常感到胸口深处有阻滞感，吃流食时通过顺利。不过，患者食欲正常也没有呕吐感，没有严重消瘦的现象。而且，各项检查结果如便检隐血反应呈阳性，尿检（蛋白质、糖）无异常，无胃管胃酸测定结果为低酸，全血检为轻度贫血，肝功能检查发现轻度障碍，胆囊造影检查未见异常。"

主治医师说完就把病历和化验单贴在黑板上，并把食管和胃部的X光片夹在观片灯上。讲台前的五名学生自不必说，教室里所有学生的视线都投向观片灯上的X光片：带状细长的食管被映照出来，贲门部有狭窄，该处黏膜有凹凸不平的僵硬感觉，贲门口肿大。

"来吧！你们好好诊察患者，然后陈述诊断结果。"

在财前的催促下，五个学生轮流来到躺在担架车上的患者身旁，就像逐页回忆诊断学课上学的要领，用笨拙的手法进行全身的听诊、叩诊和触诊，然后盯着观片灯上夹着的X光片，歪着脑袋想。

"大家差不多该有诊断结果了吧？"

财前用眼神向护士示意，让她把患者推出了教室。

"那么，现在就从加藤开始，按照顺序陈述各自的诊断结果吧！"

于是，从加藤开始，五名学生按顺序回答。

"患者的隐血反应呈阳性，所以可以考虑有出血现象。根据X光片所见狭窄部分的凹凸不平判断为龛影，所以我诊断为贲门溃疡。"

"我怀疑这是贲门痉挛症。贲门部有狭窄，因为上面的部位变粗了。"

"我诊断为胃角溃疡。"

"由于患者肝功检查表明有轻度障碍,所以我认为这是由门脉压亢进所导致的静脉瘤。"

"我从患者曾有喝盐酸企图自杀的经历推测,这是瘢痕性狭窄。"

五人全部答完之后,财前说道:"你们都是医学院大四的学生,但你们五个人的诊断统统答错了。正确的诊断结果是贲门癌。"

坐在座位上的学生们哄堂大笑,然后把视线集中在财前身上。

"你们仔细看看X光片。你们把狭窄部位的凹凸不平当成了龛影,所以才会得出什么溃疡啊、静脉瘤之类完全错误的诊断结果。你们仔细看看贲门下方直径两厘米左右的缺损阴影,那就是贲门癌。"财前用右手指着那个部分,"由此可见,根据X光片诊断贲门癌困难至极。在我至今经历过的九十四例贲门癌中,最小的一例就是这个标本瓶里的癌瘤,它的体积为二点零厘米乘一点五厘米。"

财前说完就把用福尔马林溶液浸泡着的已故佐佐木庸平胃切除部分的标本瓶拿了起来。在福尔马林溶液中,佐佐木庸平的胃切除部分被制成薄牛排似的形状固定在透明板上。因为学生们都了解那宗诉讼案,所以纷纷窃窃私语,并投来含有学术之外兴趣的目光。

"我发现的第二小贲门癌就是这个。"财前指着安田太一的胃切除标本,"虽然贲门癌的诊断相当困难,可是一旦用X光片做出确诊,手术就是唯一的治疗方法。关于手术的术式,我用影片向大家展示实际的手术技法和治疗成果吧!"

学生们立刻拉上黑帘遮住窗户,在黑板上方降下银幕。财前亲自主刀的贲门癌患者的病例接连放映出来,财前用充满自信的语调进行讲解,但过了不久他就感到伴随着呕吐感的疲惫。这是因为在金泽学会结束之后,他只去黑部放松了一天就再也没有空闲休息,他接连几个昼夜参加有关学术会员选举的聚会,还要跟处理上诉审理的河野、国平二位律师协商,其间饮酒无度且睡眠不足。财前心想,今天必须早些回去休息,后面的解说就简单带过吧。

尽管如此,影片中放映的财前的精湛手术技法似乎仍然留在学生们眼前,他们目光热烈地望着讲台上这位食管外科的权威。财前觉得这个时候应该讲几句关于外科医师信念的精彩话语,却怎么都想不出来,他感到全身疲惫不堪。

"同学们,今天的临床课就讲到这儿吧!"

财前走下讲台,三名助教捧着胃切除标本瓶紧随其后。医学院旧楼的走廊里有些昏暗,来到转向医院的拐角时,有人站在那里好像在等他,但因为逆光看不清对方的面孔。其中一人突然凑近问道:"您是财前教授吧?"

是极为平静的公事公办的语调。

"是的,你们是……"

"我们是大阪高等法院的法官和书记官。根据上诉人方的申请,由于要对已故佐佐木庸平的胃切除标本重新进行病理学检查,所以要求您把标本提交给我方。"

财前听到这话才发现,两人之一就是陪审法官,他们身后站着关口律师。

"什么?重做病理学检查?有什么必要吗?首先那种东西……"

关口没等他说完就插话道:"你想说那种东西已经没有了吗?其实我刚去医务部问过了,他们说您在今天的临床课上要把佐佐木庸平的切除胃标本当教材使用。"

说完,关口律师立刻走到在财前背后拿着标本瓶的助教面前,确认了瓶子上贴着的标签记录内容并说道:"法官!就是这个。这就是佐佐木庸平的切除胃!"

陪审法官和书记官快步走向那个助教。

财前挡在助教面前厉声呵斥道:"你们太失礼了！这个切除胃标本瓶是由第一外科制作并保管的,我拒绝将其拿到校外！"

陪审法官说:"上诉人方担心证据有可能被销毁,已经做出证据保全申请,法院经过合议也同意受理,所以您必须提交。"

"到底为什么要重新检查我主刀切除的胃标本？没有这个必要。如果非做不可的话,也应该经过我的律师！"

财前坚持拒绝交出标本。

"这是法院下达的提交证据的命令。"

陪审法官不容分说地从助教手上拿过标本瓶,随即离开了。

财前脸色苍白地走进教授办公室,当即给国平律师的事务所拨了电话。国平刚拿起电话,财前就说:"刚才法院的陪审法官和书记官跑来出示提交证据命令书,并且把佐佐木庸平切除胃的标本收走了。"

"啊？他们带着提交证据命令书……"

国平说不出话来了。

"你吓得说不出话来还怎么当我的律师啊？我要你立刻要回证物！"

"可是,法院一旦下达提交证据命令并扣押了证物,就不可能轻易要回来了。"

"简直是胡扯！一定要采取措施拿回来！"

"明白。总之,我会尽快查明他们为什么要扣押佐佐木庸平的切除胃标本以及由谁负责进行鉴定,然后再通知你。一切都得在调查清楚之后再做决定,请给我一点儿时间。"

国平慌忙挂断了电话。财前放下电话就仰倒在转椅上,临床课时的疲惫感像潮水般猛然袭来,他的眼底像烧灼似的十分火热。他自己量了脉搏和血压,虽然没有异常,但他想尽早回家休息。可是,在国平回电话之前,他还不能回家。当他带着焦躁的心情向躺椅挪去时,电话铃响了。

"国平先生,怎么样?"财前催促道。

"国平?不,是我,岩田重吉呀!长话短说,前几天说的要把近畿医大的重藤教授拉下马的事情,经过我和锅岛多方奔走,总算说服了当地医协,也为得到医疗机构设置审议会的许可做了工作,好不容易促成今晚跟近畿医大的冈野理事长最后谈判。所以,今晚你本人也一定要参加。"

"可是,官司那边发生了重大变故……"

财前随即讲述了刚才发生的事情。

"好吧!那么,今晚就由我、锅岛和竞选参谋叶山教授出席吧!所以你就稳稳当当地把官司那边的事情办好吧!"

岩田说完就挂断了电话。

已经精疲力竭的财前脑海中再次回想起里见说过的话:"至少要退出学术会员选举,怎么样?现在退出也还来得及啊!"可是,现在采取行动已经为时过晚了。事已至此,只能借助岩田他们的协助争取当选,然后戴着学术会员的头衔面对庭审。电话铃再次响起,财前拿起了电话,是国平。

"刚才那件事搞清楚了。据说,上诉人方的鉴定事项是术后切除胃的病理学检查是否充分,鉴定人不是国立大学的教授,而是近畿癌症中心的病理学研究室主任都留利夫。为了保全证据而拿走的切除胃虽然不能索还,但是鉴定过程无论如何要请财前教授到场见证,所以你那边的工作结束之后就立刻协商一下吧!"

虽然国平这样说,但鉴定人不是国立大学教授而是里见所在的近畿癌症中心病理学检查研究室主任,这对财前来说像是不祥之兆。

民事第三十四号法庭从开庭前就笼罩在此前从未有过的紧张气氛当中。由浪速大学第一外科保管的佐佐木庸平的切除胃标本突然由法院根据上诉人方的申请发出提交命令，并委托近畿癌症中心病理学研究室主任重新进行病理学检查，这在医学界激起了巨大的反响，有多位知名学者前来旁听，鹈饲医学院长也第一次在上诉审理中露面了。

旁听席上频频有人交头接耳。

"法院真是太不像话了嘛！不事先打招呼就突然以保全证据的名目跑到学校来扣押标本瓶，搞得就像刑事案件一样！这太有损于大学的尊严了！"

"而且，尽管已经提出申请让财前教授到场见证上诉人方进行的病理学检查，可他们居然不予准许！用这样的方式不可能得出公平的鉴定结果。"

指责法院的窃窃私语不绝于耳，还有些医师把露骨的责难目光投向以里见修二为首的全体到场的近畿癌症中心胃癌研究小组。只有在一审和二审都作为佐佐木方鉴定人出庭陈述佐佐木庸平剖检所见的大河内教授不为周围的叽喳声所动，他巍然端坐在旁听席前排。

"起立！"

法警的喊声响起，三位法官入庭就座，随即宣布开庭。

上诉方代理人关口按捺住激动不已的心情站起身来。

"审判长，本上诉方代理人根据多日来审理的有关术前胸部检查的争议点，把论点放在如果术前发现转移病灶术后应该进行什么样的检查方面，即如果对切除胃进行仔细的病理组织学检查就能确信术前胸部阴影是转移病灶，但财前被上诉人却因为疏于仔细检查，在术后也未能注意到肺部转移而导致预后判断错误。因为本人要当庭证明上述观点,所以虽然已故佐佐木庸平的切除胃已由财前被上诉人方进行过病理学检查,但我方对其检查方法以及结果产生了疑问,因此推举上诉人方独自的鉴定人再次进行了检查。由于此次检查出现了与财前被上诉人的检查结果相反的重要所见,因而在此将委托鉴定的都留利夫博士作为鉴定人进行讯问。"

关口论述了上诉人方的主张,并要求讯问都留病理研究室主任。被上诉方代理人河野和国平表情不悦地把脸扭向一边,但由于都留是事先申请过的鉴定人,所以法官立即准许讯问。都留病理学研究室主任进入庭内站在证人席上,法警从他身后把佐佐木庸平的切除胃、组织标本和显微镜的台桌搬到证人席旁。

"我发誓,凭良心陈述科学鉴定所见,不隐瞒,不添加,原原本本地陈述真实情况。"

在都留宣誓并签字盖章之间,被上诉人席上的财前怒目注视着佐佐木庸平切除胃的标本瓶。把大卖场的生意交给长子赶来的佐佐木良江,正从上诉人席目不转睛地盯着变成一块肉片的丈夫的胃部标本。

宣誓完毕,关口律师开始了主讯问。

"我方委托都留鉴定人进行鉴定的事项有两点。第一点要确认的是,为了对疑似有转移病灶的切除胃进行病理组织学检查需要什么样的检查。第二点是确认,本案中佐佐木庸平的贲门癌是否确为早期癌症。首先是第一个鉴定事项,即要做切除胃的病理学检查的原因。请从这一点陈述您的鉴定意见。"

"因为现在正好身在法庭,我就以法庭作为比喻。病理学检查有时会被临床医师说成是法官或最高法院,这是因为在对遗体进行病理学剖检之后才能探明准确无误的死因,或者说根据彻底的病理学检查才能得到准确无误的诊断结果。事实上,以癌症为例,严格地来讲，必须对病变进行病理组织学检查之后才能做出癌症的最终诊断。因此，即使是被经验丰富的临床名医用裸眼诊断为早期癌症的病例，也难免会有若干误诊发生。所以，既有在术后的病理组织学检查中判明不是癌瘤而是良性肿瘤的情况，相反也有进展期癌症的情况。这绝不是罕见的现象，也可以说是术前诊断的极限。实际上在我们近畿癌症中心，对于用裸眼诊断为早期癌症的一百个病例进行了组织学诊断，结果有五例是良性溃疡、三例是胃炎、十八例是晚期癌。且不说把良性疾患误诊为癌症的情况，如果把进展期癌症误诊为早期癌症的话，那就隐含着关乎患者性命的重大问题。因此，术后病理学检查在大学附属医院自不必说，即使是在普通诊所，原则上也要进行。"都留绷着脸说道。

"那就是说，术后治疗方针也可能根据病理学检查的结果发生变化，是吧？"

关口如此发问。而财前正一反常态打开笔记本做记录。

"确实如此！即使是在术前诊断为没有转移的早期癌症，然而经过病理组织学检查后推断可能已经转移到肺部或肝脏的话，就必须立即使用抗癌药治疗。而且，如果切除部分的断端残留癌细胞的话，就必须再次进行手术。因此，对切除胃进行病理学检查是预后判断的重要依据。"

"那么，事先判明有转移的癌变与其他病例的病理学检查方法也会有所不同吗？"

"在我们近畿癌症中心，无论是早期癌症还是晚期癌症，会把所有的病变部分切成三毫米厚的连续切片进行仔细检查，我们认为这是避免对患者做出错误预后判断的最理想的检查方法。但是，要想做出这样仔细的检查通常需要一周或更长的时间。在实际当中，直到一两年以前，还有些大学附属医院只是剖开病变中部制作一片代表性切片。事实上浪速大学在对佐佐木庸平进行病理学检查时,就只切取了一片中部代表性切片。但是,如果在术前就怀疑癌变可能转移到胸部的话,就要把整个病变部分切成三到五毫米厚的连续切片并进行彻底的检查,而在本案当中却只切取了一片代表性切片。很难想象癌症专家竟然会采取这种草率的态度,所以受到指责也是在所难免的事情嘛!"

对于与自己同辈的国立大学教授财前,都留仍然采取他一贯的直言不讳的姿态。

"那么,第二个鉴定事项。已故佐佐木庸平的贲门癌到底是不是早期癌症呢?关于这一点检查结果怎么样呢?"

关口触及了问题的核心,旁听者们也像是紧张得屏住了呼吸,里见他们近畿癌症中心的团队和大河内教授都向前微微探身。

"对于切除胃的裸眼所见确实与财前教授的诊断相同,属于所谓火山口型病例,从其微小形态来看会考虑到早期癌症。但是,这种类型的病灶在较早期时就有癌细胞进入血管,从生物学来看也是恶性程度较高的癌症之一。这在以前就已经被查明,我本人也接触过这种较早期癌变在术后不久就发生了肝转移的病例。所以,这次我就制作了三毫米间隔的连续切片并用显微镜进行了仔细观察。结果发现,虽然病变中部的癌组织停留在黏膜内侧,但其周围的一部分却是已经穿透黏膜到达浆膜下的相当晚期的癌变了。这种癌变的性质被称为未分化癌症,是恶性程度相当高的癌症。而且更重要的鉴定所见是,癌细胞已经侵入血管内部,也就是说已经有了血管侵袭的现象。"

都留毫不含糊的鉴定所见顿时引起旁听席间一片哗然,财前变得脸色苍白。

关口立刻接着说道:"这就是说,佐佐木庸平先生从术前开始,癌细胞就已经扩散到了全身,而转移到肺部的癌细胞开始形成了肿瘤。也就是说,从一审以来被说成是局限性早期癌症的贲门癌其实是进展期的癌症了,对吧?那样的话,只要进行仔细的病理学组织检查就应该能够在当时查明已经发生了肺转移,对吧?"

都留断言道:"我认为这具有充分的可能性。因为如果查明癌细胞进入血管的话,怀疑发生癌转移的脏器首先是肝脏,其次就是肺部。"

"感谢您的重要鉴定所见。我的讯问到此结束。"

关口拼尽全力、脸色涨红地把主讯问引导到对佐佐木方有利的方向。

"被上诉人方有讯问事项吗?"审判长望着河野、国平问道。

国平立即站起来说道:"本案的切除胃病理学检查已于两年前在第一外科完成,可是,日前又在无上诉人方见证下重新进行了检查,这令我方无法接受。因此,我方不能全面采信都留鉴定人的所见……"

国平用激昂的语调发起反击。

"审判长,刚才被上诉方代理人的言辞不仅侮辱了都留鉴定人的人格,而且侮辱了批准鉴定人独立鉴定的法院。我方要求对方立即撤回!"

关口立刻予以还击。

"国平代理人,以后请避免言辞轻率。"

审判长语气严厉地指责国平。但是,国平似乎对此耿耿于怀,执意不撤回刚才的发言,还强硬地提出了要求。

"总而言之,都留鉴定人的鉴定所见只不过是一面之词而已,我请求当庭由财前教授本人进行确认,其后的讯问也由被上诉人本人进行。"

"都留鉴定人的意见怎么样啊?"

审判长征询都留鉴定人的意愿。

"没有问题。为此我已经准备了彩色照片、组织标本等资料。"

在都留应允之后,财前夹着记录了都留鉴定所见的笔记本走到证人台旁,用无视都留的态度拿起了组织标本。

"请使用这台显微镜观察。"都留说道。

"不,我自己准备了一台,就用那台做镜检。"

财前冷冷地予以拒绝并开始用自己准备的显微镜仔细观察几十片标本切片。沉重的静默笼罩了法庭。过了一会儿,财前从显微镜上抬起头来。

"怎么样?你对我的鉴定所见有不同意见吗?"都留直视财前问道。

"没……"

都留的鉴定没有任何能够提出异议的疏漏。财前虽然感到有些眩晕,但还是反问都留:"你用多长时间做出这些检查数据的呀?"

"一个星期。"

"不过,那是为了把它作为庭审鉴定事项专门做的检查吧?那么通常做这样的检查需要多长时间呢?"

"通常也大致能在一周内完成。"

"那么,两年前怎么样呢?当时,检查方法和设备都不很充分,我认为需要十天以上时间。"

财前执拗地向都留追问检查所需时间。

"是啊!可能需要十天乃至十二三天吧!"

"是吗?可是,因为我们的大学不像近畿癌症中心那样只诊疗癌症,所以需要两个星期。对于需要这么长时间检查的病变进行全部的组织检查,从现实性来考虑,只有在学会上发表论文或其他极为有限的病例才可能进行。而且,以本案的具体情况来讲,本人当时正准备赴欧参会,所以只做了在出发前就能得出结果的代表性切片。另外,虽说切除胃的检查是做出预后判断所不可缺少的重要材料,但我本人并没有只凭一片切片就否定了肺部转移,也曾指示过主治医师并非没有癌变的可能性。所以我要附带说明一下,以未对病变部位进行整体组织检查为由指责我预后判断错误,与实际情况不相符合。"

财前一口气讲述完毕,强调了自己做法的正当性。国平为了不给对方留下反驳的余地而迅速说道:"我方的反对讯问到此结束。"

柳原居住的木结构灰浆墙的两层楼公寓房在野田华子到来后仿佛蓬荜生辉。华子正在用扫帚和毛掸清扫泛黄的榻榻米上摆着的书架、餐桌和方便面纸箱。

"你居然能在这种满是灰尘的房间里待得住啊!咱们结了婚就搬进干净漂亮的公寓里,我用吸尘器一下子就清扫干净啦!"

脸庞浑圆的华子像小鸟鸣啭似的说个不停,并且"啪啪"地使劲把灰屑扫出门外。柳原本打算在星期天抓紧完成学位论文,可没到中午华子就进门主动开始清扫房间,扫完房间又拿出自己亲手做的午餐盒饭放在代替餐桌的小台桌上。

"我带来了在料理培训班学会的幕间盒饭,结婚以后我会给你做各式各样的菜肴哦!"

华子又提到了"结婚"这个词。从财前又一牵线搭桥跟华子相亲已经过了三个月,柳原却从未提及结婚一事。但尽管如此,华子还是积极主动地给他打电话,还来他的公寓表现出期待结婚的姿态。但是,柳原觉得在佐佐木良江上诉的官司结束、自己取得学位之前,根本顾不上考虑结婚那种逍遥好事。尤其是一想到那场官司,他就感到难以言喻的良心呵责。

"讨厌！每次都是我在说话,你却一声不吭。对了,我上次听财前老师的岳父跟我爸说,那家佐佐木商店终于倒闭了。"华子一边在套盒里夹菜一边说道。

"啊？倒闭？怎么可能呢？那么大的店开得好好的……"
柳原差点把筷子掉了。

"你要是不信的话,可以自己去看看嘛！债主为了处理债务把那家店面卖了,听说他们现在虽然还在船场区,却进了船场外围的大卖场做小生意呢！"

"你说的大卖场是什么样的地方？"

"就是没钱开自己独立店铺的人们聚在一间大棚里,把商品堆在货摊上做生意呗！"华子鄙夷地说道。

由于自己的伪证,使得佐佐木商店最后走向倒闭,还把遗属们逼到生活凄惨的境地。想到这里,柳原又陷入了自责。

"你怎么啦？我做的幕间盒饭不好吃吗？要是我说了惹你生气的话就请你原谅吧！"

在华子向前膝行,观察柳原的脸色,她的短裙下露出了丰腴的大腿。在这一瞬间,因佐佐木商店倒闭而深受打击的自我厌弃的柳原突然失去了自制力,他把手按在了华子身上。华子瘫软地歪倒在柳原怀中,两个年轻的躯体相拥在榻榻米上。

在把身体分开的时候,柳原深感懊悔,他本想克制自己在官司结束前绝对不与华子发生肉体关系。可是,面带羞涩地整理散乱裙摆的华子却露出终于放下心来的神情,她似乎觉得尽管柳原尚未谈婚论嫁,但这样一来也就算是确定要结婚了,于是兴冲冲地开始收拾餐桌。柳原简直无地自容,赶紧转向窗边的桌前。

"哎,你现在要开始用功啦？"

"嗯,提交学位论文的期限越来越近,我必须赶紧整理出来呀!"

华子双眼熠熠生辉地说道:"是吗?医学博士论文……我父亲动不动就说,等你拿到博士学位,就给咱们找一套像样的高级公寓房呢!虽然我还想多待会儿,不过既然你要赶论文,那我就回去啦!"

也许是以为婚事已定,华子娇声娇气地应答之后就乖顺地回家去了。

当华子走出房间时,柳原一下子仰倒在榻榻米上。宣泄了年轻欲望的倦怠感和由于一时冲动跟华子发生肉体关系的后悔袭上心头,他神情恍惚地望着天花板。

不知什么时候,他睡着了,但却突然被"咚咚"的敲门声惊醒过来。他嫌麻烦没有应答,就听见门外响起公寓管理员的声音。

"就是这一间。确实应该在家嘛!"

接着响起了另一个人的呼唤声。

"柳原、柳原,在家吗?"

柳原听到这个声音像弹跳般坐起身来,那毫无疑问是里见修二的声音。

"柳原,我是里见……"

伴随着里见的呼唤声,"咚咚"的敲门声再次响起。

"真是奇怪呀!几小时前还有客人来访,可后来也没见他出门呀!应该在家嘛!"

管理员说完就好像下楼去了。

"柳原、柳原!我是里见,你在家吗?"

里见继续敲门呼唤,柳原用双手捂住耳朵像偷食小猫般屏住呼吸,一动不动地躲在房间角落里。不知过了几分钟,他慢慢地从耳朵上松开双手,听见"喀嗒喀嗒"离开走廊的脚步声。

柳原松了口气从窗边向下观望,他看到了里见离开公寓走远的身影。他好像星期天也去近畿癌症中心了,手中还拎着圆鼓鼓的皮包。柳原感到里见的背影中似乎隐含着他对自己无言的愤怒,因为自己即使不惜使出假装不在家的伎俩,也要在五天之后的庭审中维持一审的证词。

　　柳原挪开视线,像青虫般蜷缩身体再次倒在了榻榻米上。华子说佐佐木商店倒闭、里见出乎意料地来访……这一切使柳原心中充满了无以名状的苦闷。他看了看表,已经过了五点钟,财前教授叫自己七点钟去他宅邸,于是他慢吞吞地起身穿上旧外套,努力不弄出响声地打开变了形的房门,查看了下里见是否还站在在附近之后,便故意绕远道走向市营公交车站。

　　到达位于凤川的财前教授宅邸后,年轻女佣立刻开了门,杏子夫人站在门厅浮起灿烂的笑容迎接他。

　　"柳原,我们正等你呢!快进来吧!"

　　杏子推开客厅门叫柳原进去,但柳原却站在门边止步不前,只见客厅里佃讲师、安西医务长以及十个选务专职医务员挽起衣袖围在餐桌旁。

　　"这可不行啊?柳原,你怎么不打招呼就进来了呢……"

　　佃讲师一边责备一边用双手捂住堆在桌上的东西。

　　"抱歉!不过,是教授叫我来的,而且夫人……"

　　柳原结结巴巴说不清楚,杏子在他身后说道:"不能让他进这里吗?是我叫他进去的呀!"

　　佃友博与安西对视一下说道:"嗯,好吧!因为是柳原嘛!而且也是因为那场官司的事儿被叫来的吧?你看到了,我们正在整理学术会员选举最后的选票。"

　　医务长安西也说道:"学术会员选举这边我们正在做最后的努力

冲刺,所以剩下的就是官司那边了。柳原,你不好好干可不行哟!"

安西仗着医务长的身份傲慢地说完话,然后就像根本不介意柳原在场而全神贯注地投入到分析选票当中。

一个挽起衣袖的医务员数着名册上的人数,愤愤不平地说:"咱们这样拼命干,可基础医学组的选票还是这么少啊!肯定是病理学的大河内教授那边从中作梗呢!"

另一个资深助教说:"不过,原先增长缓慢的本系统大学的选票到了后半截开始有了大幅度增加,所以还算不错嘛!上次听说洛北大学神纳教授的选战参谋、滋贺大学的石桥医学院长跟咱们学校整形外科的野坂教授缔结密约,把浪速大学系统院校的票源分流出去了,真是把我们吓得胆战心惊啊!"

"确实太不像话了!咱们在上次教授选举和这次学术会员选举中都被那个野坂教授完全忽悠了,一定要找个机会跟他算总账!这次要不是成功地把近畿医大的重藤教授拉下马,不等投票开始财前教授就会惨败给神纳教授了。到那时不光是在校内,在校外都会被人家当笑柄喽!"

"鹈饲院长把重藤拉下马,让我现在还佩服不已呀!而且从浪速大学派遣医务员去舞鹤市综合医院以换取洛北大学系统院校选票的战术也十分奏效,虽然这对被外调的中河和江川他们有点儿残酷。那几个家伙现在过得怎么样啊?"

"哎呀!还是不知道为好,爱莫能助呀!"

说完,大家就发出了笑声。柳原这才在心里念叨:原来是这么回事儿啊!并非医务部革新派的江川只因为曾经是东派就被外调到关西医科牙科大学系统的舞鹤市综合医院当外援,其实是为了交换学术会员选票!柳原这时想起了留下"柳原前辈千万别忘了我"这句话就被外调到舞鹤去的江川。那十个选务专职医务员嘴上在聊天,但清点空白选票的手却一刻都没停下。

"佃老师,从近畿医大和关西医科牙科大学收拢来的选票由咱们填写真的可以吗?"最年轻的选务专职医务员慎重地确认道。

佃友博虽然露出顾忌柳原在场的表情,但还是回答说:"可以呀!这又不是白拿的,而是用交换方式得到的选票,用不着那样胆战心惊嘛!"

"可是,用同样字体填写几十张选票恐怕不太合适吧?万一被选举管理委员会发现可就麻烦啦!"

"没什么大不了的嘛!收集空白票这种事儿已经是公开的秘密了,而且是用邮寄投票的方式寄到中央选举管理委员会,接下来就是两三个委员形式化地到场见证计票,所以根本不会一张张地核对字体。另外,学术会员虽然是特殊职务的公务员,但选举本身并不适用于公职选举法,所以说得极端点儿,这就是老实人吃亏的机制。"

佃友博说完,十个医务员就连续地在整捆收来的空白选票上填写候选人,全国选区是"竹谷",地方选区是"财前"。柳原虽然曾经听说过收集空白票集中填写的情况,但这种事情就发生在眼前还是令他心情十分复杂。

房门打开,身穿和服的财前教授出现了。

"怎么搞的?柳原在这儿啊!你应该来这边嘛!"

财前不高兴地说完,立即把柳原叫到最里面的客厅去。穿过走廊进了里面客厅,只见财前又一也坐在矮桌前,正摊开厚厚的医协名册填写空白选票。

"哦?柳原,你也来帮忙吗?"

财前又一摘下老花镜叫柳原坐下。

"不,我……"

柳原感到十分困惑,说话吞吞吐吐。

财前又一猛地膝行向前,说道:"对了,你和野田华子小姐后来进展顺利吧?这个女孩性情温和,而且体态丰满,富于肉感美呀!她家很希望她能嫁个像你这种国立大学毕业的女婿,所以我也期盼促成这桩婚事呢!"

白天刚跟华子发生过肉体关系的柳原像被看穿了似的,说不出话来,憋得满脸通红。

"哦?看你腼成那个样子,虽然迟迟不给答复,一定是相当满意吧?那我就放心啦!既然是这样,你们就赶紧交换订婚礼物,婚礼由我跟野田商量安排。这样可以吧?"

"不,我不想那么早就……"

"你说什么呀?已经到婚礼旺季了,不抓紧确定就来不及啦!不管怎么说,一切都包在我身上啦!"

财前又一夸夸其谈地表示要大包大揽。

"这不是挺好的吗?柳原,这件事交给我岳父去办,从各方面来讲都对你好嘛!"财前也在旁边催促道。

"那么,请爸爸离开一会儿吧!我有事儿要跟柳原单独谈。"

"哦,你们要单独谈话吗?那我就去那边跟佃他们一起写吧!"

财前又一心领神会地说完,把几捆空白选票包在紫色包袱皮中,小心地抱在怀里离席出去,房间里只剩财前和柳原两人了。

"来,你也喝点儿啤酒吧?"财前一边喝一边劝道,"今晚叫你来没别的事,就是关于五天后庭审你和里见的证人讯问。你要维持一审以来的证词,无论如何要证明我在术前已经注意到了肺部转移。"

财前就像拉家常一样说得十分轻松。

"是。不过,龟山护士长说过,我在大查房时曾向老师……"

"那点儿事不是什么问题。你别管它!"

财前斥责软弱的柳原。

"不过,老师,即使坚持主张早已注意到……但是既然注意到的话,就像在上次鉴定人讯问中东京K大学的正木副教授所说,注意到就应该做CT扫描进行确认。而且,近畿癌症中心病理学研究室的都留主任也说应该进行整个病灶的病理学检查。可是,咱们实际上什么都没有做,所以我想坚持一审的证词已经行不通了。"柳原推了推脏兮兮的镜框说道。

"你明明是我方的证人,可为什么会被佐佐木方鉴定人的意见动摇了决心而畏畏缩缩呢?你倒是应该回想一下我方鉴定人、奈良大学竹谷教授的鉴定所见嘛!竹谷教授不是已经断定,根据那么小的阴影鉴别癌症转移病灶本身就是无法做到的事情吗?而且,即使怀疑为转移病灶而进行CT扫描,也不可能得到更明确的结果。因此,做不做CT扫描结果都一样。而且他还断定,如果像佐佐木庸平胸片上那么小的阴影因为检查不充分而被看漏都要追究医疗责任的话,那咱们今后对哪个患者就都得考虑转移到所有脏器的可能性并逐项做检查了。这样一来,现在的大学附属医院的诊疗功能就会陷入瘫痪状态。你只要想起竹谷教授的鉴定所见,也应该能够理直气壮地陈述证词嘛!"

"可是……"柳原支支吾吾地说道,"其实吧,刚才里见老师突然去我公寓了……"

"什么?里见去你公寓了?你不是在一审后就搬家了吗?"

"是的。不过,前一段时间,大概就是在上诉审理的证人调查开始稍早前吧,不知道关口律师从哪儿查到了地址,去我现在的公寓找过我,所以我想里见老师大概是从关口律师那里打听到的吧!"

"你根本没向我报告关口律师找过你呀!你为什么隐瞒到现在呢?"

"我没有想隐瞒……因为我当场就叫他走了。"

"明白了。那么,你跟里见说了些什么?"

"其实,因为我害怕见他,所以虽然他敲门喊了我好几次,我都假装不在家没有应声,所以并没有见他。"

"那就好。里见居然叫近畿癌症中心的病理研究室主任去当佐佐木方的鉴定人,你没有必要见他那种人。里见已经对我发出了挑战,因此,我对他不仅在打官司方面,在所有的方面都要跟他决一死战,所以你也大可不必怕他。本来这场官司又不是因为用X光治脚气最后导致截肢或输错血型之类的幼稚失误造成的医患纠纷,而是癌症问题。在癌症机理都没被探明的时候,对于是否在术前已经注意到极难鉴别的贲门癌转移这种高难度的医学问题,怎么可能追究诊疗责任呢?所以,你按照我早前教给你的说法陈述证词就行啦!明白吗?"

柳原浑身僵硬地低下了头。

"如果你做出对我不利的证词,那也会对你自己不利。也就是说,你将不能获得学位,还会失去将来的职位。明白吗?"财前压低嗓音说道。

柳原把傍晚严肃地离去的里见与喝了酒红着脸强迫他做伪证的财前做了比较,心情变得十分黯淡,但是他也只能默默地点头。

静默无声的法庭里,柳原证人和里见证人入庭,他们读完宣誓书之后,审判长庄严地开了口。

"现在你们要以证人身份接受讯问,必须依照刚才的宣誓陈述事实真相。如果做出与事实不符的证词,就会以伪证罪受到起诉,所以要如实答问。那么,先由里见证人开始,柳原证人请到走廊等候。"

柳原立即去了走廊,关口开始向证人席上的里见进行主讯问。

"你给佐佐木庸平先生初诊是在什么时候?"

"一九六四年四月二十八日。"

"当时,里见证人是第一内科副教授,对吧？您是在什么时候辞去了浪速大学的职务呢？"

"一九六四年十二月十七日提交辞呈,得到正式受理是在第二年的六月。"

"如果是一九六四年十二月十七日的话,那就是宣告一审判决结果的那一天吧？你的辞职跟这宗案子有什么关系吗？"关口瞥了一眼带领浪速大学相关人员坐在旁听席上的鹈饲院长说道。

"这种事情不应该在法庭上讨论,所以我不予回答。"里见平静地说道。

"是吗？但是,里见证人在初诊过只有单纯胃炎症状的佐佐木庸平先生之后,给他做了血液、胃液、X光、胃镜等内科所能做的所有检查,结果加深了对癌症的怀疑并转给了财前教授。那么,财前教授的诊断怎么样呢？"

"最初他也回答说只不过是单纯的胃炎。不过,我委托他做透视检查,结果判明是贲门癌。"

"您还记得当时财前教授说话的语气和态度吗？"

"我记得。我去向他询问诊断结果,他一见到我就说'还只是拇指头大的贲门癌,发现这种早期小癌瘤还是第一次',当时他跟医师初次发现病例时一样被兴奋之情所笼罩。当然,我本人也十分佩服财前教授的判读能力,通过透视只靠两张X光片就鉴别出那么小的贲门癌。"

"当时,财前教授还说过其他什么话呢？"

"是啊。现在我还清楚地记得,他说,对贲门癌的微妙霓影进行判读可以说已经不是科学而是一种艺术了。"

"那就是说,财前教授岂止是轻微的兴奋,简直就是为仅靠两张

X光片就发现迄今为止最小的贲门癌而深深陶醉,而且当时的陶醉一直延续不断,并导致后来判断发生了很大的失误,对吗?作为一名医师,这是不是常有的心态呢?"

关口像是要用手术刀尖锐地剖开财前误诊的根本原因。

"这种情况偶尔有可能发生。不过,为了时时刻刻注意这个问题,我们总是不厌其烦地提醒大家严格做好充分的检查。"

"原来如此。那么,正像我们委托东京K大学的正木副教授所做的鉴定,佐佐木庸平先生的术前检查就成为第一个问题。您在一审中陈述过,尽管曾经两次向财前教授建议做CT扫描,但财前教授从一开始就否定了对转移病灶的怀疑,没有采纳您的建议。您现在仍然维持同样的证词吗?"关口翻着一审判决记录说道。

"是的,我维持同样的证词。"

"那么,当时柳原医师是不是怀疑肺部转移呢?"

"是的。因为柳原医师告诉过我,他在财前教授大查房时曾经建议做CT扫描却遭到驳回,所以我想当时他并不认为那只是单纯的结核瘢痕。"

"接下来是近畿癌症中心的病理学检查室主任都留指出的,是关于术后对切除胃没有进行充分的病理组织学检查的问题。您知道当时是怎样对切除胃做检查的吗?结果是怎么样呢?"

"我听柳原医师告诉过我。"

"你是在什么时候听他说的呢?"

"术后第十天,就是财前教授出发去德国的第二天。"

"你是在哪里听说的呢?"

"因为我在中央检查室碰到了柳原,所以我就询问佐佐木先生的病情,顺便问他切除胃的病理学检查结果出齐了没有,他说早就做完了,病理组织学诊断结果也是局限在黏膜内的早期癌。我问采用什么方法做的检查,他说做了一片代表性切片的检查。我非常惊讶,于是告诉他,因为术前没有做 CT 扫描,所以应该详细检查全部病灶。柳原医师回答,财前教授下达指令,那个切除胃以后要用于财前教授的科研以及临床课,所以要浸在福尔马林中妥善保管,未经教授同意不准随便乱动。"

里见讲述到这里,关口再也抑制不住心中的愤怒了。

"这个胃标本中包含着关乎患者性命的重要线索,怎么可以为了自己的科研而占为己有呢?这难道不是太藐视人命了吗?"

"审判长!刚才的讯问是对被上诉人的充满了恶意粗暴的言论,我方要求对方撤回!"

河野和国平齐声表示抗议,审判长予以认可。

"那么我换个问题,对于从术后第一周出现的呼吸困难症状,有没有采取过适当的处置?当时里见证人要求财前被上诉人拍摄胸部 X 光片的理由是什么?"

"因为我直接对因呼吸困难而十分痛苦的患者进行了诊察,并且听柳原主治医师说明了术后经过,随即对财前教授做出的术后肺炎诊断产生了怀疑。这是因为,第一点,术后肺炎通常在术后两三天发生,而此例却已经过了一周之久。第二点,在用过对治疗肺炎具有绝对效果的氯霉素之后仍不见效。因此我怀疑可能是发生了癌性胸膜炎,而这样就会有潴留胸水的情况,所以只要用 X 光透视检查就立刻能够判明。"

"原来如此。东京 K 大学的正木鉴定人说,根据术前 X 光片已经怀疑有三四十毫升的胸水潴留,如果蓄积五十毫升以上即可大致判明。因此,如果在术后那个时点进行 X 光透视检查的话,应该能够判明。但是,财前教授在那个时点也拒绝了您的要求吗?"

"是这样的。"

"如果在那个时点进行了X光透视检查并判明为癌性胸膜炎的话,应该采取什么措施呢?"

"应该采用化疗阻止癌细胞剧增,除此之外再没有其他办法了。"

里见刚提到化疗,旁听席上立即响起怒骂:"药物能治好癌症吗?"

"请肃静!"

审判长告诫旁听者,关口为加深听众印象继续讯问。

"那就是说,术后发生呼吸困难时如果立即拍摄X光片就能发现癌性胸膜炎,再进行化疗也许就能阻止癌细胞剧增。但尽管如此,财前教授在这个时点也疏忽了相应的处置,因而把癌性胸膜炎误诊为术后肺炎,导致患者加快死亡,对吗?"

"我认为是这样。"

"我的讯问到此结束。"

关口通过里见的证词,把财前怠慢了作为医师所应尽检查职责的行为批得体无完肤,随即回到了座位上。

"被上诉方代理人要求进行反对讯问。"

似乎早已准备好的河野律师像要一举挽回渐渐对财前不利的局面,他虚张声势地站起来。

"刚才里见证人指责财前教授从术前到术后怠慢了应做的各项检查,那么里见证人自己为什么没有实际进行哪怕是一项检查呢?"河野开口就咄咄逼人地说道。

"在医师想要进行会诊时,必须征求对方的同意。因为当时财前教授拒绝会诊,所以我也无可奈何。"

"但是,假设你真的在术前就注意到了肺部转移,而且在术后也一直挂虑这件事的话,那为什么每次遭到财前教授的否定就退缩了呢?打个比方来说,那就好像在A电铁公司满员电车疾驰的铁路前方有某种东西,而注意到这个问题的 B 电铁公司的人通知了 A 电铁公司的司机,可 B 电铁的司机却予以否定,于是 B 电铁的人就袖手旁观地看着 A 电车颠覆。你的行为不是跟这一样吗?"

"有问题就直截了当地提出来,请你不要引用这种莫名其妙的比喻,令人很不愉快!"里见用严厉的语调说道。

"那好,我就用避免产生不愉快的方式来提问吧!诚如你所说,当时你几次怀疑肺部转移并向财前教授说明了做各项检查的必要性。可是,您每次却都发现了财前教授观点中的真实性并予以理解,所以你就不敢亲自采取行动。你在判明结果之后才强烈地指责术前没有进行各项检查,这是不是表明你当时并没有考虑到进行各项检查的必要性呢?"

河野开始一步步地削弱里见的证词。

"不,我既不是对财前教授的否决做出妥协也不是服从。但是,就如你刚才所说,即使会诊的请求遭到了拒绝我也应该坚持到底,所以我感到自己有一半责任。"

里见的坦诚反倒使河野不知所措,他接不上话茬,只好就此打住。

"审判长,我的反对讯问到此为止,具体的反驳意见会在对我方证人柳原进行主讯问中明确提出。"

河野说完之后,柳原替换里见站在证人席上。河野为了让脸色苍白、紧张到极点的柳原平静下来,就用轻缓的语调开口发问。

"柳原证人当时是佐佐木庸平先生的主治医师吧?"

"是的。"

"在给患者做贲门癌手术之前进行的胸部 X 光检查中发现左肺下叶有阴影,你当时向财前教授请求有必要做 CT 扫描了吗?"

"不,没有那回事。其实财前教授指示我说,虽然这个阴影可以考虑到是肺结核瘢痕,但也不是没有癌症转移病灶的可疑性,所以要在做开腹手术时注意观察。"

柳原按照事先与财前商定的内容陈述了证词。

"在做手术时你担任第一助手,是吧?开腹所见怎么样呢?"

"正如财前教授所诊断的,胃贲门后壁有个拇指头大的癌肿,并没有转移到周围腹部脏器。考虑到术前的胸部阴影,术中对肝脏进行了慎重仔细的检查,但没有发现转移现象,只用了短短两小时十分就完成了胃全切除术。"

"那么,术后切除胃的病理学检查结果是在术后第几天做出的呢?"

"术后第五天。"

"是谁做的检查呢?"

"第一外科病理学科相关人员。"

"你也看过组织标本吗?"

"是的,我看过。"

"你看过之后所见如何呢?"

"正如检验单上所写,癌浸润停留在黏膜内侧,当然没有血管侵袭,属于早期癌。所以我松了一口气。"

"你在过去的病例中采用过检查整个病灶的方法吗?"

"我经历过一次。就在一年之前还都是对一个病灶做一片代表性切片,这是本校附属医院的惯例。"

"原来如此。那么,根据病理学检查的结果,你完全排除了转移的可疑性吗?"

"虽然事实上我更加确信术前所担心的胸部阴影为结核瘢痕,但仍然没有完全排除疑问。"

"那么,对于患者在术后第一周开始出现呼吸困难的症状你做了什么处置？这是与一审中重复的问题，请你再陈述一遍。"

"由于在发作之前恢复经过相当顺利，因此当护士跑来报告时我感到特别意外，我立刻赶到病房，看到佐佐木先生被痰液堵住了喉咙，表情十分痛苦，所以采取急救措施注射了维他康复和镇咳剂并请示了教授。教授指示说，在术后第一周发生术后肺炎虽说时间过迟，但即使假定胸部阴影为转移病灶，但那么小的病灶并不会发生剧增并引起癌性胸膜炎，而且发烧热度相当高，所以只能考虑是术后肺炎，需要用氯霉素加以抑制。"

"用药后有效果吗？"

"在开始用药十二个小时之后的次日早上，患者转为低烧状态，咳嗽也稍稍平静下来了。但是从中午开始再次发高烧，痰也堵在喉咙里，所以我又去请示教授。教授说氯霉素用药方法不适当，需要更大的剂量，所以把原先每六小时注射五百毫升缩短为每四小时一次。"

"但是，你当时向财前教授提出做胸部X光检查的请求了吗？"

"没有。因为我确信那是术后肺炎，所以……"

柳原再次做了伪证。

"是吗？那么财前教授在赴欧出发前针对胸部转移病灶留下什么意见了吗？"

"是的。他说，虽然患者目前的症状毫无疑问是术后肺炎，而且在对切除胃进行病理学检查时也否定了转移，但标本毕竟只是病灶的一部分，总之癌症手术往往会发生完全意料不到的情况，所以必须严密注意，不能有丝毫懈怠。"

柳原不时地垂下双眼，陈述事先与财前商定的证词。

"尽管事先做出那么细致周到的指示，但具有讽刺意味的是，正像教授留下的话所说，后来发生了完全没能预料的癌细胞剧增，患者终于不治身亡。我的讯问到此结束。"

河野以其一贯的风格做出总结,回到座位上,柳原松口气眨了眨眼睛。接下来就是按照财前的指示巧妙地躲闪关口的反对讯问了。

关口征得审判长的准许之后,立刻站起来展开反对讯问。

"刚才听了你的证词,发现你连患者发烧和呼吸困难都逐一跑去报告教授并请示处置方法,作为进医务部已经六年的医务员这不太正常吧?难道你不应该根据自己的判断自主做治疗吗?"

"不,我们医务员无论任何事情全都有义务报告,教授根据报告下达指示。这就是财前外科制定的方针。"

"哦?是这样吗?不过,你认识第一外科病房的前护士长龟山君子女士吗?"

"是的,我认识……"

关口突然提到龟山君子,柳原猝不及防,说话吞吞吐吐。

"这位龟山女士证明,柳原医师在术前曾建议过财前教授进行CT扫描,你承认吗?"

"不,我不承认。"

"刚才里见医师也陈述过同样的证词,你还是不承认吗?"关口用强烈的语调问道。

"因为我不记得了,所以无法承认。"

"是吗……龟山女士为了患者的遗属出庭做证,连她毫无任何关联的丈夫也受到了公司的打压。不过,她得到了丈夫的理解并鼓起勇气下定决心,尽管已经有孕在身,她仍然毅然站在证人席上。而且,里见医师也不惜牺牲自己的职位,从一审到现在始终坚持正确的证词。所以,请你也凭医师的良心做证吧!"

"但是,我……"

"请你好好想想,如果你承认了,那么由于商店倒闭而进入大卖场做小生意的佐佐木先生的遗属就能得救了。请你像当初宣誓的那样陈述事实真相。"

关口这番话并非从律师立场出发,而是从作为一个人的立场出发要求柳原做出正确的证词。柳原嘴唇抽搐着,伏下镜片后边的双眼。

"柳原大夫,求求你!请您说出事实真相吧!"

会场上突然发出呐喊声,良江冲到柳原面前。法警慌忙跑上前把良江拉回到座位上去,但良江挡开了他们的手。

"柳原大夫,请你说出事实真相,只要说出事实真相就可以了!如果你不说的话,我死去的丈夫和我们母子都不会就此罢休。这太残酷了!"

良江惨叫般的悲哀呼唤响彻了法庭。柳原的肩膀微微颤抖起来,额头上的油汗滴落下来。

"柳原先生,请你鼓起勇气说出事实真相。除了在这上述审理的法庭之外,再没有能够唤起你良心的场所了。"

关口也试图打动柳原的心。柳原扭曲着面孔,像要冲破禁锢心灵的坚硬外壳般向前倾倒。

"不,我不能承认。"柳原拼尽全力拒绝道。

"是吗……遗属们这两年来承受了那么多痛苦,可是你作为医师……作为一个人……"关口紧握拳头、声音颤抖,但又像是改变了主意,"刚才你说财前教授出发前留下指示,叫你做好万全处置不可懈怠。那么,从术后第一周佐佐木庸平先生出现呼吸困难到财前教授出发参加国际外科学会之间,他是否说过哪怕只是拍摄一次X光片来检查胸部,或命令你这样做呢?"

这下柳原哑口无言了。

"怎么样啊?柳原证人……"

关口用强烈而严厉的语调催促柳原回答,而柳原拼命地咬紧牙关拒不回答。耳鸣般的沉默持续了几分钟。

"柳原证人,请你拿出勇气提供证词!"关口再次说道。

但是,柳原像石头一样纹丝不动,拒不回答。关口觉得继续问下去也不会有什么结果,于是结束了对柳原的讯问,转向审判长。

"虽然无法从柳原证人口中得到证明真相的证词,但我们已经了解到,财前教授在术前术后曾经有过三次发现癌症转移病灶的机会。但尽管如此,他却疏忽和错过了全部机会。无论柳原证人的证词如何,这都是证明财前教授没有注意到肺部转移的证据。还有一个能够进一步明确证明的就是完全没有进行化疗。一台已有转移病灶的手术需要按照什么样的治疗方案实施?另外,如果实施了这样的治疗方案能使患者生命延长多久?为了证明这一点,我方申请委托鉴定人。"

河野和国平也当场请求道:"我方也要申请委托鉴定人!"

第三十二章

学术会员选举的开票结果即时传来,财前教授一直占领先优势。平时只有医务长以上职务的人才能进入的教授办公室里,挤进了佃讲师和十名辅选专职医务员。佃讲师自己坐在电话机前,把听到的得票数填入表中。

截至现在,财前得票数为六千三百零九票,神纳为五千七百八十九票,财前在激烈交锋中暂时领先。财前坐在真皮转椅上抽起雪茄烟来,但由于对手是神纳,所以如果不能拉大票数差距,他就不能盲目乐观。

电话铃声响起。

"财前七千三百二十票,神纳六千零三十六票……"

佃友博在记录纸上舞动钢笔并复述票数,聚集在周围的辅选专职医务员们一下子沸腾起来了。由于东京的选举管理会只通知最终开票结果,所以安西医务长昨天就去了东京,把从选举管理会得到的开票数量通过电话实时传到这边来。

"老师,听说您的得票数持续上升,看样子再得七百票就确定当选了!"

"是吗?那就快结束啦!"

财前捻熄雪茄烟卷,终于露出了兴奋的表情。他已经把下午的教授大查房交给金井副教授代劳,连佃讲师和十名辅选专职医务员都把自己的工作交给同事或年轻医务员代理,众人全挤在了教授办公室里。虽说财前占了优势,但在尚未接到确定当选的通知之前,选战就还没有最后结束。这种焦急的等待从刚才起就使财前和佃友博他们焦躁不安。

电话铃声再次响起,佃拿起话筒。

"财前八千零十九票,神纳六千三百一十票。确定当选……确定当选吗?"

佃友博用兴奋的嗓音向安西医务长确认之后,十名医务员雀跃欢呼道:"财前教授当选,万岁!"

"老师,恭喜、恭喜!"

"老师,您是学术会员啦!"

众人兴奋不已地纷纷表示祝贺,办公室里响起了掌声。

"感谢各位!这全都归功于大家废寝忘食的努力工作呀!我马上就去向鹈饲院长报告,你们通知全体医务员。"

财前满面红光地向医学院长办公室快步走去,敲门后秘书探出头来说院长已经等候多时了。

财前走进鹈饲的房间立刻报告说:"老师,刚刚接到确定当选的消息。承蒙老师关照,学生真不知道该怎样感谢才好。"

财前用从未在医务员面前展现过的低姿态深深鞠躬,鹈饲把肥胖的身体向前猛挪一步。

"财前,你第一次出马就能当选真不简单啊!这样一来,推举你的我在校内外的面子也得到了提升,实在是件大好事,更是本校的名誉啊!洛北大学的神纳现在大受打击,今后在内科学会也没面子了!这真是可喜可贺呀!哈哈哈!"

鹈饲为阻遏神纳在内科学会中的势力而推举财前充当对立候选

人,他那达到目的充满喜悦的笑声响彻了天花板。

财前走出医学院长办公室,由于为他当竞选参谋的妇产科叶山教授去九州参加学会而不在学校,他便立刻返回了第一外科医务部。不知是什么时候准备好的,医务部的桌子上摆满了啤酒、威士忌酒,还有花生、奶酪、咸饼干等下酒零食,五十来个医务员围着桌子等待财前到来。财前一跨进医务部,佃友博就站了起来。

"衷心祝贺财前教授当选学术会员,让我们一起欢呼'万岁'吧!"

在佃友博的带领下,众人热烈鼓掌。财前等掌声落下后,说道:"因为有了大家团结一致的竞选措施,我虽然首次参选学术会员,就光荣当选了,在此表示感谢。刚才,我向医学院长报告了选举结果,院长也非常高兴,认为这是本校的光荣。因此,我希望大家在今后的科研和诊疗工作中更加努力,无愧于学术会员教授主管的研究室成员。"

财前扫视在场的医务员们并用教授的语气讲话,现场再次响起了热烈的掌声,然后就开始了无拘无束的庆祝会。代替财前大查房的金井副教授也匆匆赶到,佃讲师和资深助教们聚集在财前身边。

"因为击败的对手是洛北大学的教授,所以真是大快人心呀!以前每届会员都被那帮家伙霸占,因此他们在决定科研经费的配额方面为所欲为。"

"老师,这样第一外科就大功告成啦!不仅在校内,即使在校外也能吃得开啦!"

财前周围响起赞美和奉承的话语,他陶醉在胜利的喜悦和微醺的快意当中。他不经意地朝窗边望去,却见柳原独自伫立,连啤酒都没喝。沉浸在当选喜悦中的财前看到柳原那个样子,心里立刻想起三天之后的庭审,便兴致大减。他端着啤酒杯,大步走向窗边。

"柳原,你这是怎么啦？只有你觉得我当选不值得庆贺吗？"

正在眺望窗外的柳原惊愕不已地扭回头来。

"哪、哪有的事儿呀？我只是……"

"只是……只是什么？"

"不,教授当选,我当然很高兴,只是我不会喝酒,所以……"

柳原答话时结结巴巴,眼里浮现出在佐佐木庸平官司中被财前强迫做伪证之后的怯懦,这副模样再次刺激了沉醉于胜利兴奋中的财前。

"你说起话来扭扭捏捏的,像个黄花闺女,我实在受不了啦！上次在法庭上也是这个样子。就是站在证人席上而已,你却连话都说不利索,自始至终都那样战战兢兢,所以才让关口律师钻了空子,对审判造成了不良后果。不过所谓'黄花闺女'这个词本来只用来形容女人,你好像也该试一下黄花闺女啦！这样也能帮你去掉奇怪的娘娘腔嘛！那位富于肉体美的华子小姐怎么样呀？"财前冷言冷语地揶揄柳原,态度与柳原出庭之前截然不同,"尤其是在佐佐木良江哭诉的时候,你怎么会是那副德行呢？哭丧着脸,都快吓瘫了,简直是个大活宝！"

周围响起一阵笑声。柳原心中涌起对财前的愤怒：难道证人讯问一结束我就没用了吗？他从这里看到了财前那颗冷酷而残忍的心。就连在这次高奏凯歌当选学术会员,他也是通过把江川等年轻医务员外调到为医师不足困扰的舞鹤综合医院换来选票达到的。想到这里,柳原愤怒得浑身颤抖起来。

在帝冢山的庆子公寓里,财前只脱掉了外套穿着衬衣倒在床上,他疲惫不堪地面朝天花板。

在医务部祝酒狂欢之后,他又在北区万力酒家另设答谢宴,参加者还有鹈饲院长、区医协会长岩田重吉、锅岛贯治和岳父财前又一，随后又跟河野、国平两位律师协商三天后将要进行的鉴定人讯问事宜，最后来到了庆子的房间。他一进门只说了声"我当选了"就倒在床上，庆子坐在床边方凳上跷起了美腿。

"恭喜你啦！不过接下来才要命呢！在这四五天里，你还得在校内、医协和校友会设宴庆祝，另一方面还得研讨下次化疗鉴定人的讯问策略，恐怕连喘口气儿的时间都没有啦！不过，鉴定人找好了吗？"

"我委托在一审中出庭的千叶大学小山教授再次做鉴定，他本人也已经答应啦！"

"真有你的呀！考虑得很周到嘛！小山教授是医学界第一把手术刀，他经常到处放话说，只有刀术不行的外科医师才总是把化疗挂在嘴边。所以，他当你们的鉴定人最合适不过啦！而且，他很有声望，在一审中的发言具有逻辑性和说服力，因此他从各个方面来讲都是无可挑剔的啦！"

庆子真不愧是女子医大的退学生，只需提到小山教授，用不着多解释就明白财前的意图所在了。

"那么，佐佐木方的鉴定人是谁呢？"

"北海道大学第二外科的长谷部教授。"

"长谷部教授……我不知道。他化疗研究的成就很高吗？"

"就算是吧！他认为外科手术对癌症的治疗已经达到了极限，在战后很快就把化疗导入癌症的手术治疗。在对于化疗的态度中，有积极论的'鹰派'和消极论的'鸽派'，而他被视为'鹰派'的代表人物。"

"那就是说，没太把化疗当回事儿的'鸽派'老大小山教授要跟'鹰派'的长谷部教授单挑对决啦！那你自己是怎么想的呢？"

"在目前的化疗研究中尚未出现五年存活率的数据,化疗副作用的问题也还在争论当中,所以不可能因为我没对佐佐木庸平这种早期贲门癌进行化疗就追究我的医疗责任。"财前望着天花板说道。

"是吗?不过,我上次旁听了鉴定人讯问之后,总觉得你在被对方一步步地逼上死路,他们会在化疗或某种预料不到的问题上追究你的责任。真的不要紧吗?"庆子不安地问道。

"你别说那种不着边儿的话啦!不管佐佐木那边采用什么样的战术向我进攻,我都可以用压倒对方的逻辑予以回击。我怎么会输给身为医学门外汉的律师呢?"

"如果真像你所说的,那么医师就可以稳坐比正妻更加不可动摇的位置啦!"庆子揶揄道,"不过,对方还有里见呢!上次你把他领到我们店里去的时候,虽然他只说了一句话,但是那个人很不简单啊!他的穿着打扮土里土气,看上去呆头呆脑,但实际上很有骨气,或者说心怀某种不可侵犯的信念。即使是像我这种可以随意摆布一流企业的老板和名人的人,都对他无从下手。所以,就算你能胜过所有的人,最后也赢不了里见,不是吗?"

庆子虽然说得漫不经心,但这番话却十分尖锐地刺进了财前心中。这本来是财前自己在无意识当中留在心底的对里见的畏惧感,而现在却因为庆子漫不经心的一句话形成明确的意识浮现出来了。即便能够蒙骗其他所有人也不可能蒙骗里见,这种畏惧感袭上他的心头,他为了驱散这种畏惧感而从床上猛然坐起,突然感到一阵眩晕和恶心。

"你怎么啦?脸色不对劲儿呀!是不是哪里不舒服啊?"

"没有!好几天连轴转地开会,累啦!每天晚上都要喝酒、熬夜,久而久之就成了这样。"

"不过,你最近确实有点儿瘦了。而且俗话说'医家疏于养生',

所以你还是让内科教授看看吧！我很担心呀！"

"这话不像你的风格嘛！你刚才还拿里见的事情烦我呢……"

"可这是关乎健康的大事，不能不当回事儿。反正今晚酒类一概不要喝，静静地休息一会儿就回夙川吧！"

庆子说着给财前盖上毛毯想让他安静入睡，可财前反而感到疲劳到极点的身体中涌出饥渴的欲望，他伸出满是汗毛的手臂使劲把庆子的身体拉过来。

"今晚不行啊，你太累啦……"庆子推开他说道。

但是，财前粗壮有力的臂膀强行压住了庆子丰满的身体。

北海道大学的长谷部教授和千叶大学的小山教授出现在法庭上，被称为化疗研究领域里的"鹰派"代表与"鸽派"代表围绕一名患者的死亡展开关于化疗的辩论，这引起了广泛的注目。当前正值"药物能否治愈癌症"这一问题引起公众兴趣的时期，所以旁听席上还能看到普通市民的身影。

上诉人方的鉴定人长谷部教授是五十岁的少壮教授，但他只是默默地站在证人席前就已经透出坚毅的性格，而被上诉人方的小山教授作为日本癌症学会会长在媒体界也十分活跃，他虚张声势地摆出了充满自信的架势。

法官对两位鉴定人进行了身份讯问之后要求他们宣誓，并促请上诉方进行讯问。关口律师先向长谷部深深鞠躬，感谢他早上七点钟就从北海道千岁机场出发来到大阪，随即开始了讯问。

"首先是第一项鉴定事项：像本案这种术前已有转移的癌症治疗与早期癌症相比有哪些不同点？应该制定什么样的治疗方案呢？"

长谷部专注地倾听关口的话语，然后慢慢地说道："在癌症诊断学不断进步、停留在黏膜内侧的早期癌症被大量发现的今天,人们对原先被当作'绝症'的癌症的印象已经有了相当大的改观。在此无须赘言,这是因为早期癌只要做手术摘除病灶就基本上永久治愈了。可是,癌细胞一旦穿透黏膜转移为进展期癌症的话,即使完全摘除了病灶本身,裸眼难以辨识的癌细胞也已经扩散到了全身,将来还会复发并导致死亡。现实当中就有很多这样的病例。因此,如果用一句话概括两者的治疗目标,前者的目标是永久治愈,而后者是力求延长寿命哪怕多活一天。因此,治疗方案当然也会有所不同。也就是说,完全没有转移的早期癌症,正如刚才所说,只需开刀摘除病灶即可解决一切问题。但是,在治疗已经转移的癌症时,由于癌细胞可能转移并急剧增殖,会有导致死亡的危险性,所以在摘除主病灶时必须采取比平时更加慎重的态度,要在术前、术中和术后管理采取万全的措施抑制转移病灶的急剧恶化,因此必须考虑制定力求延长寿命的治疗方案。所以,本案病例既然已经有了肺部转移,那么即使贲门癌手术本身是适当的,也还是难以达到永久治愈的效果。在把这方面情况告知患者家属的同时,还要时刻考虑到肺部转移病灶的恶化,采取尽量抑制恶化的治疗方法。"

关口使劲地点了点头。因为长谷部在对第一项的鉴定意见中,明确指出财前由于把已有转移的贲门癌误诊为早期癌症而导致整个治疗方案的失误。

"那么,接下来是第二项鉴定事项。为了抑制本案中转移病灶的恶化以保护患者的生命,必须采取什么样的治疗方法呢?"

"像本案这种血道转移的癌症必须作为全身性疾病对待,因此,对于转移病灶进行的二次手术或放射疗法都只是局部治疗而已。所以,我个人相信化疗才是最适当的治疗方法。"

化疗方法的积极论者、被视为"鹰派"代表人物的长谷部教授极为自信地表明了他的见解。

"所谓癌症的化疗,用一句话来说就是使用药物治疗癌症,这样解释对吧?"

关口用直率的语调询问,长谷部教授苦笑了一下。

"因为化疗是通过外部注入抗癌药来杀灭体内的癌细胞,所以大概就是这么回事儿。不过,在癌症的机理尚未探明的现在,还没有任何抗癌药能够彻底治愈癌症,因此令人十分遗憾。在现阶段,对于复发而无法做手术的癌症和已经转移只靠手术无法彻底清除癌细胞的病例,就要使用抗癌药尽可能多地杀灭癌细胞或抑制恶化,以求延长患者的生命。而且,治疗效果也在稳步提高。"

"接下来是第三项鉴定事项。如果对本案病例实施化疗的话,应该从什么时候开始,采用哪种方法呢?"

随着鉴定事项的推进,问题接近了本案的核心。

"既然目前的抗癌药不可能百分之百地治愈癌症,那么哪种抗癌药对哪种癌症疗效好、采用什么样的用药方式既安全又有效,这些问题在学会上还有争论,学者之间也许多少有些不同意见。不过,在实施摘除主病灶的手术过程中,通常会使用丝裂霉素抗癌药。"

"哦?在手术过程中……"关口向前探身说道。

"这种疗法可以称之为'术中一次性大量注射丝裂霉素疗法'。在摘除主病灶之后立即一次性静脉注射丝裂霉素二十毫升,然后在第二天注射十毫升。这样做的目的是为了使用人体所能承受的高浓度抗癌药,一举杀灭在术中流入腹腔或血液中的癌细胞,同时对由手术外科侵袭引起恶化的转移病灶进行抑制。如果本案病例在手术中采用一次性大量注射疗法的话,或许能够防止转移病灶恶化,从而避免癌性胸膜炎的发生。而且,即使假定没能防止癌性胸膜炎的发生,我也确信能够防止那样急剧的发作。"

"那就是说,如果在手术方案中考虑到加入化疗方法的话,也许能够防止导致佐佐木庸平死亡的癌性胸膜炎发生,对吧?但事实上却完全没有采取那样的措施,而是直接实施了手术治疗。不过,即使是在术后是不是还有通过化疗延长生命的机会呢?"

"在术后第一周发生呼吸困难时,虽然最佳时机已过,但仍然应该注意到转移病灶恶化并适时进行化疗。这时如果能立刻拍摄 X 光片的话,胸水潴留即可一目了然,再进行穿刺检测只需两三分钟即可诊断出癌性胸膜炎。所以,在向胸腔内注射十毫升丝裂霉素的同时,如果患者全身状态允许还可以做静脉注射。采用这样的治疗方法,抗癌药会发挥充分的效果,胸水会快速减退,应该不会出现急剧死亡的情况。"长谷部斩钉截铁地断言道。

"接下来是第四项鉴定事项。假设本案能够在术中进行化疗的话,您认为佐佐木先生能够延长多久的生命呢?另外,即使错过了最佳时机,如果从术后第一周开始化疗又会怎么样呢?"

这是证明未做化疗与患者急剧死亡之间因果关系成立的重要问题。长谷部沉思了片刻。

"这是一个相当复杂的问题。根据我迄今为止治疗的病例数据来看,只要进行化疗,即使不能完全治愈也有某种程度延长生命的效果。但虽说如此,如果在本案中要想寻求患者能够延长生命几年几月这种法律性的因果关系,由于化疗的病例不像手术治疗的病例那么丰富,所以不能轻率地做出论断。不过,我可以提供最接近本案的胃癌腹膜转移患者术后延长生命的数据。至于法律性的解释,我想就交给法律专家吧!"

提到具体的延命天数,长谷部教授的语气突然变得极为慎重。他展开记录数据的大表格让法官席也能看到。

胃癌腹膜转移术后存活率

	一年	二年	三年	四年
未经化疗组	16	0		
术后化疗组	42	11	0	
术中化疗组	46	21	17	16

"这是我们应厚生省化疗研究学会的委托做出的研究报告。正如各位所见，未经化疗组在第二年全部死亡，术后化疗组在第三年全部死亡，而术中化疗组到了第四年的今天还有百分之十六的患者存活。各组之间的有意义差距相当明确，既有化疗不太奏效的癌症，相反也有治疗效果特别好。我想这一点能够得到大家的理解。"

"关于化疗奏效的癌症，根据近畿癌症中心病理学研究室的都留主任判断，本案病例属于未分化型腺癌。这种情况会怎么样呢？"

"可以说，这是通常对抗癌药具有敏感反应的癌症类型。"

"那么，本案病例如果在术中进行一次性大量注射丝裂霉素治疗的话，佐佐木先生就有可能存活三年以上。即使在术后第一周进行化疗，也应该足够可以延长两年的寿命，对吧？"

关口力求从长谷部口中得到佐佐木经过化疗后的延长生命的天数。长谷部思考了片刻。

"假定用药过程十分幸运，倒也并非没有这种可能性。不过，要是不能保证过程顺利的话，我们还必须考虑到相反的情况。不过，即使发生了癌性胸膜炎，也不可能让患者在术后第二十二天死亡。就算在癌性胸膜炎发生后才开始化疗，至少也能存活六个月，而且可以考虑到更长的存活时间。总而言之，我认为应该不会在六个月以内死亡。"

长谷部始终秉持慎重的态度，最后做出了"至少六个月"的鉴定，显得很有分量。关口难掩兴奋的表情。

"一个人即使无法避免死亡，但如果尽力治疗的话也能存活六个月以上，其中包含着无以替代的重要意义，这是本次庭审最重要的鉴定意见。而且，如果佐佐木先生能够多活这么长时间的话，还可以处理身边事务和事业善后，遗属们也就不会被迫忍受今天这样的悲惨生活了。我的讯问到此结束。"

关口刚刚坐下，被上诉人方的国平就迫不及待地开始了反对讯问。

"刚才听了长谷部教授的见解，果然不愧号称化疗'鹰派'的人物。但是，您只展示了化疗的成果，却没有提到副作用怎么样。您所做的化疗难道就没有副作用吗？"国平一开口就用充满讽刺的语调问道。

"尽管会是暂时性的，但是从投用抗癌药的第一周开始仍会出现白细胞和血小板减少。所以，目前还无法避免由此引起的贫血、食欲不振、呕吐等症状。不过，投药方法经过研究正在逐步地改善。"

"如果只是贫血和食欲不振倒也并无大碍，但术中大量投用丝裂霉素的方法副作用太强，据说甚至还有导致患者死亡的案例呢！关于这一点您怎么看呢？"

国平的讯问意在攻击对方的弱点。

"在一次性大量注射疗法的初期，曾经进行过无数次慎重的基础实验。但尽管如此，还是吃了很多苦头。反对化疗的学者们强烈指责这是'核爆疗法''神风疗法'，但即使在当时，也从未有过直接导致患者死亡的病例。"长谷部目光锐利地望着国平和坐在被上诉人席上的财前答道。

"像长谷部教授这样的专家虽然没有经历过直接致死的病例，也还是常常听说化疗的弊病。把这种东西用于本案的病例不是反而更加危险吗？您有什么确凿的证据能够说明只要进行化疗就能让佐佐木先生延长六个月以上的生命呢？"

国平执拗地力求否定对佐佐木庸平进行化疗的效果。

"我依照此前的研究成果，用最合理的思路进行了陈述。可尽管如此，你却执拗地强调化疗的危险性。那么，你是不是掌握了本案病例采用化疗就会在二十二天内死亡的依据呢？"长谷部反问道。

"没有。不过吧，本案中的癌症毕竟是严重恶性的，无论是否进行化疗，结果可能都一样……"

国平面对长谷部出乎意料的反问狼狈不堪。

"请你不要搬弄一知半解的医学知识来不懂装懂。我在本庭从刚才起就一直慎之又慎地陈述了化疗的效果。因为每当媒体报道新抗癌药和用药方法时，就会有全国的患者和家属打电话或寄信询问，门诊室前更是大排长龙。这是我的亲身经历，也因此更加切身地感受到民众对化疗的期待有多么高，正是因为这样，我才陈述了慎之又慎的意见。其实，如果让我抛开这种顾虑来讲的话，岂止是六个月，就是延命一两年也有可能。另外，虽然你反复多次地强调副作用，但如果这确实是能使患者延长余生的唯一方法的话，即使多少会有风险，医师也会宁愿相信疗效而实施化疗。我认为这是承托患者生命的医师所应该具备的道德。本案病例在并未用尽所有治疗方法的情况下导致患者死亡，这一点令我深感遗憾。"

国平的反对讯问遭到了长谷部的凌厉反击。

"我再没有要问的问题了。"

国平仓皇地结束了讯问。审判长在鉴定书上填写了些什么。

"接下来进入被上诉人方的主讯问。"

审判长说完之后，在一审中通过与东北大学一丸名誉教授争论而把审判引向有利于财前一方的千叶大学的小山教授，似乎意识到旁听席上的目光,他精神抖擞地站在了证人席上。国平立即用殷勤的姿态迎接他。

"我方委托小山鉴定人的第一项鉴定事项是,未做化疗与本案佐佐木庸平急剧死亡的因果关系。作为癌症学会的会长,小山鉴定人对这一点是怎么考虑的呢?"

国平想借小山的力量彻底驳倒长谷部的鉴定,其昂扬斗志溢于言表。小山两眼闪闪发光。

"因为我对化疗的效果还几乎全不相信,所以先从结论来讲,我不能认定由于未做化疗而加快了本案患者的死亡速度。因此,我判断两者之间完全没有因果关系。"他一开口就断下结论,"在一亿日本人都对癌症神经过敏的今天,不开刀用药物治疗是每个人的梦想。这种治疗癌症的理想总有一天会实现,也许手握手术刀的外科医师全部失业的时代即将到来。但是,在反观现实中的癌症治疗的时候,我们可以发现能够达到永久治愈的却只有通过外科手术和放射进行治疗。采用化疗治愈的实例,我自己当然不必说,在学会上也还一例都没有报告过。即使在延长生命的效果这一点上,虽然以北海道大学长谷部教授为首的少数化疗专家拿出了做化疗比不做好的统计数据,但以我公平地看,一般来说,尽管这种方法对于某种癌症在某个时期能够短期奏效,但手术与化疗并用的病例在三年后或四年后的存活率与单纯手术治疗的病例相比几乎没有差异。如果只是这种程度的'起效'的话,那就没有理由特别强调其延长生命的效果。我开头就说我到现在还几乎完全不相信化疗的效果,也是根据上述理由。再加上考虑到副作用的问题,这不仅会使患者承受巨大的痛苦,有时甚至会威胁到患者的生命。这样的化疗,我认为还是尽量不做最好。"

他虽然一开口就提到医治癌症的未来属于化疗,而在现实当中却强调化疗的副作用并予以彻底否定。

"抗癌药的副作用真有那么危险吗?"国平抓紧时机问道。

"只要想想抗癌药的发明灵感来自第一次世界大战中德军使用的毒气,你就应该明白了吧!那种毒气的效果是针对细胞分裂的毒性,而抗癌药说起来也是破坏癌细胞的毒药。但是,由于癌细胞是人体产生的正常细胞发生了某种突变,因此破坏癌细胞同时也就破坏了正常细胞,特别是对骨髓造血功能和消化器官黏膜造成的伤害十分巨大。对这一点必须予以充分的认识。"

"那么,术中一次性注射大量抗癌药的副作用相当强烈吧?"

"完全如此!再怎么说都是要给人体注射二十毫升的毒药,所以还会带来肠道出血、肠穿孔、缝合不严等状况。患者的抵抗力本来就因为做手术大大降低,注射抗癌药就会更加削弱其抵抗力,如果由此引起并发症的话就严重了,而且不能否定并发症导致死亡的可能性。这是我要强调的一点。"

小山教授不愧是化疗消极论的"鸽派",他用权威的姿态彻底否定了佐佐木庸平的死亡与化疗的因果关系。国平满意地频频点头。

"接下来,第二项鉴定事项是,作为本案的治疗方案,把贲门癌手术与肺部转移病灶手术分为两个阶段实施是否妥当。请谈谈您的见解。"

这是财前在一审中所主张的、考虑到肺部转移而分阶段实施手术的方案。在手术技法方面优于财前并具有国际声誉的小山教授,在国平话音未落时就侃侃而谈起来。

"在一个时代以前,曾经盛行过不应对已有转移病灶的主病灶实施手术的观点。在一审当中,我也跟原告方鉴定人、东北大学的一丸名誉教授激烈辩论过。但是,本案的贲门癌手术则是完全适当的,正像法院也认可的那样,如今这已经是医学常识了。在包括我和财前教授在内的态度积极的外科医师之间会对转移病灶实施手术,以实现患者的永久治愈。这类病例已经有过大量的报告,在癌症治疗中手术的适用范围非但没有达到极限,反而越来越扩大了。"

他的言外之意就是,采用化疗都是那些对自己手术技法没有把握的外科医师的做法。

"那就是说,小山教授针对本案病例也会制定两阶段手术的治疗方案,对吗?"

"当然是这样。一般说来,转移病灶并不会因为对主病灶实施了手术就急剧恶化,因此可以等患者体力恢复之后,再实施胸部转移病灶的第二阶段手术来加以抑制。所以,如果其间发生了恶化的危险,就像本案中的坚硬结节型癌瘤,需要采用的是放疗而不是化疗。"

"原来如此。您的鉴定意见我十分清楚。那么最后是第三项鉴定事项。我想针对在术后第一周发生的呼吸困难、发热等症状请教您的诊断意见。当时,财前教授根据主治医师的报告诊断为术后肺炎,如果是小山教授的话会怎样诊断呢?"

小山稍稍停顿之后说道:"我没有实际诊察过患者,所以不能直接断定。不过,呼吸困难的症状是逐渐发生的还是急剧发生的呢?"

"根据主治医师柳原的证词记录,是'突然发生了呼吸困难'。"国平翻着判决记录答道。

"如果是这样的话,可以直接考虑到肺部急性炎症,而不是肺部转移病灶恶化。我大概也会诊断为术后肺炎并指示使用抗生素吧!一般说来,肺癌的发展是缓慢进行的,而本案中的胸部阴影只有小指头大,而且癌细胞连直接浸润都没有就发生了血道转移,在术后一两周内突然引起了癌性胸膜炎。虽说癌症这种疾病根本无法预料明天会怎样变化,但本案的情况确实超出了当今医学常识的范围。尽管当时没能立刻诊断为癌性胸膜炎,但我确信这绝不是应该予以追究的过失。"

"感谢您提供了这么多宝贵意见。我的讯问到此结束。"

国平刚刚坐下,坐在另一边的关口间不容发地站了起来。

"小山教授刚才在应答第三项鉴定事项时,先是说因为没有实际诊察患者所以不能直接断定,然后又说可以诊断为术后肺炎。那么如果是小山教授的话,只要直接诊察患者不就能够鉴别究竟是炎症还是癌症了吗?"

关口像是在挑战小山教授的自尊心。

"这……也许能鉴别出来……但是,我毕竟没有亲自诊察,所以无法回答这个问题。"小山含糊其词地答道。

"那么,当时如果拍过X光片的话,先不管医学常识如何,您不认为能够发现癌性胸膜炎吗?"

"那……大概……能看出来吧!不过,这些事情用不着教授一项一项地下指示,当然可以由主治医师自主判断嘛!"

"主治医师当然认为有必要拍X光片并提出了建议,却被财前教授驳回了。"

关口此话一出,国平立刻插言。

"我反对!柳原医师在一审和二审中都已经明确否定有过那样的事实。"

"那是柳原医师在做伪证。里见医师的证词也已经否定了那项证词的可信性!"

双方各执一词,互不相让。

"请双方代理人冷静!请关口代理人继续讯问。"审判长催促道。

"小山教授,您对财前教授驳回主治医师建议拍X光片有什么看法呢?"

"对于尚未判明真伪的问题我无法表达意见。可是,不仅限于拍X光片这一件事,如果进医务部六年的主治医师还动不动就请示患者呼吸困难怎么办、抗生素不奏效怎么办的话,那么身兼诊疗、科研和教学三项任务的教授根本无法承受。主治医师就是为此而存在的,所以应该担当某种程度的诊疗责任。如果本案中的主治医师自主性再强一些的话,那就不必事事请示,只要觉得有异常就可以进行X光透视检查,发现胸水潴留就应该实施穿刺检测,而请示教授是过后再需要办理的事情。如果主治医师当时能够做完这些处置再向教授报告的话,那么,即使财前教授没有亲自诊察患者也应该能够做出更加适当的判断。如果硬要追究本案的遗憾之处的话,我认为就是主治医师没有自主性。"

小山在为身为教授的财前庇护。

"但是,那是由于财前外科严重的封建性使柳原医师不得不那样做,可以说还是与教授的责任相关。这且不论,如果小山教授在实施X光检查后发现了癌性胸膜炎的话会做出怎样的处置呢?这时您还会坚持进行肺部转移病灶的第二阶段手术吗?"

关口虽然知道对方会回答"不",但还是继续猛烈攻势。

"不,那时就不能实施手术了。"

"那么,您会采用放疗吗?"

小山教授听出关口讯问的意图所在就恶狠狠地瞪着他。

"如果引起癌性胸膜炎的话就只能采用化疗了。不过,即便使用了抗癌药,究竟能延长多久的生命,那就另当别论了。"

"原来如此。就连化疗的消极论者小山教授都认为癌性胸膜炎除了化疗别无良策,是吧?我的讯问到此结束。"

关口得到预期的反对讯问效果,便回到了座位上。审判长跟左右陪审法官小声商讨了片刻。

"本法院想向长谷部和小山二位鉴定人补充讯问一两个问题,请你们到前面来。"随即先转向长谷部教授,"关于化疗效果,你刚才已经展示了由厚生省委托研究的报告,并通过具体数据证明了化疗的效果。不过,尽管已经有了这些数据,还是能够听到化疗无效的强烈声音。你认为这是为什么呢?"

审判长针对围绕化疗效果所产生的巨大意见分歧提出了疑问。长谷部像是在思索似的沉默了片刻,然后直视审判长。

"也许我表达得不太准确,但我认为形成分歧的根本原因大概在于每位医师所秉持的医学概念不同。打个比方,假设化疗能够延长半年生命,那么虽然只有半年时间,从中找到某种意义的人就会主张化疗有效。而对于以存活五年为目标的人来说,只有半年存活时间就根本不值一提,也就是说疗效无从谈起。所以,出现这种意见分歧也是无可奈何的事情。不过,在不相信化疗的声音当中,有很多是由于根本没有采用过化疗或由于初期的用药方法不稳定而尝到了苦头,因此而盲目地断定化疗无效。我对此深感遗憾。"

"原来如此。你的意思我明白了。那么接下来要请教小山鉴定人,你曾经尝试过一次性大量注射丝裂霉素的治疗方法吗?"

"没有,我没有采用过这种方法。这是因为即使不采用那样的方法,也还有其他可以抗癌的手段。"

小山教授以其日本癌症学会会长的威严和从容做出论断。审判长目不转睛地注视着小山教授。

"但是,你刚才提到在发生癌性胸膜炎时除了化疗别无良策。你有过这种经历吗?"

"有过。"

"在这种情况下的延长生命的效果怎么样呢?"

"因为每个病例的具体情况完全不同,所以还无法得出结论。我这样说你就应该明白了。"

他紧闭嘴唇显示出不再接受任何讯问的傲慢态度。

"那么,本法院的讯问到此结束。休庭!"

审判长宣布之后默默地站起身来。

新大阪饭店的三楼宴会厅里装饰着大朵菊花,这里将盛大举行财前教授当选学术会员的庆贺宴会。以浪速大学的教授们为首,还有本系统的大学校长、教授、医院院长、医协干部到场。此外,还能看到以平和制药公司老总为首的财界、政界等知名人士的面孔。

在接待处,虽然动员了包括安西医务长在内的十几名资深医务员接待来宾,但金井副教授和佃讲师还是站在来宾接待处,看到医学界大佬或财界名人出现,金井和佃友博就不交给医务员而是亲自把来宾引导到正面主桌旁。

财前身穿晨礼服站在入口附近向来宾致意,他看上去沉着稳重,丝毫看不出昨天参加过庭审的神色。他向陆续被引导进场的来宾郑重致意,想起三年前在同一会场为文化勋章获奖者沱村名誉教授举办喜寿宴会的情形。当时还是副教授的自己跟今天的金井和佃君他们一样,以毕恭毕敬的姿态引导各界来宾到主桌旁。而仅仅过了三年时间,他就升任教授并当选学术会员了。想到自己的飞黄腾达,欢喜的感觉涌到了他的嗓子眼。

这时,接待处那边忽然一阵忙乱,原来是沱村名誉教授迈着健硕的步伐由鹈饲院长引导走进了宴会厅。财前赶紧跑到沱村名誉教授身旁。

"真没想到,老师会光临我这样的晚辈的宴会。没能出门远迎,请原谅晚辈失礼。"财前恭敬地鞠躬说道。

沱村说:"今天是你的庆祝会,不必在意那些无聊的客套,你就心怀感激接受大家的祝贺吧!"

沱村说完就跟鹈饲一起在主桌旁就座。因为这是鸡尾酒会,所以没有特别安排座次。不过,在金色屏风前的主桌旁,聚集了以泷村名誉教授为首的各大学校长、医学界大佬和政界财界的名人。而且,曾与地方选区的财前搭档出马竞选全国选区学术会员并当选的奈良大学竹谷院长也在其中。在其他桌旁,本系统大学的教授、院长等就各自寻找熟识的人聚在一起。医协干部们以大阪府医协会长大原为中心,各区医协会长列座露面,北区医协会长岩田重吉、市医协干部兼市议员锅岛贯治两人就像今天宴会的组委干事一般,穿梭于医协干部聚集的餐桌之间。身穿印有家徽和服的财前又一绽开满面笑容,去每张餐桌夸张地向来宾打招呼。

到了预定时刻五点钟,宽敞的会场里已经烟味弥漫、人气蒸腾,更加热闹了。虽然场内聚集了二百名参会者,却看不到前任教授东贞藏和以大河内为首的基础医学组教授以及野坂等临床组反主流派教授的身影,而且几乎看不到与财前同期的本系统大学和医院的医师,选举中票源的流向就直接表现在今天的参会者群体上。虽然坐在主桌旁的财前意识到了这个现象,却仍然不形于色地向今天宴会的司仪、妇产科的叶山教授递了个眼色。叶山女人般白净的脸上泛起红光,他站在了司仪话筒前。

"今天,在此庆祝浪速大学第一外科教授财前五郎当选学术会员,感谢各位百忙拨冗莅临会场,我谨代表主办者向各位致以深深的谢意。接下来由各位来宾致辞。首先,我想请浪速大学第一外科名誉教授泷村先生致辞。"

司仪说完,满头银发、目光炯炯的泷村来到话筒前。

"今天,承蒙这么多宾客为了我的徒孙济济一堂,老朽在此向大家表示感谢。众所周知,财前或者说是个有点儿不肖的徒孙,或者说是个虽然手术技法高超、成就卓越却人缘不好的人,但尽管如此,他首次出马就当选了学术会员,这全都是承蒙各位的厚爱和支持。其实,在竞选期间为财前出版的《消化系统疾病诊疗集》撰写前言的我对他能否当选十分担心,所以在前言中写了些稍稍褒奖过头的推荐文章。希望大家继续支持财前,今后要对财前,不,财前教授多加鞭策。为了可爱的徒孙,我也会不惜这把老骨头继续对他严加管教。"

他用一贯简洁而洒脱的话语结束了致辞,会场各处响起笑声和掌声。接下来由鹈饲院长代表浪速大学致辞。

"刚才,泷村教授采用了徒孙这个词,财前教授在我眼里确实就像自己的儿子一样。因为我这个儿子的学术业绩相当卓越,所以我这个当父亲的就会不知不觉有所偏爱。于是,有时也会遭到校内很有骨气的教授们的指责。众所周知由于以前洛北大学一直独占近畿地区学术会员的席位,所以大家都强烈要求浪速大学也应该推举候选人。我们是根据大家的要求决定的,而且既然决定参选就要推举绝对能够胜选的候选人,所以我们才推举了财前教授,而绝不是一味地偏爱。不过,首次出马的财前教授能够光荣当选,全靠各位的大力支持,尤其是承蒙大阪府医协的各位鼎力协助,我在此深表谢意。同时,我对如今才领教到的医协团结力量之强大表示敬佩。"

鹈饲着意抬高医协的作用,在场的医协成员们洋洋得意地互相示意并报以夸张的掌声。鹈饲的致辞具有相当巧妙的政治性。对于鹈饲来说,财前的当选是大大损害洛北大学神纳教授的体面且有利于实现自己在内科学会中的野心的一个手段,所以他觉得就像是自己当选似的,十分喜悦。

鹈饲樱色的面孔浮起笑容,接着说道:"接下来,请大阪府医协会长大原先生致祝酒词。"

说到这里,医协会员那边爆发出更加热烈的掌声。大阪府医协的大原会长走到话筒前。

"承蒙鹈饲院长提名,在医学界众位权威面前,虽然不胜惶恐,请允许我领头祝酒。祝贺浪速大学第一外科财前教授当选学术会员。万岁！干杯！"

会场上顿时响起香槟酒开瓶声，众人高举酒杯。财前深深鞠躬，然后把杯中的香槟酒一饮而尽。这时，他忽然想起在海德堡市内卡河畔宾馆召开的国际外科学会欢迎酒会的情景，眼前浮现出华丽的水晶吊灯把内卡河映照得流光溢彩的美丽景色。他朝窗外望去，夜幕下的堂岛川辉映着饭店楼宇的灯火，波光粼粼地向前流淌。

举杯祝酒之后，司仪叶山宣布请财前致谢词。财前身穿晨礼服，立正站好。

"刚才，承蒙医学界的大长老和老前辈抬爱谬奖，晚辈的感激之情难以言表，只能向大家说一句十分感谢！像我这样的人能当选本届学术会员，全都仰赖各位的热情支持，在此表示深深的谢意！我重新认识到，既然当选了近畿地区的学术会员，我就不只是浪速大学的财前了，我还必须对近畿地区的医学教育和医学振兴有所贡献。因此，今天我希望能够广泛听取到场各位的高见，并将各位的意见贯彻到今后的医学行政和医疗行政中去。"

这是考虑到本系统大学、医院和医协的含有政治意义的谢词。在两个月前，当他面对黑部峡谷的大自然时，他感到了畏惧和不安。而现在面对人与人的斗争，那种畏惧和不安却消失得无影无踪，他在胜选致辞中充满了强烈的自信。掌声再次热烈地响起，众人举杯庆贺。财前喝干了杯中的香槟酒，想到自己描绘的人生宏图正在按计划实现，心中充满了陶醉感。四十四岁当教授、四十六岁当学术会员、五十岁获学士院奖、五十五岁当学士院会员、六十岁获得文化勋章……为了这个目标，目前正在审理的官司无论如何都要胜诉。最后一步只要闯过当事人讯问就能胜诉！财前在心中呐喊，似乎在鞭挞疲劳与陶醉交织的身躯。

开庭前五分钟的旁听席上，由于当天是财前五郎与佐佐木良江的当事人讯问，所以与以往不同早已坐满了旁听者。佐佐木良江由小叔信平和三个孩子陪同坐在上诉人席，斜后方座位上坐着里见、佐枝子和快要临产的龟山君子。另一方是以刚当上学术会员的财前为首的大学相关人员、以岳父财前又一为中心的医协干部们。柳原孤零零地坐在边角上。

审判长宣布开庭，佐佐木良江站在证人席前。

关口律师像在安抚良江似的问道："从佐佐木庸平先生去世到今天有多久了？"

"两年六个月。"

"请你讲讲一审之后佐佐木商店的状况。"

"佐佐木商店已经没了。去年十月十日倒闭了，'佐'字号门帘没能挂到官司结束，不管怎么说都是非常遗憾的事情。"良江绷着嘴唇说道。

"佐佐木商店是你先生倾尽毕生精力支撑的店铺，对吧？"

"是的。他从小就在船场的棉布批发店里当童工，二十七岁时出徒另立门户，从船场外围开三尺宽的小店到在船场纤维批发街拥有自己的大店铺，经历了无数难以诉说的辛劳。好不容易打拼到中小企业的中等规模，正在鼓起干劲再上一层楼的时候，却因为无法预料的误诊而死去。不只是亡者难以瞑目，连我们这些遗属也无法接受。"

良江的嗓音中包含着失去丈夫的悲痛。

"那么，店铺倒闭时的债务有多少呢？"

"我们给客户造成困扰的债务总计四千八百万元。库存货因为此前遭到丸高纤维公司'突袭珍珠港'，所以几乎没有留下布料。而成衣和内衣等二次加工制品的卖价是二百万元，未收赊账是一百七十万元,银行支票贴现的存款是二百万元。我们手中就剩下总计五百七十万元。两边相抵之后,佐佐木商店的债务是四千二百三十万元。最后决定对所欠十八家债权人每家归还百分之三十。"

"四千二百三十万元的百分之三十就是一千二百六十九万元。你准备怎样筹措这笔款项呢?"

听到这个问题,良江消瘦的脸颊抽动了一下。

"我们手中剩下的就只有店铺了,所以除了委托债权人处理没有别的办法。虽然店铺占地一百四十平方米,房屋建筑面积是一百一十五平方米,但因为地皮是租用的,房屋本身已经老旧,而且还有一半租给了内衣店,所以必须向内衣店支付搬迁费之后把店铺转让出去,才能用所得款项偿还债务。"

"那么,你们现在怎样维持生计呢?"

"我们得到债权人之一的帮助,进了同一条丼池筋街尽头的大卖场。店名也不能继续用佐佐木了,所以借用那位帮助我们的债权人姓名中的一个字把店名改成了'村木商店',我租用了两张桌子的摊位跟大儿子两人零售平纹布和化纤等没有风险的布料。"

"原先在船场正中央拥有十二米宽店铺的人,进了同一条街上的大卖场租两张桌子的摊位做生意,想必相当辛苦吧?你们还不如干脆搬到郊外开家杂货店,那样不是会轻松些吗?"

"你说得也有道理,但是想到去世的丈夫,我哪怕只拿一个灵牌和一根棍子也要留在丈夫坚持多年的船场继续做生意,直到打赢这场官司。可是,想到三个孩子又于心不忍……"

良江再也说不下去,眼眶湿润了。

"你的孩子们目前怎么样啦?"

"在商店倒闭的同时,原定后年毕业的大儿子退了学,就在大卖场里像学徒似的帮我从进货到打包什么活儿都干。高中毕业的大女儿在我们租住的东住吉公寓家中洗衣做饭照看弟弟,他们都很努力。虽然减轻了我的负担,可孩子们心中是多么难过呀!如果坐在那边的那个叫财前的人当时诚心诚意地给我丈夫治病的话,绝对不会发生这样悲惨的事情!"

良江盯着财前那边,而财前却无动于衷。

"不过,我在一审中也向你问过术前财前教授大查房的情形,请你再尽量准确地回忆一下当时的情形。"

"好的。他像古代诸侯出巡似的领着一大群大夫进来,在看我丈夫的X光片时,主治医师柳原大夫说最好做个CT扫描。他听到就怒气冲冲地说:'用不着那种东西!'"

"柳原医师提出这个建议,而财前教授拒绝了,这一点没错吧?"

"是的,绝对没错。"良江一字一顿清楚地答道。

"那么,院方是在什么时候要求你签署手术承诺书的呢?"

"入院当天晚上,主治医师柳原大夫拿来的。"

"当时他说要做什么手术呢?"

"贲门癌手术,要把胃全部摘除。"

"在手术之前提到过肺部转移病灶吗?"

"没有,什么都没说。只说这是早期贲门癌,所以完全能够治好。"

"那么,院方在手术之后是否说过也许有肺部转移要做第二阶段手术,或者提醒你为防万一要提前处理商店业务和做好心理准备呢?"

"从来没有说过那方面的事情!而且,虽然我们想问什么,可财前大夫做完手术后就撒手不管,连一次都没来看过。在我丈夫发生呼吸困难的第二天,因为非常担心,我就麻烦主治医师柳原大夫去请财前大夫来看看,却因为他准备出国参加外国学会被拒绝了。虽然我不知道那个什么学会有多么重要,可为什么大学医院的有名大夫要把学会看得比患者生命还重要呢?那时,哪怕只来看两三分钟,我丈夫也不会那么快就去世了!"良江竭尽全力地呐喊道,"可是,他却只听了年轻主治医师的报告就说是术后肺炎,所以我们根本没有预料到我丈夫会死。我丈夫连店铺的善后都来不及安排就突然死了,佐佐木商店就是因此而倒闭的。如果不是我丈夫那么快就死了,我们绝对不会像现在这么悲惨!这种怨恨不管过多少年都不会淡漠,反而会一天比一天强烈!"

两颊消瘦、白发散乱在脸上的佐佐木良江,以心怀两年六个月怨恨的猛烈气势威慑着财前。

"那就是说,如果你事先知道你先生的寿命还有一年或半年的话,你就会跟银行和客户商量,采取措施缩小店铺的规模,让你一个女人家也能继续经营下去,对吗?"

"如果真是这样的话,不光是我们,而且店员们也不至于走投无路、流落街头了。"良江明确地回答道。

"那么,我的讯问到此结束。"

关口达到讯问目的之后回到座位上。河野律师立刻站了起来。

"被上诉人方代理人有事要讯问。"

"上诉人好像很疲倦,需要准备椅子吗?"

审判长担心良江的身体状况,良江回答说不要紧予以婉拒。河野便开始了反对讯问。

"在你先生术后发生呼吸困难的时候,你请求财前教授去诊察。那是在术后第八天吧?"

"是的。"

"那么财前教授出发去德国的日子是第二天,也就是术后第九天。也就是说,财前教授直到出发参加国际外科学会的前一天都在医院里工作。那么,如果财前教授与其他教授一样在出国五天前就停止上班而不去医院的话又会怎么样呢?"

河野力图歪曲良江主张的财前拒绝诊察的事实。

"可是,财前大夫当时确实在医院里呀!"

"如果按照你的说法,好像财前教授直到出发前一天还满怀热情地去医院上班反倒招来了一大堆不是,被说成不负责任了。医师既不是神也不是超人嘛!"

"无论你们怎样搪塞辩解,我们都不会再上当受骗了。如果你们以为患者永远都是好骗的,那就大错特错了!"良江猛地摇头反驳河野,"审判长大人,我们绝对不是因为丈夫死了就要索取多少金钱!而是不能忍受大夫对患者做出这种不诚实、缺乏人情味的诊疗。以法律制裁这种大夫,不仅是为了我们,更是为了社会上众多被这种大夫误诊却只能忍气吞声的患者家属。请您这次一定要做出公平的裁决!"

良江倾诉到这里,长期压抑的愤懑像突然决堤般爆发出来,趴在证人席上号啕大哭。

法庭内一时寂静无声。审判长指令接着进行被上诉人讯问。

学术会员、国立浪速大学教授财前五郎站在证人席前,国平取代河野开始了主讯问。

"财前教授在术前查房中,曾经看过佐佐木庸平的胸片。虽然这个问题与一审重复,不过请您再陈述一遍胸片检查所见。"

"因为左肺下叶有个小指头大的阴影,所以我进行了仔细观察,形状本身大致呈圆形,与周围肺野的界限也相当分明。虽然也不是不能考虑到肺癌,但患者有过结核既往症,而另一方面,根据我的经验来看,这例贲门癌本身是最小的,我不认为这么小的癌瘤会远隔转移到肺部,因此判断那是结核瘢痕。不过,因为我也曾怀疑或许是转移病灶,所以指示佃讲师,如果时间上能安排的话,为了慎重起见预约做一次CT扫描检查。"

财前稍稍扬起下巴,面不改色地陈述进入上诉审理后新谋划的"曾经注意到癌转移"的证据。

国平接着问道:"这件事已经得到佃讲师的确认,所以,与放射科的预约记录相一致已是被公认的客观事实。但是,后来不得不取消检查的原因是什么呢?"

"参加国际外科学会前的准备工作堆积如山,而且除了佐佐木先生之外,还必须在出发前对其他患者进行诊疗和手术,还有给学生上课、医务员的科研指导等工作,日程安排得很满,所以根本抽不出时间。而且,我认为那么小的阴影即使做了CT扫描结果也还是一样。另外,无论CT扫描检查结果如何都得实施手术。"

"明白了。那么接下来是关于术后切除胃的病理学检查。对于近畿癌症中心都留博士所说应该进行全病灶病理组织学检查的鉴定意见,财前教授已经陈述过只做代表性切片检查的理由,不过,您还有没有补充说明的事项呢?"

因为财前与国平事先充分商讨了当事人讯问的内容,所以主讯问进行得十分顺畅而颇得要领。

"没有特别要补充的了,但如果重复强调重点的话就是,即使每位患者都耗费两周时间做检查是最为理想的做法,但考虑到现实中大学附属医院功能有限,也是不可能实际做到的事情。况且,本案中我已亲自开腹探查并判断病灶是局限性的早期癌症,而代表性切片的组织学诊断结果也是局限于黏膜内的早期癌症,所以暂且考虑为未见转移就没做进一步检查。我现在仍然确信,这个诊断本身与患者的生死没有直接关联,在临床医学上也没有任何可以指责的疑点。"

财前巧妙地把佐佐木方所主张的术后应该进行的检查一项一项地否定了。

"接下来,您把患者术后第一周开始出现的呼吸困难症状诊断为术后肺炎。那么,作为国立大学教授的您学识渊博、经验丰富,您这样诊断,那就可以认为您有相应的确切依据。我想请您详细说明这一点。"

这是在认定财前是否有过失方面最难抵赖推脱的问题,但财前丝毫没有慌乱。

"我第一次从患者的主治医师柳原那里听说患者症状发生了变化,就像一审中也说过的那样,是在医学院长等各科教授参加的赴欧欢送会中柳原医师打来电话的时候。报告内容是,一周前做过贲门癌手术的患者突然喉咙被痰液堵塞,引发了轻度的呼吸困难,热度是三十八点二摄氏度,脉搏是一百二十,好像出现了术后并发症。术后出现这样的症状可以考虑到,第一是术后肺炎,第二是因食管与空肠缝合不严导致横膈膜蓄积脓液的横膈膜下脓疡,第三就是癌性胸膜炎。"

"您考虑是其中的哪一种呢?"

"我判断是术后肺炎。因为我确信佐佐木先生的手术十分完美,在这种情况下不考虑横膈膜下脓疡的可能性。这样的话,剩下就是术后肺炎或癌性胸膜炎了。但是,考虑到症状的突然性,又有三十八点二摄氏度的高烧,正如上次千叶大学小山教授所做的鉴定,考虑为肺部急性炎症即术后肺炎较为妥当。癌性胸膜炎通常是缓慢出现症状,热度一般也不会那么高。而且即使胸部阴影是癌症,那么小的癌变,也绝不可能在术后仅仅一周内就急速恶化并引发癌性胸膜炎。"

"那么,这种程度的微小癌变会引发癌性胸膜炎的话,一般是什么时期呢?"

"嗯,我觉得最快是在术后三个月。"

"啊?不是三个星期而是三个月……时间单位差距很大呀!"

国平故意做出惊讶的表情。财前也使劲地点了点头。

"我们医师在对患者做出诊断的时候,其实是最孤独的时候,也是对生命最敬畏的时候。因此,即使本人不去有意识地想,但仍然会清晰地回忆起过去的痛苦经历,同时立足于自己的学术积累来考虑所有的可能性,与患者的综合所见相对照做出诊断。佐佐木先生的病例当然也不会例外,因为根据我前面陈述的综合性考虑只能诊断为术后肺炎,所以才做出了诊断。实际上,在大河内教授的剖检所见中也看到了肺叶上的炎症现象。因此我认为,自己在当时做出的诊断绝对没有错误。"

财前再次强烈主张自己没有过失。

"那么,在发生呼吸困难时您没有拍摄 X 光片,也是因为有这种确切的自信,对吧?"国平叮嘱似的说道。

"正是这样。上诉人方主张当时应该考虑到癌性胸膜炎并拍 X 光片检查,但这个主张只是完全无视本案属于万分之一的极为罕见的案例并已超越当今医学水平做出的结论而已。有事实可以证明,在我出发之后,患者在两个星期之内反复发生过同样的症状,但是直到死亡之前,就连每天实际诊治患者的主治医师柳原和原第一内科副教授里见都没有搞清楚嘛!"财前突然将错就错地答道。

"正如您所说,但是,您并没有完全否定胸部阴影可能是癌症的转移病灶吧?"

"当然,我只是在说,我当时根据两天内的症状诊断为术后肺炎是没有错误的。如果我没有出发参加国际外科学会并指示持续使用抗生素却未能获得任何改善而最终导致患者丧命的话,我就会勇敢地承认自己的过失。但事实上我在患者出现呼吸困难症状的第二天就从大阪机场出发了,而且叮嘱过柳原医师,因为不是没有肺部转移的可能性,所以要给予充分的注意。"

"原来如此。关于这位柳原医师,上次小山鉴定人以及在我接触过的许多医学相关人员都批评他缺少主治医师的自主性呢!我的讯问到此结束。"

国平用巧妙的措辞结束了主讯问。取而代之由关口律师进行反对讯问。关口立刻凝视泰然自若地站在证人席前态度傲慢的财前。

"柳原医师曾在术前提出做CT扫描的建议却遭到你驳回,你在上诉审理中也要否定这个事实吗?"

他用尖锐的语调开始发问。

"此话无凭无据,所以无从谈起什么否定不否定。"

"那么,你注意到转移病灶了吗?"

"我曾经怀疑过。"

"那你为什么不在术中实施化疗呢?上次出庭鉴定的北海道大学长谷部教授不是已经证明如果术中实施化疗就不会那样急剧地发生癌性胸膜炎了吗?"

"即便那是长谷部教授的主张也不是我的主张。有的医生为了延长患者生命而在术中实施化疗,但是抗癌药的毒性却会超过治疗效果,所以患者在术后一两周之内死亡这种适得其反的病例也不是没有过。就在四个月前,我做了一例与佐佐木先生同样的贲门癌手术,但患者却在术后第八天发生了肠阻塞。如果对那位患者实施了术中化疗,他就可能因为身体抵抗力急剧下降而死亡。对于在术后不知会突然出现何种并发症的五十岁以上的患者,不能冒险在术中实施化疗。"财前一边回忆安田太一那酷似佐佐木庸平的面孔一边说道。

"那么,你什么时候会实施化疗呢?你断定化疗是毫无价值的方法吗？"

"我并不期待化疗会有任何延长生命效果。"

"不过，即使目前化疗不能完全治愈癌症，不是也有某种程度的延长生命的效果吗？"

"话虽如此，但治疗癌症的远期效果必须经过五年时间检验，否则无从谈起。目前对于已有转移的癌症以及晚期癌症正在有选择地实施化疗，但是像你所说的完全具有延长生命效果的数据我们这里还没有出现过。"

"不过，虽然你提到了五年之后，但是这位佐佐木先生的手术本身并不是具有五年存活可能性的手术，而是有转移病灶的手术呀！正是在这种病例中才应该充分考虑并实施化疗吧？"

"你还不知道医学是怎么回事儿，就随意说因为佐佐木先生有肺部转移所以活不了五年。但是，我在做已有转移病灶的手术时也分为两阶段实施，在七百五十个病例中根治了五十二例，而且实现了永久治愈呢！正因为我们外科医师对患者的生死负有直接责任，所以总是秉持无论其他专科医师怎样说无可奈何仍然要想尽办法救治的积极态度。比起尚无一例永久治愈的化疗，实际上分两阶段手术的方案完全适合本案的病例。"

财前继续反驳，但关口毫不示弱。

"既然你明确制定了两阶段手术的治疗方案，那你为什么不对切除胃进行更细致的病理学检查呢？此外，在术后患者发生呼吸困难时又为什么没有立即做X光检查呢？"

"关于这一点，我刚才已经充分说明过了。"

"那么，你既然已经怀疑有转移病灶，又打算什么时候进行科学性验证呢？你用那种模棱两可的做法真的能治愈癌症吗？至少在发现术后第一周诊断为术后肺炎所使用的抗生素两天都没疗效时，就应该考虑到恶变的可能性并拍 X 光片进行检查,不对吗?"

关口的讯问更为尖锐了。

"你这个医学门外汉根本没有资格对我说那些事情。"

"这不是资格的问题,而是人命关天的问题!如果你拍 X 光片发现了胸水并立即穿刺检测证明有癌细胞会如何处置?即便如此你还是坚持不采用化疗吗?"

财前这才哑口无言了。

"怎么样啊?无论你怎样说不相信化疗,可是当你发现那是癌性胸膜炎时,总该不会任其发展吧?"

关口话锋锐利地进一步逼问,财前的眼中闪出愤怒的目光。

"住嘴!不许你在国立大学的教授面前放肆!我从术前直到出发参加国际外科学会之前都很留意转移病灶,而且临出发时还向主治医师做了关于后续治疗的充分指示!"

"你都做了什么样的充分指示呢?请说明一下吧!"

财前突然不知该怎样回答了。

"虽然患者当时的症状是术后肺炎,但是对于术前胸片上的阴影,即使对贲门癌做组织学诊断判明为早期癌症而且没有转移,我的意思也并不是说百分之百的没有转移。因此,绝对不能有任何疏忽大意。因为如果真有转移病灶的话,就需要准备进行第二阶段的手术。但是,尽管我在出发前千叮咛万嘱咐,主治医师却忽视了我的指示导致患者死亡。我为此只能深表遗憾。"

财前想把佐佐木庸平死亡的责任转嫁给主治医师的意图昭然若揭。

"谎言!"

突然有人高喊一声,只见柳原从旁听席中冲了出来。法警从他身后阻止,却被柳原挡开。

"谎言！财前教授刚才的证词都是谎言！"

柳原脸色苍白，嘴唇不停地哆嗦。关口律师跑到审判长席前。

"审判长！刚才柳原医师说的话中具有不可置若罔闻的重要内容。我方申请柳原医师当上诉人方的临时证人并与财前教授对质，请予以采纳！"

河野律师站了起来。

"你凭什么一口咬定有重要内容啊？柳原医师完全是因为过度害怕自己承担佐佐木庸平之死的责任而一时冲动！以此为由立即申请上诉人方的临时证人并当庭对质未免过于轻率，更是侵害被上诉人的人权！如果真有必要的话，希望另择他日以证人讯问的形式进行！"

河野语气粗暴地表示反对。关口毫不畏惧。

"审判长！如果错过此时，柳原医师将会承受外界的压力，而且柳原医师自己的心境也会发生变化，也许就再也没机会得到具有重要内容的证词了。我恳切希望即刻允许财前教授与柳原医师当庭对质！"

关口反复强迫般地恳求，旁听席各处响起"没有必要""不许对质"的喊声。

"是否采纳当庭对质的提议，将由本庭合议后决定。"

审判长同左右陪审法官一起离席。这时，因为很难预料当庭对质的提议是否得到采纳，财前脸上渗出油汗，而柳原嘴唇干瘪变成土色，佐佐木良江和三个孩子像在祈祷般闭上了眼睛。

法警宣告重新开庭，正面审判官席后的大门开启，结束合议的审判长和陪审法官就座，法庭内的空气瞬间仿佛冻结了一般。审判长慢慢地开口讲话。

"本庭合议的结果,柳原医师的发言与本案的重要争论点相关,而且为了准确了解本案事实,因此虽然属于极为例外的措施,但本庭准许采纳柳原医师作为上诉人方的临时证人并立即与财前被上诉人进行对质。两位证人请到前边来。"

财前教授和柳原医师并排站在证人席上进行宣誓。直到昨天从未与教授并排站立的柳原畏首畏尾地向后退了一步。财前难掩心中的慌乱,耸肩深吸一口气。审判长面向柳原。

"柳原证人在一审和二审中曾宣誓绝不做伪证,并且接受过做伪证将受惩罚的警告。但是,如果你推翻原来的证词,本庭将根据情节依法处置。所以,请你在对质时陈述真实的证词。"审判长用前所未有的严峻语气告诫道。

申请对质的关口律师站起来凝视着柳原苍白的面孔开始讯问。

"刚才你针对财前教授的证词突然喊出'谎言'是怎么回事?请你坦诚地说明一下。"

柳原微微颤抖着身体说道:"我从一审以来反复做证,自己不记得在教授大查房时建议过做CT扫描。事实上,我曾经建议教授有必要做CT扫描,却遭到他驳回了。"

旁听席上顿时发生了一阵骚动。

"仅仅是这样吗?是不是还有其他同样的情况呢?"

"其实,在手术的前一天,里见老师问我是不是已经做过CT扫描了,我回答还没有做过。里见老师责问我:'为什么?我那样郑重地提醒过你,可是到了手术的前一天为什么还没做呢?'于是我回答:'一旦主任教授指示没有必要做,我们医务员就只能照指示行事。'里见老师听到后生气地前往教授办公室,据说财前教授曾经答应过里见老师要在术前做CT扫描,但事实上并没有进行CT扫描就实施手术了。"

"为什么不做 CT 扫描呢？"

"因为财前教授认为佐佐木先生的贲门癌只是早期癌症，完全不必担心肺部转移，所以就没有必要做 CT 扫描。"

财前的脸色眼看着发生了变化，旁听席上传来"疯子""胡说八道"的叫骂声。审判长命令全场肃静。

"这么重要的事实，你为什么隐瞒到现在呢？"关口追问道。

"因为我考虑到本校和财前教授的名誉，同时考虑到自己的处境，所以不能说出来。我想到只要隐瞒不说就能保住自己在医务部的地位和将来的职位，所以无论如何不能说出来。但是，因为刚才财前教授说的话是想把他自己的责任全都转嫁给我，所以我的想法有所改变。太过分！实在是太过分了！"

柳原将从一审以来积压了两年的隐忍和屈辱一举倾吐而出。

"那么，由于这是本案审理的重点问题，所以我再次问你，根据财前教授两次驳回你关于有必要做 CT 扫描的建议，可以断定他在术前没有注意到肺部转移吗？"

"是的！"

"那就是说，尽管如此，财前教授却还是示意你证明他注意到肺部转移了，是吗？"关口进一步确认道。

"是的，教授向我示意过。无论是一审和二审，当证人讯问的日期临近时，教授就会叫我去教授办公室或他家里，指示还没有拿到学位的我抓紧提交学位论文，暗示我用证明教授曾经注意到肺部转移来交换学位。我太想要学位了，所以就按照教授说的……"

"你胡说什么！别以为我没有吭声你就可以信口雌黄！"

财前的呵斥声阻断了柳原的陈述。

"请被上诉人不要随意发言。"

审判长向财前发出训诫。关口继续讯问。

"还有什么其他因为财前教授示意而隐瞒和伪造的情况吗?"

"有的。财前教授直到最后都没有注意到肺部转移这一点,因为患者术后发生突变而教授却一次都没有应要求诊察就诊断为术后肺炎,而且仅仅指示使用氯霉素治疗,当我深感不安再次建议拍胸片时又遭到驳回。"

"但尽管如此,像财前教授这样的医师已经知道在术后第一周出现了那样的症状却仍然没有注意到癌细胞转移,你认为原因是什么呢?"

"我觉得原因就是财前教授当时好像脑子里全是国际外科学会的事情,没有时间仔细考虑患者的情况。实际上,当我向正在举行欢送会的酒家打电话告知佐佐木先生呼吸困难时,教授训斥我说:'不要因为患者有一点儿状况就给会场打电话,我有点儿醉了。'因为当时处于这种状态,所以教授在即将出发参加国际学会之际,从未指示过我因为怀疑有肺部转移所以要充分注意。"

柳原回答完毕,关口立刻转向财前。

"怎么样?根据柳原证人的证词,财前教授在术前并没有注意到肺部转移,并且不仅一次而是两次驳回了关于CT扫描的建议。不止如此,对于报告患者突发状况的电话还回答说自己有点儿醉了。这不正表明你根本没有注意到肺部转移吗?"

关口的追问直指要害。财前极力掩饰心中的动摇,紧绷着脸。

"柳原医师为什么突然推翻以前的证词说出我从不知晓的话来,实在令我百思不解。我想,他大概是因为最近又要完成学位论文又要兼职打工导致疲劳过度而陷入了极度的精神衰弱。我认为他可能需要接受精神鉴定。"财前瞟了瞟身高只到自己肩头、一副穷酸相的柳原说道。

柳原瞪大了镜片后的双眼呐喊般地辩驳道:"我既不是精神衰弱

也不是疯子,而是下定决心陈述事实真相!"

国平双手拍着桌子问道:"事实真相?那么,柳原证人,你到底有什么物证证明这两年之间你说的证词都是伪造,而今天说的就是事实真相呢?"

"我虽然没有物证,但我凭良心发誓句句都是真话!"

柳原抽搐着脸颊一口断定。河野律师突然站起身来。

"需要做精神鉴定的人的良心不能作为证据!没有确切证据就想推翻以前的证词,还要陈述捏造的证词,我要以伪证罪起诉你!"

听到河野律师发出威吓,关口也愤怒地拍着桌子说:"要告柳原证人伪证罪真是岂有此理!本方正要以伪证罪控告财前方面!"

双方激烈交锋,旁听席间响起怒吼声,后排的旁听者都站了起来,法庭陷入了从未有过的混乱。

"肃静!旁听者如果不坐下我将命令退庭!"

审判长发出严厉的警告,旁听席终于肃静了。审判长望着柳原。

"柳原证人,你要认识到法庭的神圣性和司法的严正性。本庭想知道,促使你推翻以前证词的原因究竟是什么呢?"

审判长用平静而具有穿透力的严厉嗓音追问。柳原一时无言以答。

"我再也无法忍受良心的责备,所以为了作为医师的良心说出了事实真相。即使因此被追究以前做伪证的责任也绝不后悔!"柳原垂下头说道。

审判长跟左右陪审法官合议后说道:"今天柳原证人的证词包含着非常重要的内容,本庭将在仔细推敲其可信性的基础上进行事实认定。此外,如果双方代理人有新的证人或新的书证,请在一个月内提交申请。"

审判长说完,就在异样的气氛中宣布退庭了。

在柳原的煞风景的公寓里,关口面对极度亢奋的柳原重复着相同的话。

"你能不能想起什么证据来支持刚才在法庭上的证词啊?"

"我什么都想不出来,什么都搞不清楚……我已经完蛋了。"柳原双手抓着头发说道。

"你不能轻易放弃!再镇静点儿,哪怕想起一条线索都行。好不容易努力到现在这个地步了。"关口力图使柳原静下心来,"比如说,听说你们经常召开病例讨论会和手术讨论会,财前教授在那种场合是不是讲过关于佐佐木手术的术式之类的内容呢?"

关口循循善诱地劝导,柳原终于恢复了平静。

"可是,那个时期的病例讨论会几乎都因为教授忙着准备出国参加国际外科学会而取消了。"

"那他有没有在哪种学术杂志上作为报告洋洋得意地介绍过呢?"

"也没有……"柳原呆呆地答道。

"是这样啊……你好不容易鼓起谁都想象不到的勇气说出了正确的证词,却没有追究财前的物证,太遗憾了……不过,里见老师被你勇气十足的发言所感动,委托我代他向你转达:'你今后有什么困难随时告诉他,任何力所能及的事情他都愿意帮忙。'"

委托关口转达而不直接找柳原讲,这就是一贯为对方着想的里见的风格。柳原想起里见来自己公寓时自己假装不在家的情形。

"不,要是我从一开始就说出正确的证词,里见老师就不会离开大学了。"柳原像在向里见赔罪似的说道。

"你还是先休息会儿吧!这样或许还能想起什么能够当作线索的情况来呢!"

"好的……可是……"

柳原把精疲力竭的呆滞目光投向泛黄的榻榻米，关口也觉得好不容易把财前追逼到这种地步就不能轻易放弃，一时沉默不语。不知过了多久，窗外渐渐昏暗下来，柳原站起身来打开电灯。

"柳原先生，来电报啦！"管理员大声喊道。

"电报？好的，我去开门。"

柳原顿时心惊肉跳，莫非连老家的父亲都听说今天的事情了吗？他赶紧打开房门接过了电报。

有证据、今晚7点20分到大阪车站、江川

这是舞鹤综合医院的江川达郎发来的电报，毫无疑问是指今天上午的庭审。不过，这封电报太出人意料了。他看了看表，离七点二十分还有一个小时。江川所说的证据是什么呢？柳原难以置信地让关口看了电报。

关口读了一遍立刻问道："这位江川是什么人？"

柳原简短地向关口说明：江川曾是第一外科的医务员，在大约两个月前，财前教授为了换取学术会员选举的选票，把江川外调到了舞鹤市。

"是吗？那咱们马上去大阪车站接他吧！从舞鹤始发、七点二十分到达的列车，咱们到了车站就知道进几号站台了。"关口起身催促道。

"不，关口律师就在这儿等着吧！我自己去把江川领到这儿来……"

柳原生怕江川突然与陌生律师相见会感到困惑。

"明白了。那我就在这儿等你们吧！"

关口说完就坐下了。柳原连装束都没整理就匆匆出门去了。

七点钟过后的大阪车站正是交通晚高峰时段，上下车的乘客们像潮涌般流动。柳原查到从舞鹤始发、七点二十分到达的列车是从天桥立发车终点到大阪的"桥立号"，就来到了这趟列车的站台，离列车到达还有十分钟。他再次取出刚才装在衣袋里的电报。与这个事件毫无关联的江川究竟掌握了什么连当事人自己都不知道的证据呢？柳原完全无从知晓。

站台上响起急迫的广播通知，列车进站了。乘客们鱼贯而出，柳原为了找到不知坐在哪节车厢的江川，就站在中央出口附近的站台上观望东西两边的出口。在这种时候，只能根据江川那比普通人高许多的个头来辨别。柳原在陆续下车的客流中拼命寻找，在乘客下完一半的时候才看到了江川瘦高的背影。

"江川！"

柳原隔着人群的肩背大声呼唤，被人潮推向前方的江川停住脚步扭回头来，没有预料到柳原会来接站的他惊讶地望着柳原，随即拨开人群向这边跑来。

"柳原前辈，你终于……"

他只说到半截就戛然而止，呆呆地伫立在原地。

"没有别的办法，我已经无法忍受了。我无法原谅……"

柳原也说不下去了，心中热浪翻腾。

"我明白……因为我也是在某一天突然因教授的一纸调令而无缘无故地被下放到舞鹤去的人……"

江川说完咬住了嘴唇。两人在人群杂沓中交流着他们对财前难以描述的愤怒和怨恨。

"江川，你的电报，为什么提到了今天上午的庭审内容呢？"柳原走出拥挤的人群问道。

"我是从电台新闻中听到的。"

"那么,你说的证据是什么情况?"

"这事儿还是找一家没人的咖啡馆或餐厅,不,还是去柳原前辈的公寓吧!那样我比较放心。"

"如果那样最好。不过,不瞒你说,患者方的律师正在我的公寓里等你呢!"

柳原说明了前后经过,江川眼看着露出了困惑的神色。

"那可不行呀!柳原前辈,我是只想告诉你一个人才出来的。当然,我对家里人都保密呢!"

江川的父亲在大阪的阿倍野市当营业医生。

"我完全理解你的处境啊!不过,我之所以改变主意说出了正确的证词,原因之一就是被那位律师的正义感和热情所打动。因为他是律师,所以肯定会保密。所以,恳求你就去我的公寓说吧!"柳原诚恳地说道。

江川犹豫了片刻终于下定决心说道:"既然你都说到这个份儿上了,那我就去吧!"

两人加快脚步走出检票口,从大阪站前叫了一辆出租车来到位于东淀川的柳原公寓,她们进了位于二楼的柳原的房间,关口正在焦急地等待。

"我早已恭候多时,敝人是关口律师。"

关口做了自我介绍,等江川坐在对面之后,他平静地开口询问。

"你在刚才的电报里说有证据,那是什么内容呢?"

江川犹豫了片刻,欲言又止。

"就是医务部的学习会记录。"

"学习会记录?"

"是的。当天是我担任会议记录,所以记得很清楚。应该是在佐佐木先生做手术后的第二天或第三天,财前教授本人曾提到佐佐木先生手术的内容,记录上还有保留。"

关口眼睛里闪着生动的亮光向江川凑近一步。

柳原疑惑地说道:"可是,我们刚才在出租车里也谈到过,当时教授正忙着准备出国所以学习会没有开成,后来的学习会不是金井副教授讲了肺癌的内容吗?因为我从来不缺席学习会,所以我能确定。"

"那是柳原前辈误会了。佐佐木先生术后的第二天或第三天,原先宣布休会的教授又说,因为忽然有了空闲时间所以照常召开学习会,能参加的人就集中一下,让大家抓紧准备。柳原前辈当时好像有门诊还是什么事情偶然没出席,不是吗?我说的就是那次学习会的记录。"

听江川这样一说,柳原想起在佐佐木术后第二天自己确实在门诊,结束之后就立刻去佐佐木的病房察看他的病情了。

"那么,那次学习会记录的内容是什么,你还记得吗?"关口急切地问道。

"嗯,那次的主题是关于美国的贲门癌手术成果。那天的学习会上主持人介绍了论文之后,财前教授为了跟自己的贲门癌手术成果进行比较,也多少提到了佐佐木先生的手术所见。"

"那么,财前教授是怎么说的呢?"

柳原的嗓音亢奋起来。

"准确的原话已经不记得了,但是从内容可以确定他根本没有注意到肺部转移。"

"江川!这是真的吗?准确无误吗?你确定吗?"

柳原抓住了江川的手臂。

"准确无误。迄今为止,我从来没把这件事实告诉过任何人,只装在自己的心中。即使是在去舞鹤的时候……"

柳原想起来了,当他把出发去舞鹤的江川送到大阪车站时,江川用喝醉酒的口吻别有用意似的说:"连我都知道教授是不是注意到了肺部转移"。这时他才恍然大悟,江川指的就是这件事。

"啊,所以你当时……"

"是呀!虽然当时我也保持沉默,什么都没讲就去了外地。可是,如果没有证据的话,柳原前辈就会被认定为疯子,医师生涯可能就此终结,而稳坐教授宝座的财前教授将会把柳原前辈当成牺牲品而胜诉。到了这种地步,我再也不能保持沉默了。"

"哦,那份记录在哪儿呢?"

关口询问证据的下落。

"在第一外科医务部的资料柜里。"

"要是在医务部里的话可就不好办了。好不容易找到了证据,问题是怎样把它拿出来……"

三人沉默了片刻。

江川说道:"我去把它拿出来吧!虽然我已经被调到了舞鹤,但仍旧隶属于浪速大学第一外科。所以,我就在医务员较少的时段若无其事地露一下脸,说自己回大阪的家顺路来这边看看,因为地方医院连一本外国的学术杂志都看不到太乏味了,然后假装翻阅医务部新到的杂志和文献资料,再想办法从资料柜里取出记录来。"

"可是,你本来应该在舞鹤却突然出现在医务部,难道不会引起他们怀疑吗?还是我去取吧!"

虽然柳原一想到医务员们看待自己的目光就感到痛苦,但也不想给江川带来麻烦。

"不,因为那是前年的记录,虽然应该是在保管学习会记录的资料柜里,但恐怕还是得找一阵子呢!到时候我还能以前担任学习会记录人的身份借口说有东西忘记收拾了。但是,柳原前辈去恐怕就显得不自然了,要是不走运被黑魔医务长发现,那就连医务部都进不去了。"

这时关口说道:"我能理解柳原先生想亲手取出记录的心情。不过,为了防止事情暴露,还是委托前任记录人江川先生吧!"

"好的。总而言之,只要拿出学习会记录,一切就都真相大白了。"江川干劲十足地说道,"不过,请你一定不要透露我的姓名。既然被下放到了舞鹤,我就已经放弃了医学家的未来,决心继承家父的事业……但还是请你不要透露我的姓名。"

"我明白了。我会充分注意这一点,避免给你带来麻烦。不过,你尽可能明天就去取出那份学习会记录吧!因为要是被财前抢先扣下的话,那就一切都化为泡影了。"

关口一边说一边担心。那份学习会记录是否还没被财前注意到,仍旧原封不动地保存在医务部里呢?就算真的还在,江川是否能够顺利地拿出来呢?

审判长宣布开庭。关口立刻站起身来。

"上次柳原医师的证词在真实性方面还存在不明确的问题,不过,因为本方取得了证明其真实性的有力书证,所以今天在这里向法庭提交。"

关口递上一份封面写有《第一外科学习会记录》的厚笔记本,审判长翻开夹着红色贴标的页面,左右两位陪审法官也探过身来阅读书面证据。

过了片刻,审判长慢慢抬起头来向河野和国平问道:"刚才上诉人方代理人提交了这样的书面证据,你们承认这项书证成立吗?"

审判长出示了学习会记录,国平快步走到审判长席下接过书证后返回代理人席,财前也跑了过来。

浪速大学第一外科　学习会记录
一九六四年五月三十日
主　题　关于美国的贲门癌手术成果
负责人　山田俊二　助教
记　录　江川达郎

山田助教：今天的学习会介绍登载在美国癌症专业杂志《癌症》1964年5月号上的论文。

作者是纽约医院加洛克博士，题目为《关于贲门癌的术式与成果》。介绍后进行讨论。

[论文要旨]

针对一百例贲门癌手术进行了调研，报告各种术式的术后营养吸收状态及远期成效。

一百例手术所采用的术式几乎都是以下三种：布朗式吻合、胃旁路术、空肠间置术。各项成果见附表……

财前眼皮颤抖地跳过论文部分翻找进入质疑答辩的部分，如果自己真有不够慎重的发言能够支持柳原的证词的话，只会出现在那个部分。但是，以介绍外国论文为目的学习会与病例研讨会不同，应该不会提及手术患者的情况……财前一边对其可能性进行否定一边快速翻开记录自己发言的质疑答辩页面。

财前教授：这样的话，加洛克博士在术后消化吸收这一点和五年远期疗效这一点都得出了胃旁路术为最佳术式的结论。不过，百分之四十二的远期疗效有点儿太一般了，我研发的财前式吻合术超过了百分之六十。

山田助教：查阅美国以外的研究数据结果表明，我们研究室的数据是世界第一。而且老师的财前式吻合术的手术时间也缩短了很多。

财前教授：当然，我的术式需要非常高超的技能，并不是谁都能掌握的。

佃讲师：说到这一点，听说教授昨天做的贲门癌手术两个小时就完成了。

财前教授：没错。昨天的手术也算是我的得意之作。那个病例正如X光片的诊断结果，是局限性的早期癌症，已经完全廓清，属于永久治愈病例。

读到这里，财前顿时大惊失色，自己居然说出这种不留退路的话！

"怎么办？这项书证……"国平嘶哑地嗫嚅道。

财前全身发僵、口干舌燥，一句话都说不出来，阵阵恐惧和不安袭上心头，他觉得自己可能会败诉！

"出现了这样的书证，现在围绕承认和否认进行争论都对咱们不利，所以要拖到下次开庭，尽量争取时间！"河野快速说完就转向审判长席，"审判长！这份书证出现得过于唐突，在本次庭审中不可能立即得出结论，所以恳请下次开庭审理。"

河野丝毫没有露出处于劣势的迹象，以律师协会会长无所顾忌的论调提出了申请。

审判长跟左右陪审法官合议片刻之后宣布："书证的篇幅并不庞大，在本庭应该能够进行充分研讨。因此，对于改日审理书面证据是否成立的申请不予认可。"

"那么,请给我们十五分钟以研判书证。"

河野强行提出要求并得到许可,于是在被上诉人席跟国平夹着财前凑在一起。法庭里陷入了令人窒息的静默。

"财前教授,怎么办?是彻底否认书证内容呢?还是佯装不知情躲避呢?"

河野和国平催促财前做出决定。

"不知情……作为教授,佯装不知,事已至此……否认!彻底地否认!"财前呻吟似的答道。

财前感到自己坠入自己设下的虚伪陷阱中,渐渐被逼入进退维谷的境地。旁听席上,岳父财前又一提心吊胆地盯着正在商议的财前。

"确实如此。事情已经发展到这个地步了,不管书证内容怎样,现在也无法否认没有注意到肺部转移了。那就横下心来以否认对抗,好吧!"

当河野似乎要确认财前的决心时,合议时限到了。

"现在对财前被上诉人进行讯问,请到前面来。"审判长命令道。

财前压抑着心中的慌乱站在证人席前。

"你承认这份书证成立吗?"

审判长发出严厉的声音。

"我承认这是我主管的第一外科学习会记录,但我不承认它的内容。因此,对于内容我要进行彻底争辩。"

财前回答之后,关口律师立刻申请对财前进行讯问。审判长予以准许,关口将目光直射财前。

"你刚才说,虽然承认这是第一外科学习会的记录,但不承认内容。那你究竟不承认哪一点呢?"

关口的尖锐语调就像检察官,财前毫不掩饰愤怒的神情。

"倒是你没有经过教授我的准许就把第一外科保管的物品擅自拿出来,这是什么行为?我先问你,到底是谁、什么时候、用什么方式擅自拿出来的?"

"现在问题不是拿出学习会记录的方式。你不要躲避我的讯问,请认真回答,记录中第三十四页第五行写的'昨天接受贲门癌手术的患者'就是佐佐木庸平先生,你承认吗?"

"我无可奉告。反正那段记述既不是我写的,而且也没写明是佐佐木庸平。"

财前从刚才的打击和绝望中渐渐回过劲来,无论出现什么状况都不能认输的执念和以往旺盛强悍的精神力量逐渐复苏,而这一切开始从他的眼神和话语中显现出来。

"那么,你在第三十五页上面第二行中说:'这也是我的得意之作。那个病例正如X光片的诊断结果,是局限性的早期癌症,已经完全廓清,属于永久治愈病例。'这是指哪位患者的贲门癌手术呢?根据本方调查判明,在五月三十号举行这次学习会的前一天,第一外科实施贲门癌手术的只有佐佐木庸平先生啊!"

"是那样吗?"财前事不关己似的答道。

"准确无误。那么,你承认自己这段'佐佐木先生的贲门癌是早期癌症且没有转移,永久治愈'的发言吧?"

"可是,我在那份记录里不是一字未提没有转移吗?"

"但是,既然诊断为局限性早期癌症而且永久治愈,那就只能解释为没有转移到其他脏器,不对吗?"

"不,我说的是事实上在作为书证提交的记录里并不存在'没有转移'这个语句。"

财前紧紧抓住关口讯问的漏洞拖延时间,继续思考巧妙反驳的方法。

"那么，暂且不论是否存在这样的语句，总而言之，你承认自己的发言内容吧？"

关口快速地进行确认，不给财前更多的思考余地。

"不，我不记得自己说过记录中的内容，所以除了否认别无选择。"

"你说什么？都已经到了这个地步你还想否认到底吗？既然是这样，我可以证明这份记录的内容就是你的发言！"

关口说完就大步走向旁听席，随即站在后排角落里跟柳原并肩而坐、唯恐被人发现的江川面前。周围的目光一齐聚集过来，从舞鹤悄悄溜出来的江川惊恐地垂下了双眼。

"江川先生，你刚才都听到了，财前教授不承认这份学习会记录的内容。虽然这样做给你造成了困扰，但事已至此，请你亲口证明这些内容准确无误。"关口表情迫切地请求道。

旁边的柳原也怀着歉疚的心情，扭曲着面孔恳求道："江川，抱歉，我也求你了。"

即使如此，江川还是僵直身体，垂下双眼，沉默了片刻。

"好吧！我愿意做证。"

他终于下定了决心，在众人的目光中跟着关口走向证人席。财前眼看着变了脸色。

"江川，你！连你也……"财前忘了这里是法庭，大声喊道。

原先对自己绝对服从就像将棋棋子般被随意驱使的医务员，居然胆敢朝自己拉开抗逆的弓箭而出庭做证！财前无比震惊，感到了火柱烧身般的打击。江川面对财前的震怒虽然有些畏缩，但关口立即向法庭申请江川当临时证人，审判长表示准许。江川宣誓之后，关口立即开始了主讯问。

"你现在在哪里工作？"

"舞鹤市综合医院。"

"你什么时候去那里赴任的呢?"

"我于今年十月一日被调往舞鹤市综合医院。不过,我仍隶属于浪速大学第一外科。"

"你担任医务部学习会记录人一直到什么时候?"

"从前年四月份到今年十月被调往舞鹤市之前一直担任记录人。"

"所以,这份一九六四年五月三十日的学习会记录是你负责记录的吧?"

"是的,是这样。"

"那么,关于从第三十四页到第三十五页的内容,其中提到的贲门癌患者指的是谁呢?"

"就是当时在第一外科住院的佐佐木庸平先生。"

"财前教授在给佐佐木庸平先生做手术后第二天的学习会上说,佐佐木先生的病是早期癌症,属于永久治愈,你确定吗?"

"是的。因为贲门癌的病例并不多,所以我记得很清楚,财前教授确实这样说过。我的记录准确无误。"江川明确地断定道。

旁听席上顿时一片哗然,响起了"你确定吗""这是重要证词"的喊声。关口在喧哗声中再次面向财前。

"怎么样?财前教授,负责记录的江川证人自己已经证明记录准确无误,你确实说过那些话。难道你还能说什么都不知道吗?"

"不管江川怎么说,我就是不记得自己说过那些话。不记得的事情,我就只能回答不知道!"

财前用险恶的语调予以否定。

"那么,你有证明你没说过那些话的反证吗?"

财前沉默不语了。当关口觉得这样已经足够证明书证成立而正要结束讯问时,财前那布满血丝的眼睛突然投向审判长席的学习会记录。

"我当时并不在现场……"财前似乎想到了什么,别有用心地说道。

"啊?不在现场?"关口十分惊愕地反问道。

"是的,不在现场。"

"太荒唐了!那这里记录的财前教授究竟是哪个财前教授呢?"

"那肯定是我本人。但是,当我刚开始讲述记录上那个患者的情况时,鹈饲院长突然打来电话说有急事,我就离开会场,把现场交给佃讲师了。"

学习会记录中从那以后确实完全没有财前的发言。

"无论你离开了会场或怎么样,你与本案相关的重要发言内容不还是明确地记在会议记录里吗?你没有说过的话怎么会被记录下来呢?"

"那是记录人对我说到半截的话做了补充并擅自总结的吧!所谓学习会记录其实就是要点笔记,所谓永久治愈是他随意解读我所说的早期癌并记录下来,或是用其他人的说法做出的总结。只能考虑到这种可能性。"

"但是,早期癌症这个诊断结果就像你刚才说的确切无疑吧?"

"没错。根据手术开腹所见,任何人都只能断定那是早期癌症。但是,正像我刚才所说,因为我中途离场,所以其他情况一概不知。"财前恢复了镇定,泰然自若地说道。

"江川证人,当时财前教授确实因为来了电话而中途离场吗?"关口难以置信地问道。

江川思索片刻轻轻"啊"了一声。

"这么说来……"

江川脑海里浮现出当时的情景：记不清是几点钟了，在学习会途中鹈饲院长来电话，财前急忙起身离场。国平抓住时机立刻站了起来。

"江川证人，这是非常重要的关键点，请你冷静地想一想，财前教授确实说过'永久治愈'这个词吗？那不是因为财前教授中途离场你后来根据自己的判断总结的吗？"

"不，那个……不，教授确实说过'永久治愈'这个词……我不会擅自记录教授没有说过的话。"

江川虽然说得结结巴巴，但没有改变证词。财前把身体稍向前倾，眼中闪出亮光紧紧地盯住江川。

"江川，假设，是假设啊，假设我曾经说过永久治愈，那也是说用我的术式，就是把手术分成两个阶段实施就可以期待永久治愈的效果吧？如果你是把我本人的录音磁带倒回去记录下来的话另当别论，但这样的要点笔记你能主张肯定准确无误吗？"

江川像是急于找到反驳财前的词语，涨红了脸，他心神不定地移动视线。他突然想到，财前接到院长电话中途退场并不是这次学习会，而是财前亲自介绍记述血型与胃癌关系的德国文献那次，于是他发现财前企图玩弄花招偷换中途离场的事实。

"老师，您太过分了！您这是偷换事实！在这次学习会上，您绝对没有中途离场，而且您的发言就是这篇记录中的内容。可是尽管如此，您反倒想用虚假的证词把我逼进死胡同。不，不光是这件事情，您还将不合自己心意的医务员随意找借口外调或不给科研课题，甚至为了赢得学术会员选举，无所顾忌地把医务员调派到地方医院去换取选票。老师的所作所为全都太过分了！"

与柳原同样性格懦弱而且意外当了临时证人初次站在法庭上的江川就像发狂了似的呐喊起来。

"审判长！请命令江川证人退庭。他显然是精神发生了错乱！"

在一片哗然的法庭中,国平向审判长提出了申请。

审判长点头说道:"江川证人,请你冷静！请你避免说出与本案无关的个人诽谤,请用冷静的言语回答讯问的内容。否则的话,本庭将命令你退庭。"

关口慌忙制止江川,但江川却继续朝财前高声叫喊:"老师,您这样还能算是向我们传授医学的教授吗？您根本没有资格当教授！就是因为这样你才造成了这种误诊事件！不,还有,在教授选举的时候……"

江川说到半截,响起了审判长的声音。

"本庭命令江川证人退庭！"

法警马上推着江川的肩膀,拼尽全力把激烈反抗的江川带到走廊上去。柳原也从旁听席后门跑到了走廊上。

在江川被拉出去之后,法庭内笼罩在风暴过后的宁静之中。

"那么,本庭要讯问财前被上诉人。"

审判长的声音划破了宁静,随即把学习会记录放在面前。

"你在这里的记录中说过'早期癌症'和'完全廓清',你承认这两点吧？"

"我记得确实说过这两点。"

财前这样回答,近于毫无表情的审判长脸颊微微抽动了一下。

"但是,事实却并不是这样啊！这是因为,根据近畿癌症中心都留鉴定人的病理学检查结果,佐佐木先生的贲门癌是由于血道侵袭导致的进展期癌症。"

"那是结果论。因为在手术开腹时裸眼检查完全没有转移到其他脏器的情况,所以加深了我对早期癌症的判断。"

"是吗？那么,你清楚地注意到或者产生了怀疑到底是在什么时点呢？"

"这个嘛……并没有所谓的某个时点,在进行癌症治疗的时候时刻留意转移问题是理所当然的事情。"

"那就是说,你只是具有那种一般常识性的认识,而对本案的病例并没有在特定的时点明确地产生对癌细胞转移的怀疑,是吧？"

"但是,即使在某个时点产生了明确的疑问,而那位患者发生癌性胸膜炎的速度之快已经超越了当今的医学常识,根本不可能救治。虽然十分不幸,但确实无法避免那种急速逆转性的死亡。即使运用当今日新月异的癌症治疗研究成果,但是面对本案的患者仍然无计可施。医师并非万能之神。"

"明白了。最后一个问题,你说你当时已经怀疑有肺部转移,但是,冢口君子、柳原证人以及刚才的江川证人都陈述了相反的情况。你对这个问题怎样看待呢？"

财前顿时感到剜心般的剧烈疼痛,一时哑口无言。

"你如果不想回答的话也不必勉强。本法院方面要讯问的情况只有这些。"

财前仍然脸色苍白,默默地从证人席回到了自己的座位上。法庭里没有一声咳嗽,陷入了瘮人的沉寂之中。审判长看了看关口、河野和国平。

"上诉人和被上诉人双方的代理人再没有想要调查的证人或书证申请了吧？"

双方代理人点了点头。

"那么,本庭审理到此结束。两个月后,本庭将于明年的二月十五日宣布判决结果。"

审判长说完,上诉审关于证据和证人的庭审就全部结束了。

位于东住吉的佐佐木良江的公寓里有两间六铺席大的房间和狭小的厨房,虽然是简易建筑但好在是新房,里间的小平柜上摆放着小小的佛坛。

正在准备晚饭的长女芳子看了看时钟,虽然才到五点半,但因为约好今晚关口律师来访,所以在大卖场做生意的母亲和哥哥会比平时提前回家吃饭。由于节俭开支压缩伙食费,晚饭就只做些便宜的煮鱼和酱汤,但芳子还是给正在里间温习功课的、上高一的饭量大的弟弟多加了一个煎鸡蛋。尽量多节省一颗鸡蛋钱,也是为了尽早归还一直拖欠关口律师的诉讼费。

"我们回来啦!"

良江和庸一刚进门,弟弟阿勉就像等候了多时似的从书桌前站起来。

"肚子饿瘪了!吃饭喽!"

庸一把包着票据和算盘的包袱放在榻榻米上就坐在了餐桌前。

"辛苦啦!今天的生意怎么样啊?"芳子一边盛饭一边问道。

"别提了!来的都是买边角料做短裤和围裙的裁缝工头,所以只能赚点儿小钱,没什么生意啊!"庸一泄气地说道。

"即便如此,咱们母子四人这也算是有饭吃啦!虽然给关口律师添了不少麻烦,但官司能坚持打到今天,还是多亏了能进大卖场呀!这已经够值得庆幸了,而且终于等到明天宣告判决结果了。"

母亲良江揉搓着疲劳的肩膀说着,跟孩子们围坐在餐桌旁,可是一想到明天的判决,她就连饭也吃不下去。孩子们好像也是一样的心情,不像平常那样谈笑风生,少言寡语地吃完了晚饭。

屋外响起叫门声,是关口律师来访。

"关口律师,正等着您来呢!请进!"

良江给关口递上坐垫,并吩咐芳子倒茶。

"不必客气！明天就要宣判了,大家坚持到现在真了不起呀！"关口体恤地说道。

"律师先生,明天的判决不会出什么问题吧?"良江立刻迫不及待地问道。

"我个人认为二审对上诉人方有利。这是因为,对于我方所主张的关于术前术后的检查,东京K大学的正木副教授、近畿癌症中心病理学研究室的都留主任、北海道大学的长谷部教授都做出了相当严格公正的鉴定,应该不会像一审那样,把此案归结于极为罕见、超越了现代医学水平、属于不可抗力的病例。至少能够追究对方的术后管理问题嘛！"

庸一接着说道:"可是,律师先生,正木副教授对于术前胸部检查的鉴定、都留博士对于切除胃的病理学检查鉴定和长谷部教授关于化疗的观点等,作为医学理论方面的主张虽然都很冠冕堂皇,但正因如此听起来却过于理想化了。而财前方出庭的鉴定人、奈良大学的竹谷教授说,以现在大学附属医院的实际状况来看,如果对每位患者都要做那样详细的检查,那么诊疗功能就会陷于瘫痪。他的现实论一直留在脑袋里,让我很担心。"

"那倒也是一个理由。不过,你要从事实认定这一点来考虑。这次得到了病房前护士长龟山女士有利于佐佐木方的证词,而且在最后的当事人讯问阶段柳原医师终于回归了医师的良心,推翻了以前的虚伪证词,证明财前教授并没有注意到肺部转移,还有江川医师提出医务部学习会记录的书证予以支持呢！收集了这么多证据,绝对不可能不对审判长的判断形成造成影响。"

关口力图消除庸一的不安情绪,而良江十分担心柳原的处境。

"柳原大夫、龟山护士长、江川大夫为我们当证人确实都下了很大的决心。不过,柳原大夫会不会因为做伪证被问罪呢?"

"不，民事诉讼与刑事诉讼不同，除非是相当恶劣的情节，否则不会严厉追究做伪证的责任。因为在本案中柳原医师回归作为医师的良心陈述了正确证词，所以从酌定情节的意义上来讲也应该不会被法院追究伪证罪。我倒是担心他今后在大学里的处境。因为我放心不下所以在暗中做了调查，据说柳原医师从当事人讯问那天以来就几乎不去学校了。"

"这么说来，柳原大夫也跟里见大夫一样不得不离开大学了吗？"良江心情沉重地说着凝视了片刻亡夫的牌位，"律师先生，医患纠纷官司为什么耗费那么长时间来多次重复医学的高难理论和证据，还要把里见大夫甚至柳原大夫也搞得处境那么艰难呢！非得这样做才能打赢官司吗？要是这样还赢不了官司的话，我们又该怎么办呢？"

良江再次想到万一败诉的结果，她立刻感到像坠入漆黑深渊般，产生了强烈的不安。孩子们也眼巴巴地望着关口。

"关于这一点，考虑到万一出现意外情况，我已经做好了两手准备。我方的主要观点即假如术前注意到转移病灶就应该能在最初制定相应的治疗方案、进行各项检查并在手术过程中实施化疗。如果这个第一主张得不到通过的话，那就提出预备性的主张，即假如术后至少采取了这样或那样的措施的话，就应该有可能得到一两年的延长生命效果。所以，法院方面应该能够想方设法让我们通过。"

关口一面千方百计地让良江不要担心，但另一面又考虑到过去的医患纠纷案几乎没有患者方胜诉的判例。如果这次上诉审理也败诉的话，自己的处境暂且不说，佐佐木母子到底该怎么办呢？想到这里，他也感到坐立不安。

财前五郎来到财前妇产科诊所门前，这里依旧门庭若市。在三层楼近三百平方米的诊所门前停了很多私家车和出租车。推开正门走进里面,只见候诊室里坐着很多患者,陪酒女郎和似乎怀了孕的主妇们一边看着电视或女性杂志一边耐心地等候。

前台的护士看到财前五郎就殷勤地说道:"院长正在诊察,我去通报一声吗?"

财前说了声"我就在候诊室里等着",就坐在了空椅子上。明天就要宣布佐佐木案的二审判决结果了,为了跟岳父又一、河野和国平二位律师协商,他去东京参加了学术会议大会后就顺便过来了。

从玻璃门隔开的诊室中不时地传出不知是撒娇声还是哭声的呻吟。每当听到那种声音,财前都会想象到那幅景象:患者躺在妇科诊察床上分开双腿露出下半身被插入子宫镜或用洗涤液清洗阴道,财前又一晃动着海怪般的油光秃头漫不经心地像疏通阴沟似的接连不断地检查女人的生殖器。庆子也曾怀孕过一次,但没有告知财前就找了一家诊所擅自堕胎,然后才面不改色地对他说:"我把你的孩子流掉啦!"

"让你久等啦!今天有个稍微费点儿事的疏通作业,其他患者我都交给代诊医师了。"

财前又一的嗓音传来,随即他走向隔着中庭的后院住所。他一进客厅就把和服外面的白大褂脱掉了。

"听说学术会议召开第一次大会,都做些什么事情啊?"

"没什么。因为这是第一次大会,所以就是新老会员交接,互相打个招呼,倒也没什么特别的事情。不过,踏进学术会议会馆的第一步时心里还真是感慨万千呀!在会后的晚餐会上我还跟从来没有机会说话的大人物互致问候,高谈阔论了一番呢!"

"全国大学赫赫有名的人物会聚一堂,一定是盛况空前吧!我也不能总是给女人通阴沟,真想见见大世面啦!"

财前又一作为营业医师虽然积攒了相当丰厚的财富却没有得到名誉,所以这应该是他的心里话。正是因为如此,即使在女婿首次出马就当选学术会员已经过了三个月的现在,他依然兴奋而欢喜。

"这也是承蒙父亲大力相助,实在感激不尽。不过,今后还会增加有关文部省科研经费分配委员会和各种审议会的杂务,恐怕得经常自费进京办事。所以,我真希望在明天的判决中能够胜诉,赶快结束官司啊!"

他刚说完,财前又一忽然变成了哭丧脸。

"说到官司,那个从旁听席上像疯狗似的跳出来推翻我方证词的柳原你打算怎么处理呢?"

这话有一半是在责备财前监督不力。财前五郎也露出很不痛快的神情。

"从那天起他就说有病不上班了,根本不去医务部露面。不过,他已经被赶出研究室,本系统的大学和医院当然不用说,正式单位也都进不去啦!"

"真是个蠢家伙呀!本来按咱们说的做就行了,可是这样一来,不仅是学位论文,就连亲事都泡汤了。野田药店想要的可是国立浪速大学医学院的博士头衔呀!"财前又一咕嘟地喝了口茶水,"另一个擅自拿出学习会记录的家伙怎么处分呢?"

"那个也给了严厉处分,把他从本校医务部开除了。"

财前嘴上说着,可心里却想着另一件事。既然连医务部内保管的学习会记录都不知道什么时候被拿出来了,那就很可能就不只是柳原和江川两个人,而是还隐藏着其他打着反叛旗帜的医务员。他们正在自己鞭长莫及的暗处推动医务部变革呢!走廊上传来脚步声,国平律师的身影出现了。

"河野律师不来了吗?"

"是的,那宗贪污事件突然需要协商,今天就……"

他一边解释一边坐在两人面前。

"那么,你对明天判决结果的预测怎么样啊?"财前又一着急地催促道。

"最近我每次去法院都会不露声色地搜集情报,并且跟河野律师对这些情报进行了慎重的研讨。我们有充分的自信能够胜诉。"

"你这样说是根据哪一点呢?"

如果没有充分的理由财前是不会接受的,所以他慎重地反问国平。

"佐佐木方虽然把龟山君子拽出来甚至连学习会记录都拿到了,他们如获至宝,洋洋得意地指出财前教授没有注意到癌细胞转移,但要是反过来讲,如果真的注意到了癌细胞转移却疏忽了事后处置倒也罢了,但既然没有注意到,那就更可以证明在那种情况下误诊误治是医学上不可抗力所造成的呀!"

财前五郎感到自尊心受到了伤害,露出不愉快的神色。

财前又一晃着油光发亮的秃头,笑着说道:"原来如此!塞翁失马说的就是这种事嘛!"

"可是,没有注意到癌细胞转移本身就没有被解释为疏忽的危险性吗?"财前五郎还是小心谨慎地问道。

"根据竹谷教授的鉴定意见,那个胸部阴影小得连一厘米都不到,即使做了CT扫描也无法判定是否癌症的转移病灶,所以这个部分没有问题。在最近的报纸上不是也刊登了某位医事评论家的文章吗?文章指出:'如果因为没把那个阴影鉴别为癌症转移病灶就被指责为误诊的话,那全日本的医师就都要丢掉饭碗了。'"

"所以,即使说到术后病理学检查,也没有理由以没有进行全病灶检查指责我,而且对于在术后第一周出现呼吸困难症状时没有拍

X光片也是一样……"

财前说到这里突然犹疑不定地停顿下来,国平接过了话头。

"虽然佐佐木方强硬主张在术后第一周发生呼吸困难时只要拍X光片就能发现胸部积水并判明癌性胸膜炎,这时就应该立即使用抗癌剂。但是,因为化疗效果尚不明确,甚至还有毫无疗效的说法,所以抓住未采用化疗来追究你的法律责任根本不合情理。这样一来,顶多跟一审一样只会追究你作为医师的道义性责任而已了。"国平来回看看五郎和又一说道。

财前听到这里,对于明天的判决结果又恢复了自信。

大阪高等法院在冬日明澈的阳光中巍然矗立。财前下了汽车眯眼仰望一下青铜穹顶,随即在河野、国平和岳父又一的陪伴下走进正面门厅。

离开庭还有二十分钟,民事第三十四号法庭里已经坐满了旁听的民众,其中有浪速大学医学院相关人员和医协干部,还有曾因误诊痛失亲人的普通旁听者。法庭里被上诉审理宣判日特有的紧迫感所笼罩。

财前刚刚出现,旁听席上的目光就聚集在他的身上。坐在被上诉人席上的财前后边就是岳父又一,斜后方五六排坐着里见、佐枝子、龟山君子,稍稍离开的位置是庆子。而柳原避人眼目地坐在后排的角落里。

到了开庭时刻十点钟,法警高声发令:"起立!"

上诉人、被上诉人、律师和旁听者同时起立,法官席正面的门被打开,身穿法袍的审判长和左右陪审法官出庭就座。法庭内全体人员坐下之后,审判长慢慢地开口讲话。

"现在宣布上诉人佐佐木良江及另外三人与被上诉人财前五郎

的损害赔偿请求诉讼案判决结果。"

审判长庄严的声音在法庭内回响。佐佐木良江和三个孩子及财前五郎起立。

"撤销一审判决，被上诉人向上诉人等支付二百七十五万元，驳回上诉人的其他请求。诉讼费分八等分，其中三分由被上诉人负担，其余由上诉人等负担。"

法庭判决佐佐木良江胜诉。良江热泪夺眶而出。审判长继续宣读。

"考虑到本上诉审理的判决结果对社会影响巨大，接下来宣读判决理由的要点。"

法庭里像泼了水一般安静下来。

"在上诉审理中，本法院注重审理以下三点：第一点，被上诉人财前是否注意到死者佐佐木庸平的胸部转移病灶。第二点，无论被上诉人注意到与否，本案中佐佐木庸平的胸部转移病灶是否能够被确认。如果能够确认应该是在什么时点。第三点，如果得到了确认，有哪些对应的治疗方法。这种治疗方法能够延长多久的生命。首先，关于第一点，被上诉人自始至终主张曾经对胸部转移病灶有过些许怀疑。第一外科的副教授金井达夫、讲师佃友博等人也对此予以肯定。但是，根据第一外科病房前护士长冢口君子（龟山君子）、第一内科原副教授里见修二、第一外科助教柳原弘等人的证词，以及一九六四年五月三十日第一外科医务部学习会记录和该记录的记录人江川达郎等证词，明确显示当时财前被上诉人不仅从未注意到胸部转移病灶，甚至没有产生过疑问。在癌症治疗中，已有转移病灶的癌变不同于早期癌症，几乎无法根治，因此必须在治疗之初制定力求延长生命效果的治疗方案。在本案中，里见、柳原二位医师曾经怀疑胸部转移病灶并提醒财前被上诉人注意，无论财前被上诉人个人判断如何或在准备出发参加国际外科学会前有多忙,都应该考虑到万一可能发生的状况,做好万全的后续处置。当事人对这一点完全没有予以考虑,因此难免受到指责。"

审判长严厉指出财前沉醉于个人能力且忙于赴欧准备,完全没有考虑到癌细胞转移。

"接下来是第二点,究竟应该在什么时点发现本案中的胸部转移灶。上诉人方主张,术前拍摄的X光片中虽然只看到小指头大的阴影,但既然阴影已经存在就必须考虑到癌症转移病灶并仔细检查,这是医师的职责所在。鉴定人正木彻也提到,根据阴影的大小、形状和部位判断,癌症癌转移病灶的可能性很大,如果能够进行CT扫描、支气管造影等仔细检查,大致能够确认癌症转移病灶。但是,根据一审鉴定人唐木丰以及一审、二审鉴定人竹谷教造的意见,即使进行了CT扫描、支气管造影等仔细检查,对本案这样微小的阴影进行癌症转移病灶的鉴别,以当前的医学水平来看几乎没有可能。因此,被上诉人虽然疏忽了各项检查,错失术前确认转移病灶的时机,但不能在这个时点追究过失责任。"

审判长驳回了佐佐木方关于如果做了CT扫描、支气管造影等仔细检查就应该能在术前确认转移病灶的第一请求。

"接下来,上诉人方主张,如果术前难以鉴别胸部阴影的话,那么在术后对切除胃进行病理学检查时就不应该只限于癌变病灶的中央部分,而应该仔细检查全部病灶以彻底查明有无转移危险性。根据鉴定人都留利夫重新对全病灶进行病理组织学检查结果判明,本案中的贲门癌并不是被上诉人财前所主张的早期癌症,而是已经穿透黏膜导致血管侵袭的恶性程度相当高的癌变。但是,当时要想进行全病灶的检查得出结果,不可能在上诉人所说的一周之内完成而需要两周时间,所以只能在财前被上诉人赴欧之后才能完成。把这一点与下述观点相关联考虑,不能认定未做全病灶检查与本案中佐佐木庸平的急剧死亡之间存在因果关系。"

上诉人方关于即使术前难以发现转移病灶但在术后病理学检查中也应该能够发现的主张也因为检查耗时过长被驳回。旁听者都在侧耳倾听财前是在哪个时点发生了过失。

"接下来,上诉人对于发现癌转移病灶时机的主张是,在患者术后第一周发生呼吸困难并发烧的时点,如果被上诉人财前能够应主治医师柳原及患者的要求立即进行诊察并拍摄 X 光检查就能发现胸水潴留,就能很容易确认发生了癌性胸膜炎。而财前被上诉人对于这一点反驳说,由于赴欧前夕完全没有诊察时间,所以只能根据主治医师的报告断定为术后肺炎。但是,应诊本来就是医师的义务。根据二审中里见证人的证词以及长谷部、小山二位鉴定人的意见,如果当时拍摄 X 光片的话,由胸部转移病灶的恶化引起癌性胸膜炎就会一目了然。然而,尽管里见、柳原二位医师提出了拍摄 X 光片的建议,但财前被上诉人根本不顾及关于转移病灶的疑点而驳回了建议,本庭认为这属于医师怠慢了应尽的注意义务。"

审判长严格地认定财前在患者术后第一周发生呼吸困难的时点犯下了过失。

"那么接下来对第三点进行判定。如果能够发现因胸部转移病灶恶化引起的癌性胸膜炎,应该采用什么样的对症治疗方法、能够延命多久。关于这一点,上诉人方的鉴定人长谷部一三认为,如果穿刺胸水并向胸腔内注射丝裂霉素抗癌药就能奏效,至少能延长患者生命六个月。而被上诉人方鉴定人小山义信则认为,抗癌药的效果目前仍停留在试验阶段,有时副作用很大,因此难以下定结论。两种鉴定意见出入很大。但是,小山鉴定人也承认对于癌性胸膜炎除了化疗之外没有别的对症疗法,而且考虑到本案中的癌症性质对于抗癌药反应敏感，如果及时用药，患者就不可能在术后二十二天的短时间内急剧死亡。因此，本法院根据目前的医学水平认定如果那样做至少能够将患者的生命延长六个月。"

审判长话音未落，旁听席上就有部分医师发出怒吼，财前也气愤得浑身发抖。审判长犹如塑像般不动声色，等待旁听席安静下来继续宣读。

"根据以上几点，本法院认定死者佐佐木庸平本来能够继续存活六个月，而其间的收入方面的损失总计为一百二十六万元。此外，对于上诉人佐佐木良江等遗属的赔偿金，考虑到佐佐木庸平死后造成佐佐木商店倒闭等悲惨的状况，适当金额应为一百四十九万元。以上为判决书正文。另外附带说明，由于本案属于根据一般医学常识难以诊疗的万分之一的罕见病例，所以在一审判决中认定财前被上诉人的误诊为不可抗力因素造成。本法院虽然认定这个判决结果大致妥当，但是在术后第一周发生呼吸困难和发热等症状时，如果能够采纳患者和主治医师的建议拍摄X光片的话，就很容易发现癌性胸膜炎。本法院重视这一点，所以在二审中撤销了一审判决。但即便如此，仍然可以充分预料到会有人批评说，在当今尚未判明机理的癌症问题上追究被上诉人的过失，有可能因为对医师强加了过于苛刻的注意义务而给医疗施术上带来阻碍。但是，我们站在尊重生命的立场上相信，要求从事承托患者生命和健康工作的医师竭尽医学所有的手段和努力，绝非毫无意义。而且，考虑到被上诉人作为身兼诊疗、科研和教学指导的国立大学医学院教授，更应该严格追究超过普通医师的责任。因此，本法院做出了开头宣布的判决结果。"

这是严厉而合乎情理的判决。在一审中被以纯医学逻辑判定为不可抗力导致的误诊，在上诉审理中按照佐佐木方最低限度的预备性主张判定佐佐木庸平遗属胜诉。

"起立！"

全体人员在法警的号令声中起立,审判长的身影消失在正面门里边。财前茫然呆立,佐佐木良江欣喜若狂地跑到了关口律师身旁。

"律师先生,谢谢您！我们获胜啦！终于获胜啦！我丈夫终于能瞑目了……"

"不,我们的请求并没有得到全面通过而只是部分胜诉,比原先要求的八百万元赔偿款少了很多。这一点实在对不住你……"

"不,我不在意赔偿款有多少,只要认定那个叫财前的大夫有错,我就已经很满意了。我的心愿就只有这一点。"

三个孩子也说:"律师先生,得到这样的判决结果,我们虽然失去了父亲也能怀着坚强的信念生活下去。我们真的非常高兴！"

一审败诉后相拥而泣的母子现在为胜诉而欣喜若狂。不知什么时候,里见、佐枝子、龟山君子过来站在了良江母子的周围。

"里见大夫,能在上诉审理中获得胜诉,也是因为您在一审后做出了离开大学的巨大牺牲,我真不知道该怎样表达对您的感谢。还有东大夫的千金和龟山护士长的支持,我一辈子都不会忘记……"

母子四人满脸泪水,俯首致谢。佐枝子默默不语,眼眶湿润。

龟山君子说:"佐佐木太太,这样一来,我的良心也得到了救赎。不只是医师,护士也拥有尊重患者生命的良心。如果能得到大家的理解我会感到十分荣幸。我先生也很期待今天的判决结果,所以他一定特别高兴。"

她握着良江的手,再次分享胜诉的喜悦。这时,背后传来嘈杂声,原来是报社记者。

"佐佐木太太,胜诉后感想如何？"

被记者们包围起来,很不习惯的良江只是流泪却说不出话来。

关口代替良江答道:"以往的医患纠纷案由于审判长和律师都是

医学门外汉,所以总是由医师用专业知识单方面地强调超越了现代医学水平或不可抗力的抽象论,否定医学上的因果关系,因而不追究其法律责任。但是,这次判决结果给今后医患纠纷案的审理指出了一个方向,确实是具有社会意义的判决结果。而且给白色巨塔插入了一把锋利的手术刀。由于当事者是担当诊疗、科研、教学指导三项任务的国立大学教授,所以这项严厉追究其责任的判决结果令人满意。"

报社记者飞快地做完记录,然后就跑向茫然自失地跟河野、国平、金井、佃友博站在一起的财前,她们像召开记者会般夸张地围住财前,摄影记者摁下了相机快门。

"医生,你对今天的判决结果感想如何?"

财前瞪着记者们说道:"太出人意料了!最近,医疗过失渐渐成了社会问题,如果任凭这样的判决横行下去,今后将会有很多医师不敢放手进行积极的治疗。医疗的本质就总是存在某种程度的风险,我们医师很难说不会犯下没有恶意的过失。像这次胃贲门癌的肺部转移病例极为罕见,连治疗这种病例的医生都被追究医疗过失,就会导致医生们产生'不如不治'的心理而阻碍医学进步,无论对于患者还是对于医师都是一种不幸。而且,为什么刻意强调我是国立大学的教授呢?医疗过失是以医师的平均能力为基准判定的,对教授提出必须达到'神技'的要求过于苛刻了。无论从哪个方面来考虑,这样的判决结果都难以接受!"

他说话声音很大,里见、关口、佐佐木良江等人都扭头望着财前。财前的声音更加高昂了。

"是的!这样下去整个医学界就会出现'不如不治'的消极诊疗的危险!我要向最高法院上诉!"

他掷地有声地说完之后,报社记者们为了赶在晚报上登出"财前教授败诉，上诉最高法院"的新闻而争先恐后地向出口跑去。

记者们撤离之后，没有人影的法庭内突然变得空空荡荡，财前胸中涌起阵阵败北的感觉，难以压抑的愤懑汹涌如潮。

"河野先生、国平先生，你们在干什么呢？快！立刻去办上诉手续！"

财前催促呆然伫立的河野和国平，在从椅子上站起来的时候身体猛地趔趄了一下。

"怎么啦，五郎？"

岳父又一想扶住他，但他还是倒在了椅子之间。

"老师，您怎么啦！"

在河野与国平身后的金井副教授和佃讲师从两侧抱起财前，但财前脸色苍白，已经失去了意识。金井慌忙给他测了脉搏并检查眼睑结膜，已经没有了血色。

"是贫血吧？"又一探头看看说道。

"财前，你怎么啦？"

里见跑了过来。他送走佐佐木良江等人之后，又回来找想要上诉到最高法院的财前谈话。河野、国平、又一露骨地阻止里见，但里见毫不在意地坐在财前躺着的椅子旁，看到他毫无血色的眼睑结膜时，里见的脸色骤变。

"需要立刻拍胃部X光片！必须立刻拍片！"里见注视着财前苍白的面孔对金井和佃友博说道。

第三十三章

在上诉审理判决结果宣布的第二天上午,财前立即委托河野和国平二位律师作为代理人向最高法院办理了上诉手续,然后去了学校。

进了教授办公室,金井副教授已经等候多时。因为财前在昨天宣判之后贫血昏倒,所以要给他进行健康检查,首先要去做胃部X光透视。按照惯例,为教授做诊察通常要由本医学院的教授进行,所以应该由放射科的教授来做。但是,由于未在术后第一周拍摄X光片成为官司败诉的原因,所以财前不想见到放射科的教授,于是就趁对方上午不在放射科的机会让金井副教授来做诊断。

因为事先已经把其他人打发走并开亮了透视室外"禁止入内"的红灯,所以透视室内只有金井、护士长和技师三人。财前在护士长的协助下脱掉上衣站在透视机前,室内照明熄灭,荧光板上映出财前的胃部影像。

"那好,金井,你就按照我平时操作的要领,追踪造影剂通过的路径,只要发现稍有异常就不要放过,千万不能错过最佳拍摄时机,明白吧?"

他唠唠叨叨地提醒过之后,端起护士长递上的造影剂杯子喝了一口,只见造影剂从咽喉经过食管缓慢地流过贲门。如果贲门有异常的话,最先喝下的造影剂就会在贲门处发生阻滞,可以发现通过异常。但是,造影剂通过了贲门。

"请再喝一口。"

当财前喝下的第二口造影剂通过食管从胃体到达胃角的时候,金井十分惊诧地怀疑自己的眼睛——胃角部可以看到阴影。

"怎么啦?是不是有异常啊?"

"不,实在抱歉,请您再喝一口。"

"你可要看准呀!这种东西一口一口地分开喝透视效果就不准确了。"

财前严厉申斥之后又喝了一口,造影剂与刚才一样缓慢地流入胃体,来到胃角的部位仍然可以看到阴影,十分明显就是癌变。金井目瞪口呆,倒吸了一口凉气。

"怎么啦?有什么问题啊?"

财前似乎感到事态非同寻常,逼问的声音激烈地震荡着金井的耳膜。

"不,请别动!"

金井故意用顶撞般的语调说完,随即按下了拍摄按钮。虽然已经没有必要再做透视并再拍摄了,但是为了不让财前教授觉察,他至少还得拍五六张。

"老师,接下来拍摄仰卧位。"

透视床缓缓地倾斜到水平状态,财前换成了仰卧姿势,蓄积在胃下方的造影剂也扩散到整个胃腔。

"接下来是左下半侧卧位。"

财前趴在透视床上。

"然后是右下半侧卧位。"

财前每转换一个体位,荧光板上映出的胃体就横向扩展或纵向延伸,然后倾斜悬吊左右摇晃,但胃角的癌变就像蜈蚣般紧紧地贴在胃壁上丝毫不动。金井瞄准病灶按下拍摄按钮,其实第一张照片就已经拍到胃角的阴影,金井为了避免引起财前教授猜疑一边接连不断地变换各种角度拍摄一边担心自己的把戏被财前教授识破,在黑暗中,金井脸色苍白、直冒油汗。六张照片终于拍摄完毕。

"老师,全拍完了。"

室内照明灯光亮起,财前立时蹙眉眯眼。

"我看你拍得特别仔细,透视结果怎么样啊?"

金井掩饰着心慌意乱说道:"嗯,等会儿我就把胶片交给您。不过据我所见,从胃体到胃角部分皱襞有些硬,能看到龛影,可以断定是胃溃疡。"

财前一边在护士长协助下穿上衬衫一边语调稍显沉重地说道:"是吗?果然是胃溃疡啊!那么,昨天的贫血应该是溃疡出血造成的吧!"

"老师,以我所见恐怕是胃溃疡,不过,这个时候还是手术切除为好……"

"切除?切除或不切除不要你决定,看过X光片后我自有结论。等加急冲洗出来你就送到我办公室去。"

他很不高兴地说完,就朝教授办公室走去。

金井目送财前走后,立刻赶往第一内科教授、医学院长鹈饲的办公室。鹈饲看到副教授金井把教授抛在一边直接来找院长,便露出了狐疑的表情,不过他还是从金井的神态中感到发生了不寻常的事情。

"金井,是不是出什么事啦?"他把桌上的文件推到旁边问道。

"刚才,我为财前教授做了胃部X光透视检查,发现胃角有癌变。"

"什么?财前得了胃癌……准确无误吗……"鹈饲呻吟般地说道。

"准确无误。我已经交代加急冲洗,胶片应该很快就出来了。"

"本人当然还不知道吧?"

"是的。我拍了好几张没必要的照片先瞒过他,告诉他是胃溃疡。"

"很好。那在场的人还有谁呢?"

鹈饲的声音越来越激动了。

"幸好财前教授事先把别人都打发走了,所以除我之外还有护士长和一名X光透视技师。"

"那样最好。这是校内的重大问题,所以必须赶紧秘密叫来放射科的田沼教授和第二外科的今津教授商讨对策。田沼教授回来了吗?"

他说完也不叫秘书就亲自给放射科打电话,叫对方通知田沼教授和第二外科的今津教授来院长办公室,同时叫金井立刻赶到放射科取回财前的加急X光片。

放射科的田沼教授和第二外科的今津教授一露面,鹈饲就脸颊抽搐着说道:"说实话,发生了一件令人非常担忧的严重问题。就在刚才,财前教授做了胃部透视,检查结果表明是胃癌。"

今津教授和田沼教授立刻惊讶得呆立不动了。

过了片刻,田沼教授很不愉快地反问道:"究竟是谁做的透视?准确无误吗?"

"就在刚才,财前教授研究室的金井做了透视检查。虽然田沼教授可能有些不愉快,不过听说你没在科里,而且财前也以为只是胃溃疡而已,就先叫金井做了透视检查,所以一会儿请田沼教授重新根据X光片做出诊断。"

话刚说完,金井就把从放射科取来X光片摆在了田沼教授面前。田沼教授用因长年从事X光透视检查而出现斑点的手拿起胶片,对着窗边的亮光察看第一张。

"很明显是胃角的胃癌,而且直径约有五厘米,看来已经到了相当的进展期阶段。为什么像财前教授这样的癌症专家到现在都没有发现呢?"田沼百思不得其解地说道。

今津也在旁边凝视着X光片,他窒息般地喃喃自语道:"都已经到了这种地步,应该早就出现过呕吐和眩晕症状呀!"

"可能是因为他一直忙于学术会员选举和官司的事情不分昼夜地聚会商讨,所以即使出现过呕吐或眩晕也以为是余醉呢!"鹈饲庇护财前说道。

官司暂且不说,而学术会员毕竟是鹈饲自己强迫财前参选的。

"不过,事到如今再说什么也没用了。目前最重要的是由放射科的田沼教授、第二外科的今津教授和我组成三人医疗小组,承担财前教授的治疗工作。手术就请今津教授主刀吧!"

话刚说完,今津教授立刻现出困惑的表情。

"病情到了进展期阶段,完全可以预料到已经发生了转移,手术难度非常高,所以,与其说让我这个非癌症专科的人做手术,还不如请近畿劳保医院的院长东老师来做!"

"让东来做?可是,校内教授的诊疗按照惯例不都是由校内现任教授担当吗?"

"但是,做这种难度特别高的癌症手术就别说校内校外了。而且,东老师是第一外科的前任教授,还是财前的恩师,所以合情合理。"

鹈饲沉思片刻后说道:"我明白了。主刀医师人选过后再商讨,但是如果不把胶片及时送去的话,财前君就会产生怀疑,所以要从放射科胃角溃疡患者的胶片中挑选一张跟财前粗壮体格相像的胶片,然后由金井拿去让财前教授看一下。"

"可是,那太……"金井有些畏缩地说道。

"那你想直接把这张胶片交给财前教授吗?财前大概正在忐忑

不安地等着你把胶片送去呢！你赶快跟田沼教授一起去放射科调出胃溃疡的胶片，然后送去给财前教授看一下。这才是真的为他着想嘛！"鹈饲斥责道，"另外还有一点，这个用不着我多说你们也会明白，为了不让全校的人都知道财前教授得了癌症，首先请田沼教授向给财前教授做 X 光透视时在场的护士长和 X 光摄影技师发布封口令。与此同时，我们也要保证严格遵守封口令！"

鹈饲用非同以往的郑重态度拜托田沼、今津两位教授。

金井拿着从放射科田沼教授那里借来的胃溃疡 X 光片来到第一外科教授办公室敲了敲门。

"金井吗？怎么这么慢呀！"财前的声音中充满了焦躁情绪，"加急冲洗半个小时就能出来，都快一个小时了，你在干什么呢？"

"是，可是不凑巧今天各科室教授的加急冲洗都堆在一起了……"

"可是你只需说是我个人的胶片不是就能更快些吗？好啦，快让我看看！"

他像抢夺似的从金井手中接过胶片夹在桌上的观片灯上，随即凝聚锐利的目光察看，可以明确地看到从胃体到胃角的龛影，其余六张胶片也看不出任何胃溃疡以外的病变。他虽然拥有公认的骄人的判读能力，但是给自己做诊断时却总觉得心里没底。

"金井，你怎么看呢？"他回头望着身后的金井问道。

金井刚才担心用别人的胶片代替会被财前教授发现，这下他就放心了。

"正如透视所见，不会是溃疡以外的病变。"

"不过，溃疡好像挺严重的嘛！那就是因为学术会员选举跟打官司重叠连日彻夜开会睡眠不足、压力持续过大吧！"

财前确定是溃疡就稍稍安心了。

"老师,请原谅我多嘴,还是尽早做手术为好。只要老师方便,请明天就住院治疗。我马上就安排特需病房。"

"什么?明天就住院……不就是个胃溃疡手术吗?用不着那么急嘛!而且,虽然今天上午办完了向最高法院的上诉手续,但现在刚刚开始拟写上诉理由状。因为律师不可能写出以医学理论为基础的反驳论旨,所以等我拟好文稿之后再做手术吧!"

"不过,这件事也还是暂先交给律师处理,老师就算是休息也是尽早住院为好。"

金井特别强调了"休息"这个词,执拗地劝说财前住院。

"好好,那就听从你诚心诚意的劝告,在两三天内住院吧!"

财前说着又拿起桌上的X光片喃喃自语道:"这就是我的胃吗?"

第二天财前在家休息,中午没有进餐,到了黄昏他走出了家门。

他在国铁千里丘站下了车,没有乘坐站前排队的出租车就径直朝近畿癌症中心所在的高地走去。他躲开公寓楼林立的中央大道绕远路,竖起大衣领沿着行人稀少、通向高地的小路缓缓前行。

冬日黄昏的天空笼罩着夜幕降临前的微明,虽然没有刮风,但财前的脚下却已冷透。财前独自走在人影稀少的小路上,他仿佛刚刚想起前天的判决似的,强烈的愤怒和屈辱刺痛了他的心。按照以往医患纠纷案的常识,如果医师的诊疗行为与患者的死亡之间因果关系不成立,那就不能追究法律责任。而这次的判决却打破惯例,法院认为尽管患者早晚会死,但医师却没能为他延长六个月的生命,因此追究他怠慢注意义务的责任,而且因为他是国立大学的教授就要更加严厉地追究他的法律责任,这让财前无论如何都不能接受。虽说已经办理了上诉最高法院的手续,但是他在开庭审理之前还是难以忍受自己蒙受败诉的屈辱感。他虽然在校内和家里伪装出平静的表情,但是在深夜独自醒来或像这样独自行走时总想放声呐喊来宣泄愤懑的情绪。不止如此,昨天透视的结果居然显示自己得了胃溃疡并必须接受手术。想到这里,他感到自己此前笼罩着满足的幸福和荣光的人生突然遭到残酷而不祥的袭击,于是他在心中产生了不安的情绪。而且,前天在法庭上因贫血晕倒后好不容易恢复意识时,他听到里见说"财前必须要拍胃部X光片"。这句话鲜明地留在耳畔,更使财前的心绪变得晦暗而无法镇定。

即使通过透视和X光片检查诊断为胃溃疡,但是考虑到如果进一步做胃镜和细胞学检查还可能诊断为胃癌,于是这种不安感袭上了财前的心头。他今天也是从早到晚都在挂虑这件事情,于是想到了找里见给自己做胃镜和细胞学检查。但是,他又想到自己在金泽的学会上驳斥过里见强调胃镜检查、细胞学检查和活检等综合诊断的重要性,还说只要在X光拍摄方面多下些功夫并提高判读熟练性就根本没必要徒劳地追求什么新的检查方法,于是又不禁有些犹豫。再说,自己是浪速大学的教授,自己校内的附属医院也有胃镜和细胞学检查的项目,实在不好意思郑重其事地跑到近畿癌症中心去做胃镜检查。他犹豫再三之后终于下定了决心,于是他免去晚餐并趁夜色造访近畿癌症中心。

可是,随着近畿癌症中心越来越近,他的脚步却变得迟滞了。里见在一审二审中都站在患者那边并作为佐佐木方的证人出庭做证。而且医学门外汉关口律师在上诉审理中表现出令人意外的专业理论知识,而且他能够申请到各领域顶尖专家来当鉴定人,如果没有里见的指导,这些都是难以办到的事情。当他想到这些都是导致前天自己败诉的主因时,心中陡然升起对里见的怨恨,于是就准备折返。但是,他又想到万一不是胃溃疡而是胃癌的可能性,近乎恐怖的念头驱使他继续向前迈步。在最高法院胜诉洗刷屈辱并登上医学界巅峰之前,自己绝对不能被癌症击倒!

到达近畿癌症中心时已经过了六点钟,走廊上人影稀疏,但里见绝对不会在六七点钟就下班回家。因为此前财前在参加近畿癌症中心正式开始运营的典礼时来过这里,而且此后也利用其他机会来过这里两次,所以他了解这里的情况,于是他便直接上楼向里见所属的第一诊断部研究室走去。他敲敲门推开一条缝,幸好没有其他人,只有里见在桌前面对显微镜。

"里见!"

他打了声招呼,里见惊讶地转过身来。

"这不是财前吗?你后来没事儿了吧?"

因为那天在法庭宣判后,里见跑到贫血晕倒的财前身旁时,看到他愤恨地瞪着自己,所以里见感到十分惊讶。

"说实在话,我是想请你帮我拍胃镜照片。"

财前只说出要办的事情。

"你在校内已经透视过了吧?"

里见用视诊的目光看看财前。

"我叫金井副教授做过了,他说是从胃体到胃角的溃疡并建议手术切除。但是,为了慎重起见,我想请你给我拍胃镜照片。另外,这么晚来请你诊察未免太随便,这是因为我不想引人注目,希望你谅解。"

虽然里见对财前的来访方式稍有抵触,但他还是说:"那咱们去楼下的内视镜室吧!现在大家都下班走了,可能没人了吧!"

里见陪伴财前来到楼下诊察室,叫财前脱掉上衣躺在诊察床上,然后进行了咽喉局部麻醉。

身为医师的财前自动采取了左侧卧位,然后专注地望着里见调试能够直视观察胃内的光纤摄像头。

调试完毕之后,里见把财前的下巴轻轻地向前突出,然后慢慢地把直径十二毫米的摄像头软管插入他的口腔。普通患者在做胃镜检查时,往往会在食管入口处受到阻抗,而财前却自动做了个吞咽动作。到达贲门部位时,里见打开装在摄像头前端的照明,开始谨慎地观察胃内部,在从胃体向胃角推进摄像头时他凝眸细看。正常情况下应该是红润柔软的胃角部黏膜已经变成了暗褐色,出现了一个状似喷火口、中央凹陷的肿瘤,其周围像是出过血还有凝固的血液。这是已有相当进展的癌瘤。里见抑制住差点儿流露在脸上的慌乱,摁下拍摄按钮,接着又观察了其他部位,之后慢慢地拔出了摄像头软管。

"怎么样,里见?"财前一坐起上半身就迫不及待地问道。

"到底还是胃角溃疡啊!溃疡相当深,所以最好立即住院做手术切除。"

里见平静的嗓音反倒使财前感到不安。

"里见,你顺便再给我做个细胞学检查吧!"

里见一时无言以答。如果现在当场做细胞学检查的话,采样细胞立刻就会染色,其结果就是让财前明白自己得了癌症。

"没那个必要啦!刚才通过胃镜观察可以明确诊断为溃疡,拍好的彩色照片明天冲洗出来就给你寄去吧!"

听到里见的回答,财前疑心更重了。

"可是,你完全可以现在就给我做个细胞学检查嘛!那样能够得出更可靠的结果,我才会真正放心。"

"不,我不做没必要的诊察。"

遭到里见的拒绝,财前突然声色俱厉地追问道:"你说的话太奇怪了嘛!给那个佐佐木庸平做诊疗就是很好的例子,你当时那么执拗地抓住我给他做检查,在法庭上也做证说需要做 CT 扫描、病理学检查,你给患者做诊察那么慎重,现在为什么拒绝给我做细胞学检查呢?"

里见一时无言以答,但还是用斩钉截铁的语调说道:"我重复一遍不做细胞学检查的理由。因为除了溃疡以外没有其他症状,而溃疡本身有严重出血,所以如果现在做细胞学检查就会导致出血量增加。希望你尽早做手术。"

此前怀疑自己万一是癌症的财前终于平静下来了。

"原来如此。既然你做出那么明确的诊断我就放心了。我并不是不相信自己研究室副教授的透视检查结果,而是最近觉得胃癌症状多了起来,所以就疑神疑鬼啦!"

财前第一次在里见面前流露出普通患者的脆弱,随即放心地穿上了衣服。

"那好,我就照你说的明天立刻住院,早点儿切除溃疡吧!"

"你一定要这样做。主刀应该是请第二外科的今津教授吧?"

"不,那个人就免了吧!因为除了他的手术技法之外,上次教授选举和这次学术会员选举的事儿还留着微妙的疙瘩,所以我不愿意。"财前坚决否定道。

"那就请东老师主刀不是挺好吗?"

"可是,他已经退休离职了,现在担任近畿劳保医院的院长,除非迫不得已,否则不会请校外的医师主刀啊!何况,我跟东老师之间就像跟今津教授一样,不,甚至有更多的过节,所以他也不会答应吧!"

"可是,既然除了东老师之外没有你信赖的人,那不是只有拜托东老师了吗?"

财前噤口不语。他虽然嘴上踌躇不决,但心中还是觉得请东贞藏主刀是最佳选择。

里见看出了财前的顾虑,说道:"如果你不方便出面委托的话,那就让我去拜托东老师吧!"

"嗯,那就交给你了。"

财前点头表示感谢,然后就像害怕被人看见似的脚步匆匆地穿过走廊离开了医院。里见目送财前离开。他觉得财前身上虽然存在很多人格上的欠缺,却拥有作为癌症专业医师的卓越才能,更具讽刺意味的是,他竟然错失了早期发现自己癌症的时机。想到这里,一阵强烈的悲愤涌上心头,他甚至产生冲动想要追上财前捶打他厚实的胸膛,呐喊:"你为什么不早点儿接受检查?只要做检查就能在早期阶段发现!"

访问东宅的里见首先为没有事先打电话预约就在夜晚登门打扰道了歉,随即坐在了东贞藏面前。

"你来找我是为了财前的事情吧?"

倒是东贞藏先开门见山了。里见诧异地抬起头来。

"不瞒你说,傍晚浪速大学的今津教授和金井来拜托我给财前主刀做手术,刚才鹈饲院长也打来电话委托过了。"

"那么,您已经答应了吧?"

里见松了一口气。

"不,我回答说让我考虑考虑。"东贞藏语气沉重地说道。

"老师,这是为什么呢?"

里见向东贞藏反问,这时客厅门打开,佐枝子端来了热茶和水果。东贞藏和里见都沉默不语,佐枝子觉察到了这种不自然的气氛。

"欢迎来访。请慢用。"

她向里见简单地打过招呼就立即离开了。里见喝着佐枝子端来的热茶,感到难以置信。像东教授这样医学家也会因为以往的过节而对自己弟子的手术请求回答说"让我考虑考虑"!

东贞藏把目光投向夜幕下的庭院,说道:"里见,即使鹈饲院长和今津教授委托我给财前主刀做手术,但我认为财前本人并不会让我给他做手术。而且,我要主刀也是有自尊心的,如果没有患者本人托付生命的信赖感,我就不能做危险性极高的手术啊!"

东贞藏坚持他一贯的明辨是非曲直的原则。

"老师的教诲我完全理解。不过,财前本人也表示一定要请东老师做手术。刚才,财前去近畿癌症中心找过我。"

"啊?财前去找过你……"

东贞藏像是怀疑自己听错了。

"是的。他去找我说想做胃镜和细胞学检查。我给他做胃镜检查后,可以确定是博尔曼分类中的Ⅲ型癌。因为极有可能已经发生了转移,所以我觉得这是一台难度极高的危险手术。正是因为这样,我才希望由东老师主刀手术。当然,我对财前本人只说是胃溃疡,但他无论如何也不愿意让第二外科的今津教授给自己做手术。他虽然不知道东老师是否愿意接手,但如果可以的话他还是希望您来做。他只是因为不好意思亲自找您而犹豫不决,所以我就来了。"里见向东贞藏深深俯首恳求道。

"可是,财前的手术由我来主刀……"

东贞藏似乎很难化解与财前之间的芥蒂。

"老师,现在财前是个稍有闪失就可能无法挽救的癌症患者。请老师亲自主刀救救他吧!"

里见苦苦恳求,东贞藏像是被他的话语打动了。

"里见,我明白啦!我倾尽全力试试看吧!虽然以前发生过很多纠葛,但是面对一个人的生命,任何纠葛都不能成为拒绝的理由。我同意接手。不过,你也要到场见证!"

"老师,我当然会到场见证。"

里见说完再次深深俯首致谢。他觉得夜晚不能打扰太久便准备起身,这时房门打开,政子出现了。

"哎哟,真是好久没见啦!上诉审理判决时多亏里见大力相助,患者方才得以胜诉。真是太好啦!"她用与此前里见来商议佐佐木方鉴定人时截然不同的亲切语调说道,"听说财前生病啦?刚才,今津教授和金井医生也来过了,是不是很严重呀?好不容易当选学术会员才没几天,是不是因为输了官司受到打击啦?真是令人同情哦!"

政子虽然嘴上这样说,但眼中却泛起残忍的笑意。里见行礼告辞来到门厅,佐枝子给他摆好了鞋子。

"我去送送就回来。"

佐枝子无视母亲政子制止的眼神送里见出了门。

冬季夜晚的路上寒冷刺骨,佐枝子把捻线绸和服外套与和服的领口合紧,跟里见并肩前行。里见今晚一句话都没说。

"里见,财前得了癌症吧?"

里见没有应答。医师无论在什么场合对患者的病名都必须保守秘密。

"即使我父亲和里见隐瞒不讲,但是看到来我家的人们慌张的样子也能推测出来。而且,你是来请求我父亲给财前主刀做手术,对吧?"

里见仍然沉默不语。

"你因为财前最终被赶出了大学,可还是为他尽心竭力。虽然我不知道我父亲是怎样答复的,但如果父亲接手了财前的手术,那必定是因为医学家的良心,同时也是被你的诚心所打动。"

在朦胧的路灯下,佐枝子抬起白皙的脸庞望着里见,而里见只是默默地凝望着昏暗的河面。

"财前是个可怜的家伙。不只是因为他重病缠身,从所有的意义上来讲,他都是个可怜的家伙。"

里见低沉的哭泣声听上去含混不清,但其中包含着纯粹的悲伤和哀怨,因为他也许将失去工作上的竞争伙伴,也将失去这位朋友。

"里见,像你这样的……"

佐枝子没能说出"好人"这两个字,只是感动得热泪盈眶。今生恐怕再也不会遇到里见这样学术和品格都好的男人了。但是,里见已经与自己的好友三知代建立了家庭,她不能破坏了它。眼前就是芦屋川车站了。

"里见,请多保重!再见!"

佐枝子说出以往从没说过的"再见",就翩然转身离开,并且她在心中告诉自己,如果今后能够不再与里见相遇的话,也就不会继续忍受思慕之情的折磨了。

中央手术室的大门开启,载着财前的手术移送车被推了进来,大门随即紧紧关闭。中央手术室内只有知晓财前罹患癌症的人在场,事先已经发布了严格的封口令。

除了主刀医师东贞藏和三名助手以及麻醉医师之外,还有手术见证人鹈饲院长、放射科田沼教授、第二外科今津教授、麻醉科吉阪教授、财前又一,里见也应财前和东贞藏的要求到场了。护士只限手术室护士长和副护士长二人在场。

财前被从移送车上抬到了手术台上,麻醉科教授和副教授随即测量了血压、脉搏、呼吸频率并着手麻醉诱导,穿好手术衣的东贞藏站在了手术台旁。财前微微睁开眼睛仰望主刀医师东贞藏,眨了眨眼睛,像是在说"拜托了"。东贞藏也默默地用眼神回应。麻醉科教授将麻醉气管插入财前口中,在这个瞬间,财前再次睁开眼睛看了看指向上午十点的时钟。

"财前应该没有发觉这是癌症手术吧？"东贞藏低声向鹈饲确认道。

"这方面已经采取所有措施，发布了严格的封口令，所以没有问题啦！"

鹈饲回答之后，东贞藏转向第一助手金井说道："那么，手术开始。"

东贞藏的语调与三年前当教授时一样严肃庄重，接着又向第二助手佃友博、第三助手安西示意并站在主刀医师的位置上。

无影灯的白光照向财前的腹部。财前现在抛弃了一切杂念，作为一名患者躺在手术台上。这是手术刀法超过曾经的恩师、同时用尽各种权谋计策得到教授宝座的强壮男子的躯体。东贞藏凝视着财前的腹部，深深地吸了口气切下了第一刀。从上腹部到下腹部切开正中线时，鲜红的血液划出鼓起的粗线向两侧流淌，浅红色的皮肤组织被划开后三名弟子迅速搭上开腹拉钩，手术野被慢慢扩大并露出了腹部脏器，当肝脏出现在眼前时东贞藏倒吸了一口凉气，见证人鹈饲和里见等也脸色骤变。在暗褐色湿滑发亮的肝脏上，散布着铜币样大大小小的灰白色癌组织，癌细胞已经从胃部转移到了肝脏，其转移之快速令人惊讶。这些像白色苔藓密密麻麻附着在肝脏上的转移病灶就像活物一样令人不寒而栗。第一助手金井脸色苍白，佃友博和安西手中的手术钳险些滑落。东贞藏抑制住慌乱，开始对胃体进行触诊，从胃体摸到胃角部时，能够清楚地触到坚硬的肿瘤。他把小弯部拧翻过来，看到了一个直径五厘米的癌瘤。他把胃体放到下方，让金井用手术钩拉起肝脏，东贞藏伸进戴橡胶手套的手摸到肝门有粘连，再用指尖仔细触诊，这里也已经有了两个拇指头大的肿瘤。癌症已经进展到无计可施的状态，即使此时实施胃全切术也只能适得其反。

东贞藏立即停下手术刀,考虑能不能至少把肝门部转移病灶切除掉。于是,他再次让助手用手术拉钩抬起肝脏触诊肝门,却发现已经发生了严重浸润,所以此时动刀切除恐怕只会增加出血。东贞藏脸上流露出苦恼的神色,手术室内流动着失落的气氛。

财前曾在同一手术室内同一手术台上为百余人做过癌症手术,并且成功治愈了无数患者。而此刻他却横躺在手术台上,已经无法挽救了。

财前又一忍耐不住高声哀求道:"东医生!想想办法,无论如何都要救他!"

鹈饲也想千方百计地抢救财前。

"如果做胆囊小肠吻合术,是不是可以多少防止以后发生黄疸呢?"

鹈饲提出了建议,但东贞藏摇了摇头。

即使把胆囊与小肠连起来肝门也会立刻发生阻塞,所以毫无意义。现在要停止毫无效果的手术,尽量减少出血防止体力衰减。

"那么,使用抗癌剂怎么样呢?"

里见用谦恭节制的语气请求,但东贞藏又一次摇了摇头。

"癌症进展已经过度严重,而且贫血也相当严重,所以化疗不适合。"

围着手术台的教授们明白已经无计可施了。

"缝合!"

东贞藏做出了最后的决断,以金井副教授为首的三名弟子含着眼泪,颤抖着双手把财前的腹部缝合上。

东贞藏缝合完毕看了看时钟,从开腹探查到关腹缝合只用了三十分钟。在这个瞬间,东贞藏和所有在场的人都感到灯光炫目的手术室仿佛被黑幕遮盖了一般昏暗。

这位有名的癌症专业医师,直到自己的胃癌已经发生肝转移都没有觉察到,考虑到这对普通患者的影响,不久后财前的死亡将会是个重大事件。而且,剩下的几个月或几天怎样生存,这是留给财前这位癌症专业医师的课题。麻醉管从财前口中拔出。

"东老师,承蒙您从校外前来主刀,十分感谢。"

鹈饲以浪速大学医学院长的身份向东贞藏郑重地表达谢意。

"哪里,财前本来是我的弟子,却只能是这样的结果……"

东贞藏用沉痛的嗓音说完,开始在护士长的协助下脱去手术衣,突然他想起财前在手术前看了一眼时钟。

"金井,时钟!"

东贞藏向金井发出了命令,但金井没有立刻领会他的意思。过了片刻他才猛然醒悟,然后他走到挂钟旁把时针向前转了一圈,定在了十一点半的位置上。如果想让财前以为这是胃溃疡手术,手术时间需要一个半小时。

没过多久,财前睁开了眼睛,在意识蒙眬中他首先看了时钟。

"一个半小时啊……"

财前似乎对自己的手术时间放了心,再次闭上了双眼。

载着财前的移送车被推出手术室之后,医疗小组在隔壁医师休息室集合。

刚才在财前教授接受手术时,他们看到癌变已经转移到肝脏,其惨状现在仍然留在主刀医师东贞藏以及院长鹈饲、放射科田沼教授、第二外科今津教授、麻醉科吉阪教授、里见和主治医师金井的眼前。他们谁都没有开口说话。

东贞藏只做了开腹探查就发现无法继续做手术随即关腹缝合,

前后只用了三十分钟,但他脸上却像做了三个小时大手术一样疲惫不堪。而鹈饲也是一筹莫展,就像陷入绝望般垂头丧气。医疗小组每个人都知道此时必须有人发言,但无从开口的沉闷气氛充满了室内。

房门被打开,刚才在手术中负责传递手术器械的手术室护士长端来了咖啡,但谁都无心喝上一口。里见无法忍受沉默,开口发话了。

"如果继续这样下去的话,那财前教授的死就只是时间问题了。恕我冒昧,我的看法是,应该大胆地从术后第一周开始使用抗癌药。当然,虽然不能说使用了抗癌药财前教授就能得救,但至少应该可以期待某种延长生命的效果。如果这是目前剩下的唯一方法的话,我认为这就是目前医疗小组应尽的义务。总而言之,比起任其发展而无所作为,不如积极推进治疗进程,哪怕只有一步甚至半步。"

里见的话语中充满了竭尽全力救治财前的强烈愿望。即使不可能完全治愈,哪怕多延长一天的生命也要尝试。东贞藏抬起头来重复了刚才手术过程中的意见。

"里见的心情我十分理解。但是,由于癌变进展过于严重,在体力本已衰弱的时候使用抗癌药化疗反而会加重贫血症状。最坏的结果就是非但不能延长生命,反倒可能加速死亡。所以,使用抗癌药必须慎之又慎。"

放射科的田沼教授也说:"从放射科的角度来看,对财前教授这样的腺癌采用放疗难以奏效,尤其是对于肝脏的治疗甚至会破坏正常细胞,因此已经没有任何办法了。"

"不过,如果就这样见死不救,他的存活时间就更少了。我个人认为,可以尝试使用美国新近研发的、对消化道癌症疗效较好的5-氟尿嘧啶。如果使用5-氟尿嘧啶的话,几乎不会出现以往抗癌药所无法避免的贫血和白细胞减少等副作用,即使是能够预见到的也顶多是腹泻而已。而且如果真的出现了腹泻,马上停止使用就行了。幸好我那里有5-氟尿嘧啶的样品可以提供。"里见用以往看不到的强硬态度再次说道。

鹈饲凝视着里见,用沉痛的语调说道:"但是,在目前日本还没有关于5-氟尿嘧啶的疗效的完整数据,用在本校教授的财前身上是不是太冒险啦!万一真像东老师所说,因为使用5-氟尿嘧啶反而起到缩短生命的作用,那就更对不起财前了。"他停顿了片刻,"与其冒险化疗,即使是权宜之计也应该通过输血和打点滴切实地维持其全身状态,并召集第一外科研究室的有志之士为他隔日输血一百毫升,总共做四次。此外每天输液,同时使用干燥血浆。这是目前对财前最为安全的治疗方法。"

他提出了内科医师的慎重意见。

第二外科的今津教授说道:"我也跟里见一样,非常关注抗癌药的使用。但是,根据东京癌症中心的林博士的观点,使用抗癌药必须具备三项条件,即病灶局限于脏器、癌症属于对抗癌药敏感的类型、患者的身体状态能够承受。而财前教授目前的状况不符合其中任何一项条件,所以此时采用化疗的话后果堪忧。"

麻醉科的吉阪教授也接着发言道:"而且,由于肝门也有严重的癌细胞转移,所以黄疸症状的出现只是时间问题。因为这种情况无法防止,所以使用抗癌药恐怕并没有实际意义。"

医疗小组的多数人都倾向于反对使用抗癌药。

里见立刻接着说道:"当然,假如出现黄疸就没有使用抗癌药的意义了。但是,因为目前尚未出现黄疸,所以应该抓住这段时间使用抗癌药缓解癌症带来的痛苦。幸好手术只做了开腹探查就立即关腹缝合,所以出血控制在了最小限度。因此,此时虽然不是最佳状态,但财前还是应该保留了一定的体力。我恳请在术后第一周时尝试使用一下。"

"可是，里见，就像刚才也说过的，在5-氟尿嘧啶的疗效尚无完整数据的阶段使用太冒险了。你平时做什么事都慎之又慎，这次为什么硬要这样做呢？"

虽然鹈饲面露怒色，但里见依然毫不退缩。

"并非没有使用5-氟尿嘧啶的数据，已有数据显示它对直肠癌肝转移有相当好的延长生命的效果。这虽然与财前的病例不同，而且因为病情进展已经过了抗癌药奏效的最佳时机，所以难以期待获得确切的疗效。但是，如果任凭这种状态发展到最终阶段，那就过于消极了。我希望动员医疗小组的全部力量引进最新疗法，与财前的癌症奋战到最后一刻。"

里见的话语中充满了对失去财前的不甘心。

"不过，偏偏是抗癌药化疗成了财前教授最后的治疗手段啊！当然，如果使用抗癌药也必须瞒着财前，万一被他知道了，他会是什么心情呢？"

鹈饲认为财前还在对上诉审理中因为没给佐佐木庸平做化疗而败诉耿耿于怀。里见眼中奔腾着激情。

"鹈饲老师！请您现在只考虑帮财前延长哪怕多一天的生命，为了延长财前的生命要用尽我们能够想到的所有方法。我认为，只有在终于力所不能及的时候才能在纯粹的意义上认识到现代医学对癌症的无能为力。"

里见说完之后，东贞藏为之所动地抬起头来。

"里见，正像你所说的，如果就这样无所作为地看着财前死去，包括我个人在内的医疗小组都会留下遗憾。哪怕只有百分之一的可能，我们也应该引进最新疗法全力以赴！鹈饲教授，试试看吧！"东贞藏催促道。

鹈饲踌躇片刻终于做出了最后的决定。

"既然为财前教授主刀的东老师都做出了这样的决断,我也不再反对了。那就开始试用 5 - 氟尿嘧啶吧!"

他说完就命令静候末座的金井从术后第一周开始使用 5 - 氟尿嘧啶。

第三十四章

　　财前静静地睁开双眼,就像从手术后的长眠中醒来时一样,他感到喉咙干渴。
　　"水……"他嗓音沙哑地说道。
　　妻子杏子用脱脂棉蘸水濡湿丈夫的嘴唇。因为术后三天之内禁止进食只能做静脉点滴,所以此时财前感到湿润嘴唇的些微清水就像沁入喉咙般甜美无比。
　　"老公,感觉怎么样啦?"杏子望着丈夫的面孔问道。
　　"感觉还是像手术刚结束……"
　　他感到腹部手术创口和脊背撕裂般的剧痛。
　　"不过,还得再忍耐一下。再过一个星期或十天左右就可以出院回家静养啦!"
　　只有在这种时候,杏子才能跟平日过度忙碌的丈夫悠然相处,但她也未被告知丈夫患癌的事实,所以她急切地说完,就转向坐在椅子上的又一。
　　"爸,幸亏请东老师主刀做手术,真是太好了。"
　　正在默默地考虑今后怎么办的财前又一慌忙点点头。
　　"那当然啦!而且再过两三天就可以吃流食了,那就可以放心了嘛!"

虽然又一说了些鼓励的话语,但财前却觉得既然手术顺利,身体就不应该恢复得这么迟缓。而且明明已经禁食了,他却仍然常常感到与术前相同的呕吐感,这也使他感到费解,所以他的心中隐约掠过某种疑问。

"我想叫金井过来一趟。"

杏子立刻联系了医务部。财前的主治医师金井副教授在一小时前刚来探视过,所以他一进病房就问:"老师,是不是有什么异常情况啦?"

"不,没什么,只是想问问手术时的情形。"

财前一说话就会牵动手术创口,疼痛使他扭歪了面孔。

金井表情有些僵硬地说:"真不愧是东老师啊!执刀手法特别小心谨慎,出血很少,溃疡病变部位本身也跟X光片诊断的相同,虽然稍微深了一些,但是还是界限清晰的良性溃疡,所以就按照原手术方案切除了三分之二的胃体。"

"是吗……那……让我看看切除胃吧!"财前强忍手术创口的剧痛说道。

财前又一了解这台手术只做了开腹探查就因为无计可施而关腹缝合的事实,便劝解道:"五郎,你现在是个病人,就老老实实地躺着吧!所有的事情都交给主治医师金井大夫嘛!"

财前说道:"跟X光片相同……我想亲眼确认一下……金井,你给我拿来!"

"可是,那您会不会太累啦?要是无论如何都要看的话,至少也得到明天或者后天吧!"财前又一再次制止道。

"不,我理解教授要亲眼看胶片的心情,我现在就去取吧!"

金井表情平静地回答,随即走出病房。他立刻拿起护士站的电话叫出佃讲师和安西医务长,三人一起进了第一外科的标本保存室。

在水泥墙裸露的昏暗的标本保存室里,排列着泡在福尔马林溶液中的脏器标本瓶,气氛显得格外阴郁。

"终于下令要看切除胃标本啦!"金井说完,佃友博和安西面面相觑,"他可能已经隐约察觉到什么了吧?不过,幸好我们事先制作了切除胃标本,真是有备无患呀!"

因为术前让财前看过胃溃疡X光片的那名患者比财前迟一天做了手术,他们就把那个切除胃制成了标本以备不时之需。

"但是,比起拿别人的X光片去给他看,拿别人的胃去给他看就更别扭啦!就当我有急诊患者,这次就由佃送去吧!"金井强加于人地说道。

"不,这样恐怕不妥吧!如果金井老师不去送假标本而换成佃讲师的话,反倒更会引起怀疑的。"

安西说到这里,房门突然被打开,佃友博赶紧把标本瓶藏了起来。

"是谁?连门都不敲,有急事吗?"安西斥责道。

一个年轻医务员看到副教授、讲师和医务长三人在这种地方凑在一起说话,惊讶地呆立在原地。

"不,没有急事。我失礼了!"

由于发布了严格的封口令,所以不知道财前教授患癌的年轻医务员也没有感到奇怪,就仓皇离去了。

金井走出标本保存室,为了不使财前起疑心,他急匆匆地赶往病房。但是,他感到比此前拿着假X光片去的时候更加内疚,并且他因害怕被识破而胆战心惊。

"老师,我把切除胃标本送来了。"

金井说完就毕恭毕敬地把标本瓶摆在了床头柜上。财前双眼一眨不眨地凝视着"自己的"胃标本。在三分之二的切开断面上可以看到直径约三厘米的溃疡,从病变的大小、形状、标本的新鲜程度来看,只能是自己的切除胃。

"果然如此,就是良性溃疡啊……可是,我身体状态恢复得这么慢是怎么回事儿呢……"财前虚弱无力地说道。

"那是因为学术会员选举和官司事情太多,积劳成疾了吧!"

"可是,我感到右肋下边剧烈胀痛……"

他皱着眉头正要继续说下去,护士长进来说道:"东老师前来出诊了。"

财前立即躺好,说道:"百忙之中承蒙每天前来诊察,真是诚惶诚恐。"

财前向术后三天都来诊察的东贞藏致谢,岳父又一也说:"东老师,这次承蒙您从手术到术后出诊全都亲自承担,真不知道该怎样感谢您!"

又一十分过意不去地俯首致意。

"哪里。诊查自己主刀手术患者的术后状况是理所当然的嘛!"

东贞藏说完浏览了金井递上的体温变化、脉搏、呼吸频次和血压的记录,随即叫金井解开了腹带。

"手术创口整洁,恢复顺利。你是不是有什么顾虑啊?"东贞藏瞄了一眼床头柜上的切除胃标本瓶问道。

"没有……只是觉得右肋下边胀痛,好像是肝肿大……"财前对东贞藏含糊不清地说道。

"对于这一点,作为外科医师的你应该清楚啊!可能是因为手术侵袭造成的腹胀或腹膜炎症,所以用不着担心嘛!"

东贞藏和颜悦色地安抚财前。杏子准备给东贞藏倒茶。

"我得马上赶到医院去,所以茶就免了吧!明天见!"

东贞藏说完就要离开。

财前说道:"老师,您工作繁忙,我实在不好意思劳烦您天天出诊。从明天起就叫金井看吧！"

"不，术后一周需要慎重，所以还是我来看你吧！这是对自己主刀手术的患者要做的事情，你不要不好意思。好啦，你多保重！"

东贞藏说完就离开了病房。财前目送东贞藏离去的背影，发现经过他出诊后，自己得到了很大的安慰，于是切身地体会到医师诊察确实能给患者带来抚慰。同时，刚才东贞藏说的"对自己主刀手术的患者做诊查是理所当然的嘛"也像蒺藜般刺在心头。他对由自己主刀手术却一次都没诊查过的佐佐木庸平感到懊悔，同时又想起了主治医师柳原，愤怒立时使他感到腹部剧烈疼痛起来。

柳原在公寓房间里做最后的整理。因为只是六铺席大带灶台的房间，所以没有什么可收拾的东西。但是，把摆满书架的医学书籍和总是堆在榻榻米上的文献资料还有笔记装在木箱里并用麻绳捆绑起来，用了相当长的时间。

行李终于整理完毕，当他提起水壶放在煤气灶上时，一块崭新的抹布映入眼帘。那是野田华子亲手为他缝制的多层抹布。她送来的时候说，结了婚你拿到学位之后父亲就会给咱们买一套带有闪闪发亮的不锈钢洗碗池的高级公寓房。她一边说一边用全新的抹布帮柳原把又脏又小的洗碗池擦洗干净。柳原在法庭上做出正确证词的第二天，华子脸色苍白地来到这里，一看到柳原就放声大哭，哭得死去活来，从那以后就断了联系。然后，他在宣判的第二天收到野田家寄来的解除婚约通知书，当时他想撕碎丢掉但又保留下来了。想到这里，他从抽屉里取出仍放在里面的通知书，又读了一遍。

柳原弘先生：
前略。您与小女野田华子的婚事虽然已经到了订立婚约的阶段,但因我方有所考虑,所以决定解除婚约。特此通知。

野田文藏

在一张便笺上只写了像迁居通知一样的简短文字,连华子表达个人心情的书信都没有同封寄来,而且华子也一直没有另外寄信。他终于明白,华子只是想跟国立浪速大学医学院附属医院的前途远大的医师结婚。柳原倒在红褐色的榻榻米上。就在这榻榻米上,虽然只有一次,但是跟尚未结婚的华子有了肉体之交成了柳原懊悔不已的心事。不过,既然野田父女能用一纸如同迁居通知般的信笺解除婚约,想必父女两人很快又能找到取代自己、具有某种头衔的男人当成合适的对象。想到这里,柳原的懊悔之情即刻烟消云散,他哧啦一声撕破了信笺扔进煮开水的煤气灶烧掉了。

他喝了些粗茶,润了润嗓子,环视了一圈完全整理好的房间,穿上了挂在墙上的旧风衣。这时,管理员探进头来。

"怎么样?都收拾好了吧?"

"是的,好不容易收拾好了。但是,不好意思,这箱子里装的书麻烦您明天交给搬运公司送到九州吧!我已经把带去四国的衣服和一小部分书先寄走了,就剩这个了。"

他一边说一边想,自己已经告知故乡的父亲这次判决的经过和真相,也说明了决定离开浪速大学去四国偏僻乡村的想法。但是,当他想到十几年来为了儿子飞黄腾达变卖了仅有的少许农田的父亲在收到这个书箱时会是什么感受时,柳原心中备受呵责,话也说不下去了。管理员错以为柳原这是因为离别之情所致。

"咱们还能随时再见面嘛!你从四国来大阪时还住这儿吧!寄往九州的行李不用担心,我一定办好。"

管理员说完,为了让柳原振作起来"砰"地使劲拍了一下他的肩膀。

"那就拜托你了。"

柳原简短地道别之后,提起一个布制行囊离开住了两年的公寓,然后朝法圆坂走去。

来到法圆坂公团公寓楼前,柳原犹豫地止步伫立,过了片刻才下定决心登上楼梯,来到挂着里见修二名牌的房前敲了门。

"哎,马上就开门。"

屋里响起女子的声音,房门随即打开了一条缝。

"这是里见的家,请问您是哪位?"

"嗯……突然打扰,不好意思,我叫柳原……请问里见老师在家吗?"柳原向上推了推快要滑落的眼镜,心神不定地问道。

"原来是柳原啊!里见还没回来,不过应该快到了。请进屋吧!"

三知代亲切地把柳原让进门,并带他来到书房旁的六铺席大的起居室。

"没有事先打招呼就贸然打扰,十分抱歉。"

柳原再次表示歉意。

"哪里,幸好今天是星期六,里见上班走的时候难得地说今晚要早点儿回来,所以应该就快到家了。请喝杯茶稍等会儿吧!"

三知代说完就兴冲冲地去厨房准备红茶,她并没有多说什么话,而且言谈举止都像是体谅柳原现在的心情,柳原由此感受到里见家庭里谦和温暖的人情味,随即环视了一圈屋内。简朴的立柜和平柜并排摆放在墙边,还有一台老旧的组合音响,唱片盒上摆着三张唱片。柳原不经意地瞅了一眼,三张唱片都是贝多芬的《命运》,只是指挥家不同而已。把不同指挥家对贝多芬同一作品的诠释进行对比,确实是里见欣赏音乐的风格。

"哎,里见回来啦!"

三知代像是从敲门声就听出来了,赶快去开了门。

里见看到柳原惊讶地说道:"柳原,欢迎你来。走,咱们去书房吧!"

狭窄的书房已经被书架和书桌占满,勉强还能容纳两人,他们面对面地坐下了。

"怎么回事儿啊?前些天我向学校打电话询问,对方说你在宣判那天就提出了辞呈,再也没去过学校。"

"说实话,我今天就是为这事儿来的。我已经辞掉浪速大学的职务,决定去四国高知县梼原松原地区的一个无医村。"

"无医村……为什么又那么仓促呢?你在法庭上做出正确证词那天之后,我就跟东教授商量争取让近畿劳保医院录用你啦!我想,你因为那场官司遭到各种各样的目光,所以东老师当院长的医院应该能接受你嘛!"

"我从心底感谢你的好意,但我还是要去无医村。"柳原认死理似的说道。

"可是,柳原,无医村可不是因为一时感伤就能做好工作的地方呀!那里的条件比你想象得更加严酷,不管刮风下雨还是下雪,全村几百条人命都随时担在你一个人身上,所以越是认真考虑就越是需要相当大的决心,否则很难坚持下去。"

里见似乎在确认柳原的决心。

"我明白。我去的村子要从离高知市四个小时公共汽车车程的梼原再步行六公里,是个夹在深山峡谷里的偏僻村落。但是,想到佐佐木庸平先生因为我这个主治医师的优柔寡断而加快了死亡,而且我的伪证又给遗属们带来了莫大的痛苦,所以我现在一心只想为更多的人而生存。对方希望我早日赴任,全村人都在急切地等待,所以我准备坐今晚的列车走。"

"既然你已经下了这么大的决心,那我也没什么可说的了。你去了无医村后在做诊疗的同时完成学位论文后就寄给我吧!如果浪速大学不方便的话,我就跟东老师商量一下帮你找到合适的大学拿到学位。"

"老师,您因为我在一审中做了伪证而不得不离开大学,现在还对我的事情这么……"

柳原心中的感激之情一下子涌到了嗓子眼,里见也沉默了片刻。

"江川怎么样了?"

里见已经了解到江川被第一外科除名,非常担心地询问他的近况。

"他打算继承他父亲的诊所。"

"这么说来,你们两个都离开大学了……"里见的表情阴沉下来,"柳原,今晚出发之前,你去探望一下财前教授,行吗?"

"不,我不去。想到在一审、二审这三年的审理期间我为了财前教授而伪装自己,受到了良心的呵责,我首先不能原谅自己,同样,不,我更不能原谅财前教授。"柳原颤抖着嗓音愤恨地说道。

"可是,财前已经卧病在床了。你的心情我很理解,如果你不愿意探望,哪怕打声招呼也行……"

里见不能讲出财前罹患了死期迫近的癌症,只能再次劝说,但柳原还是固执地摇了摇头。

"老师,我是在判决的第二天提交辞呈主动离开大学的人。"

柳原说完就顾及时间站起身来,他向里见和厨房里的三知代道别并匆匆离去了。

柳原走出里见的公寓,乘坐公共汽车来到本町二丁目下车,随即走向丼池筋街远端的大卖场,他想在离开大阪之前向佐佐木良江当面道歉。

时间已经临近周六的傍晚,但是忙于向外地发货的狭窄的纤维品批发街上依然拥挤不堪。柳原走在嘈杂之中想起自己曾经暗自前来观望即将倒闭的佐佐木商店,却不小心被庸一发现而做贼心虚地逃窜的情景。穿过三休桥筋街向前五十米左右,柳原就看到了大卖场的招牌。

他快步走近并向里面观望,只见隔成两三张桌子大的货摊上堆满了货品,商贩手里拿着算盘在跟顾客讨价还价,大卖场里一派繁忙的景象。在中间的位置,佐佐木良江和庸一站在两张桌子大的货摊前招呼一个穿夹克的男客户。

"大婶,你磨蹭什么呀?快点儿嘛!"

"是,对不起!我这就量好给您捆上。"

她谦卑地低头道歉,庸一像学徒似的蹲在土地板上把量好的布料打包捆绑起来。望着庸一勤奋努力的身影,柳原不好意思出声向他们打招呼。

由于自己在一审时做了伪证而迫使佐佐木母子陷入这样悲惨的生活,虽然自己在二审中最后做出了正确的证词帮他们获得了胜诉,但只要财前坚持向最高法院上告,那么在最高法院做出判决之前,佐佐木母子还得忍受几年这样的生活并为第三场庭审拼搏。想到这里,柳原意识到这已经不是说几句道歉话就能了结的事情,他为自己只用话语道歉就离开大阪的简单想法感到羞耻。柳原避人眼目地朝佐佐木良江和庸一的方向鞠了个躬,随即低着头走过了大卖场门前。

迎来术后第一周的财前,食欲并没有增长,今天早上他也没进早餐,而浑身瘫软地仰卧不动,直愣愣地盯着天花板。他想从以往自己主刀手术的胃溃疡病例来看,从一周左右就开始恢复食欲了,但自己的胃溃疡究竟是怎么回事呢?自己依然食欲不振、有吞咽障碍、从右肋到背部有撕裂痛感,按照以往的临床经验来看,这些状况都值得怀疑。

敲门声响起,金井副教授让护士拿着注射器一起走了进来。

"那个注射药是什么呀?"

在短短几天内急剧消瘦的财前把眼眶凹陷的眼睛投向护士拿着的静脉注射器。

"因为老师进餐状况不太好,所以为了增强体力我想为您静脉注射葡萄糖和维生素。"金井不由得露出紧张的表情说道。

"葡萄糖和维生素不是都加在每天早上的点滴里了吗?"

"当然是啦!不过,鹈饲院长指示,在术后创口治愈力度不够的时候,为了增强恢复能力必须补充维生素,所以指示我还要进行静脉注射。"

其实,因为医疗小组商定在术后第一周也就是今天开始使用5-氟尿嘧啶,所以把抗癌药掺入了葡萄糖、维生素的注射液中。由于5-氟尿嘧啶无色透明,所以财前看不出来。

"总而言之,因为这是鹈饲院长的指示……"金井再次强调道。

"是吗?那好吧!"

从两三天前起,财前的声音更加低弱,说起话来也会感到很累,所以他也不多说什么就伸出了右臂。不过,他还是难以理解在打点滴之外还要静脉注射葡萄糖和维生素的做法。他目不转睛地盯着注射器,可金井无法顺利地把针头扎入血管,还把注射液漏了出来,静脉周围出现了条状红肿。

"你怎么啦?这可不像你呀!"

"十分抱歉,换左臂注射吧!"

财前伸出了左臂,金井为了慎重起见叫护士绑紧止血带,向下臂静脉进针,但还是扎不进去。

"抱歉,我再换个位置试一下。"

这回他把止血带绑在财前的手腕部位,好不容易才在第三次把注射器针头扎入了静脉。

"老师,扎了好几次真是对不起。"

金井额头冒汗地走出了病房。财前疑惑地目送金井狼狈的身影,然后找事支开妻子杏子和护工,悄悄地从病床上了坐起来。术后食欲不振一直靠打点滴维持体力的他感到一阵晕眩,险些摔倒,但他还是自己披上外套、穿上拖鞋,悄悄推开了病房的门。所幸特需病房排列的走廊上没有人影,到护士站约有十几米的距离。财前扶着墙摇摇晃晃地向前走,终于来到了护士站。他向里面观望,只有护士长和三名护士,没有医师的身影,他不打招呼就突然冲了进去。

"哎呀!财前老师!"

护士高声惊叫,护士长立刻跑到财前身旁。

"老师,您为什么到这儿来?如果有什么事情请摁铃呼叫。来,请您回病房吧!"

护士长跟另一名护士抱住了财前。

"不。把我的病历拿出来!"

护士长仿佛冻结了一般岿然不动。

"那可不行!"

"什么?不行?你怎么对教授说话呢?"

财前语带呵责地耸动着肩膀喘息。

"但是,教授现在是病床上的患者,所以还是请您回病房去吧!"

护士长再次恳求并扶住了财前。

财前拨开她的手说:"这是教授的命令!把病历拿出来!你为什么不肯拿出来?"

财前曾经健壮的身躯已经瘦得脱了形,脸颊瘦削发青,只有两只凹陷的大眼睛依旧闪烁着异样的光亮,他以幽灵般的形象逼迫护士长。护士长脸色煞白地向后退去。

"快,把病历拿出来!"

财前十分吃力地挤出声音,护士长双手颤抖着从病历柜里取出病历递过来,财前一把抢过病历开始翻阅。

手 术 所 见	胃角部良性溃疡,胃切除三分之二,采用比尔罗特Ⅱ式做胃小肠吻合术,插入引流管。
组织学诊断	消化性溃疡(穿透性),溃疡底部可见动脉破溃,有血栓形成。
肝功能检查	黄疸指数
无硬质反应异常	转氨酶SGOT26单位、SGPT30单位
粪隐血反应	联苯胺1(+)、愈创木酯(-)

财前求知若渴般地扫视病历,凝聚目光仔细寻找疑点和隐忧之处,恐惧和不安猛烈袭来。但是,他找不到自己所担忧的记述,于是又翻阅了注射处方页面,想了解金井副教授刚才静脉注射的药物。

注射处方	林格氏液 500cc
葡 萄 糖	500cc
维 生 素	B1 200mg
	B2 10mg

　　　　C　500mg

　　　　K　30mg

　　病历中没有任何抗癌药的名称,财前对于可能掺入抗癌药的疑问被打消了。
　　"护士长,打扰你了,不好意思啊!"
　　财前放心地用温和的话语打了招呼,就在护士长和护士的搀扶下返回了病房。
　　其实,财前的真病历保管在鹈饲院长办公室里,上面明确记载使用了二百五十毫克的5-氟尿嘧啶。

　　里见在近畿癌症中心的研究室里阅读浪速大学的金井寄来的财前的病情报告书,其中记载了开始使用抗癌药后一周的经过。在每天使用二百五十毫克5-氟尿嘧啶连续用药一周之后,财前食欲不振的情况已经得到了改善。照这样下去,只要不出现腹泻的副作用就可以按计划连续用药一个疗程即二十支剂量,似乎能够期待一定的延长生命的效果。里见松了口气,庆幸自己在医疗小组讨论时坚持主张使用抗癌药。通过使用5-氟尿嘧啶,财前的食欲得到了恢复,哪怕能多延长财前一天的生命,对里见来说就是莫大的安慰。
　　桌上电话铃响了,他拿起电话,是门厅前台打来的。
　　"老师,有来客要见您。是一位叫花森庆子的小姐。"
　　前台报上访客的姓名。
　　"花森庆子小姐? 我不记得这么个人啊! 请问一下她是哪位?"
　　前台请里见稍候片刻随即转达说:"她说是浪速大学财前教授介绍来的,正在候诊室里等您。"
　　"啊? 财前介绍的?"

他无法想象卧病在床的财前会特意介绍别人来找他。

"那我就下楼去见见吧!"

里见下楼来到了门诊部候诊室。

"里见医生,好久没见面了。"

从还在候诊的其他科室患者中走来一位修长身材穿着黑色套装的女子,她五官轮廓分明,看上去楚楚动人,但里见却毫无印象。

"您不记得我了吗?哎,就是在去年的十月前后,财前医生和您一起去过的阿拉丁酒吧的庆子啊!"

里见这才想了起来,当时他参加在奈良大学召开的癌症研讨会,归途中在近铁上六车站跟财前不期而遇被邀请一起去了酒吧,就是在那里见到了这个女子。当时财前介绍说:"她是女子医大退学的高学历女招待,对我的官司也很感兴趣,经常去旁听。"

"是不是哪位要看病啊?"

里见猜测她可能是为哪个来这里看病的患者委托什么事情。

"不,我是来询问财前医生的病情。"

"那么,你已经知道财前住院的事啦?"里见惊讶地反问道。

"是的。因为我听财前医生说过他请您做过胃镜检查。另外,其实我已经给大学附属医院的医务部打过电话,向经常来我们店的佃讲师打听过了。可是,他只告诉我财前医生做了胃溃疡手术,没有说明术后的情况,所以我就索性来向里见医生请教啦!"

财前连避人眼目地趁夜里悄悄去做胃镜检查的事都告诉了庆子,里见感到财前与庆子的关系非同寻常。

"你不必担心,就是胃角发生了良性溃疡,所以只切除了三分之二胃体。"

"那,手术经过呢?"

"十分顺利,而且术后出现的食欲不振也逐渐恢复了。"

"另外,他以前饮酒相当多,那么肝脏方面怎么样呢?"

里见听到这话,澄澈眼眸中投下悲切的阴影,这被庆子看在了眼里。

"请问……他的肝脏是不是也出现什么障碍啦?"

"没有,只是胃角溃疡而已。"

"那么,他什么时候能出院呢?"

里见沉默不语。出院?财前已经永远不可能出院了,现在只能千方百计地延长几天或几个月的生命。

"该不会……该不会是癌症吧?"

庆子发动了女人敏锐的直觉,紧紧地盯住里见。

里见眨了几下眼睛说道:"不是。我刚才已经说过多次,他得的是良性胃溃疡。"

他连续说了三次同样的话之后,就噤口不语了。

"是吗?看来,即使我再多问,回答也是一样的啦!即使真是癌症,您也不会做出肯定的回答啊!"庆子用预测某种可能的阴郁语调说道,"正像里见医生当时说的呀!'财前,你近来疲劳过度,应该退出学术会员选举,官司那边有不对的地方就承认,争取早日解决',您是为他着想而说出这番话。事情也确实是这样发展的。他要是按你说的做了就好啦!就是因为他没有这样做……我也应该更坚决地阻止他才对啊!"

庆子说不下去了,泪水眼看就要奔涌而出,但是她绷紧了嘴唇克制住了。

"里见医生,我可以去探望他吗?"

"那可不行。"

"但是,那个人表面看上去性格刚强,其实是个内心孤独脆弱的人。就是因为这样,一想到他可能对自己的病情胡思乱想,我实在放心不下……"

里见也感受到了庆子担忧财前的心情,财前可能只在这个女人面前暴露他所有的缺点和弱点。

"那么,里见医生去医院的时候,可不可以让我一块儿去呢?"

"不行。因为谢绝会客,所以现在除了医师以外都不能去见。"

"是吗……那里见医生下回去医院探望时帮我带一束花吧!虽然有点儿麻烦,到时候请给我店里打个电话,我就送到医院门口交给您。我要送他最喜欢的红玫瑰……"

她说完就转身离开了里见。

从近畿癌症中心出来的庆子迎风走在人影稀疏的高地街道上,刚才在里见面前强忍的泪水夺眶而出,极力克制的情绪也像决堤般奔涌。她跟财前只在住院前一天见过面,当时财前面容憔悴地走进庆子的房间只说了一句"我得了胃溃疡,出血严重,所以明天要住院立即切除",就扑通地倒在了床上。庆子问他:"真的只是胃溃疡吗?不要紧吗?"财前回答说:"我暗自找里见做了胃镜检查,所以应该不要紧。"财前回答后就闭上眼睛,只睡了三十分钟就突然抱住了庆子的身体。庆子推开他的手说:"不行啊!明天就要住院的人怎么能做……"财前说:"你胡说!好久都没做了。"然后,财前比往常更加执拗地发泄了情欲。

虽然财前这样说,但他术后过了两周都没有联系。庆子联系佃友博和安西询问情况,可两人的态度都很冷漠,回答说目前谢绝会客,而且夫人一直陪伴着财前,所以代传信件和电话联系都不可能。她希望至少可以委托里见,但是见面却得到了同样的答复。不过,财前真的只是得了胃溃疡吗?当自己问到肝脏的情况时,里见的脸上瞬间投下被哀伤锁住的阴影,这又是为什么呢?难道财前由于胃癌,肝脏也有问题了吗？无从得到事实真相的不安扩散到庆子心中，她突然产生了冲动，即使砸破病房门也要见到财前。

不知不觉之间，她已经来到了国铁千里丘站，开往大阪车站方向的电车已经过去了好几趟，但庆子都没有上车，她既不想直接回家也不想去酒吧上班。她突然想去看看曾跟财前一起去过的木津川河口。

庆子乘坐电车到达大阪站后换乘出租车，穿过晚高峰拥堵的站前广场，沿着堂岛川一路向西驶去。出租车来到大运桥附近，这里是预制板高墙和烟囱林立的煞风景的工厂地带。继续驱车向前驶过大船桥，钢铁厂和造船厂的烟囱和吊车便出现的眼前，耳边传来震耳欲聋的轰鸣声。

庆子下车走过红土裸露的填埋地，刚登上了混凝土防波堤，就看到河口波浪冲刷的木津川沿岸，含有海腥味的晚风吹拂着她的衣领。庆子把大衣领子立起来继续向河口走去，心中忆起曾经两次跟财前来这儿的情景。其中一次是在教授选举最紧张的时候，财前就站在这里仰望钢铁厂熔炉喷出的红烟烤灼的夜空和巨大的吊车剪影。他发出了豪言壮语："当上国立大学教授的概率是二百人比一，也就是说只有二百分之一的概率。为了争取得到这二百分之一的概率，我要用尽一切手段和对策拼搏到底。"另一次是在一审判决的前夕，财前同样站在这道河堤上，当庆子问到要是败诉怎么办时，他回答道："我要发挥全部智力，策划出无论在医学上还是道义上都没有丝毫偏差和矛盾的逻辑思路，漂漂亮亮地打赢这场官司！"财前说完就把挑战的目光投向连接大海的河口前方。想到这里，庆子盼望财前无论发生了什么事情都要竭尽全力地活下去。而且，她盼望财前仍像那时一样拥有强韧的精神和健壮的体魄，能够再次拥抱自己。这种心绪如同河口上涨的潮水般充满了庆子的心胸。

财前的孩子们在他住院之后第一次前来探望,他们在学校上完课后由岳父又一家的女佣领来。长子一夫和次子富士夫从刚才起就在病房里好奇地转来转去。

"爸爸的房间好棒呀!摆满了探望的礼品呢!"

制药公司、医疗器械公司以及特诊患者送来的花束摆满了窗边,水果篮和糕点盒堆得像小山一般。

"有没有好吃的点心呀?"

"你们找找看吧!应该有你们喜欢的吧!"财前满怀父爱地向术后第一次见到的孩子们说道。

母亲杏子责怪孩子们:"在外公家里刚刚吃过嘛!"但富士夫却立刻登上长椅取下堆在窗边桌子上的大号糕点盒,并哧啦哧啦地剥开了包装纸。

"有啦!我要这块大蛋糕!"

他说完就叫女佣给他切了一块,这时护工泡好红茶端上来,孩子们就开始大快朵颐了。

"也给爸爸吃一块吧!"小学五年级的长子一夫用女孩般温和的语调说道。

"不用了,爸爸现在不想吃。"财前躺在病床上摇摇头说道。

"爸爸就是因为不吃东西才会那么瘦吧?爸爸要多吃东西赶快好起来……爸爸不在家真没意思。"

一夫用敏感而神经质的目光哀愁地盯着短短几天就瘦得脱了相的父亲。

财前不由得心里发热,随即说道:"嗯,爸爸很快就出院了。爸爸回家后咱们一起庆祝出院吧!在那之前要好好听妈妈的话,好好学习啊!"

如果没有出现腹泻的话,即使稍有勉强他也很想跟多日没见的孩子们一起吃蛋糕,但是今天上午他开始出现了腹泻的症状。

金井副教授拿着葡萄糖静脉注射器走进病房,孩子们还记得金井曾经去过他们家。

"医生,您好!"两个孩子一齐鞠躬问候道。

"你们好!欢迎!今天来探望爸爸啦!"

他笑着应答并走到财前的病床旁边。

财前难得心情愉快地说道:"研究室那边一切都还顺利吧?"

"是,因为教授卧床养病,大家都怀着强烈的责任感努力工作,祈祷教授早日康复。"

然后,他简短地报告了诊疗和医务员的科研工作等情况。

"老师,今天也没有什么异常吧?"他像往常一样问道。

"可是,今天上午开始拉肚子了。"

金井听到便说:"那今天就停止注射吧!"

他的语调明显地不自然起来。

"什么?停止注射?在这种时候反而应该注射葡萄糖呀!"

"不,我不是那个意思。只是因为现在您的孩子们在这儿,所以我过后再来。"

金井说完就匆忙出去了。

"爸爸,那是打什么针呀?怎么没打就走了呢?好奇怪哦!"

富士夫总把"我长大要像爸爸那样当教授"挂在嘴边,他睁着酷似财前的大眼睛好奇地询问。财前瞬间心头一惊。

"因为爸爸没有食欲,所以为了补充营养就要注射葡萄糖呀!"

财前说话声音低弱,杏子注意到财前已经疲惫不堪了。

"好啦!爸爸累了,所以你们就跟阿婆去外公家玩儿吧!妈妈把你们送到医院门厅去。"

"嗯!那我们下个星期天再来看爸爸。爸爸要多保重哦!"

富士夫说完就跑出了病房,但长子一夫说道:"爸爸,这太好吃啦!给你分一半吧!"

他把自己吃剩下的一半蛋糕递给父亲,就跟着富士夫他们走了。

两个孩子走后,财前想起刚才金井慌里慌张地走出了病房,一时难以释怀。在术后第一周金井开始静脉注射后,他的食欲就有所恢复,但持续了一个星期之后近四五天又变得食欲不振,接着今天上午就出现了腹泻。他心中产生了疑念,那种葡萄糖注射液中会不会掺入了对消化器官癌症特别奏效却有引起腹泻副作用的5-氟尿嘧啶呢?可是,病历中并没有记载。财前百思不得其解,用茫然无力的目光盯着放在手掌上的蛋糕。他发现蛋糕上还留着孩子的牙印,虽然毫无食欲却还是一下子送进嘴里,但立刻产生了从咽喉深处向上顶起般的呕吐感。

"来人啊……"

杏子送孩子们下楼去了,刚在还在病房的护工也不见了人影。财前捂住嘴跑进病房卫生间,吐在了盥洗盆里。虽然吐的都是胃液,却好不容易才止住。他含水漱口并打开卫生间的电灯凝眸端详——镜中映出的自己的脸色明显发黄。他以为是错觉就把脸凑近镜子仔细察看,脸色确实发黄——出现黄疸了。财前摁下呼叫铃,发出怒吼叫金井立刻过来。

金井再次走进病房。

"金井,刚才我在厕所照镜子发现有黄疸了……这到底是怎么回事?胃溃疡手术之后怎么会出现黄疸呢?"

财前耸动肩膀喘息着,说话断断续续。金井一时无言以答。

"老师,那是因为厕所灯泡的光线呀!因为那是钨丝灯泡……"

"原来如此。那好,就在这里看吧!"

财前环视室内却找不到镜子。金井早已想到了这一点,所以把病房柱子上的镜子取掉了。

"这是怎么回事？一个镜子都没有？金井,叫护士拿镜子来。"

"不过,老师,没有出现黄疸,请您放心。"

金井说完,送走孩子们的杏子返回病房来了。

"你回来得正好。让我用一下你的小化妆镜。"

金井使眼色制止,但是未被告知财前患了癌症的杏子却赶紧从提包里取出小化妆镜并打开盖子递给了丈夫。财前把镜子凑近面部,看了看眼球,眼球明显带有黄色,比脸色更容易判明是黄疸的症状。

"金井,你撒谎也得把握分寸！为什么隐瞒我的黄疸症状？"

财前眼中闪烁着异样的光亮,颤抖着嘴唇。

"十分抱歉。因为我觉得告诉您会引起您担心,所以……不过,老师的黄疸症状是肝炎导致的,请不要担心。"

"那么,我现在仍然食欲不振又是怎么回事儿啊？"

"据我判断,那也是肝炎所致。"

"那么,大便发黑又是怎么回事儿？这不是便血的证据吗？"

"不过,因为隐血反应是阴性,所以不考虑消化道出血。"

财前怀疑可能是胃癌肝转移,但他质问的疑点却都被金井否定了。

"那你为什么刚才听我说拉肚子就突然停止注射了呢？"

"哦,那只是因为孩子们在病房里,没有别的意思。如果方便的话,我现在就把那个注射器拿来。"

金井想,即使拿来注射器,因为 5–氟尿嘧啶无色透明,所以掺在葡萄糖注射液中也看不出来。

"算了吧！金井,我明白了。"

金井走出病房之后,财前立刻叫杏子向近畿癌症中心打电话。

"里见君正忙着,不便打扰。不过,你拜托他下班后顺道过来一趟。"

"老公,你别那么激动,金井不是解释过了吗?"

"不,我要跟里见谈谈。即使是有其他事情,也请他今天务必过来一趟。"

财前叫杏子给里见打电话,得到里见傍晚一定过来的答复后,对杏子说:"你也很累了,刚才孩子们说在家里没意思,所以你现在就回家吧!"他把踌躇再三的杏子打发回家了。

只剩下独自一人时,财前闭上眼睛重新琢磨金井对每一个疑点的解释,还是感到无法接受。应该不是胃溃疡而是胃癌,而且已经发生了肝转移并出现黄疸症状。想到这里,他的心仿佛快速敲钟般悸动,绝望感猛烈袭来。但另一方面,他想到自己是胃癌专家,绝对不可能到了胃癌肝转移还毫无察觉。不管是哪种情况,等里见来了之后就可以问个明白。

朝向走廊的玻璃门上映出红色光影,手捧大红玫瑰花束的里见走进了病房。总是散乱着干爽额发不修边幅的里见与鲜艳的花束很不搭调。里见进来马上把花束放在了病床旁的桌子上。

"这是花森庆子小姐托我转交的。她去近畿癌症中心找我询问你的病情,看上去很担心你。那个人很温柔嘛!"

"关于我的病情,特别想跟你谈谈。"

财前不眨眼地望着里见,他那干爽额发拢起的宽额下的一双眼睛澄澈而锐利。财前心想,自己最信赖的人就是里见,而自己最爱的女人就是捎来鲜红玫瑰的庆子了。

"你怎么了?想跟我谈谈?"

里见倒开始催促了。

"里见,关于我的病情是不是有什么隐瞒啊?"

"没有啊！什么都没隐瞒……你这么急,想说什么呀？"

里见做出平静的表情反问财前。

"里见,你看看我的脸,黄疸都这么严重了。你诊断是什么原因呢？"

财前的声音有些沙哑,里见依然淡定自若。

"我想原因是肝炎。"

"那么,手术时肝脏状态怎么样？你当时也在场,所以应该看得很清楚吧？"

财前从病床上探出身体,仿佛在拼尽全力求生。

"因为在术前肝脏就已经肿大,再加上胃溃疡的手术侵袭,所以加剧了症状嘛！那么为什么不等肝脏消肿后再进行手术呢？这是因为你的胃溃疡是出血性胃溃疡,所以必须对胃溃疡实施紧急手术,于是就不等到肝脏状况改善啦！"

里见好不容易才搪塞过去。

"原来如此。你这样解释我基本上能够接受。不过,根据术后三周恢复过程和今天看到的黄疸,其实我已经做出了自己的诊断。"

"你自己的诊断？是什么呀？"

"无法摘除的胃癌。是吧,里见？"财前脸上现出幽灵般的青黑色逼问道。

里见全身微微一震。

"你说什么呀？你不是亲眼看过 X 光片和切除胃标本并确认是胃溃疡了吗？"

"那些东西,要想做假就没有做不到的。每天都有几百名患者来就诊,从其中挑出症状酷似的病例不是轻而易举吗？里见,如果我得了胃癌你就说是胃癌,而且是否能够手术治疗也请你告诉我真实情况。我是医师,而且是癌症专业的医师啊！让我对自己的真实病情一无所知未免太残酷了!"财前躺在病床上哀诉道。

里见意识到继续圆谎已经难以隐瞒且徒劳无益,他噤口不语并躲开了财前的视线。财前也突然沉默下来,沉寂笼罩在两人之间。

不知过了多长时间,窗外已经完全黑了下来。

"财前,我先告辞了……"

里见从椅子上站起身来,财前露出从未有过的孱弱表情。

"里见,麻烦你转告金井,叫他把我本人的X光片、切除胃标本和病历拿来给我看。如果他不愿意的话,我想请你拜托东老师或鹈饲院长。"

里见默默地点点头,打开病房门走了出去。

时针已经指向七点钟了,但里见立刻前往了鹈饲院长办公室。那是在两年前他决定离开这所大学时进过的办公室。他一敲门里面就有了应答,秘书转达说里见来访,就响起鹈饲粗犷的嗓音。

"马上请他进来!"

里见走进鹈饲的办公室,只见以鹈饲为中心,已经聚集了东贞藏、第二外科的今津、放射科的田沼、麻醉科的吉阪等参与和见证财前手术的医疗小组成员,金井副教授也加入其中。

"里见,你来得正好。金井刚才报告,财前教授已经注意到自己的黄疸症状并开始怀疑自己是胃癌肝转移。刚才大家正在协商是否应该向他告知真相。"

里见坐在金井旁边,协商会笼罩在沉重的气氛当中,大家迟迟未能做出结论。

鹈饲露出沉痛的表情说道:"无论什么样的名医,一旦得知自己罹患癌症死期迫近都会立即精神崩溃,常常因为承受不了打击而急剧死亡。尤其是财前这样年轻有为的人,如果告知的话就只告诉他是胃癌,并且准备好胃全切手术的X光片和切除胃标本叫他看,并说明这真是他本人的。无法手术的情况还是要隐瞒到最后。"

鹈饲对财前的感受有所顾虑。

放射科的田沼教授说道："但是,对财前教授这样的临床医师能够隐瞒到最后吗？当他明白咱们多次蒙骗他时,反而会招来他对医疗小组的不信任而妨碍治疗。考虑到这一点,还是趁这个时候告知真相吧！"

第二外科的今津教授说道："而且,因为主持研究室工作的教授还有后继人选等很多问题,所以我觉得应该告知真相。东老师是什么意见呢？"

东贞藏犹豫不决地沉默了片刻。

"从本质论上来讲,正像刚才田沼教授所说,对财前这样的临床医师恐怕难以隐瞒到最后,而且让他到死都不明真相我也于心不忍,所以应该让他知道自己得了无法手术摘除的癌症之后明明白白地离开这个世界。不过,对于一个人是否应该知道自己的死期这一点,我无法做出自信的回答……"

东贞藏说完,在场的教授们都默默地点头,沉重的气氛笼罩着室内。虽说是医师,但在死期已定的癌症面前却不过是一介凡人而已。里见平静地开了口。

"财前已经全都知道了。"

此话一出,在场的人都屏住呼吸面面相觑。

从第二天起,财前的病情骤然恶化,黄疸的症状更加严重,还伴有剧烈的腹痛和背痛。但财前毕竟是癌症专业的医师,所以他咬紧牙关一声不哼。癌细胞已经扩散到脊椎周围的淋巴结,别说是翻身,就连有人在病房里走动都会给他带来阵阵剧痛。财前泛黄的脸上冷汗淋漓,深陷的眼窝满含着不知是汗水还是泪水,他在强忍着剧痛。

财前又一再也看不下去，请求注射吗啡并做了硬膜外麻醉，但镇痛作用连四个小时都保持不了，财前大汗淋漓地与不断地袭来的腹痛和背痛搏斗。他的面孔日渐枯槁，眼圈明显发黑，连流食都难以吞咽下去，吐血和便血也越来越严重。金井、佃友博和安西轮流陪侍，彻夜诊疗。

术后一个月的那天早晨，佃讲师替换金井副教授进了病房，他看到一幅异样的景象：躺在病床上的财前用枯瘦的双手打开报纸，但报纸却是颠倒的。佃讲师大吃一惊走近财前，只见他正用空洞的双眼盯住报纸的一点。

"老师，您感觉怎么样？"

"没什么异常……"

"今天的早报有什么消息吗？"

"没、没登什么特别的消息。"

他说话的语调依然坚决，但凹陷的双眼却已经失去了光彩，看上去混沌而没有焦点。这明显是已经开始肝性昏迷了！佃友博立即走出病房，赶去报告正在门诊的金井副教授。

金井叫佃友博代他接诊，随即火速赶到了病房。财前已经不看报纸了，但泛黄的眼中出现了白色混浊，呼吸十分困难。金井叫护士长拿来体温计和血压计，体温三十九摄氏度，血压八十、四十，在用听诊器听诊时，金井发现财前的心音低钝。他立即指示准备强心剂以保护心脏，并叫来安西指示每隔四小时注射一次强心剂，随即直接前往鹈饲院长办公室。

"老师，财前教授出现肝性昏迷症状了！"

"什么？肝性昏迷……"

鹈饲急忙前往财前的病房。可能是不想因频繁探望让财前觉得自己死期已近，而且考虑到可能妨碍在院内发布的封口令，所以他在术后只来探视过两三次。

鹈饲一进病房立刻走到财前身旁大声喊道:"财前!你要挺住!"

财前睁开紧闭的双眼,用呆滞的目光一看鹈饲就说:"一边儿去!没你的事!"

"老师,是鹈饲院长、鹈饲院长呀!"金井慌忙在财前耳边说道。

"没你的事,一边儿去!"

财前再次喝退鹈饲。不知道他是完全认不出来还是认出来才说的,总之财前的苛责尖锐地刺进了鹈饲的心头——财前错失早期发现癌症的时机而导致加速死亡的一半原因就在于自己强令财前出马竞选学术会员!

从那天夜晚开始,财前的病情进一步恶化,他那泛黄的脸上浮现出濒死的迹象,只有嘴在一张一合地呼吸。

看来死亡只是时间问题了。鹈饲终于向守候在病房里的杏子和又一表示说:"该通知的地方就赶紧通知吧!"

"老公!你不要死,不要抛下我和孩子呀!"

"五郎,都怪我不好,都怪我让你疲于奔命。你可千万别死啊!"

杏子和又一哀号着扑在财前身旁。医师开始给财前输氧,闻讯赶来的东贞藏和里见站在财前枕边,以鹈饲院长为首的医疗小组的教授们围在病床旁,门外走廊上也聚集了第一外科研究室的人们。

"太忙了,太忙了……手术开始,手术剪、手术刀……胃癌……学术会员万岁……国际外科学会……海德堡……手术结束,一小时二十分钟……"

财前开始梦魇似的说胡话,过去的荣光和野心,呈现出不同此时的生动感。

"啊……黑部大坝……破碎带……碧蓝的水……水……"

在饱受痛苦折磨的财前眼前,似乎鲜明地映出海德堡国际外科学会欢迎酒会的盛况和黑部大坝碧蓝清澈的水色。

"财前,挺住!你要活下去!"里见忍不住大声呐喊道。

"贲门癌……氯霉素给药,不,是瘢痕,结核瘢痕……什么!柳原,休庭……我很忙,真的很忙……CT扫描……透视……"

财前继续发出支离破碎的谵语,其中为自己在佐佐木庸平术后一次都没去诊疗而懊悔的谵语越来越多。里见的心中热浪翻腾。

财前的谵语突然中断,下颌也停止了呼吸动作。在注射了强心剂之后,东贞藏探摸财前的脉搏。几分钟沉重而短暂的时间流过,东贞藏放开了财前的手臂。妻子杏子的呜咽声划破了病房内的静默。东贞藏宣告了财前的死亡。时间是凌晨一点二十三分。

在为财前面部盖上白布之前,探摸临终脉搏的东贞藏和鹈饲等教授以及研究室成员依次在财前的嘴唇沾抹临终之水告别,然后离开了病房。

病房里只留下杏子、又一和里见,三人为财前更衣准备送往解剖室。根据不成文的规定,国立大学的在职教授如果在任内死亡必须送去解剖。又一、里见和护士长三人代替哭得死去活来的杏子为财前换上解剖用的白衣,在搬动财前的身体时"刷"地掉出一个信封。里见捡起信封,里面装着向最高法院申请上诉的理由书。还留着财前体温的上诉理由书似乎深深浸透了财前对这场官司的执着信念。刚才财前还在为自己没有给佐佐木庸平诊疗而懊恼,那么这份懊恼与这份上诉书有着怎样的联系呢?其中似乎刻印着人性的弱点或曰无以救赎的业障。里见把上诉理由书递给又一之后搬动枕头,只见枕下还有一封写着"大河内教授钧启:关于尸体病理学解剖之愚见"。

财前希望通过自己的尸体剖检来判明一些问题,因此写了这封信。里见脸上浮现出感动的神情,因为他还从未听说有哪个教授写过对自己尸体的剖检书。

　　过了不久,有人通知主刀解剖的大河内教授已经赶来,财前的遗体被抬上移送车,然后盖着白布静静地通过深夜的走廊推向解剖室。走廊上不知何时聚集了几乎所有的第一外科研究室成员,他们列队目送财前教授的遗体。金井副教授、里见和财前又一跟在移送车后边。

　　穿过深夜的中庭,走向设有校内教授专用解剖室的旧楼,周围建筑都已经熄灯,只有那里灯火通明,笼罩在异样的静谧之中。跟随在后边的里见在解剖室门口停下脚步,深鞠一躬之后走进了房间。

　　解剖室正面墙壁上镶嵌着历任成就卓著的教授们遗体解剖的大理石解剖台,在他们光荣的姓名前面镌刻着"尸者活师也"的文言文警句。载运财前遗体的移送车停在解剖台旁,白发苍苍的大河内教授挺立着身躯迎接,鹈饲院长和临床各科的教授也照样行事。财前的遗体由病理学研究室的副教授和讲师搬上解剖台,里见把写着"大河内教授钧启"的书信递上,大河内教授一语不发地拆开了信封。

　　　　一、关于癌症类型:从缺乏自觉症状这点来看可以考虑是博尔曼 IV 型(弥漫浸润型胃癌),但从未出现癌性腹膜炎症状以及便血这两点来看,也可以考虑是合并溃疡病变的博尔曼 III 型(浸润溃疡型胃癌)。

　　　　二、关于转移:可感知癌细胞已向肝脏转移,但从黄疸急剧升高的症状来看,还可考虑到肝门阻塞以及淋巴道转移和血道转移两种可能。

　　　　三、可以推测到曾使用过抗癌药,但对我所患癌症未见疗效。究竟是我的癌症类型属于本质上对抗癌药不敏感还是抗癌药使用时机过迟?这项病理学检查想必极为困难,但我特别希望进行组织细胞学检查。

以上所述为本人愚见,但愿能对癌症早期发现和进展期癌症的外科治疗起到投石问路的作用。此外,我为自己作为癌症治疗第一线之人却未能早期发现癌变而死于无法手术的癌症深感羞愧。

大河内默默颔首,把信件摆在解剖台旁所有人都能看见的检查台上,里见也读到了信件的内容。大河内站到解剖台前,合掌片刻之后拿起了解剖刀。

"现在开始病理解剖!"

严肃的声音响彻室内。大河内的第一刀从颈部向下腹部切开,首先进行了胸腔剖检,然后参照财前自己所写的剖检书,慎重细致地检查了腹部脏器。他取出十二指肠、小肠、大肠等放在脏器置放台上,接着取出了肝脏。由于癌细胞转移,肝脏变得近于正常肝脏两倍那么大。切开肝脏,只见中心部位有三个拳头大的肿瘤,如同三叶草般拼连在一起。其中央部分已经腐败,流出了涕状的黏稠液体,霎时弥漫出肿瘤特有的刺鼻酸臭味。在肝门处,导致财前陷入肝性昏迷并直接夺命的拇指头大的癌结节已经挤开周围的正常组织扎根扩展。肝脏之后是胃部剖检。从贲门到幽门切开之后,只见胃角部有个直径七厘米的硬结性肿瘤,中心部分形成了乱糟糟的溃疡,正像财前的剖检书中预测,这是博尔曼 III 型癌症。财前虽然在濒死的病床上仍然没有放下上诉最高法院的理由书,但他现在躺在解剖台上把自己的脏器奉献给了癌症医学。

里见忽然感到从镶嵌在墙壁上的大理石解剖台后面仿佛传出向上帝奉献深切祈祷般的贝多芬的《庄严弥撒曲》。如同先前成就卓著的医学家把自己的遗体摆在这里一样,财前也在用自己的遗体为医学做出贡献。主刀解剖财前遗体的大河内眼中也闪着泪光,充满了医学家的神圣与尊严。

不知何时天已破晓,从窗口外射入黎明的曙光,镶嵌在墙壁上的大理石解剖台发出微白的光亮。

财前淡忘了医疗乃是上帝的祈祷,而且因为白色巨塔的野心遭到惨败。庄严的弥撒曲仿佛在荡涤和平息财前的灵魂,并与破晓的清澄曙光浑然融汇,震撼着里见的心胸。深切而强烈的悼念和祈祷之情涌上了里见的心头。

后 记

在《白色巨塔》的创作过程中,光是取材就耗费了漫长的时间和巨大的精力。

由于我对医学一无所知,所以在取材之前必须进行充分的预习。即使是对于癌症手术这一个方面进行取材,如果不通过事先查阅相关专业书籍将手术步骤及其周围脏器位置等装进大脑的话,最终还是搞不懂其所以然。因此,从预习阶段的查阅资料开始,我就不得不陷入恶战苦斗。

例如具体到每个专业术语,对于对医学无知的我来说更是难上加难,像"外科侵袭"(即实施手术)和"剖检"(即病理解剖)等简直是举不胜举。这可能是因为医学专业术语都是照搬明治时代从德语直译过来的单词,所以在动笔之前的阶段就要投入如此大量的精力。

不仅是在医学方面,即使是在对法律方面进行取材也碰到了难以预料的困难。在《星期天每日》杂志上开始连载的一九六四年当时,就连具有三十年工作经历的律师们都极少接触医患纠纷案。虽然也还保留了极少的判例,然而判决结果是通过怎样的调查论证推导出来的,其因果逻辑关系几乎都是暧昧模糊且难以厘清的。这也令我困惑不已。不过,通过听取法律相关人士对于诊疗事故与赔偿的讲解,并且针对小说中所设定的误诊事件得到了有关证人讯问、鉴定人讯问、当事人讯问的方法以及庭审技术方面的指导之后,我终于描述出明显是误诊事件却裁定医师方面胜诉、患者败诉这种令人万般无奈的无情判决过程。

不过,对于这部小说中所描写的判决结果,很多读者提出意见认为"虽然这是一部小说,但是考虑到社会反响,作者应该写出更能担当社会责任的结局"。

身为作家,对于业已完结的小说进行续写是不可想象的事情。但是,读者们生动而强烈的呼声,使我对专事社会性题材作家的社会性责任以及小说式的生命形态进行了深入的思考。

于是,时过一年半之久,我又动笔开始写作《白色巨塔续篇》(新潮文库《白色巨塔》第四卷和第五卷)了。

找出足以颠覆正篇中一审判决结果的医学性疑问点,从现实中的医事审判常识来看,就等于是在寻求小指尖般微乎其微的可能性。

当然,虽然此作本身的主题并非医患纠纷案,但既然定位于通过医患纠纷案来描写人类生命的尊严,那就不可能绕过对医学领域和法律领域进行全面彻底的取材和积累大量的资料,然后再进入写作程序。

虽然这是要在动笔之前完成的作业,却必须倾注与创作小说相同的时间和劳动量。而在终于完成了《白色巨塔》的续篇之后,我感到劳有所值且内心充实。

在动笔之初,我只是对在与生命相邻的医学领域内所展开的最激烈的人间戏剧心有所动,而得到了出乎意料的反响实属望外之喜。对于此作的成就高低,必须静候严正的中立者予以评判。

而对于我来说,初次创作以医学界为舞台的小说是一次巨大的尝试。我很庆幸自己得到了唯我独有的锻炼。

耗时四年终于完成了《白色巨塔》的正、续篇,这全都仰仗身处封闭医学界暗中对我进行指导的十一位医师以及在法律方面给予我指导的真野稔、武藤正敏和镰仓利行等律师。我对他们表示深深的谢意。同时,在此还要鸣谢《星期天每日》编辑部以及秘书野上孝子给予我的大力协助。

山崎丰子
一九七八年五月

译后记

《白色巨塔》即将出版——马年新春伊始，青岛出版社杨成舜主任打来电话告知这个大好消息，我感到万分高兴，并热切期待这部巨作与同系列其他作品顺利出版与读者见面。作为译者，我由衷地感谢为它付出辛勤劳动的各方人士。

《白色巨塔》的影响十分巨大，在日本国内甚至被称为"国民小说"。这部超长篇巨作"在四十五年中全球累计销量突破一千万册，是反映爱恨情仇、纠葛不断的复杂人性，最傲视群雄的反思医疗体制的巨作"（引自百度百科）。"除了引起社会对于医疗体制与医患关系的广泛讨论之外，还常被医学院师生用作课堂的讨论主题"（引自维基百科），而且至今已经多次被改编为影视剧。

《白色巨塔》的作者、社会派小说家山崎丰子被称为当代日本文坛"三大才女"之首、日本战后"十大女作家"之一，还有粉丝称其为"日本的巴尔扎克"。出生于大阪市中央区船场街的山崎丰子于一九四四年从京都女专国文科毕业后进入每日新闻社，先在大阪总社调查部后在学艺部工作，接受时任副部长的作家井上靖的业务指导。山崎丰子在从事记者工作的同时开始创作小说，于一九五七年以自己出生的海带商家庭为原型写成处女作《暖帘》。一九五八年在《中央公论》杂志上发表连载小说《花暖帘》并获得直木文学奖。

亦被称为"日本国民作家"的山崎丰子"初期作品多描写大阪商人的本性和生存状态,但后来从发表《女人的勋章》(一九六一年)前后开始,作品扩展为江藤淳所评判的现代正统大众小说那种波澜起伏的题材,而且其根底隐含着对社会矛盾和虚伪的批判,社会派构思倾向渐强,进而动笔写出了以大学医学院附属医院为舞台的《白色巨塔》,尖锐地揭露了本应承托生命、具有崇高尊严的医师世界被完全相反的世俗欲望所玷污的现实状况,其文学世界呈现出了全新的维度"(引自尾崎秀树的解说)。

《白色巨塔》(前三卷,至一审判决)从一九六三年九月到一九六五年六月在《星期天每日》周刊杂志上连载并出版了单行本,但因为"有很多读者针对一审判决结果反映'虽然这是小说,但鉴于巨大的社会反响,作者应该给出更加负责任的结局'……于是时隔一年半,我又动笔开始写出《白色巨塔续篇》"。

根据作者后记所述,本来对医学一窍不通的作者为取材耗费了大量的时间和精力。首先要在取材之前阅读专业书籍,熟悉各种术语和癌症手术过程。除此之外,由于故事中还有相当篇幅的诉讼及庭审场面,但当时实际接触过医患纠纷案的律师和医患纠纷案的案例极度匮乏,作者为此还请教了法律相关人士并做了大量的功课。"虽然作品的主题并非医患纠纷案本身,但既然要通过庭审来描写生命的尊严,就无法绕过对于医学和法律知识的学习和取材……刚开始动笔时,只是因为感到与生命紧密相连的医学界存在着无比激烈的人间戏剧而心有所动,却意外地获得巨大的社会反响,真是喜出望外。尽管作品的优劣需要等待严正的第三方来评价,但第一次创作出以医学界内幕为素材的作品,对于我来说是极度艰辛的尝试,所幸我得到了一次有益的锻炼。"

说到锻炼,作为译者,虽然未必需要完成作者那样的超量的功课,但是作为医学和法律的门外汉,我也需要解决很多疑难问题,所幸自己身边就有一位医务工作者。我看到近年来不断发生的、后果严重的医患纠纷案,感到作为译者应该为引导人们思考此类问题而尽责。再加上当代强大的信息共享网络,我个人也付出了超常的努力和代价,总算完成了任务,同时得到了有益的锻炼。我在翻译过程中确实获益匪浅,如作品中人物性格的鲜明、矛盾冲突的激烈、针砭时弊的尖锐、主题思想的深刻、语言表现的丰富多彩等。

虽然作品对外科手术和庭审现场的描写淋漓尽致、格外出彩,但作者表明"我写这篇小说并非出于拷问医学界的良心或挑战医学界僵化体制那种勇猛的动机,而是因为我感到那里存在着无比激烈的人间戏剧……小说中的大学是我为在小说这种虚构的世界中描写激烈的人间戏剧而设定的大学,也可以说,我把日本全国所有大学里残存的或多或少的僵化体制和人际关系浓缩到了小说中的一所大学之中",所以作者的写作动机应该是表现人性并揭露造成悲剧的教育体制和所谓的民主选举体制。

虽然有人对这部作品指出了类似"美玉微瑕"的问题,但作者在一生中创作了大量的超长篇优秀作品,因此可谓"瑕不掩瑜"。译者在为了解作者及作品而做相关功课时从媒体中了解到,作家山崎丰子已于去年九月二十九日、以八十八岁米寿与世长辞。作者卧病在床期间仍然坚持创作,从去年夏天开始发表连载小说《约束之海》,却成了未完之绝笔。她指出:"战争是我心中永不消逝的主题,'不能不写'的使命感推动着从战争时代生存下来的我……切勿再把日本海疆变为战场!"

作者为世界留下了不朽的精神遗产,值得后人珍惜。

侯为

二〇一四年初春于西安

图书在版编目（CIP）数据

白色巨塔 /（日）山崎丰子著；侯为译 . — 青岛：青岛出版社，2014.7
ISBN 978-7-5552-0900-3

Ⅰ . ①白… Ⅱ . ①山… ②侯… Ⅲ . ①长篇小说 – 日本 – 现代 Ⅳ . ① I313.45

中国版本图书馆 CIP 数据核字（2014）第 140492 号

SHIROI KYOTOU Volume 1~5 by Toyoko Yamasaki
Copyright © YAMASAKI TOYOKO Copyright Management Association 1965–1969
All rights reserved.
Original Japanese edition published by SHINCHOSHA Publishing Co., Ltd.

This Simplified Chinese language edition is published by arrangement with
SHINCHOSHA Publishing Co., Ltd., Tokyo in care of Tuttle-Mori Agency, Inc., Tokyo

山东省版权局著作权合同登记号 图字：15-2013-171 号

书　名	BAISE JUTA 白色巨塔	
著　者	[日]山崎丰子	
译　者	侯　为	
主　编	魏大海	
出版发行	青岛出版社	
社　址	青岛市崂山区海尔路 182 号	
本社网址	http://www.qdpub.com	
邮购电话	0532-68068091	
策　划	刘　咏　杨成舜	
责任编辑	初小燕	
营销宣传	许璐娜　张乐燕　杨佳希　仇　巍　宫一帆	
封面设计	今亮后声	
照　排	青岛佳文文化传播有限公司	
印　刷	青岛双星华信印刷有限公司	
出版日期	2020 年 7 月第 2 版　2025 年 12 月第 9 次印刷	
开　本	大 32 开（890×1240mm）	
印　张	40.75	
字　数	1000 千	
印　数	38001-41000	
书　号	ISBN 978-7-5552-0900-3	
定　价	169 .00元（全3册）	

编校印装质量、盗版监督服务电话　4006532017　0532-68068050
本书建议陈列类别：日本　小说　畅销